中国近现代稀见史料丛刊【第五辑】

张剑 徐雁平 彭国忠 主编

袁昶日记（中）

袁昶 著

孙之梅 整理

本辑执行主编 徐雁平

凤凰出版社

直笔书之。谓不虚美、不隐恶,方可谓之信史。且韩文公作《实录》,亦详记诸臣行事本末,天下大物,不可以独运而治之,有良臣乃益见圣德之美。若专记纶言,非所以彰高宗一朝平允之治也。私论如此。

前论嵇叔夜读《庄子》,重增其放一语。《老》以谦下啬弱为表,正为放字对症发药,故不言《老》。夫孟子言学问之道,在收放心。放则诞傲纵肆之心生焉,寖至害德丧身而不自觉。《记》曰:"敖不可长。"傲诚为凶德也。庄生不得志于浊世,而洸洋恣肆,以自鸣其言,其于君臣伦物之际,泛泛焉若萍浮于江湖,而适相值也,则其志荒矣。予雅嗜《庄》,得毋浸染于其中,长傲遂非,而不自省察,予滋惧矣。每读内外篇,后再取《礼》经读之,则以为繁苦拘局而生厌心,此重增其放之确验,大为学《礼》之害。惟其襟期淡泊,遗外声利,则有可取耳。当务取其长而去其短,方为善读《庄》者。陈振孙曰:《庄》凭虚,而理学当尽其实,虚固不可以立教也。

简孺老云:汉儒言三皇象春,五帝象夏,三王象秋,五伯象冬。由是观之,顺康春时也,雍乾夏令也,今殆至日闭关、安静以养微阳之时乎?杜门养性,与时消息焉可也。

每晤友人,彼此多作闲言语,是谓两无所益。魏舍人诗云:"不如舍之去,去友古书籍。周孔梦中琴,屈贾灯前席。寥廓一精神,羹墙万主客。来者未为今,去者未为昔。"即可以其言为限断。与孺老论三国事。孺老言张俨《默记》所载《出师后表》,惝恍失次,与葛公《正议》《出师表》《戒子书》文气不类,疑东晋人手笔,此与章实斋疑李陵《答苏武书》为齐梁臣子使北不归者拟作,以鸣其意,同一解悟,任芝田叹实斋为神解,今予亦以孺老为知言。

【眉批】凡论事,纵横往复,一线到底不杂者,其人才性坚定,可与有为。若难端支离,纷岐百出,则浮华暗弱之流,慎勿与图事。

抄《曾文正家书》卒业。文正为学,分勤读书与多看书为二事。体用莫备于六艺,孟、韩、班、马、朱、顾昆山,勤读则新义日出,其根柢可以纯深。其馀天官、地舆、农、礼、刑、兵、医药、河漕、盐饷，九流别集，多看则万理环生，其枝叶可以润泽，而又推之于心画。每日作字以验其养气之盛否，达之为心声。每月作古文及诗，以观其积理之多寡；看、读、写、作，四者不可偏废，洵恒久不易之规模也。于史则《通鉴》《通考》其根柢，而晋宋以下正史其枝叶。多看之中又有专肄，与备查之不同。正业务于精熟，馀则观其大略可也。

【眉批】中年以后读书艰于成诵，《庄子》言，人不忘其所忘而忘其所不忘，虚心涵泳，切己体察，优而柔之，使自饫之，或有助于记诵。

能动不能静，固是根柢脆薄。陈同父引龟山云："人必住得，然后可以有为。"才智之士非有学力，却住不得。此葛公"才须学也，学须静也"二语之铁板注脚，乃正论也。然苟能静而不能动，亦是魄力小，本领差。闻一善言，见一善行若决江河，沛然莫御，此何等由静而动时气象。昨夜园中雷，谁测真宰意。起视万花开，一花一天地。其动时之虩虩震励，乃由至静时滂礴酝酿而成，则积诚之故也。日益之而患少者惟忠，日损之而患多者惟欲，多忠少欲，诚也。苟无桴鼓诚，孰应天人和。不诚则无物，无物则不能动物。

曾与九来。与九新自沈阳来，言中俄交界地方尚属安静，惟防兵骤添，百物腾贵，商旅观望，有银钱两荒之病，盖东省钱少，全资晋商为挹注，西估居奇，本地商人不敷周转也。

阅《海国图志》，魏舍人辨葱岭、大龙池之为黄河正源，出四大水，以乌拉岭为葱岭北干，以利氏、艾氏所说五大洲为仅得佛说东胜神洲，以亚细亚、利未亚、欧罗巴三地相连当之。西牛贺洲以美理驾当之。之地，而疑南赡部洲隔南极冷带，下冰海之南。北俱庐洲隔北极冷带，下冰海之北，纵横辨博极矣。然虽起谈天之邹衍，而问之四天下之说，讫疑莫能定。

辛巳年(光绪七年,1881)

辛巳正月

深故能通天下之志,惟静故深。舜之明物察伦,于闻善决江河,时观其几,而实于深山侪木石时,裕其理深故也。

损以远害,何谓也?利欲胶漆盆中,有大害存焉,日与人相蚀,而人不知远也。《传》曰:"人无远虑,必有近忧。"淡泊以求志者,不惟冀转败而图功,亦兼恐危身而诲祸。贵极富溢则衰气乘之,日中必昃,物满必概之象也。敛约劳苦,则生气伏焉;寒极而春,啬极而通之象也。《颐》以饮食召凶,舍灵龟之不食。《咸》以男女致吝,忘蛰龙之存身。不知损,故动而絓于患矣。

宜都杨心物近来作行草更进,殆可接武梁闻山。姚惜抱《涪翁诗》云:"世人尽学兰亭面,欲换凡骨无金丹。谁知落阳杨风子,下笔便到乌丝阑。"盖谓杨少师凝式也。今心物亦尔邪?殆得诀矣。《韭花帖》非少师绝作,荆公尝效习杨书,有一帖云:"春来冰未泮,冬去雪初晴。为报方袍客,丰年瑞已成。"字画极纵横奇逸,公秘之甚。此米元章说。今殆遗迹龙腾矣。

协揆吴江沈公、予谥文定。贝勒载治均于岁除薨逝,天家柿附又弱一个。璇玑掩芒,汗青无色,子卯不乐,古者恤大臣之礼也,乃巷歌春相者如故,不亦异乎?沈公廉约清介,是其所长,知人之明,是其所短。

橘柚函封则生露,盛则坏;佳酒藏之瓮则味厚而香洌,频挹频注,不三日色香味俱败矣。是何也?暗行故善气日长,浅炫故福根日销也。内有馀者外若不足,内不足者外若有馀,至于自矜有馀而概之者至矣。《语》曰:物满人概之,人满天概之。非人之概之、天之概之,自概之也。猬之在囊中而时动,其脊胁见于外者,不仅一毛二毛而已,躁故也。《记》曰:君子之道,暗然日章;小人之道,的然日亡。

待君子必诚必信。君子,天之仁气,不忠信不足以扶植善类,培养生机,鼓之舞之,以尽神也。待小人则以诚格之,以术驭之。小人,天之沴气,诚术兼闲,宽严互敏,祥风霁日,暴雷震霆,予之以不测,示之以无私,亦有时得其死力而为我用。其革面也可以劝,其怙终也可以惩。扶阳抑阴,《易》《春秋》之志也。阳道不可绝,故剥以五阴,摧一阳而旋为不远之复。阴道不能绝,故夬以五阳,决一阴而俄成金柅之牵,故曰抑之而已。充其量,只循理而行,若禹之行水,舜之居山耳。

出门两日,疲甚,以此知寇莱公谓"艺不早学用时悔,安不将息病时悔"。然则平时啬养,不早坐,使精力不敷应事,亦悔之晚矣。陈同甫言:"人才以用而见其消长,安坐而理者不足恃;财赋以用而见其盈虚,安坐而盈者不足恃。"欲痛自磨炼,须向劳苦饿乏、困心横虑田地上走一遭。安坐而言修身,决无是理,其究仍归浮脆败坏无疑。慎之戒之。

前年斥田巴一事,自省常存戒心,虽是好消息,敌国外患,即可为法家拂士之用。究亦利害之见萌于几微也。自尔与人,当坚守言忠信,行笃敬,道不同不相为谋,见几而作,不俟终日。诸戒惟此一事,当固执以直报怨之谊,不应复导匿怨而友之耻,则前亡羊而后犹得之补牢也。

【眉批】夜过铁翁邓侍御,归复致书,述朱子语。以君天资笃实,近簿领过劳,故乞稍从清简。

阅《东华续录》,所载谕旨太多,奏议太少,体似实录,不类时政记,使后世阅之,不免启有君无臣、君劳臣逸之疑。此录应于恭载谕旨之外,择满汉名臣列传及奸佞事迹之有档簿可查者,是是而非非,邓侍御来谈,云湘阴初召对日,东圣询谕时局,不觉恸哭,备言主少国危,倚仗中外大臣戮力同心之故。退而路遇醇邸,王下马相见,劳问久之,语以公入朝,俄人闻而释兵就款,威望甚好。湘阴答云:此虚声,非实事也,不敢当。朝士或传言湘阴入参机务之命甫下,旱干久矣,而得大雪,归美于公。夫子产立朝之日甚浅,而得藉手于族悍言哤。区区之郑者,以有子皮为之左右也。故《传》曰:"虎帅以听,谁敢犯子。"使相侯明于治国如子产,而贤王为之栋桷如子皮,而后诎群策以及乎群力,不亦善乎。

【眉批】湘阴次日谢恩,不及总署,闻专辞此席。审尔则所见甚卓。枢译联为一气,乃自郭筠仙条陈始。使夷使屡与大臣接见,既不足以养威重,又彼此封驳互纠之法全废,不足以交相稽察。故合枢译两署为一,乃杜绝人言、援清入浊之术,其立法之意至不善也。使欲稍立异者,亦拖泥带水,谁之咎乎?枢密,唐以宦者为之,宋始为重职,不闻其兼鸿胪行人典属之职,且英俄各国成法,外部自外部,政府自政府,亦严定限制。奈何中夏立法转不如彼毡裘之长乎?湘阴如能始终坚持,亦尊国体之一端也。第恐为众咻所牵掣摇动,难以坚持耳。此说未然,固视乎政治耳。

非祭先不备物,馀则一蔬一肉,食戒重味。较之辛酉至甲子四年中颠沛死亡之日,已为过分。著为家令。祭毕遇有宾友,设席馂馀,亦品洁而情厚之一法。先君行之法当遵守,勿替。

此正月初五未正至申末天津所见之日图也。按《天文大成》曰:"青赤气抱在日上,下小者为冠,主国有喜事。五色亦吉。青赤气微微在日之上曰戴,如半晕在日之下曰负,主国有喜。如青赤气小而负在日之左右则为珥,亦主有喜。日旁有青赤白气如半环向日者曰抱,顺气也。"

《宋志》曰："三日并见，不过三旬，诸侯争。"查原图，两旁之日小于日五倍，似不得谓之三日并出，或白光所晕耳。

光绪七年辛巳正月五日，《日图》，杞斋寄来，附存备考。

辛巳二月

【眉批】二月初九，湘阴总署到任，前语讹也。此乃原纸，存于册中，因抄之。

家敬孙性机警敏赡，笃守程朱子学，落拓一官，非其好也。旅食津门，不免依人作计。昨闻其居停为南洋所严刻，深恐敬孙漂摇失职，适适然忧之。

许君言，倭使肉户玑以球事翻案，下旗归国，威妥玛从中调处，不为之止。刘省三已奉旨准其回籍调理，俟病痊时再行来京听候简用。

在一友人处见倭人所绘支那、梵言中国朝鲜、日本合图一，日本全境图一，其于东三省、蒙古地名多舛误，惟日本迤北有一洲甚长，名桦太洲，直接墨令海峡，与库页岛相对，为各国所无。此洲在冷带之南，赤道之北，大约物产必不甚多。琉球三部三十二岛，王尚氏系明永乐中赐姓,中部冲绳岛及北部稍殷阜,若南岛、宫古山、一名太平山。八重山,广袤率不越五十里,居民三百户,约七百馀口,原设土官,名宰番,以笔者职一人若笔帖式然。典文字。吏民皆无屋宇,芦盖绳户,甚畏海风,惟啖番薯蓣,土人名地瓜。间有小米,即为贵品。大约去台湾后山不远矣。

连日无端郁抑,殊违"人知之,亦嚣嚣;人不知,亦嚣嚣"之义,且士少壮不辰,以致动忍拂逆,坐为当世悠悠者所诟病,庸何伤?自立自强之道,自有生平,自有本末,特患我所挟持者无具耳。毁誉芒如,捕风何所恤邪?

阅《宋元学案》。自佛变为禅,而南北宗之名以立,自尔书家、画家有南北宗,寖至宋明讲学家,亦俨有南北宗之别。实则九儒三墨,今文古文,门分派别,入主出奴,自古然矣。然苟尽其实,则渐修顿证,合之双美,离之两伤。

古之学者,由艺入道,若舍艺求道,虽精微,只空言耳,何裨世用?

凡作诗,使事要活用,不可呆用。如刘昚虚《因江滔求孟六遗文》云:"偏知汉水广,应与孟家邻。子美姝佐还,山后却寄云。自闻茅屋趣,只想竹林眠。"此实事虚用之法也。山谷极赏庾义城"有庆兆民用,论年天子万"二句,亦取其能以故为新,以俗为雅也。宁句不谐,不使句弱。

仲木张中允楷,蕲水人,铁翁之所取友。

六希来,以曹事宜勤习为言,从之。昔徐仲车戒黄庭坚曰:虑不厌熟则寡过,睦僚友则事举。此至言也。凡勤肄劳苦之事,宜居人先;荣名厚实之事,宜居人后,则德日修而怨日寡。

同年陶方之仕陇中,十年不携眷属,布衣蔬食,吏事甚勤。今为迪化州,已出西关三千馀里矣。边尘朔雪中,盘根错节,忍耐坚苦,可效可敬。世难方殷,本不当苟求安乐,立身须有本末,志气以渐而著,不恤为浮华之士所目笑也。

昔王元美入西曹,与李攀龙、徐中行辈为同官,接席唱和。今孺老、尊客、松岑亦同官计部,四人相与为友,论其逸情胜概,何必让前贤乎？

张霭青言，终日搜求时务，心驰于外，亦是舍田芸田之病。予深以为然。朱子言陈同父喜事，于喜字上煞有病。士无治事之职，以稽经考史为天职，敛德辟难，不待外求也。

闻劼侯于正月二十九日议定和约，押字后即可还，居英京差次。俄人归我伊犁西南路，索偿代守费四兆罗般，又索去年兵费五兆罗般。崇约作为废纸，伯都讷行船，西安、汉中设立领事各条均删去。山海关一带防军有廷寄交直隶李公节制，酌量裁撤，缘曾公已奉移督陕甘、来京陛见之旨也。惟东三省逼近俄疆，方当议防秋增戍耳。

本日刘参议劾李使相一折，奉旨严谴，以立言太戆，所参不实故也。纳谏之道，不当以搏击为能，进退大臣，必有其渐，此立言不可过激也。且欲纳谏，先须立身有本末，获上信友，士心多附，然后可行，否则蓄其志以有待。凡出使外洋一事，腥臊不可居，易来众人指目。观于郭筠老及刘之事，知几之士可以审所去就矣。此追论出洋公使之不可为，于此事曲直无关。

铁翁来谈，述刘参议前陈《铁路疏》，有七忌之说，于中西利病言之甚详。又论奏疏体裁，条陈与弹章不同，条陈可以独抒己见，只说一面话，弹章则立言缓急轻重各有所宜，国法人情须面面都到。或似宽而实紧，或欲抑而先扬。至于中肯语不在多。《语》曰："二刃不断，四刃不入。"自古惟操寸铁乃能杀人耳。此立言之难也。又凡陈言，视其人所处之位何等，位卑者不妨慷慨激昂，位高者则须寓严正之气于和厚之中方合。铁翁又言：自处必当廉介寡欲，不营一私，然后以正治心，以直养气，养之既久，遇事发言自能一言当百。却旋即冲静，收敛以养之，一味浑含，丝毫不露。知此方与壮頄夬愠、自蹈危机者迥乎不同。

【眉批】《传》云：谏有五，讽谏为上，直谏为下。此论其义也。至论纳言之事，则有三：一曰匡弼君德，如孙文定《三习一弊疏》是也。二曰荐贤斥不肖，魏敏果、郭华野其著也。三曰条陈时务利败,如曾文正之《简练军实疏》是也。三者命意修辞或和或峻,或简言之或详言之,各有所宜,其端至赜而不可乱也。

出门一次,归辄作半日恶。山谷老人云:“出门世丧道,解绶饥驱我。”盖抑畏世态之难也。混混与世相浊,独其心追古人而师之,抑亦可以免于内外交臒乎?

借阅俞荫甫太史《杂录》。荫老所刊当世名人往还简尺,惟曾文正、钟子勤先生、黄玄同数通可观,馀皆根柢未深,故作艰奇诘屈之语。学者如牛毛,成者如麟角,所谓雅道凌迟,人物眇然者,不可观哉。

改一生课义数首,此生文笔多陈腐,不能特出清新,殊闷闷。记先五叔父篔村公,十六应童试,题为“徙义”。文中有云:“如鸟之徙巢,然幽谷既迁,乔木是营;如人之徙宅,然毁以嚣尘,更诸爽垲。”虽于题理稍不比傅,而殊有新意,提学吴公钟骏深赏之,遂补弟子员。先正出语不肯随人后,殊不可及。

刘宽婢捧羹翫衣而不怒;娄师德唾面自干,此惩忿法。赵阅道挂父母像于床前,程正叔以忘身殉欲为深耻。此窒欲法。欲不仅在声色货利,凡好名好胜皆欲也。

辛巳三月

得松生征君信,松生方监修文澜阁,将落成。取辛酉乱后所收四库残书几二万册,及补抄《图书集成》庋藏其中,今之毛斧季也。

敬老综理微密,吾宗巨才,叹其位不副实,情见乎词。

魏舍人《夷舶入寇记》上下二篇,乃《圣武记》内未刊稿,夏嗛父燮《中西纪闻》二十卷,采取之而加详,又深不满意于刘韵珂。此其异者。

近代博闻强记,学治兼综,推魏舍人。其文笔精悍恣肆,则降而入于纵横家。于学术之中,门径正大,规模闳实,推曾文正。寻其指趣,欲尽采汉儒之训故,通宋儒之义理,磨砻浸润,而文之以庄、屈、贾、马、韩、王、欧、苏之创意，造言健于论议，至发挥事业，则取诸杜君卿、马贵与、顾亭林先生、秦文恭之书，学能如是，则体用兼储，可见可隐，随时随地，皆足以摆落襟期，盎然自得矣。"昔吾有先正，其言明且清"，勿误于所从入可也。

【眉批】文以词必已出为主，学以无入不自得为主。学不至于乐，不可以谓之学，故孔言忘食忘忧，孟言居安资深，皆谓自得其乐，无待外求也。

近冯竹如观察、宗湘文太守设立讲塾，分课诸生，以经学、小学附。史学、掌故、舆地、算学、词章六门，亦祖胡安定暨文正之意，如再仿祁埙五科之说而损益之，则其条目加详。五科之目，博通史鉴则史学是已，熟谙舆图情形，则可以赅入舆地门。舆地之学固当略沿革而详形势，以顾景范为主。洞知阴阳占候，则古法失传，西术勿尚此科，不合用。至精熟韬钤制器、通算二科，则当增入六门之内，曰武备、曰制器为八门。盖制器乃算学外之一大宗也。

至承学之士，各就其性之所近，专门肄习，乃有白首能言、造车合辙之日。慎勿兼营并骛，反致一艺无成也。

或讹言融斋师化去，惊痛。当寓书南友问之。入曹意不适然。廖直群、王粹甫皆及师门，鹿畦则有执挚之意而未遂。拟同为位于野寺以祭。记师曾住长椿寺，则即于此寺可也。

【眉批】融斋先生尝自赞云："经世之才无一有，遁世之才吾天授。"昶问："逃世而游于方之外亦须才乎？"先生夷然曰："邵康节言，胸中无物漫居山。苟无感而遂通，沛若江河之善心，则真木石鹿豕之蠢然者矣而可乎？"于是知先生身虽退，心未尝不存乎仁也。

闻盗杀俄汗曷埒散勒第二。俄汗系前汗纳葛拉之长子,母布国女。俄传国法,有世有及,纳葛拉以上或兄弟相授,至纳葛拉乃复传子。汗祖贝德第三亦被弑。以诛杀为道德,以篡夺为仁义,兴戎黩武,僭逆相寻,哀哉!汗有五子,长亦名曷埒散勒,道光二十六年生。次扶劳迭孟,次阿勒昔,次秀圾,次保罗。闻其长子前死,未知今所立者为谁某。俄人已立汗次子为嗣。汗讨禽乱党,年三十馀矣。佛狸海陵欲肆毒噬于中夏,而身先为戮,岂非天意哉。然朝廷及是时整饬吏治,修练边防,犹可以为善国,若遽晏然安坐以为无虞,当轴庇其私人,文法繁而相市上下,觳觫莫知悛改,则难未已也。

阅虞伯生诗。元仁宗、英宗朝文学推虞、杨、范、揭。虞诗清深肃穆,风神苍秀,乃苦学阴、何,下参杜陵神髓者。汉庭老吏,犹其迹也。此境良不易到,至纵横变化处,则微不及前贤。此本汲古阁刊,六卷。

【眉批】《南史》林邑国王阳迈父子同名,不足为奇。

宋太宗尝领严州防御使,后升为府。元董棻守郡作《图经》八卷,今存三卷。元改称建德路,棻仍其旧名耳。郑瑶景定《严州续志》十卷,续《图经》而作也。

仕不可求速化,学不可求速化。考订金石,稗贩目录,作古文,貌为周秦诸子而鄙薄八家;作诗,貌为汉魏六朝而以杜、韩、王荆公、坡、谷、元遗山诸家为铺叙直陈,大声鞺鞳,不合风人比兴之谊;至于书艺,则宗北魏而斥汴京以后,皆描涂戗刷之体。不识作者苦心,轻于诋撼前辈,伪体杂出,贻误后生,皆学求速化之病也。

【眉批】王子雍有三反,徐仲车有二反,释道潜有五反,生性之不同如此。今蓴老动辄经旬不出门,而于世事,虽新且密无不周知,是得徐仲车先生之一反矣。

李蓴老言梨洲、亭林、潜丘、慎修、松厓、竹汀六公有功经学，宜祀泽宫。曾文正尝言王石渠宜从祀，皆国朝大儒也。又论望溪为文谊法。望溪讥吴越间遗老无一雅洁者，诚然！诚然！

惊闻昨日戌刻，大行慈安皇太后仙驭上宾。天步艰难，国家多故，焦劳圣虑，遂掩玄堂，画翣无辉，宫车晏出，两朝斡运，扶琁极于委裘；廿祀恩勤，奠丕基于访落。任姒兴姬，蘿重轮而半晦；邰娀配帝，韬一鉴以潜沦。角貙才驯，驯麒俄斗，厌东朝之仙仗，惨淡因山；陈便殿之容衣，神明配地。哀风振乎阊阖，蒙气虷于旋机。弥天颂德，厚轴偏倾，率土衔悲，高穹曷极！珠襦服大，瞻武帐以何从？漆室忧微，躡麻鞋而更痛。是时连日大风，沙霾阴晦，日縠冥蒙，阳景罕曜。

【眉批】《周书·谥法解》"大行受大名"，此称大行之谊，谓初丧未有谥也，在殡称皇太后，义系于子；祔庙称皇后，去"太"字，义系于夫。今也未祔庙而为祔庙之称，此礼臣不学之故也。

上冢，自汉以来行之，权舆于古去国之礼；寒食上墓，编入五礼，始于开元，韩子墓藏庙祭不可乱之说，似亦未可拘泥。盖古者适士亦得立二庙，曰祖曰祢，复魄于墓，迎精于庙，得有精意以享少牢馈食之专所。故墓用凶礼，庙用吉礼，各尽其所宜。后世庙制湮废，则不得已之墓而祭，以伸其思慕之情。与曾子问"宗子去在他国，庶子向墓为坛，以时祭"之义合。徐健庵司寇引武王将东观兵，上祭于毕，以为古亦有之，未可废千馀年通行之事，而求合古经是也。第展墓之礼，不可纯乎吉祭之服，窃谓君子有终身之丧，忌日之谓也。今忌日裸馈，用吊服，施之墓祭，或亦礼以义起之例与？

竹石寄示《刘君遗集》，诗文皆取材修洁，造句隐秀，所少者，风云之气，金石之声耳。然此境已关老学朱检讨所谓花草鸡釭，求之并世，正复眇然耳。

或问目短视，古有之乎？曰：麦之渐渐，察之则禾黍之离离，视之则稷莪之蓼蓼,迫之则蒿。此诗人忧思煎迫,目为之眩,必非短视也。欧阳兖公《赋平山堂》词曰:“山色有无中,立乎蜀冈而望南徐,诸山几案间物尔。”而公云然,或以为短视,良信。

严居士邀游崇效寺,观国初智朴和上《青松红杏行看子》,有渔洋题诗,竹垞、初白题字,后有盘陀老人及吴兰雪嵩梁题诗,名人加墨甚多。座客或言,兰雪后官贵州黔西州知州,卒之日,孝达座主即于是日生于遵义旅寓。或述座主兰雪后身,颇记前事,殆好事者所说牵连记之。寺一名枣花寺,枣花殆取晏子对景公语。有北藏三乘经律,有大楸树二,腹中积土块然,蚁穴其内。有棠梨、丁香、梨花堕地如珠玑,海棠则蓓蕾,须旬日乃开。桂未谷、周书仓皆曾卜居于此。

还憩居士寓,敬观世宗《御选宗门语录》,计十二册,自达摩至惠能六祖,下逮莲池法语,全行摘录,后有《御制圆明居士语录》,一册,《当今法会》一册,抽阅内选寒山、拾得、丰干三集及《黄檗心印》。

苏明允曰:《春秋》有天子之权,不与人而自与则僭。亭林顾先生以学《礼》推尊朱子,而于《纲目》之作,则病乎其述前人之书,改窜而为己书,曰“不如《资治通鉴》元书之善”。且温公微指,托始三家分晋,欿然以为续左氏,非敢接武《春秋》,故直书其事,而是非利败自见,扬子云所谓实录之谊也。夫《春秋》之义,文微而义著,辞婉而旨辨。后有作者,显矣而不能微,志矣而不能晦,成章矣而不能婉,然则朱子之所以为朱子,固当于其讲解佗经求之,而未可泥执《纲目》一事求之也与。河间相国纂《乙部提要》,编年类无《通鉴纲目》,而以御批之故,别入史评类,亦似为允。

【眉批】后世据事直书之史法,可以为纪传、编年,而独不可以拟《春秋》之经。《春秋》以正名尽辞为主,然其义指数千,不主故常,无达例之可言也。黄楚望以为史法与经法不同是也。

学者志先立乎其大者,则气随之而坚强充实,其视外物皆小,莫之能夺。故学问苟能日益，则嗜欲自然日损，所谓火壮则烟微，性充则情约也。

晴热，入署道上臭沟纵横，亢燥无水不能流，恶秽气熏蒸。予坐一败车，闭置帷中，受热欲病。郇、瑕以土薄水浅，不居野庐，以除道涤途为职，此政久废不举矣。

《鸿范》而邦其昌，箕子不臣周，故不为周讳。古者入门问讳，武王访道于胥馀，是未尝入新朝之门也。其词灏灏，与《周书》有别。今亭林、夏峰、梨洲、二曲、船山编入国史《儒林传》，亦从《鸿范》次于《周书》之例。圣祖尝欲召用孙、黄、李三先生，叹息以为憾不得见，命所司存问敬礼。然则诸老高《明夷》之节，圣主有访畴之雅，不亦两美乎？伪《太誓》，亶聪明，是时古公尚在四亲庙之列，未祧当讳而否焉，斯作伪者之纰漏矣。

【眉批】左氏文五年、成六年、襄三年《传》三引《洪范》，皆谓之《商书》。

《孟子》言："蹶者趋者是气也，而反动其心。"则气为心累矣。仕而求速化，学而求速成，犹之蹶与趋也，一跌则沮且败矣。《老子》曰："其进锐者，其退速。"又曰："心使气日强。"心使气者，挚敛是气，而后方寸吉祥也。其行之也渐，其积之也微，孟子得养气之用，动而存天地之心；老子得养气之体，静而观四时之眇。能如是则可免于气为心累之患。天地之气往屈来伸，阴阳积而百宝生，四时之气，一消一息，寒暑积而岁功成。故其道在积微，有绵绵之志，不尚赫赫之功。

【眉批】朱子所谓猛火煮，必有事焉，而勿忘之谓也。又曰慢火温，勿忘且勿助长之谓也；孟子而勿正心，正心二字乃忘之误；文下重言勿忘，此亭林先生说。

心贵虚，主静以虚之，虚则万理从此出而涵养于一。志贵实，持敬以实之,实则万物不足以挠吾主宰而凝于一。一者,诚也。《诗》曰:"其仪一兮。"言用心专一而不杂。

理学不可与经学沟分为二,古文不可与六经文言沟分而为二,二之则其皮毛存而质干亡,流派盛而本源涸矣。实名富伪名贫,末学蜩螗,德之贼也。

遇汝翼,谈闽海学派自黄忠端而后,李文贞、蔡文勤、雷翠庭、孟瓶庵皆荦荦大者,陈恭甫寿祺《左海文集》《尚书大传疏证》《驳五经异谊疏证》及子乔枞则为故训之学,陈颂南则以直言鸣。勐奕山、奕经、琦善疏。黄莘田任著《秋江集》。及近人林颖叔、谢枚如则以能诗名。

辛巳四月

阅刘道原《通鉴外纪》。道原父涣,字凝之,刚直忤时,以颍上令致仕。欧阳文忠与之同年,为作《庐山高》诗以美之。东坡所谓"匡庐先生古君子,挂冠两纪鬓未苍",山谷所云"弃官清颍尾,买田落星湾"者,皆指凝之。山谷叔父夷仲名廉,凝之婿。《宋史》恕本传为和川令,司马光荐修《通鉴》,召为局僚,而《宋朝事实》李攸著。载温公元奏"伏见韶州翁源县令刘恕、将作监主簿赵君赐皆有史学,为众所推"云云。然则乃翁源非和川也。攸又云:"后郡赐以父丧不赴命,太常博士国子监直讲刘攽代之。"则贡父及范淳夫入书局在道原后。

前汝翼谓予上焦多郁,故头风眩晕时作,宜日饮佳茗以疏通金木二藏之滞气,予深然之。今日眩疾作,忆其言而志之。

王、韦、储、孟之诗,其根柢时或不及荆公、东坡,何也?唐人以诗为诗,汴宋以学为诗也。欧、曾之文,其经术时或不逮梨洲、亭林,宋儒以文为文,国初诸老以学为文也。气体则当运于虚,所谓当其无,有车之用,理胜也。质干则当尽其实,所谓笃其实,而艺者书之,孚胜也。知是则去其两短,集其两长。

李壬叔丈枉存,言涿州李小泉若昌因读《参同》《悟真》而悟烧金之法,能炼黄铜十二斤为白金十斤,然李君颇萧然物外,不轻试其术。

清苦食淡，稍有馀则以施道路之废疾贫者。弃其所得粤东某县，今独来日下闭户穷居，殆知道者邪？住梯紫胡同。又善作竹木水石。昔元太祖西征回教五十国时，度支不给，延丘长春真人炼金以济军饷，安得如耶律文正当国，能用斯人邪？壬翁仍日饮铁水，颜如柔童，云铁最能养血，用三倮虫之血炼之，能造洋枪一杆。翁所云，盖泰西化学也。

检《水经·渐江水》篇注云，《山海经》亦谓之浙江者，误也。《说文》"渐"下云：水出丹阳、汉郡，今太平府。黟汉县，今歙地。南蛮中，东入海。"浙"下云：江水东至会稽山阴，为浙江，即《地理志》班自注所谓南江也。南江流绝，故郦道元改桑君长之文，而误以二水为一。

阅《汉学师承记》卒业。江君所见虽偏僻，然藉此可见汉十四博士之遗法。乾嘉以来百馀年中之风气，专门孤学，亦足砭俗儒务为通说而茫无法度限断之病。然儒林正宗，终推亭林顾氏、梨洲黄氏为汉宋调人。苟党枯竹护朽骨，由江君之学而学焉，未可以适大道也。

曾子曰："难者勿辟，易者勿从。"荀子言："为人戒有暇日。"阮文达、洪更生尝举以为劝学之法。予性懒惰，病未能也，宜书绅以自戒。

特命李用清为惠州知府。李字菊坡，山西人，闻极清苦自励，操行坚卓。

文必己出，勿剿古人；学求心得，勿徇今人。李习之云："创意造言，各不相师。其读《春秋》也，如未尝有《诗》；其读《诗》也，如未尝有《易》；其读《易》也，如未尝有《书》；其读屈原、庄周也，如未尝有六经也。"直斋陈氏《书录》论立言著书，六艺而后四人耳：左摭实而文，庄凭虚而理，屈变《诗》而骚，子长易编年而纪传，皆前未有比。韩文公诎《老》而喜《庄》，诗文中每援引内、外篇语，故自述纂言之指曰：下逮《庄》《骚》。然又曰：庄周以其荒唐之辞鸣。则公所取者词耳，未尝溺于其理也。以是知先正笃信好古，多识前言往行者，特取证此心此理之同。至发挥为文，则仍不相沿袭也。孟氏之治《易》，伏生之治《书》，辕、申、毛、韩之治《诗》，胡母、董生、张苍、江公之治《春秋》，同时并出，各守专门师说，不相杂厕。服虔释《左氏》，而郑君辍注；韩子辟佛，而柳子以为与

《易》《论语》合;邵康节言数,而二程与同里巷周旋三十年未尝一字及之;又同师周茂叔,而伊川作《易传》,未尝言太极;温公最喜《法言》《太玄》,而东坡贬扬子,谓以艰深文浅陋;朱子废《诗》小序,而吕成公、陈止斋仍宗之。是并世而学,各尊所闻,各行所知,无事党同门妒,道真也。

晚饭讫,命车过访湛老,湛老以盗课为文法吏所持,失江南万家县,郁郁不自得,从军渤碣间,冀一伸其无俚不平之气。旋直诸军解甲撤防,抱奇策无所发抒,千里走日下,出其箧中诗,犹戢戢如束笋,其蕴蓄于中者何如哉!

扬子云言:心离书则神索。张子厚言:书以维持此心,一时放下,则一时德性有懈。程伊川言:不学便老而衰。是三言左验最确。假至言以修心,孔老犹然,而况中材以下乎?吾老嗜读书,万事不挂眼,然则昌黎公之所以养心者至矣。

仲伊讥郘亭学术,犹是游士掠食之具,斧藻其词以骇聋俗,所谓今之学者为人也。不佞自忖,诣所尚不及郘亭,决未能免仲伊所讥,当奉此言为法戒,以仲伊为严畏。

今日午刻始悟"能静坐,收放心,便是善学"之为至言。

【眉批】始知终日坐火宅中,安有闻道勤行之一日?人生至此,可为饮冰吞炭,猛然觉悟,夜改晓非,今匡昨失。

牧斋以"初学""有学"名集。有,读尤救切。从姚合《极玄》《又玄》之例。集中诗风调圆美,词材繁婞,排比中仍有一种俊逸票姚之气。此老于声律极细,无平头、上尾、蜂腰、鹤膝诸病,与江西社里人言"宁律不谐,不使句弱"者宗旨大相径庭。以故为新,而不病于生涩;文从字顺,又不流于软熟,此其所以难也。方灵皋讥东涧文,谓其秽在骨。谛审其文风格却不如诗,殆不废江河者也。"勿以独角麟,俪彼九牛毛",此牧翁深赏王贻上句,实则渔洋论诗四则,曰典、曰远、曰谐音律、曰丽以则。所谓风藻神韵、晖丽万有者，牧斋有之而渔洋似犹未也。后有论诗者，慎勿以方氏之言为口实。

访郑令君，出惜抱姚氏所选《山谷内外集》观之。凡阮亭所采七言皆在焉。

金水清明而内景不能外光，火日浊明而外景不能内光，明月之夜可远视而不可近观，连雾之朝可近观而不可远视。譬人之才性，有所偏短，不能兼长也。与之齿者去其角，傅其翼者两其足，瓜甘则蒂苦，花繁则实稀，食谷者智慧而夭，食气者神明而寿。人之福泽，此信则彼诎，前塞则后通，迭为消息，运转密移，有所偏靳，不能并美也。

三辅水利之议，发难于湘阴枢揆。案：此事自虞文靖集首开其端，其文载顾氏《郡国利病书》中，近代吴邦庆刻有《畿辅水利丛书》，唐确慎鉴、林文忠则徐皆著《畿辅水利议》，又有《畿辅水利四案》，自雍正中怡贤亲王、朱文端轼以下所办成案皆载焉，俱可备查。

【眉批】陈君言，又有《畿辅安澜志》外，又有《直隶河渠志》，戴吉士震撰。《畿辅安澜志》即《直隶河渠书》改名，详本书叙。

东坡评山谷诗，谓时若不适于用，然如鲁仲连、李太白见之使人名利之心都尽，于世道不为无补。牧斋之诗，其为不适于用盖尤甚焉，而质厚之本又无两失之矣。昔贤所为读《史记》《汉书》、杜诗、韩文，苟尽通其一，足以治天下而有馀。南宋金元以后之诗人，斯道也将亡矣，盖离者多而合者鲜。古之诗人左物而右志，持有故而言成理，故能言者无罪，而使闻者足戒。

辛巳五月

湛侯评《剑映集》，谓密丽多而少疏宕之气，真说着病痛。湛翁又述《太平广记》有云："山鬼伎俩有限，老僧不见不闻。"此二语可为处流俗毁誉之法，甚有理趣。

是日买晓岚《协揆朱批坡诗》一部。童游时所癖好也。

前日读《濂溪集》,深得黄著作所谓光风霁月之趣。观所谓游山水题名及诗,翛然尘埃之外。不肖年齿渐长,人事纷挐,记性日坏,旧书偶一温寻,无一卷全熟者,奈何奈何。惟求温故知新,使义理胜处浸灌吾于之灵府,或者副是要腹,免于咎戾乎。

古之善摄生者,未尝以元气佐喜怒,未尝以吾胃熟生物、尉冷物,而视遇之穷通,禄之薄厚,若燕雀蚊虻之过乎前而已矣。是以心得其养,而滋液渗荣,志业交畅,犹之珠生于渊,而岸岛不枯也。

魏叔子谓:"小题大做,俗人得意之笔。"此讥浅炫之士偶对人弄笔,辄作搔头弄姿语,方且自鸣雅人深致,殊不知形具神亡,俗入骨髓,不可医矣!此中结习,误后生不少。

京曹生事太迫,虽存廉耻之名,实则不免悭鄙,殆孟子所谓其居使之然邪?予向悭于借书,近则此悭之外又增一悭,何时打破恶习?和峤森森如千丈松,饱啖太官厨而不免倾身障簏,彼诚不可以已乎。若营一饱为难者,又当别论。管仲贫时与鲍叔分财不为病也。至位齐上卿而建三归之台以分谤,则违贵而能贫之谊矣。

孙退谷《庚子消夏录》,体例类周密《云烟过眼》,多叙碑版法书名画,亦有理致,今始见之。

此卷赖鼎父指误之力,校出"币""翕"两字之伪,以是知朋友讲贯切劘断不可少。《广师篇》云:李中孚坚苦力学,无师而成,然有友若顾先生,非以友为师乎?十月己巳,呵冻书。

【眉批】此题册首者。

《檀弓》"君安丽姬","安"字语妙,后人百思不能到。文王之事亲也,思亲之所乐所嗜,如欲色然。故曰:敬可能也,安为难。君子之殉仁谊,与细人之殉货利,其安焉,均也。安故能久,如履适足,带忘要也。立法贵严,待人贵恕。严以息其回邪之心,恕以化其扞格之隐。故师安弟子,弟子安师,则其言易入而其教易从。故曰:鱼相忘于江湖,人相忘于道术。

闻浙帅督州县清赋甚急,每年京漕骤增十万石,此踵菏泽故智,恐不免有抑勒下户、强荒作熟之弊。民间生计,亦骚然矣。

辛巳六月

客或言,凡人才力不足者方讲理学,及桐城派古文才力稍强,则讲考据,又稍强则能讲词章,最强而机智纵横、才气敛劲者,方能讲求经世之学,能自立,以别异于凡民。都为四等,要视才力为差。一客又曰:考据词章家,用心内外,得失参半。经济家始用心于内,终役心于外。惟能学道,深根固蒂者,最为有内心而轻外物。然则能自律己者,华实侈约之不同,差分三等,要视用心为优劣。予闻是两说,而未有以折衷,姑记之。

【眉批】由前之说,贵取精用宏,贵自强,贵日益有功。由后之说,贵去私寡欲,贵濡弱谦下,贵日损而返乎无为。一则曰《孟子》,得《易》之用;一则曰《老子》,得《易》之体。《孟》《老》相为用,不相用亦不足为《孟》《老》。

何厚卿大令自乌鲁木齐来,询知子方均父消息。何言新疆北路承平日,汉民户口三百数十万,五倍于回民。自汉回交哄以后,汉民被屠甚惨,今止有五万馀,且大半系湖南、北人招往开垦者。而回民犹十馀万,仇猜未泯,将来恐终不相安也。左、刘各军皆湘勇,招垦多湖南人,金顺所部多鄂勇,招垦多湖北人。

道如适五都之市、四达之衢,贵同能,不同能不足以为道。艺如钩重渊之深、缴层云之峻,故资独胜,不独胜不足以为艺。

【眉批】诣蕙老请教,蕙老论宋学得失,极其平允。又言,学必归于怡然自得于心,方算为己。予深喜,得闻善言也。又言国朝古文,当推魏叔子勺庭、方灵皋、恽子居三家。又于北宋推重涑水及刘道原,南宋推沈溪及王深宁、李心传,极为有见。

闻是日正阳门无故自关,当入《五行志》。此疑传讹。

张忠定自号乖崖公,以为乖则违众,崖则不利物。王偁《东都事略》。刘忠允自称痴崖子,以为能痴则不至孤贵失和;能崖则不至有群累生。

读《有学集》。《初学》皆崇祯甲申以前作,精严华赡,如泉源万斛,与山石曲折而澜翻无尽。《有学》多顺治丙戌以后诗,虽排比驱策,绽云补石,变幻无痕,然颇颓然自放,譬如老秃开堂久,机锋虽熟,然不免剽滑。此事自关前后遭遇不同,亦可以观心声之不相掩矣。诗第列朝家藏实录,欲自托于遗山翁之《中州集》,野史亭直窾言耳。

徐仲车自闻安定先生莫安排之教,所学遂进。拈弄文句,取前人已陈之刍狗,而游居刻镂其下,徒取骇聋俗耳,其实安排之下劣者也。不如杜刳肠之机以莳气母。

希夷五龙甘卧修道之心,如如不动,如渊虬之养珠,鲁鸡之抱卵。《庄子》"至人之息以踵,众人之息以喉",东坡引道书云:"至人之心如珠藏渊,庸人之心如泡在水。"

人有食管,有气管,水谷之精,由食管而入,呼吸之气,由气管而出入。学人研经谊故训,以养其体质,犹水谷以养阴也;探义理文言,以发其英华,犹呼吸之气以养阳也。国家以食货为食管,无食货则羸瘠坐亡;以贤才为气管,无贤才则痞塞立见。农桑茶矿、畜牧渔盐是浚食货之源也。若夫治国者,积养贤才,犹之治生者积养精气,所谓三十辐为一毂,当其无有车之用。盖水谷节宣,治于有质;元气吐呐,治于无形。施术异而资效同也。

【眉批】自水谷之功用分言之,则食养阴而饮养阳;自呼吸之妙用质言之，则呼为阳，顺行，不若吸为阴逆修。故调息之法，龙从火里出，虎向水中生。

吾师韩子诗云："朝日在其东，我常坐西偏。夕日在其西，我常坐东边。当昼日在上，我坐树中间。"此有相其阴阳观其流泉，日南景短多暑，日北景长多寒，日东景夕多风，日西景朝多阴。意古人随时随处度地形、审天运，以与之消息。是在观其微矣。

【眉批】柳子厚《柳州亭东记》云："朝室以夕居之，夕室以朝居之，中室日中而居之。阴室以违温风焉，阳室以违凄风焉。"意指亦同。

鼎父过谈，与之商榷改旧诗。君言，凡文事入手，须专意临摹，惟恐不似古人。及成体以后，须摆落窠臼，自成气格，惟恐不自己出。此参用刘文清、翁覃溪论书之法。

欲勤敬，则不善为之而入于气象褊促；欲和缓，又未得其理而流于筋节驽散，浑身皆病，终日在尤之中，何以仰荷。罪人罪人，无疑无疑。先训暴弃自甘，孰有过于不肖者？阅《徐彝舟年谱》，徐氏晚年删定。所著存经说而削韵语，为之怵然，悬为厉戒。

晦翁谓伯恭有个文字腔子，《左氏博议》《古文关键》，此腔子之觞源也。然朱子亦自谓一生在文字上作窠臼。

日内三得杞斋来书，时君方治筐儿港减河工程，牛毛茧丝，用心极细密。然事事以全力处之，恐不能胜也，微讽之。杞斋云，有李观澜先生在蓟州山中隐居教授，操行极清苦，不识其论言、气象何如。

【眉批】李观澜先生，名江，壬戌进士，兵部主事，刻苦力学。因得艮峰先生日记二三页，遂致力于宋学。庚午津门教堂案起，发愤乞病而去，足迹不入都门者十馀年矣。驾部有讲友曰王竹舫晋之,亦笃学士也。

至霭青斋中,观钱梅溪泳《重雕熹平石经》六纸,较黄小松易小蓬莱阁刻尤有精采,寓和平于峻整之中,确是中郎隶势。乃知傅青主所摹《郭有道碑》,狂禅耳。又观王惕甫芑孙《萧寺读书图》,有记文甚佳,真不染乾嘉士人习气,与所作《洴澼百金方》袁宫桂著,自隐其名曰惠麓酒民。叙立论如出一辙,洵豪杰之士也。

答署陕甘督部杨公书

【眉批】应否入文?

去年因值疆事戒严之际,辄缘来弁,附贡狂愚,杞漆微忧,本无足录,乃荷此次辱书,虚奖逾涯,无实蒙誉,只增皇汗。伏惟督部抚兼圻之版籍,握开府之弢钤,从此塞垣草木,尽识威名,绝域左言,咸驯𥌓铎。负管钥北门之重望,纡庙堂西顾之深忧,预有荣施,曷胜抃庆。不肖虱处京华垂七八年,京曹计资较奉,公事无多,既获守分自安,兼可穷年力学。不揣梼昧,远仪亭林行已有耻之箴,近绎文正遗外声利之教。鼎要之门,未尝通谒,虽座主亦只岁时例投手版而已。过荷袚濯,厚意有加,齿诸相侯之前,又喻以如有管蠡,不妨随时刍献。相侯,今之裴晋公、韩魏公,诚亦慕道德而钦风采。然分则隔部堂上官,地则论思密勿,宁守陈师道之拘拘绳墨,未敢轻于修士相见礼也。区区盍各,公以为义当何如?位卑望浅,绝口不敢道时事,譬之时值惊涛危浪,柁工出而攘臂,或辄献其一壶千金之技,诚激于不得已也。今则上下晏然,各居消弭之功以为无事,而犹哓哓作曲突徙薪之语,为补牢顾犬之谋,途之人且将斥以为不祥矣,况当路巨公志得气满者乎?吾惛不能,愿辱教之。浙省今年骤增漕十万石,令人思前政宽大之泽。松生时时来书,其善后事尚未卸肩,铭斋丈辞东城讲席,杜门学行，坚苦卓荦，令人肃然生畏。二君夙蒙特识，故敢附闻。道远书何能悉。

【眉批】是日译署天文馆所绘《彗星盈缩图》，并说云出四辅中二星之下，犯北极第一星，尾彗、钩陈。北极、钩陈之间相去三度半强。

劾使保南皮使英，乃其怂词。另保邵屠、刘翰清、陈某其妹夫，亦市侩之才，宜中枢目笑置之。浮丘治拒马河覆陈，夸大其词，颇为一建官所笑。

夕又书

懒残真熟于世态，而不肯犯手做者，其语邺侯曰：慎勿多言，领取十年宰相。然则长源之所以不能遽作相，且晚而白麻枚卜，卒未能久安其位，殆以多言故也。后世守懒公教，瘖焉寒蝉，趋庸庸、避白璧，坐致通显者多矣。是皆得"慎勿多言"四字秘密心法者邪？

旧刻小印文以自警惕，一曰"尸坐雷行"。尸坐，言毋不敬；主敬，雷行，言与物无妄。主诚。不言诚而言无妄，避大父讳也。一曰"勤谨和缓"，元城语。一曰"忍默平直"，山谷说。此十善行当勉为之，而以敬诚二德为之枢纽。

古无生日受贺之礼，自唐玄宗置千秋节为蔑礼之始。今上朝设奠于观德殿攒宫，而午以圣诞受贺，此礼臣不学之咎，陷吾君于恶也。礼，三年之丧不祭，惟祭天地社稷。乃越绋而行事，谓惟郊坛大祀不废，得暂从释服，即吉而行事也。若生日俗仪，何不可废之？有且吉凶同日，可乎？本朝儒者顾炎武、毛奇龄皆力辟生日受贺之非，谓无事时行之，亦非也，况斩焉在衰绖之中乎？汪中辨居丧释服，惟即位改元及殷祀乃得行之。明王者，父天母地，不敢以凶服事所尊也。即位必告祭天地与太祖之庙。若以生日而居丧释服，燕享群臣，饮食衎衎，则非礼也。张阁学此谓南皮自期为鲁国儒者一人耳，乃亦噤不敢抗言乎?抑诚不达礼意,或知之而谓吾君不能,则其获咎更大矣。

【眉批】此谓南皮。

王祭酒柽存。论王定甫诋毁河间仪征两文达,未能得其窾要。

铁翁侍御善择交,又不爱官职,殆如刘器之立于元祐之朝耶?

善不吾与,吾强与之附;不善不吾恶,吾强与之拒,此取友法也。笑之则以为喜,誉之则以为忧,以其犹有人之见者存也。此重内法也。凡重外者拙内,重内者能轻外。内不足者,闻一凡夫誉之则以为有馀,一凡夫毁之则以为不足,中无真学识、无真才器故也。

静验每日枝体,惰慢时多,形神敛摄时少;诙颓自放时多,庄敬积强时少。在《易·颐》以慎言语,节饮食,病从口入,祸从口出;《鼎》以正位凝命;《损》以惩忿窒欲;《益》以迁善改过;《艮》止而用静吉;《复》小而动于仁。以上六事如能实力奉行,则中之所存者广大而纯深,自有真乐攻心,虽终身不遇巷、不著书,不以为病也。

辛巳七月

凡欲为文,先审四尚:尚理者醇,忌迂腐;尚气者健,忌粗犷;尚意者工,忌纤巧;尚词者润。忌文离其质,华掩其实。理欲积研,如良贾之贱入贵出,勿急求偿;气欲积养,如潜虬之抱其玄珠,处深渊而自藏;意欲积炼,如甘蝇飞卫之射,其命中蓄势在挽强;词欲积撷,如蜂之善酿,不见花乳,只闻其香。至于神明其技,则盍求诸道术之相忘。盖舍道而事末,艺则亦猎其糟魄,而焉能嘬其精英邪?

粤帅张公辟荐前权山西襄陵令朱次琦,字子香,骆文忠公秉章曾奏辟。独行国子监学录衔,举人陈澧经学,朝廷均赏给五品卿衔,以褒异之。臣愚以为朱次琦,古之循吏,宜即召用,试以大郡,如咸丰改元起用姚莹之例。陈澧长于经术,宜即授以太学司业,俾之造就人材,分立经谊、治事学规,督课三舍,修明实学,如乾隆中特授顾栋高、陈祖范为司业例。是则牧民之寄,桴鼓衰息,稽古之荣,惰游革心,两得之矣。若假以列卿之空爵,崇以检校之虚阶,官不程能,位不副器,揆之事理,似未尽也。

奴子日久有敖言骄色,遂黜退更换,因叹傲不可长,锄其骄色之难。凡处事接物,非战战栗栗,虚怀若谷,殆不免于罪戾也。

筐儿港减河在武清县。康熙三十九年,仁庙驻跸亲临,指示挑挖建坝。雍正六年,经怡贤亲王奏请展拓。乾隆三十二年,纯庙复巡幸河干,亲阅修挑以分泄北运河伏汛盛涨。初河面宽六十丈,今淤塞缩小裁五丈耳。光绪元年,直隶督部使相李公饬员重浚。七年再浚开挑,河口统宽七丈,河底统宽五丈,深四尺,计工长一千三百馀丈,共出土二万一千五百馀方,縻白金二千二百五十两每方津钱三百文。其岁修经费按照两壖侵种淤地,计旧减河淤地勘丈开报六千七百五十馀亩,有盈无绌。每亩抽收制钱一千五百文,共收万馀贯,给券永为民业。其泉存典生息,每年由县派绅督修一次,详见袁倅所详定章程中。

读《汉·艺文志》。六艺、小学而外,取道、农、医、法、兵、儒六家,最切世用。

近日不儒、不文、不循吏,而欲阑入大臣传者,何斗筲之纷纷邪。予意文儒、循吏为之皆弊弊焉。以役精神为事所可居而安之、乐而玩之者,其惟隐逸而略通方技之术,达则如留侯、张苍、李长源、孟诜,穷则如范长生、陶贞白、孙思邈,庶几免于世,罔可以息我黥劓而解我弢袠乎?伤性残生,殆不若采真抱朴矣。

【眉批】《留侯世家》云:"所与上从容言天下事甚众,非天下所以存亡,故不著。"从容者迎机而导之谓也。如《管仲传》所谓能因祸而为福,转败而为功。

夏峰先生云:"隐不在山,逸不在水。"刘中允诗云:"自立问宜何处所,无楼无阁得天光。”杜子美诗云:“卷帘惟白水,隐几亦青山。”斯言得之矣。

晤王祭酒,祭酒时方治《续古文辞类纂》,专选国朝文。又续《国朝经世文编》,用力甚勤。闻陈庶子与龙芝生湛霖由《穆宗实录》中,最录同治一朝十三年中洋务始末,百卷,甚可观。

巧伪不如拙诚,巧迟不如拙速,巧于蹈虚必败,不如拙于踏实。先为不可胜以待敌之可胜。巧者不过习者之门,孟贲之狐疑,不如童子之必至,神志先定故也。韩公《复志赋》曰“抱纯愚以靖处”,朱子言“全此纯愚”,《诗》曰:“其仪一兮,心如结兮。”言致一也。

英人赫德助中国榷洋税,凡二十七口,岁纳税银一千三百馀万两,而洋员薪水几耗其十之二。六成外用,供各省俸饷,四成解部,大农钥藏之,以备海防不虞之事。然定章每货物值百两正,子口共抽税五两,则二十而取一,去泰西之苛政犹悬绝也。泰西税法有值百取二十、三十者矣,有值百半取之者矣,有值百取九十者矣。以大貉小貉之邦,而行大桀小桀之政,且十倍于桀而未已,如是而国不乱且亡者,殆以商战立国,法令简易而上下之情通故邪?

【眉批】赫税务司遵拟现定洋药加税新章,旧每箱百斤抽税三十两者,拟加抽一百五十两,四倍旧额。英议院亦有禁烟之说,可以照行,惟印度官商皆不允。闻印度每年售烟中国,计成本须二千四百万,英之国用,印度之利源,咸取给于是,恐必有起而阻挠是议者。

凡文笔之属,其小者技耳,外华而中实窳,末丰而本实雕,取足斧藻,一身而已。大者则为器,简而不窾一作窕,繁而不枝一作枒,体充气实,惟义之施一作为,始足以适天下国家之用。诸子百家之为文,或合焉,或不焉,合者则其力行有得,而藏器深者也。上焉者一衷于道术,函元气,洞阴阳,默则存,语则昌,散之弥之,万事废兴焉,万里出内焉。弁之敛之，肫肫然者仁，渊渊者天。如日星之粲然，横被而发群蒙也。如山川之能出云降雨，瀸润群品，万产愤盈，含生遂气，莫不取给而利益无穷也。舍六艺孔孟之言，孰能当此者乎？

【眉批】闻邻家擘阮声，忽念辛壬、癸甲间乱离事，悲怆不乐。此予十八年中心病也。

阅《丹经》，太白云："吾将营丹沙，永与世人别。"纵无其事，意自洒然，殆如仲长公理所云"呼吸精和，求至人之仿佛"而已。

是日始购车驴，益形支绌，山人攘臂入市，所谓南市买鞍辔，北市买长鞭也。触热謷謷，亦颇有长安名利客之意。故知古大有为之士，所为气度雄远，细事不干其虑者，其故可深思也。

甫欲习静，奴子忽出不逊之言，不得已呵斥之。始悟动静相倚伏，得丧相倚伏，安危相倚伏。惟智者能审其机而以道御之。故安弓为之危矢，破甘餐酖毒之愚；危弓为之安矢，有衡门自得之乐。道其常故也。

积晦而明，积弱而强，如四时之运，寒暑积而岁功自成，非人力所可强安排也。

是日诵曾文正公诗，云："圣者自威厉，愚者自悠游。"言君子道其常，常怀曲突履霜之虑；小人无远鉴，自溺幕巢鼓缶之凶，何甘餐毒药、戏猛兽之爪牙而不知惧邪？忽于小而败于大，曷其奈何勿戒。

偶阅《北江诗话》，中有一段，言内热之人不识闲中趣味，故知韦、白、坡、谷虽非中道，然襟怀闲适，究胜于斗筲之胶胶扰扰，而忘却本来面目者。

【眉批】前人云："禄岂须多，防满则退；年不待暮，有疾便辞。"又云："非不好作要官，特爱闲多病耳。"北江自乌孙归，有绝句云："从此更多闲岁月，鲑鱼给廪鹤乘轩。"殊有谐隐风致。

辛巳闰七月

多日不能静坐,内观目赤,亦其验也。须战胜一场,打开一条血路,乃能占佀脚跟。

与松岑、少韩出平秩门,四五里许,游钓鱼台。园荒亭圮,池茭游塞,与宫墙外之水不相流注。古木多空心者,退之云:"犹堪持改火,未肯但空心。"殆谓是邪!台已废坼,前有堤闸,湖中有舟,可泛可沿,荷芡房实皆熟,可解烦渴。惜岸多水少,失萧疏淡远之趣,无江南水村乐也。此本元承天护圣寺故址,亦云功德寺,亦云看花钓鱼台,盖沿宋代赏花钓鱼故事,而失其初意者。今"钓鱼台"三大字榜,纯庙御书。是日,车中思严陵濑上风景不置。

假观元末遗老仇山《村归隐诗卷》,后有姚道衍题跋,又有仇实父英画白江州《琵琶行》,枫荻萧疏,江天黯淡,景中人殊,使人意消也。尾钤"赏雨茅屋"小印,盖藏曾宾谷家也。主者每卷索值百金,索笑而已。

凡人有事,求可功求成之心,是代天作主张也。代天作主张,而事机之来不顺什常七八,则徒滋怨尤之心,而又生出一重罪案矣。是即忮求之根,戕贼性命之情不少也。善修身者,天下虽不治而一国可治,岐周是已;一国虽不治而一乡可治,陈仲弓是已;一乡不治而一家可治,王节信、申屠子龙是已。至于一家不治,将谓处人道之变,穷而无所复之乎?然苟约求之吾身而治,则仍为心安理得,舜与周公是已。妻子贤固佳,不贤则尽吾心以导之于善而已。安危祸福由其自取,而吾无能为力,至其福泽厚薄、根器贞脆,则亦非可代作主张者也。鼎鼎百年中,涉冰畏邻,淡泊自守,心君尚恭,日慎一日,凡以治一身而已,此外无可恋著,亦无可觊冀也。倘一萌觊冀心恋著心,则累吾超然无与之中而弊弊焉,终日在火宅阱狱中矣。庸非自取之乎?

偶阅《杨诚斋集》,是以江西句律参用长庆法者。

得敬孙宁河来信云,北塘海口陆路南距大沽口四十里弱,北距芦台六十里强，水程则倍之。北塘，庚申之变夷人从此阑入，北河分涨，由此入海。近日，海舶因畏津沽洋关征税繁多，遂多回远，由北塘而入芦台，去宁河县治陆三十里。芦台镇设抚民通判一、巡检一、盐大使一，近直隶提督移驻于此，市声浩浩，五六里，屹然巨镇矣。

阅《盾鼻馀渖》，湘阴相国所作杂文也，诗亦间存数首。无意为文，气格苍老而粗硬，又时剿韩、欧诸先正成语，视曾文正之于古文家成一气格者殊逊，然气象亦殊俊伟光明，且论兵机事会处，洞中窾要，则得之才性，得之阅历者也，亦殊不易及。

是日闻同僚余君石孙一言而善，沉冥辟世，忽于同列中得一善士，稍可以慰六年曹署之寂寞。

定每日平旦至食时不见客。无论做事读书，惟有朝气清明可用，乃坐为俗客游谈不根者所慁，甚无谓也。自今以后，午前戒门者勿通客，凡事皆法萧曹。斠若画一最好，能画一便入有恒一路，不能画一便堕落无恒一路。予性最褊躁，气最浮动，欲扎定硬寨，立定脚根，非首戒无恒而不画一之弊不可。

山人金骨未变，玉颜已缁，思从赤松子游，久欲白云乡亘，乃道根犹浅，绮语未除。白乐天暗苔新雨，颜欲回朱；维摩诘丈室散花，唾应凝绀。革盛秽而何来，手攫图其将废，不畏芭蕉命脆，惟贪薝葡香浓。是则四蛇二鼠，潜勾伐性之媒；白日黄鸡，自速催年之具。鸠摩坏道，浪希神咒之灵；彭祖系腰，何补长生之箓？守素抱真，改之为贵，戒欺求慊，及见吾犹。从兹反视三庭，潜研六妙，托迹赤华之舍，栖神青豆之房。则中士闻道，犹为得策，下流恶居，未为途远。安心是药，缮性忘筌。著方千金，勿忘思邈之箴言；孙微君戒卢杲之语，载《唐书·隐逸传》。寓言一溉，毋失嵇生之本旨可也。

退之以书干李实，诚不可为训。然丧恶速贫，无君则吊，斯鲁邹之遗言也。人不衣食则君臣道息，将行列御寇荒唐之词邪？抑亦在上者之过也。

行禹墨，言韩退之，古文之学之大宗。朱，晦庵，谊理之学之大宗。学郑康成,训故之学之大宗。顾,亭林,经世宰物之学之大宗。体黄老,用管商。右吾乡篾叟治身经世法语十五言。

【眉批】已入对语,仍抄此。

观明肃藩世子识鋐钩刊《淳化阁帖》,旧嵌肃府园壁,今兰州总督廨也。银锭本。

西医云,平人一呼一吸,出炭气一升,纳生气一升,生气即养气也。此可悟六妙门之法之善。

处境当知足,力学当知不足,兴利当不为已甚,察弊务去其太甚。锄豪暴贵有坚忍之心,安饥溺贵有大不忍之心。经世利在强矫有为,遁世利在谦下无为。此皆正用之而相辅,反用之而相成,乃寒门先世传法言,所当奉为万金良药者也。

闭门止客。欲扫除积习,默坐澄观。

诵"从师学道鱼千里",何羡肥甘。惟汤荆岘弃官从夏峰先生游,足以当此语;"盖世功名黍一炊"之句,何况紫衣金鱼之臭焰腐气,道在尿泥邪。老涪眼界可谓大矣,灵台可谓平矣。欣然书此。康节亦谓隐几工夫大,挥戈事业卑。当识其中有物,非漫语也。

【眉批】"鱼千里"用范少伯养鱼法,此处当作程伊川活泼泼地语观。

观瓯西人所绘图及互市出纳表,极精密。中夏无才,殆远逊之。西强中弱,难未已也。

辛巳八月

偶阅泰西书,中云罗马有一大麻瑟城,其林泉屋宇、食馔人物之美,令人乐而忘死,盖西方极乐世界也。而杨隋时,天方教主摩哈默特终身不肯一往游哉，或叩之，乃语人曰：是恐移吾心志，将终老彼乡，夺吾学道坚苦之念。然则摩哈麦特虽夷狄左道，诚亦英雄人，能以自胜为强，且知不见可欲使心不乱者，宜乎！以匹夫而拓地万里，身享遐龄，为默深魏先生所盛称也。

【眉批】浮屠不肯三宿桑下，惧生恋心，与此用意正同。

《四库提要》引胡俨《杂说》云：初，危太朴以文学征，士大夫想望风采，或问虞文靖集曰：危事业当何如？文靖曰：太朴入京之后，其词多夸，事业非所敢知。必求其人，其余阙乎？问：何以知之？曰：集于阙文字见之。后唐兀忠宣唐兀，姓。余阙名云姓余，名阙者误。忠宣色目人，非汉人也。竟以忠谊显名。文靖，草庐吴文正公之门人。此观人之法，从朱子格物穷理得来，乃宋儒精义之学，极有用处，此以言语观人也。近曾文正每以人手书验其邪正祸福，多奇中，此以文字观人也。皆从《法言》"言，心声也；书，心画也"二语悟入。观于《大戴记》文王官人篇及魏李克所云"五观"、庄周所谓"九观"之术，则物无遁情矣。然其原本根要，常在内省自观也。以责人之心责己，以恕己之心恕人，每日当三复斯言。

孺老言近日风俗纲维之坏，论用人无所谓才与德也，曰麻栗而已；论办事无所谓是与非也，曰在行而已；论流品行谊，无所谓君子小人之分也，视资格浅深、孰为要右孰为闲散而已。此上无礼下无学之日也，处斯世者，其有隐忧乎？

彼教有权实，为政亦有权实。如金刚努目，龙象庄严，权也；深山苦行，不见不闻，树下一宿，日中一麦，实也。故先有四枯四实，为脚踏实地之根源，然后充泽不可以已，自然见而为四荣四空诸威仪相。盖一权一实，互为其根也。至于为政，令行禁止，权也；禁胜于身，金石可锲，令行于己，豚鱼可孚，实也。执是以上，求前圣立身辅世之成迹，如请讨陈恒、诛少正卯、辟桓魋、臣高昭子、赦公缭、拒孺悲、往拜阳货,以及浮海居夷之叹、内诸夏外夷狄之谊,蒲人要盟可违、见楚昭王可称之曰王,而于《春秋》则书之曰"楚子轸卒",此类皆权也。遁世无闷,发愤忘食,好古敏求,孝友为政,曲肱疏水,乐天知命,故不忧,乃实也。沮王驩,折齐髡,受宋薛馈而却齐,答拜季任而不诣储相,答齐王好货好色好勇好今乐之问,是权;存心养性以事天,夭寿不二,修身以俟正命,大行不加,穷居不损,幼而学之,壮而欲行之,是实也。权也者,言天下之事至赜而不可乱,故常极深研几以条理之,智之德也。实也者,言天地之几至动而不可恶,故常敬谊夹持,先心定命,贞固闭冻,危然处其所而复其性,以凝一之仁之符也。

【眉批】予年二十三以前,盖不祥人也。孤露零丁,一不祥者;嗜欲溦溦,不知敛约,二不祥。不立定脚根,泛然徇使,好与浮华之士为伍,三不祥。盖自见兴化、六安、闽县三先生,始知为学途径,入门之要云。

初八日,不孝鲜民之痛避居萧寺,礼谒顾祠。祠门向来扃鐍极严,今日无故引手锁落,双扉洞开,不禁悚然。殆先生少孤,得母教,痛念遗言,终身不仕。至有小弁逐子,始说我辰之语。今不肖偏露,无状事异,而其流离号痛,情节可愍,亦为神明所发药邪!

宋元学者末流,多借经义以文其空言,或割裂经文,就其臆说。至蜀学则并牵缀章句,武断圣言,而假以主张漆园寓言、天竺了义矣。非圣侮法,此亦邪说也。惟胡翼之教学者,为得乡三物之遗意。朱子暨刘原父、贡父,朱子发吕伯恭、黄东发、魏鹤山、王伯厚、吴草庐,为有功于经谊治道。程正公《易传》专以人事明之,法语纯深,虽国朝沈博屈强之儒如戴东原,亦心折不敢异议。欧阳公文章深厚,恻恻动人;温公脚踏实地,其史学卓绝百代,且邃于《太玄》《法言》,虽疑《孟》、疑《系辞》一端之失,未足以掩二公日月之明。荆公六艺之学,妙处不朽。刘道原、李仁甫、马贵与、王偁、李心传,掌故之学;薛士隆、叶水心之讲经制，黄楚望之于《春秋》，皆荦荦孤诣，蓄心得而药浮夸者也。学者苟精思而慎择焉，慎勿持执空幻，堕入明人吴康斋、王龙溪、艮斋以下五里雾中，为六经、孔孟之罪人也。

虞伯生作《草庐吴文正公行状》云：年十九岁，著论“有近古学统，周子其元，程张其亨，朱子其利，孰为今日之贞乎”之语。全谢山修《学案》，采草庐此语，以为定论，不知此特血性粗浮时语，不从六艺博文入手，故易于作为宏阔胜大之言，所谓“其弊也悍”是也。不可为典要，且齿学皆浅，而误仞朱子论二程，年未二十，锐然学圣之语，遂侈然且遽以四德之贞自居，亦夸语野言。殆张子厚自言欲结客取洮西，买田行彻法之类耳，非圣门讷言敏行之规模气象也。然则谢山所采摭论定，体大难精，殆有不尽当于人人之公心者矣。不特斡旋慈湖，偏袒陆学，与《明儒学案》主张姚江王门同一，不免阿私乡先辈之见也。南雷树立崭绝，末学讵可轻议其一节，若谢山则以文学自见，其于别嫌疑、明是非之准的，容有失之铢两者矣。

草庐极推崇邵尧夫，其安身立命之处，诚得其要妙者。尧夫源出道家，其图书之说，黄南雷、胡朏明、惠定宇三家力辟其谬，然尧夫深于老子、扬子云，固隐逸且贤，不可以异学废也。刘静修指许鲁斋实老子之学，亦有微指存乎其间。

道园自赞曰：“邈乎千载之下，而谓古今一时也；眇乎五尺之躯，而谓天地一体也。廓乎不自知其所知，欿乎未能至其所至也。俯乎若忧，心君尚恭之义，言有终身之忧，无一朝之患。非有伤乎其内，泊乎若休，无所待乎外也。服今人之服，食今人之食，同乎今之人，聊以顺吾际也；读古人之书，诵古人之诗，思夫古之人，不知老之至也。信能尽此，则闳实冲夷，有学道自得气象。此至言也。”道园，吴草庐高第弟子，学有原本，为文章波澜意度近欧、曾，而纬以朱子作文义法，虽其精微，未能涵揉于六经，而洁瀞纡馀可观，殆高出于河北元遗山、郝陵川，江南黄文献、柳贯矣。虞伯生诗胜于古文。今文学士有心力者，少壮志存远大，动辄以馀事作诗人，自期而穷，老尽气卒，至仅传韵语，此唐宋以后，所由集部汗牛充栋,而文气日趋窳薄也。

叶梦得《避暑录话》载荆公及苏氏父子构怨之由一段,与予书《辨奸论》后语相发明,张乐全豪奢佞佛,尝为包孝肃所弹,而老泉谄事之,荆公相神宗亦有善政,而东坡以文字语言之怨上神宗书,有意倾轧,非公论也。

叶梦得云:诸葛孔明才似张子房而学不同,子房出于黄老,孔明出于申韩。为黄老则近道,近道故以无为定天下,而其终于立身,超然无与;为申韩则近术,近术故常综核名实以求制胜。此二公事业所以异,其出处、择主之智则略有同者。陈同父家塾发策问,张留侯用黄老,贾生明申商,诸葛武侯治申韩,魏元成习纵横家,四贤者何以道异端?此皆拓开眼识之论,增长智术不少,岂曲士拘虚、一孔目论者所能妄测哉。

《易·恒》象上六,振恒,凶。吕东莱曰:立天下之大功,必悠久胶固,然后能成。如获上信友及信而后谏、信而后劳其民之类。若振动躁扰,暂作易辍,安能成功。近来时彦多以口舌得官,发之既无其本,而又赴义若澈,去道反疾,眩于赫赫而昧于冥冥,殆不可久也。浚恒者未得位,且学无根柢,而锐于助长,苟且以求速化。振恒者位太高,而器识材力实不足以有济。睅目壮頄,袭谊以鼓,其虚名所谓墙高基下,虽得必失。故初六、上六皆有召凶之道也。

阅历城周书昌编修永年先正《读书诀》一册,多采录韩文公、朱子、吕成公、王伯厚、顾先生、李文贞、方望溪诸家论为学语,由此而循序致精,庶为知本务者。然学案百出,而世之丧道如故;医案毕陈,而疾之不加愈如故。则以知其说者太多而力行者反寡,名眩而实不至也。终身握地图而不一履行,目验其于致用也,殆矣。三代两汉,俗朴学纯,决无是也。《永乐大典》之辑,发难于书昌,尝校刊《贷园丛书》行于世。其为人矜慎,不经立论,胜于同时戴东原氏之气矜自用多矣。刘原父公《是集》、贡父公《非集》久散佚,得书昌辑补乃完。

东原《戴氏遗书》,孔葓谷刻入微波榭本,于六书九数之学,殆不遗馀力，以为之矣。东原在四库馆初开时，自命为第一流，以专治经学小学也。以钱竹汀专心史学，为并世第二人，自西沚、姬传、鱼门以下，则傲然视之，若无有也。曹寅谷尝语卢绍弓曰："君好校书，于古人有益，后人亦获益，惟于自己身心上受益反绝少耳。"东原氏类此，逊于其师慎修江先生之既博且精远矣。尝闻东原年五十，寝疾垂殇，生平所著书，不能记一字，神明顿昏，惟所诵程子《易传》及自作《孟子字义疏证》尚仿佛记之。因偶记老友杨朴庵语予寒山子警句曰："黄檗作驴秋，方知苦在后。"又曰："生死忽到头，半字不相救。"此虽谐语，实正言也。然则博学孱守，存顺没宁之功行，不可不及早讲治。而曾子所谓难者勿辟，岂仅如阮公所说形声名物考订之说而已乎？求新奇而终于为人，不若务平实而专于为己。学中本末，不可不慎之于早也。河间相国尝云："理如未然，文章家酿之而为酒，至治宋学者，则炊之而为饭，意以为实行不如华文邪？然则使平人纵酒而不谷食，其藏府有不驯致于大病者耶？亦僨论也。纯庙斥河间为学丑无用，而同时陆朗夫中丞曜亦少之，诚知人之龟鉴也。

对门新迁者，固萧山汪龙庄方正辉祖之孙也，再三传而已，未能世其家学，可慭也哉。龙庄之子继培笺《潜夫论》，可传。

美教习丁韪良新译《法国律例》一部，用铅制活字板印，约有四五函，将次告竣，姑志之。

校《食货志》。言理财。下编《祭法》及《裁答书问簿》，言赏罚。又校勘《观物外录》，言用人。皆有一二论断缘起语。内录即此册是也。盖视我严于物也。天下之大政三：用人、理财、刑罚三者而已矣。治一家之政犹是也。治一身则亦由是，而其禁令抑又加严也。

拟编《法戒钩玄叙例》。例言□则暂存，以待学力少进，再加修改。

【眉批】计四节。此似已抄入文，再查。

唐贞观中《群书治要》及宋晏元献《类要》，皆合于韩文公"记事者必提其要,纂言者必钩其玄”二语之义。然群言淆乱,未必能质诸圣人而不谬迷于是非也。且《治要》系官书,非出一手。近出日本,所采不精;元献所为不过《兔园册子》。闻之一先辈云,唐人以《北堂书钞》为《兔园册子》云。

《辞学指南》之类,与俗士之求发策决科者无以大异也。若夫《困学纪闻》乃《玉海》之要删,顾氏《三世书抄》五六千卷,《日知录》乃其要删。此二书可援为分类抄事之法,至《郡国利病》则实未成书也。乾嘉以来,世儒经求古谊,文讲金石,竞求新求奇,自谓有骎骎陵驾先贤之意。试为之,句栉字比,而细按之,引绳落斧。以发药其内病,则皆所谓形骸之末,去之弥远。徐伟长谓学者当先大义而后物名,今则颠倒,失其阶级,盖相与狂惑丧心,昧其精英而扬其糟魄。古人有灵,殆将齿冷。学者勿眩怵于其所为,平视而节取焉,其可也。姚姬传语同辈曰:“诸君务欲读未见书,某则欲读人所常见书耳。”此言发人深省。珠玉象犀,璀璨连几而不适于用,且天下大害存焉。曷若布帛谷麦之利于用者大,而远害者多也。平实为己之学,门径在是,彼求新奇以炫世盗名者,皆殉于为人之末学,而终必至于丧己,可不废然惧乎?夫要删难言之矣,述者之明,非其人不敢居,且诚欲通古今,辨然不,别嫌疑,正是非,必也先务明人伦,察庶务,动静交养,言行有法,而后可议要发,如镜如秤。镜不能为物妍媸,秤不能为人轻重,因物付物,泛应曲当,廓然无私,此根本甚大,而出无穷之学也。畴能之,畴能之?然则从事要删以资者,察存养、考古稽今之业,将遂辍,勿敢举乎?则又大缪不然也。徐华隐述朱竹垞检讨之言曰:古今人无过目不忘者,惟每读一书,暗用朱墨记其最胜处,积之日多,则自然有时融释脱落,左右贯通,多所心得矣。凡先正云:好学深思,心知其意,读书百遍,其谊自见。心离书则神索,惟书籍可以益人神智。书以维持此心,一时放下,则一时德性有懈。此从扬子语脱胎,然彼文简而此深。惟当言六艺,所以维持此心;不当专言书,三代泽宫,造士非徒事章句占毕也。人言一目十行,我当十目一行。凡此诸言,皆至言也。顾唐荆川七编，嫌其太繁。近人丁晏《子史粹言》、梁章钜《古格言》，又病其太简。酌乎繁简之中，而上规昌黎、深宁、亭林三家分类钞事之遗法，以为多识畜德之助，以为博观约取、厚积薄发之资，其可勔乎哉。若或者讥以兔园结习，病其考订太疏，指为多家人言、绝无新奇可喜，此则陶侃丁宁宏达之戒，卞壸甘当鄙吝之诮，与世异趣，其又奚辞。

黄丈式三曰：士无职，以治经为天职。天之恒职不可旷，人之恒业不可隳。隳其恒业，旷其天职，则是恒心销亡，恒干雕贾，将入乎放辟邪侈下达之归，而立身一败，万行瓦裂矣。蒙年二十三以前，盖僇民也，不祥人也。因绎先公遗诰云：宜结交老苍，借见之夹持之力，以涵养德器，否则虽每日读破一册子，恐尚无入处。不肖敬志之不敢忘。自尔遗闻坠论，缀缉略多。丁丑以前，浮梗谋食，水草转移，休止靡宁。戊寅挈家京师，僦屋而居，此为造家之始。委吏积薪，哑哑侪于凫雁，枝官旅泊，漫衍以穷岁。年奉一囊，粟钱二百四十刍米，仆赁之訾，时时乏继，颓然若巨壑澒洞中不系之舟，未知来日止泊何处。然遇可诎，而志不可不求信。口体可不豢而日瘠，心思不可不战胜而日肥。每窃自念，《传》曰："其少不讽诵，其壮不论议，其老不教诲，则可谓无业之人矣。"又曰："人少而不学，壮无能也；老而不教，死无思也。是故君子少思长则学，老思死则教。"又曰："其为人多暇日者，其出入不远矣。"又曰："善吾生者，乃所以善吾死也。"子野曰："人少而学，如日之方升；老而学，如炳烛之明。炳烛之明，孰与昧行。"魏武尝曰："长大而能勤学，手不废书者，惟吾与袁伯业耳。"观此诸言，令人猛然憬悟，然则非世弃君平，亦非君平弃世也。殆将履薄临深，深惧失坠，惴惴焉修身以没吾齿，不敢自弃其天已耳。

法者，取于善以为法；戒者，去不善以为戒。窃取朱子"讲明其是，决去其非"之谊，于古人之道本行本、立事立言、制器尚象、兴利祛害，详观而慎取之，少则一二言，多或累篇什，事求其博，法取其简，以尽情伪，以定纷纭，如古经验方。然以一药对治一病，以百药对治百病。苟当其病，皆万金良药也。形体规模既复，夫然后以粱肉善其后。药石者何?法度禁令之属,科条峻整,其迹粲然者也。粱肉者何?《诗》《书》《礼》《乐》之属,德泽熏陶,其气液然者也。无药石不能治邪气之内侵,无粱肉不能辅正气以充实。治五官四肢,犹治一家,治一家犹之治天下也。夫治天下若畜牧然,视其水草,以时休息,去其甚害败群者而已矣。毋俟繁文苛目,必有待于衡石程书,卫士传餐,舞智以愚其下,任数以罢黔首也。治身者于嗜欲当损者,日求所以损之,于学问当益者,日求所以益之而已矣。毋俟博溺,心辨丧志,茶然疲役,刓其精神而不知反身以求之也。

朱子曰:玄者不可见,而至于深窣窣地。三微阳气之月,发于重泉,至微至隐,于是焉植其初基。修德业日进匪懈,积之为善、为吉,为《临》、为《泰》、为息《复》出《震》之馀庆。反是而堕其德业,则积之为不善,为凶悔吝,为《遯》、为《否》、为消《剥》入《坤》之馀殃。君子修之吉,小人悖之凶。玄与元同物,即四德之长,而为元善之萌牙。所谓其初难知,本也。正其本,万事理其业,在积微。《荀子》引《道经》曰:"人心之危,道心之微,危微之间,惟明君子而后能知之积微。"岁不胜月,月不胜日,日不胜晷刻之间。夫《诗》言德輶如毛,《传》曰"福轻乎羽",由是观之,福德之微细如毛羽,盖难得而易失也,寸进而寻却也,可不慎与!《易》曰:"不远复,无祇悔。"颜氏之子有不善,未尝不知,知之未尝复行也。《玄》曰:人之所好而不足者,善也;人之所丑而有馀者,恶也。君子日强其所不足而拂其所有馀,则玄之道几矣。又曰:近玄者玄亦近之,远玄者玄亦远之。君子在玄则正,在福则冲,在祸则反,得位则昌,失位则藏。玄之义也。钩深探赜,体而行之,修身存养,彭殇不二,其存乎人欤?

闻安吉、孝丰一带,客民与土民相仇杀,今年夏间客棚煽乱,突至武康、馀杭交界之窑镇,去杭省八十里,焚烧民房,劫杀土民数十百人。抚部藩司闻之恇怯,遽陈兵内牙自卫,并不出奏,亦不严办。如果实然,误国殃民甚矣。推其致乱之由,十馀年中湖属令长多贪婪,遇客民开垦之田,但计亩私征,并不升科,取肥己橐,土民则加重升科，以应正供。民不堪命，纷纷弃产，以资游手，客强主弱，构怨不已，寖至仇杀，而吏不过问，益使桀黠者生心，情事然矣。甚至遇有客民占霸田产，涉讼械斗之案，往往反袒客佃而凌虐土著，浸至养成山越痈毒，乱萌屡开，将来恐遂不可复制。

习坚勿脆，习苦勿甘，习凝勿枝，习静勿扰，四者皆所以致沉毅有为之功行，而要以能吃苦为第一根本，万般德业，皆从此生出。

许仙屏丈枉谈，规我云：子学书于李北海为宜，当先从不变化处入手，久之方能融释脱落，荃筏俱忘，自然讲到有变化，否则陵躐阶级，结构不精密，颓然自放，便成伪体。予深然之。盖即此是学也。

某太仆与敬孙书中有云：用人用其所长，教人教其所短。此鲁斋许文正公作祭酒时教学者语。居人上者能人人如此存心，则人才蒸蒸日出，且无弃材矣。

□□作事锐于求效，且不免有近名处，故尤谤随之，终恐致身危而事亦败。此《恒》初六爻处于下位，而急求深之，所以召凶也。许靖，浮伪之士，位居葛公上，而葛公下之，且未尝轻于讥议，不可深思其故乎？且葛公未开府作牧以前，虽用事，实亦不轻干预琐密，急于见长。然则上下之交必以渐而孚，积累之功亦必以渐而著乎。故襟期当求澹远，毋为热中。求速成与求速化，虽公私之迹不同，其为内热则相等。器业当务从容，毋为躁迫，大要以不近名为本。因鉴于敬孙之尤谤横集，深求其故而志之如此，将以自省也。

迷中有悟，著中有离，此可证世缘终浅、道根渐深处，然非于行住坐卧四威仪中，纯一直心行之，不少回曲，则未必能成净土，永不退转也。

诣孺初丈谈次，盛称今广西提督冯开府子材之贤，廉州人，年六十馀。此次趁海舶入都，幞被萧条，终日饱食，携一大千里镜，测瞭海礁沙线。貌极村朴，游行自如，同舟人莫知其为开府。入觐也，有叩之者，则曰：将北行访友。殊有曹武惠句当江南公事风味，寂然大耐。官职京华，服御奢靡，百玩毕陈，冯公并不购一履一袜，清苦淡薄，想见其为人,不禁爱之重之。

【眉批】此语似不切实。

归玄公庄当徐东海弟兄骤致通显之日,遗书亭林先生,言当坚守初志,毋以甥贵改节。亭林感其言,甚重之,亟称曰“归高士”。然此时钱东涧一有文无行,反复滑稽之小人耳,亭林所鄙而不齿。玄恭乃敬事之,于其八十初度制联曰“居东海之滨,如南山之寿”以颂美焉,是直以东涧比首阳之节,何谬于是非若是耶?又不知古韵之学,反斥为怪僻,则风气未开故也。辛未竹西友人凌君座展观归玄恭画竹,烟梢雨叶,颇有生趣。国初人谓“归奇”者,殆指是耳。然颜习斋云:“古今有四蠹,诗、文、字、画是也。”然则凡人之所奇,庸知非君子之所蠹邪?

【眉批】玄恭从陈黄门起兵,应鲁监国,能赴义,不可轻诋。

晤刘云荪参议,谈英、俄、德、佛四国情形甚悉。英国度支甚急。印度年收丁税八百万镑(每镑三两四钱),兵费耗至二千一百万镑,不敷一千三百万,岁仰伦敦津贴。论英事者动云,英以印度为外府,国用所给者,大非也。新金山亦岁需英京津贴入款,不足自给。英畿三岛税目繁苛,民间骚然。彪外枵中,无复能预于兴兵构怨,与各国鹿逐之事矣。

【眉批】闻司天台官测得无云而电,天笑者三日。不尽然。

退老之贤卿大夫,皆斥当国者为非计,盖徒夸示地广而不恤民劳,殆将勿堪也。英、法养兵之费,每名月给约中银卅两,七倍于中国一兵之费,而俄、德二邦甚贫乏,寓兵于民,养赡寡薄。德地小,兵数与英相埒,俄地大,兵数倍于德,然较之泰西各国,势力反较强,则体制情形各不相侔也。

读《王荆公集》，甚乐。荆公有《拟寒山拾得二十首》，虽俚言，甚有至理。盖荆公学术，刚气得之《孟子》，澹约得之《老子》，精严华妙，善作闳廓胜大之言，而理趣极微，得之释氏。山谷诗云："荆公六艺学，妙处端不朽。"洵知言哉！

鼎父博文而无心著述，其行径有似金溪戴简恪公、谈摧久之。

辛巳九月

蜀先主语庞士元，有"武王伐纣，前歌后舞"之语，此用今文《太誓》，当得之于周旋陈元方、郑康成间所闻者，然蜀主短于机权，正由学术庳薄，逊魏武之综览百家，通其要略者，才分相去径庭矣。然晚年敕后主云："勿以恶小而为之，勿以善小而不为，惟贤惟德，可以服人。"则为不易之至言。固由将亡言善，亦坐更事渐多耳。

阅《全上古三代汉魏六朝文编》叙目，此书发端于吴山尊鼒，成于严铁桥可均。时《全唐》文馆开，铁桥以举人不得推择入局，遂发愤为此，历引作者三千馀人，代系以人，人系以一小传，视梅氏文鼎《文纪》、张氏溥《汉魏百三名家》，爬梳剔抉，自定选例，精博殆远过之。铁桥晚得建德校官，创修严先生祠亭，上书大吏，决金华疑狱。又修《建德县志》，于吾郡方志中最为整赡有法。此编流传屡濒湮没，赖其乡人汪谢城教谕曰桢弆而守之。教谕尝为予言：予欲佣工录副未果，然亦窃病其过于群碎，于立言雅道、修辞闳指，仍未始有犁然当于古人之心者矣。盖乾嘉学者务于求新嗜奇如此，所谓博而寡要，劳而少功，此类是也。首列伏羲十言之教。《左氏》定四年正谊引。十言者，《乾》《坤》《震》《巽》、二卦雷风特变。《坎》《离》《坎》戊月精，《离》己日光，于文日月为《易》。《艮》《兑》，消息也。此开孟喜卦气及虞翻《易》道在天、三爻足矣，荀爽升降往来诸说，于孔子文得佚者二篇著录，一为鲁哀公下救火令，一延陵季札之子葬表。

《韩非子·内储说》云："鲁人烧积泽，天北风，火南倚，恐烧国，哀公惧，自将众辄救火者，左右无人，尽逐兽，而火不救。乃召问仲尼。

仲尼曰:‘夫逐兽者,乐而无罚,救火者,苦而无赏,此火之所以无救也。’哀公曰:‘善。’仲尼曰:‘事急,不及以赏救火者,尽赏之,则国不足以赏于人,请徒行罚。’哀公曰:‘善。’”仲尼乃下令曰云云。令下未遍而火已救矣。令曰:“不救火者,比降北之罪;逐兽者,比入禁之罪。”

季札碑世传为孔子书。《绎史》引。

呜呼!严可均句断。有吴延陵君句子之葬句。严云:葬,世士不识篆文,多误作墓,谓即嬴博问季札葬子,孔子往观礼之事。然疑莫能明也。

《玉海》“艺文门”引孙何碑解曰:“延陵墓表,俗目为夫子十字碑,其事不经见。“殷比干墓”四字隶书非古文,尤疑伪托。若信有之,披文相质,必开石志之先。严氏奋其私说,孤文鲜证,以君断句,改墓为葬,则文既不从,字尤失顺,好怪之过也。

是日,西圣召见醇邸。彭公玉麟不拜总督两江之命,闻先有中旨,敕议政王垂询也。以命大学士侯湘阴,公时以病在告。

【眉批】同治乙丑,浙西吴下减漕之议,湘阴、合肥实主之,而冯桂芬、王炳燮为之规画条便。诏如所议行,三吴人至今便之。

近外省大吏不务实政,多纷纷为境内神祇奏请封号、匾额,岂所谓“国将兴,听于民,毋黩于神”之谊乎?

孺老招同开皇寺,补登高,塔下有可宴坐处。道人天眼识王气,天女下试颜如莲,清寒殆不可久留,惆怅而归,如披竟陵钟氏《诗归》,龋齿折要,殊非雅正。然寒心酒晕,亦诗外别传也。

管幼安生平内省无过,惟一日,科头三晨晏起,戒之勔之。彼何人哉!奴子出言不孙,厉声斥遣之。不肖盖欲窃师“函牛之鼎沸,蚁不得濡一足焉”之意,已而悔之。先正曰:何不动心忍性?

《六祖坛经》:“邪心是海水,烦恼是波浪。”又云:“去邪心,海水竭,烦恼无,波浪灭。”因悟唐人作《泉诗》云:“何必奔流下山去,又添波浪在人间。”真唤醒无数贪夫殉财、烈士殉名、夸者死权、众庶凭生种种事障也。居士言下于何处住。东坡《思无邪斋铭》曰：“如以水洗水，二水同一净。”此非吾乡也邪？六祖又云：“烦恼即菩提。”盖一念著境即烦恼浊泉，念念木叉，即菩提止水矣。何待强作安排，别求法要邪？

观汤敦甫协揆真书、杭堇浦行书、曹地山行书、恽寿平淡墨山水、刘诸城榜书。

得竹石书，高陶堂大令为人所劾，又强赓庭斥丘文庄《衍义补》为未善，而别为补编一百卷，其命意未脱门户之见，未审条目若何，姑志之。

湖上新修文澜阁，松生言诸大吏，将以五稔之期董集写官抄补《四库全书》，计尽出其所藏，十当得八九。大吏韪之。此举若成，乃盛事也。

摘抄俞氏樾《老子校议》。俞氏长于故训，深晓周秦间人文句之义，于《管子》《老子》校勘，尤多胜处。鼎父谓其董治九流，长于摘解十四经，信笃论也。

有一选曹令史，无故馈食物，拒却之。

读荆公诗《与宝觉宿精舍》云：“问义曹溪室，捐书阙里门。若知同二妄，目击道逾存。”言通于一而万事毕，无心得而鬼神服。慎独之至，则不言而道自存。所谓止此一事实也，苟不知此而徒执着文句，则虽曹溪妙解三身，阙里敷陈六艺，不善读之，亦必至如磨牛，心道不行。呵难多闻自缚只有妄心，安所得真见哉！所谓馀二则非真也，吾安得夫忘言之人而与之言哉。

辛巳十月

仆早孤多难，窾陋鲜闻，并日而学，犹患勿及，又以旗常之士，关乎福分，不朽盛业，系乎根器。缅维古人，或乘时利器，燀赫区夏；或文儒晦迹，高蹈丘园。三者率由天事，谓经世与儒业、词章三者俱有定分。非人力所可强能。意惟临池遣日，博弈犹贤。然六书八体，兼善为难,养性所资,惟在草隶。约守郗超、谢安之绪,稍惩描涂戗刷之非,庶几执御成名,或可张军于一艺。书者多寿,不贻菌蟪之攒讥云尔。

【眉批】口有二大段未抄,当检文中有无。

荆公它诗,皆源出杜甫,而绝句独入中唐胜处,舍杜之拙滞不学,不似山谷戆也。公诗虽精严奇倔,然仍寓于和平澹雅之中,不露圭锷,得风人婉约之致,所谓"看似寻常最奇特,成如容易却艰辛",乃公自写照也,此不失诗家正轨。至于坡、谷雕镂百态,心力悴于字里行间,反为变格。故遗山云:"苏门果有功臣在,肯放坡诗百态新。"真六四知言之论也。

江宁府建诸葛忠武侯祠堂碑(代)

【眉批】应入文。

古有神圣贤人,吾苟能师其意,践其行,毋俟尸而祝之为也,况祀典之义,以劳定国,能扞大灾,御大患,则祀于其国。葛公生平踪迹,仅以二十七之年一履柴桑,未尝愈大雷一步也。且吴为雠国,志在后图,今祀公于孙氏之故都,将贻不享之讥。然则祠事可以无作乎?曰:是不然。世宗褒忠异代,尝于雍正二年以公从祀泽宫矣。公百世士,匪特一代救时之相。泽宫祀贤,所以示天下有血气知识之伦,皆得仰风兴气,何独于秣陵一隅之地而靳之。且远览风人鱼藻之义,陈古所以讽今,近采管同《风俗》之书,鉴前要于知敝,考之故事则如彼,征之时论又如此。谨案:子夏《六月》诗序曰:"小雅尽废,则四裔交侵,中国微矣!"又是《诗·毛传》云:"使文武之臣征伐,与孝友之臣处内,则国可理。"与葛公建兴五年所上表语相发明。往者定陵发愤于裔族之凭陵,致慨于潢池之盗弄,赫然震怒,举文武孝友一二臣以遗

《文献通考》云：孙权初镇丹徒，谓之京城，故又名京口。吴人凡言京者，皆指京口耳。若《先主传》：十二年至京，权进妹固好。又《江表传》载权诏云：建业宫，乃朕从京来所作将军府寺耳。此其明证也。今《吴录》单文称京，乃指秣都，纰缪甚矣。明年，蜀汉改元章武，大举伐吴矣。若夫建兴以后，蜀吴交聘之使班班可考，岂以开府作牧之重，而充一介造命之使，违鱼服之戒，出不测之途哉？然则《哀江南赋》及李白诗有龙盘虎踞语，殆文人相沿承用舆地家言引之，当亦沿张勃而误。又考《张纮传》注引《江表传》云：纮劝权都金陵，权善其议，未能从也。后刘备之东宿于秣陵，周观地形，亦劝权都之。权曰：智者意同。遂都焉。《玉海》第十六引王导曰：建业古之金陵。孙仲谋、刘玄德俱言王者之宅。或《吴录》误仞先主语为出于公，未可知也。权雅敬葛公，何不遂忆公前语，导去蜀事，近亦不称之，故决知赝托，甚非事实。殆与吴人张俨所载《后表》同一传疑之论矣。

【眉批】此处元有引王伯厚《通鉴·地理通》释之。

古人善读书，由学术而扩充之，其根柢为德行，枝叶为事业，譬如一边采花，一边成蜜，不见咀嚼之痕。今人则强记琐僻，以衒俗诡，剌浮艳以盗名，终身兼采杂糅，难望成蜜之一日，故往往躁眩轻肆，不耐久居其业。寻其心术，能乱人不能为治，此世间巨蠹也。

宋语曰：欲作相，先须吃得三斗酽醋。知一切法无我，皆成于忍之谓也。《践阼篇》曰："忍之须臾，乃全汝躯。"君子作事谋始，虽以举世誉之而不加劝，举世非之而不加沮，知止然后能定故也。及其有成，公私翕然，敛手称服。公孙成子治郑，武侯治蜀，盖庶几焉。王景略气度雄远，细事不干其虑；王朴神峻气劲，抑其亚也。

责己当先责心，勿待其发见而后补救，则悔吝丛生无及矣，敬之道也。论人当先论迹，勿轻逆臆人心术，略短取长，可以寡怨矣，恕之道也。

夫贵耳贱目,《诗》曰:“彼求我则,如不我得。执我仇之,亦不我力。”《笺》言:“有贪贤之名,无用贤之实。”《传》曰:“善善而不能用。”嗜奇薄常,忽近图远,是数者古今之通患也。汉文不察冯、魏之材而冥思颇、牧,宋神宗对程明道而叹佐理乏贤,则知人之难也。贤者貌冲词约,呐然如无长,被褐怀玉,不自表襮,一难知。药石逆耳,听者稍存意气,即难顺受,寖至日见其短而忘其长,故积顺生好,积好生是,积是则贤其臣;积拂生憎,积憎生非,积非则白黑杂糅,玞玉混淆。而君子小人趋于一消一长之势矣,二难知。凡见于书册之古人,成名而去,陈迹易见,意气嫉忌,无所用之,乖牾细故,纤芥俱绝,故无愚智亟称之。至于并世之贤,或好尚殊异,或论学参商,或以资望庳薄而少之,或以先有阙失而轻之,三难知。王朴所以伸于世宗,由潜邸旧僚故也。若窦俨则见疏于艺祖而为赵普所忌间矣。以二主之明,朴俨之贤,而升沉判悬若是,古今遇合之故,可胜叹乎?此又不为贵耳贱目之为患也。凡人作事,图难不于其易,为大不于其细,则勤苦而鲜成,劳愦而辄败,何也?积基薄而所营广,坏堤墙之召也。若使欧阳公令夷陵,寇莱公令巴东,温公判群牧,朱子簿同安,此四贤者处于末秩,裁决细务,吾知其必曰:是岂不可为政邪?决不发崔斯立丞负余之叹也。夫衽度之上,帷闼之间,饮食之细,圣贤之奇行存焉,实庸言庸行耳。而不知求戒慎恐惧之道,以善处之,过也。履屐米盐之节,奴耕婢帚之末,权制合规,法度井井,古今之术治存焉。而不知研其条理,审其缓急,度其形势,暗也。桓温入蜀见诸葛公,时一小史年已百馀,温叩公为人,小史对曰:公在日,动作食饮平无奇耳;自公没后,未见有公比者。然则转弱而为强,因败而为功。《史记·管仲传》语。自非图难于易、为大于细,恶可得乎务农殖谷,闭关息民,循名核实,信赏必罚,在朝则宫府仓厩,整饬一体;行军则井灶圊薤,咸有定程,此葛公之所存也。不此之图,虽有囊括四海之心,震矜一萌,覆败立应矣。夫辞受、取与、进退、问答,天下之至文存焉,舍是而求,钩索僻隐,斧藻新异以名其家,乃私臆非公言也,庸能行远乎?富郑公相仁宗,偶问一朝士,以己相业外议云何？此亦察于迩言，以顺人情之法，有偏重之弊，得以随时补救。荆公一切违之故，数变而成绍圣之党祸，可为炯戒。对曰：外人微不慊于公者，坐文词庳朴耳。公笑曰：某待罪政府。欧阳修、尹洙辈皆为谏官，使史册书之，以为美谈。天下文章莫大乎是。贤哉！富公能见其大，尽其实矣。夫实胜善也，故朴而能久；名胜耻也，故脆而易败，此嗜奇薄常、忽近骛远之大患也。

偶检《江陵张文忠公集》，末附《行实》一卷，失之夸佉，因知述先代事立言之难。

【眉批】时先有书上左公，乞赐题表先祖墓，其书入文。

浮丘公忽以阿堵物见馈，此为不相知，何异越石父之于晏子邪？却之。

鹿溪终日正言，不作妄语，极似孙侔正之。不肖深愧勿如也。

居上以宽为本，不佞御下时失之苛暴，自尔当改之。然要以姿性严重，不妄怒喜，执法原情为贵，亦不可纵任废事，坐损威实。

凡治吏事、兵事，任劳犹易，我为政。任怨最难。荆公作《范雎诗》言："箦中死人之可畏。"盖亦逆知元祐党祸之报复相寻，故熙宁中增加宫观禄秩，以处卿二之退休者，亦早虑及此也。范希文亦有恐朝廷手滑之语。尧夫祖此言，不欲流蔡确于新州，不得已为调停之说。宋之亡，亡于党祸，诸老预鉴及之。且元祐三党，迭相倾轧，与庆元党禁情事尤迥不同也。

䯄跛一足，伤筋故也。治方用桂枝四两、川牛膝四两、土鳖四十个，研末煎灌有效，闻之兽医云。

汪仲伊闻近弃其所得官，挟方技以治生，今客游鄂州也。此岂有所乐于此而为之邪？盖不逢时也。

暮访沈子培、子丰兄弟，此亦今之王逢原深父也。

陈兰甫澧先生闻顷已七十馀，善忘也。自言生平所著，于律吕、音韵二者最深。作篆隶皆有法则，其入室弟子曰廖廷相、陈口口。

卖药韩君言,凡收膏黐以土粉养之,可支三年不畏隆寒,止畏盛暑。盛暑金石可铄,膏气外泄,故易败。因忆杨侯遇春,名将也,尝自言不识字,不读兵书,然每打仗之晨,遇若有热风拂面,则是日必有败仗;若有冷风拂面,忍寒彻骨,则是日可获胜仗。初时亦不觉其何故,屡试屡验,是二事可以参观其故矣。阳明王文成公言,学者惟务一味收敛不发见,久之自然充实光明,切勿助长。万不获已才稍发见,当稍发见处随即收敛。兵家言:守如处女。留侯得黄老之要眇,故亦貌如好女,能守柔见,以抱一为雌故也。邵尧夫云:修为略似千钧弩,善养弩力者,盖终身未尝轻于一发。《庄子·养生主》篇所谓动刀甚微,其动直也;善刀而藏,其静专也。范长生、陶弘景、孙思邈皆以之。古语云:冬之闭冻也不固,则求岁之草木不茂。故论士行、度事理,皆以严凝之气为福征,豫悦之气为败征。

李雨苍副护不慎言而多漏,不谨行而躁动,此其病根也。故屡蹶而艰于复起,可不戒与。

辛巳十一月

智足以卫身,仁足以及物,文足以立言,武足以戡乱,求之近贤,其惟湘乡曾公乎?前面湘阴,勤见启告,以狂狷之姿固美,然学道有阶级,非可一蹴而几,躐等助长,刘孟容所见甚非也。又曰其基业田地,大要在澹泊宁静,离此则脆伪非真实,何繇自立于积中不败之地乎?

邵尧夫言老子得《易》之体、孟子得《易》之用者何?老言谷神,谷者穀也,穀者养也。阴魄曰精,含气者化,金水内景之象也;阳魂曰神,吐气者施,火日外景之象也。精藏于水,藏神昼栖于心,夜栖于脾肾之交。董子亦言,治身者以积精为宝,犹治国者以积贤为道。谷神,故其静也专,以专气致柔为体也。孟言养气,养气固其动也直,以直养无害为用也。

孺翁说少、壮、老三戒事,历引所见,以色败身者尤多。程伊川先生以忘身殉欲为深耻,真百世以下兴起者龟鉴也。

前通政使于公凌辰甲辰进士，由工曹官至列卿，性操方严，不苟徼进，笃内行，崇气节，以不合时贵得告归，隐其乡。于氏世居伯都讷厅，冠盖望实，为吉林三厅之最右族也。其从子荫霖官中允，庚辰冬上书言事，弃官去，亦厚重有家风，曾与九侍御云。

观《隋主簿吴严墓志》，额篆书；又《蕲州刺史李则墓志》，额隶书。叙皆雅饬可诵，已开初唐人文气，不类徐、庾。《李则志》推源姓系，出苦县段宗，支离可笑。《吴严志》上溯番君季重，亦习气。吴、李年皆登七八十馀，而全无行实，词皆傅丽，知其人不足传也，赖文殊温雅耳，然亦不知出于谁何之手笔也。

仙屏丈枉过，语以刊落浮华，专事敬慎平实一路，能如是，犹恐事变猝临，毫无把握，况于矜夸慢物，骄气乘之者，有不立见覆败乎？听之悚然，敬当书绅。

自六艺之教废，而士无文武之材，农战不修，清言是竞，室中之说，坐沦精妙，外器物而语性命，舍事功而锲微言，驯至四裔内侵，中国衰微矣。故能仁寂默之教兴，而锡兰、孟加腊、痕都斯坦之地折而入于谟罕默特、英圭黎矣。性理道学之徒盛，而汴京沦于金，南渡输于元矣。以空议亡天下，可哀也哉。此颜习斋、王昆绳所为，慨然于三代学术之亡、末流之弊而欲复三物四术之旧以拯之也。

晚过鹿溪，叩问以治心养气之方，缘不肖近日深犯学而不能行之病，故亟于求药也。其病诊奈何？一曰因处境匮乏，好故作谐俳以自纵适，此不敬也。二曰好弄笔头，及放歌破寂，记名宣导郁滞，实乃任诞长敖之根，此不静也。三曰时有标榜系援之心萦扰方寸。四曰寒素而染豪华习气。原厥病根深伏，总不越骄吝二端。骄者矜己之长，故衰气乘之；吝者护己之短，故惰气乘之。

晋宋间人书格、碑版多庄峻，如所见《瘗鹤铭》《天监井阑古拓》《旧馆坛碑》《宋太宗文皇帝神道》《葛府君碣》，其笔法颇与郑道昭、魏灵藏相通，非别有南宗波磔也。书牍多丽逸，如绛阁诸帖所载皆然。欧阳《集古录》所谓多吊丧问疾寒温之作，取办俄顷，或妍或丑，百态横生。盖庙堂典册用相如、潘勗,章檄奏记用枚皋、阮瑀,各有所宜,固不可以强同也。如国朝刘诸城、钱坫书于碑版、书牍兼长,姚姬传、梁闻山则书牍为宜。若强施之碑版,则空怯矣。故贵各逞所长,亦宜善藏其短。苟以二王书札结体,施之石刻,如野服处士骤登台阁,究嫌寒乞相,何能赤舄几几,有春容之度哉。

半山诗意格萧寥,超然寻墨之外,如所云:"问义曹溪室,捐书阙里门。若知同二妄,目击道逾存。"真遗世人语也。

吴宗丞自己巳补译署章京,历述夷务情形甚悉,大约苟且补苴,阅四三年,必有大风波。庚午天津教堂案,幸而办结矣。未几而有倭人台湾之事,愈二年而有烟台、滇案之事,又二年而倭人剪我流求未已也,而伊犁换约之衅又作。默观全局,彼以多方误我,亟肄疲我。缓则互市,而中国之财力日困一日;急则狼顾,而中国之边事防不胜防。难未已也,我之君臣,其旰食乎!

阅陈先生《东塾读书记》,所言皆闳深平实可行,此今之安定胡先生也。

不肖早失庭诰,年来师友亦多零替,将蹈卌年见恶,难望一艺成名。时无圣哲为之依归,箪瓢屡空,独立焉助?进无所用于时,退不任耕于野。柳下非朝,隐者与谈何容易?元城无遣日之法,于此安居,博弈谁贤,浍沟可耻,惟有冀穷日力,从事下科,以经学科指雪。文而不学,浮夸之耻,以古文义法救;学而不文,拘陋之讥,或者太上言立,不失体要,稍免撮囊视肉,与草木同腐耳。

辛巳十二月

《吕览·去宥篇》云:"人之老也,形益衰而智益盛。"故子奇治阿,多引耆德与之决事。《语》曰:"老者之智,少者之决。"于事理良为尽之,盖取其虑利败熟,更涉夷险为多耳。《师》象取容民畜众之丈人,不取轻躁失律之小子者,以此。赵奢身所奉食而进之者,其子括乃南面吏畜而朝之。陆逊戒诸葛恪曰:凡居我前者,吾必奉之同升;居我下者,吾以礼扶接之。今观君气陵其上，志慢其下，殆非载福之基也。观此知赵、葛之所以败，自取之也。

昨读邸抄谕旨，知上月三十日夜有慈宁宫被窃，贼盗去铜八卦及抛遗兵仗之事。《书》曰："今殷民乃攘窃神祇之牺牷牲，用以容，将食无灾。"乱象见矣！奈何？臧孙诘季氏以盗之所生，窃钩与蠹国者之罪，亦何以异。朝政不纲，负乘致寇，哀哉！

诸子衰而文集兴，古文坏而考据作，讫于今，充栋宇汗牛马而未已。班氏《艺文志》以前，无是也。揆其命意造词，岂真能家握灵蛇，人怀荆璧？戴纵拟于阿衡五尺，羞称管、晏哉。殆不免于不知妄作，辗转沿讹，所谓一盲引群盲也，是亦不可以已乎？

过松岑，谈及法人将图安南、云贵。督部刘公长佑六月杪有疏论，宜办边防事，执政虽心善其言，而未能从也。浮丘公亦深知疆力日蹙，欲图此举之难。

病事多境窘，躁扰不能静坐，始知明道见人静坐，便叹其善学。不能枯澹静定，何以立事？阅《宋学渊源记》，江郑堂著书多有隽伤其道之病，不能平心故也。治宋学而不喜语录，所以存文言之体；治汉学而不喜考据，所以著学术之用。

夕为数年少强之饮，不觉大醉。仆自以孤寠鸡栖，颇复俛求谐俗，然时时悔之。病从口入，祸从口出。自尔戒饮酒，少与流俗人通，可也。

《礼》："君子已孤，不更名。"不肖旧名系丙午秋闱中世父艺圃府君所命，故癸酉秋作告墓，更名文昶者，高明之谊。"黎"与"黧"通，取守玄之戒。早服谓之重积德。《朱子语类》"诸子门"说此文甚明。重积德者，敛之又敛，法隆冬闭冻之象。故苟于治心养气之学，既有所明而又谦冲静慎，重守玄默，以孚养之也。又，自以少孤多病，强求摄生，《参同》妙蕴，不外二抱一、火守水之术。虞氏《易》所谓"《既济》定，六爻皆得位"者，水升火降而已。谓九升居五，六降居二。其功候在《损》。惩忿者，火降也，所谓"五行颠倒术，龙从火里出"也。窒欲者，水升也，所谓"五行不顺行，虎向水中生"也。水月内景，火日外景，于文

"永"字形似二水,二古"上"字,水自下而之上,则日从火类,自上而之下,而《损》与《既济》之道得矣。说虽不合六书,要亦自比于古者,吹律定姓,篱渐得名耳。此制名窃取之谊也。更名昶,字重黎说。

伊犁将军金顺奏收回伊城在即,应办善后事宜,请饬部拨经费三百万,分作三年规办,部议允行。又本日大农奉寄谕户部,奏新疆局势粗定,请裁兵减饷一折,着钦差刘锦堂、陕督谭钟麟并传谕会办事宜,杨昌浚照所议办理,以纾度支之力,此有关全局者也。至各省关应协西征,光绪六、七两年分欠饷,仍速行筹解,以资遣撤弁兵之用。

仆尝谕中国请求御敌之术,和战二议,后世廷争聚讼,莫能执咎,然皆源于《孟子》。大要主和戎之利者,以利害言之,主救世勿去者,以是非言之。然怵于利害而不顾是非,祖宗之地,妄以尺寸与敌,固蒙后世恶名,若坚执是非之见,而不审利害,则景延广、韩侂胄不且为祖宗罪人乎?石晋桑维翰恐与虏失欢,上疏曰:"议者以陛下于契丹,有所拱亿谓之耗蠹,有所卑逊谓之屈辱。微臣所见,则曰不然。且以汉祖英雄,有输货于冒顿;神尧武略,尚称臣于可汗,此谓达于变权,善于屈伸,所损者微,所利者大。必若因兹交构,遂成衅隙,自此岁岁征发,日日转输,困天下之生灵,空天下之府藏,此为耗蠹不亦甚乎?兵戈既起,将帅擅权,武吏功臣,求过姑息,边藩远郡,得以骄矜,外刚内柔,下凌上替,此为屈辱又非多乎?此为中国计利害者也。"富弼谓辽主曰:"北朝与中国通好,则人主专其利而臣下无所获;若用兵则利归臣下,而人主任其祸。故劝用兵者,皆为其身谋,非国计也。且胜负未可知,就使其胜,所亡士马,群臣当之与?抑人主当之与?若通好不绝,岁币尽归人主,群臣何利焉?"辽主大悟,首肯。此兼为虏国计利害者也。昔之岁币病国,隐以病民;今之互市病民,实以病国。近外夷岁售中国鸦烟、呢羽、百货,漏卮将八千万,而中国茶、丝、棉花土货入利,不及两千万,以浮轻无利之物耗中华财力,而有用之货反输入外夷,是弱我而强敌。赵元昊犹且深非之,况中国智虑之士乎?欲救其弊,是非强本抑末、节用去奢不可。

【眉批】语意本《严安传》"此人臣之利，非天下之长策也"云云，实则以权势借人臣非天下长利，《韩非子·备内篇》已言之。

天未明即诣曹，诵韩公《与侯喜助教诗》云："如今便别长官去，直到新年衙日来。"有韩公为之长官，彼何幸邪。观朱子《簿同安日作》诗，词意冲厚又恍然自失，不敢作一意气语矣。答候田君。十四年前曾相见于龙门精舍，今齿发非复少壮，而予学业不进，又心丧私痛，新失吾师，此为清夜难安耳。

郝懿行，字兰皋，山东栖霞人，嘉庆四年己未与王文简、姚文僖、陈恭父、许周生、吴山尊、鲍双五同登第，是科朱文正、阮文达为总裁，可称龙虎榜矣。官户部主事，与妻福山王婉佺同著书十馀种，其《春秋比》《春秋说略》，虽为晓岚相国所称，而《春秋》家不甚推重，学海堂经解不收。《山海经笺注》较毕秋帆刻加详，然是书列入《艺文志》形法家，颇与《神异经》《十洲记》同一荒诞，曲加笺解，殆所谓无益费精神者邪。惟《尔雅义疏》最为详密，然间释以北地方言，与邵二云学士《正义》例异。其元本为石渠王光生删节，在吾师高孝靖处。孝靖得之，严铁桥之子厚民明经，今游京兆，以此四书进呈乙览，奉敕嘉奖，亦稽古之荣也。郝所辑尚有《宋书故》《南齐书·刑法志》，王安人别纂集《列仙传》《梦书》，又注《列女传》行于世，《列仙传》相传为刘中垒作，可疑。中垒少年时好《淮南万毕术》，又坐受诏，就少府铸丹沙为黄金不成下狱，故服食炼气之徒作为此书，以此名嫁之邪？

夜甚疲倦，不能甘寝，梦中得句云："非樵非隐居，且饮且田猎。"事态无常，道心不滓，已亦不知孰为觉孰为梦也。

不才临摹之功既少，往往笔不副意，手法不熟故也，非剽滑则局促，不能于平直中取峻劲之势。思而不学则殆，凡艺事皆然，可以为戒。

得颜书《郭氏家庙碑》，又《八关斋石刻》残本，榻殊完妙，神采赫然，鲁公变法出新意，随事写真，心手两喻，龙蹲鸿翥，不主故常。故于颜庙则体裁谨严,如宫悬法物,令人气肃,于画像则韵度超远,如姑射神人,无言心悦。《元道州志》则意存幽逸,《浯溪颂》则出以冲舒,《八关斋》则涉乎宗趣,是知寓物达性,随感肖神,庙墓敬戚,心缘事冥,盂水员方,迹与筌化。志故能通,惟深也,诚不可掩如是夫。

壬午年(光绪八年,1882)

壬午正月

读平江李提刑元度新刊《小学弦歌》始毕,此书羽翼朱子《小学》而作,于人心风俗大有益。李公洵无玷文正及门。叔迟所赠。

补读《东塾读书记》,先师钟子言:"凡为学立身,待人处事,皆当用'尽心平心'四字诀。"今观陈先生所言,醇深而闳实,每喜因端竟委,曲畅旁疏,不惮反复言之,无几微凌驾先贤之意,可以想见有道者气象。不肖深愧平日芸既卤莽,实亦灭裂,读书无一融释脱落处,自尔改之为贵。以仰睎二贤雅训,勿忘勿忘。

不肖每与人谈议,常汗漫不知条理,此即诐淫邪遁之根。当言一事,必贯澈此事之首尾;论一物,必穷竟此物之本末,坚确不移,不见异而屡迁,然后可以睎温公所云,不妄语之指求,立诚必自不妄语始。

躬自厚而薄责于人,董子曰:"仁者人也;义者我也。以仁安人,以义正我,仁之法在爱人,不在爱我;义之法在正我,不在正人。"《仁义法篇》。此即责己厚责人薄之谊也。《说文》:"谊,仁谊;义,威义。"然假义为谊,自董子已然。

【眉批】隰朋自愧不如黄帝,而矜怜不已若者,故其器局宏深,可以为相也。

见颜公《柱石记》、王铚《四六话》,未曾买;又见《建康金石目》,载有王荆公摹写《陶隐居墓志》上石,今亡之,可惜。荆公书由杨少师凝式以上溯颜平原,见米芾《书史》。张钦夫讥之,非也。《四六话》叙载,宋景文有“老去师丹浑忘事,少来烛武不如人”之句,语意殊工致。

处分米盐,又窘生事,因念古人有“气度雄远”“细事不干其虑”,又有爱养精神,恐有大事来无以御之,故不屑留心琐务者,其故剧可思也。

阅沈文肃公奏议,规模闳远不及曾文正公,而论事谨严透辟,亦可法。

鼎父论金华六先生范香溪、吕成公、何北山、王鲁斋、金仁山、许白云之学甚悉。凡宋元以后诸老先著书采入《四库书目》及《存目》者三百馀种,此东莱、龙川之遗泽也。呜呼,可谓盛矣!又言古文家如唐宋八家及李习之、杜牧之、皇甫持正、李元宾、孙可之、穆伯长、刘贡父、原父、叶正则、虞伯生、归熙父、方灵皋,皆童而习之,志趣不懈,于是学、于是行,寝馈枕葄,不见异物而迁焉,故皆能独造机轴,别成气格,以自名其家,心与术化,艺与道忘故也。今之学者,少则汩没于讲师之陈言,长则局缩于举业之庸调,及其侥得科第,心力已茶,稍知自振者,一再变而故伎未尽捐,俗调未尽洗,秽已入骨,洗伐俱穷,及至成声,穷老气惫,而又世故眯其性灵,人事糜其精力,故无惑乎?学者如牛毛,成者如麟角也。然则学术与世升降,世教衰,故文章蝉噪,益不足观矣。

【眉批】鲁斋师北山,黄直卿再传弟子也。仁山兼师何、王,白云师仁山。

柚岑馈《续刻郘亭诗集》。尊老颇嫌子偲翁诗荦确诘诎,令人鲜欢。于此知清新俊逸、广大精神之难。昌黎云:“建安能者七。”山谷云:“开元数两三人,以一艺自名其家。”亦殊不数数也。道园“汉庭老吏”,遗山气挟幽并,皆以得中原文献之传故也。贯敛山陬,障烟箐雨,虽有学人,殆犹未能超然风气之外邪。

遗山论诗云："陶渊明，唐之白乐天、柳子厚，宋之谢灵运。"乐天《闲适诗》假于物以为适，犹非能忘适之适也，然贤于流俗，胶胶扰扰而不知闲适者远矣。后贤论韦、柳者，互有轩轾，然韦趣高而学俭，柳州则深博无涯，楚骚之遗，洁静闲远，贞元、元和间罕有其匹。故后来学韦者多有伪体，而柳州则非謏闻浅学所得而托迹，盖江村欸乃究殊《韶》《濩》之成章，野夫衣槲，终异垫巾之雅度也。

观《高贞碑》、颜书《臧怀恪碑》。结体缓而不密，秀而不劲，乃少作。

鹿溪引古语云："寡交多亲，谓之知人。"此交友之法。

仆拙于生事，又不通晓世务，前贤云："无责易身修。"吕成公云："出者难工，处者易持。"非明牖我以藏身之术乎？

潘左阶来言，京曹多暇，正好读书，与爱闲多病者相宜。其言深有感于予心。读《五行志》，刘中垒以伏生《大传·鸿范》五行之说为本，又治《穀梁春秋》，以灾异傅说之。刘知几以为董、京之说前后相反，向、歆之解父子不同，言无准的，事亦烦费，推寻科指，斯病良多。惟《传》云："视之不明，是谓不哲。厥咎舒，厥罚恒燠。"释之以为上暗昧蔽惑，则不能知善恶、亲近习、长同类，亡功者受赏、有罪者不僇，百官废乱，失在舒缓。故春秋冬温无冰、霜不杀草，皆其应也。周失之舒，故周衰无寒岁；秦失之急，故秦灭无燠年。此则犹知乐者言，律高者言其祚多暴急而短促，律卑者其政多衰弱而绵长。《榕村语录》引朱子说。天人相与之微甚可畏也。

孺老枉顾云，田鸡胆点赤眼最效，胜于熊胆。李昌谷云："食熊则肥，食蛙则瘦。"至入药足以相胜，何邪？姑存其方以待后验。

壬午二月

益阳胡文忠公言："惟忘机可以消众机，惟懵懂可以祓不详。"谚云："阴阳怕懵懂。"所谓纯气之守朴，虽小天下不敢臣，故兕无所投其角，兵无所容其刃也。

《易》称几者动之微，吉之先见者也。惠氏栋以为阳而在《复》初称几,故几有吉而无凶。《复》初九云:“不远复,无祇悔,元吉。”故吉之先见也者。案:《楚元王传》穆生引作“吉凶之先见者也”,有“凶”字,本义从之。

篾叟语予曰:《列子》言人之好游观其所见,我之好游观其所爱。此可取以为读书法。见者瞥睹旋忘,爱者深探自得,所谓知之者不如好之者笃,好之者不如乐之者深也。《金史·文艺传》载真定周昂德卿之言曰:“文章工于外而拙于内者,可以惊四筵,不可以适独坐。”此至言也。哗嚣之美,君子耻之。故好外游不如好内观。内观者,至游也。

陆清献公言,人家虽冷淡,气象却要从容,不可忙迫。惟好以整,故能好以暇。暇者,从容也,从整生出。出门如宾,承事如祭,整之至也。主敬。枕曲肱于陋室,视尸素若云浮,暇之至也。主静。

《易大传》曰:“《损》以远害,《益》以兴利。圣人明是非,常兼言利害。未有不审利害而能定是非者也。天下祸机之所伏,惟冲虚敛约、俭德辟难者可以弭之。若知进得而不知退丧,则为害弥甚。故惟能损者可以远害。

东方生《戒子诗》云:“有群累生,孤贵失和。”言欲为乐易,我之情有不暇给则我病,欲为严峻,物之情不能相附则人病,两失之也。

夜达旦不寐,世故汩没性灵久矣。一发青山,三椽老屋,不知何时能自乞去也。前人云:“自从白社休官去,犹有林泉一作烂占风光。二十年。”心净则土净之谓也,令人俯仰。

读雍乾间充营田观察使学士文安陈公集,其诗有云:“直行心是非,不随时顺逆。”谦慎而能坚毅,其发于言者如此,可以观德人之所存矣。

【眉批】以枉狱承审遣戍,当时盖尚未补运使,在省为营务处。

柚岑言,某运使初以谨慎廉能,驯至向用,及骤得美擢,骄气遂萌，卒以枉狱败。然则天道恶盈，高明鬼瞰，感应之故可畏甚矣。

【眉批】此当指洪琴西都转，然此事似未尽相关，且枉狱自由中国刑审之过，此乃刑具经审之大弊。此节应否删？

晚过蕙梁，知兴化老人事迹已由江苏学使具状，并所著书牒送国史馆，编入《儒林传》矣。缘去年史局总裁潘公奏准，采访儒林、文苑、孝友、循吏四科事实，仿阮文达例，续纂列传，奉旨俞允故也。

鹿溪来，知江都梅仲仪作古，梅治《穀梁春秋》，丹徒柳先生素为《穀梁》老师，仿康成授服子慎《左氏解诂》例，悉以长编大谊授之。曾见其所撰《刘子政年表》，未卒所业，竟夭天年，惜哉！

予性疏拙，素不任世故之纠缠，又迫于生事，随俗俯仰，桎梏性命之情久矣。昔日披寻油素，所辛苦而仅能得之者，今则神昏目眵，虽时资载籍，以遣尘虑，然终日茫茫无所得，坐为世事销蚀尽矣。与其有合于彼，盍若殚精于此，孰得孰失，当战胜预定于中者也。恐贻鼓缶之嗟，早作杜门之计，迹顺人事，虚与委蛇，心冥古欢，从吾所好。

子培枉谈，仆与世俗混混相处久矣。惟与此君谈，乃意气相入也。

图难于其易，为大于其细，《老子》治一身之术也。因祸而为福，转败而为功，《管子》治天下之术也。强力忍诟，伊、吕以之卫生；虚己天游，庄、列存乎逃世。

偕蓴客、伯讷、鹿溪出西秩门，二里许，游极乐寺，勺亭殊有野趣。佛屋前梨花开甚烂漫，偃坐其下，伯讷谈罗浮、西樵之胜，令人企羡。饭讫还，度一野桥，访可园。俗呼三贝子花园，不知何时辟也。一望萧旷，广可数里许，红栏略彴，横卧溪河，小阁敷坐，随处而有。西枕土山，再渡一木彴，入院落，旁出回廊，傍湖迤逦数百步，入高斋，可垂钓，可远望。夏水深时，荷花当弥泽也。茗饮久之始返。昔闻可园之胜以藤花松石为最，今已废，为卖花佣所居，蜜房花窖，纵横其中，松摧藤斧,惟数堆山石仅存耳。

壬午三月

阅蔚州《魏敏果公年谱》,公自少至老,以"守理、循法、安命"六言自励及训敕子弟,故克全晚节,以功名终,非偶然也。

松岑兄来言,近屏弃一切,不为文词,欲仰寻宋元儒者躬行心得之学,专救自己过失,砭气质粗浮之病。予闻之悚然,此数言即为予脑后下针也。

【眉批】仆近于四时爱积雨,爱良夜。积雨,则巷无来辙,室中兀坐,听竹树下馀滴萧然,有村落闲意。良夜,万籁俱寂,散步阶砌间,顾见参横月落,林影参差,微吟舒啸,足以自娱。比入室,则家人皆掩扉熟寝,残灯莹然,卯鸡将唱矣。真可云独寐寤言,屏迹人外者也。

贾大夫《陈政事疏》所言流涕二事,实止一事,长太息六事,实止五事。班氏于本传书云"谊数上疏陈政事,多所欲匡建,其大略"云云,疑此疏非一时所上,如《陆贾传》所云每奏一篇,上未尝不称善情事,而史臣剪截,沟而合之。或斥贾子《新书》分析作十馀篇,为后人赝托,然揆之于理,分析者未必非。盖古人因事陈戒,未尝词费,政不必效后世万言书,文过丰而诚反薄也。《主父偃传》所言九事,其八为律,史皆略之,疑贾疏所缺二事,亦经史氏所删略矣。又,魏高堂隆《上明帝疏》云:"贾谊方之,以为天下倒悬,可为痛哭者一,可为流涕者二,可为长叹息者三。"一而二,二而三,于文为顺,则兰台所笔削,非长沙之旧可知矣。

兀坐萧斋,思东方生一龙一蛇之诗,为虎为鼠之说,甚有理趣。时乎时,盖可遇而不可求也,侘傺何益乎?

仆每一诣曹,与贾竖杂流俯仰交语,奄奄无气,心实病之。既而思之,隶名曹署,此君命也,微贱之臣,惟知守法安分而已,他非所恤,亦不可萌尤人之妄念也。戒之戒之。

武英聚珍本《绛帖平》三卷，姜白石夔著。《绛帖》乃翻摹《淳化阁帖》，初刻于绛州，故名。后以潘师旦刻者为善，尧章抉其菁英，别其真伪，有九品书人之表，取廷尉平之谊，故曰平也。山谷、元章皆有《绛帖》题跋。

夜重读《曾文正公诗》，细观用意，专从韩公倔奇诙诡、理趣横溢处入手，故能句句遒峭，字字轩昂，可以药陈言盗窃、格律媕娿之病。然韩公语妙得之《庄子》，约其旨而为之，其秘密法在"正言若反"四字。专学此种，则于所谓闲适清旷、韦、柳门庭又隔，亦是一病。为韦、柳往往为才力薄者所赝托，韩则非才高气厚者不能至。于此觇公养气之盛，后来勋业非偶然也。

壬午四月

得家敬孙书云，安南三月八日失守，法国兵万八千人，踞而收税，国王百官逐诛一空。琉球事恝置于前，斯本意中事，若再置之度外，恐缅、高、台、琼将蹈覆辙。闻廷旨交南北洋会议速奏，不知作何设施，云云。

蕘老持论杂以诙谐，奕奕有风神。君老数奇，而盱衡时局，称述本朝之美不置，心甚义之。

圣母宵旰勤劳，忧国成疾，而臣工詍詍如故，疆事日棘，甚可忧也。

今年生计极困，不自崖检，遂致颓然自放，转以堕枝体、黜聪明为法，此吾之过也。古之人盖有困苦颠连而为善不息者矣。今吾之所为小人哉！竖着脊梁撑起骨，拓开眼界放平心，速讼而改之，毋自恕也。自恕则日入于死机，自讼则日出于生机。人禽关头，生死分界，急切猛醒，少迟一刻则堕落恶道矣。

【眉批】每日涉笔，无论日记、书札，均用端楷书，切勿纵笔潦草，自本日为始。

白太傅尝自言:“富于黔娄,寿于颜回,达于荣启期,健于卫叔宝。”又作诗云:“忘怀荣启乐,纵酒刘伶达。放眼看青山,任头生白发。”斯言达哉!

非积诚无以立身,非积敬无以立事,欺人者先自欺矣,侮人者先自侮矣。反乎诚而巧伪,则内心偷薄而不克凝其形,于四肢已极骫骳,恶能求一言一行而善,使千里之外应之乎?偭乎敬而惰肆,则外气腐败而不可敛,其居一室已极躁妄,况责其出门如宾,承事如祭,而以贞固为干事之本乎?诚者所以养吾一物未萌之仁心,敬者所以成吾应事曲当之义心,课功先自慎独始,勿谓食息至微,生气所萌牙焉;勿谓房闱至隐,鬼神来窥瞰焉。诚敬者,生气也;伪惰者,死气也。

若夫欲格物穷理,则其要在读书,故魏博士李光对太武言:“世间惟书籍可以益人神智。”横渠张子言:“书以维持此心,一时放下,则一时德性有懈。”然读书而不以纯一之心贯之,则卤莽而耘,其实亦卤莽而报,非徒无所心得,反长其矜己凌物之心矣。纯一者,诚敬也。石斋黄忠端公谓《论语》第一章教人读书,第二、三章教人老实,第四章、六章、七章教人老实,仍教人读书。然则居敬穷理工夫,两者不可缺一矣。

不肖仰承庭诰,平日于古人文字窠臼,或稍有窥见处,然己所作,乃词不副意,冗句赘字极多,所谓言有枝叶也。今夕读《曾文正公集》,而知之文正奏议一体,纲举目张,朗若列眉,简若指掌,义闳而无复滞,指远而不褊迫,得于陆忠宣、苏文忠为多,而更汰其繁缛之词,实以本朝故事,能备言其得失,精审其利害,非积理多,养气盛,又不轻妄发之而能如是乎?友人敬孙才力敏于予,而尝辱厚期之,言予自揣短处极多,其大者有三:姿性庸暗,遇事不能推此测彼,一病也;志不强毅,不能坚持独断,二病也;少遘屯难,筋力早衰,性复耽闲爱逸,不能早起晚卧,服勤耐苦,三病也。樗散如此,不足供世间一割之用也。

【眉批】古无“间”字，“间”本相承俗“闲”，今已用惯，与“闲”字常不别，故私意若此之类，不如均改时用之字为便。观之以此编中古字甚多，时为人所不习见、不习用者，实为无益也。应候斟酌。

上海葛子源秀才士浚来，以文一束见示，知张啸山学博文虎今年七十五，今尚健在，手不废书。

姜西溟、王昆绳、方望溪相与言行身祈向，方有“学行继程朱以后，文章企韩欧之间”语，后卒践其言。柳宾叔、陈卓人、刘孟瞻、刘楚珍四人者相与言志，时秋试被黜落。愿分治《穀梁》《公羊》《左氏传》《论语》，为之作正义，后卒各践其言。顾访溪、方生斋、钟子勤先生相与言志，愿分治毛《诗》、程子《易义》、范氏《穀梁》，后亦践其言，惟方书未就。此皆近日老辈之习业有恒可法者，区区诸老翁为事诚殷勤，异于惰游无业者远矣。

人以忿言来，我以忿言往，人以不能惩忿之故，受责于我，我以不能惩忿之故，受责于人，是忿懥之心，相寻无已，而德丧矣。凡办事犹可尽心力勔为之，非甚难也，克治己私为难。克治以惩忿窒欲为先务之急，二者最害事。有自是非人之心，但见人过，不见己过，则步步荆棘，不可行矣，此忿懥之根芽也。克己者，先抉去其矜愎自是之心。

仆近颓然如枯木，谢绝人事，不乐居长安中，将贻北谯、浙西两处亲族决策，谋归桐中，瞻依丙舍，修葺故园。此后万念灰冷，惟有青山白云，归装万卷，足以颐情送老耳。

孺老病甚，不肖往拜床下，孺老神色怡然，告予曰：吾残年向尽矣，子则尚壮，犹拖泥带水人也。际此时艰，勿穷高骛远，志大言大。“黄鹄志四海，中路将安归”，此语足解颐也。但求且办一自守之法，是方脚踏实地。勿讳言求田问舍，转使立身本末俱惝恍失据也。不肖深感其言。因念先公壬戌、癸亥间谋归耕晦村而未得，今日如幸而得归，亦先志之所矜许也。连日小谪黑风吹船之罗刹国，方思用张文端公英成法,徐备瓴甓、木石、渠答、鹿角,筑一净土城以御之。紧闭四门,勿使邪魔阑入也。不立文字,直指本心,故暂辍日记。黄鲁直晚年偶得微疾,不复饵方药,构坐忘室、死心寮,竟日枯坐,习忘以却之。不意秘密法为敦复叟窃去。予殆欲于朽朽腐躯壳中寻鲁直道人馀丹邪?

松岑言云贵办边防,部议请饬下四川省年拨饷银二十万,添设练兵六营。

壬午五月

家人遘疾者多,日内稍定,仍延医服药。予形神嗒然,惟慎持食息,默守循理、守法、安命六字诀而已。

前抄村叟诗,至此得五卷。读之,嫌于神韵、神味二义太欠领悟,故一望而知匠刻之气太重,坐有意求深竞缛,故犯此病,当思以清灵圆妙之格矫之。

《淮南子》引《庄子·达生篇》语而正之曰:"达性之情者,不务性之所无,以为尽性也;达命之情者,不忧命之所无,奈何安命也。"郭象注《庄》云:"生之所无以为者,分外物也;知之所无奈何者,命表事也。"此皆申言知止足免辱殆之谊,与《易》乐天知命之旨同符者也。古之贤者克己复礼,天下归仁,体国经野,陈力就列,殆其精力独异,时与命会,非植弱孤�所可妄睎已意者,惟畸人散士若荣启期、班嗣、杨王孙之所自处渔钓于一壑,则万物不奸其志;栖迟于一丘,则天下不易其乐。虽果于避世,见弃圣门,犹不失为养性葆真、淡泊自守之士也夫。

俗事牵累,出门。车中诵"君看随阳雁,各有稻粱谋"二句,又,刘并州云"如何百炼钢,化为绕指柔",为之浩叹。生事牢落可知矣。

观俞氏《曲园丛书》,以才人之笔,妙运经生之雅词,奥诂雄词,炉为一冶,虽非清净身,饶有广长舌,辩材无碍,可资解颐,亦消夏破颜之俊物也。其说经仿王氏《经义述闻》,说九流仿石渠先生《读书杂志》,而立言之根柢不同。王氏父子朴学无华，俞氏则隽伤其道。

尝见巾山先生即俞曲园。一小印，文曰："著书遣日。"盖用江总诗"聊以著书情，暂遣他乡日"之句也。解经读子，是其经意之作，其馀不免弊精神于蹇浅，然亦时寓名理，碎金断璧，往往而有，良自以身废不用，终老岩阿，因而曼衍其词，穷年送老，殆漆园傲吏之遗意乎？

壬午六月

示强不如用弱，图大不如谋细，兼骛不如专精，《语》曰：多为少善，不如执一。逞利不如守钝，巧辩不如拙默，丰入不如啬出，繁文不如简质，桓桓不如绵绵，皦皦不如冥冥，为名不如为实，求人不如求己，务外观不如务内游。

尊老言吴中一快士某，久困于客游橐笔，尝云：眼前无可托死生者，惟无日不作死地观，竟得不死。语绝沉痛，然外其身而身存，理固然也。

少时见五叔父篔村先生与人一帖云："葛苇临江生，怕波头卷室。"不知所谓。今乃知出《东坡先生集》。

观曹长余石老《条陈四事》，甚通达晓畅，心折服之，自愧勿如也。一稽查州县，捏冒假灾；一稽查州县捏完作欠；一稽查田亩以熟作荒；一稽查厘金收多报少。大农阎公考课各曹之目也，予不习吏牍，深以不称委吏之职为疚。

入署，因公谒见大农阎公，公有闻，向来讲究学问之谕，自耻虚声过实，悚然惊谢，遂退。

杜、韩诗中多经世法，读之使人系怀君国，慨然有正人心、厚风俗之意。坡、谷集中多出世法，读之使人踪迹嵇、阮，志气闳放，摆落世俗，蝉蜕形骸，乘云气、餐朝霞，飘飘有游山泽闲意，殆所得名理，有儒释之不同欤？此唐音宋格所以判然二法门也。

饭僧甑将生尘，不免惆怅。仆学道不深，故世缘生众累邪？融斋老人题《华严海色图》曰："人弃清凉趋热恼，飞蛾红焰投偏竞。或从热恼想清凉，坐市谈心终未称。"予生奕棋之市，而求安心之法，宜乎焦芽石女,兔角龟毛,究无所得也。

在某君家观钱鲁斯伯坰行书十六字,用笔与梁闻山相似,极萦纡回干之势,左右牝牡,有相得之妙。完白山人不及也。

读东坡公诗集竟。第五十卷多误入他人作,如"枯木嵌空微黯淡""风晴日暖摇双竹""黄落山川知晚秋"三首,乃黄山谷诗也。"红鹤声可恶"一首,乃王荆公诗也。

入署,蟪鹨交集,喧不能静,益厌台掾之不可为矣。然不能决去,奈何?答晤周彦升文学,新自登州军中来云,吴提督长庆驻蓬莱,宋提督庆驻营口。北洋大臣以德国新购铁甲兵船将到,派员在旅顺口挖筑船坞,延德国机器匠为之。海岸多礁石,人力难施,估工费近百万,当轴颇忧,计无所出也。又闻高丽民人不愿通商,与美日各国有违言,中国将遣官调处。又,言烟台海防,仅泰安兵轮船一只,月费已数千金,归登莱青道管辖云。

壬午七月

饱食终日,不如博弈,甚言无所用心之不可也。五谷不熟,不如稊稗,极言不专一业之无成也。予近日性既偷惰自酖,又不专治一艺,殆哉,殆哉!自作孽,不可逭,所受于定分者本不厚,而日朘削之,庸有冀乎?

客或言,临海董毓琦子珊,官安徽候补同知,湘人曾昭告吉素业钟表匠。董精于布算,能以气机作轮艘,不爇煤,而利涉一时,许行四十里。曾有巧思,能制诸西洋机器,以水激之,造诸式炮弹,皆奇士也。

阅黄明经楙林《游印度笔记》四种,其言西徼水道,有驳正《海国图志》处。如魏舍人以葱岭毒龙池当释氏所谓阿耨达山,四水发源。黄君以为阿里之冈底斯山有大龙池,雅鲁藏布等江发源于此,乃古阿耨达也。

刘渠川同年大令秉乘彝自湖北来,询知孙琴西年丈居永嘉,文兴甚豪，手不废书，但耳微聋耳。

仆年来颇守宋贤“不犯手，莫安排”之教。漆园真澹宕人，见似人者而可喜，德操不可否；事信如卿言亦复佳，萧郎何害诣曹，柳下未妨充稳。北郭酒徒，朝沽竹叶；南邻棋友，夜爇松明。忧患尔何，俗物岂容梏我灵台；荣枯一例，虫沙切莫自投火宅。与其残生伤性，龟徒留骨而荣；曷若绝学捐书，带有安腰之适。偶然不寐，书此自怡。

古乐府述还故乡情事云：“兔从狗窦入，雉从梁上飞。庭中生旅谷，井上生旅葵。”是犹有田园风景也。仆则故乡无田无屋，无梁无窦，无井无庭，并无葵谷，大率俱无耳。其长为北平秀才乎？抑木瓢真率，作云水道人挂单开士乎？

崔骃以不乐损年，吴质以长愁养病，旅食之况，如是如是。

李忠定公云：“精气变痰，痰复变而为精气，非二物也。”治乱消长，听命于主人，心为之主人也。《内经》云：“恬淡虚无，真气从之。精神既生，病安从来？”

卧疴不仅疾违孙公思邈“士无畏，则身不修”之戒，自尔宜自戒厉，否则入自禽门矣。

“人生十事九堪叹”，陆渭南作达语也。有《庄子》“知其不可，奈何而安之若命”之意。“已拚一老百无耻”，曾文正公强矫语也。有伊川“不能则听其去可也”之意，言不必懊悔过去，亦不须觊冀未来，只战战业业，实修见在而已。

渊如《孙先生自叙》引葛稚川云：“年十五六时所作诗赋杂文，当时自谓可行，至于弱冠更详省之，殊多不称意。天才未必为增也，直所览差广，而觉妍媸之别，于是长大有所制弃，十不存一云云。”今案语在《抱朴》外篇自叙中。观此可以知文人才力功候之多较矣。童少鉴浅而志盛，壮艾识深而气衰，此一说也。古人才力深厚，率作之多而约存之，其去取不苟，此一说也。宁惬心而贵富，不哗世以取誉，虽杜、韩、欧、王荆公大家，今存集中者，多四十以后作，少作淘汰略尽，自知气格未成，此一说也。古人自定其文，当不若渔洋删诗，断自丙申年之惬于割弃。又,朱子云:“笔力到二十许便定,不复能开拓笔路,若得学力渐渍,当更有进。”此即天才未必为增之说。

读《抱朴》内篇竟,摄生之术由来旧矣。《艺文志·方技略》著录者,无虑数十家。《庄子·刻意篇》言吐故纳新者主调息,今道家所谓泥丸内功也。熊经鸟伸者主导引,今道家所谓韦驮外功也。二语已隐括其理。

偶见帮办新疆军务张公曜《筹边一疏》云:“方今急宜布置者,一曰多设骑兵,二曰多购火器,三曰设游击之师,三者具,然后可以议边防。”又,料检吏牍中,知新疆因各省关欠饷过巨,裁汰楚勇,每裁一营,除废欠饷外,须资遣银四万两。现在关外只存刘公锦棠十六营,实二万五千人,驻扎哈密等处。张曜十六营八千人,由阿克苏移戍喀什噶尔等处。西路回远,馈饷维艰,率费十馀金而致一石。又刘、张所部多降叛新附,即遣撤之,多无所归,易生变煽。现筹改旗屯旧制,以勇丁为制兵,使戍卒粗安,渐兴屯垦,更立牧守,弹压民回,乃目前急务也。然其军中仅敷防戍,多步少骑,多刀矛,无火器,军籍多不足额,故未能资以游击分布,设大敌来,无以御之,亦大略可睹矣。

壬午八月

得敬孙信,规我甚至,我之药石哉。近来畏友非君而谁?

观荆公律诗,隐秀皆稳,知作诗用事,最忌呆砌,故实当如盐著水中,不如盐味;又如蜜房兼采,了不见花叶之痕,方成妙谛。

才资学成,器由养裕,格物穷理。曾文正公谓物即事也,是出于理,格物穷理,即河间献王所云“实事求是”之意。此二言乃为学准则,不必有汉宋之判。是非不眩,学以益人神智也。克己慎独,动静有常,养以与时消息也。学主乎谊以方外,养主乎敬以直内。学者为学日益,开物成务,智者之事也。养者为道日损,乐天知命,仁者之心也。

送刘蕖川。刘言陈蓝洲令房县、应城,皆勤于为政,日坐厅事,判决讼牒,案无留滞。二县之民颇有去思,现又奉檄权应山矣。心甚善也。

彗星见于星宿天狼之间，尾长十六度强。

《汉书·游侠传》陈孟公谓张伯松曰："足下讽诵经书，苦身自约，不敢差跌，而我放意自恣，浮湛俗间，官爵功名不减于子，而差独乐，顾不优邪？"伯松答曰："人各有性，长短自裁，子欲为我亦不能，吾而效子亦败矣。虽然学我者易持，效子者难将，吾常道也。"此吕成公"出者难工，处者易持"二语所本。《论语》子曰："以约失之者鲜矣。"马伏波、王文舒戒子书皆祖此意。《世说》载裴叔则曰："阮方外之人，谓阮嗣宗。故不崇礼制。我辈俗中人，故以仪轨自居。"观于张竦、裴楷之言，可谓徐公有常，通而能介者矣，虽巽以行权，不至丧其所守也。

张霭青说其叔父大同总兵，君近得一好马，乘是马者行花树阴翳中，初若徐行翔佯，然驶如风雨，凡马勿能及。试左右顾，但见一片飞红滚绿而已。此正所谓不动尘，所谓顾视清高气深稳也。不称其力而称其德，马诚有之，人亦宜然。

夜与聂秀才书有云：仆虱此委吏，既少吏材，进则非用世之材，退则无遁世之材。自审显晦出处，俱无可自择位置，况使它人位置乎？只好随遇寻碗饭噉而已。道远无由相语，时时放杖，嚗然而笑也。

何子莪前使倭中，有所规画辄奏，记政府王大臣言状，未尝纷然形诸章奏，此长于审势而工于避事者也。山西一候令司厘金局，每年收解数目什倍前令，而民商便其简易。朝邑阎公初殊怪之，卒叩其所为，答曰：无它，惟随征随解而已。因忆一友人语我作令之术：欲免盗官物，不误钱粮考成，惟有尽征尽解之一法。并应得火耗平馀，亦作正款解司库，不留一钱。否则侵挪浪费，百弊丛伏，势必至饱幕友、官亲、家人之橐而己受其咎，到交待时亏空正项。此阅历有得失之谈，勿以为庸言，乃至确之理也。

谭仲修所选《箧中词》，凡采录国朝词人无虑数百家，其意常右成容若、项莲生、蒋鹿潭三家，以为始得为词人之词，流别甚正也。予不解倚声，姑记其宗趣如此。

蕙梁见存，与同遇蕁老，蕁老真是一世异人，接其风采言论辄为叹息绝倒,令人不复思张茂先、乐彦辅。

古今文苑,作者林立,然求其真能约六经之旨而成文者希矣。贾、董、刘向、匡衡、陆宣公、韩文公、司马温公、朱子、顾亭林先生而外,殆不数数觏也。西京文章多祖屈宋,而十四博士言经法者,多不以文著,是谓楚词派。汉初治术尚黄老,太初以后缘饰之以儒术,而贾山、晁错、徐乐、严安之文,皆源出短长说,则又为国策派。魏晋以后,丰缛之中多尚清转华妙,为庄列派。唐初沿用齐梁派,燕许大手笔,气加厚矣。元和中兴,创意造言,号称复古,古文之名遂立。然一代臣子,首推昌黎,仍脱胎司马子长、相如,而不宗贾、董、刘向。施士丐、卢仝、孙复说经甚疏缪,袭王仲淹"九师兴,《易》道微,三传作,《春秋》散"之语,遂开以空理解经风气,而韩欧盛张之《论语笔解》,亦非经师谊法。子厚多宗《国语》,是为元和派;北宋欧阳公、王荆公皆善变韩之形貌,而取其神质,三苏又别裁新体,出入孙、吴、庄子、战国策士之文,于是古文派遂大。然韩柳不废《选》学,多偶而气厚,欧王专仗意理,求胜纯奇而气薄,此古今修词体格之变,一大关键也。虞伯生、归熙父、方灵皋承程朱昌明义理之后,敛韩欧之气格,裁程朱之义理,易于洁净而体实迫狭,于是古人纵横排奡、雅健雄深之笔遂不可复见。至于桐城而流别极矣,是谓理学古文派。国朝乾嘉以后,考证之学盛行,古文之气贵游刃于虚,太实则伤气;古文之理贵伐材于朴,太碎则伤理。是为考据文派。要之椎轮大辂,青蓝蹈袭,体制既众,条流弥繁,然贾、董经术深厚之文不可复返矣,遂使一代自成一代之风气。盖人心学术与时升降为之与?《大戴记》曾子曰:"难者勿辟,易者勿从。"然承学之士,惮特立复古之难,而趋当时体格之易,势使然也。

夜将旦,雨。昨夕闻山妇说,彗星光芒甚长,将旦始可见。仆未明起,开门视之,雨晦不可见矣。

山谷诗:"人言可医国,何用太早记。"朱子讥王仲淹年廿馀,开皇中上《太平十二策》,要出周公事业,此太早计之病也,与仕宦求速化者虽异,其为气象躁迫一也。陈同父尤而效之,误矣。未尝勤牧而牂生于奥，暴得美名，不祥随之，此不可早记者也。荆公诗："悲哉不早计，失道行畹畹。"过时乃学，勤百效一，虽云炳烛，究不如少年专业，心理易赴，此不可不早计者也。

董子曰："正朝夕者视北辰，别嫌疑者视圣人。"圣人不可作，学者质诸陈编，而无由亲炙圣人之言论气象，所以未能悦心而坚其信道，劫于异物而辄迁也。凡学必求阶梯，必贵见知，又次则私淑诸人，差胜空言慕古也。处今日而有志求立事之学，其惟奉曾文正公遗书为阶梯乎？求治经之学，其惟折中于陈先生澧遗书以为阶梯乎？群言淆乱，慎勿受劫而误迁也。

渐西村舍自课律

居敬而行简，严于律己，平易近人。惩忿窒欲，为道日损，损以远害，迁善改过；为学日益，益以兴利。气厚性通。体勤神逸。俭故能广。仁能济物，智足卫生。异不违俗，同不失己。显晦一节，耽道玩时。多静少动，多忠少欲，多收敛少发见，多养气少著书。稳处扎脚，远处著眼，小处下手。闲居慎勿说无妨，才说无妨便有妨。暇时尚宜戒惧，何况临事。常气藏丹田，厚养心力，使有馀于事外，方可身入事中，绵绵若存用之不勤。阅历一事增一识力，善用顺势。吃一堑长一智术，善用逆势。取精用闳。光明洞达，推赤心与人。今日遇一事至，度之于义，立取裁决，万勿待明日，愈积愈难清。如遇时未可力未能，则持坚忍强矫之力，静以俟之，勿一豪发露。表里动静，惟敬与和一以贯之。

邵尧夫氏诗曰："着身静处观人事，放意闲中炼物情。去尽风波存止水，世间何事不能平。"

壬午九月

择交之道贵诚与淡。不诚则志不固，不淡则气不厚。因乎自然，所谓人相忘于道术也。刻舟逐迹，则三衅败之矣。朱子云："是真虎啸必有风。”此重修其在我者而致之。即学时习朋自远来之旨。人之相知不在乎相识,相识太狎,习也,非言亵狎。或有争名及薄物细故之嫌,乃其害也。多动近名,而性躁妄者不可与处,不惟无益且大损随之。若得厚重朴学、笃于内行一乡之士,似此人与之久居,不惟获益,且缓急可得其死力。

访崧父,见案头有刻新茗柯文并载恽子居点勘驳正语,于此见先辈交谊之厚。

不肖自省终日多惰容,不存心于敬故也。终日多戏论,不立志为不妄语人故也。处置履屐米盐纤事,时有机心不净,由徇利害不顾是非故也。三者皆为吾心之害,宜勇改之。

近来终日方寸憧扰时多,虽由贫窘之故,然必有忮求,终怨尤之根伏于隐微,足以贼吾心之仁。故萌牙于意者如此,亦思贫而植清节,胜于富而蒙恶名,贫固为可喜之物乎?

同人约游枣花寺,重观智朴手卷,有越缦先生断句七首,语妙天下,当稽首树降旗。

【眉批】枣花寺有唐碑,记幽州节度使刘济舍宅为寺事,则唐时寺在城中可知也。寺左右曰东柳河村、西柳河村,今水涸村墟,惟略彴犹存,亦断石枯木,不得冒居河名耳。

读彭尺木所作《彭氏家传》,行文似荆公《许氏世谱》,而杂用《史》《汉》列传体,叙事娓娓入情,气亦雅洁。

入署,大司农朝邑公询《元和国计簿》《元祐会计录》二书存亡。

客至,谈靳文襄《治河方略》一书,其言减水坝、遥堤、缕堤、束水攻沙、混江龙、浚川杷、抽沟诸法,虽河今北徙,易地可用。又云洪泽湖淤浅,五坝惟智坝刷深溜急,将来恐为下河五州县之害,非遂筑抢水坝逼溜,使归北岸,则同治五年清水潭之决将复见矣。阜宁、安东一带,云梯关以下海口,近屡加疏浚,出口已畅,惟弥望荒地数万顷,须凿引河、设涵洞、建石闸以时宣泄启闭,以资灌溉,乃可成沃壤耳。

阜宁岁漕额粮二万五千石，近年完漕仅三千石；地丁旧额二万，今不及十之三，由荒地太多故也。然吴中大吏惮于筹给开垦牛本耔种，至今未能谕劝农民行之。

胡守三在宁古塔，经大吏疏荐，守三坚勤耐苦，荐者可云得人。奉旨以知县留于吉林补用。

客问篾叟云："子著书乎？"曰："否否"。古人年愈四十，始斐然欲有所著。良由积理既多，自充实不可已故也。凡学必有阶级，能分类抄书，而后能读书。能读书，好学深思，心知其意，此之谓能读书。而后能治书。能治书，贯古今，辨然否，别嫌疑，明是非，通天人之故，察事物之变，此之谓能治书。而后能笃信好古，书与我心始相忘矣。蕺山先生云：无忘亦无诚。功候积累，至是而后著书亦可。古人所未及言者待后人补之。不著亦可，古人所已言者，慎择之，孱守之可也。论前人一定规模，若《玉海》抄书法也，《困学纪闻》治书法也，《郡国利病》抄书法也，《日知录》著书法也。不佞物力既艰，日力又虚费，入手第一层工夫尚未窥见，何能躐等而妄议立言体要乎？将旦，起看彗星，光芒缩小。

靳文襄《治河方略》俱言堤工、土方、筑坞、打坝之法，极有用。巾箱本有图十册。

高明一路人做迁善工夫似较易，而改过难，诚不足而才有馀也。谨厚一路人做改过工夫似较易，而迁善难，诚有馀而才不足也。故狂者有为，乐于赴功，狷者有守，约而寡过。随器授任，世无废材。鄂文端对世宗言用才之难，可用者未必可信，可信者未必可用。斯言诚韪矣。然朝廷用人，与其得一干练之才，不若委心廉悫之士。盖尚才则辨给小人易出其中，司马温公论知瑶事云："德胜才谓之君子，才胜德谓之小人。"乃千古官人龟鉴也。温公又论吕惠卿云："江充、李训苟无才，何以动人主？"不可援为厉戒乎！

审利害主事势，倚数一边；辨是非主本心，倚理一边。理立而气数从而听命焉，非中立不倚、气度雄远之大人物不办。如韩安阳始能之，故伊川云：魏公是闲气。《易传》曰：《损》以远害，《益》以兴利。是利害二字，圣人不讳言之,必谓圣人但计是非不顾利害,非通论也。

为仙老买《抚豫宣化录》送去,此书田文镜自编,极有用。

读元魏孝文帝《吊比干文》石刻,隶书极遒丽。

访六希,案上有《明史略论》,湖南彭氏著。诸生,忘其名字。文体仿张溥《通鉴论》及王船山先生《宋论》,其论阳明王公谪龙场及以逆濠付张永事,见地甚卓。论张江陵依附太监冯保为功名之士,不免为富贵所歆动,非真能志于道德者。又论江陵毁天下书院为处置不得其平。又论丘琼山龄龁王恕有愧于其妻之言。又论戚南塘用兵机宜,御倭主力战镇蓟,主坚守,然亦仗江陵当国为之主张。皆有特识。

湘阴相公言,办事无论大小,断无料准十分然后去做之理。遇一事当前审是非、计利害,参之时局,验之人谋,乃返而求之,自忖才地、识地果能胜任与否,看到六七成便要下手做。动刀甚微,俟其謋然理解之后,气要静,志要坚,手要辣。

斫轮徐则甘而不固,斫轮疾则苦而不入,不疾不徐,不苦不甘,心手相忘,技有天得,口不能言,有数存焉于其间。数也者,即朱子所谓"韩信将兵之法,止在分数明故也"之数;疾者遗教,经所谓弦急则绝也;徐者遗教,经所谓弦缓则不明也。不疾不徐者,乃《孟子》所谓集义养气功夫,勿助长而心勿忘也。优而柔之,使自得之,小之卫生治身,大之为学与治,皆离这个规模气象不得。理一故仁,分殊故智,仁以养心,智以立事,分数明者分殊故也。《易大传》曰:"天下同归而殊途,一致而百虑。"而立同归一致之本原,乃可析而应百虑殊途之事变。一致也者,诚贯之也。其功力在先务敬义夹持而心德不孤,养得一团诚敬意思到极充极实处,如鸡抱卵,勿稍有一毫助长之念,然后由静之动,酬酢事变,庶几可无安排吃力,如禹之行水,行其所无事乎。事过则仍由动返静,做收敛涵养工夫,勿为事所絓缚黏著也。

欲治经世之学,其根柢有三:一曰识力,出于学;二曰才器,资于养;三曰更事多,由于阅历。

览韩淲止仲《涧泉日记》,称述两宋名臣逸事,甚有味。

壬午十月

本日卯刻，上时享太庙，前二日有驾辂象断靷狂逸伤人之异，应入《五行志》。

观再同所藏影写明刻《宋仁宗洪范政鉴》五卷，是书历采伏生今文《大传》及《汉书·五行志》、董、京、二刘说，分列各条下，又傅以东汉后隋唐前各史《五行志》文，《四库存目》未收。刘子元极诋《洪范五行传》，谓作《五行志》者但当记灾异，不应傅会五行五事曲说。《新唐书》以下俱从其说。

以地图及近人言时务书各种答馈湘阴公。

读全氏《鲒埼亭集》。谢山先生连丁父母丧，私制心丧之礼，持斩衰服三年毕，又玄冠布素服，杜门不接庆吊二年，而后出应书院之聘，或以持丧五十四月。非制为疑，先生引宋王恪事以答之，言折衷于诎情伸制之间，改为三年丧毕后仍持心丧二年，此礼以义起也。谨案：《读礼通考》卷一百二"变礼"门"并有丧"条下引王廷相曰："并有父母之丧如之何？"曰："《记》有之，其葬也，先轻而后重；其奠也，虞也，先重而后轻。"曰："今也同葬而并奠，同虞而并祔也，何如？"曰："父母之亲同也，今之法制服斩同也。"《礼》，父在，为母斋衰租；父没，为母斋衰三年。今子制为父母皆服斩衰三年。葬奠虞祔皆反乎古，同服而称情，简易而便事，亦犹夫行古之道也。又引《虚斋集》谓蔡先生清提学江西，不许饶州诸生周鸿连有丧于母服二十七月之外复修父服之请，先生移文，以为盖虽过厚之义，实非中正之行，吾所期于鸿者，要在为善于独不求甚异于人。此主毕其丧服月数，遵制释服者也。又案：《三国·魏志》注云：袁绍遭母丧服竟，又追行父服，凡在冢庐六年。又，《宋会要》宝元中王恪言父母相继亡没，乞通持五十四月服，仁宗诏许之。此主匄伸私情变而近礼者也。不孝癸亥年连遭大故，既瞢于未葬不变服之礼，一罪也；并服父母丧不知法全氏持心丧之义，二罪也；丁卯冬间改葬，既葬，除丧冠要绖，便出谋计吏，投刺散卷，不遵古今通礼，改葬持缌服之文,三罪也。有此罪三,与无礼无义之夷狄禽兽何以异?此不孝二十三岁以前不得为人、不可为子之实状也。

《孟子》引孔子曰:“乡愿,德之贼也。”又曰:“恶乡原,恐其乱德也。”夫“德”本作“悳”,许氏《说文》:“德,升也。”“悳者,内得于己,外得于人也。”二文形义俱异。悳者非他,得心之谓也。《韩非子·解老篇》:“悳者,得心也。”此诂极精,必古义相传如此,非向壁私造。谈训故而非心得,此皮貌汉学;谈义理而非心得,此皮貌宋学。推之考古之学、经世之学,莫不皆然。苟有一毫饰智惊愚,内欺己而外欺世,皆乡愿也,皆日远乎畜德之士所行也。孔子曰:“恶似而非者”一节,疑本孔子全文,弟子撰《论语》者删存,恶紫、恶郑声、恶利口三句,而不载馀语,藉非孟子称述,则全文几不可复见,此即孔子弟子见地识力有不及孟子处。

道家千言万语,其归根在一“啬”字。啬者,啬我有涯之精神;释氏千言万语,其归根在一“舍”字。舍者,舍彼无穷之物欲。为术不同,其为重内轻外则一致也。啬字工夫不外大《易》《颐》卦之“慎言语,节饮食”,《艮》象之“思不出其位”。舍字工夫不外《损》象之“克己忿欲,而惩之窒之,故曰损,德之修也”,《艮》“万物之所成,终而所成始也”。司马温公论释、老曰:“其精微乃不出吾教中。”谅哉斯言!啬者揫敛之谊,惟揫敛故能有成,若《咸》之内多欲而外憧憧,则凶吝至矣。

仙翁前数日规我云:吾见子一帖曰“材与不材,将居其间”,审尔居心行事,乃招世祸之媒也。若能以不材自居,庶几免乎。予再拜受教。

送仙丈行,还寓斋,复致书为别,略云:“叩送行驺,不胜惘惘,频年倚二丈护持,不致为世议所排,获庇多矣。将来望丈移节吴越,得归去,安稳作山中薙牧耳。

句者字之积也,章者句之积也,篇者章之积也。篇从句出,句从字出,字从文出,文从言出,言从声出,声从气出,气从息出,息从神出。神者藏于心不可方物,不可端倪,潜天而天,潜地而地,昼栖于目,夜栖于肾,大寐在脾,将寤在肝。故欲明修辞之术,格物穷理,创意造言，积充积实为之经纬，而推厥根源，要以治心养气为之本体。治心莫善于敬，养气莫善于和，敬者有序而不槬，和者有物而不窕，有序与物，精气为物，又物者事也，故曰格物。物者，类也，推类而知其义也，故曰同物。望溪先生论归熙父文事甚工，而所得于经义者浅，以云有序则几矣，以言有物则末也，物含三义。则礼乐之意盎然其中，如是然后浩乎沛然，不造辞而理趣已具，发则其实中、其声焉耳。然第研文事，犹操末技，所谓至德要道，岂在是乎？

谒荇农先生，示以《汉书颜注校补》定本并自叙。先生斥言定盦龚氏制行之非，根器儇薄，误后生不浅。某答言："朱子称涑水之文如桑麻谷粟，窃谓为文得此意始有裨世教。定盦则失之太远，殆文中之妖，并不得与杨铁厓之诗同年而语乎？"

《左传》："用物精多则魂魄强。"此"物"据服虔注为谓权势。与《孟子》"自范之齐，望见齐王之子"章同意相贯。"其取物也精矣，其用物也闳矣"，精闳二句为均，此"物"当从《礼记·大学》郑君注"物，犹事也"之说，犹言更事多则益人德慧术智不浅耳。用权势多者，增长气魄而已，于智术未必有得也。用事多者，则渐能智术精闳，度越流俗，然于义理未必有得也。夫用事用权势久者，尚能心力雄深有异于人，而况怀仁抱谊，真积力行，能日用古今义理决事，绵绵若存，冥冥不息者乎。

前求浮丘公作擘窠书"义林"二大字，拟刻石严州府城小南门内；其纸坊坞戴山先茔表篆刻，拟丐石公衔名题之。盖缘先大夫曾佐浮丘公幕府军咨，而丁卯冬之栖葬，其赀费乃石公所赐也。故不孝斟酌累年，非力丐两公书之不可。

十八日辛未丁夜，即起戒车，霜月甚寒，日出送客。出永定门六里许，经行经南苑海子入苑门内第，见平原瀰迤，白草黄沙，一望无际。南苑广袤一百六十里，额设郎中一人。途中见黄牛什百成群，不避人。自甲戌秋穆宗驻跸，举行狝礼后，稀复巡幸。故苑吏招旗丁闲散耕牧其中，十里五里，纵横成村落矣。是日风甚，日斜时出苑西门，抵黄村。闻南苑之胜在滩河，行宫有竹木水石之观。御者迷失道，未及往游。虎圈鹿柴,无缘纵观。近日岛裔冯阻,贡使寂寥,黄支之犀、条支之鸟久已不至。闻啬夫所长,亦无它兽,惟东三省将军岁进梅花哨鹿颇多,由南苑迹人验收也。是夕宿黄村旅店。

十九日壬申丙夜即戒车,寒风刮面,循苑墙行三十里许,日始出,又十里,入南西门,还寓庐。山厨甫有炊烟,儿女尚拥衾未起也。

作事贵豫谋,不素定则不立。《礼记·中庸篇》出言莫安排,裁安排便不诚。胡翼之先生戒徐仲车语。二者不相妨而实相成,仍是静多于动、行多于言、践履多于作用,收敛多于发见功夫也。本吕成公自课程。

尊老论欲纂《古今音字要略》一书,以刊正俗体之指,以《广韵》部目为据,取其同纽。而以古今篆隶章程书应用之字纬之。书若成,信马援、江式之遗意也。

魏武之将兵也,每临阵,意思安闲如不欲战,及其乘间抵隙,飚发电起,摧枯拉朽,深藏若虚,机局纵横,气势坌溢,缩伸进退,变见出没,常若有馀,此兵家之雄也。荆公之构文也,入手迤逦蹇浅,若不经意,稍一转折,意境便别,愈转愈深,洞乎无际,然后向之散者整、宽者紧、间者要、朴者巧、钝者灵、陈者新,始则动刀甚微,终仍善刀而藏,此文家之奇也。二者同一机轴,同一度数,道在先务养气,继务审势而已矣。元遗山诗云:“工文与工诗,有似国手棋。国手虽漫应,一著存一机。”至哉言乎!

答徐君,荒园殊饶竹石,李公宗昉故居也。想见承平时士大夫第宅文酒之胜。

孺丈枉存,述朝邑公罢官村居,训蒙十六年事甚悉,约身力行,具可法则。

施彦士《孟子外书集证》五卷,刻甚佳,胜于《艺海珠尘》本多矣。装钉毕志喜。

观《逊志斋集》,年谱前有蕺山刘先生及倪鸿宝、陈卧子叙。方正学,元英处士之裔,其先桐庐人,后栖于台,此当补入《桐庐图经》“士族表”者。表仿章氏学诚《永清志》,列方、姚、皇甫、俞、袁五姓。

壬午十一月

天积气以成体，上层轻气，中层养气，下层炭气。最重最热。阳气从下生，动乎地之下，则应乎天之下；动乎地之中，则应乎天之中；动乎地之上，则应乎天之上。冬至轻气降，炭气伏，故严寒杀物；夏至炭气升，轻气微，故盛暑杀物。惟春秋二分得天地之中气，昼夜均，寒暑平，故能生物且成熟也。气之精者，存乎日，地球每昼夜环日一周，相距远而为近，寒为暑，迎为昼，背为夜。地球动而日不动，万物皆生于日者也。强羸荣槁，由其自致，而日无与焉。人受气以养形，中轻气则为寒病，中炭气则为热病，得生气者平。生气，养气也。气之精者存乎心。五藏六府，四支百体，恃精神以斡注。阴魄曰精，阳魂曰神，精由含气而化，神由溓血而生，每昼夜环心一周，吸为寒，呼为暑，寤为昼，寐为夜。支体动而心不动，万理皆生于心者也。惟一生万，一者强名之则为诚也。诚者体，自然不息，故不动。是非赏罚，听其自取，而心无与焉。是故日者君道也，心者天君也，人君宰世之术，所以贵处阴而观阳，处静而观动，处晦而观明者，此也。

与友人书云："学不求速成，仕不求速化，惟日自循省，随时随事，尽吾分所应为而止，分际之外，毋求深焉。"《艮》象"思不出其位"，其谓是乎？年来始知持守此谊，愧尚未能实力行之。此际正须着力耳。

【眉批】案朱子有"猛火煮，慢火温"之说，然则为学务时敏，而又贵循序致精，使火候足时自有融释脱落处，勿使一毫助长，反致墙高基下，始于欺人，终于自败耳。

经世之宝三。《孟子》曰"诸侯之宝三，土地、人民、政事"是也。立事之宝三，《老子》"慈故能养，俭故能广，不敢为天下先，故能为成器长"是也。摄生之宝三，《参同契》云："耳、目、口三宝，闭塞勿发通。《离》气内营卫，《坎》乃不用聪，《兑》合不以谈，希言顺鸿蒙。三者既关键,缓体处空房。委志归虚无,无念以为常。寝寐神相抱,觉悟候存亡。颜色浸以润,骨节益坚强。"是也。

《孟子》曰:"苟得其养,无物不长。苟失其养,无物不消。"此嵇叔夜《养生论》"为稼汤世,一溉后枯"之说所本。孟子通五经,尤长于《诗》《书》。赵邠卿题辞。然罕言《易》。止外书引"不事王侯,高尚其志"及"《易》,忧患之书也。安乐而不知《易》,小人凶,君子吉。忧患而不知《易》,小人吉,君子凶"云云,凡二条。程正公曰:"知《易》者莫如孟子。此文消长互言,乃《易》谊也。《泰篆传》:"君子道长,小人道消。"消长即宓羲十言之教所云消息也。人含善性,犹物含生气,人资谊理以养其善,犹木资灌溉以养其生。

客有问于酱翁曰:汴宋贤士大夫似多执意见求胜,何以言之?曰:有疑《孟子》者,非疑《孟子》也,因金陵当国,笃好《孟子》,而并讥之也。刘贡父注《孟子外书》四篇,盖以微讽李泰伯,非漫作也。有以李斯罪案归狱《荀子》者,非訾《荀子》也,因金陵好《荀子》而并訾之也。有斥扬子云为以艰深文其浅陋者,非斥子云也,因温公、荆公、曾子固皆嘉扬子之学,心摹而力追之,惟恐勿及,而并斥之也。挟持盛气以济其破碎大道之辨,迁怒古人以售其倾轧执政之心,毋乃骊黄颠倒[①],是非颇谬于圣人乎?酱翁不应,俄而曰:其不苟同则君子也。至于立异以求相胜,相胜而交相非,则亦贤知者之过也。观于韩止仲《涧泉日记》论熙宁、元佑学术之言,殆得其衷矣。

> 《涧泉日记》云:宋韩淲止仲著。本朝庆历间诸公,韩魏公、富郑公、欧阳公、尹舍人、孙先生、石徂徕,虽有愤世疾邪之心,亦皆学道有所见、有所守。失记文昭胡先生,学术最闳实,于晚出小程子为胜。下至王介甫、王深父名回、曾子固、王逢原名令,犹守道论学,至东坡诸人,便止有愤世疾邪之心,议论利害是非而已。陈古灵《荐士状》于东坡称其文章,亦云经术非其所长。伊川诸儒复专以微言

① "颠倒",原文作"值倒",由"傎倒"误书。

诏世,"新法之祸,吾辈激成",此指绍圣以后时之不可局,言之非追咎熙丰往事。伊川此论甚持平也。天下学者始觉有偏。渡江六十年,此意犹未复也。因借《富公集》漫记,所叹于此。

答松岑

昨辱手书示状,不意株累遂及吾兄,令人酸楚。区区之愚,既不能诤论于事先,又未办营救于事后,亦为人友者之过也。抱疚何已!此时愿且顺时葆摄,以上慰慈侍倚闾之望,临楮瞻切。

朝邑公疏,此疏有文见于此,起义在彼之妙。弹见任监司前任户部司员三人,奉旨均著革职,驱逐回籍,人心称快。贪墨之吏,亦可以小惩大戒,敛迹洗肠矣。

老杜善于写正;魄力沉雄,似鲁公作书,笔笔中锋,无一毫躲闪。坡公善于写侧面;如米海岳多以侧锋偃笔取姿致,亦时有见道敛笔,取劲直之气处。荆公善于写反面;如商君法,善从反面勘入,使物无遁情。山谷善于正言若反,滞语转灵;元遗山得笔工部,而天分超高;青丘原出供奉而学力薄。

过崔惠人编修国因。与论近日倭吴何曾学派语,评骘得失有见解、有分寸,非漫然也。

今日之比部慰示友人,始叹《孟子》"有终身之忧,无一朝之患"二言,蓍龟之智,殆不如也。人生于地上,寓也,安往而非危机哉。

过柚岑,许见《程春海侍郎文集》,何贞老叙,历评并时著作之才;梅伯言撰志铭,亦雅洁可诵。侍郎卒年才五十三,善相人术,见谭玉生自叙云云。

【眉批】别有《国策地名考》二十卷。

读《何博士备论》,宋何去非撰,已缺行。文宗老苏,熟于《孙武》《阴符》,能发明"机权"二字之蕴,乃审势料敌者所当知也。自六国至郭崇弢先讳止,都凡二十七篇,疑为隲论涑水《通鉴》而作,故托始六国,讫于五代。

壬午十二月

气候反暖,河冰融解,《五行志》所谓"周衰无寒岁,秦亡无燠年"之说益信。盖刑不修则当寒不寒,故有冬暖之沴;不修德而淫刑以逞,则当燠不燠,故有夏寒之应。理宜然也。

兼管京尹毕道远续将故户部主事、栖霞郝懿行所著《易说》《书说》《礼记郑注笺》,及其妻王氏照圆所著《诗说》《诗问》《列女传补注》等书进呈乙览,奉旨嘉奖。

览《姚石父诗集》。石父,薑坞之曾孙,而惜抱乃其从祖。所作各体,殊不及惜抱远甚。

观《仇山村诗》,卷尾有姚道衍跋,字迹平平无奇,然亦腴秀。又,观渐江僧淡墨山水,末有戴鹿床丈跋,点画潇散有风致。尾语云:"枯而能润,所以可观。"鉴赏语殊不可苟。

第四男取名荣叟,字道冲。古者子生三月,咳而名之,既冠而后字之。予不学,又太早计吾过矣,吾过矣。客或曰:婚礼三月庙见,有宋大儒定为三日,适俗可矣,何拘于古?斯言殆重吾不德也。

湘阴相侯以百金馈岁,贱士琐末,远蒙记忆,伏增惶恐,惟自省。鲁连生强作之者,若径受,则方寸殊未安耳。原函由徐侍郎交来,仍写简托侍郎返之。

暮过伯讷,论在廷正士不过二三人,非君子道长之时,蓄匡时之略者,处此非登进贤才,显擢幽滞不可。此用张耳、陈馀立六国后之意。如于荫霖、陈彝、陈宝琛、黄体芳,皆国之良也,不宜出之于外。近日曾文正、胡文忠皆用此道制胜。正气寖长则邪气寖消。先立不可败之基势,故卒能有成也。否则,眈眈负且乘者,伺隙而动,祸至无日矣。伯讷以为然。

今日晤篯叟,见其案上与酱翁一帖云:征引群籍以为博,标帜异谊以为通，则于诸老先诚有愧焉。若夫阅古今之事变，摭中西之利病，洞消息于机先，决权实于众眩，验祸福于未朕，斡弱倾于既危，得时则犹若畏四邻，豫若于冬涉川，专专焉，惕惕焉，若不能一日胜居乎管席之上；不得时则超然荣观，析理条贯，舒舒焉，液液焉，若将终其身伏处于蒿莱之下。此则于诸儒不无一日之长。

【眉批】此盖戏自谓。

读《衎石斋记事续稿》竟，气清而笔不健，举理粹而窘于施用，其于诗也亦然。若夫王谢子弟，生长见闻，文献既洽，弥超人群，则殊开予企羡焉尔。

晤朱伯韩先生之孙仲云孝廉，语及先生官杭州，死辛酉之难，忠骨不得首丘，予闻之益感伤。

张振轩宫保书来，馈岁二十，均以前曾丐觅僻县洞主一毡之地为十口衣食计，今书辞款曲周至，不胜衔戢，乃受之。

今日缘曹署一细事，乖予素愿，忿甚，且将迁怒于同列，予卞躁之性不能克治，气质岂终不可变化乎？予有大罪，殆辱及先人矣。及今克治，杜门改过，或未晚也。

【眉批】庸斋刘先生常述《阴符》语，戒予曰：沉水入火，自取灭亡。谓欲与忿也。而忘诸乎？

作时艺，用字必须典雅有出处，亭林先生辨"謇谔"二字说，言之详矣。不典而稗贩，丧其本心之士也。如王思任《莫知其苗之硕》中比有云："力田其可逢乎？"用汉语"力田不如逢年"也；"卤莽其可得乎"？用《庄子》"卤莽而耘之"，则其实亦"卤莽而报之"也。方舟《齐景公有马千驷》文有云："即首阳高节，亦岂以饿显也。""饿显"二字非臆造，扬子云《法言·渊骞篇》云："或问柳下惠非朝隐者与？曰君子谓之不恭,古者高饿显,下禄隐。”方百川袭《法言》语,翻陈出新是其义也。

论先汉以前人物,以扬子《法言》为准;论魏晋间事,以徐伟长《中论》为准;论隋大业以前人物,王仲淹《说大略》可取;论唐元和以前文章作者,以昌黎公为准;论周显德以前事,以温公为准;论宋淳熙以前人物及古今学术得失,以朱子为准;论宋元明时政学术得失,以亭林、梨洲二先生为准;商榷乾嘉以来学术得失,以曾文正、陈兰甫之言为准。前史文繁,折衷斯在,一哄之市,必立之平。是诸贤者,皆欲正人心,维世道,守先王之坠绪,祛来学之迷误,不得位而不能已于立言者也。涑水、湘乡得位矣,而不得伸其志,行其道。虽古今人著书立说,充栋汗牛,然诚能好学深思,心知其意,精择而约取之,则为人者常什九,为己者常什一。为人者其学博而无序,其传近;为己者其思深而持之有故,言之成理,其传远。大率以是观之。

卢抱经先生虽专治考证,乃为己之学,观于群书,拾补自序,知先生欿然不自足,不以所长傲人也。又先生为秦文恭《五礼通考》作序,最举大谊,不复搀入校雠家语,为深知作文义法者。张皋文先生尤兢兢守此勿畔。若使孙渊如、顾千里操笔为之,字钩句碎,累幅不能自休矣。

得胡君三珲春来书,中言游历宁古塔、吉林一带四五千里,问耶律、完颜古迹,居人已不能尽知矣。远想慨然。

两翼者下视,四足者衡视,惟人也仰观俯察而最灵。天之予之者厚矣!可弗尽心矣乎?

癸未年(光绪九年,1883)

癸未正月

司马温公曰:“吾生平无过人者,惟做事无不可对人言者耳。”它日又以语门人刘器之曰:“求立诚,自不妄语始。”温公之为人若此,求诸前贤,其惟隋武子乎?家事治言,于国无隐情,其祝史陈信于鬼神无愧辞,无有所祈。温公有焉。

前奉派兼在滇曹看详文字,今日始上,屡次函托曹长辞之而未获。元日。

《春秋》权也,《孝经》实也。故夫子曰:“吾志在《春秋》,行在《孝经》。”权者,迹赏罚,面稽诸外,明王以之;实者,心是非,约求诸内,圣人慎之。有权而无实,其流弊为申韩;有实而无权,则畸成尾生,孝己之一行而已矣。

斯民也,犹是三代直道,而行之心也,盖常忘其所不忘,而不忘其所忘,适故也,真故也。所忆平生之事,非极乐则极苦,苦乐参焉者则否。所忆同游之人,非极爱,则极嗔,嗔爱半焉者则否。乐且爱,适莫适于是矣;苦且嗔,真莫真,于是矣。病人梦医,囚人梦赦,适也。适庙知敬,适墓知哀,真也。乳鹊孺鱼,傅沫细要者化。有弟而兄啼,不与化为人,焉能化人哉?适与真与,此之谓能知化,殆几于大《易》所谓盛德之事邪?

五性根于火藏,其发见刚而明;六情系于水藏,其酝蓄柔而暗。虽下愚不能无诚心,诚心之萌直而坚,无以莳之,则诚澌灭而为妄矣。虽上智不能无妄念,妄念之萌曲而脆,有以克之,则妄消铄而为诚矣。

故君子积敬义而日坚强,细人积怠欲而日脆弱。世主所以多恶直言而喜佞幸者,凡脆物不利于人,而常寖淫曲中人意;坚物利于人,而常以径直忤人,顺逆之情,不同故也。

吾家曜卿言,处于乱世,惟强而有礼可以免祸。元次山恶圆云:"宁方为皂,不圆为卿。"此则舍曲从直,违脆就坚,虽微乖苦县之指,然由其道,亦卒有以自全。殆阅历有得之谈也。

儒者治心养气之术,刚者敛之,明者晦之,故曰高明柔克。勿知克则器不宏,使刚失之暴,明失之苛,虽美德奚贵焉?柔者锻之,暗者辟之,故曰沉潜刚克,勿克则力不毅,即幸免于斧斤谤忌之祸,而生无益于世,死无损于数,可耻孰甚焉?

夜阅《续姚氏古文纂》卒业,就中姬传、异之、皋文、子居、文正、月斋最善。有雄直深厚之气。尺木、秋士则以狷洁胜,其次也。操选政者,既存流别先入之见,然进鲁通父而黜潘四农,又不可解也。闲适之趣,柏岘、南屏亦有可采,如诗家不废储光羲也。以帷簿失检,而其居心犹知不欺君者;与簠簋不饰,而敢于欺妄君上者。两案互校,心迹之辨易明也,心迹既辨,则其科罪之孰应轻孰应重,三尺童子皆知判斯狱矣。今应重者犹蒙恩泽,而犹知不欺者反不得援末减,是岂用法之平邪?既而思之,今方得皋陶为大理,吾无虑矣。以上皆与横浦书中语,冀其上言营救,故云尔也。

【眉批】指王氏《续纂》。时宝竹坡侍郎以事自陈,被议革职。先君措其直,既赠以诗,又自作《层台》一首志感。此日记中附注,其注中事他处无详者。

竺坡礼侍郎奉旨革职,张丈上书营救不能得。此殆丰润耶?未详。

"布衾多年冷如铁,娇儿恶卧踏里裂。"衾已敝矣,儿卧又碎其里,乃知真有此情景,杜公不予欺也。荆公所称与元气侔者,不在此数。然如此类,掇皮皆真,绝无生吞活剥语,已足贵矣。

【眉批】是日雨霓，非雪也。琴瑟有繁声。《尔雅·释天》“雨霓为霄雪”。霄，小谊，通小雪，谓之“霄雪”，犹《小雅》谓之“霄雅”。郭注“冰雪杂下为消雪”者，殆非也。吾乡方言谓之米雪，《诗》曰：“如彼雨雪，先集惟霰。”霓、霰，古今字耳。

中夜清冷，默自循省，回首三十七年所作事，妄者固妄，真者亦妄。妄者之妄，如人饮水，冷暖自知之矣。真者之妄，则由虽有近似处，执著我见，不能筌蹄俱化，虽有正见，仍妄见也。见道之难，固如是邪。

元夜无月，凄冷不成佳节，忽忆儿童时，尝于是日赴郭外社饮，夜随一老仆，笠屐行经学前坊，急雨寒灯，光明灭不定，四顾寂漻，殊恐。人比归，则吾母及弱妹坐待，携手劳问。吾父秉烛小楼上钞陆务观诗未眠也。少顷，桐君山寺夜半钟声殷床矣。噫！儿时夜出不及一牛鸣地，吾亲犹垂慰问，今远客万里，乃不得吾亲慰也，悲夫！

晤某吏部，君言竹坡有痰气，此言必传诸忌之者。又云浮丘初上时，愦愦不晓事，又多病，今复健旺，且晓事矣。予闻而疑之，既而心悟，殆由去腊浮丘公遍馈遗京朝官故邪？噫！京师士大夫议论颠倒曲直，雷同相蔽如此，清议亡矣！绍圣、崇宁之世，清议亡而国家随之，可畏也夫。

【眉批】近日朝士以伉直不谄事人者为有脾气，则人远之；刚劲不能容物者为有痰气，则群侮之。人心不古若至于此极矣。

阅《法帖考正》卒业。东坡先生诗自注言，世所传右军书多殷铁石梁人赝作。顾职方有江南足拓不如河北断碑之论，信不虚也。《十七帖》有包慎伯疏证，甚详审。

观岳忠武王行书《出师表》及自著《送吴将军南行诗》，结体肥而含飞动之势，全步武苏文忠。汴宋四家，世有描涂创刷之议，淳古专谨之意全失,非唐法也,视晋人风格则尤远矣。

览《刘文清公集》终卷,隐隽得之《世说》;《论书绝句》三十首,仿遗山、阮亭论诗例也,抑董香光而进杨凝式,是底语。

刘宴善理财,卧而思,觉而梦,则见钱流地上,用心专一故也。朱文公善穷理,自言尝忽恍见理成片价从面前过,所存者熟也。予同县友篾叟善摄生,常见世间无物不有一缕生气,从细孔中壹灵而出,虽木石粟蓏亦然。惟人及毛角鳞介、湿生化生为能具一呼一吸之才耳。予戏语篾老云:朱子见理不见气,子见气不见理,使生乾道、淳熙间,必吃武夷山藤条诃之为异端矣。若遇薛公敬轩,则又诤执云理先也、气后也。此文清本《朱子语类》"太极阴阳,一理二气也"之说而推衍之。尔知鸟背不知日光,殆哉殆哉! 篾叟听然而笑,不予答也。文清有"理如日光,气如鸟背,有有鸟背无日光处,有有日光无鸟背处"之说,其实于义未安。

【眉批】篾叟乃戏自称。

汪尧峰尝云:"立身不可无本末。"此见道语也,非文士之言也,学者所当遵守勿失。陈龙川当隆兴中,上《中兴五论》,识者以为藉用其言,亦赵括、马谡之流,本原处太歉故也。金仁山先生当德佑初襄樊围蹙,先生进牵制梼虚之策图,上方略请以奇兵由海道捣燕山,时不能用,论者惜之。良由先生素行贞纯渊实,以读书养性为本,至睹时局阽危,不忍坐视,激而一发,旋即善刀藏之,高隐不出,人品几出鲁斋、草庐之上。然则先生救时之策,特出其末技耳,而同甫于此外无馀技焉,不已浅与? 君子不妄出处,不妄论议,内度诸身,外度诸世,岂苟然哉。

旧疾复作,胛痛目蔑,不能以志帅气,以静制动故也。吾夜觉晓非,今悔昨失,志气日损,如何如何?

夜观昼所得书至二更,瞑不能稳,以睡蛇未去故。学力之脆,道根之浅,世缘之蚀人可知矣。予殆终身为小人之归。吾先公先夫人无望已。

借阅明季《小乐府》。辨熹宗懿安张后殉节及钱谦益枚卜狱事甚详。

陆放翁诗云："倩盼作妖狐未惨，肥甘藏毒鸩犹轻。"二语原于《七发》，《七发》则得之《易》节饮食窒欲之谊。此老殆深晓摄生之指，故言之怵迫切近乃尔。放翁年至八十六，古今诗人享大年者，未能或之先也。古乐府云："上叟启齿言，室内妇貌丑。"此伊川程子所以有忘生徇欲之戒也。

过海王村，得李雁湖注《荆公诗集》，较它本增多数十首，可喜。

癸未二月

南唐徐鼎臣善大小二篆，映日视之，画之中心有一缕浓墨，至于屈折处亦当中，无有偏折处，乃笔锋峻劲，直下不倒侧，故锋常在画中，此正笔诀家所谓藏锋，所谓印泥画沙屋漏痕与？此要指波澜莫二，俗工以敛缩为藏锋，大误也。安吴始《艮》终《乾》之诀亦同。

得乾隆中南兰陵庄氏《九老倡和诗》一卷，人系以传，洪更生、张皋文、恽子居皆有序，林皋适志升平引年，足以生羡。

亡友戴子高秀才不喜惜抱姚氏之学，一日语予：惜抱仕京师时曾执挚于戴东原吉士，既而东原殇后，力诋之为猖狂妄人，何居心儇薄乃尔。《惜抱尺牍》有是语，大指论本朝李文贞言谊理，非不精而强解文事，以抉韩欧之藩，则谬；东原谈考据非不博，而强论性道，以夺洛闽之席，则妄。斥戴语盖指其所著《孟子字义疏证》《原善》二书，而言又与盘陀老人手札，并斥东原及晓岚相国为昌披已甚，颠倒是非云云。予仓卒无以答，今子高下世久矣。戊寅秋，予览东原文集有《答姚姬传论学书》一首，则知子高之言所本。然东原年辈不先于姚，共事书局垂五六年，书中亦谦言还挚相见，实未尝北面抗颜，且操术不同，终相抵牾，亦交游之常理，此未足为惜抱病，子高之言过矣。特惜抱为学有三途，分训诂、谊理、词章之说，实椎轮于东原。东原六书九数之学，非惜抱所跂望，至于古文义法，则惜抱所造，要自有不可掩者存耳。桐城后生或又诋戴《与姚书》

矜夸失实,则亦非也。乾隆中叶,东原以竹汀钱先生为当世第二人,盖以史学推钱,而以经学自居也。戴之以荐为四库纂修官,少詹力也。其不倚惜抱执挚为重,抑可知矣。尔时西沚、鱼门、绍弓固视戴稍逊,若膺、巽轩则弟子行也。然松厓惠先生之治《易》《尚书》,则宜非戴所敢望矣。乃戴于惠所著《禘说》《明堂大道录》,有"夏鼎商彝,不适于用"之诮,又自谓释经修词冶为一炉,与墨守笺疏体裁之经生异。意戴之为人兀傲气矜,好讦异己,仿佛康熙中潜丘征士之馀风。江子屏述《师承记》,乃主张阎、戴而退顾、黄,谓之非妄作,得乎?过崔惠人,惠人述冯鲁川分巡志沂之为人。惠人精于脉诀,言西医云,脉数太甚者必死,热病多数虚病,亦多真阳衰竭,而反数不可不察也。

自省吾生,日益之而患少者,诚与敬也;日损之而患多者,妄与怠也。去妄即诚,若逆水挽舟,进寸退丈;释敬就殆,若丸石走阪,稍纵已非。由诚敬而上,涵养德性,砻磨器业,有无限好处;由妄怠而下,则如火之销膏,虫之啮树,日入于小人而不自觉矣。吾齿已将暮,奚择奚从,盍早决,毋贻来日之悔。

蔡、朱、余三君招集,肥醲甘脆,饕餮过度,俄而腹痛,归尚委顿,固由穷官一饱之难,以致菜园踏破,亦人生饮啄皆有定分,若强贪力取,则灾祸随之。李峤命宫止有青绝帐,日得黄齑淡饭享用已为过矣。

《高唐赋》:"长风至而波起兮,若丽山之孤亩。"李崇贤注引《素问》"卒风暴雨,风吹水势,波落而陇起"云云,言风吹水势,浪文如孤垄之附山也。荆公诗"怒水凭风雪垄高"祖宋赋语而隐括之。东坡诗"城东城垄何所似,风吹海涛低复起",则又翻用出奇矣。古今摛辞,递相祖述,要以能翻陈出新、清隽隐秀为佳,否则钞剿排比如类书然,为达者所嗤矣。

客或问近肄何书,曰:未也。随分度日而已。固问曰:尝朝游濠上而夕息定林也。客亦颓然失笑而去,追之勿可及也。

席翰伯兵曹以《李壬老行状》见示,其所自著有《考数根法》一卷、《造整数勾股级数》三卷、《对数探原》二卷、《对数尖锥变法释》三卷、

《垛积比类》四卷、《元玉鉴细草》若干卷、《麟德术解》三卷、《椭圆术》六卷。始知前某君言曾见壬老自著书五十馀种之言殊妄。此外翻译泰西人所著《代微积拾级》若干卷、《重学》若干卷、《代数术》二十五卷、《曲线说》一卷、《谈天》若干卷、新译《几何原本》十三卷、《续补》二卷，皆与西士伟烈亚力、傅兰雅等以汉文译出。

【眉批】《几何原本》，明徐光启西译六卷，海内未睹全书，至是李君续译九卷，而西法粲然矣。

独游地藏庵，按碑记，庵创建于嘉靖庚子，重修于嘉庆庚申，董其役者监察御史章守勋。庵故祀地藏菩萨，旁列十阎罗像，冶铁为之，乃前明物，后亡其一，范土补塑。故庵又名阎王庙，俗呼为延旺庙者，声误也。阿鼻十八鬲之说起西方，《楚词·招魂》土伯九约亦其椎轮。《首楞严》以三十六天对治三十六地藏，《十轮经》琰罗即阎罗也。《翻译名义》云，琰魔或云琰罗，此云静息。以能静息造恶者不善业，故鬼官之总司也。亦云阎罗，声之转也。众生有十恶行，故监伺名号有十。实则魂生于阳，有神守之，魄生于阴，有鬼司之，动静呼吸，一出一入，一消一息，神鬼之理，具于吾心。屋漏不形，左监右史，人能以此心为严师，则察莫察于是矣。后世复有贺若弼作阎罗王之说，意者如宋人称包孝肃为阎罗，康熙朝士称赵恭毅为冷庙龙王之比耳，非实然也。尝论六根六尘六识，因而重之，即为十八阿鼻无间，一切苦海皆由意造，一切净土悉本心行，故曹溪云：斩邪心，海水灭，去烦恼，波浪竭。半山诗："利瞋汝刀山，浊爱汝灰河。汝痴分别心，即汝琰魔罗。"谓瞋贪与痴，三毒浸淫，积成罪业，梏之反复，实无成形也，斯得其悬解矣。天堂无则已，有则君子登；地狱无则已，有则小人入。奚取蛆虫僧广张罪福，恣其诱胁哉！

【眉批】提壶卢鸣于槐树上，北人名之糊餠餠，云鸣则其年必丰也。

得桑根老人手书,言穿筑钵山下小西湖,新栽桃柳数百株,顿诵高青丘“白下有山皆绕郭,清明无客不思家”之句,惆怅不已。

东斋象仁,发生,主韩子纂言,惟纂言故能立言,言与声皆阳气也,此之谓有物。精之则成于阳乐。亦曰韩斋。西斋象谊成熟,惟收敛故能成熟,主顾先生记事,惟记事,须有条理,有门类。故能立事,此之谓有序。约之则立于阴礼。亦曰顾斋。

【眉批】此段似可入对语。

昔文靖虞伯生,自其少时胸襟淡远,榜其所居左曰陶庵,右曰邵庵,故此牓取则前修云尔。

诚自不妄语始。慎独则心安,脚踏实地,墙庳基广。以深为根,以约为极。重为轻根,静为躁君。圣者将动,必有愚色。不动最妙,必不得已而后动,才发见即收敛。惟澹泊可以明志,惟宁静可以致远。公生明。以诚待君子,不犯手,太打乖,心安乐。以术驭小人。古之贤者立于不敢而成于不能。不敢敬也,不能诚也。主敬主静。不与舜禹、不遑文王、不称汉文帝。颍上、管敬子,取其立于不敢而行于不能。苦县、取其慈俭,不敢为天下先,治人事天莫若啬。兰陵、取其法后王。江都、取其明套察《易》,观往来消息之道。颍川、荀文若,取其救时而仁义,本涑水。武乡、取其学以成才,静以养德,开诚心、布公道,信赏必罚。昌黎、取其气厚性通,文笔劲健。新安,取其居敬穷理,坚苦自立。孙思邈、取其养性以畏慎为本。孙奇逢、取其隐不在山,逸不在水。涑水,取其立诚自不妄语始。邵尧夫尝目涑水曰:君实脚踏实地人也。右前代名人之可师法者。顾先生、取其博学于文,行己有耻。汤文正、取其不袒程朱,不攻陆王。陈文恭、取其一生勤事,兴农桑水利,以殖民生为本。曾文正、取其分义理、古文、经济、训故,配合四科为学,治两家息壤。魏舍人、取其知古知今,可坐言,可起行,然后知古今学与治,两派必会于一,非健于文者不能为之,舌人以通之。右国朝人之可师法者。

【眉批】新安上原文加一勾，或有所加而写于他纸，其岂荆公乎？抑或下文涑水当移上耳。言魏之前二句似少溢分。

敬以直内，义以方外，严以律己，恕以待人，少言多睡并非打瞌睡。以卫生。略仿熊经鸟伸调息箴，复七规止观门诸法。格物、即穷理。诚意无不可告人言之事，即不妄语，气藏丹田。以养气。事上和而贵介，御下猛而不苛。仿公孙成子、王景略。以禹墨为体，故勤而不匮，俭而日强；以黄老为用，故通而有节，劳而无怨。又参之曾公之言"不与故大，不遑故勤，不称故谦"，三者交修。《诗》曰："在彼无恶，在此无斁，庶几夙夜，以永终誉。"此之谓也。能如是，然后邦有道不废，邦无道免于刑戮，戒之勖之。治怒治惧，有宋大儒克己精义之学也，然则治喜治忧，视此类推矣。洪稚存先生云："忧无伤性，喜无荡心。"曾文正公确守程朱克治家法，生平时而处顺境，不为大喜溢美之言；时而为逆境，不为忧怵无聊之语。公弟威毅伯《鸣原堂论文·序》语。此节性治心要指也。不佞猝遇可忧可喜事，每失其常度，故喜则气散，忧则气惰，思受病之根，殆由察理不精，养气不厚，不能凝定故也。《易》："君子以正位凝命。"《中庸》："苟不至德至道，不凝焉。"《韩非子》："德者，得心也。"许祭酒云："德者，内得于己，外得于人也。冰、凝，古今字。李阳冰，字少温，阳不凝则气之温者不应也。周公言："冬之闭，冻不固，则来岁之草木不茂。闭冻者，凝也。阴气揫敛于上，故阳德萌牙于下。韩子诗："冬寒不严地恒泄，阳气发乱全无功。"敬义夹持，自强不息，然后能凝命，深造自得，左右逢原，然后凝道。静存动察，神不外驰。君子以思不出其位，知止而后能定，静始若强，制久则几于安矣。然后能凝命。勿助勿忘，志不歧用，然后能凝道。时有通塞，未尝代天作主张，遇有荣辱，未尝代人作主张，则几于知命矣。天不为人之恶寒而辍其冬，君子不为小人之谁谁而辍其行，则几于知道矣。

读《荆公集》，"波澜吹九州，金石安得止"，李雁湖无注，此翻用赵邠卿注《孟子》语也。公使事每喜翻用出奇，故光景常新，理胜也，意胜也。赵云:“万物皆流,而金石独止。”

凡墓门勒碑,书某官某公之墓,妇人则书某封某氏,合葬则并书之。公、侯、伯碑身高九尺,广三尺六寸,螭首龟趺,首高三尺二寸,趺高三尺八寸。一品碑身高八尺五寸,广三尺四寸,螭首龟趺,首高三尺,趺高三尺六寸。二品碑身高八尺,广三尺二寸,麒麟首龟趺,首高二尺八寸,趺高三尺四寸。三品碑身高七尺五寸,广三尺,天禄辟邪首龟趺,首高二尺六寸,趺高三尺二寸。四品至七品碑身高视三品递减五寸,广视三品递减二寸,皆圆首方趺,其高皆视三品递减二寸。

顾秀才,字子朋,上元人,为文学。管异之,予未识面也。今日偶见其与人一札云:“闲与朋旧论处境难易,或言逆境难,弟谓顺境尤难。盖逆境之来,一忍字足以御之;至于顺境,习尚移焉,嗜欲损焉,寖蚀寖深,遂失本来面目,此之谓难耳。”斯言也,君子之言也,意其人固兀岸不屑流俗者与?

《论语》以为,人之所曹,好者富贵,若不以其道得之,宁死于沟壑而不处;人之所曹,恶者贫贱,虽得之,不以道,宁甘之若饴而不去。所以不轻去者,惧损吾德也;所以不妄处者,虑妨吾心志也。匪特度之义分应尔。《孟子》亦言:“生于忧患,死于安乐。”正可为此文注脚。集注深取张横浦“审富贵,安贫贱”二语,乃写已成德者。身分犹未为未成德者,示之祈向工夫。秀才能见此,将来气脉极远,书此以见士固不妄有名,亦以坊予之过失焉。

【眉批】又,有《寄顾秀才诗》。

倭艮峰先生为翰林掌院学士日,慨然欲救波流茅靡之习,立课程戒,敕编检各员排日读书札记,凡经义史事、兵漕河盐、农田水利、边防时政,人各就其性之所近,得专治一术业,抗议是非,掎摭利病,笔之于日记册,掌院不时接见,为讲论别择,决其然否,于兴起学脉之中寓甄别人才之意，法至美也。乃文端殇而此法旋废，惟接见之制犹存，特絮叙寒温，为奔走之地耳，可慨叹也。

闻署中丞有《严防粤西边徼》之疏，惧法人侵轶也。廷寄交桂林帅遵行。窃意越南北圻瘠苦，且山岭稠叠，法人未必注意于此，彼所图者，富良江上游通滇要道耳。

【眉批】盖张幼樵学士时署副都御史。

沈芸阁守安庆、上年、潜山、太湖等处，山水暴涨，居民荡析流漂，号呼无所。沈趣伍伯作饼载数十船拯之，得全活数万人。甚矣！牧民者不可无急智也。民方骑屋登危，使拘拘为荒政、散钱谷，作粥糜之计，则枕藉死者什九矣。昨见敕目，除安、庐、滁、和监司。

同治四年冬，融斋先生在嘉应州围城中，剧贼十馀万奄至，狼睨环攻，志在必得。时州无见兵，先生乃从容与州将规守御方略曰：事急须兵，犹可驱市人为之耳，顾饷将安出？会赡伺在籍，布政使某甲惏富而悭，先生乃造甲，譬说大义，动之以利害，甲坚不应。先生曰：吾儒臣也，出白金二千为若倡。甲惭沮立起自责，署二万，即辇送。吏自甲以次皆听命，遂籍壮佼为兵，城以获全。会援至围解，此事先生未尝言之，得诸嘉应士人。

《诗》者，所以饰吾至诚恻怛之心也；《礼》者，所以饰吾叙别退攘之心也；《书》者，所以饰吾条理本末之心也；《易》者，所以饰吾研几测微之心也；《春秋》者，所以饰吾是是而非非之心也；《乐》者，所以饰吾哀乐中节、充实不可以已之心也，故达吾心之信而后有《诗》，达吾心之理而后有《礼》，达吾心之智而后有《易》，达吾心之义而后有《尚书》，达吾心之仁而后有《乐》，达吾心好恶之正而后有《春秋》。故匡衡曰："经者，天地之心。"谓天地之精微所寓，则犁然当于人，人之心可知矣。六艺之于人心，由中出非外铄也。末代浇讹梏榴，人欲澌灭天理，故多失其本心。于是焉圣人起而叙六艺之指归，以坊正其流失。

阅汪梅村先生诗文集。梅村绩溪胡竹村先生弟子,与陈立、杨大堉同师,其学长于舆地,而于文辞不屑屑修饰,当是才性然尔。

暮过尊老,观其旧作诗,坚瘦苍寒可爱。

《梅村集》行文似《抱朴》内篇,多见道语,亦似晋宋间人说名理,言简指赅,迹近心远,能批隙导窾,不怵眩于大瓠之族矣。

《骈枝集》后偶书补写

【眉批】按此名诗初集前数卷。此段未刊入诗。

昔年陈君兰舟题此卷后曰:“奴隶寒山,季孟击壤。”凡八字。夫天台三大士诗,经世宗皇帝睿指选录,入《御纂圆明居士语录》。又,宋王荆文公有《拟寒山二十首》,《示女诗》云:“未有拟寒山,觉汝耳目莹。”其推重可想。深宁王氏亦节取之,试一谛观,言言有理,句句有法,句文身非句文身,如人食蜜,中边俱甜也。以不佞之敝精神于蹇浅,上方寒山,其不中与作重台也审矣。何况安乐窝中真乐,攻心之豪士哉。陈君乃援蔡少霞、山元卿之语以相例,殆增予绮语未除之惧也夫。光绪改元初月,渐西漫士。

唁吴宗丞,座客多龌龊鄙俚,不可与。甚矣!京师之不可久处也。仆俯仰无俚,作恶竟日。孟浩然与一朝贵约而竟不赴,古人高节,殆深愧之。

唐柳公度善摄生,年八十馀尚强力,尝云:“吾初无术,但未尝以气海暖冷物、熟生物,不以元气佐喜怒耳。”宋景文公祁《笔记》曰:“夫生民晨作夜寝,早起晡食,寒絮暑绨,常忽而不为之节,何哉?然则摄生不可不知也。冬许晚絮,春许徐褫,早许饱,夕许慊,行立坐偃,皆不得久,此甚易行。毋以吾胃熟生物、暖冷物,勿以吾气赞喜怒。且忧乐、二语衍柳公度前语。喜怒人所未尝无也,多忧伤神,多思伤志,过乐丧守，喜极气散，怒极气愊而不下。此本《春秋繁露》第七十二循天之道及《庄子》述皇士对齐桓公。若使吾心如邮侯，忧乐喜怒至而不久舍，毋令少宿则善矣。若有留彼，其以我为囊橐矣。”庄子道得乎此，则以穷通为风雨寒暑之序矣。言视穷通为外物，不稽留于心也，亦此意。景文此说洵可为叔夜《养生》翼论，然以方孙思邈《戒卢升》之文，则此犹糟粕而彼特精深矣。

读《梅村集》，《种樗老人传》自寓，野逸有致。

动于敬，谊则生；动于怠，欲则死，前屡用此自儆，乃悠悠愦愦，怙慝不悛，日趋于脆惰死亡而不知勇改，予其奈予何！不孝终日戏言戏动，颓然自放于礼法之外，自弃其天，自堕其命，孰甚焉！

癸未三月

平日于居敬工夫太欠，故致临事手足无措；平日于穷理工夫太疏，故致临时思路涸竭；平日胶胶扰扰，悠悠忽忽，积之既久，自谓可以从容坐理，乃猝遇颠沛造次之际，情见势绌，欲求片时凝神镇静，悔不能矣。处一番烦难，增一番阅历，炼一番器识。诚能从此，败衄之馀，厚自振刷，严威斋恪以居敬，参验稽决以穷理，犹为亡羊补牢，焦额救火也。《孟子》言养气之功由集谊生，集者非一事之资，养者非一旦之效。朱子言：“始为学，亦须血战几番，方扎得硬寨定。”基业既定，然后优游渐进，裁有进步。若一向悠悠坐论，到颠沛时决定，忙乱失章法矣。

胶胶扰扰以穷年，于身心无所得。王仲淹自言不仕，故能成业。予为贫求仕，一艺无成也。宜哉，终日溷溷与世人相处，殊厌苦之，然则必绝物乃可为学乎？曰非也。其于人事也，勿绝勿接，庄以待之，信以从之，去者不追，来者不拒，泛如也。仲淹兹言可谓处世之圣法矣。古人能虚己游世之遗也。

南朝人语，一丘一壑，自谓过之，此有所本。班嗣云：“渔钓于一壑，则万物不奸其志；栖迟于一丘，则天下不易其乐。”古人如此佳适语,亦殊鲜。

偶于蕙梁处见伯潜学士一诗,录之:

涿州过恪靖侯治水处,官柳成阴矣陈宝琛,闽县人。

玉关柳色近如何?涿鹿城边新绿多。万里诏书征赴阙,半年相业止治河。岂无绿野安裴度,自古明珠属伏波。白发丹心谁解识,行藏搔首夕阳过。能写出此老胸次身分,用意沉著,音节悲凉。阅宋棐《班马字类》,分韵编。前有洪容斋序。

诣沈子培,予畏友也。

《安世房中歌》:“大海荡荡水所归,高贤愉愉民所怀。”此暗用周公“平易近人,民必归之”语。

坚持雅操一言至十言诀

朴;主静。诚生几;日益之而患少者惟忠,日损之而患多者惟欲,多忠少欲,则智术自生。脚踏实地;外和而内断,养来复之仁心;秤是非不怵利害;顺来逆处,故免神恶,逆来顺处,故获天全。不陨获于贱贫,不充诎于贵富。断利一源,用师十倍;不溺于声色、货利、官职;损之又损,远害必预。皮肤剥落中惟有一真实。

淡;主敬。耐劳苦;积微而著;闲中炼物情;不犯手,莫安排;收敛百之发见一;完养充实,不得已而后应。因势利导,为大于细;如神禹行水,脉络分明;如庖丁奏刀,肌理洞解。不为已甚,去其太甚。忖量才力行之,毋过求深,事治则止。虽身入事中,超然若无与。思虑言语;出、处、去三妄;能以出世心行诸入世事。

诏补刊武英殿群经残籍,其馀乙丙丁三部次第补刊,从侍讲陈学棻请也。

《洴澼百金方》。据王氏芑孙序云,无锡袁宫桂作,其托名惠麓酒民者,殆避当时文网与?

京朝官,养生无具,遑论送死?如虞仲翔以青绳为吊客足矣。

恭购《高宗御制巡幸盛京诗》一卷。高邮王石渠先生家藏本，有朱钤二小印。

夜中步访戚润如秋曹，适朱桂卿吉士在焉。朱君语近日海塘减克岁修经费，坐致工程浮脆之弊甚悉。

读《郁离子》，文成于刑德，肃舒循环迭用之，故洞中机括，迪牖世主好生恶杀之心。如此学养渊邃，方为有裨世用。不肖中材之士，樗散瞉骳，未能适道而谋立，安望通变而达权，智愚勇怯禀之于天，既有定分，不可强越而妄为矣。然则惜日谨微，治心养气，于力所当，尽分所应为之事，不竭忠自效，以毋忝所生哉。上智之士，其才性足以造学，复益以学问，则莫能测其所至矣。中人之资，非学问无以广才，受于天者既薄矣，又不受之人，何能拔于龌龊鄙夫哉？

君子不轻与小人作缘，亦不轻与小人作难，慎几故也。

寡交多亲，谓之知人。鹿溪述《管·戒篇》语。按：此句似常见，姑候删。

王方正树萱来。字慕山，处州人，与之言刘文成公事，君言文成世居南田万山之巅，山行蟠曲而上数十里，既及冢顶，忽旷敞为平畴数千顷，一姓聚而居者，无虑数百家。境绝奇秀，宜其笃生异人也。今公子姓尚繁衍，遗泽长矣。

癸未四月

一日之中，忽禽忽人，浮惰脆靡，将没其身。今不知戒，来胡有年？斋心洗髓，涤旧孚新。

入署，钩稽闽省奏报台北开山抚番防海经费，及养船经费册籍。同治十三年起，光绪四年止。

恭阅曹廨所藏《钦定大清会典》，以是为公馀日课，勿惰而中辍也。冯梦花语予言，欲学算术，梅征君书骤难通晓，须先看《九章算术》。如入门不易，则先以李潢《细草图说》九卷作导师可也。《九章算术》九卷，汉人纂集，魏刘徽注，唐李淳风释，戴震补图，微波榭戴校《算经十书》本佳。梦花又言，李壬叔知天算而不知西法制造，吴子登兼知之而算学不逮。

看《正学编》。欲渐次遵法文正看、读、写、作，分为学中四事旧规。

崔硕父同年来,言近作清河校官,聚书尊经阁下,以课诸生之向学者。

沈芸阁之长郎树人运判秉模来,言去年潜山县蛟龙为害事甚悉,傅城漂没数千家,伤心惨目甚矣。

《世说》幽冀之士钝如锥,三齐之士利如锥,以钝锥当利锥,朴虽小,万物将自宾矣。迂叟遁翁蠢朴子,古人以是藏其身矣。景仰问津焉,可乎?爰窃蒙古谊,以自号曰"渐西钝叟"。

日加辰由译署司员带领引见,仰窥天容霉瘠,知劳心时局者深矣。虽在掾曹之贱秩,敢忘献替之迂忱哉!

阅胡君所为《苋陆解》《周有八士解》,深喜其议论渐有根据。

人事纠纷,疲累可厌,客或叩予近作么生,予笑曰:画墁窃食,猎较随时,潦倒行藏,如是而已。

癸未五月

旅食京华,颜面憔悴,未知止泊何处。接于吾前似人者殊鲜,得毋吾亦为愈淮之橘邪?

钝叟无善而窃浮誉,能无内耻于心邪?无恶而蒙谤诟,则汲汲自修,箝口慎言,勿堕吾天职而已。吾老嗜读书,万事不挂眼,常服膺古人矣,它非所恤也。

阅《枢垣志略》毕,读钱南园先生奏弹和珅事,直节高风,钦迟无已。盖是时先生以御史直军机,于和珅为属僚也。南园为姚惜抱老人会房门下士。

褚和仲自济南来,言海丰引河不可开,恐夺溜北行,则大清河槽反致水力缓,不能攻沙,而渐成淤废,而主者力持引河之说,非也。又言前东抚丁公所修贾工甚坚致得势,为曹州、东昌数十州县利赖。

阶下种竹树数处,有枯有生,有独茂,三年而不解其理。今旦相视地势,始豁然悟。枯者,其下土黑,多砖灰;稍生者,地瘦而溉勤;丛生特茂者,则以下傍暗沟,吸其渗液,故土脉润而茸根蟠结,不恃溉也。知是则知物土之宜，不可以不察，沟渠之利，不可以不修。

敕目以朱采知汾州府，亮生方以河事与都水使者议不合，乞病，在津门彷徨扞隔，未知所处，今蒙恩真擢，为之庆幸。

昔吾友刘彦清、高伯足时时称道吴人王茀卿颂蔚之贤，今闻其散馆改授部属，将入滇曹，喜不寂寞矣。

阅王菉友《蛾术编》，中有论《吕览》月令聘名士、礼贤者一条，切中今日士习浮伪之病，又末卷称道南海朱子襄先生次琦，操行纯实，家门孝友，信乎古之贤人也。

入署连旬，以案牍妨正业，然既治其事，即宜敬慎周密，毋稍疏忽致召咎也。

入曹治牍，近制病所为太苛碎琐细，而于大体无补丝发。欲从仕者知政本、黜虚伪、崇笃实，而乃务以多制眩其心目，非所以器养人材，此亦当轴者之责夫。

读《山谷内集》，其用意拗涩而外腴，其使笔苍枯而内润，正似渐江僧秃笔作一丘一壑，生气蓊然可观也。

《易》言以美利利天下，《乾》元用九，刚柔皆得位，成《既济》定之象而天下治，于是宙合太和，云行雨施，万物得所，草木蕃滋，不言所利而利溥矣。许君曰：利，铦也。造文者右从刀，左从和省，和然后利也。庖丁解牛，尚割则謦然形阻，导窾则謋然理解，游于窾窍之会而后成良庖。轮扁斫轮，施手徐则甘而不固，施手疾则苦而不入，剂于徐疾之数而后成良器，无他，和与不和之别也。从政之道，亦若是焉已矣。缓则弛，急则绝；宽则慢，猛则残；太柔则废，过刚则折。有义存焉于其间，失义者钝，得义者铦，故四德曰利，利者义之和也。

癸未六月

入曹治牍，虞夏商周之书，秦汉之诏令，皆公牍也。蹇浅鄙俚，于今为烈矣。故曰：古之为士者贵而肆，今之为士者贱而拘，后世记事之职，欲求文词雅驯，难矣哉。一官二吏，九儒十丐，何必读书，殆以秀峰下之为州治不过三年,旋废。故《元和郡县志》略之。

予乏吏材,每日省簿牍,殊未能校理画一,殆未可以久虱仓曹,腼颜素饱,宜思引退,以藏蹇拙也。

性不耐琐碎之事,自是病根。鼎父以"士先志,官先事"之说见箴,乃药石之论也。

癸未九月

阅邸抄,知亡友王璞臣令君,以使相李公奏列其令天津时治状,奉敕柎入直隶曾文正公祠内,春秋列入祀典。璞臣曾上书曾公。丙子秋,君需次津门,寓行李公祠北荣下,予亦过君,宿留半月。今仍作公衙,官殊不嫌唐突也。

与蕙公招同朱鼎父、黄中弢、梁星海、沈子培、子封、邓伯讷同逻孺老,祖饯于城西白纸坊之枣花寺。伯讷不至。登藏经阁及西楼,开窗望西来诸山,剥苔读唐王仲堪墓志。已采入《全唐文》。重展智朴开士《红杏青松长卷》。觞炙既行,日已西趖,遂不及游圣安寺而返。圣安寺乃金源古刹,有明昌中季宸妃石刻画像,今寺废为丛林矣。是日蕙老气象烂漫,予意思雕疏,既饱欢娱,亦殊萧瑟。

贱性于吏事不近,因日耗心于簿领,遂心粗不复能读书,续凫断鹤,公私两伤,奈何奈何。

凡人有毁言至,有则改之,无则加勉,理宜然也。强勔为善,久之使毁者自悔,其相知之浅、失言之咎,不且与彼披心洞胸,同游于化日光天之下乎?

夜过子培、子封,乘月夜归,凄寂万状。寻思其故,殆由知交如落叶晨星,独守空甑长安中,颓然无所向也。

宋叛藩赵德明要求百万石粮于宋,廷臣佥谓不可许,独宰相王旦建议请敕有司具粟百万于京师,诏德明来取。德明得诏书,惭且拜曰:朝廷有人,遂伐狡虏之谋。不知此策出《班超传》,《传》称于阗王广德持两端,遣巫求騧马于超,超阳报许之,而令巫自来取马超,遂斩巫首以胁于阗。文正善审主客形势，殆用其意，以为不龟手药邪？富郑公使契丹，说以用兵，则国家受其害，而人臣享其利，苏氏父子以为本《严安传·谏用兵书》，“此人臣之利，非天下之长策也”云云。然则古人读书，平时则默识方略，临事则应变不穷，此之谓学术。而有国家者，又安可不素蓄智计之士，一旦有变，盈庭踏跙，使之决利败于毫发之间哉。

鼎父夜至剧谈，君言古人所以孜孜力学，不敢弃日者，将以求立事也。两汉儒臣，去三代未远，则当以经决事。后世去古远，制度文物日漓日变，非三代之旧物久矣，故当以史决事，涑水《通鉴》所以作也。先汉无史之名，《史记》百三十篇，班氏以附之《春秋》家。《史》《汉》皆续经而作也。孝武好《公羊》，孝宣好《穀梁》，董生、隽不疑以《春秋》决狱比。故其时治经学为亟。后世人事繁伪，经制风俗代为沿革，欲裨世道，先审时宜。苟反古戾俗，指迹慕远，匪惟物情疑骇，抑亦扞格不行，故治史学为亟。此学术宜因时而权其损益、度其缓急者也。予深韪其论，始悟阮文达公言，已通籍之士读书少暇，且苦浩博易眩，入而不能出，不若日治二《通》，谓《资治通鉴》与《文献通考》也。曾文正公尝言，史法虽务根柢马、班，至求其去今时代较近、切于实用则莫若先考《明史》。读本朝官书尤亟。斯二公之言，洵为学不易之规模也。

陈希夷著《五龙甘卧法》一卷，今不传。宋景文《游云台观谒希夷先生祠堂》诗自注云：“先生善睡，一寝逾一月。”善哉睡也！数欠伸而扰扰鱼虾之五季，折而入于宋矣。楚汉沸争，商颜乃有黄绮；五季瓜剖，华下乃有希夷，亦大异事。案《东都事略·隐逸传》：希夷，亳州真源人，尝举进士不第，遂居不仕。又善相人术，相张咏、李若水、种放，后皆验。厉乡、蒙县之间，诚多异人哉。

《水经注·浙江水篇》浙江。“浙”当作“渐”，下仿此。自钱唐江以下，班孟坚、许叔重始谓之浙江也。又，东北径建德县吴置南，浙江又东径寿昌。疑当作桐庐，以夏孝子墓在旧县治南二十里许知之。且寿昌即吴新昌县，在建德之西,浙水之南,不当逆溯而上,反易面势云。又东径其南也。县南,自建德至此八十里中,有十二濑,濑皆峻险,行旅所难。县南有孝子夏先墓。浙江又北径新城县,桐溪水注之。郦注所谓十二濑,今严陵濑其一也。下文叙紫溪云:紫溪又东南流迳桐庐县旧治,东为桐溪,孙权藉溪之名以为县目,割富春之地立桐庐县。自县至于潜,凡十有六濑,第二是严陵濑。濑带山,山下有石室,汉光武帝时严子陵之所居也,故山及濑皆即人姓名之。山下有盘石,周回十数丈,交枕潭际,盖陵所游也。此郦氏所称严陵濑地形室状,与今绝异。故近人俞编修樾疑之。惟范书《逸民传》章怀注引顾野王《舆地志》曰:"七里濑在东阳江下,与严陵濑相接,有严山。桐庐县南。"此指旧县,若新治唐徙,则当称县西,《元和郡县志》《严子陵志》又云:浙江在县南一百四十步。有严子陵钓鱼处,今山边有石,上平,可坐十人,临水,名严陵钓鱼坛也。《舆地广记》谓之严陵山。《太平寰宇记》既称钓台在县南大江侧,又袭郦氏旧文云:自桐溪至于潜有九十六濑,第二是严陵濑也。颇相抵牾。谢灵运守永嘉,道经濑上作诗,与顾氏合。至道元所指之石室钓矶,则无有能辨其所在者矣。

仆性不耐琐屑,惟耽以文史遣日,不幸乃囚拘与刀笔俗吏为伍,不胜怏怏。是日趣驾先归,既而叹曰:小人不当与轻作缘,亦不可与轻作难,当慎戒之。连日读《后汉书·逸民传》《新唐书·隐逸传》,于向子平、孙思邈之学术有取焉。

【眉批】人以诚来,我以诚往,则善气相感,油然各足;人以诈来,我亦以诚往,则彼之非心自却,物亦终莫能伤。

胡守三太令自绥芬河领饷来都,谈东三省事云,宁古塔、三姓戍兵近万人,岁需部库给饷银九十馀万两,现沿边办招垦事宜,应募者多徒手客民,聚散不常。地苦早寒,又无牛、种籽粮以给之。老满洲人多尪矬无壮佼者,而乌苏里江与凯河以东俄人设兵仅四千馀人,政令简捷，计丁授垦地，招徕甚众，皆有妻子，土著有安居乐业之心。年十八以上，籍为土兵，三年后仍遣归农。人予一火器，农隙操演，岁饷甚微，而土兵之籍计数十倍于额兵，又多占膏腴之区，得明人用乡兵成法。自混同以北则索伦部人多为之用，东西两西伯利亚部又有火车铁路电线之利。海参崴每月有上海轮艘开行一次，日内督办吴太仆自陈练兵可用，密谕帅三千名来天津帮办北洋军务，东事交署吉林将军希元兼理，不审布置若何也。

晤唐春卿，言滇军防务，交驻扎山西之林、张两军，退屯大滩。在保胜上游。法人决堤灌刘渊亭即刘永福军，幸刘军预徙高阜避之。法又以水艘火器力攻山西省属之丹凤县，滇抚唐炯称疾，径退归滇省，奉严旨诘责。刘军四千馀人，原约滇军月饷一万，滇止给五百金，而又靳之。越南受法成与刘绝，孤军饥疲，苦战不支，有退回保胜之说。法人以河内为重戍，屡遣兵轮艘测量红江上游。山西、北宁当其极冲，山西旦夕垂陷，而蛮耗、蒙自一带俱震。滇之门户既失，北宁粤防之军亦将溃退，由谅山入关矣。谋国者谆谆以惮开边衅，启疆吏不恤军务之心，闻粤西帅亦徘徊在龙州，怯出镇南关一步，军情涣散，殆同儿戏。

薄晚谒荇农先生，先生所校订《两汉书》《三国志》诸史疑谊及札记，将次第写定付剞氏，又得见近所作碑板文字。

阮思旷始为王敦主簿，佯以酒失坐免，屡辞辟命，后为临海、东阳二郡，未几引去，不复仕。或问思旷："子辞征聘而宰二郡，何也？"答曰："吾惟屡辞王命，非敢为高也。少无患情，兼拙人事，既不能躬耕自活，必有所资，所以曲躬二郡，直为私计耳。"陶元亮任真自得，不堪吏事，自除父丧后，于义熙元年出为建威参军。还家柴桑，偶语亲朋曰："聊欲弦歌以为三径之资，可乎？"二贤迹尝秽而行终芳，殆与朝隐之柳下、代农之东方高不绝人、介不违俗，逶迤养真，同其微指邪！

谢文靖之为国，每以厚德化物，去其烦细。客或言山湖客户宜加检纠者，安不肯，曰："不尔何以为京师？"苏文忠上疏言州郡事体，若凋敝太甚,厨传萧然,则似危邦之陋风,亦非太平之盛观。近人梅伯言诗云:“要知天下富,不在长官贫。烹鱼烦则碎,为政烦则乱。”苟能责大指,毋苛小节,斯可矣。谢、苏之论,审知治体者也。

癸未十月

入曹偕蕁翁,同作牙参听事,伫立许久。欧阳公《与尹师鲁书》言:“昨日因参转运作庭趋,始觉身是县令矣。其馀皆如昔时。”思此言可发一噱。又思东坡诗云:“百川日夜逝,念念迁流去。惟有夙昔心,依依守故处。”然则浮云事改,孤月心明,外物之变幻,于灵台何伤乎。

予自庚午、辛未间得怔悸气喘之疾,至今时小发动,欲治此者,以爱心气、多甘瞑、少虑事三者为要。

蘧伯玉行年五十而知四十九年之非,颜黄门之推尝云:“吾夜觉晓非,今悔昨失。”守此言可以寡过。

韩持国与程子语,叹曰:“今日又暮矣。”伊川程子对曰:“此是常理,从来如是,何叹为?”持国曰:“老者行去矣。”曰:“公勿去可也。”持国曰:“如何能勿去?”曰:“不能则听其去可也。”陈止斋诗云:“今朝吾已过,不问夜何其。”孙夏峰先生谓人生“最追悔者过去,最觊冀者未来,最悠忽者见在。”曾文正公慰冯树堂诗云:“羲和驱日如驱豕,鞭之不行汗流泚。顷刻奔驰过百年,老尽世人渠独喜。”渠独喜,我宁愁,已拼一老百无耻。诵此诸言,可以任运,皆卓然不惑之谈也。

《新唐书·隐逸传》:贺季真仕至秘书监,孟诜至礼部侍郎。《东都事略·隐逸传》种明逸、常夷甫皆尝历达官,史臣真能得大隐隐朝市之意,不必定若《逸民》《高士》两传中蕉萃蓬藋,往而不返,苦身劳志,溪刻自处也。王右军自叙平生,言欲依于陆贾、班嗣、杨王孙之处世,将自同于不赅不遍一曲之士邪?抑有所激而腾讽邪?不夷不惠,可否之间。《法言》。隐不在山,逸不在水。孙夏峰先生自赞。使之受檄括于圣人之门,不审所以裁之用何术也。

克己者何？克，战胜也；己，谓执著己见也。礼理同物，灭人欲而循天理则吉；灭天理而徇己见则凶。《易大传》以“不远复，无祇悔。”微颜氏不足以当之。有不善未尝不知，知之未尝复行也。其目曰：不迁怒，不二过。盖其审端，致力于《损》《益》二卦。征之不迁怒，则忿既惩，而窒欲可知矣；不二过则过既改而迁善可知矣。忿欲皆损之又损，不惟揫敛以成德，抑且超然以远害，复能约旨卑思，返己省过而自内讼，庶几不远于元善，而驯复于礼之本体乎？由惩窒而改过，由改过而迁善，披枝抉根，究脉察理，层累曲折，皆非坚忍战胜之一念，持久不懈，不足以日进有功。绝利一源，用师十倍，并敌一向，千里杀将。韩非子称子夏曰：“吾入见先王之义则荣之，出见富贵又荣之，二者战于胸臆，故臞；今见先王之义战胜，故肥也。”《风俗通义》谓：“子夏心战则臞，道胜如肥。”盖晚而克己，学邻殆庶矣。《武王践阼篇》亦言，义胜欲从，欲胜义凶。舍己从理则谓之义，舍理从己则谓之欲。名胜者脆，实胜者强。外烛者暗，内观者明。禁胜于身则民从令。喜无僭赏，怒毋滥刑，照微如鉴，称物如衡，由人自取，非己所营，古之恒戒慎，毋偭焉。凡质毗阴则刚克之，质毗阳则柔克之。荀子治气养心之术，莫径由礼，血气刚强则柔之以调和，勇胆猛戾则辅之以道顺，柔克之事也。重迟贪利则抗之以高志，狭隘褊小则廓之以广大，庸众驽散则劫之以师友，知虑渐深则一之以易良，刚克之事也。故扬子云曰：“胜己之私谓之克。”古语“得隽曰克”，亦战胜之义也。

舒岳祥，宁海人，宝祐四年进士，奉化尉。宋亡入元不仕，教授乡里以终天年。其《诗诀》一首云：“平原后马开黄雾，下水轻舟遇快风。欲自柳州参靖节，将邀东野适卢仝。”可以觇其宗趣。五言如“木落客星大，溪长渔火明”；“新泉生暗谷，远烧照前滩”；“咏物追唐律，名亭学史书”；“斜阳屐樵磴，细雨笠渔矼”，皆可诵。又云：“应俗精神减，可知朝受命。”夕饮冰之徒，终身愦闹，未死而神已泣，故学道者甘失彼而得此，与其纡朱怀金而遗忧，不若被褐抱玉而适志也。偶读《阆风集》，记此以备忘。

晚诣守三兄。守兄朴实能耐苦,可敬。谈吉林宁古塔、三姓、珲春各处山川形势风土。又言吴太仆生长吴郡,而治事极干敏,能吃苦习劳,善鞍马,工火枪,有前明唐忠文、卢忠定之风,是可敬也。

东坡老人诗:"治生不求富,读书不求官。譬如饮不醉,陶然有馀欢。"平易近人而胸襟自远。湘乡相公增益二句云:"修德不求报,能文不求名。"亦名言也。才人往往为虚名所误,朱子谓陆务观能太高、迹太近,恐为有力者所牵去。其后果有南园作记之辱,士君子立身不可不慎也。

光绪九年八月,分内库实在存银一百九万五千一百五十两,外库实存银九百十四万八千三百四十七两有奇。内库如汴宋封桩库之制,外库如宋三司度支,所领剂国用之盈虚者,内务府慎恤库则不隶于此。如《周礼》惟王不会之义焉。闻内务府岁支上供经费定制三十万,陆续加增,仍不愈六十万。祖宗爱惜物力,勤求民隐,远迈前朝。近闻管钥者不得其人,开支浮冒,而御用仍极菲薄,岁支至一百六十万,采办奔走之员,不免积欠病商,漏卮难实,使法宫崇俭美意为群枉所障阏,惜哉!

【眉批】时先公草国计簿底本。

俄人于吉林东沿海地建东海滨省,设东悉毕尔一,视中国总督。驻扎伯力在乌苏里江口东岸,混同江南案。设廓米萨尔一,视中国知府直隶州。原驻双城子,在三叉口东一百一十里,海参崴西三百六十里。现为是官者名马弗里。其馀领兵官若干员,曰抱古宜,视中国游击佐领。全省额兵不过四千馀人。绥芬河入海之口曰海参崴,去珲春东五百里弱。摩阔湾海口与罕奇东西相对,岩杵河亦俄人屯兵处所,在摹阔湾之东四十里。廓米萨尔将自双城子移治于此。库页岛俄改名唐太岛,与日本北海道北见州之宗谷港隔海相对八十里。黑河口去爱珲城东南千里,去黑尔根城东南约二千里,松、黑二江交汇之处在三姓东北八百里。俄人轮船自东而西，由混同江、黑龙江、尼布楚上溯至仪尔古德斯科，火车铁路自西而东，由乌拉岭至仪尔古德斯科。光绪九年夏，俄人自西西伯利部徙土耳其，乌梁海回蒙民人至双城子一带屯田垦荒，计一千八百馀户，尽将中国种地民人驱逐。廷颁俄人所绘《东陲舆图》一张，谕吴太仆争黑顶子地。俄人通朝鲜陆路要隘。五月十一日派珲春副都统依克唐阿、副都统双寿赴岩杵河持檄索地，东悉毕尔坚执不予，且遇我使无礼。太仆以状闻，第命珲春守将侦候分界，立约而已。

【眉批】海参崴、双城子皆有电线。崴即湾也。海参崴、摩阔崴皆轮船埠。

弗卿辑隋《经籍志》以前亡佚古籍甚多，补章氏心源所未及，能成之亦大观也。阅《东湖丛记》。此章实斋所谓横通者也，其细已甚。

鼎父夜过我，饭于茅堂，商榷学术，虽未必能追古人之精专，亦多有切实中肯语。因论《荀子》，鼎父诵端木舍人国瑚诗《过荀兰陵墓下作》曰："七国几人生性善，六经未火著书难。末流不到秦三世，磋石犹存楚一官。"如此语乃可以推倒一时智勇，开拓万古心胸。始知"辅嗣《易》行无汉学，元晖诗变有唐风"二语犹索索无真气，至模山范水之徒，操其故伎，更呕心一生不能梦见也。

【眉批】鼎父又言，凌厚堂教授堃通太一术数之学，道光中游湖湘归，语所知曰：衡湘间地气太旺，使国家能收之以为用，则可无事云云。凌乃戴子高外舅，著有《易林》，可占验，与焦延寿不同。指在《授经堂遗书》中。

由珲春而东二十里，长岭子。两国界处。又二十里，横道河。俄人卡伦。又二十里，罕奇海口。又二十里至对岸之摩阔湾。俄人驻兵处。

又二十里,岩杵河,现任守吏吗勿里,甚有能名,俄廷倚重之。近闻令其专决一方之事。

古人所游必有常,所习必有业。凡交友固取其学业足以相切劘,然亦不无鄙情,有性命之依、门户之托焉。如某君倚其门地,心粗气浮,于旧知亦转绿回黄,是丹非素。仆鉴于萧育、朱博之事,殆守王仲淹来不拒、去不逆、泛如之戒可也。偶记杜诗"晚将末节托年少,当面输心背面笑";"厚禄古人书断绝,能使韦郎迹也疏"等句,因知交态之薄古犹今也。付之一笑而已。

鼎父论河间相国博辨而诡于理,无适用之实,而足以煽坏风俗,比之少正卯。细度其评,良是。因思王明清《挥麈录》云,太平兴国中诸降王旧臣或宣怨言,太宗收置馆阁,使修群书,如《册府元龟》《太平御览》《文苑英华》诸袟,广其考订,厚其廪给,以困役其心,乃卒老于文字之间。譬之以腊硇藏毒,消患气于不觉,斯太宗所以柔御天下之衔辔也。我朝以弧矢威天下,列校分旗,东尉西侯,使人皆兵、官皆将。颜习斋语云,此六字可以安天下。今德、俄诸国之强大,皆用此术。乾隆中开四库馆,即用宋太宗修三大书之意。前乎此者,康熙朝戡定三藩后即开鸿博科;后乎此者,湘乡曾文正公仰师睿指,于平贼后奏请开刻书局。定天下以武功,驯天下以文治,此不易之良法也。然神器虽安,忘战必危,天生五材,去兵非利。案:搜辑《永乐大典》遗书之议,发难于朱笥河,当时诸城刘文正公深不然之,谓非急务,而金坛于文襄力赞成之,困长材秀民以浩博无涯、钩釽謷绕不可穷之事,遂积成百馀年来风气,官无专能,士鲜实用,由是中夏弱而四裔强,乘其文弊而患气中之不可救药。前史议霍子孟不学无术,今则愈学愈无术矣。使近日士人智者挟考订碎文以欺世,愚者守科举俗学以自敝,非败坏人材之具而何?然则祖宗谆谆戒敕八旗子弟以国语、骑射为根本,毋染汉人习气,诚强本干、弱枝叶之长策哉。至于中国弱而八旗亦不强,则运会为之也。审国势者,于是当变法以济其穷。

梅伯岘〔言〕《欧氏又一村读书图记》有云:昔曾子固不以舟车废

其学，而苏文忠直禁内，读书夜分，老兵皆倦卧，彼其视金马玉堂之中，波涛尘堁之内皆学舍也。往予于杭州丁氏见卢抱经学士所手校书，卷尾率有细真书记月日，处所虽旅店届戹及扈围蒙古包中，亦不废铅椠，故能以校雠名其家。不取法焉，胡能有立邪？

梅公伯言有诗曰："文帝好黄老，武侯治申韩。操术如水火，夷险皆洽欢。活国自有经，微言斯无难。仲舒不当国，儒者为哀叹。"班氏言能去道、法、名、墨诸子之短而用其长，则可以通万方之略。若第如韩止仲所谓专以微言诏世者，使诚得位乘时，恐未能兼具体国经野之才也。使斯人不遇，而后人以位不副德惜之，岂尽斯人之不幸与？诗旨殆不独为董江都发也。

《可叹诗》："李侯去供奉，杜陵辞司功。一官逼迫不称意，飘然逸翮超樊笼。自倚结交意气真，谁知久客无相亲。"伯岘〔言〕年四十九始筮仕京师，垂二十年，至道光己酉秋始出都，盖穷老谋归久矣。非不欲追攀惜抱翁抽身之早也，而不遽归者，诚畏"末迹托年少"，不免饥寒趍路旁哉。生于柘棘枳枸之世，求如古人欲仕则仕，不以求之为嫌，欲隐则隐，不以去之为高，如天半朱霞，卷舒自任何由哉！

【眉批】君道光二年壬午进士，贵州即用知县，不乐为外吏，遂不就。十一年辛卯以赀郎入都，官户部。己酉八月始请长休，告归白下寄圃。咸丰五年，客殇淮上，年七十又五。

诵李翰林诗："猎家张兔罝，不能絓龙虎。所以青云人，高歌在岩户。"得此又一洗骯脏之气，暂欢称快。

欧阳公《生日诗》，此题俗手易堆垛，伯岘〔言〕以淡语出之，乃弥峻洁。

"稍参涪翁变诗派，意趣结约无飞扬。虽然此中有泾渭，岂得芜秽夸汪洋。句律稍悟嗟已晚，嗜好多可无专场。千金狐裘饰羔袖，汉冠晋制兼唐装。吾文所病亦在此，自成一家今未尝。当年猛志压崔蔡,翻恐汪魏相低昂。”此伯岘〔言〕自述所辛苦而仅有之者,自评得失,无一欺人语。汪、魏,谓钝翁、冰叔。古今文人寻其初心,常凌厉高远,不可一世,而卒之成就,不足自适,一旦枝叶落,根柢小大尽露矣,可胜怅叹。要之有志之士,疲精多好,适以自误,不若专精一艺,以自立堂奥门庭也。

《刑论》曰:“法之简者,其弊浅;法之密者,其弊深。理财亦犹是,敛于民输于官者名目愈琐,事例愈繁,则反资奸吏以侵渔干没之薮。腊有毒,食之立死,一人死而无有继者矣。三人食而一人生,则继死者将不止三人。此非民之不畏死也,法误之也。立法贵易知而难犯。夫杀人不忌为贼,昏、墨、贼、杀,皋陶之刑也;汉法亦曰:杀人者死,伤人及盗抵罪。今乃同一杀也,而有谋杀、故杀、斗杀、误杀,有戏杀、有过失杀、有下手加功之杀;同一死罪也,而有入情实、有不入情实者,有立决、有缓决、又有缓决数次而从末减者。盖一死罪之成,反复诘难,积盈尺之纸而不足也,而后得由州县以上于刑部,而之人也,如是犹或不至于死。噫! 何其立法之密而难知也。民不知一杀人之例如是之委曲分明也,而惟见杀人者有时而不死,则亦何惮而不汹汹,若是则法之生人者少而杀人者多矣。”

《臣事论》曰:天下之患,非事势之盘根错节之为患也,非法令不素具之患也,非财不足之患也,居官者有不事事之心,而以其位为寄,汲汲然求速化,思以迁去。嘉道末年,文衔武婴,其风气如此,我思古人每居一官,若将终身超然无与者,其胸次为不可及也。是之谓大患。欲救斯弊,当崇奖廉退以示移向,且用汉制,增秩赐金,而使久于其任之法为得。爵禄者,廉耻之药石也,善用之则起,不善用之则废;廉耻者聪明之堤防也,固其防则盈,而溃其防则竭。

【眉批】以上皆摘录《梅伯言集》。兼有论注。

早访篯叟,已出游矣。见其庭中擘窠字题柱云:“浊世参差,不如觅卷中真乐；敝庐寂寞，衹自全物外天游。”殆出世人语也。字迹极怪伟，返而路遇酱翁，负剑语予曰：子来前！横目之民，胶胶扰扰，如能于愦闹中参安乐法，办作一卷陶、韦、王半山、苏，萧淡闲适诗，亦天下之至乐也，虽千户侯慎勿与易。予悚然而退，此翁殆戏言耳。彼非敢忘人穷天变者也。岂果尔哉？

【眉批】此殆戏述。或可述对语卷。

晚晤春卿，始知刘谊仍驻军山西，粤军黄卉亭提戎仍留防北宁。八九两月法越无战事，法巴黎司上下议院不协，闻有议罢攻山西者，有仍执前议，以助理越南国政为名，与刘决战者。丹凤仍为刘守。刘军半逼红江南之怀德府，而营去河内数十里耳。越人所在屯聚义兵白队亦不下万人。中朝前允犒刘军之资械银十万两已给外，又滇省许月协五千两，粤省许月协五千两，经滇粤大吏先后奏准。刘谊遣员入镇南关添募新军，滇军亦将由大滩回扎山西。滇将现易以廉姓者，不用林、张矣。如是则刘军粗安，出关各军声势稍联络矣。鄙意欲乞微卿吏部从中布置，督令刘谊招商买谷，坚壁勿浪战，静伺其局势之变，如法人挑战，第令偏裨率游击之师，据便利以应之，勿穷追。法人案甲，则多方以扰之，万勿顿兵河内坚城之下，投彼之所必争，使红江以北越民安堵，市易渐复，则屹然成一重镇，擅榷场之利，系义旅之心，我气方张，彼谋稍挫矣。不审微卿以为如何也。现越南王阮福时已病薨，国人立其从弟，敂关请敕封，黄佐炎一军亦尚有与大军夹攻河内之志。柝声相闻，而中法方骤，有决裂之照会，将来战事当不在河内而在腹省矣。惜左、李、彭、张诸帅持议不可合并，恐局势散漫，一旦内地有堤决蚁崩之处，不易收拾耳。

连日有赤气随日出入，占验家云：赤气随日，军行有忧。若随日没，告急书投。此本乙巳占。李筌云：三日得雨，乃解。姑存其说，以俟后验。

邵子论韵法,先闭后开者春也,二月建卯,春门始开,纯开者夏也,先开后闭者秋也,八月建卯,秋门始闭。冬则闭而无声。朱子谓,元以象春,万物发;亨以象夏,万物畅茂;利以象秋,万物敛实;贞以象冬,万物雕枯。夫一日之中有四时,消息之道存焉。《素问·生气通天论》云:"平旦人气生者,春也;日中而阳气隆者,夏也;日西而阳气已虚者,秋也;气门乃闭者,冬也。"早作夜息,苟得其养,物无不长;作息反常,苟失其养,物无不消矣。

谒篾叟,问立身应务之要奈何,曰:欲自立,贵一意孤行,积微成著;欲济世,贵兼资群策,机决神凝。

佩玉磬折而居上,是掇皮膜示人,而不披心胸示人也,如是则君子不为之尽心,小人不为之尽力矣。以口给面柔使下,是用人之外观而舍其内实也。如是忠謇者日远,而谄佞者日进矣。

癸未十一月

汴宋司马温公、王荆公、曾南丰诸老先论古今为学途轨,必曰孟、荀、扬、韩,以是为宗,皆《艺文志》所列儒家言也。《孟子》十一篇并外篇数之,《孙卿子》三十三篇;扬雄所序三十八篇,《太玄》十九,《法言》十三,《乐》四,《箴》二。涑水虽癖好扬子不喜孟子,然编删战国先秦事迹,折衷前言,系以孟、荀、子云及孔子高之说,俱大书正文以别于史臣诸论,其原于左氏内传之事,后论断系以君子曰、仲尼闻之曰,其文则旧史载之,其折群言之淆,衷至当之谊,则所谓足征之献也。其人与言,钧可重,则采入正文,若因言重人,资以决嫌疑,断是非,审善败,则沟别录之,为史臣诸论,此涑水列也。

德清俞公论晏平仲曰:"太史公言晏子,以节俭力行重于齐。"乌乎!晏子非徒俭者也。今夫君子,诚不能以众人匈匈而易其行,然以一身而处乎匈匈之中,亦危道矣。然则何恃以处此?曰:君子之处乱世也,天下虽忌之妒之,欲得而杀之,而至观其食无兼膳、衣无完袽,出鲜一宿之舂,入单一日之积,则虽其所深怒积怨者,不能不自愧弗如，甚者至于却心太息自贬损，何也？天下之小人未始无是非之心也，虽恶其刚直之节，而不能不心折其廉洁之行，是故处乱世、犯众怒而莫或伤之也。晏子殆得所以自全之道，与蒙谓《易》言天地不交，否，君子以俭德避难。又曰：《损》以远害。如俞公所论，深得大《易》垂戒之指矣。柳子厚谓晏子行墨道，为墨家者流，所依托殆未深谛其本谋也。

观鹿柴主人蓄明贤及国初诸名人方外书画甚伙，遂出遍观之，昏黑方归。

【眉批】主人疑为黄再同年丈，是日招饮。中有杨升庵小行书手札一通，风致绝佳，在六诏时作，有张船山跋尾。

朱子《通书注解》曰："君子实修而无名胜之耻，故日休；小人名胜而无实修之善，故日忧。"周子曰："实胜善也，名胜耻也。"文洁黄东发先生谓，小人未必知以无实为忧也，果能忧其无实，是即君子之用心矣，何名小人？或者小人饰伪无实之心，自宜崎岖而多忧。《古文尚书》"作德心逸日休，作伪心劳日拙"，周子之所谓忧恐类书之所谓劳耳。窃谓文洁之言固韪矣。然朱子文简而义深，文洁偶未之察耳。盖倾危之士、斗筲之人，其初未始无好名之心，由盗名一念病根，至于掩闲居时之不善而著其善，羊质虎皮，败其名者旋至。于是志愈怵心愈劳，日入于小人之归而不自觉矣。昌黎诗："名浮犹有耻，味薄真自幸。"又《知名箴》曰："勿病无闻，病其烨烨。"苏文忠作《稼说》，言士当厚积而薄发，诚畏蹈名胜之忧，而常求独适之乐也。

观蓴老日记，中有辨正《公羊》郜大鼎传器，从名地从主人之说，又驳"尹氏卒"当从左氏作"君氏卒"为正，其词甚辨。

俞编修樾有《秦始皇论》三篇。下篇论谥法，以秦变周之文，从夏商之质，极有理致，非骇俗之论也。

桐城张文端公言移树法，以惊蛰前后半月为宜，从土掘出之根最畏春风,须用金汁土密裹,用草包之,移植不宜隔宿。其新生细白根系生气所托,尤不当损。人但知深根固柢,不知亦不宜太深,种植书谓,加旧迹一指,若太深,则泥水伤树皮,断然不茂矣。窃记先公尝言:寿桃不过七八年,过此,则由繁盛而萎零虫蠹之矣。若于春中发生时,斩其附枝,翦其骄干,令本根入土蟠屈,岁入土一尺,积数岁纵横可数尺许,则花实皆硕大,以蕃支三十年矣。然则苦县所谓深根者以渐而深,非一蹴而求深也;固柢者积微而固,非锐进而求固也。累绵绵之功,故能深养冥冥之志,故能固。曾文正公自课目第十一日知所亡条下注曰:“读书有心得,则札记之,若有意求深,即是徇人。”噫!此朱子自述为学,由铢积寸累而得之成法,而《易·恒》卦之辞,所由于六在初位,系其占曰浚恒,戒人以一蹴求深之凶也。彼物理可睹矣。

春卿来,言滇督岑公自请督师出关,从征二十营,计万馀人。微卿帮办徐中丞营务所,统六营,计三千人,扎山西省,依刘为固。

西算学家说天员地员,出《管子》及《大戴记》《曾子》语固也。若邵尧夫言:“日者月之形,月者日之影。”是又西法月借日为光,地影中隔之,若朔望相掩,则有交蚀之说所椎轮矣。

今日神疲,杜门不出。仆日力既短,心气亦颓,平生所肄,无一篇能首尾成诵者,苟有三径之赀,抽身宜早计矣。

初入译廨,庶人召之,役则往役。往役,义也。

寒松堂老人自壮至衰,刻刻以“循理、守法、安命”六字自励,自谓生平得力于此。循理所以修己,守法所以服官,安命所以乐天。

不肖敬思先训,勉守徐仲车先生“睦僚友则事举”之戒,然事既有窒碍难行,则惟有忍静处之,此元城不妄语之义。决然舍去之一法耳。切勿迁就,以蹈一旦决裂之祸。慎之!慎之!

【眉批】时以治会计簿,与主者有不合,有上阎公说帖。

癸未十二月

访鼎父寺寓不值，案上有《潜溪集》，就读之，末附潜溪之师柳道传、黄晋卿二先生答潜溪问学书各二通，相勉之厚，词平而气峻，于此始叹仰乡前辈居心笃实，为不可跂及。又知学人非得道师，亦不足以扩充挚益其才器也。潜溪先师，吴渊颖。见《浦阳人物志》。后师柳、黄。

看方氏东树所著《汉学商兑》，不免门户习气。陈清澜《学蔀通辨》之流也。

饭毕，步至西堂，观壁上所悬山谷道人擘窠行书，写唐人《幽兰赋》，字势雄伟不常，一洗姿媚偏软之习，然游于规矩之内。入后幅觉过于烂漫，渐入凋疏矣。尾署曰"吏部员外郎臣黄庭坚奉敕敬书于绩熙殿中"，知为文节晚年作也。建中靖国元年，文节自戎州贬所赦还，挐舟出峡，四月至荆南道，除吏部员外郎，乘马递发来赴阙，再具辞免，乞一小州。时年五十又八。忧患流徙之馀，观其笔力，生气蔚然。古人养气浩然，不以世故推移，故自不可及也。

彗星复见，在天汉分。

赫德语何如璋曰："凡作一事，无论大小，必先履历其地，方能渐知其中之难易浅深、关键曲折，然后知所以施手之要领。今中国言者，条陈时务，身未历其艰苦而言之甚美，有如素办者，何也？"何无以答。予思赫言有理，极中时人之病。老子曰：信言不美，故相文忠公如此，美言不信。人主听言之术，当以是进退之。

湘阴相侯以百金馈岁。先公辛酉、庚申间曾佐其戎幕，此乃食旧德之馀也。受之汗颜，再却又不可，不禁涕泗横流。

咸丰十年十二月，恭亲王、文祥等通筹夷务，奏言：夷情之强悍，萌于嘉庆年间。迨江宁换约，鸱张弥甚。至本年直入京城，要挟狂悖，夷祸之烈极矣。论者引历代夷患为前车之鉴，专意用剿，然揆时度势，各夷以英为强悍，俄为叵测，而法、米从而阴附之。窃谓大沽未败以前,其时可剿,而亦可抚。大沽既败而后,其势能抚而不能剿。至夷人入城,战守一无足恃,则剿亦害,抚亦害,就两者轻重论之,不得不权宜以救目前之急。自换约以后,夷人退回天津,纷纷南驶,而所请尚执条约为据,是夷人并不利我土地人民,犹可以信义笼络,驯服其性,似与前代之事稍异。方今捻炽于北,发炽于南,饷竭兵疲,夷人乘我虚弱,而为其所制,如不胜其忿,而与之为仇,则有旦夕之变。若忘其为害,而全不设备,则贻子孙之忧。古之人有言:以和好为权宜,以战守为实事。洵笃论也。今日之事,发、捻交胜,心腹之患也。俄国壤地相接,有蚕食上国之志,肘腋之忧也。英国志在通商,暴虐无人礼,不为限制,则无以自立,支体之患也。故灭发、捻为先,治俄人次之,治英又次之。惟有隐消其鸷疾之气,而未可遽张以挞伐之威,倘天心悔祸,贼匪渐平,则以皇上之圣明,臣等竭其颛蒙之力,必能有所补救。若就目前之计,按照条约,不使稍有侵越,外效信睦,而隐示羁縻,数年间即偶有要求,尚不遽为大害,因拟善后章程六条:

一 □京师立总理各国事务衙门,以王大臣领之,军机大臣兼领其事,选章京满汉各八人,轮直俟军务,定各国事,简仍归军机处办理,以符旧制。

一 分设南北口岸大臣,牛庄、天津、登州三口暂设办理通商大臣,驻天津。五口钦差大臣旧隶两江总督,新增内江闽广口岸,事益繁多,曾国藩方在军,仍暂令薛焕署理,驻上海。吉林、黑龙江边境俄人越界侵占,久匿不报,令将军等履勘以闻。

一 天津关税以三口通商大臣主之,牛庄仍归山海关监督,听通商大臣统辖。新立登州口岸应派员专理。镇江、九江、汉口、琼州、潮州、台湾淡水诸口岸,由各督抚会上海钦差大臣遴员司其事。俄国新议行货之库伦、喀什噶尔、张家口,并旧通商之恰克图、塔尔巴哈台等处,定约惟乌苏里江、绥芬河各所不纳税,请下伊犁将军、各大臣监督,悉心榷课,核实备用,并以洋税扣归二成,请酌给官吏办公经费。

一 各省办理外国事件将军、督抚,互相知悉,以免歧误。

一　广东、上海各择通外国语言文字者二人来京，仿俄罗斯馆教习例，选八旗子弟年十三四以下者，学习两年后，考其勤惰，有成者优奖。

一　各海口内外商情，并外国新闻纸，按月咨报总理各国事务衙门备核。

以上各条，均如所议行。

又密疏请练八旗兵丁，略言，制敌在乎自强，自强必先练兵。比者抚局虽成，而国威未振，宜亟图振兴，使夷顺则可以相安，逆则可以有备。况发、捻交乘，尤宜迅图剿办，内患能除，外忧自绝。请筹款添置火器营乾隆间与健锐、云梯各营并设。枪炮，给八旗兵丁演习。选散馀丁别立营伍，专习技艺、抬枪，并请敕僧格林沁举知兵将弁一人来京，督帅训练。上韪之，遂立神机营。右见《国史》瓜尔佳文祥本传。

篯叟问近作何状，则谨对曰：苦县之旨深微难晓，降而读蒙庄氏遗教之律，苛拘可畏。降而讽黄蘖及寒山子、方灵皋之文，峻洁难学。不得已先从事于姚惜抱、梅伯岘〔言〕先生，以为何如？篯叟曰：汝所学何杂邪？予悚然。

是日戴星即出，往东署监考同文馆学生，始晤美国纽约人丁教习。与谈译音及各国教俗。人臣无外交，此次公会相见，且从陆三渔先生见汤若望例也。

入计曹，以前辞吏役，故不受年节养廉，以安吾分。

养廉仍送来，并蒙长官喻以可受之谊，谨捧受讫，仍以此项捐作曹廨购补掌故官书之赀。

操心当危之又危，稍一纵逸，即入于晏安酖毒之域。今日遇病而惧，人生一日中虽托处衽席之上，羹蔵之间，然蛇虎在前，坑阱在后，祸机即伏于所忽矣，而昧者不知为之夙戒，殆哉殆哉。

草拟《海防档事宜》七门五十目，仿班《志》“兵书略”意也，持上副都丰润文。

凡所以成美者，大抵恶器也。欲玉之莹，沙石治之；欲几之滑，刀锯砻之。今欲已天下之乱,而日与从容退攘、体貌闲雅、步矩言规、易就我维娄羁縶者谋之,其于道亦去之愈远矣。老杜诗云:“伊吕真难降,彭韩不易呼。”言苟用忠实之士于内,则能驭桀武之臣于外,如是天下不足平矣。若无伊吕,则韩彭难驭,已为无策。今既不用出尘之野鹤,又不延揽历块之飞黄,坐视神州之沉,虚掩新亭之泣,是绝物也,不智孰甚焉。善哉!曹公之自为令也,大略谓苟有毚暴之略,虽盗嫂受金,为举世诟病者,亦贵显之;苟有谋国之才,虽披褐怀玉,名不出里巷者,亦渐进之。彼真智计之哉!为人主者,虑养成藩镇尾大不掉之势,则请法汉世祖、宋艺祖之始资其力以靖患难,旋笼以空爵,而削其偏重之权,不亦可乎?

茗楼诗集题语

【眉批】似应列出入文。

言情之至者,絪緼成化;赋景之至者,光霁入怀。情从中来,景资外拾,一吐一纳,一云一霞,俯仰自得,侗然与万物自为春秋,亦天下之至乐也。何必愁鉥肺肝,苦效嘉道诸老,搀入蒙庄作达语、宋贤刻厉语、王韦闲适语,以为诗家真种子在是邪?物物自具一性,真得此指者,纵复狂言,奴仆命骚,二雅褊迫,要亦不害其为真也。强说名理,独标深微之指,稍作矜持即成系缚,何如浅言情景,自然入妙。惟忘言之人,始可与飡至言哉。质之茗廔同年,以为村西蹇浅,惯作呓语否邪?

谒朝邑尚书不值,晤其公子成叔吉士,名师竹敝,冠布裘,举止修谨。门风澹泊,钦敬无已。

自八月初六至此大都,簿领束缚,扰扰胶胶,身为事拘,心受行役,乃道家养生所切忌也。已及始衰之年,呼吸至危尚尔,不知啬养则不能早服,不能早服则薄德何由重积乎?自兹以往,戒之慎之,苟迷途其未远,觉今是而昨非也。癸未除夕。

甲申年(光绪十年,1884)

甲申正月

稷下之士,鹿溪归心净土,伯讷敢谏,鼎父湛深于东莱、深宁之间,子培出入儒佛,尊客老于文笔,再同、竹篔留意当务之急,止潜潜心宋学,皆一时英彦也。今日遍过之,然不遑入其门,岂如佛法所云“从门入者,便非佳珍”耶?我思圣贤遗教,以取善于人,与人为善为正,则人之于人,其善气相入,其善机相感,故能裨益己德,且资以条理世务,然则往来造请之间,亦何所用其安排耶?

内阁诸君招集灯下观剧,演曹刘角逐当阳、赵顺平力战事。予不禁泪下,思其洒落,君臣之契也。

是日往见篯叟,叟语予曰:凡作事,惟预先立定脚根,庶可为寡过之资,至于语言酬酢,则莫安排。盖造物最恶巧,巧则未有不败露也。又曰:过去心勿黏著,未来心勿妄想。然则究竟如何?曰念力坚强,实修见在。修心之道,亦不须归依佛,亦不须归依僧。然则究宜如何?曰依于权实互根之法而已矣。予欣然拜受。

烛下借阅《赵瓯北年谱》一卷。先生少孤寒,自力于考证之学,好为诗,风格不逮惜抱,坐求属对太工,用意伤巧耳。年至八十八,早辞官之效也。孙渊如先生铭其墓,家传则惜抱老人为之。予近日好读姚郎中所为诗,而渊翁与予妇党有姻连。诸老流风,殊足引人企羡也。

今早伏谒酱翁于死心废形之阁,将以乞言故也。敢问慎言之道奈何?曰:当指显而言微。问笃行。曰:当视远而履近。问立身。

曰:当墙卑而基广。退而曰:不肖虽姿性暗钝,请从事此三语矣。

检寻簿领,用力甚为钝滞,已觉疲乏不胜,应付多舛。细勘此病,由于平日于敬、静两字上太欠工夫,故致学术既浅,定力毫无,稍经事变错投,即觉心气浮脆,不能担荷矣。然苟自此以往,下手做静坐主敬工夫,日计不足,月课有馀,犹未为晚暮也。

凡学术必有师承脉络,方能获益多而受损少。如山之支干,发脉于主峰;水之派流,导原于经渎。荀卿传《诗》《礼》,贾生传《左氏春秋》,要谊微言,远有授受,世次端绪,皆系援于七十子之门人,故卒成大儒。若夫《吕览》《淮南》,才之恣横,学之杂博,似若足以陵轹荀、贾,然读遍天下书,适足以为杀其身之资者,由无师承脉络,追其根原,不克鞭淬近里,大加刬涤,昧于治心养性之方,遂致驳舛不纯,而自燔自贼也。尧夫邵氏不肯传其学于章惇者也,宜哉。小人而无学术,其害世道犹浅;小人而兼涉学术,犹乌头钩吻之治疾,其为世教之害烈矣。其人已有不仁之心,而复令假托于六艺之绪言以张其术,钳天下直谅谏诤者之口,夫岂世道之幸哉!

答家敬孙书

【眉批】或编入简尺一小卷。

不肖少偏露,违庭诰久,荒偷失学,长而不自检约,枉费日力,泛滥耕猎于九流二氏者十六七年矣,未知返求诸六艺,折衷群淆,涵泳宗要,以为根柢归束,终是公超五里雾,自欺欺人之邪术耳。近来夜觉晓非,今悔昨失,每切切作鬲下私语,悔疚之怀无已也。朴臣往矣,求直谅诤友之助,舍足下孰与哉?

邸报湘阴相国以目疾增剧请告,蒙恩准其开缺,赏假四个月,回籍调理。代之者皖抚裕公也。由今之制,无变今之俗,虽贵为卿相,仍有抱卷遇无期之叹者。多制而众忌讳,使贤者谋之,而与冯城社者议之,故使上下不交，老成失志至此也。

恭览宪庙御选《悦心集》，深得韦左司、白乐天、王半山、苏东坡诗境，一种闲适冲融之趣。王新城《古欢录》足以附是编之后。

内不足者，急干人知，此时之心如泡著水中，不患不遇，患不自立；此时之心如珠藏渊，一则浅脆而易败，一则深固而难倾。入世之世，先宜内观我心，审慎处之，择术良非易也。

裕某之督两江也，朝邑云，系湘阴密荐于朝以代己，兼荐谭、杨，稍贤于裕。殆用刘韵珂保耆英、伊里布故智邪？知其庸愚而误举之，以形己之长。此一事于湘阴有盛德之累，似非纯臣之用心也。旋裕某以人言命毋庸，署理二十日，降旨回。授署秩宗，曾公为两江总督。

堕甑不顾，此非人情，乃东汉之士矜名买价习气，充其心可至于华士、少正卯，宜干太公、孔子之上刑者也。

湘乡曾公日以看、读、写、作四字为自课程，施手似平易，其效实精深无涯，盖博览群书，参伍错综，所以究事物之蕃变，专治一书，湛潜往复，所以握谊理之统宗。由是积理之多寡，可于属文时验之；养气之厚薄，可于作字时验之。四者如环周转，以应无穷。夫为仁亦在乎熟之而已矣。此四事见公条理极分明。

患心气不宁，大约多戏言，而不能持敬，故神易惫；多妄动，而不能存诚，故识易眩。神识之昏，多欲害之耳，忮求骄惰，皆多欲病根也。

前见朝邑尚书，论及救时急务，当废银用钱，部库收地丁、盐课发官俸，役食兵糈，皆以制泉，关税或用银或否再酌。钞法亦当据洪武中行大明宝钞法改。严禁私铸。如此中国利权始能不为外洋所夺。并禁官私兵民擅用黄铜器皿，违者止将铜器入官，不科馀罪，以杜扰累之弊。此与亭林《钱粮论》及雍正中鄂文端尔泰筹滇铜鼓铸法，皆应酌定条目行之。今日焊人述一术士语云，当十泉行，夷人当昌；当十泉废，夷人当毁。此颇与白水真人及五铢当复之谣相似。天下大事无论成败皆作于细，幸勿以委巷之言而忽之。

谨案：废银用钱之说，现已必不可行。居今之世，必善权三品之币，识者久已灼知。先公晚岁无暇,故未将此节删改,姑抄俟选削。

【眉批】此节应删。按此乃愚民偶作戏言,实不知其理。此节小注乃不肖梁所私注。

日内为索逋事筋力疲顿,惜抱诗云:"自我游人间,常恐失情性。"身与名之孰为亲疏,思之烂熟,行且休矣。

平生所严事之闽县、兴化、六安三公,及予友朴臣,辞世以后,每发一言、举一事,不闻提撕警觉之言,天不欲牖予闻道乎?近在京国知旧中惟鼎父、子培可以匡纠予之隐慝,所宜平心敛气,日加咨访,未审能卒免于刑戮否乎?

鼎父戒我当慎言,不可妄发,恐招官谤,以口过危身,非孝也。敬书诸绅。上者勔焉,恐力未逮,求其次,能为婉遁逊约之司马德操以云免祸,或殆庶几。

料检阴求国士簿,前十年所校注者,或骏骨已朽矣。刘文成公诗云:"人生无百岁,百岁复如何。古来英雄士,各已归山阿。"诵之可谓流涕。

甲申二月

裁答簿领,至言不出,为物论所格故也。

阅徐氏《越南辑略》,舛误颇不免,近年情形,亦有足资考证者。

避世之法,当操一术以自隐,司马季主、严君平隐于卜筮,陶贞白、孙思邈隐于方药,长卿隐于色,阮嗣宗隐于酒,杨凝式隐于书,扬子云以玄隐,徐伟长以文隐,渊明以诗隐,皆得全生保年之上术者乎?

夜伯讷黄门家集,祖饯宜川令君。酒食淋漓,餍餐过度,归途在车中已觉腹痛,因诵陆放翁诗云:"倩盼作妖狐未惨,肥甘藏毒鸩犹轻。"洵得养生之真诀者也。不肖是夕有失言,黄门正色诤之,是即吾之师也。

痛孤儿无状，不及奉事先君，因榜不肖常坐之室曰饮冰啖蘖之室，自今倘有一念怀安嗜利，诒先人恶名，鬼神殛之。毋俾为人，死不得从先茔昭穆之末，痛心酸骨，尚戒之哉。

自省一日妄言妄动时多，将不免于祸患。其病根总在自欺，能刻刻戒惧恂栗，以不自欺存心，则发言作事妄处自然渐减。

彭稷初来云：曾子言，上失其道，民散久矣。何谓民散？不肖窃谓上无道揆，下无法守，上无礼，下无学，是之谓失道；贼民兴，足以害良民，是之谓民散。孟子传曾子学，此言正可为注脚也。彭因言人心之将散者，当有道以维系之，微特君相有其职也，士一命以上殆与有责焉。《周礼》以九两系邦国之民，牧以地，长以贵，主以利，吏以治，薮以富，此五事者非达而在上，不能有所设施也。若夫师以贤得民，儒以道得民，宗以族得民，友以任得民，则虽隐于屠钓山泽布衣，名不出闾巷者，不当以斯道自勖乎？谨案：彭君言，维系民散之谊是也。《易》称阳，一君而二民，君子之道，言一阳清明，二民所宗，天下有道，庶人不议。就其至小至迩者证之，一家之庭为政严明，正家之道既得，使妇顺子恭，奴舂婢织，各安其分，各乐其业，则一家之民气聚矣。推而至于一国天下，何独不然？《说文》："民，众萌也。"萌，犹懵懵无知儿也。故君道刚明，则群情悦附，王国浊乱，则众庶畔涣，非阴阳消长自然之符哉。

日来语言，刻刻以去妄即诚为戒，稍涉妄，即自欺，自欺则断不能望人之信己也。妻奴且不受欺，况事上信友乎？

坡公二帖装池竟，在几上暂一展玩，使人神耸，如见小秦王，真气惊户牖也。后有石庵箬林跋，俯首无颜色矣。

治事少顷，还谒篯叟，篯叟戒不肖曰：人才有大小，自关天得，不可强也。吾观子差可守常，而拙于用变。军旅，变事，非其任也。若躁心尝试，祸败不可胜言矣。慎宜量而后入，可以免夫。

逆旅主人颇能言傅青主先生、张殷斋大令轶事，虽未尽曲折，亦殊解颜，旅寓中一适也。

检岁计簿各件文字,今日始行交出,不肖吏职慵旷多矣,宜干长官之诘斥,俯首不敢辞也。

夜读《惜抱集》,才力不厚,而真气独到,句律亦醇雅,品格故在梅伯言之右。

疲于事役,意绪时时作恶,每诵古德语云:"今日任运腾腾,明日腾腾任运。"良有愧焉。

淡约自守,则事简而易行,损之正所以益之也。利欲熏心,则气骄而将败,益之实所以损之也。损益循环,吉凶无眹,亦消息必至之理,可畏甚矣。

晤伯讷黄门,言潘孺老奉大府檄,会同予告提督冯公子材,廉州人。督办高、雷、廉、琼四郡团练防海事宜云云。

桑根丈有屋曰"拳窝",予戏仿之,题所居曰"小拳窝"。然学道若浅,每私窃瓣香百源之安乐窝、紫阳之拙窝,深愧荑稗之质,而又不熟于古人沙明雪净之胸襟,初无百一分也。

副都张公见示二月十五日北宁失守之信,黄、赵两军伤亡及抛失军资甲仗甚多,溃军退屯太原,徐巡抚拥兵谅山,去宁三百五十里,坐视不救。岑总督驻军兴化,先命刘永福为前锋,领兵十二营东援北宁,徐巡抚檄沮之,令回攻嘉林县。诸军参差不和,以致败衄。予向不敢妄言天文,今不幸而验矣。王德榜招湘勇八营,计四千人,尚有龙州一带未出镇南关也。是日言于长官,力诤冯提督年虽老,可用。

此心不能专一宁静,由不以敬谊夹持,而殆欲百计攙攻故也。能绝利一源,则用师之力自十倍矣。痛舍群好,并力一途,方有日新之功也。

篾叟曰:流浪大化中,不喜亦不惧。修身俟命之谊也。隐几工夫大,挥戈事业卑。鲁国男子自具冲天之气,岂肯以彼卑鄙之业而易此哉!

【眉批】未入诗。原记在净土赞下。

邓伯讷黄门来谈。不肖平日与师友商榷学术，常敬志之日录中，以验随时所得之浅深，若遇论人论事或有关时局，则不敢妄登一字，避时难也。若己身有过失则必书，闻规过之言则必书，谨发其凡于此。

直东廨，竟日昏昏，徒疲心力于簿领，而仍无尺寸之益，转使学业荒堕，虚弃寸阴。悔已往，冀警将来也。

早起仍读《惜抱轩文》，觉古近公共之理，郎中所得为多也。

勉父示《邵位西先生遗诗》手卷，机轴新妙，与吴西林、厉樊榭派别。

目光仍不佳，不能多看积牍，孤负分阴，又虚度一日矣。居玉桂国中，味如鸡肋，不能决去，去亦不免依人作计，奈何！

检吉林东界地图，方知旧图多误。

阅《交州地记》毕，交人自制，字多俗，如人持十为斗，羊加四为罪之比也。其舆地旧阮阮福映并兼新阮，阮惠，后改名阮光平。及真腊诸部，时最大，历世都河内，称东京，汉交址郡也。今都富春，称西京。汉日南郡也。清化省，汉九真郡。明张辅伐越，由广西入，沐晟由云南入。北圻十六省，南圻九省。又有左圻、右圻各一道，其实彼一省仅当中国一府之地。富春左障横山，右倚广南湾海口，乃天险也。

榜儿辈家塾曰"惜分阴室"，用钟先生旧名也。按：晚年自刊此章用之。

晤一副督护，问咸丰十一年成琦至呼兰定界事及西陲事。

甲申三月

近以人事太多，废读书之业，吏才既钝，生计复艰，惟有杜门忍饥，抽暇即温理旧业，庶期濯去故见，以来新意。

惟仁者为能爱人而知其短，恶人而不没其长，其好恶多公，由诚实之心所积而发也。不仁者反是，其发于好恶者既私且戾，去立身经世之道亦远矣。

东坡立乎熙丰之世,其愤世疾邪,孔子所谓见不善如探汤,殆其人耶?而于并时孙侔、王令、王回、程正叔氏之贤,不能见善如不及,要亦通人之蔽,贤者之过也。若论隐居以求其志,则断推邵尧夫。行义以达其道,则断推司马文正公。文忠晚年胸襟则近道矣。以元祐学术之盛,儒者才二三人而止耳,于此见成业之难。湛然居士言儒臣事业,非数十年不能成,或成就者小,或遂毕世无所成。谅哉!若夫五谷不熟,不如荑稗;物之大者,不能磨治成器,往往不如小者能磨治成器,为适于世用而无害。此曾文正公戒郭筠老之法言,又不可不深思其故也。

晚自东掾廨归,荐士于长官,以佐治事。

晤止潜、鹿溪二君,时发善言,如得布帛之暖。又获闻克己改过之义,予之幸也。

空识害事,空理害性,害事则病政,害性则丧己,空者实之反也。华才蠹俗,华学蠹教,蠹俗则坏一时之风气,蠹教则惑一世之好尚,华者朴之反也。惟务朴而不藻饰,务实而不鞶帨,乃为立身之上术,有国有家者之所宝,故曰刚毅木讷近仁。仁者居其厚不居其薄,故去彼取此也。虽有乌号之弓,汉血之马,勿调勿服,非国之福,不如其无有也。

上某公奏记

【眉批】此疑上丰润张学士,时署副都兼行走总署。

今日朝廷有大处分,降旨尽谴谪枢辅旧臣,而擢用新辅疏贱,闻之不胜惊异。窃以为方今主少国疑,凡有革除,皆当以渐,且宜镇静处之。若一日之间,大寒大暑相狎而至,则是天道逆行,人情群骇矣。且中国以弁髦空名,建立于上架漏过时久矣,国有重臣,则主术愈尊,而疆圉远臣之心自附,能阴戢其跋扈之谋。今进退大臣如仆隶然,是使人人自危，主上之势益孤，而疆吏益生轻量朝廷之心，坐怀观望，肆行无忌，不可复制矣。况肘腋之间，且为强邻所窃笑耶。公执法之臣也，何以闭阁深念，密筹匡救之策乎？某处积薪之下，无官守、无言责，本不当越俎妄议，然忧心悄悄，实为大局危之，如何如何。昨与陈守备文祺议绘图事，其人果谨悫有器干，可用附慰。

昨枢廷新命下，朝邑公预焉。闻同叩阁请面对，四次欲辞，新命不允。行十五日始受事。

《挥麈后录》，熙宁中神宗问邓绾云："西汉张良如何？"绾以班、马所论对。上曰："体道。"道家以柔静为体，以坚忍为用。绾以未喻圣训，请于上，上又曰："不唱。"感而后应，迫而后起，不得已而后动。绾退，因取《留侯传》考之，自从沛公入秦宫阙，至召四皓侍太子，凡所运筹，未有一事自其唱之。始知天纵之学，非人所能及。邵康节曰："智哉留侯！善藏其用，用藏，则人之所能见者，体而已。"

以李君邦黻作《钟先生行状》，上史馆立传。元拟入《儒林传》。

《朱子语类》云："老子之术，谦冲俭啬，全不肯役精神。所谓代大匠斫则伤手者，如遇恶人不必自去治他，自有别人与他理会。只是占便宜，不肯自犯手做。子房亦用其术，如为韩报秦，撺掇高祖入关，及项羽杀韩王成，又使高祖平项羽，两次报仇皆不自做，后来定太子事，他亦自处闲地，又止教四老人出来定之。"又云："清虚无为，所谓因者君之纲，事事只是因而为之。老氏之学最忍，他闲时似个虚无卑弱底人，莫教紧要处发出来。"不先时亦不后时，视乎窾会。

更教你支梧不住，张子房峣关之战，与秦将连和了，忽乘其懈击之；鸿沟之约，与项羽讲解了，忽回军杀之：此便是他柔弱之发处，可畏可畏。他计策不须多，只消两三次，如此高祖之业成矣。

读《昌黎集》，味其禀气本厚，养之之道又闳博无涯际，故根本盛大，而出不可穷。再回看惜抱、伯岘〔言〕，觉气薄，而所养亦微隘矣。然以嘉道二贤视今代文士，则彼犹为赵酒也。

古人重夜行，夜行者不为冥冥堕行，治于幽也。金水内景，无取外光也;积诚既久,不发见则已,偶发见,则言未出户而人信之。故扬子曰:"由于独智,入自圣门。"独智云者,举世非之而不加沮,举世誉之而不加劝,忍静专一,不见异术而迁,故所为常成。彼赵禹酷吏耳,犹知孤立行一意以成其术,况欲为善,不力行恶能至乎?

廿一日,北洋及劼侯电报俱云,越南兴化省于本月十七日失陷,岑制军尽焚城内房屋积聚,始行退兵。

邸抄:戊子,以礼亲王额勒和布、阎敬铭、张之万为军机大臣,孙毓汶在军机大臣上学习行走。壬辰,命贝勒奕劻管理总署事务,以周德润为总理各国事务大臣,命张之洞来京陛见。癸巳,命许庚身在军机大臣上学习行走。己亥,以阎敬铭、许庚身为总理各国事务大臣。

子培语我,刘中允一生深得简字作用,此知言之论也。王仲淹云:"至易至简,焉支焉离。"

夜圈点《防海新论》,以合肥相公之才气卓荦,自云于此书细加评点已过三遍,人之用心不当如是乎?

至旧邸枢各堂宅投刺,属掾事府主之礼似应尔也。

是日,先大夫忌日,距癸亥三月二十四已二十二年矣。《礼》:君子有终身之丧,忌日之谓也。昶之不孝,生不当齿于一乡之士,死不当入先君之庙,何得为君子痛哭捧奠,罪何可赎?自今始,爱日以学,以善其身,以教于家,虽无毫毛之益于世道,犹不至为世害者,或者少慰祢庙之神灵乎。

阅邵位西丈日记,乃读《大学集注》笔记也。丈之贤且不可及,何乃高论古人。

位丈日记内论古今生民之数一条,与集中《书赵闲闲侯守论后》《书靳文襄裕饷生财第一疏后》,皆具经世作用。

自省一日之中,此方寸地不陷于忿懥,即陷于嗜欲,与禽犬何以异?禽犬犹能警夕叫晨,予殆弗如矣。武王《杖铭》曰:"恶乎危?于忿懥。恶乎失道?于嗜欲。"惩之窒之,可不预哉。先师刘子尝述《阴符经》语戒予曰:"沉水灭火,自取灭亡。自沉于水,谓欲也;自燔于火,谓忿也。养生家亦忌此。”

与陈纯友论经纬度、温热寒带之差数，又论天地生万物，皆有坚质、流质、汽质之别，即轻气生坚质、养气生流质、炭气生汽质所寓于此，可悟养生之理。盖能呼翕养气，不为轻、炭二气所中，则神明而寿也。凡物生于水，死于火，古之造文者，水象阴中阳，阴消阳长，故生；火象阳中之阴，阴长阳消，故死。

甲申四月

与亚陶言，士非能耐坚苦贫穷，不能自立而成器。

每遇长官所为事，有心以为非，而仓卒无以易之，且彷徨未敢献诤者，由阅事少、积理浅、养气薄三病中之过也，自审既不能其事，甘为抱瓮食力之民，翛然世外，以葆其真可乎。

土石有质而若无气，草木有气而无知，禽兽有知而无义，人则形气、知义具而为万物贵。气者，所以养形也；义者，所以养知也。治气以谷神谷者，穀也，穀者，养也，穑也。为之本，集义以穷理为之本。

晤邓给谏，言及时事，相对痛哭，旋入东掾曹。

《墨子·备城门》诸篇言城守之具甚悉；贾生穿井，侈腹弇口如壶。马文渊作铜马式，张平子作浑天地平仪。魏武用贾侍中说，作炮车发石；葛侯作木牛及损益连弩，其行军下至井灶、圊溷，皆有宜称。杜元凯作连机水碓，陶弘景造善胜、成胜二刀，苏绰始立租庸调之法，韦皋造定秦刀剑。李邺侯治杭，穿六井以溉民；柳子厚言造阳室以冬居之，阴室以夏居之。明永乐中，尚书宋礼用白英策筑坝东平之戴村，遏汶尽出南旺，分流南北，用以便漕。古人作军中鼓吹，所以解征人思归之心，戚南塘定其音节，以为步伐止齐之度。军礼、军乐失传久矣，此其遗也。自古豪杰之士，未有不师制器之意以利民用，因时立法以济世变者也。至于指南之车，记里之鼓，刻漏以知晨昏，相风以验气候，日用不知，由来旧矣。

初八日午刻，廷议中法媾和事未决。中丞公昨已拜疏矣，明晨另折将极论之。

不能早起,志气非出于虚憍,即入于惰窳,不可齿于人数矣。改之为贵。

浮丘相侯目疾稍愈,即拜折销假。闻公自云,佛夷一日不悔祸,则己一日不归田。壮哉!公以身许国之志也,令人蔚跂。今日奉内召之命,公将乘传北征矣。

志强力弱,自是通病。心所欲为者百端,能实践才及一二而犹未至。譬如欲揽辔行万里,而举足蹩散,期之旬日,仍不出户阈之内。故老子言弱其志,又曰见小日明,守柔日强,其寖明寖强之实,积渐而成。始终敛啬冲慎,不为峣峣皦皦之行,其故可深思也。能如是,则庶乎超然祸福之外而不受世阱。

与副都张六丈甲申四月十二日。

【眉批】或入文中小简。

日来私心愤懑已甚。昨又闻长者请休沐之告。时局横流,政赖识微虑远者操维楫以善其后,乃又失望,令人短气。方公在署时,草木之精神,皆奋所密欲布置者,何啻万端,致功在一篑耳。今主持乏贤而猥使,握龊婞婴、持粱齿肥之徒尸其事,某虽甚不肖,自顾无所托足,亦有身世漂摇之感矣。丈何以教之?前命觅《颜氏学记》,昨已由江宁书局购到,此书甚有益于世用,且为北学开风气。习斋先生议论亦有过激处,然志在复古者,文武不分,士知实用之旧,足以深砭今世浮文妨要之痼病也。道苟不行于庙堂之上,而犹能行于庠序之间,亦救时之职志也。

晤鼎父,读其拟封事底,指画形势利害,朗畅透辟。

览总兵贝锦泉《海防图》二十六张,以英人原图为蓝本,而于闽中及长江二图稍详。

绳庵学士语予，谓予作书似东吴顾涧蘋，未必能似也，一笑。是日与学士言近事，始有投老山林之意。

予性疏旷，每读《老》《庄》辄起，我意以近日世事之变，其来无穷，强方寸之灵府以应之不足，以机杼万端而各当其理，是非操一术不办，于是舍其旧见而读《管》《商》。《管》《商》之文古雅多韵，犹餍我心，而未能尽通其作用。至降而阅《防海新论》，则满纸杀机，其桎灵台甚矣。予方欲出世机，而胡为以机事滓吾胸中？虽《阴符》亦有神机鬼藏之说，而如彼说则太粗鄙，不可向迩已。

夜过邻友，见其案上有《宋潜溪先生集》，读之如散发松下，看云饮泉，俯仰自得，游心太玄，使人意消。

读《管子》粗终卷，惜此本多讹夺，不可句逗。取亡友戴君子高校正阅之，觉其解多确。

座主南皮公自晋入朝，次天宁寺，往迎谒。夫子垂问目前当务之急，逊谢不敏，谨以治腹省宜用农战、治海疆宜用商战对。顷之，云门至，仓卒未能尽之，时已昏黑，遂入城归。诣绳庵六丈，丈命灯留饭东斋，语至三更，告归。

夜读《净名经》，日噉尘沙三斗，何如出世清凉耶。

张翰卿度支来言，免世议之难，寻思别无法以御之，惟有安分守拙，心行孤往，如遇责言，平气勿校，所谓直心是净土，忍力是道场也。

入仓曹，人稠屋隘，如坐市尘，赖有鹿溪、茀卿在坐，如招青山于几席、狎明月于林皋耳。

阅《西事汇编》，德国汗威廉第一雄武磊落似华盛顿。其相毕士麻克沉毅有远略，君臣相与，洒落推襟，其兴勃焉宜也。

甲申五月

仆近日废学，渐至粗鄙近利。仓曹受劣等糈，不无芥蒂于怀。内子面诤，以为苟分所应尔，当平心处之，不为得丧忧喜，否则亦如百鸟之过目而已。予欣然嘉纳，以为近于襟期淡泊、遗外声利之学。

与席翰伯辨询矢弹速率,行曲线而不行直线之理,推之作事亦然。凡事太刚则折,太柔则废,必先洞晓物之情伪,然后折衷于刚柔缓急之故,相其脉络而施斧斤焉,不然则已。《中庸》所以著致曲之说,老子因之垂曲全之戒。行文贵气直而笔曲,作书贵画平而波曲。曲义之妙,不可不察也。

上张六丈

【眉批】同上,或另编简尺入文。

昶性疏旷,不习吏事,每荷上官全而宥之,腼然窃食,已为天幸。日来眩晕,旧疾复作,不能问家人生事,销沉文字海中遣日耳。天之赋命于人,盖有定分,或杖策而龙骧,或执戟而蒿隐,一显一晦,视乎其时,不可强也,强为之则不知量力,守辄而徒取困蒙垢。故不肖之自谋,愿以陆沉蓬累,毕世自全,便为适矣。至于操一篑以障河,衔微木以填海,虽亦尝企慕焉,而才弱殊非其选。运会所至,将有主张回斡之者,冀廓清之后,得蒙庇作蹀躞畦陇间一幸民耳。袁倅敬孙已在药笼中否?此君才实度越时流,操守亦洁,惜久无所遇,而其人缓急实足任使,公左右不可无佳吏,如某言之或妄,甘受劾治。率启主臣,惟辱察之。

再送绳庵丈,已成行矣。草一赠序,追送之,殊怅怅。

武进赵恭毅公居台日,人呼之为冷庙龙王。今筹海掾廨,自张公丰润学士创之,公既去国,乃阒寂无所事,亦可称冷庙矣。

夜读邸报,朝邑公协办大学士之命。我思昔望溪方公戒安溪李公之言为不可及,今则何人能为望溪之刚直者乎?

今日忽入罗刹国,予以为耻,座中峨冠而佩鱼者,似亦有愧色也。国之蒙耻久矣而不思振,悠悠苍天,谁实为之?欲挂冠神武门而不能决,为升斗之水故也。柳下惠、少连志岂肯终降哉?

夜读韩文，临东坡大字，以涤烦襟。予足有时而垢，予心则常寂静也。

直东廨，以抄夷档为日课。

子培劝我忍诎伸、弃凝滞，诚切病发药也。

民生在勤，始能不匮，自兹早起早餐，力戒惰逸。

仆自腊正二三月，佐东廨簿掾之任，所职者飞书草檄之事，虽隐枳栖，犹为净土也。今则局势变更，乃日处籓溷，志郁郁不得伸矣。士不幸生于浊世，居人之下，不能独为轩轾，迹已秽矣。虽心之芳，其去俗士之所为者几何？入曹，曹事乃学士张公一手创办，公既去，无人顾而问者，廨宇偪仄，风日暴炙，殆非人所居。

【眉批】此类皆感丰润而发。

上谕：左宗棠著仍在军机大臣上行走。该大学士卓著功绩，年逾七旬，著加恩毋庸常川入直，遇有紧要事件，预备传问，并著管理神机营事务。所有应派各项差使，均著毋庸开列，以示体恤。钦此。

【眉批】此谕国史列传，必载，可删。

入东掾廨，手抄积牍之切要者。

廿八日，有延访八旗人才之诏。

黄淑兰少夏官丈有手书见及，并遗之刀布。去腊既拜嘉矣，频繁受之，非所宜也。作复笺，敬辞谢。

甲申闰五月

不肖近日愈偷惰，自弃其天职矣，皆由多欲而外骛名，故方寸胶胶扰扰，而所业不恒。不速改过，咎辱将至矣。如先父母遗训何？

读《续古文辞类纂》中所心折者二家，曾文正公积气极厚，故句严字重,如江流奔腾,百折而志必东,读之使人增长刚气。梅伯岘〔言〕氏意工而不见锤炼之迹,神明于法而筌蹄胥化,如观陶隐居书,飘飘然有逸气,真不食烟火人语也。

仲弢甚服博野颜氏之学,为切于世用。予感其言,惜历年求《存性》《存学》《存志》《存人》四编未可得耳。

张碧岑自乡郡来,言吾州民风益敝,物力尤艰,并不如甲子乙丑间初克复时情形。大约由俗嗜鸦片烟,力田者少所致。凋敝如此,士鲜为学可知。此旅人之所忧也。

阅《颜氏学记》,其言与日本人盐谷世宏所著《六艺论》相发明,学术之敝,盖已久矣。

阅王昆绳《与灵皋方氏书》,是夕遂有仕不可求从吾夙好之意,与其澒洞俯仰,求适俗而不可谐,孰若去俗日远,泛若虚舟。转有以自慰于萧寥寡徒之境,追逐古豪杰之精神謦欬,而与之晤对。

所遇无论穷通,养气当充然,不可毫发伤。古人有绳枢瓮牖,寄迹蓬藋之间、鼪鼯之径,忍饥诵经,而神气转王者,其风趣高逸,而剧可思也。

谒见湘阴相公,询及浙中情形,对以近日四民俱形困悴,物力凋敝,皆通商之害也。公垂念旧治,为之蹙然。因论目前夷务,公之议论风采,非复曩年精悍矣。

仓曹有会计事,侵晨而往。

《记》云:"凡民有丧,扶服救之,无服之丧也。"此古道,吾未之能行也。若夫舂相巷歌,为之辍音,乃所以养仁心也。今邻有丧,而予昨日歌,既而悔之,为其有不仁之心也,吾过矣。

蜀葵经雨盛开,南方谓之一丈红,干高常寻丈馀,故有"五尺阑干遮不住"之赞。北方才数尺耳。

【眉批】按:此亦未尽,盖家中常少得风日之故。凡花果类然,若在田野,必较壮大。

连旬惰慢佚偷，不立志甚矣。此沉疴之疾，不可药疗，奈何？

是夕见除目，邓黄门补授内阁侍读学士。直臣进用，国之宝也。喜动颜色。

敬孚叹兴化先生。贤乎！遁世不见知而无闷。然晚年贫甚，至欲仿萧山汤公鬻书自给。尝曰："严君平日得百泉足矣，何必受子孙之养。"得毋绝物甚乎？予曰："此先生所以学道有真实心得。君殆未观其深耶？介于石乃全其逸。夫石，上不被缇锦，下不饮浊泉，芼芼兮独与青山白云为友，介矣。而先生之介，视石犹甚焉。彼不桎于灵台，物恶得而伤之。

渐西鄙人时有幽忧之疾，旦食而不释然，夕眠犹不安席。神语心曰：汝局蹐以穷年，坐何事？心茫然不能答，俄而然犀以烛之，爇燕以钓之，以知见香解其蔽，以清冷泉沃其肠，授律鞫心，心乃供状曰：吾不能忘情于饮食昏宦名誉，而又惮与流俗共居，此两适者不可合并，吾是以不释然也。神大笑，遂深鄙之，自兹割席不与为友。

【眉批】由今思之，人固先各有其治生之业，而后各以正道，尽其天职，是名誉亦所必有，此皆人情天理之公。今中国上下含混，徒恃名法为治枵腹，责天下之官以忠义奉公，其实甚悖于理。

读《柳州集》，心抑郁而不扬。融斋先生言阳性多施，多施者慭世；阴性多感，多感者慭已而已。此屈宋品格之所以别。予谓韩柳之判亦然。

【眉批】不肖按：中国士大夫，多徒知慭已，而不自审其道术何如，此稍能文诗者之大病通病，亦何由所历之势、所处之位使然。

甲申六月

再同过茅堂,言事欷歔,君诚有心人也。予愧弗如。

予之依违澒洞于此而不能决去,又括囊不谈者,困于处境故也。

今日一处见郭频伽字,学山谷,骨法略似之。

走晤安圃侍御,侍御述绳庵学士丈家书云,现在所以自处,惟有事急则力战,事平则归耕而已。闽事方棘,公之志则甚壮。

早起进内,尘埃浪伺候,文字慵驰骋。予近日疲于奔走,正与吾师韩公相反,竟日俯仰依人,丧我真面目。抵暮始得还家,子培枉过一谈,蘧蘧然稍觉苏息,神气亦徐定。

拂箖犯顺已累月,廿七日恭闻庙略甫定,将有挞伐之举。甲申六月

蓴老有挂冠神武之志,此老之得刚气,今知稽古力也。汤海秋尝言,胸中贮线订书百本,便神气旺,斯言然耳。

香山居士《在家出家诗》云:“夜眠身似投林鸟,朝饭心同乞食僧。”此亦净土法门也。

臣窃观近事,人谋未协,天象可畏。今月庙算未定以先,兆人思奋,而上无以作其同仇敌忾之气,地气上,天气不应,故常蒙也;既定以后,诸军已懈,而下无以效其闭关息民之谋,天气下,地气不应,故常雾也。

甲申七月

连旬摧颓,四体骫骳,乃志不立之故。昨答敬孙兄书,自述病症,志不能帅气,当用持其志,毋暴其气之法救之。荀卿子言,庸众驽散,则劫之以师友,亦一对症方也。今日入曹后往见鼎父、子培、子封,向夕始归。

曾文正公论作诗文写字,皆须有倔强排奡、不可一世之气,予近因力求妥帖,反入平庸,殆为世网所摧挫故耶?

法犯福州，用巨炮熸我，马尾江舟师略尽，焚我船政局，何如璋遁回福州；学士张公督战不胜，退驻鼓山；何璟、张兆栋闭城不敢出。时将军穆图善尚坚守长门也。甲申七月三日。下诏布告中外，讨法援闽，命刘永福以偏师捣河内，牵缀敌势；命杨昌浚督师赴闽；六日。命张树声率攻越南之军回救福州。七日。

【眉批】先时只有鸡笼之捷，上谕奖犒事，想大文必有辑史者能载之，无须抄存，故未抄。

葛公行军，井灶有制；谢玄居府，履屐适任。今观于曾公家书，处置家事，大而孝友服老，小而米盐凌杂，皆秤停得宜，不爽铢黍。虽未出应艰巨，已具经世之闳规矣。其养气之完，研虑之远，岂可及也。

鼎父纯深，止潜恺切，子培恂密，皆可引为辅仁攻慝之友，而导吾正路，勿入歧趋者也。

读荆公集，觉气体清转华妙，如古德庞眉，了不异俗，而一瓢一笠，自超然人外。

易实甫秋曹示以《读经札记》，自愧荒落已甚。里闬有王仲任，而疲于吏役，不暇与之居游，予之失也。

偶阅仪征阮公《石渠随笔》，记直南斋日所见内府藏弆法书名画也。又阅王山史《十七史驳证》，解“匆匆”为“勿勿”二字之讹，甚确。

黄山谷治平丁未登第，与欧阳棐、欧阳发、王雱同榜，而不称兖公、荆公为丈者。古人惟父执为丈人，行非父之友，则不敢妄称，无扳坿之私也。年辈居后，则以其官称之；见长官庭参，则执属吏之礼；非有旧，则不请燕见。

阅魏文贞公《谏录》，郑公博采群籍，约取要义，而原出纵横家，始信班氏言不观九流之各有心得，则无以通万方之略而裨世用。纵横于诸子中最下，然其术亦不可不知如此，何况道法名墨，得其一足以经世哉。本传言文成不习刑法,知古人学术亦各就其才性之所近,不遍学泛观,致游骑无归宿也。

鼎父云:嘉道以来诗人学黄山谷,书艺学北魏,一往逋峭陵厉,虽便于医俗,而真趣转失,且非正宗,亦可以觇世变矣。予谓介甫最工唐体,不堕正始之音。即山谷律诗之清空屈强,从杜公夔州后句法入手,然酝酿醇雅,绝无槎牙粗硬之态。姬传姚氏谓山谷独深造昆体工夫,洵知言也。降至徐师川、陈简斋,真江西野调矣。

张乖崖公尝言,凡处一事,法高于意则用法,意高于法则用意。法者,宜与时为消息变通,而非一成不可移易之具也。然亦不可轻改成宪,盖几经前人斟酌利害、秤停铢两而著之,令甲一切舍去,恐遂荡无检制,取决一时而害旋生,非稳踏实地之道也。第须去其太烦太琐,使之整齐简易,斠若画一可耳。

甲申八月

朔日上谕,定闽中统兵大吏失律之罪,及七月初三、四、八、九等日我军在田螺湾、闽安、长门力战阵亡将士,升擢赠恤有差。

代草议覆陈学士《条陈时务奏稿》,病不能苦思,竟日不就。次夜宿掾曹,草奏始就。又别为六条,切直言之,一,侦敌情;二,扼要隘;三,就地筹饷;四,就地练兵;五,联络邦交;六,牵制敌势。又反复指陈利害及时政之弊,都凡五千馀言。

食时观海宁陈太守奕禧校正书谱,刻殊佳。

汪大绅自谓,“游乎儒之门,则坦荡荡;游乎释之藩,则冷湫湫”。予戏下一语曰:“不冷湫湫则不能坦荡荡。”

送吴宗丞别。公遇事率性而行,接人则率胸怀与语,其简俭皆可法。盖处今之世,惟不为矫激之行,或亦免祸自全之一术乎?

【眉批】指吴蕙吟宗丞,公之师。至其人之鄙不思事,意在言外矣。

入东廨，俄使要索安集延人入喀界贸易事，中晡争之，至暮不决，长官及仆辈俱疲，讨厌已极。以前日记每耻言之不书，今则积愤攻心，不能不直书矣，且志国耻，亦见予终不欲久留于此也。

所以终日胶胶扰扰，使形神不全者，方寸合清净地，主张未定故也。譬如住逆旅，百事非听命主人不可。自今日始，一切升沉毁誉、贫穷疾病，寒暑也，逆旅也，付之身外物。荆公诗："岂无他忧能老我，付与天地从今始。"朱子每酒后喜诵之，不去口。其妙诀曰随缘。读书游艺，治心养气，经世出世，此安宅也，归墟也，皆分内事。其本谋曰孤往，在外者随缘，在内者孤往，今而后志趣定矣，志趣定则差数睹矣。

非三代两汉之书不敢观，韩公天资高，故一蹴便有入处。若中下之姿，则恐学韩柳且无入处，何况荀、扬、马、班？何况六艺？然移其才性，使学归、方则易有入处。降而学近日之姚姬传、梅伯岘，入处更易，是何也？周秦先汉及元和间之能者，研理愈深，养气愈厚，其发之也无端，其出之也不穷，此学者所以于六艺、诸子入处不易钻仰绝路也。下此则理浅而词峻，气薄而意工，使后之学者有阶级可循，有门径可通，故易入也。八月初十夜读汪大绅文称快，有所触悟而志之。从政亦然，太史公称《传》曰法后王何也？以其近己而俗变相类，议卑而易行也。故欲明前世治乱之故，读秦汉史不如读明史，此亦理之自然者。

天下之动，万物之赜，遇一事必有一术以处之，不可恶不可乱，术之执两而用中者，斯谓之道，术必有学也。谓诸子。况道之深微广博乎。谓六艺。《庄子》云："人相忘于道术。"道术对文，故以对江湖。古人修辞无不错综互举者，非一经一纬则不成文也。道之所操者大，术之所操者细。道者与道者相忘，术者与术者相忘，犹江之鱼习于江，湖之鱼习于湖也。且知道而兼通术者，有之矣。知术者往往不能兼通道。道如康庄大路，虽若迂远少功，然由之万世而无弊。术则山蹊曲径，可以侥一时之近利，然猛药治疾，剥削元气，弊亦随之。无论何学，既识门径，须先习其度数，次审其形名，然后义理精深处可得坐言之，可起而行之也。汪氏之学欲掇精不自粗始，欲涉深不自浅始，未尽下学之层级，累次而汲汲焉，求上达持以经世，不可行也。殆哉！殆哉！逊习斋、恕谷之学多矣。

【眉批】仍指汪大绅。

趋计曹,秋俸发得十六金,以买《新疆识略》犹不足。

伊尹、墨子知进知存,老庄氏知退知亡,惟《易》道能寓所以进退存亡者,于消息之序,非周公、孔子不足以兼知进退存亡之道,而不失其正也。佛氏坚苦独行,得金水内景之义,夜之象也。礼家、儒家、名法家、农家、兵权谋形势技巧家,因事立名,功用粲著,得火日外景之义,昼之象也。惟《易》道能兼含昼夜之数。于升降之变,非周公、孔子不足通乎。昼夜之道而智也。

昏昏与流俗处,志气为世故销蚀,恐亦堕入流俗矣,奈何奈何?

前夕,与子培论一代之士,常苦风气坏之,其不为毁誉所眩摇者稀矣。以卞忠贞公之节概自立,而时人以终日口含瓦石讥之,卞公卒不堕入一世云雾中,卒自拔于流俗,豪杰哉!

是日,知唐微卿在越南军中消息云,开营至牢马,拟往苏街,关外秋障尚盛诸军物,故大半可愍也。

往仓曹校一细字岁计簿目,为之蔑寇莱公《六悔箴》曰:"精力不早养,用时悔。"予之悔多矣。

趋曹,命台吏抄岁计簿,校毕训以写官之赀,京泉二十五千。

廿八日,秋节津贴奉泉发,列次等,得六十金。禄不足以仁其三族,亦未足以代耕,然不佞无吏才,谬迷于事,乃亦得为太仓之雀鼠,为幸多矣。

夜自校家中《食货志》,以后欲付之浑舍,敕勿复关白,得专其心,于昼了公家事,夜玩古人语言文字,以养天年。

甲申九月

东国冈君鹿门名千仞以星吾手书见访,并馈所著《东国近事本末》二本，记载笔亦不俗。彼土文人体格多生涩而饶古致。惜予未归，不及把晤作笔谈，拟写纨扇一头，所以微示文字相同之意。并字书一册报之。

游龙泉寺，寺中阮文达篆书一额云："正法眼藏。"又隶书额云："吃赵州茶。"结体蟠纡，入古气象亦宽博有馀。太平宰相固应如是。

读柳道传《待制集》，金仁山先生弟子也，待制以其学，授宋潜溪，潜溪授方正学。

耆欲溦溦，居心不净，丧德堕行久矣，不今之戒，后悔曷及。人禽关头，衽席刀匕之间，一小不慎，遂致失若丘山，汝其知惧哉！

读汪子大绅《三录》毕，美哉言乎！

答诣日本处士冈鹿门，与之笔谈良久，其人抗志不仕，愤世道之衰，邪说横流，乃东夷之贤者也。又云，大秦以西三十年前，译《四书五经》至彼，今颇盛行。近复译《大清律例》，经常之道，其将通于海西乎？又赠予袖珍地图一幅，其从子万里亦好文字，出缣索予作书。

拟议复出，使条陈折稿胸臆所欲言，第言之，不因以水投石之故，而遂废吾事也。

何子贞先生每早起临《浯溪中兴颂》。日临其半，二日写完。周而复始，虽大寒暑不辍业，自少至老如此。其从子婿童君说。是之谓有恒。前辈律己之严可法。

鹿溪居士见过，偶举康节先生语告予曰："快心事过必为殃。"又东坡语云："怕人知事莫萌心。"又元代一耆旧戒门生诗云："葱汤麦饭暖丹田，麦饭葱汤亦可怜。试向城楼高处望，人家几处未炊烟。"蔼然仁者之言，暖于布帛，欣然记之。

甲申十月

同官曾君言，曾文正公晚年知夷难方兴，命长君今少马公讲求四裔舆地、方言、政教、风俗之学，故少马博识方闻，如公孙挥善为辞令，通于四国之务，用能奉使称职，其素所蓄积然也。非文正长虑远鉴，焉能早见及此。

闻中岛行人雄极有才气,其论曾李优劣,使人心折。敌国有人,吾之忧也。

晤鼎父,君剖析事理极有经纬,听之忘倦。

《校补王荆公诗集》,李雁湖注本。名璧,字季章,文简公仁甫先生子,随手注解,仅得四十馀条,当续寻绎。

【眉批】此下九页半皆校补王诗注。

《寄蔡天启》诗:“东京一祭酒,收拾偶予惬。”公《字说》二十卷,久亡,不可复见。其说略为陆农师《埤雅》所引者,零文碎谊而已。东京祭酒,指永元中太尉南阁祭酒许慎,汴宋尊信《说文》,二徐而后惟荆公实有筚路蓝缕之功。山谷黄氏称其出入百家,文简而义深,宜哉!注引《石鼓歌》“濯冠沐浴告祭酒”为解者,殆非。

《戏赠叶致远直讲》诗:“樵夫弛远檐。”叶涛,字致远。公侄婿。“檐”当作“担”。《古乐府》:“行者观罗敷,下担捋髭须。”樵夫暗用《水经·浙江水篇》注王质观弈事。

《小姑》诗“小姑未嫁与兰支”云云,注谓小孤山。案:小孤嫁彭郎之误,其语见《归田录》及苏诗。然此首第二句云“何恨流传乐府诗”,则公所咏者,非小孤山也。六朝乐府有“桥梁绿水”“青溪小姑”之语,谓蒋子文第三妹也。公居二定林间,与青溪一牛鸣地,而所咏自指此。又《次韵段约之诗》云:“已无溪姑祠。”注引《舆地志》:“青溪岸侧,有神祠。”世谓青溪姑,杨盈川碑文,蒋家三妹。青溪之轨迹可寻,正谓此也。

训《王浚泉》诗“没羽之虎行林间”,谓石也,“箨龙”句谓竹。“循除静投悲瑟瑟”,承“没羽”句;“映瓦微见清潺潺”承“箨龙”句。“伐坚羌庐窟孱颜”,羌庐,匡庐也,避艺祖讳。

《司马迁》诗“高辞殆天得”,韩集《樊绍述墓志》于辞于声天得也。

《元丰行》"倒持龙骨挂屋敖"，扬子云《答刘歆书》尝作《灵节》《绣补》《龙骨》颂三篇，龙骨谓水车也。

《后元丰行》注，或谓公欲以此诗"彻神考之听，冀复相"，此谬论也。此晁景迂初见钦宗之言，疑晁学于温公，故毁之。

《明妃曲》注引王深父云云。案：荆公友王逢原、常夷甫、孙正之、王深父，多以公故，蒙世议诟厉。深父文已亡，于此见其碎金可爱，重想见其为人也。李注之可贵在此类，胜于施元之、任渊、史容之流。如次首注中辨范冲语《虎图诗》注，辨恐无讥魏公之事。观公《挽韩公》诗"幕府少年今白发，伤心无路哭泉台"句，是情至语，可知矣。公居家孝友之行，不可诬杨龟山讥介甫事亲，有洋洋自得之意，亦如范冲对高宗语，文致太深。雁湖多所辨正，诚德人之言也。予之补缀琐琐，特拾渖而已。武原张宗松青在刊本前载《宋史》本传，案史文有不可尽信者，如记王元泽语之类。李穆堂侍郎《类稿》中辨正处甚多。

《送张拱微出都》诗"肠胃绕钟山"，《吴志·孙坚传》注："坚母梦肠出绕吴阊门。"

《即事》诗："波澜吹九州，金石安得止。"赵邠卿《孟子注》："万物皆流，而金石独止。"《困学纪闻》已引证之，山谷诗亦屡用此语。

《凤凰山》诗"斗鸡走犬过一生"，疑当作"一生过"，于音节方谐。

《牛渚》诗"毁犀得祸却偶然"，当从王阮翁选本作："然犀得祸岂偶然。"

《书任村马铺》诗："尔来百口皆年少，归与何人共此悲。"此用韩文公《过层江驿》诗"目前百口还相逐，旧事何人可共论"之意。

《久雨》诗注引程伊川先生"风从东北来则雨，自南自西则不雨"云云。案：《易》"密云不雨，自我西郊"。程《传》云："东北阳方，西南阴方，自阴倡，故不和，而不能成雨。"与此文义略同。

《鸦树石屏》诗注引欧阳公诗，"乃知人为天地贼，天公有物藏不得"。此反用《阴符经》"天地，万物之盗。万物，人之盗"语。东坡公集亦有《赋欧阳少师所蓄石屏》诗。

《送裴如晦宰吴江》诗:“三江断其二,泽水何由宁。”《禹贡》:“三江既入。”据《地理志》、许氏《说文》,江水由震泽吴淞口入海,为中江;由海盐至馀姚入海,为南江;后二流皆堙塞,故云三江断其二。说详《禹贡锥指》及《钱塘三江说》。

《韩持国从富并州辟》诗:“有如持寸莛,未足撼鞺鞳。”韩诗“有如寸莛撞巨钟”,用东方朔《答客难》。又:“溪果点丹漆”,杜《北征》诗:“山果多琐细,罗生杂橡栗。或红如丹砂,或黑如点漆。”公及坡谷言语妙天下,然往往裁剪古人成语而伸缩用之。如宋玉赋:“长风至而波起兮,若丽山之孤亩。”公隐括为七言曰:“怒水凭风雪垄高。”又“嚱虎夜窥骡”,用韩《祭张署员外》文,语率此类也,此五字亦括杜句。

《寄吴冲卿》诗:“物变极万殊,心通才一曲。读书谓已多,抚事知不足。”《礼记·中庸》篇:“其次致曲,曲能有诚。”欲求致曲,以游艺入,以修辞出,则得其梗概,所以即物穷理,磨砻世变,以立事也。不知致一曲以通万事,而空语修心者,殆矣。天下事变之来,至赜而不可乱,故号物之数,谓之万积微抱,小可以通之图大,而不于其细者,终归颠踬而已矣。

《古诗》:“百绕有衰翁。”韩集:“起绕百匝看日斜。”

《送陈谔》诗:“外物有命真难必。”《庄子·杂篇》:“外物不可必。”

《赋枣》诗:“日颗皱红玉。”韩《城南联句》:“红皱晒檐瓦。”

《寓言》诗“不得君子居,而与小人游。疵瑕不相摩,况乃祸衅稠。高语不敢出,鄙辞强颜酬。始云避世患,自觉日已偷。如傅一齐人,以万楚人咻。云复学齐言,定复不可求。仁义多在野,欲从苦淹留。苦焉滞于俗,不能孤往从之,人事多所牵累,故也。不悲道难行,所悲累身修。”古之仕者,不废学致仕,则为国老庶老,以教于乡。今之仕者,恽子居所谓不过佞幸、酷吏、循吏三途而已,殆嚣然不可與居也。韩诗云:“诘曲避语阱。”又云:“蹉跎颜遂低,摧折气愈下。”又云:“居闲食不足,从宦力难任。两事皆害性,一生恒苦心。”韩公虑世网之足以伤性,而公则患撄世故久,择术不慎,如火销膏,与之俱化于定分,无丝发之益，而于道德有丘山之损，刻意厉行，似所得为尤深。

《始就诗赋科》一首，言当时人材之下，学术之陋，与今日异趋而通弊。

《农具》诗注引《史记·老子传》，索隐云：“蓬累，笠也。”今本无此文，疑佚。

又《牧笛》诗“落日一横吹”注：横吹，军中之乐。《江淹集》有《横吹赋》。

《平甫归饮》诗注云：“晁以道，字景迂，温公弟子。晚年尝语人云：‘日课识十五字。’景迂博学多识，未见其比，晚年衰病，尚勤如此，可以为法也。予尝喜杜诗云：‘读书难字过。’谓若陶公读书不求甚解，遇疑难之字，不复检寻字书也。予坐此病久矣，今读是注，欣然怀新，当思有以疗之。

《答陈正叔》诗：“予方慕孔氏，委吏久盘桓。”此诗当是嘉祐三年，公为度支判官时作。

《疥》诗：“呼医急治之，莫惜千金散。”六朝人喜服散，有五石散、寒食散，孙真人著《千金方》《千金翼方》。

《和平甫九华山诗四十韵》与《前游定林土山示蔡天启》诗，皆以押强韵见巧，如百金骏马，注陂蓦涧，复盘旋于蚁封水曲之间。欧公谓昌黎用宽韵则泛，及他韵如《此日足可惜》是也，用窄韵则抵巇出奇，如《病中赠张十八》是也。公诗源出韩、杜，而苍峭坚瘦，自名其家，故用韵亦时挥斥巉岩以角胜，公文亦源出韩，而各极造词之工妙。韩以气势磅礴胜，公以意理精深胜。所谓智过其师，方可传授，自成一家，始逼真者也。公文以阴柔之美，学孟子、韩子阳刚之美，故貌不袭而神理独得。

《寄曾子固》诗：“愿售无良侩。”《后汉·逸民传》：“侩牛自隐。”章怀注：“侩，谓平会两家买卖之价。”又：“凶祸费禳襘。”《周礼》注：“除灾害曰襘。”又：“大宗伯以襘礼哀围败。”

《赠上元宰梁之仪》诗：“民欺自不忍。”《史记·西门豹传》曰：“子产治郑,民不能欺;子贱治单父,民不忍欺;西门豹治邺,民不敢欺。”三子之才能谁最贤哉?辨治者当能别之。案:史公之意,以不忍欺为上。晋人尝伸论其指。

《与宝觉宿僧舍》诗:“岂止挟三言。”商鞅挟三术以钻孝公。又:《世说》王丞相过江,惟持三论而已。惟古人称一言或以一字当之,或以一语当之,公语意必别有所本。

《中书偶成》诗:“忽忽余年往。”《庄子·天运篇》:“余年运而往矣。”

《求全》诗:“此道今亡矣。”《记·檀弓》:“斯道也,将亡矣。士唯公门说齐衰。”

《壬辰寒食》诗:“巾发雪争出,镜颜未早凋。”山谷诗:“春不能朱镜里颜。”又坡公《谪儋州》诗云:“儿童错怪朱颜在,一笑那知是酒红。”皆善于写老态。

《杜甫画像》诗注:“公不喜李白诗,而推敬少陵如此。”《避暑录话》云:“荆公初未识欧文忠公,曾子固力荐之,公愿得游其门,而荆公终不肯自通。至和初,为群牧判官,文忠还朝,始见知。赠诗有‘翰林风月三千首,吏部文章二百年’之句。荆公答诗‘他日倘能窥孟子,终身何敢望韩公’云云。”观答诗不及翰林句,则荆公意有左右可知。

《和张舍人访净因》诗:“旁通兼数家。”《易》:“六爻发挥,旁通情也。”虞仲翔氏因之有旁通之说。

《答冲卿》诗:“诗懒犹能强。”杜句:“老去强诗篇。”又:“贤愚各有用,尺寸果谁长。”此言随器授任,则世无可弃之材。

《和子瞻同王胜之游蒋山》诗:“朱门园绿水,碧瓦第青烟。”注:此联句法甚新,必有所本。杜诗:“子能渠细石,吾亦沼清泉。弟子贫原宪,诸生老伏虔。”皆实字虚用之法。实则《公羊传》:“入其门,无人门焉者。入其闺,无人闺焉者。”两下句,门、闺字活用,已开其端。

《留侯》诗:“留侯美好如妇人,五世相韩韩入秦。”案:“五世”当作“再世”。《史记·留侯世家》云:“大父开地相韩昭侯、宣惠王、襄哀王。父平，相厘王、悼惠王。”二十三年平卒，卒后二十年，秦乃灭韩。然则良再世相韩五君，故下文云，为韩报仇，以大父、父相韩五世故也。公语微误。

公初年作诗，多随时发挥，诘曲排宕，取词与意适而已。为群牧判官，日得宋次道家所藏唐诗数十百家读之，遂精于句律。公尤自悔虚废日力于此也。如《段氏园亭》诗：“漫漫芙蕖难觅路，翛翛杨柳独知门。”乃点窜唐人“遥知杨柳是门处，似隔芙蓉无路通”句，然特擅出蓝之胜矣。

《移桃花示俞秀老》诗：“山前邂逅武陵客，水际彷佛秦人逃。”一事两用，源于谢惠连，“虽好相如达，不同长卿慢。”刘越石诗：“惟彼太公望，昔在渭滨叟。”

入海王村，见胡氏新刊《清隐山房丛书》。皆天文占验家言，为治者敬修人事而已，茫昧之事，未可轻信。

木与木相磨则火生，人与人相磨则智生。

子培斋中见贵筑黄子寿先生文两篇。刻在《近人谈荟》中。其一首为《书韩慕庐殿试卷后》，言其才力尽于时文，人品则不免卑庸。因极言时文取士之弊。其一首为《送王子寿比部南归序》，言士自壮至老，中间可用之精神才力多不过二三十年，与其汩没于仕宦，不若退修学业，抒所心得以立言，或反有益于世道。然则出处去就，不可不早决。斯言也，深有感于予心。

心气怯弱，予素有幽忧之疾故也。方将蠲涤世虑，读书养性以治之。

杜句：“仰面贪看鸟，回头错应人。”虽真率，不免颓唐。东坡居士用其意作二语云：“贪看白鹭横秋浦，不觉青林没晚潮。”枯寂之中转含华妙。

湘乡公晚年自警以“勤”“谦”两字，后又改用“劳”“谦”。人能每日允蹈之，一生受用不尽。不佞自省稍习勤苦，便怀傲然自足之心，谦下自持，又有颓茶不振之气。寻厥病根，不外乎责人厚而责己薄。故两药适足为两病耳。隰朋行己立身,自愧不若黄帝,而哀不己若者。彼之用心自居何等耶?而况予之少来烛武,本不如人耶。

以宋景文公之文学,犹自谓学不名家,文章仅及中人,不足垂后,又曰:“吾平生语言无过人者,甚无妄编缀作集。”此先辈蓄德之言,可为后生法戒也。不肖平生未始学,学方自今日始,乃时时妄作编缀语言之想,何谬误陋劣至斯耶?

作启答师友书札数函,心力短涩,觉甚劳苦,皆疲于吏役累之也。宜急求啬神早服之术。

年长接人事多于经籍,少有能记忆全文者,夜分少眠,辄背诵《论语》以自娱乐。今之为士,合于古人之义者若张铭斋、陈兰甫、兴化刘子三先生,殆不肯降志辱身者,与吾辈上之不能独行其志,下之不能隐居放言,盖降志辱身矣。若能不废读书,治古文之业以善其身,尤为言中伦乎。辞尊居卑,辞富居贫,尽掾簿之职分,其馀日力,学道养性而已,犹为行中虑乎。《隐逸传》中人,如鲍东海、葛稚川、孟诜、贺季真皆尝仕矣,然则仕妨吾志乎?

与世浮沉,惟酒可随时忧乐,以诗鸣人之情。无以导之,则陻阏而生疾;无以节之,则荡而失所守。高闲之寄于草书,山谷之寄于诗,皆达节宣之宜者也。

棣儿背诵孟襄阳诗,忽问渠:“何以见了明皇,便躲入床下?”“想是不爱作官。明皇到底赏他个官做否?”予闻之喜,儿颇有慧根,能识孟高士风趣。

早起叩齿三百通,晚饭徐行三千步,读书五十遍,温故养新。作字一百个,静坐半时,数息百入。惩忿,以养肝。窒欲,以养肾。慎言语,以养肺。节饮食,以养脾。思不出其位。以养心。

夜诵《孟子·养气章》。邵尧夫言《孟子》得《易》之用,以此。

《道德经》第一章:“常无欲以观其妙。”“眇”同,谓阴阳万物皆起于微眇,而成于著。常有欲以观其徼。徼如边徼之徼,物之尽处也。妙徼犹《易》之消息。自衰而之盛,物之息也;自盛而之衰,物之消也;自无而之有,物之妙也；自有而之无，物之徼也。王荆公读“常无常有”句，绝必有所受之。友人易实父引《庄子·天下篇》，建之以常无常有证之，叹为得解。俞先生谓，常、尚，古通尚犹上也，时而以无为上，谓见几而作，不俟终日，时而以有为上，谓行义以达其道。有无迭相为上，犹四时寒暑嬗代更王，不可不察也。观于小物，鸡痈豨苓，且时相为帝矣，况阴阳消长之大乎。君子外观物变，内观我生，操之有要于此，盖加慎焉。

读鼎父同年文集，其中《南郊赋》《慎刑说》，卓然名家，不刊之作也。

徐勉谓王融名高望促，不肯纳交，与傅兰硕之拒夏侯泰初，目为志大心劳，能合虚誉，不肯预于其祸者何异？君子择交，故贵有知人之鉴，慎之于早也。

甲申十一月

枚乘言“磨砻砥砺，不见其损，有时而尽”。世故之销铄人可畏甚矣。又云：“种树蓄养，不见其益，有时而大。”然则弃世所以全身，遗生所以啬神。嵇叔夜所谓“一溉之功”又可少哉？

人事太困，吏役不休，予心力疲苶，不能穷经，只能读史矣。虽朱子以为读史之功，当后于读经，闲是闲非没甚要紧，然不遑恤也，奈何？

读查注坡公集，长公天才信美矣。子由盘空硬语未易敌也。

晁景迁评王弼注《易》，以为不逮注《老》之善，其有馀不足之迹断然可见。盖辅嗣治《老》功深，且文简寻省易了，故有馀。治《易》功浅，且文繁研穷，难竟其不足之情，不可掩也。因此悟穷理养气工夫深浅厚薄自有火候，切不可助长。助长无益而有害也。近日，惟曾文正公穷理深、养气厚，故身存其事，举身没其言立。浮丘公才气有馀，于事理天得也，故亦足趋事赴功。苟自忖学识不足，毋轻试事，颠蹶立见。仲长统有雄志、无雄才之戒，不可不察也。

人不可一日无师友夹持以养吾智、励吾德，并世常所来往如弗卿之不近名,鼎父之暗然力行,子培之辨通,蕙客之善审文章机轴,逸吾之博识国故,兼取其长,而以经术古文为本,亦轻身益气千金散也。

士一有近名之心必败,近名则气浮嚣,浮嚣则衰至而骄,多所陵忽,不败而何?知我者希,遁世无闷,乃为贵也。

同列钱青甫,每日温经《易》《尚书》《毛诗》,周而复始。今日喜得师。

风定老人终日危坐,如临大敌,接物则视言手足之容和而肃,盖食息与人同而神明与人异者也。高伯平先生。

义利之途犹燕粤也,久处困顿交战于中。甲申十一月十九日,始决定大计,将之燕不之粤。既识路,又疾驱,予盖力弱而不自量;路既远,而宵征在能继夫糗粮。糗粮者,以志帅气,志为之坚车,气为之糗粮也。是役也,河东君颇助之,塞歧旁筑新垒,因早起检《张蒿庵先生传》中朱孺人故事示之。欲培养家运,须勤修己身,为子侄法,方可气脉悠久,遵先志也。总以秋冬敛退冲淡之气,超然荣利之外为宜。

度支长官派充看详条例,敬思量而后入之义,以不胜任辞。

长官不允辞差,予素乏吏才,殊以为苦。

右臣给谏又诒书辨《古文尚书》,具笔札欲作答,以爱惜心气而止。

闻朱竹石为大臣所辟将召用,可喜也。

六经、曾、孟之文,笃其实,而艺者书之,德博而化,充实不可以已,故也。常无首无尾,不主故常,故蹊径难寻,而问途者鲜;若稍有蹊径可寻者,荀、贾、董、刘、韩子、朱子,则理势兼到,喻法两明,穷理深养气厚,于道艺二者磨砻浸润,真积力久,故根本盛大,而出亦不可穷矣。《战国策》及晁错、杜牧、苏洵以下,则不足于理,不能不取有馀于势以张其说,末锐而本未丰也。濂洛之文则于理有馀,于机势似不足,语道而薄器,得精而遗粗故也。曾文正公谓古文之术,无施不可,独不可以之说理,洵知言哉。盖欲治是业,但务穷理而不能尽知其利病机轴,审曲面势犹不能工也,此方氏、姚氏所以留心于义法也。义法者，立言之序是已，若云有物，则又非源本六经三史，集义养气，积毕世之力以赴之不为功。古文以言简意深，刊削枝叶为最上之境，《六经》《孟子》无枝叶，故难学；荀、扬不免有枝叶矣；八家枝叶尤多，而韩子健于造词，能务去之。所谓约《六经》之旨而成文，盖八家功夫，俱从有枝叶以渐入无枝叶者也；归、方则又专务去枝叶，而根本处卑薄，反致波澜意度不壮阔。

钱青甫每日温经两页，收敛放心之良法也。车中兀坐，客位假寐，皆可行之，不知于温故中养新知，虽得之必失之，安能汩汩然为我有哉。

前日在董仲默许见右军真迹，与人书数行，纸裂如蛇附，未必真也。然前有周益公篆，后有唐相张嘉贞跋，宋人跋尾尤多，王梅溪自称前身食肉阇梨，不善书，然字迹甚伟丽可喜。

是日过堂，纷纷藉藉，官味有如嚼蜡。到此须用定静冲敛、截断众流工夫，慎勿茅靡波流，自投火宅剑炊中，至无尺寸安身立命处。

融斋老人诗云："自立问宜何处所，无楼无阁得天光。"此言乐天知命，善于立身者，不必有凭藉也。孙夏峰先生自赞云："隐不在山，逸不在水，隐于举人七十年矣。"此言处境莫安排，裁一萌安排，心便生出无数忮求，无限障缚也。古德言："未识道而先居山者，但见其山，不见其道。未居山而先识道者，但见其道，必忘其山。见道忘山者，人间亦寂也。见山忘道者，山中乃喧也。"坡仙云："惟有王城最堪隐，万人如海一身藏。"何必深山之中、蒿藋之下哉？

先师瘖崖子平生立志自守，以志士不忘在沟壑，及遁世不见知而不悔，二语真铁汉哉。是所谓"举世誉之而不加劝，举世非之而不加沮"者，贵有坚定不移之识力，方可学步。一有近名之心，则气浮傲长必败矣。

以静制动者，事少而功多；以动制动者，事多而功少；以微治著者，虑简而用神；以著治著者，虑繁而用窒。

苗待耘而成实，然而助长者速枯；卵待孵而为雏，然而速化者伤抱。《震》《巽》之世，雷风特变，君子处之不失其常道，洵善矣。然而《恒》之初六一爻，位卑能薄，以始求深而获凶。盖宜退而进，当默而言,当诎而求信,凶之道也。若牛缺、京房、夏侯泰初之类是已。牛缺死于盗,京房死于术,皆躁于求深而凶也。且孔子遇迅雷烈风甚雨必变,而夏侯乃疾雷破柱,颜色不变,岂夏侯之德器能过于孔子哉?不知当以变易之道处变,而强执不易之道处变,外善为宏廓挥斥之概,内不存小心敬畏之诚,此泰初所为,卒以几事不密罹祸也。故笃守修身俟时之道者,常畏天敬人,虽刀匕之间,衽席之上,亦不敢慢忽,不怼上,不亵下,毋急功,毋近名,毕生兢兢翼翼。吾力所能为之,常道以御时变而已。故学求速成者败,仕求速化者败。

甲申十二月[①]

是日,批寻邸报,恭读谕旨,严定微员不得越职讦告疆臣之罪,令甲森严,谨节录于左,以为非居言职者例,得陈请长官代奏之式。

光绪十年十二月初八日,内阁钦奉上谕,恭读仁宗圣训。国家求言之意,原冀各抒谠论,然必定以官阶予以限制,嗣后不应言事之人,不得妄行封奏,违者按律治罪等因。钦此。于广开言路之中,严防淆乱观听之弊,嗣后不应具折人员,有怀欲白,著懔遵。咸丰三年二月十一日。

谕旨由该员具呈各该堂官,酌定再行代奏,不准自行具折,以符体制等因,钦此。

【眉批】此篇已入文,惟文中无“谕旨”,或以此校注,或存入日记可否?待酌。

读甲申十二月邸报私记

谨案:经传言工箴蒙诵,皆得各执其业以谏。又曰:天下有道,庶人不议。位卑而言高,罪也。一以通下情、揽刍荛而勿弃,一以戒滥

---

① 原文无“甲申十二月”,据文意加。

听、惧不密则害成，前王于二义常两用之，于兼听赞明之中，仍示名分不愈之制，皆所以正名尽辞，尊崇朝廷也。至古今事体异，宜谏院起居，门下封驳，既特设官品，散员外吏，各治其职。农有越畔之嫌，言存出位之戒，后王之制，冠履有叙，嬗代加密，世薄风漓俗不古，若所以防下陵上替，势亦有不得不然者。窃惟雍正朝及乾隆初立法最善，既戢浮言不靖之风，复收疏通知远之益，其时鄂尔泰曾以布政使、李卫曾以益盐道、陈宏谋曾以扬州知府，皆缘试政廉平，治行优异，仰蒙特旨，许上封事陈奏利病，而令甲疆吏、无状藩臬，得直揭部科宪垣，代奏士庶条陈，又如古肺石登闻之制。臣愚以为，国家纳言事体，所以防壅蔽、广聪明，宜仿雍、乾旧典，损益行之，庶上收匡遗补阙之益，疆吏去尾大外重之渐，其贤而品秩稍微者，亦得荷旌异特达以劝善效能，而造言乱政、析文破典者，自不敢妄作于下矣。

理财之术，莫善于轻重敛散四字，轻则以术敛之，重则以术散之，常平仓其遗法也。源于孟子，著于管仲、李悝。若均输青苗、社仓之类，非尽法之弊，殆得其人以行之为难耳。

同乡樊介轩宫允以言事获遣，吏议镌一级左降。窃以为失用法之平，予非言官，例不许论列，私用忧叹而已。

去年冬，唐、徐督师失律，本日会审，大臣覆奏。奉旨钦定罪名斩监候，秋后处决。学士张公坐滥保非人，革职，且缘另案，须来京听候查办。国法森严可畏，张公曾为府主，私窃惊叹。左公、李公及座主南皮张公，亦奉交部察议之，谕皆坐滥保之咎也。

凡察人材、能论事者，如包、魏诸人是。与能任事者，如近日骆文忠，文文忠。其器局、柢蕴、气象、言语绝不相同。天资高明者，于论事宜然，常图远忽近，及其弊也虚骄；天分湛潜者，于任事宜然，常明小暗大，及其弊也拘窒。故高明者，常利于行而流失大，湛潜者不能创为一事，亦鲜偾事。费祎不如董允。近日名臣惟湘乡曾公、益阳胡公为兼有高明湛潜之资，故所成就大。京曹不可久居，于地方利病少阅历，隔膜太甚，不足以砥砺学识，坐致空论歧出，抑亦败坏人材，欲通经世之务，其惟从牧令起家乎?康熙中名臣多涉历州县,所以能在上则美政,居下则美俗也。善御众材者,能使少者之胆决,以老者之智持之。智者创法,仁者守之,则去其两短,用其两长。庶无败事,亦鲜弃材矣。

占验家云:"甲子丰年丙子旱,戊子虫蝗庚子乱;若逢壬子水滔滔,只在正月上旬看。正月上旬若无子,朝里大臣去一半。"末两句,今年正月上旬无子,大臣数易,正应其占,明年正月亦然,可忧也。

与文户部书略云:近邓鸿胪将得罪去国,《传》曰:"善人,国之宝也。"朝邑公负天下清望,有护持善类之责,想能力为斡旋。若使九流溷浊,君子道消,则夸毗将长,授佞臣以谐媚进身之阶。耳目不灵,予疆吏以肆行无忌之渐,如是则上下雷同,是非相蔽,乱亡之征于斯兆矣。相国纵不为救时计,独不畏千秋物议追咎当国之人乎?幸为我语公,勿贻后人口实也。

鸿胪邓公以上疏论救樊恭煦,奉旨严加谴责。

夜与外姑闲谈吾师融斋翁,曾与一释子秋航相善,秋航居京华,不免世故,弃俗与人围棋,不问棋技高下,常输半子,实则国工也,所居门庭萧寂,自署云"不死只得活,无荤亦吃斋",其玩世寄傲甚矣。

投书时宰,极论谏官不宜轻黜。

【眉批】文中有《上阎中堂书》。

古之志士庸言之信,庸行之谨,汝则矫庸为奇,将媒一世之诟病。古之仁者,行有枝叶,言无枝叶,汝则行卑而言高。吾惧其残生伐性,惟去盈以就虚,复药躁而返静虚,故能炼刚为柔,而兵兕无所投其刃,角静故能居晦,观明而四支百体各从其律令,夫是之谓道槃。

邓鸿胪恩旨免其降三级调用,改为革职留任,将来遇有恩诏,可冀开复。

王献之风裁清峻,至不欲与习凿齿同坐,又不肯署太极殿榜。江敩、谢瀹一见僧真至,即命侍者趋床远客。周伯仁腹中空洞,可容王茂宏辈数百人。士生今世,为当世之所贱辱,索索无气,安能复而,然此中啬养于平曰，其浩然独往者，固不可得而挫折也。

予师寤厓子曰：不能经世，当求出世。显晦之迹，止此二途。慎勿自欺欺人，饰智惊愚，转致歧中生歧，终身迷误，不得闻道。譬如躁猿陷棘，痞象溺泥，一旦黄蘖作鞦，悔之晚矣。回思此戒，犹闻清夜霜钟。吕成公云："出者难工，处者易持。"能知处者所以易持之故，则知此言有味。苟能坚守是理，虽有拱璧以先驷马，勿与易也。若出者之所涉历，立身一有不慎，万事瓦裂，岂仅难工之足患乎。

昨夕观黄山谷《书阴道人诗石墨三章》，不胜怀叹，以朱子与蔡元定之贤，立身万寻厓巘，犹以研悟《参同》太晚为憾，况自顾出处之间，一无所得者乎。

乙酉年(光绪十一年,1885)

乙酉正月

湘乡曾公曰:“天道恶盈。”又忌太露,然盈为之根株,露者,其萌芽耳。天道恶贰,天道恶巧。此三失者,予自审度皆有之,而贰之为病尤甚。贰者,或作之或辍之,无恒心也。用是惧终不免于咎戾。盈之病,惟劳谦可以救之;露之病,惟不杂学可以救之;巧之病,惟不妄干进,少可补救。

前派充东廨电报班,不分昼夜,随到随译,颇以起居无节为苦,然此亦坐予懒惰成性,不耐劳,故转以为病耳。充此恶劳好逸之邪心,几何其不弃君子而流为小人之归乎?贫贱忧戚,玉汝于成,横渠斯言不吾欺也。

季子生数日即殇,家人欲裹以草帘,投诸郊外,饱狼犬之口,予甚怒。《礼》,周人以有虞氏之瓦,棺葬无服之殇,虽生未三月不为殇,然似可以殇例。君子于犬马犹垂帷盖之仁,今乃人道并不如犬马,可乎?时同年吴介堂太史督理吾浙义团,因夜往商之,取券归,预戒用人,明早瘗之。

殇子砖铭

刚日生,刚日亡,未咳名,袁氏殇。择不毛,葬无服。嗟委蜕,此归复。

得凌子与手札,述叔迟病状,复代叔迟寓书于予,与予诀别,以弱子相托。省览其书,署腊月十二日。屈指迄今已二十馀日,不知存亡,为之堕泪。夜作答子与书,托以叔迟后事,并寓书高宅。

大字奇逸，无过《瘗鹤铭》，惜予所蓄，非未出水以前拓本，殊不佳。隐居此书，气敛而势耸，非模帖二王软媚之骨所能希风万一。阮公"北碑南帖并称"之说，非笃论也。此铭及萧憺《神道天监井栏》，滇中大小二爨，独非南碑乎？何尝有一笔阑入二王赝迹乎？文敏言今世所传《乐毅论》小真书，正合使作秘阁小史，供驱遣笔札耳，故知阁帖非殷铁石恶札，即王著，伪造全失二王真面也。张文敏、米元章之书体大略与《鹤铭》违反，气纵而势疲茶不中，与郑道昭作陪台。盖书者亦因艺见道之具，不称其公称其德耳。

前日所见画赞，今复审谛缺泐处，经拙工描涂，果赝物也。朱子即言，平生于画赞未见完善，石拓此本，神采全失，市侩伎俩深可鄙笑。见黄勤敏山水便面、王蓬心青绿溪山短幅，秀逸近古。

予素性病褊躁，每遇家人生事，凌杂米盐，尤不可耐。今夕坐觉肝气逆上，薄饮后走访止潜不值，又过子培，谈至四更，生趣畅然。今夕可谓实而往，虚而归。心要虚，虚则由静生明，否则虑烦气茶，转多败事。

子培言世故恩人，往往阻孤往之兴，良由事势使然。鄙意窃谓，惟务平易近人，洞彻使人不疑。乃能纵心孤往。此中消息，试共参之。平易两字，煞有工夫，须从庸言之信，庸行之谨入手。

公朝见朝邑相国，申理去年腊月廿四日上书之语，相国逊辞垂答，不佞以越分言事逊谢。少当事长，贱当事贵，不肖当事贤，反是者谓之三不祥，此古之通义，非阿世而谄也，特有分际存耳，吾子孙其知之。

问市南宜僚，天下何事最难著力？答曰：习坚苦，耐澹泊，此最难能也。从坚苦澹薄立脚，此先正相传咬菜根法也。亦即为道日损之说，不损则何能益乎？此消彼长，物理之自然也。此秘密意，千金勿以传人，人亦问途者少。问其次，曰：心虚气静为难。才士所以博溺心、辩丧志，操有馀之资，骛于无涯之智，而未知所税驾，憔悴一生，卒无安身立命处者，用心不虚，养气不静故也。难者勿避，易者勿从，此八面受敌法也。

《放翁集》果有绝胜处，非坡、谷所能掩，农师先生博涉字学，放翁习闻之，故每下一字，亦审谛不妄，读之殊不厌也。不学道，无自得之宗趣而能文者，古今无之。

买得明人刻《汉七家文钞》，杨子云、王子渊、张平子、蔡中郎、孔文举、魏武帝、诸葛忠武侯。又得颜公《蔡明远帖》《鹿脯帖》，又董东山尚书山水小册十二片，笔意淡雅。先大父复初公手藏尚书父子真行书及画幅极多，缘吾家与富春相去仅十牛鸣地，故墨迹易得耳。今兵火后，寒舍手藏零落，无复故物，可慨也。

夕宿沤簃，此耳舍在典客署寺之西偏，原为规综戈船边务而设，今事多废弛，乃以予疏慵多病之身，时时栖泊其间。昔僧图澄以时人为海沤鸟，予则安能？殆自视若泛泛水中之凫而已，故戏为名之如此。

读欧公《集古录序跋》。《张仲器铭》云："方仲之作器也，岂必期吾二人者哉。"谓己及刘原父。盖久而有相得者，物之常理尔。是以君子之于道，不汲汲而志常在于远大也。又《书王献之〈怀素法帖〉后》，谓后人弃百事而学书者，疲敝精神于无用，真俗士也。此与《送徐无党序》同指，所谓文章止于润身，政事可以及物也。唐太宗不云乎，"偶学临池，犹胜弃日"，盖博弈犹贤云耳。欧阳公所云，亦犹行古之道也。

王虚舟吏部言，藏锋之与中锋，二名而实一义。学书者入手须作双钩渐进，至锋行画中，乃得始《艮》终《乾》之妙。古篆今隶，同出一源，所谓铁石陷入屋壁中及印泥画沙之喻，皆是物也。坡公《墨妙亭诗》所云"中藏棱及细筋入骨"云者，皆明拈中锋藏锋之诀。至云字外出力者，特形容其轮廓铠仗之外，无字画空白处气象尔。盖犹之君子立言，有言中之妙于所不言，与言所不及又有不言之妙耳。作书之诀，则尽于上下文七字也。偶有所悟识之，以俟精于此技者。

《孟子》曰："学问之道无他，求其放心而已矣。"此语意理甚圆，亦可转下一语曰：求放心之术无他，学问而已矣。学以聚之，问以辨之。杨子云言："心离书则神索。"张横渠言："言有教，动有法，昼有为，宵有得，息有养，瞬有存。"而又谓："书以维持此心，一时放下，则一时德行有懈。"伊川先生言："不学便老而衰。"此皆以学术治心养气之证验也。我朝仁庙天纵，生知好学不懈，虽经三藩盗兵，军书批答宵旰倥偬，而无一日不亲御讲筵，无一时不怡神六艺，亹亹穆穆，遂开二百年太平基业。寒暑积而四时成，岂一朝夕之功哉！数本朝人物，以康熙为盛，无他，圣德作人之泽，学术宰世之功也。近日名臣惟曾文正公，于金革崎岖之际，亦不废学，故闻文正之风而起者，必能有所成就，诚御世立事之要术哉！拓跋珪问博士李光曰："古今何物最益人神智？"对曰："其惟书籍乎。"于是魏始求遗书。魏武帝、唐太宗皆处军中而能勤学。国初顾亭林先生出门辄以二马二驴载书自随，平原旷野，每朗诵九经三史，自少至老，无一刻离书。故知士大夫不说学，衰世之征也。

癸未十二月，同文馆总教习丁某问予：天主，《史记》已载之，中士何得不信，臆断为无。予斥之曰："无论《封禅书》所言阴主、阳主、日主、月主、天主、四时主之名附会不上，且彼乃方士所述，以九山强主八祀，取地祇而冒天神六宗之号，名实混淆，又足为典要而援以为解乎？"寻览载记，惟祆为胡神，及休屠王祭天以金人象之，及《楞严》所载婆罗门教有天主之名。或云即桑门所谓天帝释也，此三者稍为近之，然非中夏之所有也。"丁怃然色沮，予因告以六艺之指以慰其意，将使逃墨入儒也。补记于此。

光绪改元，遣使告祭五岳、四镇、四渎，及长白山、松花江，张著作文，以祭文旧式示予，皆凑泊骈语，饾饤成文，且云格式不得擅改，句之多少亦不许增删，遂每篇略易数语付之。夫望于山川，秩加公侯，礼既殊异，文宜典雅，乃以俳俪之词使祝史陈之，殆非所以将敬有司之失也。

唐人刘复愚蜕实，桐庐人也，《八代文钞》内载蜕文，俱采自姚铉《文粹》。《北梦琐言》载舍人事一则，云家世不祭其先达，礼伤教殊，可异，殆流俗讹传耶？

国朝人说经，荟萃众说，欲与萧梁、唐、宋诸儒义疏相抗者，《易》有惠氏栋、张氏惠言、姚氏配中；《尚书》则有王氏鸣盛、孙氏星衍；《毛诗》则有陈氏启源、陈氏奂；《大戴礼》有孔氏广森，内《曾子》十篇，阮文达注最详;《小戴礼》则有金氏榜、金氏鹗,《仪礼》则有胡氏培翚及门人杨大堉。友人胡君培系竹村先生之族弟也,欲为《小戴》作疏,未成。近同岁生孙君诒让欲为《周官正义》,亦未成。《左氏春秋》则有刘氏文祺、子毓崧、孙寿曾;《公羊今学》则有孔氏广森、陈氏立;《穀梁》则有柳氏兴恩、先师钟氏,及友人梅君毓;《孝经》则有阮文达;《论语》则有刘氏宝楠及子恭冕;《孟子》则有焦氏循;《尔雅》则有邵氏晋涵、郝氏懿行。

今日阴寒,予心怦怦然不适,愁坐久之,由感念同乡知旧然也。鼎鼎百年,欲于何处觅坚牢坐。

竟夕不寐,良由心浮气躁之故,能主敬则心自敛,气自静,病乃无隙而入,故敬者所以凝摄志虑,坚固筋骸之良药也,予未能行之也。

蔚州魏敏果公尝论谏垣之职,条陈、参劾二者而已,条陈当记后日之利害,如目前有利、后日有害,不宜言也。参劾当论平日之贤否,如素称贤者,偶有微愆不必苛也,此二事可书以为谏官者法式,察理甚精,用心甚平。寒松老人毕生以"循礼、守法、安命"六字自励,故能以令名终常,保浩然之度,良有以也。

长官鉴其况瘁,免其译电之役,稍得啬养目力矣。此后每日吏牍之暇,可以温理旧业,虽不能日知所亡,庶获涵养新知之益。

乙酉二月

庆邸教卜日,命下走诣府邸议外海水师事宜,昶以不习兵事谢。复告各长官,以朱笥河不谒金坛例,所言公似宜于公朝言之,私往邸第非便。邓公言春秋上卿之家有私朝,此以公事往何害?予逡循而退。

予少时体气清羸,中更忧患,气息裁属,近仍有风欬,肺逆怔忡气喘之疾,《孟子》曰:"养心莫善于寡欲。"《荀子》曰:"养心莫善于诚。"近曾文正公言:"却疾之方莫过于以志帅气,以静制动。"惩忿窒欲,其目录也。忿、欲皆欲也,中有欲则必不能诚,阳消阴扰,元气索然矣。

惩窒工夫，乃以静制动之事，非具有坚忍有恒之志气，不能从事也。陆放翁平生善于啬养，寿至八十六。诗人老而逾健，无有过于陆者，尝作诗云："倩盼作妖狐未惨，肥甘藏毒鸩犹轻。"真得道人语也。光绪乙酉二月初四日渐西謦叟书于沤簃。

夜校朱子《参同契考异》，附释一二，未必有当也。校朱子《阴符经考异》，附记浅臆一二，以资儆玩。

朱子释《阴符》："至乐者无事，故性馀裕而能先天下之忧；至静者无染，故性廉洁而能同天下之患。"此与蒙庄言："道之真以治身，其绪馀以为国家，其土苴以治天下。"又言："善尊生者，虽贫贱，不以利累形；虽富贵，不以养伤生。"又言："古之得道者，穷亦乐，通亦乐。"所乐非穷通也。道得于此，则视穷通为风雨寒暑之序矣。此类同指。能爱其身者，乃可以托天下，非至私不能成至公也。

朝邑相国垂语用兵之害，何以立国？予谨对曰："保境息民为先。诸葛公承建兴初凋残之后，惟务闭关息民，务农殖谷，以固基业。今可师其意而行之也。搜资宝，明赏罚，黜游谈之徒，进仆忠之士，此为亟也。"

吾邑胡莘田从舅谨如、从外兄聂子樗明经并作古矣。杜公云："昔去为忧乱兵人，今来转恐邻人非。"惊叹之馀，将来归计殊难决也。

自庵周先生所补正范书章怀注，佳处极多，自序谓章怀太子若于瓜摘抱蔓时回念，不如仰屋著书之日为有味。论古人乎？抑自寓身世也？公见道深矣。

融斋先生《艺概》论书二百数十条，今日重校附识，臆见十数则。

过鹿溪君，近来清修甚似二林居士，语予曰："凡百家杂艺，欲从事其学者，当先审正脉之所在。正脉者，犹群山之必有主峰也。杂学且尔，何况汉宋大儒哉。"予闻之悚然。

吾四十头颅欲白，自粗知向学，至今中历十八寒暑，德、行与艺，是三物者，自度孤露残生，不克窥见万一，情犹可恕，乃于"窒欲惩忿"四字上也不能做得一两分工夫，汝何面目苟存食息，古有九分人，今乃有九分畜生乎。

途遇鹿溪言,曩有一曹令,君曾见林文忠公为陕西提刑日,每决狱比事,先戒老仆捧方版出置几上,公每判牍,常谛视而后行。曹一日牙参得闲,就视,则版上大书“止怒”两字。盖公父手书以诫文忠者。吕新吾先生恒云:“定火犹止怒之意也。”缘喜而赏,赏必僭缘,怒而刑,刑必滥,克治存养之功,盖难言之矣。予思《庄子》云“众人焚和”,与此意正同,能戒焚和,方可剖析事理,体恤人情,否则偏僻乖戾,百应百错矣。

周自庵先生于两汉书致力最深,今逸梧复尔。因自叹见恶之年,一艺难成,夜觉晓非,今悔昨妄。余平生尝有志分类抄事,其发节要旨,宜如唐贤《群书治要》,其馀分件系宜,略仿马氏《文献通考》,晏元献公《类要》体例,惜不可见。然少壮之年,多难流离,入中岁来,人事困顿之馀,爱啬养精力,不欲复耗心文字,游于道释之间以自全,不能专气致柔,从事斯语矣,如之何,如之何?

观《乙瑛碑》拓本。西汉人少碑刻,不近名,故风俗朴厚;东汉人碑碣埋铭始多矣,然不署撰人及书者名,惟石经奉敕勒石乃书名,犹为近古也;唐人则无不署名矣。

赞皇县坛山刻石,原石久亡,欧阳公《集古录》始收之,其时石未亡也。荆公诗:“谁珍坛山刻,共赏《兰亭帖》。”言世士不好古,徒逐流俗,耆俗书,趁姿媚也。

闻北户诸军大捷,谅山收复,虏酋重创。笏箖首谋之人,斥退国疲民困、众怨所归故也。真“漫卷诗书喜欲狂”矣。

校书尽一本,甚吃力,后世子孙知吾苦心,如借及鬻之,甚为不孝也。

得张乳伯书,知叔迟兄柩归葬溆浦,家属往依丁征君于杭州也。征君义高,予以为愧。

伊川《易传》以人事切于日用者明之,而罕及象数,此用意深厚,且亦古法。许祭酒叙次六书,首指事而后象形,先以人事之大,近取诸身者明之，然后仰观法象，远取诸物，亦先卑迩渐推而及于高远也。

退谷《消夏记》阅毕，此书有承平王孙气象。耆旧风流，亦是润色国家不可少之事，卢抱经先生一序赞叹，乃为尽之。

黄蘖心印云："过去者不可思，是过去，舍；未来者不可思，是未来，舍；见在者不可思，是见在，舍。所谓三世俱舍。"予为转下数语云：去来、前后、四际，皆须截断，下雄猛力舍之。惟见在，光阴虽一弹指，顷须直下承担，实修实证，决无舍理。古人为学，贵有辉光日新之功，若并见在而舍之，则是弃日堕行，永沦恶道，不可为训。所谓止此一事实：见在，馀二则非真也。

痔疠为患当治之，以杀三尸虫为要，湿阴欲出，浮阳与之，战而不胜，遂生此疾，熊经鸟伸，转动摇撼诸关节，则虫自消灭，亦千金方也。

作乐府古诗法，至杜子美而变；碑、碣、论、赞文体，至昌黎韩子而变；隶书、楷法至颜鲁公而变，皆出新意，以上追汉人气格，下开宋初正脉，古今艺术升降一大关捩也。后人不善学之，风气遂日趋卑薄，故学杜而至于槎牙粗硬，诐怪百出，其流失极于江西派；学韩而至于纯用单行肤浅复沓无意义，桐城派及朱梅厓不无得此病焉；学颜但取气势磅礴，描涂刨刷，欹侧取姿媚，其中波磔钩勒，汉晋以来左规右矩之意，遂至荡然，石守道、米元章诸人不能不任其责，而古人之形质尽变，法度亦随之亡矣，是岂创法者之过哉。

后汉赵元叔以为草书之兴，非圣人所造，缘秦之末，刑峻网密，官书烦冗，故为隶草取急速耳。今之学草者，废仓籀而习杜、崔，私书相与，犹谓迫遽，故不及草。草本易而速，今反以难而迟，失指多矣。凡人气血筋骨各殊，心有疏密，手有巧拙，书之好丑在心与手，可强为哉？夫杜度、崔瑗、张子伯英，皆有超俗绝世之才，博学馀暇，游手于斯。后人不察，专用为务，十日一笔，月数九墨，领袖如皂，唇齿常黑，然其为字，无益工拙，何异效西施之颦，捧胸增丑；学赵女之舞，失节匍匐哉？且草书之人，盖技艺之细耳，朝廷不以此科吏，博士不以此讲试，徒善字，既不达于政，而拙草亦无损于治志，小者必忽大，岂若用之诹经稽历,协律推步,兴至德之和睦,宏大伦之玄清,穷可以守身遗名,达可以尊主致平哉?

【眉批】右《非草书文》一首,爱其事理通达,文辞简古,撮写其要指如右。

营兵之枪操,不如市人之白棓;官书之撰集,不如私家之述作,其用心真伪不同,故良窳迥别也。故任官授事,先贵有以激发其心,分非素结,则莫肯输款吐诚,虽有簿书期会,令甲戒饬,面从而已,此事之所以不治也。

陶隐居自言,性本博涉,而不能精。昔患无书可看,乃愿作主书令史;晚爱隶法,又羡典掌之人。人生只此数十寒暑,藉令识解不能周流天壤,区区惟充恣五欲,实可耻愧。魏文帝《典论》云:"文章,经国之大业,不朽之盛事。年寿有时而尽,荣乐止乎其身。二者必至之常期,未若文章之无穷。是以古之作者,寄身于翰墨,见意于篇籍,不假良史之辞,而名声自传于后。韩文公诗:"著书自传道,不仗史笔垂。"故西伯幽而演《易》,作系词上下篇。周旦显而制礼,周公无《易说》,《周礼》一书,盖成而未行者也,故以禄田之制考之,龃龉难合。不以隐约而弗务,不以康乐而辍思。夫然则古人贱尺璧而重寸阴,惧乎时之过已。时过然后学,则勤苦而难成。而人多不强力,贫贱则慑于饥寒,富贵则流于佚欲,遂营目前之务而遗千载之功,日月逝于上,体貌衰于下,忽然与万物迁化,斯志士之大痛也。"蒙庄云:"善吾生者,乃所以善吾死也。"《大戴礼》曾子曰:"君子少思长则学,老思死则教。"详览贞白之论,子桓之言,皆疾没无称之意,然观欧阳公《送徐无党叙》,又恤然若失矣。

马季长《西第颂》、陆放翁《南园记》,挟高才处浊世,终为有力者所牵去,故知王子敬不肯署太极殿榜,蔡君谟不肯书温成皇后碑文,固由清峻自持,亦缘其时君相贤,而能爱人以德,故不见促迫也。忠惠辞敕之辞曰:"此待诏,职也。儒者之工书,所以自游息焉而已,

《礼》云:“藏焉,修焉,息焉,游焉。”岂若一技夫役役哉。”嘉庆中张先生惠言官编修掌院学士,檄令篆裕陵地宫册宝,先生力争言须特诏,并赏给驿马以重其礼。呜呼!士大夫知自重而后气节生焉,可视同俳优耶?

昨日答诣张侍御,予有失言,妄臧否人物,言一发口必为殃矣。古语云:“快心事过必为殃。”汝不惩邪,而呶呶以害其生耶。湘乡公为京朝官,每日自课以十二事,其一曰:慎言。自注云:刻刻留心,第一工夫。盖失言多则戕气,不慎言者,决无以力养气根基也。故欲从事治心养气之术,必自不妄语始。

能以禹墨为体,黄老为用,则身不絓于世网,而于人事或多裨益。鸡鸣而起,孜孜为善,怯于耆欲,勇于行义,此以禹墨为体也;冲虚俭啬,全不肯役精神,朱子论道家语。虽有荣观燕处,超然立于不敢而行于不能,凡作事必缘于不得已而后起,此以黄老为用也。或问如此似两害。答曰:不近名则两全矣。

南朝破窠隶书,以风韵胜,《鹤铭》是也;方寸隶,若《天监井栏》《旧馆坛碑》亦然。始兴王萧憺诸碑,使转处不及《鹤铭》之劲朴有力。唐楷以规矩胜,乐石之文少作行书者。李北海诸碑,唐人鲜称之,至东坡始表章。宋人无楷隶,所作多行书,波磔渐以姿态胜矣。

谢程秋曹启

【眉批】或入简尺。

黄氏楹帖,承代作隶书,气母群物,体含众妙,使姜芽之戈磔冒插花援镜之姿;布算之形质,饰飞鸟惊蛇之势。拙步顿媚,丑颦成妍,昔常何作奏,仗宾王之瑰辞;曹洪报书,倚孔璋之逸藻。无实剽声,殆同曩辙,以荣为丑,曷任屏营。

日来但作琐琐伎俩,未尝于桑麻谷粟上用工夫,椠人俳士,可耻孰甚焉!

《曲礼篇》:“博闻强识而让,敦善行而不殆,谓之君子。”《集说》引陈氏曰:“闻识自外入,自外入者异实。”言训故考证者多病此,夏峰孙氏所谓实病须用泻是也。故处之以虚,善行由中出,由中出者易倦。为义理之学者,多病此。夏峰所谓,“虚病须用补”是也,故亭林先生为学大指曰“博学于文”,曰“行己有耻”,所以救明季儒禅混杂,空腹高心之流弊。至乾嘉诸老先,则又主张太过缴绕支离,失其本师脉络矣。故济之以勤,此数语得刚柔相克、损益相成之义。

思镜塘姚公之行,而深愧之,居心未净故也。

观曾文正公中年所作诗,即可见其有治军办贼之才。大谲老谋,纵横动宕,于极恢奇蕃变、可喜可愕处著笔,而米盐纤悉,一纬一经,言卑近而指远大条,理明而分数密,文句之外,其气常沛然挚敛而有馀,即有不利,不使露捉襟寒窘之态,故能洞彻人情,劙划世务。其条例处,军法所谓好以整,其沛然有馀处,军法所谓好以暇也。史称王朴神峻,气劲朝野,赖以镇定。文正殆神凝气静者与?学者当于平居少事日,求所以养之之方。

手抄赠叙并书《送陈六舟丈》,丈置酒长春精蓝,招予话别。苍颜白发,自丙子春一别,屈指已十年矣。六翁为人清修乐易。晋人谓清修寡欲,万物不能移也。此境不易到,六翁殆为近之。宋贤诗:“不作风波于世上,自无冰炭到胸中。”殆为此老咏也。其尊公壬午进士,有人偶得壬午房行墨义诒之者,丈甚喜,出示坐客,历数是科贡士,数百人中惟上元梅伯岘为惜抱老人高弟子,文学最有名,为之叹息。昔韩慕庐尚书自言,不如秀水朱十简讨,以七品官归田,著等身书。士之自立,禄仕轻于鸿毛,行义重于泰山,宜早为计也。

赵武服膺随会,称曰:“利其君不忘其身,谋其身不遗其友。”盖不爱其身者,未有能利其君上者也。颜鲁公典郡,所至谋金石刻为名山不朽之计,故能举义师于天宝乙未,殉使节于兴元甲子,其为爱身也大矣。葛侯自表后主云:“成都有桑八百株,薄田四十五顷,子孙衣食有馀饶，至臣随身所需，悉仰于官，不别治生以长尺寸。”非利其君不忘其身乎？昌黎韩子营城南庄庐靖安里，为亡友嫁遣孤女以十数，经理孟贞曜身后事，非谋其身不遣其友乎？彼脱粟布被，绝物自洁者，岂得语人以己之家事，治诵言于国中无隐耶！

昨阅邸报，知秦陇间于甲申十一月晦夜子丑时，地大震。

公、穀解《春秋》“五担六鹢”之文，皆以为有尽辞之义，观《檀弓》上下篇，文简事昭而趣博，为能尽辞者也。尽辞者，言尽意也。《河》《洛》之书为不尽意，象与志具隐也。若立言所以教俗，何取廋隐之辞乎？必尽意乃达也。字义有虚实，实者形声本义，虚者依声假借，兼明虚实二者乃能尽之，故《檀弓》语妙，尤在善用虚字也。晋人作《言尽意论》，王茂宏渡江所持三论之一，盖尽辞正名，皆作事之键牡枢机也。昔时惟称《檀弓》两卷，皆言物始未为尽之。

不肖少孤，视荫汲汲，常虑无以仰承先志，倘能假年为学，不揣凉薄，意欲纂辑三物六艺，古今言学言治之术，以及食货、盐铁、河漕、兵农之属，删节要指，为《内集》。盖窃取亭林、习斋二先生之遗教，而欲力返空理之弊，愿大才小，不能偿也决矣。其馀杂著、诗文，散隶《外集》，而参军蛮语，则《集外》，没甚要紧之物，先识其愿力，端倪如此，未必能践吾志也。

此外《法戒钩元》一书，门分件系，欲抄者多，恐难成。

食时，长沙徐公召集“洛川花社”，坐次展观丹霞今释明给事金堡，甲申后遁入缁流之名。自制茅笔所作《狂行书绝句七首》，野逸陵厉，尊老赞叹不置，且曰：其集乾隆后已奉敕销毁，已为违禁物矣。又有吴仲圭墨竹卷绢二丈许。钱萚石家物。赵楷所作《袁邵公卧雪图》。疑赝物。又右军《笼鹅图》。不著色，淡墨渲染，著笔不多。卷中一山阴道士、一王会稽、一童奴，抱鹅欲归，萧淡如生。晋人人物清峻风流，高致绰约，至此使人意消，不识世间何者为机事也。尊老言，观卷中双钩衿褶，皆作篆籀势，此言赏鉴殊精也。后有文衡山待诏跋尾，行楷极劲媚，下笔时欲以晋法书之，而未能然，足使吴兴及鲜于太常俯首矣。

署八十四岁作头白,有眼力炯如浮秋光,亦异人哉!以上皆莕农周先生家故物也,不胜慨然。

校解《曾文正诗集》。道光中贤士大夫謦欬不能相闻,正如陆放翁欲注苏诗,未能发黄师是“白首下吏”“绿衣公言”之叹。公所作行气沉雄,而用意深窈,多有不知所谓,不可强解者。惜不得其庚子后日录,一披证之。

赵括不败于长平之役,而祸机伏于能读父书,浮誉沓至之日。所谓物满人概之,人满天概之。志气既盈,人非鬼瞰,其机至微亦至捷。若鼓有桴,擿挡则击,可畏孰甚焉。

展观再从五世伯祖紫溪公登贤书卷,敬箧藏之。

闵同年颇知摄生之理,云:春日宜早卧早起。子多目疾,时有赤筋,夜宜早眠,少思寡欲。过中年而修摄生之方则无及矣,予深然之。

乙酉三月

骈体是相宗,古文是性宗;骈文是权智,古文是实智。骈文贵气举其词,饾饤堆砌文句,上下意理不属,起伏回互,不相照摄,齐如飞雁,行若贯鱼者,失之。古文须词举其气,复衍单浅,故作拗折,浮杯水以纵送于蹄涔之内,一望荒湾浅渚,黄茅白苇者,失之。

前奉庆邸教草创外海水军事宜,至西郊议之。仆资浅识拘,诚不足与计事,然此事关系国家安危,所言公宜廷辨之,且诚得英明雄略之人为之,往复数百言,可以决事,此王朴筹边一策,所以能斡旋弱乱之运也。若未遇其时,与其人虽诤论百车,以水投石,终无入处矣。遂不果。往事亦旋寝,扬水卒章,白石之粼粼兮,可以漱吾齿、濯吾巾乎,徒使疏远之士益增杞忧也。

刘子骏《与杨黄门书》云:“隆秋之时,收藏不殆;饥春之岁,散之不疑。”此譬学问之士,平居之日,挟百行众艺,藏器于身,如秋场之积敛;及其出谋发虑,造作典礼时至,则为之,如春廪之振散,蛰潜雷动,沛乎自然,彼亦无所意,必于其间也。非敛之厚,施何由博乎?

出东便门四十里，至通州宿。四十里至马头，尖。七十里至蔡村，宿。沿路黄沙白柳，风景萧索，居民多土屋芦棚，炊烟暗澹，可念也。四十里至蒲头，尖。三十五里至天津府。

【眉批】时随尚书锡珍、鸿胪卿邓承修，奉旨随带，赴天津商办事件。

上下而不为邪，进退而不离群，是黄老受用妙境。以责人之心责己，以恕己之心恕人。范尧夫语。立于不敢，而行于不能，《管子》。是黄老作用妙境。

仆此行所见之人，皆阳鱎也，能为魴者绝少，人才难遇若此哉。馈筵席者，一概辞谢，以省酬酢之烦。

晤吴清卿副都，以所撰《说文古籀通》相赠，阳湖庄珍艺先生以吉金文字证大篆，有古文甲乙篇之作。据杨君木云，先生官元氏令日，草创此书，书成，定十六卷。予所藏《珍艺宧丛书》内，只载五百四十部目一卷，未见全书稿本。予谓中丞既好史书之学，宜访写庄氏书，以张其说，利落野言，方可出以问世。

人生不过数十寒暑，则无此身矣，乃终日在利欲胶漆盆中，谁能黑窣窣赤条条地行将去者，区区惟充恣五欲，欺世盗名，可耻孰甚焉。

都下有毁予者，乃予好名之心未净，无实剽声，有以招之也。鸡壅豨苓之迭相衰旺，其不可持久矣。

丁禹生中丞抚吴，公牍甚善，将来须托人购一册。

身劳而心安为之，利少而谊多为之。此二语可守之终身。日益之而患少者，惟忠；日损之，而患多者，惟欲。所忠少欲，则智生矣。记诵词章，二者不足以立定脚根。惟有克治之学，足办扎硬砦、打死仗。立身贵有节。《论语》曰："乐节礼乐。"礼乐无节且不可行矣，何况言行乎。《召诰》曰："节性，惟日其迈。"五性六情皆宜有节而不过也。《学记》："不陵节而施。"如八岁入小学，十五入大学，春夏学礼乐，秋冬学诗书。少而讽诵，长而行义，老而教授,皆各有其时也。《易》曰:"制节谨度。"不伤财不害民,如丰岁敛之,凶岁散之,币物轻重,赋役上下,皆权宜而为之制。至于起居饮食之节,则《内经》四气调元论备之。语默出处之节,则《孝经》《论语》《孟子》七篇著矣。冠、昏、丧、祭之节,有今制存,语在吴氏《吾学录》《温公书仪》,可参用。立志贵有恒。学求速成,治求速化,非有恒也。恒者,盖日计不足,月计有馀。立言入手贵有物,稍进贵有序。如归、方以来,作古文有义法,序也。非先有博观约取、穷理养气之功,则义法亦为虚气矣。

一人誉之,一人毁之,固不可遽引为喜戚,然毁我而是我者,我之药石,固当改之,能尽庸言之信,庸行之谨,豫若涉冰,犹若畏邻,庶几免于祸患乎?

夜,高、汪两君召集郡斋长夜之饮,座客接席,惟各称五欲之事,言不及义,斯言胡为至予之耳耶?流俗之失不可骤返,因念《武王践祚》篇曰:"敬胜,怠者吉;义胜,欲者从。"予是夕,亦不免戏谑以应之,是予之过也夫。

始祖机仲侍郎,二十二世祖。著《学易索隐》《诗童子问》等书,而于涑水《通鉴》之学,贯穿条理,所得尤多,《纪事本末》二百三十九卷,于史家编年、纪传二体外别开义例,遂成不刊。马宛斯《左传事纬》、高江村《左传纪事本末》皆祖述其例为之者也。陈邦瞻之宋元二史《纪事本末》、谷应泰之《明史纪事本末》亦尔。惜其馀所著及文集不可复得。

动则百弊皆绝,五叔父常举以相戒。快心事过即为殃。吾友严鹿溪常举以相戒,即"美酒饮教微醉后,好花看到半开时"之意。

中年以后为学,且务收敛精神,静多于动,默多于语,涵养多于讽诵,践履多于纂述。每日自课,使朴有馀而华不足,居其厚不居其薄,此心常存敬畏,外物一空翳障。此收敛之良方也。

循礼、守法、安命,寒松老人自责。六言可以日省。循礼者不妄言语,守法者不妄举动,安命者不妄思虑,操此三不妄,所谓由于礼义,入自人门矣。

三物堕,六艺废,礼不可见。后世古文之学,取修辞有序,《礼》之遗教也，乐不可见。汉魏以下古诗之学，取立言有物，《乐》之遗声也。古者观世主之道，见其礼，知其政，闻其乐，知其德。今观人之术，审其人文字之奇正厚薄，可以觇治事之能否，玩其诗之侈弇鸿纎，可以验所得之深浅。

观于在位，少悦学之人。始知仁义之士，多在草野，其次则于禄隐者求之。

凡狷忿之士，欲自居于君子，而予人以小人之名者，存心先已不宽不恕，物情决不能附，此等人不足与办天下事。蒙庄称伊尹强力忍垢，受国之垢，乃能为天下宰也。宋贤云："能吃三斗酽醋，方可作相。"洁身自好者，只办作蚓而已矣。

虎之与人异类，而媚养己者顺也。此王景略之所以不为桓温，而为苻氏用也。

趋谒使相合淝公，使相甚以朝鲜巨磨岛事为忧。案：日本所绘朝鲜地图，名巨文岛，在济州东北，与安岛相连，东南斜距倭之对马岛。是日窃论二百年来立国形势及政治利病，人材消长之故，大要言人材，具有拨乱反正气象者，莫盛于康熙朝，其次则咸丰朝。

君子每作一事，自处必审，苟利于世，虽病己亦必为之。予散人也，何足裨益世用？此次来津之役，所谓平原君之客，因人琭琭而已，亦可笑也。

主敬者，有主而虚；存诚者，无欲而静。敬则刚而不折，诚则柔而不挠。敬故能不畏事，亦不喜事。诚故能不绝物，亦不徇物。庸行之谨，由敬生也，故行无枝叶；庸言之信，以诚出也，故言若蓍龟。

昨今两日，于惩忿工夫、克治涵养处太欠，几于一朝之忿，忘身及亲，痛戒痛戒。所谓人非而我是，不可与非争也，况我亦未必全立于无过之地乎，必能忍耐，乃克有济，纳履结袜，古人固有行之者矣。

舍灵龟而观朵颐，徒丧其方寸之所守，而于外物无分毫之得，所谓于定分少丝发之益，而道德有丘山之损也。吾为逸民之怀久矣，谋二顷之田，穿筑一亩之宫，犹可不得，何况外物悠悠者哉。固不欲以彼而易此也。

敬孙,吾族之贤者,然观其机事太深,无汪洋千顷之度,恐终不为人所容。

闻朝邑相公又乞告,十日不审朝论,如何?老成忠謇,枝柱不易,良可念也。

媾秦不成,议且中变,力诤于长官,以为宜密请敕下。沿海疆吏勒兵备非常,以防彼多方要挟,长官韪之。然京津久无息耗,未审庙略意向、国论虚实如何也。彼不撤基隆、澎湖之兵,我亦不撤滇、桂之师,以相抵制,不犹愈于自毁藩地,授敌人以太阿之柄乎?

桐孙先生昨谓予,甫及中年而背偻言疾,乃督脉受伤、肝气逆上之故,惟多默少言,多散步,少伏案,多酣眠,少忧虑,可以救之,不佞深以为然。从今于世事百无可恋,殆形见神藏,熊伸龟息,愿闻摄生之理而已。

前日在敬孙家,以牙牌数筮行年休咎,其繇曰:进可以战,退可以守。上二句即邵子语伊川,所谓"眼前地步须令宽"之意。不战不守,唯唯否否。下句甚切见在所处情景。又释词有云:"劝君事事皆循理,送尔安康到白头。"循理二字,差幸与寒松老人六言之训相合。范文正公《家戒》云:"常调官好做,家常饭好吃。"王焕之曰:"乘车常以颠蹶处之,乘舟常以覆溺处之,仕宦常以如未遇时处之。"

乙酉四月

看桐孙疾,君近年为姚选《古文辞类纂》作笺注,云已草创属稿,十得其五六。此娱老遣日之良图也。

在仲瀛处饭,商榷为学、治心、去世、逃名之术。

兀那破庙丛林里面,冷湫湫地没个衲子,只一盏琉璃灯,黑窣窣地自照着方寸大光明地,俺这里一棒一喝,赤条条地行将去者。动时一切舍,猛力斩断刹那三世葛和藤;静时一切啬,凭他众生笑骂,著我聋与跛者。

晤吴清卿副都，论东三省八旗生计、学塾及练兵，招垦分界各事宜，又言，方今人材衰少、风气浮窳之日，极难得者，诚朴坚苦之士，非加意培养，不能挽回习气一二。国朝冯益都、魏蔚州、朱大兴数公，皆以培养人材为事，规模气象始能闳远。副都位虽不在于斯，岂有意乎。吴君问当今人材为谁，予言：以予所知京员，如朱一新、沈曾植、王颂蔚，外吏如朱采、胡传、袁遂，皆立身有本末，力学有根柢，不可多得之士也。培养之道不在笼以官职，使之磨砻世事，发挥学术，返入澹泊宁静一流，以成其器，取善相益，蒸为风俗，则天下阴受其福矣。

当其疾时不必忧，勿忧，乃与疾相忘；及其既愈不可喜，勿喜，乃所以慎防未来之疾也。治国之道与治身岂有异乎？

乱世犹可望治，暗世不可望治，君子小人纷然在列，鲂鱼赪尾，四郊多垒，此乱世也。善善而不能用，恶恶而不能去，上下雷同，是非相蔽，此暗世也。处暗世以敛德慎言为主，遁世无闷，萧然物外可也。

偕周玉山、成端甫陪二星使泛舟，溯河而上，作西沽之游，观军资库，尚可得十万人仗。管藏者，张次韩席珍也。薄暮，吴宪斋中丞招宴集，观所藏秦权及鼎彝刀布甚多。

《郭有道碑》未见原石拓本，戊辰夏在张欣木同年许见一本，尽作钩勒势，似唐人八分者，吴谷口模本也，后又于温移华家见傅青主写刻本，字画飘瞥，少沉着。皆失中郎典刑矣。今夜于吴中丞斋中见孔荭谷藏本，后曾归汪孟慈者，笔意肃肃穆穆，有垂旒搢笏之度，神采奕奕，在《韩敕》《乙瑛》之间，此岂真中郎耶？亦犹不免虎贲皮相耶？予不足与于鉴古之列，须俟有真赏者辨之。《说文》八取分别相背之形，形似相背，而意实相向，此汉隶之所以为工也。绝锋剑摧，一往峻急者失之，以其偏于相背也。行步珠玉，插花援镜者，亦未为得，以其相向太多。荡而失其所守，所谓和不以礼节之也，必阳施阴霅，左右牝牡。和峻相涵，乃为合作。

津门广仁堂规模甚好，收养孤寡甚多，谊塾有五斋，其俊秀者入上舍，别为一斋。

嵇文恭书一联云:“观万物有生意,奉一心为严师。”上句由静之动,基之以仁;下句由动返静,裁之以义。一心者,谓存诚主敬,履冰临谷,无时不专一贞定、不见异而迁也,不显亦临,无射亦保,不闻亦式,不谏亦人。故曰奉为严师也,非师心自用之谓也。及其闻一善言,见一善行,盖亦舍己从人,执两用中而已。

奴仆有骄色,故吾之朴责得而移之;吾有骄色,苦不自觉,苟俟人非鬼责之至,而始自锄销,亦已晚矣。山谷诗云:“禾黍锄其骄,牛羊鞭在后。”言贵慎之于早也,傲惰相连为凶德,劳谦相生为吉德,予小子其慎之。

桐孙所作文中,多见道之言,更事之语,采录如左:

求事息不求气胜,求势定不求名高。《与李蓴客论时务书》。

蓴老言,近都人士与人简札,往往作大字行草,此傲惰轻浮之气,无心败露,要知极害事。以此轻浮傲慢之心作吏,则必获咎,处己则必丧身,不可不痛戒。予思君言是也。程子作真书时甚敬,语门人云:“非是要字好,即此是学。”韩城王伟人相国在福建学政任日,曾偶倩幕僚代写密折,奉纯庙严旨申饬。相国后每日清晨或午后,必习小楷一百字,年八十馀不衰。门人潘侍御庭筠叩公以作篆籀法,公不应,徐曰:“筮仕后治官府事日力且不暇给,如暇,则习庄楷可耳,何能以耆古徇名之事驰心役神哉。汴宋韩魏公及司马温公之父皆以庄书不苟,器识凝静而致福。荆公虽多才,然每草书忙迫,卒以气象褊促而酿祸,良有以也。

不肖素有幽忧眩晕之疾,今日复小发动,益坚我求田问舍之本谋矣,敬念先大父及先公志事。不肖羁旅累年,初未做得百分之一,有亏孝道甚矣。冀从此临谷履冰,啬养心力,督教先公鉴爱之诸孙以赎积慝,乃人子应为之事尔。谨书如右,以当律令。

敬孙来谈,论责己宜严、待人宜恕之义。凡人宜存心忠厚,若浮薄之徒,造言生事,信口臧否,或讦人阴私,或扬人过失,取快一时,敛祸不测,非为媒怨,必至招殃。君子敛慎以迓吉祥,必不肯为其薄也。

尧舜大禹，圣不自居，至欲斥天下之贵以让许由、石户之农、伯成子高；而后世将相，愚而自用，乃不肯俯眉于平揖之客，况韦布贱士庸能望其宾礼乎？人之贤不肖相悬绝至此，君子于此可以观世变焉。盖直士诎而佞谀信，人材凡琐，天民不作，固非一日之习俗所得摧挫而移易之也。吾家曜卿言，惟强而有礼，处乱世可以免祸。夫以礼自处，则高不至壮頄长傲之悔，卑不至巽在床下之凶。守分而不可愈，和众而不苟同。智哉！曜卿其知几乎。在《易·乾》之初九，元士之爻曰："遁世无闷，乐行忧违。"修德隐名，确不可拔。此之谓也。

此次拂箖新约，其事始末严秘，掾簿下士莫能得其详也，昨始奉钦使谕移录，亦只得其七八，其中关系利害之处甚多，然已定案，无可力诤，为之奈何？既而独坐诵柳仪曹句云："多垒非予耻，无谋只自怜。"仰屋窃叹，天生鲁国男子，亦何益国家丝发哉！

敬孙在此间以禀讦某某二事，大不理于人口，不佞不得已前后力为营救，于诸公前陈说百端，人言犹未能熄。噫！生于浊世，士欲自立，其艰若此。而处世接物，当以一味谦和，刻刻留心慎言为第一义，一毫不可恃才忼物，信口臧否，将召不测之祸。谚云："忍事敌灾星。"非能坚定忍耐，习为瘖默，庸能兢兢自保，诒先人令名乎。

阅《明史纪事本末》，至开国规模记内，洪武十九年八月，太祖论封桩库一条，盗仁义以守其国，古今一丘之貉，不禁废书而叹。湘乡曾公知其术，盖守宗庙、守一身，与夫守大器之道，小大则殊，其理一也。

罗稷臣直牧，名丰禄，闽人，现充北洋翻译官，昨与拂箖公使校订新约，罗争之甚力，予闻而义之。

与琴生同年私论新订载书之利害，窃抱杞人之忧。

酬应甚惫，不知世间人好作官，亦有何乐。我虱此卑秩，且以为苦海，况朊士美官，其忍辱耐烦，有百倍于予者乎！

三里雾终日，词气褊躁，以尤人为事，此乃自弃其天。马伏波戒子侄，所谓"纵爱之重之，亦不愿汝曹效之者也"。

吊李方伯。方伯佐剿发捻，有官勋，垂老谪官，竟客死津门。一子裁四岁,孙为丧主者裁五岁,妻妾皆在南也。人生至此,可为太息。赖合淝师相与方伯交素厚,语僚吏曰:“生于我乎,馆死于我乎。”殡世之由,五交生三衅,乍合乍离者,可以闻而内愧矣。

闭门随意作字,我方有幽忧之疾,治之未暇问外物也。

纵未可仰望神怡,务闲偶然,欲书之一境,亦须养得胸中洒落,无些子凝滞。

戏答荅翁书云:潦草三场,模糊一梦,秀才康了,春去多时,精卫不来,杜鹃相趣,先生游踪既倦,归兴正浓,缪乎其不可留矣。

日加申,在水师营次,随同使相星使订定载书事毕,大宴文武蕃胡,至二更始散。予微秩也,不能为玉貌之鲁连先生,乃亦与平原君之客十九人为伍。修炼半生,一朝泥涴,岂将诎尺伸寻,徘徊有待乎。事会有时,岂琐琐之徒所能料乎?

谒辞使相合肥公,谘公以时务所疑。公言争界似无益。譬人身内不自治,藏府受病,虽养其营卫,饰其皮毛,无益也。若元气既壮,我且整军经武以讨不庭,何界之足云?予思公言殊有理,且越南朝贡之国也,非中俄敌国比,故中俄可分界,中越不可分界,中越分界是弃属国于界外也,于辞不顺,此未为计之得也。

司道以下贶行均辞不受,以此次无劳素食,事多隐患故也,若能了事,虽万石之禄,亦可受,今不能了事,则未可也。

随星使驰驿还都。自津门行馆,早发三十五里至蒲口,尖;换车行五十里至蔡村,宿;早行四十里至河西务朝阳寺,早尖;十八里至安平中,尖;十八里至马头,三十里至张家湾,二十五里至俞家圩,宿;早行二十五里,入砂锅门,抵家。

乙酉五月

谒见执政,所垂问及之者,略陈固陋,以塞荛采之意,所不问者不敢妄对。

晤杨院长,托在仓曹告假十天,将谋乞长告还乡晢墓,人事困顿,未能遽决引去也。晤苐卿有道，君言语和易，气象深厚，不言而饮人以德，使人矜躁都化。君欲赋遂初，予窃为规画，此事之不易，宜少待之。君闻予言，颇亦谓然也。

湘乡曾公教人为学处世之法，曰实，曰到。拾此二义，而别求所谓高远精深者，则恍惚危殆，无一稳著矣。实者无他，脚踏实地也；到者非他，身到、眼到、口到、手到、心到也。

偶披近人遗集，得巴陵毛西垣作，其隽永飘姚可喜，胜于邵亭莫叟之寒窘也。后见鼎父亦云：毛言生诗笔，远出湘乡公之右，颇有“丁卯稿应胜午桥”之叹。予言隽则毛胜，厚则曾胜，盖毛源出温李，曾源出于韩也。

沈子培代人作《滇中水道策问》，极翔实，有笔仗，吾勿如远矣。

读《檀弓》。此篇文字，无一冗字长语，人知其用笔高简，而不知其寓豪放于精微之内也。

见姜西溟擘窠大字，甚有风格。

友人言，移竹须先审其未离故土时根株向背之状，徙之它处，仍顺其向背之性，种之乃易活。又竹萌多向东生，逆之则生机既阏，虽偶活，久且终槁。予欣然于物理有所悟，此庄先生所谓行少变而不失其大常也。

前奉庆邸教，命予草创《沿海防守事宜》，以检汰抄呈档案，一厚卷，兹复呈上《沿海地形图》十三纸，《兵轮布陈图说》二册。

近日赵侍御有请敕，同文馆翻译道光中俄人进呈书七百馀册之奏，堂司官皆错愕不知其缘起。仆笑谓，此拾《北徼汇编》《朔方备乘》所载之唾馀耳。士大夫不学至此，终日如梦呓人，可慨然也。

晤子培，论古今事变不同，人材亦随学术而异云云，往复数百言，大致谓一代之人材，苟有大力者能聚之，即足以拨一代之乱。至于晚近士大夫空言相轧，以道形而上为贵，器形而下为贱，德成而上为精，艺成而下为粗，于是右文轻武，是非之论偏胜而事变纷乘，遂嚣然莫能御之矣，固人材之衰少，亦由学术之任偏而弊也。

又论康熙朝人材之盛，由仁庙培养致然。其时安溪李文贞公维持风会,调护善类之功为多,如论救张公伯行、方公苞,拔施琅于降将之类。有以赞上知人之明也。安溪相业,冯益都、魏柏卿、朱高安及近世朱文正公,皆远不逮,其著书亦透彻事理,言言皆如布帛之有幅,药石之中病也。后来惟曾文正公为能教育人材,根本深厚,故魄力亦大,胸中随学随养,积理宏多,所以能应物不穷,每一事入手,必有一稳实处。置之义法,非平日集义养气,积铢累寸之功,恶能然耶。

尤悔山积克治之学,竟不能尽得百一分,将终自绝于君子之路,而流为小人之归,奈何奈何?

昨得东瀛高士冈君鹿门书,云:"此次游中土归,有客赠以古研,又得石鼓拓本,将筑亭庋此二长物,牓曰'石鼓亭砚癖斋'。"万里书来,属予署之。予闻之亦殊欣然。今日偶料检架上有元魏龙门造像,拓得十五纸,欲并以寄冈君,君又将作金像阁耶。呵呵一笑。

连日早晚日色如血而无光,或云主旱象。不知何故,天道幽远,其惟勤修人事,遇灾而惧乎。

与友人书

【眉批】应否即订入日记?

昔汪尧峰言:"士大夫出处之际,立身不可无本末。"此至言也。尝论刘越石之守并州,非不慷慨忠直,然溯其少壮,第沉浮于金谷石氏宴游之末,根柢本浅薄,故卒无成。以陆宣公之贤清忠正,树立崭崭,犹缘少与德宗布衣交,上狎之,至呼为陆九。故后所陈说于世主者,不尽见听从。王朴为周世宗藩邸旧臣,乃礼眷倚任,始终无间,固由世宗英明,德宗庸暗致然。然君臣之分,策名委贽之始基,可以观矣。由刘并州之事观之,则知少溺于浮华饰说,征逐声气者,中年后虽勉为秋实,犹不克自振。由陆内相之事观之,则知上下交际之道,必其素行高迈,不屑方严可惮,截断众流,壁立千仞,有以取信于人主与天下，而后可以得志，瓴甓木石，一一须从平地施手布置，立定根基，不可不慎之于早也。近日所谓文人名士，最不可近，近则丧己。亭林氏引宋刘忠肃公挚言，“一称为文人，无足观矣”。南皮张先生切戒学者自居名士，引蔡中郎《月令说》云：“月令所谓聘名士者，乃德行贞绝，道术通明之人，岂江湖游客之谓乎？”二说可以为近人痛下针砭。

夜读《孔北海集》竟。凡常所肄习者，功课既完，方称卒业；非常肄者，则第称读竟而已。此尊用曾文正公分常读书、常看书，日课为二之意，以常读必须精熟者为根本，不妨泛览以资博取者为枝叶也。

乙酉六月

内子平时熟诵《毛诗》及屈原赋二十五篇、《庄子》内外篇。予病，涉猎不能成诵也，于子史有所遗忘，失其出处，询之内舍，往往而得，此亦旅宦中之一适也，且于作小文字为便。

访鹿溪，观其所藏《刁惠公墓志》拓本。元魏侍中，咸阳文公高允伯恭之婿。此碑真书，未可径定为郑道昭书，竟不审为谁笔也。如德人静士，胸涵典礼，右宜左适，而被褐怀玉，芒角不露，虽使钟王妙迹，今复有真本存于人间，恐无以过之也。包安吴评为魏石第一。

宋以后士大夫，除蔡忠惠公而外，结体无大小，只办作行书，皆出卷轴之精神，发庢谷之幽怪。英华内竭，姿采外淫，盖楷隶及章草之亡久矣。一世耆好尊尚李北海、徐季海，最上者仅能得颜平原、杨少师之皮貌，为其与己相肖也，而书之德隐矣。伯施率更楷法之嫡脉，皆原出隋之龙藏寺、启法寺。今观刁志，殆又两寺之原出邪走，于此事无能为役，井灶之见，聊以一隙，赞海若之不可涯而已。

昨坐严居士房内，见壁上正书一字，予迫视之，居士喝云：“子细看者是恕字，不是怒字。”言下，予悚然有悟。

子培兄来，语予云：“凡才力不足而强作驰骋，此病之病者也。”予思之数日，此言见理极透，惟能戒欺求慊，集义养气，乃却病千金方也。融斋先生言：“士大夫事业，止有经世出世二途而已，至易至简，焉支焉离。”予今思得一,因地制宜,直截了当办法,诚欲经世者,宜用道家,欲求出世,则宜用释家。近日经世之才,惟湘乡相侯足以当之;出世之才,惟融斋老人足以当之。

或问道恶乎在,则谨对曰:“终日刻厉自检点,只见己之过,不见人之过,是即道也。”吾未之能行焉。

“身劳而心安为之,利少而义多为之”。《管子》。“日益之而患少者,惟忠;日损之而患多者惟欲。多忠少欲,智也”。同上。“立于不敢而行于不能”。同上。“与人善言,暖于布帛;伤人之言,深于矛戟”。《荀子》。“非兼并之难也,坚凝之为难”。同上。“遇贤者则亲而敬之,不肖则疏而敬之。善人则爱而敬之,恶人则畏而敬之。无适非敬也,故君子有终身之忧,鲜一朝之患”。参《荀子》。“或问请绝人事,可乎?曰:不可。请接人事,可乎?曰:不可。来不迎,去不拒,泛如也。敬以柔之,义以折之,不可戒而孚,不严而惮,斯可矣”。参王仲淹说。君子静以修身,俭以养德,非澹泊无以明志。承次句。贫与贱人之所恶也,然君子虽不以其道得之,亦不肯去者,惧损吾素志也。非宁静无以致远。承首句。诸葛武侯引《淮南子》语。才须学也,学须静也,非学无以广才,非静无以成学。武侯。学在不止,故王通云:“没身而已。”邵尧夫。此当参看朱子“鸡伏卵”之说,即孟子“勿忘勿助”之义。

王仲淹曰:“吾不仕,故成学。”钱竹汀少詹、姚惜抱郎中得之。监利王子寿不仕矣,惜其学犹未成也。不杂学,故明曾文正得之。

览彭南畇先生所辑《儒门法语》,萧山汤公删本不如元本。

始置竹弓棘矢,教儿曹学射。

京朝官贫困无聊,遂致诗书日荒,节行久惰,与时俯仰,不能屈信,固由地势使然,终恨人谋不善。朱子云:“书不记,熟读可记;义不精,细思可精。”惟不先从坚忍立志入手,则全无著力处。名浮常多耻,味薄差自幸。古人告我以先路矣。驱之驱之,毋贻后悔。

施筠父言,胡某能见人之过,不能见己之过。方之亮生皆始贤之而终恶之,其人已不可用。不佞曾见其与人书,以为有肝胆,笃实之士也，乃今知其误。于此见以言观人之难。与均父论取士择交，必以心地光明、践履笃实为主，非是者，虽才勿与。

自今日始，增自课三事：一曰收放心以养智；绝利一原，用师十倍。二曰戒妄语以养诚；乐道息机，敛德避难。三曰惜分阴以考德业。积微。

读古文奏疏类、书牍类，取其于日用最切也。

公饯鼎父于松筠庵，仆心气疲苶，一遇稠人广众之中，则耳鸣目眴，头晕、肺疾一时俱作，未必有裨世务，只宜佣治砚田，自食其力，以敛退养拙矣。

力疾代草《遵议东三省边防大略情形》折子，治边外之盗，非急务也。所患者，在内治骫骳耳，如详外而略内，终不得病根。此折所列，非其本病也。

乙酉七月

蕙老云：逸翁《续古文纂》中，前惟惜抱、子居、皋闻三家最善，后惟梅、曾相望，百年中落落止此数家，可见学者如牛毛，成者如麐角。文章气格，视乎根柢蕴酿之深浅，非仓促可就也。

阅张季直文，其论朝鲜国势，甚切事理。

读《续古文辞类纂》，居然尽一册，此近来所希有。可见去为学之途日远，世故剥蚀深矣。已往之日，悔不可追，方来之日，切勿自误。且此不过入门之一级，其去正学堂庑尚远，诵《诗》三百不足一献，一献之礼不足大飨，此中等级，毕世不能竟，况并此一蒉之始基而不自力乎。

古者君子，《礼》《乐》不可斯须去身。《礼》以饰中，从阴入；《乐》以导和，由阳出。上天下泽，春雷奋作，先王观象，爰制《礼》《乐》，皆所以治心养气之具，涵陶德性于不自觉也。孔子教人以四术，始于《诗》《书》，而成于《礼》《乐》，习礼于大树下，习乐于矍相圃，学琴于师襄，无故不辍，不啻饥渴之于食饮者。然子夏教门人以洒扫、应对、进退之节，《管子·弟子职》亦如之。舞勺、舞象，操缦安弦，礼之始基也;辨上下,定民志,和神人,格郊庙,礼之终极也。汉儒虽处崩坏之后,然犹有善言礼服者,有善为礼容者。匡衡奏更定《郊祀歌》"鸾路龙鳞"之句,曹冲请定太乐,蔡邕妙解音律。国朝习斋颜氏、恕谷李氏、庄方耕、凌次仲皆究乐理。六艺之要,固儒者所有事也。而世士多忽之,故成德者鲜矣。蒙自少不习礼乐,引为深耻,求其度数节奏不可得,则妄臆以为礼者有序之义也。人伦庶物行之有序,秩然不越,犁然各当,故礼以义起。作古文者,章妥句适,立言不苟,博喻详说,归之于正,亦附有序之义。然则为文章有法度,为礼之遗教乎?乐者,有物之谓也,凡有声,皆属阳气,乐尤阳气之所节宣。作诗者,左物右志以道情性,缘饰哀乐,止乎礼义,言者无罪,闻者足戒,亦乐之类也。操此治身,或亦可以禁非僻之长,消疵疠之萌乎。尝问诸张铭斋先生,会先生易箦,未蒙教示,此予室中之私说,所守殊陋,未有以自广也。

忆戊寅、己卯,许仙坪丈授我渴睡方,甚妙。仙家好睡,佛家戒睡,云有蚖蛇。然曹溪六祖不云不识坐床,入定只长伸两脚卧邪。

夜读韩公兀傲雄奇之作,差可喜。人生办得健笔纵横,孤往适志,虽天下至贵之物,不与易也。南邻篋叟见之曰,信能之,足以忘老。

每日俗事甚多,纵强勉伏案数刻,真之与妄,二念夹杂不清。用之穷理,苦不得真主。脑由神明之地,为世累所汨蚀故也,此方宜用高忠宪公复七规。

长安六街益泥泞不可行,疲驴十步一踣,车摇摇不得作踋趺坐。坡诗云:"我如老牛鞭不动,雨滑泥深四蹄重。"人溺于世网中而不出,不犹是耶。

移计曹,闻鹿溪乞假后仍未出都,屏绝馈问,清修自守,并结局公费,亦却不受,可谓勇于律己矣。

计惺伯维瀚所作时务论数首,深明利害,才气纵横,充其所造,不易得也。

译署得闽帅电报，本月二十七日子时，湘阴左相国薨逝。公以一身系时局安危，夷夏倾心，于当世有猛虎在山，藜藿不采之益。今长城遽颓，殷忧方大，中外倚赖，实鲜贤能，此可忧也。

同官在退谷园有醵饮之局，往就之。此北平孙退谷少宰之园，今为安徽省馆矣。缅想退谷于此翫云月，于此会宾友，于此订金石遗文，今日风流歇绝，其存者乔林怪石而已。可胜慨，然亦以伤季世，无此士大夫胜情高致也。筵散，候廖择群太史，太史不得文差，金尽裘敝，将谋归。唐人诗云："贫别愁销骨。"此之谓矣。且廖君博学多能，清介绝俗，宰相不欲得人，则已诚欲得人，何为失此君哉。古乐府："黄禾起羸马，有泉始作人。"知其不可，奈何而安之若命，非知道者不能也。

乙酉八月

区区血肉之身，屡为忧患嗜欲所攻，今失不治，将成痼疾。《孟子》曰："苟失其养，无物不消。苟得其养，无物不长。"消长之故，其机甚微，不可不察也。

初八日居外避生日，遵亭林、望溪两先生教也。二更始归。

【眉批】按：公每岁皆然。

道光中叶以来，寿阳祁文端公谓并世临颜平原书者，惟端木子畴稍得笔意，自言不能胜之，于是改学柳诚悬。观公慈仁刹中留书"远山无树，明镜非台"八字，结体真元和脚也。同时何子贞丈临《大麻姑仙坛》，湘乡曾公则从赵吴兴得笔。

前行文沿海七省，趣绘地图，陆续送到，惟浙江、江南二图最佳。

晤子培，连旬胸襟柴塞矣，闻故人不违俗而离俗之谈，时而蹇浅、时而幽深，意思乃复豁豁然，乃知孤学无友大有病，参方亦妙药也。

张廉卿先生名裕钊，武昌人，道光末考国子监学，录考官为曾文正公。文正得其卷，出语人曰："曾子固复出矣。"后廉翁治古文甚勤，依文正于江南节署,雅为公所器厚。

【眉批】此记中注送张君诗语,未刊入诗。

廉翁口不臧否人物,不谈时事,有先辈风度。今日枉过村舍,忽慨然言之,所言极中时病,非书生迂阔语也。

敕目故大学士湘阴左公追赠太傅,予谥"文襄",入祀京师昭忠祠、贤良祠,子三人赏给郎中、主事、举人有差。公功在社稷,允协易名之典。朝廷褒忠录贤,所以励天下万世为人臣子者至矣。

廉翁有一帖云:"努如流金下注,磔如居舰冲一作凌波。掠如饥鹰掠影,侧如跃虎蹲厓。啄如利箭破的,勒如长剑决云。趯如荓蜂出虿,策如潜虬跃渊。折如曲流赴壑,弋如壮士挽强。"此论八法,亦可谓妙于形状。

又一帖云:"凡古人文字,必译其字句,以考其志义之所归;审其声音,以追其神志之所趣。"用此二者,精密以求之,虚静以体之,则思过半矣。此必湘乡公相传之言。朱子云:温公答一学者书,举《荀子》四句曰,诵数以贯之,思索以通之,为其人以处之,除其害以持养之,视此说更周匝。

恭检发下沿海疆吏折片二十馀件。廿七。诸邸大臣集东署,会议海防善后事宜。廿八。按:时李文忠亦在都。

此次集议事,关系国家利害甚巨,长官授意,草草录稿,不暇审度,事理方寸殊有未安。夜,胥吏录副,讫斠对至四更方就枕,晦日。

度支长官方奉敕议夷商开设银行事,予谨规划利害数事上之。

昔荆公诗云:"吟哦图书谢庆吊。"非捐弃人事,则用心不能专也,今则安能。且揆之《论语》哭则不歌之义,吉凶不可同日,京师士大夫往往一日中庆吊杂沓,不以为怪,风俗之偷久矣。

乙酉九月

定远、镇远二铁甲船在德国伏耳铿厂购造,济远钢甲快船亦制自该厂，共靡金泉四百馀万，系前使臣经手监造。未成时，即有人议船式不合用者。去年冬，廷寄敕出使大臣许侍讲勘检查办，侍讲以三舰完固覆奏。嗣曾侯来电云，济远船有上重下轻、驾驶不利、邻敌必多窒碍之病。本月初三日，同年王比部咏霓侍讲随员也来书，言三舰利病更详。蒙反复思之，见今方大治海军，曾于前月钦奉密敕谕曾、许两公，仿济远式再制四舰。如济远已非佳制，则重制不宜虚掷帑金。兹事所系甚巨，遂将比部私函呈请长官审度，设法挽回。不意辅臣诸公遽将此函最钞要语，进呈御览，初九日遂有钦派王大臣查办三舰，其新造快船暂停订造之命。知旧私函上达天听，不胜皇悚。

京兆榜发，季直得南元，子封中式六十九名，丁卯副贡获隽者陈景墀一人，榜尾前一名永清张渭。予于甲戌冬佐太和张府丞师阅顺属试卷，极赏其文，题为《舜使益掌火》。府丞师以张貌寝欲黜之，予力诤，遂得拔置冠军，是年入学，今列解名尽处，益彰先师俯采鄙言之美。

日暮，李雨苍来，云：张朗斋中丞欲招予为入幕之宾。予思弃官从军，未为不可，但予性素迂钝，乏应变之才，不习军旅，于公事恐无所裨益，又居京师十馀年，习其风土人情，便于疏懒，弱累牵绊，未能远离，因属雨苍善言致谢。

闻连日每夜参半有赤气，见东北方，予未之见也。

乙酉十月

友人言，教子学作书，先审执笔，务曲臂悬腕，以取中锋之势；勿用墨，合使知调墨之法，沉浸而有光泽；须令用左手习磨墨，以养右手五指之力；又执笔须名指与中指相抵，名指有力，必成佳书。

检出曾涤生先生官京师日自课二十事。公精力过人，处境顺适，故力足以举行之，其气全而神不伤故也。不肖体弱久瘵，孑立寡助，只好节取其平实简要者若干事排日自课，并须仿用安溪李文贞公“绝利一原”，“三返昼夜”之解。处不同，施手亦各异，大要以扫除外障，心虚气静,澹泊坚定为主。

读《杜集》。杜于家国艰难,流离颠沛之故,悃悃款款,直写胸臆,故能继《骚》《雅》之遗风。荆公、坡谷以来,皆挟其才之豪横,学之深博,刻意求工字句,故词丰而魄力愈俭,形骸之外去之弥远,所谓少陵诗与元气侔,故是六经鼓吹,虽其蹇浅癖谬处,后人亦百思不能到也。

此即净土也。呵呵。赤条条地一丝不挂,冷湫湫底四际俱断,兀腾腾地诸缘不绝,一念无生,兀那边不是一片光明中边皆澈底物事。

山阳高子上延第著《老子正义》,当访求其书。近高君与汪梅村先生,以绩学为漱兰侍郎荐举,赐国子助教衔。

裨谌谋野则获,谋邑则否;孟公绰为赵、魏老则有馀,为滕、薛大夫则不足;王子雍方于事上,而好下佞己。予之资性短长大率类此,当善用之,勿强出其所短,以致自蹈凫胫之苦境也。

敕目以穆园善为钦差大臣,会同东三省将军,办理练兵事宜,各城副都统以下,均归节制,从诸邸大臣会议所奏请也。穆将军,黑龙江人,防闽新有功。

四更披衣,自沤簃早发至金鱼胡同,御者不慎,车触石而覆,予腰臂俱碰伤,车子亦伤额。稷之马将败,而予不知是不智也。《归藏易》曰:"君子戒车。"予未之夙戒,是不敬也,咎实在予。予其慎之,力疾入禁门,随驾至西苑,得观南海子水石亭榭之胜,巳刻还东厢。

夜阅郘亭文,简廋质涩,殊似元次山、孙可之、皇父持正一派,而通于小学,下字清切不妄,则似过之。

安溪李文贞公言,闽人有研穷《三易洞玑》,苦思力索不能通晓,遂病至死者。予己巳、庚午间得《洞玑》书六册,其目曰:《宓图》,宓牺氏之《易》也;曰《文图》,文王之《易》也;曰《孔图》,孔子十翼之《易》也;曰《馀图》,孟、焦、京、荀、郑、虞之《易》也;曰《杂图》,王弼、程子及邵尧夫、程迥、朱震之《易》也。予以太玄、卦气、消息,爻神、纳甲、诸法读其表谱,卒不能得要领。思文贞言,遂中辍焉。今日借得《忠端公文集》,读之不觉涕泣下交颐。甚矣,忠端之语言文字,感吾心者深也。

元虞文靖公自少尚友古人，澹泊守志，榜其斋曰“陶庵”“邵庵”，以敦夙好志宗仰。不肖椎鲁之姿，莽卤之业，素尝不自量，度以古今记事者，必提其要，不习为吏，视己成事。莫如亭林先生；纂言者必钩其元，扬子言，读千赋则自能善赋。作古文可由此义推之，盖能沉潜文义，反复句逗者久，推究古今文家利病，窥见秘奥，胸中自有汩汩然来之火候也。莫如昌黎韩子。故每榜东簃曰韩斋，西簃曰顾斋，以为承师之法。今年届见恶，濩落无成，去二老先之学派亦远矣。且予性多好逸而畏劳，好泛览而少规束，无已，则先就切己病痛，痛下针砭，榜于左塾曰“无逸”，右塾曰“有恒”。无恒者到老一业不成。以自儆惕，可乎？

拂箖《通商草约》要求多端，长官发下底本，命逐条指驳，孔吕达三君于商务税则情形较熟，因得批寻捃摭，至四更方各散。

吊祭左文襄公于湖广会馆，前撰祭文，蒙徐副都寿蘅先生击节称赏，予读寿丈文，殊沉著痛快，又多悉文襄未达时轶事。又，蔡禹生枚功所撰两湖公祭文，顿挫悲凉，言简事赅，胜于予也。

至海王村，得《世宗皇帝御选语录》一部，计十四册，以问鹿溪居士，居士能言是录之精微也。

与均父谈学行祈向，须各努力为之。

前江西学臣陈宝琛奏请以国初名儒馀姚黄梨洲先生、昆山顾亭林先生从祀泽宫，礼部议驳其援引支离，多极可笑。谓之朝有人焉可乎？无礼无学，世与道之交相丧也久矣。

乙酉十一月

夜读《坡公集》，至靖长官、贺水部事，为之废书而叹。人生忽忽，如驹之过隙。学道养性，差胜于逐逐荣利不知返者。生平尚友，兼喜《隐逸传》中人如抱朴子、陶贞白，孙思邈、贺季真，元漫叟一流也。

钝叟少孤久客，筋力凋耗，夕少佳眠，自度诸子皆幼弱，家中生事乏人佽助，深惟向平毕婚之愿，苦县早服之戒，只好息趋营之前猛，就敛退之新儒,啬养年力以维单门其曙,戒之勿贻后悔。

均父太守枉谈,命酒共饮,甚乐,宛然丁卯、己巳年间便坐雅谈时风景也。君戒吾慎言敛气,涵养警淬之方,甚合儒先之旨。良友药石之言,勿忘勿忘。

惟有克治物欲,变化气质,涵养德性,外慕渐少,中藏渐充,炼得此心,光明洞达,应机能断,如镜之澈,如衡之平,遇事方能确有把握,不为曹好曹恶、浮毁浮誉所动。阳明先生云:刻刻于不睹不闻处戒谨恐惧,惟有收敛精神,勿使一毫发见,道到万不得已时偶一发见,裁发见时,便务收敛。

今日见蔑叟一帖云:赤松道侣,晚耽辟谷,餐霞衣白,山人亦托经熊伸鸟,仁既未能济物,智乃姑取全身。

学不厌,教不倦,实也。四科四教五美四恶三物六艺,皆权也。集义养气,穷理知言,动忍增益,实也。七篇之说,权也,收敛处惟有四枯四实之性,发见处,乃见四荣四空之相。非实则权无所附,非权则实不能行,二者不能相离。

默念吾身自顶迄踵,毛发皮骨之中,含著血气,心知于性分上事,全未能尽得分毫,倘今日盖棺,便与草木同腐,上忝所生,下负师友。流光电逝,学无寸益,时不再来,奈何勿知警戒。

晚之海王村,买得《开元占经》旧印注疏一部,与坊友议直再三,几不能就,乃拼以重金定购,后世子孙有鉴予买书之种种艰苦,而宝守之勿失者,乃为不负予苦心也。

拂箖废越南王而立新君,越人不服,义兵四起,拂人与越故相黄佐炎等连战皆败,其巴雷议院有弃北圻之说。

缅甸与英人战,大败,英入阿瓦,迁其王于东印度滇边番地,遂与英部柝声相闻矣。滇之腾越西去缅属蛮暮十馀站,蛮暮至新街一日程。

村叟家法,无论自课及课子,勿务为龚、魏高远劳心之举,第遵守湘乡曾公家塾日程,以读、经、史、杜、韩之属。看、泛及众家。写、作字以养心气。作偶作诗文，以验积理之充实与否。四字为准，毋博爱致劳而少功。

庞絅堂言好买书，亦是放心物外，不如就日用有益之册，收拾放心，温寻涵咏，使徐有得，此乃治心养气、精义人神之诀。

问篯叟，《孟子》曰："仁，人之安宅。"以言乎居敬、行简、凝静而有主也。"义，人之正路"，以言乎穷理致用，因应而不穷也。又曰："居天下之广居。"今子卑栖蓬藋，苦身约志，以何者为安宅广居乎？篯叟曰：为道日损，吾之安宅；为学日益，吾之广居。损，则朱子注《干禄章》所谓慎言行者守之约，刊落物欲，绝利一源也。益，即朱子所云多闻见者学之博，精义入神，用师十倍也。阙殆故能安，阙疑故能广，损以远害，益以兴利。凡物或益之而反损，或损之而反益，欲消义长，犹枯桥斩而新条生，敬伸殆诎，譬燎火壮而青烟灭，一消一息，迭为乘除，其几至微，不可不察。是以不先务损之又损，则无以为虚而受益之地。如损嗜欲、损意气、损外慕皆是也，必谦冲静慎，澹泊自守，然后能研几极深，探赜索隐。故损、益二者常相为用。

钮钴禄氏世为外戚，一姓六后，贵盛无比，近则子孙稍微矣。定制后族例，袭承恩公一人，仅食俸，看守坟茔祭扫而已，非有材能不任以官，又例准每岁皇后以时召见亲属，不得过五次，语不及私。无他恩泽。即此一事可见我朝家法之严。日昨仓曹一满员，钮钴禄氏，为慈安太后近属，蒙西圣赐见便殿，所询皆民间疾苦，不及家事，慰勉毕，叩头趋出，遵祖制也。

夜过郑苏龛孝胥、王旭庄中舍，谈闽中先辈蔡二希、雷翠庭、孟瓶庵诸公。苏龛言，陈恭甫先生寿祺为人颇不满于乡里，瓶庵先生则乡人皆敬重之。

晤张给谏，谈梨洲、亭林两先生事，以国论有沮止两先生从祀泽宫之请者，讽其上言纠正也。

均父戒予言，所志毋纷，所业毋杂，则揫敛而有成，堵绝歧旁，归并一路，则不浪费精神而事克举，此即曾文正公戒郭筠老所引"五谷不熟,不如荑稗”之说也。

闻张廉翁每晨早起,临《礼器碑》一通,率反复有字而后易纸,不轻为人作八分,然大楷由是日进,瘦劲有力,何猿叟后不易得也。能深入篆籀法,然后工作隶,能精通隶势,然后工作大楷,能下笔深于楷,则然后可纵笔为行草,古人学艺事,厘然有次叙,绝不相乱。此取法上乘乃得中乘之诀也。若入手便学《争坐位》《岳麓寺》《韭花帖》者,不可与言书,此非予一家之秘言也。

乙酉十二月

直典客寮,汉主客尚书署也,人海一粟,栖啄自如,亦可愧矣。

竹石以百金馈竹坡,今早冒雪往访,见竹坡颜色憔悴,形容枯槁,谪宦之况如此。竹坡自言一贫彻骨,尚蓄四姬,自刻一小印章云:“越女红群、燕姬翠黛、南朝金粉、北地胭脂。”云云,其落拓不羁之态可掬也。然天性坦率,胸无隐情,是亦可取。

校度支署创立颁发各省、府、州、县、场、卫民欠钱粮及蠲缓数目征信录底本,此法权舆于柴侍御潮生之奏,冯中允桂芬曾议及之,名目与易知由单相类,而立法加详,所以杜官吏胥差,征收中饱之弊,此朝邑相公善政也。

东斋天文算术书满架,尘积寸许,予愧乏家鸡野鹜之智,故为之整比加签,以防散佚。

【眉批】此盖署中官书。

绳庵六丈远谪塞上,久无音耗,以濠绢一端托安老寄去。

剡源戴帅初作《右军墨池记》,谓古人一艺之长,其精神魄力能流传到今者,莫不始基于勤苦,而终成于有以自重,此知道者语也。右军清鉴贵要,观其戒谢万与士之下者处,箴安石勿以清言废务,不随一世之好尚,常欲操正论以救其末失,可谓知自重矣。艺术如此,然则太上所谓不朽盛业者，何如哉。亦视其所积之薄厚，为根柢浅深之验耳。

韩公诗云："吾老嗜读书，万事不挂眼。"半山老人云："老来厌世语，深坐塞门窦。"观于二公娱老遣日之资，乃引年养性之良药也。所谓内日重则外物自日轻。

畏垒山之民归成都，日计不足，月计有馀。不求速化，天机自静。庚桑楚其人，有亡不可知。唐人以侪庄、列、尹文子，配玄元皇帝庙飨。畏垒，殆即傀儡之寓言乎？窃议其短，若勿闻尸祝以享，若勿睹一意孤行，浮毁浮誉，曾不足以动其心。若木强之人，然非傀儡，而何犹浑沌之称云尔。

漱兰少马以言事获严遣，镌二级调用。少马初还朝日，不佞即虑其发之太骤，曾微讽之，然无及矣。今日一旗下废员，素以贪慵著闻者，忽夤缘将被录用，窃思朝廷黜言路不宜太过，疾恶之心不宜不及，好恶稍失其正，非所以励敢言之风声，杜群枉之窥伺，其端虽微，流弊甚大，此可忧者也。

凡作诗者，卷轴性灵兼有其胜为难。卷轴者，词也，法也，非才不足以运之；性灵者，意也，才也，非法不足以裁之。徒性灵必至流为江西野调，杨诚斋及明之竟陵、公安一派尤甚，徒卷轴则为西昆末派矣，二者任偏同弊。

夜读《求阙斋古文钞》，文正平生志业，寄意《圣哲画像三十三人赞》。此古文本，乃即就先生言行述作，抉择精要，录之以为多识蓄德之楷梯门径，后来学者能熟精此编，守之终身，则或出或处，或默或语，有所博依孱守、择善而从，必不至乖谬于圣人，亦可以勿畔于道矣。且所谓亭林顾氏、秦文恭之礼学，由之则安，不由则危者，亦恃文字识职为行远之坚车，有序有物，即礼之节文也，不得作一艺一能观。

由乎禹墨之道，可以救时济物，兼通黄老之术，所以远祸全生。

是夕，会计一季经费簿。昔元魏霸朝，百官无俸，高伯恭以侍中贵臣、史官清秩，恒至乏绝，至令诸子樵采自给。不佞自惟居学舍，则乖直谅之称,居椽省则非谏诤之臣,太仓雀鼠,幸逃讥呵,仰怀前贤,良多内愧。

山妇孪生举一子一女,公羊家说,商人质家据隐先生者弟,后生者兄;周人文家倨见先生为兄,后生为弟。吾将从质家乎。

【眉批】旋俱殇。

丙戌年(光绪十二年,1886)

丙戌正月

书舍敬悬范文正、欧阳文忠画像,以两公皆系少孤,艰苦自立,尝敬礼以为法式也。元日瞻礼因记。

过季直君,近喜看渊鉴斋《朱子全书》,渐进秋实,不止春华,可喜!

阅《江村消夏录》毕,此惜抱先生所谓草头名士之家当也。

黄蘖作用,莫妙于舍,可为惩忿窒欲,却病良方。

李仲约学士招集,出汉延熹八年袁逢建《西岳华山庙碑》拓本相视,此碑毁于地震,海内所存宋拓仅有三本。王山史本、宋漫堂本、四明全氏本。一本归刘燕庭方伯喜海,后复为湘文太守所得。此本精采焕发,小玲珑山馆马秋玉家藏本后归张古馀。却在三本之外。徐季海云是中郎书。前人相传结体与酸枣令刘熊残碑正同,惜未见刘熊拓本也。

予斋中蓄一方砚,昨夕鹿溪过我,见之,以为仿古澄泥制也。然不发墨,不适于用。

大谢诗得力在超诣绝人,其理趣之所适非庄非释,神理正在阿堵中,遂能运奇如夷,涵骏于跛,破蔫为新,自出风格,摆落模范,其独到处,前后作者未能有及。

子培秋曹以颜公大楷《八关斋》残本见贻。予先有不全半本置几上,当觅全文证之,如延平剑合。则是渐西村舍中一重墨缘,可喜也。

蒿隐王先生《题丁氏书库抱残图长歌》一首,翔实典丽,流别粲然。予连日抱幽忧之病疾,诵此诗一再阳气上浮,怳然若失。图中题者如林,惟高伯足一记,气韵高古,足与王诗抗行,熊耳双峰,森然对峙。此外攒峰列壑,罗立如儿孙矣。文章有神,不亦信乎,后来作者观此,勿得妄下一字。予爱重此诗,吟讽不释,因移录一通于左。方其伯足之记,别见尊老批本《陶堂集》中,故佣于更钞。蒿隐诗云:

孝惠始除挟书律,屋壁山岩稍稍出。是时篇牍极重大,联以缥缃书以漆。《孝经》行疏策谦半,《仪礼疏》。《酒诰》文繁简脱一。《汉书·艺文志》。蜀客奏赋铅须怀,吴人炙字青乃杀。《风俗通义》。代以缣素便赍持,书之赫蹄致坚密。自是篇卷鲜沦芜,荀经阮录代增益。观文实储五十副,江陵尚存七万帙。长兴雕印既权舆,孟蜀书林更物溢。官本监本绣梓精,晁氏、陈氏簿录悉。勤有堂惟仁仲遗,元之建安余氏勤有堂,当仁仲之后。睦亲铺乃道人设。宋陈道人书籍铺,在临安府棚北睦亲坊。金于平水置书肆,元之兴文务刊劂。有明一代鲜善本,嘉隆而后椠尤劣。秦晋赵府并刻书,不及会通与兰雪。姚皇象、吴方山、赵清常、沈与文好籀写,叶文庄、顾大有、钱蒙叟、毛子晋善鉴别。天水旧本十湮九,赖有诸贤订队缺。我朝稽古秩汉唐,延阁尊藏切云棨。

【眉批】考据不可以为诗,此题却须用考订语体裁,始得稳称。

纯庙特开献书路,谒者求遍东西浙。大航刬除方兴伪,汲家撦护师春逸。序录校上义放刘,活版排成制沿毕。草茅未窥中秘书,三阁储珍逮英哲。家家竞献鸡次典,人人许入龙威穴。然脂怀饼士麕来,从此儒风振扬越。上者古训钩郑服,次亦骚情掩贾屈。馀子断断讲版本,赤轴青纸森罗列。振绮汪泉拜经吴,百宋一廛最奇崛。云何菑晚极庚辛,焚如毒甚滈池厄。岂独缣帛充帷囊,直以圣经代薪爇。湘乡相公老开府,手扫凶欃扶日月。

邵亭光兀求遗书，曾文正安定庆命莫子偲大令采访遗书，既启江宁开局，校刻经史。四部先刊甲与乙。同时爰有丁龙泓，秘阁篇亡心菀结。抱持更比杜林艰，搜集无逾任昉切。礼典往往出秦馀，目录一二稽魏阙。《隋志》"魏阙书目录"一卷。珪零锦断好护持，剑合珠还渐充实。其功不在陈农下，此事留待程俱说。程俱《麟台故事》载宋三馆故实甚备。永嘉真本世尚多，安得先生尽搴撷。往在苏肆见《楚辞章句》《疑耀》《骆丞集》，皆文澜阁物，今不知归何许。迩来横海肆楼船，汉廷未暇修儒术。颇闻守藏史不谨，文德官书半放失。《永乐大典》藏翰林院，今存八百馀册。子云好事释輶轩，油素赍归却精绝。谓杨星吾、黎蒪斋所刊《古逸丛书》。海外不乏歆向流，锦幖芸签肆钩抉。日人涩江全善、森立之同纂经籍，访古志所载，各书颇多奇秘。我思拄杖医无闾，一访东丹读书室。日人得慧琳音义于高丽，可见高丽不乏异书，惜无人访求耳。

贯穿运斲之中妙有镕裁，故造句谋篇宏肆，仍归洁净。

【眉批】湘乡公做事，有远致，江左风流宰相故推安石，今碎金虽往，馀泽犹存，使江介人士犹如抱遗经究终始者，前则王泽之遗，后则公相业所被耳。

独坐诵苏文忠公句云："百川日夜逝，物我相随去。惟有夙昔心，依依守故处。"韩公亦云："悠悠偃宵寂，亹亹抱秋明。"所谓守夙心，抱明志者，故胸中耿耿不能平也，然奈世事何哉，感叹不能成寐。

草议覆同文馆事宜十一条，予建议复设天文算术馆，以扶六艺之学。

客或戏村叟曰：主客尚书，署榜书曰"中外禔福"，此何解也？钝叟笑而不应，眡而曰：子眯邪，乃"受国之垢"四言耳。

前日访子培问学，子培云：有心以远害，不如无心以任运，此虚己游世之善术也。子培病予与人言,往往词意繁复,不能简当透彻,此一病也。志强于力,力不能到,而强作主张,其弊流于虚骄,此一病也。二者皆切中予病。

疲乏之馀,易生褊忿,此浮阳趋阴之候,宜于劳顿后闭目静坐片刻,然后起作事,亦澄心窒忿之一法。

近日都中贤士大夫李仲约先生,清刚似汲黯、黄漱老,直似盖宽饶,然李公神情确乎不拔,特能超然于祸福之外。

甲子晦日。今日唐人以为佳节,见《岁华记丽》。

黄漱兰丈招集仲约李先生通知时务,而所见深远,发言多中事理。虽未知于湘乡曾文正公之条理精密、规划切近何如,时彦则罕有及其学识者。

丙戌二月

仆学道尚浅,不免汩于世缘而焚吾和。唐人诗云:“一日看除目,三年损道心。”以视欧阳公之于仕进不为喜、退不为戚者,其贤不肖可知矣。

不孝束发受书,夙禀义方,既不能禄养逮存,追踪毛生;复不能致身清秩,荣赠先世。昔陈子翙官营田水利,自厌终身与水厄作缘,犹之可也。今予自癸未腊月以后,乃日与蛮府参军为缘,则更削迹秽贱,不足道矣。杜子美诗云:“我始为奴仆,几时树功勋。”韩退之语侯喜:“欲得大鱼,须舍之而去。”而东坡讥之,以为远去者,亦未必得鱼也。今日借《李供奉集》浇闷,抑自笑也。

昨夜将旦,忽梦见江阴左相国,颜色少壮,行步若飞,徜徉山塍篱落间,忽顾予问曰:“近饵茯苓乎,此最轻身健体,服之有益。”遂进而问摄生之术,公笑曰:“多吃独睡丸足矣。”未几而寤,殊可异。

为朝鲜茂山以上图们江源勘界事,与孔侍读诣内阁,恭检《康熙朝实录》,内载五十一年乌喇总管穆克登履勘江界一段,疑经当日编纂者删去,故始末阙如。

王景桴书来，以其先集及《国朝名臣言行录》刊成，属不佞作叙，予愧恩于吏役，文笔荒落，仓卒无以应之。

薛十八言，上元顾子朋屏弃俗学，专守惜抱、异之一派，好为文词，博涉理趣，而遇益穷，去年腊月，桑根先生卜窀穸于全椒之南乡，子朋徒步数百里送葬，临穴一恸，哀动行路，其至性有过人者，洵奇士也。

得汪仲伊书，并示所刊《撼龙经注》《葬书注》。仲伊向攻形法家言，故祈向嗜好如此。

连旬不肖以时撄末疾，遂荒所业，矢志斋宿百日，洗心涤虑，痛刬隐慝，而后始可谋所祈向。

同列王逸轩员外，亦有心气怔忡之症，饵熟地黄外，以每日多写楷书为养心之方。子封亦云有此疾，此早衰之征，能守老子弱其志、强其骨之戒，或可收一溉后枯之功乎？

吕庭芷先生枉存，语及所见道、咸、同、光四朝士大夫，风尚习俗之不同，即此可以觇世变矣。处此时艰，与其仕进而速谤，不如退耕而孱守。又言非坚苦淡泊不能做出事业，荆川唐先生山中读书，自奉极薄，冬无重裘，食不兼味，最可法，此立身根柢也。

古人立言多相祖袭，虽时出新意，仍不离前矩。太史公谈《叙六家要旨》，先述所短，后旨所长。班《志·艺文》评九流，先抉所长，后言其短处，有流弊。诸葛公品日周秦诸子，长短不相掩，则又隐括其词，皆味前人成说，而参以己之所独见。

丙戌三月

连日以同官吕君赴试代直，遂不出城。今年丙戌科会试，奉旨改迟两日，初八考官听宣，初十头场点名。予往送考，误入贡院大门，为搜检王大臣所诃禁，不得出，予惟引咎听候奏弹而已。闻应得罚俸三个月处分。幸文仲瀛侍御闻而趋至，侍御适奉命监试点名。白王大臣数语为解，掖予使出，邀至西屋，沦茗少坐。见侍御榻上无一物，惟《近思录》四册。予问故,答言“百忙中惟此可以耐人思索,检束身心耳”。予洒然起敬,未几辞归。予思蔚州魏公循理、守法、安命六字之训,今日之小惩,乃予之药石也,未始非幸。

本日西邸长官派署帮办,不佞以素有眩悸之疾,不胜传宣走趋要剧之役,具呈敬辞。

陶方之提刑赴阙,今日晤谈,提刑德望清峻,似陆三渔一流,同榜得贤,此大可喜事。

方之提刑论近日人物,目均父云,石季伦、王介甫合为一人。此良是病。予笑云:“貌妍容有颦,璧美何妨椭君,乃欲求全耶?”不先自克一己之嗜欲,则好恶眩而是非淆,害事不浅,提刑言是也。

每遇烦疴相困,辄欲投劾自引去,以全吾真。

草一长牍驳诘俄人,不准在松花江上游行船贸易,然措辞不得不缭曲深功。正月廿四日,草一照会,系第一次驳议,此则第二次驳议,然徒以口舌争之,而不从整顿边防入手,仍无把握。

陈子翙学士作时文诀八字,云:“空际著笔,冷处传神。”予时抱清羸之疾,而无田园生业可以退屏自给,无已,惟有于洼处立脚,冷际藏身,守苦县之微指而已。此即梅柏岘〔言〕所谓将日游于四虚之途,而与人日远也。

晤再同太史,见其教子有法,甚可敬重,其日程仿程畏斋先生分年读书法而变通之。

晤陶心耘同年,观其作篆隶楷,则笔意茂密,将来进境未可限量,殆胸有郑谷口,目无郑石如也。

丙戌四月

浙中丁卯同榜团拜,到者四十馀人,应礼部试者三十三人,视兵火以来前后九科榜运较盛,且今日之聚,如方之提刑之廉峻,仲容秋曹之博闻强记,尤同榜之光,此外不预会而有声于时者尚多,不胜私幸。

昨日考御史，闻今日考列前三名者，俱系工写白折小楷之人，然则龚瑟人所编之《干禄新书》，果不可不亟亟揣摩也。

村叟少孤遭难，自十六七至今，无日不在忧患困顿之中，遂致精力早衰，殊鲜进取之志，但欲谷汲山栖，摄生娱老而已，继自今须啬爱心气，尤少看书，但哦诗作字，取御制《悦心集》、王阮翁《古欢录》月抄一二段，以散忧疾。上希君子素位，而行之一而已。

邸堂长官派不佞充帮办章京，爰居避风，本无情于钟鼓，仰沾禄食，无补时艰，既不能洁身远引，又不能竭诚所事，俯仰无以自适，献替之术未闻，汗颜何已！

是日于公府中参见锡尚书。尚书垂问，今科余主会试，佳士闻多被放，亦有知名之士入彀者，否则以冯煦之骈文、沈曾桐之韵学、刘岳云之算术对，三君皆于是科获隽者也。

坊郭钝叟却疾五言诀：省冰冷逼壁，静虚而自镜，内养渐充盛。

晤东阳李子修。子修故致使阁学李春皋先生子。先生道光癸未进士，年四十五即解组归田，遂不复出，优游林下者几四十年，寿至八十三。光绪己卯重宴鹿鸣，恩赏头品顶戴。己丑分校会试，文端倭艮峰先生出其门下，可谓知止不殆，希风雨疏者已。

吴兴张叔宪弃官隐京师，闭门守静，类有道者。今日见之，使人尘虑豁豁，有林下风。

浑春委员曹廷杰，条陈图门江海口要害当割还置戍守事，规画形势殊详，钞入《筹边要略》中。

主客署王大臣以二年届满，例奖掾僚，于是日封疏论荐，不佞与焉，旋奉批旨俞允。杜邺为将军草奏，范云作西邸从官，愧无横草之功，兼乏徙薪之策，虚靡尘爵，孤负平生，清夜自思，汗颜何已！

偶见闽中郑苏龛作半寸许真行书，结体疏而有法，兼具潇洒出尘之姿，一见神耸。其《报罢留别友人诗》云："门外春将暮，天涯绿尽生。"结句又云："再别青门道，沧江卧已成。"摆落语，亦甚可味。

张君言西金山即阿尔泰山光显寺主持大喇嘛棍噶扎喇参近来京，

此僧曾与俄人交仗,为彼所畏。住德胜门外黄寺。仲约先生曾就之问西事,棍上座与李雨苍旧识,予欲就雨苍问之。

【眉批】张未详。

凡能成美者,必恶器也。然则人主苟无犯颜谏诤之臣,而欲求济远业;士无直言拂逆之友,而欲修身以成令名,是犹顽璞不受治于沙石曲木,不就擨于隐括也,欲成器恶由哉?

与江荔乡谈乡事,有欲归之意,且思卜宅杭州东城,寻堇浦、樊榭诸老先之遗踪也。

夜读《放翁集》尽一卷,时有出世语,真得道人也。

丙戌五月

江宁郭君元善以孝行称,前授经家塾,旋因母夫人疾辞归,今日往候,遗之蒸豚一枚,牢丸四器。

有越友携书画数种托售,与山妇展观,生绢钱舜举《捕鱼图》,野逸如生。文嘉《东坡游赤壁图》,亦萧宕有致。文衡山先生青绿山水八叶,每页系以绝句一首。又,小行书前后《赤壁赋》,皆蹊径高简,于苍浑巉秀中寓兀傲萧闲之趣,使人之意也消。内人言,衡山书品萧远,似远胜松雪,但弄姿致。予以为知言之选,然吴兴固自有坚瘦之一境,不得以立身大节概之。

客有言,志克庵,丙午文举人,曾任库伦办事大臣,后弃官,卜隐香山下,凿厓为室,引水种稻,息交绝游,不复与世事相关,颇得吐纳养生之术,行年六十馀而有壮容,岂古人所谓知止足之义,守辱殆之戒者邪?予拟暇日策蹇访之,一观其言语气象如何也。

凡人冒得美名,造物必将以甚恶之事败之。其得祸也,常不旋踵,可畏也。退之诗:"名浮犹有耻,味薄差自幸。"知道者语也。阅世二十年中,历见作才士、名臣者,稍一高兴,挂起幌子,旋见覆败。放翁有句云："世间循物那能久，刀砺君看日日销。"可畏哉！凡人朝夕衽席之间，匕箸之顷，无刻非危机患气所伏惧，然若履春冰，犹兮若畏四邻，尚恐不免絓祸，遑敢自暇逸哉。

听之不得声，出有而入无，视而可识色，自无而之有。袪二妄见成一真谛。

太公《阴符》云："天地之道浸，故阴阳胜。"《易传》曰："刚浸而长。"浸字得息养瞬存、铢积寸累之妙诀，无论古今学问事功，皆须从这里过。

【眉批】此联语注再查。

阅卢木斋靖《火器真诀解》。沔阳州人。

仆向来拘迂，未尝诣私第求见执政。日内朝邑相国以病在告，闻将有乞休归田之请。公刚劲不屈，洞悉吏偷民瘠之弊，如生当景陵盛时，确是于清端、张清恪一路上人。际此危局，虽有贤者，亦难展布。然公居位一日，君子有所冀而可以平进，小人有所畏而不敢妄为，则于世道人心，补救非一，是公之进退，煞有关系。今日往候，欲有所陈，会公服药卧，命公子成叔祠部出见。不佞遂以心所未安，时病之大者数端，讽公子为转启告，亦以尽属吏事长官之义而已。此殆未失蔚州魏公循礼、守法之戒乎。

近日士大夫谈谐自适，自以为处暇豫之日，其视军国利病泛泛焉，若萍浮于江湖而适相值，殆似晋人风气，然屏不读《老》《庄》，又无清言作答，亦玄亦史之才，则又不及晋人。《大戴礼》曰："其为人也多暇日者，其出于人不远矣。"可忧孰甚焉。

殷仲文论《乐律》云：履听自能解之，此即诵千赋，则自能为赋、杨子云说。读书百遍，其义自见董遇之说。用物宏则取物自能精也，至此中功候次第，当用朱子所谓猛火鬻、慢火温之法。更一事自长一智，第智须以愉养之，则鲵入鲋出而用不穷。庄子不恬不愉，非德也。非德也而能持久者,自古无之。恬有自动返静之象,愉有乐纵内发之意,二者不同,然则愉不可以代恬,只能以安衎等字恭代。

【眉批】此节解注中用愉,本以代恬之非。

山妇自归余家,未尝置一衣饰,村叟尝告之曰:二亲遭乱离,惨苦不可言,孤子当室,冠衣不采,吾与子澹薄刻苦,毕生勿负先志也。宜人曰:诺。食甘粗粝,衣多补缀,其俭足称也。富贵利欲之事,未尝歆羡挂齿牙。其天性澹静,吾愧勿如。今持家劳苦二十年矣,晚觅一针工,为致罗衣绛裙各一袭,暂一破悭,聊记于此。

嘉兴沈鼎甫先生维鐈,有隐德,历官所得俸泉,推以施济游士之贫不能自振者,没之日家无馀财,藏书册箧而已。今子培秋曹、子封吉士乃其孙也。性皆好学,行亦和峻,具见报施不爽矣。今日刘建伯乃复述子培母太夫人之贤。太夫人与赠公攻苦食淡,后复嫠居教子成立,匮乏几不能自成者垂三十年,直从刀山冰壑、生死田地上经历过来,方得睹诸子学行成立。余闻斯言,叹息不已。韩非《解老篇》引周公曰:“冬日之闭冻也不固,则来岁之长草木也不茂。”此即天地之心发见之端耶。彼一世之逐逐于眼前利欲,上得罪于所生,下不恤其孙子者,何不仁至是也。

得方古香丈手书,年八十犹能作蝇头字,想见目光炯炯,真异人也。得雪庄族祖手札,钵川及澜侄皆染嗜好,闻之愀然。吾邑风俗日偷,士习犹坏,吾不欲归田矣,不欲见浮浪少年生于吾族也。

得张廉老保定手书,兼惠作草隶四纸,风致萧散。郑道昭、丁道护真迹世不可复见,笔力乃今复见之。

韩、李、皇甫奋于元和,穆、尹、欧阳奋于庆历,不是文家力能起衰,乃是智者工于乘敝。后来虞道园、宋潜溪、归熙甫、方灵皋、姚惜抱亦然。

客问近作何功课?村叟答言:每日苦妄心与客气,二者迭相为患，驱去复来。妄心萌牙，故妄语随之；客气用事，即衰气承之不去。妄心不能存诚不砭，客气不能持敬，究其病原，在志不足以摄气，故妄心。心又为窝藏客气，还自贼害之根。若能如温公教刘元城语，立志先从不妄语入手做工夫，则气渐卑敛，心亦凝定，是塞兑闭门之一法。凡治心养气之方，随时自药己病而已，不必广觅古方，转于病症不切，亦不必多请名家开方，盖孟贲之狐疑，不如童子之必至，诚故也，忍故也。

贵筑黄子寿丈居官简静，所至以培养吏才为先，不为昭昭伸节，今由鄂臬调补秦臬，入都述职，往候未值。今日读邸钞，陈六舟丈奉巡抚安徽之命。六翁居谏垣，日有清名，能慎终如始，则善矣。

晤沈禄卿同年。前为长男求婚长洲王氏，缘茀翁系仓曹同宦，性韵清介，素所钦迟，又惕甫先生之族也。今日往叩沈君，申托前请。

晋人与人书，非时起居，辄曰“安隐”。“隐”即“稳”字。《后汉·孔融传》注云：“隐，凭也。”引《庄子》“隐几而坐”，凭有稳义。《遗教经》：“是以当知持戒，乃第一富乐安隐之处。”此经乃显宗时译，是东汉初已有“安稳”之语。

孟子法先王，荀子法后王，一则坊民正俗之常，一则通变救时之道。董仲舒、郑君、朱子、方正学、黄忠端皆祖孟子，贾谊、王通、陈亮、顾亭林先生、魏默深皆祖荀子，至若张文武、诸葛忠武、耶律文正、刘文成，则兼取九流二氏之长，入处各有独悟，故操术不同。其所成就亦各异。

春夏盈虚之际，秋冬消息之候，能刻刻致虚守静，抱一处和，则早服重积之道也。时乎盈，而以洼居之故常滋息，所谓饮酒微醉，看花半开，则作事穷矣。陈希夷、紫阁僧、李之才、邵尧夫相传之术如此。

治国者，能使大臣立朝，人人皆刚正不阿，遇事不诡随雷同，则事皆核实，言无雍蔽，虽有水旱盗贼四夷窥边，不能为患。唐文皇贞观之政美矣，而杜甫诗称之曰：“文物多师古，朝廷半老儒。直词宁戮辱，贤路不崎岖。”隐括其所以致治之由，尽此数言而已。呜呼！此其所以为诗史也。

鸠摩罗仲什吞针赞

瞋恚之害甚于刀兵,爱欲之毒视鸩犹轻。惩忿窒欲,厥象在损,人心惟危,求仁宁远,异彼胡僧,尸罗匪懈,纵失须臾,旋苴障坏。头铦尾赵,锐物莫如荀卿所《赋》。乃聚一盂,引匕戕口,人天皆目,如啖松毛,若耳黄独,庸髡骇汗。悍主摄心,崒乎实相,义碎真金,不知者谓食针显异,知者以为祸莫惨于忿欲,而区区之针,抑为下矣。彼法中然,我法亦尔,《记》不云乎,"十目所视,十手所指",夫是之谓克治。伯昏垂堂,足二分外;伊川室中,尖物无害,律身尚严,志净虑汰,有万鬼神,来瞰来会,豁万古雺,课一心衸,破针孔小,塞阎浮大。

阅《癸巳类稿》,中有《乡兴贤能论》一篇,言周制任官,用世族,寒门备庶士之列而已,后及历代递变其制,人心积重不可复返。其说甚精,今八旗多世禄,而汉士由科目进,盖参用周制。

惜抱老人与人书札,率纡馀委备,往复功深,所谓予人善言,暖于布帛也。不特觇德人之所养,抑且悟先生年跻大耋,言满天下,所以致此福泽之由。

问友人王兰泉先生遗事及子孙,裁给衣食而已,无能世其业者。先生晚年以曾任滇蕃铜政,赔累寄居祠宇,生产萧然。身后只馀《金石萃编》《湖海诗文传》等板片,诸孙藉以糊口耳。

率更《化度寺》玩其用笔,摆落蹊径,有寓纵于敛,削繁成简之妙,于《刁遵志》《旧馆坛碑》似一脉相承。昔人评虞如行人妙选,罕有失词;评欧如狂将深入,时或失利,似以中行归伯施,而以狂者予率更。此塔铭则浑穆高简,兼具狂狷之德而化其迹矣。

丙戌六月

阅《永嘉语录》,非真见,非妄见,真妄皆除,如夜行见电。

严子猷,洞庭东山人,与言莫釐风景,云:"以西山为胜。"予友人凌麈遗尝有卜筑终焉之意,并欲招予也。

与内子言世上事皆浮脆变幻,无一可以自娱、可自适者,惟有曲肱打盹，饮水读书耳。

丙戌七月

读古人文字，自己作文字，皆须熟读详味，吟哦往复，从声音一门上证入所以者何。盖由声音，乃文字之母也。禹云声教，古人文皆有韵。若不从声音证人，便是门外汉。惜抱姚氏说。

远性风疏，逸情云上，空波鹭白，绝顶松青也。寂寂也嚣嚣，有时冷湫湫，有时坦荡荡，沉冥孤往，柱下为工，于世间一切事味如嚼蜡也；混入屠沽队里，说白打诨也。时作蹇浅语言，随缘度日，而其灵台方寸之地，颇有脱离世法之怀，所谓书呆子者，大都近之，第不值世间人一笑耳。

初五日。是日醇邸奏奉懿旨，接见各国使臣于译署，设宴向行宾礼，醇邸谕各使，略云："皇太后体上天好生之心以为心，诸王大臣仰禀皇太后之心以为心，约嗣后大国字小国以仁，小国事大国以礼；大国不得欺陵小国，小国不得干犯大国。各保疆界，各子其民，庶无负仁育义正休养生息之意，彼此议办交涉诸事，咸当以礼相与，以诚相结，毋挟诈，毋怀疑。"各行人皆起立，悚听举酒祝曰："王爷语是，敬识之，不敢忘。愿中国皇太后万岁，皇上亦万岁。"礼成而退。是日与执事敢记其略如右。

任子田官礼部，曰：愿去繁茶之曹，就清简之职，以便割其日力三分之二，就朱文正公家借书读之。是十年宧犹得七年考业也。文正笑而许之。

潘仪父《权论》云："经名显，权名隐。天下公，一人私，则治；一人公，天下私，则乱。圣人私己而公人，万物致其命，鬼神不灵而天地平成。其指出于《阴符》。此历代雄忍之主所得之，以为无上秘密法者也，然不可以垂世立教，且如所云，则流弊极大。

【眉批】有《与潘仪父书》入文。先殆以常见，故未入钞。

与止潜谈家人生产事。朱子“四本”、曾文正公“八本”之说为最要,而勤、俭、自立三者,又本中之本也。

鹿溪言,国朝文家,侯、魏并称,侯不如魏;方、刘并称,刘不如方。予韪之。至其曰“恽、张并称,张逊于恽”,则予不敢附和,盖张长于虞氏《易》、郑氏《礼》,恽深于《史》《汉》、九流,如熊耳双峰并峙,各具奥如旷如之境,未易孰为轩轾也。

鹿溪劝予,吏役损志,不如得一杂端,耐贫自守,可以废门休息。割日力四分之三以理经史之业,且于此中既有真乐,又获自全、避世、摄生之上术也,此为予谋者甚至。

阅易秋曹《老子校文》,证据明确处甚多,有出于毕氏沅、王石臞先生、俞氏樾三家之外者。

复雨闻。三辅水潦成灾,山西亦大水,汾河尤甚。亮生同年为汾守,筑堤扞水,凿渠溉田,为民兴利,然堤埝一决,害民尤烈,言水利者不可不慎也。张江陵障九穴十三口,楚民以饶,而江水盛涨,时上下游无岁不有水患。故知泽可陂,而川不可陂。今与水争地,非古法也。

答友人书云:“仆耆古而不知谐俗,拘方而不能济变,性韵刚疏,不晓世故。近多末疾,回向瞿昙,栖心谷神,以求自适,义当量而后入,知止不殆,非负重致远之器也。”

阅江都焦里堂先生家戒,其言雅驯,委曲详尽。

沐浴罢,始习枯坐法,高先生曰:枯坐于养心,最有益。

日色将晚,走谒蕙丈,邀入小园中看花,夏去秋来,夏花尚未阑也。丈语及越缦堂中,前十二年,客牧、庄嵋青、子缜、汝翼皆已下世,存者丈与云门及昶三人耳,石火光中劳生如寄,相对叹息。

阅《郑君年谱》,山东侯氏作,不及丁氏《颐志斋谱》之详密,《戒子益恩书》云:“不为父母群弟所容。”俞理初考他书所引,以为“不”字衍文,言少不任为吏,幸为父母群弟所容,故令其去厮役之吏,游学周秦之都也。又《朱隽传》,董卓诛后,徐州刺史陶谦等十一人奏记于隽,末列博士郑玄，衔名在前九江太守服虔之下，事在初平三年。前此，卓迁都，时公卿尝举为赵相，道断不至矣，不称赵相称博士者，知郑公义不欲受卓官，此亦当采入年谱者。

文章之妙，存乎一纬一经，机轴错综，染缯者青与赤错，始谓之文。赤与白综，始谓之章。若意单词复，浅蹇径直，不能奇偶相生，反正相成。譬之染，止一入而欲成采，不亦去之愈远乎。阮文达公作《文言说》，谓古人行文，多用偶，且有韵。与李习之《答王戴言书》"创意造言，有六蔽"之说，皆切于文家利病，不可不知。

中俄西北界务，尚有钦定《西域图志》《七椿图》，松文清、祁鹤皋、徐星伯、沈子敦诸公所著之书可寻。至东北边防，则地图方志皆少见，今日曹彝斋大令自吉林来，枝江人，廪贡生。过敝庐谈边事，示我手辑《东北边防要略》二册，为之狂喜，将留付写官钞一副本。

春秋之义，内其国而外诸夏，内诸夏而外夷狄，经也。孔子谓"居夷何陋"。王通云："戎狄之德，黎民怀之。""三才其舍诸"，权词也。

【眉批】按：此亦征圣人于夷夏，未必有深歧视，当以政教化之，化之既进，何分夷夏？文中之言足证公理。若孔子当时固欲诸夏之已被化者，而后以正夷狄耳，诸夏既无望于行道，子不得不思及于未被化之夷狄而并化之，特其进化尤难，自不能恝置于中国也。

丙戌八月

张廉卿先生书来，论古人作隶以拙胜，今人以巧败。即推之万事万物皆然。此世教所以不竞，而夷狄反得窃古制之绪馀，乘虚而制其弊，斯言极中病痛。

胡土克图棍噶扎拉参，本巩昌府洮州番僧，同治中在科、塔两城之间，自结义旅，与逆回战，相持数年，俄人亦畏之。边将以闻，赐号胡土克图,敕建承化寺居之,令招纳喇嘛徒众筑卡自卫,为奎洞山扞蔽。光绪七年,中俄重定边界,寺割于俄棍,恐俄人寻衅,乞假入藏熬茶。现来辇下牒理藩院,欲遣散徒众,移寺内地。已仍乞身归洮州间住,其意盖觊乌、科、伊、塔四城,将军参赞为其声援,且助之饷也。鄙意棍有过人之才,边城所倚,蒙哈慑服。猛虎在山,藜藿为之不采。为今之计,自宜奏请敕下,锡纶明春助之粮饷,联络其心,使弹压边境,贤于万人之将远矣,不宜使退就闲散,既失一边才,又恐为敌所得,是两失也。然当事者殊不以此策为然,予面柔争之,不能得也。

夜读《惜抱文续集》数首,视《初集》意义、气体、格律三者皆稍逊,信乎如前贤所云,阳刚之美不如韩、柳、介甫、望溪,阴柔之美却得之欧、曾、道园、熙甫也。

永慕堂编架上书目次,乙酉春草拟。不用荀勖、王俭以下旧式,仍窃取六略之义。

甲、义理类。孔门德行科之流裔,《礼》以阴入中而有序,敬义夹持,凡撢精义理者,须从训故出,则不流于空疏犷悍。

六艺。《易》智、《书》义、《乐》仁、《礼》礼、《诗》信也。《礼》《乐》所以养吾心之仁也,射、御所以养吾身之勇也,六书九数所以养吾心之智也。

小学。参用《管子·弟子职》,班固、朱子之意。

医家言。摄生宗旨源于阴阳五行,孔子慎疾,食不语,寝不言;曾子临深履薄,孝之志也。九容、九思皆所以约束人之筋骸,坚固人之腠理,以凝所受之命也,《易·颐》象戒病从口入,《损》象以惩忿窒欲,医莫精于此矣。

乙、词章类。行义充实,不可以已,于是乎可从事古人立言之业,孔门言语科之流裔。《乐》由义出,和而有物,由静之动,意蕴以宣,凡有声,皆阳气被于金石,而为乐书之竹帛,而为言,皆阳气之节宣者也。

古文诗辞。

金石。

丙、经济类。孔门政事科之流裔，以义理为主，其为体圆而神。

历代史。记事本末、大事记，年表为纲，纪传、编年二家为目，记事本末，先侍郎旧业也。后有贤子孙应为笺注以发明之。

【眉批】“纪”，先祖讳。故先公笔墨，皆“口”之。应否敬缺末笔，或即以原意均以“记”字代之，当可行乎？

本朝掌故。亦宜分门，删要钞之。

政书。三《通》及《五礼通考》之属，河漕、盐、茶、耕、桑、牧、矿诸政。

兵书。军法、军制、阵图、制器。

九流。道、法、名、墨、阴阳、农诸家，皆关治世之术。

舆地。有图有考。

西洋制造耕织诸学。

丁、考证类。孔门文学科之流裔，须根极于训故、义理，非是者慎勿徒劳心目。其为用方以智，载籍所以益人神智，一文句有一文句之用，若不致其用，而徒受困于文句，入而不能出，博溺心、辨丧志，是自汩其神志也，亦奚取载籍为？

艺术

附类书、丛编。

少孤多病，早违义方，游学南北，窃食椽曹，娖娖世故，苟活视息，非其好也。虽癖好竹素，然心力疲苶不能识大，惟思明小。爰排比所弆，挈其指要，如能割彼日力，意将从事于斯。若夫投老归心,则欲窃取颜黄门之义,以为《老子》贵啬。啬,内神于清虚;释氏主舍,舍外物之凝滞。倘能栖真,二术差可颐神引年,自适己事可矣乎。此室中向壁率臆之说,殆不敢与外人语也。

过鹿泉,示以陶山《唐氏集》。陶山为文,多濡染于竹汀钱先生及段茂堂、王石臞诸老,又别受之姚惜抱氏,与确慎之墨守三渔、杨园一派者,殆父子异趣也。性之所近固执,虽父之严,不能以强其子也。

光绪庚辰、辛巳,闻言路大开,其时朝士庞杂,不无险躁干进之徒,然言事率激烈,意在举当日形势利病启发天听,感动庙谟,求所以拨乱经武之策,是下获敢谏之名,上益收广听之益也。甲申春后,言路闭塞,疆吏拥强兵厚饷者,有坐大之势,而近臣于四徼堤溃蚁决之形,匿不上闻,不思开寤天心,惟保目前禄位,是利归臣下,而害遗君国。规转不如前,时势愈因之岌岌已。夫暗于事机之罪小,自欺欺君之罪大。譬之主人有痼疾,客或危言导之,谨耆欲近医药,犹爱主人者也;乃转为主人讳疾却医,以为可保无事。是必有以途之人视主人之心,而后忍而为此也。然则人主官人之术,于此可以寤矣。

狂者志大而略于事,行不必掩其言。杜公诗:"许身一何愚,自比稷与契。"退之云:"我身蹈丘、轲,爵位不早绾。"若使二公比肩孔门,则皆狂者也。近日曾文正公崛起湖湘,其姿性则狂而兼狷,《言志诗》云:"述作窥韩愈,功名郧侯拟。"秤量矢音,语有分寸矣。缘此知《新唐书》所讥,好论天下事,高而不切之病。词章之士所以绝不能任经济者,以修其言不修其实故也。是以古今经国之士,多约旨卑思,而不敢一日易其言者也。

聋者审于视,盲者审于听,不有所废,何以兴?不有所损,何以益?韩退之惟乖与时,乃与天通;柳子厚谪居无事,乃能驰骋古今。知文章之利病于此,预计消息,非去官不可,特予不工举业,觅馆为难,无以治生,坐此因循未决耳。然处此每日有簿书期会、米盐凌杂、红白庆吊,三者交困,固知其不可久居耳。

安溪李文贞公榕村讲授，分上中下三卷，上卷取程、朱要义，以为立身制行根柢；中卷兼取荀、扬、王仲淹、邵子《观物外篇》以博义趣；下卷采贾、董、晁、刘、唐宋八家文字，讲求作文义法。辑录具有本末次第。

今日常课外，又危坐讽六祖《坛经》，蒙庄居才不才之间，去刑与名，缘善恶之督以为经，自谓善藏其用矣。观于曹溪，不住善相，不住恶相，兀兀腾腾，迹冥凡圣，则视庄叟犹拖泥带水，滞于形相也。

鼎父侍御廿四日具奏纠参太监招摇生事，请斥逐治罪，附片奏请开言路以裨时艰；廿五奉旨诘问；廿七遵旨明白回奏；廿八奉严遣谪官，以主事降补。附片留中，原折掷还侍御。居谏垣不及一年，屡上封事，多所规切，可谓能称其职。于万籁瘖默之时，犯颜抗诤，风雨如晦，鸡鸣不已。

累朝养士之厚，宜有此也，今遭贬斥不觉惨然。

湘乡曾文正公论文家制胜，分气势、太阳太刚之美，此类最不易学。识度、太阴太柔之美。情韵、少阳少刚之美。趣味，少阴少柔之美。四品有气则有势，有识则有度，有情则有韵，有趣则有味。若以诗家论之，孔北海、魏武帝、曹子建、李杜韩三家、小杜、东坡、元遗山、刘文成、吴渊颖、李献吉，长于气势者也；阮嗣宗、郭景纯、魏元成、陈子昂、王孟韦柳、李义山、黄涪翁、虞道园，长于识度者也；陶渊明、庾子山、张曲江、白乐天、欧阳六一、陆务观、吴梅村，长于情韵者也；谢康乐、谢朓、何逊、范彦龙、颜黄门、薛道衡、元次山、张文昌、孟东野、陈后山，长于趣味者也；王荆公诗，则识度、情韵、趣味三者兼有之，而气势差不及前人。大凡文章之士，气盛者，意未必能工；意工者，气苶然不完，两美故难兼也。杜子美气充而意仍工致，才力华瞻，天骨峻逸，左之右之无不具，宜所以为诗家之宗。

丙戌九月

常有是俗谛世法，常无是真谛非世法，真俗不二是圣谛，无所谓真，亦无所谓妄,作平等观,常以出世之心,行入世之事。此梁僧慧约三谛之说也。

鼎父侍御过村舍谈,君谪官后,词气甚平实,去就之间皆合于义,固知平日胸中所养不同,甚可钦敬。

君规予隐微之病所,以不能变化气质,时蹈褊躁之失者,皆坐好名之心太浓之故。此病根株不拔,就使并日而学也,是枉然。予憬然下拜,当铭刻终身,不可忘也。

好名便生出无数怨尤,客气乘之,浮动而不能收敛,此害大事。不特偾事,亦且害心,可畏可畏。先师刘子一生,以"志士不忘在沟壑,遁世不见知而不悔"二语自励,须知淡泊宁静,乃是自家受用,非矫饰以骇俗也。

国语年二十以下,幼丁为西丹;二十以上闲散者未编入兵籍。为苏喇,否则为兵。旧制西丹不胜为兵。咸同以来,军兴征调太繁,闾左已竭,故挑及西丹,非定制也。八旗将领章奏内,时有挑练兵丹及西丹马队等语。

博观者常讥约取者以为简陋,不知五谷不熟不如荑稗,博而鲁莽,不若约而专精之为成器也。且虽挟有馀之姿,苟逐于无涯之智,犹恐游骑无归,况中人之才性乎？栝杓之量,强饮一石,则必至腐肠;负薪之力,强使举鼎,则必至绝膑。然则古人博溺心之戒,宋贤玩物丧志之说,未始非万金良药也。近人琐琐考订,钩釽驰逐,入而不能出,往而不知返。而于诸经之微言要义,九流正史之有益身心、日用、政治、民物者,反多忽略,庸得为之博乎善乎？扬子云之言曰:"多闻则守之以约,多见则守之以卓。"非多闻则无约也,非多见则无卓也,此谓学者当随时博观,随时约取,如蜂采花,资其味而不见色香;如鸡抱卵,循其候而无间寒暑。固非侈涉猎以为博也,夫然后能积铢累寸,随其才性之大小而成器。

晤蕈翁,言及稷下士大夫有发蒙振落之叹。

【眉批】殆以前朱侍御被遣事致感。

荆公退老金陵后，诗清远闲适，每下一语，出人意表，真瞿昙种子以广长舌出频伽妙音也。

蕫老近日议论平实，知所养深也。

篾叟曰：作文当从高处、深处、远处落笔，则不戾乎古，而足以垂后。作事当从低处、浅处、近处下手，则不至骇俗，而后可以济时。

史体据事直书，不虚美，不隐恶，第为实录而已。与孔子笔削之经法异。说本《太史公自叙》、扬子《法言》、黄楚望。然古人以附于《春秋》家，未尝别为乙部，谓是鲁史之支流与裔也。《太史公》百三十篇，《艺文志》以入《春秋》二十三家内。班孟坚《自叙》称“旁贯五经，上下洽通为《春秋》”，考纪、表、志、传凡百篇，谓其体，虽整齐之为纪、表、志、传，其义则考之《春秋》也。

望日，朝邑相国生日，往谒者皆不见馈屏障者，录衔名称谓而还之。汤荆岘尝行之矣，公亦犹行古之道也。

鼎父言吴礼园太守作古，回念甲子冬与太守相见于桐庐令君宋侯官舍，今二十三年耳。丁丑鄂中亦相见，自此不复面矣。怆然怀旧，伤逝情深。

习劳苦后①，静坐片时，以持养之。

得惠半农先生《诗说》《易说》《周礼说》《大学说》从古本。《春秋说》，共十四本，段茂堂先生云：“《周礼说》尤为典雅也。”

吴世兄礼园讣告至，恻怆不已。身后一子名守训。母太夫人素有笃疾，犹在堂也。礼园，吾师少宰和甫先生之仲子，官湖北候补同知，以居官洁己奉公，大吏奏奉；诏旨嘉奖，以知府升用矣。贵筑黄提刑丈亦称其办汉口镇厘金，处脂膏而不润，不愧为名父之子。方将克继少宰师家法，乃竟禀命不融，年裁四十，可伤甚矣。

---

① 原文“劳苦”后复有“劳苦”二字。

予向有怔悸失眠之症,今夕又然矣。然大患以有身故,如能在世出世,于尘离尘,则自然无累矣。

丙戌十月

鹿溪语予,吴仲伦有《古文绪论》一卷,专论本朝作者,姑取阅之。仍多皮壳语。

阮籍臧否不挂口,避世阱也,大似司马徽居荆州,睹刘表暗弱,括囊不谈时务,有以并世人物问者,徽不度其高下,每答言“佳”。此《易》所谓缜密而不出,《老子》所谓曲则全之术也。故嵇叔夜死而嗣宗全,然其胸中豪迈,不屑又不能全瘖也,故自托于支离奇丽之言以寓志。

昨夕黄丈招饮酒,后多失言,悔不可追。以后痛戒痛戒!敬署所居曰“忍默龛”,取山谷老人养生四印之说。

题忍默龛语

【眉批】似应入杂文。

世缘损则道根益,物欲浅故大机深,多为不如约执,外游不如内观。常以读书养性为事,梅子真传。依于庄周、净名之间。刘凝之。净土解脱,览黄门《归心》之篇;微明自照,守深宁《困学》之法。

姬传先生年四十二即辞官归里,优游林泉几五十年,故所养深。今鼎父年亦相当,此行殊可喜也。予谓子培,使予早归涵养性灵二十年,下笔当有异境。子培不以予言为狂,殆相呴以沫故耶。

与弟侄书云:忧患之馀,百更世味,捐书惰行,颇不自力,始悟处世作人要极平庸,或可免絓世网,惟于读书作文时则取适独坐,要极不平庸,方可自辟规模堂庑,二者之用,各有所宜。

《瘞鹤铭》《天监井栏》、萧憺诸碑,以神韵胜,书家之南宗也;《郑文公碑》《吊比干文》以魄力胜，书家之北宗也。刁遵志、裴镜民《启法寺》《龙藏寺》，雄深密丽，兼有二宗之长。长率更规模①，隶势源出《韩敕》，善审左右、向背、牝牡之情；平原气势，纯祖北碑，惟李含光、宋广平、《东方画赞》三碑则又参用萧梁之体。

芳郭逸叟赞

【眉批】应入文。

芳郭，桐庐地名。村人厌世法之缚，晞元修之门，就不欲入，和不欲出，徜徉区中，自号逸叟。夫畜樊之雉，庖宰迫于须臾；笼头之牛，水草羡夫放散。竿牍期会，拘于柳州之囚；米盐喧聒，穷于莲勺之困。以此希逸，逸诚难矣。然处卑而神转泰，迹秽而心自芳。逸之为义，从兔从辵，于爱欲胶漆盆中，名利牵缠阱内，时思兔脱，决若鸿冥。语曰："劳我以形，逸我以老，止足之谊，庶蠡没为之乎。"赞云：

慎居其实，毋宅其华。卑冗勿耻，高明勿家。匪夷匪惠，一龙一蛇，任头生白发，隐几梦青霞。斟明窗之绿字，养幽室之丹沙。不泥滓于聋俗，与群动而推移。虽遁迹于鸡骛，长寄心于幽遐。

光绪丙戌一阳生之月漫书。

丙戌十一月

治心养气之术，莫善于日损其欲，不损则无以为受益之地。《管子》曰："日损之，而患多者欲也；日益之而患少者，诚也。欲消诚长则智自生。"《庄子》谓："以愉养智，以智养愉，捐以远害，故能愉也。"

惩忿窒欲，即道家降龙伏虎之义。

连日游厂肆，得《玉函山房辑佚书》《汉魏遗书钞》《平湖孙氏二十

---

① "长"字疑为衍文。

一家易注辑本》。右皆搜集汉《艺文志》、隋《经籍志》所已亡佚之书,先友李宾嵎所称还魂书也,此法开自深宁王先生。

捐书已久,困于人事,此心便觉粗鄙近利,前予以京曹贫乏,贷得数百金于亲串家,权子母为添补度日赀,乃自癸未冬迄今履为市侩所乾没,阅历此境,亦有足以警醒予者。誓从此居官清白,以沈鼎父先生及张孝达师为法,不得营私财,取一物入己,以贻祖父之羞。坡公云:“苟非吾之所有,虽一毫而莫取。”一栖一啄莫非命定,非人力所得而强取也,就令强取,必有后灾。亦可憬然而悟矣。

连旬人事错忤,身又多撄末疾,伤性焚和,不止一事。自今夕始欲礼诵曹溪经句,以忏除妄业。

子培处借《黎二樵诗》一读,每下一语,出人意表。言情则曲而至,赋景则奇而峭。于岭南三家外别出畦径,甚哉!造物之新机日出,而不穷日月之光景,得之而常新也。

东方朔《戒子诗》云:“孤贵失和。”黎简诗又云:“孤不失和。”此各有理,一则抗志不违俗,一则避世乃葆真,皆有道术存乎其间。

丙戌十二月

以后因体弱善病,少写日记,少看文字,以啬养心气,全其天年。如有要事,备忘则书。

汉季三君虽有清名,非八厨则无以瞻身家。明之东林顾、高虽贤,非李三才则无以奔走天下之士。何以聚人?曰财,其义大哉!故知世称范希文、张紫岩作相,常推俸泉以食游士,众誉所向,故蹷蹶而旋起。唐荆川语。此虽盛世之事,然亦可以观世变矣。国朝卢雅雨、毕秋帆,亦略得其术,而智较浅。

李蒪客云:“《明史纪事本末》非谷应泰作,乃明末越中遗民张岱入国朝作。论断则陆丽京圻手笔也。”此语不知何所本。其时横云山人《明史稿》未出，钦定《明史》亦甫开馆草创，张、陆不审据何书，删润书此，语以存疑。

学士李公招集，强赴之。斋中敬观慈禧太后画菊，御笔淡墨，渲染风枝露叶，不用钩勒而自然苍古。昔汉代明德马后之好楚词，和熹邓后之善史书，稍耽翰札，无与丹青，恶足称哉。臣昶谨记。

李秋亭太守来，示以德国人所画《东三省中俄两界地图》。上海铁厂李丹崖抚出。

过杨院长，托辞仓曹差，俾得明年典属署中直，归之日可以闭门养疴，稍资休息。

会计丙戌年一年中用度，约费羊肚腚一千五百馀两，又会计今年所得经史子集，约二千数百卷。

东斋旧悬范文正公、欧阳文忠公石本小像，以两公皆少孤，艰苦自立，可以为法故也。元旦焚香叩头。

丁亥年(光绪十三年,1887)

丁亥正月

阅李文饶《会昌一品集》。笔气雄快奔放而有节度,使用故事极其清新,非近日考据家死于句下者所能梦见。

今日忽于《荀子·性恶篇》"桀纣性也,尧舜伪也"之说有所悟。殆即孔子高所云"鲁仲连强作之者"之指。汲黯讥世宗内多欲而外施仁义,其实唐太宗亦止如此。大凡有雄才者,必多欲,魂魄强故也,素性廉静寡欲之人,决不能有所作为。故邵康节云:"剸割者,才力也大伪。"如真能矫揉气质之性而强勉为善,七制之主大抵如斯。

得《广东开方地图》一函,价止京泉五贯,为之狂喜。

何猿叟擘窠大行楷,今日唁王宅偶见之,乃五十以前作。笔意奇横,以为可与刘诸城得意之作抗行。仍左规右矩,牝牡相得,纵而能敛,所以可贵。

六艺九流三史百家之学,词之繁者,资于要删;术之赜者,存乎择执。虽有训故章句,不必通变合时,必待研精义理者,然后能通之;虽有度数节目,不能自用,且不尽适用,必待治心、养气、学道有得之人,然后能用之。否则虽日诵万言,长傲饰非,胶执成见,适足为害,非惟出则病国,抑且处则殃身。

德艺兼修者,乃吾师也。所当师者,礼而罗縶之数百一千一而已。术智两丧者,乃吾资也,为吾资者,咳而衔辔之数常万也。明此则万事自然就理,群嚣且收声矣。

古今事变至繁至赜,然其大要,不出是非利害二端。是非以理言之,利害以势言之。身在事中,往往右利害而左是非,身后公论则又贵是非而贱利害。儒家专明是非,多迂远不切事情,而常获虚名。法家专审利害,善设绳墨,切事情而多蒙世议。盖空言易美,实事难工,此中有消息之故,往诎来伸,不能兼得也。惟修道家之术者,以深为根,以约为极,有法无法,因时成业,有度无度,与物取舍,以谦弱濡下为本,以守静致虚为体,以乘弊应机为用,能如是,则发端似钝,赴弦转捷;所诎至寡,所伸已多。然后于利害、是非之徼两得之。

每月必书二节气及朔弦望晦者。曾记朱子评《吕成公日记》,后遍检《朱子全书》内诸子门,找不著此条。大指以为有劳事必录,有咎匿必书,固已。至于节候之早晚暄寒,草木之荣落消长,亦必谨书之,以为与吾心义欲之消长相关,可资参观互勘,如此方是善学。以上语记得不真切,然实有此理。且历家以气盈朔虚二者为纲要,以为有关敬授民时之大也,故谨志之,且是日必沐浴斋宿也。

《庄子》言,缮性于俗,学以求复其初,谓之蔽蒙之民。必不可得,故蔽。凡附之以文,益之以博,文灭质,博溺心,谓反汩没聪明。然后民始惑乱,无以反其性情而复其初。此数语若逆知近日考据饾饤家之病必至于此,终身溺于考据而不能出,乃漆园所谓俗学也。子政、子云最精校雠,何尝以考订为学之止境。子夏之徒田子方,田子方之门人有庄周,想其时子夏氏之儒已衰,已有此一种风气,故庄生讥之。夫至欲返其性命之情而不可得,已则惛惛,安能治世?诚欲治己以治人,必先去其钩饵笼烙,使人人得返其性命之情、万物之气,乃静也。静则理解冰释而受治矣。彼考据家之钘碎支离,其溺人之罪岂止钩饵笼烙之失鱼马之性已哉。

"日录"二字,沿《荆公日记》旧名,其名病侈,似无戒慎修省之意在内,此本写毕,改题"濑斋日课",或题云"惜分阴室自课"俱可。

【眉批】此题面语。

丁亥二月

《康辅纪行》姚石父谨由打箭炉巴里二塘至察木多而止,并未入藏也。《卫藏图志》五卷盛绳祖当访求之。

观明太祖皇陵碑拓本,在凤阳中都观明拓《礼器碑》。

横渠云:"书以维持此心,一时放下,则一时德性有懈。"《法言》云:"心离书则神索。"横渠语正可为扬子作注脚,可见宋儒心思所欲出,周秦古书及汉儒家辄先言之,特古语简质高浑,不若后贤之畅泄无馀蕴耳。养心之法,假书修持,使此心入古人言语文字腔子里,磨砻浸润,诚易为功矣。然不若严师畏友夹持,尤为亲切有味。盖古之人与其不可传也死矣,言语文字可传,气象容德,心之精微不可传。其仅存者筌蹄耳,太山一毫芒耳。情可两浃,而气未必能相续也。故远取诸前言往行,有时不若近取诸并世之贤。予六七年中,颇得三益友:鼎父直、蒿隐谅、子培多闻,各有专长,可资取法。今鼎父既去国,乃取仲弢补之。以时彦之謦欬文字,亦足为养心妙用,且可藉以讲明古人言语,理会古今文字也。然则今人言苟可采,即为读古书之椁钥也。惜刘先生、钟先生、戴子高、庄中白往矣,得一奥义无与为质矣。

昌黎韩子云:"善人不吾与,吾强与之附。不肖人不吾恶,吾强与之拒。"此本子夏论交之说。邵康节所见又别,康节以为君子固当近,然亦不可骤亲,骤亲则迹涉攀缘,而后难为继。小人固当远,然亦不可骤疏,骤疏则激成怨恚,而毒祸将不可胜言。此与子张之说与荀子之说为近。荀子云:"善人则亲而敬之,恶人则疏而敬之,无适而非敬也。"曾文正公戒其弟云:"今日不轻进人,即为他日不轻退人张本";"今日不轻亲人,即为异日不轻疏人张本"。文正所言,有条理有作用,似见地高于荀子、邵子,盖荀、邵单言修身,文正兼言治世也。

佛氏谓行住坐卧,纯一直心。直心是道场,直心是净土,直心即儒家所谓悳。《说文》:悳者,内得于己,外得于人也。悳字从直,心直故诚实无妄,诚故人己交相感。

北人谚称智慧者为有心眼,此本《庄子》云"德有心而心有睫"。

侯子密丈观何猿叟书《定庵丛录》,南唐韩文靖公《四言谣繇》五百字。

阅山阴杨大瓢《柳边纪略》。前有费此度、王昆绳序,甚佳。

昨夕阅摘抄《世说》,至山巨源心存世外而与时俯仰,与嵇、向等雅故诸子皆屯蹇于时,独山公克保浩然之度,不觉废书而叹。呜呼!君子之处浊世,卒无所遇,身虽显,其志隐矣,非必蓬蒿之下,涧谷之庐也。山涛、魏舒显而敛德避难,阮籍微而托迹咏怀,皆不得于时,苟全性命者之所为。孔子曰:"危行言孙,后之览者,可以观其世矣。"司马徽之居荆州,逊遁婉约,动不忤物,亦类此。

率小儿曹拉弓,并至郊外散步,习劳如年,至胜衣当悉令习骑射,从国俗也。

得孙驾航太守书,知孝达尚书夫子属新会包大令聘主景贤书院,自顾学业未成,岂可抗颜为师,欲先复书问课卷几何,如何寄看,再行定夺。

京辇习气浮华,士大夫群饮结社,美其名曰"文字饮"。实则最易损人志气,如火销膏,使人不觉其受损。病源有二:一曰最易得名,得名则长傲,傲则是己非人,其祸足以杀身。一曰最易滥交,滥交则学无专耆而杂,杂则必至终身一艺无成。翁覃溪学士谓,"为学宜并废庆吊、废宴会、废游眺"。至哉言也。

止潜述金海住先生语云:"行过乎恭,庶毋长傲。俭不中礼,终胜于奢。"二言有不竞名、不矜才、有道者气象。子曰:"约则鲜失。"《老》称啬能早服,庶几近之。

一念耽逸好奢,傲惰病根相寻而至,便将乃祖乃父积厚累勤先德世泽,一朝由我丧尽,能不痛自刻责,蠹焉伤心,非人子也。

明不可欺君父,幽不可欺鬼神,群居不可欺僚友,独处不可欺衾影。

昨夕点阅《明史·隐逸》《方技》《文苑》列传,仆志长才短,每读史,好阅此三种人,而不喜儒林,殆亦性之所癖邪。

率更善用直木曲铁法。木本曲而直之,以况竖直;铁本直而曲之,以况横平。作策啄用直木法,作戈磔用曲铁法。楮登善好作瘦金勾勒,欧用八分法入真书,褚用章草法入真书,皆神明规矩,自出新意。

长官令议土药加征厘税事宜,对云云,大约言外洋漏卮既日甚一日,不可塞,今山、陕、黔、蜀、齐、豫、淮、浙之民,私种罂粟,以补谷贱伤农、银钱两荒之困,犹为害中之利。今洋货耗民之财,厘金又吸民之髓,若再重征土药,则民不聊生,骚然失业矣。窃以为轻征便中堂大人为国脉民命计,培养得一分是一分,民间苟有盖藏,一旦有事犹可出其财力,以赡公家。当今吏才足民之政,固不宜在茧丝,而在保障也。

雨苍来茆堂,留夜饭,语多,颇疲于酬对。雨老问予将来治生之计若何,予素以半山老人为然,因雨老此问,颇亦有东坞督亢地买便利田宅之意。

西僧华盖尚在五台,闻伊犁新设副都统,长少伯庚颇欲招之西也,第文硕既以保荐忤旨,不敢入告耳。

夜批阅东馆课艺四十馀卷,题为“书同文”三字,佳者殊少,因改作两比云。

或者谓上世鸟篆穗书,佶屈而形模,各肖后世殳书,摹印雕镌,而形体互乖。夫同文者在同其形耳,而字形之析类分门,何尝与《史籀》九千言悬之国门而不易,而不知八体六体之分,皆得以指事象形之义括之,则字形固无不同也。虽极之空桐蟠木之遐荒,或画革而左行,或刻皮以记事,几疑苍沮之规模有所不及。然仿依辗转,仍不外古文大篆之引申。雉可贡也越裳,服牛可闻也,介葛来九译,且同其例程矣,而况乎境内哉。或又谓乳为谷、来为离,有长言短言之别,蔆为芰、芋为莒,有急读缓读之殊。夫同文者,贵同其声耳,而字音之地殊国别,何尝与《尔雅》《三百篇》叶之弦诵而无讹,而不知齐言楚言之异,皆得以双声叠韵之法通之,则字音亦可削不同以归于同也。虽推之戴胜、雕题之异域，或夷乐谣于僸佅，或戎言遁于兜离，几叹羲文之声教有时而穷，然反切推寻，仍不出假借谐声之条贯。楛矢出，知息慎之方言；萍实谣，知郢中之里谚。奕祀且取法元音矣，而何论当时哉？

三更起，入掖垣，白吏事还，以吏牍谒朝邑相国。相国敝褂布裘芒鞵，竹杖扶曳出见。痛论目前宇内毒痡民穷财匮之状，练兵而兵愈弱，款敌而敌愈深，可为太息。谋国者未得要领，次第强自张大，譬如久病尪瘠之身，不务培养元气，而徒侈言远略，百废并举，所谓时诎举赢，末张本弱，殆未见其可也。

晚过子培，子培评伯兄之文，谓其词虽湛邃，居心实躁，且轻于去就。不佞服其知言。予是日有失言妄发，戒之。

过雨苍副护，论求人才。雨老言颇有当理者，惜其雨足风痹，心气亏殆，难复出任事。

昨日晤可庄，今夕晤仲弢，私议今日国家所以愈贫病多愈弱之故，反复言之。

与千禾谈国子监肄业高才生，以蜀中为多，缘蜀学经张孝达先生提倡，士皆向学有门径。蜀人至立生祠配文翁，如洪稚存之草创黔学也。

善不积不足以成名，戒慎恐惧，修身之大业也。天道运而无所积，若亡若虚，毋我之盛德也。积微者以禹、墨为用，有如良贾积敛无涯，故业专而有功；无积者以黄、老为体，超然物外，一似朴鄙，故施博而寡怨。君子积不厚则基不广，百行众艺辉光日新，故常内实厚积不已，根本盛大矣。然深藏若虚，仍无所积，故常外冲。

客谈岑开府事，甚英豁，此公可倚赖，胜于上虞。

《昭仁寺碑》，明曹昭《格古要论》以为欧阳通书结体亦与《道因碑》相近，世疑为虞永兴书，殆非也。

明南监本《经史校雠》，殊胜北监本。

阅《康辅纪行》十六卷并图。此书虽拉杂日记，于西藏边防极有用,惟冈底斯山即水经阿耨达山,四大水所出,石甫不取董方立之说,董氏说见《水经注笺》。牵于魏氏葱岭大龙池为阿耨达四水原之旧说,未为确也。

至南学访国子学正蔡千禾同年。南学自孙文定后,近日极整顿,肄业举贡监生额六十名,日课经史,略师安定胡先生旧规。他日必有知稽古爱民可为从政之选者。于世道非小补也。

钝叟向日未曾礼佛,自今日始有感于伊川程子入庙必拜之事,以为当礼。自今始不入寺观则已,既入寺观,谒见神佛,则必尽诚展礼,不可稍萌怠慢。

王蒿隐送其眷属,奉继祖慈至天津,眷口南归,君仍还京。从行别无仆媪,家中生日不宴客,今之方灵皋也。俭德,吾不如,深用愧叹。蒿隐惟能俭,故耿介自立,不与俗世同其俯仰,此其立身制行之根柢也。

校《黑龙江外记》毕,西员外清著,西林鄂文端公子孙也。此书详于风俗物产,管制兵额,而边势蕃情则略。盖员外足迹仅至卜魁,而未过精奇里河以北也。

丁亥四月

一向颓放不自克治,进不能勤治吏事,献替可否,少裨千一;退不能食淡攻苦,学道律己,以教于家,终日如鹿豕蠢蠢,食息嬰游而已,死何以朝先祖父以地下,因循积习,痛戒痛戒。

庭有灵椿,有佳枣各一株,为杂树所遮蔽,不得受雨露,故发芽甚迟。噫!君子处浊世,其生意亦仅矣,彼居高蔽贤,而侈然自以为得计者,何如哉?

村叟中年早衰,日力鲜暇,每检案牍,头目眩晕,道旁苦李,社侧散樗,其无用世之志,亦可审度而决然已。

麓泉来谈,言及易实甫之天才强记,下笔成章,具有夙根,殊不易得。第更以敛抑光芒,擎益成器,乃为佳耳。

观黄尊古鼎，韩冶人铸。山水画册，画既清妙，动触天机，而尊老题绝句数首其上，意境超旷，令人欲弃百事而从之游也。

【眉批】或“鼎”“铸”二字皆旁写。

惩忿窒欲，返己克治，即物穷理，坚苦力行，此儒门与释老之所同也。然儒者为学由敬、静入，释老为学由虚、静入，其审端致力不同。由敬、静生明者，百行众艺，敛藏持养，其安身立命处在立诚，诚故能成己以成物，循序积微，而至于天地位、万物育。由虚、静生明者，则流入《阴符》家，能生物亦能杀物，所以有流弊。由其自立于微眇玄通、深不可测之域，眇然视万物以为不足为，一旦为之，则又阴耆阳移，渊闳雷动，始终不以利器示人也。论其功用，则儒家常迂缓，而道家鸷捷，此太公望、张留侯所以挟其道术，佐世主取天下也，然不可以垂训立教。垂训立教，君师道合，必由周、孔之道而后治，否则虽取天下，将旋启乱臣贼子之阶，而旋失之。故太公之后，田氏篡齐，管仲亦祖《阴符》，身没而竖刁、易牙、开方乱政，留侯佐高祖定天下，既殇而张辟疆开吕氏兵权以遗汉祸。

连日宿沤簃，拟草《议复陈侍御算学取士》折子、《机器挖井溉田请先行试办片》《游历外洋人员章程折子》。走智术短浅，于利病既少阅历，论事多不透彻，真吏能浅薄，空劳苦也。

东园楸花正开，南方无此花，其状似白踯躅，又类牵牛花也。此二株甚高，鳞甲鬅鬙，劲干蟠铁，而敷脂粉亦佳观也。口占未成，簿领汩浸，世缘深矣。

得竹石观察书，属为亡友高叔迟表墓。昶思孝靖先生石表未立，而铭叔迟似于谊未协，拟先草撰孝靖刻石，而后及叔五兄。

夜读王壬秋《圆明园诗》，亦一时之杰作也。

伊川程子以徇欲为深耻。昶年四十二，早衰而不知耻，是自绝于先大夫遗训也，今不知惩耄何及矣。

闻屠侍御仁守,字梅君。前上封事六条曰:戒游观、罢土木、严阉寺、节财用、开言路、杜幸门,所言皆切直。未及复上言九事,奉旨留中。

晤长沙伯副都统,谈西事。君谓以新疆论,伊犁西境直接俄之阿里玛图。即七河省,北有巴尔噶什淖尔,此海子长几及千里,俄人造轮舟往来,运盐米百货;其南有特穆尔图淖尔。淖,方言读若诺,入声;淖尔,汉言泊也。塔城北境接斜米斯克。斯克,汉言省也。在斋桑泊西少北,泊东为萨乌尔岭。斜米省之北为鄂木斯克省。三省俄俱有巡抚。鄂木东接阿尔泰泊。伊塔一带形势已为俄割去,目今土尔扈特部甚弱,而厄鲁特人尚有万数千户,强猛可用,如能练厄鲁特兵,所以保西路也。以蒙古论,西以阿尔泰山为屏蔽,西北乌梁海七部,以唐努山为屏蔽,恰克图东北以肯特山为屏蔽,守此数处天险,凭高视下,势若建瓴,札萨克图汗、三音诺颜汗、土谢图汗、车臣汗四盟长,旧止三汗,后增哈萨克图汗为四。部落之人可用,皆习驰骑,耐饥渴,从古能为边患。特本朝与为婚姻,柔驯其气,冶铁铸兵皆有禁,故渐至贫弱耳。然其俗,忠信朴憨,勇敢直前,随畜牧移徙,行万里不赍粮,仰马乳可以宿饱。如能练蒙古兵,所以保漠北也。又言阴山河套之北,有缠金地方,水草肥美,可牧可耕,于此练兵屯田,则又漠南之重镇也。又言光绪五六年间,俄人索伊犁偿款,因重勘边界,多所侵噬。俄员先将中国地名改窜,羼以哈萨克方音,故令译使不解,希图蒙混,遂致新界视老界大有出入。贻误不细,如乌宗岛山,中国本无此地名之类是也。乌宗,哈萨克言长也,岛,山也。合言之曰长山。

连旬吏事、米盐交迫耳,为之浊胸襟作恶非一朝矣。我思士欲自立,不关名位。归熙甫穷六品寺丞耳,王弇洲气力能指嗾天下之士,乃不敢与之抗,然则轻重在士自待耳,名位恶能限之而,逐风尘而不知返乎。

丁亥闰四月

姚先生姬传所以不肯一日居台职者，以有老母在，恐以直言贾祸，贻亲忧也。若禄不洎养者，正当以杜后惠文自效，思诒父母令名，不当援姚公为口实，吾志决矣。

不佞心气向患怯弱，不耐烦剧，又畏拘苦。昔人云："禄岂须多，防满则退。年不待暮，有疾便辞。"诚予之安心妙药，切记切记。

【眉批】按，此联语在于湖时尝屡记之。

作书亦有孤虚旺相之日，神怡务闲，偶然欲书，则适；事冗情劣，心手俱乖，则病。

朱苗生同年有能诗声，今日枉存，纵说利病。大略古人所以名家，其始皆有入处，晚乃独造意境，甘辛丹素，不拘体格，皆可学步。然切不可从唐之长庆，宋之范、陆入手。非有东坡天才，但用香山、梦得格调，而遒逸雄深，足抗杜韩之妙，气格一人率易，此病不可医也。白、陆自有圣处，然不可学。

丁亥五月

今日见蕚老一文，信笔直书，而顿挫往复，妙处令人一读一击节。此非老于文事者不办，又此老读《史》《汉》文字熟，故虽寻常语，出以典雅，愈转愈超妙也。

马铁厓盐尹将行，寓书伯讷公，初六拂穄续约画押，初七闻有电旨，著即驰驿来京，钦此。力请公以遵旨来京复命，为合于义，千万勿乞病。

【眉批】邓鸿胪。

诗家造句最难。山谷谓杜诗无一字无来历，实无一句不戛戛独造也。不能造句而专从有来历入手,力求稳称,此元遗山以来至王阮亭诗家衣钵如此。

苗生评予诗,长处在能作理语而不腐,短处在求奥反涩,求深反晦,又短于言情赋景,不极工致流丽之姿。此言搔著痒处。

晚晤仲弢,伊论其乡叶炼师拳技绝精,耄学不倦,其技精微处,殆近乎道矣。仲弢又善为辞,混混可听,如庄生承蜩削锯之论,君言殊起我意也。

过湛侯,略谈桐城、阳湖古文家。惜陆祈孙《崇百药斋文》、董晋卿《齐物论斋文》未见,皋闻、子居、申耆、方立诸集,则已见。陆祈孙选《国朝七家文》,子培有藏本,拟借抄。

过湛侯,阅其《久芬室诗集》,言情写景多刳皮次骨语,殆足药予模古猎似之病也。今日袖而归之。密而不壮,清而稍狭,是其一疵。

丁亥六月

文人之性,所以褊躁多怒,发言偏宕者,其故有二:一则以能自矜,不免静薄,魏收惊蝶之目是也;一则闻人语言,蹇浅粗俗,每不能耐,寒陵片石之喻是也。故辄以浅躁忤物贾祸。刘莘老言,"一称为文人,无足观者",谓其非修德任重之器也。

子培枉存,商榷养心敛德之方。非一意从克治收敛入手,不足以建为学之基,又须仗严师友夹持也。必随方解缚,深造自得,积有真乐,然后所学固。

不孝少孤多病,有志正学而未逮,又遇浊世,是以时栖心于老、释两家,然遇事不能坚毅专精,常惮劳葛公云:"老子长于养性,而不可以临危难。"畏死,竹汀先生云:佛家名墨而实杨。此未得二氏宗旨之利,先受其害,始知陆清献公谓《战国策》有毒,二氏殆亦有毒耶。欲少受毒,非治六经、孔、孟、伏、郑、朱、顾昆山之书,又安得导师?

薛叔芸同年观察以新校刻《顾泾阳先生集》见示,读之自愧节行之惰,汗彻于背。前日语子培兄治生之说,鄙陋甚矣。明季节义之儒多出于东林，以是知讲学之功，胜于服官十年也。

勉翁言彭文勤公典浙试，场中落卷万馀，皆有评语，语甚简当，往往以此决人禄命休咎。有一生文甚华缛，多砌故实，彭批一字曰："穷。"后此生竟以穷死。意此生文必急求目炫，无宽博有馀之度，其气浮动而不能敛，故公云然。汉袁逢使人相赵壹，壹故仪态都伟，而相者云，当终于郡吏。亦此类也。

戴东原先生谓学术有三等：义理、考据、词章也。今日讲洋务者，亦有此三等：有以义理讲洋务者，专剖析是非，其失也肤廓；以考据讲洋务者，多究掌故沿革，其失也拘局；以词章讲洋务者，借时务张其议论，其失也涂泽。三者皆非真主脑，皆于当下形势利病不切。

治世非无霜雪，而常以助生机；乱世非无雨露，而适以酿咎征。王节信云："治世之日舒以长，非晷刻加长也，乃君明民静，而力有馀也；乱世之日促以短，非分度损减，乃上暗下乱，力不足也。皆气运为之也。"

东坡先生自评其书，如绵裹铁，即《墨妙亭诗》所谓字外出力，中藏棱也。印泥画沙，锋行画中，同一笔诀，特变其名耳。全谢山谓黄忠端公书，如不钩之钢，亦此意。

少治日课，游思仍多，不能屏绝一原见地，遂恇怯易摇眩，中未有真宰故也。

赵松雪诗中无一语故国之感，岂以避祸如刘囗然邪，殊不可晓。

先辈文字时自删改，不佞学识尚俭，养之不深，作吏接人事多，气息不能静细，故屡欲改易前所为文病，未能也，独以旧所闻于老先之义法存之胸臆而已。荆公诗："老来厌世语，深坐塞门窦。"公观理深而为之又工，正坐此。

阅王惕甫、恽子居、王滨麓所评点《茗柯文》，时时有微解，即癖谬处亦独至。

往在白下，张啸山语予曰："读古人诗，须心赏剥皮语。作诗，亦须作剥皮语。"今观子居论作文义法，刻深次骨，真刳皮之言也。

《续博物志》引段成式云:“主夜神咒,可辟恶梦。”咒曰:“婆珊婆演帝。”

贺亢,即《坡公集》之贺水部,尝于真宗东巡,投版谒百数十岁道人也。弟子愈澄乔仝,仝识张乐全方平,又引黄石公云:“身之八杀:贪、残、奸、酗、狡、佞、讦、愎。命之四孽:背惠、恃己、狎不肖、妒贤能。”

刘佛卿自粤来,面索其所辑《格物中法》底本,此与西人重学汽化之学相角。

陆祁孙选《国朝七家文》,梅厓、秋士、此二家吴仲伦选本,以授祁孙。皋闻、子居、此二家薛画水所选。望溪、海峰、惜抱也,此三家陆选定。自序一首,发兴孤微,令人嗒然憬然。钱鲁斯伯坰受古文义法于刘才甫,顾未暇自为之,而时时诵言于其友张皋文、恽子居二子,遂辍其平日考据骈俪之业而为之专,遂以名其家。又,王悔生亦受法于才甫,而传吴仲伦,恽、张兼得之于悔生、仲伦。然不若鲁斯之所以语皋文者真且切也。观《茗柯文稿自叙》及《送钱鲁斯序》,可知绝利一原,用师十倍。东坡诗云:“多好竟何成,不精安用伙。”可为戒也。

才甫又传惜抱及吴殿麟,然各极其孤诣者,恽、张、姚三家也。山谷云:“智过其师,方可传授。”信然。包慎伯与杨季子历论国朝九家之文,扬榷长短,评骘甘苦,要亦未为尽之。

四更即披衣起,有事左掖门。劳劳终日,傍夕始得归,颇觉疲烦,乃仍息心诵六祖《坛经》一卷。不先治其神,何由理百事乎?敬、静、虚、明,不移于万物,此为要矣。

是日放晴,觉有初秋气味,正资以洗涤世缘,揫敛道术也。夜读晋文。文无骈古,古文之有序有物易见,骈文之有序有物难知。八代未必尽衰,而元和、庆历之文,亦未必悉合古法,此难为浅见寡闻者道也。

近世卿相建大业者,率七分笃实,三分权诈。其权谲处太多,笃实处太少者,先利后败;无实无权,庸人而尸高位者,身殒名尽。是以君子超然,远览知世,否而当遁,欲乞身不仕以成其学也。言纯德之士，不能遇时而苟合。

《畿辅通志》闻已刊成，三百馀卷，线钉本，廿四函，索直白金廿四两。拟寓书吴兰石太守购一部，其中《海防图》，崔芋堂大令作；《海防略》，劳玉初作；《金石略》，赵惠甫作；《艺文略》，黄子寿丈自纂。

养亲莫善于《孝经》，皇甫士安《笃终论》言之最切。养心莫善于释典，太史公时若有释典，则《论六家要指》必及之。养生莫善于《老子》及《黄帝内经》，养德莫善于研六艺之指归，养智莫善于究九流之道术，养民莫善于《墨子》及农家者流，与夫泰西水法、格物、制器，凡此皆君国理人者所宜刳心焉。《孟子》曰："苟得其养，无物不长。苟失其养，无物不消。"动与静交相养也，智与安辟上嫌名。交相养也，志与气交相养也，形与神交相养也，养之厚，则早服重积，深根固柢，可以长久。

丁亥七月

得凌子与书，近居海上，为书估编校。予以为胜于作淄清节度幕下掌书记也。佣书自食，可通众流，王仲任不是过也。君去年因跌折臂，遂不复远游，自此得长为全人矣。亡友叔稺家，蒙君时时代致薄少，又甚可感也。

乡郡诸君同客京师者，夜集酒肆，会者四人，张著作为之主人，谈次知吾乡五月大水，郡城女墙上可行舟。犹忆同治乙丑夏，山水暴涨，予时客郡中，张君亦里居，城内外人民骑屋山号呼之状，予上书郡守山阳丁公，水退发粟，以振灾民。此二十年前事，回首殆如梦寐矣。

《易》八卦，各具八纯之性，柔者不可强之使刚，阳者不可革而为阴。百药之性，寒者不可变而为热，温者不可变而为凉。物之禀性各具自然，非他物所能治之使变化也。宋贤所云："学以变化气质。"谓治其六情之偏宕无节者耳。至才性之敏钝、短长、静躁、缓急，虽穷日以学，不可强变。不观邵子渔樵问答之说乎，曰："事必量力。"量力故能久也。量力者何？明镜不可以作甑，干将不可以补屦，连雾之朝可近视不可远观，明月之夜可远观不可以近视，凫不可使为鹤，莲不可以为楹,凡人才性大小有殊,不善用其长,不善用其短者,皆自取覆败之道。故惜抱姚公、融斋老人之早退,自审材力不胜世事,故藏其用,善自全也。

初平晓医理,而劝人以节欲养生,勿轻饵药。文中子云,北山何公善医,先寝食而后针药,其与之暗合乎。

千禾同年惠篆先茔石表纸本,以细葛一端奉赠。千禾云:太学肄业生以温仲和、字慕柳,番禺优贡陈兰甫先生弟子。程棫林、字少珊,贵州举人,莫郘亭弟子。王光棣、字苇舟。岳森字林宗俱,四川拔贡。为高材生。程长于《毛诗》,王、岳长于三《礼》,温气象敛退,讷然如不胜,而经传洽熟,尤有陈先生之遗风,皆不易得之士也。

《答叔芸观察札》略论东林顾端文公、高忠宪公学派,国朝李中孚、王山史、彭南畇、秋士、尺木诸老,虽指趣稍殊,而犹维一发于鸿钟,今遂无复馀响矣。惜哉!此世道之忧也。

阅陆祁孙《崇百药斋集》。经术穿贯,不及皋文;才气陵厉,不及子居,而法度则有同者。

徐星使来函云:日本与各国改约一事,非特二三年内不能重议,恐从此搁起,亦未可定。缘日本官民总以管辖洋人,遽将本国法律全行就改西洋法律,势不能行,且延聘西洋律师讯问各案,尤难服众。然非如此,则洋人又必不遵管辖,是以揣知此举必暂作罢论矣。段首原注:应写入《沤簃备忘日记》,误入此册。又云,本年七月初一日,日食,美国人推算度数应在日本东京东南四百二十馀里,福岛县之白川一带地方,申初一刻十分当食。既美国派司天文者来倭,在该处测视日食分数,并考经星纬曜方位行度,此犹得至元日官郭太史遣人分测之遗意。

今夕得三兄手书,知族中重修世谱,惜羁于旅宦,不得亲操笔札,以惜抱姚氏列表旁注之法,整齐删乙之。又先五叔父賔村府君生三子,皆亡,有一庶孽子在人家已更姓,今欲归本宗;先六叔三子皆亡,见无可继,此皆须乞宗长商度行之。又,先大父现有十一曾孙,惟羲庭兄一房，自先二伯父策勋府君即出继，诸曾孙计三人。亦随之，然亦吾祖从曾孙在五服之内，先德馀庆，庇及子孙，为之额首诚忭。明日拟将不肖服官以来，历届蒙恩所得，先代告身若干通，恭楷缮录一册，寄回里中，载入族谱。

得归玄恭校刻《震川集》，乃钱蒙叟删定正集三十卷，别集十卷本，蒙叟为凡例，自道其所以去取之意，甚佳。而坊刻以蒙叟故，剜去其姓氏，此本幸尚完好。

严君平与篯叟推我行年，谓当静多动少，默多语少，闭门多出门少，《易》道九六善变，七八不善处变；《易》用九六，《玄》用七八，子用杨子云"惟寂惟寞"之谊，占七八可也。七者，卯象开门；八者，酉象闭门。毂母丹容，郗安跏趺，居乐有馀。

非特道德之后流为申、韩也，公羊家之学，正名尽词，善离物属事，比例言之，与申、韩审合形名之谊亦相近。国朝常州诸老先多为公羊学，故赵瓯北工为章奏，恽子居、李申耆皆善决事，缉捕犹其馀技。

阅《陆祁孙集》竟，文不逮恽、张二家，而诗词清脆工稳，故为当时作手，且子居、皋文所以不作诗者，殆以蓄养千钧弩力不可再发，令气息单薄故邪。

陶品高而不求工于诗，但神理超出，语淡正可当书家逸品耳。韩健于文，而诗则才豪气猛，往往螭蚓杂糅，山谷谓唯《南溪始泛》三首，为有诗人句律之深意，此真解也。《城南联句》诸作巉秀，与他诗异，政由东野改润耳，豫章孤诣谁能解，不是晓人休浪传。此事二公同代作者，自应敛手推康乐、子美。康乐于建安风格之外，别具炉冶，子美融液《选》理，众选皆备，不仅以淡雅开韦、柳门庭，亦绝非状体可拟。子美学阴、何、庾、鲍而不学陶，其工力脉络可知。至曰"陶谢不枝梧"者，盖谓陶旨谢笔，取径能兼，始臻清新密丽，而见风骚之推激，苟径陶而入于浅滑枯淡，导谢而流于藻绘僻涩，皆非善学者，惟兼得陶谢之胜，始可云不枝梧也。且陶不可强学也，无其胸襟而学之，稚率百出矣。坡公之和陶，仍坡之面目气格耳，何必陶。此论自陈后山发之。

韦学俭,亦逸品耳;柳州文章健丽不减扬、马,至为诗,乃一变为空明清远,其天姿学力皆非左司可望,岂晚而深达了义致此邪。元遗山云柳子厚唐之谢灵运,此语为不妄也。世士以韦柳并称,故自声同实异。韦本武人,中年折节为雅士。

苏文忠谓孟浩然得内造酒法,而苦无作料;又曰柳子厚《南礀中题一首》,忧中有乐,语妙千古。山谷道人评林逋《梅花》诗谓:"暗香""疏影"两句不如"雪后""园林"二语。李雁湖谓介甫最工唐体,对仗精严。元遗山云:"论诗宁下涪翁拜,未作江西社里人。"又云:"苏门果有功臣在,肯放坡诗百态新。"王阮亭赏铁厓乐府、渊颖歌行,而有"耳食纷纷说开宝,几人眼见宋元诗"。姚姬传评涪翁七律云:"昆体功夫独到。"此数言皆得神解于甘辛丹素之外者,开拓学人之心胸多矣。

《不寐》。此诗当痛删之。北魏高公伯恭为郎二十七年不徙官,草屋数间,布被缊袍,厨惟盐菜而已,常使诸子樵采自给,以彼行高学邃,忠悃闿然,而安贫守贱如此,我能无愧汗自责乎!

【眉批】按:此诗存入诗续丁。

黄漳浦先生《三罪四耻七不如疏》,自称文章义气,坎坷磊落不如钱谦益。郑鄤,触怀宗怒,巻阳竟罹刑祸,董士锡作《郑鄤传》,惜未见。陆祁孙《札记》云:"巻阳先生早从东林讲学,以孝闻于乡里,方六君子之下诏狱也,狱生黄芝六囗鄤作《黄芝歌》,祸几不测。初郑太公有妾,颇擅宠,而郑太夫人奇妒,素信二氏之教,太公因假扶乩之术,为神言责数之,且命与仗。鄤方少,叩头涕泣请代抶赎母罪。通籍后屡以直言忤乌程,乌程思中伤之,谋于中书舍人许某。许某者,亦武进人也。诬奏鄤杖母大逆不孝。而鄤弟,号四将军者,受许赂证成之。鄤不忍明以显二亲之过,遂论死。刘公宗周、黄公道周,先后上疏，申救甚力，为乌程所持，竟弃市。此事吾乡无少长皆知之。偶阅顾亭林诗，乃斥为宵人，而深以许为义侠，又称代许草书之陆贡士某者为同方之友。亭林，君子也，其言将为百世所信，特申辨之云云，亦可以雪崟阳之冤矣。

新得董方立序，内有《水经注笺》残稿，冈底斯山一条，可以正《海国图志》葱岭出四大水之非。又得新出《西藏图考》，书不佳，而可资考订，为之一快。

读董晋卿士锡《齐物论斋文集》，皋文先生甥也。皋文闻作文义法于王悔生、钱鲁斯，乃望溪、海峰之意指也，而以传其甥。今观晋卿所作，乃能夷犹宕逸，自道其力学所得，如其意所欲出，而创意造言皆有节度，又不尽沿袭茗柯之体格，此其所以工也。于其胜处辄摘抄之。

【眉批】按：以下二页半共十段，即摘抄之原文。

是故治情有道，止情于神理。神于形，执中履和而形化焉，然则治之者，何具也？曰《礼》《乐》。原情。

《阴符经》者，道家之流，而出入于阴阳、法家，其辞本乎天，其指切乎事，其智举六合而有馀，其自守卑约，以之治人，则核名实而寡惠，其究归乎兵家，观时为务，执机而行，此其所长也。

汉初有黄老之学，魏晋以后，老显而黄微，自《唐书·艺文志》始载《阴符经》，后人遂以当黄帝书，复与《道德经》并称黄老。余反复其言，知于修己应物之用，所至极精练，盖古黄帝氏之流别，亦非李筌所能伪作也。原分三篇，初言天人之道相通于一，中言随时所以法天，终言知机所以随时，末及八卦甲子阴阳相胜之术，则九宫六甲之式，兵阴阳家之言也，原其精言，安见儒与道之不相谋耶。《阴符经解叙》。

夫天以气运，地以形止。天运则物生，地止则物成，故《易》称《乾》曰天行，《坤》曰地势。观天地之道，将不于其行与势耶，地势与天行相得而合,则四时交,风雨会,阴阳和,山川之灵,实生俊杰,理不诬也。古无相墓相宅之法,然托始于《公刘》之诗曰:“相其阴阳,观其流泉。”《书·召诰》言:“太保先周公相宅。”《周官》以土圭之法测土深、正日景,以求地中冢人墓。大夫辨其兆域,然未尝一言其吉凶。逮既遂其求,而犹归其权于卜筮,殆圣人之思,患预防而不欲后人以专利自私之心耶。《形气正宗叙》。晋卿之胜吴仲伦、管异之处,不惟其词,惟其理,故杜牧之评李长吉曰:“少加以理。”序术家书正当以理厌胜之,此不易之法,若使龚定庵操笔为之,便将太乙金镜藻缋满纸矣。

知其远且晦者而不可详,则详吾之所近且著焉者可也。《家谱叙》。

是故文之体不可执,立言有物,则不相袭佳,相袭亦佳。文之法无尽,能有序,则辞简当,辞繁亦当。古人为文,必极交错之致,常义立于此,言起于彼。赵味辛《亦有生斋文集序》,此不若李习之《与从弟》正辞及王载言两书之言为备。

《传》称《易》有圣人之道四:曰辞,曰变,曰象,曰占。居则观象而玩辞,动则观变而玩占,《易》家自马、郑以至程、朱,皆长于辞,荀、虞长于变,京君明长于占。

是故观天文,察地理,近取诸身,远取诸物者象也。究其形,则法度见,元、亨、利、贞,用九用六者变也;观其情,则经权明,吉、凶、悔、吝,无咎者,辞也。审其宜,则是非判,蓍筴、卦扐、四营十八变者,占也。习其数,则、从、违、决,四者相承,未闻可以偏举也。《书苏秉国易解后》。

熙甫、望溪、梅峰此数子者,不必有大过人之才,而其为之也专,古文之绪赖以不晦。

明体用者其言大,劘功术者其言小,圣人无小言,诸子之言有小言,无浮言。浮言者,案之无物。要各有以持其归。故其言皆立,然治古文者当从不为浮言始。五谷不熟,不如荑稗之熟,浮言犹诗家之伪体。

以事复至署,俄使绍介来晤,争海线利益,语不逊,予积不能平,几至忿争,旋散去。

编纂书目，莫善于刘《略》、班《志》，莫不善于荀勖、王俭，以下分甲乙丙丁四部，四部分而有用之言皆化为文字糟粕矣。盖六艺，养仁之具，所以修身也；诸子九流家，养智之具；兵书四家，养勇之具，所以治世也；诗赋家，所以颐性节情；方技家，所以养生治疾；数术家，所以研几察变，此《六略》所载，如水火菽粟布帛，皆以佐民生日用而不可缺一，凡后世芗杂丛碎之子目，支离漫羡之文集，皆可付祖龙一炬，勿徒汨乱人智慧也。

俄使仍来牙斋，争丹麻尔国海线之利，喋喋不休，日旰而府公疲劳，猾奴之可恶亦甚矣。

丁亥八月

沉潜乎训义，反复乎句逗，磨砻去圭角，浸润著光精。世士夏虫，誉之而忧，毁之而喜，冥冥之志，赍粮独往，所得皆异境；稍深愈忘疲，然后古书之真伪，文句之利病，昭昭然白黑分矣；创意造言，旁魄喷涌而出，禁之不可，如百金骏马，注坡蓦涧，驰骤若风雨，而规矩不失尺寸。此无他，养气厚，故神暇积理盛，故用法精也。古人所遗文字有自然名隽处，亦有极僻谬处。名隽处，如震之特变为雷，巽之特变为风；癖谬处，亦如阳之专气，为霰阴之专气，为雹变，故不倦。专故独造，是以绵历久远，万事陵谷，而文字性不灭。东坡云："博观而约取，厚积而薄发。"其用功深者，其收名远。魏文《典论》亦云："古之作者，寄身于翰墨，见意于篇籍，不假良史之辞也。"

夜校兵技巧家书。予性疏简，于孙、吴、管、商皆不近，然欲经营世变，不以外患遗君父德，非研求兵家言不可，不必如龌龊俗儒，自云演孔刮老佛也。

荛斋星使言，藏书家往往子孙不知读书，祖宗辛勤百计，积此手泽，尘口庋阁，甚至贱值斥卖，此最不孝。抑岂此为一代一人之专耆好，不必能使子孙同喻，物理有然邪。贤子孙苟有仁孝之性，必不尔也。又自言年过知命，已无宦情，然居乡有居乡之极为难处，文正曾公尝述倸村林公家居郁悒事,以语其弟,世风漓薄,乡议较世议尤隘,三党一不遂其求,讪毁麕至,有不如远游之超摇适志者,此阅历方知其言殊有味。董方立极诋士大夫宦成不归里,亦古道之言。

曹溪云:“心迷法华转,心悟转法华。”《归元镜》云:“善学者当用三教,而勿为三教所用。”受缚于文句,虽横记《诗》《书》《礼》《乐》,纵记金版《六弢》,要不得一字一句之用,徒为书簏耳,糟粕耳,所以贵好学深思,心其知意也。心知其意,如操钱串子,数至千万,皆有条理,不知其意,而饾饤于词,如散钱满地不适用。梵语修多罗正翻为线儒之经,犹佛之线,有此一线,乃可以贯穿万义,故研经当求其立意所以然之处,不当第求其词。西人几何算法,亦有点线面体之说,盖所以成面体者,积一线之微眇而成之也。

蕁斋言,廉翁中年绝意仕进,以成其古文之学,此良有然。然亦有不尽然者,马卿、扬雄不至长安学,则蜀之鄙人耳。徐仲车之文不能胜历典剧郡之东坡,湘乡曾公非磨砻世事,亦未必遂能于事理曲折,发挥透辟乃尔也。

自省竟日,利欲潋潋,情炎于中,焚和非一,不知戒惧,必入自禽门,奈何?

临庙堂全无入处,不如临《化度》,犹稍得入处;五谷不熟不如蹲鸱,中行难企,宁为狂狷可也。

常熟翁公雅量耆德,齿洊雷讲肆之重。一日独游寂照寺,芒鞋竹杖,素发萧然,见者不知其为帝者师也。寺僧以生纸乞书,为写一小诗而去。噫!此老胸襟贤于持梁刺齿肥者万万也。

南皮师生日,蒙恩赐羡,颁赉西番所进七寸高铜佛一尊,锦绢数十事,赐扁一方,文曰:“筹边锡福。”李赞皇守全蜀之良规,陆文安牧荆门之讲义,乃兼而有之,疆臣之异数也。六祖塑像高七寸,予欲购一旧铜像,以七寸为度。

阅融斋先生论文,时有精语微言,往往遇之。

游厂市,观鹿床居士为张月斋作《小栖云别墅图》,著墨不多,颇饶萧淡之趣。

京曹贫薄，无以自存，外吏有馈节者，应援何义门例却之，今毁介而为通，与祖士雅南塘之出何异？岂不能溪刻自处耶，为之汗颜，亦奉薄有以致之也。居官，清、慎、勤、忍四字不可缺一，然清之一字，亦不废赡养妻子、祭祀宾客之费，此陆三鱼在灵寿，沈暗斋在临颍，亦不能不取耗羡十分之四也。然吏能不及先辈；切勿以先辈为口实。

前贤为文，其悟入处人不能解，杜甫苦学阴、何，山谷独造昆体，欧阳公每欲作文，先诵《史记·日者列传》数过，以启发己意。近魏默深氏每临文，必展读《唐甄集》，熟玩之，然后规形模势，振笔为之。昔朱子谓吕伯恭，有个文字腔子，然腔子各不同如此。荆公极赏东坡"玉楼银海"之句，和之再四，而以《表忠观碑》为似太史公《秦楚之际月表》，亦不可解。

蕙斋星使以郑子尹先生珍所著书四种见诒，蕙翁云：吴南屏盛称其诗，七言古诗乃尤佳也。

予素有怔悸失眠眩晕之症，乞凌初平切脉定方，君云病在木火二藏不收敛，其养之之源在少恼，尤贵节欲也。又云：静坐最妙。

今日阅敬孙家兄公牍，曲折朗畅，一览潦然，极明快可喜，事理透彻，亦易动上司之听，此即日用中之桑麻谷粟也。细思题奏、臣告君。咨、平行又咨呈，稍谦逊。函、上下平等，俱用之。批札、上行下。禀、揭、申详，下告上。以上各体，要无一闲字冗语乃佳，至论辨、词赋家，谓之私家著述，率用典丽语、奥涩语、帮衬烘托语、激射回护语，意密法备，乃以含蓄不尽为佳。亦要严净无闲字，特所用之字，应尔雅，与公牍不同。一剀实，奏议一体，曾文正以典、显、浅三字为定法最当。浅则从实铺叙，不事钩章棘句是已；显则非善审古文家虚实奇正之义法者不能为也。一骋虚，乃知文学与政事有春华秋实之分，判然两途，古今绝无兼长，就有之亦必偏胜。

葛延之在儋耳从东坡游，坡尝教之作文云，譬如五都之市，百物皆有，然惟操一物乃可摄取，曰钱而已，最易致者物，最难得者钱。亦有极贵难致之物,如山川、彝鼎、珠玉、象犀,乃极简贵矜重之典藻事实也,然意健则亦能致之。词藻、事实,市之百物也;意者,钱也。为文若能立意,则古今所有泉涌云蒸,辐辏腕下,并赴吾用,此文之至也。

又尝教人学书云,世人写字能大不能小,能小不能大,我则不尔,胸中有个天来大字,自然结构,从吾胸中天大字流出,则或大或小,惟吾所用,若能了此,便会作字。

融斋老人亦持此论。观此知近代谈考证家,裙碎钏析,此种学问,于古文体极有伤。

词者奴,意者主,理为法,意为将,徒词则主弱,徒理则将亡,好学深思,心知其意,此太史公之所以穿穴六艺九流而雄于文也。

前贤评司马子长之文曰:"雄深雅健,非修词不能雅,非穷理不能深,非行气不能雄,非创意不能健。"词理蓄积于平日,气意取办于临时。

予昨日有感于黎君之言,起我意,因取惜抱老人集重批点,读之以自广。

仆年来蓄竹素两万卷,困于吏事,未暇沈快读之,今日思得一妙法,勿东翻西阅,徒困神无所得必也。研穷一册竟,尽得其理趣,属餍醰醰,首尾贯澈,乃别换一册,譬如游山探一壑之胜境,乃更探一潭一洞,亦有名胜可朝夕常游者,有可供间一游者,此中足以忘老。

蔡中郎、李北海,求碑版者塞门,义取之资充牣,足供宾客之费;韩退之、杜牧亦以作碑,收方镇人事,此如古佛危坐,人来烧香,虽不福之,亦不峻拒,贫官无以治生,偶为之,亦未伤义也。亭林先生以辞受取与为行已有耻之大,拒人求牌版文字,姚公镜塘清苦,居僧寮不受人赠遗,此壁立千仞法也。

读惜抱老人诗,颇有沉思孤往之意,评骘亦时有刳皮见髓语。

黎星使以石刻数纸见饷。君熟于五大洲政教风俗,言岛所有制度极善处,上下之情极通,野无滞才,有中土所不及者。又制作工巧,人皆尽其智能，故国势日趋于强。《庄子》谓中国名于礼义，暗于知人；《老子》云："天下多忌讳，而民弥贫。"中国之不竞久矣。《管子》有《侈靡篇》，酇侯造宫室壮丽，此亦治天下之权也。古今事体绝异，虽姚姒复生，不能以茅茨土阶致治。

初平性聪悟有鉴识，能观人于履屐几案陈设位置之间，其鉴殊精微也。入兴献之室，而叹其所为愦愦，不足与图远大。宜乎高阿那肱之窥破隐际而坐观时变也。

【眉批】高似指合肥，应否酌改？

越缦堂工细，湘绮楼雄隽，各有圣处，今之俊才未易轩轾。论才则王优于李，论学则李胜于王。又谭仲修异军特起，亦一时之春兰秋菊，惜其螭蚓岐出，理趣未显，良由偏溺六朝，而未审八家、归、方义法故尔。

佛说有色身，有法身。色身四大合成，如芭蕉坚，生灭在刹那间耳；法身乃真性，长不灭也。然当趁生身见在时，隙驹有限，光阴作速，修理法身苟成，如大丹不结，姑先结小丹亦可。则浮脆之色身，存可也，灭可也。可庄谈次述曾湘乡评雨苍语。谓其言奢才疏，到老无成。曾公人伦风鉴，其言往往验于数十年之后。予思知人之哲，本朝惟安溪李文贞公与湘乡相似，刘文正、阿广庭皆不及也。可庄又述沈文肃用法峻急，罚僇不贷亲贵，定一爰书，不以世俗阴骘之说眩其心，殆由平日养气，无欲则刚故邪。

阅钱塘沈端恪公集，公由佛入儒，为良吏，为名臣，所言平易而透辟，无一沾滞语。肖心而出，不作身份，绝无门户角胜之见。其官御史大夫，日争耗羡归公一事，尤古之遗直也。世宗夙知公之为人，每虚己以听之。主圣臣直际遇之隆，岂易觏哉。国初以鲠直强毅为上，今以谦弱诎信为高，与世隆污，委蛇消息，不亦可乎。

不佞少长得奉教于贤德硕儒，稍知为学门径，然轻侻悠忽，苦不自力,今其老矣,后悔何追,爰书以自敬。

一、主敬。刻刻戒慎恐惧,只见已之过,不见人之过。于人则取其长而舍其短,贤者则亲而敬之以辅仁,不肖者则疏而敬之以远害。

揫敛筋骨,涵养微明。每作一事,皆到底不苟。敬故专一,敬故虚和,其指归工夫全在慎独。明有礼乐,幽有鬼神,敬静之旨与礼乐鬼神消息相通,敬之至,礼以阴入;静之极,乐由阳出。伊川主敬,延平主静,岂欺我哉?《管子》先言之矣。

二、勿近名。名最损志招谤,知希澹泊为贵,但湛思孤往,求适独坐。退之云:"誉优而毁喜。"以其见者存也。

三、静虚动直。寡欲故能静,静故虚静,虚则不待安排,泊然无营,啬养玄关,早服重积,物来顺应,自能坦易平实,明白透彻,裁一发见,即刻收敛。

四、惩忿窒欲。二者主损,不损则无以为受益之地。降龙伏虎,水升火降,亦所以养生养智养德。止观门安般守意法,亦可用。此治心养气之要,治心尤以治怒、治惧为要。

五、慎口,语不臧否人物,以司马德操、阮嗣宗为法,以辟机阱。

六、为学贵先精熟一书,得其要领,用自不穷。以此一书之精意,徐读他书,而涵咏旁通之,乃自有心得,汩汩然来矣。好学深思,心知其意。如鸡伏卵,诚一专静,不求速化,勿助勿忘,若如考据家东翻西阅,终于徇人丧己,到老不成家数。王仲淹云:"不杂学,故明。"邵子云:"学在不止,没身而已。"又云:"学不至于乐,不可谓之学。"此之谓有恒。

七、为学不从形声训故入,作文不能简洁雅健。多稳字,乃雅健;无闲字,乃简洁。

八、读书作文不从声音证入,终是门外汉。由于独智,乃得圣处,不外退之"沈潜训谊,反复乎句逗,磨砻乎事业"三言之成法。徐锴曰:"词者,音内而言外。"谓修词之义在音之内,言之外。许君曰:"乐竟为一章。"古人所为词章皆有韵,正以便于讽诵也,此作文必由声音证入之谊也。求义理必以训故为本,苟有心得,随时札记,足以涵养天机,必充实不可以已,然后艺者书之,慎勿妄作也。

数者备矣，然后慎求师友证明所悟，决断所疑，亦是学中要事，第不可夹杂争胜之心，反生障缚。圣贤言语，理虽常存，而气已不接，其心之精微，不可传者，不易于卷轴中得之也，故必就正有道以自广，且有道者，言语气象，正容悟物，使人意消，胜于读呆书无入处也。

九[①]、作文要有我见，作人要无我见；作人要濡弱谦下，作文要兀傲雄奇。写字与作文同，写信与作人同。以上自课凡九条。

三代以后事业全是始愿不及，此到后来逼出来底情急智生，非从容应务也。观刘项、袁曹、牛李、洛蜀之争可见。

永嘉云："见道忘山者，人间亦寂也；见山忘道者，山中乃喧也。"此义殊圆。然则金门人海亦有净土在，不必执著。王仲淹"吾不仕，故成学"之说，但须阍淡不近名，乃可成道耳。高伯恭之治历，魏阳元之娴射，可为阍淡矣，足以为法。

唐升《史记·老子列传》于伯夷之首，以玄元为所自出；杜甫世推诗史，亦作《冬日洛城北谒玄元皇帝庙》诗，又有绝句云："大历二年调玉烛，玄元皇帝圣云孙。"亦颂扬之体应尔也；韩退之身为本朝之民，乃显然著论排斥苦县，公之性气倔强可想。即唐代之文罔阔疏亦可想。制墨法以五千杵为佳，人之磨砻世事，揫敛成器，亦犹是邪。

虞裳同年自越南勘界回，云：居瘴乡，诀有"三莫"：莫起早，莫吃饱，莫讨小。末句与刘元城先生法同。

子培言古今事变迥异，乾嘉以前国计在农，咸同以来国计在商，恤商务乃所以保饷源。如百货厘金、食盐课厘、常洋关税、洋药税厘、茶引船钞之类，并计岁入三倍于地丁。

丁亥九月

又云：教敕子弟，莫如敦厚退让，使有举策数马之风，遇家祭生忌日，家长率之跪拜行礼，最足以感发其良知良能。至于读书，宜先察

① 原文无"九"，据本条后小注补。

其读诵时音节谐朗与否,如音节不谐,则是质劣心浮,此却费力。以此验其心与理不相入也。

尊斋屡以湘乡曾公盛德语林海岩,海岩不服,及一见湘乡,则大折服,以为公之言语气象,平实谆切,令人忘其名位之尊,学术之大,语云:“鱼相忘于江湖。”此殆所谓有道之人,能正容悟物,使人意消者与。

同年杨虞裳早孤,年丈以候倅从军,客死京口,藁葬丛冢,几难辨识。君丁卯登贤书,戊辰报罢,后漂泊吴下、京口者三年,艰苦憔悴,如戴良撰《失父零丁》状,逢人强聒,雨虐风饕,哀动行路,竟觅得年丈遗骸,负之归蜀。君之笃行,足感神明。予自视不孝之罪上通天矣,南望丙舍,恸哭一场。昔惭二曲,今愧杨子。墓碑未立,予定得缺后,欲应考惠文冠,无论得与不得,乞假修墓之计决矣。

慈颜幽翳,垂二十五年矣,欲报之德,昊天罔极。

圈读沈端恪公《励志录》,其言极明快透辟,沁人心脾,从事其言可以决疑,胜于读词章考据经济家言。

班氏《古今人表》,奇作也,然分列九等,而目止于四,曰圣人、仁人、智人居上三等,下等之中则为愚人,而其馀缺之,何邪?孔子论令尹子文、陈子文曰:“未智焉得仁。”郑君读为智。樊迟兼问仁智,孔子答之,其指似以仁为体,而智为用。此仁人所以居第二,智人居第三也。然老子刍狗万物,下上仁谊,乃超居第一等,与孔子并列,何邪?班氏贵老如此,而乃讥司马子长绌儒术而尚黄老,何说?夫老子隐身柱下,洼曲自全,正可谓之智人。抑孟坚之旨别有所受之邪?观《自序》篇,以班嗣贵老庄之术为非[1],又似不尔也,然则《人表》或非孟坚作,殆班嗣之流不得志于时者为之邪?

予每不戢忿欲,以致害生,故心气常不凝定如此,不特偾事且恐戕身,不先克治净尽,切勿轻决事。广西镇南关外及广东钦州界总图

---

① “庄”,原文讳作“严”。

一张，分图六张，沈中丞命倩工模绘，又移写要牍一本，今日始校完送去。

临《宋广平碑》，似较《化度》稍有入处。率更用法精密，故无入处；平原高简，自在流出，性似较近。

佛青近为江西李氏校写《乾隆重修一统志》，五百卷，将石印以行。乾隆八年，敕续修本止三百四十二卷，此二十九年奉敕重修本。

观于仁和沈端恪公之熟读《四书集注》《近思录》，而为一代名臣，建树不苟，则知为学与其博而杂，毋宁约而精。精研一书，用之不穷。经学如戴东原，史学如王西沚，博则博矣，未必如桑麻谷粟之适用也。

曹随资于萧规，房谋资于杜断，乐旨资于潘笔。管仲之作内政，资于王子城父为之将；公孙挥通知四国之事，资于裨谌之草创；韩安国之持重，资于张羽之善战；谢晦之决策，资于檀道济之勇略。凡人之才力不能兼有，必有所资，而后济。任长舍短，各尽其才，以适吾用，则赤箭丹沙，豨薟鸡廱，苓通之细，乌黄之毒，皆可各收其效也。

曹君彝卿自乌喇寄《吉江两省中俄地形险要图》八张，《金太祖得胜陀碑文》大定二十五年立。一通见示。额小篆文云："大金得胜陀颂。"曹君云："道光三年，吉林堂主事萨英额所录之文较完善。"

篋叟曰：孔、孟、荀、董、扬子云、王仲淹之教，言窒欲，言寡欲，言节性，言舍生取义，而不言无欲。皆主治其六情之偏，以扶五性之正，使之虚明澹静，应事不差，喜毋以赏，怒毋以刑，毋以好恶爱憎之私发言制行，其升沉进退，如一日间风雨寒暑之偶遇而已，无与焉；官人接物，如鉴空衡平，为功为罪，由人自取，而我无与焉。《老子》言："为道日损。"亦主寡欲，取《易·损》象之谊，此可以修身，可以教人，可以治世之术也。惟释氏始言无欲。根尘识六者俱亡，不为善，不为恶，无滞无碍，捐弃伦物，空诸所有，了达生死。外视其身如乾壳委蜕，以为此天下之至乐，乃出世者之所为，不可以治世也。儒、释宗旨截然不同，如水火、寒暑、昼夜之相反也，《易》曰："通乎，昼夜之道而智。"《礼记》曰："金水内景，不能外光，火日外光，不能内景。"惟儒道之术，乃能兼而有之,释氏则通乎夜之道,而不通乎昼之道。内景具矣,而外景绝灭。象教乃后起,非其正法。故坚忍绝名,孤行其意,莫释氏若也。《四十二章》云:“离欲寂静,是最为胜。”可以养性而不可以宰物也。颜习斋云:“心之静曰性,性之动曰情,情之力曰才。”圣人南面而听,天下群策诎群力,凡欲仁、欲义、欲立人、欲达人、欲劳民、欲利民,皆治其性情之力,推而致之,谁谓枯寂无欲可以治天下哉。释氏看坏情欲,以为幻妄,而务划绝之。此诬子为贼。高明者,矫枉太过之病也。陈乾初云:“人欲到极好处,即天理。”此徇习移性放旷者流于任诞之病也,二者皆不可以垂训立教,第儒家往往博而寡效,劳而少功,拘挛凝滞,拖泥带水,亦有不如释、老二家直截横截,提起放下,善于震动运转处。陈同甫云:“天下大物也,不震动则天下大物运不转。”譬如雷雨奋作,草木怒生,苟枝枝节节而为之,安能树树红酣,山山绿战。此又不可不知,非仅儒门澹泊收拾不住之说也。

何子贞丈有擘窠书“以坐当游”四字,用延平李先生静坐法,亦本列御寇氏务外游不如务内观之旨也。

答候雨苍君,作三脉三干说,亦有可采,此事应本《禹贡》“三条”“四列”之说。天台一老儒著有《万山纲目》,亦宜参之。北干之委,宜参何氏秋涛《艮维窝集》说,予所见如此。然雨苍志大而槬,未能从也。且三干脉络,皆以冈底斯山四水所出为祖龙,而雨苍足迹未到,则仍未见其全,只谈其委耳。要之雨苍真晋人所云“志大天地,勇迈终古”者哉,书之以发一笑。

庄中白曰:“佛说六道轮回,儒者所不道,然《大易》有之矣。”息《复》出《震》,消《剥》入《坤》,非世轮常转而不息乎。此四谛法轮所以准之而作也。

色身一息尚存,然后可以精修法身,有志惜阴之士,切勿悠忽见在。

刘舍人藏有黄旷亭山水八幅,笔意简妙,李蕙老题绝句其上。《山寺图》云:“山坳一角图山寺,上界松林下界泉。绝似柯岩东普照,碧萝悬磴荫游船。”又一页云:“平生未见此山奇,不是黄山定武夷。

安得醉眠林寺侧，饱看峰势逐云移。”又题韩铸画云：“绝倒松萝八十翁，犹将淡赭点迷蒙。可知鸟迹虫书意，尽在山林夕照中。”三诗宕逸有致。

舍人属予题字，予终年吏俗，对此妙迹，心魂暂清世缘，终似未竟，乃不能成一字，久阁予斋，今日乃检还之。

学《化度》不至，不失为狂狷之汲黯、盖宽饶；学《庙堂碑》无入处，必至流于谬托中庸之孔光、胡广矣，此中消息不可不预立界菴。

晋范武子苦目疾，张湛书六事戏之曰：“损读书，灭思虑，专内观，简外事，早起晚，夜眠早。”非但名目之良方，抑亦延年之上药也。书之以绅，若悬啬神之戒。

本年八月十三日，河决郑州口，门刷宽三百馀丈，深一丈七尺正，河流断，大溜南趋，直灌涡淮，各河受灾之区甚广。闻估计堵口合龙，需工料人夫银八百馀万。圣慈轸念灾区，减膳撤药，颁内帑以振流亡，恩泽至渥也。大农先由库拨解二百万，又奏明各省本年应解部库之款，悉数解豫以济要需。尚未详悉被灾凡几州县也。今日阅邸钞，豫抚倪中丞文蔚奏云：此次黄河漫溢，由郑州东北流入中牟、祥符、朱仙镇、尉氏、扶沟、鄢陵、通许、太康、鹿邑、杞县十馀州县境，又西华、淮宁、商水三县错壤之周家口亦被水淹，大溜夺贾鲁河、沙河南下，凡开封、陈州、归德三府所属，共淹一千五百数十村，下流入于项城、沈丘两县，从槐店出豫境，入安徽颍州府属之太和县境，始顺淮河东流，此郑州决口，黄水夺贾鲁河之情形也。同时河北岸之武涉县、沁水亦漫口为灾云，惟详连旬。据漕督卢公士杰电报，洪泽湖元存水五尺馀，新涨水不及三尺，共水七尺馀寸，高堰蒋坝各工平稳，则上游水势似已散涣，河之正溜似不至南徙，今冬如能堵塞决口，来年凌汛桃汛或可使盱堰一带无患与。

又阅江南督抚漕臣会奏，黄河漫口，挟淮东注，江北淮南数十州县，地处下游，亟宜修守旧工，别筹分泄，以卫民生而保财赋。一本内称先拟挑挖桃园县之城子河为洪泽湖，上面辟一去路，使之直达中运河,两岸各筑一堤,即可引所漫之水由扬庄旧黄河至云梯关入海,此一路也。一面挑挖清河县境之碎石河为洪泽河,下面辟一去路,西接湖滨之张福口,引河东达旧黄河。同治七年前漕臣张之万曾经挑浚以分湖水,亦可引所漫之水出杨庄旧黄河至云梯关入海,此又一路也。俟两河挑有头绪,即须堵闭顺清河,使湖水不致阑入运口,以顺其东出杨庄之势,此为保障里下河七州县之数十万民生田赋计也。

江夏王辅臣大令名昌炽,曾在伊犁金和甫将军军营,现自吉林来领饷,年卅馀,人甚英爽,熟于京东西边事,留午饭,谈久之去。渠言少白甚巧猾,曾充金军营务处,颇舞文害事。

夜草《寿昌县陈母朱孺人家传》,匆匆改定,至三更始毕。予不敢忘中孚之痛、亭林之誓,然力量不及前人,自处亦各有谊,正不敢貌袭前贤懿行以自欺方寸,且假先亲以为名,尤不敢出也。呜呼,孤子之痛,何有极哉!

披检常熟张氏金吾所集《金文最》,以滏水、遗山、拙轩王寂、庄靖李俊民、滹南遗老王若虚五家之文为多,党承旨怀英之作不多见。盖以金人文集存者止五家,馀并湮没,可慨然也。

丁亥十月

从樾仲处阅厉樊榭集,有覃溪、箨石、衎石诸老评语,批绳句律,颇有深微之处,欣然见前辈风致。并忆丁卯客杭郡,曾在亡友王松溪大令许见杭堇浦批弹《渔洋山人精华录》,多所纠刺,此非刻求古人,正欲存古人之真,盖作者用力处及疏失处,佳恶自有公论,不可囫囵读过也。

得新刻《艺文类聚》一百卷,分作四函,三十二本。此册与《北堂书钞》《初学记》《白六帖》,皆类书中之最古雅可据者。

曹溪三身之说,《东坡志林》有一条"以眼根见性喻",今试以作文字喻之。未作文字之先,必先涵养得一文字性,如朱子戏谓吕伯恭有个文字腔子,此法身也。坏词妙理,奔凑腕下,此报身也。词与理皆受役于造意,一篇有一篇之章法,一段有一段之句律,而立意实为之宗，词虽千变，意不离宗，此化身也。

予乙酉秋承府公命草《奏东三省边防布置练兵事宜》，后经海军牙门覆准，敕以福州将军穆图善董其事，嗣据奏报，奉天、吉林、黑龙江各练四千五百人，业已成军，岁饷由海署筹拨。今闻穆将军作古，初六奉电谕，已改派各该省驻防将军分省接统，随时训练矣。冬月中，朝廷又起前黑龙江将军定庵接统三省练军云。予曾私询吉林王委员，云此军殊未可恃，且大帅一岁中往来南北，徒增供张之费，新设各州县益不胜其烦扰云。

欧阳永叔《教子棐书》云："藏精于晦则明，养神于静则安。晦所以蓄用，静所以应物。"晦则神暇，故用不穷；静则内虚，故物不困。

苏子瞻《上哲宗书》①："古之圣人将以有为，先必处晦而观明，处静而观动，则万物之情毕陈于前。"

客问作诗，李杜无派，而大历十子、西昆、江西、明之前后七子，皆有派，何也？答曰："大家众体并工，鱼龙光怪，千汇万变，览者茫眩无入处，故无派。名家偏得一体，易于骇世医俗，世人喜其有蹊径可扳缘，便于学步，故成派。"

学庾义城而不至，故流为西昆体。山谷参用昆体句律而导源老杜，故卓然名家。学老杜夔州以后诗而不至，流为江西派，岂才分使然？要亦时代风尚限之也。且所谓复古者，亦岂以貌袭古人面目为美耶，又何必论甘忌辛，是丹非素耶。古文家学韩，偏得其创意之法，而至者为李翱；得其炼词之法，而不至者为皇甫湜、孙樵；师其意，变其词，则为欧阳子、王半山。学欧、王而不至，为归熙甫。

复治东斋，拟位置几榻之外，不著一卷书，以为面壁习静之所，兼以澹幽忧之疾也。

游厂市，因买碑拓数事，价值低昂，与坊友争执往复，良久至日暮，垂首归真，乃书呆结习，不惟玩物丧志，抑亦贪得损心也。此后切戒勿复尔。

---

① 引文当出自苏轼《朝辞赴完州论事状》。

乃读施北研注《遗山集》,此注详简皆有法,不减任渊、史容、李璧、钱增之于黄、陈、王、钱诸家集也。

予性素钝,见簿领山积,即生怖慑,樗散之材,不中梁柱决矣。因欲镌一小印云:“碧翁赋命作畸人。”命畸、行畸、性畸、文畸、仕畸、诗畸、字畸,一畸而无不畸,殆古所谓不赅不偏,一曲之士,镌镵造化,只以自娶者邪。从此时以出世之心处入世之事,勿为贪负蹶足之樵夫,为渔夫所笑也。

智者师古而不袭古,故光景常新,旌旗一变。孝达师知《续国朝经解》,力必不能胜阮仪征,故开史学局,次第刻乙部有关舆地掌故之书,此避熟就生法也。以是知《续刻经解》之举不免滞缚于阮公檐宇之下,且于时病亦似不切。

两汉而下,事繁俗敝,人怀苟且,君相诚意精力皆不逮古治国之具,非复三代德礼教养之旧,然则所恃者何?曰简法令,缮财赋。理财之政二:曰食与货。食出于农,屯田其一也;货出于商,互市亦中国之利也。厚兵力。国非法不立,民非财不聚,城邑非兵不完修,此三者略本杜瑛对元世祖语。而统之以驾驭群材,文之以顺民心而已。辽、金、元立法未善,故其国祚强暴而短促;明不足于财,不竞于兵,故其国祚衰弱而绵长。论古今之变者,率以是观之,则差数睹矣。荆公、江陵知宋明之病在官骄士横,兵弱财绌,思有以推抑经营之,而所挟之术同成效亦异。王荆公以经术饰管桑,故拙;张江陵以黄老行商韩,故达。

语云:使功不如使过,才长者难驭,不若因其短而用之。戴东原先生言大国手,断不能用二国手。立德者往往拙于立功,权变不足故也。虽有尾生孝己之行,不可与谋军国;韩范之望可谓至矣,然不能当一赵元昊,才任治内不任治外也。《毛诗·六月》传曰:“孝友之臣治内,文武之才治外。”立功者往往短于立言,其所为多取适俗,济一时之变,若遽著之竹帛,章示后人,则人人訾其粗陋矣。如良平佐汉世,所称奇计,幸而不传,传则为人笑枋。至古今依经立言者,率迂儒,足不出里巷,不得于时者之所为,其自奋室中之说,可取以砭厉世教,而不可持以决世变。此类人若遇有道之世亦能效用，否则托迹于身穷志隐之士，以其微明自照而已。恽子居谓儒林、日者、文学、方技、货殖，众流独到，挟其心力术艺，实皆古今畸零之人，犹《庄子》所称“不赅不徧一曲之士也”。此三事有馀于此者，不足于彼，皆有分数，欲去其不足之病，则资于雄才，辅以通学，或可庶几。然资禀各有偏得，运命各有分限，成器大小任乎自然，不可强凫以为鹤也。

刘晏圣于治财，故梦寐见钱流地上；朱子圣于治经，故见义理成片从面前过；邵尧夫圣于观《易》消息，故见万物皆成四数。凡心之精微独至之处，皆谓之圣，若有鬼神牖之。

会典馆甫奏开，在东华门内国史馆后。予年将半百，一向作粗官，至是裁博一馆差，如鼠搬姜，殊为人垢笑。然近性健忘，于本朝掌故不能洽熟，又孤是职也。闻总裁常熟翁尚书欲派予为总纂，幸提调，为婉辞而止。提调之代辞，玉成我也。尚书之意于淬励人材之法犹未备，不佞自揣有三浅，资格浅，学术浅，智虑浅，无其实而冒居其名，不祥。然感尚书激奖提携之意，深惧无以为副也。归熙甫于平生知遇之恩，每饭不忘，不佞亦窃慕之。二十日卯刻开馆，怀铅椠者毕集，李仲约先生最早到，老辈作事勤敬，可效法也。蒿隐以目疾未到，提调官于听事恭陈敕书，总裁率纂修各员行三跪九叩礼，礼毕各散。又，例至总裁斋投刺谒。

子裳同年赠大食刀两匣，又德君毕相照相三具。戏答札云：“君新自海外归，殆欲以枕中所藏永嘉八面锋相授邪。”阅照相三具，气象雄骜，令人有蛮夷大帐，海外臣佗之想，殊足资异闻也。

魏默深先生诗云：“古来旗常士，福居才之先。”湘乡曾公云：“功业之能成与否，人力居其七，天命居其三。”孔子历聘不遂，返而戢景，杜门洙泗之上，删定六艺，始知命也。是以古今贤达之士，贵有知命之智，有安命之仁，不先时而妄作，不后时而失机。老子以不出户牖，观天下之变。吕伯恭云：“出者难工，处者易持。”朱子立朝裁五十馀日，仕于外，仅历九考，徜徉武夷寒泉之间，以耕道猎艺自娱，诚知命哉。命者积一消一息,而成数始微不可见,浸渐乃至于著,亦如数家起点线而成面体,释家始因而终果也。故曰命之微理。

蔚州魏敏果公,生平以循理、守法、安命三义,每日痛自刻绳检点,此可为士人笃行孱守之法;仁和沈端恪公自起家县令,以至于行取吏曹,历官御史大夫,居职勤慎和易,遇事直言无隐,此之谓知命、安命,非以巧于趋吉避凶为知命也。

写景、言情、感时、叙事、论古、咏物,诗境虽多,变化大致不出六端。唐人以体物肖形为情景,宋人以析理博喻为情景,唐贤赋景,不用禅机而自能清远深婉;宋人好参以禅家,妙谛机轴亦多用之,犹之晋人诗好用《老》《庄》语也。故此事以唐音为正格,以宋调为奇格。五言宜于清丽芊绵,唐体为工;七言贵飘摇劲折,宋体为宜。各有面目,自构意境,不复相袭,亦缘代有升降为之也。阮嗣宗、陈子昂抒事理而融入情景之中,寓真于幻,托兴深微;谢康乐、柳子厚赋情景而动涵事理之趣,天机精妙,俯拾即是,最为诗家圣处,虽天宝元和作者,世称建章万户,鲸铿春丽,方之阮、谢、陈、柳诸家,尚觉金骨未变,去之形骸之外,此非徒玩文句者所能知也。

君实处观鸿宝倪文贞公画山水直幅,淡逸有致,故汤雨生《琴隐园》中物也。贞愍有题句。朱铃小印曰:"一片闲云。"长垣本《西岳华山碑》今藏上元宗氏。好事者石印出售,予今日得一本,竹垞、苏斋以下,跋尾俱全。此本袁氏石,姑存其膺本。

晤文仲瀛侍御,见以回避,官户部郎,所居颇有竹树假山之胜。君澹薄有操行,于旗员中不可多得。

阅新闻纸云:漠北蒙古诸部,见俄国势日强盛,占地寖广,通使于俄,渐有携二之志。俄人又布置经营东悉伯利部,于要害处练兵屯粮,伺衅而动,是可忧也。

康熙中谕旨云:"满蒙人易治,汉人最难治。满洲蒙古虽千万人一心,故易治。汉人千万人千万心,故难治。"窃以蒙部二百馀年为我朝不侵不叛之臣,正惟其千万人一心。苟酋长稍有异志,即易成土崩之势，反不若中原十八省人心之固结，未易动摇，此不可不察也。今各直省民人多染异教，而蒙部贫弱，仰俄商百货回易之利，易为俄人煽诱。内外酿患，本末枵然，而谋国者方且媚上以土木游观之事，闭塞忠谏，使九边利害壅不上闻，生斯时者，可为寒心矣。

作歪诗一首，一向心力疲于人事，构思甚苦，从此不作诗，亦藏拙之一道邪。呵呵一笑。

十八日，李仲约先生晨蒙召对，及下直某路遇，掖门内语移时，乞为伯苗留行也，先生诺焉。

【校记】此条位于丁亥十一月“诣讷公谈”条后，曰“丁亥十月”云云。

丁亥十一月

先公存日，善推行年，每言不孝禄命中不得比肩之力，而多劫财。不孝终鲜兄弟，从弟则一味欲利，无以餍之，惟三、四从兄差有旷怀介行，吾家依仗此两兄也。

诣讷公谈，商榷公去就，两时许归，已初更。又以讷公事有所难决，往诣研秋商之，不值，怅惘乃冲寒归。

阅施北研《金史详校》，末五札深于史裁，于金元间掌故尤熟。此汪谢城广文丈校本。

得松生杭州手书，知竹舟大兄作古，闻之惊怛。竹舟翁质直好义，不苟然诺，聚书二十馀万卷，欲仿毛子晋、斧季父子尽散资财，一一择尤刊刻，以惠士林。予癸酉、丁丑两次客杭，下榻其家，鸡黍萍荠，物简情厚，回首廿年故人长逝，感念旧知，何以为情？

仲弢招饭，座有盛君，宗室雅材，可为刘中垒、完颜璹者。予畸人也，于边务稍有所见，不得不剀切为君言之，以尽区区之微志而已。非其人亦不敢妄发也，慎戒之，慎戒之。

漱丈以近所作诗一册垂示,排奡之中行气雄直,卷中有琴西丈题字,语皆质厚,吾浙耆旧风流将在于是。

作律诗法,生事熟用,如"玉楼""银海""芦田""排闼"之类。熟事生用,如"有庆兆民同,论年天子万","蚁穴或梦通侯王"之类。俗语雅用,如"旧管新收几妆镜"之类。雅语俗用,如"公独未知其趣耳,臣今时复一中之"之类。五言古则不尔,故朴野疏澹去雕绘,与作律诗法异。

洮僧华盖,又名棍噶札拉参,又名察汗格根。同治五六七八年以胡土克图统兵扞蔽科、塔之间,甚有功,西金山之长城也。不佞前年陈白当事,力辩光绪七年间科城参赞清安今为工侍。参劾华盖之非,然卒不行。今闻此君落魄神京,失势乞食,二卵而弃干城,岂可闻于邻国,此之谓也。华盖年已五十馀,雨苍与之习斋桑泊承化寺一带,今为沙振亭参赞奏准收回乌梁海。蒙古游牧棍僧所统门徒,皆厄鲁特部人,经参赞春满收回塔城,安插棍喇嘛之徒,已失其旧巢矣。

予问友人郑湛侯,国朝南兰陵人文何以如是之盛?庄氏世有隽林,方耕珍艺尤著。刘文定之孙有申受,张氏皋文、宛陵昆弟,有甥董士锡。洪稚存有子饴孙、孙君木。忘其名,已出嗣舅氏杨。董方立兄弟皆有文,方彦文有孙,予尚识之。陆祁孙有侄耀遹,祁孙妻钱诜宜女兑真,渊如翁妻王采薇皆能诗。黄仲则有子乙生善今隶,恽氏世有高行,子居尤以古文显。其他若瓯北、味辛、渊如、与予妇外家有联。申耆、钱鲁斯、吴山子、吴江人流寓。王悔生、吴仲伦之流,虽未尝考其世泽,而门生学侣,源原亲炙,一艺成名者,殆难更仆,岂地脉独钟英灵间气所致邪。朴学而能文者,则推皋文、申耆。龚定庵《赠丁若士》诗谓:"常州乃名士部落。"鲁通甫言:"国朝古文有桐城、阳湖两派对峙,抑何盛邪?"湛侯曰:"此非必性然也,乃由习染使然耳。性生于习,习乃成文字性也。"此出寤崖子。人家子弟,譬如布帛,终日浸在大染缸里,那得不变化采质,予深以君言为然。荀子《劝学篇》蓬麻沙泥之喻,即此意也。孔子论性习近远,谓中人之姿性,圣愚不甚相远。由习染深乃相远,或习于禹墨则禹墨之徒,或习于跖跻则跖跻之徒,或习于孟、荀、黄、老、申、韩、孙、吴，言行亦各从其类。故圣益圣，愚益愚。八儒九流，本同而末不相贯者，皆习染为之耳。涪翁《墨竹赋》云："王谢子弟生长见闻，文献不足，犹超人群。"即染缸之喻也。因而思中国亦大染缸也。北魏、金、元风俗刚劲，以此取天下。及魏孝文、金章宗徙都南渡，渐染华风，文物寖昌，子孙遂以削弱。元氏兵力最强，及世祖忽必烈遂有中原，纳元好问、张德辉，请为儒教大宗师之说，儒风遂振，元祚亦旋衰。我朝祖宗贻谋谆切，告戒以国语、骑射为根本，宗室八旗子弟切勿染华官习气。圣虑深长，洞见国本所在，及后世衰弱之由矣。然则海外互市诸夷，如能使之渐染华人风气，乃弱之之一道也，亦好消息也。观此则主客署以笔舌涵而揉之，亦殊有功用。近日孙琴西丈归田后，睹乡人之僻陋，深以后生辈不肯读书，以变化其陋，又单居家衖，耳不闻四方贤豪长者之言为憾。若吾郡之庳陋，又十倍于东瓯，羸壤以文蛇为美，以章甫为恶，吾独奈之何哉。归计久之未决，惟此一事，颇难措置，虑乡居僻左无所咨问疑义，无以自娱也。

同官某云，前数日德胜门悬门俗呼千金闸。忽下坠，相传咸丰末有此异，此《五行志》"门牡飞"之类也。主边兵象。

古人才人学人之诗，纵极沉博绝丽，往往词繁缛而胜于理，李昌谷、温三十六所以不及韦、柳门庭四字本朱子语者以此。惟诗人之诗感时述事，上薄风雅者，为能理不为词所掩，如玉溪、遗山学杜，而工于变化超诣，乃不可跂及。

湘乡曾公有诗云："男儿读书良不恶，何用文章自束缚。何吴朱邵不知羞，排日肝肾困锤凿。老汤语言更支离，万兀千摇仍述作。河西别驾酸到骨，昨者立谈三距跃。丈夫求志动渭莘，胡困虫鱼自损神。贾马杜韩无一用，岂况我辈轻薄人。"今之文士宴饮醵谐，辩论锋发，根本欠缺，枝叶繁多者，皆公所斥为轻薄人，可捆束付之庋阁也。当日柏岘、子贞、伯韩、位西、南屏、海秋，才名皆在湘乡之上，而湘乡观理深，养气厚，秕糠诸君，独心师唐确慎之闇淡纯懿，卒能忍众不胜，小以成大胜。故器业闳远，始小诎而终大信，出于同时辈流之上，殆于此诗基之。

炼词勿为词所累,欲去词障以理扫之;积理勿为理所缚,欲去理障以意扫之。两障既扫,三法词、理、意皆有法。筌蹄,言法立而勿为法所缚。清新之趣乃生。清从理出,新从词出。譬精气变痰,痰复变为精气;神奇化为臭腐,臭腐复可使之化为神奇也。视乎镕裁运用之妙已。融斋师言:"荆公作诗文之指,妙于能扫;东坡之长妙在能生。"惟能以障扫障,故能舍法生法,返动于静,藏明于晦,摄有于无,弇强于弱,含照于寂,纳著于微,啬勇于怯,浑智于朴,闭暄于竦,成决于虚,寓净于秽,吸大于小,治难于易,养精于粗,养精句特太阴炼形术耳,其法在黄涪翁所书阴长生三赞中。凡此义类,皆《阴符》家妙用,其用力少成功多处,较老子之术更为直截简当,绝去枝离挛缚之病。

《阴符》家之长,在能于蹇浅积易、卑陋暗愦中寓绝大作用,而人莫能器而测之。

《易大传》言,显诸仁,藏诸用。两仪阴阳通变风雷而不测,消息至微。百姓日用,水火、井皿、备乘、栋宇、衣裳、耒耜、罔罟、书契。而不知,此非《阴符》家功用圣处邪。

自然之道静,故万物生;天地之道浸,故阴阳胜。此四句括尽《易》《老》体用之妙。物犹事也,凡作事成于静而败于躁,浸乃优柔渐渍之意,如寒暑阴阳,非一日一候一气之积而成岁功。

芸谷近览《永乐大典》,日手摘抄万六千言,此君今之闳、献也,其锐气殊不可当。挟有馀之资而骛于无涯之智,且看其日暮止泊何处,则分数睹矣。友人酱翁言,野狐杀人,欲炼大丹,止吸精髓,而斥弃其皮骨毛爪。山蜂采花成密,但噙香味不取花叶。挟策读书者,智不如山蜂林狢,其可乎?

作诗体律,在详人所略,简人所繁,正复为奇,绮复为质,运用故事,当如投盐入水,与之俱化,淡淡焉不见用古之迹,羚羊挂角亦其喻也。

去智智者逆亿。与故,故者成见未化。循天之理。天者自然也,理者分数窾会也。万事皆有自然之分数,窾隙循而治之,则迎刃自解,不烦斤斧,如圣人之道，一龙一蛇，智者乘时，或虎或鼠，与世隆污，视时消息之类，所谓无成势无常形也。吾友篯叟与人乐易无畦畛，至商榷古今人物，则评量至严，精于鉴别，不失尺寸。

诣越缦老人谈，言熙宁、元丰、元祐、绍圣、崇宁、大观间事，辨析毫厘，混混有致，今世能微言者，独数此老，晨星一炬，可宝贵也。

道家老子氏以虚静为宗指，其下手处曰，为道日损，损者惩忿窒欲也。与《易》谊旁通矣。然一味虚静，至于出入太阴黑窣窣地，则《阴符》家、刑法家、兵权谋家倚之以生，而杀机伏焉。然则《老子》于九流中，最为深远，而道德之反流为刑名，诚如太史公、东坡《韩非论》所称也，故朱子以敬、静二字救之，为少流弊，盖虚者摄有于无，歘有作用，其利器不测，令人畏惮。敬者，以静制动，专务收敛克治，乃圣贤返身修己之学也。

终日废学，略出心力了日间世故，便饱食酣眠，真已拚一老百无耻也。

得均甫老兄手书，利津塞河役竟，方闭门读《易》。均甫天性易直，文辞甚健朴，有气落落，故人望之如曙河疏星也。

有客诋俞曲园者，仆戏答之曰："君如著论非之，虽尽词如南山百车之薪，不能燎其一毛。世倘有巨眼如千年老桑者，则钻灼痛痒之数不可知耳。"客忿然作色。

【眉批】按：此盖其人不足以抵之，非尽钦曲老也。

作桐信欲言者，百端牵于人事，匆匆封发，不能尽十一也。

丁亥十二月

今日见尊斋星使《奏带随员出洋折》，内称"惟人才以试用而后知心术，以共事而始见该员等。如有不能得力及遵约束者，仍当随时照章撤参，不敢稍事姑容"等语词。简而辣，即此可见其有办事手段。

初三日昧爽,上再祈雪大高殿,车驾尚未还宫,雪泽随降,时冬旱麦枯久矣,苍璧再禋,祥霙忽霈,天心仁爱至诚感格,得消疫疠而降嘉祥,以是知昊眷方凝,正可及时勤求治理,以祈天而永祚也。又念庚辰中俄开衅,撑犁告终;甲申法扰,闽疆凶渠殒命。苟主德日新,三才祐顺,虽夷狄有虎视之心,尚可消内忧而弥外患漆杞,微诚念天人感应之故,不胜竞悚。

直之次日,冢宰锡公母夫人蒙恩入节孝祠,今日往观礼,锡公捧栗主跪揲如仪。不佞伏念父子天性,无贵贱一也,痛念所生,未获显扬,不觉涕泪横集。

闻夏君伯定居丧,一秉礼法,庐于墓上三年。临邑有原颜,而我因循久客,不知效法,愧恨交至。

昨与荔乡痛谈乡先辈可效法者,又欲振乡邑风俗学术之陋,语多气茶。又论时事,河工、边防,处处横决,虽有智者,不能善其后。仆自恨无尺寸有裨于世,虚存视息,上忝所生,中惭师友,夫复何言,欲痛自湔涤,复起为人,惟有绝欲养气,劬学不殆,以此勤勤自黾没耳。

傍晚子培枉谈,颇言志事。君云:子近诗有进境,运笔较从前超脱多矣。予服其精鉴,盖予亦自嫌丙子、丁丑以前,时有滞于句下之病也。前年朱蓉生侍御论亦尔,与君同指。邵尧夫胜处在不犯手,然此亦古今畸隐之士之所托迹耳。

近世治古文者约分两派,祢归、方义法,以上溯南丰、晦庵、邵庵之传者,多主望溪《古文约选》、惜抱《古文辞类纂》,梅曾亮又删汰之为《类略》,长处在理法完密,择言雅驯而少伪体,短处在空调多而精意少。以经术为宗,兼采九流之蕃变,模《史》《汉》之格调,泽《骚》《选》之芳润者,多主李申耆《骈体文钞》、张皋文《七十家赋钞》,朱兰坡《国朝诂经文钞》,长处在自创意理,出入六艺九流三史,词意典雅,无不根之谈,沉博绝丽,有深沉之思;短处在易杂伪体,少布帛菽粟之用。参合两派,左物右志,专取义理纯粹,厌折人人之心者,陆祁孙所选《国朝七家文钞》,姚春木《文录》差为近之。

国朝嘉道以后诗人，亦分两派。浸挹汉晋六朝乐府艳词者，多主张宛邻《古诗录》，亦防伪体，原主杜法，旁涉三唐诸家，上推之鲍、庾。而止兼取宋元人律切者，多宗渔洋《古诗选》，不失绳墨，差少流失，第不善变化。其弊至于性真掩而皮壳仅存，惟姚惜抱、曾文正辛苦而出其所有，差能免此两病。惜抱以风度胜，文正以昌黎诙诡排奡之趣取合于漆园吏《内》《外》篇宗旨，故吐弃世语，异军特起。

以上所称文家诗家，各有派别，大指一主炼词，运用于实；一主研理，运用于虚。偏得词繁之病，则法当用泻；偏得理怯之病，则法当用补。

闽县王雁汀先生居官清俭，殇之日，家无馀财，而高曾以下，服属差近之子姓，皆赖以衣食存活，孤男孤女嫁娶，皆量力任之。此可以为士大夫法，敬宗收族，一如宋蓝田吕氏、金溪陆氏家法，足以厚俗贬偷也。

村僻三叉路口，一座冷落破庙，有个半身不仁底木居士，今日也有人来烧香，大奇大奇。试问此人，尔所得泉物夷邪跖邪，南塘一出邪，提起大棒一声喝，尔勿谓我木居士耳聋眼花，我枯栋肝肠中却也会放豪光，有些灵怪。此人吓得浑身流汗，磕头如捣蒜，退将出去。

学养、才略、历炼、历者，阅历，在更事多；炼，修炼，说在《孟子》"将降大任"章。资望、凭借、运会，此六者合而后事功出焉。上三者犹可黾没操之自我。下三者天人参焉，我不得而操之也。六者一不备，则差数覩得半失半，则事不成，虽成亦易败。

叶梦得《避暑录话》有一条，曲诋阮嗣宗，外示发言玄远，内实阴附司马昭以自全。此深文语，殆未必然。嵇叔夜及祸，而阮超然祸福之外者，嵇才高，又曹氏之婿，而阮独以疏野晦慎获免，叶论未必允也。

张留侯妙能蓄利器而不以示人。欲为韩报秦，却不肯犯手自做，撺掇苍海君觅个雄猛力士出来做;欲为韩王成报项,借汉高、韩、彭之力毙之以韩;故受汉厚恩,晚谋所以安太子者,却又怂恿四皓出来做。处处心目所营,发端甚微,人莫能测,此即《老子》所云"微妙玄通深不可测"之作用。善于借刀杀人而已,无预焉。所谓致人者不致于人也。邵尧夫不犯手,亦窥得此秘,然本领小,只办康济得自家身耳。苏子由晚在雷州,能慑蔡元长,使不敢加害,亦得老子之术。东坡刚疏不及子由,老谋大谲不自白也。

佩葱来云,金、严三郡士人无资借,最困无所倚以自壮。东瓯有二孙公创之,黄氏父子代兴,差足特立。君言起我意,士人纵有姿器,亦赖乡先辈提携淬励,以奖成其名也。

阮亭《古诗选》,此梅伯言、孙琴老诸公窝铺饭钵也,予昔有评本,今取阅之,以消长夜。

后生欲学诗古文者,当读专集,勿常读选本,读选本只能得其炼词造句之法,久之入于模山范水手段,令人汩没性灵,索索无真气。阮亭、苏斋颇受此病,不及同时亭林、竹垞、天生、次耕、天章、翁山诸公,自辟门庭规制。而伪体歧出矣。由取材贪多不能割爱,譬有人姿质本佳,然视其服佩则汉冠楚制,晋帔唐装,行步累赘,如开骨董铺,犹得谓之美乎。欲得古人之意理变化,所以自成一家气格,各具性情面目之妙,寻其蹊径,非读专集无入处。盖选本如程文房墨,满纸裁缝针线痕迹,即学成不过雕虫篆刻之技耳。至专集以立意为宗,造词炼句特其履迹,或妍、或丑、或浅、或深、或奇、或正、或拙、或巧,诘曲百态,遇物肖形,富或千言,贫或短述,中皆有真气趋策,乃见古人之魄力血脉学养圣处也。然则阮亭《古诗选》与惜抱《古文纂》为初学入门设耳,殆至学成犹筌蹄耳。

予怔悸之疾,自辛未冬起至今十七年,病已深伏,非药物所可速疗,今夕变忧成忿,肝气大作,彻旦不眠,焚和已甚。

国初王蓍,字大田,秀水人,晚侨白门,作层崖老木,萧疏老硬。昨在密丈处见其所作九纸,中一幅村落学篱,枫竹欹斜,淡赭水墨,渲衬尤胜绝。

仆少长忧患，多病衰迟，先世志事多未了，《老子》之戒，啬为早服，养生为主，积敛无涯，持此以终身焉可也。

李太守来署，谈爱珲及额尔古纳河、奇乾河一带边情矿务，仆意江省欲开利源，使边实而兵强，非呼兰开荒不可。虽去年恭将军入告部议，以该处山地向例封禁沮格，以采东珠故。然阃外之事仍可奏辩，志在必办不可，因部驳遂中止也。

班侯过存，呼酒松窗下对酌。班侯命允楝、梁肃辈属对，雪夜对霜晨，彭更对陈代，山人对海客，尚不辱命。班翁又述孙琴西丈甲申年自寿作诗二十章，每章冠以"人生七十古来稀"句，遍命乡人有能诗声者属和，老辈风流兴会，故自与俗士龌龊拘挛者不同。

曾文正公每于书字，决人福泽休咎，此传青主遗法。

驻倭徐星使来信云：倭国自井上馨辞职以来，众心未能解释，尚欲与伊藤及内阁诸大臣为难，不久恐有内乱。近日板垣退助系自由党首。及后藤象次郎唆使土佐地方士民二千馀人，潜来东京，乘间作乱，兼欲行刺伊藤，故刻下巡捕颇加严紧。该国前任农商务大臣谷干城及板垣退助二人，奏参伊藤及内阁诸臣，力攻时政之弊，言极切直，倭政不和于斯可见。彼上下之情携二，我之利也，故亟识之。

天道恶二而好专一，故弃好力穑而为太稷，契好伦理而作司徒，惟能宁静专一，无他嗜好，间之利泽及民，以昌其宗。语曰："用志不分，乃凝于神。"绝利一原，用师十倍，此之谓也。智瑶、诸葛恪、令狐愚多能自矜，卒以殒身覆族，二故也。

桐城方存老以安徽学臣疏荐治行，蒙特恩赐，赐五品卿衔。晚遇如此，荣幸甚矣。此殆存之在严渭春中丞幕中时，两次代中丞草奏，荐举十四人，今食其报也。

偶阅稗官小说，所云正法眼藏五十三参者。于八旗习俗颇有关系。

修为学业不能成，坐躁而不能静，近名而不知阍行故耳。躁则助长无优柔浸润工夫，徇名则务外无专一沉潜志事，二者皆自欺自误。

惟能博学而孱守之,不自矜炫,故曰孱。微生常畏人知,故慎言不妄发。而笃行之,庶有积铢累寸,日进高明气象。朱子论王仲淹二十六岁,开皇中上《中行十二策》,便是要学周公,身诎不用,锐意要续六经。又,要法孔子气象,迫急去不得了,故三十五岁而卒。然则王仲淹之著书,反不如魏阳元之射,高伯恭之治历,有冥冥之志,无赫赫之功,气象胸襟转为宽博有馀也。

孱守故静,静则可去客气浮扬而不知收敛之病;笃行故阍,阍则独行其义,求质于神明,而不求谅于侪辈,虽举世誉之而不惊,举世毁之而不慑也。

前有题《阴符经》后三条,兹复缀述

颜氏习斋谓古今有四蠹:诗、文、字、画是也。两宋君臣疲精翰墨,流风既扇,废事忘仇,神器遂为金元所盗,此与清谈、土木、伶官之亡国,亦何以异。荆公叹制料之弊云:"当时赐帛倡优等。今日论材,将相中正谓此耳。"古之善学者,或心知其意,或实事求是,或略观大谊,或默识其要,或不求甚解,其精神气魄皆有专营,后来所传文集特寄耳,初何尝毕生钻研故纸,作沟瞀陋儒哉。此当用绝利一原之大药,疗其痼疾也。且非特《阴符》家言之也。《孟子》不云乎,"尧舜之智而不偏,物急先务也"。至言哉!

宋武帝清简寡欲,创业气象不当尔耶。前殿无珠玉舆马之饰,后宫无丝竹罗绮之娱。初朝廷未备音乐,殷仲文以为言,帝曰:"日不暇给,且亦不解。"此大有断制语,极简而辣。仲文曰:"屡听自然解之。"亦有妙理,即杨子云读千赋则自善赋,及前人读书百遍,其义自现之诀。帝曰:"政恐解之,致费日力,故不如不解耳。"坚忍到二十四分。不日损则无以为日益之地,非众小不胜则无以成大胜之业。伊川一生不肯看杂书,不肯从邵尧夫学数术,亦此意。王仲淹亦云:"吾不杂学,故明。"欲葆灵龟,勿循朵颐,非特嗜欲声利为事障,当斩除净尽,即杂书曲学为理障,亦宜割弃。勿分吾志,然后完养心力,扫薙歧旁,归并一路,乃可渐底于成。凡此,绝利一原,用师十倍之妙谛。

或问篾叟曰：语云，治国所用，乱国之材；胜弈所用，败弈之棋。此以棋之为人用，利钝不同言之也。若棋之自用，将奈之何？曰：先砻棋材，谋于器师；材既备矣，贵贱行藏，盖视乎时。处胜弈之手，用当其材，则尚直方以效能宜；入败弈之手，任违其器，则尚圆曲以自全宜。乘时消息，诎往伸来，其慎守苦县《老子》曲全之家法，而勿为恶圆恶曲之说所系缚，畏彼元漫叟之诋諆。客闻之不答，头触屏风僵睡矣。

晤葆世兄效先云：文山尚书师乞病后，家计愈窘，几至厨薪不给。国制承恩，公当差者，食俸退闲则停给。殆惩前史外戚之祸，故立法如此。然未免如酎金失侯之苦矣。谈久之始行，并交出代募豫账册子一本。

布特哈城在内兴安岭之麓，土人皆达呼尔部，前将军穆图善亦部人也，俗误称为打狐狸。呼伦贝尔城野外则鄂伦春种人为多，其俗妇人生婴儿三日，就江中冷水洗儿，盛以布袋，悬之树上，活则乳之；死则悬之高树，三日有鸟鸢食之，则拜舞以为神，否则啕嗷诧为不祥。其人草衣木处，矫捷如猿玃，善火枪，以打牲为业，近亦渐有知种地营生者。

王可庄修撰招集广济寺，座有胡图克图棍克扎拉参，貌颇雄鼻，鹰眼有芒，洵雄儿也，殊可爱。与之谈西事久之。华盖，巩昌府洮州人，今年已五十五。

颜习斋言安天下之策六言而决耳，曰：人皆兵，官皆将。此古法也。国初八大贝勒分为八旗，部勒子弟，宾客奴仆，各出私财以卫公家，无文武清浊异途之弊。法以此，兵强天下，乃其明效大验矣。近日除发捻之害，湘、淮将相皆用子弟兵以制胜，故能成败之数，与绿营顿异也。文芸谷云：于文族，字从㫃从矢，㫃谓旌旗以合其众矢，谓弓矢以卫其生。《左氏传》言，分康叔以殷民六族，族盛则国强。制字具有深意。予谓《周礼》宗以族得民。三晋之寖强，皆倚公族蕃盛。《诗》曰："宗子惟城。"汉徙齐诸田、楚昭屈景豪族，以实关中；六朝时太山羊氏、闻喜裴氏、华阴杨氏、陇西李氏,皆贵姓巨族,绵历数代,国革而族不亡。《孟子》亦言:“为政以先得巨室之心为要。”皆九两系民,宗族居其一之谊也。

陆务观诗,句义颇伤蹇浅,尚不及乐天之律切功致,何况老杜、涪翁,特其寓意亮直,胸襟明了,为可取耳。

廿三日申正初刻,立春,已入明年正月。节气岁月如流,学业未建,年四十又三而无艺,殆终身无艺矣。头颅半白而不以善闻,殆终身无闻矣,何以上对先亲,下质师友。

买集句模本及齐次风先生《历代帝王大事年表》,置之家塾书架上,督儿辈翻阅。

居士要想出世,先须出家,殆家累之苦甚于世缘也。释迦四谛所云,苦集居其二。如鸟蹴树,如象溺泥,不脱离此烦恼窠臼,何能得道邪。

府公忧西藏事甚劳,英人窥伺可为愤叹,直之次日,图们江南界案可望了结矣。与李道言卜魁宜以爱珲为重任。此处副都统当择知兵有威重,能得边心者任之。呼兰宜开封禁之山,亟办屯垦。地最肥美。吉林已办珲春练兵,尤宜以富克锦城为重镇。

游厂市,得魏唐碑拓数种,孙渊如翁隶书中堂一轴。应酬上司律诗二首,似载入《芳茂山人集》。其书则疑黄小松代作也。徐星伯正书七言对一副。集句殊佳,书亦不俗。又吾邑徐淞桥太令七言对,乃草书。

烛下读《陆务观集》,粗硬处固多,佳胜处亦复时一遇之。

至各长官私第投刺,事府公宜尽礼,此外无所干谒而已。

戊子年(光绪十四年,1888)

戊子正月

偕同官方户曹以吏事谒朝邑相国,相国饮之酒母,味甚醲厚。垂语时病,自言甚悔未暮轻出,无补时艰。近新自号无补悔翁云。情词恳切,因得纵论近时吏治、风俗、学术三者之弊以对,久之复还署。戊子正月初二日,时方入直禁内,以边牍咨请朱邸枢宪裁决,长官命草奏,出因过谒相国宅,盖是日阎相未入直也。

【眉批】疑“算”误。

劼侯言,俄奥争土耳其地,今年春夏间,兵衅必开,法助俄,英助奥,现英人已电召印度总督回伦敦,谋拒俄事,恐兵连祸结,英若声西击东,谋取海参崴,则我东三省地方亦恐为之震动,苟免池鱼之厄幸矣。

李申耆先生有诗云:“请借双行縢,以为安乐窝。”达哉言也。疲吏终年,在车中日噉风沙数斗,自以为劳苦,何不亦作安乐行窝观乎。

姚姬传郎中,近代知道人也,然于六艺经传所得者浅,于《老》《庄》所得者深,殆天性雅淡,近于出世之姿,故能尔耶。

观闽人郑苏龛孝胥所作八分书,疏逸得天然之趣,此君胸襟殊超淡,书诣当月有异境。

夜读陆集。陆诗之品格,张文瑞公英《聪训斋语》评宋人集最中肯,如胸无主宰者,效其句法,易入恶道,为之太多,出之太易故也。

正始之音殆扫地矣。此元遗山、虞文靖两家所以不得不谓之雅音,谓之复古也。

读淮阴高子上《老子正义》,稍加评勘,子上于老氏致力殊深,亦有精微之解,而尚多滞义。

敬孙宗兄自宝坻来,将交卸县印矣。连年荒欠赔累甚多,作吏之难如此。敬老又言,张琴生太守作古,松岑失一贤主人矣,殊可惋惜。琴生同年勇于进取,观此知升沉自有定分,有司命者左右之,而非可以区区智力求也。敬老又言,某人附贾胡米建威,阴欲射利,而阳上启于度支长官。痛诋其事,欲以试观京辇士大夫议论之向背,卒为赞皇公所觉察,友人汪仲伊发之。从此薄其为人。小人倾险,一旦败露。曾公云:天道恶巧,其言信矣。

受指府公,草一议复,奏底四更而毕,下语颇颠倒事理,且何颜对紫柏山也,岂亦如阮嗣宗为郑冲作笺奏耶?呵呵。孔璋在本初弦上,枉草千言;昭明评陶令微暇,惟惭一赋。掷笔而起,不觉怅惘。

黄荛圃刻《宣和遗事》殊佳,惜此书有曲诋荆公一条,言引用婿蔡卞及姻党蔡京云,大谬大谬。蔡元度在熙宁中公当国日。亦未大用,蔡京晚遇,乃元祐初温公作相,议罢雇役法,引用京为开封尹,是时荆公久归江宁,未一年而薨,正舍宅为寺,后僦居城中惠民废药局时也,安得有引用京之事?此必蜀党轻薄子所造言无疑。

姚平仲愤汴朝无用兵意,遂跨一青骡从阙下亡命,一日夜驰七百五十里,抵邓州方得食,入武关至长安,欲草华山自隐。顾以为浅,复入蜀之青城山上清宫,为一日留。复入山,行度采樵者不能至,乃解纵所乘骡,得石穴以居。朝廷诏物色之,弗得也,乾道、淳熙中乃复出,至丈人观,紫髯数尺郁然,行及犇马,此鲁连蹈东海之遗也,岂贺亢、乔仝、靖长官所可及邪。越人陆游过青城山上清宫,留诗壁间而去。其诗云:"造物困豪杰,意将使有为。功名未足言,或作出世资。姚公勇冠军,百战起西陲。天方覆中原,殆非一木支。脱身五十年,世人识公谁?但惊山泽间,有此熊豹姿。我亦志方外,白头未逢师。

年来幸废放，倘逐与世辞。从公游五岳，稽首餐灵芝。筋骨换绿髓，欻然松杪飞。”

靖康元年，斡离不犯汴京，朝廷自唐恪、耿南仲等散西南两道兵，至是四方勤王之师无一至者，都城惟卫士上四军及中军效勇、京东西弓手千馀人而已，时郊外有炮五百尊，弃置无人收之，兵部推枢密院，枢密院推军器监，驾部推库部，文移纷然，卒无人收，遂遗之以为金人用。

汴宋伶官入粘罕帐下作乐唱，此愧见凝碧池头乐工。言奉粘罕为太公伊尹，粘罕不怿曰：“太公伊尹，古圣人也，吾德薄，安继其万一。”贤佐哉，粘罕。金源氏有此臣，那得不兴。

李若水从钦宗幸虏营，不屈死之，粘罕顾左右曰：“大辽之亡，死节之臣甚众，南朝惟李侍郎一人而已。”南朝多好臣耶？亦北朝胜耶？

李邦彦浪子宰相，恃讲和之议以图偷安，庸奸误国，其肉宁足供狗彘啖乎。

钦宗亡国，乃恸哭曰：“悔不用种师道之言，以至于此。”

右，《宣和遗事》二卷，一书坊借来，今日趣完，随手录数条于此册，以寄吾愤，呼呼。戊子正月芳郭钝叟。

予近日生事不至匮乏，而心之憔悴枯槁有甚于向日乏绝之时，殆不知学道，故神索耶，抑中畏世故拮迫有七不堪耶。

子培言，时读《近思录》及《北宋名臣言行前录》，约束身心，使勿纵肆，湘乡曾公晚年时看《理学宗传》，即此意。于立身出世极有益，德业事功即出其中，予深韪其言。《宋元学案》亦须常看，孝达师云然。

子培言乾嘉以来，朝贵负时望者，其衣钵有二途，上者正身洁己，操行清峻，以彭南畇《儒门法语》为宗；其次则谦抑清俭，与时消息，不蹈危机，以张文端《聪训斋语》为法。百馀年来汉官所称，贤士大夫之风气在是矣。

常熟翁公一日休假,独策出郊,变姓名曰黄子虚,遍游西崦、碧云、卧佛、退谷、秘崖诸胜,村店见其龙钟,谩之,笑而无忤。此殊得憩寂人外,拄杖逃虚之意,长安十万家,朱门酒肉臭,几人能领此中深趣哉?

候晤文芸阁,谈棍噶扎拉参同治五、六、七、八年间防御科、塔二城之间及光绪年间坡塔、宁乌拉斯付两案,以至七年往收哈萨克,奉旨查办等事,及入藏来京缘由。予曾翻阅全案,故略能言其始末。

携三子松乔西行,游善果寺礼佛,开士导游诸精舍,又礼丰干、寒山、拾得三大士像,憩方丈久之,与言佛本行及禅净二门大意。淄白数人,颇能点头领会。予作跏趺坐,少选辞归。寺中有一榜,"陀罗尼门"四字,行书。康熙初冯益都书,纯是松雪点画,而形神皆质厚,自不同也。丈室内又有张得天正书,亦佳。陀罗尼译梵言经也。禅门盛于黄梅、曹溪、菏泽净门,始于永明,昌于莲池。

三子松乔不慧,戏作俚歌数十句教之云:

风是天号令,雷是天钟鼓,日是天心眼,月是天精魄。燠是天发生,寒是天闭蛰,春是天舒和,秋是天敛肃。星是天疣痣,石是天皮壳,露是天吹嘘,霜是天噏吸,雨是天津液,雪是天肤粟,昼是天开怀,夜是天睡着,电是天笑颜,云是天衣服,虹是天带围,雾是天帘薄,风是天喷嚏,雷是天言语。风雷会变化,易中之作用,此作天关键,阴阳从此出。天乃一大人,呼吸气之精。人为一小天,铅汞资调息。汝目胡为动?乃是离气作;汝耳胡能听?乃是坎气发;汝口及手足,胡能啖持行,皆气之所运,心为之主宰。日者天之心,心者人之日,日者万物宗,心者万化主,汝欲开汝心,要在闭三宝。三宝者伊何?耳目口神是。皆有灵司之,易被物吸取,渐吸渐凋丧,形神乃枯槁,色声味三毒,皆心之毛贼,窒之慎勿通,万扰皆退听,汝心乃如日,光明大自在。嗜欲驱除净,天机乃纯备,毋以人灭天,功资力战胜。吾言非谩言,乃父师所授,吾今以传汝,三更月出时,神鬼都不觉。芳郭钝逸居士。

近贤惟曾文正、陈番禺本上元人可谓之。"昔吾有先正,其言明且清”，明且清者，切事当理，差差然而齐，不肯自欺以欺后世也。此外若莫、张、戴、刘、谭、赵，皆时作蒙汞连蹇、可解不可解之语，其文笔匿而采，諎諎然而沸，惑世诬民莫甚焉，此得罪于茗柯、惜抱、松厓、竹汀诸老不小，后生切勿染其风气而效之。阅二林净土文，惜其《一行居集》未之见也。

儒家出律入礼，礼律皆三千条，君子怀刑。刑之义有二：罹外刑者，金木训之；罹内刑者，阴阳蚀之。故礼律常对勘也。《老子》入有出无，以三宝摄治万物，而常为万物宗。佛氏出喧入寂，以四百四药对治四百四病，四谛既立，乃能出世入道。三教宗旨不同，而以戒慎治心，以谦损制行则一。

诣伯讷公。公志虑忠实，淡于荣利，只此一事实忠信也，馀二则非真文行也。忠信，实也，犹曹溪所云清净法身也，性也。文行，权也，犹曹溪所云千百亿化身也。相也，相因时而万变，性绝利而一原。立朝耿介，非近时士大夫所及，于其去国而归田也，甚为朝廷惜之。气陵其上，志慢其下，陆伯言，戒诸葛恪语。此某君之所以致败也。两军相加，哀者胜矣，此归善所以获全也。

【眉批】某君或指丰润乎。

晤鹿溪，谈儒释两家要指久之。鹿翁举朱子诗云：“贫家静扫地，贫女静梳头。下士晚闻道，庶以拙自修。”非得此暗淡不近名家气象，则入于躁妄夸诞，何由见道乎？此六安吴公以拙修自号所本。又在君案头，翻阅《竹窗随笔》，乃云栖莲池大师札记也。此单刻本较《世宗御选语录》本为多。

彭允初《答王禹卿书》：鹿溪言支那古德以二林比明之莲池大师。承赐书，圆音落落，读之甚欢喜。所示空、有二谛，圆前书未了之意，最为明快。至论净教，一立一扫，此则尚落权机。若称性而谈，但提起一句佛名，尽大地无非极乐，遍法界全体弥陀，即有即空，非空非有，从此信入,则婬坊酒肆,悉是道场;古木寒岩,依然佛国,岂可于中更生分别。但入道,因缘不无方便。经云寂灭无为,安乐当离愦闹,独处闲居。永嘉有见道忘山,人间亦寂;见山忘道,山中乃喧之语。然兴化刘公云:“或从热闹想清凉,坐市谈心终未称。”仍以当离愦闹,独处、闲居为脚踏实地也。若乐众者,则受众恼,此是如来决定明诲,且不独初心而已。祖师西来,九年面壁,宗门了事,人且向水边林下长养圣胎,但不容耽著静味耳。平生于圆顿法门信向颇切,但三昧未成,终以住山为得计,故前书一再及之,初非有慕于声闻寂定也。所示从有念入无念,以离念为正念,切要之谈,所当日夕黾勉,要诸毕世而已,时光亦失,净业难纯诸,惟自爱不宣。

彭允初《四大师传》,录一,其紫柏、憨山、蕅益三大师传未录。

莲池大师,名袾宏,号曰莲池,志所归也。俗姓沈,杭州仁和人。年十七,补诸生,以学行重于时。邻有老妪,日课佛名数千,问其故,妪曰:先夫持佛名,临终无病,与人一拱而别。故知念佛功德不可思议。师自此遂栖心净土,每书“生死事大”四字于案头以自策,戒杀生,岁时飨祀,陈蔬果而已。年二十七丧父,三十一丧母,泣涕曰:“亲恩罔极,正吾报答时也。”遂决志出家。继室汤氏亦长斋奉佛。除夕,师命汤氏点茶,奉至师前,盏忽裂。师笑曰:因缘无不散之理。明年元日,为嘉靖四十五年,诀汤氏曰:“恩爱不常,生死莫代。吾往矣,汝自为计。”汤氏洒然曰:“君先,吾亦将行矣。”师为作《一笔勾词》,词亦载《归元镜》。投西山无门洞性天理和尚剃发,乞昭庆寺无尘玉律师受具戒,遍参诸方知识。王仲淹云:“吾不仕,故成学,吾不杂学,故明。”云栖之出家入道,欲去物累以成其学也。通儒书而尽以供释家之作用,欲舍杂学以全其明也。吾于此服其勇决。

北游五台,感文殊放光;至伏牛,随众炼磨;入京师,谒遍融、笑岩诸大老,每参念佛者是谁。南还,过东昌,发悟,参究弥笃。杭州诸寺多禅期师,与会者五,终不知邻单名字。有遁世无闷气象。隆庆五年,师乞食梵村，见云栖山水幽寂，有终焉之志。山有废寺，伏虎禅师故居也。土人杨国柱、陈如玉等结茅以栖师，师孑然无侣，往往绝粮，倚壁危坐而已。山中多虎，环山四十里，伤人甚众，居民苦之。师为讽经千卷，施鬼神食，自是虎不为患。岁亢旱，居民乞师祷雨。师曰："吾但知念佛，无他术也。"众固请，师乃持木鱼出，循田塍行唱佛名，时雨随注，如足所及。至诚感动，不可掩如此。众悦，相与庀材造屋，衲子日归附，遂成丛林。师痛念末法，众生掠影宗门，如陆王之末流，挦撦口头语，坏金溪、阳明家法然也。拨无净土，有象若狂象，讲师辈知解依通说，食不饱如法思惟，唯念佛一门，横截生死，普摄三根，于是单提净土，戒律宗门之外，别标净学，萌芽于慧远，昌于永明，平实于莲池。著《阿弥陀经疏钞》十馀万言，总持圆顿诸经，融会事理，指归一心。书成，一时缁白之流，归心净土者若鱼龙之趋溟渤也。禅门以莲池比儒家中朱子，盖以能整理教学中规模，非口禅心不行也。故儒文两家犹易觏，最求者人天师耳。欧、曾、苏、黄，儒而文者也，王深宁之流亦尔，朱子乃人天师，可以立教者也，其根本枝叶皆不同。师又以佛设三学戒为基本。《遗教经》云：是以当知戒为第一功德安稳住处。《楞严》云："因戒生定，因定发慧。"皆以持戒为基本也。持戒，梵言尸罗，乃六波罗密之一。南北戒坛，久禁不行矣，师令求戒者具三衣于佛前受之，师为证明已受者，半月诵《梵纲经》《戒经》及比丘诸戒品，众共推师精律制为第一行，因著《沙弥要略》《具戒便蒙》《梵纲经疏发隐》。净慈寺僧性莲请师讲《圆觉经》，于是赎寺前万工池畜生鱼，其后增拓之，复开城中上方、长寿两池，蓄鱼益众，岁废百馀金，禽畜别一区，岁废粟二百石，放禽三百头，功孰与舜之去一凶人，故放生一事颇类。呴呴之仁，非大慈本指也。师每言天地之大德曰生，天下之大恶曰杀生，著《戒杀》文。慈圣李太后见而善之，遣内侍赍紫袈裟白金问法，要师书偈。进曰："尊荣豪贵者，由宿植善因。此为愚人说法耳，当读张蒿庵先生《天道论》，则知其非也。因胜果必隆，今成大福聚。深达罪福相，果中更植因。喻如锦上华，重重美无尽。如是修福已，复应慎观察，修福不修慧，终非解脱因。福慧二俱修，世出世第一。

以下意甚圆密,惟函出世之识度者,然后能经世,能救世。众生真慧性,皆以杂念昏。故儒务损以远害,务克己以复礼,皆所以祛昏而即明也。修慧之要门,不得道者不知有门径,苟得道矣,从入之门非一,三乘法中各具妙门,岂必相沿袭哉?丈夫各有冲天气,不向如来行处行,亦不可不存此梗概。但一心念佛。念极心清净,心净土亦净。经言:随其心净则佛土净,净土即在当前,不必往生。往生之说,波洵说也,蛆虫僧臆造也,《佛本经》无往生之说。往生说前人所讥,广张罪福,恣诱胁者也。信往生者,直是魔道,非佛正法。今前后藏红、黄两教,亦是末法,印度俗称四天法已屡易,愚者尚欲往生,非波旬而何?自净其心,随处以微明自养,方为净土,犹蕺山刘公之所谓慎独。慎独之功,至于行不愧影,寝不愧衾,动亦静,喧亦寂,天下之至乐存焉。犹净土也。若提往生,则夹杂歆羡,私意不能净矣。莲台最上品,于中而受生。见佛悟无生,究竟成佛道。三界无伦匹,是名大尊贵。”此袁宏所讥善为宏廊胜大之言也。当是时,云栖道闻风天下,僧众日集,其设规条甚严,通堂之外,习禅念佛,息老病安,行脚、百执事有寮,功过赏罚,综核巨细,皆有条理,此则经世之才。未尝妄费,有馀财辄散施诸山。垂老亦躬自出溺器,浣濯衣袴,缁白礼拜,未尝不答拜。佛法平等,礼无不达,此与禹、墨、黄、老之道皆合。宰官来问道者,接之无加礼。我教中则有等差,礼时为大。饭脱粟,此朱子在武夷第四曲所以待胡弦者。卧败席,亦莫不安之。师极轸幽冥之苦,手定水陆仪文,及施食坛仪,每亲设之。万历四十年七月二日示寂,先十馀日入城,别诸弟子及故旧,还山设茶别众,至月朔晚入室,告众曰:“明日吾行矣。”次夕入丈室,示微疾,瞑目,坐召城中诸弟子至,师复开目云:“大众老实念佛,莫捏怪,莫坏我规矩。”西向唱佛名而逝。洵可谓笃信好学,守死善道者矣,惟诚也。故能不疾而速,不行而至。年八十有一,法腊五十。亦谓之僧腊。汤氏后亦去家为尼,先一载化去。自师化后,百有馀年,云栖香火特盛,冠诸丛林,然而净业日衰矣。祖师传衣,往往嗣法者能振法,此祖师魄力之所以大也。此诋入陆、王者,所以不能及陆王之精神气魄也。

憨山大师,名德清,字澄清,印憨山,在五台,师游清凉时所自号也。俗姓蔡，南京全椒人。

应节录彭传，入《南谯丛录·仙释门》。予曾客居南谯之阜陵，惜未及访禅师。十二岁以肯未辞亲，入南京报恩寺时遗事也。憨山九岁即能诵《普门品》。

鹿溪云，桐城文派，经望溪、海峰、惜抱磨砻浸润而后成，三公皆年跻大耋，三先生中宗伯八十二，征君八十，郎中八十五，共得二百五十岁。生世长久，积学持养以致之，而又得吴殿麟、刘孟涂、方植之、姚石父辈为之羽翼藩卫，乃成一部落风气，何况济时大业，必寒暑积而后岁功成，岂一阴一草木之气力乎？此朱子所以深感于天地之道，惟浸故能阴胜之说。观此则知学求速成者败，仕晞速化者败，谏求速售者败，孤学无友者败。

当勤精进，折伏汝心，制之一处，无事不办。此颜子克己，孟子操存舍亡、及求放心之说也，乃为道日损之要诀也。

曩者潘儒老语予曰："子勿厌吏事，吏事磨砻久，其中事变情伪甚多于牛毛。玺丝中施手，应有条理，其益一也。簿领既疲，归而兀坐一室，领略静趣，偶读一书，别有至味存焉，或较终年闭门者所得为多，此二益也。"良友之言，予时存之胸臆，以为体验。

夜阅《复堂日札》，非无心得语，然气象褊迫，躁扰鲁莽，而耘之病坐杂览，溺心而未能孱守故也。如是则所阅之书，如明季流寇，虽月破千城，到底无安身立命之处，故荀子曰："非兼并之为难也，坚凝之难也。"仲修挟过人之姿，而俯首于融斋老《艺概》一书，盖亦自知其病矣。

畸人张叔宪殊有怡然自得之趣，今日晤谈，与之言姚镜堂先生住水月庵时事，及融斋刘公直北斋日言行风致，君亦欣然听之。在萧寺语及之。

阅《仲修日札》毕，中评骘九流功用及列代文事。

本朝经学有默契于予心者。说碑板篆分今隶之法,亦多精到语。

杜门而意未朗散,岂以阅某君日札。虽有理解,究少静气,使予心亦有螳捕蝉之感,诚不可掩耶。静气,古人惟王荆公诗,近人惟姚惜抱诗有此境界。

讷公将别,援古人赠处之谊,戒其友曰:居日下人海中,以寡交游、不妄投赠为立身第一义。浮毁浮誉之来,皆是害己,切勿为所欣动。又云:于稠人广众中,切须谦慎,驽散惘然若无能者,勿为危言激论,饰智骇俗,此最害事,又泛常众论之中,时有至理,细心体会,可收其益。予谓讷公之戒其友者,切要矣。予又申言之云:勿滥交,交必择正士以自持;勿妄言,言必稽经训以自守;勿好动,动必准诸古人律己之谊以自广。

临水牛山文殊经旧拓本。此石高七尺许,凡正隶十行,行卅字。

忆蒙庄有言,天下有大戒二,其一义也,其一命也。仆少而久困零丁,长而不居清职,义命所在,安之若素,无毛生捧檄之荣,怀右军依墓之誓,夫复何所多求于世哉?

敕修西苑工程,将次蒇役○○,上下诏,筮吉,于四月初十日,恭奉○○○皇太后銮舆驻跸。去冬奉宸苑管理王大臣,曾议上三海门禁章程三十六条,奏准施行。其清漪园旧址,亦加葺治,敕改名颐和园以备巡幸。

戊子二月

读姚选《文纂》内归熙甫序记之文,有六艺、《庄》《骚》之遗味,批点识之,颇有所得。

吏能浅薄,终日送往劳来,不免胶胶扰扰。今晨思得一养心之诀,曰:动时用世法。以禹、墨为体,黄、老为用。静时则用出世法,离欲寂静,是最为胜。世法以治吏事,出世法以治本心。苟得其养天机,将长雨露之所滋,息日夜之所萌芽,毋自梏亡焉可也。

唁朱叔基,哀毁几不欲生,其状甚惨。问太夫人年几何,则云寿终八十有二。予闻而泪如涌泉,盖先慈弃养年裁四十,又不及见不孝乡举登第，乃自痛也。

读朱苗生近所为诗，殊有柳道川、吴渊颖遗法，运笔行气胜于容生。

计资崇卑忽尔，一晌焚和，予殆圣门所深斥之鄙夫哉，改之为贵。

得萧杞山廉访，复为大兄觅馆事；谒徐寿蘅中丞，谈边事久之，又为大兄馆事，按：徐为先大伯父补廪宗师。乞中丞致书翟学使，蘅师致浙学使书惠付，感不可言，师真信人也。谨具启谢。夜自作书致翟公，以同祖长兄，故不得已而出此。

闻今日枋廷诸公奉内敕往三海勘视别殿工程，巡游所莅，原以观省野物，乘令布和，第时诎举嬴，似宜审时消息，启发圣慈崇俭斥华，爱养物力之意，媚兹之忱诚，咸一德风谏之义，无闻焉耳。

金元间，里谚云："离官寸亦乐。"予戏续之云："出家寸亦乐。"盖以官舍中尚有净土在，至妻帑火坑中种种烦恼，如象溺泥，殆无有净时也。皇甫士安《玄守论》云："瘖聋之徒，天下之有道者也。"自顷欲以瘖聋度日，证成断际之学。

默深丈诗云："空王只畏穷，苦矣家为累。绝群断恩爱，乃得专所事。神仙最畏穷，苦矣身为累。练气遗形骸，饮啄皆不事。"又云："三教济一世，不能济一身。满耳号饥寒，入定何由成。在家成仙佛，吾始服真人。"白香山《在家出家诗》云："夜眠身似投林鸟，朝饭心同托钵僧，一龟早晚支床了，妻唤儿呼都不应。"此两诗颇入初禅世法四谛。

子培言仲修诗才力不厚，而宅句安雅，存期窅眇；高伯足诗思力沉厚矣，而运事遣意，力淬句中，时有鯱鯱不安之致，然两集要皆近日诗家之杰出者乎。予叹息以为知言。

道光末，士大夫之贤者率憨而坚，故多贞固，足以成其业。今也融而脆，祈向多不专，耆好无偏笃，恐天下有事，未必有江左夷吾收新亭之涕泪也，交游不闻药石之言，于今为烈。

天一日之行，有消息盈虚，犹四时之序也。人一日之行，亦有消息盈虚,医家言夜半人气生,平旦人气盈,日昃人气虚,薄莫人气衰是也。用其盈息,养其虚消,故起居动定,当相气之强弱而为之,节喧乃足以应务而有馀。

昨夜枕上背诵经文,至有所不足,不敢不勉有馀,不敢尽于此,稍有省悟,始知吕成公敛藏持养,静多于动之戒,争校是非,不如敛藏持养,静多于动,默多于语,践履多于著书,研经多于读史。及黄石斋先生懿蓄之旨,乃入道根基,学者惟务收敛,放心不须向外求也。

王者欲通天人之故,其要在六艺九流,所以养一心之体,欲观古今之变,其赜在诸史记事本末,及历代三通、会要、集礼、律令,所以御万事之用,操其要以治其赜,莹其体以沈其用,而主术乃纯备,庶不至受困于事物之纷乘而政可举矣。

蓍鉴所以决天下之嫌疑,权衡所以裁万物之轻重,主术斡运之妙,存乎一心,六艺九流乃所以修吾心为蓍鉴,权衡之具也,可不察乎?

与三哥家书略云:"弟自咸丰辛壬、癸甲以来,所终天抱憾大缺陷之罪三:先君大事,在兵乱后摧哽不可言,此不孝之罪一;慈颜幽翳,丁卯初冬未改葬之前,凶年渴葬,不能备礼,不孝之罪二;亡季妹藁葬江边,大水漂失,不友之罪三。又次有三憾:先大夫志在立谊仓以收族,创谊塾以督教近支弟侄之窭不能具束修迎师者,因循至今,未能仰继吾父之志,一憾也;幸列孝靖高先生、融斋刘先生、子勤钟先生之门,又辱王璞臣、戴子高、张铭斋、柳宾叔丈、刘叔俯与为交友,而宦游累年,支离虫篆,不能从事经生朴学之业,平日厚期,有孤严事,二憾也;吏能浅薄,随曹苟容窃禄已十三寒暑,于公家无丝发之益,三憾也。又有如荣启期鹿裘带索,乐天安命,聊可自慰者亦三:僻县孤生,滥叨一第;商瞿生子,遗经可授;师友缘深,多荷启诲。此三者,自谓得于天者已厚,此外升沉毁誉,如虻雀之一瞥,吾复何求于世哉。惟冀二顷之足供饘粥,键门读书,以补吾过。世语不入耳,外物不挂眼,如石斋黄公石养山结庐授徒,以毕馀生,吾愿足矣。"

典客曹掾年满列奏奖一次，然听曹属自开列，而上官裁决之。此得毋如伊川程子戒吕申公所云，求乃得之，则不求者反不能得，非所以厚风俗之类邪。世教衰微，人怀苟且，此亦一端也。予亦碌碌随俗，为之画墁耶？猎较耶？

予欲制一方幞头为野服，见客时用，既而不果，语云："戴圆冠者知天时，蹑方履者知地形，配玉玦者事至而断，予厄孤穷，久自视为罪垢山积之身，何所用外饰耶？"

《唐开元礼》百五十卷，杜君卿尝撷其精要三十五卷编次入《通典》，前运使洪汝奎翻刻，于闻近有印本。《开元礼·凶礼》居第五。

友人属题《仕女跨虎图》，久无以应也。作诗须伫境而生，勿强作，时与地相发，情与景相触，词与意相错综伦经，然后诗生焉。予殆汩没于尘劳竿牍久矣，故不妄下笔。

粤帅奏，琼州缴抚黎匪以后，募人伐木卖之，免税三年，以广招徕。台省以为疑，且云有妨税务。予谓此用诸葛恪平山越成法也。伐木通道，赭其巢穴，则黎匪无险可资凭阻，此法行之当有成效，诸君勿少见多怪也。

包文该《兖公颂》与殷令名《裴镜民碑》，运笔抽掣转换处相似，第《裴碑》渐趋秀润，专用唐人体势，微不逮《兖颂》浑劲耳。此两石，故是刁惠公志一家群从庄丽，虚和柔中，乃有刚夬矣。从此细寻点画使转之迹，倘可窥见山阴棐几。二月十三日漫书。

某君在俄彼得堡来书云："日报言，俄、奥将有战事，其言出于德人。德、奥方睦，因勃尔忌里亚之君向为俄之王族，近立者为奥人，故虑俄将攻奥也。故尔战事在欧洲，或可沮其东向之志。"嗣闻俄于中亚细亚新辟铁路，由里海岸克拉斯诺起，中经格倭特、阿哈尔、阿司哈巴、蔑尔甫，以达于阿母河岸之车尔达瑞，其志将全收机洼布哈尔之地利，而俯逼阿富汗。一名爱乌罕，汉之大月氏。又于阿母河，此河始见玄奘《取经记》及丘长春真人《西游记》。上建长桥一道，其长并岛洲计一千九百有二丈，费二十八万五千卢布，欲于河之东岸，接修火车道，跨越阿富汗界,径达拖南,以拊印度之背。按其地势,于喀什噶尔为近。又闻阿母河新制兵轮三艘、大拖船二艘,皆已出坞行驶,其布置形势将不利于英之印属。英人虑不足以制俄兼并之志,恐其南侵克什弥尔、阿富汗,则印度危;东并高丽,则英在中国十九口之商务恐为俄人占其利,故英人之心,颇望中国强盛,为之扞蔽。此近日时局之变,与道咸前迥不相同也。又闻俄人尝论进兵中国,他路中乏水草,惟由喀什噶尔最便。

俄主新年茶会七次,星使仅应酬一次而返柏林,俄政府颇不慊,盖俄、德虽甥舅之邦,中实互相猜忌,俄人自称通中国最早,又邻壤,向无兵争,久相亲密,以此夸于泰西各邦,常愿星使久驻也。

观星使与俄外部倭良戛里问答之词,俄人于高丽事、中国体制及国中虚实尽知之。且有轻视中国之心。某君方与星使有隙,所言未可尽信。

水牛山《文殊经》结体丽密,而气韵又极刚疏,此今隶正轨。《鹤鸣》乃行书,体势不可援以入颖法。

晤仲约先生,出示毛西河《濑中集》,当系辟仇时作,在《合集》之外。《合集》,阮文达督浙学日重刊。

归善公枉存茅斋,看碑谈艺,略不及他事,小冠散帤,布袝青鞋,萧然尘外人矣。予对之感叹泣下,移时始去。

阅《怀麓堂集》,和平之音淡而有味,觉李空同辈近于叫嚣矣。

作吏第一须耐烦忍得,饶他毁誉如山,俱不为毫发动。唐谚云:"吃得三斗酽醋,方可作相。"此知吏道之言也。

诣仲约师先生,言汉碑《石门颂》《华山》《衡方》,皆列撰人;唐碑惟欧阳信本书《九成宫》以官资小于魏文贞,故撰人居前而后书人,乃变例。今日先生允写邓序,昶以寿叙体,虽不古而书之,宜参用石刻赞颂之式,先生年辈乃尊行书人结衔,宜居末幅之前,次乃列撰人似为合宜。

答诣讷公，乞示魏、齐、周、隋及唐初石刻之最佳者，写一目录。

子裳云："如派员入藏，由蜀迂远，不若自京津航海至新加坡，十六日可达，再七日可抵孟加拉，又轮车二十四点钟到大吉岭，去藏界只二百馀里。"然距布达拉尚十馀站，苟派出大员从英境去藏，番疑而不纳，奈何？子裳殊未之思也。否则劼宪岂不知之，何待子裳言邪？印度电云，印督派兵于二月初八拆毁隆吐山卡房，藏番退去。英人云，如隆吐山而止，绝不深入云云。事已至此，殊难收拾，令人焦灼。

归心四要，此一时之好尚，异时见解，以有新功，不守旧见，乃为有进境。归依老，谷神尊；归依佛，净土尊；归依韩，纂言尊；归依顾，记事尊。

李穆堂、狄梁公、李茶陵合论，最足开人意志。

人事酬应极多，每思对归熙甫叙记之文，则意思始能豁豁然，心魄少觉清宁苏醒。噫！人生逐逐于世，故究何为邪？

中国目前急务所重内治、外交二端，内治之未善，失之不尽在政也，盖制度，亦有宜因时而变者焉。外交之失，则在于台省与督抚之意见多相左，而不能相成，人各一心，互相离轧，故狡夷乘间狙发举事，动多悔吝。

儒家尽乎常，有观缴之道；佛氏尽乎常，无观眇妙通。之道。二者宗旨颇不相通，一求经世，一希出世故也。惟用老子之术，乃能游刃于有，而藏器于无。

《放翁集》词虽杈枒粗硬，却语语如心坎中所欲出。

少农彻侯曾公前折简召预筵剧，以疾辞未往，今日候谢。垂语文正公以使相镇江南日，宾僚学术之盛，今乃人物眇然，俯仰今昔，不能无慨。又云：俄人谋建造东悉毕铁路，行军以五千趣成，我之东三省吏治、边备皆废弛，何以御之？记曩侍文正公初削平江南日，僚友毕贺，言升平有期矣。公愀然曰："未也。今八旗人材疲苶，乃世道之忧也。"今果然矣。此当与金礼部尚书赵闲闲公所作《候守论》同意，邵位西枢部有《跋候守论后》一篇，指画利害，深切著明。晤教二时许，辞出。

劼侯前有《说文重文考》，又有《拟太常博士答难刘子骏书》《拟陈伯之答丘希范书》。

蒿隐云,为尊老谋,自以弃官归田为计之得者,又须立嗣,此为尊老谋者至矣。

语铃中丞崇恩构十雪斋,以藏子昂遗墨,凡十事也。今日见行书《洛神赋》全文,行步媚蛊,作插花援镜之势,后有倪瓒题。又闻有真书《参同契》,或云赝也,予未之见。

闻有一时贵,由吴入浙,规欲游吾乡紫溪严濑、皋羽冢亭、许迈恒山、戴仲若柑酒听鹂、九里梅花村诸胜,旋以病不果往,殆山灵鄙其为人,故拒而不纳耶?

自然之道静,静然后万物生,天地之道浸,浸然后阴阳有偏胜。

栒女问摄生之术奈何。予曰:"闭三重门。先闭口,次及目,次及耳。而通气于鼻为天门。气由踵生,以息引之,是之谓绵绵若存,用之不勤。啬者,三乃通于一。"

阅倭国人直陈时政缺失疏二通。其一为谷干城作。

予性不耐烦剧,兼畏世故,续凫截鹤,朝出夕归,心魂久疲,筋力弥茶,久思蝉脱物外养真。今日连冲叔为我诊脉云:"病在木火二藏,如再不节啬,将成废痼。"甚念伤生,恐孤先亲泉下之望。既欲减省吏事,兼废挟册读书。卫生有经,离俗自适,庶期寿命,金石可坚。连又云:"法宜用去心麦冬一两,和龙眼肉二两,蒸透为度,每日空心肚服三次,疗之三年不懈,乃可使心气完复。勿轻用神气,以致伐性也。"予念嵇生之七不堪,展禽之三当黜,毋为久恩触滞世罗,损乔松之年,乖栖蟠之志也。

戊子三月

出使徐君言,日本前农商务大臣谷干城见地深稳,颇有气节,兼负人望。此次上疏规切时政,伉直尽言,日君虚怀延纳,屡欲用为右职,谷干城坚不肯起。

德国将军毛奇曰:"士欲保家,不可依赖于人,惟务勤苦自立。"况堂堂大国，岂可依赖他国，以为自立之基乎？

日本现在人口三千七百万，岁入七千万圆，苛敛已甚，兵舰二十馀，陆军十馀万。徐君则云：养额兵裁四万，藏兵于民，则六十馀万，全仿德国人尽为兵之制。

右二条节抄板垣退助上书枋臣之说，徐君云，此人乃自由党之魁，挟其浮夸之言，以摇眩当事，其人不足称也，不殆谷干城远甚。

日本变法以来，凡从前贤而有文者，盐谷世宏、赖襄、物茂卿之属，率诋为腐儒，冈鹿门亦为日人所诟笑。

老仆时以琐俗关白，妨吾野兴，不觉大怒，焚和半时许，既而悔之。此人以烦难困我，而我不能笑受，我之度量已隘，殆自生一重障也。不当尤彼，以后痛改之，能忍耐为佳。

辛壬、癸甲家难以来，不肖孤苦流离，齿已长矣，筋力颓矣，毋取博溺心，辨丧志欺己骇俗为也。每日须匀出晷刻收视返听，专从默坐澄心入手，就克治涵养上作工夫，但见己过，不见人非，以此守身读书，仰承先志，俯督后来，临深履薄，懔此馀生，庶几稍免于戾。

一日之中多少不能尽分之事，虽挟策呫哔，何所匡救。

予才性极迂钝，吏事尤拙。长官到署，早晚不定，下吏抱牍雁行，亦无一定晷刻。今日疲于牙参，手麻几不能飒飒运笔，臣之少也尚不如人，何况垂白乎？

处于浊世，政当受国之诟，超然声利之外，常以毁摈为喜，以荣名为辱，以进取为惧，以敛退为安，以逃虚却扫为有馀，以佩龟牵丝为不足。

佛氏六波罗蜜，一曰羼提，谓忍辱也。此尚世间法，然出世间法亦由此入门。

过伯讷，商榷近事久之，公又述勘界日，尹守某某勘定四线，纵令勇丁杀拂箖人,海士几大偾事,而此人大府颇为所惑,可见知人之难。

反复阅锡子猷参赞所奏承化寺哈巴河一路边情地势,不得人不足以控制外侮,为之中夜流涕。今当事弃边材不用,而惟切切以科城商务为虑,不能三年之丧而缌小功之察,可谓暗于大而明于小矣。吾末吏也,独奈之何哉?

《放翁集》七言古体,枝老叶硬,斫头不屈,是最为胜。

亭林先生、汤睢州、望溪宗伯,遇己生日皆闭关谢客,不设宴近亲。见左文襄、阎相国亦行之。今日因蒿隐先生之继祖慈邹太恭人七十一初度,先日送障为祝,先生却不受,此介然之义,可以为法。并闻先生云:"生日筵燕之费,已付汴中振灾之需矣。"予亦遂不敢固请。

莫郘亭所编《黔诗记略》,自明代起始有作者。

闻管申季去年游粤,依汪学使幕,以水土不服归,殇于吴中,年甫四十。申季明礼耕,洵美先生之子。洵美,长洲陈硕父,先生高足弟子也。两世学行粹美,申季事亲至孝,于其葬也,不胜惋叹。予因亡友江山刘彦清而知管氏乔梓之贤,实未谋面也。

夜读《陆渭南集》,觉仕宦之味有同嚼蜡,今悔昨失,夕觉晓非。

德清俞丈巾山辞诂经精舍洞主一席,闻当事谋迎师为多士衿式,可惜张铭斋丈已作古,否则宜以属文。罗壮节帅浙日,朱伯韩丈以监司候补,共欲延请邵蕙西作敷文山长。群议以乙科尼之,世俗见如此。独不闻阮文达督漕淮上日,尝请江上舍子屏主书院乎。诂经一席,仲修正堪此任,某议其非翰林,可笑可恶至此已极,使蜉蝣议辈年流俗,真不可与居矣。

过子虞,出示仲修手书,寄示所作《丁亥岁暮杂诗》二十首,读之泓净萧瑟,托兴深微,能以江淹、何逊清丽之思,写杜陵、玉溪身世之感,视少作浮想淘洗尽矣。中如"浮云更世故,落木自愁予。寒生衣桁畔,叶落酒杯中。何心论封禅,痼疾借烟霞。海国涛何气,京华赋孰收。径荒前语笑,花发旧园林。上医全为国,生粟岁权金。大义俄空简,微言未坠文。名实相宾久,玄黄一瞬间",言远指深,此境并非隋唐间诗人所有。又云:"衰因多难早。"又云:"眼看童冠辈,坠地已承平。"句妙天下，越缦老人见之击节称赏。

终日汩没世故中，心气怯弱，仕进之意不坚，读书之功不专，那能两利，直是两败。每作一文字，气格不纯，由平日所学，皆卤莽而耘，故其实亦卤莽而报，予又坐习静涵养工夫太少，去道极辽，吾终无以自别于流俗矣。

观倭匠槌井试泉脉，直下四丈许，仍未得泉，用铁椎相衔，可至十二茎，每茎两丈，掘地可至廿馀丈，井工上下梯索若缘橦然，生平目所未睹也。

阅子尹先生《郑学录》竟，似较丁柘塘所作《郑君年谱》为翔实。

每诵湘乡公"男儿读书良不恶"一首，自憾三十年学行不出公所诃轻薄子一辈人耳，可为汗浃面背，引为大耻，每日中曾一言一行坚劳不为危脆者乎。

过止潜，谈身世事久之，商榷行身祈向，止潜气象宽博，言行笃实，知交中不易得也。

直东廨典属，王大臣前奏赏给华盖呼图克图白金五千两。今日呼图克图赍理藩院印文来领，末吏奉府公谕，不得已见之，宣布王大臣德意讫，遂辞去。

朱子每引三国吴臣朱然终日钦钦如在行阵，以为涵养用敬之法，最宜服习。不孝触事以躁心尝之，不能持敬，几何免于小人之归乎？

闻朝邑相国前疏谏移跸西苑，圣意不怿，今早又上封事，不知所言云何也。公忧国之诚可敬。《劾德馨叶伯英疏》求李用清、李嘉乐，竟以此获谴责，甚为朝廷惜之。

再唁鹿溪，并送薄奠。予以早孤，睹君年愈五十始丁外艰，而偏亲尚存，既重自念，涕泣不能止。

某番僧述哈萨克系奉回教，蒙古及原在塔城游牧之厄鲁特部奉黄教，风气习俗不同，无怪其世相攘夺、相仇杀也。予恍然悟蒙哈衅隙之由，其治之之法亦当异宜。

真中郎书丹之《郭有道碑》，近复道出土为村农所刮磨，字迹剥去大半,可惜也。予得此以遗仲修。王廉生云:系一士人集《史晨前后碑》,字伪造刻之。此人与黄小松同时,李姓,忘其名。

华盖来谈,逡巡出见之,出示以漠北天山卫藏地图,渠所阅历,多系十年前情形,与现在边情不合。其为人有才情,而闻见则域于一隅。当事如欲用之,似不可使之独当一面,必有人提撕调护之,方可用。

戊子四月

讷老论内治外交事颇悉,又言群胡既为与国,凡驻京夷使,当与之往来亲浃,外作披心洞胸之状示之,始足以得彼之隐情,而后可以相机迎拒,张弛得宜;否则情既扞隔,彼挟诈数以制我,而我疲于应接,一有失言,为彼所持,往往败事,非长算也。予深然其说,既而叹曰:汉代惠文之际,非朱虚侯习于吕氏太尉不得入北军,而刘氏又何以安乎?公言与此相类。

坡公诗:"殷勤木芍药,独自殿馀春。"此犹不免撑眉拄颊作兀傲自喜语,不若荆公诗"春风取花去,酬我以清音"二语为随境安心,倏然自得之趣。同一赋晚春景物,而一倔奇,一淡逸,诚之不可掩,如此求养心方,盍于此等发见处,验其功行之浅深。

检阅《会典》,理藩院下刺"封麻袭事"例,始知汉明帝取经西域,欲借彼教柔驯葱岭以西之国,非以愚民也。我朝扶持黄教,以绥辑蒙部、准部事,固度越前代,而意则取诸前人,所谓世异变成功大也。沟瞀之儒,乃归狱汉明,自矜辟佛,殆夏虫之类耶!

漱丈招游城外远郊之冯家花园,置酒宴坐。是日会者蓴老、蒿隐、子培、仲弢、弢夫、旭庄共八人,花开极繁盛,连畦比畛,界画周匝,屋宇制作亦极高敞雅洁,有燠房,有凉台,雪月皆宜。下有方井,制亦深广,以龙骨戽斗,用驴一头牵之其机,上下捷若猱升,一日可灌数十畦。子培见之云:"此恒升车也。"予为证其说。此法见徐文定公《农政全书》,参用泰西水法,一曰龙尾车,一曰恒升车。道光中,知宜兴县齐丈彦槐因天时旱灾，制二车试之有效，江苏巡抚林文忠公赏其能，下所部行之，即此也。

闻赵友农四丈作古，予先君至好，雅相厚者也。先友零落将尽矣，不禁痛哭，予心气愈伤矣。又胡心香明经无疾而逝，里中旧游日少，吾归亦鲜欢趣矣。差幸吾兄弟安隐无他耳，此蒙天幸，欣悚志之。

有群既恐累生，故上下无常而不为邪。所以慎独律身之谊应尔也。孤贵，知我者希，则我贵，故曰孤贵。又虑失和，故进退无恒而不离群，所以处事接物之方宜然也，义各有当。

尧夫不肯犯手做，延平一生不作费力事，殆处于浊世，至言不出，俗言胜之时，故婉约逊遁而为此。

为友人代作《冢宰静海徐公七旬寿叙》，草草削稿，心气颇病，以后宜戒作文，免耗心气。

处事先要耐烦忍辱，咬脱牙和血吞之，然后居晦以观明，居静以观动，审度精详，而后应之，庶少差失。

蒿隐规予云："每临一碑，须百日功，必尽得其体势，及转笔换笔，字画曲折之妙，而后另易他碑。否则手腕既未纯熟，字体亦妍媸杂出，不成章法，且只见其表，未得其里，于古人笔妙，恐无入处也。"

仲弢天资渊亮，挟求道之资粮，充其精思，必有成就。予心力衰苶，勿能及之，愿附于天地间畸人之数足矣，不办作阳明子所称第一流也。予年来自署"芳郭钝逸居士"者此也，盖取量力守故辙之意。曾乏日新之功，且汗且愧，与弢兄往复论学，喜得药石之益，故志之。

习劳苦，守谦冲，以禹、墨为体，以黄、老为用，庶几少免于戾。

李尚书等遵旨由电覆奏，郑工决口不可遽塞，应停工采料，俟大汛已过，霜降水涸后再施工。状词甚迫切。

驻英刘星使电称，昨日卫藏忽出兵三千人，攻印度之纽东寨，英人与开仗，大败退回，互有伤亡，兵连祸结，事益不可为。

予立身常守蔚州魏公循理、守法、安命六言之戒。华盖呼图克图频相过予，以其异教异服，戒应门者深拒之，勿与通。庶僚例无与剌麻交通往来之文,不敢脱略行迹,自罹于狷披妄行之咎也。

曾充章京,志刚,字克庵,历官至库伦办事大臣,尝奉使绝域。一日弃官,携一妾一子卜筑佣耕香山之下,穴土阜而居,足迹不入城市,少与人通,已十馀年矣。近年闻遣妾,以其子属其弟,只身逃去,庐于北山深厓一杜治中栖真修道,面若红玉,攀跻捷步,虽猿猴莫之先也。此岂贺亢、乔仝者流耶?予闻而洒然异之。年已七十馀,华盖习其为人,近访之,来就村店一宿谈,天明别去。叹息云:此人弃家入道,真勇决不支离,岂无所得于中者,而能然也耶?

与伯羲祭酒论黄教,自元氏崇奉宗喀巴以来,其运将衰,应《隋志》所云"末法三千年之识"。此非可以人力为也,黄教衰而蒙古亦将陵夷矣。

蒿隐观予新得碑拓,以《兖公颂》《感孝颂》《等慈寺》《文殊经》《高懿侯》为最善。

读姚选词赋类,了无所得,殆心气疲乏,不能入理故耶?惟屏绝游思,栖心物始,可以已之。

观一帖估携示郑谷口八分,临川李氏翻刻庙堂褚书《阴符经》,祁寿阳、何猿叟为冯川鲁作行楷书。又有不知谁何,移录何义门、翁苏斋两公评勘之《皇甫诞碑》,于左右牝牡分行,布白之法,推寻入细,老辈用心自不可及。

大学士阎公前以疏救藩司李用清、李嘉乐,劾陕抚叶伯英、江抚德馨甄别之谬妄。上以公为非,严旨诘责,仍将原折掷还。窃意阎公今之大臣宿德也,无论所言当否,朝廷如此处分,已乖优礼大臣之谊,况公所言,极切中事理乎。当上意震怒时,辅臣似应一言为解,旨下内阁后,台官亦应论列,今皆寂然。旧制所谓门下封驳,缴还词头之职久废不举,此所关岂细故耶?

江亭有同官宴集,仆亦不得不往,座客喧聒,耳根为之受病。湘乡曾公诗云:"宴饮非吾欣,十招九不起。"公处分寻常日用事极有定力,此等处最不可及,缅想风规,深用为愧。

芳郭钝逸居士自戒四事：一淡，众尘消；一敬，百病治，此实处根基也。一庸，群毁息；一勤，百弊遮，此权处功用也。

以敬为主，可药百病，所谓天君泰然，百体从令也。内敬外静，中有主宰而不眩，然后继之以禹、墨之勤，则百弊庶免丛生，盖整齐靖密，乃不予物以可乘之隙。自以德薄不敢偷隋，人亦不敢以偷隋尝试也。二者交修，乃游心于淡。所谓清修寡欲，万物不移，虚己游世，物莫之害也。虚无淡泊，真气生矣。及复植机于庸，盖平易近人，民乃归之。知贵其师，爱其资，乃能藏智不迷，而得作事窍妙也。朱子亦云“寻常二字最好”。彼教云：“心行平等难”。乃庸字功用也。苟自谓不庸而以气矜临之，则谤讟狎至，积毁如山，不可居而安矣，危以动则物情不附，尚安所得立脚地步哉？

观钱竹汀先生分书，萧逸夷犹，奇趣横出，巴予籍、伊墨卿形骸之外，去之尚远。

去年周提刑馥谒见恭邸，垂询旧日僚属，于末吏极荷齿奖；昨方勉甫观察谒见，又蒙温教询及。伏以贤王四朝柿附，懿亲尊行，退居私第，心存国事。某疏贱之吏，目击时艰，不能效于谨参军事彭城北海之谊，以献替效忠，故缘地分悬隔，抑亦时会，未逢漆杞微忧，何能已已！

予家一老秃奴，冀州人，供樵汲，苦身力作之馀，衣带了鸟，别无长物，惟养一山禽，每风和日暖时引吭奏曲，圆折清亮。昔东坡以文章为鼓吹，此翁口不能言，乃以禽言为鼓吹，岂得道者耶？

与薛十八夜谈。予曩尝客北谯，所识酒人樵客，十年之间大半物故，所存者十仞鱼梁之断厓耳，王侯蝼蚁，偾然同尽。以观人之居此世者何也？“生年不满百，常怀千岁忧，”将为达人秉烛之游乎？抑仍守志士之操，秉烛而学也？

读书足以益人神智，然先须养其吸力，吸力大乃能得其要领，撷其精华；吸力小则益处亦小；无吸力则终为理障所缚，记诵虽多，亦说钤书簏而已矣。诚敬淡静，终日如临冰渊，处多出少，默多语少，收敛多发见少,乃养吸力之要诀。

为一吏事与同列议不合,几至忿然,一笑而罢。古语云:"忍事敌灾星。"又云:"忍之须臾,乃全汝躯。"佛言:"忍之为德,持戒苦行。"所不能及,戒之哉! 戒之哉!

四更入内,回署后西邸暨长官接见西僧华盖,询以卫藏事宜,华对颇悉。

久旱多风,麦田皴坼。康节有句云:"年光空过也,人世转萧然。"生世不逢,不觉闷闷。连日骄阳炙背,暑无可逃,支分逋赴,目劳意倦,既不闭门力学,又不面折廷诤,俯仰太仓,雀鼠之惭何已?

戊子五月

自五月廿三起,改号"畸逸悔翁"。畸者,德薄能鲜,自居于不赅不遍,古今畸零之人一也;逸者,隐于下曹从事,恬智交养,以自逸也;悔者,早孤不洎,学道不坚,悔负二亲及平日所严事兄事之贤也。苟能修德进业,有日新之功,其悔乃亡,戒之勉之!

【眉批】按:此题册首语。

小极杂受风热劣气,胸口时作疼痛,虽内观此身,不实如芭蕉,然未能四体勤整,习劳习苦,甚愧拙修、孝靖、融斋三先生之贤也。

予独坐时,对客时,终觉诚敬少而骄慢多,整饬少而跛倚多。故修德学道之念力未有深根固柢,浮脆而不能坚凝,日月驶于上,齿发衰于下,今其老矣,后悔何追?

已往罪戾,积如丘山,安能一一剪袚,从前念念譬昨日死,从后念念譬今日生。眼前且放教此身,敛神坚坐,收摄揫敛,到极静时,所谓深不可见,而至于黑窣窣地是也。如此或稍得进益之资,儿子辈亦好婴弄,魄不定垒,亦教他且闭目庄坐。

删落枝叶,乃能培养根基,本根坚实,到发见时自然有力。然仍须裁发见便即收敛养之，愈深积之愈厚，则庶几精神充周于事之外，于事之中曲折可以了然。

必养气有馀，神超物外，乃能洞晓事中症结，否则神识为事所牵掣，安能据有凭高察远田地，见得理事透澈？

堵绝歧旁，乃见大道坦然；刊净枝叶，弥觉本根纯固，此绝利一源，用师十倍之诀。

蓴老妻丧，自以其母夫人亡日，家徒壁立，未曾开吊于妻丧，遂亦不受赙，其座主赙之百金，却不受，蓴老此等节行，有全鲒埼先生遗风，深堪钦敬！

《庄子》云：寇莫大于阴阳，而莫邪为下。又云："阴阳于人，不翅父母。"害气之中，人殆无可逃，惟有守《参同》所云"君子居室之法"，冀为稼于汤时，收微功于一溉而已。

好以整，寒松吟风四壁静；好以暇，濠上鱼游观物化。整由敬生，暇由和出，能敬则气敛神凝，能和则心安理顺，然后以之应事，气象自肃肃穆穆，众机因之退听矣。

阅东馆课卷，内有何文澜卷，笔仗极迅利，所作论佳甚，询系萧山人，丙子孝廉。如此才可以权今，可与扬古。外又有汪炯、多龄二卷，亦佳。

在友人许阅常熟翁文端公《知止斋诗集》。文端之父官海州学政，尝佐治赈灾，不肯阿贪牧之意，卒忤牧为所诬劾，事见《梅伯舰〔言〕文集》。

蒿隐先生亦畏作吏，谈此甚羡鼎父在端州书院，坐享山水闲旷之乐。先生真厌薄官职，并不若浮云也。

观北周《华岳碑》，字体较《李仲璇》尤诘曲，似八分之专尚勾勒者，狂而近怪，未足贵也。

予终日宥情颓隋，既不能檠正己性，随时俯仰，遂不能匡纠物性，虚生此世，汗颜何已！

陶方之先生嗜欲极澹，吏事极勤，操守峻洁，交际盅和。今之汤荆岘一流也。拙修、融斋诸公往矣,陶公乃吾师乎?吾师乎?

读云栖书,其言止求平实,不骛超妙。净土少弊,固较禅宗修证为步步坚稳。宜乎永明发有禅无净、十人九错之叹也,阅之憬然汗瀲于面。

杜元凯以作吏起家,自谓于兵事无所涉历,故不肯任将帅之事。近曾文正亦戒其后人勿任兵事。兵者专门之学,至凶之器,三世为将,道家所忌,既习为吏,取舍多端,常少决断,将来只能任参簿黄散之职,不复能任兵事矣。此亦须早自为计也。

谒方之先生聆教,久之始归。先生所言吏术民事简严和易,极切于寻常日用,知其得力于克治涵养之学甚深,对此等言语气象,虽素性矜躁者亦当消释。

方之先生以王文泉校刊孔补《大戴礼注》、凌注《春秋繁露》,《魏郑公集》《会昌一品集》等见赠。此新刻《畿辅丛书》之佳者。

严君子屏游山东一年馀,尽得武梁祠、岱庙、经石峪、孔林、济州学宫诸碑拓本以归,褚以饷予,予于金石一门,向未致力,然得一古物,虽非旧拓,心亦可喜。

华盖国师来,予以至今尚未答拜,阙往来之礼,不得已遂出见之。

为友人谋措置一事,不敢不竭其愚。人以诚来,我敢不以诚往乎?

《老子》"无名,天地之始;有名,万物之母"。读法当以"有""无"为句,此承上文常无常有而言,言无之为体不可名,强名之曰"天地之始也。"有之为用,始可名,径名之曰"万物之母"。按:本经言当其无。又云:"太上下知有之。"《庄子·天下篇》述老聃、关尹之为道,曰:"建之以常无有。"故知无、有字句断,名字皆属下读。盖苦县宗指,居实戒华,名之有无,非所计也,何必言有名无名哉?下文此两者,指常无之无、常有之有两义,有虽生于无,究其根源,则同出特异名耳。自无之有,出有返无,皆守玄之功用也,故曰同谓之玄。

俗客屡至,大有鸟集树枯,象行泥隘之患。予本乏世智,疲于训对，世智且无，又安得有出世智，予之去正道亦辽矣。

一意修心绝欲，方可为人，自身苟脱去作吏之累，便无别事，倘措置先公茔表、义田事粗毕，便可入山耳。

既夕题永慕堂壁云："色身蕉坚，法身不坏，养气穷理，神藏形晦，断去来际，实修见在。三界无非净土，四大即是道场。"呵呵。若能见得至道根源，诗文字画无非是世间极没要紧底闲言语。

戊子六月

全浙同乡官公饯潭州都督，予性褊急，素不与张安昌往来，又以伯讷故，遂不往。

晤朱苗生，谈济水作阿胶法久之。

晤筱珊，君方校抄《通鉴长编记事本末》一百五十卷。王延年撰。止汴宋九朝事，阮文达公元曾以进呈乙览者。列入《四库未收书提要目》。今吾师张公谋刻于粤东史学局。

偶阅《沩山语录》，了不见其佳处，不如《沩山警策》立意之踏实。旧有此本，为中白取去。以是知空谈玄学不如理会义学也。朱子吊一沙门诗云："拈槌竖拂事非真，用力端须日日新。止么虚空打筋斗，思君孤负百年身。"此诗可铭狂禅坐右。

绳安机锋敏捷，得于天才为多。如云："元祐圣人，近日有天下而不与之意。"又云："浮议不可眩清议，却不可不采其言。"剖析事理极明显，且善为之辞。

塔尔巴哈台参赞大臣锡纶卒。锡公居西陲军中三十年，老于边事，颇能联络蒙、准各部落之心。去年密疏力保棍噶扎拉参可率领厄鲁特僧众独当阿弥尔泰山一面，以折强俄窥伺之谋。又规于哈巴河、额敉勒河之间建筑二城，以资乌垣塔城直北屏蔽，工虽未就，以视忌劾边材，希占牧之地，昏愦贪叨之将则相去远矣。锡亡则刘公锦棠亦短一左臂矣。

闻逸吾祭酒疏劾内阁，奉旨留中。逸老诚今日之朝阳孤凤也。

梁星海在彼,或有以激之邪。

久不读朱子书,百病丛生,以后务灌冷百念,使如枯木死灰,无事时且学静坐,如此做百日工夫,俟心气凝定,终日钦钦如临大敌,然后议所向。

早谒朝邑相国,延见卧室,见其布被竹仗,自奉之俭,寒素不如也。簿领手治朱墨,点勘其勤劬如上农之治田。不佞自念一末吏耳,而居必求适,曹事欲简,睹公之所为,能无内愧于心邪?言事良久,乃告退。

公言其乡近潼商,父老犹有能言汤潜庵先生为监司日事,权税先视令甲所定正额,盈馀之多寡,征足其数,即止勿征,商民称便。公之所为,简静不烦如此!

李菊坡不取藩库平馀,以付州县办地方积谷,以备凶荒。大吏欲为入告,李公持不可。阎相国询其故,李云:"平生不欲自居于廉,以形人之贪;自居于清,以形人之浊。"此名言也。匪惟卑己,抑且远怨。

都下近今士大夫风气极坏,不务读书办公,惟时交游为业,蝇营狗曲,谄媚虚诳,小人道长,百事皆隳坏于冥冥之中,群邪日盛,正士日稀,其能国乎?寄桐邑洋泉三十饼,半以助羲庭四兄秋赋,半以资从弟及亲故。仰禀先志于万一,不足赎不孝之罪也。

阅赵州云门语,真乃拈槌竖拂波旬说也。

上黄遁庵先生简尺非古文体裁,不存稿。

敬禀者:频年窃食秽虚,随曹进退,既不能以诤吏自效,复不能洁身而去,虽未失夙昔之心,殆恐已销蚀过半。自愧平生有孤师友,是以瞻望龙门,稀通尺素,然畴昔亲捧几杖,所闻药言,则未敢一日忘也。近来道光中老辈,如晨星之丽天,求其色正芒寒,足砭薄俗者,长者而外,人物眇然。法物古器于今益贵,比者旌节临莅三吴,帝谓三吴官常邪泆,民俗浮奢,倚公以德业清望,坐消疵疠。江、睢之间,同治年间昶所习游,大抵上司太多,冗官太多,骄绅太多,一薛居州之心思、才力全困于酬对俯仰之中。每举一事、革一弊，动多牵制扞格。窃以师丈明于治事，审于知人，惟有于候补监司中暗访得一二。仆诚亮直，不通私谒，可寄耳目者，俾之佐兴革之要图，权澄汰之计典，如是则稍节明镜屡照之疲，而可神孟劳发硎之用。未审刍愚有当千一否？近年洋务之隐患益深，边缴之藩篱渐撤，人怀自私，政多苟且。吾丈将膺旄钺，异日补救愈难，惟默冀天祚中夏，事机能转，朝有众正，疆有边材，义声敷天，直言彻陛，剪除积习，中外协谋，则岛索有革面之几，人心有向治之日耳。

孝达师心孤力诎，不得行其志。前月书来云：假满后决计乞退。绳庵赐环后，闲居都下，时相见。再同隔一城，两三月乃得一见也。颁赐双南远餐仁粟，敢不拜嘉。昶体弱多疾，十口羁滞，无缘南归，浮沉京洛，虮虱而已。既乏济时之略，第求隐吏之方，昔葛抱朴自言："体乏进取之才，偶好无为之业。"王逸少蝉蜕世事，常欲依于陆贾、班嗣、荣启期之为人。颜黄门崎岖忧患之馀，归心净业。此三君者，妄拟仿佛其万一，祈向如斯，樗散抑可知矣。然此特浊世苟全之策，不容不尔。若求夙心之所存，何日得复洗本来面目，与汤、耿辈担薪汲水，求今世之夏峰先生而从之游，徜徉于苏门百泉之境乎，抑吾道出处、语默、喧寂一致，人间何地不可作苏门百泉观乎？抑犹未也，其有待乎。率启不尽，欲陈暑湿，惟道履颐卫千万长夏。廿三夜某顿首再拜。

阅永明禅师所著《语录》，胜赵州一流空衍者，此为平实矣。

日课，以敬治心，以静养气。静由虚入，敬以实生。敬则五性未发时满腔子是诚，静则六情既发时浑是一团和气。先克治后涵养，一面克治物欲，一面涵养德性。克治主擎敛戒慎，然后立进德之基；涵养主从容澹定，然后树修业之本。到德艺皆融澈时，此法中无实亦无虚。善克治涵养者必立于不敢，而行于不能。

《管子》曰："去忧莫若乐，节乐莫若敬守，敬莫若静。"敬者，力行不苟，然用力不可以苦，苦则劳，故息养之以虚静。内静外敬，敬非由外铄，质言之,于文为顺耳。性将大定,内省不疚,外物不移,安其身而后动易其心,而后安,故曰大定。物将自正。正容悟物,使人意消,所谓无为自化,清静自正。

连日得柳诚悬正书《冯尚书》《李西平》二碑,孙退谷云:"诚悬正书,精严而冲夷。"杨用修以为庙堂之亚也。许仙坪、方伯文酷好元和脚,以《西坪碑》寄之,胜于坊刻《玄秘》《琅琊》多矣。

《伊阙佛龛碑》旧拓本,贞观十五年魏王泰为长孙皇后造,中书侍郎岑文本撰文,起居郎褚遂良正书并篆首。细玩与龙藏寺同一抽笔换笔,间架性韵,但此本取势较疏宕耳,皆源出《礼器碑》。

阅孙退谷先生《春明梦馀录》,于前明礼仪掌故,淹贯洽熟,有裨史学不少。至其述君德、论人才,则又元遗山欲存亡金一代史事之意也,是编岂苟作哉?

汴中三钦使电奏,伏泛水大,已成扫占,随厢随蛰,人力难施,遂请停工,俟秋涸再办。物力现亦极窘,八百万之帑项不办塞一郑口,将来势必再请筹帑,度支长宫恐噤龂无以应矣。

黄麓泉出唐确慎公日记相示,予自溺于二氏久矣,亦欲讨寻唐氏、曾氏文正、吴氏修拙之绪业以自广也。

童米荪来言,黄遁斋文勤于察吏,而吴中候道流品太杂,员数猥多,人挟私诈之心,殊难就理。予沉思久之,此殆非严刻一二员,不足以使之敛迹而靖浮嚣。

文仲瀛太守来,与之言黔中学人自有前明始,尹珍虽古无传书,不过著许氏弟子之籍而已。国朝风气之开,则自洪氏亮吉为学政始,后乃有莫与俦、郑珍、莫友芝、黄丈彭年。

仍阅确慎日记,所微少之者,不讲求古今之变,而专治格言,似亦未合,不如曾文正公所学之宏通精实。

戊子七月

严子屏来,与论吾浙人才,方之方伯、亮生兵备而外,鼎父、苗生、止潜才性不同,当各有所成就,仲弢隐然一敌国,子屏殊有见地,为之同浮一大白，称快者再。

米荪又述，强艮庭独行士也。融斋刘先生戊寅秋买舟至吴下访之，雨滑登岸伤足，由是得疾。艮庭延先生饭，高陶堂、刘泖生皆陪末座。三爵既行，谈谐间作。先生既别去，语人云："我不意艮庭老而贬节，随俗俯仰，走上黄老船也。"然则先生律己之清严，晚而愈峻可知。

邵康节深于老，故其为学宗旨曰观物、观我，我亦天地积气之中一物也，故观物可以赅观我也。

廷邵民院长许有一方砚，系漳浦黄忠端公物也。左角八分"断碑"二字，下钤阳文印"道周"二字，石背乃苏文忠为孙莘老作《墨妙亭诗》，行书，残字也，四行，行四字。吴越胜事，书来乞诗，尾书溪藤，视昔过眼，凡存十六字。字迹夭矫盘纡，结体略近少林寺唐勅，而屈强过之，殆忠端于崇祯戊寅、壬午间主大涤书院日，诸生为致之耶？亦典浙试时，偶得之耶？左角有竹垞朱先生铭十二字，云："石可泐，三字漫漶。心不辱，藏三年，化碧玉。"末二语盖追感忠端丙戌唐王僭号隆武二年。正命事也。忠端，秀水朱文恪公国祚之门下士，而竹垞，文恪曾孙也。累世有旧，故言之尤沉郁。

【眉批】按：此砚后先君购得之，遭难悉失。

有一庸妄外吏出言不逊，一笑置之而已。禅悦家所谓当其发言时，识风鼓动，出于馀窍，及其以往吠声顿灭，了不可寻是也。

读《谢宣城集》。晋宋齐人作诗及隶书行草，皆以隐秀高简，气敛势逸，含蓄不尽为佳，故知杜陵之诗、平原之书，雷轰箭激，海立云垂，是变体，非正格。汴宋以后气势益奔放，不可控勒，殆战国策士之短长说与世变升降邪。语云：含德之厚，豫若冬涉川，犹若畏四邻。此风阒如矣。

晤张廉卿山长，云明年将移主鄂中江汉书院，动南归之兴矣。偶谈及金人竹溪党文献公篆分之工，近代罕有其匹。党所书孔林有"杏坛"二大字，济宁州学有书王荆公绝句四首，大定明昌中碑额，往往竹溪篆也。

以事力疾至户曹,归时极疲。猾猾吏役,无益于治事,而有损于摄生。田园久芜,盍归去作畦垄间一幸民乎?嫜婴久不决,奈何?

善尊生者宜改向子平语云:“吾已知贵不如贱。”无官守无言责。但未知治生养性之方,东方生称柱下为工,此方今传不传耳。

治鱼骨哽喉方:患者连呼鸬鹚鸬鹚,痛止随愈。同年施子谦云出《千金方》,又云:孙氏《千金要方》《千金翼方》,日本有翻宋刻,并《外台秘要》。

治痔疮方:熊胆一钱,置碗内浸水少许,在开水壶上炖化,擦患处即愈。

清宁丸法:用生熟大黄各等分制,生者专祛中焦下焦之热,熟者可去上焦之热,大便燥者忌用。

读痦崖子自为传,如班嗣、王无功、张枫龄一流。

人事多觉阏吾天机,至东窗下临帖不数行,与古近人争名之心又起,如此颠倒,决不能出世,决不能离俗谛。

看止潜一病至此,强慰之。卧房霉气药烟杂秽熏人,无怪病者不能安神也。劝之打破方寸障碍,撑开四壁窗子,烧香念一句弥陀佛。

诸葛公《长短经》评老子:“长于养性而不可以临危难。”钱塘沈端恪公言,习词章之徒,枝叶繁多,根本欠缺,其气常浮骄,不能沉默,有大事来,精神魄力都凝不住,用之多败事,故知文士不足与有为也。仆既宗老、严澹泊之术,又好文笔,雕镌自娱,前说两病,仆具有之。此生殆于经世之学无缘,将来处世,犹切不可糊涂,欺己轻世,试要剧致。立身一败,万事瓦裂。戒之!戒之!

右一条宜终身诵之,常常自省。融斋先生尝云:“自处切勿用其所短,致有才尽身危,捉襟肘见之一日。”此言殊有味,即邵尧夫渔樵问答,事必量力量力,故能久之说也。

乾隆中善医叶天士,少壮苦心诎节,更事十七名师,每尽得其技,则弃去,故妙集众长,自成一家;亦如善才五十三参,乃能成道,信乎!

江海所以能王百谷者，以其善于吸摄也。

伯讷去国，朝邑致仕，今年朝廷失二正人，为之怅惋。

同官招集，晚归，又虚废一日，甚矣。长安不可居也。然闻石孙云，居乡之扰有十倍于人海中者。渠归奉新时甚苦之，一曰索债，二曰告帮，三曰结讼情托。三者最难处置，而酒食庆吊之烦劳，犹不与焉。然则董方立之说，亦不可慕虚名而受实祸也。

闻十八日，上面谕邸宪取进《瀛寰志略》《格物入门》《西事汇编》等书，备几馀乙览，知边务夷情，厪圣虑者深矣！

船政局典测绘之董太守毓琦，字子珊，台州人，昨寄来《论制器治河策》，殆今之康绚邪，特未审有效否也。

《龙泉园语》，北方一静士著。可惜所学庳陋，其胸中洒然，则殊可取也。

以游宦为家，倚以存活，不可以教子孙，必败之道也。若能以北学中国，亲师取友，为身心之安宅，虽乏卓锥之地，一茅之芘，其气象宽闲，要可持久。黄琴坞先生传家得之。

家书四课：看、读、写、作。多看则博涉理趣，所以应万物之变；熟读则沉潜文义，所以定一身之宗；时写字，所以摄一日中忧郁通塞之境，付诸云烟之变幻，鱼鸟之飞沉；偶有所得，寓兴于文，所以通古今人心，迹离合之邮，使謦欬相通，梦寐相感，性灵相发。

日力不给，所学甚陋，秉烛之明，未知何日，抚躬循省，殊以为耻。

浮毁不足以害人，惟浮名最足损人志气，如火销膏，使人德业坠败而不自觉耳。

今日闻相识言，崔庶子老而能背诵十四经；归善邓公乞养后，当事走书币聘主书院安良局，坚辞不就；许尚书每日退食之暇，必点勘《资治通鉴》一卷，此可为士大夫法式。

风气者相摩相荡而成，一人倡之，百人邪许。颍川荀、陈以德业显，群从多贤；谢家子弟能诗不能书，王家子弟能书不能诗，习使然也。

学必专精一书,勿杂览,杂览最误人。

作桐邑家书,论修谱作世表简法,及大小宗有当立后、有不当立后之义。

阅确慎省身日课,有兼通孔老之邮处,微嫌文繁,而近于格言,反有词费之病。唐公所言脉,按多而用药不切,未足治国病也。曾文正之学,源出于唐,而明决刚断,最适于用,真有轮辂青蓝之别矣。

子培枉存。君所言,多从容中理,所养过予远甚。予发言常偏宕失中,时伤偏激,学养卑浅故也。

敬慎以却物欲,乃能理实;心虚和平以养天机,乃能气静神暇。

养气之静否,养神之定否,昼则于目光验之,夜则于梦寐验之。

伊川云:观鸡雏,所谓吾游心于物之初也,浑沌中无一物而含生意,此气象最佳。击壤老人诗云:"冬至子之半,天心无改移。一阳将动处,万物未生时。"不特一岁中有此候也,一日中静者亦能遇之。苟能悟此消息,神与之凝,形与之释,此中有真乐,令人忘老。一岁中浑沌,冬至前一日也,六日七分,乃《中孚》至《复》之候。一日中浑沌,夜半时也。午后子前闭息坐,夹脊关昆仑过,五行颠倒,术龙从火里出,五行皆逆修,虎向水中游,在天台六妙门中为安般法,朱子亦作《调息箴》凡六十四字。芳郭逸叟漫书。

近年,高丽王为其悍妃秉政所惑,浸欲与群胡谋自王其国,与我携贰,甲申前欲附倭,近又意在俄,章法甚乱,将亡之兆耶?幸三韩民心,则惟知尊中夏耳。

邵氏《观物外篇》曰:"《老子》五千言,大抵务明物理。舜以恭己无为而治天下,厘人伦,如分别贤奸,及才孰任水事,孰任农事,孰明三礼,孰明刑律之类。考庶务,如陶、渔利、器用、耕种、物土、宜宾门六录之类。察迩言,好下问,踌躇以操两端,运用以决独智,皆先务明物理,而万物自受治也。凡贤于我者,我师也;其不贤者则我之资也。知贵其师,爱其资,则集群智以神一智,乃不迷眩于万机也。否则虽智必大迷矣,此用人立事之窍妙也。惟世间有一种人,学非而辨,顺非而择,才既不任为我师，又不肯为我资者，则付诸两观，或屏四裔，勿以败群，其可乎？

为友人作一酬应文字，竟枯涩不能成章。强就之，仍觉黄茅湿苇，意兴索然，此由奔走吏事，心为物役，故气象摧塌至此。须用曾公法，常读《庄》《骚》、太史公，以畅其机，诵《汉书》《文选》，九流百家之言，以壮其采，乃可疗之。

戊子八月

晤再同，其所居门庭篱落，萧然人外，真王城最堪隐也。园中有石盆池，四围契丹文字，辽物也。云自新城县以一马驾下笨车舁之来，中可盛水，一石养鱼数头。

予姿性既钝，艰苦频经，追怀二亲，深惧罣触机阱，以贻先人地下之忧。追惟古人曾、史之行，何可歧及柱下、园吏，亦岂易几，亦惟匑匑内敛，抑抑外饬，勤学好问以终其身，弛张而不为邪，进退而不离群，藏精于晦以蓄用，养身于静以待物，盅然致虚以抱朴，孱守而已，禄养不洎，便当终身自出淡薄，升沉之遇非所计也。

小极戒之，苟不慎疾，非所以湔涤从前不孝之积慝也，尤戒放言高论，议人过失，恐儿曹效尤，陷为轻薄子也。

出门避生日。敬念生我劬劳，乃不得竭人子丝发之力，不敢受家人谒。诣张廉卿先生，乞写先茔墓道刻石。

武陵杨性农尝致书曾文正公，公方军书旁午，未有以应也。后杨怪之以问公，公笑曰："语云：三十辐共一毂，不佞与众贤周旋，如以一毂之孤受三十辐环而攻之之众，是恶能猝应乎？"公最善谐谑于倥偬疲苶之中，能暇而示之以整，可见其能办贼。

诣廉翁，叩笔法。廉翁论包安吴言执笔，名指力与大指相敌，乃有佳书，及始《艮》终《乾》之诀甚善。《巽》《艮》《乾》《坤》以每字波折起讫之左右上下方位喻之。第言转笔之法，尚未详悉。又，每绎省字之精神团结，气势磅礴，全在笔先空际盘纡之处，未落纸时，状如怒猊抉石，渴骥奔泉;已落纸时,则如蜻蜓点水,轻燕掠波,乃有奇趣横出,若力悴纸上,意尽画中,斯佐史之奴书,徒见嗤于达者。顷为子培述此语,子培复释之云:画前不沉著,则无由摄势远意险之妙;落纸时,不宕逸则无以发神劲韵隽之趣。廉翁本意殆欲以至朴寓其至巧也,艺非天机精者,不能入神,故如是夫。

廉翁又云:世传王子敬执笔,右军从后掣之不动,决其当以书名世。此执笔贵紧也。东坡则云,执笔无定法,要使虚而宽,然书之功候既知平正,务追险劲,既得险劲,复归平正。玩其神理,非入手尚紧,渐入宽和者不能臻此境。然则偏尚紧与偏尚宽,皆非古人真诀也。《庄子》称轮扁斫轮,甘若疾徐之间,得心应手,非他人所能喻。然哉!然哉!

又云小篆,丞相之后少温为绝学,次则党竹溪,宋金以来诸家莫及,唐初韩、蔡盖郐矣。隶则中郎以前,诸碑神妙不测,至魏之上,尊号受禅,两碑或云钟或云梁,工力已不逮远甚。晋代分书,任城孙夫人及太公望二石仅存,玩彼笔势,庸峭有馀,虚和不足,殆世运为之也。去汉未远者尚尔,况自后魏《中岳嵩高灵庙碑》《陇东王感孝颂》以下乎。草惟右军为得伯英、征西之妙。汴宋以来,日趣狂怪,点画章法无闻焉尔。此三者,皆广陵雅操,难于嗣响。故已惟肆力于真、行二体,良以专精真行,或可运篆势分韵草情融裁变化其中,以自成一家之气格。生晚俗薄俭学,寡徒凡才,地积养之,故秘授脉络之蕴,癖嗜孤诣,重内轻外,一时雅尚,受敕荣遇,是数者均不逮古人辽甚,而妄晞兼长,必至两绌。寿陵拙步,苎萝丑颦,坐为达人嗤鄙,岂智者为之哉?予顷读庾子慎《书品叙》。庾生齐梁之间,其所品藻亦舍篆籀而甄录正草,益证廉卿之说不孤。古近自当存断代之意,非低心逐时趋也。子培来,共观磁州《无量义经》,北齐石刻,嘉定钱氏、阳湖孙氏、青浦王氏皆未著录。字势壮丽,似水牛山《文殊经》,而浑穆不逮,取径巉秀,箭锋相直,颇有人马应弦之韵。

人事杂沓,心神为之困拘,辄复焚和,每念陶贞白谦谨圆通,言无差舛，真得道人也。道苟得矣，心如明镜，何至疲于应物。邵康节亦云："著身静处观人事，放意间中炼物情。去尽风波存止水，世间何事不能平。"夫遇有利钝，时有昏明，遇明者自当修儒者之节，行直道而行；遇浊世，则宜法老、释之柔和曲全安隐而已。再质之吾友篴叟、酱翁，以为宜如何而可也。

疲吏筋力已倦，苦无休假读书养志，常恐不能成名，以负庭诰。今坐废日力，捐书绝学，食息悠悠，奈之何哉？

候止潜，与谈十五年中涉历忧愉盈绌息耗之状，又闻前客杭州书局，故交之子，后起者殊鲜，阿翁辛苦宦学，志在以一艺传家，而儿辈荒惰不能副其志，可恨也！颜黄门《家训》云："积资累万，不如薄艺随身。"为子孙者盖鉴于兹。

流俗无心病，而予独得心病者，何也？世人终日悠悠，徇求其所嗜，志气专一，故无病。予出见世人夸毗澳涊之情状，不能不安之若素，入见古人之言语，辄思以道义自持，两者交战而致病，此庄生所谓重伤之人，妨寿之说也。友人篴叟云：只一味悦心集，亦可疗君夙疾，予笑钦之。

国家之理财，犹人之养生也。善导引者，非有以益其生也，仅寒暑节饮食、戒嗜欲，杜其所以受病之源，不伤之而已。善会计者，非有术以掊克之也，察其积轻积重之故，以时敛散，慎节其出而已。今之计臣不务藏富于天下，而欲聚敛于上，非导谀人主，则朘削州县，于是土木营造之役兴，而催科比较之政日促一日，不为管夷吾、刘士安所窃笑乎？

送张廉老行，九、十月之交，将归鄂中矣。谈次因述道光中在京士大夫，唐确慎诸公道艺切劘，后乃各有成就，诚极一时之盛也。又述巴陵吴南屏年垂八十，刻成《柈湖诗文集》，殊得震川归氏神理。晚游长沙而殇，遗令不受赙赠，以诗文挽者，令子孙拜受，此老风流，亦复有韵泽于古训者，动与俗异，殊可思也。

雁鹜吏以文书呈上官决可否，真气象崔崒未可攀也。退之诗云：

“居闲食不足,从宦力难任。两事皆害性,一生恒苦辛。”陆务观《示子虡》诗云:“平生胆气薄,不敢犯张禹。有时一言失,恐惧气如缕。念此思挂冠,白首冀安处。”真善状作吏之苦者也。思涪翁尉叶县日,以凭限愈期,富汝州怒下之狱;唐人簿尉辄受上司棰楚,则又爽然失矣。

游东园,观新作候星台,高可六七寻,已俯视神洲,仰属霄汉矣。

仆得唐武德五年新建观音寺碣,陆德明撰,正书简朴,定是陆并书,经家本色书也。又得《佛说陀罗尼经幢》数种,内一本尾署嵩山隐士高岑书,无标识年月。前人云,岑此书似不经意而有风致,最为佳胜,近人吴让之所不及也。

戊子九月

夫时有昏明,遇有利钝,仆之疏野樗拙,浮沉于时,疲牛负轭,困于吏役。中年日昃,亦应返而求心之所安,性有偏嗜,既而叹曰:“李斯、冯去疾辈仓中鼠耳;辕固、申培为博士之贱秩于其时,厕中鼠耳,其贤不肖相去岂远哉!穷通之运,一似风雨寒暑。董江都、陶元亮何为发愤于士不遇乎?”

同年生钱润之饷括州刻石拓本三事,一翻刻“黄帝祠宇”四大字,一翻刻“缙云城隍庙碑”,一“倪翁洞”三大字,皆李少温篆也。“倪翁洞”三字尤妙绝,字势与般若台同,生平目所未见。

临《张琮碑》。此碑于志宁撰,贞观十三年三月立,不知为谁书丹也。字体方正,似殷令名,而逸丽稍逊隋钦江县《宁贙碑》,大业五年四月立,杀字楷,则似王知敬《书少林寺》诗。

老子以谷神致寿,二疏以知止、知足贻子孙;梅子真以养性读书为务;阮嗣宗以口不臧否自全;王浚冲以性尚简要、不治仪望自晦;王逸少以依于陆贾、班嗣为人自逸;谢文靖以敷文析理自娱;高伯恭以为郎二十七年不徙官,保其风节清峻;王仲淹以不仕成学;韩退之以笃嗜读书全其文字性,故万事不挂眼;王荆公以老厌世语,喜交游涣散吏卒,萧条居则深坐揵门,出则独游山寺;许鲁斋以儒者当知治生,最为第一义；陶通明以谦谨圆通，游艺啬神，异不忤俗，同不失己；姚惜抱以早谢簪紱，徜徉人外，晚而工书，遂得晋人风格。戊子重九日芳郭逸叟漫书。

都下目前士大夫风气远不及道光朝。道光朝贤士大夫风气分三等，其接乾嘉以来汉学家一派者，祁寿阳为之魁，和之者苗先簏、张石洲、何愿船、何子贞；其为康熙初陆、张诸儒之学者，则唐静海为之领袖，和之者吴竹如、倭艮峰、邵位西、何丹畦；其接桐城方、姚古文一派者，梅伯言为之椎轮，而邵位西、龙翰臣、王定甫、吴子序、冯鲁川诸君邪许其间。道光末，士大夫学术要不出此三派。惟曾文正尝遨游于三党之间，蜜蜂之味，资粮兼采，去短取长，用各有适，故所得较正大，成就亦较闳深。

予肝胆郁滞不舒，颓然复病，读李氏《骈文钞》，至《抱朴子自叙》，深得止足之要义，庶免辱殆之攒讥，知夫綆短而汲深，褚小而怀大者，不有人祸则有天刑。故王绩云："凤不憎山栖，龙不羞泥蟠，圣人不避秽以养精诚。"重适性之方，无为之业，而轻弹冠之荣，牵丝之誉也，去危就安，舍脆趋贞，当知所择矣。

古今善书者，未有不悬腕者，细玩宋元人兼能悬肘，然止办作行草，而楷则荡然矣。隋唐以前人正书，确似悬腕而不悬肘，故意思周匝，能发挥密丽遒逸之致。蓄此疑久矣，将以叩之工此艺者。曾文正公学书，自言用修脚刀势。

《圭峰碑》笔势与《魏公薔先庙碑》相似，疑同出诚悬，而署裴休名者，如曹洪之倩陈琳上书类邪？未可知也。

高君心夔曰：名业者，凭借者也。此言深中事理。《老子》云："善人者，不善人之师。不善人者，善人之资。"师资皆凭借之谓也，言遇胜己者，尊之若子弟之亲保傅；待不如己者，怀之使如枝叶之护本根。上亲贤而下附民，则基业渐深渐固，而不可摇矣。欲成名者，不妨孤立，欲建殊业，则非凭藉不可。凭藉之基既巩，规画复得远势，而后事功出焉。

《崔敬邕碑》,康熙中出土,予见李香严提刑临本,笔势殊遒丽,意原碑结体和而能峻,与根法师蹊径又别。

闻浙榜吾郡似脱科,乡邑人士之陋日甚,是天荒之区,殆不可居。昔邑人姚桐寿,元代迁居澉水,作《乐郊私语》,禾中仕宦之乡或较胜吾郡僻左耶。

东坡晚年以文章当鼓吹,此最善于陶写襟灵,较之东山丝竹,眼前具足,较为易办;惟"文章在眼每森然,力弱才疏挽不前",不免兴龟堂老人之叹憾耳。

乡郡科名久衰,学术尤陋,屡为大郡所揶揄,积不能平。顷吴秋曹言,是由乡人专己守陋,不肯游学于名都横舍之故。予深以为然,以郑司农生知之质,天挺奇伟,尚云博访于在位通人,处逸大儒,况生长菰芦中之下士乎。

凡事府主之义,当循分守职,遇事有所建明,竭其愚虑,忖度理势,知无不言,将顺其德,匡救其失,献可替否,喻之于道,使事立功成,府主之名光于竹帛,簿掾之贱与有荣施,然后考之食息,寤寐而后即安,此小臣所守之分应尔也。今乃�欺饰,障蔽日月,惟营私曲,罔顾公家,抑阏谏官,援引憸佞。仆之不肖,俯仰受治其间,既智不能为周舍之谔谔,韩愈之譊譊,面折庭诤以裨补丝发;力又不能为槐里令朱游直达天听,请黜邪枉、任忠贤。下者;又不能唯呵取容,与夸毗之徒,比肩而事。此仆所以郁伊伤气,浸成幽忧之疾也。既而思之,仆贱远之臣也,无当世之责,淡泊寡营,依隐玩世,守老严之术,以柳下为师,代农粗给,养晦俟时,其可乎?

《庄子·徐无鬼》篇:"是以神人恶众至。"案:独处则静专而神明生,众至则烦劳而昏茶作。佛氏云:"当离愦闹,独处闲居。"静处之人,帝释诸天所共敬重。譬如大树,众鸟集之,则有枯折之患,是以瞿昙以众集为苦谛,灭此苦谛乃得见道,即神人恶众至义也。虚白之室,而后能致吉祥,信然哉!

又云:"故无所甚亲,无所甚疏。"案:王仲淹《中说》"或问请绝人事可乎。曰:不可。请接人事可乎?曰:不可。来不迎,去不拒,泛如也,斯可矣”。即本此意。

细玩廉翁行楷间架结构,有因方为圭,遇圆成璧之妙。

友人有督予为文辞者,予谢不能。客问故,予曰:“夫文者出于息而成于声气之精者也。非善调息养气者不能,故昌黎、半山皆嗜睡,六一亦尝言得之枕上也。今予日困于簿书庆吊,小夫之智不离苞苴竿牍,方且混迹于流俗,疲神于走趋,与之俱化,养之以粗茶,而责其出之精微,是犹求珠于枯岸,而课萌芽于燋谷之瓮也,奚其得?”客大笑而去。欲求其汩汩然来之一候,其惟积养乎,稽经诹史,沉潜反复,簸今而友,扬古而师,是外养也;守义自重,立身清峻,纵心孤往,超然无与,是内养也。内外交养,天机乃精。譬诸莳木,时其灌溉,勿伤其生理,听其滋息,勿则其速化,五日而兔目,十日而鼠耳,一年而离立,十年而大可蔽牛而材全矣。扬子云:“读千赋则自能为赋。”又云:“由于独智,入自圣门。”当以此意求之。

孤负庭诰,禄不洎养,困而不学,将为下民。中年哀乐无以自遣,久自遁于二氏之糟粕,遂至所言,流于放僻邪侈而不自知,炳烛之明,改之为贵。

晤蒿隐先生,商榷辞官归就州塾教授之利,往复切至。《与黄子寿丈》《赠监利王比部柏心叙》之用意相同,予但有慨叹,不能决也。

闻瞿子久学使奏奖劬学之士,黄元同及永康潘树棠、余姚黄炳垕皆蒙恩赏给内阁中书衔,同年吴左泉山长赏给员外郎衔云。

曹彝卿言,东三省练兵徒有虚名,羌无实际。将军定庵接办穆公图善一席,每省练兵五千人,合之万五千人,归海军衙门节制。穆将军奏定章程,仿德国练兵之法,如第一年练五千人,第二年抽出两千五百人归乡听调,而另挑西丹二千五百人补之,第三年亦然。如吉、江两省民情窳惰,向以射猎为生,近年方知耕种之利。一为兵丁,则习于侈靡,不复能操本业,遣撤之兵即为游手窝赌窃盗,率为民害。定将军奏请停止挑补西丹,亦救弊之法。邸第大不以为然,事遂中止，希将军元现来都陛见，亦畏忤指，不敢直陈其利害也。

东三省既有经制兵，有额无人，饷归中饱。复有靖边营，吴大澄依克唐阿所立巩、卫、绥、安四军之改名。又有练军，仿照直隶练军章程，以上饷归户部发。又有定将军新练一万五千人，饷归海军衙门发。竭东南之挽输以事边，庭有事时，仍虞瓦解，非国家之利也。

穆、定两帅所练军，置三总统，以吉、黑、奉三省将军兼之。六帮统，以三省副都统之知兵者兼之，皆领薪水，而不隶一兵，无事权。

得粤运使续村英公手书，英公真信人也。广雅师为予月致盐局乾修，此等名目受之本非义，乃颇为一同年攫取其半。前贤云："苟非吾之所有，虽一毫而莫取。"殆听之可也。

戊子十月

东廨旗下同官以升吉甫为最贤，今知乃漱丈门下士也，熏染故自不同。同年萧杞山方伯居官持正，不肯阿长官意，得禄仁及三族，曾为吾师南皮公所辟荐，今闻其殇于白门，殊足惋惜。

同官公饯两外任，演剧往观之，演岳武穆梦杨业授以枪法，闻鼓鼙而思将帅，予不禁泪下。予积感之民也，一时枨触不能自胜。

《回疆志》四卷底稿，无刻本，一旗员撰，索值昂，不能致之，良可惜。

京官贫乏，俯蓄无资，买墅无力，殊鲜生趣，可谓婚宦而情欲失半，君臣而衣食道息。

观渔洋《感旧集》，至邢石臼、邝湛若止，令人凄然意远，若旅役孤店，寒灯独对，林鸟夜啼也。

观江秬香凤彝藏本《唐薛国贞公阿史丹碑》，残泐已甚，结体瑰丽劲逸，似殷令名，无撰人名氏。

《宝刻丛编》，宋理宗时临安鬻书人陈思辑，分地列载碑目，如王象之《舆地碑目》例。此册海丰吴子苾阁学式芬重刊，日照许印林校正为多。

蔡忠惠言，齐梁人书多用二王行楷法，北朝人多用汉宋八分法，故不能相通。至隋平陈后，混一车书，始合南北宗风气为一，如丁道护《启法寺碑》，今藏临川李侍郎家。《龙藏寺碑》张公礼撰，无书人名。之类是也，分、隶法取势多相背，八背也，世所沿称八分篆二分隶之说最谬。行、草法多相迎。相背故险劲迭出，相迎故遒丽天成，惟《启法》《龙藏》《赵芬》诸拓能兼有其胜，君谟之说殆非漫然。

过仲弢，观所新得《龙藏寺》旧拓，殊佳，戈磔转折处纤毫毕露，皆具隶意，每作一画，纵横偃仰，劲如掘铁，奇绝！奇绝！古人制作不苟，是真能敛豪放于精严者。唐中叶以后梦不到此。予所藏二本，结衔"张公礼撰"等字已漶灭，此拓尚分明，较予本多百许字，殆数百年物也。晚过止潜，出旧藏元魏《中岳嵩阳字碑》，寇谦之撰。疑崔司徒笔也。上接《天发神谶》、中垺"二爨"，下开包文该《兖公颂》，此专用梁鹄八分法也。

北宗多主体势，故龙蹲虎卧，若奋若抟；南宗多尚神韵，如颓云纵鹄，乍阴乍阳。以才性品藻论之，北近狷，南近狂，各有偏至，不可强合。永兴殷令名、王绍宗用南法，颜师古、率更父子用北法。

得魏泰武二年《怀令李超墓志》，结体茂密，联属略似《刁惠公》，而气韵不逮远甚。近人吴熙载专学此种，又得唐贞观十四年《濮阳令于孝显墓碑》，与张琮似出一手，佐史之书也。虽失古法，然尚不落齐如飞雁，行若贯鱼一派。

处世之法，庄叟云："形莫若缘，情莫若率，缘则不离，率则不劳。"不离不劳，乃能不忤物，不伤生，虚己游世之术，不容不尔。

或问篯叟摄生之经，如何能致神完而天全。曰："为善无近名，为恶无近刑，缘督以为经。"又问灵台勿桎若何。曰："金毛狮子脱缰锁，猛雨漂尽阎浮城。一切世法无所缚，万古寒月莹我心。"

仆宦学两拙，哀乐由人，智不能效一官，行不能合一君，胥疏类厕中之鼠，李斯所以兴叹；局趣如樊中之雉，庄舄因而切情。迹冗心孤，处卑愿洁，既不能居前令人轩，又不能居后令人轾，吏役疲苦，筋力殆惫,志诚颓矣,遇实为之。王逸少云:“常欲依于陆贾、班嗣、杨王孙之为人。”今束于世网,赡生无具,笑口日少,幽忧日多。逸少之乐,于吾何有?

某学士才辨明锐,一生喜挟数任术,然近日举动,却病其用术太浅,非苦县所谓微妙玄通、深不可识者也。

山人辛苦半生,究何所得?发白齿摇,又何所冀?所以鞅掌不决者,不过惩于梅伯言诗中之语。“李侯去供奉,杜陵辞司功。微官局趣不称意,一朝逸翮起樊笼。自谓结交意气真,谁知久客无相亲”云云。

规画利害极为中肯,欲再迟几年,将自家资格熬成一山长料耳。

前夕于吏役困瘁呻吟中,神摇摇不自持,山妇隔屋语予,为予诵程子诗及桐城姚端恪公诗句。“万物静观皆自得,四时佳兴与人同。”端恪公讳文。然桐城方、姚、张诸族文章气节之士,风气皆自公开之,作诗有“常觉胸中生意满,须知世上苦人多”句。予为之洒然,如清夜闻钟,发人深省。

大兄属予谋事,有难以为力者。兄未审求人不如求己之义,为之踌躇累日不决。家庭之间最难处置,予亦无可如何也。

客有遗我孙吴《禅国山碑》者,拓本漫漶,殊不足观。

观《碧落碑》,李少温玩此,三日不去,殆有神解。前贤悟入处,故自不同。

予夜常失眠,颇成痼疾,因思朱子著《调息箴》,释氏谓之安般,足以去疾。丘长春云:“息有一毫之未定,命非我有。”陈希夷有五龙甘卧法,陆放翁有“虚堂龟息浩无声”之句,此皆言调息之法,予苦人事匆匆,未遑循习也。

观李北海正书《窦逸人碑》,变隋末唐初方整遒丽之结体,而为圆融流美。书道至李北海、徐季海而古法荡然矣,宋元名家遂俱椎轮于此。

予汩于世网,焚和久矣,坐不学道耳。东坡老人云:“养气如养儿,弃官如弃泥。”真得道人语也。

御者宋昆仑有弟,早年因大病,忽悟身中四大皆幻,遂披剃诵经,于净住寺为人家作佛事，得泉物即以养父，其父年七十馀，既识皈心，又全孝道。予勿如也。

书宋豫章黄先生遗事数则，公之直节冲襟，视外物皆尘垢，使人之意也消。

萧山汤公每上封事，夙戒趋朝，整衣静坐，默数更筹，毫无倦色。每念先辈诚敬，有万石家风，可以为法。

无心颂

紫阳真人张平叔作，昔人谓李沆为相，没后二十年犹能使人主信其遗言，岂有他哉，独以无心故耳。今知友中惟蒿隐评论事理人物是非最公，出以无心，知君盛德，不易觏也。按：此首盖自撰，假设其名。

吾复何心，殆顽似鄙，兀兀腾腾，任物安委。不解修行，亦不造罪。不曾利人，亦不私己。不持戒律，不徇忌讳。人间所能，百无一会。饥来吃饭，渴则饮水。困则打睡，觉则行履。热则单衣，寒则盖被。何思何虑，无忧无喜。凡生荣辱，逆旅而已，来既不禁，去又何止。不为福先，不为祸始。不趋静室，不远闹市。不说人非，不夸己是。感而后应，迫而后起。随物称呼，岂拘名字。眼不就色，声不来耳。凡所有相，皆属妄伪。取舍无心，不染不碍。自在逍遥，物莫能累。妙觉光圆，映彻表里。包裹六极，无有遐迩。或问所宗，此而已矣。

此偈略与漆园为善无近名，为恶无近刑，缘督以为经，及永嘉见道忘山，人间亦寂之旨同。昔朱子深诋《庄子》、释氏，予岂敢畔朱子，第既身丁浊世，又有痼疾，乃自放于彼宗，以自消释，岂夙心之所存哉。

《萧思亮墓志》，景云三年刻石，撰人颜公，讳惟贞，鲁公父也，在陕西咸宁县神禾原。惟贞公以草隶擅名，常从舅氏殷仲容授笔法，见

《书史会要》。而仲容又受之其父令名,其源流如此。颜氏世传书学,而集大成于鲁公。一艺磅礴,蝨法乳者三世,岂偶然哉!

按:《颜氏家庙碑》,公之先世有腾之、炳之在齐梁间,并善草隶,至鲁公之曾大父勤礼,勤礼兄师古,今所传有《等慈寺碑》。并工篆籀,大父昭甫兼工篆籀草隶,与内弟殷仲容齐名。

每日间此心多放失,入于邪肆,恐干神遣,贻先人忧,亟宜痛自刻责检纠,收敛此心,钦钦毋懈,庶几存出门如宾,承事如祭之意于千一百一。

乞叶同年看脉,君云:"心脏现虚弱之象。"惟心病不可用补剂,能以澹然寡营养之,久乃有效。最不可吃俗方所谓天王补心丹,久之恐痰入心,包络乃成癫眩之症。友人朱侍御容生最喜服此方,拟贻书止之。

苏文忠公言摄生之术,无他,要使和而安。和则物之感我者轻,安则我之应物者顺。病来攻四大,如虫啮芭蕉,坚执在宥之理,抗之可也。

夜中为太仓少马公作《西学考略叙》,三更削稿,多掇拾陈、刘两家谊。不足存。

十苟特立独行,何患贫。患贫最为灵台之害,非天梏之,已自梏之也。杜门忍饥,曲肱小睡,晚食一蔬,卯餐一粥。对古人结古欢,神怡务闲,则作草隶。小园松竹,冬夏青青,如此判了一生矣,何待他求哉?"读千赋则自善赋",此言博而后能精;"蛾子时术之",此言积小以致大,二义皆习之效。

唐初楷则最工一点一画,虽未能逼山阴棐几若奋若搏之妙,而左右牝牡,偃仰朝揖,避就之势毕具,非转换笔心,不能摹其波折,其要诀在孙过庭谱云"以点画为形质,以使转为性情"二语,能处处化点画之成体,皆含使转之妙用,则自有入处,思过半矣。形质譬山水,性情譬流峙,工夫到圣处,则水有时而峙,山有时而流,天机精矣。东坡评吴道子画云:

"始知天放本精微，不比狂花生客慧。"又云："神闲意定始一扫，睥睨众史如佣奴。"其特论画然哉？

八法之中皆具使转，妙在以曲济其直，随处皆有中锋之义焉。书家所谓印泥、画沙、屋漏痕，铁陷壁，锋行画中，字外出力，皆是物也。藏锋画乃沉著。藏锋者，藏使转之锋，不第于横平竖直寓其妙用。意若断而恒连，势如斜而反正，此状使转之义。笔笔断而后起，此明点画之界。

始《艮》终《乾》，《乾》之中，画乃中锋，其上下界两线，包安吴所谓气满也，所谓墨不溢出于笔也。此说与濂亭以方位言之者微异而实相成。

天下事变之来，其几至隐，其发至赜，非操一术，无以驭之虚实。是已致虚在损欲，损欲故善静，善静故日明；慎实在积微，积微故善动，善动故日强。圣于用虚莫若黄老，圣于用实莫若禹墨。虚实二义，若水火之相济，通于释家所谓权智实智。处清明之朝，则宜用实；丁暗弱之世，则宜用虚。

《感旧集》陈元孝诗，清峻拔俗，得未曾有。

戊子十一月

内子病。荆公《妇病诗》云："黄卷幽寻非贵嗜，藜床稳卧虽贫有。二物长乖亦可怜，一生所得犹多苟。"忧况正复尔矣。予亦时病，只好以蔚州魏公循礼、守法、安命三诀自持，摄此身于天泉，落木庵中，静以俟之。

张璞君将其亡兄之意，以令祖南山太守所著《国朝诗人征略》一部见贻，感其意受之，仍酬以北斋唐邕写经铭一纸。

再同出黄氏《菊花山下三世联吟行》卷子相示，君门庭家庆，殊令人称羡。

剪贴拓本，一忙两天，手为之皲，此虽贤于博弈，亦非务本之学，废时弃日，予之去道愈远矣。

广雅师待丁卯门生德厚加人数等，芸阁方伯下世后为买田产，恤其孥；竹篔星使至粤，为特筑宫居之拨戈什哈伺候。古之燕昭、平原好士,无以过之。

夜上广雅师书,师意以有所规建,多废格不行,为戚戚。复禀,大指谓宜待时而动,爰禹墨之精神,审黄老之时会。

夜半不寐,仍起读书,予困于人事,郁塞久矣,此时乃为之心开。

非耽道者不能精乎艺,请循其本。

一念忧贫,遂生出无数葛藤,焚却无限太和,岂知陋轩一瓢饮,曲肱听松风,中有至乐存焉,虽有三公之贵,拱璧以先驷马,无以易也。欲仁斯至,道不远人,天于万物,岂私贫我哉?下士不求闻道,故五毒柴其内,遂觉跬步棘荆,满目棡梏耳,苟返而求之方寸灵台之宅,安心药俯拾即是,眼前路径,宽然有馀,勤而行之,资量无尽矣。

潜庵汤公诗有"忧多道转亲"之句,诚哉,中下之资,困勉之质,处安乐则无以镞励,激发而见道,置之颠沛困顿忧塞无聊之中,一念惩创,块然复苏,证以所闻,于古人前言往行,乃如夜见电光,即得见道,分外亲切有味。求道只有两字诀,无如枯淡。枯淡之极,生机畅然自生。

吾友东园公入世久矣,始常苦扞格,兀兀不自安,已而大彻大悟曰:物无善恶,心无迎拒,与古为徒可,成而上比。与天为徒可,内直。与人为徒,亦恶乎不可?外曲。

友人酱翁赞园公曰:其词雅健雄深,搏蛇龙而与之角,与世逶迤澹漠,入鸟兽而不离群。

八尺曰寻,倍寻曰常,寻常者至卑至近之道也。朱子言,寻常二字最好。又自述从铢积寸累而得,即是从寻常处做起。《老子》首章即曰"常道"者。图大事,必于其细;图难事,必于其易。乃所谓常道也。其可道可名者,乃后起铺张藻饰之词,非常道常名也。知常者曰明,不知常而妄作则凶。诗曰:"无田甫田,惟莠骄骄。"所以戒立身者,约旨卑思,毋须臾离常道,以高论败事也。为学如康熙老辈,从分类钞书做起。从政如沈端恪,从保甲、乡约、义学、舍仓做起,乃知常道者也。

予生平师友得虑淡物轻之诀者,莫如融斋老人。观先生室中无一可悦之物，终日吟哦游行，陶陶太和，返而证之，稽古力学，披却导窾，豁然心开目明，故所得常出人意表。今乃于蒿隐时遇之。蒿隐澹然守道，有融斋规模气象，予人可亲。

道不欲杂，故王仲淹云"不杂学，故明"。非断利一源，则用师焉能十倍；非锲之不舍，则金石何由洞穿；非专精一艺，深造乎机神天得之域，则何由通众艺耶?

王昆绳、陈兰甫求一第不得，遂屏迹终身，潭思紬书，其知道者耶。人少而不学，长无能也；老而不教，死无思也。是故君子少思长则学，老思死则教。不善吾生者，又安能善吾死。古今死而不亡者，所谓天之报人，不报其人，而报其人之天，乖于时，畸于人，而与天通，以彼易此，孰得孰失，奚不辨之于早立定脚跟乎?

长安玉桂之国，居大不易，顾逋翁见"野火""春风"之句而曰："解办此，居即易矣。"有是哉。才之不可以已也。东方生诗云："才尽身危。"殆为侏儒所笑而发此叹乎? 有一伧来日下谒友人篯叟，问何术可以救饥。叟笑答曰："尔所挟何也?"曰："无所挟。"叟云："而若有才气，可讲考据并学骈散文字，此救饥之一术也；若无才气，可讲理学，作桐城派文字。"其人唯唯。叟真滑稽之雄哉!

魏冦谦之《中岳嵩阳寺碑》，诘曲倔奇，用八分法，与《爨宝子》略相似。或云崔司徒浩书，疑莫能明也。

芍师自典江南试归，枉过，谈及顾云，未出房，深可惜。范当世于落卷找出，阅其文，殊有枫落吴江之憾云云，顾、范是科皆不遇也。江南房行稿竞尚才华，九流烂熟，多清辩滔滔之作，第不可使拘墟之士磨勘，令人有悔读《南华》之恨。

邸宪列宪密议西藏事，和守均未能决，外迫于强邻之甘言，内怵于番情之变幻，恐藏事受病日深，将为缅甸之覆辙也。

同州，今大荔县，莲读若"辇"。勺隋《洪州总管苏慈墓志》新出土，史第著其字曰"苏孝慈"，石不著撰书人姓名，一似殷令名笔也。子培谛审，以为刻浅笔平，与隋唐碑版镵石深刻、画势峭劲中含箭锋者大异，决为赝作,非元公姬氏必也。予亦疑其分行布白间,意伤偏浅局促,无分明疏逸之致,去赵芬之体劲气疏者形骸之外,失之远矣。文则决为当时人手笔。

韩句:“近来自说寻坦途,犹上虚空跨绿駬。”“若使乘酣骋雄怪,造化何以当镌镵。”荆公句:“岂无他忧能老我,付与天地从今始。”六一居士句:“及身强健早为乐,莫待衰病须扶持。”诸句正可作对。

旬日少开笑口,惟曩昔一夕读漆园《外篇》,觉天机虽未精,而自以为于世机则脱焉。

客或问当世之务,则谨对曰:“非予所敢知也。如置予于国初社老中,不过肩随刘公猷、徐东痴之流,古所谓畸于人者,无他技能,并不足办自守也。”

渔洋选诗虽上苞汉魏、鲍、谢,然意在韦、柳门庭;惜抱选文,虽旁及晁、董、韩、柳,然以归、方为宗旨。不善学者合之则为空调,离之又多伪体。然则王、姚所建,诚亦高曾规矩,不可偭弃,非学俭者所能貌为袭取,虽才雄者,亦当敛心就范。然后王、姚之苦心乃见,此意惟王悔生、陆祁孙、吴山子、薛画水诸君知之。

偶阅《渔洋丛书》,著辑虽多,真阎潜丘所谓不值抨弹者,然文简长于诗,其雅音不可废也。

夜读国初遗老徐夜诗,嵇庵性韵孤远,诗境萧寥质淡,篇幅虽狭,实出阮亭之右,皆世外语也,令人意消。

黄寿丈《送王比部柏心南归叙》用意甚美,不可不知。仆学之于荣利,以彼易此,孰为得失,不可不早辨也。翁苏斋言为学,当废庆吊、废游眺、废谈宴,匪特此也,直当弃官屏却百事耳。陈硕甫征君奂语吴晴舫侍郎曰:“以子之才,计当有所成就,不意乃为上第所害也。”吴士言,陈先生奂,少为诸生,请于学使,结衣顶,学使怪问故,先生云:“无他,欲弃科举俗学,一意治经,患举业妨功夺志耳。”学使乃大奇其志,内愧汗下。严铁桥谓姚文僖未第之先,治《说文》勇于严,后乃逊之;陈兰甫以程春海言,遂弃举业不治。其事类,李共城之语胡武平、邵尧夫。庄中白言,仪征刘伯山,惟三世不登仕籍,故得传《左氏春秋》,授受不绝,一有履仕版者，则中圮矣。盖营禄利者，得禄利；治道艺者，得道艺。皆用心诚一之所致，若两营之则两伤矣，此不可不早计也。

匆匆过一天，以前岁月，真委心任运矣。不闻朱子言：心不可委，当提撕振作乎！

何子贞丈晚年诗云："呜呼吾岂受人怜，挂杖锵然震吾魄。"此老犹倔强有生气。

守倪公三不妄法，修深宁老人困学法，归栖于止观法门。

包咸《论语注》云："知之者声闻乘。不如好之者笃，缘觉乘。好之者不如乐之者深。"菩萨乘。予甫得入第一门，其第二、第三门尚未窥见，去无上秘妙乘则尤远，如人饮水，冷暖自知。

漆园、曹溪虽旁门，亦通正脉。

晏婴所行墨家俭薄之道，足以避世祸，所谓损以远害也。损有二义：一损嗜欲，可以远攘夺之害；一损仪望，可以远争名之害。

趋谒朝邑中堂，赐饮酒母一器，公所垂诲，皆桑麻谷粟可为日用之经，坐言起行，颠扑不破，涑水遗风，绝而复新，得闻药石，深以为幸。昔萧山汤公初通籍时，时徒步谒朱文正公，诚冀收蓬中生麻，中不扶自直之益，转恐盘陀老人言语气象之坚朴，未必能过朝邑公也。以朱公偏嗜文字，故未必删净枝叶。

极坚苦冷淡中乃有廉耻之心生，乃不失其本心，历练到此境，其才气乃贞固，简当截断支离，足以磨砻事业。

《乾》卦四德之贞，象气之冬，万物枯凋中有一发生意，乃仁之萌芽。苟充养此生意，渐息渐长，勿梏勿亡，可到天地位、万物育底田地。所以梏亡之者何物？则安富尊荣；是所以长养之者何具？则贫窭忧患。是孔子曰："君子去仁，恶乎成名。"

蒿丈以魏定州刺史《邸珍碑》打本见遗，此碑金石家未著录，字体类寇谦之《嵩阳灵庙碑》，而加以匀整，元魏石刻之佳者。

【眉批】蒿未知何人。

前年有一巨公,才地清峻,而结习豪侈,语予云:“宰相脱粟布被,经世之术,岂恃此耶。”盖讥阎公也。予诡对云:“管仲,贤相也。而著书有《侈靡篇》,侈靡亦是当国者作用。范文正公救荒,且劝富民社燕会剧,俾穷民得食,何必練衣蒲扇哉。”予一时权对云云。然救民之弊,立身之哲,自以用墨、晏之道为切要,卫文公制大布之衣,汉太宗惜十家之产,是时天下向治,吏静民富,然则国奢示俭,予终归心阎公。公语予言,“已遣儿子归营田舍,明春出国门矣”。予闻斯言,心有所感。荆公云:“无人说与刘元德,问舍求田意最高。”又云:“求田此山下,终欲忤陈登。”盖入世久,少得志,愿多历忧虞而有是祈招之心也。

曾文正公云:“贾、马、杜、韩无一用,何况我辈浮薄人。”道著痛痒,可资儆戒。昔徐仲车先生才性有二反,不揣下愚,亦有一反;性素浮华,而好师友笃实严毅之士,曾公云:“此士卧深山,静气摄豺虎。”非笃实严凝不能气静。陶桓公丁宁宏达之戒,卞忠贞不辞鄙恪之诮,古人能积养自强者,所守必坚隘,然后基扃牢固。第墙宇切忌峻,须乐易卑损,善使人附,则可以免杀身之患。以救己之短失,盖不敢忘先公庭诰也。慎守遗言,失坠即为大不孝。

同社燕集松筠庵,座中可钦瞩者,惟芍老意趣坚韧一线,中弢气敛,子培清隽,馀客是非锋起,既不切日用,尤苦无结束,翁覃溪学士言:“宴会最无益,各逞难端,漫无收束,枉费日力,徒乱人意。”此老辈知道之言也。

邓讷老尝语予言:“不得已而宴会,须一味瘖默,少开口论辩,尤忌放言高论。省却多少口祸是非藤葛。”所谓众人皆有以,而我独顽似鄙也。曾文正公自课云:“慎言。气藏丹田,刻刻留心。乃养气存心第一工夫者。”此也。群萃稠坐中,要气象收敛,如蛰虫冬藏。独坐时则可机趣发皇,如春雷出地。李蓴老论当时人物,四大金刚,挂起幌子,故易败;伯讷稍敛慎,不挂幌子,故自全。邓、李两公之言,乃宋贤观物观我之深学也,勿忽眠。著身静处观人事,放意闲中炼物情。

惜抱云："诸君辄欲读异书，某则欲读人所常见书耳。"此温故知新之义也。竹汀先生养新之说，亦须从温故出。

融斋先生诗云："自立问宜何处所，无楼无阁得天光。"无楼无阁即朱子《答陈同甫书》所云："掀却卧房，亦且露地，睡得天光者。"即《老子》啬养微明之义。

诣止潜，止兄见规，有药石之言，且谓宴饮既废日力，又多失言，流风渐扇，恐招物议，敬当戒之。

赵松雪住屋皆在印上，本无此屋，以意构耳。今村人刻小印文曰"续续钞堂"，以黄文洁、文孝为法也；曰"晞日损斋"，以晋卿黄文献为法也；曰"止观"，则取天台六妙门中之二。

予向右李文饶之说，世家子弟而能贤者，其服习濡染，故当不同，声光气魄亦异，取精用宏故也。若出自寒素，恶能生长见闻，左右赅洽哉？此曹公所以引用颍川荀、陈子弟佐典机要，动鲜违阙也。近人直谏推孝感屠梅君侍御仁守，询知乃屠可如方伯之申之孙也，屠公官直隶，日有惠政，减徭均役，故宜有后。

戊子十二月

西圣识略宏远，如得吕申公、司马温公为之辅，元祐之政岂难致哉？

读徐昌谷、高子业集，清丽闲远，异于并世李、何，学老杜、卢、王而杂伪体。太仓王世懋敬美谓："李何或有废兴，徐高必无绝响。"知言哉！殆至牧斋《初学》《有学》二集出，竟掩献吉、大复之光芒；而渔洋嗣兴，取微径于高、徐，居然一代诗人之宗。牧斋才健，故能含正变，阮亭趣逸，乃独标神韵，太仓王氏之言验矣。

俄人谣言，中国欲取高丽，故意刻入新闻纸中，所以怒高丽而激之叛我也。此时宜遣一亲信大臣以助理其商务为名，至其国慰谕之，则俄、高之阴谋自解。

答人论《续选经世文编》，宜稍变魏先生之例，文体典雅而洁清者入正编,其语录、札记、官书、方志、吏牍、奏议、说帖之类,事虽摭实,而言未能雅驯者,则入之附录,低一格写;夷务公牍,则事皆权制,一字不宜入选。其说甚长,未审此君能从鄙言否也。

人生一日中祸福之机不可测,惟应修身守约,不敢放纵,抱定戒慎恐惧四字,然后能习劳以纾神谴,履嗛以免世议。曾公晚年每以劳、嗛二谊自课,此可法也。

前得石本《涅盘经》《无量寿佛经》,尾膺刻作信本,书者后人谬託。不知何代何人书,欲叩之子培、蒿隐两君,乃金石古书中之包打探也。沪上里言。一笑。

昶近以吏冗郁郁,又多末疾,惟耽老释,自暇自逸,孤偭先大父、先君、先五叔庭诰甚矣。何以为人,何以为子,何以教后,敬之儆之。尚有鬼神照予幽独,可不戒哉!

动多于静,不能住得,决不是好气象。观陈同甫上书后引杨龟山语自咎,同甫亦自知短处。

答候黄公度太守,嘉应州人,其所著《日本国志》翔实甚有关系,品在《吾鄞镜》之右。

望日,太和门灾;十七日,下诏修省。非常灾异,上天儆戒,圣心畏而修德,时运或可挽回。

春秋雉门两观灾,汉初凌室及未央东阙灾,占皆在《五行志》,可引以为戒。

是日有内廷供奉某巨公适下直,见太和门火发,掉头不顾,驱车径归私宅。此公三叶汉貂,受恩深重,乃所行如此,视国家急难,泛泛焉如萍浮于江湖。而适相值,与庚申年秋仓黄出城作客,保阳之某公相类,亦可异矣。

细察予一日中未应事,及既应事时胸臆不能广博,气象不能从容,所以然者,总由一片克伐忮求,私意夹杂其间。万恶皆由于一念贪著生,故王伯厚先生云:"处心不可著,著则偏。"

纷然交战,不能自克,将至仁心澌灭,日陷禽门而不自知。试追当日拙修吴公、融斋刘公应事接物，或语或默，皆有节文，何等气象，那有忙迫苟且时耶。然则欲求貌言视听朴厚凝重，专一不杂，必先养气，养气必先穷理，穷理必先胜私寡欲，胜私寡欲在静多于动，默多于语，践履多于著述，敛藏多于发见。末窃取吕成公说。

又当处处知所止泊，勿骛于无涯之智，则身心自然宁定，意象自然虚和。如在官府，止于勤职，分信寮友；在家庭，止于正言色，严戒督；处独，止于敬慎不败；接物，止于谦谨不阿。读一书，止此上篇，不知有下篇；摹一帖，止于前叶不知有后叶；居贫止于守饿，居贱止于抱关。若能治心不忘所存，处事不迷所止，超然于声誉禄利之外，万物胥不足以累其心，则形神凑泊，天宇泰然，区中之至乐存焉矣。

一日晚，小儿辈颇能言二疏、蒋肱、庞德公事，鄙怀为之开。

坚忍淡泊，习劳耐辱，乃能刻己自责，脚踏实地，虚和敛约。居实刊华，乃能致敬，于人言少口过。

前辈云，官不必高，但愿子孙勿绝，而常为士类；家不必富，但愿衣食粗足，而可以及人。有味哉！其言之。

谒前相国阎公，公语及时事，相对痛哭。公云：似应切实下罪己责躬之诏，立罢万寿山颐和园及津通铁路工程，庶天谴可以挽回，人心有所系属。枋臣亦当援汉三公遇奇灾策免例，奏请斥罢。又云：土木工程一事，疆臣亦不免逢迎粉饰，增成朝廷过失。由于不肖者希恋富贵，贤者贪致功名，无一人嗜欲源清，心乎道德，克己自修，救民饥溺者，遂上下雷同，是非淆眩，此何时耶？

公又云，近集经语作一联自儆云："以约失者鲜，公自号约庵。凡事豫则立。"又集宋谚戒敕子孙云："猖狂没好事，自在不为人。"与万石君、马伏波、郑康成、诸葛公、王昶《戒子书》意脉一线相承。读唐《孙思邈传》，发挥君臣、父子、上下皆当知所畏之义，乃知公言若蓍龟之占吉凶矣。

颍滨言欧阳子文妙处，在不大声色。即文安赞欧文所谓"纡馀委备"，特此四字，有妙悟耳。此即《金史·文艺传》所云"文章哗嚣之美可以惊四筵,而不可以适独坐”之意,作文之利病益于此辨之。

【眉批】阅黄荛圃所刻毛斧季、季沧苇书目,此太平盛观,乃润饰之一事也。

夜将半,北洋来电,称郑工十七八日合龙,十九日金门闭气,全河东下云云。塞河役蒇固是可庆之事,第不审明年凌汛桃泛如何也。

邓铁老两次奉使析津、岭峤地方,文武迎候皆不见,羊酒饷遗亦不受,不为同乡义故请托大吏,事有艰阻,从不写家书,书亦不之及时人。高其清简,使相合肥公敬礼之。铁翁丙戌年归志已决,白使相云:此后不得复侍公雅谈矣。公愕然。今年春晚挈家南行,道经析津,使相招之,坚不相见,其清介绝俗如此,非一事也。

二十日晨与吴君恭诣旧太和门,履勘被灾基址,是日钦奉懿旨,敕停万寿山颐和园工程之半,圣意遇灾修省,德心恻怛,第犹惜钦工,未能全罢。

在仲弢斋中观完白邓山人临《峄山碑》,字字绵联衔属,真能具丽密之妙,斯、冰、徐鼎臣、党竹溪之后一人也。

过弢夫,属为谛审诸君贻缦堂诗,僭为政乙数处;仍欠稳叶。朱子言:“下笔难得有稳字。”洵深抉甘苦利病之言也。当先求稳字,精警奇横之意乃出,如东坡公言:“身轻一鸟过。”“过”字,“林花著雨燕支湿”,“湿”字之类是也。

自察气总病浮而不湛虑,亦伤浅而不隐,虽日读书,尽一有所得,皮壳耳。此无他,克治存养分两层。工夫太少故也。克治物欲,存养天机,不贪着,乃不犯手,行住坐卧,纯一直心,所谓直养而无害也。

同郡篯叟又新辟一屋,榜曰:“三师七丈九友之堂。”堂内虚宽,一物无有;堂外平章竹石,布置朴野,气象极萧散,又殆世外人耶。然又少读儒法家言,不能忘情于海寓之困穷,民物之凋瘁,此殆一时寓言耶。昶年辈既晚,学行浅薄,不能测丈之高深也。

丈云：老子、曹溪、顾亭林先生，右三师；高伯恭、庄周、王深宁、王半山、坡公、山谷、姚惜抱，右七丈；荣启期、班嗣、阮籍、王绩、陶弘景、王逸少、颜黄门、元裕之、天台止观法师智顗，右九友。

【眉批】此盖假设之词。

篆必秦，隶必汉，真行章草必晋宋梁隋及唐初而止。今隶书，晋梁疏、隋密、唐工巧，而朴实之韵始散，魏《受禅碑》《上尊号表》，以视《礼器》《华山》有惭德矣，元魏、高齐碑版皆梁鹄八分之馀势也，与崔、蔡、钟、王一脉相传，同意相受之法绝异。

晤子密丈，见钱文端公八十八岁明年公乃卒，政八十九。所书自作诗，神完气静，于此见乾隆世道之盛，贤士大夫循吏守法，匔匔如畏，无几微竞名之心萌芽于中，故能年垂耄期，精力强固若此。

缦堂寿诗，作者二十馀人，惟仲弢有二句云："质野堂犹输健笔，谓戴歙源。证人社待守遗言。"二句为有诗人深约之遗味。

读《玉溪生集》，有悟入处，杜司勋叙昌谷诗云："稍加以理，奴仆命骚可也。"义山加以理矣，若是亦可以为骚之陪台矣，其词隐秀，所微不满读者之意者，有过于僻涩处耳。

予少伤天伦之痛，壮违金庭之路，陆沉粗吏，不见知于长官，亦溷鸡鹜，不见礼于僚友。终年疲苶，无休沐之暇日；生事拮迫，乖黄卷之幽寻。出门则屠沽强对，入门则妻女交谪，那逢净土，日坐泥犁，若便荼毗，即堪含笑，可自挽云："死以青蝇为吊客，身如蜩甲化枯枝。"又云："诵文安主簿遗言，首稽九原惟一痛。"苏洵言："知我者，惟吾父与欧阳公耳。"予平生过失癖谬，及意兴孤往，文字偏胜之处，惟先大父与融斋刘公为能激赏其长，而箴戒其短，此外毁誉皆悠悠无据，徒为启灭耳。乖《誓墓》右军夙愿，魂归三塔；上双台予若即与世别，可以此书吾龛前以速朽。

君子当怒而怒，亦须中节，不可溢量，尤戒怒于甲者，滥迁于乙身,怒于后者,并没其前善,则罚失其平矣。于此正须痛自刻责,坚立课程,持敬以杜不逊之干,行恕以祛溢忿之惑。

子培作《寿尊老叙》甚工,清微雅洁,有潜气内转,细入无间之妙,凌次仲后不多见也。

蔚州魏敏果公,每日处事接物,刻刻以循理、守法、安命六言自检责,终身行之,毋须臾离,如饥渴之于饮食,寒暑之于裘葛也。循者,循物理;守者,守国法;安者,安天命。非体验物理不能公明,非奉行禁令不能勤慎,有一署之禁令,有一身之禁令。非居俟义命不能乐易,三者不可阙一,终身服膺,可以寡过。

客问圃叟,如何是养心法。曰:"天泉证道。《记》不云乎,'无善无恶心之体。'"又问如何是摄生法。曰:"梨花院落溶溶月,柳絮池塘淡淡风。"客大笑。予闻之,听然曰:"不笑不足以为道。"

己丑年(光绪十五年,1889)

己丑正月

写官抄道光初萨英额所辑《吉林外记》十卷,竟废朱提几一流,此册可与西清《黑龙江外记》并藏之,以备考。

携儿至一亲串家坐久之,偶见壁上挂《般若波罗蜜多多字属上读。心经》,因读三过,内"苦集灭道"四谛,"集"字俗本误作"寂"。说见《遗教经》。

昨夕手答仲修书千馀言,往复不能自己,意犹未毕也。末自陈近日况状,有云昼习老严之谊,夜参禅净之门,此近日家业田地,日斜途远,贫病支离,遂致荒经畔儒,出此旁门,已拼一老百无耻矣,甚可笑也。

四勿九思以视为先,六根五戒亦以视为要,苦县怀为目之惧,融斋著"吸灵"之说,皆是物也,皆知道要勤而行之者也,伊川《四箴》首章,犹切诵以日警。

> 视箴。心兮本虚,应物无迹,操之有要,视为之则。则字应作"职"。蔽交于前,其中则迁制之于外,以安其内。二语汉人不能道得如此坚决透彻。克己复礼,久而诚矣。

同邑胡鲁生秀才,道光初老诸生,重游泮水已多年矣。书来云,向识予大父复初府君,先君昆季而以姻连,论之则先叔伯母之族子,与予辈行相直。丁丑秋䄆假归,为作七十初度诗三章,今年已八十有三,尚老健,索予为之词。此叟知先王父阴德数事,言之历历,甚感其意,当为叙述其状。

杨葆彝云,曲阿,今丹阳县。梁建宁陵有二石柱,每柱石刻四行,行二字,隶书,云:“太祖文皇帝之神道。”一正刻一反刻。按:梁庾元威一百二十体书,反正书者,大同中东宫学士孔敬通造此,不审出何书,俟考。此石莫友芝寻出,世间始有拓本。

又云董文敏《戏鸿堂帖》,初系锓木帖,后年月皆篆书,既而板毁于火,文敏深惜之,以拓本重模入石帖,后年月以楷书别之,而神理不逮早本远甚,翁覃溪谓《戏鸿》摹刻不精,所取虽多,未为佳品者,殆未见初刻本也。目录元无之,乃松江人施叔灏所增。

四更入内,咨决吏牍,辰刻还署,路遇芍师云:“日日内南斋恭题西圣御画,甚忙也。”每轴缀七言绝句一首。

东方朔《诫子诗》漫笺以质二友人园公、箴叟,请观谓何。

明者处世,莫尚于中。

东方生之尚中,殆犹漆园、曹溪,不思善、不造恶、不近名、不近刑之宗旨,缘督为经,而无所贪著,故得蝉蜕尘埃之中,超然世议之外邪?

【眉批】按:后在芜湖时,另笺注一首,编入《于湖文录》,其文与此多异,姑先抄此,备参订。

优哉游哉,与道相从。

道无不在,须臾离道,则如鱼之砀而失水,有涸处之灾矣。道甚易知易行,然天下莫能知莫能行也,惟静者得之,悟者存之。

首阳为拙,柱下为工,饱食安步,以仕代农。

“柱下”一作“柳下”,亦通观扬子云云:柳下惠,北朝隐者,与圣人高饿显,仁,伯夷。下禄隐,贤,展氏之三黜不出。斯言正所以匡救东方生放言赡词之失,盖朔特全身避世,古农家、道家之枝流,所谓不赅不遍,一曲之畸士,其迹或诎或直,或洁或秽,志趣并与孔门狂狷之品绝异也。

依隐玩世,诡时不逢。

俗士勇于进取,常病为世役,而薾然不给;道人依于隐约,则才足玩世,而盎然有馀,性静情逸故也。此士不遇时者之所为,有所激而逃焉。《逸诗》曰:“黄农虞夏忽焉没,我安适归?命之衰。”殆声销而志则不可见也。

玩世者察古今之异,宜究人事之殊,状往诎来,信之窾要,寒进暑退之消息,析其脉络,辨其利害,挈其要领,以施针石,以调衔辔,万事杂陈于前而顺其伦理,相其缓急,以徐应之,不迎物亦不拒物,不先时亦不后时。苟时会未至,则危然正性,处其所而坚不之应,用留侯忍垢及尧夫不犯手之术,撺掇佗手为之而已,无与焉可也。

才尽身危,好名得华,有群累生,孤贵失和。

智藏其用则身全,若矜躁则才易竭,才竭身必危矣。神潜于时则根深,若炫鬻则形华,形华神必瘁矣。好交游如树受鸟集,有枯而易折之患,且用情亦不给;好孤立则物情不附,有忼而无民之悔,其举事必无成。四者任偏同弊,皆不知尚中之害也。

守道之士懿畜敛畏,故兵兕不撄;澹泊寡营,故毁誉两诎;颐志独照,故同不失己;乐易近人,故异不忤俗。去四者之偏,遂却四者之害,世之察士、华士,则病未能坐进此道也。

圣人之道,一龙一蛇,遗馀不匮,自尽无多,形见神藏,与物变化,随时之宜,无有常家。

东方生谓,若圣人之道术则异是,《易·姤》《巽》之初,爻为蛇,《复》《震》之初,爻为龙,阴阳萌芽其初,难知变化不测,非研几极深,积微孱守者不足与于斯也。自处于卑而实尊,自处于少而实多,洼而实盈,弊而实新,故自尽者啬而用之不穷也。道家之旨不为福先,不为戎首,无成势无常形,有度无度,与物取舍,有法无法,因时为业,无楼阁,无崖岸,卧则蘧蘧,饱则于于,见形者以为无,特操体微者以为能道其常,不计其功也。此志士遇浊世者之所栖托,别成风格,微明自照如此。然遂高自标榻,以为圣人之道在是,则东方之汰词,与王仲淹、邵尧夫自主张太过。同为吴楚僭王之失也,以为畸于人者,则可庶几。

道人之见如履留迹,藏如珠养渊,其见非见也,藏非藏也,故曰:“形见神藏。”即苦县所谓微妙玄通,深不可测也。世传厌次善为深浅显晦之行以此。

物事也,言处夫才与不才,名与无名,有群孤贵四者之间,审时所宜,而不为事困,变动不居也。

摊上有钱牧斋《楞严疏钞》两函,叙引赵大洲劝人四十三十之间,不可不急读。《楞严》语,令人如闻钟深省,以前岁月,流水赴壑,与之偕逝,趁此尚存一息,便须直下修行。

魏营州刺史《崔敬邕墓碑》,康熙中始出土,全载王阮亭《居易录》中,阮翁以为体势类李北海,则非也。殆未辨源流,故反以中郎为学虎贲耳。

释老致柔守静，全生远害，在世间而求出世，得水月内景之诀。乾隆以后士大夫风气高者，第以儒门法语为表，《聪训斋语》为里，以心游物外，简澹自持为高，不以面折廷诤为贵，故往往驯至老寿，身名俱泰。昔元裕之言，星命家谓水月同宫为贵格，殆知言哉。文言之以为得释老之门风，质言之，实乡愿耳，孔子、孟子之所深恶也。无惑乎世道人事，日堕坏于冥冥之中，浮伪滋甚也。求狂狷之品希矣，求其火日外景，得刚毅疏朴之气者希矣。国何所赖，民物何所恃，坐使小人无所畏而益肆，君子无所依而益孤，可浩叹也。

溪涧之名，夏涛易涸。实无一副，罪甚盗窃，清夜扪衾，愧悔汗出，发愤修为，昨死今生，线明緪引，出默居精，痛删万虑，积力一诚。

阮亭《居易录》所载多湖海名士，矜名买价，语惟载荆岘汤公、三鱼陆公事为最惬于人人之心，然则士之所以自立者，诚在此不在彼。

厂市得书及碑帖数种，差可喜，就中《石墨镌华》一函尤佳。

厂市见《夏桂洲集》十八卷，前有年谱。桂洲相世宗，留意边事，得失互见。明初置闽浙沿海市舶司，桴鼓衰息，自桂洲罢市舶司，而倭警频告，是其失也。议复河套，则计之得者也。自桂洲冤死，而中外无复有筹议北防者矣。此集仅见，《四库存目》未著录。

中夜后，夜四五起，读荆溪周教授济《词辨》二卷。乾嘉以来才人学人常州为多，无论治经、治小学、治骈散文、治掌故、治古诗律诗、治书艺、治词曲，皆以公羊、申韩家深竦之法行之，心思刻入，穿天心，出月协，平易处极精严，萧淡中含奇丽，其所造多古人未到之境，如张皋文、恽子居之文，岂唐宋八家、归方之美所能掩哉。张源出于《易》之精气为物，《礼》之与天地同节；恽深得九流以立意为宗之旨，其文境创辟，要自古人所无也。皋文旁通古近乐府之源流正变，传之其甥董晋卿，保绪又受法于董者也，此馀事乃亦多微解。周著《晋略史》，笔极严洁，其明别嫌疑是非处微而显。

予性最畏朋友宴集，不胜疲苦，虽座皆知旧亦尔。殆前身只合在水边林下一小茅庵内，作退席老衲，于折足铛中煮黄糙米饭吃耶。

裨谌谋于野则获,谋于邑则昏;樊英、阳城、种放常秩名信于林壑,迹诎于朝市,殆才性有所偏短,强之则取败之道也。连雾之朝,可近视而不可远观,明月之夜,可远观而不可近视,譬人才性有殊也。予处静则适,处喧辄心力局茶,不能胜。以后葆其自然之性勿失,庶害马已去,世事都捐,言象两冥,目牛无全矣。

得李中堂《论西医之术可采》书,昶前上启,言西医不可轻信,盖所讽谏者他事,文外有曲致,分贱不敢径直出之也。今相国所赐教,则就一节论之。

上三兄榆园书云:弟性多短,非失之褊躁,即失之疏慵,少罹酷罚,长困于旅食,近则家事、外事、吏事、笔研文史之事丛集放纷,待次第治之,苦在太无帮手,凡治事各有浅深高下刚柔之分际,又有缓急伸缩勇怯之节奏,须相其分际,审其节奏,循理守法以清理之,稍有违舛,即诒他日之悔。欲求循理,非平日多用居敬、守静、穷理、养气之功夫,不能真积力久,养此器识;欲求守法,则张乖崖所云:“法高于意,则用法;意高于法,则用意。”葛公云:“我心如秤,不能为人轻重。”盖才须学,学须静,多年涵养得此心秤,所以裁万物之轻重而不为物所制役也。乖厓二语,亦秤量之意。亦非更事多者不办也,细察诸从兄弟中才具,羲兄乃王绩之流,惟三兄气直性厚,加以学问阅历,异日乞为弟药石之助,俾弟不至先事无所防,维临事多所歧眩,则兄之赐也。

日前买《佛顶蒙钞》一部,子培云:“此编文繁理富,寻省不易了。”彀消磨一年中日力也。

释氏以四大剂和之身为色身,以浅、深四谛,苦、集、灭、道,浅四谛也;闻、思、修、慧,深四谛也。四威仪相,三明六通二百五十戒,三身四智一相无相之身为法身,然非趁色身一息尚存时,直下承担,此事不能修法身,危矣微矣,戒之慎之。寒山子云:“黄蘗作驴秋,方知苦在后。”又云:“生死忽到头,半字不相救。”

隶书始于程邈,八分始于中郎,隶书结体疏,八分结体密,多盘纡勾勒之迹。隶书行气由整趋散,八分行气寓纵于敛。今隶,晋人谓之楷，则卫恒言：王次仲始作楷法，指八分也。刘融斋先生云："八分者，隶之节。"盖所以救隶书简省便俗之流失也。导源于八分与汉隶殊科。

世传《华山碑》《郭有道》元石久亡。《夏承》为中郎八分书，《韩敕》《乙瑛》《上尊号受禅》为钟元常分书，《孔羡》为梁鹄分书，中郎创法救汉隶疲庸欹散之弊，由是梁鹄传其体势。《爨宝子》《吊比干》《寇谦之》《张猛龙》《贾思伯》《李仲璇》《刁遵》《郑羲》诸碑宗之，元常传其神韵，《保母砖》《鹤鸣》、萧梁诸石阙、《旧馆坛》宗之，至隋人丁道护之《启法寺》、张公礼非书人。之《龙藏寺》，虽古质今妍，朴貌之风稍漓，而体势神韵则宛然复合。尚体势者多用方而规险峻之律，如鸷鸟狙搏，劲厉有节。一点一画，起伏衂挫，颓峰绝岸，临渊据槁。尚神韵者多用圆而含虚和之度，如柘枝颠舞，回翔生姿。左右牝牡，抽掣盘纡，箭锋所直，人马应弦，丁、张及赵芬、陈茂诸碑，神韵开虞，体势开欧，虞、欧二家乃正宗法乳所寄也。王绍宗写，其兄王征君口授，铭未剥蚀，妙处乃不减庙堂，宜其名亚于伯施也。登善源出南宗，平原源出北宗，代兴而不相袭，李北海、徐季海体涉怒张，荡而失所守，开汴宋一派，古法由此灭湮矣。汴宋以后，多为二王赝迹，行草汇帖所误，目眯手滑，熟处难忘，故虽有旷世逸才，未能自拔于众制蝉噪之中，进而复古。

跋志克庵都护《格物辨》。温公说："格，扞御也；物，外物，言去私也。"志说主之。

文安陈子翙学士，一生佐营田水利之事，自云命宫当有水厄。刘融老自云："一生不离师儒之任，少为童子师，长为诸王师，晚为诸生师，为远方游士师。"若遇星命家推测，遇我辈命当为师者，其技穷矣。今予性樗散，颇耽古籍，而断凫续鹤，强令作丛琐之粗吏，谁实使之然哉。凡人有毕生之运命，蜉蝣短而龟鹤修，黔娄贫而齐景富，栗吉反吊，王蘧转庆是也；有一世之运命，十年之中荣悴不常，卅年以往，飞沉顿异，委沙抟翼，视犹旦暮，福基祸胎，机变俄顷是也；有一岁之运命，肝当暑而苏，或如靡草之厄，夏肺经寒而欬，或如荠麦之荣冬是也；有一日中之运命，夜梦泣而朝遇猎，瞯得酒而嚏遭瞋是也。凡此皆冥冥中有主宰之者,人事不齐,数若前定,倏忽变化,不可端倪,皆命为之也。《大戴礼记》有《易本命》篇:“安之者吉,违之者凶。”而《墨子》乃规规然非之,亦徒见其崎岖枘凿,困而无所合耳。理运于积虚,太柔少刚,太刚少柔,自然之性是也。数倚于积实,太阴少阳,太阳少阴,四序之气是也。何谓积实,物始生于无,有点而后成线,有线而后成面,形有面而后成体,大寒非一阴之积,大暑非一阳之积,人第居于浸润密移之中而不觉耳,故曰数倚于积实也。虚实参相合而命生焉。《穀梁传》曰:“独阴不生,独阳不生,独天不生,物三合然后生,三合者时为之也,地为之也。”地得矣而时未至,待时可也;有其时无其地,则与不遇时等也。地者,非一日之积也,非一世之积也,若是则李文饶任公卿子弟,公孙成子论伯有之说韪矣。道家之指,寓刚于柔,摄阳于阴,纳明于晦,善动于静,欲以俟时而慎所积也。积阴为刑,积阳为德,积刚则为君子,积柔则为小人。

【眉批】此不免过自主张,孔子不尝为委吏乘田,朱子不尝为同安主簿邪,此言失也。

儒先游方之内者也,下走憔悴困辱,年运而往,情见势绌,所以曼衍穷年,支离养性,其惟游方之外乎? 前贤自课半日读书,半日静坐。走俗吏也,安能尔。柳下惠、少连降志诎身之馀,其惟半日用世法,半日用出世法乎。有事时用世间法,则师苦县之高矩;无事时用出世间法,则栖曹溪之简门。世法所拘窒不通之处,则以出世法融之,出世法所寂照不及之处,则仍以世法参之。此近日业当如此,因戏诵半山老人诗云:“扰扰复翩翩,秋床烛屡昏。真为说万物,奚至挟三言。问义曹溪室,捐书苦县门。敢云同安妄,目击道愈存。”改歌罢,呼童奴进茅柴酒漉之,陶然复醉。

隶者小篆之变也,八分者隶之节也,楷者分之变也。当曰今分书,不当曰今隶书。行草则波靡于楷隶之间,唐人行草惟晋祠铭、万年宫铭、岳麓寺、大小云麾及鲁公诸帖,尚有楷隶遗意,过此则流宕而忘返矣。醉素一派最为恶札。此秦后隋前六书正变之源流也。

《天玺口功碑》或云皇象书，乃以中郎八分法作篆，篆分之变体也。《三国·吴志注》引：皇象，字休明，广陵江都人，时有张子并书，恨逋；陈梁甫书，恨峻。皇象斟酌于逋、峻之间，逋平也，峻险也，然此碑峻有馀而逋不足。

黄州屠梅君侍御闻为程朱之学，虽耳目交废，不辍所业，清苦自持，不妄交游，在西台屡抗疏直谏，言土木营建之事尤切。今日以言事奉懿旨严遣，开缺待罪，听候部议。此次君疏中所言未知不失体要与否，部议上未必不蒙恩宽免，惟台长自应上书营救，保全直臣，方为盛美也。疏远之臣，频繁强聒，要亦于道未合。孔子曰："事君数，斯辱矣。"左文襄言：事会未至，议论适足以害其成，不揣资地，发之太早，故也可为太息。

料理复信，觉心力短涩，防有舛失，此坐平日物欲气矜不能划净，于居敬守约工夫太少，胸中积理不多，故临事心不贴伏，亦易昏疲。

夜阅阮亭王公《居易录》，至元祐中，陈述古先生疏荐三十三人事，品骘不爽，其言皆验，为之叹息不置。

杜征南说，圣人包周身之防，言高则指远，词约则意微。杜公徘徊藩牧，自以作吏起家，岁时周旋于荀勖、冯紞辈，岂所谓周身之防乎。

仲弢云，闽中老辈讲写白折之法，当其讲求结构间架时，不管分行布白贯气与否，及其讲求分行布白匀称时，不管结构间架，如是四五次则能精矣。此即东坡读《汉书》之法，所谓一而后能精，未闻两而能精者也。李习之论文家造词创意之法言：方其读《易》，如未尝有《诗》《书》，读《诗》《书》如未尝有《春秋》，方其读《庄周》《楚词》《太史公》，如未尝有六经也，同能不如独胜。

翁覃溪阁学作小楷，无一字结构无来历，所以有诘戈仙舟、诸城刘公作书那一笔是古人之说。精妙寡双。近日惟李仲约能之，仲约先生八分法，专用魏王基、曹真诸碑体格。翁有《唐帖晋法论》一卷，后列戈磔弩策八法，博采唐贤，楷则皆有据依，辛未春在友人杨守敬许见此本。

考据家之流弊，驯至无温故知新之益，有买椟还珠之损，《老子》"三十辐共一毂"，当其无乃有车之用，今则一言以蔽之曰："当其迹滞于有,乃无车之用。"

时人论铁路事,辄曰"无利有害"。此不足以动听,转使主者持之益坚[①],当曰铁路大利之事也,而大害之机伏焉。耶鲁楚材多一事不如省一事,兴一利不如去一害之说,似为今日言之也。铁路若兴,则洋商百货受其利,而中国农民商贾皆受其害,夫至大害在民,国又何所恃以与立耶?说详上年说帖。如此立言,较透较稳。

村叟少孤善病,近又善忘,自揣精力,于为学规模,止能收敛不敢扩充,止知鞭辟近里,不敢展拓向外。吾友朱鼎甫万里贻书相戒,亦以为言,但能守定"温故知新"四字上,绵绵穆穆做工夫,优而柔之,使自求之,餍而饫之,使自趋之,若江海之浸,《阴符经》:"天地之道浸,浸故能阴阳胜。"膏泽之润,涣然冰释,怡然理顺,庶几可以去惑养性,束身寡过。

志克庵都护名刚,弃家入山修道,栖真食淡,自言戒谨恐惧,乃慎独工夫,心广体胖,为意诚效验。此如吴兴道人沈谷云之依附《曾子十篇》为宗,乾隆末人。而栖心于金水内景,亦援儒以入道者。

苏门先生孙登谓人之才犹火之光也,用才竭则败,用光劳则熄,故养才存乎勤学,葆光在乎继薪。学者,才之津溉也;薪者,火之资粮也。

志克庵由礼部郎,同治中奉使四国,居海外四年,使还拜乌里雅苏台参赞大臣年馀,迁库伦办事大臣。光绪初,即弃官隐居西山,又徙北山,以二僮自随,遇兰若佳处辄留栖止,以子女生产付其弟,屏谢家人姬侍者十年矣。少壮多疾,晚转轻健,现七十一,行步如飞。日以诵五经及老庄、释氏为课,有招之酒食者亦辄往。今日同官长君招集,于座见君,为人外乐易而中谦实,参平等观,出入楞严、圆觉、净名三经,谛观其言语气象,饶有暖于布帛之意。君与予论李雨苍及华盖喇嘛之为人,亦极中膏肓。不惟修道,兼能知人。君自陈骨脆胆弱,

---

① "益",原文作"盖",疑形误。

无补于世，言极肫切。予从前骛广不知守约，好大不知抱小，与雨苍同病。年来始知悔惧，欲依于谦实，以箴吾过。而心力以疲苶，止堪出世，不能为世用矣。

二月初三日，元祐圣人归政，恩诏七道一日并下。咸同间文武功臣以死勤事者，自骆、胡两文忠，曾文正、文文忠、左文襄而下诸公，咸赐祭一坛，禁中颇牧之思，以风励在位，恩明谊美，超越前代已。

潘儒老、邓伯讷、朱亮生、劳玉初皆各成器业，风格随其才性资地有所成就，亚于平日严事之兴化、六安、闽县三先生、张铭斋丈及友事之王朴臣一等也。周旋镞励，可以为蓬生麻中之助，第学术不能同，所遭时地亦异，所谓我自用我法，不能用卿法。凡言行强拟古人，或取法时贤，亦有弊病，不可不察。所自处各有分际，各有意义，不能强同也。若如张乖厓所云："法高于意，则用法，意高于法，则用意。"以时诎信，与道污窿，则约志卑思，庶少差失矣。

张竦谓陈遵曰："人各有性，长短自裁，子欲为我，亦不能，吾而效子，亦败矣。"裴頠吊阮籍，阮倨而裴恭，成礼而去，人问之曰："阮游方之外，故越礼惊众。我辈俗中人，故当以仪轨自居。"知者两存之，《老子》每戒人以常道常德，毋须臾离。《荀子》言："君子道其常。"各率其性，亦可以附于狂狷之次矣。

王柔及弟泽，闻郭林宗有知人之鉴，共往候之，请问才行所宜以自处业。林宗笑曰："卿二人皆两千石才也。虽然，柔当以仕宦显，泽宜以经术进。若违才易务，亦不能至也。"柔、泽从之，后皆如其言。方苞以所为古诗质王阮亭，阮亭语方："子诗笔不隽，为之不能合。若弃而专力为文，或当有成。"方遂以文名其家，此才性有长短，适凫、鹤之性，则各全其美之谊也。

涵养吾一一者，诚也。积诚乃能动物，诚不积则不能寂然不动，感而遂通，如舜之深山，侪木石，闻善，决江河也。

廿六日直署宿。是日，上御太和殿，受群臣贺，行大婚嘉礼。至丙夜，皇后叶赫纳拉氏乘凤舆迎入大内，捧册宝之大臣前导，次日谒庙,礼成。叶赫,国部之名,金后纳拉姓也。详《钦定通志氏族略》。

多闻则守之以约,多见则守之以卓,非多闻则无约也,非多见则无卓也,日知其所亡,月无忘其所能,此进德居业要法也。今予闻见既陋,日无所益,月有所损,无积铢累寸之功,安得自附于好学深思之末。

芍师言子青相国初服官日,梦见关神武殿有一铁笼,笼内一黑猴,神数之曰:“此物第一世为鳌拜,又转世为和珅,幽系累年,业根将满,命汝再生人间,第勿再造恶业,陷害正人。”敕戒毕,开笼纵之去,但见一道青气冲空而没,复回顾相国,笑语云:“相与有旧,子忘之乎。子前身乃吴质季重也。”相国旁立悚然,未敢发言,俄而惊觉,为人述之。今计此猴生人间当四十甲子矣,不知竟何如。吴季重在建安末位甚微,而相国晚贵显,又不可解也。此事可续入洪元《夷坚志》,亦梦占之异者。

芍老席上盛赞王枢部汝济写呈进春帖子,楷法极精工,又赞冯梦花殿试对策,场中猝办,无缘獭祭,尚不露招架痕迹,词气春容,不致捉襟肘见,现寒窘之态,殊不易也。予以为然,不观何愿船对祁大夫字黄羊问乎?何亦未能临时猝办,如石季伦家之冬月萍齑豆粥也。

公度过茅堂夜话。此君神韵萧疏,与儒老、伯讷相契者,风气故当不同。出视其所与,此之谓也。予物外自处,情同散木久矣。却愿世间多生直谅忠信之士,以应时须也。

夜静时,欲一温习曹溪经卷,竟未能也。世法拘人,尘事相恩,正似此鱼跳网中,未与造物游数外,将与之偕逝乎,抑猛省逆修也。与之偕逝,如六祖隐四会猎人队中,但吃肉边菜;猛省逆修,如黄蘖断际大师,尘劳回脱,为嗅梅花彻骨寒。

士不幸生于浊世,法家、儒家皆取危道,不可用也。处事接物,只得用《老子》绵绵忳忳之世间法;摄生缮性,只得用曹溪兀兀腾腾之出世间法,此较为合于《大易》损以远害之旨。损者清修寡欲,万物不奸其虑也,惟损故能静以虚,惟损故能动以直。

己丑二月

读昨日邸钞，知吏部堂司官以议御史屠仁守处分，忤指被严谴，仍交御史大夫中丞议处。又有大吏陈奏事件，欲效张璁桂萼之所为，奉旨诘斥，以为佥壬邪说，觊幸干进，天日照临之下，佞人伎俩遂不得逞，益见圣朝家法之严，与夫栎附挥谦之美已。

雁汀王文勤公年卅馀登第，道光己丑。五十馀尚七品服，未徙官。曾文正公称之曰："黯然而日章，王公其人也。"高伯恭久次曹郎，至二十七年不迁，作《塞上翁》诗，有混欣戚、齐得丧之致；朱子年五十八，始除兵部侍郎，前贤转以沉滞隐约为美。韩诗云"敛退就新懦"，有味哉，王公之节，曾公之言。

篾叟倚楹而叹云："可笑！学了一生底儒墨王伯九流文艺之术，无尺地可资凭借，只将来作秤水量薪生活，过度日子用，岂不淹没了无限胸襟。"芳郭钝翁诃篾叟云："尔一向学佛未灭人我见，恐堕入下三道，我却只会这些子运水搬柴，自生自度底勾当，不会别底。"

文中子言北山何公善医，先眠食而后针药。摄生之道，损之则生寒喘，乏忿欲，所以自贼；益之，则生热瘤痈。参茸亦足杀人，惟能不益其生，不损其生，才性因任自然，而盈虚消长有节，摄生之要妙，无愈于此者矣。治身如是，治国亦何尝不尔乎？食货礼义，所以养民，犹之眠食也；兵刑禁令，所以毒天下，犹之针药也。

少贱客游，不幸而与江湖浮华浅噪之士为伍，亦颇染其习气。然既与交际往来，势难一旦拒绝，惟有用曾公之法，过此以往，礼貌极真极朴，议论极低极平，仪文要简而能敬，如此处之，或可以内设限蕝，外弭怨门。

过止潜谈次，君述上元陈兰甫先生言语气象专静而一，予谓此亦从学养铢积寸累中来。

南菁书院新雕《皇清经解续编》，已刻成卷数，视学海堂多百卷。

思得香山居士在家出家清净法门，既而叹曰："元晏之简册，亲于中山之家室,此中自有解脱安乐法,不待出家而后清净也。”

聚书万轴,无暇翻阅,有如佳客延至听事,由西阶上端坐待主人,主人不一出见客,虽穆然无怒容,然主人则有慢客之咎,失缁衣好贤之雅矣。吏琐蹇浅冗俗,几与俱化,纵日一习经史,情不相融,有如河间妇从良,居心总觉不净。浮华之士所言非尽,无可采取,然按之多不能切近实理。一线洞穿,首尾不完具,有如浮云柳絮,听其自为起灭,视若无睹,听若不闻可也。工为词章者,生前挟其有馀之资,自谓震荡一世;死后不足之迹,乃见品格高下,乃定有如彪质虎皮,猎者刳其皮,乃知非真虎。赝鼎古色斑驳,器师应手破碎之,乃谛审非真鼎耳。心师古人蹊径,迹象各异,天资高而未至,然亦涵优雅自得之趣。有如鄂伦春人,生而善射,或坐或卧,支左绌右,不必志正体直,持弓矢审,固而能命中,然未合古法,犹乖雅道。学成后,人述其少时浅稚之作,辄缩颈颜汗,有如哙勃既贵,憎故人述其屠狗吹箫时事。佞人工于黏附,有如膏药转世,垢腻而人不能绝。要人气象嵂崒不可攀,中实无有,有如刍神狞恶,以瞋面人。疲吏奔走劳乏,仰望颜色,犹如冻隶拳局,因寒附火。精力有限,强涉群书,贪多嚼不烂,虽读遍五车,不得一句之用。有如食肠本细,吃牛肉白酒过差,反成臌胀之疾,四肢不能运动。摹拟古人名篇,于茗柯真理实无所得,有如寒乞儿投豪门作奴隶,顾盼自雄,终露出小家数。剽剥词藻,自梏天机,按之实无真味。有如匿其瓦盆竹碗,山家风趣,而借富儿金银酒器以宴客。稍有闻见,遂作奸豪欺人语,妄觊于无佛,日称尊遇真识者,不免招架,顶门一棒,有如野狐窃弄泥佛,威权新作村庙,遇大士经过,则本相顿现,妖法随败。亦挟独至之技,而事事自居,兼长浮誉,自眯渐至,冒不知为知,有如宋襄、徐偃行仁义,非无善政,哄动时人耳目,然遂久假不归,一旦强国以劲卒揉之,终恐虫沙夕化。困于世网久矣,遇洒落之士,以度外处之,有如涸鱼跃清渊,穷鸟投林薄,有不稽首皈衣者乎。终日消磨于名利、妻子、升沉荣悴烦恼海中,孤疲战胜,须饶有坚定神力,有如老将力战于万骑丛中,心识孤虚,不迷所向,物扰而我气自静故也。以上连日所遇，有极堪郁悒侘傺者，随事书之，以取排笑。

归政颁恩诏日，天时妍暖如三月，今数日内忽骤严寒，以五行法验之，似主朝廷有峻法大处分。其吏部议屠御史仁守一案，为之乘韦噃矢乎？其月朔骤暖者，法又主有滥恩也。此略依京君明以风雨寒温为候之意。

友人箧叟云：近贤如某某，虽辇致千车之薪，未必能燔灼我一毛。所畏者，惟某某存殁，落落止数公耳。

作文一篇中须有稳格、稳调、稳段落、稳句、稳字，如骏马四蹄，往复千里，陵山跨涧，风腾雾飒，所向却不空不阔，守骏以跛，敛奇于正也。章法之奇变，亦从归万方圆中出，乃得谓之有法度之言。所云稳字者，马、班、贾、晁有汉初人之稳字，六朝人有六朝当时体之稳字，韩、柳、杜牧有唐中叶之稳字，北宋健者得十之五，虞邵庵、柳道传、黄晋卿，归、方、恽、张茗柯得十之四，张文潜、戴剡源、家清荣、宋景濂、姚姬传、汪大绅、彭秋士得十之二三。才性天得，学力湛厚，而所得多者，足以陵暴万物，如风霆流行；辛苦积学，而所得少者，亦办自扎碉堡，积刍粮十年，居守而不困。言不为人所乘。

有估客以牧翁《列朝诗集小传》钱湘灵序，黄锡绂刻本。见示，命意仿元遗山《中州集》，而体制为密，甲前集所载元人，以自喻修词，如宋文宪《浦阳人物记行》。文用归氏法，鼎革间作手也。《初学》《又学》集散文法宗震川归氏，诗导源李茶陵以入杜。丁松生有之。

《艺文志》所载诸子九流者，亦以其师友渊源、平日学术为根柢，与时运风会相摩相荡而成。所遭之时不同，故所挟之术随异，上者为救世计，老子、荀卿、墨翟是也；次者为全生计，庄周、列御寇是也；又次为成名计，不惜屈身迁就，以售其术，管仲、穰苴、孙吴、计然、尸佼、商鞅、韩非、李斯、晁错是也；最下者为趋时计，汲汲营营，觊侥得富贵而已，其居心最贪鄙，并不恤其身后之蒙恶名，鬼谷、苏、张、犀首、袁悦是也。

入城有酬应,寸阴虚掷,又混一天,“日月掷人去,有志不获骋”,可叹也。

记诵自外入,要养吸力,吸力大故能博而约;词章由内出,要养嘘力,嘘力大故能纵而敛。

形见神藏,咬定牙关,于世态若无所见无所闻,只行一条鞭法,行犹迹,神犹履,文字语言亦履之迹也,履变动不居,或出或处,或浮或沉,或垢或净,不可见,偶可见者,迹耳。

作诗最忌汉官晋制,唐襟宋带。一衣之上,色泽驳错,不能自成风格。作文亦忌之,作人亦忌之。仆多师多好,一向杂拟,如今切戒杂拟,一味归心老释,以物外自处,亦用一条鞭法。

晤洪右臣给谏,示我《古文尚书辨惑》,目力不给,此事未易平哄。君申毛西河、庄方耕之旧说,而攻阎潜丘、惠之坚城,非有培风之六翮,未能率尔翻案也。

答拜武昌张导岷、会甫昆季,廉老之世兄也,案上见金陵新刊《曾文正公文集》,前有奏疏十八首,较张、吴二选本为佳,导岷、乔梓圈点,亦极有意法。

畏天命,悯人穷,儒者当刻刻存此心,友人鹿溪尝诵一老辈诗云:“葱汤麦饭暖丹田,麦饭葱汤亦可怜。试向层城高处望,人家几处未炊烟。”又桐城姚端恪公有句云:“常觉胸中生意满,须知世人苦人多。”

【眉批】按:诗语皆已见。

答诣郑苏龛孝胥,苏龛评论江龙门、张亨甫,有叫嚣气,不免有犁靬眩人、吞刀吐火伎俩。又云:龚定庵文可以惊四筵,而不可以适独坐,《金史·文艺传》中语。殆不及鲁通甫。予谓定庵挟其九流朱子之学,明阴洞阳,奥词赜意,辨者之囿,非通甫可望。惟过于陵暴驰骋,殆亦有独坐之功,而未造能适之境耳。至其论事,实暗不及通甫之切实透快也。

亭林先生斥季世人弥谦弥伪，谦之为德，乃自审一日中于分内应尽之事多不能尽，故常生畏惧，非用之作周身之防也，惟去妄存诚者，乃能真谦。汉太宗无几微克居天位之心，本朝陈榕门相国无几微自谓称职之意，常存此心，乃有入德之基。

大司马钱塘许公退朝，以读涑水《通鉴》为日课，居家御下，无疾言遽色；在官府谨言而能择言。亲见庚申秋淀园事，述之以为戒，度量冲夷，处事简当，非后生所及也。

勿存妄心，勿行妄事，勿出妄言，勿交妄人。妄人而有难驭之材，必有奇祸。《荀子》云："多动者，不可与久处。"又云："士愿悫而后求智能焉。"乃笃论也。

《安徽通志》二百七十卷，道光初抚臣陶澍奏请创修，以《四库提要》只载《江南通志》。其时安庆布政使司尚驻扎江宁也，抚臣邓廷桢踵成之，分纂者有陆继辂祁孙、邓显鹤湘皋。

三更进内陈白吏牍，邸宪录公命典校机宜文字。予本乏吏材，性有偏短，欲辞未可，终觉耿耿。府事疑难极多，同列风气亦杂，爰居避风，无心久羁，鲇鱼上竿何时得脱。辰刻回署，例诣长官私第，投一刺陈谢画墁猎较之事，不佞殆兼之。

二十年中，予非客游即吏役，居家时甚少，先世高曾祖考妣以下生忌日荐祭，恒山妇主之，记忆真切，将事腆窸，未尝违舛。近来内人久婴痼疾，二月廿二日高大母俞孺人生日祭，昶早趋牙忘之，比归则清酒时羞，杯盘罗列，内人力疾侍庭中行礼矣，予心敬之。连日仍咯血，停止服药，神殊困悴，既而谓予曰："夭寿不贰，宜修身俟之。"予悚然觉悟，幽忧之中忽闻此理，语如暍者饮冰，而久役得阶，不觉心魂为之凝定也。

终日劳碌，只得皈衣出世法，焉得以不訾之身，徇无涯之世故耶。

新疆巡抚刘锦棠等覆奏阿尔泰山承化寺迁徙厄鲁特僧众于库尔喀喇乌苏之八英沟，其愿留者仍听择大喇嘛一人，为众所推服者管摄之,其八英沟之喇嘛庙乏人住持,请旨饬下理藩院速催呼图克图棍噶扎拉参前往该寺居住,以资约束。

晤王廉生太史懿荣,出其乡先辈李于鳞、边仲子、徐嵇庵、王阮亭手稿书札示予。李沧溟与王元美一札,字极有风致。

己丑三月

访曹彝卿大令,方抄《大清一统志》,内东三省一门约十五册。又抄明人《辽东志》,志内于海西、建州、野人四百八十卫颇详,而奴儿于海四至山河道里未尽了然,漫载诗文猥多,此明人疏于舆地之学之过也。彝卿专心治东三省地里沿革形势,极洽熟,皆目验而后知。

偶援笔作小诗数首,平沓不成章法,始知心力为世故销蚀久矣,非积诚学道不足以长养,俾复其初也。

同里叶文馈太康九年砖研一方,形模亦尚古致,云系去年越中村民,发汉河南尹朱儁冢所得。案:朱公儁,史称会稽上虞人,官终太尉骠骑将军,初平五年卒于长安。子皓,官至豫章太守。叶文云:墓在萧山,萧山,汉之馀暨,孙吴始更名永兴。岂朱公未归葬上虞耶。砖系晋物,太康九年戊申距季汉初平五年甲戌,是年改元兴平,相去已九十五年,决知非朱公茔兆,黄肠题凑,外椁之物也,或系晋人墓邪。孙渊翁、赵之谦《访碑录续录》载太康砖十八通,皆八分书,然其材实不尽宜研也。

跋大伯父画

【眉批】应入文。

先世父艺圃公,性韵野逸,卜居石屋坞,坞狭而深,因山坡高下而为屋,穿池养鱼,凿岩为台砌,上种药,引泉灌稻,岁有穿筑,躬率庸保,执畚锸之役。意象所构,常得异景。居惟与沽叟钓师伍,流俗稀得见其面,或出游近州山水,累月忘归。与之所会,未尝以语家人弟侄也。熟于史事，作诗格近徐仲车，江退谷肇堜《瀛碧庱杂识》尝称之，以为非晚宋以来睦州派所能掩也。兼工粉墨山水，酒酣则枕石坐草，尊榼狼藉，脱巾解带，纵笔为之，一亭一石，位置疏散，亦不尽拘守古法也。亲旧拂拭缣纸趣画，曾不悋情。令长求之，则一笔勿与。其他行事，峻介率类此。写生非公所长，时一染翰亦无俗韵，此页作山樊小鸟红果琐细，间以著色菊数枝。会稽人郑秀才寄予，乃一鳞片甲耳。

又跋积雨败荷卷

【眉批】应入文。

昶性不解画，此卷中表晦村王氏物，兵火所遗，若有物护持。卷中荒湾野水，碕岸纡直，风雨萧残，花叶微烂，或渍泥水莲蓬，亦色黯腐，岂老杜述赞公谪居诗意邪，殆又非也。题字草草，录宋诗，涉笔瘦硬，屈律成趣，细如丝发处亦不苟。闻诸先君云，伯父时喜习登善书。今此卷归大兄子孙，知爱重者，展之令人襟抱远俗，而睎古笃行。柴立之士，一门风气，相观而善，岂小益哉。

姚惜抱言，作文不由声音证入，终是门外汉。此为作文义法言之，《经》云："若以音声求我。是人行邪道。"不能见正道，然则至言眇道，固有在文字音声之外者乎？

《易》之"一嗛四益"，《老》之慈俭而让，盖深得《礼》意之精微。王弼、何晏、夏侯太初、嵇阮之俦，剽附《易》《老》，放弃礼法而扇任诞之风，岂《易》《老》之本指哉。老子深于《礼》学，近儒。张皋文、丁恶证明《易》《礼》相为用之义，而后昌狂浮游之说，无得谬托其间。

应向子培借恽子居自批《大云山房文集》，移录一过。

又借薛画水所刻陆祁孙、吴仲伦选《国朝七家文钞》，长沙王氏《续古文辞类纂》所选七家之文，不尽依薛本，其弃取所以互异之故，俟面质之。先钞出目录一通。梅厓文似可不钞，望溪文、姬传文、恽文、茗柯文、海峰文、秋士文,以上六家专集,予皆有之,可于各首题下小注,以省移录之烦。

予四大中,水火风三大皆病,昔二郗佞佛,颜黄门亦佞佛,故著《皈心篇》。二王媚道,前人诗所谓"家作道民输斗米"是也。仆遇悴心孤,二者必居一,于是乎殆吾驾不可回乎。

宗湘翁旧拓《刁遵》在敝斋中,欲观者多,今夕可庄、中弢往过,政如村老园内忽生异花,虽罗浮老蝶,亦寻踪而至,可发一笑。

《刁惠公》初拓本皆无,《碑阴萃编》亦不载,《碑阴》使汪韩门先生见此,必又有说以处之。

何贞老正书行书,莫子偲、杨咏春小篆,赵抝叔小行书,吴攘之小正书,梅蕴生擘窠行书,诸公云亡,笔法中绝。

喀尔喀厄鲁特蒙古,凡为元太祖裔姓,博尔济吉特氏者,乃得授台吉,非元后则授塔布囊,其掌印办事者为札萨克。

《孟子》所谓德慧术智,固存乎学问涵养,居敬守静,亦由资地运会,二者为之凭借,相簇励磨荡而生。

顷草奏议,准驻藏大臣升泰奏布鲁克巴部长桑结夺吉等叩关内附,请颁赐布坦部长诺们罕名号,其部长系大喇嘛,另有东西两奔洛办事者,请并给札萨克二等台吉名号,各给予敕印,卫藏旧制,掌理黄教事务,代办商上者有第穆胡土克图、济隆胡土克图,二人更迭为之,其次有两门罕。

雍正九年,布鲁克巴部札尔西里、布鲁克顾济等纳贡方物;十二年,封喇嘛。札尔西里、布鲁克顾济为掌管布鲁克巴黄教,札尔西里、呼毕勒罕、诺颜林沁齐雷、喇卜济为额尔德尼第巴、噶毕冬鲁卜为掌管地方。噶毕冬鲁卜喇嘛各给予敕印。乾隆元年,诺颜林沁齐雷、喇卜济等奉表纳贡,《会典·理藩院事例》祁氏《藩部要略》。是布鲁克巴虽处西徼穷边之外,其仰隶栟幪,沐浴圣化之日,固已久矣。

布鲁克巴部境北界卫地,南界印度,西界哲孟雄,西南界独吉岭,东则狢貐野人之地,幅员东西千里,南北不足六百里。由该部北行,不必经由帕克里隘，可至前后藏江合流之曲水，到布达拉不及十站。往年曾与披楞西番称英国人为披楞。构兵，印兵小挫，嗣贪其利，将所属甲昔地方噶伦绷、白栋两处租与英人种茶，每年收地租万馀金，倘羁縻之不使沦入异域，亦足为乌孙之一臂也。

四更入内，还谒朝邑阎公侍坐，垂语时局之弊，身世之感，殊以为忧，谨对。移时始辞出。公言匪特有斯世之忧也，亦有生丁颓运一身之私感焉。昶谓天下之生久矣，治日常少，乱日常多，古之君子所遇不同，要自无时不忧，无时不乐，此司马文正所以立乎熙宁、元丰之世，皤然在野，而以独乐自期许也。公乃改容，欣然领之。司马温公熙丰朝优游洛中，不屑事务，弃物我，一穷通，自称齐物子，此一时也。元祐应诏作相，力主罢新法，此又一时也。大臣虽退，义仍与国家同休戚，一旦虚席顾问，倚公为政，宜当复出，救一世于水火之中，愿公留其身以有待也。

在同年陶心贇许见芍师所临《高叡碑》，笔力惊绝，深合遒丽之旨，殆七百年来无此作矣。

近日考试差，亦是求荣反辱之事，取合古法则违时，徇时则丧己，二者交病不如其已也，且不佞旧学荒落，尚待温理精力。惫于吏役，就令侥得一差，亦未必能如惜抱姚先生之识，拔钱南园、孔巽轩，为国得直言朴学之士，不如希井丹、张仲蔚之不治荣名，清修键户，以期寡过可也。

阎公近极喜读《楚词》、陶集、陆放翁诗，于诸公身世之故，有慨乎其言之。公退老后，日课如此，胸襟固不同流俗也。

彝卿大令招陪芍师晚集，座中始得见，屠梅君侍御，言语笃实，气象严谨，知其所得于义理之学深也，心窃敬其为人。

昔人所谓八面锋用以应敌之文，往往不若其独坐自适之文，词意俱工，惬心贵当，此无他，以人合不如以天属之，理胜且孚胜也。

秦石君柱过，淡如都转之侄孙，小岘先生之曾孙也，颇有兀傲孤往之气，已具学人根器。

廿三日，上奉慈舆幸万寿山昆明湖，将以明日圣驾再往观季春省耕,重农事也。

致仕大学士阎公立朝謇谔,国之重臣。清介绝俗,有过寒素,虽去位年馀,而法言笃行,犹足使士大夫国人有所矜式。今早上书乞归田里,奉上谕,准其回籍,并加恩赏,给驰驿:“该大学士办事认真,深资倚畀,俟病痊即行来京陛见,等因。钦此。”公将去国,正气益微,恐君子无所凭依以自奋勉,小人无所忌惮以资敛戢。善人,国之宝也。公去,士望愈孤矣。

诗从寺,寺者有法度之地。诗者,有法度之言,所以自治其性情也。己之性情治,然后可以治人之性情,此诗之教也。岂模范山水,流连光景,抙扯藻绘之谓耶。

先君讳日,礼。君子有终身之丧,忌日之谓也。不孝既困吏役,又疲世故,今日匆匆上祭,竟仍不能废出门,获罪神明矣。

新得汲古毛氏刊《陆放翁集》,八函六十四本,《文集》《诗集》《逸稿》《入蜀记》《南唐书》《家世旧闻》《斋居记事》俱有,惟短《老学庵笔记》十二卷,闻《学津讨源》《津逮秘书》本有之,俟异日搜访。《斋居记事》有一条云:“朝晡食粥饭汤饼之属,皆当令腹中有馀地。鱼肉仅仅可以下饭。按:酒则已多尤为害。若偶食一物多,则当减一物,以乘除之,如汤饼稍多则减饭,饭稍多则减肉,要不过此数。食罢行五七十步,然后解襟褫带,低枕少卧,乃养生最急事。”此条与《宋景文笔记》载唐人柳公度语绝相似。

又得顺治初刻本潜溪《宋学士集》三十三卷,此非明刊。《潜溪集》《銮坡集》《芝园集》《朝京稿》分编之,旧分编本朱鼎甫同年有之,第少《龙门子凝道记》耳,予别藏有公《浦阳人物记》三卷。

见屠梅君侍御,商语移时,不觉泪落沾襟,予恶夫涕之无从也。

仪征刘四成甫来,述故人杨朴庵年已七十八矣,而有少容,耳目聪憭不衰,主白下一讲院,教诸生经学,文词皆有义法,兼耽宗净,深入义海,时劝人勤看佛经,云养心莫善于此。于百事随处皆可得定力,受益不浅,其念力坚强不可及也。

漱兰二丈枉存，丈气厚言直，似汲长孺、盖宽饶一流，好善若渴，疾恶如风，其天性然也。

闽人陈幼莲同年宗濂来，以辛未部属改候守，云与苏龛为友。言郑延平事甚详。据《台湾外记》。同治末沈文肃丈葆桢为奏请，予谥忠节，元疏谨案："仁皇谕旨，郑成功乃明之孤臣孽子，而非朕之乱臣贼子。"二语立言得体，礼官覆准，遂为建祠，后堂祔祀倭母及延平王夫人，而削芝龙克塽。又两旁祔其臣甘晖以下。沈公去取之意殊严整。

得樵野太仆海外书，论旧金山华工事，现在美国废约行例，补救殊难。

公馀检浦江《宋潜溪先生集》，文体源出柳道传、黄晋卿两公，非载刻源袁清容所能及。

得同年朱雷琼亮生书，馈论剿抚琼、儋黎匪，开山伐木事甚详。

上孝达座师启，书中言救时之要，似宜内培养直臣，以去壅蔽，则朝廷之耳目张，外优任边才以杜奸萌，则中夏之声威振。

夜读《北魏书·释老志》。吾儒教中高令公允，亦栖心净宗，匪特颜黄门之推也。予分当作不赅不遍，一曲之畸士久矣，殆闻其风而欣然。

西医治眼暗疾云，有一至简便法，每晨起出户，注视深绿色草树皆佳，沙石次之，三五月后目光明了，有异于前矣。同年高仲瀛云。

连旬困于人事，绵密不绝，岂世法蹇浅，日力不能给耶。吾谓虽佛法亦不能给也。

刘元城一意绝欲，少宵寐之变，此却疾延年第一法。

丁卯同榜社饮，一客到极晚，宴会之废时失业如是。

己丑四月

与郑苏龛论文字利病。君极喜道园虞文靖公，予以为然。又谈黄老之学，大要在善审诎、信消长自然之数，世无常伸之时，人靡常伸之运。《孟子》言大任生于忧患，术智存乎疢疾。《老子》谓受国之垢，处众人之所恶,是为善损,损之又损,乃所以为益也。葛忠武《戒子言》:“当忍诎信,去细碎,绝情欲,弃凝滞,广咨问,除嫌吝。”此皆丁宁善诎之义也。

薛叔芸同年言全谢山先生无后,君为表墓立石识之,并从王梓材家得先生校《水经注》稿本,付剞劂氏,刻将竣。此叔芸官浙东监司日第一惠政也。

予每苦人事纷扰,至静坐一室,意始适,然诎于众处,信于独居,不亦可乎。此中消息之故,殆互为乘除可也。

叩送致仕计相阎公,门者坚云:初二已出国门。予欲追送至长新店,再定日直东廨宿。

阎公壬午年奉旨前往东陵查办事件,差例得驰传,公独否,自出私泉顾赁夫驴尖宿,无丝发扰累地方官。到差日,惟住官屋,饮易州水而已。顷致仕归田,蒙恩优礼,老臣驰驿护送,公不取兵部勘合,行李萧然,箧书数车,避驿而行,戒家人勿通候吏一刺。公自奉俭薄,过于寒素,行谊清节,壁立千仞。然公所自尽其天职者,乃庸言庸行也,士大夫当谨奉为法式。

读《陆剑南集》绝句诗,逸趣时有之,然多率句野调,亦其病也,不可学。南宋文气怒张,无馀味,不及汴宋之纡馀工致。介甫绝句最工唐体,坡用中唐风格,谷用杜夔州后体,皆非放翁所及。然放翁别具一段兀傲嵚奇,迈往不屑之韵,其胸襟固自高。

答候王雪澄太守,见架上书多,有江山刘氏《古红梅阁》签,亡友泖生家物也。闻泖生子侄侨寄吴中,困无卓锥,遂至捻卖书籍,君收藏不俭,尤多旧钞、精钞之本,今皆零落入他姓之手。云烟过眼,聚散靡常,岂胜叹息。

今日俗弊时浊,无处非危机所伏,摄生处世二者最难安排,惟守定老子虚心弱志之说,一味卑浅简约,平易澹静,庶办藏神应物,不为世网所困。

堕甑勿顾,操刀必割,天下何思何虑,老僧不见不闻。

儒家立身之旨，身劳而心安为之，利少而义多为之。道家谷神之旨，“好花看到半开时，美酒饮教微醉后”。禅净出世之趣，兀兀腾腾，随方解敷，惺惺寂寂，永嘉云：“惺惺为正，寂寂为助。”以忍成慈。

予短于吏才，尸素抱疚，加以世故家累，一念烦躁，不胜焚和，惟一意勤修净土，免堕恶业。

蕁客先生《王孝子遗诗叙》，奥折明净，极似望溪。方今文笔无出其右，真老于学林者，作文不经此老点定，恐不免妄也。

阎公致仕后，于温经外最喜读陶集、陆渭南诗。一日语昶曰：“陶性不谐俗，息交绝游，乃笃喜庞参军。《饮酒诗叙》所谓“命故人书之，以为欢笑”，殆即老庞邪？昶对言：“陶公曾为刘寄奴参军，而不喜王宏者，以宏附篡弑为佐命，心恶之也。颜、谢皆仕宋，陶自以晋室遗老，罕与宾接，公之绝恶严矣。庞或当时畸零度外之士，见摈霸朝者耶。”

美国禁止华工出洋，此事张星使移文彼外部诤之，然挽救甚难，何也？仇华工者，埃利士种人，美国南党多昵埃人而阴助之，今新总统系南党，势必右埃而左华。事机之不顺一也。辛巳年美议院绅士毕疵实创禁止华工之议，一唱群和，郑星使藻如力与相持，唇舌焦敝而不可得，当幸纽约将军汉壳不以毕疵之议为然，郑星使倚之立论，差足自壮。久之南党复变为限制之说，时美总统系北党，尚能中立，无左右袒。今则旧总统已退席，无人复申汉壳之议。事机之不顺二也。美议华工被土人焚杀之家，酌增赔偿恤款，实以为禁止华工之地名。予而实夺之，见形者以美为德，我不知乃救饥之漏脯耳。今赔款已照给，俵散冤死之家，美遂有以借口废成约而行苛例。事机之无可挽回三也。

俄汗赦吉克诺甫之党以安反侧，俄人大悦。此有光武烧吏民与王郎书、曹公焚许下士大夫与袁绍书作用。楚之倡优拙而剑铁利，则秦王为忧，邻国有善政，岂我之福耶？

也不会黑窣窣地底玄，也不会常惺惺法底禅，只办求田半顷，缚茅十间,寒处披裘暄处葛,饥来吃饭困来眠。

过湘公寺寓。湘公谓予近来志气一似阏抑而不昌者,予怃然有问,湘老谓察予眉睫之间得之。予幽忧之日久矣,诚之不可掩如是夫。

儒者自课以三物六艺,予无一有也;自律以四勿三戒九容九思,予无一行副此科条也;居士先划除六根六尘六入,予无一能践也;持五戒十行,予无一能立也;予学儒学佛两无成就,虚费日力,其将入自禽门,远于人门邪。"利瞋汝刀山,浊爱汝灰河"。予其自造恶业,去净业日远哉,勿畏勿儆,乃悔乃尤,一日之逸,终身之忧。

以后人事应酬非关身心得失者,不记,以省繁冗。本月十五不考试差。予之入仕已挟侥得之意以求之,若再思诡遇获禽,是重吾过也。斯未能信,姑俟来年。平生所学最拙者,功令应试之文,决不足以邀张禹、孔光之一顾,不如其已也。

管缄若述陈,亦韩司业以《论语》"贤贤易色"指夫妇,言其解耕而实确。《易》言有夫妇,然后有父子,有父子然后有君臣,其伦叙正与子夏氏之言同,匡衡言"情欲之感,无介乎容仪,燕私之意,不形于动静",乃此句铁板注脚。

褚君云,辛夷花塞鼻可治鼻疾。

竟日疲于参谒应对,作吏之不堪如此,由来命分尔,泯灭岂足道。

得省牒,诘以因何临考唱名不到之故,某谨批其尾辞,以陡然疾作,肝膈阻滞,三焦不通,不及告假。漆女之意,盖以疾喻时也。

《史记·孔子世家》云:"政在徕远附迩。"荀子《议兵篇》云:"善附民者,乃所以善用兵也。"《易》曰:"山附于地,上以厚,下安宅。"又曰:"汤武革命,顺乎人。"《鲁世家》:"周公戒伯禽曰:'平易近人,民必归之。'"汉《安室房中歌》云:"大海荡荡水所归,高贤愉愉民所怀。"刘琨能徕远而不能附迩,故劳而少成功,某公亦然,至某使相则又能附迩而不徕远,且所附者多小人,君子则否,殆学术庳薄,诚又不足以动物故耶。

文、张皆有才气，惜其受常熟、顺德二公驾弄之毒，凡轻以誉加人者，乃毒人之具也。故孔子曰：吾之于人也，试而后誉。然不若直道而行，乃玉成秀异之深意也。韩安阳之待二苏，及近日高螺舟之待彭公玉麟得之。

心篔以手模董香光、陆放翁、亭林先生、查初白、陆三鱼、恽南田六像见示，风致野逸，使人欲弃百事而从之游。属我题句，则我终日溺于尘劳，恐未能也。

读《净名经》三卷毕。居士非佞佛者，因所处之境多郁郁，典客公事常苦，日旰君勤，理弱势格，回旋迫迮，绝少宽舒，积重难返，徒忧无益，不得不摄心物外，以平等羼提，不净不垢之佛法淡之，庶方寸不至大受困缚，然旷负吏职之咎亦多矣。

友人张乳伯所著《说文发疑》，实处往往抉小学家所未有，虚处运笔之妙，不及曲园俞先生。学人文人之不能兼有，如此天分所限，不可强也。

己丑五月

松岑辞去宣化书院一席，将省母于广州，今日往候之，出示所辑《十三经舆地今释韵编》，大指以李申耆先生为蓝本，采用群书佐证，至百馀种。君述其家运之衰，有一弟已去为黄冠，家亡立锥，日食一糜一饭，待人佽助，乃得南发。然观君神色清凝，心孤足以自照。入关挈书至六十馀匧，亦足以豪也。

或讥大僚治生为伤俭德，予曰：不然。五福八驭，功多官高者不应太贫薄也，第古人治生，要有节度，有阶级。葛公相也，故得有十五顷田，八百本桑，过此则非礼。陶公仅作参军之长，故得求三径之资；至退之作徐州从事，日仅能匧有馀衣，盎有馀粮而已。若居卑致赢，则为灾也。

朔日午后沉阴作势，俄而小雨，未沾尘而止，旱象亘东北数省，民不堪命矣。往者烹宏羊，天乃雨。赦亮吉，天亦雨，此前事之鉴也。

得毋有谏官摈斥,不以其罪者邪。谁能以此披胸冒镄而慷慨一陈之者。

丁夜即起入内,辰初返署。终日伺候长官不得休息,绝无驰骋文字之乐,俗吏之不可为如此。

予家旧有明贤书一牓,曰“风流闳长”。兵火后失之,乞松岑补作篆。

松岑述近得母夫人手书,有云“愿得为名人之母,足矣”,云云。予不觉伤怆,故人有母而予独为鲜民,一痛也。已不能力学以成名,又不能教人力学,悠悠忽忽,玩愒岁月,二痛也。

闻南皮座主《议覆铁路疏》,主开燕赵、汴汝至汉口铁道为干,徐议由干及支,而置北洋津通开路,元议于不论不议之列,既不背主者之意,又有以救廷议之穷智哉,公也能藏其用矣。顺德魄强,故博记而杂。南皮魂强,故饶有权略。若前乎此之曾湘乡、左湘阴两公,则魂魄俱强,故举事多成功。

力荐黄公度于薛星使,然不以语黄君也。佛法云:“无所贪著,第求因物付物而已。”

初八日长官毕集,有殷事。朝鲜去年秋与俄人再订通商条约,允许俄人通商口岸五处,元山、釜山、仁川、杨花浸及汉城而五,又别听俄人于咸镜道之庆兴府,特开陆路通商口岸一处。查庆兴北枕图门江,与俄人自咸丰辛酉以来所侵占之图门江口四十里鹿屯岛、卧峰等处毗连,俄屯重兵于海参崴、双城、子彦、楚河等镇,而自汉奇海口修车路直接庆兴,扼我宁古台、珲春之吭,我无出海之口,而朝人又阴附于俄,东三省根本之地一旦有衅,深虑瓦解,今日检出地图,指陈形势,呈请府公裁决。

得魏曹子丹残碑,字画完好,阴列州民姓名,此碑遒整婉丽,得八分正法,开晋任城孙夫人、汲郡太公望二碑气格,波磔亦相近,似墨守元常法者所为也。道光中秦人耕地得之,闻钱塘沈文忠公兆霖有释文跋尾,予未之见。此石与《王基碑》,顺德李学士文田皆指为梁鹄书。鹄在建安初，曹公爱其书，常悬著帐中，或以钉壁，坐卧观之，计其时名已著，当人书俱老。真亡在太和末，相去几四十年。未能臆定为鹄书也。钟元常亦以太和四年先真卒。案：《魏志》注：安定梁鹄，字孟黄，灵帝时已以工书官至选部尚书。曹公求为洛阳令，鹄沮。公以为北部尉，后依刘表。及荆州平，公募求鹄，鹄惧，自缚诣门，署军假司马，使在秘书以勤自效。公所居堂，榜署皆鹄书也，时鹄年非甚少，欧阳子以上尊号、受禅二表为鹄书，当黄初中尚存耳。即使久存至太和末，亦当老眊废书，恶能精整若此，其不然决矣。

安圃给谏来，偶谈及某君生平，逆取名而逆守之，故晚境将致蹇剥。予谓君言，乃见道之言也。赵元叔好诡激之行，而止于郡吏，由不能安于义命故也。某君得毋类此，此亦理数之自然者也。《南华·外篇》："天下有大戒二，其一命也，其一义也。"

叶鞠常兄昌炽，高材劬学，先世四明人，而占籍吴下已久。其人萧然尘埃之外，顷辱过草堂，如清风之开户牖也。

入署适闻署接滇省来电，称云贵督部岑公薨逝。公治滇甚有威惠，远人慑服。失此长城，甚可惜也。

薛星使述甲申、乙酉间法人犯镇海，我军击退，乃吴守备杰、杜丞冠英守金鸡、招宝炮台之力，而提督欧阳利见害其功，卒媒孽吴杰之短，拘之大吏，吴杰被诬奏褫职，星使将上封事言之于朝，为吴杰辨冤，此爱惜将才之盛心也。

阅《高伯足集》，思力至厚，然有天机夭阏之病，作者必不自觉，其生平所遇，亦随之心声之不可掩如此。阮亭王氏衣钵在"取材于《选》，取法于唐"八字。伯足冥心陆、谢，殆唐模《选》体也。予则时时阑入北宋人摹《选》体，故气格又别。

闻洪琴西刻《大唐开元礼》已竟，颜曰公善堂校刊，此书只有传抄本。又谋刻《宋太常因革礼》《大金集礼》，未知竣工能印行否？

阅定州王文泉灏刻《畿辅丛书目》，列入未刻目者尚多。博野颜氏、蠡县李氏之学稍稍复出，《王昆绳集》亦梓而未行，文泉已作古，而足以慰亡友戴子高表彰颜、李之心于地下矣。予仅得王氏所雕《李文饶集》等五六种。

旱灾深矣,岁多风,风生百虫,今秋恐百果亦不成实,不特谷麦大无也。

再同来,谈叶鞠常为人,茗柯有真理,顷以高第入馆选,可喜也。

观北宋本《十缘经》,吴月支优婆塞支谦所译者,月支,今爱乌罕部,一作阿富汗,已为天方教国。优婆塞,则在家居士也。

薛叔芸星使为浙东监司日,修全谢山先生墓,立石表之,百步内禁樵采,又梓行先生七校《水经注》久佚之本,刻竣,以一部见遗。据王氏梓材、朱氏文翰、张氏穆三家之说,始知戴东原、赵东潜二校本皆源出先生。郭象注《庄》,一旦发觉。而后先生毕生雠校是书之苦心,不至沉薶昏翳,可谓良有司矣。殆亦先生灵爽默为相之,故能延平敛气,复出人间也。

作吏不畏正项公事,最苦枝叶太多,一日中有四百尘劳,坐判捐书绝学矣。

墙角未砌稳,浅尝会当止,岂直不能便退缩,但使进少徐哉。

包安吴所云"抽掣盘纡",即曾文正所云"转笔换笔"。换转笔心。又曾用"修脚法",乃寓平于颇,涵正于侧。

立言当如松秧谷种,落地重生,足为后人资粮,沾溉不穷。勿如浮云柳絮,乍起乍灭,眩人耳目,坏人心术。

佛说:"中边皆甜。"是真语者、实语者、不诳语者、不异语者,此性宗之四枯四实者也,正教也。有时言佛世界七宝庄严,得未曾有一似不作真实语者,此相宗之四荣四空者也,象教也。每研究一经文句,苟披其权取其实,则皮肤剥落,惟见无上密谛矣。所谓佛法无多子,千灯共一光,知其随方解敷,乃深达宗趣也。否则说铃书簏,虽博诵多闻,亦奚以为。即以净土三经论文句,皆权中有实。二林彭居士好修净业,专证往生,似尤滞于贪著,未达曹溪一句亡之义也。

日加西毅勇侯命不佞至其私第,以大秦诸国汗阏氏翎候照相,及山川都会草木虫鱼画册,属赍送枢垣,云:奉内榜子将进御,殆《周书·王会》之图、异域物产之状，圣上欲周知之乎，决不以为玩物，可知也。案古图书，将征大夏张骞之竹，咨于贵近，岂进洛阳相君之花，地形可考，而知庙略于是乎寓。

临帖了无入处，禅家至浅功有初二三四，今尚未入初禅也。义门何公、覃溪翁公、王良常，今李公仲约每临摹一帖，以尽其体势不失尺寸为度，予尚未梦见。

上座师张公书，言自晋至鄂铁路难以举行，国计匮乏，鄂省物力尤艰，借债外洋既非长算，以公清望，尤不宜力任此役状。

观明武宗时长洲王文恪公及吴匏庵唱和诗卷，又明人画《阿房宫图》，后杜司勋赋一篇，亦匏庵书宋刻《史记索隐》、元刻《困学纪闻》，行款皆古雅。

不孝自戊辰夏肄业上海龙门讲院，从刘融斋先生游，幸承指授为学途径节目，尔日自誓立志读书做人，不亟求仕进。仕进求经世乎？则自忖才器，决不能胜；求享用乎？则二亲遭难，赍志入冥，痛深伤巨，何享用之敢言。殆毕世刻苦澹薄，以承先志可也。语云："水深则回，叶落粪本。"敢不勔之。

观昆明钱南园先生临颜公《蔡明远帖》，有"屈铁交错回高枝"之势，使转点画丝发皆能尽之，殆性韵相近故邪，惜索直昂，不可致之。

薛君云，去邯郸县治二十里，山上有龙神祠，塑像龙姥正坐，神旁坐，祠旁有圣井守令祷雨，辄募未成丁之童缒下，捧牌而出，大旱时亦有不验者，惟奉敕迎致，则应时澍雨，无不验时也。

读《曝书亭文》，其言明且清，何必归、方哉。

观芍丈所临《赵郡王高叡碑》，笔力奇横，然险劲有虚和，殆七百年来无此作矣，精能之艺何必古人。

阅瓮牖闲评先正献公之父讳文所著《正献有絜斋集》，子甫亦有集。

陶弘景诣鄮县阿育王塔，誓戒五欲；黄庭坚诣泗洲僧伽塔，誓戒酒色肉食。前人立志之坚如此。

阅《绛帖平》。一日中东翻西阅,全乏吃紧为己工夫,于日用日少检点,徒耗寸阴而已。

敬畏所以律己,未能敬,姑以宁静持之,平恕所以容物;未能恕,姑以谐隐接之,静勿堕空,谐不漓诚,真朴勿失,冲而戒盈。

霭青言及王子恒丈平生最耐吃亏,善处横逆之来犯而不校,其厚德不可及也。

程邈作隶,取简省易晓,便佐史徒隶之意,别体俗字由此繁兴。人持十为斗,追来为归之属,皆由隶变而讹也。蔡中郎厘正字体,手勒鸿都石经,救其流失,而八分兴焉。八背也,隶体纵散,其失在笔笔相迎,古意湮晦。八分则取笔笔相背,敛散为整,破圆为方,杀字险劲,取势茂密,故融斋刘先生云:“八分者,隶之节也。”由是王休明、梁孟黄、钟元常皆传其法,沿至晋初,遂有下笔必为楷则之说,然则楷从分生,不从隶生也。真书至魏齐周而别体歧出,颜之推承江式之学,思厘正之。其后元孙鲁公字体雅饬,点画必依六书,盖以黄门为筚路之导也。

己丑六月

读《山谷集》,诗境橐钥,至杜、韩、欧、王、苏,抉拽已尽,故谷以巧喻镕裁之汏入诗,字字皆《南华·外篇》也。又如毘耶净名、天台止观,于禅乘中另辟一门径,故日月犹是,而光景独新。然李北海行书自云“学我者死”,坡公谓谷诗“诚独造然”,如食蝤蛑,多食恐发风动气。其利病正与李北海书平等也。元遗山云:“论诗宁下涪翁拜,未作江西社里人。”盖深斥徐师川、陈简斋以下为魔道,非山谷法嗣也。

行文作字,体势常有利钝,工者去钝以就利,拙者背利而陷钝,多习古作者,体势往复研究,乃能推见利病源流。

一家之文,或先后利钝悬隔,当其利时,天机凑泊故也。书艺亦然。孙过庭评右军诸帖,或情多怫郁,或意涉瑰奇,或思逸神超,或情拘志惨,遇有夷险,故体有敛纵是也。然惟心手素习洞精规矩,乃能随体结诎，自成方圆。始也以人合天，久之乃以天合天。通会之际，人书俱老，斯之谓乎。

仲弢云，梁芷林丈有《称谓考校》，郑子尹先生《亲属记》，门类犹多且备，俟购。

读晚唐许浑诗，尽一卷，皆五七律诗，八句赋景，平直铺叙，全是南宋人体格矣。去温李尚远，何况右丞、老杜。然意理熨帖，绝无槎牙粗犷之迹，所以与陆务观、陈简斋又别。

六代人书，北朝传八分，以碑碣称；南朝宗草隶，以简札著。八分法多方严峻劲，师钟元常、梁孟黄者尚之；草隶法多镮纡瑰逸，师张伯英、索征西者尚之。北主体势，南主神韵，此其流别也。

【眉批】沈兄子培阅之，加圈，却非要语。

至少民廷君斋中，出宋拓《化度寺邕师塔铭》，字形略肥，失直木曲铁险劲之势，殆枣刻失真，非翁苏斋所见本，亦无流传，端绪可疑也。又宋拓大云麾，浦阳义门郑氏物。焦弱侯有"澹园"一印。又宋拓《怀仁圣教序》，曾藏诒晋斋，何子贞又系以诗，有"平生嗜好在北碑，山阴棐几我亦窥"之句。右皆少民之尊甫崇禹舲中丞藏帖。

寒门一索，得女之后，连举四男，最晚复得一女，此《大过》之象，利于遁世无闷者也。二三五上四爻，皆不吉，躁进违时故也。惟初为元士，四为公，一以柔居下位，一以阳居阴列，陆湛瘖默，差得自全。子曰："假我数年，卒以学《易》，可以无大过矣。"戴军说。卦象本末俱弱，非刚长用事之时，中实而边虚，内行权而外丽泽，占者，宜于屏迹，结茆求友讲学，寓兴篇籍，自适己志，泊然声利之外，无多求于世，其可免于《大过》之难乎。若刚疏陵物，躁妄进取，鲜不败矣。

《大过》消息，十月，是时重阴凝冱，万物凋落，阳气蛰藏之象。与《颐》旁通，恬智交养，微明自照，勿舍灵龟，而逐浟浟之欲，两象易为《中孚》，君子居室修道，讲艺六日七分，居易俟之，藏焉、游焉，其仪一兮，翛然独立而不改常度，惧千里之外，有违之者，此立乎大过之世，而善安义命者也。

儒者志在律身治世，按著《大学》三纲领十条目，须一一还他脚踏实地工夫。老氏亦致知亦格物，而缮心有正有奇，炼意有诚有权，治身至简至约。其于家国天下，则以身观身，以家观家，以国观国，以天下观天下，善能因物付物，图难于易，为大于细，处处要用力省而成功无迹。佛氏则要超出那身、家、国、天下，视此身、家、国、天下皆外物，火宅、妄缘、恶业，明心划意，打扫净尽，不滞于物，不滞于知，而知无不致，不住于物而物无不格。老、释为其易简，流弊多；儒者为其繁博，流弊少。儒家尚文行忠信，终日庸言庸行，安常守分，不离乎道；老、释尚权，实则取舍语默，不主故常，因时为业，随方解敷，微妙玄通，莫能器测，不离乎术。儒家使人信若日月，老、释使人畏若风雷。然有时乌黄入药之用，往往捷于参茸，亦不可知。申、商、计、范、孙、吴、晏、墨，凡九流兵家治世之术，及《阴符》三略，《参同》《太玄》，义指多源出苦县五千文，此一卷书足以贯穷达而一致，了死生而无碍矣。读书择术，贵精不贵多，其馀秕糠糟粕，曷贵耶？

所遭之时沉浊，有托而逃，后有志于正学者，幸勿目涉此等放僻之言。

孤生弱植，积瘁卅年，无所依芘，常恐先犬马填沟壑，负先公付托之业，不得已栖心二氏，以养残生，知者谅之。

每日定五分日力治世法，馀晷则修出世法，受五大戒。

多食气滞，多言气茶，多虑气促，多睡气昏，皆非所以卫身也。惟多静坐，安般守意，使神凝气住，则于老子啬为早服、重积固根之义庶几有得。虽未梦见台观六玅门中之二，亦所谓嘘吸精和，求至人之仿佛已。己丑长夏芳郭钝逸居士戏书。

岳氏《倦翁法书赞》十册，圈阅裁竟。此书于考南宋史事极有益，末卷表彰先烈,尤起人蔼然忠孝之志。

除目,芍老典浙省试,岁庚午尝为副,得士甚多。今持簜重临,会稽之箭将尽入网罗矣。回避之例,关节之禁极严,不敢往道喜,确守功令,子孙当知此,我乃免忧。诗云:“君子防未然,无居嫌疑间。瓜田不纳履,李下不整冠。”嫌疑别,然后是非判,不守礼无以立。

夜读黄文节公律诗,信乎其为昆体工夫独到也,又参用老杜夔州后诗体格,第刻意求清新,遂开徐师川一派矣。王阮亭决意舍西昆、砭江西而追踪初盛唐,此救宋派流弊当尔,然未尝不心折豫章孤诣。盖豫章才力自大,如惠施雕镂景物,辩骋五车;毗耶语妙天下,澜翻千偈,不可以迹象求之也。

读天台三大士诗,心地为之一空,尘劳为之暂灭,友人圃叟云:初时间听世人闲言语也,有逆心处,无序之言。也有不逆心处,有物之言。一看见曹溪、寒山底言语,却句句莫逆于心,开口便笑,不知恁地,从此回头来,此中岂有分水犀耶。看世间底言语,听也好不听也好,却似风过耳一般。呵呵。

仲弢过舍,云苏龛有叔祖工草隶八分,临池有数十年之功,殊有所得。苏龛从问笔法,语之曰:“与其为庄严庙中金面塑佛,不若为游戏村落三岁婴儿。木佛日即于旧,有往诎之势;婴儿日养其新,蓄来信之理,故也。”此言殊有味。陶公诗:“袅袅松标崖,婉娈柔童子。年始三五馀,乔柯如可倚。养色含津气,粲然有心理。”此言岂特足证书理之妙,抑亦养生家要诀也。苏栾城评欧阳公文曰:“不大声色,窥破此秘,自然能兴象深微,笔精语妙,皆从此出。”老子谓:“抱小日明,谋大则昏。”曾文正公谓:“材大者,若不能琢磨成器,不若材小而能自成其器者为适于用。”皆主修炼婴儿之说也。

近日驻藏大臣升泰与印度英官议约,大略五事:一咱利山即热纳巴拉山岭,离纳东三十里,英人自大吉岭修路至此。以北为藏界,以南为印界。一西金即哲孟雄。部向例每年上达赖喇嘛及藏王与驻藏两大臣贺禀,及例献方物照旧,但不称表贡。一西金一部既画归英属,则藏官每年例赏西金部长之大麦一千二百石,停止不给;日纳宗地方向有给西金部长每年避暑之房屋园地一处,亦收回。一印兵须退大吉岭,藏边人民免致惊扰。一印人欲入藏各处通商,万难允许,只许开亚东一处口岸,其地去仁青冈三里。

久汩于世,故气象摧塌,不得半日静坐,半日读书,以养冲劲之气,悔恨何穷!

予得心气不足之病二十馀年。今日佛青枉过,君博究外台秘要,因以叩之。君曰:"心不足者,养其营卫。"予深然之。营主行气,卫主行血。血气充实而和平,则心气自然有馀。其指要却在灭思虑、窒嗜欲,思与欲皆戕贼血气之斤斧也。

阅《悟真外篇》及《梢堂山居诗》竟。凡非所执业者,不称卒业。六艺、《老子》《史》《汉》《通鉴》《通考》之外,皆不可以为常习之也,仅供博采耳。

世人谓弈棋有坐隐之乐,予谓弈寓世机,不免有得丧系吝执滞之心,不若寂坐肄书,无论工拙,妙得天机,真有心游碧落,身化枯枝之境,此乃为坐隐尔。老屋三间,竹窗虚明,檐禽一鸣,剥啄辍响,居士是时午睡已足,起据大几,真观泊然,信手拈来,不问枯笔败墨,随意临写古拓,一炊之顷,不觉已积数纸,此中有深趣,可以忘老。

毁誉不入于心,乃足以游艺;荣辱无动于中,乃足以适道。若并除去执吝生死之见,则天机日精。虽承蜩削锯之末技,见者惊犹鬼神矣。

坡公诗:"不能便退缩,但使进少徐。"此非如王摩诘讥陶公"一惭之不忍而终身惭乎"之意。殆生于浊世,难自摆脱,却行以求自全,不欲罹直木甘井之灾乎。若梅伯言诗"李侯辞供奉"一首乃与摩诘意合。王右丞语,张蒿庵深讥之,王亦大坦率然,故与司马安一流有别。

潘伯驯同年言,止潜所以心力较完全,能舒卷自如,不致若我辈之受伤者,由渠两世基业,在北略有凭借,与我曹孤立无援,浮家泛宅者迥别。予闻伯驯言恍然自失,始知平日受病之根源。

邻郡严子屏作事极靠得住,临财亦不苟且,以贫久客,没于畿南,其家弱累，流离失所，囊中羞涩，不能解助，薄赙三金，歉仄何已！

隋以前碑碣，工者杀字甚安，一点一画皆含一法，虽细入毫发处，亦机趣波发。自描涂戗刷之体行，而后古法荡然。犹祖师既没，狂禅蛆僧，鼓其浮游之说，语录百出矣，故包安吴论书，救华亭末派之弊，犹云栖专主净土，救宗门末派之弊。

予素有买书之癖，二十年橐笔俸泉，大半耗于油素插架，虽不能富，心力却悴于此。一日昼寝，微闻两小儿切切私议，一云：因心立事，何用书册，尽斥卖之，何如？一云：惟六经有用，留着熟读，馀卖之不妨。予闻而惊起，既徐思之，一欲学捐书绝学之卢行者，胸无一物，但转经不欲被经转；一欲学董大夫，诸不在六艺之科，绝其术，勿使并进。予思之，亦颇具大解脱法。辛苦聚书何为？遂从此不买书。

唐李公戒子云："清俸买来手自校，子孙读之知圣道，借及鬻之不为孝。"

陶宏景走二千里诣鄮县阿育王塔受五大戒，予今年得范的《阿育王寺碑》，岂非命中合受净戒？

新署衔名曰：四会猎人队中持净戒者。

广倪公三不妄之戒为五：勿妄言谈，以远祸机；勿妄食饮，以养胃；勿妄思虑，以啬神；勿妄动于嗜欲，以却病；勿妄作支离蹇浅文字，以蓄其德。

孔子言少、壮、老三戒，高宗皇帝御制《三戒说》，以申明之。戒此三者，乃能清明在躬，志气如神，克己复礼，天下归仁。执治身治国之本要矣。宋元城刘公谪处瘴乡，一意绝欲。赵清献挂父母像于床前，以求绝欲。陆务观诗云："倩盼作妖狐未惨，肥甘藏毒鸩犹轻。"垂戒之意深矣。

昶早衰多病，皮骨仅存。以后不看生书，只求温故。又每遇宴集，闻人议论，汹涌驰骋，辄颠眩不能堪。亦如荆公云："老来厌世语，深坐塞门窦。"可也。

上海李平书来,询知家竹一上舍近为钱鲁思、吴殿麟所传古文之学,甚有笔力,剧可喜。旧来精舍同游云散已久,二十年前老友只馀沈约斋、陈仲英健在耳,皆六十老秃翁矣。仲英早得痼疾,晚业医,精于卫生,转获老复丁之征,以是知嵇叔夜一溉之说,有征也。又云左秉隆子兴极喜看张清恪所辑《正谊堂丛书》,海外腥臊之地得此佳吏,真好消息,可喜也。

与霭青、子培、旭庄在圻辅先贤祠置酒,为黄、郑、文三君饯行。中弢亦在座,诸君各出难端,是非蜂起,多有名言。然名言信美矣,滞于象数形名,未若微言之有味也。吾尤佩子培之能微言也。

过瞿学士,公视浙学,日搜辑荒坛坏壁、残钟圮碣,行部处州,得李少温篆书"倪翁洞"三大字,此阮文达志两浙金石时所逸者也,至所收唐宋摩崖题名尤伙。公又欲刻旧板《瞿忠宣公集》,及徐先生养原《说文声类》。

杭州书局现刻"三通",板稍展大,用李元阳本。梓尚未竣。

己丑七月

何子贞太史公,每日临《荡阴令张迁碑》一本,子久学士近得其一本。先辈积学不懈,根性既已猛利,业不见异而迁,此其所以自成风格也。

观同官许旧拓《砖塔铭》,叶东卿家物也,朱枫排山《雍州金石记》载得此砖始末甚详,

与蒿隐枢曹、梦花太史、再同同年、子培比部、佛青院长同游苇湾,宴坐饯鞠常太史,泛舟看荷,复循岸少西,同游金刹南观音寺,有明刊全藏,有翁苏斋阁学榜书,风致似唐顺陵残石,敬观《张若霭奉敕书》《景陵御制碑》,知百年前道场繁盛,今颓废矣。雍正中刻经藏,板藏内务府。赐庋寺中一分。徘徊久之各散。

谢座主南皮公饷荔子启

【眉批】似可入简尺。

伏蒙钧使，颁赐鲜离支、蜡镉四瓶，数之得三百馀颗。太华玉井之莲，中边皆蜜；右军《来禽》之帖，函封多生。缀若珠连，粲同玉笑，出绛帐而烟霏皆活，入青门而馨骈依然。曹溪一滴，衣钵参寻；朱压百驿，草木驱使。荐之庶士之寝，祏室罗新，分饷寒门之亲；葭莩饮德，戎州酒绿，无兹璀实之芳甘。勾漏沙丹，假以华池之上液，赐沾门下；方杜陵玉箸之荣露，浥罗浮止园，令金茎之渴。昶自顾何人，预兹渗濩。江雨入梅，犹作未归之客；岭云承盖，时睎瞻近之缘，以旌殊异，感极津梁，受宠弥惊，铭肌载切。

夕过霭青，露坐纳凉，君述桐城张氏之始祖讳四贵，不取窖金，至荒年始肤之以全活饥民。事在前明宏治中，后文端、文和仍世贵显，门地之盛，为国朝汉人之冠。涪翁云："能与贫人共年谷，必有明月生蚌胎。"斯言信矣！

古人作诗存于今者，特其气格已成精深语耳。其蹇浅字句，定本多从删落，初学根器稍钝者，不妨且从浅易处入手，徐观其高深处。已有所效，须出其心得，勿作涂饰欺人语。作文亦然，此入门法也。譬如泥佛庄严具足，须寻彼土木融范之痕；樊郦已化侯王，却究其屠狗吹箫时事，亦善觇古人气格火候者也。

以己卯后所作诗四卷①，交椠人用活字版排印，以遗从昆弟及邻人，俾知我旅泊鸡栖之况、忧愉况瘁一寓于诗也。宋贤云："作诗虽未造藩域，破闷岂不贤樗蒲。"邻曲知我者，当喻我意也。

《十字碑》，唐大历中润州刺史萧定作，季子庙重刻，姜尧章以篆

① "己卯"，原文作"乙卯"。乙卯年为咸丰五年(1855)，是时袁昶10岁。《渐西村人初集》收诗始于同治五年(1866)，应为己卯年(光绪五年，1879)。

文蔚,乃君字或云季字,识者误也。

近严铁桥先生可均定读“呜呼”为句,有吴延陵君句、子之葬句,以墓为葬,谓即《礼记》称嬴、博之间事。《说文》葬从死,在茻中一,其中所以荐之。古之葬者,厚衣以薪,理或然也。

读桂未谷《晚学集》,内《周书昌传》而有感周先生之笃实,以视今夸诞生惑之士,犹粪土也。

闻常熟翁公于铁路事以去就争之,将乞退。今年朝邑去国,公又乞身,国无耆艾忠信之臣,何以为国?殊忧之。贤人去位,可忧之大者也。若国贫而多外患,犹非所忧也。予前上书座师张公,略云铁路之役,当使才如康绚、贾鲁者为之,公清望似不宜主其事,公以为然,顷未测朝论云何也。

书法言八句于斋中以自警

【眉批】可否入箴铭等杂文。

舍近图远,劳而无功,舍远谋近,逸而有终。见小曰明,听微曰聪,乖时奚恤,乃与天通。

永慕堂今日恭举中元节祭礼,礼家但有孟秋时祭,中元节起于二氏,非古有之也。然乡里旧俗如此,乃不敢废。

流潦满途,车中微吟云:“路自修蛇赴壑曲,车如疲象溺泥深。”十年以来,堕落江西恶派,不能作唐以前语,庸音足曲,心颇悔之。

阅《绛帖平》,中有可采文句,亦腴简。

蒿隐先生处世接物,和中有介,其礼接近亲疏族谊,与地称,无过情,亦无不及情,所谓中和,诚可经者与。

世传王茂宏持“三论”过江,依以决事,宛转关生,曲尽事理,致用之言贵精不贵多也。今“三论”佚其二,刘孝标注引不全。惟嵇中散《养生论》存,似可益以李萧远《运命论》、潘正叔《安身论》,此两论于事理极融澈，第潘文稍弱耳。

木佛不度火，金佛不度炉，泥佛不度水，真佛内里坐。赵州语。若识得此，于此处入门，坚苦下工夫，饶他十二寒暑廿四气，如蛇鼠一般疢毒害人，能使转他不被他所使转。

夜参僧肇法师《九折十演》一卷，姚秦时鸠摩罗什之入室弟子也，发为泥洹涅盘之义，言未简而理则当，多取柱史、园吏文句，以佐其清辩。

己丑八月

羼提居士既落浊世，当随缘解缚，捐弃诸根，遇垢成净，处喧为寂，清修梵行，持戒精严，安般止观，萧散自乐，有毁之者，微笑頷之而已。

光绪己丑仲秋，芳郭羼提居士新衔如是书。

吏事极冗极困，俗情极幻极险，百思得八字诀，坚苦行之，勿懈勿懈。

戒、忍、啬、耐、韧、凝、定、润。

又加药四味作引，常引己愆，好居人后，一味平庸退懒，时时以忿欲致病自危自警。

守此四事，或可以利用安身，弭息众毁乎。

墨河金厂在额尔古讷河之东，布特哈墨尔根之极西北，内兴安岭之阴，字义山。北曰阴，多寒，故物产凋落；山南曰阳，多燠，故谷麦丰盈。墨河不生五谷，呼兰年收独裕，地势然也。今府公欲饬墨河，垦田自给，勿专恃粮运，未免不审地理，不察物宜，窃未见其可也。

晚出城归舍，得大兄来书，忽云四兄羲亭于七月初三日一病不起，弃我下世，哀哉哀哉！兄自少从先公读书，先公清贫，久析宅居，兄少失怙，依先公对门居，故儿童时最相亲爱。自兵乱后，昶频年客游，奔走衣食，兄寄居茅坪，授徒自给，自尔会面时少。兄性孤澹，多否少可，不喜时俗墨义，恶之若浼，独好模拟隆、万、启、祯文派，而笔力方重,不足以投时好,故久为诸生,踬秋闱已逾十次矣。丁丑秋暮,诸兄送我至窄溪,兄亦与焉。烟涛浩渺之中,相枕话别竟夕,次早挥泪告行,不料此后遂和我兄长诀矣。兄庚子生,长予六年,今年正五十初度,常时见兄脱落世好,有林皋独往,物外惧娱之意法,当生世久长。兄修性学道,乃未中寿化去,予之久客积瘁,蒲柳早衰,又何恃而堪久存哉?吾家自七八世祖以上,皆享长年,有府君讳檀者,万历中年至九十六,父为南海卫经历,子乡饮宾,皆古稀再稀,三世老寿,殆与贞松屡荣,嘉谷叠颖,不独家庭称瑞,抑一郡所稀闻。惟吾父六昆弟多以适逢寇乱,阏抑流离,夭阨短生,每切至痛,独私冀幸。甲子以后,浙寇削平,再见天日,吾家同祖兄弟几三十人,孑遗者幸存七人,冀可以从此耕菑田园,白首相保,力学相勉,督课诸弟侄以发名成业,万一希跻先世耊老康强之馀庆,虽长贫亦乐也。今乃先弱一个,弟又羁于官守,弱累牵缠,不能仰同汉儒禥功之丧,去官奔赴,敛不及视琀,哭不及凭棺,痛言思之,何以为弟?念先公之雁行,皆丁乱靡,长期望丙舍而攀号,更临风泛澜,不可收止。天扼我门,兄颜幽翳,生离酷矣,来世又安可卜,呜呼哀哉!

自揣根性素钝,倘精修不退转,既竭吾才,仅能得中乘辟支果耶。

坡公尝讥王半山文:"一望黄茅白苇,生意索然。"盖嫌其枯澹也。然半山为义,望之壁垒简严,入其中则深夷奥衍,善能寓奇于淡,含变于正。譬之戒律,浑身是宝。东坡则取材宏肆,喻法两忘,风霆纵横,飞行变化,譬之宗论,中边皆权。一则面壁枯净之达摩祖师,一则辩才无碍之毗耶居士。造境各异,似不烦相诋諆。

恭读《泰陵御撰圆明居士语录》,天纵圣神,深入义海。禅土总摄,权实两冥,理事融通,境智无碍,是真实语、不异语者。威音宣畅,横被三世十方,竺西震旦得未曾有。光绪己丑八月,臣袁昶恭记。

古德言:"沉水入火,自取灭亡。"沉水喻欲,入火喻忿。忿欲之害,甚于水火。必如《大易·损》象之义,惩之窒之,乃可去害。而保生摄生家言,降龙伏虎,即戒此也。恭读《世宗宪皇帝语录》御制偈云："情是身中水，能迷般若津。欲行菩萨道，戒欲护真身。"言窒欲也。又引寒山子诗云："嗔是心中火，能烧功德林。欲行菩萨道，忍辱护真心。"言惩忿也。

希梅员外苏完瓜尔佳氏，直毅公费英东之后，神静好学，至为难得。直毅，天命中开国元公，如元成吉思太祖时四杰木华黎之比。咸丰初有为将军、副将殉难江宁、温州者，家世积累，固宜有后。

庄青翟位至丞相，无迹可录；赵元叔官止郡吏，光乎列传；《江总持传·自叙》。韩元少亦自叹贵为尚书，不如秀水朱十远甚。善内观者劣外游，好重外者必拙内。以彼易此，孰为得失，达者应早审之。

释道安、鸠摩罗什，彼法中之伏、郑也；曹溪一祖，下开五宗，彼法中之王通、陆、王也；永明、云栖，彼法中之朱子也。质之沈秋曹、严居士，以为如何？

苦县濑乡之术，以常有常无，观窍观妙为要指，《净名经》乃云："有无二边，无复馀习。"立意似更高胜，然苦县经世法也，昆耶出世法也。二者似不可偏废。

观吴兴书，果是从苏灵芝、王士则入手，殆熟处难忘前人所云，信也。友人潘孺初、杨心物撰集《楷则溯原》，不收《李宝臣碑》，有以也。

入世法中，即可以出世间法处之，出世法者，何以忍成慈真观平等也。

草《松花江行船利害》二千数百言，明旦府公缘此事集议得失，愧以末吏尸素，义不可无一言以待长官财择也，令写官誊真。

一字至六字决：忍，耐静，收敛定，节欲蠲忿，闭门惟养性，世法与佛法并。

北朝人宗八分法，南朝人传草隶法。此亦如《易》家，郑学行于北，王弼学行于南，风气使然。隋唐之间，楷则匀称，无复存鹰鹯搏击，戈戟相拨之意。削峻为庸，合纵于敛。如五言古诗至唐初乍变为律诗，虽疏朴之致浸失，而体则加整齐。然临初唐人书，不可不知正变源流之所自。

读《永嘉玄觉大师语录》“见道忘山,人间亦寂”之语,乃知世缘净业,浑然一贯,理事无碍,两不相妨。“前贤世缘终浅,道根深”之句,殆犹偶作,辟支果相耶。居士《赠黄仲弢诗》云:“不独永嘉学,兼喜永嘉禅。身心如槁木,真妄两希捐。”盖深有味乎,古德之言也。

瑞安黄丈有去国之志,仍欲抗疏言事而后去,元祐铁汉,其在斯乎?

昨得《魏景元元年乌丸校尉、幽州刺史、左将军安乐乡侯清河张君墓额》砖文,八分书,魏元帝曹奂元年也。是岁庚辰,司马昭弑高贵乡公髦,立武帝孙奂,此其当是椁砖文,略似《爨宝子碑》,别一通云:张使君一行,墓同年一行。下半截已泐,疑有附葬者,或军谘记室之属邪。右叶东卿家物。

欲在乡邑睦亲坊里中旧宅基址,建一弥陀庵,筑高阁奉金像,两庑列远公、永明、云栖、净土诸祖师栗主,而建别院奉先母恭人,主榜曰:“昊天罔极。”

先公郡忠谊祠已立主,春秋由地方官致祭。先慈独喜唪经,故别奉安为妥。

收藏家要鉴别法书,惟有取墨迹与碑版。碑版虽偏旁漫漶,其风神体势犹可推寻领会,胜于枣木传刻,勾勒失真者万倍也。切戒买汇帖,即名家鉴定者,亦多妍拙失中,不传古人圣处,徒废刀布,无关法脉。计白当黑,箭锋所直之处,具有界画,增减一分不得,苟移易位,置毫发之误,便索之形骸之外,去之弥远,缘古不但书艺精,乃刻手刀法亦精也。拙匠传神,必并失虎贲中郎之具体。整理书架,散者整之,羼者类之。予生平信六略流别为有用,以荀勖、王俭四部分列为不然,从金辅之先生榜说也。它日编《袁氏祠堂书目》必依刘氏、班氏为准的。

《阴符经》云:“自然之道静,静然后万物生。”此慈力所积实也。天地之道浸,浸故能阴阳胜此,忍力所积,权也。非忍则不能成慈,非权则无以行实。《握机经》之所谓:“机亦由浸长,积微至诚,无息而生。”摄生家为稼汤世,收功一溉,亦用浸润法。所谓“千周粲彬彬,万遍将可睹”。行之苟有恒，“液液象解冰”是也。朱子谓“天地之道浸”。二句与六艺同功，可以补六艺九流所未有。

【眉批】按：此静、浸二说，似与天演物竞之理极合，古人所究心处，诚非浅学所能见。

人情由盛睹衰则忧，由衰睹盛则喜。杜甫由开元全盛，身丁天宝、至德之乱。元好问生于大定、明昌，而目击汴京之亡，此最诗人不幸事。微生自遭咸丰庚、辛乱离以后，何幸得复见同治中兴之盛。今虽海国多故，仰荷圣德怀柔，宇内宁静，士老仓庚，甿乐桑麻，流脂粳稻，来自东吴，赍粮远行，不劳吉日，友人谭仲修诗云：“眼看童冠辈，坠地已承平。”幸民之幸。此一事，差足以傲杜、元两公矣。

观子培所藏旧本《兰亭》帖，不必定武，自是佳物。子培系一诗亦佳。题金石另有一种体格，远则虞邵庵，近惟翁苏斋为胜，始能作此语也。

定小儿辈每属对一五字佳句，或作一五绝诗，有花红给奖，劣则予罚。内子言，若辈顽劣已甚，非师孔子救火令意，一味用罚不用赏不可。仆惊谓卿那得用《韩非子》僻引语，此惟严铁桥《全上古三代文钞》载之，未必真孔圣语也。

过竹坡，竹坡论古文书，晋武帝时立学官，去郑小同未远，何疑为伪？予谓郑所注古文，出于贾景伯，贾受之杜林，此西州漆书与孔子国壁经又别，贾传之许叔重，《说文》所引书，孔氏郑说，多同晋武时议立学官之书，虽不可见，绝非枚赜所上之古文，无疑也。或即二十九篇，今文特以古文写而读之耳。仆一行作吏垂十五年，久不治经，所言应猝不为典要，殊可愧也。

宋元明儒讲学，躬行实践，立身不苟，近德行科；韩欧八家衍为文字，义法巧变，近言语科；杜、马“三通”，涑水《通鉴》，《日知录》《明夷待访录》《方舆治要》等书，近政事科；汉儒解诂、梁唐义疏之学，近文学科。国朝儒先于学理、词章、经制及训故考证之学,四者备具矣,修轨不暇,何遑更创。修德行科之业者,先从精研义理入手;修政事科者,要讲事理;修文学科者,要讲名理;惟言语一科,须贯穿义理、名理、事理三者,方能有物有序,语妙天下。义理多,就剖析是非;言事理多,就洞明利害;言名理多,就别嫌明微,言而常游刃于虚。于是非利害无所倚著,中边皆圆。悟澈此者,独能繟然善谋,不言善应,超摇世议之外。

读陶靖节先生诗,了然于生死去来之说,如"纵浪大化中,不喜亦不惧"。"客养千金躯,临化消其宝"句,固由公天资高胜,殆亦濡染于东林远公净土学,故能尔邪。

《赠羊长史诗》云:"九域甫已一,逝将理舟舆。闻君当先迈,负疴不获俱。"疑刘裕入关之役,中原经略,公亦有王逸少游蜀之意,以病在告,故不果。公曾委质宋高作参军,后乃羞与王宏、刘穆之、朱龄石辈身希佐命者伍,遂决然弃去。公真有兀傲迈往,不可一世之气也。沈林文撰传浑其词曰:"为镇军建威参军。"《文选》二十六引臧荣绪《晋书》曰:"宋武帝行镇军将军是也。"周保绪《晋略》乃曲为之讳,此亦何烦深讳乎。

《桃源记》"问今是何世?乃不知有汉,无论魏晋",此谐词隐语,谓置身黄农虞夏以上,故当父老尧禹,秕糠秦汉也。又云"此人一一为具言所闻,皆叹惋",乃伤典午之亡耳。与"神桑长江边"一章及《述酒诗》同指。"亲往"当从宋本作"规往"。

诸佛皆言娑婆国土。娑婆者,华言堪忍也。世法皆由堪忍而成,古犹今也。六波罗蜜中一曰:"羼提羼提。"忍辱乃娑婆世界中所有事也。

阅邸钞,知黄漱丈今晨乞休沐假,闻有遂初之意。丈果去国,中正士日稀矣。近邓鸿胪、阎朝邑相继去国,丈又乞退,忠蹇消声,夸毗接迹,危莫危于此时矣。

廿四日,郊坛祈年殿灾。《左传》梁山崩,尚当素服,撤乐减膳,避居偏殿以听政,况灾无有大于今日者,其礼可知也。向亦疑天道茫昧,今始知天人相与之际,懔然可畏。王仲淹之言不虚也。郑司农言:"人君修德行

仁,阳感天,不旋日,诸侯不愈月,大夫不过稘,独居暗室,万象森布,一念自欺,神监鬼瞰,可不成与,可不敬与。

晤黄漱丈,欷歔流涕,丈所言皆药石也。

属俄文馆教习巴雨田翻签俄文《北戒全图》。

漱丈命之饭,吴子修太史在座,制府仲云先生之孙也,气敬神敛,劬学多文,杭之佳士,殆无愈此君者,其馀浮躁浅眩,极坏风气。

隋太仆卿元公及夫人姬氏墓志两残石,为好事者自秦中移庋毗陵。秦石君拓得一分四纸见诒,谛观非率更书,包倦翁不知何所见也。

客问子近日捐书绝学,恶乎成名?笑应之曰:"仆聪明不及于前时,道德日负于初心,案《谥法》,'不勤成名曰灵',死得称文灵公足矣。"

李蓴翁言天道最恶巧伪。历观古事,为善者容有不得福,为恶者容有不得祸,惟欺世盗名之士,言伪行伪,存心取巧,则未有不晚迹败露,卒罹殃罚者。往往名愈盛者,其败愈烈。予谓公言信矣,近日汶上刘公韵珂之无后,亦其一验也。蓴翁,李孟传庄简公光之子,宋庆元中以尚书郎出守江州,校刻旧本方言者。二十九世孙。与久处时,或得善言。昔杜林清静好古,能正字体;刘炫聪颖特达,文而兼儒,君殆其人邪。

阅《杨升庵文集》中有选抄《铃山堂诗集序》,汰存二百馀首。措辞严洁,诚深于诗者也。《升庵诗话》中如此精语转少。

嘉穆呼图克图自五台来京,过予城南寓舍,谈议迁阿尔泰山承化寺,徒从众仍归塔尔巴哈台,地方游牧耕种事并在洮州垂弼胜,地方建德庆寺,唪经祝嘏,前曾由理藩院奏明,蒙恩赏给银两,今年可以落成云云。

春兰得秋菊而名益彰,前贤资后生而业愈显,狄梁公之荐张柬之,王子明之荐冠平仲,李宾之之引杨一清,孙钟元之授汤潜庵是也。

儿辈皆愚劣,每思惟先公爱养子孙之意,若辈将来生计,只好买

活字板一副,学习用机器排印罕见之书,销售度日,以免饥寒。

约、弱、辣。约者,恭敬、撙节、严重、澹泊,冀守约,鲜失也。弱者,柔弱生之徒,老氏戒刚强也。辣者,勉睎学养纯深,根性沉密,义如快斧利刀,遇事一分两断,不致濡滞淟涊以败事也。

佛以泥洹无生为宗旨,而卫藏黄教,专重呼弼勒罕,疑若大相反者,不知此出《佛说阿弥陀经》,净土三经之一。另立净土往生之一门,与禅定门不同。达摩东来,而净业一门犹留西土,故宗喀巴演以成教,由净土往生之说为之椎轮也。流传至一花五叶,以后西招世族渐相欺罔,竞报呼弼勒罕,觊得达赖班禅衣钵。纯庙洞知其情,乃颁金奔巴瓶,命理藩院以掣签之法定之,著为令。圣慈权教妙处,乃不可思议。

久苦浊世相混,思之非不烂熟,但鲁斋先生有言:"治生乃儒者所亟。"仆自问若果,长告必觅一小书院度日过活。少不习章句,长不工举业。仆之所业非时人之所需,则才不足以胜小书院之任,故踌躇而不能决,告者此也。吾友篯叟、酱翁,观吾之生平,幸毋以为异,此所谓非遭时邪。

夜读《庄子·徐无鬼篇》,察士无凌谇之事,则不乐,皆囿于物,终身不反,为可悲。笑一段古今善人恶人利人名人,把一面照胆镜,摄尽万影千形,妍媸靡遁矣。今之君子,古之小人;今之小人,古之豺虎,每下愈况。胡我生之诡时不逢有如此哉。宜乎,阮籍、王绩、陆贾、班嗣、扬王孙怀其艺术,依隐玩世,有托而逃也。

己丑九月

晤寿蘅少空,出所藏汉谊侯王洗八分,永平二年,洗观之。少空论历代郊丘禘祫礼节,以为一代之礼,互有废兴。祈年殿为大祫而设,祫祭合食,群主应在太庙,不当于郊坛行之,似不宜复云云。此大典礼,宜细考《五礼通考》《开元礼》《太常因革礼》《大金集礼》《明会典》《春明梦馀录》等书,集诸儒博议之,非可向壁私言也。

杨雪渔使黔任满，乞病归里，今年五十二，无出山之志矣。令我企羡，信乎，能尊生者。顷其世兄仲庄来见，知状，并述兰洲病于楚中，仲修须发皓然，兴会尚好，子鼎亦老健。杨世兄言尊甫里居，戚友来告贷求荐者纷纷，不胜其扰，反较居官日更为受累。观此，无怪宋朝士大夫往往轻去其乡，别营田宅，而董方立所讥云云，殆不知此中甘苦也。王城堪隐，坡言信矣，有群累生，智哉朔乎。

闻友人沈谷城净土之学，高仲瀛禅定参悟工夫，皆长进，不胜羡也。

缪柚岑奉派游俄都回，出日记相质，甚翔洽，君真山川能说矣。

既夕勉应友人之请，强为其封翁作寿文，于无可恭维处恭维，是生谄曲心理不足，乃泽以词，是生绮语心又无润笔，却不情愿，是生我慢心瞋恚心，此皆害道，妨我天真，于是痛熬一夕，贪嗔痴睡，四魔交作矣。

羲教十言，消息为大，往诎来信，随时之义。孔子曰："谏有五，风谏为上，直谏为下。"苏洵《谏论》引申斯指，清明之朝贵在謇谔，浊暗之世存乎卷怀，如曰不然，不见国武子之戮于齐，伯宗之戮于晋，盖宽饶、京君明之戮于汉乎。然则世教既浊，王室陵夷，上好面谀，士习圆曲，群枉比周于下，人君孤立于上，虽有智者，钳口结舌，仰屋太息，逡巡而不敢上封事，国其危哉。

思之思之，穿金石而动鬼神，信然哉！向予持诵六祖《坛经》，适于其时，得龙朔元年造象，正黄梅传衣之岁也。近日又研究净土，适得有人寄来唐永隆初造阿弥陀佛象拓本，自分根器浅薄，乃于禅净两门，天牖其衷，皆有夙缘邪？二王、两郗家皆作道民，庸非幸哉！

夏峰孙先生少壮因庐墓得痼疾，七十馀，疾忽已，康强至九十八乃卒。姚惜抱郎中清羸多疾，寿乃至八十六。子培云："人生之寿夭与国祚之修短，皆不系乎强弱。周、宋衰弱而绵长，秦、隋强大而短促。"子培之言信也。董子《繁露·循天之道篇》云："天长之而人伤之者，其长损；天短之而人养之者，其短益。"则至言也。程伊川先生曰：

“修养之所以引年,国祚之所以祈天永命,皆工夫到这里,则有此应。”“为稼于汤世,必一溉者后枯”,其机至微,其功在浸,天道积众精以为光,圣人积众善以为功。日月之明,非一精之光也,太平之治,非一善之功也。

世以鲁斋许文正公“用人用其所长,教人教其所短”二语为名言。窃谓此似未可专执,有时当审,用长不如用短,使功不如使过。盖挟绝艺者,往往有陵骜难御之气,宦成名显,则不为我用,一旦不受节制,终虞败事。昔人所谓弓调而后求劲,马犕而后求良,吾任天下之智力以道驭之,无所不可,此亦用人者所当察也。

古人著书匪特自序,兼有自赞之例。《老子》曰:“正言若反。”吾言甚易知易行,乃天下莫能知之行之。言有宗趣,特知者希耳。古之所以贵此道者何?何字句断,《公羊传》亦尔。岂“不曰以求得,有罪以免邪,故为天下贵”。又曰:“则我者贵。”则,谓效法。道者憺乎无味,用不可既,虽三公驷马之贵,不如坐进此道。此类皆老子之自赞也,寓言天下。《南华·杂篇》,此庄子之自序兼自赞也。孟、荀、班、马、王充、王符皆有自赞语,扬雄《反骚》《解难》及《答刘歆书一首》,刻《方言》尾。亦自序兼自赞也。近儒陈氏澧《自序》篇,亦极简质无枝叶。

今日观旧拓《衡方》,真汉分的乳也。又见《山谷行书集》香山句五绝十首,与定本不同。

《易·临》卦二月消息卦。曰:“刚浸而长。”《春秋繁露》曰:“浸名则浸昌,浸弱则浸亡。”浸者,积微之谓也。刚浸长则柔浸消,阴浸进则阳浸退。《阴符经》,必先汉间有道者所作,汪大绅谓为通黄老、孙吴之邮驿,信然。其要指云:天地之道浸,浸故能阴阳胜。义,实本于《易》《春秋》。勿以小善为无益而勿为也,勿以小恶为无伤而勿去也。君子非一善之浸,小人非一恶之浸,君子庄敬日强,积义理以成其善;小人安肆日偷,积嗜欲以成其恶。

白叔云:“西医言脑为髓海,精藏于脑,循脊而下,多思虑及色欲过度,皆足以伤脑气筋,而为眩晕风喎之症。”《方书》云:“欲得学道,还精补脑。”东坡受一道士戒云:“吾子近道,必求少思寡欲。”坡问思与欲若是均乎?道士云:“庭置水两瓮,一有蚁孔渗漏,一日取一杓而弃之,必蚁漏者先竭。”然则思之伤,殆甚于欲也。此说可与西医相发明。

阅约庵相国所刻赠《节抄陆梭山、高忠宪公以下家戒》,可以警心怵目,奉若蓍龟者,其紧要处圈点别之,用以自警,且以警儿女,使吃紧为人。

【眉批】当是阎文介。

寿蘅少空云:燕中早寒午暖,气候不常,惟有八字可以摄生,曰:“勤穿勤脱,勿乱吃药。”

同年庞絅堂尝言:家有藏书,不能通其要指,而日求诸厂市,冀得宋椠元翻,即此心向外驰,必至终身一无所得。此至言也,可为厉戒卤莽而耘,其实必卤莽而报。务广地者荒,守愈约则神愈泰。古人已谆谆命之矣。

孔子曰:“三人行必有师,择善而从。”即《老子》所谓“善人者,不善人之师”,能贵其师,吾惑乃祛也。曰“改其不善”,即《老子》所谓“不善人者,善人之资”。能爱其资,吾智乃神。由悦近徕远,物情向附故也。然孔子意在修身,老子机存宰物,体用微有不同。与禅顿家凡圣不二,真妄两忘,波罗提木叉作平等观之法又别。

剡源戴帅初谓圣于文者,常始于积理深而成于内自重。积理深如承蜩削锯之比,内自重者以所遇穷通为风雨寒暑之运,天机精而不滞于物,其视金注犹瓦注也。

渐西芳郭里人,今日定号羼提居士,以后信受三归,惟宗净法,奉持五戒,融入止观安般,常行木叉自度。

读老杜五言律及右军书札,使人洒然。

临裴君《倩碑》,初唐人风格最遒整,率更晚追险劲,如狂将深入,时或失利;永兴气体华妙,如行人健对,罕有涩词。二家非殷令名、仲以撰《真隐传》讥切充隐之徒,而陶贞白所由止称贞逸,不敢冒居贤隐也。

往京人事纷乘,以应酬为大宗,日力、精力、物力大半消磨于此。涪翁诗云:“人生如尺捶,岂耐日取半。”可胜太息。

颜光禄作《陶征士诔》,有“世霸虚礼”,及“迁延辞聘”之语,正指刘裕辟陶为著作郎不就而言。义熙十四年,欲立恭帝时事。书曰:“世霸,洵直笔也。”陶公处幕职日,义熙元年。在众犹暗,幸免世网,逃虚自绝,迹危心洁,宛转稽决,流风虽缅,情事可知。古人所自处必有义,颜延年贬始安时作《五君咏》以自寓,盖自以上之不能为靖节之邈然高举,下之耻贬节以合时,故托于阮、向之浮沉薄宦,依隐玩世,择其中者以自处,亦士不遇时之感也。颜《诔》又云:“视死如归,药剂勿尝。”盖公自以晋室遗老,葬晞速朽,犹杨王孙之羸终,嫉世砭浊;皇甫玄晏之经卷[①],衔孝入冥,亡国大夫祈死为幸,刑天、精卫曾何足云。“念昔宴私”以下八句,颜自述,尝规公以卷舒达节之言。宋少帝景平初,出颜为始安太守,过浔阳,乞陶酒钱二万,必此时事也。“尔实愀然”以下,陶答颜以“吾驾不可回”,宁为兰摧玉折,没世无称之意,疑其辞理或然也。田父者,田延年父甫通,寓颜之字,颜年辈稍后,而宋室贵臣,虽不须移床远客,而藉茞相对,此中自有分际,“茅葩”不得与生平知旧羊长史松龄、庞参军遵为比,故迂回其称谓,如《述酒》章指颜、谢,皆公雅故,而姓名集中不一见者此也。“叡音永矣,谁箴予阙”,乃颜闻陶言,适适然惊,改容称善,没后乃思其言有味,药石之友不可再得矣。“依世尚同,诡时则异”,用东方朔“依隐玩世”二句,谓同异之迹,皆非陶所居也。同如阮之“沦迹”“埋照”,混寄清浊之间;异如嵇之非薄汤武,抗迕流俗之议。二者皆非陶公实相真趣之所存也。陶为人无古无今,自成风格,异同之迹,无得拟焉,“中言而发”,中犹半也。颜语未半,陶已发言,本老聃,中其说曰太谩。“薄身厚志”四言,非知道人不能发斯名论。三闾以之沈湘,贾生以之忌鹏,

---

① “皇甫”,原文作“皇”。

庄隐漆而寓言，迁忍腐以存史。古之仁人志士皆淡泊坚苦，藏身隐约，诚非人所堪矣。然内自重而自待者实厚，卒之所诎者至短，所信者至多矣。

【眉批】颜稽留浔阳未上，当是被台符有干办，陶公率修州民之敬，故称父老。

子培与柚岑谈俄回部地理沿革，混混可听。俄中亦有贤士，考古地形者云：悉毕尔即鲜卑部遗种，何氏秋涛谓锡伯亦鲜卑种，皆音读有缓急而讹转也。土耳其即突厥之遗，元初，速不台自里海用兵，长驱至今德奥诸国之郊，此应检《元史·速不台传》。俄国势饶富，特在欧西，东悉毕尔则贫弱，且多萑苻之警，俄呼中国人为契丹种，土尔扈特部乃元初王罕之裔，英俄俱有中分杜伯特唐古忒之志，此类皆于边事极有关系。

拟于杜曲碧鸡坊北隙地另辟一闲适小墅，四字八分书榜。东西百二十步，南北百八十步，制作朴野，位置真率，他无所有，惟丛竹六千竿，耆阇崛三明六孔石一峰，俯临新穿方池一亩，游鱼万尾，四围杂莳木芙蓉、大士百叶莲花、秋色赤蓼、桃柳、海桂、山矾，棕榈、松子、古度、婆椤、思维树、庵罗木之属而已。第一院门匾曰：止观六妙大篆。榜楹云：以禹墨为体，以黄老为用；不导引而寿，无江海而闲。"真书剖大竹刻之。第二院门匾曰：忘适之适。小篆。榜楹云：兔角龟毛，禅土双修之业；苍官青士，风雨聊蔽之庐。草分。第三院门匾曰：物外真游。草篆。榜楹云：永与名山躬井硙，有如疲马畏陵陂。草隶。又穿径梯楼上，出有一小洞天，近浮木杪，远纳山光，豁然平旷。茅亭无壁，蒲团外别无一物。扁曰：法界平等观。梵书。是处不拒延登，而人迹亦自罕能到者，殆所谓吾言甚易知甚易行，天下莫能知莫能行者，与俄顷之间，意冥象构，开眼视之，此屋已突兀成就。

敬阅《鄞县苍水张忠烈公年谱》，公有诗云："人居安处非佳境，事到难时且放怀。"此得安弓为之危矢,危弓为之安矢之诀。公精义之学,安详若此。公手定所作诗曰《奇零草》,文曰《水槎草》。

杭州叶槐生进士好学笃行,佳士也。尝主上海敬业书院。虽未见面而心仪其人,今仲修书云叶君物故,殊怅惋。

至故冢宰锡公宅吊礼毕,趋就客坐,听番僧诵经,一转和以箫吹大鼓,二为之节声雄而哀。画轴供养七佛外,皆僧伽梨服,别无菩萨及大弟子像,犹有彼宗古意。

古者以友辅仁,今也以友助傲。古者群居考业,今也群居游谈。士风偷薄,安望人才辈出乎。使国家一旦有殷事,临变乏才以济用,非细忧也。

定此后在家自署羼提居士,宿署则称沤簃逸史。本沈隐侯《宋书·隐逸传论》之义,自以与时委蛇,无裨世教,不敢称隐,故贬从逸称耳。

己丑十月

钝学累功,犹胜弃日。予素拙于书,天分所限,不可强为。惟当勉守程子作字时甚敬,非是要字好。即此是学之戒,勿稍偭规改辙可也。

蒿隐先生治吏牍,旁行小注,行楷绵密,朱墨出入,一字不放过。此即可见其用心之静密不苟,可以为法。

连夕与婺州陈先生谈,多述宋元明儒先之言行旨趣,兼及元祐党论、姚江以后东林末派,惟蕺山、漳浦为能救之。

云泉言:"横渠云:'言有教,动有法,昼有为,宵有得,息有养,瞬有存,工夫至密,然玩之尚分克治、存养为两项事。'至阳明先生云:'涵养乃无事时省察,省察乃有事时涵养。'"则融释脱落,将两项工夫镕成一片矣。天下之物,真者坚而难摧,伪者脆而易碎。坚者其中必有悠游自得之宗趣,虽三公驷马之贵,无以易也。不意学绝道散之中,今乃得真陆王,予之不闻真陆王之謦欬也久矣。

文法、兵法不可尽恃天得。须资勤练习，多阅历而生明。王文成、唐襄文，近日曾文正公皆知兵而工文，非得之性，乃得之习也。不可偏信笃其实而艺者书之之说。

华盖国师来共饭。华盖言："现承袭坐床之达赖喇嘛，年裁十五岁。新袭之班禅额尔德尼裁五岁。"又云：巩昌府洮州垂弼胜地方新建之德庆寺屋三百馀间将落成，索予作碑。予辞谢。又言：藏地行商多郭尔喀人，藏苦寒土瘠，物产极稀，银钱尤缺。又谈哲孟雄、布鲁克巴两部落事。君一侍者，内蒙古科尔沁人，君读科如喀音，以此知蒙语、准语、唐古忒语，译音之不易定，若"槃"读作本字多误。

华盖国师究系为朝廷立过边功底人，当同治五六年回匪乱时，渠曾带领厄鲁特底人拒敌，为大清不侵不判底臣子，不佞是以薄其教而重其人。其教虽是戒净门中蛆虫，其人不失为豪杰之士。渠求不佞代草一牒，今早叙一草底，令奴子送与他，以了此诺责。

午时为一贵介公子牵引作一寿序，此亦不合于义，愧亭林先生榜室之戒多矣，削不存可也。

高同年白叔将南归，走送，因论杭州文派，近世不及乾嘉，乾嘉不及国初，国初染于石斋黄公大涤书院、蕺山刘公证人社之教，故声光气魄全不同。莫衰于龚氏，以后伪体多。

胡澹庵云："我与颜子只争一个勿字。颜子非礼勿视，我非礼亦视，所以不及颜子。"案：四勿九思，戒视为先。佛氏六根六识，亦戒视为要。颜子视礼，不视非礼。佛氏则无论善恶，皆斥为妄相，眼性不动。一则明辨是非，志在经世；一则截断缘业，义存出世。此所以异也。

跛遁翁苦口

【眉批】似应入文。

右番禺陈兰甫先生摘抄《朱子语类》若干条,厘为五卷,次第衔接,其有微意,丁宁往复,刊落枝叶,始于立志,终于志士不忘在沟壑,洵为从事于学而犹沾滞汩没于利欲胶漆盆中者,制一服清凉去毒散也。说者以一药治一病,常随症而立方。问者苟不讳疾而忌医,自无虞饮药以加病。昔顾千里摘抄朱子语,以类相从,曰:遁翁苦口。唐确慎公尝奉敕编纂《朱子文集语类》,以正安溪李氏所编有未当处。书垂成,未进御而公卒,稿遂散佚,两书皆不得传。予得陈先生此编,仍以顾氏旧名题之,所蕲苦口之药,利于疗己之疾而已,非敢强涂之人而语之也。

仲长子光,天隐者也,无往而不适矣。子光曰:"在险而运奇,不若宅平以无为。"文中子叹息,以为知言。能如蔚州魏敏果公守定循理、守法、安命三言,庶几免于在险运奇之危道乎。

近有朝贵为人奏弹,有僧出入其门。昔申国吕正献公称元祐贤相,然性嗜内典,士大夫往往饰为戒净宗风,木屐萧散,以此干进,一时有禅钻之讥,得毋类此。第闻此公不独好申公之所好,则心迹固不同矣。以王介甫之屈强,心折晦叔李公,殆不可及也。

洪右臣力祖伪古文孔传,攻阎、惠、段、孙诸家之说,并奏弹某太史,请以孙疏立学官,以为专己守残之邪说,亦近日新闻也。

明招山去武义县治十许里,吕成公与弟子约祖俭、楼迂斋昉诸公讲学于此。迂斋传王深宁《尚书》。山崒起而坡陀回伏,有坞奥衍,深藏若虚,今惟吕氏古冢,数十岿然,上有智觉寺,相传成公精庐遗址也。世士言朱子尝至其地,疑未确也。朱子在闽,少即与成公相识,后张南轩守严,成公为郡文学,与朱子踪迹始密。朱子遣长子塾从成公受经,时官提举浙东路常平茶盐,尝劾唐仲友,未几,乞罢请祠,未必至明招也。子约从朱子学,后以上疏救右相赵汝愚,贬韶州安置,移筠州卒。

唐人以诗为学,故伐材于萧《选》;宋人以学为诗,故漱润于九流。

《临》,二月之卦,刚浸而长;《遁》,六月之卦,小利贞,阳称大,阴称小。柔浸而长。阴阳气无骤进之理,故《阴符》下篇曰:"天地之道浸,浸故能阴阳胜。”言刚浸长，则阳气胜，柔浸长，则阴气胜。

作字三开，仍参取《刁惠公》《贾思伯》《兖公颂》三碑体格。润之以初唐人风采，泯去环纡使转之迹，参用山谷描字法，近日曾公修脚法，以取整齐匀洁乃佳。

陈云老谈史事极精，云：“阮籍发言玄远，晋武亦坠其云雾中，乃以为慎言。王戎不治仪望，殖财自秽，皆意在避晋祸。故虽气味不相似，恰能相与于无相与耳。”嵇、阮共谈，值王戎来，乃叹曰：“俗物来败人意。”王戎折嵇阮云：“卿意那可败。”

又云元城刘公养气深厚，看他临死时甚气魄。

又云讲学门徒往往退尊其师太过，反致失真。司马子长作七十列传，一人有一人面目，妙在以闲言语写之，令不失真。故虽日者、货殖、游侠、龟策之流，皆栩栩欲活。杨龟山编《二程粹言》，删剪闲言语，精采反少，便失真。归熙甫窥破史公此秘，故传人只以澹语出之，风味独到。

又云制行不可有缺陷，处境不可无缺陷。多历顺境，非福也。

云老读九流及宋明儒之书，每务精熟于一两书，而后以其意穿贯他书。故能义理纵横，左右逢源，无施不当，意境所构，皆畅然自适。此譬之善将兵者，能以少击众，众而瑕不若少而坚也。

近徇人所作酬应文字，多虚美隐恶，便妄而失真，非实录也。故亟毁其稿书，且不署衔名。

乌梁海游牧地，于同治十三年、光绪九年两次勘界，为俄人侵占不少，其迤东乌里雅苏台将军所辖之土谢图汗与俄错壤之地，自雍正五年至今未勘过，现亦为俄人越界，掏挖金沙、种地盖房率多。春来秋去，而乌城参赞、札萨克亲王车林多尔济袒护俄人，阴持两端。闻恰克图、东西车臣、土谢图两部落情形皆如此。蒙民贫弱，俄人又阴示惠于蒙部，砖茶洋货往往赊贷不急责，直以致蒙民贪小利，趋之若鹜。俄人以茶货易牛马，驱往巴里坤一带卖之。晋茶奸商又勾结俄商，浸销新疆，夺甘肃茶商之利，边事因之日坏。

读邸报，恭读诏书。申明旧例，特许各省藩臬两司言事，以防疆吏之权太重,恣睢专制。伏思雍正中李卫以云南驿盐道得上封事;陈宏谋以扬州知府得上封事;乾隆中诏许监司皆得言事,孙星衍《芳茂山人集》。似旧制得指陈利病,上达圣听者,不独藩臬为然。此救时善政之一,朝廷固将以渐行之也。

或言荔支壳煮水,澄去泥滓,用磨墨汁可免冻。

乖厓公近日所为,近于夏侯太初志大心劳、诸葛元逊志慢其下之病,恐有败征。由专好用高才辨给、言利躁进之员,快意一时,不求老谋深识,忠信笃敬之贤以自辅,故至此也。公作事如阿难陀禅,多知为累,发因太多,结果转少,亦通人之一病。

阅《渔洋说诗》,装点景物,牵缀交游,而诗教亡矣。惟中有一条引姜白石"诗有四种高妙之说"。又云:"僻事实用,熟事虚用。学有馀而约以用之,善离物者也。意有馀而约以尽之,善造词者也。句中无馀字,篇中无长语,非善之善者也。句中有馀味,篇中有馀意,善之善者也。始终意格,成于句字。"即书诀意在笔先之说。白石道人诗境高简,胜于范、陆名家以此。又云:"一篇全在结句,如截奔马,辞意俱尽;如'临水送将归',辞尽意不尽;若夫意尽辞不尽者,剡溪归棹是也;辞意俱不尽者,温伯雪子是也。一家之言自有一家风味,如乐之二十四调,各有韵声,乃是归宿处,模仿者语虽似之,韵则亡矣。"右姜氏之说,深于诗者也。以《虞义城集》论之,如:"汉帝看桃核,齐侯问枣花。"僻事实用也;"有庆兆民同,论年天子万",熟事虚用也;古诗如"吕望且不希,夷齐安足慕","上有加餐食,下有长相忆",词意俱尽也;如"梦中不识路,何以慰相思","盈盈一水间,脉脉不得语",词尽意不尽也;"树木身相代,兄弟还相忘",意尽词不尽也;"神仙同物化,未若两俱冥",词意俱不尽也。

人事繁杂,米价骤长,每石至一金,料理预买冬粮。

夜与云老论学,不佞章句遗忘,少习静穷理之功,将来必须作宦日少,补读六经,以睎寡过。

俭如晏婴,勤如陶侃,谦如司马徽,敬如石庆。居浊世非此不能免祸。

研精于六艺之指要，兼取九流之长而去其短，操之以验物，依之以决事，即蓍龟之智也，奚必卜筮而后知吉凶哉？

颜斶去齐，称安步以当车。东坡赏其高洁，而朱锡鬯恩赏禁中乘马。《恭记诗》云："回思身贱日，茧足万山中。"殆遇浊世则以为辱，当平世则以为荣与。

壮武公近两遭谴诃，似为荀勖、冯紞所困；魏人即已用鞅，又欲杀鞅，从使慵懦畏事者得志，而忠勇任事者灰心。此后谁与国家任边寄者，可为太息也。南皮师之为人，极似晋之张壮武华、明末之徐文定光启，其才性奋欲有所兴作，然将来所遇祸福政恐不免似之。

汪容甫作《褊箴》，自知其褊也。有人才不及容甫，而褊过之。设遇此人，第以老聃待士成绮，壶丘子林遇季咸之法处之，令彼心却意消可耳，慎勿与校也。

夜分，披衣起觅老友篯叟谈。篯叟方与酱翁讲《易》。忽云："李善长初占，巷遇日，年正四十二，时明祖年裁二十七。今仆七十老翁，复何求于世乎。殆老于终居巢田舍矣。"予闻之正如戴晋人一吷也。

不寐竟夕，读汉魏六朝诗，体洁旨远，后人讥蝉噪者，目论耳。唐人已觉薄劣，宋诗尤为莽卤，《中州集》亦粗厉，失诗人温厚之指。合者惟有虞道园、刘诚意、徐祯卿耳。

孝达师所志穷大而失其居，遂致跋前踬后，由不审曾文正公约旨卑思之说。及大处著眼，小处下手之戒也。处处随时发见，随时收束，庶免此患。

【眉批】此《寄督部孝达师》诗注，未存。

故人童絥孙州倅自吴中解饷入都，与之谈良久，云贵筑黄丈方开学仕馆以课吏，别辟学古堂以课士，聘雷先生为之师。又云：丁永之衰老，今尚存强，艮庭亦健在，曲园俞先生白发反黑，老而有少容云。

己丑十一月

【校记】原文无此,据下条补。

临考心殊恍眩,若得瞀疾者,始知平日于穷理养气工夫,根基太薄劣,行小变即致失其常度,平日不于敛静凝定处下手,扎稳寨,结坚阵,临事便皇惑无措,全不济事。烈风勿迷,舜之所以为舜也。孔子必变,《记》曰:“虽夜必兴衣,服冠而坐。”敬天之怒,无敢戏豫。清明在躬,志气如神也。儒者讥夏侯太初倚柱遇震,颜色不变,观书如故,但知守不变以为合于正,而不知以变为正,然予今视夏侯泰初犹不及,况圣学渊微,何能窥见万一乎。半世读书于集义养气之学,未得分秒,汗且愧矣。己丑十一月。时十一月三日,在保和殿应御史考,是日大风,故二节云然。

细勘昨日过失,在风灾眩其外,得失铙其中,遂成此大皇惑状。

《孟子》曰:“养心莫善于寡欲。”《荀子》言:“养心莫善于诚。”是故养气在精义入神,积微之著。灵台得其养而不桎不榒,乃能节制,吾之元气而日强,且不致遽尔衰病,则是养气,尤以养心为本也。养之之术无他,其惟学乎。扬子云言:“心离书则神索。”程子云:“不学便老而衰。”赜养引年,莫善于此。养心在与物无妄,积诚生明。刘元城问于司马温公曰:“求诚何始。”答曰:“求诚自不妄语始。”不妄语,孔子告子张,所为慎言行者守之约。曾文正公十二课程,以言为要,刻刻留心,第一工夫。

阳明教人,务收敛凝定,勿少发见;不得已而发见,裁发见便即收敛。今于发见处体验,乃知积功累行之不足。

读韩欧文二公文之至者,多为选家圈点所汩没,甚至有可疵议处而遭誉赏,有见理极深而摈勿录者,故学人必须舍选本而求之全集,始能有所得。若以选本自眯,决无所得也。

不孝廿三前不能保卫二亲于危难中,遂至大缺陷,万死不足赎。今日思之,腼然仕宦食息,复有何颜,涕泪交集。此后惟有笃守先训,治经行义以善其身，以教子孙，或庶几万一仰慰祖考及祢庙。平生未竟之志，政恐行不副言，以诒所天之羞也。

昨考试汉御史，计编检部曹合共七十员，钦派大司农翁公、太宰麟公、大司马许公、少宰徐公为阅卷大臣，次定甲乙。廉生第一，蓴客第二，予第七，虞裳第八。予戏谓蓴、杨两君云："蓴老耻居王后，予则愧在杨前。"虞裳大笑。后闻大农公本欲置予卷居首，同僚不可而止。奖借过情，实愧，无以仰副万一，甚为皇汗。

云泉谓"行简"二字，拙论前半贴事为上说，此处脉理太粗，犹有病。

与百约兄申论鲁斋许文正公"人心犹印板然"之指，世故利欲蚀人深，则渐差而失其本心，犹算术之有岁差而不自觉也。常常以学问温润养之，则已差者，庶可返求之使不差，脚跟方立得定，若能诎身早退，晚学以葆炳烛之明，则志趣尤为高胜也。

蒙恩记名以御史用。自尔益宜淬励读书，研求前古当今之故，唯恐将来入台不称职，月惭谏纸二百张也。

元魏渤海高文公允为郎，沉滞二十七年不徙官。南宋沇溪朱文公，龙钟五十八岁，始得入为兵部郎官。是前贤每以困于常调，守义安命为美。某学行不足跂前贤万一，乃早登仕版，忝迁非据，无其实而求速化，可耻孰甚焉！清夜思之，汗彻于背。

此次考取乌台人员中有劣迹昭著、宪司有案者，朦被录用。老子与韩非同传，古人犹以为叹，况罪十韩非者乎？以获咎劾罢之人，滥登荐牒，此堂官之过也。然窃念马文渊《戒兄子》、王文舒《戒子书》之言，不敢诵言人过，以为大戒。

人事纠缠疲苶，重违云泉之戒，又要偷闲一坐客厅矣。谓观佛乘。

为人事所拘苦，性地不得其养。云泉诗云："静生缘绝后。"真至言也。

客问竹西篯道人近作何务，篯道人答云："早间睡起，念《金刚经》一两节，为日课。饭后都无一事，就南窗暖室随意抄《道德经》或数十字,或数百字毕,则至小园中作熊鸟之戏,引俯肢体以代按摩,随入大室,就蒲团上作倦禅橐驼坐,如是而已。世间事寂不闻也。”客以语予,予默然,然亦服其有闲适之味。

客来谈及逸吾学使,明年主钟山书院,将寻抱经先生、惜抱老人旧游之迹。又云:蓉生同年侍御,明年主江阴南菁讲院,两君皆得有静暇日力,足办著书,甚为企羡。

许公言皖北陈令君世镕,邃于《易》数占候,旁通形法家言。令君云:“《葬经》疑龙撼龙而外,以南宋蔡牧堂先生《发微论》西山先生,元定之父,建阳人。为佳。”

友人书札问近状,予戏答云“但使熬成山长料,何须真著惠文冠”,云云。虽一时戏语,实乃本谋也。审尔可便省石养山丙舍。

闻汪梅村先生作古,江表耆宿零落尽矣,不胜太息,始悟二十年前白下文游之盛,不可再得。汪先生,名士铎,上元县金沙井乙未举人,卒年八十七。性情峻而能容物,以好学著述为务,常自处以陈仲弓、郦更矩、徐伟长之间,应入《疑年录》三续。

【眉批】《疑年录》或自记手折乎?

平生性僻所在,梏于人事,都不省自检点,是从宦之为害也。然使弃此,而乡居僻陋,罕闻见人事,亦仍喧恩,故不能便决也。可以自处者,其惟形见神藏,陆沉世隐之间乎。晋阮籍、宋陆游是已,乃得其趣也。

观桂未谷大分书《华山碑》,剪笔所书,变而用嵩少石阙势,避本碑之所长,以方峭取胜也,气韵亦沉著。非伊墨卿、姚伯昂所可及,与之抗者,惟郑谷口、巴予籍乎。

晚诣子培谈,君极论近日学术之衰微,远不及道咸间人物风气笃实。

思虑之棼如,由于不知体玩《大易·艮》卦之义,使二边三际断继。自今当不咎往、不幸来，单单于现在一寸光阴中讨个真消息，坚苦淡泊做将去，不计功不求效，笑之则以为喜，誉之则以为忧，硬著头皮，斩断一切世法，我自行我法。

施均父遍论文家，自唐至明及本朝作者，一一评骘其长短，或合或否，亦间有适予意者。

偶读《王摩诘集》，虽于陶、谢尚枝梧，义趣亦自高胜，其佳处正在似浅而深，似薄而厚。钟嵘评晋宋间诗人云"庄老告谢"，孙子荆、阮嗣宗之流；"山水方滋"，孙兴公、谢客皆是。王则能以庄老写山水，又参以禅悦之味，虽其质已非正始、永嘉之馀，却亦质野疏朴，宛然旧观。开宝以后诗人便少此意境，明人徐祯卿、高叔嗣衍其馀绪，遂亦成宗派。

日内疲累过甚，心不能摄气，遂至虚火上炎，肝木乘土，忿欲交攻，一芭蕉坚之身，能当此克伐乎。今早因责数奴子，耳鸣又大作。予之违惩窒之戒，废克治之功也久矣，如重伤寿命，以孤二亲在天之灵之望何？且予作吏，而惰于治吏事又何？责于奴之惰，我事不尤其身而尤其下，如忠恕之道何？痛改前非，勿丛后悔。

张给谏处观元和年间，经幢拓本似柳诚悬之门徒为之也已。外拓少中含，然以视后来书品，如燕姬挟瑟所获者古器也，惜其所发乃今调耳。矜宠，善狎者尚不止上下床之别。亦非苏灵芝、王十则所及。

同年再同侍讲枉过，云会典馆开舆图局，欲以走充纂修之役，以疾辞，乞改为校对官。次早追与书言之。并力荐黄、王、杨、王四君。

六艺，上古三代所以开物成务而立之极，如日月霜露之涵呴万物，万物受其德泽而不自知，不可以私意损益者也。逮末世浇讹，暗君婪相相踵，上骄下替，寖以成俗，古道遂不可行于今。方枘圆凿不相入，舟穷于行路而车穷于行水，审时用者，思所以通变合时，使民不倦之术，于是九流诸子兴焉。其或矫枉而过正，如老子贵柔，墨子贵俭，申、商、韩非无亲疏，一断于法，忍有馀而仁不足。或徇世而远真，如鬼谷子短长说。皆不可为典要。退居于不赅不遍，仅通一曲之诣，然亦匡救时病,与为消息,其长要不可抹杀也。

孝达师廿六到鄂接印,近日海军衙门议覆《铁路疏》,称不借洋款,责成户部岁筹的款二百万,另储备用;不买洋铁,责成鄂都开矿,用机器炼铁云云。又有通政使黄□□,亦力持借洋债之害一语。

修道守身,其要在损之又损,损之义在惩忿窒欲。寒山子诗云:"嗔是心中火,能烧功德林。欲行菩萨道,忍辱护真心。"世宗御制诗云:"情是身中水,能迷般若津。欲行菩萨道,戒欲护真身。"《阴符经》以沉水入火,自取灭亡为戒。道家以降龙伏虎为喻,乃至理也。

【眉批】此段义大略皆重。

己丑十二月

夜与云老商榷处世接物,同不害正,异不伤物之义。

梦华招饭,座上新识荣城孙佩南葆田,皖省循吏也,以治强宗去官,气味和静,而含介然之节。

得济洲公手札,夜作答启,并草《迟庵集·杜诗后序》,位贱承命不敢辞,然掾吏所自处,亦有分际。当熟思审守朱子"迹太近,勿被牵去"之戒。

予因世缘业障太深,又无暇治六艺,不得不以《南华》《六祖经》为日课,亦巽以行权之意也。乃前年得龙朔元年经幢一,正黄梅授衣法之年也。顷又得王修撰自南海使还,赠以龙朔元年坠腰石拓本一纸。予今日始信世法毫没用处,不得力,唯有坚忍澹薄,真积一点诚心,足以动物而相感。勿疑勿疑。此幢此拓本,非天牖我愚衷,而谁使之耶?

自皋文、惜抱、子居诸老后,世间遂无作碑版好手,梅葛君、宗涤甫尚非其人也。清早山妇以此事相质,予愧疏于此事,无以答其所咨问。

代某侍郎作《武会试录前序》。自火器兴而骑射废,光绪初闽抚丁日昌、江督沈葆桢，皆有请废武科之奏，下兵部议，格不行。序中考唐宋旧制得失，而断之以今事，因此公暗陋龌，趣，全不知文，既未能畅所欲言，遂削不存稿。

子培云焦山《鹤铭》未出水时，拓石侧旧有王瓒诗，今乃不可得。

四更不寐，起作《与王秘校书》，言均父为吏议所持，乞垂援手，事引康对山救李献吉为比。

杜诗："枸杞固吾有，鸡栖奈尔何。子云清自守，今日起为官。次第寻书札，呼儿检赠诗。"开后人借对法门，终是小家数，学杜者勿弃珠玉而执敝履可也。

对府公语移时，因极言蒙古土什业图车臣部逼近强邻，近年俄人侵入界内，挖金种稞，租地盖房之案，闻系有蒙人引之入室。蒙俄狎昵情形，不独详麟所称，土什业图亲王车林多尔济为然也。俄商以洋货砖茶易北部四盟牛马，至巴里坤一带转贩，中国茶商连年倒闭，喀尔喀土人又为敌人所惑，边情可虑已甚，府公意韪之，然措手殊不易也。

仁和吴仲昫先生振棫，嘉庆甲戌进士，由翰林出守，历官至云贵总督。生平服官不离滇风黔雨，持节昆明，日值回乱，崎岖戎马，涉历艰苦。有诗云："功名此地为终始，士卒经年共死生。"可想见头白临边，父兄仆射之况矣。晚既乞长告，侨寄listing昝阳，徜徉山泽，时有寓兴之作。吴越勘定乃得归，同治中卒，年垂八十。

同年陶方之方伯通籍后，远官河陇，足迹遍玉门、车师，作宦二十馀年，箧书幞被自随，从不携家属，严于操履，冰蘖甘之。然御下极恕，接物极和，故人皆怀其清德，尝慕陆清献、张清恪之为人。或问公思虑精密，妙于摄生之理然乎，公戏曰："生平惟吃独睡丸一味。又，凡事无所将迎，学告子之不动心耳。"陇坻踏青节，士女游观甚盛，公辄先期禁止，物论以为苛政。然善妒者率引公旁无姬侍，以戒其夫曰："何不以陶大人为法耶?"其风味亦近世所无也。昨得公幕中一人来笺云：公近遇事，禀白秦帅，乃奉行之，自己不出主意，故超然誉毁之外。殆公更事久,近亦通于世法耶。

在友人处观大兴刘氏所藏未出水时《鹤鸣》拓本,气敛势逸,极有精神,仰石、仆石装作两幅,翁覃溪阁学引汪退谷《鹤鸣考略》释之,而未引张力臣说。生平所见拓本似无逾此者。

华盖禅师招吃饭,予嫌其曾受净戒而吃肉饮酒,非其教所宜有,遂辞不往。

天下不治而一国独治,汤之亳、文王之岐是也。一国不治而一家独治,闵子骞及陈仲弓、庞德公之流是也。一家不治而一身独治,舜之于象、周公之于管蔡,及近日开化戴简恪公,妻性奢而公性俭,各安其性是也。今予门内不能治,且可游于儒释之门之间,坦荡荡冷湫湫。

《荀子》云:王公卿大夫不知学问,则不如士庶人之贱。韩退之视当日巨公,曾仆隶之不若。今之行呵殿而坐尸居,恣睢顾盼,自鸣得志者,曾不畏道旁双石人訾笑乎?其以不仁而在高位为可久乎?何昏鄙至此!

晤子修,论靳文襄公《裕饷生财第一疏》之非,因及康熙五十年、乾隆三十六年两奉"滋生人丁,永不加赋"之恩诏,改以乾隆朝之旨为断,载户部则例。龚主事自珍作《地丁正名》,未详考此案,故于此事首尾,未能了然。前后户口减增之数,编审皆非其实,此疆吏视编审为具文,不以实报,积为欺妄之过也。疑康熙五十年前,户口裁一万三千万,其时耗羡未归公,乃以多报少。乾隆三十六年耗羡已改章,疆吏恣为面谀,乃以少报多,云盛世滋生人丁至四万万,相距裁六十年,不应骤增户口两万七千万。民数与田数相为表里,食为民天,主计者岂可不知其多寡裒益之实数,审其衰耗强弱,而预为之防水旱、権衣食哉?

曾君饷武陵杨氏所纂《舆地沿革考》二函,性农驾部之尊甫也。

妇病稍差,追忆戊辰、己巳间,予尚未授室,泛海遇飓风,人言予已溺死。冬春客沪上,疾作几殆。宜人时未嫁,欲自誓在室守志,违礼家毛氏大可、汪氏中之禁议,俄复以忧得疾,其意可感,遂敬礼如初。

据俗吏案，坚坐帖帖，穷日之力不走开一步，我思雍正中山右孙文定公嘉淦，谪降银库行走时，如何小心供职，如何不辞贱役，前贤笃行，思之憬然，予殆未能仰跂千一也。

夜分思壮武公，平日以国士见待，岂敢以众人相报，命抄之书及各件，皆辽金无别史。赶于年内督趣写官，蒇工封寄鄂垣。

篯叟评定予诗，似耕牛稳实而利民用。又谓松岑所作，俵骡骎骎，欲度骅骝前。予大笑。

芍师手札存问，督作《元秘史注叙》，以元事非所夙习辞。

料理年债至纤至悉，一入一出皆秤停之，似合程度治天下，事约指卑，思从至微眇处下手做起，动刀剨割，謋然待解，宜谨守此。

答芍师札一通，有足不涉敖嫩之河，目不接邪米之帐，夙于元事，僵索茫然，若遽责以题词，俾为喤引，将恐咫闻之欧九不辨撑犁，识小之陆澄仅拈服匿。蚊翼有负山之惧，龙文滋绝膑之忧。纵割一日之馀光，难表千秋之绝业云云。

曾文正公病将殁时，笑语其友曰："我自作志铭已竟，其词曰：'不信人信运气，腐公有言告万世。'"此祖《孝经》援神契三命之说。孙子荆诗云："三命岂有极，忧喜相纷扰。"腐公，公以司马子长自况也。

吾祖曜卿晚敕其子准，字孝尼。言处乱世最难，要惟强立而以礼自持，乃不伤其天全。先公每举此戒其子，泣识之勿敢忘。

既归私宅，与陈先生谈，先生云："子作吏，劳瘁过度，血气衰耗，皮骨仅存，故方寸亦因之牵掣受病。此《孟子》'蹶者趋者，气能动心'之说也。《老子》云：'心使气曰强。'谓啬养深固，始能制气，使不妄动也。不养心则气不受摄，喜怒过差，由是而作不中节矣。此非特害事亦且丧德。不可不预为之戒也。"予久废"半日静坐，半日读书"之课，遂至于克治涵养分数日差一日，不能治一己之性情，恶能治天下人之性情乎？嗣后遇横逆妄人之来犯，而不校可也。

过屠梅老，明春定入晋，梅老连月丧其次子、幼女，岂《白虎通谊》

三命中所谓遭命之适然,故运气蹇剥至此邪。君顾神明坚定,惟以读书养性为遣日资。窃心仪其为人。顷有薄馈。

国初蔚州魏敏果公,毕生兢兢矻矻,以三言确然自守,曰循理,曰守法,曰安命。公所以自能树立者,由言动不妄,克治深厚之效。

主客署自咸丰庚申订约以来,通商、传教、游历分界,事事掣肘。庙堂闵沿海、沿江数千万生灵,甫脱兵火,不忍使之再陷涂炭,是以维娄远人,涵濡卵育,往来文牍,咸同间多人为刀俎,我为鱼肉之语。今虽承平日久,多所斡旋,然恭倨参半,亦姑听之,是以虽有章程,皆不可以剪裁入《会典》与六部事例,可以连案抄缀者绝异,与神机营、海军牙门亦异。故前草凡例,亦不可遽定为典要,如实在触处窒碍,尚须决之府公,奏请无庸将此衙门编入,以存体制,而示大一统之规。盖《会典》者,内治之经制,而于外交之权,宜固有限葩,不可强通也。

三更入内,咨白吏牍,竟言之,枢宪许公云:"详细边地形势,不可刻入《会典》。职方司所职掌,恐外人购取,反资彼觇我要害虚实。非细患也。"公及额相皆违予说。

【眉批】按:此甲午前士大夫所见,尚与今时迥异,故当时言之如此,现恐须酌,亦姑入抄。己亥岁,刚毅犹持是说云。《会典》固不便赴印,先公盖深笑之矣。惟此指详细尚不同。

文中子言:"惟寡交多亲,乃可谓知人。"当谨守此谊勿泛交。

庚寅年(光绪十六年,1890)

庚寅正月

岁会去年经费簿,耗用两千馀金,无怪心力交瘁,颜鬓俱凋也。当刻意师苦县老子之俭穑,以省心而养德。

予才性本拙于吏事,触处多滞,无能为役,决非政事科中人也。强学之则失其故步,为人嗤笑,甚无谓也。无已,惟有专心一志,从事文学一门法。梅子真曰:以读书养性为务,息交绝游,楗闭深固以自孱守,或庶几免于大戾乎。

与同曹观内府旧藏手卷,梁武帝行草二行十馀字,旧藏大学士王项龄家。疑临摹赝迹也。又观曾南城《赏雨茅屋图》,题者如林。

乾隆中赵云松私论汉桓帝诛梁冀,收其家赀,直卅馀万万,以充官府,用减天下税租之半。明臣王宗茂劾严嵩,请籍没其家以充边军之费,以横取官物者,仍还之官,以纾民力,亦裒益之一术也。家随园诗云:"纵鸡食虫蚁,鸡肥旋烹之。主人谋自佳,不可使鸡知。"此则假手贪吏以纂取民财,非中道也。

庞葆深年丈讥萧山朱相国云:"公乃八面磨光底火刀石,洵不愧为百僚师表。"予谓胡明伯始之所以位致台鼎,具见蔡中郎两碑,意径亦犹此。然朱公之操术浅,又不逮胡公。

人日三更入内,微雪复止,咨白吏事,待府公决之。天明回署后,复以《藏约》第一条未明析,昶云:应楇咱利山一带山顶为界,自此山往南流之溪河属孟哲雄,自此往北流之溪河属西藏。如此似较明白。府公复派至侯宪曾宅回话,又至洋总税司署商榷此条。日午仍归小沤巢,料理禀牒。

清晨,华盖国师过我剧谈,又云二月初六将奉敕驰驿,由甘肃至乌鲁木齐,其徒众仍由口外草地行走,回驻大阿勒台山承化寺,现沙振亭。科布多参赞右袒乌梁海部,收回牧地,有意与借地游牧之厄鲁特僧众为难。已调任吉林副都统,其徒众至彼或不至被逼徙塔城,流转失所,第刘毅帅又续假不出,华盖尚无所归依耳。

文中子言,心迹之判久矣。康节邵子云:"无口过易,亦不易。无身过难。无身过易,无心过难。"吾安得无心过之人而与之言哉。予顷汩没于俗,夜觉晓非,今悔昨失,深愧此言。

葺理北院一小屋曰:"观物篴园。"中老桃树二、枣一、椿一,拟榜一横匾云:"陶陶早春之榭。"邻家皆临垌负郭,而多林木。春晴,鸟声甚乐。煮一瓯日铸茶,扫地焚香,寂坐眺听,闭门养性,不治荣名,吾志愿足矣。

奉西邸教至东瀛使馆,笔谈久之,语在问答簿。行人出字画册页属予,审定真赝,仍归署复命。

观钱梅溪所临汉魏隶八分帖,似逊巴慰祖之简劲,竹汀老人之宕逸。

晤曾君表,谈牧翁《列朝诗集小传》之曲笔,《有学集》之多遁词,上愧座主高阳孙文正公。下愧门生,常熟瞿忠宣公。惟其沉博华瞻,为同时石斋黄公所推许。虞山晚遁空门,有《楞严疏钞》《华严疏钞》,发抉恣肆,抉极根要,绝作也。梨洲先生亦重之。虽望溪讥"吴越间遗老之文,无一雅洁者"。又云:"其秽在骨。"其才要亦不可掩,此如震川讥弇洲为"妄庸巨子",弇洲长处亦非归氏所能掩也。《列朝集》甲乙丙丁卷中,皆断代为明人;别列前集,则元人而入仕于明者,以此自解免,祖遗山《中州》一集。此老藏身于藕丝针孔中,然天地为之笼雀,乃无所逃,奈何哉!遗山入元不仕,故自寓诗有"无人和玉试红炉"之句,遗山有知,似未肯援东涧为后进也。且遗山不忘亡金,于金之君臣多恕词。东硐乃多愤语,视梅村且愧之,何况裕之邪?归玄恭、冯钝吟晚皆及牧翁门。牧翁七十，玄恭大书十字为寿，云："遁东海之滨，如南山之寿。"归熙甫文字得以传世，牧斋与玄恭力也。归、顾少齐名，乃亭林先生耻自附于虞山，信豪杰之士哉！

陆放翁宣和末年乙巳生，范石湖靖康元年丙午生，竹垞先生句："石湖居士范成大，鉴曲山人陆务观。"陆字义取列子"务外游不如务内观"之说，先生误押平声读。小于陆一岁，及石湖帅蜀而放翁为其属，相遇如布衣交，放翁得佚宕礼法之外，视严武之待杜老为优矣。周必大、王淮皆丙午生，淳熙五年戊戌夏，石湖时入为参政，裁两月罢去。是年王淮为左丞相，益公为枢密使。后石湖赋诗有"百年甘守甲辰雌"之句，岂亦不能忘情乎。以上剪裁《瀛奎律髓》语。

予与朱鼎父亦同道光丙午生，而皆以丙子登第，戏书与之云"嗟我与君同丙子，四十五年穷不死"云云。朱时客岭南。

明者，处世莫尚于中，善为深浅显晦之行。中者不思善不思恶，不近名不近刑，缘督以为经也。蓄其才不危其身，居其实不居其华，有群矣，而不累己，性常孤贵而不失物和，去四害就四益，此缘督虚己之功效也。

徐寿蘅少空师招集湖南新馆，同观董文敏、王烟客画册，又唐李怀琳临右军书嵇叔夜《绝交书》，有董香光及陈山人继儒跋尾，疑赝迹也。

至人与世推移，应物无迹，禅土两修，实则禅土两寂，只此一事实，馀二则非真。

湘乡曾文正公每以言语气象观人。戊辰，予访刘融斋先生于海上；己巳，见六安吴公拙修于白门。正容悟物，使人疵疠自消。士固有尸，而龙见渊沉而山立者乎，真所谓气象尔。何物遂令我屡迁也，龙章凤姿，士纵困于流俗，其气象要自超然不可辈群，此非常人所能知也。

恭读世宗皇帝御选语录，每一卷冠以御制叙，玄理宗门，贯穿圆澈，深入义海，古今所未有也。

予友篯叟形见神藏,汪洋自适,真所谓王公大人莫能器之者也。当其游于玄门,黑窣窣地千周粲彬彬;当其游于宗门,赤漉漉地一丝无挂碍。予见此老惟叹善哉。

翻阅《恽子居自批文》与《批阅茗柯文》,一鼻孔出气,于归、方之外得义法,不为刘、姚所缚,生辣气味,颇得于经生之公羊家,九流之申韩家。恽长于九流,茗柯长于《易》《礼》,根柢不同,其自立门庭,如尹刑之相避。然恽、张皆受文法于王悔生、钱鲁斯,王、钱不自为之,与恽、张自为之,其宗趣不二邪。学张而不至者,为董士锡;学恽而不至者,为陆祁孙,然皆不可谓之无门径。若王惕夫,则索之形骸之外矣。

建州人尽猥琐若此,败厦之不倾亦仅矣,其存也几何?

平生百事惟忍耐,惟不耐俗,山谷《刺俗流诗》云:"浊气扑不破,清风倒射回。"可谓工于摹写。如此恶客,乃不若与鸟兽居。

宋人谓温公优游洛中时,混物我,一穷通,不涉世务,自称齐物子。夫物论之不齐,病在我以不齐之心视之也。若忘物我,则无是非,一穷通则无欣慽,亦何物不可齐哉。《四十二章经》云:"心行平等难。"能处处作平等观,则无逆心之事矣。

一中涓暖室中,有夏虫经冬尚善鸣,始悟修短非有定数,不犯寒暑,亦得养生之理。若更如唐人柳公度所云:"不以元气佐喜怒,则真养怡之福,可得永年矣。"嵇叔夜不云:"为稼于汤世,必一溉者后枯"乎。《孟子》曰:"苟得其养,无物不长;苟失其养,无物不消。"消长分数,皆甚微,失之于微,至著乃不可救药矣。

壮武公作事如其作书,时有败笔。气矜又不肯自居于弱,乃多方用救败之笔以护前失,故遂至跋前踬后,而于物多所胶滞,虽不遽僵仆,然用力疲苦而见功甚少矣。此亦才性有所偏短,不善于自用,又不知取他人之长以辅己短故也。《老子》云:"不贵其师,不爱其资,虽智大迷。"是谓作事之窍妙,知贵其师,爱其资之关键,则用力少而成功多。

【眉批】此等语过多,须待删裁,详酌之。

早至署，见雅道陵迟，九流秽浊，不觉郁郁。予既未能逃去幽忧，亦复何益。不若游于物之外，转得超然之趣也。

小沤巢宽不及一丈，而市喧不到，兀坐如已枯之木，已寂灭矣。若再涅盘，尤《大妙涅盘经》云："生灭灭已，寂灭为乐。"闻佛斯言，惟赞善哉。予向有句云："死绝青蝇为吊客，生如黄蘖入枯禅。"此句妙矣，而未若佛语尤高胜也。

庚寅二月

北方高凉，四十强仕；南士卑湿，三十便衰。信有此理。

春阴漠漠，一望无际，疏林远树，依微相间，枯寂之景，皴淡如画。到此方知韦公"寒树依微远天外"造句之妙，非至静者不能领略也。

今早极陈东三省练军之害，当日穆图善立法未善，仿照德意兹国人尽为兵之法，每省岁练兵丹五千人，次年退伍归农，另抽练五千人，次年又如之。其归农者，听有事时调拨。定庵希元颇以为言，未蒙采纳。抽退听调之兵率多，游手游食，不耕不商，窝赌吸烟，盗贼横出。至于营中之事，将骄卒惰，积弊日深，将来不惟无益边防，且恐一旦敌境开衅，便成瓦解，此当国者之忧也。府公韪之。

晤均甫，均甫今日蒙恩发往以道员补用，因谈道光末林公、穆相、刘、郑、邓、徐诸人事，彼时士大夫多外柔憸，别是一种习气。汶上刘帅阴险尤可畏，林公赦还居乡日，刘犹帅闽，林公颇受其龁龁。真所谓人情险于山川也，太行、孟门，岂云崭绝！

末俗波靡，易为名高，《老子》所谓有爱其资之说也。然虚誉损实，大为害德，溪涧易涸，君子耻之。惟黯淡不近名，好与胜己者处，多求药石之师，乃可以立进德之基而收名远。

汉语云："墙高基薄，虽得必失。"广其基，痹其墙，涵嚅六艺，永葆贞吉，此敛藏持养之义也。

阅《南齐书·高隐传》一卷，顾欢《夷夏论》一篇，深达义趣，其所自为则右老左佛。吾家景倩驳之非也。末缀《史臣论》一首，申袁难顾,仅得二乘之糟粕耳。既不知佛,焉能解老。是时佛学已衰,安什、远公久已谢世,黄梅、曹溪宗门未出,故所见粗浅至此。

《桥西杂记》叶润臣著。引宋周益公必大曰:“大凡文人才士,屈首受书,未能多阅天下之义理;壮则从事四方,志有所分;及其老也,血气既衰,聪明随之,虽有著作,鲜克名家。此古今通患也。”按:平园此说韪矣。然刘舍人勰《雕龙·养气篇》云:“凡童少鉴浅而志盛,长艾识坚而气衰。”二言足以括之。国初渔洋、竹垞诸老集经,手定删弃少作。姚惜抱晚年自以才退,不多作诗,达此理也。

泛览《桥西杂记》《玉井山馆笔记》,疏旷谨严处皆有致,乃近人札记之佳者。

村叟诗八卷至十六卷印成,略略披览,乍喜如登榜,俄愁似怯兵。了不见佳处,且写情景句少,而说理处猥多,不免如刘舍人所讥,“非柱下之指归,即漆园之义疏”云云。此诗病也。何时捐去故见,更引新机,得有“庄老告谢,山水方滋”之异境乎。

邵氏《观物外篇》云:“凡事须量力,量力故能久。”蒙庄言为文之道,当使充实,不可以已。夫著述之方存乎养气,适分胸臆,则理融而情畅;牵课才外,则神疲而气衰。《雕龙》第四十二《养气篇》。故张伯松不好赋颂,必不肯为子云之沉思;张文昌专学古淡,必不强效昌黎之排奡。才分各有天得,续凫断鹤,岂智者之所为哉。又颜黄门云:“学问有利钝,文章有巧拙。钝学累功,不妨精熟;拙文妍思,终归蚩鄙。但成学士,自足为人,必乏天才,勿强操笔。”此亦通人之论,不可不知也。

苏龛来谈诗,予谓:“自治其性情,然后能治人之性情。此诗之用也。今世士不喜为诗,遁而为考据以欺世,殆怀其鄙倿,无真性情故邪。”

出门如宾,承事如祭,一日克己,天下归仁。居室善言,千里皆应,君子之道,必先尽其小者近者,然后大者远者,以次修明,可得而举。故韩子《原仁篇》曰:“笃近而举远,此知治本者也。”

凡人心思之用有限，而物理不可穷。予欲习小止观术，垂六七年，六门之妙，未能尽其一门。《安般守意》之经，知其理而不能通其数，一术之细，犹辛苦难成若此，况求见道乎？

凡病之来，外则六气奸之，内则七情召之，天刑之邪，抑人自刑之也，惟至人为能免乎内外之刑，不焚和故也。东坡先生云："摄生之理无他术，要使和而安内，和而精不出，则物之感我者，轻外安而邪不入，则我之应物者顺。"

与蒿隐先生谈。先生三岁而孤，十三岁又丁母夫人之丧，继祖慈邹太夫人育以成立，今年七十馀，尚康健。先生坚苦力学，无师而成，可谓能自强矣。

一巨公问佛法，答曰："公先试看，处贫富贵贱底念头，果能作平等观否？然后能了达生死，能了达生死，然后能断去来际。去来际断，然后能得无生法忍。"达官学佛有二义：一用世间法于民生国计，吏治边防，分所得为之事，一一刳心力求精当，此世法也。处一切死生祸福不起别择心、计较心，湛然常寂，超然无与。齐王侯于蝼蚁，视蓬户若朱门。此出世法也。《四十二章》云："离欲寂静，是最为胜。"《遗教经》云："当离愦闹，独处闲居。先识禅寂为至乐，然后知灭度为至乐。到此境界，无佛亦无魔，无智亦无得，亦非梦亦非觉，亦不著真亦不著妄，知坐却白牛车，何劳门外觅三车。"

庄叟言："善养生者若牧羊然，视其后者而鞭之。"山谷用此作诗云："禾黍锄其骄，牛羊鞭在后。"孟诜言："善养生者，不极视大言，善言不可离口，善药不可离手。"李延平先生一生不作费力事。赵阅道为成都日行部，以一琴一龟自随，日暮颇疲顿，憩于旅社，则弹琴视龟。龟食气者，故神明而寿。柳公度言："吾无他长，惟未尝以元气佐喜怒，以世缘浅淡故。未尝以吾胃热生物、暖冷物，使气海常温耳。"阮嗣宗为人至慎，臧否不挂口，每侍朝宴，发言玄远。晋武帝论清、慎、勤三言，朝士中至慎无如阮公者，故颜光禄诗云："阮公虽沦迹，识密鉴亦洞。沉醉似埋照，寓词类托讽。"傅玄《口铭》云："病从口入，祸从口出。"以上皆切于日用,故连缀及之。

《老》《庄》皆浊世避祸之书也,岂好为诡异哉,殆亦不得已而有所激也。《老子》曰:"古之所以贵此道者何句,不曰以求得句。有罪以免邪,故为天下贵。"《庄·内篇·养生主》云:"为善无近名,为恶无近刑,缘督以为经。"朱子深斥之以此。又《外篇·马蹄》云:"余愧乎道德,是以上不敢为仁义之操,下不敢为淫僻之行也。"两家宗旨虽别,《天下篇》云云。要指归于超然远害,全生避世。所谓其声销,其志无穷矣。袁石公《广庄·人间世篇》云:《玉井山馆笔记》引。"老氏之学,源出于《易》。当云源出于《归藏易》。故贵柔、贵下、贵雌、贵黑。夫翠不藏毛,豹不隐皮,足以杀其身,而况人乎?是故大道不道,大德不德,大仁不仁,故万物为刍狗。大才不才,故杜栎为材全。大节不节,故鸟兽不乱群,视秽壤皆净土也。夫道云道云,以之律已则窒滞,以之律人则扞格。故古之人守道而得祸者,十常一也。德者得也,内得于己则矜,外得于人则自居名高而招物忌。故古之人以德得祸者,十常三也。不仁乎,人谓我寡徒;仁乎,反愁吾躯。仁者,恩窦而怨门,仁不给则殆,故古之人,以仁得祸者,十常五也。无才则招辱,多才则危身。故古之人以才得祸者,十常七也。尚节者,气太高则折,言太高则激,行太高则蹶。故古之人以节得祸者,十常九也。原文分数,明其词则有所删润。此虽衰世之文,然世变存焉,君子亦不可以不刳心也。

志詹事公颖招饭,座有成子蕃,面带吉祥,足迹曾遍天山之北。如沙南侯获《裴岑》《姜行本》诸碑,皆经手拓,雅士也。《高昌碑》系磨汉班氏孟坚《燕然山铭》而刻,古人佳书,往往为后人磨泐多矣。不独唐人《吊九江驿碑》,材为然也。

古人亦多不遇者,执戟之疲,甚于抱椠,漆园之辱何殊典客。高伯恭二十七年不徙官,作《北叟诗》以自寓。先正云:"仕宦常以不遇处之,洵安命之雅谈也。"

惟黯淡不近名,乃可自力于学。《老子》云:"知希为贵。"

同曹廷君以黄忠端公断碑砚,墨妙亭刻残石。及旧拓颜公行书

《争座位帖》索售，未有以应也，拟罄一月粮以易之。

处末俗而为名高，则种下骄吝病根，丧吾德矣。君子之修业也，汲汲皇皇，求尽性而已，非以为名也。夜重阅叶润臣《桥西杂记》，用意谨严，有所感发。

惟刘子政乃可拟《骚》，无非病呻吟也。朱子笺《楚辞》，为赵汝愚人之贬而作，以为自寓，则诬之甚矣。柳子厚非唐秭附之亲，拟贾可也，拟《骚》则不可。不佞日望宗室人材之盛，于事乃有济，于同时辈流得宝君廷、盛君昱，皆志趣与流俗异，国家似宜镞励培养，以成其材，此当轴之责也。

不佞浮湛秽署二年，叙资僞得一阶，揆之前贤素门平进之义，已为厚颜，至于崇衔不容妄取。名器僭滥至今而极，未牧得牂，尤所深耻，窃附《易》言"确乎不拔"，府公优奖，逊谢而已。

杭州江小云丈清骥枉过，谈庚申、辛酉间上海围城中时事，薛焕以吴模署江督，丈署臬司。先有一素识陈姓武弁，粤西人，已降贼，乃剃发入沪城，以情告云：伪忠逆李秀成将图大举攻城。丈请于吴模，枭示此弁，且严兵为备，又遣一干私戒洋泾浜夷酋，勿通贼，令助战，动以利害，且云若果欲与贼合势，则请先杀城中大使，毋殃及百姓。夷酋心动，开炮助我。贼败遁城，乃获全。此事颇与荆岘汤公在南昌定变事相类，诛一奸谍，则贼气先夺，推心与夷，则异类为用，以此服丈之有胆略。

均甫颇言近人学张宛邻派者，中实无物，予无以难之。

出安定门送人西行，不值，遂携蜀僧慈正及厄鲁特一喇嘛游西黄寺，登西方清净化城，仿布达拉窣堵波造，四柱刻经咒，中有一塔，刻佛本行化城之下，有御碑，上刻菩提树一花五叶之状。徘徊瞻眺久之。

夜与均甫论《易》义，以纳甲祖《参同》道家言，非《十翼》中所应有之义。均甫言《遁》六月卦，万物盛长之时，乃反以飞遁为高；《观》八月卦，群阴剥落之候，乃反以临民为务，岂度时消息之义邪。答曰："《遁》二阴浸长，物盛将衰。故君子处此贵知几为先，《观》直仲秋之卦,万物凄紧而成实,群材揪敛而收用,如李文饶、张江陵当国之时,虽际末运,可以粗治。”此董子《繁露》太阴不可用,而少阴可用之说也。

又论《震》《巽》特变之义,又论《太玄》为卦气专书,以七八不变为占,不用九六,大要准颛顼历,特《易》自《易》历,子云:“强合之,终非正义耳。玄之不见用于世以此也。”以上往复,语多气茶,不能备记。

往嵩祝寺之章佳胡土克图。去年茶毗裁十三岁,其呼弼勒罕,胡俗必三四年乃报名理藩院求验,往往应报者多,理藩院尚书等乃恭请裕陵所颁之金奔巴瓶掣签定之。黄教久衰,列朝特以绥怀喀而喀、四卫拉特、唐古忒忒诸部之故,神道设教,羁縻维娄,因其教不易其俗,诸部赖以安帖者且二百馀年。庙算安边,超越汉唐远矣,何论宋明哉?

忠端公《行笈中止断碑》一砚,砚乃公患难中一石友也,公有诗云:“亲经霹雳推车过,邮的滂沱自在春。”诗之作,其当与杨武陵廷辩不称旨,谪戍辰阳时乎?亦见张孝廉燕昌《金石契》。

勃豀之来,不免焚和,然思庄叟云:“言者风波也。”邵尧夫《击壤集》云:“著身静处观人事,放意闲中炼物情。去尽风波存止水,世间何事不能平?”又云:“不作风波于世上,自无冰炭到胸中。”真得道人语也。

答上桐邑大兄书,以新作《石砚诗》寄之。砚及旧拓《争坐位帖》均归予,以羊肚锭六十两易得之。

阅《后汉书》,于隗、公孙二传赞,玩其词气不鄙,而倍知范蔚宗之不终,必有以覆其宗。言真为心声哉,情由仁生,故善节情者,莫如《诗》;理以智辟,故善研理者,莫如《易》。《白虎通谊》、班氏《六艺略叙论》,皆以五经与常之性相表里,《诗》仁、《易》智、《书》义、《礼》礼、《乐》信也。说文理谓治玉之工,故申引为条理、文理、伦理之理。治刑狱之官亦曰:理,唐人讳治以理代之。古训犹存,字书无以理训道者。戴氏东原《孟子字义疏证》、段氏茂堂《说文注》言之甚详,足以纠陈北溪之失。凡理皆有两端，是非利害之属是也。

批阅《后汉书·二十八将传》，其时无劲敌，邓高密元功材堪郡文学而已，诸将成功皆草草，适逢时会耳，朱子谓读史不如穷经，多闲是闲非，没甚么要紧，不可不知也。

洪星使云，张石洲所据以刻入连筠簃之《元秘史》，乃韩小亭中丞藏本，现流入俄国。敌人方讲求舆地家言，而都下士大夫惟日以游宴征逐为业，可浩叹也。

汉高、文两朝处置匈奴，日以和亲为事，至孝武始录冒顿以来稔恶，发愤用兵，及至宣、元之世，呼韩来庭，北边晏然，此用兵而得者也。宋太宗挫衄于耶律休格，真、仁以后，岁币惟谨，至熙丰之世，讲尚边功，志勤远略，未岁而召靖康之祸，此用兵而失者也。得失何常，亦视其内治为消息耳！

马文渊之才，岂后元功四七；冯敬通之节，讵逊南阳近亲，乃谤腾身后，见摈清时者，岂惟踦于天命，抑亦厄于地势也。左太冲诗："以彼径寸茎，荫此百尺条。世胄蹑高位，英俊沉下僚。地势使之然，由来非一朝。"观于建州之人材猥琐，噂沓害政，不胜惋叹！

诣蕁老云：知不足斋聚书有三十一集，末一集刻稗官，不署斋名；《陆放翁全集》，汲古毛氏刊，惟《老学庵笔记》刻在《津逮秘书》中。

毋论作内事外事，当敛约凝静，孰思审处，勿妄发，一味从"平实可行"四字下手，庶几动刀甚微，謋然理解。

"迂谨"二字最妙，积为之使人不疑，且久而久之，所谓鱼相忘于江湖。素行迂谨，极是好消息。

凡前贤作文字，风格已成，章法、意趣、音律、色泽有可观者，或工于创意，或工于造词，或工于行气，或工于析理。工于义者，扶疏条达，雷雨收霁，百昌怒生，象春令少阳主之，四德之元。孟子、贾谊、司马迁、韩愈之属是也；工于词者，发皇沉郁，铸鼎象物，陵暴万汇，象夏令太阳主之，四德之亨。扬雄、班固、陆机、范蔚宗、柳宗元之属是也；工于意者，揫敛成实，隐见起伏，次第环纡，象秋令少阴主之，四德之利。晁错、韩非、董仲舒、刘向、李翔、王安石之属是也;工于理者,剥落坚凝,捐弃声色,独立意言之表,象冬令太阴之主之,四德之贞。刘勰、刘子玄、陆贽、朱子、虞集、方苞之属是也。学者祖述焉,而各得其性之所近,是谓善学。

夜静坐,静坐中理趣独多,如无所得,超然物表,如有所得,亦不贪著。

以上所说,淫于老佛之指,故意思过差如此。前贤谓静后见万物皆有生意,观鸡雏、观天地生物气象。曾文正公自课十二事,每日不拘何时,静坐四刻,体验来复之仁心,则儒者法门也。

伯羲祭酒携来所藏宋《睢阳五老图》,图中太子太师致仕祁国杜正献公衍八十岁,越州山阴人。礼部侍郎致仕王涣九十岁,司农卿致仕毕世长九十四岁,兵部郎中致仕朱贯八十八岁,驾部郎中致仕冯平八十七岁,凡五人。自洪文惠文敏、范致能、虞邵庵以下题跋甚伙。

庆历四年甲申,祁公入相,五年乙酉正月罢,丁度、贾昌朝不喜之。七年丁亥以太子少师致仕,皇祐中进太子太师,封祁国公,嘉祐二年丁酉卒,年八十。史称公清介,不殖私产,既退,寓南都凡十年,第室卑陋,居之裕如也。或劝公为居士服,公曰:"老而谢事,尚可窃居士名耶?"今图中乌帽皂履,绨袍革带,正与言行录及史合。图成之年乃卒之年也。王涣以下,殆皆卜筑南都时,往来过从者与。

芍师处饭,师有健庵徐公《憺园集》,国初人诗温婉静细,雅音为多,胜于乾隆后诗人之狂怒怪张,无搢笏垂绅之度,运会风气固不同邪。

庚寅闰二月

初二日,早趋牙,录公毕集,溉阳师相亦至,议东藩事,仓猝命草奏,立受指并事宜六条。

仕途最易惹物议,伊尹强力忍诟,想亦屡遭同官骂,以忍事敌灾星也,裴晋公诗亦云:"灰心缘忍事。"前贤又云:"作吏之道,清、慎、勤之外，更宜加一忍字。”能忍则善戒无迹。

读《后汉书·窦融传》，观融之善自全，融与梁统等谋，以为河西一隅之地，易以辅人难自建，故决计东向。此融料事之明，审几之哲。吴越钱武肃及元末广州何真，皆祖其故智，所以祸福与嚣、述不同。而其子孙犹不获全，乃深有感也。从此读史于紧要处用圆点六角识别之，以便检查。

答诣张给事，在君案上取阅俟村林文忠公诗，工整有馀。遣戍伊犁后，多与邓嶰筠制府唱和之作，和婉而无怨诽，可谓全于意气者矣。

阅金人《归潜志》，记事述时，笔仗不及元裕之远矣。中载李屏山《重修嵩山面壁庵记》，此君离经畔道，猖狂妄行，然于宗门理趣却有所得。

阅《归潜志》，元裕之《金谷怨》一首，李长源代金谷佳人答以难之，元复和李作《后芳华怨》，其诗新声，略存古意，真一时劲敌也。

夜读《后汉书·耿弇父弟子孙合传》，耿氏世贵，与汉兴衰相终始，亦可异也。

早起上座师曲江公书，颇以早传谏员为盼，然又以才力劣弱，不克尽职为深惧也。

四更入内，常熟尚书垂语移时，雕饰混沌，恩礼周而不胜衔戢。

夜阅《归潜志》，刘祁颇为程朱之学，而饰泽以辞，已阅许鲁斋、刘静修之先，其性行简淡，粗实义理，实《金史·文艺传》中高出者。

作吏废学，疲苦不胜言，时俗拘挛，喑吟度日，又无处开口作鬲下语，无补时艰，有损夙业，徒为人也，可耻孰甚！

谒座师崇文山先生。先生致仕已久，所居小园制作朴野，垂语身世之感久之。旧有别业在蓟州之芳谷，有好友李观澜、王竹舫结邻，相得也。乃五年间，李、王两君先后辞世，心迹益觉寂寞，老怀颇难遣也。

先生深于杨园、桴亭之学，戒予曰：“勿以吏琐存夷然不屑之见，即此是学，可资以研炼物情，洞达事理。”孙文定谪官在银库行走，松湘圃左降为发什库日，亦能竭忠尽职，可法也。居一日官则思尽一日之分,不计阶资之崇庳,但课吾力之勤惰,此养心之妙法也。

"敛退就新懦,趋营悼前猛",乃韩公涉世既久,多悔少可返而自讼之意,所以下归云惟归愚,汲古乃得夷途安宅耳。朱子亦言:"全此纯愚,只辨铢积寸累,为学而已,一切沉升荣辱,付与造物,我无与焉。"

谒座主董先生,先生年八十四,犹手不废书,自云:"平生短视,不系眼镜,于物不极视。"故目力犹健,谈《易》义久之。先生云:"《易·恒》言失得,失每居得先,于义云何?"对曰:"《易》忧患之书,言凶悔吝者居其太半,故得常少而失常多,所以垂戒也。且阴主耗,阳主息;阴居虚,阳居实,于文易气称阴在阳前,故得居失后也。人常意于得,故无得也。知道者匑匑如畏,超然无滞,身世之际,常以失处之,此得者机也。亢之为言,知得而不知丧,惟能善处丧者乃善处得也。井之道无求也,以不求求之,以不取取之,以无得得之,此以失为得之妙用也。

作吏日力物力之所费,以酬对往来为大宗,坐见消耗,致废行业。今拟审度缓急,随宜应之,可省并则且省并,亦省心啬神之一助也。

胡守三来谈琼州黎母岭开山之举,颇为要功,无益其地。水土之劣,一望榛莽硗确,又不及台湾开山之有利也。

顷有客示以倪云林画村落小景一幅,倪自题绝句有"长风忽度枫林杪,时送秋声到野亭"之句,末署壬子七月。云林以洪武七年甲寅卒于里姻邹惟高家,年七十有四,壬子则洪武五年,峰树微茫,皴枯萧淡,真晚年笔也。

元人作《陆友传》有云:晋王右军善隶,而八分之法隐,唐所传者,韩择木、蔡有邻、李潮而已。此说颇与《绛帖平》之言相印证。二王父子盖变钟元常、梁孟黄两家所传八分法而别为草隶,以此名当世而趋简易,而钟、梁之神韵体势微矣。后人专宗大王,殆皆唐文皇所眯耶?

阅恽瑞金《言事》一册,中多阅世语。

廿二日,户部右侍郎彻侯曾公薨于位,国亡一鉴,极失三禾;遘子卯之撤悬,惊龙蛇之占岁,人怀葛公之德,殒涕嗣侯,我思马畅之铭,哭其再世。哲人殄卒，顾问何资？四国多虞，折衷奚自，把山翁之酒卮，独下孤寒之泪。辱并州之握璧，犹虚答赠之篇谊，诀府公感深末吏，山丘华屋又何以云？

夜分读《净名经》，静中默自思，惟下走虚度四十五年，以不孝、不友、不仁、不义之身强颜食息，无益世道，真乃独行愧影、独寝愧衾、夜觉晓非、今悔昨失。自问且不称为人，不称为子，岂胜腼然厕士大夫之列邪？

读《恽子居文》一卷，行文一纵一横，能尽其辞，善折善咽，刻深比附，似公羊、申韩家，信乎其能成一家言。予乃悟向者未始力学，学于是乎始。

凡忿欲之萌芽，稍忍须臾，即便消散，不为大害。武王《践阼篇》云："忍之须臾，乃全汝躯。"然非平日居敬持静做工夫涵养完定者，则不能猝辨忍字工夫。

蒿隐先生扈从上陵还京，见过，私论当时利病立身行己，宜益加慎，否则恐不免。

缀辑先正要语

修身门。同能不如独胜，博涉不若约取。务外游不如务内观。读文集不如读经史，经史理富，操之有要；文集华繁，散而易眩。苟能涵泳餍饫于易简之理，虽无穷之事变，枢得环中，足办应之。若多记，损心徒劳而无益，夸多陵物，害且殃身。为问惊四筵不如能适独坐。拙文研思，终归蚩鄙，不若钝学累功，可期精熟，必乏天才，勿强操笔，多为少善，不如执一。员为卿不若方为隶。言繁而脆，不若言简而当。早达者浅鉴而儇速，不若晚成者深识而舒迟。读书一目十行，鲁莽而耘；不若十目一行，深耕熟耰。日计不足月计有馀。晏元献意谓，张乐全之疏俊不若富彦国之修谨，修谨庶为寡过根本，子曰以约失者鲜。早智夙成，博涉多优，不若为学之功无间断，铢积寸累而成之，犹熟食物者，猛火煮尤赖漫火温也。

教家门。积金以贻子孙,未必能守;积书以贻子孙,未必能读;不若积阴德于冥冥之中,不求阳报或免馀殃。

择交门。争校是非不如敛藏持养。多交游少诚笃,不闻药石逆耳之言,则深陷不义不远矣,不若寡交、多亲、守身、责难,仍以孤学自持,勿骛交游为业,使后来未见而志合者。读吾札记文字,意气自能相感。以虚美接人始,虽戚而终疏,不若与人以实,暂离而久必合。

治事门。多一事不若省一事,兴一利不若除一害。万言万当不如默,百战百胜不如忍,在险而运奇不若宅平以无为。出者虽工,不如处者易持。轻试艰巨将为事物所困而败,不若量而后入,论早定则知早啬,早啬则精不竭。巧伪不如拙诚,巧避不如拙速,孟贲之狐疑不若童子之必至。百闻不如一见。意高于法而用意,不若法高于意而用法,巧为吏不如习成事。仓猝而求才,不如豫蓄养可成就者。使功不如使过,用长不如用短。与其冗员而重费,不若省官以益俸。今制正病治民之官太少,治官之官猥多,故牵缀隔阂,民隐不得上达,不若省冗员、益廉俸、延揽绅耆、整饬乡校,以通上下之情。

古人所以大过人者无他,内自重而不为万物所移,故性韵孤往,世俗之所驰骛,有所夷然不屑,有毁言至,亦傲然不受耳。

吊府公曾侍郎,见其所辑《佩文韵小篆谱》,公精于篆分草隶,又通小学。详询病势,颇为服西药所误。

答候刘孝廉,其祖孟瞻先生所藏《华山碑》,天下第三本系嘉庆中从宝应市上旧货摊物色得之,已破损断坏,装池手劣,用浆太重,致减神采,不及长垣本。今归上元宗氏。天一阁本云。

居小沤巢,仍接看《后汉书》,至《鲁丕传》,丕治经,闭门谢客,不答诣热人,人辄怪之,而丕欣然自得,可羡也。

客来络绎,甚以为苦。年衰学庳,日不暇给,厌为浮语虚词,坐废日力,今人乃不务犍户力行,竟以交游为业,世道之衰如之何而可。

困而不学,老尚无闻,食息废时,浮休度日,且夕疏记,只是野言凌杂米盐,无非脞录,如削而存之,不过与近人《槁西杂记》《玉井山馆笔记》伯仲而已，第尚不至如《碧云騢东轩笔录》之颠倒是非耳。

【眉批】此题册卷首语。

连年昶劳瘁多末疾，沉溺于佛老家言以自遣，欲返而治宋儒书以立心凝命，须以渐为之，乃得有意理相入，冰融冻释之处，所谓行小变勿失其大常，乃徐有得也。

庚寅三月

苦旱，适读《后汉书》，至郎顗七事，引《易内传》曰："人君奢侈，多饰宫室，其时旱，其灾火。"又曰："有貌无实佞人也，有实无貌道人也。寒温为实，清浊为貌，今三公皆令色足恭，外厉内荏，以虚事上，无佐国之实，故清浊效而寒温不效也。"详省比年灾异与郎雅光之言正合。郎氏父子两世治京君明《易》，岂得以其术家之言而少之，天人相与之际可畏也哉！

顾千里广圻、彭甘亭兆荪皆嘉庆中著名考据家，然千里辑《朱子语类》之精要者，为《遯翁苦口》；甘亭晚读嘉定《黄忠节公日记》，憬然觉悟，痛悔从前所学一误于举业，再误于词章，三误于泛滥考证，枉费日力，形神交敝，于是反身省察，切记克治，而作《忏摩录》，是乾嘉诸老先犹知义理之学之益人深也，今之为考据者乃悖其本师也。

心气疲茶，予于学术无能为役，而仕进亦非所诣，两失之，故天机阏而和理伤，当游于闲适之境以自广。

读《后汉书》范蔚宗自谓体大思精，所以少者，事外远致耳。观诸论赞，法度谨严而无纵横排宕之笔，如读王荆公诗，使人才拘而志退。良由范氏三世为《穀梁春秋》学，范宁，父汪，子泰、雍、凯，泰子蔚宗。是非多折衷于传注，《穀梁》清婉，其失也短，殆近之矣。

诣梅君侍御先生送行，先生将挈家入晋，主书院讲席。谈久之，以君之直节清亮，而见摈于时，不使正色立朝，坐镇浮窳，然则今之所谓贤者,果何等乎?

西员搉税者,于光绪十二年条陈重征土药当倍于洋药,彼其意欲病中国之民,为畅销洋药地也。予曾上书阎相,直斥其奸,事中遂寝。顷当轴复惑于西员之说,锐以行之,予复申前议,而不蒙俯采,为之奈何?少司农海盐徐公力持此事不可行,以民生困苦为重,仁人之言也。

茂园示我日本延长六年,当五代唐明宗天成三年,小野道风行书大江朝纲诗十一首,云彼中前代书家菅原道真、宏法大师与小野道风鼎足而三,体势亦翩跹有致。濡染于王士则一派,柔若无骨。

诣故府主曾公家,为草哀启之词。

治人事天,莫若用啬,天谓性也。

近时苦晕眩健忘之疾,既旷吏职,又不能赒其亲族,俯仰多愧,遂成废人矣。此后惟有清谨自持,毋妄言得失,小心畏慎,不妄交结,刻己淡薄,为子孙法。严督后人,勿忘孝友谦敬,庶几举策数马之风,以此仰承先训,临深履薄,自免于罪戾而已。

夜读恽先生集,模古处脱化无痕,若异境独开辟,凌厉严整,其锋不可当,细按之如画家用勾勒皴染,书家用翻绞使转,虽至不经意处,亦以章法积累布置成之,人工多而天趣少。夫古之圣于文者,理胜而法自具足,常微眇精严不可测,而先生顾惟恐读者茫昧,辄汲汲自明,何也?

止潜言同乡陆秋曹得张中丞电报云:均甫回山东后,凌初平为治病,愈剧,竟于三月初五逝世,年才五十六。惊悼失气久之。君崎岖绝塞,仕蹶再起,更历兵间,熟习边事,今正蒙恩以道员发往山东,骎骎向用,乃老骥方行万里,遂折轴,命矣夫!

三宜慎:奉身宜极俭薄以养福,制行宜极黯澹以养德,处事宜极平实以养才。奢丧福,衒丧德,骄丧才。不务平实而驰骋虚骄,则才竭而身危也。

杨先生言,一前辈云:坡公学李北海、徐季海书,得诀在一拗字,此与吴郡云"既追险绝,务归平正"之指相戾。然山谷论庾义城作诗法云："宁律不谐，不使句弱。"此亦拗字诀也。

迂道访法华寺，陈瞽者推行年，升沉已定，死后不传，戒定生时，却值牛箕，为之一笑。忆荆公、坡老集中皆有赠李山人惟宁诗，辅广、戒真、文忠不必推行年，然则达人如三公，亦为此邪。

禾黍锄其骄，牛羊鞭在后，二句颇中亡友均甫之病。

前夕季直座上，诸君共议一达官，借道书修常惺惺法之非。究与王导家世奉五斗米道者不同。然非之者亦未为得，予之附和尤非也，思之怅然有悔。

敬，以固人肌肤之会、筋骸之束，正位凝命之道在是，须臾离这个便不得。

胡守三直牧言东方形势，以珲春为重戍，从吉林至珲一千三百里，回远崎岖，造路极不易，不若由奉天英额边门，径走图门江北岸之宁古塔、敦化县等处地方，直达珲春，其程较便捷。由此开一铁道，则奉天及关内之军有事赴援，呼吸灵活，较吉林至珲为便。予谓此天命、天聪间大兵征东海，渥集瓦尔哈二部之路也，然当轴意在联三省之气，必经营官站正道，而不能别治间道，于国论颇相左。

【眉批】"宁古塔"三字不知何以误书。

四体眩楚不自在，既而思病虷吾身，于吾方寸了不相入，如云翳月障者，云耳月亡，损也。病来不憎，病去不喜，来固不拒，去亦不追，身心泊然，如是而已。

与吴秋曹游半亩园，《石庵相国谈禅诗嵌壁石记》在焉，凡分观物诗、仙龙鬼蝶。观我诗，生老病死。一时和者甚多。此园为贾氏故宅，幕客李笠翁为之布置，以方池渐台取胜，树石亦觉增胜韵，宋人诗所谓"有水园亭活"是也。

李伯行观察来，言西洋造铁桥法，虽海水巨浸中，亦可用铸成铁筒生根，古语鞭石成桥，驾鼋为柱，不足数矣。

才力耗于人事,遂日薄劣,惟所守极隘,乃能思周而少误,所谓知以无涯为病,以早啬为养也。

友人中吴子修之清谨寡欲,庞絅堂之澹约自持,皆可为法。

友人箧叟业箍筒,非佣力所得不食,尝日持黄箧绕身三匝,自谓性短乏济物之才,所得自矗没者文学耳,文亦匪可强能可强作之者,唯力学耳。

诣仲颂同年,君吾榜传人,为《周礼疏》,写定将付杀青,愧望尘勿及远甚。

商改《请敕疆吏条陈边事不得漏言》折子。子贡谓越王勾践曰:“无报人之志,而令人疑之,拙也;有报人之意,使人知之,殆也;事未发而先闻,危也。三者举事之大患。”宋臣司马光又云:“洞澈以解人之疑。”我为今之计,宜令我使告于俄廷云:各置屯戍,乃两国守边之义应尔,非志在侵轶也。造路为便商民捷转用起见,乃各卫其民生,非蓄吞并之意。此皆两国守土之官应辨之事,何嫌何疑?事有当推心置腹揭示敌国以为慎密者,不第以董戒疆臣为了事也。

或叩常熟公云:“常早起为累?”公答云:“愈累愈好。”《传》曰:“不忘公敬民之主也。”公位为三独坐,而习劳恶逸,古人之名臣何以加兹。

出处去就,取舍语默之际最宜审慎,以内不伤性,外不忤俗,群不累生,孤不失和为佳。八风吹得行,处处是日用。儒家有取舍法,佛道无取舍法;儒家有分别相,净业无分别相,此其所以异。文中子谓“上者天隐,其次地隐”。庞德公云:“行止趋舍,亦人之巢穴也。”以审取舍为全德,是地隐者也。至人不择美恶,居之若素,其视秽土犹净土也。以无取舍为不贪著,故随所住处恒安乐,是天隐者也。

居士日间勤动,用世法;夜间静坐,用出世法。世法者何?言忠信笃敬。出世法者何?持戒精进,忍辱禅定,非妄亦非真,无垢亦无净。参得透世法即出世法,出世法即世法。世出世法,皆强名也,皮肤剥落尽,惟有一真实。

记日本小野道风书《山居诗》

【眉批】应入杂文。

左方日本人小野道风行书近体诗十一首，诗则大江朝纲作，当唐明宗天成三年戊子，实则日本延长六年也。书派近王士则一流，腴而少骨，亦环纡映带，自成风致。中有一首《山中》自述云："惟有池鱼呼后至，各随次第自知名。"小野与谭峭身世不相及，乃与《化书》所云"策策""堂堂"语合，亦奇矣。东坡道人诗："桥下龟鱼晚无数，识君柱杖过桥声。"天下至闲适之境，随地皆有，然惟静者能遇之，喧者不能也。《南齐书·高逸传》，顾欢晚节服食，不与人通，每旦出户，山鸟集其掌取食，事大类此也，意其人固亦徜徉尘外，智与物化者。与此卷德清傅台郎所诒修甫媚学耆古，不耽世乐，因以归之视蛙蛤。令仆竟日尘劳，不知闲适为何物者，贤不肖何如也？且匪至静者，有恶足以知天下之至微哉？光绪庚寅三月芳郭钝士偶识。

自然之道静，静然后万物生，天地之道浸，浸故能阴阳胜。秦皇遣王翦以六十万人破楚，论者以为犯一拔取小儿齿之忌，故暴得而促亡。宋艺祖削平四国，以渐摇撼取之，不轻用全力决一战之胜，故多算而绵长，浸之为用，不可不察也。

陆学士来云：蒙古文《元秘史》六册近六百页，与连筠簃本不同，芍师有。

芍师篆法祖《苏建国山碑》，八分宗《曹子丹碑》，正书宗《赵芬碑》。尝语门人云，笔诀用画乌丝阑法乃得之，此即完白山人密处不使透风之说也，与包安吴"气满"之诀、曾文正所云"修脚法"皆微异，岂山谷诗云："世人第学兰亭面，欲换凡骨无金丹。谁知洛阳杨风子，下笔便到乌丝阑。"先生从此悟入邪？推乌丝阑之意，墨不溢出于笔外，滴水不漏，乃能左右牝牡，相得望之。气如繁星珠贯，而界线起伏，仍自分明，然此善用密处，非善用疏处也。斩笔有当用疏者，遒丽之姿,匪密不生,宕逸之趣,非疏不发,密主体势,疏主神韵,长于体势者,破方而为圆;长于神韵者,削繁而成简。山谷以箭锋直所直,人马应弦为有韵,从密入疏之功候也。完白云:空处可以走马。导疏救密之作用也。气密意疏乃能尽之,安吴《述书》云:"常计白以当黑,奇趣乃出。"亦乌丝阑之说也。

杨虞裳正书,品在王知敬上,谁谓古今人不相及邪?

庚寅四月

余自观所作方二寸书时,形空怯审,才弱也。心画如此,切当善用其短,若强凫为鹤则败矣;守敬畏勿戏豫,守澹约勿驰骛,反是则败矣。慎积小,毋为大,常居实,毋近名,反是则败矣。欲刻一小印文云:支那现在生中畸蘁之人之一,以约乃鲜失之。又云:刳皮锄色,畏焚和。云栖莲大师一句弥陀,直修净土,自居学侣,不敢抗颜,居丈室为人师,常自戒戒人云:弱羽狂飞,失利多矣,不自知,恶能明?

《管子》有之曰:"常立于不敢而行于不能。"不敢者思通鬼神,常存敬畏也;不能者以虚受人劳,嗛自牧也。敢则慢心生则矜心作,矜且慢己尚不立,何况强人行之,辱殆之来,皆其自取,何尤焉?

学作诗文,须玩专集,勿看选本。选本义法固备,然不善学之,易汩人性灵。何也?凡人笔力各有天得,虽善学亦难变化。濂溪周子所谓,性有刚善、柔善、刚恶、柔恶之别,禅乘所谓根器有利钝是也。惟笔路可以日求开拓,然亦当学焉,得其性之所近。若取法太杂,则才拘而志惑,一病也。专集有蹊径可寻,圣处工夫在题目,无论浅深大小,称心而出,尽意而止,各具庐山真面目,自成一家气格。姚惜抱评归熙甫文,妙在于不要紧题说不要紧话,却自风韵疏淡,以此造龙门胜处。此最善于名状。选本则体格歧出,贪取大篇,小文则割弃不收,就令摹范得其皮壳,虽生而美者,亦以汉冠晋唐制、唐装宋屐为病,顶踵之间,章采粉糅,反掩其本真之美,尚何气格之足言,二病也;贾、晁、昌黎善持论,柳州宜序记,陆忠宣、欧阳子宜章奏、书尺,坡公宜史论，董生、匡衡、刘向宜经说，蔡中郎宜碑版，半山宜序说、哀祭。以国朝名家而论，望溪长于义理，惜抱长于风度，茗柯长于阴阳消息，子居长于民法比例，各有偏至。若才弱而欲兼有诸家之胜，比至气不能举其词，意不能精于物，乌不乌，鹊不鹊，以为龙又亡角，以为蛇又有足，三病也。此家宗趣寻省未了，移涉彼家，见异屡迁，意脉扞格不相入，枝叶横生，质干窳败，故博涉者如牛毛，精取者如麟角，此四病也。

《老子》言，治人事天，天若《庄子》"全于天，物莫之伤"之义。早服重积之道，莫若啬也。深根固柢，长生久视之道，莫若啬也。人贪取我独廉，人躁进我独静，人耽华我独实，人趋薄我独厚，不以元气佐喜怒，不极示大言，啬之义也。《阴符经》言五行顺、制逆修、相生相胜之理。曰：静然后生，浸然后胜。啬故静，静故浸。《老子》又曰："物或损之而益者"，清修绝欲，外物之来，损之又损，乃所以成啬也。啬者，万物不能吸其灵气，盗其所实，譬之正得秋而万物成揫敛，凄紧物乃成实，故我务损而益自至也。求益则反是。

童米孙来云：前年以河工楗薪住兴化数月，先师刘中允殇后，三世兄析居，屋隘少坐具，生事贫困。师曾乘传岭海，归橐止箧书襆被而已。清德如此，思之俯仰滋愧。

昶不敢复言土药加征之害，同官升吉甫吏部允以建此议者为病民。何幸一言之善，得之醙蔑。此君异日立朝，庶能持正论不阿世。不佞方愧之。

张汤酷吏，而安世至纯，八世贵显，居官廉而不殖财，泽宜及子孙乎？

《庄子》言：重伤之民，民无寿类矣。重伤与《老子》第五十九章重积德之义反对。摄生家不可不察其消息分数。

《易》"变动不居，周流六虚"之虚，与"致虚极、守静笃"，玄牝之门以为无用，惟道集虚之义有以异乎，无以异也。夏去休言暑，冬来始讲寒。今日任运腾腾，明日腾腾任运，致虚之义也。

蕙老六十二,善病,精力不衰,以内自重能轻外物故。

持戒有取舍,如鸟集树,有枯折患;当离愦闹,独处闲居,离欲寂静,是最为胜。此以有取舍立义也。禅定无取舍,一切色类各不妨恼,真妄两冥,境智双寂,不离世间,自得正觉。随其心净则佛土净,此以无取舍立义也。予浅根人也,当先从有取舍入。

太和门钦工,去年夏上梁,至今三梁高悬,工程无尺寸之增,而承修之私橐已饱。宋人诗云:"耳目所及尚如此,万里安能制夷狄。"可为一叹。

夜往见孙仲颂同年学长,君博洽多闻,精于考证,望尘勿及远矣。一经之师荣于三公之贵。

子封索拙集,予谢曰:《七发》言,"使魏牟诸子奏其文辞,孔老览观,孟子持筹而算之,百不失一"。群言既淆,必有宗也。国初诗人集都下,常狎就王新城,怒刘公戢,而惮朱检讨,以朱之评骘高下不少假借,物无遁情也。今之文士必推李蕙老为公估局,若子培肯为予保险公司,予乃敢出也。子封大笑。

读汪梅村先生诗。先生于诗乃学中馀事,笔力醇雅不可及。王渔洋论诗,谓当伐材于《选》,取格于唐。先生诗,伐材不止《选》,取格不止唐,于前人句律一空依傍,其规模堂庑自别。

临海董子珊郡丞由汴来,示以《新测绘开封河工七厅图》,每开方一里,准望至到极细,水深丈尺毕具,溜极急处作竹箭形,西止汜水,东至铜瓦厢止。

又在一友人处见下游《山东境内河工图》,备绘最险、次险各区约计千一百数十里,上起张秋,下讫利津牡蛎嘴。牡蛎嘴出海之口,有拦港铁版,大沙河流不畅,张帅拟开韩家垣新河口四十里,引河入海,尚未启工。

仲颂言,西士傅兰雅能读儒书,最恶邪教,汉文文理亦优于丁韪良,似可充同文馆教授师。

耽逸恶劳是大病根,不能存心于敬,其流失不至放僻邪侈不止。

苏龛述庐江吴公有隐德，历官令守，晚至京尹，暗淡清慎，与物无竟，遇极艰苦。事同官望而却步，辄奋不顾身。为之至处，功名之际，则敛退弗居，以让同列。宜其有子能负荷也。

《韩诗外传》曰：利为害本，福为祸先。唯不求利者无害，不求福者无祸。《淮南子·诠言训》亦云：唯不求利者为无害，唯不求福者为无祸。

苏龛之尊甫郑仲濂，吏部壬子庶常，性孤介，判吏牍循分，牙参外三十年，沉冥辇下，足迹不至贵人门，卒至黔康正，被而无闷，其性行有过人者。今苏龛亦知内自重，不近名。芝草有根，醴泉有源，吾素持此论，今益信矣。君自铭其所居曰“娱独坐”，此意胜处，人得之者，享用不可穷也。蕁老亦当从容戒予云：闭门少出，最有深味。予思荆公有句云：“最苦交游寻五柳，却嫌尸祝扰庚桑。”又云：“交游涣散渊明喜，吏卒萧条叔夜宽。”真此中有深趣也。

钱竹汀先生《梁武帝论》义存风谏，即孙文定公《三习一弊疏》之用意，于今日时病，尤切。姚鼐《李斯论》刺于金坛当国而作，此皆足以当谏书者。

汉世祖光武皇帝深于老子柔静之术，故善察人情，洞知物理。尝戒武威太守任延曰：“善事长官，毋失民誉。”事长，谓以吏为师，即善人为不善人之师之义也；毋失民，谓阳一君而二民。善施不伐，故物望附之，即不善人者善人之资之义也。贵其师，爱其资，则事易举，悖之则虽智亦大迷也。

习止观门，深入义海者，得真如而不喜，处烦恼而不憎，在通显而不愉，处厄穷而不慽，其视秽墟犹如净土也，是之谓波罗提木叉，是之谓第一安隐功德住处。

砭五龙甘卧法

【眉批】可否入文？

逸情远性,神舟谷藏,云上风疏,匪主故常,不醉乡之隐,而隐于睡乡,兀兀腾腾,栎见梦,斋坐忘,宇泰定,窍天光。觞豆尧禹兮父老羲黄,三公蝼蚁兮万乘秕糠。晡饮食邪,旦田腊邪,蘧蘧者蝶邪,庸讵知其孰为之搏控,而孰为之维纲?吾耻为云台观之流于方技,而师漆园吏之畸,于人而全于天,穷年适志以洸洋。

晤龚鹤田。鹤田好谈泰一术,此术萌芽于《乾凿度》,略见于《日者列传》《艺文志·术艺略》,季汉高彪送第五永箴,有天有泰一、五将、三门之语,由来旧矣。君上世遇荒年,为粥以活人,有隐德,兄弟三人皆名孝廉,菊田刺史之子年十三,无师自课,日诵千言,东阳邑人称神童,于公之门必大阳报,固有然邪!

王真之胎食胎息,孙华原之节欲戒瞋,咽玉津鸣天鼓,柳公度之,不以元气佐喜怒,李延年之一生不作费力事,深得智恬交相养之理;佛氏之安般止观,凡此要言眇道,失之少学,收功炳烛。已违老氏早服重即之戒,冀守嵇生一溉后枯之论,高流目为顽鄙所不辞焉。

庚寅五月

读《竹汀先生集》,应制诗雍容华妙,真《卷阿》矢音之选也,令人企羡。开元全盛之日,文物气象皆充然有馀,故气静而言无庞杂,此优游王泽所致,非仅一儒臣稽古之力也。

治小儿痢方:山楂粉入蜜搅匀,饮之即愈。患红痢则用白蜜,患白痢则用红蜜。

篾叟问牛翁:"子何久虱一官,不自求退?"牛翁笑答云:"明知精力不逮。"竹垞朱先生千一即早退,亦决不辨著等身书,故切且优游,以仕代农耳。嵇生云:"一行作吏,此事便废。"然慧业苟在,古人后即不作吏,亦未必不废业学之作。辍在己,不关外物也。颜延之自知不能为陶征君之所自立,故托于《五君咏》以自解免。五君皆性不谐俗,而又未能忘情于禄隐者也。

日北至前,一日早晴;晡,风沙尘几塞户牖。予居北方,最苦此状。然南方卑湿，亦不能居，最宜卜居者，其唯江之北淮之南乎？茧、麦、虾、菜皆贱，日用又易给，养生之区，无过于此方，与法喜谋之。

《竹汀先生诗续集》内《游天台山》诗一卷，墨迹今藏黄编修中弢许，行草坚穆劲逸，经籍之光，油然信可宝也。

文律，宋以前要以萧《选》、姚《粹》为正宗，宋以后八家、虞道园、戴剡源，归、方之义法，自不可不涉其藩篱。作文最难工者，词赋、论说二体，非有序有物不能工，至乾嘉以来，始别开一派，考据校雠之体，视文律者为之，往往汗漫连犿，如竹箭之不收架，如布帛之无幅，此病也。竹汀先生所撰《先孝行状》末有云："道书所传地行仙，府君殆近之矣。"此择言殊失雅，以视《张皋闻集》中《先考事略》《先妣事略》，言质意工，不但前贤畏后生也。行状必乞当代立言之士为之执丧之日，言不文也。茗柯不为行状为事略，当在三虞卒哭之后，甚后斟酌。恽子居记其大父子惠府君逸事，亦雅洁。世称陶靖节不为五斗米折腰，案《续汉志》，县大者为令千石，其次置长，四百石，小者三百石。千石月八十斛，四百石月五十斛，三百石月四十斛，凡受奉钱谷各半。晋制令长月俸计亦不甚相远，安得有五斗米之说？五斗米乃今张鲁所创教名，沿至典午南渡，王、谢贵姓，累世奉五斗米道，简札或自称道民。意此时为渊明长官者，乃奉师君祭酒之邪教，渊明被服儒者，以义自处，恶其为人而又不欲斥言之，故第云吾不能为五斗米道摧眉折腰云尔。

阅闽县王文勤公《石渠馀记》，于国故时病往复推求，持论不苟为异同，矜慎出之，前辈之用心不可及也。此与晏元献《类苑》何异？

阅《汪梅村诗》，入手导法于杜，复浸淫曼衍于《选》，而泽理于九流，于近贤诗派在莫郘亭、高伯足之上，其安贫知道风趣，蜀严沉冥、伟长抱质，无以过也。

杨云湖能言花县之骆文公抚湘时事，公自奉极澹薄，官衙寂静如僧舍，数老兵缚帚给扫除而已，然洞察一省将吏利弊，发奸谪伏如神明，非徒以清廉自励也。

先大父复初公愍族中无后者，多为之捐立祭产，每岁率族人及子侄寒者上冢,孟春时享名曰祀孤,祭行之垂六十年,兵火后已废。近三兄榆垣、族叔世法复踵议捐訾修复旧规。此一举也,收族、祀亡,又继吾祖之志,盖三善备焉。闻之叹颂不置。

客至络圜,疲于酬对,主客皆乏,然鱼不可脱于渊,人不能游于数外也,只好忍耐处之,以敬将之,且毋失色,毋失口。

缪小珊新自江南来,云南菁书院除校刊《续经解》外,又刊丛书八集。黄元同今年六十三,为山长,老而有壮容;仲修年五十九,为鄂中山长,须发皎然,健谈则娓娓不倦;张廉卿卧病,颇不为当事所喜。以此知依人作计之难。

以改旧诗为日课,一望沙砾,苦心锻炼,百裁得一。才力固苦,不厚学养,亦未到火候,勿强示形势,守老子之戒,弱其志而强其骨,风骨高骞则神韵自独绝也。

道书云:欲得学道,还精补脑。无补于世教,而徒贵生,似失之鄙吝。然梅子真、班嗣以养性为务,取稍贤于流俗而已。

亡兄义庭欲编《桐溪耆隐集》,苦搜录太俭,今略为排比,并系小传,粗得一册,颇有删润。

以周书昌之好学深思,而曰:天下之文章其在桐城乎?姚惜抱《赠刘海峰寿序》云云。斯言恐有剪润,非其实也。归、方义法,离之则伪体歧出,然专乞灵于此,则流失不可胜言矣。汪梅村诗云:"桐城文派柔,务极写送致。增长自忌短,尚素痛删翠。游心淡泊初,名象悉吐弃。么弦夜清弹,记事非其类。"此搔著病痛处。推尊桐城太过者,犹之诗家装点韦柳门厅。涪翁拗体秘为医俗家当,姿致横出则可矣,以云尽作诗之能事,则牛涔蜗舍之见,真不复知有天地之广博矣。梅村诗又云:"文章贵义理,吐属重气味。设色最下乘,然亦判泾渭。"此老于文事利病之言也。

为人写便面屏幅,曾文正公云:"凡应酬笔墨,须当作自己功课,凡事不可待明日,愈积愈难清。"此言当奉为厉戒,公私皆应尔。

阅《姜湛园札记》,文气疏朗,持论平实,康熙中学人朴质,于乾嘉以后考订家之驰骋自喜者不同。

友人篯叟云：近有二疑，一疑老聃官周守藏室吏，年久且百，何以未尝一挂吏议；一疑杜甫茅屋雨破，床衾皆湿，何以一不虑及书籍？及后《出夔峡诗》云："书史全倾挠，装囊半压濡。"其时无镂版，想此老所藏抄本亦甚俭邪？予大笑。

世传彭祖畏非井，以木系腰而观之，彭与聃同道，意者所畏非井，井近荆，殆抱君子怀荆之戒耶？怀荆者，常量力啬神。量力故守分，不干世议；啬神故逃虚，不辞怯名。《老子》云："众人皆有以，我独顽似鄙。"殆真不作风波于世上，自无冰炭到胸中者乎？

顷观王行满《圣教叙》，结体圆浑而丽密，杀字甚安，却超然不著迹象，其品诣似在同州之右，惜贵耳贱目者多未可以此语之。

文道希太史来，言其谱系祖蜀郡太守，与文湛持为一族，宋之潞公则本姓敬，先世避难乃去苟存攴，沿俗误作文，非一族也。

每日妄言妄动，百出招尤招悔，几如是而能免于颠沛乎？凡此百妄，皆由心妄，苟能心存敬畏，敛多弛少，静多动少，如商君法，如孙武令，久之自然戒慎恐惧之中有乐地存，惜一分阴，为之毋失毋失。

桐城张公《聪训斋语》《澄怀园语》，兼有万石君、邓高密家法，开乾嘉以来贤士大夫谨畏一派，风气至于今不绝，殆深于《老子》、两疏之义指。

早衰多疾，第一畏见草头名士，词辨锋起，多发难端，徒弊精神，苶于酬对。顷耘湖先生为述赵瓯北诗云："诗不与人争，险韵字嫌已。"老作行书，真先我心也。

就苗生谈家常，始悟个人伦常内之遭际不同，不能无缺陷处，莫非命运所为，非人力所可挽回也。甘瓜蒂苦，于齿去角，天下物无全美，非知命者不能尽其常而顺处其变也。

刘海峰传作文法与姚惜抱。钱鲁思亦海峰弟子也，以义法回授张皋闻、恽子居，借禅门衣钵喻，熙甫初祖，灵皋璨，海峰信，惜抱黄梅,鲁思则牛头融也,皋文则如永嘉觉别①,精止观法门。

所居蒸湿,殊令人生病。出访子培秋曹,谈气象洒然,析剖古事,殊令心开目明,不啻李习之参药山禅也。

南中以活字版印《北堂书钞》将成,此与《艺文类聚》《初学记》《白六帖》同为唐人辑本,类书中之最古者,就令祭獭,亦须择其尤雅者,强于稗贩《事类赋》以下也。

韩门郊、岛、仝、贺、籍、彻而外,惟皇甫湜、李翱不能诗,然持正有《题浯溪石刻》一首,"次山有文章,可惋只在碎"云云,造词亦诘屈生姿。习之《参药山禅作诗》云:"炼得身形似鹤形,千株松下两函经。我来问道无馀话,云在青天水在瓶。"则真禅偈语,不得以诗论矣。《昌黎集》有《和皇甫湜陆浑山火》及《书湜公安园池诗后》二作,则持正本能诗,第多亡佚,如张文昌本能文,亦亡佚,传者只《上昌黎书》一首耳。樊宗师诗当奇而涩,韩公和作"梁维西南屏,山厉水刻屈"一首,颇效其体,第樊诗亦不传耳。《远游联句》亦有李习之十字,殊拙涩。

子林言:端州大西抗久封闭,去年香涛师因岁须取九砚贡,御命复开,近石工凿出砚石三万斤,佳者三之一,第一二层及最下层皆不可用,必第三层乃中砚材,肌理温润,有活眼睛者乃佳。

走十年从事台宗小止观六门,只历其二,全无进步,始悟为学积铢累寸之不易,根行尚浅,齿则老矣。闻思修入处,未能尽得一分,奈何哉!

庚寅六月

翁覃溪先生言,为学爱惜光景,不特当戒酒食征逐,并当废庆吊,《抱朴子自序》。废游眺。董子目不窥园。王荆公《答王微之》诗:"语我饮倡乐,不如诗献酬。文墨有真趣,荒宴何足收。"虽卢殷之资为诗,

---

① "觉别",疑为"玄觉"。

深宁老人讥其不善读书，然譬之博弈犹贤，抑为省事，惜日之一助。凡有人事往来，概以诗力了之，既不忤俗，亦不荒功，又不致虚费日力，一举而三善略具。

改旧诗，曾以请正蒿隐、鼎父、子培三君，皆有发药之言，云当编戊寅以后所作为正集，以前为别集。此次删润，得力于三君之言为多。

《易》以人道为候，唯在《损》《益》二义，不知损益之理，则不得消息之数。凡物或求损之而反益，渐息之眹也；或求益之而转损，浸消之机也。求小益取得小损，求大益常得大损，处事者其审之。

五更趋朝，大雨滂沱，太和门前水深尺馀，衣屐尽湿。李申耆先生诗有云："愿借双行幐，以为安乐窝。"此极状吏役之苦，今双行幐亦厄于泥水矣。

改己卯以前诗粗毕，惬心处殊苦少，如行茅苇中，必伐去障翳，远水遥山裁得一遇。

苏龛述姜白石论诗语云："作诗求与古人同，是入门一层浅处工夫。不若求与古人异。"人之稍深，当求变化，以不墨守前辈蹊径乃为善学。此言可为模范设色者下药山一喝、临济一棒，非白石道人识解不辨到此。陈后山之于东坡，正如鲁国男子之学柳下惠，自出手眼，别开门庭。

蕁老画一纨扇，自书旧诗，见遗，小楷极精妙。晚年目力如此，其所养殊过人。

《孙注竹垞先生集》，遇与屈翁山酬唱诗，皆涂乙题字讳之，以其列于违禁书目也。

半山老人诗："岂无他忧能老我，付与天地从今始。"李雁湖谓晦翁在史院，酒半尝诵此二句，意气甚伟。《韩文公集》合于天而乖于人，何害？况又时有兼得者邪。此二句诵之似更令人神王。

《传灯录》，马祖一日谓众曰："于心所生，即名为色，知色空，故生即不生。"若子此意，乃可随时著衣吃饭，长养圣胎，任运过时，更有何事？山谷道人谪宜州，筑堂榜云"任运"本此。此即禅仙张紫阳以下借摄养色身以修法身之义,止观门亦耳。

《老子》宗旨,在务审存亡得丧之几,损益自然之数,知所以自处之道。司马子长称老聃以自隐无名为要务。自隐无名,所以养性而远害也。诸葛武侯审九流之术,互有短长,评《老子》"长于养性而不可以临危难"。其言曰:"古之所以贵此道者何?"不曰"以求得",有罪以免邪,故为天下贵。此《老子》之指也。《庄子》宗指以为浊世不可与庄语,故寓于洸洋适已之辞,以避世而全生,其言曰:"为善无近名,为恶无近刑,缘督以为经。"《内篇·养生主》又曰:"又愧乎道德。"《天下篇》。《自叙》亦自以不及《老子》之术,而高于田骈、惠施之流。是以上不敢为仁义之操,而下不敢为淫僻之行。《外篇·马蹄》督有中义,东方朔所谓明者,处世莫尚于中是也,故不危身、不摭华、不累群、不孤贵,优游隐于真俗显晦之间,而物莫能伤。此《庄子》之指也。

【眉批】此节语意微重。此原注。此正蒙庄为朱子所深斥处,此条不可存。

客言邻国之剑铁利而倡优拙,剑利则斗士多,倡拙则思虑远,以远虑为御多士,彼将浸大,其锋不可当。今中国巧拙正与之反,其亡征乎?

许竹筼侍读招吃外国酒馆,香冰酒,榨蒲桃所成,味甜冷。馀酒数品,苦涩炙皂,亦与便宜坊相似。加非茶下白糖、牛乳食之。宋人煮茶入姜盐,今人以酮酪,予不知味,付之不食马肝可耳。

王止轩太史集拓古今砚文,题曰《研景》,以视予,最录其佳妙者于左方,亦雨窗清玩也。苏文忠公断砚额有"洞庭春色"四字,公集安定郡王以黄柑酿酒曰"洞庭春色"云云,此以署砚,何义邪?中岳外史《米芾小像》,一砚下署长沙李东阳藏,怀麓堂物也。仿天池山人手治《禊帖砚图》,四十二人于崇山曲榭、修竹流水间,面背两侧皆满。石门吕耻斋砚铭:"于尔身谨所自,于尔家期不坠,于卿国视民志,惟诗文及画字，亦从中分习，气息相吹八方异，诚能动风之义。”倪公鸿宝砚铭，“骨茂以强，体凝而正，使人如此，天下其定”。今衣云楼久圮，而文贞片石，犹藏越中一士人家。此四语非公故人，石斋黄先生不足以当之。梨洲黄文孝先生砚铭，先公党锢，顾义而喟，安得父子农夫没世。每念斯言，求死无地，委身砚北，盖非初志。砚上有井，井上有柠，井改柠丧，此恨何既！井改殆寓明社久屋，鲁监国亦亡乎？柠丧似痛，两弟皆遁迹白业也。

万九沙先生《经研铭》：“廉贞温粹，内美纯全，一池藻影，明月在天。”末用坡公语，谓空庭竹柏影。竹垞《著书砚铭》：“北垞南，南垞北，中有曝书亭，空明无四壁。八万卷，家所储，鼠衔姜，獭祭鱼，壮而不学老著书。一泓端州石，晨夕心相于，寀厥象，授孙子，千秋名，身后事。”丁亥十(三)月，周篔刻并镌《竹老廿七岁戴笠真》。丁亥，康熙四十六年，先生年七十九；四十八年十月卒，年八十有一。宋牧仲跋北垞下，夺一南字。公自少至老，无一刻废书，乃犹自以壮游辍学有撼词焉。吾辈愧汗无地。又一石铭云：“云汉天水，石渊金玉，兼柔而立，华而质，温而栗，雷霆驰，风雨迷，吾用之。癸酉仲春。”此铭集中不载。癸酉，康熙三十二年，先生年六十五，先生以甲子春被劾，罢直南斋镌级，自西华门内赐宅，移居宣武门外，有“谁怜春梦断，犹听隔城钟”之句，移居当即海波寺街古藤书屋。寻复原官，不知在何月，然不得后入内廷供奉矣。戊辰秋有“一谪金门住五年”之句，己巳二月，自古藤书屋移居槐市斜街，有“一事新来差胜旧，昊天寺近井泉甘”之句，去年秋遣公子昆田归里，当是经营梅里住宅，壬申引疾出都。癸酉游粤，意此石乃岭表所得邪。按文集《冯儒人行述》，康熙己未召试鸿博，授检讨修《明史》，先生年五十一。辛酉充日讲官知起居注，是年典江南乡试。癸亥入直南书房，甲子正月被劾谪官，先生年五十六，八月家属浮潞河南还，先生留居京师，旋补官。壬申复罢官，遂归田不出，先生年六十四。

康熙甲子春，竹垞朱先生以人言谪官，虽旋原还秩，不得复入南书房，先生《咏史截句》云：“海内文章有定称，南来庾信北徐陵。谁知著作修文殿，物论翻归祖孝征。”三句用北齐撰《修文殿御览》事，意岂指高江村一流，嗤其下笔不能自休耶？壬午年作《杂诗二十首》：“无盐入齐宫,明妃去汉塞。""雄鸠特佻巧","非所据而据","淮王升天"入帝眷,终乃嗔"谪归小山中",桂之树,轮囷居然;盗帝书,"意欲垂千春"云云。诸诗大半寓谪官事。先生以传抄中秘书为学士牛钮所劾,意江村实为之鸠媒邪?《修文殿御览》三百六十卷,即为宋李昉等奉勅纂《太平御览》一千卷之蓝本。

国初诸老文字如竹垞、西溟、次耕、蒿庵、屺瞻、山史、天生,皆率胸臆写出,才敛气约,风格疏澹,无几微争胜前贤之意,存于方寸,读之使人气厚。即单文只义,绝不经意处,亦胜乾隆后之繁博缭绕。乾隆名集惟竹汀、惜抱,心平气和,从容出之,除去繁绕怒张之习。

学问风气皆开之自上,尧帅天下以仁而民仁,桀帅天下以暴而民暴,斯理灼然,若桴鼓之相应也。不观七制之主以后事乎,汉太宗耆黄老,而汲、郑之徒兴;世宗好词赋、《公羊春秋》,而东、马、胡毋、董生之流出;中宗好《穀梁》,而江公、刘向传习不绝。东京世祖以图谶决事,而贾、郑大儒兼综内学;魏三祖驰骋文辞,而邺下扇风;唐太宗好二王翰札,而工书者众;宋仁宗御书《大学》《中庸》赐王拱辰,而洛学以微言诏世。及至圣清受命,景陵以天纵睿知,稽古甄微,二百年中儒术由兹浸盛;笃好朱子之学,而汤、陆、李晋卿、魏环极诸公茅茹汇进;讲《九章算术》,而梅定九、江慎修诸老得以炬火附日月之光。圣学正大,诚非汉唐令主耆好之偏所可伦拟,第以风行草偃之理验之,故知上有好者,下必有甚焉者矣。《孟子》谓"上无礼,下无学"。则贼民与居室之言行千里,感应如雷风之捷,其消息可畏也。风会皆自一二人开之,观曾公国藩《原才篇》最尽其理势。

仆人有过失,忿甚,斥之独不返,而思予之佣于官也,尸旷非一,乃犹箧有完衣,盎有宿粮,得逭雷霆之责,耻莫大焉。

庚寅七月

子培言,学力深,能专精数书,乃得扎老营以为安宅,以后耕猎所得积渐,灌输老营内,根愈深,柢愈固,然后群籍之菁英乃能为吾所有,否则如流寇野掠,虽日破一城,亦不为吾有。故必用功深者,牧名乃远。

同曹宗室伯兰员外，以贫病斥卖藏书。本为贵公子，昔盛今衰，遂至湮郁，昨竟一病不起。君尝以孙退谷侍郎《梦馀录》见遗，予自牙参归，经过君斋，尝为设白粥。昨暮同为人，今旦在鬼录，不禁凄然。

读《曝书亭文》，去净八家、唐、归门面语，而风度自然雅饬，此之谓既没其言立。

仕于里无援，休于里少同志，老于客漂泊无所归，且撑着脊梁，牢守三字：曰忍、曰静、曰安，心任住净土而不动。

晤希梅，苏完瓜尔佳氏，直毅公费英东第七子，昭勋公图赖之后。君宅内有小园，土山石刻，朝邑公临旬州《圣教序》。晤语徘徊久之，君家世自咸丰癸丑贼陷江宁以后，大父行殉难者五人，忠孝之门，在八旗中最为难得也。

久不肄漆园、曹溪书，宛转浊世，动辄烦懑。今夕偶一温理，如病人得药，久客得归，意为之洒然。

先师薛公云：中年早衰，以后岁月勿论。居官为学，皆当一意务收敛，乃能啬神养气，使智周于事之外。此量力守分之一术也。

齐次风先生有《集杜韩苏古律绝诗》二册。

吴荷屋中丞所载旧拓《魏石门铭》，锋完体密，与云峰山《郑道昭书》波澜莫二，今归芍师许。

芍师出示顺治十八年《缙绅录》，格式与乾隆四年《缙绅》殊异。时冯涿州、金文通当国，汪苕文已为户部郎，朱梅麓先生以御史中丞治南河。汉制十三部刺史内隶于御史中丞，《续百官志》云：御史中丞一人。刘昭注引蔡质《汉仪》云："丞故两千石为之，朝会独坐，内掌兰台，督诸州刺史。"《后书·酷吏·周纡传》注引《汉官仪》云："御史中丞外督部刺史，内领侍御史，纠察百司是也。"兹录各行省总督巡抚官，皆列入督察院，乃其遗意。

蒿隐先生云：譬如人四五十始衰之时，然犹不至尫羸笃疾，善与四肢休息，培养元气，使和理日济，犹可祈天永命。若躁医以矾石散投之，则趣之亡矣。盖以喻国病。

文家用僻涩代字，如筱骖虬户、湖嵌潇碧之属，不自唐人始，《庄子》最喜修辞，织藋云纬萧，啖鹅云食雁，倚琴云梮梧，揉眼云眦搣，已开其先矣。

康熙中徐果亭少宰性不食鱼肉，竹垞《送徐中允南归绝句》。姜西溟太史性恶豕肉，尤忌人食。《又文集·书姜编修手书帖子后》。今瞿子久学士食单断肉，沈子培秋曹断鱼，食味不同于俗，前人却有此例。竹垞先生云："燕京无竹，惟潭柘寺东院一林。"今遍地皆竹田。地气之异也。广济寺有腊梅，高出檐际，亭亭二丈馀，亦北方所稀见。

国初诗家南朱北王，于咏物、怀古、言情、赋景各体可谓尽之，诚工于修词矣。然茗柯有深理，微不逮亭林。顾先生造意勃窣泓峥，似逊于屈大均，犹之宋齐间颜光禄延年镂金错采、雕缋满眼，而意浅于谢，理缛于陶，行气宕逸不及鲍参军，人工、天得、诣力便判，品格所限不可诬也。故知意、理、词三者皆工而成作家，良不易觏也。又宗趣超迈，别有安身立命处，则小小节目，字句拙雅，无妨不在色泽洗刷求工。竹垞先生尝评放翁太熟、鲁直太生，究竟王、陆两家安身立命处超出凡手，自予人以不可及，此根趣异也。

前偶过书摊，见周保绪擘窠书，神采灿然，使人耸异，合掌恭敬，赞曰：转换心如旋，谓换转笔心。骏发势每颇，摄水墨无溢，开锋豪不裹。此包安吴语，姚仲虞以为道尽笔诀。

【眉批】此赞未入诗，应否即类编入《日记》？

敬恕之义存养于中者不足，故方寸漫无整作日，即于偷惰而志不能帅气。

梁剡令刘昭注《续汉志》，序云："范晔良史，诚跨众氏，序或未周，志遂全阙。"按《后汉书·东平王苍传》又"语在《礼乐》《舆服》志"。后记末篇又有"职僚品秩，事在《百官志》"之语。章怀注引沈约《宋书·

谢俨传》曰:“范蔚宗所撰十志。一皆托俨搜撰,垂毕遇范败,悉蜡以覆车,宋文帝令丹阳尹徐湛之就俨寻求,已不复得,一代以为恨。”其志今阙,是范书本有志也。叶水心谓“迁、固相踵作书、志,至范蔚宗废不复著者,殆失考也”。谢俨不特代范作志,并助范作论赞之词。

山谷云:诗词高胜要从学问中来。又云:不可凿空强作,待境而生,便自工耳。元末江阴孙司业作字大雅,为文醇正,动有依据,不苟异同。或数年不获一字,及遇得意,穷日夜笔研不辍,此可为作文之法。

友人王可庄,丁丑馆课赋,有云:“危不持而颠不扶,焉用彼相。”吴江沈文定相国为大教习,见之甚愠,以为讥己。文定当国,犹有羞恶是非之心,如此为不可及。

庚寅八月

蒯越言:理治世则尚仁义,理乱世则尚权谋。座师南皮张公诗云:“兵家尽补能康世。”非虚语也。对句经谊咸明,乃著书亦佳。

日本语言文字分三等,贵族、士族、平民,三者不同。又长崎、神户、横滨三岸,中国商民在彼者,不过万人,归我行人所派之理事馆管束。

阅《曝书亭集》八十卷已两月馀,至是粗毕,惟《江湖载酒词集》不暇泛涉。性素不习,决然舍去。诗编年,文分类,均于最胜处用晚宋何北山先生基读书之法,加以标点,义显意明不待论,而自见且便于巡检也。

《后汉·逸民传》,向子平读《易》至《损》《益》卦,喟然叹曰:“吾已知富不如贫,贵不如贱,但未知死何如耳。”往尝不得其解,谓《损》《益》二义,唯主惩忿窒欲,迁善改过,与处境之适然者渺不相涉。今始悟子平之意,谓求富贵欲益之而反损,安贫贱似损之而反益。用《老子》为道日损章之义。此消息盈虚必至之理,第常人智为境眩,不知曙戒耳。其后与禽子夏弃家游五岳名山,悟澈此理,故决然舍去耳。

年届无闻,不暇复与有矜气名士往来,惟期清修,谨勅自理旧闻,以资寡过,犹惧日力不给,况茶然泛交乎。寡交多亲,乃为知人;多为少善,不如约守。

持身俭约刻苦,然后能不妄取与,并世当以朝邑阎公及陶方之为法,是好榜样,何必远师古人?

作字造意贵迟,故能逸而有韵,意在笔先是也;趣笔贵迅,故能劲而有节,下笔如鹰鹯搏击是也。

荆公退居金陵后,栖心梵行,与物无竞,尝有《九日随家人游东山诗》,又句云:"平头均楚制,长耳嗣吴吟。"深得老氏未尝先人而常随人之趣。五代杨凝式偶一出门,东西听舆夫之所,不问所诣,远心旷度,真以因循为业也。切于身心之事,确乎不拔,已然而然,以见君子之异;茶然训对,皆身外物,众然而然,以见君子之同。同异之故,心所喻口不能言,殆有分数存焉。

读《后汉书·儒林传》,至欧阳歙赃罪事极可嗤鄙。汉人经学洵利禄之途然也,其弟子多可营救,党护之习尤可笑。《文苑传》殊寥寥,传者人只十馀篇,本朝文士著书往往积数百卷,以是知文苑古易而今难。

浊世分当为雁门之踦,昨问友人圃叟,子何所欲?圃叟云:办茅山之阁三层,平泉之野,一区粟支,卅年聚书数万卷,金石文字数千通,以为娱老摄生之具,于愿足矣。

与鼎父书。近者画墁窃食,猎较随时,读书久荒,节行已堕,散木赘疣,苟存视息而已。

在仲韬许见应潜斋先生行书一便面,先生蕺山高弟,证人社中遗老,谙修笃行,不以书名,乃字迹肃穆深黝,粹乎德人之容。馀事犹如此,中之所养为何如耶?诗一首,题曰:《偶咏书政崧生道长兄》。

"纯和内抱炯然明,日月星辰自运行。一气变时二气合,稻华发处露华凝。迟迟萱景荣春木,蔼蔼清宵散玉霙。晨照会看东谷起,莫教回辔向沧溟"。首句惜抱所云,"微明自照犹未足",喻其存养之密;

末句寓顾惜光景，老而弥笃之意。

诚之所积，外暗内明；敬之所积，静虚动直；勤之所积，由微达著；慎之所积，求损得益。

先公覃研乙部三史，最熟于州郡分并，尤能详言之。自以系出远祖机仲公，公深于《通鉴》之学，欲就家塾拓屋一楹，榜曰"《通鉴》书院"，数典不敢忘祖也。先太恭人喜诵读《金刚经》。又，女工之馀，持诵佛号，修净土业，尝欲施泉布建净土庵。不孝宦游久不归，故宅荒废，它日拟在宅址建书院，奉先公栗主；又筑罔极净土庵，奉先慈栗主。亡妹侍。并依永明云栖净学，刊阿弥陀石幢，略供净土圣贤，追荐冥福，各从先志，不相紊杂。谨志之以为它日息壤。

《沧州刺史王僧墓志》字迹草草，不及李超、刘懿之遒整，非魏石中佳品。

山妇每短予不能教子，诚有然矣。夫班孟坚、谢文靖、陶靖节，彼皆达士名臣，志有专营，并力一向，尚不能教敕诸子，况仆孤寒崒起，无积累资藉，譬之种部新造，随水草移徙，危根客土，日不暇给，止办十年生聚，未遑计及教训，亦地势使之然也。

安般。安般止观，六妙门中之第二门，勤而行之，可息意根三毒，与齐俱入，与汨偕出，纳新吐故，随有获春藻鱼，吹百虫蛰。

见在行身祈向。雅好文句，每泓峥以萧瑟，审所自处，宜隐约而平宽。俭陋曲全，师晏婴与墨翟荣观物外，法柱史及园吏陆湛显晦之际，蝉蜕清浊之间。嵇生狭中时戒，善葆其光；单豹治里常虞，不鞭其后。白牛溪上，逐瘖徒之逸欢；金马门头，习代农以翔步。斯亦一曲，畸蘿之士，要非六艺缙绅之流，道丧世矣，且牵补以过，时优而柔之，聊洸洋以适志。

刘舍人《文心雕龙》有《镕裁篇》，镕裁者，妙能以故为新，以俗为雅。谢俨作《班固传赞》云，"裁成异典坟"，范蔚宗改作"帝坟"。庾信诗："有庆兆民同，论年天子万。"谢灵运诗："洊止宜便习，兼山贵止托。"孙绰赋："害马已去，目牛无全。"范《逸民传论》："尧称则天，不屈颍阳之高;武尽美矣,终全孤竹之洁。”此本其父高凤传赞之辞。徐铉《表》云:“食时而成,既异淮南之敏;悬金于市,渐非吕氏之精。”杨修笺《春秋》之成,莫能损益,《吕氏》《淮南》,字值千金,弟子拑口,市人拱手。兹类皆能以故为新也。冯衍《与任武达书》、沈休文《与徐勉书》、蔚宗《与其侄及甥谢综书》,自序平生,皆能以俗为雅。此文家换凡骨之金丹也。

永欣阁上瘗笔成丘,昙蘸村中写经留迹,固以专精为贵,亦缘兴会而工。入林观性,乃削镰而凝神;泛海移情,始援琴以成操。

借得《钱牧翁尺牍》看,《与钱遵王札》,深知注杜之难,不欲居笺杜之名,题曰《草堂诗小笺》,虚怀非朱长孺所及。渔洋《论诗绝句》云:“苦为南华求向、郭,前惟山谷后钱、卢。”推之者至矣。山谷笺无多,卢谓卢德水侍御世潅也。《列朝诗集小传》初名《国朝诗集》,后改托遗山《中州集》例,寄故国之思,宜招文字之祸也。牧翁《列朝诗集小传》,徐元叹、陆敕先、周安期、程孟阳、毛子晋诸君颇助其搜辑,初亦心折空同、大复、弇州诸家,后乃扬怀麓而排抑七子,至竹垞《明诗综》出,稍翻牧斋之案。

《阴符经》言:“惟静也,然后万物生;惟浸也,故能阴阳胜。”此五行生胜、自然之分数也。在险而运奇,不若宅平以无为,用正百,用奇一,用正常、用奇偶,守成用正,应变用奇,如是则人信之。若四时之仰之,若日月而赴机合时,收新发于硎之效。术浅者专任变数,狃于用奇,往往启民疑,畔物情,不附机权,亵而芒刃钝,《老子》所谓“利器不可以示人者”此也。用正者何?卑思约指,绝利一源,积铢累寸,强力忍垢。曾文正公自课,凡事大处著眼,小处著手。即下学之义,勿陵节躐等,遂求上达。不计功效之多寡,但课每日之勤惰,此用正之要义也。

介之推云:“身将隐矣,焉用文之?”处己清峻,此品之上也。仆人事拘牵,自揣不能遁迹远隐,故欲文其清浊净秽之迹,求谅于后世。子云自处田地,不出藕丝针孔,殆亦以文滑稽,不畏人嗤点者乎?

《启孝达师》云:已届无闻之年,行能疏劣至无状,廉不如陶方之,学不如孙仲容，智略不如许竹筼门下之士，九能攒列，某最无足比数，岂止上愧古人！

师及友人王少梅、谭仲修皆知我短，追忆平生相规之言，慎勿自用其短，拙制败锦，为人嗤笑，盖出者难工，不如处者易持。

偶在某大令许借观《钱归两先生尺牍》[①]，阅之，归志存孤往狷介之态可掬，真所谓亮节忼慨，率性而行；钱辩囿纵横，饰色处多，即不合古今文义法。机锋出没，间露吞刀吐雾之迹。归以乎理胜，钱以词辨胜。若论心地峻洁，茗柯任真，归乃右之。予藏有《震川集》，《别集》载小简。不复抄摘。抄钱牍中胜处如左。

佛法咐嘱，大道必须精明强干，有心血荷担之人。

饱吃残年饭，共看好经典也。

别后掩迹荒村，自了翻经公案，寒灯午夜，鸡鸣月落，揩摩老眼，钻穴贝叶，人世有八十老书生，未了灯窗业债如此，矻矻不休者乎？

以理言之则曰反躬，以事言之则曰避地。

鸡猪鱼蒜，遇着便吃；生老病死，符到奉行。高阳孙文正公语。

江村闭户，点注残经，送老白云，与世隔绝，每至寒窗静夜，落叶打窗，疏钟殷床，未免流思旧游，缱念知己。

杜句"安得思如陶谢手，令渠述作与同游"。

此是积劫穷尘情结所致，非出世家妙法无以消荡。大乘如《楞严》《般若》猝难解悟，当先读《黄蘖大慧语录》及寒山拾得、庞士居诗，此是摆脱缠累无上妙药。

《辅教编》夹注者甚佳，从来读此老书似平平耳，今乃为心折，可见往日之粗浮也。

馈岁之贶有加无已，寒斋杞菊，化为天厨，拜赐多矣。

《高僧传》宋刻绝佳，因是益思宋椠耳。

彭尺木二林居士净土文有明四大师传，憨山其一，全椒人。紫

① "钱归两先生"，原文作"钱两先生"，缺"归"字。

柏、蕅益、憨山、云栖。

《佛顶蒙钞》已有，《金刚会笺》待购。

《梦游集》缮书人多写难字，不便诵读，必须改正。此等尚是寒山之流毒也。寒山谓赵凡夫宧光《说文长笺》。《梦游集》，憨山大师著，牧斋参礼憨山，以师曾往劳山立海印寺，故自称海印弟子。

仕路险恶，业已备尝，如故循资依格，取次迁转者，人所谓鲇鱼上竹竿，大为费力，若得乞假移疾，脱身南归，有田可收，有子可教，吾辈朝夕相依，研穷佛法，便是三十三天到处有随身宫殿，何苦恋恋鸡肋，碌碌马蹄，侧塞鼠穴中作窭薮活计邪？虽功令严切，忌有镌责，若其究竟，止于罢免，则吾以为胜于一日九迁也。

雨夜止宿，便如启南之于匏翁。

地水火风，忽然抗手告别，勉强扳留，只得停住，却复气息，支缀行步，攲危依傍病榻，不能出房栊咫尺，从此闭关匿影，与人世隔绝。古人云：如我已死。《后汉·逸民传》向子平语。此顶门一针也。

径山有言："予虽学佛者，然爱君忧国之心与忠义士大夫等。"

【眉批】摘钱牍讫。

没世论定平日助者、忌者一时俱尽，则品诣短长有馀，不足之迹较然无所遁饰，故至没世而名不称，君子疾之。《大戴记·曾子立事篇》云："其少不讽诵，其壮不论议，其老不教诲，亦不可谓无业之人矣。"魏默深先生云："生时须作死时计"，奈何不早自为计？《抱朴子》云："修学务早。"就学逾明，以攻吾短也。

跋谢康乐诗石刻

【眉批】应否入文，或编入日记？

南朝惟刘宋石刻，云南陆凉有《宁州刺史爨龙颜碑》，浙江青田有《谢灵运石门新营所住诗摩崖》一首，仅存此二刻而已。《石门诗》前人未有著录。国朝道光间，李遇孙《括仓金石志》始著之。《文选》载此诗，"庶特乘日用"，石刻作"庶持"；"疏峰抗高馆"，石本作"枕高馆"。谢精于梵，夹"特乘日用"，白业净义也。"枕"字切响，亦胜"抗"字。足证《选》本传写之误。字体类大小爨，不失分隶遗意，李嗣真《书后品》有"康乐往往惊遒"之语，张怀瓘《书断》谢客隶草书，列入妙品，虞和云："灵运，子敬之甥，故能书，极多王法。"王僧虔云："子敬上表，多在中书杂事中。灵运窃写，易其真本，相与不疑。元嘉初，帝就索始进观大谢书体势乃尔。"则知大令《保母砖志》之为迹，伪迹可决然矣。

韩柳驰骋文词，生平踪迹，以仕妨学，日力劫劫，无暇研经，故心折于施士丐之说《诗》、陆质之说《春秋》。盖儒文华实，自忖不能兼有故也。第施、陆之于《诗》《春秋》，偭弃四家，不依古训，东阁三传，自诩抱遗，其去党枯护朽之失也几希，殊不足以副师资耳。

至董子珊太守寓斋，看架上弧三角仪器，面列经度、四时八节、廿四气度数分秒，背列北极出地，南自朱雀，北至恰克图，东距芝罘，西至阿里，度数分秒，挂中线于正午时，测日影以定之。

池州杨文会，字仁山，熟习内典，顷枉过，共饭茅堂。谈义久之，告以仆于经乘涉猎极浅，惟资大舍力之治心，冀袪忿欲，以合《易》《老》损之又损之义，要指在慎独戒欺也。又，于彼教喜禅门，不喜参话头，信净土不信往生。心净土净，何劳往生，往生则不免歆羡心。剥落皮肤，惟求真实，此于义学极浅，却如鲁国男子学柳下惠之铿铿也。仁山不以为然。仁山云：此意皆识，用事恐堕理障，须离意、识，参方得禅资捷悟。净取约、守，此两门诚可节取，惟两宗皆病在只知理一，不知分殊，不若专治义学，庶免惝恍而无归宿，须世典中寻省头绪，理会粗了，然后及出世法。只知理一，不晓分殊，止办出世，不能治世，欲求治身心以治世，仍当于六艺九流之术，以因时损益而裁决之。

某年垂半百,未闻道要虫篆,晚悔蛾术无成,敷文析理,任真孤往,顾惜光景,困而弥笃,聊以娱情遣日,不复衒世竞名,吾志定矣。

黄文节论简尺,惟魏晋间人论事为能,语少而意密。观右军与谢万、殷浩、谢文靖、周抚诸札,信然!宋文帝《与江夏王荆州刺史义恭书》亦尔。近代简札,牧斋词繁,由行义不慊,内多馁而外示屈强。熙甫理俭,由平日读书积理尚浅,阅世事亦少。似皆不若姚惜抱之纡馀易直,往往寓事外远致,曾文正公之切事理,繁简皆有节度,而利害洞然,此两家近代简札之最不失典型者。

但取自怡悦,排日求独坐时之一适,慎勿挂幌子,惹无数是非口阱。南郭子綦捐除人见我见,断去来之际,倚槁梧而瞑爵禄,死生不入于心,终日兀兀腾腾,任运过时,亦不自知,其孰为是非?孰为癖谬也?

惩忿欲,慎言行,所以蓄养刚德,小心惴惴,若临冰谷。此仁者之事;挟资藉,据形势,虽有智慧,不如乘事。所以增长刚气,心欲小而胆欲大。此智者之事。德诚为本,而气末乎,然非气力厚,积资累势,又恶足以举其德哉?末智焉得仁?后汉光武戒武威太守任延曰:"善事上官,勿失民誉。"此用老氏贵其师,爱其资之术。杜祁公衍戒门生云:"切当韬晦,勿露圭角。"毁方瓦合,优游其间,默而行之,求合于中可也,不然无益于事,徒取祸尔。此善审形势者也。

御史吴兆泰《奏请节省颐和园工程》一折,奉旨严遣。元折虽未得见,究系忠爱之忱,所谓言虽过戆,心实无他。若处以建言罪之,似非所以润色圣治,昭垂史册也。

录公直庐,临水,有一老树槎牙,气象入古,月落参横,时影婆娑茁地,以竺道生朱门蓬户之例观之,此亦何异"荒村建子月,独树老夫家"邪?人间清境,何地不有,岂必深山之中,蒿莱之下。永嘉喻见道忘山,人间亦寂,良然!良然!

欲用黄蘖语刻一小印云:绝学无为闲道人。绝学者何?绝杂学也,绝末学也。

劳劳竟日，然日用酬酢，莫非礼意所贯注，如其分而止，则礼之节文存乎其中，吾所得自勉勉者。方寸之诚，一念之敬耳。荣辱之遭，听之人，我何预焉？

求诚自不妄语始。《元诚语录》述温公语。不妄语者强制之于外，然浸久而克涵养其中矣，又久之，则不睹闻之中戒慎恐惧自然入理。先正之言，岂予欺哉！

叶鞠常、王蒿隐皆笃实无浮，内行谆挚之士。文中子言，寡交多亲，谓之知人，盍友事？此两君以勤攻吾短乎。

观翻石刻《戏鸿堂汇帖》，初刻系枣木，每卷尾小篆题识，今石刻正书题尾。中右军《辞世帖》最佳，谢文靖行草真有庄俊相涵处。米芾云：庄若对越，俊如跳掷。于逸少、方回故当雁行，宜其每得子敬简札，漠然遇之也。

柱下五千言，作用不外一啬字。佛藏如入海算沙，不能遂尽，然宗指止在一舍字。知道者能节取二氏长处，舍除外物，啬养内神，义若相反，用实相济。能舍则戒慎，以善吾动，惩忿窒欲，损之又损，万缘不足以扰我；能啬则敛藏，以善吾静。操存既熟，虽瞬息亦抱一无离，而后万事不足以眩我，而心之体用全矣。动静交相养，小试之亦有裨卫生之经，况尽其大者乎？《礼》所以固人肌肤之会、筋骸之束，其体用有舍有啬，惟舍故能惺寂以谷吾神，惟啬故能虚静以养吾气。司马谈《六家要旨论》反复剖析，于利害最切。

夜校《国朝文录·论辩类》。西溟有《数论》，甚快。又，俞氏《长城知命说》，主《孝经援神契》三命之说。《白虎通义》同。

旁推交通，极有微解，似胜李萧远、刘孝标所见。解颜甚乐，予欲以穷为通久矣。苟踦于人而全于天，虽厄穷何害？不必问百年之穷通，第以一日之所遇观之，固甚超然也。

绩溪周子瑜观察茂琦，胡竹村先生弟子，治小学，著《说文引经考疏证》十四卷，今日以《近乍释苟》一篇示予，驳虞翻“苟，诚也”之说，而以经典所用苟字，皆当作茍。己力切。《说文》：“自急敕也。敬字从支,苟、攴,迫也。迫而自急敕,故谓之敬,不当作从草之苟。”此本段氏义,阮文达公有释敬,亦同君说。杭堇浦先生《续卫湜礼记集说稿本》在君处,逸梧借去,仍未刻入《续经解》。

贞观清明之世,为学于孔孟程朱宜,贞元浊暗之世,制行庄、老、晏、墨、籍阮、绩王宜,道隆从隆,道窊从窊,固其所也。惧为重伤无寿类之民,而欲修混沌氏之术也。噫!

昨对客言多,气苶,孟诜之说,良亦有理。然善养气者莫若积敬积诚,勿忘勿助,不忮不求,毋欲速,毋见小利,敛之又敛,慎之又慎,然后渐臻充实。而其发之也,不陵节而曲当事理,养气莫善于孟子,故邵尧夫谓孟子得《易》之用也。《易》最重消息之义。朱子《答陈同甫书》言,“真正大英雄,乃从战战兢兢,临深履薄处做将出来”,亦《孟子》“集义养气”之注脚也。曾文正公自课十二时,一曰慎言,气藏丹田,刻刻留心,第一工夫。此本于《元城语录》,求立诚,自不妄语始之说,乃养气要领。素行拘谨收敛,勿些子放言高论,人讥为平庸,勿恤也,行之久,自然有益。

庚寅十月

晚过云门许,阅曾宾谷《赏雨茅屋图》,吴履画,洪稚存、王惕甫、吴山曾皆有诗。又观《辋川图》,子寿丈跋一首,云门和王裴绝句十馀首,索予为之。人事劼劼,未有以应也。

李延平一生不作费力事,处心不著故也。

王逸少自言常依于陆贾、班嗣、杨王孙之为人,教子孙以敦厚退让,庶几举策数马,仿佛万石之遗风,马文渊、王文舒《戒子侄书》,皆以谦慎为本。

巡视书摊,小有所得,然物力日力俱费,而无益于身心,且不守约,多重损,实予之病也。多为少善,不如执一。

不伸昭昭之节,勿居赫赫之名,惟务博闻孱守,微言笃行,无为而民自化,好静而民自正。

丹徒王禹卿修净业三十年,胁不至席,《姚惜抱集》。以此知静坐功夫有益。

前兵尚彭公玉麟薨后，予谥刚直；两江总督曾公国荃新逝，特旨予谥忠襄；户侍曾公纪泽，予谥惠敏，此当编入《皇朝谥法考》。

读书切忌贪多，根器小者尤不辞牖中窥日之毁。抱小日精。须是既竭吾才，反复涵泳，参透一书，尽通其症结，条其脉络，然后再易他书，则如早啬而精不竭，可收博观取约之益，深造自得，左右逢源之乐矣。切记东翻西阅，骛外为人。譬如量腹而入食，使咀嚼有馀味。动摇筋骸，引诸关节谷气消化，乃得养其荣卫，精液流通三焦，潆潆若春泽，液液象解冰矣，否则伤饱壅滞，生病造热，五味爽口，食饮失节，其害烈于伐性之斧，烂肠之药，非徒无益，反促其生彼教所谓智力不能转经，却被经转[①]，纵学道亦称魔耳。知道者，总以就才性所近，深造自得为主，《蒙庄》言："鲁莽而耘之，则其实亦鲁莽而报之。"又言："斫轮疾则苦而不能入理。"此即《孟子》揠苗助长之说。故读书百遍，其义自见。汪容夫云："人言一目十行，我当十目一行。"皆知其甘苦利病者也。

晚三郡同人公饯罗景山军门。罗君习于兵事，尤熟闽中台湾情形，深知楚军将帅专己揽权、忌刻他将成功之习。君言文官能爱将，武官知爱民，则边患不足平矣。此言深合陆贾将相调和则士豫附，曾文正公言，军以不扰民为本之意。罗君言浙省形势，非屯兵境外，以战为守不能保境，西固皖南，北控常、润，南扼徽、信，东塞闽、岭，乃足一闭门高卧。此钱镠之所以得，而张士诚划境自守之所以失也。予颇韪其言。

观汪茗文《南归叙别图》，自孙退谷侍郎、二徐、竹垞、阮亭、次耕以下题诗者十馀人，图为长洲文点文肃公震孟孙，竹垞为表墓。画，宛然见国初诸老风致，可宝也。此卷曾归曾宾谷题襟馆藏，卷尾有与吴舍人嵩梁连句。

康熙中丈量各直省地亩，以五十丈为一绳，以十绳为一里，具详

---

① "被"，原文作"彼"。

《钦定皇舆全览》。刻本甚精。载明丈绳之数。此书不知何以《四库书目》遗之,未收入史部地理门也。

天之有四时,如朝廷之有赏罚,示人以信,非不教而骤加诛,其有寒暑反常,乃所以震儆人主,使畏灾修省也。天人消息之故,浸渐而致,亦不可思矣。

买字画、宋版书,元是雅事,然困于无涯之欲,亦殊损人,不唯正士有玩物丧志之讥也。

吾友篯叟当其意于禅也,立禅、坐禅、跑禅、示疾禅、烦恼禅、参方禅,无适而非禅机也。当其意于净也,慎言语,节食饮,惩忿窒欲,无适而非净土也。

行身祈向多为少善,不如执一将于柱史、园吏、宗门、净业,四者之间,何所择执,当用筳筊决诸神明,以定取舍。友人酱翁云。

自题写真,有诗已削。孝靖高先生晚年尝命工并幅写两真,一唐巾深衣,正容危立,一竹杖芒鞋,野服褴褛,相视而笑。先生题曰《自顾自图》,且系以赞,精舍诸生题咏竟幅。先生行不枉道,言不苟訾,粹然服习程朱之教,痛瘝在身,不忘民物,乃寓兴于兹,若忽然忘世者,何哉?殆以举世湛浊不可与正言直寄焉,以为不知己者诟厉邪。不佞窃取先生遗意作此。朱竹垞云:"世事皆畏人毁笑,独滑稽者不畏人笑。"此类也夫。《传》曰:"为人臣者,勿以有己;为人子者,勿以有己。"嘉庆中,一达官父子祖孙,挂名朝籍,晚而自榜其室曰"有己庐",罪也。孝靖之图,盖取言顾行、行顾言,战战兢兢,若临冰谷,庶启体而归全之意,非有己庐之比也,学者幸无惑焉。

庚寅十一月

吴县潘郑庵尚书,旧度支长官也,予晚进未及投挚。其为人犹有国初孙退谷、龚芝麓遗韵,昨闻溘逝。赵闲闲没后,金南渡士流亦少一系援倚恃矣。此亦近事之可叹者也。

《老子》言:"治人事天,天谓人性。莫妙于啬。"啬之又啬,故能早服而重积德，重积之义，尤为稼于汤之世，一溉不已，又屡溉之，乃能和理日济，生机郁茂，获久宛后枯之效。非早服，无以立重积之基也。庄生言：外阏其欲，以病耳目；内焚其和，以桎灵台。是谓重伤之民无寿类矣。重伤正与重积反对，须以双药对治双病。

顷在一亲串许见王良常、蒋湘帆各临颜平原《告身》一通，合装一册，谛视笔迹妙绝。嘉道以后，士大夫作书，率力悴画中，了无字外馀趣，不及国初人远矣。康雍间名人书皆有豫若冬涉川，犹若畏四邻意象。良常尤深唐法笔势，纵处皆敛，此其所以不可及也。拙老人书稍有怯滞处，然亦有狷者之病。要知前辈胸襟夷远，不恃工力求胜人，其制胜处乃在识度也。

大兴朱文正公在政府日，酬应文字多授简门下吴山尊学士为之，晚年病困，呼家人检一箧稿，赍还学士，且寓书云："历年承代撰稿草，今悉检还，固不欲乱我之真，又不欲掠人之美。"此一事见前辈立身制行之介然不苟，而毕生临履冰渊、慎独不欺之意可知矣。

予早衰已有象，从此每日间三检点，须于啬之一字上用意。

万九沙为宋牧仲八分，写舒元舆《牡丹赋》一册，仲弢藏本今售于予，为之心目明。

百家众流，道术赜矣，浩如渊海，何所择执？思之积年，导师末由。今日详思，学者似未有从程朱门庭入手较为稳实，积铢得铢，累寸得寸，可以笃行孱守，约而易循，盖义理之学，敛之身心，用力一日似有一日之益也。若考证家亦学中要事，然如入海算沙，穷年莫殚，就令得之，既不逮前人精力所获琐琐，又不能资我灵台灌溉，受用之益。今欲以有限之姿，而疲骛于无涯之智，惑孰甚焉。

读放翁晚年诗，蹇浅一似三家村野语也。

《梦占》一书，其理不可解。翁祖庚中丞同书通籍后，一日梦异人引至一处，榜云："芳草有情皆碍马，春城无处不飞花。"不解所谓，后频梦如前，以语人，人言此殆寓宦境涉历所至耳。咸丰末，中丞既出，诏狱遣戍新疆，未出关，行至花马池而卒，平日之梦乃验。岂事皆前定,非人力所可回斡邪?亦可异矣。

汉光武愠数世之失权,忿疆臣之窃命,政不任下,虽置三公,事归台阁。明太祖自胡惟庸败露后,不置左右相,政归六部,亦此意。参阅古今事变,东汉、前明之制,固为得也。仲长统参丞相曹操军事,卒于建安末年,著《昌言》三十四篇,其《法诫篇》以置相专任为得,轻任三公为失,反复言之,何其谬邪!寻其微指,将毋以委身当涂为之腾说,使孱献假以盗窃神器之枋,非由衷之言也。建安讫命,操死丕篡,《昌言》之效著矣。此一事尚论,千载无人发其奸言,殆为统所愚也。

蒿隐先生述长洲王氏远祖墓在洞庭东山中,墓前逼近享堂。青乌家云以形法言之,当出一鼎甲,却不及状头。后成化中,文恪公鏊以一甲三名及第。国初兵后,享堂毁圮,形家言更造之下旧址一尺许,即得状头矣。已而康熙中,王少詹世琛果以第一人及第。墓前故有小硐,同治末湮塞,或言浚令流水,则利决发策科,于是督役畚治,一日而毕,裁縻泉五千耳,次年王氏即举两孝廉一进士。形法家之术,其窍妙正在可信不可信之间。

友人篯叟垂老出诗一卷,文外曲致,萧散独绝,予望而却步,规规然自失也。僭题后数语,云:卮言日出,和以天倪,困而曼衍,所以穷年。

戊子秋间,私谓宗室伯羲祭酒云:《易》初为元,士亦为元子。天子之元子,犹士也。天下无生而贵者也,故有利建侯之占。五为天子,上为宗庙;又一世二世为地易,三世四世为人易,五世八纯为天易,游归为鬼易,由八纯之位而入游归,宗庙之象成矣。故处上九之位者,苟能高尚不事,泊然蜚遁,犹可永葆贞吉。最忌任事,任事高而无民贵,而无位故也。今王贤能振动于上,宰割专断,董鹰扬之事,而遘疾若此,殆惧不起乎。赐不幸而言中,危哉,天人之际,消息之道,盖如临冰谷,可畏甚矣!

【眉批】指醇贤亲王,此理似近附会。

静中观俗吏所用世法，止二言足以尽之，衡所以揣其轻重，有节奏。纩所以属其鼻息。有分数。此刘孝标语，乃洞晓情伪，工于世法之言也。

常惺惺慎言少动，刻刻收敛，无时不敬，无息不静，庶为免祸根基。

《孟子》曰："祸福无不自己求之者。"此非教人趋避也，乃言立身行已之道当如是。

诵数以贯之，思索以通之，为其人以处之，去其害者亦持养之。先正读书诀。

樊茗赓同年云，边华泉尚书贡诗"凉雨忽沾衣"，渔洋选本援笔改为"林雨"，多一层意思，兴味便深，此不可与躁心人领会也。茗赓别后为诗甚富，词采绚烂，颇无词障。予诗好作勃窣理窟语，却不免理障。一日诵融斋老人《采桑子》词云："桃梨漫自争同异，一似仙家，一似禅家。只怕东风笑两差。"不觉规规然自失也。

牧翁《列朝诗小传·凡例》散见书内，并寓史笔。

仲修《和云门诗》，顷观之，功力非时流所及，老学自不同。

今日得一文清公行书册子，中有写《东方朔传赞》，笔意诙谲，公殆有身世之寓耶。

故人山阴万仲桓同伦熟秦，故工作分隶，能鉴别石刻，今闻殇于扬州官幕，惜之。

至云门处，共观黄鹤山樵王叔明《松窗读易图》，沉郁一似老杜天宝至德间诗，奇绝奇绝！

夜将午，回思辛、壬家难，辄痛不欲生，既而思之，此自经沟壑之匹夫匹妇也。邻友箎叟曰：当以读书养性为孝，以砥行立名，驯致显剔为孝，以教养子孙，家学不堕为孝。

庚寅十二月

《易》戒勿舍灵龟而观朵颐，所以澹外物而养内和也。以智养愉，以愉养智,乃能灵台一而不桎,不至为众人之焚和,灵台犹灵龟也。

戒惧慎独以课己,淡言微中以应世,存倔奇虹洞之辞以希古,为深浅显晦之行以正今,此予友酱翁之行也。

久阅钱牧斋《明诗小传·闰集》之莫逆于心,胜于前五集也。

湘阴在骆文忠幕府日,为鄂帅官,文忠严劾,以怨家故,必欲置之死地。肃玉庭在枢府,弹折甫达,私语其坐客高心夔伯足,伯足慷慨言曰:“此湘中豪杰之士,朝廷不欲平贼则已,苟有志经略东南,将倚办此君,恶可自僇其良也。子能为国保全之,则所济大矣。”肃唯唯曰:“计将安出?伯足为计划。”夜叩澄怀园潘大理祖荫门,大理时以南斋供奉寓直,伯足说其具疏营救,大理如言,疏为湘阴辨冤,且陈其佐幕守长沙省城功,有“臣请以阖门百口保左某,为国家留一人才办贼”之语。肃从中陈奏称旨。定陵钦之,密敕典鄂省考官钱宗丞宝青严切查办,宗丞檄吏,趣两造对簿。湘阴遗书,鄂抚胡文忠谓士可杀而不可辱,必令囚服对簿,内不悬于梁则外投于潭耳。文中阴为之地,宗丞覆奏,事旋得解。伯足及大理之力也。

子培评予诗谓:蟠际一干,朴老扶疏,发挥枝叶,离缅郁茂。子培之智,岂不知予之短而妄叹若此,特穷交相呴以沫之谈耳。

先师高子有从子之丧,清晨掩书隐几而恸曰:“大功辄业。”既而读书复常,曰大功诵可也。衰麻不得入公门,汉儒多以期功去官。今日度支内计过堂。不佞以家累牵绊,既未能决然去官,又不敢以大功服往,青长布袍,反穿羊皮外褂,冠摘缨,坐褥均用蓝布。只得常服入公门。听候点名过堂。又以典客署事,往应在官之役。时闻先伯父之丧故云尔。

新作一偈云:八风吹不动,前后际断。故八风吹得行,机用不穷;故客养芭蕉坚,至宝不消;故晦明相禅谢,新新不停;故喧寂同一机,体用一源;故惺非惺兮寂非寂,寂寂惺惺中有物。中有一物还无物,剥落皮肤见真实。亦不执断常邪见,亦不缚禅定,解脱逍遥,还我本来人,万古寒江秋月白。

【眉批】按：此偈未存入诗，可否编入日记梵语门，否则入杂文似不类。

《四十二章经》云："人命在几间呼吸间耳。"此《安般守意经》小止观六妙门台宗。之所以从出。丘长春云："息有一豪之未定，命非我有。"朱子亦有《调息箴》。《楞严》云："视鼻端白，数出入息。"老子云："绵绵若存用之不勤。"漆园吏有吐纳新故之谈。仲长统著呼吸精和之论。皆是物也。惜抱《笔记》亦有一条论《黄庭》义。

以同官多病者，不能乞功服假，释服仍入署。不孝壬癸间大事，处人伦之变，所遭不幸非一，盖自伤也。

杨廷秀诗专掉虚机，淘写性灵，可以药堆垛缔藻、模山范水之病，然论其品诣，尖新盖有之，清新则未也。此取径梦得、香山，而律切醇厚之意则失之。南渡诗人陆、范、尤、杨，其酝酿去汴宋之欧、王、苏、黄诸家远甚，而宋初昆体功夫至是乃归荡无馀矣。文章之岁差，世运之升降为之也。

先大夫复初公少时为富阳董蔗林大参所器重，所得墨迹盈箧，乡试七荐不售，无几微怨尤之色。真行书出入李北海、赵吴兴，腴润遒劲，别具风致。惬心楼上藏书五六万卷，庄书检目签识，手自点勘。今存《艺海珠尘》一部，墨迹如新。尝集成语榜芳郭家庙云："仁风奉扬，惠彼黎庶；大雪皆饿，不宜干人。"作擘窠大字，笔敛气静，盎然德人之书也。

宏景礼育王之塔，自誓斋心右军，草《丙舍》之疏，每存度世，半郭半村，迹似子綦之坐隐，一丘一壑，依于班嗣之为人。

岛索各行人沮觐见之仪，录公患之，予职居参簿，进曰：狙公赋芧，朝四暮三，则群狙皆喜，因势利导，则自就范矣。录公韪之。

先辈言，官不必高，但愿衣冠勿绝，而常为士类；家不必富，但愿服食粗给，而可以及人。此言殊有深味。

世士失志时，见人深自贬损，稍缘治痔得车，骄稚之气便至，一若门施行马者,独不思东坡老人云:“漂零不自由,盛亦非汝能。”年运偶尔乘除,不关才流之工拙乎,亦可笑已。

与子培、仲韬、叔恒、介浮游愍忠寺,观云麾残石。又,在培兄斋中观顺治拓《刁惠公志》。

绵绵穆穆,清谨畏慎,口无失言,动必由礼,若临于谷,若冰将释,息有养,瞬有存,为之自我者,当如是而已。若夫穷通听诸天运,毁誉听诸人事,我何与焉?古之知道者,毁亦不忧,誉亦不喜。亦任其自为乘除,自相起灭,而安之若素焉可矣。

率性之为道有二义,一以存养为率性,《孟子》“存心养性以事天”是也。学焉而得?其性之所近,或清、或任、或和,或长于文学,或长于政事,或狂者进取,或狷者有所不屑,步屣歌商,宪贫非病,浴沂咏雩,点独知时。镜不可以为甑,凫不可以为鹤,材必适宜,器毋违务,此各循其性之刚柔华实,而为之节文以成,其出处语默,独行其是之业也。一以克治为率性,《召诰》节性,惟日其迈是也。沉潜刚克,高明柔克,贬其所短,裁其所过,《咎繇谟》曰:“宽而栗,柔而立,愿而恭,乱而敬,扰而毅,直而温,简而廉,刚而塞,强而义。”气质之恶,固当克治,即气质之美,亦当裁以法度,使适于中道以成其德而达其材,不致有刚柔、缓急、偏驳之迹也。君子《礼》《乐》不可斯须去身,《礼》《乐》所以节性之具。独居之自治,积力既久,偏私之见融释脱落,故一旦治事,而不为外物所眩,平日之克己涵揉既深,禁令胜于一身,故一旦临民而民畏之若日月,信之若四时也。《中庸记》尊德性而道问学,尊,当为遵。乡饮酒礼,遵者降席敖氏,注:遵之为言尊也。大夫尊于士,此申郑注此,乡之人仕至大夫,主人所荣,而遵法之义。《尔雅释诂》云:“遵,循也。”《广雅释诂》云:“遵,表也。”《毛诗酌传》云:“遵,率也。”尊德性,即率性之为道之义;道问学,即修道之为教之义。

涪翁《上苏文忠诗》云:“我诗如曹郐,浅陋不成邦;公如大国楚,吞五湖三江。”曹郐虽迫陋,犹系于《风》,楚诚大国,不登于《风》。《楚词》,宋玉、景差之徒,俶诡诛丽,汪洋恣肆,乃国风之别派也。山谷自以不失《玉台》、西昆之体律，六朝三唐宋初诸老遗音未沫，不敢驰骋，偭其矩矱，故措词深婉如此。山谷诗以故为新，以俗为雅处，亦得笔于眉山而不为苟同，善能自占地步，所谓随人作计终后人，自成一家始逼真者也。

才性有利钝之殊，年力有盛衰之异，自揣不能博闻强识，兼患多记损心，不若约取。近思之为得，譬之才不办将万人，用少亦足以制胜，就不能取胜，坚壁自固，亦足立于不败之地。量敌先务量己，用短密于用长，图难必于其易，为大必于其细，吾师苦县丁宁之言矣。

平旦与儿辈言程、邵之学，有气数、义理之不同，而小程子为切要，鞭辟近里，可以奉为法守，可以坐言起行，用功约而易操，不至大走作露出破绽来。

世言欧阳文忠公《平山堂词》，有“山色有无中”之语，疑为短视。然宋小说云：公每作文，辄粘贴草稿于壁上，卧而观之，详参其得失利病，或至尽涂乙其初稿，至不可辨，凡稿本必细书，乃能得卧观之，非短视者所办也，知者更详之。

答同年叔芸钦使书，论南洋群岛设立领事，保护华民之利害。此事发端于南皮师也。

友人篯叟有时而介，有时而通，有时而语，有时而默，有时而显，有时而晦。曾文正赠何子贞丈诗云：“大谲老谋不自白，世人谁解此纵横。”其篯叟之为人乎，盖莫能器之也。

周子瑜观察来索何氏秋涛《周书王会解笺注》，予未见此书，无以应之。

“十三五”国家重点图书出版规划项目

中国近现代稀见史料丛刊【第五辑】

张剑 徐雁平 彭国忠 主编

袁昶日记（上）

袁昶 著

孙之梅 整理

本辑执行主编 徐雁平

凤凰出版社

图书在版编目（CIP）数据

袁昶日记 / 袁昶著 ; 孙之梅整理. -- 南京 : 凤凰出版社, 2018.6
（中国近现代稀见史料丛刊. 第五辑）
ISBN 978-7-5506-2790-1

Ⅰ. ①袁… Ⅱ. ①袁… ②孙… Ⅲ. ①日记－作品集－中国－近代 Ⅳ. ①I265

中国版本图书馆CIP数据核字(2018)第125131号

书　　名	袁昶日记
著　　者	袁　昶 著　孙之梅 整理
责任编辑	樊　昕　朱　尧
装帧设计	姜　嵩
出版发行	凤凰出版社(原江苏古籍出版社) 发行部电话025-83223462
出版社地址	南京市中央路165号,邮编:210009
出版社网址	http://www.fhcbs.com
照　　排	南京凯建图文制作有限公司
印　　刷	南通印刷总厂有限公司 南通市通州经济开发区朝霞路180号,邮编:226300
开　　本	880×1230毫米　1/32
印　　张	41.375
字　　数	1075千字
版　　次	2018年6月第1版　2018年6月第1次印刷
标准书号	ISBN 978-7-5506-2790-1
定　　价	220.00元(全三册)

(本书凡印装错误可向承印厂调换,电话:0513-80237871)

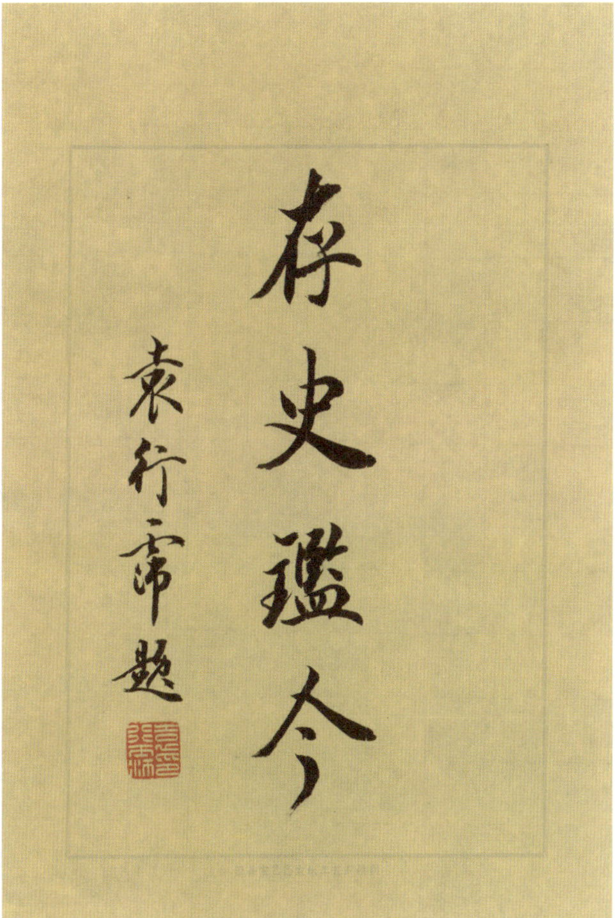

袁行霈先生题辞

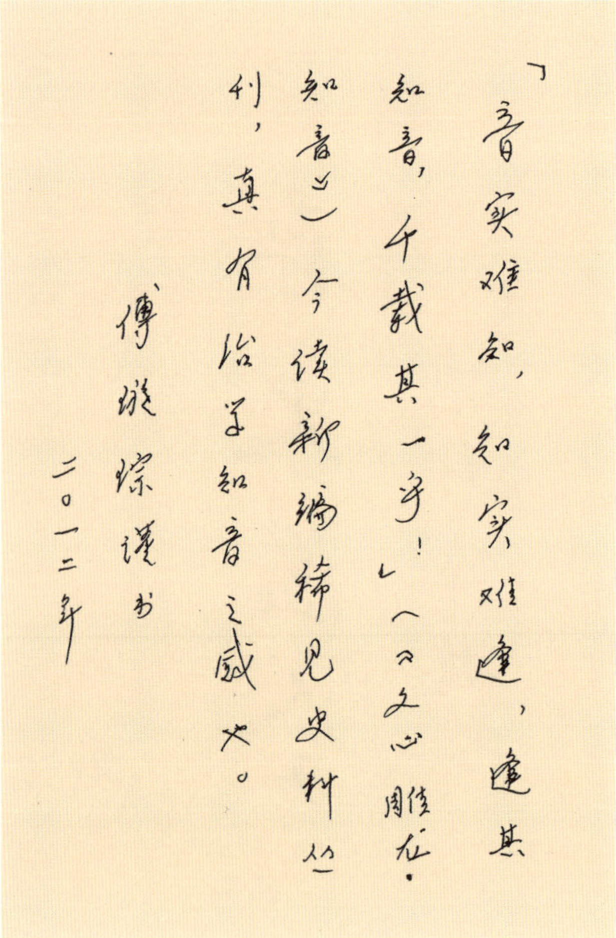

「音实难知，知实难逢，逢其知音，千载其一乎！」（《文心雕龙·知音》）今读新编稀见史料丛刊，真有治学知音之感也。

傅璇琮谨书

二〇一二年

傅璇琮先生题辞

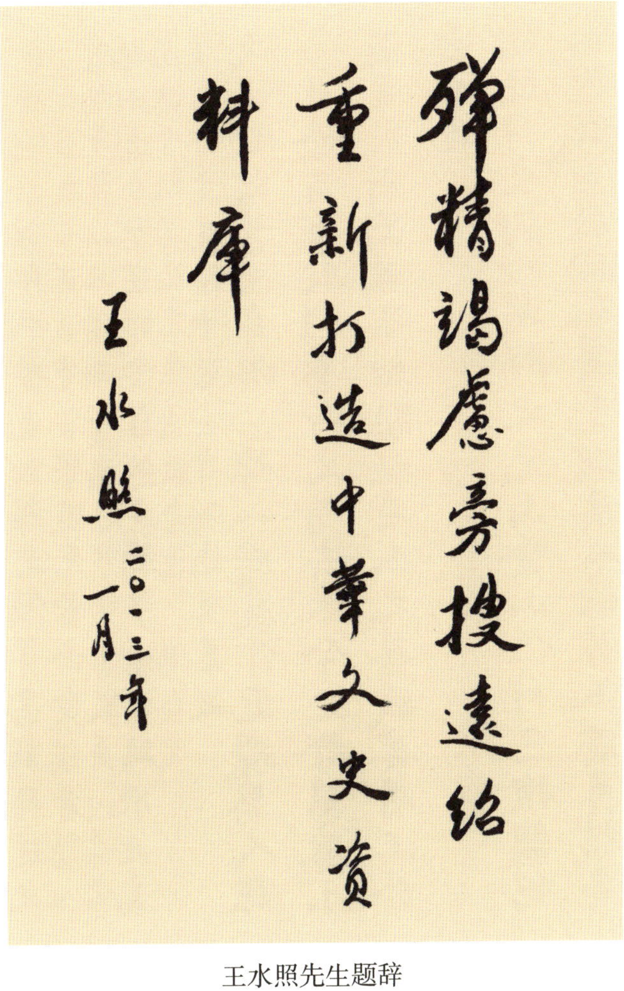
殚精竭虑旁搜远绍
重新打造中华文史资
料库
王水照
二〇一三年一月

王水照先生题辞

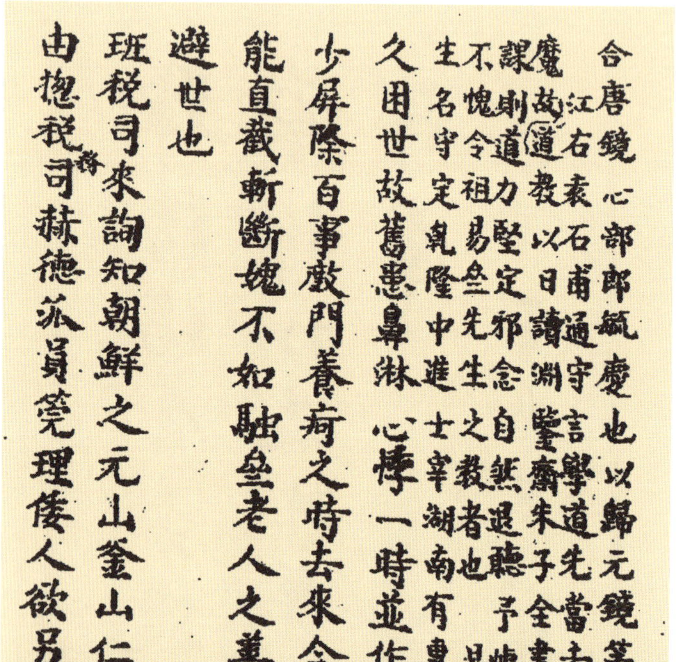

合唐鏡心部郎飆慶也以歸元鏡等書數冊送之
江右表石甫通守言學道先當去魔祓君恐入
魔故道教以日讀淵鑒齋朱子全書數頁以爲常
課則道力堅定邪念自然退聽予悚然起敬此真
不愧令祖易盦先生之教者也予易盦先
生名守定乾隆中進士宰湖南有惠政
久困世故舊患鼻淋心悸一時並作更覺惡人殊
少屏除百事啟門養痾之時去來今三際萬籟不
能直截斬斷愧不如馳盦老人之善藏其用工於
避世也
班税司來詢知朝鮮之元山釜山仁川三榷關仍
由揔税務司赫德派員筦理倭人欲另派倭員議商

书影一

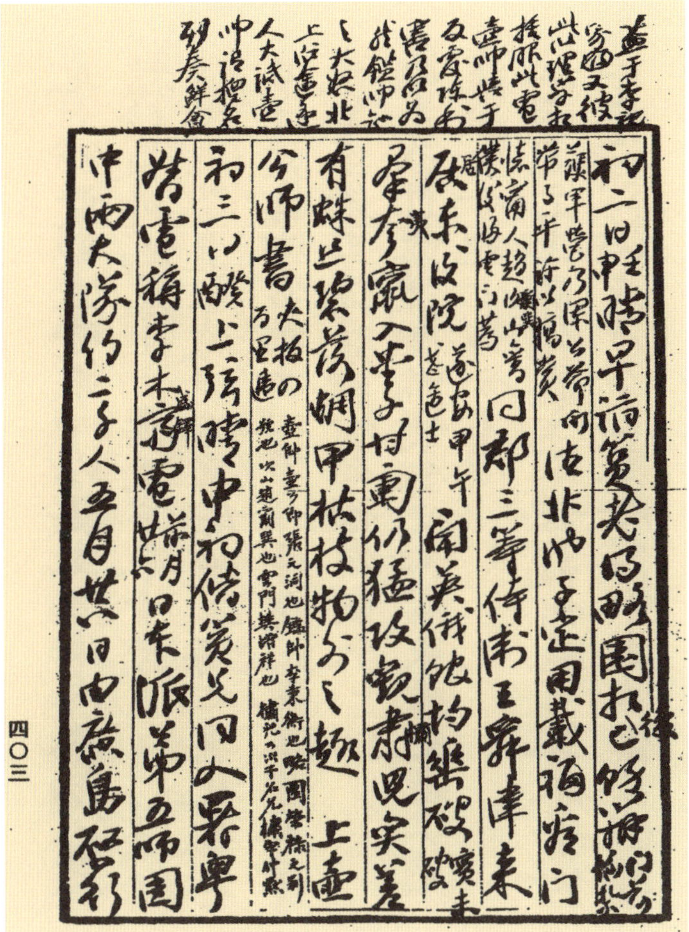

书影二

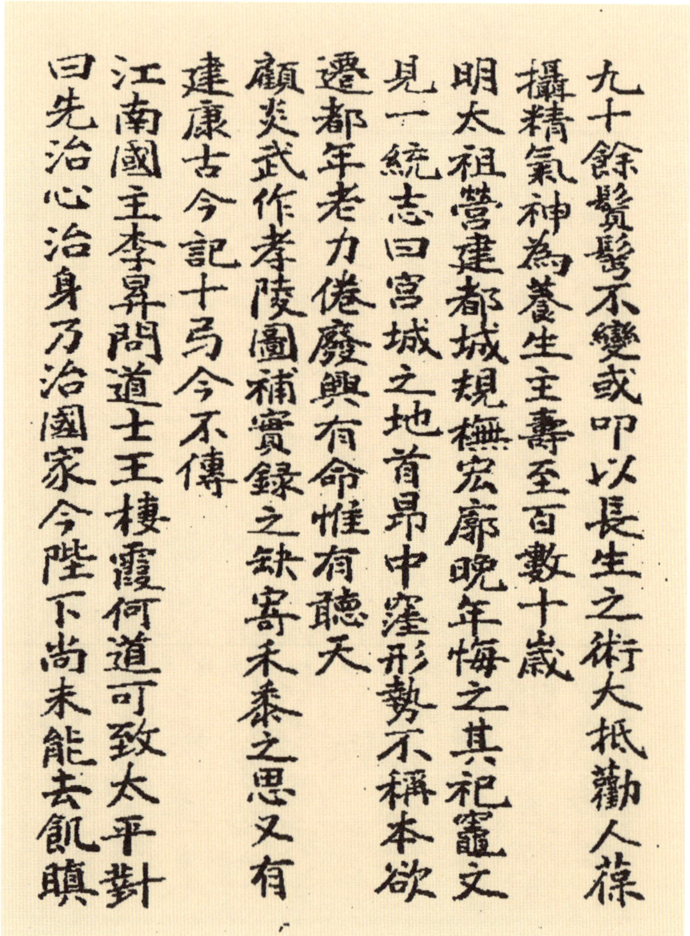
九十餘鬢髮不變或叩以長生之術大抵勸人葆
攝精氣神為養生主壽至百數十歲
明太祖營建都城規橅宏廓晚年悔之其祀竈文
見一統志曰宮城之地首昂中窪形勢不稱本欲
遷都年老力倦廢興有命惟有聽天
顧炎武作孝陵圖補實録之缺寄禾黍之思又有
建康古今記十弓今不傳
江南國主李昪問道士王棲霞何道可致太平對
曰先治心治身乃治國家今陛下尚未能去飢嗔

书影三

《中国近现代稀见史料丛刊》总序

在世界所有的文明中，中华文明也许可说是"唯一从古代存留至今的文明"（罗素《中国问题》）。她绵延不绝、永葆生机的秘诀何在？袁行霈先生做过很好的总结："和平、和谐、包容、开明、革新、开放，就是回顾中华文明史所得到的主要启示。凡是大体上处于这种状况的时候，文明就繁荣发展，而当与之背离的时候，文明就会减慢发展的速度甚至停滞不前。"（《中华文明的历史启示》，《北京大学学报》2007 年第 1 期）

但我们也要清醒看到，数千年的中华文明带给我们的并不全是积极遗产，其长时段积累而成的生活方式与价值观具有强大的稳定性，使她在应对挑战时所做的必要革新与转变，相比他者往往显得迟缓和沉重。即使是面对佛教这种柔性的文化进入，也是历经数百年之久才使之彻底完成中国化，成为中华文明的一部分；更不用说遭逢"数千年来未有之变局"、"数千年未有之强敌"（李鸿章《筹议海防折》），"数千年未有之巨劫奇变"（陈寅恪《王观堂先生挽词序》）的中国近现代。晚清至今虽历一百六十余年，但是，足以应对当今世界全方位挑战的新型中华文明还没能最终形成，变动和融合仍在进行。1998 年 6 月 17 日，美国三位前总统（布什、卡特、福特）和二十四位前国务卿、前财政部长、前国防部长、前国家安全顾问致信国会称："中国注定要在 21 世纪中成为一个伟大的经济和政治强国。"（徐中约著《中国近代史》上册第六版英文版序，香港中文大学 2002 年版）即便如此，我们也不能盲目乐观，认为中华文明已经转型成功，相反，中华文明今天面对的挑战更为复杂和严峻。新型的中华文明到底会怎样呈现，又怎样具体表现或作用于政治、经济、文化等层面，人们还在不断探索。这个问题，我们这一代恐怕无法给出答案。但我们坚信，在历史上曾经灿烂辉煌的中华文明必将凤凰浴火，涅槃重生。这既是数千年已经存在的中华文明发展史告诉我们的经验事实，也是所有为中国文化所化之人应有的信念和责任。

不过，对于近现代这一涉及当代中国合法性的重要历史阶段，我们了解得还过于粗线条。她所遗存下来的史料范围广阔，内容复杂，且有数量庞大且富有价值的稀见史料未被发掘和利用，这不仅会影响到我们对这段历史的全面了解和规律性认识，也会影响到今天中国新型文明和现代化建设对它的科学借鉴。有一则印度谚语如是说："骑在树枝上锯树枝的时候，千万不要锯自己骑着的那一根。"那么，就让我们用自己的专业知识与能力，为承载和养育我们的中华文明做一点有益的事情——这是我们编纂这套《中国近现代稀见史料丛刊》的初衷。

书名中的"近现代"，主要指1840—1949年这一时段，但上限并非以一标志性的事件一刀切割，可以适当向前延展，然与所指较为宽泛的包含整个清朝的"近代中国"、"晚期中华帝国"又有所区分。将近现代连为一体，并有意淡化起始的界限，是想表达一种历史的整体观。我们观看社会发展变革的波澜，当然要回看波澜如何生，风从何处来；也要看波澜如何扩散，或为涟漪，或为浪涛。个人的生活记录，与大历史相比，更多地显现出生活的连续。变局中的个体，经历的可能是渐变。《丛刊》期望通过整合多种稀见史料，以个体陈述的方式，从生活、文化、风习、人情等多个层面，重现具有连续性的近现代中国社会。

书名中的"稀见"，只是相对而言。因为随着时代与科技的进步，越来越多的珍本秘籍经影印或数字化方式处理后，真身虽仍"稀见"，化身却成为"可见"。但是，高昂的定价、难辨的字迹、未经标点的文本，仍使其处于专业研究的小众阅读状态。况且尚有大量未被影印或数字化的文献，或流传较少，或未被整合，也造成阅读和利用的不便。因此，《丛刊》侧重选择未被纳入电子数据库的文献，尤欢迎整理那些辨识困难、断句费力、裒合不易或是其他具有难度和挑战性的文献，也欢迎整理那些确有价值但被人们习见思维与眼光所遮蔽的文献，在我们看来，这些文献都可属于“稀见”。

书名中的“史料”，不局限于严格意义上的历史学范畴，举凡日记、书信、奏牍、笔记、诗文集、诗话、词话乃至序跋汇编等，只要是某方面能够反映时代政治、经济、文化特色以及人物生平、思想、性情的文献，都在考虑之列。我们的目的，是想以切实的工作，促进处于秘藏、边缘、零散等状态的史料转化为新型的文献，通过一辑、二辑、三辑……这样的累积性整理，自然地呈现出一种规模与气象，与其他已经整理出版的文献相互关联，形成一个丰茂的文献群，从而揭示在宏大的中国近现代叙事背后，还有很多未被打量过的局部、日常与细节；在主流周边或更远处，还有富于变化的细小溪流；甚至在主流中，还有漩涡，在边缘，还有静止之水。近现代中国是大变革、大痛苦的时代，身处变局中的个体接物处事的伸屈、所思所想的起落，藉纸墨得以留存，这是一个时代的个人记录。此中有文学、文化、生活；也时有动乱、战争、革命。我们整理史料，是提供一种俯首细看的方式，或者一种贴近近现代社会和文化的文本。当然，对这些个人印记明显的史料，也要客观地看待其价值，需要与其他史料联系和比照阅读，减少因个人视角、立场或叙述体裁带来的偏差。

知识皆有其价值和魅力，知识分子也应具有价值关怀和理想追求。清人舒位诗云“名士十年无赖贼”（《金谷园故址》），我们警惕袖手空谈，傲慢指点江山；鲁迅先生诗云“我以我血荐轩辕”（《自题小像》），我们愿意埋头苦干，逐步趋近理想。我们没有奢望这套《丛刊》产生宏大的效果，只是盼望所做的一切，能融合于前贤时彦所做的贡献之中，共同为中华文明的成功转型，适当“缩短和减轻分娩的痛苦”（马克思《资本论》第一卷第一版序言）。

《丛刊》的编纂，得到了诸多前辈、时贤和出版社的大力扶植。袁行霈先生、傅璇琮先生、王水照先生题辞勖勉，周勋初先生来信鼓励，凤凰出版社姜小青总编辑赋予信任，刘跃进先生还慷慨同意将其列入"中华文学史史料学会"重大规划项目，学界其他友好也多有不同形式的帮助……这些，都增添了我们做好这套《丛刊》的信心。必须一提的是，《丛刊》原拟主编四人（张剑、张晖、徐雁平、彭国忠），每位主编负责一辑，周而复始，滚动发展，原计划由张晖负责第四辑，但他尚未正式投入工作即于 2013 年 3 月 15 日赍志而殁，令人抱恨终天，我们将以兢兢业业的工作表达对他的怀念。

《丛刊》的基本整理方式为简体横排和标点（鼓励必要的校释），以期更广泛地传播知识、更好地服务社会。希望我们的工作，得到更多朋友的理解和支持。

2013 年 4 月 15 日

前 言

袁昶(1846—1900),原名振蟾,字爽秋,一字重黎,浙江严州府桐庐县人。世居芳郭,自称芳郭钝叟,又称钝棰。还自署拙讷翁、定林先生、濑乡支离叟、濑乡樵隐、玄真子、羼提居士、毗耶山人等。因桐庐滨浙江西,又自号浙西村人。

袁昶的家族既无高官显宦支撑门楣,使之列之于名门望族;也乏善谋生计,积聚锱铢而成为一方富户者,充其量不过是世代耕读的小康之家。其祖父袁明诚始读书藏书,其父袁世纪始改换生存方式,以授徒为生。这个家庭正处于上升的过程,更为可喜的是"世纪之子"袁昶聪慧好学而有大志。但太平天国的战乱使这个社会地位、经济基础都比较脆弱的家庭几乎遭到灭顶之灾。咸丰末同治初,太平军进入浙江,袁世纪投笔从戎,被太平军俘虏60余日,幸得左宗棠部解救。17岁的袁昶和家人一起逃难,自己被太平军所掳,家人星散。等到桐庐克复,家产尽失。袁昶后来回忆:"辛壬邑被兵,癸甲家毁难","书遂劫火燃,诸父亦陵谷。"更加不幸的是乱后家境尚未休养,父母就相继弃世,不到20岁的袁昶不得不到处告贷,以至于被债主所拘,靠了父执担保才得释放。这样的家境与生活经历,是袁昶一生挥之不去的创痛。

从性情上讲,袁昶更喜欢读书治学,少时文字就得到父亲世纪公的奖爱,长而从刘熙载学,又得其激赏。他也喜欢散淡林下,尚友于古人与山水之间。但是科举仕进,既是家族的期望,也是养家糊口的现实需求。袁昶的功名之路前面还比较顺利,10岁参加童子试,"郡守邑侯目为神童,宗师许为大器”[①]。14 岁考中生员,同治六年(1867)乡试又榜上有名,座师是光绪年间清流党的魁杰和社稷重臣张之洞。会试费了些周折,戊辰科、辛未科、甲戌科连续败北。特别令人遗憾的是甲戌科,本已被取中,但至填榜前被抽换。不得已,同治十三年(1874)纳赀为中书舍人。光绪登基,丙子年恩科,终于第四次会试中式,授户部主事。九年(1883)考中总理各国事务衙门汉章京,十五年(1889)擢升为总章京。十数年间沉抑下僚,历练能力,撢思道艺,博洽掌故。一丝不苟的作风,谙熟学问掌故的学养,补漏塞罅的严谨,正直不阿的秉性,逐渐被朝中所重视,十八年(1892)春分校礼闱,年底授官安徽徽宁池太广道。安徽的芜湖是较早的通商口岸,中外商情错综,教案纷繁。袁昶到任后,咨询民情,整饬吏治,繁荣商贸,协调中外,处理教案,改良农桑,修建堤坝,平息匪盗,遣散兵勇,兴办书院,修复历史遗迹,复兴地方人文传统。特别是甲午战争期间,军舰游弋,剑拔弩张,由于他处置得当,芜湖社会安定,商贸正常经营。五年期间,袁昶按部就班,卓有成效,《申报》报道:“因芜地通商口岸交涉,年来巨案迭出,道宪袁观察能随到随办,随办随结。”[②]二十三年(1897)十一月,德国借故强占胶州湾,朝廷震怒,饬命地方官筹议练兵、筹饷诸方。面对中华民族的危机,袁昶综合二十几年京官、地方官的阅历,借机把自己的观察、思考、举措、方案等认真地向朝廷陈述出来,希望能在危难时刻为国家效铅刀之一割,助朝廷一臂之力。这就是晚清著名的《戊戌条陈》,此条陈受到了光绪皇帝的关注,手批“袁昶条陈”。二十四年四月迁官陕西按察使,未及赴任,五月又擢为江宁布政使。七月迁调入京,以三品京堂总理各国事务衙门行走。光绪二十五年二月授光禄寺卿,六月授太常寺卿。袁

---

① 袁梀等:《太常寺卿爽秋府君行略》,商务印书馆,光绪三十一年(1905),第 2 页。

② 申报馆:《申报》1893 年 12 月 10 日。

昶的连连升迁,被朝中同僚称为异数,他本人也是感激涕零,说是"一载三迁恩遇无"。《八月初六日召对恭述》表示:"小臣何以酬恩遇,敢效元城苦口砭。"①

庚子年义和团运动起,袁昶撰《上庆亲王请急剿拳匪书》,主张使馆不可攻,战事不可轻启。五月二十日,慈禧召开御前会议,袁昶置个人生死于度外,与许景澄冒忤强诤,又上书两亲王,并草一折表达意见。七月二日被步兵统领诡言带入刑部狱,三日与许景澄等以"莠言乱政,语多离间"为罪名同被杀害。后昭雪,谥号"忠节"。

袁昶是清末著名的学者、文学家,刊行的诗文集有《渐西村人初集》十三卷、《安般簃集》十卷、《春闱杂咏》一卷、《于湖小集》七卷、《袁忠节公遗诗》三卷(包括《水明楼》一卷、《朝隐卮言》两卷)、《于湖文录》九卷、《袁太常戊戌条陈》《袁太常奏稿》《袁忠节公手札》《袁忠节公遗札》等。

袁昶从同治丁卯六年(1867)三月开始写日记,从无中辍,一直到被害前。遗憾的是这样大部头的日记生前没有刊刻。袁昶一生经历乱离,最终惨遭杀害,家室亦遭拳民焚掠。乱后,日记由其子整理抄录而成,故现存日记并非袁昶日记原貌②。袁昶子允棣、梁肃、荣叜撰《太常袁公行略》关于日记云:"公弱冠即游学四方,丁卯春始,无岁不有日记,多师友问难语,甲戌服官后,援古证今,所见加详,日有所得,外征时事,内修实行,时时省察,尤多刻励语。每日手书,毕生未

① 袁昶:《袁忠节公遗诗》卷二《蒙恩量移直藩旋畀内用恭承嘉命惶悚滋深》,上海时中书局等活字板,宣统元年(1909)。

② 《毗邪台山散人日记》开卷眉批曰:"此最后抄出。此皆从残蚀本摘出者。"戊辰年日记多处注明对原稿的处理,如"按:此上有引阎著《困勉斋笔记》云云,已勾","以下引孙氏诸节,间有原文未删,因无发明原义,而原义又非要,故不抄者","此从残稿本抄出,间有以无意义,或证古地名,删未抄者","五德之运又数段,均未抄"。抄者开始常常标明对残稿的处理结果,后文则提示渐少,甚至不提示。

尝间断，计存六十余册。难中幸取出，尚俟编刻。惟戊戌后三载日记尽遭燬弃，其中系载国故、朝议、论政事之得失，观学术之会通，论古今事变，及感时私述，精理名言，多有关于世运人心者，今皆不可得而详矣。”戊戌后三年的日记在乱中失佚。

李德龙、俞冰主编的《历代日记丛抄》[①]收入袁昶日记二种：一为《毗邪台山散人日记》，即其后人整理抄录的本子。其中缺光绪二十三年两月、二十四二十五两年、二十六年半年，实存31年的日记。一为杨绍廉从黄绍箕收藏的抄本过录的《袁爽秋京卿日记》（以下称《袁京卿日记》），存庚子年五月廿八至六月廿二日的日记。除了这两种，另有中国史学会主编的《中国近代史资料丛刊·义和团》收录的《乱中日记残稿》，收录五月十八日、廿日至廿四日、六月初八、初九、十二、廿一、廿二日共11日的日记。《袁昶日记》由此三部分组成，《毗邪台山散人日记》是主体，另外两种有重复之处，保留了作者遇难之前一月间的日记，弥足珍贵。

袁昶写日记主要目的不是为记事，而是为砥砺自己求知问学、克己慎思的。日记开篇即云：“首排日簿录，所以惩忿窒欲，迁善改过，有之自丁卯始。”光绪十五年四月日记提醒自己：“以后人事应酬非关身心得失者，不记，以省繁冗。”光绪十九年六月日记再次提示：“近日日记体例，吏事应酬，宦途函札概不书，以省烦扰。欲师黄家之清净也。”因此《毗邪台山散人日记》以学记为主，次记友朋交往、政局、士风学风。全文按月行文，能确考日期的不多。《袁京卿日记》《乱中日记残稿》则是严格的日记体，按日排列，以记政事为主，偶记读书论学，朋友往来。

《毗邪台山散人日记》如前所言是袁昶诸子在乱后的一个整理抄录本。正文按年、月而行，分段记载，上有眉批，行中有小字注释、补充、说明等文字，有时段后有补充文字。这些文字有的是袁昶自己写

① 李德龙、俞冰主编：《历代日记丛抄》，学苑出版社，2006年。

的，有的是抄录者加的。

《袁京卿日记》原为抄本，现知最早是由黄绍箕抄录，后杨绍廉过录，行草写成。封面书“袁京卿日记”，右上注“传抄本”，左下落款“绍廉手录”。首页署“袁爽秋京卿日记”。钤印题“吴兴刘氏嘉业堂藏书记”。《历代日记丛抄》以《袁京卿日记》为题收入影印出版。体例与《毗邪台山散人日记》同，正文中穿插小字说明。但眉批多为说明日记行文中涉及人物的名号；行草不易辨识处，用小字旁注。眉批与旁注字迹多数不是杨绍廉手笔，一是黄绍箕所为，一是叶景葵校读时所为。末页有杨绍廉跋语，曰：

> 右袁京卿日记一册，于光绪末年借黄鲜盦（仲弢）先生所藏传钞本过录，以今未刊行，寄赠翰怡先生，刻入丛书，冀广流传。辛酉八月下澣，杨绍廉。

杨绍廉（1864—1927），字志林，浙江瑞安人，擅长金石文字学，从抄本字迹看，行书甚佳。鲜盦，即黄绍箕（1854—1908），字仲弢，号鲜盦。浙江瑞安人，袁昶好友黄体芳子。澣怡，即刘承幹（1881—1963），号澣怡，室名嘉业楼，浙江吴兴（今湖州）人。著名藏书家。此本应是杨绍廉从黄少箕处过录，后寄给刘承幹，希望刊刻流传。1941年叶景葵（1847—1949）从刘承幹处得到此本，并加以校读①。

《乱中日记残稿》最早刊本，是袁昶子允棣、梁肃、荣叜合撰《皇清诰授荣禄大夫二品衔总理各国事务衙门大臣太常寺卿显考爽秋府君行略》（简称《太常袁公行略》）的附录，光绪三十一年石印。中国史学会主编《中国近代史料丛刊·义和团》把此本进行了标点，原文行间小字注释以小括号括入，神州国光社 1951 年出版。此版本为目前常

① 参看戴海斌：《〈乱中日记残稿〉是否为信史》，《史林》2014 年第 6 期，第 99 页。

见和通用的版本，本文即据此本录入，仅个别标点作了修改，小括号则仍其旧。

需要特别说明的是《毗邪台山散人日记》与《袁京卿日记》整理的体例：

一、按年设章，每年一章。

二、遵照三种日记的体例，按年、月、日逐条录入，一条一段；段后说明文字首行退四格，接续退两格，紧接正文。原文的行间小注，以小五号字表示。原文的眉批，本文在段后设【眉批】。有的行文过长，影响眉批的针对性，划分段落，使眉批紧随正文。

三、由于行文中多处存在衍文、误书、避讳等情况，因此整理中以页下注的形式另加了【校记】。如"恤○○先人，于辛酉七月纠乡民范某等募兵剿贼，未几而溃。○○先人于庚申九月贼陷县治"。○○避父讳"世纪"。在校记里略作交待。再如录陈国瑞《致左帅书》，凡自称 "某"处，均以○代之，让读者不知所云，以校记说明。再如避皇帝讳、圣人讳、祖先讳等均从通用名号。

四、原文以退格表示对朝廷、皇帝、贵胄等的等级和尊崇，一律改为通行格式。

五、原文在书写时有一爱好，特别喜欢用古体字、异体字、俗字、通假字。如"德"写作"悳"，"地"写作"墬"，"笃"写作"管"，"乘"写作"椉"，"并"写作"竝""仌"等。本文古今字改为今字，异体字、俗字改为通行字，通假字常用的如"著""馀"等保留，出现在人名中的如"蕁客"之"蕁"等也保留，不常用且意思不够明确的改回本字。错别字径改正，漫漶不清、难以辨识及原文以"口"代替的字，均用"□"表示。

六、《袁京卿日记》叶景葵批注，首次指出"叶景葵按"，后简云"叶按"。黄绍箕在批注后出示"盦"或"鲜盦"，保留，不再加说明。

七、全文用通行的现代汉语标点符号断句。

《袁昶日记》涉及多种学问，作者在传统经、史诸学的基础上，尤专注于《易》学、理学、佛学、道家学说、养生法、医方等，内容庞杂，断句颇为不易，不当之处难免，期待方家指正。

《袁昶日记》能够完成整理工作，首先要感谢我的博士后郭小转君，她去国家图书馆查阅资料期间，帮我复制了《毗邪台山散人日记》；其次要感谢社科院的张剑先生。一次偶然交谈中知道我在读此日记，力邀我标点整理。为了方便我找到《袁京卿日记》，费不少时间把《历代日记丛抄》全文电子版发给我，并在整个工作期间经常予以敦促鼓励。感谢南京大学的徐雁平教授，对我工作的延宕总能予以理解，并适当地加以敦促，其仁厚之意让我不敢懈怠。还要特别感谢我的学生范丹凝、张心怡、艾钊、费嵩晴、王双腾，他们承担了部分录入与初步标点工作，加快了工作速度。

毗邪台山散人日记

目　录

丁卯年(同治六年,1867)

叙曰:散人而有日记,散而不散也;日记而归之散,人不散而散也。散者法道,道者运自然;不散者法仁与义,仁与义合而成德也。是谓术散智不散,形散神不散。壬申五月廿七日。

【眉批】附抄原题。

排日簿录,所以惩忿窒欲,迁善改过,有之,自丁卯始。丁卯三月日记。

【眉批】此最后抄出。此皆从残蚀本摘抄者。

丁卯三月

夜禳宅神,或言:"封丘校尉也。"文曰:"仁和俞少衡、桐庐袁爽秋□□,于此惟是,邀宅之庇,未有佗状,其毋造作,绮语狎札,以为神羞。某等之□□,食也。鸟自囮谓之贱禽,士自媒谓之贱士,盖无此劣迹焉。若蒙休庇,神之德也;为德不卒,神当不出。此重拜大贶。"丁卯三月,时在湖中精舍。

上七里濑石上,见鼋蹲,舟人云:"鼋生子时必上岸。"丁卯年补。

郡人讹言:"太守署圃产芝。"往观,似菌。吏云:"已作贺牍,申报大吏矣。"时在严州府城应科试。

试《七里濑赋》《五色芝》律四首,学使甚赏"上界星辰辉紫气,诸天风雨护瑶姿”一联。此已抄入对语，姑又抄此。

县令王君锡桐，字煦父，长乐人。招泛舟青溪饮酒，昆生、蒉湖、萍洲在座。王公属题图，立成。萍洲戏诘里正某，乃余族人。答曰：“是。”即书“吹台江上峰青”扁额，名本修之孙也。夜至晦村少时读书处，去治西二十里。

丁卯四月

费且泉述其师周莲伯先生学濂，教某弟子言：“书有甚古者，有甚俗者；俗既不可，古亦不宜。”

夜看湖光，初小渐大，如车轮，俄顷不见。更字重黎。

【眉批】下句照原文附记。按：此则更字在丁卯年，后有乙未对香帅言自记一说，亦戏记之云尔。

代校《诂经精舍三集》文字，惟潘鸿卷《“学者，心之白日”赋》为压卷，其馀一片狐鸣狗吠，聒耳而已，何言多士？梦先子似将远戍，昶涕泣从往，不允，夜梦见之，昼思微茫，人性牿亡，多在昼也。

丁卯五月

布政使湘乡杨公招见，不果。谒书何幸之也！以贫自守，不宜于人。

始见薛粮储于湖上书院，甚见奖许，命予刊落浮华。深感其言，推赤心置人腹中。始执贽受业于闽县先生。

客说内阁学士胜克斋保才略，及知天津府石赞清，于咸丰九年英夷犯顺，抗志不屈情事。

烟霞、石屋二洞，泉乳洗眼，当有异。

丁卯六月

荀兰陵《赋篇》有《箴赋》,言:“头铦尾赵,缭即针也。”古治疾者,扁鹊、仓公皆以针灸为上,汤熨为下,针之功用大矣。

魏默深评龚定庵《平均篇》《农宗》《古史钩沉论》之言曰:“圣于文者,其文秃。”曩者黄泥裹锐笋之谓也,其味闭;洞澈阴阳至精,笑之以为喜,迂之以为忧之谓也,定庵当之矣。

丁卯七月

赵桐孙书来,索诗,依胡石笥山人《明妃曲三首》草成答之。原诗有“天低海水西流处,独有琵琶堪唤语。断丝枯木本无情,犹胜人心百千许”。桐孙兄乡试报罢,稚威补考,宏词被摈,故以此相比。

【眉批】此诗未存。

丁卯九月

于纸坊坞买墓田葬先君。去县治七里,渡清溪,循桐君山而东,沿浙江行,未至九头松转湾,入山幽邃。俗云戴仲若柑酒听黄鹂处。

丁卯十月(有目无记)

丁卯十一月

初四,舟发赴府治,将为先君大招发丧。初五,抵府治,吊太守王公庆勋,上海人。擗踊而出。余十三岁应童子府试,公为守,以文词见赏故也。初七,大招,于小南门及忠义祠,哭泣失次。某不孝之罪,上通于天矣。即读书万卷,万事瓦裂,何益何益?初八,载主还县,于家庙设帷堂。发丧,束白加颈,如亡国礼。以下日记阙。

先人门下士云骑尉、县学生员聂乔林等议丧礼十条，失引《士丧礼》改葬缌《穀梁传》文亦然。之说，诚为荒陋。此人子之罪、朋友之过，以致此次举行大事，杂用祭葬凶吉之礼，不读书人罪应万死。即行晏子、墨翟道者，尚不至此。寸心瞀乱，于乎伤哉！辛未七月，江宁龙蟠里寓次，不孝孤子昶重阅一过，记此。

戊辰年(同治七年,1868)

戊辰六月

前日子与问:“尔作小官,能实心为国否?”予谢“不能”。子与曰:“如此存心,乃不可问。为小官正当实心为国。”戊辰六月,时在上海龙门书院。

【眉批】此又最后从残稿抄出。

秦兴吴师曰:谈道□而世教衰,作古文而名教裂。冉有以武城人三百为已徒卒,犹后世背嵬军亲兵。黄梨洲先生曰:大鉴之后为南岳、青原,南岳传马祖,马祖传百丈,百丈传沩山,此沩仰宗所由起也;百丈又传黄檗,黄檗传临济,此临济宗所由起也;青原传石头,石头传药山,药山传云岩,云岩传洞山,此曹洞宗所由起也;石头又传天皇,天皇传龙潭,龙潭传德山,德山传雪峰,雪峰传云门,此云门宗所由起也;雪峰又传元沙,元沙传罗汉,罗汉传法眼,此法眼宗所由起也。故五家宗派,出自南岳者二,出自青原者三,今存者惟临济、曹洞耳。

黄帝元年为第一甲子,至周康王为第二十八甲子,幽王为第三十三甲子。

读梨洲先生所为徐忠襄、冯留仙、余若水、周惟一诸志铭,为之流涕,毛发上指,肌革飒然。

《沈君圹铭》:於乎沈君!曩者戏言:“死宜余铭。”其次年

□□，君言是践，以扃君灵，感君之诚。友人桐庐袁昶。

明辅臣以夺情见劾者三人，曰：李贤、张居正、罗一峰劾贤赵、吴、艾、沈、邹劾居正，皆有职守。杨嗣昌。诸生沈耕岩寿民劾之。

【眉批】此疑录自《南雷文》。

宜兴陈定生、贵池吴次尾、岂山张尔公、归德侯朝宗、宛上梅朗三、芜湖沈昆铜、如皋冒辟疆、姚江黄梨洲，草《留都防乱揭》讨圆海，咀齿摇牙，以为笑乐，危身之道也，犹义也夫。

梨洲斥茅坤选八家文评骘之陋。又云：鹿门但学文章，于经史之功甚疏。义允。

观梁沈崇傣事，欲补行三年丧。

阅《虞初新志》，至汪有典《国变难臣钞记》，忼慨起舞。牧翁《杜笺》凡"胡"字皆用□。为文当长枪大戟之中，仍复有牛毛茧丝。

谭中义曰：有韵之文为古。又曰：偶体之文由来远矣。宗月钮曰：唐文从骈中出，其气常厚；宋人亡之而不奇，其气常散而薄。略采其说。

前阅邸钞，知布政司杨公沙汰楚军四千馀人，亟欲作札，丐其施恩善遣，一旦有卒然不讳之疾，易于募集。札稿尚存。

有短后衣者来谒先生，先生礼之甚恭。

【眉批】融斋先生。

问钱蔚也律吕之义，言其乡人戈云庄为鹏、时协廷乃勋亦精是学。又言上海文庙新设编钟十六、编磬十六，不谐。

录陈侍卫国瑞《致左帅书》。授意于客，使为之，予稍择之。

按：此书应否存之，想未必有传者。此自如日月之蚀，左公之善，使人而成大功，亦不为此书所掩。此梁僭注者。

宫保爵帅麾下敬禀者:某闻盛名而望丰采[1],亦有年矣。窃冀以非常之人,任非常之事,雄才大略,必将超迈古今,使海内贤俊,悉受裁成陶铸,帖然效奔走于左右,功烈炳耀寰区,声称显扬后世也。自吁门协相开府湘南,幕中倚为上客,宫保始假手有为,论者谓博闻强识,熟方舆、善笔札,非它人所能及。樊燮之狱,深为盛德累,于是用心愎,临事霸,恃才骄,纷纷藉藉,大不理于众口。知人如胡文忠公亦云:季老褊急而吝财,此大短处。某心焉数之,固不以人言为然。迨后朝廷眷顾益隆,名位益尊,于浙而浙治,于闽而闽平,移师粤东而馀寇诛,战胜攻取,宜乎!众情屈服,亡可置议矣。乃贪天之功,因人之力,誉者半,亦毁者半。嘉应州以穷蹙残贼,大兵云屯雾合,元戎遥驻一二百里外,数月不敢前,霆军到,七日而城举。宫保争功,部曲争战,春霆不平,几乎同室操戈。是非得失,局中人问心当自知之。去岁旌麾过汉上,某时寓鄂垣,备闻见督抚、司道所言借银加利于英夷,及樊城告江提督语,志得意满,不可一世。入秦境,而逃将逃兵,哄然土崩瓦解。行半年,至潼关,初与回逆战,举亡数枪炮洋药,一资强寇,一付流水。卧龙之声威,忽尔减色,筑垒临潼自保。捻骑突入,攫弁勇去,放还遣书约战,词多嫚骂,大度包容之。回民纳款,愿缚张总愚赎罪,正言拒绝之。西人知将军难活我,联庄互相守备,严饬罢除之。捻逆肆毒穷谷深山,无敢问者,而北犯之,奸谋遂毫无忌惮矣。所不可解者,黄河天险,宫保思深虑远,贼何以缓辔而渡封门口?鸟道蚕丛,宫保指挥发纵,贼何以安步而前?正月十三日,逆氛直趋安肃,惊震近畿;二月初,节钺始莅保阳。事君以忠之礼乎?抑待人谦退之礼乎?贼纵蹂躏官兵,惟夤夜晨早抄袭,尾追骡马,原非著实。接仗滹沱河北,并无追击情事,南岸惟某部与郭宝昌马庄小捷,乃铺张扬厉,迭次奏报

---

[1] 某:原文作"〇",后同,不复出校。

获胜。道出邯郸，勇丁逃散数千人。据贾占易等泣诉口供，诩诩自命为诸葛者，竟不能约束其亲兵，转归咎外人，不识关中溃散而委弃者，又谁诱致之？谁劫夺之？回忆前日面谈时，某谓逆势披昌，各军欺蒙讳饰，宫保谓剿辨易如反掌，且云：我不知为王爷，汝禀神机营去。伏思六爷、七爷，显皇帝之弟，今上之叔，某本尊朝廷者，尊王爷，礼也。是亦不惬宫保意耶？自大邪？谬妄邪？恐执事亦亡从解免。其官军之大挫，固料其必然。《孟子》曰："有大人者，正己而物正。"又曰："行有不得者，皆反求诸身。"某从僧忠王最久，每晋谒，必诃责严厉，屏息不敢致辞。盖正直公忠，心悦诚服也。宫保事上若何？待下若何？威怒之容貌辞气、大喜之赏罚斥陟，清夜扪心，果不愧不怍乎？宫保能危某之身，必不能禁某之口。能盗虚名于一时，必不能逃公论于万世。某从戎历十馀年，家亡负郭之田，敝庐不堪容膝，非希图富贵利达者也。宫保即畀之高爵厚禄，尚不足为荣，又岂以参劾为耻乎？传曰："四郊多垒，卿大夫之辱。"愿宫保恢宏远猷，于君子小人中争畛域，勿于权势气焰中争尊卑。以宫保与某相衡，所谓虽胜不武，勿胜为笑者也。倘运筹决算，扫除群丑，君安于上，民乐于下，某即执鞭负弩有馀忻焉。若挟贵骄人，亡可服某之心，徒欲折腰俯首于前，纵穷饿终者断不肯出。此大丈夫光明磊落，报怨以直，憎我爱我，假要挟疑以侵我，悉听之月旦公评也。可幸垂明察，恕其愚憨而赐教之，缕此奉闻。

阅《老剑集自序》，有《寰镜书》十六卷，载欧罗巴四洲方舆，惜为姚方伯某携入粤。外《英志》一书八卷，尚存兵备道署。

【眉批】疑宝山蒋剑人。

戊辰七月

读昌黎、庐陵、老泉凡涉世道之文,忼慨涕流。

上海人谓蟋蟀为蚕绩。

敏丈属代《题怀宁邓石如先生完白遗照》,旁侍杖者为梅石居,上元梅伯言先生之祖,相国曾公题为《石交图》。图中有二鹤,有左、李诸公题后。

戊辰八月

阅桐城苏厚子名惇元所著《逊敏录》,方存之宗诚为之传。其学大抵专宗朱子,而参究于陆清献、张杨园之书,卓然独行之科。

念黄檗断际禅师传心法要,乃与裴休答问居多。

佞者之事,人言发于馀窍,亦将承之。以下盖录《列子》语,今少择精者抄此。

物自违道,道不违物。以贤临人,未有得人者也;以贤下人,未有不得人者也。实名贫,伪名富。实无名,名无实,名者伪而已矣。古谚:“生相怜,死相捐。”将治大者不治细,成大功者不成小。语曰:“人不昏宦,情欲失半;人不衣食,君臣道息。”汤武爱天下,故王;桀纣恶天下,故忘。人爱我,我必爱之;人恶我,我必恶之。色盛者骄,力盛者奋,自奋则人莫之告,人莫之告则孤而无辅矣。天下理无常是,事无常非。先日所用,今或弃之;今之所弃,后或用之。投隙抵时,应事无方,属乎智。孙叔敖曰:“吾爵益高,吾志益下;吾官益大,吾心益小;吾禄益厚,吾施益博。”心都子曰:“大道以多歧亡羊,学者以多方丧生。”杨朱曰:“行善不以为名,而名从之;名不与利期,而利归之;利不与争期,而争及之。故君子必慎为善。”

【眉批】按:此语后有重者。

戊辰九月

《管子·牧民篇》："国多财，则远者来；地辟举，则民留处；仓廪实，则知礼节；衣食足，则知荣辱；上服度，则六亲固；四维张，则君令行。""知予之为取者，政之宝也。君嗜之，则臣食之；君好之，则臣服之；君恶之，则臣匿之。"故人君之举不可不慎也。《形势篇》："疑今者，察之古，独王之国，劳而多祸，独国之君，卑而不威，自媒之女，丑而不信。"《权修篇》："野与市争民，民务本业，则野与市争民。家与府争货，下务藏积，则家与府争货。金与粟争贵，所宝惟谷，则金与粟争贵。卿与朝争治，官各务其职，故乡与朝争治。故野不积草，农事先也；府不积货，藏于民也；市不成肆，家用足也；朝不合众，乡分治也。故野不积草，府不积货，市不成肆，朝不合众，治之至也。审其所好恶，则其长短可知也；观其交游，则其贤不肖可察也。"《立政篇》："治国当审三本：一曰德不当其位，二曰功不当其禄，三曰能不当其官。"此下原录《首宪》一节，因冗长不录。《乘马篇》："一国不可以皆贵，皆贵则事不成，而国不利也。所贵乎圣人者，善分民也。"善令人知分。多忠少欲，智也。与喜怒无赏刑之语，因后时见，不抄。

【眉批】原录甚多，今姑少择抄之。

晏平仲善与人交，久而敬之。皇侃疏本作"久而人敬之"，义稍圆。

先人殉难报明在案，照岁贡生例，赐恤袭云骑尉。由丁颐伯太守汇详请恤。世纪先人于辛酉七月纠乡民范某等募兵剿贼[1]，未几而溃。世纪先人于庚申九月贼陷县治，为所絷，三月得脱归县，由是讨贼之念义形于色。

【眉批】此节抄备《校订述德记》。

---

① "世纪"，原文讳作"〇〇"，后同，不出校。

不图为乐之至于斯也,为释文云,或作“妫舜妫姓”。《兵法篇》:“数战则士疲,数胜则君骄。以骄君使罢民,则国安得无危?故至善不战。”《大匡篇》:“内政不休,外举事不济。”《中匡篇》:“爱四封之内,而后可以恶境外之不善者;安卿大夫之家,而后可以救危敌之国;赐小国地,而后可以诛大国之不道者;举贤良,而后可以废慢法鄙贱之民。是故先王必有置也,而后必有废也;必有利也,而后必有害也。”壮者无怠,老者亡偷,顺天之道,必以善终。信安始而可,曰始于为身,道血气,以求长年、长心、长德。《小匡篇》:“杀、生、贵、贱、贫、富,此六秉也。”

【眉批】接前《管子》。

先生言,立功、立德,必须从人情物理做起。

明正德之末,天下惟王府、官司,及建宁书坊,乃有刻板,其流布人间者不过《四书》《五经》《通鉴》、性理之书。

顾氏曰:“著书不如抄书。”班孟坚之改《史记》,必不如《史记》也;宋景文之改《旧唐书》,必不如《旧唐书》也;朱子之改《通鉴》,必不如《通鉴》也。

全谢山曰:“佛入中国千馀年,只韩、欧二公立得定耳。”杨文靖公之言。说者谓其因文见道。夫见道之文,非圣人之功亦不能也。究公之冲和安静,盖天资近道,稍加以学,遂有所得,使得遇圣人而师之,岂可量哉!

朱彝尊《经义考》摘《孟子疏》,谓“欲见西施者,人输金钱一文”事,诡称《史记》。盖《疏》本非出孙奭手,朱子谓邵武人士伪撰,是也。

王莽曰:“三皇象春,五帝象夏,三王象秋,五霸象冬。”邵子《皇极经世》采之。

阅朱、陆《太极图辨》,反复数千言,移书十馀次,似为无谓。

【眉批】此可证后贤者之过一节。

龙门书院日记。盖戊辰年，此从残稿摘出，亦略照原文之已勾出者。

【眉批】此抄出在后。

孔子之生鲁襄公二十二年，周灵王二十一年也。罗泌撰《路史》。以为八月二十七日，义允。《穀梁》书冬十月庚子，孔子生；《公羊》书十有一月庚子；黄梨洲以历法推证《公羊》之误，盖十一月无庚子也。是年十月庚辰朔建酉之月，夏八月也。卒年从《左氏》哀公十六年壬戌四月乙丑，即今四月十八日也，年七十三。案《左氏》不载生日。

"骍角之叹"，《集注》谓论仲弓云尔，非与仲弓言也，得之矣。至王充自序曰："鲧恶禹圣，叟顽舜神，伯弓寝疾，仲弓洁全，颜路庸固，回杰超伦，孔墨祖愚，丘翟圣贤。"①其言荒谬，宜钱辛楣讥之。

《孟子》曰：仁也者，人也；义也者，宜也；礼也者，履也；智也者，知也；信也者，实也。合而言之，道也。五德者，犹四时五行，缺其一，则有所室而不通；专用其一，则多所蔽而不明，而弊生焉。故仁或流于兼爱，墨翟是也；义或徇于期死，宗鲁之类也；礼或沦于繁文缛节，鲁昭公之习仪也；智或流于察察为政，卫嗣君之察隐也；信或变为然诺之士，游侠、刺客者之所为也。故五味相和而后成，五声相均而后谐，五色相杂而成文。

习乎道义而志乎货利者，有之矣。志乎货利，则道义尽以佐其取货利之具，而世教衰矣。

阎循观曰："誉有益于名，无益于实；毁有损于名，无损于实。"

【眉批】按：此上有引阎著《困勉斋笔记》云云，已勾。此亦其言，原文改如此。

---

① "丘"，原文讳作"圣讳"，后同，不出校。

孔子曰:"郑声淫。"盖谓其乐之声,非谓诗也。陈氏启源以为声者,乐音也,非诗词也。淫者,过也,过其常度之谓也。蒙窃谓惟《溱洧》一篇为淫诗,故《小序》曰:"刺乱也。"其他若《将仲子》,刺庄公也;《遵大路》,思君子也;《有女同车》《山有扶苏》《萚兮》《狡童》《褰裳》《扬之水》,刺忽也;而《褰裳》则咎忽之失援,《扬之水》闵忽之无臣也。皆有《春秋》事实可证也。若《丰》之刺时也,《风雨》之思君子也,《子衿》之刺学校废也,《出其东门》之闵乱也。《东门之墠》则以寄贤者遭乱不仕之意;《野有蔓草》则以写诗人遇时之思。皆寓辞托风,神情绵密,风人之义也。不特《缁衣》《叔于田》《清人》《羔裘》《女曰鸡鸣》为非淫奔之诗。

先王以仁育万物,以义正万民。仁育之者,德礼之事也;义正之者,政刑之事也。礼,先王之所以饰喜也;刑,先王之所以饰怒也。

【眉批】后另有重抄本,存此。

金溪陆氏谓:《易》有太极,作《大传》时不言。无极,朱子发谓:濂溪得太极图于穆伯长,穆伯长出于陈希夷老氏之学也。陆氏又谓:无极见《老子·反朴》第二十八篇。老氏学之不正,见理不明,所蔽在此。朱子则谓"无极"二字乃千圣不传之秘。夫犹龙之质,何至见理不明?阴袭其说而斥其人,何以服此?柱下之隐君子,门户之见,反复究诘,何时已乎?毋乃贤者之过欤?

【眉批】同上。

刘元城云:赵清献求绝欲,挂父母像于卧床;王右军不欲仕,自誓父母墓首。且士夫不为则止耳,何必尔。吕紫微《童蒙训》曰:荥阳公尝言,侯叔献可比赵清献。正献公曰:清献自守一世,方成就如此。后生有多少事,岂可便比前辈?既而叔献果建水事求进。观于此,君子持己律身之旨可以悟矣。自卑而尊人，先责己而后人。大凡责人者，虚骄之气中之也。虚骄则气浮，气浮则志疏。志疏者，外饰盛，中必败。成于中者，既败则形于外者。与之为茅，靡矣；与之为波，流矣。

【眉批】应均改大字与本文相接。

纯公程先生尝被旨赴中堂议事，时王安石执政，更法令，怒言者。先生徐曰："天下事非一家私议，愿平气以听。"安石为之愧屈。以是知私说行，则细人得而议之；公说行，则盛气者皆下之焉。以下二节原已乙去。

孟子弟子皆善观师之一言一动、辞受取予处。孟子王齐之说，拯民为重，王齐为轻。于陵仲子之廉，藉非孟子，畴得而非之。

马牛驴羸，践行过沙，沙亦不怒；蚌珠龟贝，委弃沙上，沙亦不喜；陆沈于流，沙亦不哀；施之锹锸，沙亦不惧。观此可以治喜怒哀惧。此虽近于彼氏之旨，然君子治气养心之学有取乎尔。

【眉批】另抄存此。

孟子曰：言人之不善，当如后患何？庄周言：菑人者，人必反菑之。是也。且言今人之不善，则骫及身，人所知也。诬古人于已往，摘抉不遗馀力，不仁莫大焉，旋自及也。

【眉批】同。

程正公每进讲，必宿斋戒，潜思存诚，冀以感动上意，而其为说，常于文义之外，反复推明。一日讲"颜子不改其乐"章，及毕章句，复曰："陋巷之士，仁义在躬，忘其贫贱。人主崇高，奉养备极，苟不知学，安能不为富贵所移？且颜子王佐才也，而箪食瓢饮；季氏鲁国之蠹也,而富于周公。鲁君用舍如此,可以监矣。"闻者叹服,是知穷达潜见之理一也。于义理无所不推,而奚至窒而鲜通乎?

【眉批】同。

觅天之道,不蕲其昼明而昼恒明,不蕲其夜晦而夜恒晦,不期其夏燠而夏恒燠,不蕲其冬寒而冬恒寒。明动之象也,动无疵也。好动,则动而入于善者,数少;动而入于不善者,数多也,晦静之象也。动而反乎静,消息之道也。求静非静也,求静则意于静而动恶,动而愈动。故曰:求静则为动之根也。天亭毒万物而生春,性仁而情喜,人心本有是仁也,外仁而求仁,陷于喜之辟矣;天妪育万物而成夏,性礼而情怒,人心本含是礼也,外礼而求礼,趋于怒之伏矣;天夷伤万物而生秋,性义而情哀,人心本具是义也。外义而求义,流于哀之烦矣;天否塞万物而成冬,性智而情乐,人心本藏是智也,外智而求智,溺于乐之佚矣。故曰:务外求不如务内观。庐牟万里无内而无外者,至人也。以外而铄内,是二之也;由内而达外,一之而犹二之也。木蘖而复枯,枯而复蘖,木之形二也,木之神不二也。无内外,无动静,是之谓信,周于四季而不忒中孚之象也。

利至而患生,欲患无生,在利先矣。然如是者,恶患而非恶利也,必安于无利,不计其患,而后粹然也。利于义而患亦生,其所利者义也,是犹有利之见者存也。然则利义之剖判畛域处,仍在好恶之①,几人能于好恶之私,一刀斩断葛藤?则此心光明,亦不知所谓利,亦不知所谓义,然其道微矣。

戊辰十一月

喜之时,人恒毗于阳,而喜不得其正;怒之时,人恒毗于阴,而怒

---

① 疑脱一"私"字。

不得其正。暴喜暴怒之交,而深思以慎出之,则义存焉。故万物不得秋,无以揪敛而成实,常主于收敛,而发见由于不得已。则不言而道存,言而非徒言焉;不行而道存,行而非徒行焉。秋者所以裁成万物而不过也,义者所以权衡万物而不颇也。

日质阴,月质阳,即《坎》《离》中画之阴阳也。原文上本有“横渠言”三字,原乙去。

日火外景,金水内景,说本《淮南》。《大戴记》亦同。天以阳神为用,故直而施,能照万物而不可犯;地以阴形为质,故辟而受,随物肖形而可亲狎。是火,日神之属,有天之道;金,水形之属,有地之道。

扶风功曹马融曰:嫁娶之礼俭,则婚者以时矣;丧祭之礼纳,则终者掩藏矣。不夺其时,则农夫利矣。夫妻子以累其心,产业以重其志,舍此而为非者,鲜矣。融之此言,深得民为邦本,本固邦安之意。故必民安而后国家可保,社稷可巩也。

《韩非子》曰:境内之民皆言治,藏商、管之法者,家有之,而国愈贫,言耕者众,执耒者寡也;境内皆言兵法,藏孙、吴之书者,家有之,而兵愈弱,言战者多,被甲者少也。然则徒言不足以为政也,以仁心行仁政,则仁闻至矣。

左雄定限年格,举孝廉,必以四十为限。论者以颜渊、子奇难之,然雄意固无弊也。未更事,少年血气未定,安可与之共功哉?顺帝时张衡对策曰:“初举孝廉,迄今二百岁,皆先孝行,行有馀力,始学文法。”自辛卯诏书以能章句奏案为限,此弃本而取末也。

张衡以中兴之后,儒者争学图纬,上疏言《春秋元命包》,有公输班与墨翟事,见《战国》。又言别有益州。益州之名至汉始置。刘向父子校秘书,阅定九流,亦无谶录,则知图谶成于哀平之际,皆虚伪之徒以要世取资。衡说可谓卓然自守者矣。且《七经纬》多依托孔子,显诬圣人,启后世僭乱之端,其尤不可从者也。

东都诸儒以《七纬》为内学,《六经》为外学,故史谓“法真通内外学”。由光武颁《赤伏符》于天下故也。上有好者,下必有甚焉。

语曰:“矢来有响,为铁甲以备之;矢来无响,为铁室以备之。”甲以圉身,其成犹易;范金为室,则累年而不成矣。修身以固志,杖义以扶质,非无形之幽键而不可开乎!

周穆王时有工偃师者,能为鱼龙曼延幻人之戏,既而王怒,欲执而戮之。夫以言辞媚于人者,其侈而无用,犹偃师也。人不之怒,其仁亡矣,况不能禁人之不怒乎?由先自处以贱也。

细思人生,惟不欺最难,其人能不欺于众者,即能不欺于独。范武子之德,其言于家庭无隐情,祝史陈信于鬼神无愧辞,居心光明,则天真自畅,第五伯鱼自言有私,亦其次也。以下二节原删。

践言之信非信也,大信不言,小信兼兼。

自居于智者,矜而衒者也;自居于愚者,僻而险者也。静而生仁,动而生智,是智之德也。

语曰:“一目之睨,不若二目之明也;一耳之顷,不若二耳之聪也;一手之操,不若两手之捷也;一足之趯,不若两足之利也。”目将盲者先察秋毫,耳将聩者先辨蚁斗,脰将折者先举九鼎,足将跛者行及奔御。竭形则神丧,形神离而死也。先王目不过桔襘之间,而视周千里之外者,任人之目也;耳不出辇毂之下,而听周九译之内者,任人之耳也;动作则左旋当规,右还当矩,应采齐之节,赴肆夏之奏,而威仪播于四海,任人之手足也。遗力而崇道,去智而尚德,故先王尚贤任能,旒垂于目,纩塞于耳,而天下郅治。明堂之制,四闼八窗,明四目、达四聪之象也。

《韩非子》曰:自孔子之没也,有子张之儒,有子思之儒,有颜氏之儒,有孟氏之儒,有漆雕氏之儒,有仲良氏之儒,有孙氏之儒,有乐正氏之儒。自墨子之没也,有相里氏之墨,有相夫氏之墨,有邓陵氏之墨。与《庄子·天下》篇略异。故孔、墨之后,儒分为八,墨离为三。韩愈曰:辨生于末学,各务售其师之说,非二师之道,本然也。然则搏击众道为能,徒逞其末,而不复返观其生者,天下又少也哉。

《墨子》曰：古者民始生，未有刑政之时，盖其语人异义。是以一人则一义，二人则二义，十人则十义，其人兹众，其所谓义者亦兹众。是以人是其义，以非人之义，故交相非也。夫交相非，则群疑起，而大纲扰。道之以德，齐之以礼，民耻而格，所谓抱一，为天下式者是也。

《庄子》曰：彼方为婴儿，吾与之为婴儿；彼方为无町畦，吾与之为无町畦，达之，入于无疵。夫登高原而呼，则咥者应；登山而呼，则下者皆应，原则不能也。雄鸣于上，风；鹪鸣于下，风而格，精诚之积也，专精而能动也。处于污池而号，众人曰："汝行某道南，某道北。"慎南毋北，则途之人咸耶揄之，且怒而戟手之，逆之势也。然则逆之势而径用之，则患生；曲用之，则势出于机。势入于机，而柔者得反刚道以进。夫渊之骊龙，颔下有逆鳞，豢龙者非能，故驯之也，顺其喜怒，时其饥饱，而不纵使甚喜、甚怒、甚饥、甚饱。甚喜之复怒也，甚怒之复哀也，人媚龙，龙亦媚养己者，是之谓习性。恐婴其逆鳞，而身糜烂无利益也。吾观于是而喟然于管夷吾、张留侯、诸葛武侯、魏郑公之事君矣。夷吾之事齐威公也，犹孟子之于田宣王也。威公曰："不穀不幸，而好畋。"对曰："非其急者也。"公曰："不穀不幸，而好酒。"对曰："恶则恶矣，非其亟者也。"公曰："不穀不幸，而有污行。"对曰："恶则恶矣，非其亟者也。"于是作内政，大臣而纲举，小臣而弦张。诸葛君习其风而慕之，然蜀主伐吴之举不能谏止，逆故也。留侯、郑公，本策士之流，留侯委蛇全身，未尝特将因几纳谏，不肯犯颜；郑公遇事尽言，然妩媚而已。若不谏纳巢刺王妃之事，尤知其不可谏，而不言之明征也。然后世动訾汉之孝武，以汲常孺之憨而能容之，帝实有高世之量哉。后世为汲黯者，亦常难之矣。《孟子》曰："大人能格君心之非。君仁，莫不仁；君义，莫不义；君正，莫不正。"所谓达之入于亡疵是也。商君挟三术以钻秦孝公，始言五帝之道，卧而不应；继言三王之道，则王勿胜，三言之则应，非前术绌而后术灵也。此言虽诞，可以喻正。苏氏《论谏》二篇，君子有取焉。

案：《韩诗外传》言孙卿非十子，无子思、孟子。或言疑出李斯等傅益。观其文气,稍涉舛午。而《大略》篇云:“孟子三见齐王,不言事,曰:‘吾先攻其邪心。’”其所以推尊之者至矣。古人著书,口耳相传,陈相背师,尽反其说,安得无沿伪窜易哉。《尧问篇》为说者,以下皆荀子弟子之词。

多言而类圣人也,少言而法君子也。不能多言而类,毋宁少言而法。

《诰誓》不及五帝,盟诅不及三王,交质子不及五伯,故记曰:“殷人作誓,而民始畔;周人作会,而民始疑。”

《荀子》曰:“治气养心之术,血气刚强,则柔之以调和;知虑渐深,则一之以易良;勇胆猛戾,则辅之以道顺;齐给便利,则节之以动止;狭隘褊小,则廓之以广大;卑湿、重迟、贪利,则抗之以高志;庸众、驽散,则劫之以师友;怠慢、僄弃,则照之以祸灾;愚款、端悫,则合之以礼乐,通之以思索。”

《列子》:“子贡倦于学,告仲尼曰:‘愿有所息。’仲尼曰:‘生无所息。’子贡曰:‘然则赐息无所乎?’仲尼曰:‘有焉耳。望其圹,皋如也,宰如也,坟如也,鬲如也,则知所息矣。’子贡曰:‘大哉死乎!君子息焉,小人伏焉。’”《乾》行不息,君子之生也,《恒》尽其性焉;承化归尽,君子之死也,《恒》复命焉。

以瓦抠者巧,以钩抠者惮,以黄金抠者惛。巧一也,而有所矜,则重外也。凡重外者,拱宜作“拙”内。屠沽匹夫之志不可夺,而处高位者之志,有时而夺者,忠信不固也。内有所宝,则视外物皆贱,而内重矣。

燕人生于燕,长于楚,及老而还本国。过晋国,同行者诳之,指城曰:“此燕国之城。”其人愀然变容。指社曰:“此若里之舍。”乃喟然而叹。指舍曰:“此若先人之庐。”乃涓然而泣。指垄曰:“此若先人之冢。”其人哭不自禁。同行者哑然大笑曰:“予昔给若,此晋国耳。”其人大惭。及至燕,真见燕国之城社,真见先人之庐冢,悲心更微。哀乐之情已过,邈然便为往迹,自伤违先人之庐冢,惧悲心之微也。

能仁而不能反,则窒碍而难通,反犹变也。能辨而不能讷,则滕说而背实。能勇而不能怯，则决躁而多折。能庄而不能同。则峭厉而招尤。

壶丘子曰："御寇之游，固与人同欤？而曰固与人异欤？凡所见，亦恒见其变，玩彼物之无故，不知我亦无故。玩之亦无故。务外游不如务内观，外游者求备于物，内观者取足于身。取足于身，游之至也；求备于物，游之不至也。"丧其天游而耽外骛，所之既倦，形神具敝。

扁鹊谓公扈曰："汝志强而气弱，故足于谋而寡于断。言志似精，言气以犅，不知舍气无以固志也。故曰"寡于断"。强之徒似气强，而实弱也；弱之徒似气弱，而实强也。君子持其志，毋暴其气。齐婴志弱而气强，故少于虑而伤于专。"不虑而专，其所行者缅于理，而害于义矣，故谓之伤。

关尹子曰："言美则响美，言恶则响恶，身长则影长，身短则影短。名也者，响也；身也者，影也。故曰：慎尔言，将有和之；慎尔行，将有随之。"《传》曰："出其言善，则千里之外应之，况其迩者乎？出其言不善，则千里之外违之，况其迩者乎？言出乎身，加乎民；行发乎迩，见乎远。言行，君子之枢机也。枢机之发，荣辱之主也。言行，君子之所以动天地也，可不慎欤？"

《黄帝书》曰："形动不生形而生影，声动不生声而生响，无动不生无而生有。有生则复于不生，有形则复于无形。"

精神者，天之分；骨骸者，地之分。属天清而散，属地浊而聚。精神离形，各归其真。至人不徇物以役形，不竭精以丧神，其天全也。

奚道而处石，奚道而入火，奚物而为石，奚物而为火。精诚之所宅，投之火石，而无见任愚不任智也。智可及也，愚不可及也。

亢仓子曰："我体合于心，心合于气，气合于神，神合于无。"万物皆出于无，偕入于无。

墨杘、单至、啴咺、憋懯四人相与游于世，胥如志也。穷年不相知情，自以智之深也。巧佞、愚直、婩斫、便辟四人相与游于世，胥然志也；穷年而不相语术，自以巧之微也。狡伢、情露、謇极、凌谇四人相与游于世，胥如志也；穷年不相晓悟，自以为才之得也。眠娗、諈诿、勇敢、怯疑四人相与游于世，胥如志也；穷年不相谪发，自以行无戾也。多偶、自专、乘权、只立四人相与游于世,胥如志也;穷年不相顾眄,自以时之适也。此众态也。学者溺于所闻,故暗于知己;暗于知己者,未有能知人也。

【眉批】自《列子》“子贡尸”至此,盖皆引录《列子》文而自注者,原注以上皆参疏《列子》文义,已勾去。

知予之为取者,政之实也。

曙戒勿怠,早知也;后稺逢殃,先行也。

疑今者察之古,不知来者验之往。

所贵乎圣人者善分民也。善令人知分也。

班氏曰:“古之学者,耕且养,三年而通一艺,存其大体,玩经文而已。是故用日少而畜德多。内而不出,《大畜》之义也。三十而五经立也。”

○

《唐石经易》,凡九卷,附《略例开成》。

《西安府略例》,王弼著。

儒家者流,出于司徒之官;儒以道得民师,以贤得民,教民之事也。道家者流,出于史官;熟于盛衰治忽之故,因察于阴阳消息之理,故返而清净自正,以无为为善。法家者流,出于理官;溺于所闻,故惨核而少恩。名家者流,出于礼官;习于象物,故日趋繁缛而不知返其本。墨家者流,出于清庙之守;墨者,夏后之遗教也。纵横家者流,出于行人之官;善修辞令,故降于夸诞而无实用。农家者流,出于农稷之官。近于杨朱之道,可以独善其身,使天下返而趋农,则天下治矣。若杨朱之言,见于《列子》,察其道,非无意于治天下,然与农家稍乖异矣。

【眉批】此本《汉书·艺文志》。

《管子》:“衡库者,天子之礼也;不礼不义,不胜天下。贤知之君,自立于胜地。”自卑而尊人，所处亦尊矣，人非礼义无以立也。用兵之道，先为不可胜，以待敌之可胜，义盛而后动也，以义帅气。

喜无以赏，怒无以刑。喜怒人之偏也，发而中节，然后为情之正，不见喜怒之迹也。

《管子》：“奋盛苓落也。”奋者盛之兆，盛者落之机，物壮则老，此之谓也。

王主积于民，霸主积于将战士，衰主积于贵人。治天下，慎其所积。

张积园曰：“五行无制则不成，用师友者，制我以有成者也。”

孙明复《春秋尊王发微》曰：“雩建巳之月，常祀也。大雩者，雩于上帝也。天子雩于上帝，诸侯雩于山川。百神，鲁诸侯也，雩于上帝非礼也。”得正名之义也。

【眉批】以下引孙氏诸节，间有原文未删，因无发明原义，而原义又非要，故不抄者。

“桓十四年夏五”，孙氏以为非阙文，后人传写脱漏耳。谨案：《论语》“史阙文”之义，似为疑以传疑。又杜氏以为阙文。《公羊传》曰“夏五”者何？无闻焉尔。胡传亦曰“夏五”传疑也。疑而不益见圣人之慎也，皆无异辞。

庄十三年，齐侯、宋人、陈人、蔡人会于北杏。孙氏曰：周礼，九命作伯，得专征诸侯。若五伯者，皆非命伯。召伯赐齐侯，命尹氏策命晋侯，《春秋》皆不录之故。孟子曰：三王之罪人。又曰：北杏之会，桓公独书爵者，孔子伤周道之绝也。桓公乘天子衰季，将伯诸侯。夫欲责之深者，必先将待之重，故书其爵以予之。齐人灭遂。孙氏曰：“桓公假尊周之名，以自封殖，故十三年灭遂，十四年伐宋，十五年伐郳，十六年伐郑，十九年伐我西鄙，二十年伐我，二十六年伐徐，二十八年伐卫，三十年降鄣，闵元年救邢。”皆称人以切责之。此则所谓待之重而责之深也。

庄二十二年,肆大眚。孙氏曰:“肆大眚,非正也,乱法易常者也。得盛王不轻议赦之意矣。”夫《易》称“赦过宥罪”,《解》卦之辞。二月之卦也,非用刑之时,故曰‘赦过宥罪’。此书春王三月肆大眚,非制所常然,无讥辞焉。《公羊》“眚”作“省”,则以子卯日为灾,“省”言当闻灾自省。时鲁有夫人丧忌,省日不哭也。《穀梁》则以为为肆失也,文姜罪应诛,今失之者,以文姜之故,故下书葬小君。文姜,《左氏》无传,似《穀梁》之说为长,且与孙氏乱法易常之意暗合。

陈人杀其公子御冠,孙氏曰:“非天子不得专杀。”此书者讥专杀也。《春秋》书诸侯杀大夫者四十七。古者诸侯之大夫皆命于天子,诸侯不得专杀也。夫夫犹不得专杀,况世子母弟乎?此以比例而见者也。

里克杀其君之子奚齐,孙氏曰:“献公杀世子而立之。《春秋》不与,故曰‘君之子’。”

梁亡,孙氏曰:“恶不用贤也,然伤天下无伯之意。亦有之,今大国之地数圻矣,若无侵小,何以自大?”

孙氏曰:“秦人来归,僖公成风之禭正也,妾母不得称夫人。”

昭二十二年,葬景王。孙氏曰:“以天子之尊,三月而葬,此诸侯之不若也。”案:天子五月而葬,同轨毕至。

【眉批】“五”盖“七”字之误。

齐侯取郓以处公也。案:明年,公至,自齐居于郓。

昭三十二年,城成周。孙氏曰:“自天子言之曰王城成周,诸侯言之则曰京师。”

定元年春王。孙氏曰:“不书正月者,定公未立,不与季氏承其正朔也。”案:公即位在六月。

定二年,雉门及两观灾。案:雉门、两观,天子之制,故下复书新作“雉门及两观”以讥之。孙氏曰:“雉门与两观俱灾也。”案:《公羊传》两观始灾及雉门。先雉门者,两观微也。

定十五年,雨不克葬。孙氏曰:“讥不能葬也,葬不为雨止。戊午日下昃,乃克葬。言无备之甚也。”案:礼平旦而葬,日中而虞。

哀公十二年春,用田赋。孙氏曰:“田者,井田也;赋者,财赋也。宣公奢泰,始什二而税,至于哀公,则又甚焉。哀公不道,既什二而税,其田又什二而敛其财,故曰用田赋,用田,以为财赋之率也。”

有星孛于东方。孙氏曰:“光芒四出曰孛,不言所在之次者,见于旦也。文十四年有星孛入于北斗。昭十七年有星孛入于大辰,此不言所在之次,见于旦可知也。”案:杜氏云:“平旦众星皆没,而孛乃见。”故不言所在之次,孙氏所袭。

虞舜治曰:“汉初言礼,始于高堂生之十七篇,后苍明焉。”大、小《戴》记之。然皆推士礼以达天子之礼。《易·大有》九二,有积中不败之义,盖积中既久,而后任重以致远者,大舆之象也。君子之行已犹是矣。

物必自腐也,而后虫入之,非外物之能败之也,内先自败也。积气而高则为天,积块而厚则为地,积坎、离之精而光明则为日月。

欧阳文忠尝贬夷陵,取旧案反复观之,且见其枉直乖错,不可胜计,于是仰天叹曰:“以荒远小邑且如此,天下可知。”自尔遇事不敢忽。苏文忠鉴王荆公之败,终身不议变法。

【眉批】此二事下,原皆有论语,后删去。

《乾》为金,蒙上阳刚,故称金夫女道,固守贞信,待命而嫁。今先求上,故曰:“不有躬亦可丑也。”不以礼自处,终莫之礼而已矣。故女自媒,则人莫之取;士自媒,则有言不信。

【眉批】原注以下读《易臆解》十六条,应纂正后勾去,并勾五条,今存十一节。

处《讼》之时,宜省愆咎,自反而缩,惕而能止,信而能孚,不终讼矣。静贞则吉,动躁则凶也。求胜不已,好陵其上,彼方以为履险而不知惧,陟危而不知惩。行险徼幸,入于坎窞,虽有鞶带,众思夺之矣,是自溺也,故曰:"不利涉大川,入于渊也。"

卦五阳而一阴,则阴为之主。《履》言不咥人,《兑》承《乾》也。六三则咥人矣。以柔乘阳位,位不当也。然卦义以六三为主。危其身而身安,故先否后喜;逸其身而身危,故先笑后号咷。

多者得《谦》,则更裒聚,故云:裒多即谦。尊而光也,尊者得谦而更光大也,寡者得谦则更进益。即卑而不可逾也,卑者得谦而更增益,不可逾越也。是则尊者毋侈其为尊也,卑者毋替其为卑也,亨之道也。

《易纬稽览图》曰:卦气起《中孚》,故《离》《坎》《震》《兑》各主其一方。馀六十卦,卦有六爻,爻主一日,凡主三百六十日;馀有五日,四分日之一者,每日分为八十分,五日分为四百分,四分日之一又为二十分,是四百二十分。六十卦分之六七四十二卦,别各得七分,是每卦六日七分也。《剥》卦阳气之尽在九月之末,十月纯《坤》用事,《坤》卦有六日七分,《坤》卦之尽则《复》卦阳来。是从《剥》尽至《复》,隔《坤》之一卦,六日七分。举其成数言之,故曰:"七日来复也。"先王以至日闭关者,阴道已极,当天地闭之时,阴阖阳辟,闭极而反阳也,所以顺天行也。比《复》好先后,夫有咎《乾》壮恶,首亢极至灾。当先而不先,阴消而阳未息,不顺行也;不当首而首,阳消而阴将息,自贻戚也。

《夬》,决也。然过于促迫,人而不仁,疾之已甚,不可为也。故《易》象曰:"施禄及下,居德则忌。"以宽济猛也。"九三"以刚阳而为上应,独援小人,非其道,故凶,剥之。"六三"以柔应上,而援君子,故无咎。然"夬"于时为春三月,泰道之极,微阴决去,而为之系应者,乃在“九三”之君子，故君子之于小人，不可已甚也，群阳盈廷，小人伏焉。

《易》以《姤》系《夬》，以《观》系《临》，以《否》系《泰》，以《大壮》系《遁》，以《复》系《剥》。一阴一阳，一治一乱，圣人之微意也，可不慎乎？

居困之时，居贞则吉。苟以巧言自解于人，是益之困也。《坤》之六四，其处困之道乎？

《噬嗑》曰：“先王以明罚敕法。”《贲》曰：“君子以明庶政，毋敢折狱。”《丰》曰：“君子以折狱致刑。”《旅》曰：“君子以明慎用刑而不留狱。”四卦之义，咸训明刑；四卦之体，皆有《离》象焉。申言刑狱之事，非明不允也。公生明，明生公，若夫作事谋始，又制治清浊之源矣，折狱之义备矣。《中孚》之象，即有孚窒之义也。故《讼》曰：“作事谋始。”《中孚》曰：“议狱缓死也。”《易》凡言狱讼之义者，六水在泽，中潴之象也。乃得其节，故谓之节数，度节之文也。德行，节之本也，非节之文不足以植其本，非节之本不足以善其文。

辨物居方之义大哉！《王制》曰：“中国戎夷，五方之民，皆有性也，不可推移。”且寓防微之意也。《春秋》书长狄入三国，僖公二十二年，秦、晋迁陆浑之戎于伊川，著其渐也。汉武帝处昆邪四万馀人于关中，桓帝迁五部匈奴于汾、晋，其后晋有刘、石之难。唐会昌中，回纥降者三万馀人，皆散隶诸道，其后居中华而不变俗，为害巨矣。故待夷狄之道，画疆域，慎守险，羁縻勿绝而已。务夸大之名，侈怀远之德，利小而害至矣。故辨物居方，不可不谨也。至五方之民，各安其土，不使山者居川，不使渚者居中原，亦居方之义也。

李寻曰：“本强则精神折冲，本弱则招殃致凶。”

郑樵曰：“汉初，河间献王得仲尼弟子及后学者所记一百三十篇，献之。时至刘向所校经籍，因第而叙之，又得《明堂阴阳记》《孔子三朝记》《王史氏记》《乐记》凡五种，合二百十四篇。戴德删其繁重，合而记之为八十五篇，谓之《大戴记》，而戴圣又删之为四十六篇，谓之

《小戴记》。”

礼之用,和为贵。程注引《乐记》曰:“礼胜则离,乐胜则流。”说本邢氏。

人言不欺为信,于事合宜为义,若为义事,不必守信,而信亦有非义者也。《疏》引尾生以证信之非义,然已至引士丐侵齐,以明义不必信,恐未然也。信为美德,行之以义,而后合宜也。非贵义而贱信也。

《白虎通》曰:王者必一质一文,所以承天地,顺阴阳。阳道极则阴道受,阴道极则阳道受,明一阴、二阴不能继也。质法天文地文而已,故天为质,地受而化之,养而成之。故为文。夫忠者,质文之本也。周兼二代,未尝离质以为文也。

禘者,谛也,言使昭穆之序,审谛而不乱也。孔《疏》谓:“鲁逆祀跻僖公,为乱昭穆。”故孔子不欲观之说非无征。

孔疏释“封人”之义曰:“何患于圣德之丧亡乎?”此暗引“天丧斯文”释“丧”字之义。朱注征“丧欲速贫”,训“丧”为失位。

孔疏训“以约鲜失”之义曰:“俭约无忧患。”此“约”字粗,不若“不侈”,然以自放之义更大。

仁道至大,不可全名,不名一艺。圣人许三子以治赋为宰,为行人,知之深也。若仁则罕言而尤非,所以语武伯也。非谓三子之遂无仁也,其或日月至焉而已乎?

孔《疏》谓:“当如祝鮀之佞,而反如宋朝之美,难乎免于今之世矣。”义非。案:古训“而”为“如若”,曰:“非有鮀之佞,如朝之美,不容于世,伤世道也。”疑子居卫时语,训《毂》为善,不若朱注禄为长。

麻冕,古也,义虽从之,而无妨害者,从之是也;拜上非古也,义当违众,而不恤人言者,不从是也,皆义在则然也。圣人无徇俗之心,亦无忤世之见。

何晏注以为夫子引《唐棣》之诗,断章取义,言权道可知,惟患不知思耳。思有次序,斯可知矣。窃引申其说曰:“道犹室也,积思而明,积明而行。夫行远者必自迩。权者经之所变通而存者也。思权之所在而适道，与立以行之，则去权近矣。”

色斯举矣。邢氏曰：“此言孔子审去就也。翔而后集，以非鸟喻义。非鸟之智，意南而至于南，意北而至于北。”既举复集鸟之道也，岂圣人之道哉？

翼奉上言：“元帝宜因天变而徙都，与天下更始。”奉深明汉道中衰，阴议迁都洛阳，以应周道。

【眉批】按非其主则无其臣，政不能修明，终不能更始。其他虽强之无益也，自古皆然也。

《尚书》世所传百两篇者，出东莱张霸。分析合二十九篇，以为数十，又采《左氏传》书叙为作首尾，凡百二篇。篇或数简，文意浅陋。成帝时求其古文者，霸以能为百两，征以中书校之，非是。后霸父弟子尉氏樊并谋反，乃黜其书。

史鱼既没，馀忠未讫，委柩后寝，以尸达诚；汲黯外迁，思供内职，发愤舒忧，遗言李息。揆其事迹，同出至诚。

谷永曰：“王者躬行道德，承顺天地，则卦气理效，五征时序；失道妄行，逆天暴物，则卦气悖乱，咎征著邮。”魏伯阳曰：“君子居室，顺阴阳节，藏器俟时，勿违卦月，谨候日辰，审察消息，纤芥不正，悔吝为贼。”二说虽专言卦气，然修省恐惧，存乎德行，守而勿失，裨益心志。

先王谷不登亏膳，灾屡至损服，凶年不涂塈，所以戒时诎举赢也。

《儒林传》：“尚书平陵途恽子真，授河南桑钦君长。”疑与撰《水经》者为二人。

《齐论》有“问王知道”，多于《鲁论》，二篇古论无之，《新论》云文异者四百馀字。

《东夷传》云：“夷有九种，田畎夷、于夷、方夷、黄夷、白夷、赤夷、玄夷、风夷、阳夷。又一曰玄菟，二曰乐浪，三曰高丽，四曰满饰，五曰凫臾，六曰索家，七曰东屠，八曰倭人，九曰天鄙。”见《论语正义》。

案:皃臾即扶馀,辽之东丹也。

《正义》曰:“《公羊传》曰:‘古者什一。’而藉《春秋》鲁宣公十五年初税亩,又履其馀亩,更复十收其一,乃是十取其二。”

邵子曰:“太阳、少阳,太阴、少阴,成象于天而为日月星辰;太刚、少刚,太柔、少柔成形于地,而为水火土石。八者具备,然后天地之体备矣。天地之体备,而后变化生万物也。火与日本乎一体,故阳燧取于日而得火;水与月本乎一体,故方诸取于月而得水;石与星本乎一体,故星陨而为石也;辰与土本乎一体,故自日月星之外,高而苍苍者皆辰也。自水火石之外,广而厚者,皆土也。”此先天之说也。天象见乎上,地体应乎下。

【眉批】按邵子此说,由心悟虚想而得,惜未能实测,故稍得起形象之似,而于今测验之实,质实理尚背。

邵子曰:“天之神栖于日,人之神发于目。人之神寤则栖心,寐则栖肾,所以象天也。昼夜之道也。”老子曰:“形神离则死。”故神宜凝也。

邵子曰:“以物观物,性也;以我观物,情也。性公而明,情偏而暗。”

邵子曰:“孟子言性善,用《易》者也。用《易》者虽言未尝及《易》,谓之知《易》。”

黄梨洲言皇极起卦,各有不同:一运卦,二世卦,三年卦,四月卦,五日卦,六时卦。

何武举公孙禄为大司马,王嘉争益,董贤封邑,师丹议丁傅不宜称尊号,班氏谓其以一篑障江河,用没其身,故曰:“依世则废道,违俗则危殆,此古人所以难受爵位者也。”是以君子欲全其道,毋宁遁世而无闷也。

《左传》哀十一年,孔文子将攻太叔,访于仲尼。仲尼曰:“胡簋之事则尝学之矣，甲兵之事，未之闻也。”退，命驾而行，曰：“鸟则择木，木岂能择鸟与？”《论语》第十五篇略同，而意微异。灵公国小而罢，而言甲兵不祥之器，是自病其国人也。宋殇之亡，十年十一战，能无及乎？

郑云：“大路，木路也，汉祭天乘殷之路。今谓之桑根车者是也。”“路”训“大”，故门曰“路门”，寝曰“路寝”，车曰“路车”。故人君之车，皆以路名。

善为道者，以愚知人；不善为道者，以智愚人。以智愚人，蔽也。

《论语集注》颁于功令，自当从朱为正，古注有不可从者，即如“冉子退朝”，周曰“谓罢朝于鲁君”，此妄解也。冉子为季氏家臣，无朝鲁君之事。案：《春秋》内传，郑伯有耆酒，为窟室，朝至未已，皆自朝布路而罢。又叔孙昭子即位，朝其家众，明家臣之于大夫，亦得言朝也。退朝之晏，或者晏见，如右尹子革之夕乎？若如周说，则夫子之言为赘，而审核名分之指晦矣，此不可信者也。

公孙宏脱粟布被，为天下先。时军需孔殷，边事大启，以此迎合上意，谨身固位，论者讥之。然案《儒林传》，称宏治《春秋》遂致丞相，天下学士靡然向风，复以礼废乐崩，悼道郁滞，与太常臧博士平等议置博士弟子五十人，劝学讲议，洽闻举遗。自是而后，昭帝增至百人，宣帝倍之，元帝时能通一经者，皆复更设员千人，成帝增弟子员三千人。正学渐著，百家寖微，则宏倡始经术之功多焉。

汉人言荄滋之《明夷》，其说本于蜀人赵宾。以为阴阳气无箕子。箕子者，万物方荄滋也，说非。

卫宏定《古文尚书》云：“伏生老不能正言，言不可晓也。使其女传言教错，齐人语多与颍川异。错所不知者，凡十二三，略以其意属读而已。错谓晁错也。孝文使往授，得二十九篇。”

马端临曰：“按《传》言，孔氏有《古文尚书》，孔安国以今文读之。唐《艺文志》有《今文尚书》十三卷，注言：‘元宗诏学士卫包，改古文从今文。’然则汉所谓古文者，科斗书；今文者，隶书也。唐所谓古文者，隶书;今文者,世所通用之字也。"

申公对汉孝武曰:"为治者,不在多言,顾力行如何耳。"学犹是也。

诸言礼为颂者,由鲁徐氏。颂,容也,容貌威仪,礼之文也。然修其文,则本寓焉。故语曰:"火灭修容,戒尔容听,必恭。"

《左氏春秋》自刘歆、房凤、王龚,始得立在博士官,迄杜预而其学大昌。然汉初北平侯张仓、梁太傅贾谊、京兆尹张敞、太中大夫刘公子皆修《左氏》,谊所为训,故今不传。则《左氏》之学,不自贾护、刘歆昉也。

班氏曰:"武帝立五经博士,迄于元始,传业寖盛,一经说至百馀万言,大师众至千馀人。"文中子曰:"九师兴而《易》道微,《三传》作而《春秋》散。"《书》之繁委,廓清之功亟矣。《书》欧阳氏,《礼》后氏,《易》杨氏,《春秋》公羊氏,大小夏侯《尚书》,大、小《戴礼》,施、孟、梁丘《易》,《穀梁春秋》立于孝宣;京氏《易》立于元帝;《左氏春秋》《毛诗》《易》《礼》《古文尚书》立于平帝。

《释名》云:宅择地,择吉处而营之。《困学纪闻》引张平子《思玄赋》,谓《论语·里仁篇》"择不处仁",当作"宅",是宅有择义也。

《通书》云:"刚善为义,为直,为断,为严毅,为干固;恶为猛,为隘,为强梁;柔为慈,为顺,为巽恶,为懦弱,为无断,为邪佞。"盖人之性不外乎喜怒哀乐而已。喜怒哀乐,刚柔之发也。刚柔皆有善恶,去其不善,以止于善,则为仁与义矣。是故立地之道曰柔与刚,立人之道曰仁与义也。

《通书》曰:"礼,理也,乐,和也,阴阳理而后和,故礼先而乐后。"夫大礼大乐一本也,非二本也。自礼乐之序言之,则乐所以言礼之后也。

《通书》曰:"实胜善也,名胜耻也。以名为耻,则人安得有伪之徒哉。"

《通书》曰:"动而无静,静而无动,物也;动而无动,静而无静,神也。”神不可几也，惟以静御动，庶动而不失其正乎。

《通书》曰：“天下势也，势轻重也，极重不可反，识其重而亟反之。”然尝思之，不可反者天也；反之者人也。必求所以善反之之道。

《通书》曰：“天以春生万物，止之以秋。物之既成，不止则过焉。天以政养万民，肃之以刑。民之盛也，欲动情胜，利害相攻不止，则贼灭无伦焉。”故秋者，揫也，天之所以敛万物也；刑者侀也，王之所以纠万民也。

鲁共王坏孔壁，得古文经传。汉世通谓《论语》《孝经》为传，以为孔门所传说也。

《曲礼》云：“凡以弓剑、苞苴、箪笥问人者，操以受命，如使之容。”故朱子注曰：“拜送使者，如亲见之敬也。”

《孝经·钩命决》云：“欲观我褒贬诸侯之志，在《春秋》；崇人伦之行，在《孝经》。”圣人虑六艺之旨，散于众说，牵缀繁委，殽而不秩，核而寡要，乃著《孝经》以明其归。故孝者，德之本也；若夫《中庸》者，言礼之极辞也，非言心言性，悬而无薄也。舍《中庸》而言礼，则三百三千之属，散无友纪矣。外礼而求中庸，则是幻幻冥冥，其中有精。圣人凭空撰出玄义，不着边际，恐未然也。《中庸》列《小戴礼》第三十一，故曰：“中庸，礼之归宿也；《孝经》，六艺之归宿也。”

赵岐注《孟子》十四卷。岐避乱北海，在孙宾家夹柱中所作。其异义若谓宰予、子贡，有若缘孔子盛德高美而盛称之。孟子知其太过，故贬谓之污下，且云师徒之义，得相褒杨，义非。又谓征于色，若屈原憔悴发于声，若宁戚商歌，义非。又谓告子兼治儒墨之道，学于孟子，盆成括问道于孟子，而□达，义疑。又谓季孙子叔，孟子弟子，义疑。又谓非礼之礼若陈□□妇而长拜之，非义之义，若藉交报仇，义疑。又谓尾生为不虞之誉□不赡，为求全之毁，义疑。

读《通鉴》私志。戊辰年。此从残稿本抄出，间有以无意义或证古地名，删未抄者。流离辛苦，聪明日窒。虽畜远志，局于驽下，日月驰矣，而无劲羽，不足以逞。青龙在辰，闰四月归自京师，留滞沪上。从故人处，假涑水《通鉴》读之。溯兴衰，察沿革，审形势利钝，核事实善败。

君实是书,志事而已。文字多割裂,断续凫鹤,气不连属。当考正史,是录便于时时省览,取其适己用。随阅随录,如追逋亡。有审望实者,有途者、甲乙者、牵连者、廋者、指在辞外者、俳谐者,不敢以示密坐汝阳。袁昶志。

始周威烈壬午二十三年,命晋大夫魏斯、赵藉、韩虔为诸侯,名器滥矣。书之以嗣《春秋》郜鼎之义。似可删。

霍氏之祸,萌于骖乘;知伯之祸,亦始于骖乘,祸福倚伏之机,危哉。故知者燸于几先,绨疵是已;烈士殉于事后,豫让是已。夫为臣食焉,不辟其难焉,得计祸福,然知勇亦不可废也。骖乘,三人乘也,驷乘四人。

魏文侯与虞人期猎,不以雨失期,是时魏治;齐威公不背曹沫之约;商鞅徙木而予五十金,秦国大治。《易》曰:"行险而不失其信。"《语》曰:"救僿莫若以忠。"今欺谩成风,诚挟微权,凿黔首之知而愚之,则天下哄然而趋于信矣。

翟璜之解任座,主文谲谏之义也宜。参阅苏洵《谏论》,以为谏法。

李克语文侯曰:"居视其所亲,富视其所与,达视其所举,穷视其所不为,贫视其所不取。"观人之法备矣。

乐羊食子以殉功,吴起杀妻以求将,翟璜所进非人,亦不以此少之。事成之后,此辈仍可烹也。大黄、芒硝亦药笼中物。

气数之命微乎唏哉!当其盛也,衰端见矣,故一姓不再兴,姬氏之裔不昌于吴,嬴氏之后,赵实不祀。

田和迁齐康公于海上,魏、晋、宋、齐相承,篡废之作俑也。

帝喾母,蜀山氏女倍,同喾。既立封其支庶,封外戚原始。

田文语吴起曰:"主小国疑。今日是也。大臣未附,百姓不信。方是之时,属之子乎?属之我乎?"此言临大事不可谦。今大臣不能其职,去位可也,谦巽罪也。

疏远之臣,暴起用事,又敛怨于其大臣,起之殃于楚也,宜哉。

谢枋得檄二酉而弃干城，岂可闻于邻国？用苟变事。子思圣裔，其取人才不苛小节。今动言取人以德，是有千金之鹿，无千金之马矣。

善乎子思之言，曰："君出言自以为是，而卿大夫莫敢矫其非；卿大夫出言自以为是，而士庶人莫敢矫其非。君臣自贤，而群下同声贤之，贤之顺而有福，矫逆之而祸生。"蒙窃谓今天下之势，在土崩不在瓦解者莫此，为大祸未有艾也。

齐威王封即墨大夫，烹阿大夫。苏氏洵《明论》援之，义允。

秦孝公立二十一年矣，是时河山以东，强国六。河自龙门上口，南抵华阴而东流。秦宅河西，山自鸟鼠同穴，连延为长安南山，至于太华。秦在山之西，韩、魏、赵、齐、楚、燕在河山以东。淮、泗之间，小国十馀。宋、鲁、邹、滕、薛、郳等国，国于淮、泗之间。楚、魏与秦接界，魏筑长城，自郑滨、洛以北，有上郡；楚自汉中，南有巴、黔中，皆以彝翟遇秦，不与中国会盟。于是孝公发愤布德修政，欲以强秦。案：此段文，七国大势尽之。上郡，盖今绥延地，节中各句下原录胡注，证古水地等，今不抄。

审形与名，谓之形名。刘向《别录》申子学刑名，刑名者，循名以责实。太史公曰：法家严而少恩。然其正君臣上下之分[1]，不可改矣。名家使人俭而善失真，然其正名实，不可不察也。是六家之二也。

卫鞅言可采者："民不可与虑始，而可与乐成。""是以圣人苟可以强国不法其故。""学者溺于所闻。""有功者显荣，亡功者虽富无所芬华。"如是则商贾子不得与衣冠抗。"法之不行，自上犯之也。"魏绛戮扬干之仆。今夷翟稍能行之。

【眉批】然商有功于国，与民者亦当荣之。今泰西盖然。且四抗民亦均可有利于国与凡民。彼秦之政固非真为民，特始作

① "君臣"，原文无"臣"，据文意补。

俑,为国君私利之谋耳。

案:古者,天子寄军政于六卿。周之六卿亦以居军,在国曰比长、闾胥、族师、党州长、乡大夫,在军以司马、将军、卒伍为号。秦依古制,其在军赐爵为等级,自一等以上至不更四等,比士也;大夫以上至五大夫五等,比大夫也;九等,依九命之义也;左庶长至大庶长,比九卿也;关内侯者,依古圻内子男之义也;列侯者,依古列国诸侯之义也。古者以车战,兵车一乘,步卒七十二人,分翼左右车,大夫在左,御者居中,勇士为右,凡七十五人。一爵,曰"公士"。步卒之有爵者二,上造。古者,成士升于司徒,曰造士,以上皆步卒也;三簪袅,骑也;四不更,为车右,言不更与卒同也;五大夫,在车左;六官大夫;七公大夫;八公乘;九五大夫,以上皆军吏也。吏民爵不得过公乘者。十左庶长,十一右庶长,十二左更,十三中更,十四右更,十五少上造,十六大上造,十七驷车庶长,十八大庶长,十九关内侯,二十列侯,以上皆卿大夫、皆军将也。内重外轻,亦秦制之得也。

【眉批】按:指此语[1]。欧洲罗马盛时,贵族制治者皆在都会之居民,亦内重外轻。此亦缘古时民族不甚审而多分据建国,故有此制。若今中国之患,虽欲内重,亦只益其害,不足以治民事,使之进化而已,故必使地方稍有分治,民议之权乃可利民而强国。

秦法:战而斩敌一首,赐爵一级,谓之级历,代相承不改。某甚恶其名。按:今"级"字之义已变为层级之级。古今字义渐改,类此者甚多。

田忌善孙膑,齐救赵,以膑为师,即以忌为将。威王可谓知兵矣。《春秋传》曰:"晋帅乘和,师有大功,邲之役,彘子违命而败;迁延之

① 即"以上皆卿大夫、皆军将也。内重外轻,亦秦制之得也"。

役，鏖马欲东；鞍之战，郄至韩厥和。”后世不知此意，设监军观军容，使遇事牵制，而九节度之师溃矣；明经略杨镐节制刘挺、李如柏各军二十万人，覆于圣清，皆前马也。陈汤、甘延寿之斩郅支也，韦叡、曹景宗之援钟离也，李抱真、王武俊之会南宫也，此其得也。近日有帮办军务之目而取其相制，非矣。

商鞅，秦之功臣，后人不得动以委蛇避难为口实。

赵良说商君，言事言也，非蔡泽说应侯比。

屈宜臼曰：“时绌举赢，不时也。”此下“五星之精为妖”一节未抄。

邹衍诎公孙龙曰：“辩者，别殊类使不相害，序异端使不相乱，抒意通诣，使人与知焉，不务相迷也。”其言甚矣。

肥义不背主父，与荀息宗鲁事同。

兰陵令荀况曰：“夫道，善用之，百里之地可以独立；不善用之，则楚六千里而为人役。”袁黎恸哭。

此下有“桀宋”二字一行。

燕环昼邑，王烛捐脰，齐为不亡。

王孙贾驱市人四百而杀淖齿。义愤同天，当此之时，不得不弃利钝，发难为倡首也。

蔺生持璧睨柱以践言，不顾大局为能，恐蹈燕太子丹之辙也。所以免者，特战国辩士之馀威震于世主耳。

卫嗣君好察隐，县令有发褥而席弊者，乃赐之席。以君为神，此以察察为政。唐德宗嗣之矣。皆非所以固人心之道也。且大知若愚，故其知全。察隐之法不可为正用，为奇亦不可少，使人人震恐。今坐患不能耳。治平世当言王，则明德远治，乱世当言霸，则黔首慑服。秦皇、汉武不及身而亡天下，顾先生曰：“纣之时，民志不入，狱囚自出，殷商之衰，法制废弛，未有不亡者也，非尽以不仁亡天下也。”

泽中之麋，蒙虎之皮，以亡德居上，则招殃也。白龙鱼服，困于豫且，轻而自下，枯木朽株，皆为难也。

乐毅、田单、陆抗、羊祜有公输、墨翟均敌之能。燕昭不死，单之反间不行;汉高予曲逆四万金,反间之利也,此皆以诈力相讦,毅之贤,不为也。

夏奚仲作车,至周而备舆方象地,盖圆象天,三十辐以象日月,盖节二十八象列星。龙旗、九斿、七仞齐轸以象大火;鸟旟、七斿、五仞斋较以象鹑火;熊旗、六斿、五仞、齐眉以象参伐;龟旐、八斿、四仞、齐首以象营室;弧旌、枉矢、以象弧。

【眉批】西人古时于制造及天文,亦多悬想妄拟,迨近时以渐改精。

田单以卒为师,可与论权;纵燕人劓降掘冢,以怒介士,可与论机;约降示弱以懈其气,可与言全军;为上养卒,迟久以待大战,可与言守战机宜。约降与张良峣关议和同。

鲁连论攻狄,可为蓍龟。大冠若箕,修剑拄颐,攻狄不能下垒,枯骨成丘,《史记》作垒枯丘。

秦黔中郡,今辰州西二十里,黔州故城,非唐黔州。汉武陵郡,秦黔中也。

博之贵枭,便则食,不便则止,魏安厘王之知诚不若枭也。世之所以以贵干将者,以其应机立断也。谚曰:当断不断,反受其乱。

赵奢以法诛平原君用事者九人,使治国赋,赋平。

【眉批】此下原录奢阏与之战,不抄。

范雎,疏远之臣。其危言逐四贵,有伦次,迫则戕身。某曰雎知。

虞卿曰:“制媾者在秦。”秦果显,郑朱不与赵媾,客主之势,不可不知也。

赵母深识,乞不为坐,曰:“始妾事其父时云云,至愿勿遣。”观后赵军犹坚壁四十六日,括亦裨将才,特兵死地也,而括易言之耳。

【眉批】原文全录赵括母言，奢爱士、括异趣之语，今未抄。

孔子顺行义甚高，魏卒相之，犹可以世稔。

军法，比参为伍列，有头，二列为火，十人有长立火子，五火为队；队五十人，有头，二队为官；官百人立长，二官为曲；曲二百人立候，二曲为部；部四百人立司马，二部为校；校八百人立尉，二校为裨；将千六百人立将军，二裨将；军三千二百人有将军、副将军。

嬴监门耳，而知如姬事，又逆知朱亥可用，又能客之，留心世故，郇模之俦也。吾闻京师有竹道士者，殆庶乎？竹道事，中义能言之。中义，谭仲修丈别字。

【眉批】似可删。

秦法，保任其人而不称者，与同辠。始皇以“辠”字近“皇”，改“罪”。今宜修此法，则门生故吏展转援庇之弊绝矣。按：此事亦难言之，人才或先善事而后败，或才以历试而始出，后世法敝，故须视乎主上之善用耳。

皇甫谧曰：“周三十七王，八百六十七年。”

荀子曰：“战如守，行如战，有功如幸。”“敬谋亡旷，敬事亡旷，敬吏亡旷，敬众亡旷，敬敌亡旷，是之谓五亡旷。”“令不进而进，令不退而退，罪钧。”

魏安釐王问天下之高士于孔子顺，对：“世亡其人也，抑可以为次，其鲁仲连乎？”王曰：“鲁仲连，强作之者，非体自然也。”曰：“人皆作之，作之不止，乃成君子。”昌黎《答吕医山人书》识此意。子顺持论可谓矜慎。

安陵君、缩高，犹似春秋时人。信陵谢安陵君放佛宣子请环事。缩高之死，不知顺逆，非狐突比。

张仪欲伐韩，司马欲伐蜀，先用错言，而后仪计从之。秦策之得也，汉高乃以蜀，汉兴。

后世取天下以力不以德,赵武灵王胡服骑射启之矣。

廉颇思用赵人,可悟用才惟量其地与能授之而已,何必若后世江南人注铨唱之陇右。

匈奴,淳维之后,夏后氏之苗裔,又乐彦《括地谱》曰:"汤放桀鸣条,三年而死,其子獯粥妻其众妾,辟居北野,随畜牧移徙,谓之匈奴。"

李牧居代、雁门,以便宜置吏,市租皆输入莫府,为士卒费。日击数牛飨士,习骑射,谨烽火,多间谍,为约曰:"匈奴即入盗,急入收保,有敢捕虏者斩。"此坚壁清野之法,且以羸诱之,使之将骄卒惰也。匈奴每入,烽火谨,辄收保不战,如是数岁,亦不亡失。赵筑长城,秦增筑之,万世之利。王公设险以守其国,重闭以固吾圉可也。欲务黩武胜戎越国,则丧师。得其地不足以富国,外宁内忧作矣。于是彝翟常得乘间完缮以制中国,而中国罢敝不能制彝翟。牧之守边,天子守四裔之义也。虽盛王作,亡以逾此。夫军法曰:"全军为上,破军次之。"赵王怒使人代之,屡出战,不利多亡,王强起牧,曰:"用臣如前,乃奉令。"王许之。与息壤盟及王翦益兵事同。义有大于此者,大臣事君,合则行也。牧至边,匈奴数岁无所得,终以为怯。边士日得赏赐而不用,皆愿一战。于是乃具选车得千三百乘,选骑得万三千匹,百金之士五万人,彀者十万人,悉勒习战。大纵畜牧,人民满野,佯以数十人委之。单于大率众来,牧为奇陈,张左右翼击之,大破之。遂灭檐褴,降林胡,单于十馀岁不敢近赵边。

始皇四年七月,蝗疫,令百姓纳粟千石,拜爵一级,鬻爵之始。

燕昭筑宫以尊隗,乐毅自魏往,剧辛自赵往,驺衍自齐往,贤者惟毅耳。人才难得若此,孟尝客有冯谖,平原客有毛遂,春申君亡闻焉。荀兰陵不得以春申客称之。信陵客有侯生、毛公、薛公,燕太子丹客有田光先生,文信侯客世传《吕览》。而其烟视而媚行,阗门排户,射利而求进者,恒各数千人。况古之所谓贤者,安得人人而责之乎?人人勉以圣贤,而伪理学出矣;人人自以为圣贤,僭莫大焉,不敬执孰甚焉。且以圣贤求之人人,则人才涣矣。高才者负起绝异,不能槁项黄馘,而群不逞矣，天下之大事去矣。冢宰以九两系邦国之民，师以贤得民，儒以道得民，二而已矣。谓其相维相属，而不取其相拘相执，务治击蒙之具也。孔子曰："子桑户游方之外者也，而丘游方之内者也。"又曰："道不同，不相为谋。"故夫强人以同者，败坏人才之具也。其祸驫天下而入于伪，出于僿，堤防既决，人欲肆于横流而禁之不止，善乎？刘安之言曰："牺牛骍毛，宜于庙牲，其于致雨，不若黑蜧。"世所传祈雨之法，有蜥蜴，是则不能重骍毛而废黑蜧也明矣。此言切中时人痼疾，因观剧辛易庞暖而败于赵事，故及之。近日眼中庸俗子可笑事甚多，便一倾吐，以当欢笑。实则其人不足以愚人，实自愚耳。某又曰："此后须畏祸，去其齿舌，恐为人中伤。"亡其天游，其上尸彭矫曰：否，其心神少女。曰：俞君子远小人，公也。君子与君子争，似公而实私也。至君子与君子争，则朋党之祸烈矣；至小人与小人争，则真小人亦亡，而满谰相诬之风长，天下于是不可为，而随以亡矣。人有不善，必感之使愧，愧之使自悛焉，则因执利导顺之而有功；若犹不悛，然后移郊移遂，西棘东寄之法行；又不悛，是冥顽不灵，终不可教诲也，然后投之四裔，以御魑魅。反是则舌敝耳聋，亡功而祸随之。古者刑不上大夫，天子有诛于其大臣，白冠牦缨，盘水加剑，而造请室焉。凡以厉天下之廉耻，使之愧且悔也，盗牛可使守剑者，有耻且格也。凡事当为顺而有功，毋为逆而生祸。

韩辨五蠹，商称六虱，原其实用，多有所辟；若废其法，亦谓亡知。杨子曰："《说难》，盖其所以死乎？夫君子以礼，动以义止，确乎不忧其不合也。"夫说人而忧其不合，则亦亡所不至矣。司马光论非曰："非为秦谋，而首欲覆宗国，罪不容于死矣。"韪之。

【眉批】朱英明与赵王母为娼二节删，不抄。

扬子曰："要离为鼃蝥之靡，聂政为壮士之靡，荆轲为刺客之靡，皆不可谓之义。"又曰："荆轲，君子盗诸。"

【眉批】五德之运一节，又数段，均未抄。

秦分天下为三十六郡,郡置守掌治郡、尉佐守典武职甲卒、监御史掌监郡。

【眉批】郡名今未抄,后加南越三郡。

周章非大将才,驱市人当勍敌,犹以肉喂虎。

涉伙哆为王,多失礼,故人妻父皆引去,亲不与矣。至下城父,身首异处,宜哉。

项梁诛朱鸡石,有次纪家讳律。羽先遣蒲将军等卒二万渡河救巨鹿,以尝秦军。某曰:羽能。耳让陈馀耳,误。何不让敖也?

沛公溺儒冠,亡人君之度。然今儒诚如竖。使高光并驱争中原,未知鹿死谁手,石勒何物?小子敢妄言。

沛公虑宛从后击,乃夜引军他道还,偃旗帜,迟明围宛城三匝。所谓袁氏之攻,状若鬼神也。兵法以攻坚为下。陈恢言与先声后实之义同,然有先实而后声者。张浚杀曲端,仍建端旗帜,是予敌以知自处于不知也,赖有心学。

秦以十月为岁首,汉高以十月至霸上,因而不革。武帝以太初元年定历,改用夏正。《史记》及荀悦皆云:"是月五星聚东井。"高允谓崔浩曰:"金、水二星常附日而行,冬十月,日旦在尾、箕,昏没于申南,而东井方出于寅北。何因背日而行?"史官欲神其事,不复推之于理。又曰:"此不可以空言争。"后岁馀,浩谓允曰:"果如君言,以前三月聚于东井,非十月也。"

天子七玺,传国玺螭虎纽,文曰:"受天之命,皇帝寿昌。"皇帝行玺,皇帝之玺,皇帝信玺;天子行玺,天子之玺,天子信玺。

【眉批】《晋天文志》所云"天子气"一节未抄。

后汉都雒阳,以火德,忌水,故去洛旁水,而加佳。戏下,麾下也。

关中南面，背碍南山，其微径可达汉中者，惟子午谷。在长安正南次西，骆谷疑即汉从以杜南入之蚀中也。

秦父老怨邯、欣、翳入骨髓，项王王之故地，欲以制汉，不亦难乎？

汉王欲捐关以东，良曰："九江王与楚有隙，彭越反梁地，此两人可急使。而汉王将独韩信可属大事，宜捐之此三人。"某曰，良策之得，正见羽之失策。然信、越、布三人，已有可醢之道矣。以势利交者，利势尽而交疏。

汉以故秦骑士李必、骆甲为骑校尉，击楚骑。乱国之才，治国之用。

尾生孝己之行，无益胜负之数。

羽不援邯，失策。

秦亡，豪杰取金王、宣曲、任氏窖仓粟，及楚汉相距，荥阳民废耕，任氏以此富，远取利也。

间道萆山，萆蔽也。

蒯彻知天下权在信。彻之知轹于武涉，信既不听彻，又以利动，欲得地复持两端，其愚三也。

朱家既以广柳车送季布，不复与布相见。某曰：学鲁连而不至焉者。

冒顿与东胡千里马及所爱阏氏，而不与欧脱千馀里地，遂袭东胡而灭之。西走月氏，南并楼烦、白羊，收蒙恬所夺地，至朝那、肤施，控弦之士三十万，不可谓不知兵。某痛哭。

八年春三月，令贾人毋得衣锦、绣、绮、縠、絺、纻、罽，操兵骑马。

栾布、蔡邕、田畴、王修，不失忠厚长者。

置田宅，必居穷僻处。

高后四年，有司请禁南越关市、铁器。关市，如后世互市。

朱虚侯年二十，有气力，以吕禄女为妇。近卢蒲姜事。尝侍后燕饮，请以军法行酒。正心诚意而能除凶暴，犹湘东王以百高座讲却敌也。

天下安，注意相；天下危，注意将。将相和调，则士豫附，平乃用贾言，以五百金为绛侯寿。吕氏谋寝衰。箭孤则易折，箭众则难折也。

代王恒谢守代边,不肯王赵。及即位,西乡让者三,南乡让者再。彼其所谓黄老之道也,而权寓焉。

大横庚庚,余为天王,夏启以光。疑夏易之繇。

所言公,公言之。宋昌能,绛侯亡文。

《汉官仪》:天子卤簿,有大驾、法驾、小驾。大驾,公卿奉引,大将军骖乘,属车八十一乘;法驾,公卿不在卤簿中,惟京兆尹执金吾、长安令奉引,侍中骖乘,属车三十六乘。蔡邕曰:"法驾乘金根车,驾六马,有五时副车,驾四马,侍中骖乘,属车三十六乘。"沈约《礼志·汉制》:"乘舆金根车,轮皆朱,班重毂,两辖飞軨,毂外复有毂,施辖其外,复设辖铜贯其中。飞铃以赤油为之,广八寸,长注地,系轴头,为之飞铃。金薄缪龙为舆倚较。较在箱上,虡文画藩。藩,箱也。文虎伏轼,鸾雀立衡,虡文画辕,翠羽盖黄里,所谓黄屋也。金华施橑末。建太常金华十二旒,画日月升龙,驾六黑马,升十二鸾为义髦。插以翟尾,又加左纛。"所谓左纛,舆也。路如周王路之制。应邵《汉官卤簿图》:"乘舆大驾,则御凤皇车,以金根为副,又五色安车、五色立车,各五乘,建龙旗,驾四车,施八鸾,馀如金根之制。"犹周"金路"也。车各如方色,所谓五时,副车白马者,朱其鬣,安车者坐乘。又有建华盖九重。甘泉卤簿者,道车五乘,游车九乘,在乘舆车前。又有象车最在前,试桥道。宋明帝时,建安王休仁议:秦改周辂制,为金根,通以金薄周匝四面,汉魏二晋因循莫改。

《礼》:"祖有功而宗有德。"自唐以来,诸帝庙号莫不称宗,其义泯矣。

贾生曰:"数年后,诸侯王大抵皆冠,血气方盛。"汉之傅相称病而赐罢,生可谓善度事矣。能知运命终始者,神;能测数十百年事者,贤;万里之外,察于秋毫,言出而效如响者,大知;知晦朔之类,小知也。彼盖知其已成之事,不知易世之变者也。

谊以绛侯前逮系狱卒亡事,故以设廉耻礼义遇其臣为言,上深纳其言,养臣下有节。是后,大臣有罪,皆自杀,不受刑。

上从错言，募民徙以实塞下。臣某私议曰："夫郡县亡权，则夷狄内侵，守令徒建空名于下，天子收其大权于上，操之不得其术，则权散于下而盗贼兴。"故曰：收郡县之权者，自弱其国者也。国既削弱，于是锬焉出利器以制盗贼，制之而受制焉，从而藏起利器，未为病也；不受制，则国家之器，刃顿而芒铩。于是夷狄乘虚，瞠而轻之。夫是之谓国之利器，不可以示人也。利器示人，自批其亢者也。今天下之害尝裂矣，其执不得不封建，行封建于边缴，择宗子弟有材能长畜聚者，裂土而王之，割以沃腴千里之地，募罪民以实边戍隶火伍。以天下之大执计之不过四五，方千里之国，遥为三监监之，而通商、屯田、财赋出入，甲士多寡之数不藉焉，又择傅相相之如汉制，听其开幕府、招奇材、剑客之士。内地则仍行郡县之制，三岁乃调。如是则郡国强而为彝鄣。彝与郡国构衅而罢，则我乘其弊，不致长驱阑入内地，而王公设险之形成矣。其立法之详，当别著议。

错言："欲民务农，在于贵粟。宜募天下入粟县官，得拜爵除罪。"今商人兼并农人，又患谷贱。宜重征商，除鬻米、粟、盐、钞、布、缕、梓、匠，凡为农夫、女红蠹者，悉倍其征，民年七十以上及黔首有行者，得赐顶带复其家。

以上皆杂存，破碎不成文字，须拉杂燔烧之。公虒黎七月廿七日，客居上海重阅。此原注。

【眉批】按：此于今日，时执不合，固不可行。

申屠嘉檄召通，通幸臣，而嘉得径行其法，文罔疏矣。蜀汉董允之世，黄皓位不过黄门丞，宫中府中，皆为一体。《周礼》："天官之良法，美意也。"

《大戴礼》曰："孔会子云：阳之专气为霰，阴之专气为雹。"

高帝初定天下，昆弟少，诸子弱，大封同姓。齐七十馀城，吴五十馀城，此封建同姓，不及周制之善处。

申无宇曰："五大不在边，五细不在庭。"然后贾生建言，劝文帝大封梁、淮阳，卒之梁距吴楚，使毋西兵，得大小相维之意矣。

楚王戊不为穆生设醴酒,穆生退曰:“楚人将钳我于市。”又曰:“几者,动之微,君子慎焉。”申白之徒,卒为胥靡,乃衣赭服,杂舂于市,知其不可谏,毋宁知几也。

爰盎策吴,所诱皆无赖子弟、亡命铸钱奸人。错曰:“策之善。”外举不辟,错有焉。

上令丞相高等劾奏,错且弃世,于是景帝失刑。

亚夫乘六乘传,会兵荥阳。传,车六乘也。文帝自代入,立张武等乘六乘传。

赵涉遮说亚夫:“策吴,必置人于殽、渑阸塞之间。兵事贵神密,将军何不从此右去,走蓝田,出武关,抵洛阳,不过差一二日,入武库,击鸣鼓,诸侯闻之,以为从天而下也。”吴濞将桓将军亦策及武库仓敖。

弓高侯韩颓当执金鼓见胶西王。颓当韩王信之孙也。

上既减笞法,笞者又不全,乃能减笞三百曰二百,笞二百曰一百。又定箠令:棰长五尺,其本大一寸。竹也,末薄半寸,皆平其节。当笞者,笞臀,毕一罪,乃更人。自是笞者得全。然死刑既重,而生刑又轻,民易犯之。

刘贡父曰:“世宗孝武建元元年,王者改元始。”此《封禅书》云。其后三年,有司言:“元宜以天瑞命,不宜以一、二数推。”所谓“其后三年”者,盖尽元狩六年至元鼎三年也。然元鼎四年,方得宝鼎,又无缘先三年称之。自元鼎以前之年,有司所追命,其实年号之起在元鼎。故元封改元,始有诏书。

董仲舒曰:“人君正心以正朝廷,正朝廷以正百官,正百官以正万民,正万民以正四方。四方正则亡有邪气奸其间,是以阴阳调而风雨时。”又曰:“万民之从利,如水之走下,不以教化堤防之,不能正也。养士之大,莫大乎太学。太学者,教化之本原也。”又曰:“小材虽累,日不离于小官;贤才虽未久,不害为辅佐,宜使诸列侯、郡守、二千石,各择其吏民之贤者,岁贡各二人,以给宿卫。所贡贤者有赏,不肖者有罚。”又曰：“王者有改制之名，无变道之实。然夏尚忠，殷尚敬，周尚文者，所继之救，当用此也。救，谓救其蔽也。继治世者，其道同，继乱世者，其道变。”又曰：“皇皇求财利，常恐匮乏者，庶人之意也；皇皇求仁义，常恐不能化民者，大夫之意也。”

汉制，于正月旦作酒，八月成，曰“酎”。酎之言纯也。八月尝酎于太庙，诸侯王各出金助祭，谓之酎金。

淮南王安《谏伐闽越书》曰：“饮水之山，峭峻漂石破舟，谓赣水也。”班《志》曰：“彭水出豫章南，壄县东入湖，汉水漂石破舟，谓三百里赣石。”

又曰：“越人绵力薄材，不能陆战，可无车骑弓弩之用。”

汲长孺守东海，好清静，择丞、史任之，责大指而已，不苛小。黯尚黄老言也。

温公曰：“师出以律，否臧凶。”李广之将，使人人自便。以广之材，如此焉可也，然不可以为法。

武帝不听大行王恢策，可也。完士三万，入塞无功，而坐斩。是犹楚杀子玉、子反，晋侯许荀林父死也，增长夷狄之气，非所以为利也。

河间王德修学好古，实事求是。师古曰：“务得其实，每求真，是也。”

刘向《五行传》谓：“蜮如鳖，三足，生于南越。南越妇人多淫，故其地多蜮。淫女惑乱之气所生也。”陆玑《草木疏》谓之射影，陆佃《埤疏》谓之射工，又谓之水弩，有长角横在口前，如弩也。

严安上书谓：“周失之弱，秦失之强。”苏氏论：“周以弱政济弱势，秦以强政济强势。”本此。

徐乐上书言天下之患，在于土崩，不在瓦解。

主父偃说上，令诸侯得推恩封子弟，以地侯之，上以德施，实分其国，不削而稍弱矣。

荀悦曰：“世有三游，德之贼也。一曰游侠，二曰游说，三曰游行。”

公孙宏禁民挟弓弩,议曰:“十贼彍弩,百吏不能前。”吾丘寿诎其说,宏说抑末矣。

臣赞曰:“茂陵中有封武功爵,一级曰造士,二级曰闲舆卫,三级曰良士,四级曰元戎士,五级曰官首,六级曰秉铎,七级曰千夫,八级曰乐卿,九级曰执戎,十级曰政戾庶长,十一级曰军卫。”此武帝所置,以宠军功。

武帝招延士大夫,常如不足,然性严峻,群臣虽素所爱信者,或小有犯法欺罔,辄按诛之。汲黯谏曰:“陛下求贤甚劳,未尽其用辄已杀之。以有限之士恣无已之诛,臣恐天下贤才将尽,陛下谁与共为治乎?”黯言之,甚怒,上笑谕之曰:“才者,犹有用之器也。有才而不肯尽用,与无才同,不杀何施?”观其君臣相与之意,帝之与黯,能容其直而喻之于其所见,非后世之君所及矣。

元狩四年冬,有司言县官用度太空,而富商大贾冶铸、煮盐,财或累万金,不佐国家之急,请更钱造币,以擅用而摧浮淫并兼之徒。于是东郭咸阳、孔仅、桑宏羊用事,三人言利事析秋毫矣。

张晏曰:“武刚车,兵车也。”《续汉志》:“诸军有矛戟,其饰幡、旒、旗、帜,有巾有盖,谓之武刚车。”

颜异以厄唇而诛何异。秦禁偶语,腹非见知之法,邓析尚不至此也。

文帝纵民私铸,而利权散于下,策之失也。元鼎……以下原页拆缺。

忆某先正名刺,戒曰:“上无谄,下无渎,慎所与,乃无辱。”从残稿录出。

戊辰十一月

尝易视宋儒之言,及见《阳明传习录》“欲复《大学》古本”等语,尚心喜之。既而阙其立言之旨,似为即心即学,舍渐修而为顿证,于是欲反而求程朱之理,未敢望能笃信境界也。

刘先生言："处事接物，非礼勿言动视听，近乎昼之道；内省不疚，近乎夜之道。"某言：近昼之道，似智知；夜之道，似不智。以夜之道为昼之道，其大智也与。故《易》曰"通乎昼夜之道"而知。

鱼豢曰："贫不学俭，卑不学恭。非人性分殊也，势使然耳。"

方存之言植之先生所著诗，绝后空前，尝著《昭昧詹言》，语诗法甚精微。谭仲修书言《鬻子》系伪书。经训堂"平津馆丛书"中刻诸子均好。

戊辰十二月

河间献王实事求是，朱子寝疾，语门人亦曰："惟事事审求其是，决去其非而已。"

方存之言观披云瀑，其友某欲令镌石题名，存之笑曰："人贵自不敝耳，恃此存名，亦悲矣。"存之言守之功亚于述。平湖顾征君广誉之友，吴江陈寿熊居黎里，兴义兵。陈先生、陶子方庶常之师，存之作传。

当涂夏弢甫教谕，炘銮之子，銮宗程朱之学。

往谒存之先生，述及吴竹如先生有恒之德，口不谈道，而有所叩，则端绪皆出。又言曾相日课数事，明白复然，日日皆然。虽造次无间，两公所事不同，而志趣则言之者悚然，听之者足戒。

王阳明开府南赣，易"肃静""回避"二牌曰"求通民情，愿闻己过"。吕新吾曰："当可怨、可怒、可辩、可诉、可喜愕之际，其气甚平，是真大涵养。"朱梅厓曰："贫贱而无和平之气，则富贵必淡泊之守。"

阅刘省三军门诗，绝句不减曹景宗。昔蜀王平所识不过十字，闻军门识字不多，而功业烂然。功名之士岂在多识字哉？

学琴，右手指法不外八字：大指向身弹入曰擘，向徽弹出曰托，食指向身弹入曰抹，向徽弹出曰挑，中指向身弹入曰句，向徽弹出曰剔，无名指向身弹入曰摘，向徽弹出曰打。

本大者末必细,本一而末二之故也。仁之末流为墨,义之末流为名,礼之末流为行人,智之末流为纵横捭阖,信之末流为尾生、孝已之徒,得其一可以成一节之士。王者交治环生,则生修而天下治。

守一似一人之字。洗赤眼方:川连五分,荆芥二分,白矾一分,开口花椒七粒,生姜一片。

己巳年(同治八年,1869)

己巳正月

成王命微子曰:“克慎克孝,肃恭神人。”《大戴记》曰:“有不孝之狱,则饰祭葬之礼,然则祭而敬,即所以为孝也。”微启于国亡社覆,宗绪将绝,而抱持祭器,典司宗祏,此子氏之所以昌于宋也。

【眉批】后另抄本存此。

博簺者,曹甲及丙出钱钧,射利胜者以次取之,谓之公注。甲呰罄则须及乙,乙呰罄则须及丙。甲呰垂亡,则乙呰虽完存,已受其病。夫患起于彼、病中于此而人不之察者,天下又少也哉。

【眉批】同上。

金水内景,火日外景。内景者,不能外光,外光者,不能内景,昼夜之道也。昼以言乎明,夜以言乎幽。明则可大,幽则可久。积内之光而驯至乎外景者,是之谓君子以用晦而明。

【眉批】另抄存此。

《周书》曰:“亦惟有夏之民叨懫句,日钦劓割夏邑。”孔《传》谓:“惟夏民贪叨忿懫而逆命,于是桀尊敬其残贼臣,将以仇其民也。”《商书》曰:“今殷民乃攘窃神祇之牺牲,用以容将食无灾。”言政乱也。凡在季世,虽无暴君污吏,亦亡。法弊而民弛,恩亵而分夷故也。天命去而人心乱,所谓城复于隍,告命贞吝也。况趣其沦丧,残伤民以峻刑乎?汤革命之辞,未浮桀罪,牧野之辞,则有甚焉者矣。尽信书,固不如无书乎?

【眉批】后另抄存如此。

管、蔡之位,在《夬》,九四之应上六,律以君臣之义,犹为殷之遗臣乎?惮狐之君,安能如禄父之复蠢,周之顽民、殷之义士也。悕乎微哉!吾于周氏之作诰,见不忍人之政焉,然殷人之不能尽刘,亦势之积也。

【眉批】另抄存如此。

鲁人刺桓公之诗,载于《齐风》,有为国讳之道。

欲镌一印曰:“明是非,计利害。”计利害不明是非,则诈而乱;明是非不计利害,则钝而迂。二者兼之,虽不踶于宋儒,犹为义夫。又取《老子》“虚其心,实其腹;弱其志,强其骨”四语,令人书之,悬诸座右。

欲取京房《易传》、韩婴《诗外传》、戴德《记礼》、董仲舒《春秋繁露》、班固等《白虎通德论》、蔡邕《独断》、张揖《博雅》、刘熙《释名》、魏伯阳《参同契》、张良注《阴符经》、黄石公《素书》、刘安《鸿烈解》、扬雄《法言》、荀悦《申鉴》、徐幹《中论》、王符《潜夫论》、王充《论衡》、应邵《风俗通》,圈识一过。

“常熟孝廉”,四字乃粱生。宗月钮上人来见,示补辑《龙川集》后卷,并言及常熟毛氏、徐氏藏书家,不及前十分之三。

钟子勤师撰《穀梁补注》,六十馀万言,羽翼范注,当缮写清本,勘定付刻,恐后人窜乱其意也。

己巳二月

欲画《荒山茧足图》，述辛壬之际连陷贼中之状。又作《进履图》，述丙寅十月湖上初见闽高先生状，又作《大川乘木图》以见志。

己巳三月

阅云林寺《贝多叶经》四十四页，钱塘丁隐君敬身题后，又有梁山舟学士、吴穀人太史诸人题，重录一通，吴君璜署首。

阅会稽章实斋典簿学诚所著《文史通义·内篇·校雠通义》卒业。古艺文经籍流别之学，今所谓目录志学也，卓然淹通之儒矣。

己巳四月

高先生疾革，困苦呻吟，弟子进曰："莫非命也？顺受其正。"先生俞焉。

高先生终寝，函告吴稼轩丈。呜呼！五年师生之分，至此相弃。他日铭述，尚当搜辑遗行，访求佚事，求高才有文学者为之。

弟子某某等，谨议私谥伯平先生曰"孝靖先生"。复以书告谭中义君。己巳五月，旋有谥议一首。

应布政司归永康，闻其幞被之外，两从人而已，差近古人。

己巳六月

张铭斋先生来自溆上，为位而哭，大恸，以首抢地，至性过人，可感。

高先生文，今见存铭斋处者，十有三篇；存丁松生君处者，计五篇。诗存吴稼轩丈处，计百馀首。存予处二首。《右开中河于工大王碑》《博平令胡君寿序》《石笥山房集序》《庄惺哉哀词》《祭海丰吴公文》《关圣帝君庙碑》《巡检府君墓志》《姊圹铭》《普惠王祖师碑》《陈生哀词》《陈军门像赞》《祭伊遇羹丈》。以上存铭翁家。

欲镌一小印曰:“大处著眼,小处下手。”即曾相所谓“不计功效之多寡,但课每日之勤惰也”。

胡石庄《绎志》六十一篇,首阙“志学”“明道”“立德”“养心”“修身”“言行”“成务”“辨惑”“圣王”“睿学”“至治”“治本”十二篇。中阙“经学”“史学”“著述”“文章”“杂说”“兼采”六篇。庄葆琛《夏小正等例文句音义》六卷,阙二三四三卷,皆俟觅补。松生见示抄本,丁希曾、鲁斋述得将为校正。为全椒先生检藏藉,计得书六百许种,分四十六楔贮之。全椒公临行赠言三字曰:“少、辨、难。”有为腹不为目之意,当谨识之。

己巳七月

韬志、济物、潜神,早知,上墋下黩,惟道为师。公虒黎父过去未来现在身。皇清同治八年,生年廿四岁。属杭州陆某作此并赞。盖自题像。

庄子《达生篇》,“梓庆削木为鐻”至“不然则已”,柳子厚《与韦中立论文》祖此文,而文辞精神不逮。

己巳八月

欲作《政经》,明黄帝以来迄于先秦、西汉,凡九易姓,一代有一代之政典,一王有一王之遗教,各不相杂厕,以诸子诸史杂纂众说纬之。欲作《甄异》,以采阴阳、儒、墨、名、法、道、农、兵、纵横九家之流别。与刘《略》、班《志》言九家互异。

远使之而观其忠,近使之而观其敬,烦使之而观其能,卒然问焉而观其知,急与之期而观其信,委之以财而观其仁,告之以危而观其节,醉之以酒而观其测,杂之以处而观其色,九征至,不肖人得矣。此与李克对魏文侯略同。此盖《庄子》语。

子与辟小室,曰“相牛相鹤之堂”。子与散人为腹不为目,仆安敢望之,乃作“相宝剑刀室”。时方屯礩,又逼处海疆华夷之间,故云尔也。汉《艺文志》形法家有“相宝剑刀”二十卷,命名之义在是矣。戊辰夏闰四月。右此额已失去，今忆录。

欲撰《五子注疏》，老子道家、商君法家、荀子儒家、管子合三家、扬雄辞章家。

檀具云檀那，此云布施；尸罗，此云戒；羼提，此云忍辱；毘梨耶，此云精进；禅具，云禅；那此，云静；虑般若，此云智慧。此释梵经语。

《祭高先生文》。文曰：自夫子之死也，苦言不入于耳，偾言不反于心，吾又将谁放？於乎哀哉！其享！

后唐主李嗣源，壬辰三年初，刻九经板印卖之，至周主郭威三年癸丑板成。

阅仁和关慎斋所纂《夷务事实》，将令钞胥撮录其要：

阅道光二十一、二年，江督伊里布、裕谦、牛鉴，直督琦善，东抚托浑布，闽督邓廷桢、吴文镕、颜伯焘，浙抚刘韵珂，扬威将军奕经，靖逆将军奕山，参赞杨芳斋慎、特依顺，粤督林则徐、琦善，盛京将军耆英，福建提督余步云，江苏提督陈化成等奏报事实，并暨英夷义律、懿律卟嘣喳等交绥议和情事卷宗，觅之，有全力难制，事机再失之论。杨、余、陈三提臣，名为将才，利器不足以制英夷。其初夷船仅四十只，攻定海，定海燔；犯厦门，厦门陷。后夷船增至八十四只，而宝山、上海、镇江没于贼矣。以天下之财赋，绿营额兵未战溃崩，登州、旅顺各口守兵，未见一敌而手足无措，此全力难制也。宣宗以鸿胪黄爵滋之奏，敕林则徐烧燔鸦片，困辱义律，及夷衅猝发，而罪加于林、邓，挫封疆之气。广州义民愤夷为祟，揭锄耰钩竿而起者一百三乡。不乘此时歼夷，而参赞反饬余守排遣为敌扞患，此事机再失也。

人有五性，圣人定五经以准之，《乐》仁、《书》义、《礼》礼、《易》智、《诗》信。

细读《西游记》，元来是道释统宗之旨，合《参同契》《火珠林》《皇极经世》《元包正易心法》《悟真篇》《黄庭内景经》诸书而成者。

谒湘乡公，杨石泉抚部。议设政学馆，定肄业六十名，以佐贰官充之。较今江宁吏治局，法为完密。云将出奏告，以日计不足，岁计有馀,庶不生厌倦。以官为师,亦秦法之善者也。

己巳九月

《卫将军文子篇》《大戴礼》,孔子曰:“德恭而行信,终日言不在尤之内,在尤之外,贫而乐也。”盖老莱子之行也。《史记·老子列传》:“老子,楚苦县厉乡曲仁里人也。”今亳州。《史记》疑老子、老莱子为二人。又歧史儋为非老子,名为三人,其实一也。

舟至江口,时泊镇江。雇红船,沿江下指焦山麓,回望金山浮图,右眄甘露寺,抵焦山上岸,先游自然庵,六近和南陪登观澜阁。坐舟中时,风横水立坌起。比至阁中,风不动,悟惮定本相如是也。饮酒啖饆饠。启行,旋折入定慧寺,观壁间重刊《瘗鹤铭》,有王阮亭、曾宾谷等跋尾。摩挲焦山旧传周鼎,钤山公不能取去,疑山灵护持也。鼎形模大小,已详手抄《江南通志》本。循廊而东,瞻佛殿,现庄严相。寺中闭门息心,梵音作,有二十馀人。余与云舫费太史坐地闻梵,观其持戒,似甚精进。出山门,由御碑亭上山,拾级连武而上,前人踵后人顶。登大观台,观赝拓本《绎山碑》,杜甫所谓“枣卞传刻肥失真”者也。觅焦先结瓜牛庐处,上石悬溜,下为厓穴,中空而蚨居,仍右窄径步上,山人折桐为杖,见赠,觉轻健,真游山添健仆也。径移,上绝顶,有亭,中雕佛像,四和合身。少选返,由山后微径,山人导行之别峰庵,庵中有方池,饮茗讫,复寻前路归之。山足憩海顺庵,晤思纯和上,合掌别。登舟回船,天已黑。是日惟藏经阁未到,不得窥全藏。约后游住此一月,方了此因耳。山灵亦笑我仓卒否?

检石斋先生《伏图经纬》上中下三卷,又有《文图经纬》三卷、《孔图经纬》三卷、《馀图》三卷,《杂图》一卷未见。石斋定命于白门,予初至是间,即得此书,再固精诚,庶几梦见石公,获见全书未可知也。

己巳十月

督部公宴客见招,以位卑,辞以他事,不赴。策马出朝阳门,望紫金山，趋小孝陵卫，转入大孝陵卫。村店打尖饭讫，上马巡阅向、张二帅旧营、濠沟。储胥之制，右依山为固，左枕秦淮。叹息久之。右濠而行，恭谒孝陵，由旁道改步趋入，约一拘庐舍，入阏宫门，恭读《仁庙御制诗》、上谕，丰碑矗然。跪叩讫，复由甬道旁迤行而入，瞻陵寝园。引还，觅得仆夫马匹，微径入城。行数里，至桃叶渡，傍淮清桥缓行，见秦淮水文波涨腻，惟夹河楼榭俱圮，思之黯然。仍出南门，行二里，上雨花台，饮永宁泉水，阅视曾侯旧营，高阜逼视城中，西临大江，望见江水，颇为行军险要之地。暮入城，城门二大炮，约重各三千斤，有炮车。

读《周官》，宋人泥《小戴记》文"周官三百"之说，遂钒裂五官之属，以补冬官，非也。有虞氏官五十，以《夏书·尧典》考之，不止此数，惟殷官二百不可考耳。读朱锡鬯删诗之辨，甚核。

策马至方村，土人导上山，披观铜井，方可二千步。空潭静深，异于他水，悬崖倒镜，缀如水碧。潭上石穴三，上二穴甚小，下一洞甚深而寒，土人云也。崖不甚高，而有神树，老干擘攫如虬龙，土人云不知何名。发逆酋豪曾发树见血，颇著灵异。潭中有鱼，可长丈余，龟可方一尺二寸，惜无善泛者致之，此即九江纳锡之物，或即元武，未可知也。为之一笑。潭冬不溢，夏不枯。水禽有文采而小，甚似吾乡红石洞之水鸟也。其地距复兴集可七八里。时在全椒县。

绎程正公所为《易传》，有精深处，胜王辅嗣，此书以吕刻《二程遗书》本为完善。

初识郑八，殆赞侯大令时在全椒。甚忼爽有奇气。

己巳十一月

检外舅淮丈在柏台时进御折奏十馀件。闻其庚申十年有《奏参肃顺谏》《谏显庙行幸热河》二折，为忠尽之言，惜未见。

汉《艺文志》周书七十一篇，刘向言孔子所论百篇之馀也。晋咸宁五年，汲冢得竹书，非太史公、郑、马诸儒所引之《周书》，盖今《竹书纪家讳年》是也。

作《阴陵吊项王赋》,约四百言。全椒地有楚迷沟,即阴陵也。前记访楚迷沟,不识在何处。又有九斗、四溃二山,言灌婴、杨喜等追王至此山也。东城在泗州,去此不过二百里而遥。

读刘知几《史通》《六家》《二体》二篇。《六家》言《尚书》家为记言之史,《春秋》家为记事之史,《左氏》家为编年之史,《国语》家为国别之史,《史记》家为综合古近之史,《汉书》家为断代之史。《二体》言今存者,惟班《史》、荀悦《汉纪》二体也。

阅吴修所刊《昭代名人手札》,中有朱先生彝尊书,绝丽。

《乾》初九,潜龙勿用,其初难知也,大衍之数,五十其用,四十有九,其一不用者,乾之初也。扬子之元准之以作。

己巳十二月

张咏言,张威之声,行慈之实,其言颇有微理,先声后实也。

将治《易》,温经首《易》《尚书》《诗》《春秋》《礼记》,遵国制也;次《周礼》《经礼》三百也;次《仪礼》《曲礼》三千也;次三传;次《孝经》《论语》《孟子》;次《尔雅》;次《大戴礼》;以《老》《庄》终焉。遵《释文》,唐制也。次《逸周书》《外传》《国语》。

春见曰朝,夏见曰宗,秋见曰觐,冬见曰遇。三时礼亡,惟觐礼存。

古者五十而后爵,是知左雄限年之格为美。

《说文》:"易,蜥易也。"故馀姚黄宗炎以蜥易为《易》。虞君以日月为《易》,本魏伯阳。《易》无日月,文也。

木上为末,下为本。故《易》曰:"其初难知,其上易知。"本末也,本不实则末名至者也,其败易见,可垂戒已。

觅得《钱笺杜诗》,阅之,甚有原解。牧老故是江南一大家也,即其所选《列朝诗》,弃取不为,无理取闹。友人宗月钮曾细论之,固与竹垞《诗综》分帜也。

计己巳一年中，学无所得。《庄子》言，孔子求诸度数，五年而未得；又求诸阴阳，十二年而未得。为学尚积，不能亟求顿悟，正欲铢铢寸寸以求之耳。又养生之道不过三者：惜神一，生物二，求济天下之人三。漆叶青黏、五禽之戏、熊经鸟申，不过术养，非吾所闻卫生之经也。

以下是年末附记，姑照录之。

秦碑目：按，此前有最录谭中义书目，予所未有，而欲购者云云，未录。《琅邪台刻石残字》《泰山二十九字》《泰山十字》。

汉碑目：《石门颂》《礼器碑》《孔宙碑》《尹宙碑》《白石神君碑》《孔褒碑》《孔彪碑》《太室石阙》《少室石阙》《开母庙石阙》《三老碑》、道光年馀姚出土，石在周氏。《五凤二年石刻》《报□吾武君碑》《闻喜长韩仁铭》《三公山碑》《校官碑》《巴郡太守樊敏碑》。

魏碑目：《王基碑》《孔羡碑》。

吴碑目：《天玺纪功碑》。

晋碑目：《孙夫人墓表》《太公吕望表》《爨宝子碑》。

宋碑目：《爨龙颜碑》《石门铭》《司马景和妻墓志》、足正伪洛神。《寿卢造像记》、景明元年。《温泉颂》、稼孙云，包赵郡王一派，字体之方整者。《贾思伯碑》《杨大眼造像记》《刁遵墓志》。

北齐碑目：《水牛山文殊般若经》《西门豹祠碑》《姜纂造像记》《孟阿妃造像记》《董洪达造像记》《隽修罗碑》《维摩诘经碑》《华岳颂》《交址都尉沈君阙》《衡方碑》《鲁峻碑》《北海相景君碑》《张寿碑》《□似平字残碑》《范式碑》《仙人唐公房碑》《孔庙各碑十二种》、礼器全百石九十史，孔宙、孔谦、孔彪、孔褒、鲁相、史晨奏铭、史晨后碑、五凤石刻、熹平残刻、孔君。《郑季宣碑》《郑固碑》《仓颉庙碑》。

齐碑目：《石佛题字》。

梁碑目：《瘗鹤铭》、廿五字本。《天监井栏》、跌宕存南朝文采。《始兴忠武王碑》、以下四种莫偲老拓。《吴王忠侯石道》《萧秀碑阴又碑额》《萧宏东西石柱》。

北魏碑目:《高贞碑》、似合崔浩《吊比干文》三。《孙秋生等造像记》《张猛龙颂》《郑长猷那龙姬造像记》《凝禅寺三级浮图颂》《始平公造像记》《上阙六字造像记》《寇天师碑》名谦之。稼孙云:"郑长猷一派。"《敬使君碑》,又云取其愿朴。《季仲璇孔子庙碑》自成一派。

隋碑目:《龙藏寺碑》、稼孙云:"兼魏齐之长而自有门径。"《邓州舍利塔下铭》《龙山公墓志》道光年出土。《萧宝秩造像记》《宋永贵墓志》《岐州舍利塔下铭》《元公志及夫人姬氏志》《似钟美人墓志》《□法师墓志》《□贇碑》。

唐碑目:《般若台碑》《昭陵陪葬公卿碑》、共廿一人,温彦博、高士廉、段志元,孔颖达、房元龄、豆卢宽、薛牧、张胤,李靖、尉迟敬德、兰陵长公主、许洛仁、陆先妃、张阿难、马周、阿史那忠、李绩,褚亮、独孤俨、唐俭、牛进达。《景龙观铭》《李阳冰黄帝祠宇四大字》《三坟记》《昭仁寺碑》,魏稼孙云,六朝分书,以北齐《临淮王碑像》为最,上承汉隶,下开颜楷。北周《华岳颂》辅之,馀无讥焉。北齐《映佛岩磨崖》,字径六寸必佳。东魏《太公吕望表》,穆子容撰,前人称其方整开颜。北齐《西门豹祠堂碑》胜李邕书《如来残经》,高氏一代中,类此者多,此碑最秀。郑述祖《夫子庙堂碑》颇正当,残缺可惜。以上杭州魏稼孙审定六朝碑目。

【眉批】当查文。后另有二十二人赞。

儒家:孟子第一。《孟子》七篇、汉赵岐注。《外书》。宋刘邠辑。董仲舒第二。《春秋繁露》《玉杯》《竹林》《玉英》之属八十二篇,《春秋决狱》七事。见《太平御览》引。刘子政第三,《新序》十卷、《说苑》二十篇、张天如刻《百三名家》内有文一卷。朱子第四,《近思录》十四篇、《语录》一百四十卷、黎靖德编。《仪礼经传通解》三十七卷续二十九卷、《小学集注》三卷、《周易本义》十二卷、《诗集传》八卷、《大学章句》一卷、《论语集注》十卷、《孟子集注》七卷、《中庸章句》一卷、《四书或问》三十九卷、《延平问答》、《钦纂朱子全书》六十六卷,康熙五十二年李光地等奉敕撰厘为一十九门。顾宁人第五,《音学五书》、《音论》三卷,《诗本音》十卷,《易音》三卷,《唐均正》二十卷,《古音表》二卷,又《均补》□卷。《日知录》三十二卷、文集、诗集,《金石文字记》《昌平山水记》《宅京记》,《谲□□事》《肇域志》、一千三百八十八字,缺□末。《天下郡国利病书》。

经济家:管子第一,《管子》原本八十六篇,今佚十篇。尹知章注。诸葛君第二,□□刻《张清恪公正谊堂丛书》中。《诸葛忠武书》十卷,明杨时伟编,有年谱。司马君实第三,《资治通鉴》二百九十四卷、又《考异》三十卷,《释例》一卷,《目录》一卷。《潜虚》一卷、张敦实撰《□微论》。《迂书》《太元注》《法言注》。

词章家:孙卿子第一,《荀子》二十卷、赋六篇。扬子云第二,《太玄》十卷、《法言》十卷、《百官箴》《方言》《赋》《反骚》。韩退之第三,《文集》《朱子考异》十卷、《别本考异》四十卷。龚瑟人第四,《文集》一卷《续》三卷,《诗绝》□卷。

道家:老子第一,《老子上下经》八十一篇。河上公注,王弼注。庚桑楚第二。申屠子龙第三。

墨家:墨翟第一,《墨子》七十馀篇。

法家:公孙鞅第一,《商子》五篇。《汉志》载二十九篇,至宋佚三篇,今有录亡书者又二篇。

说经家:郑君第一,《诗笺》《三礼注》《破五经异义》《箴膏肓》《起废疾》《发墨守》,《乾凿度注》。

掌录家:王伯厚第一,《郑氏易》一卷、《汉制考》四卷、《诗考》一卷、《诗地理考》、《玉海》、二百卷,凡二十一类。《困学纪闻》、二十卷。《小学绀珠》十卷、《姓氏急救篇》二卷。郑渔仲第二,《通志略》,附黄东发《黄氏日抄》九十五卷。

释家:□□能仁寂默氏。

庚午年(同治九年,1870)

庚午正月

《诗·丝衣》,高子曰:"灵星之尸也。"《前汉书音义》:"龙星左角曰天田,则农祥也。辰日祀以牛,号曰零星。"《风俗通义》曰:"辰之神为灵星。"故以辰日祀于东南也。以下凡正月者,原文首字有圈注云。以下已采入杂记者,加圈,然似未必抄成。今原文未圈者,亦仍不录,已圈者亦间有未录,因全引他人言而并无要义者。

《咸》至《诟》六日七分,《中孚》至《复》亦六日七分。

《周官》经注中数曰"岁朔",数曰"年中"。数三百六十五日,四方日至一朔,数三百五十四日。《洪范正义》从冬至以至明年冬至为一岁,太元中首准之也。

大宗伯疏《星备》云:"五星初起牵牛,岁一日行十二分度之一,十二岁而周天。荧惑日行三十三分度之一,三十三岁而周天。镇星日行二十八分度之一,二十八岁而周天。太白日行八分度之一,八岁而周天。辰星日行一度,一岁而周天。"

《学记》"发虑宪",所谓发之志虑,合于法式也。

《孟子注》"命有三名":"行善得善曰受命,行善得恶曰遭命,行恶得恶曰随命。""祭法"注:"司命主督察三命。"《白虎通》言"三命"本《孝经纬》,小异。

王伯厚氏云:"春秋日食三十六,有甲乙者三十四。历家推验,精者二十六。唐一行得二十七。本朝卫朴得三十五,独庄十八年三月,古今历不入。"《食法》又云:"汉日食五十三,后汉七十二,唐九十三。"

《困学纪闻》载《庄子・逸篇》。

日食之变，为人君所当恐惧修省，然建子、建午、建卯、建酉之日，所谓二至二分日食，不为灾，馀月则为灾。为灾之尤重者，则在建巳之月焉，太原阎氏云。

竟陵钟惺言，《三百篇》后，四言□法有二种：韦孟风谏，其气和，法《三百篇》近。而近有近□□□□□□歌，其调高□□□□远，而远有远，有远之合。

苏伯衡平仲《周书补亡》三篇，《嘉禾篇》有云："自古小大邦，罔不用降灾，日兴；罔不用降祥，日乱。"

《木兰诗》，《文苑英华》作唐韦元甫作。《唐书・百官志》司勋，掌官吏勋级，凡十有二转，为上柱国，十有一转，为柱国，以至一转，为武绮尉，皆以授军功。诗中"策勋十二转"，唐制也。

张仓，秦柱下史；叔孙通、伏胜、高堂生、浮丘伯，秦之博士；陆贾、申公、楚元王辈，秦之儒生。张仓、申培，孙卿弟子也。

阎氏曰：赵子常约举周书、周月。解之辞曰："夏数得天，百王所同。商以建丑为正，亦越我周作，正以垂三统。至于敬授民时，巡狩祭享，犹自夏焉。"

外事用刚日，内事用柔日，甲、丙、戊、庚、壬，右刚日五；乙、丁、己、辛、癸，右柔日五。

《光武纪》："野谷旅生。""旅"或作"穞"。《古诗》"中庭生旅谷，井上生旅葵"。木石之怪夔、罔两，水之怪龙、罔象，土之怪羵羊。"罔两"，《周礼》"方相氏"作"方良"。

《夏官》："险野人为主。"此中行穆子，即卒之渐。

"□□□□□□□肆夏，趋□□□□□"，郑注："行者，谓于大寝之中；趋，谓于朝廷。"《尔雅》曰："堂上谓之行，门外谓之趋。"王出既服，至堂而肆。夏作出路门，而《采茨》作"大驭"，文并同。注亦曰："行谓大寝，至路门趋。"谓"路门"至应门。然则《玉藻记》文伪也。

刑新，国用轻典；刑平，国用中典；刑乱，国用重典。秦孝公任商鞅,用重典以兴秦;秦王政承馀烈,以平国,用鞅法而不改,卒以夷秦。非鞅之罪也。

甲至甲为挟日。

小司寇及大比登民数,自生齿以上,登于天府。郑注谓:“男生八月而生齿,女七月而生齿。”与《素问》合,司民注同。

六卿之狱在国中,六遂之狱在四郊。

王有五门,外曰皋门,二雉门,三库门,四应门,五路门。路门一曰毕门,谓门至此而毕也。外朝在路门外,内朝在路门内。左九棘,右九棘。鲁无皋门、应门。

《周礼·司刑注》引《书传》曰:“决关梁而略盗者,其刑膑;男女不以义交者,其刑宫;触易君命、革舆服制度、奸轨盗攘伤人者,其刑劓;非事而事之出,人不以道义,而诵不祥之辞者,其刑墨;降畔、寇贼、劫掠、夺攘、挢虔者,其刑死。”[①]疑此郑君所见,孔安国《古文传》文也,伪书。《吕刑传》异。七页末一条参此,云所引乃大传也。又注:“夏刑,大辟二百,膑辟三百,宫辟五百,劓、墨各千。”周刑变焉。今《司刑》经文,五刑之罪二千五百,与《甫刑》异。

贾谊《疏》言三公、三少与伪《周官》同,与《曲礼》言六太异。按文王世子记,文太傅在前,少傅在后。

孟春,日月会于诹訾,而斗建寅之辰;仲春,日月会于降娄,而斗建卯之辰;季春,日月会于□□,而斗建辰之辰;孟夏,日月会于实沈,而斗建巳之辰;仲夏,日月会于鹑首,而斗建午之辰;季夏,日月会于□□,而斗建未之辰;孟秋,日月会于鹑尾,而斗建申之辰;仲秋,日月会于寿星,而斗建酉之辰;季秋,日月会于大火,而斗建戌之辰;孟东,日月会于析木,而斗建亥之辰;仲冬,日月会于星纪,而斗建子之辰;季冬,日月会于元枵,而斗建丑之辰。

乙,轧也;丙,炳也;戊,茂也;己,起也;庚,更也;辛,新也;壬,任

---

① “夺攘”,原文无“夺”字,据《十三经注疏》本《周礼注疏》卷三十六补。

也；癸，揆也。

《礼运》“大道既隐”下，郑君引《老子》曰：“法令滋章，盗贼多有。”其义微矣。

《郊特牲》“富也者，福也。”《易·大象》：“鬼神害盈而富谦。”富福通。此条原文未圈。

少仪问卜筮曰：“义与志，与义则可，问志则否。义，正事也；志，私意也。”故《春秋传》曰：“《易》不可以占险，有忠信之事，则可。”

《学记》郑注曰：“高宗梦传说，求而得之，作《说命》三篇，在《尚书》。”今亡是，则《兑命》当汉末已亡也。

《学记》：“《宵雅》肄三。”宵小也。习《小雅》之三谓《鹿鸣》《四牡》《皇皇者华》。

心中斯须不和不乐，而鄙诈之心入之矣；外貌斯须不庄不敬，而易慢之心入之矣。故君子藏修息游，皆是物也。以上两条原未圈。

轻其志而求外之重也，虽圣人弗能得也。仆近坐病内轻，因思《列子》曰“以瓦注者，巧；以钩注者惮；以黄金注者惛”，则重外也。外重内轻，其弊若封建之末。

草艾则墨。墨，刑之轻者。阳为德，阴为刑。阴气至，行薄刑也。

《坊记》引君陈曰：“尔有嘉谋嘉猷，则入告尔君。于内，女乃顺之；于外，曰此谋此猷，惟我君之德。于乎是惟良显哉。”郑君曰：“君陈，周公之子，伯禽之弟也。”名篇在《尚书》，今亡。又引《太誓》曰：“予克纣，非予武，惟朕文考无罪，纣克予，非朕文考有罪，惟予小子无良。”郑君曰：“今《太誓》无此章。则其篇散亡。”今《太誓》指今文《太誓》也，马融尝黜之。

聘义“孚尹旁达”，“孚”读为“浮”，“尹”读如竹箭之筠。“浮筠”谓玉采色也，采色“旁达”不有隐。查此条即郑注，文似删无疑。

自念在人者，未来在我者，已去与世上小儿一般，见识何其憨也？心仪者兴国万征君斛泉、海盐张铭斋鼎、兴化刘司业熙载，其苦节盛心，或庶几焉。以下两条原未圈。

《公羊春秋》僖九年《传》云:“葵丘之会,桓公震而矜之,叛者九国。震之者何?犹曰振振然。矜之者何?犹曰莫若我也。”然则自卑而尊人,常不失人。

僖十九年《传》曰:“君子之恶恶也疾始,善善也乐终。”善恶皆因于积。去恶于积之始,成善于积之终,善不积,不足以成德也。

检得《尚书大传》,始知《周礼·司刑》注引《书传》,乃《大传》也,前疑释。此条原未圈。

文公逆祀,跻僖公、定公,始顺祀。周举议汉殇、顺二帝庙次引之。按:时阅《公羊传》以下数则,盖皆自传注中摘出。

八尺曰板,五板而堵,堵四十尺,五堵而雉,雉二百尺,百雉而城,城二万尺。凡周十一里,三十三步二尺,公侯之制也。《礼》:天子千雉,盖受百雉之城十,伯七十雉,子男五十雉。

天子周城,诸侯轩城。轩城者,缺南面以受过也。

“西狩获麟”,《传》注云:“得麟之后,天下血书鲁端门,曰:趋作法,孔圣没,周姬亡,彗东出,秦政起,胡破术,书记散,孔不绝。”子夏明日往视之,血书飞为赤鸟,化为白书,署曰:“演孔图。”中有作图制法之状。孔子仰推天命,俯察时变,却观未来,豫解亡穷,知汉当继大乱之后,故作拨乱之法以授之。此成、哀之间所出谶纬。

《春秋》重三微之月:春王正月,周正也;春王二月,殷正也;春王三月,夏正也。

《左氏》以鬻拳兵谏为爱君,文公纳币为用礼;《穀梁》以卫辄拒父为尊祖,不纳子纠为内恶;《公羊》以祭仲废君为行权,妾母称夫人为合正,皆非经意。

《穀梁春秋》“庄三年”传改葬之礼:“缌举,下缅也。”《集解》云:“缌者,五服最下。”《传》据《仪礼》文,韩愈《改葬服议》引之。忆予于丁卯冬徙先人窀穸,未行三月服,但从俗人易服而葬,既葬而除,予获罪先人,又违改葬礼,大罪庸可逭乎?

《京氏易》曰:“精粹气纯,是谓游魂。”惠士奇方之硕果不食。阳之专气，根荄于亥孟。予及是始释然。

《易·中孚》传曰：“阳感天，不旋日，诸侯不旋时，大夫不过期。”郑君注云：“阳者，天子为善一日，天立应以善；为恶一日，天立应以恶。诸侯为善一时，天立应以善，为恶一时，天立应以恶。大夫为善一岁，天亦立应以善，为恶一岁，天亦立应以恶。”与《洪范》言王者惟岁，卿士惟月，庶尹惟日异。

孔子曰：“博学约之，弗畔矣。”夫学而不约，必畔道也。颜渊曰：“博我以文，约我以礼。”老子曰：“学道日损。”损犹约也。又曰：“绝学无忧。”绝末学也。

庚午二月

刘牧以九为《河图》，十为《洛书》，无明验。朱子《易启蒙》以十为《河图》，言《易》，九为《洛书》，言畴，申邵氏之旨。

张纯言《礼》说：“三年一闰，天气小备；五年再闰，天气大备。故三年一祫，五年一禘。禘之言谛，谛定昭穆尊卑之义也。禘以夏四月。夏者，阳气在上，阴气在下，故正尊卑之义也。祫祭以冬十月。冬者，五谷成熟，物备礼成，故合聚饮食也。”

“佚宕”二字始见《穀梁》，汉乐“天门开，诛宕宕”。宗者，尊也，《穀梁》以伯宗为伯尊。宗有祖冬、祖尊二切，然宗尊非正音。乃转音也。“成十六年，雨木冰，木介甲胄，兵之象。”范注：“雨著木成冰也。”谚云：“山木挤，达官怕。”“善伊稻缓”，吴语，今无之。晋王导尝语冷为“渹”，今亦无此字。

仲长□□□有利于时，制有□□□者可为也。事有乖于数法，有玩于时者，可改也。故行于古，有其迹，用于今，无其功者，不可不变。变而不如前，易而多所败者，亦不可不复也。五帝不相沿乐，三王不相袭礼，裁于义也。商君变法，不得以此借口。

阴事终而水宿藏，场功毕而大火入。故四时之序，成功者退。

铜为物至精，不为燥湿寒暑变其节，不为风雨暴露改其形，介然有常,似于士君子之行。

四千五百岁为一元,一元之中,有九厄:阳厄五,阴厄四。阳为旱,阴为水。初入元百六岁有阳厄,故曰:“百六之会。”此条未知出何书。

汉陈宠以为礼经三百,威仪三千,而甫刑大辟二百,五刑之属三千。礼之所去,刑之所取,失礼则入刑,相为表里也。因忆《大戴记·盛德篇》曰:“有不孝之狱,则饰丧祭之礼;有弑君之狱,则饰朝聘之礼;则有淫乱之狱,则饰昏礼。”明堂天法也,礼度德法也。所以御民之耆欲好恶,以慎天法,以成德法也。刑法者所以威,不行德法者也。

心为形役,役于己,为物役,役于人,形役已苦,物役患深。上如摽枝,民如野鹿,则神明晏然,百体从令矣。

肺为气主,而声出焉。寝食则气窒而不通,语言恐伤之也。

郑氏注《尚书大传》曰:“自正月尽四月为岁之朝,上旬为月之朝,平旦至食时为日之朝,故终朝为君道明。”

《三统历》曰:“十一月,《乾》之初九,阳气伏于地下,始著为一。”又曰:“经元一以统始,《易》太极之首也。春秋二以目岁,《易》两仪之中也。于春每月书王,《易》三极之统也。于四时虽亡事,必书时月,《易》四象之节也。”是故元始有象一也,春秋二也,三统三也,四时四也。舍而为十成五体,以五乘十,大衍之数也。而道据其一,其馀四十九所当用也。

郑氏释《乾凿度》云:“阳得正为圣人,失正为庸人;阴失正为小人,得正为君子。”一圣《复》也,二庸《临》也,三君子《泰》也,四庸《大壮》也,五圣《夬》也,七小人《遘》也,八君子《遁》也,九小人《否》也,十君子《观》也,十一小人《剥》也,十二君子《坤》也。案阳爻以初三五为正,阴爻以二四上为正。故郑氏云然。

惠氏释《易·上系》:“一阴一阳之谓道,文以为盛德,本于元闳,意眇旨深,不可识。”

《参同契》曰："三日出为爽，震庚受西方。八日兑受丁，上弦平如绳。十五乾体就，盛满甲东方。蟾蜍与兔魄，日月气双明。七八道已讫，屈折抵下降。十六转受统，巽辛见平明。艮直于丙南，下弦二十三。坤乙三十日，东北丧其明。节尽相辉与，继体复生龙。壬癸配甲乙，乾坤括始终。七八数十五，九六亦相应。四者合三十，阳气索灭藏。"《乾凿度》云："五日为一微，十五日成一著，三日第一节之中，八日第二节之中，十五第三节之末，十六第四节之始，二十三第五节之中，三十日第六节之终。《坤》丧于乙，出《复》《震》初三日旁死魄，四日，哉生明也。"

惠氏《书》本四十卷，其未成者，尚有《易例》《易微言大义》数种，本经阙《鼎》至《未济》十有四卦。《序卦》《杂卦》，余所未见者。又有《禘说》《明堂大道录》二种耳。然其略已见《说卦传疏》，二书刻在《毕氏丛书》中。

庚午三月

诸葛君言"我心如枰，不能为人轻重"，拟辟枰室为箴旐之。

《汉杂事》曰："凡群臣之书通于天子者四品：一曰章，二曰奏，三曰表，四曰驳议。"章者，需头称稽首，上以闻，谢恩，陈事诣阙，通者也；奏者，亦需头，其京师官但言稽首，言下稽首以闻也，其中有所请，若罪法劾案，公府送御史台，卿校送谒者台也。表者，不需头，上言臣某言，下言诚惶诚恐，顿首顿首，死罪死罪，左方下附曰：某官臣甲乙上。

杜预《左传注》曰："立德，黄帝、尧、舜也；立功，禹、稷也；立言，史佚、周任、臧文仲。"

《后汉·张衡传》："衡欲继孔子《易》说《彖》《象》残缺者，竟不能就。"史迁氏引古文《易大传》："君子慎始，正其本，万事理。失之毫厘，谬以千里。"然则今所传《十翼》，尚多逸文也。

《韩诗外传》："人有五藏六府。"所谓五藏，精藏于肾，神藏于心，魂藏于肝,魄藏于肺,志藏于脾。何谓六府?喉咽者,量肠之府;胃者,五谷之府;大肠者,转输之府;小肠者,受成之府;胆者,积精之府;旁胱者,凑液之府。

《洛阳伽蓝记》:太学在洛城南开阳门外,讲堂长十丈,广一丈,堂有石经四部,本碑四十六枚。西行,《尚书》《周易》《公羊传》十六碑存,十二碑毁;南行,《礼记》十五碑悉崩坏;东行,《论语》三碑,二碑毁。《礼记》碑上有谏议大夫马日磾、议郎蔡邕名。

《春秋繁露》"佾"作"溢",汉乐千童罗舞成八溢。

《法言》中"惟月未望,营魄于西;既望,载魄于东"一条可证虞氏纳甲法。"荆轲,君子盗诸及刺客之靡"一条,温公《通鉴》引之,盖温公固笃好子云者也。

览夏校官述《朱子质疑》。叙次朱子二十馀岁,未见延平以前所学,微有所得,绝学捐书,固无住著。然钻研故纸,如运水搬柴,了无真妙处也。庄周言:"求诸度数,五年而未得;求诸阴阳,十有二年而未得。"然积阴阳以通之,其去明心见性亦不远矣。

南荣趎曰:"不知乎?人为我朱愚。知乎?反愁我躯。不仁则害人,仁则反愁我身;不义则伤彼,义则反愁我已。我安逃此而可?"此亦人之通病,难以救药。

自全椒车行五十里至西滁,又三十里至慈北营,宿。翼日,行三十里至浦口平山观温泉,旁有亭,已圮。嘉庆中,前江宁布政使合河康基田置碑记之,易名"碧泉"。

庚午四月

觅戴子高,出示所为文。以经术事问之,言言质实,可敬之至。语予魏默翁《尚书古微》《诗古微》《易古微》之创见处,又以庄方耕先生遗书相示。又说龚君欲定古韵为十二部,配以六律六吕,其书未见,必当胜十七部、十三部、十八部、十部之门户歧出。又以所著《管子校正》《论语注》见示,其《论语注》不失汉经师家法。爱其人,不释手。

戴东原曰："日、月、五星谓之七政。"出郑康成注伏生。《大传》则曰："七政谓春、秋、冬、夏、天文、地理、人道，所以为政也。"司马子长《天官书》，马融注《尚书》又以为北斗七星。三说参差，郑为近之。孙渊如曰："汉人以八卦为《河图》，九畴为《洛书》。"说见孔安国注《论语》"河不出图"，及马融注《书》"九畴"。汉《五行志》引刘歆说亦同，以"初一日五行"以下六十五字为《洛书》本文。《礼记疏》引《中侯握河纪》："伏羲氏有天下，龙马负图出于河，遂法作八卦。"又："龟书洛出也。"李鼎《周易集解》引孔安国注《系辞》，班固《汉书》叙传及李奇注悉用其说，惟郑康成注《易》，始用《春秋纬》云："《河图》有九篇，《洛书》有六篇也。"郑所称《河图》《洛书》，今多见《开元古经》，未必太古时文，此郑氏信谶纬之过。又曰：《易》"乾龙坤"，此龙马负图，八卦为《河图》之证。《洪范五行》"一曰水，水在北方，元武之位"，此神龟负文，九畴为《洛书》之证。

段若膺曰：《管子》曰，"凡听征，如负猪豕，觉而骇"。齿与骇均即齿声，属征。凡听羽，如鸣马在野。羽与野，均即唇声，属羽。凡听宫，如牛鸣窌中。中与宫均即喉声，属宫。凡听商，如离群羊。羊与商均即牙声，属商。凡听角，如雉登木以鸣，音疾以清。清与鸣均即舌声，属角。

【眉批】"齿"疑"猪"字之误。

婺源江慎修先生永著书《周礼疑义举要》六卷，《礼记训义释言》六卷，《深衣考误》一卷，《礼经纲目》八十八卷，《律吕阐微》十一卷，《春秋地理考实》四卷，《乡党图考》十一卷，《读书随笔》十二卷，《古韵标准》六卷，《四声切韵表》四卷，《音学采微》一卷，《推步法解》五卷，《七政衍》一卷，《金水二星发微》一卷，《冬至权度》一卷，《恒气注》一卷，《历采》一卷，《岁实消长采》一卷，《历学补论》一卷，《中西合法》一卷，《近思录集注》十四卷。

休宁戴东原先生震著书《今文尚书经》二卷，《毛诗补注》一卷，

《春秋即位改元考》一卷,《考工记图》二卷,《大学补句》一卷,《中庸补注》一卷,《孟子字义疏证》三卷,《声韵考》四卷,《声类表》四卷,《句股割圜记》三卷,《历问》四卷,《经说》四卷,《屈原赋注》一卷,《通释》一卷,《音义》一卷,《经史筹算》一卷,《气穴记》一卷,《藏府象经论》四卷,《葬法赘言》四卷,《文集》四卷,《原象》一卷,《原善》一卷,《学礼篇》一卷,《水地记》三十卷。东原氏以为,释道自贵其神识,而儒者在善治事情。凡人之患二,曰私曰蔽。私生于欲之失,蔽生于知之失。异氏尚亡欲,君子尚亡蔽。异氏之学,主静以为治。君子强恕以去私,而学问以去蔽,主以忠信,而止于明善。凡生于其心,必发于其事。私者,逞己以纵欲,亡良而僭不畏明。亡私矣,尚不能亡蔽。蔽者,不求诸情事,以其意见,信为义理,公而不能明,廉洁而流于刻。《记》曰:"夫民有血气,心知之性,而亡喜怒哀乐之常,应感起物而动,然后心术形焉。"凡有气血心知,于是乎有欲性之征于欲、声、色、臭、味,而爱畏分;既有欲矣,于是乎有情性之征,于情喜、怒、哀、乐而惨舒分;既有欲有情矣,于是乎有巧与智性之征,于巧与智,美恶是非而好恶分。生养之道,存乎欲者也;感通之道,存乎情者也。二者自然之符,天下之事举矣。尽美恶之极致,存乎巧者也,宰御之方,由斯而出;尽是非之极致,存乎智者也,圣贤之德由斯而备,二者亦自然之符。精之以底于必然,天下之能举矣。君子之治天下也,使人各得其情,各遂其欲,勿悖于道义。君子之自治也,情与欲使一于道义。夫遏欲之害,甚于防川。绝情去智,充塞仁义。人之饮食也,养其血气;而其学问也,养其心智。是以贵乎自得,血气得其养,虽弱必强;心知得其养,虽愚必明,是以贵乎扩充。君子独居思仁,公言言义,动止应礼。竭所能之谓忠,履所明之谓信,平所施之谓恕,驯而致之仁且智,不私不蔽者也。君子之未应事也,敬而不肆,以虞其疏;事至而动,正而无邪,以虞其伪,必敬必正,而要于致中和,以虞其偏与谬。戒疏在乎戒惧,去伪在乎慎独,致中和在乎达礼。精义至,仁尽伦,天下之人同归而之善,可谓至善矣。

阎百诗天性好骂，生平所服膺者仅三人：钱受之、黄太冲、顾宁人。然于钱则曰："此老春秋，不足作准。"于黄则曰："太冲之徒粗。"《待访录》，指其讹谬者不一而足也。于顾之《日知录》有补有正，犹在未定交时。

秦瀛有《复社姓氏录》。予与欲纂辑复社一千六人姓氏小传。

向居湖上精舍，壁有马平王通政拯题署曰"游息高明"四字。见柳子厚《零陵三亭记》，其文曰："邑之有观游，或以非政，是大不然。夫气烦则虑乱，视壅则志滞。君子必有游息之物，高明之具，使之清宁平夷，恒若有馀，然后理达而事成。"

荀子《劝学》曰："蚓无爪牙之利，筋骨之强，上食埃土，下饮黄泉，用心一也。"《大戴记》文同。袁生《辟蚓室铭》曰："潜天而天，潜地而地，是谓大清明，能积微者速成，行之不息，是为蚓德。"

诸葛君曰："我心如枰，不能为人轻重。"袁生于是又作"枰室"，铭其室曰："居后不欲令人轾，居前不欲令人轩。眇乎守春秋之元。"

闽人陈寿祺有伏生《大传》校本，胜卢本。元同云。黄先生以周，定海人。

《说文》："夤，敬惕也。"引《易》曰："夕惕若夤。"是孟氏古文，惠松厓从之。夤与田、人、渊、天均，王伯申谓："无夤字，列五证以难惠者非。"

庚午五月

古刻漏以昼夜百刻为度，西法以昼夜九十六刻为度。

志与天地侔者，其人不详。圣人喻龙，君子喻蛇。《巽》蛇伏初以存身也。君子慎德，积小高大，小者不明，不敢言大。柔而能贞，君子之志也。

李氏《集解》影写宋本，自《乾》《坤》二卦以外，卦爻下俱列某宫某月二世等字，作三行。《屯》卦"包蒙"，包，京房、郑元、陆绩本作彪文也。《集解》釽分序卦传，列于各卦之前。师贞丈人吉崔憬曰："子夏传作大人,谓王者之师也。”蜀才曰:“师本《剥》卦也。上九降二,六三升上,是刚中而应,行险而顺也。”案:卦无一阴五阳、一阳五阴之例。蜀才说非也。十二辟卦,惟《剥》《复》《夬》《姤》不为例。蜀才范姓,长生名,见《颜氏家训》。“原筮”,干宝曰:“原卜也。”《周礼》三卜一曰“原兆”。

《吕氏·顺大览》云:“武王胜殷,得二虏而问焉,避席再拜之。”故《易》曰:“愬愬,履虎尾,终吉。”高注:“愬愬,惧也。喻二虏见于武王,有履虎尾之危。以言见知武王,拜之,是终吉也。”董子曰:“止于一者,谓之忠,持二忠者谓之患。”兼可证明蛔室之义。又曰:“心之为名,栣也。栣众恶于内,弗使得发于外者也。人之受气,苟亡恶者,心何栣哉?”吾以心之名,得人之诚,人之诚,有贪有仁,仁贪之气,两在于身。身之名,取诸天,天两有阴、阳之施身,亦两有贪、仁之性。天有阴阳,禁身有情欲,栣与天道一也。是故阴之行,不得干春夏;而月之魄,常厌于日光,乍全乍伤。天之禁阴如此,安得不损其欲而辍其情以应天?天所禁而身禁之,故曰:身犹天也。吾尝深求其故,性者,五行之性也。情,人之阴气,有欲者也。肺金藏为义,肾水藏为智,肝木藏为仁,心火藏为礼,脾土藏为信。肝者,少阳之性也;心者,太阳之性也;肺者,少阴之性也;肾者,太阴之性也。五性本于五藏,六情本于六府。六府者,膻中、胃、大肠、小肠、胆、膀胱也。五性近乎阳,六情近乎阴,阳升阴降,而性情以理平,五六十一之数均,而阴阳正,四序和矣。

《白虎通义》:“性者,阳之施;情者,阴之化。”《孝经钩命决》:“情生于阴,欲以时念也。性生于阳,以就理也。”阳气者仁,阴气者贪,故情有利欲,性有仁也。《左氏春秋》:“民有好恶、喜怒、哀乐,生于六气。六气,阴、阳、风、雨、晦、明也。”贾逵注:“好生于阳,恶生于阴,喜生于风,怒生于雨,哀生于晦,乐生于明。”《汉书·翼奉传》:“北方之情好也,东方之情怒也,南方之情恶也,西方之情喜也,上方之情乐也,下方之情哀也。”《乐记》:“人生而静,天之性也,感于物而动,性之欲也。物至知,知然后好恶形焉,好恶无节于内,知诱于外不能反躬,天理灭矣。”

《管子》:“凡民之生也,必以正平,所以失之也,必以喜怒哀乐。”《白虎通义》又曰:“六情所以扶成五性。”

闻县治南江中沙洲涨徙,延衺至九松山下。平沙迤逦,萦如大带,即吾先墓前白沙洲也。

呕血症常服阿胶水或藕粉可愈。以丝绵渍血中,曝干锻过成性,用开水冲服。怔忡常吃元眼肉即止。

兴化师尝言:“内动外静,譬如缸,静水不静。人能逐渐体察已往过失,善心既萌,过失自灭。譬如火,既壮则烟微。”

庚午六月

戴鹿芝,字商山,兰溪人,先君师事之。道光二十四年进士,分用贵州,试用知县,署开州知州。咸丰二年秋九月,开州贼何二攻陷州城,君及妻姚氏死之。君以吏治,旨擢道员,及死事,赠太常寺卿。相传贼陷城时,君手剑击贼,贼还击之,中颅,血涌出,未殊,君顾其弟鹿榛曰:“吾此时心愈定,亦愈清,平日读书之效,至此验矣。吾生无愧怍,死且为神。”言已大笑,遂卒。

与忻木娄中书有“欲全此纯愚,恐愚不能纯”语。

阅《颜氏家训》凡二十篇竟,第其中崇佛而黜老,亦一蔽也。

属子长同年为外姑书佛幡,题云:“佛问圆通,我从耳门,圆照三昧,缘心自在,因入流相,得三摩提,成就菩提,斯为第一。”凡三十有二字。

阅《陈敷农书》中第九篇,引传曰:“收敛蓄藏,节用御欲,则天不能使之贫;养备动时,则天不能使之病。”

庚午七月

《草木子》陆清献引。元世祖问左右:“孔子何如人?”或应之曰:“是天的怯里马赤。”怯里马赤者,古之象胥,今之笔帖式也。

觉轩有一血症秘方:参三七,出云南,要鲜的。剪脑叶二十五个,一岁一叶。用西洋参二钱,桂元肉二十个,童便一瓯,煎汤,空心服。

丁君晓芳说,湖州云巢山道士传心法要,沈谷云传闵小庚,再传为费袆,著有《下学指南》。

之钱蔚也处,谈乐律,观元大德二年杭州府学太簇编钟一口,蔚也以今工部营造尺一千二百黍较之,乃黄钟之声,非太簇也。

刘孝标《辨命论》云:"《诗》云,'风雨如晦,鸡鸣不已'。故善人为善,岂有息哉?"此《易·乾》为积善,《尚书大传》所谓"积善至于明"也。

郭璞母墓去金山数里,余道由金山,问之土人,皆不识也。

嘉善师盖钟子勤先生。尝言释藏《四十二章经》遗教经,虽降列小乘,然是佛之正法。师时六月苦暑,览《法苑珠林》,以读二经之法读之,迎刃理解,不觉其为彼宗之类书也。予今读《淮南鸿烈解》,亦以嘉善之法行之。观此,可悟臭腐化为神奇,神奇复化为臭腐之旨。

庚午八月

宋《名臣言行录别集》,记者于张魏公浚,多护前富平、符离之事,皆非直笔,非信论也。

庚午九月

细考中兴四将张循、王俊、刘鄜、王光世、韩蕲王世忠、岳鄂王飞事迹,世忠有兵三万,俊、光世、飞皆有军籍七、八万,宜其中高宗之忌,故罢兵非高宗罪也,亦四将权重,末大不掉,有以启之。桧、俊合而世忠屏斥,飞死狱矣。惟刘子羽能筹天下全局,蜀、陇、荆、襄、江淮形势,胸中雪亮。佗若吴玠,识君臣之义,故以功名终,弟位诸侯王。张浚职居四将之上,其实粗人,不足与计事,惟略有气焰,恃以支吾公事耳。馀若刘锜、李世辅、王德、杨沂中、李宝、魏胜之流,非大帅才。赵鼎徒有虚名,尚不及李忠定,盖庸才也。大抵衰世人才多而湍急少渟畜。

故君臣之间易生而事无成功,可深叹也。

介甫不爱官职,不殖货利,不近声色,此三事可法。变法一事,介甫欲以智者创法,仁者守之。其言有理,但用王韶、吕惠卿、李定辈,为眯却眼光耳。程明道尝为制置三司条例司,又二程皆与介甫议,时有左右袒。商君云:"民可与乐成,而难于虑始。"此言良信。司马君实不事声色、货利,与介父同,而二人才异。

阅《盐铁论》毕,御史大夫、丞相史诚溺于功利,而贤良、文学二君之言又迂远不切事情,后论阴阳三五,则掇拾董江都涕沛耳。著书立言之难如此。

仁和杭世骏大宗撰《三国志补注》《史记考异》《汉书疏证》《两浙经籍志》,举乾隆丙辰宏词科。沈定〔廷〕芳茉园著《十三经正字》八十一卷,宏词科。山阴胡稚威天游著《石笥山房文集》,宏词。桐城刘大櫆才父,方苞弟子,宏词。吴江沈彤果堂,私谥文孝,撰《周官禄田考》,宏词。鄞全祖望绍衣,校《水经注》,纂《宋元儒学案》,能读范氏天一阁、陈氏南轩、陈氏其在楼、杭州赵氏小山堂书。宏词。大兴翁方纲正三,著《两汉金石记》。嘉定王凤喈光禄鸣盛,著《尚书后案》三十卷、《十七史商榷》百卷、《蛾术篇》。青浦王德父司寇,著《金石粹编》一百六十卷,沈君德潜门下吴七子之一。嘉定钱晓征少詹大昕著《潜研堂集》《三统术衍》。集首以阮元撰,集国史儒林冠首。华亭沈大成沃田,惠栋征君言:"沈君邃于经史,又旁通九宫纳甲、天文、乐律、九章诸术,古人有言:'知今而不知古,谓之瞽;知古而不知今谓之陆沉。'温古知新,可以为师,吾于沈君见之。"上海陆耳山副都锡熊,高庙开四库全书馆,取翰林院藏弆《永乐大典》,敕诸臣录其未经布流者,又使使者求天下遗书,令仿刘向、曾巩纂述之例作为提要,揭于开卷,而锡熊与河间纪君昀实董总纂。桐城姚惜抱鼐,方苞门人,刘大櫆弟子。兴化任大椿幼植撰集吕忱《字林考逸》八卷。汪容夫《杂诗》:"鹤胫不可断,凫胫不可续。物性有自然,何为苦羁束。云泉自高下,鱼鸟翩相逐。本无百年命,安危同所欲。栖游非一涂,微生各自足。"偃师武亿虚谷校订《五经异义》《驳异义补遗》。嘉定、钱塘溉亭著《律吕古义》六卷,辨昔人夏尺、周尺、汉尺之伪。阳湖孙星衍季述。仪征阮伯元相国元。阳湖洪编修亮吉,乾隆中以直言戍伊犁,京师亢旱,上赦亮吉,天乃雨。曲阜桂馥未谷撰《说文义证》。甘泉监生江藩,定宇弟子,尝作《河赋》。江都焦循理堂著《毛诗草木鸟兽虫鱼释》三十卷、《毛诗释地》七卷、《群经宫室图》二卷。婺源齐君彦槐尝仿泰西水法,造龙尾恒升二车,其用一车当翻车之五人,一当十。疆吏林则徐试之于塘,塘宽十亩,深二尺,戽干七寸才三刻许。则徐喜谓"埤益农田水利"。武进刘逢禄申受与阳湖李兆洛申耆友。定龛诗:"中夜慓然惧,沉沉生鬓丝。开门故人来,惊我容颜羸。霜雪满天地,子来宁亡饥。且坐互相视,冰落须与眉。切切两不已,喁喁心腑温。自入国西门,此意何曾宣。饴我客心苦,驱我真气远。华冠闯然入,公等何所论。进退两无依,悲来恐速老。愁魂中夜驰,不如起为道。枯弃有一士,长贫颜色好。辟人偕访之,一觌永相保。"龚巩祚《寄北古口提督杨将军芳》:"绝塞今无事,中原况有人。升平闲将略,明哲保孤身。莫以同朝忌,惭非贵戚伦。九重方破格,肺腑待奇臣。"高邮州知州邵阳魏源。右本日阅江都贡生符葆森所选诗,谓之《国朝正雅》,意在沈德潜也。予披之,取其诗可诵者二十有五家,馀亡讥焉。

【眉批】按实廿有八家,不知何以云云,且原选不知断自何时,似尚有缺。

庚午十月

考亭既取涑水书,钚裂而为纲目,尊蜀为正统,而于季汉仍书献帝庙号,非也。魏谥帝为献,蜀谥帝为愍。

汉建安十八年,诏并十四州,复为九州。十四州:司、豫、冀、兖、徐、青、荆、扬、益、梁、雍、并、幽、交也。复为九州者，割司州之河东、河内、冯翊、扶风及幽、并二州皆入冀州，凉州所统悉入雍州，又以司州之京兆入焉，又以司州之宏农、河南入豫州，交州并入荆州，则省司、凉、幽并而复禹贡之九州。此曹操自领冀州牧，欲广其所统，以制天下耳。

二十年始置名号，侯以赏军功。《魏书》云："置名号，爵十八级，关中侯爵十七级，皆金印紫绶。又置关内外侯十六级，铜印、龟纽、墨绶，皆不食租。"裴松之曰："今之虚封盖自此始。"

魏武东置合肥，南守襄阳，西固祁山。贼来，辄破于三城之下者，地有所必争也。

范长生，涪陵人。李流之乱，长生居青城山，涪陵千馀家皆依之。成李雄僭号，以长生为天地太师。《华阳国志》云："雄尊长生为四时八节天地太师也。"即蜀才。此盖据《通鉴》并注。下二条同。

西汉谓天子为"县官"，东汉谓天子为"国家"。称天子为"官家"，始自赵石虎天子邃。

李充以时俗崇尚浮虚，乃作《学箴》，以为《老子》云"绝仁弃义，民复孝慈"，岂仁义之道绝，然后孝慈乃生哉？盖患乎情仁义者寡，而利仁义者众，将寄责于圣人，而遣累乎陈迹也。凡人见形者众，及道者鲜，逐迹愈笃，离本愈远，故作《学箴》，以袪其蔽，曰："名之攸彰，道之攸废。"乃损所隆，乃崇所替，非仁无以长物，非义无以齐耻。仁义固不可远去，其害仁义者而已。

高诩善天文，慕容皝尝谓曰："卿有佳书而不见与，何以为忠荩？"诩曰："臣闻人君执要，人臣执职。执要者逸，执职者劳，是以后稷播种尧不预焉。占候天文，晨夜甚苦，非至尊之所宜亲将焉用之。"皝默然。

且末国在鄯善西，其国之西北有流沙数百里，夏日有热风，为行旅之患。风之所至，惟老驼预知之。即嗔而聚立，埋其口鼻于沙中，人每以为候，即将毡拥蔽鼻口，其风迅驰，斯须过尽。以上二条亦录自《通鉴》。

儒家者流,盖出于司徒之官,助人君顺阴阳、明教化。道家者流,盖出于史官,历记成败祸福,古今之道。此人君南面之术也;法家者流,盖出于理官,信赏必罚,以辅礼制;阴阳家者流,盖出于羲和之官,敬若昊天历象、日月星辰;名家者流,盖出于礼官,古者名位不同礼亦异数。孔子曰:“必也正名乎?”墨家者流,盖出于清庙之守,茅屋采椽,是以贵俭,养三老五更,是以兼爱,选士大射,是以尚贤,宗祀严父,是以右鬼;纵横家者流,出于行人之官;杂家者流,出于议官;农家者流,出于农稷之官。

【眉批】是时阅《通鉴》,此未知本于何书。前戊辰年有一段可参。

刘宋元嘉之制,守宰以六期为断,然自时厥后,率以三周为满,而又有数更数易,不及三周者。

《史记·历书》:“太初元年,年名焉逢摄提格,月名毕聚,日得甲子,夜半朔旦冬至。”《尔雅》纪年,阏逢至朝阳十名,摄提格至赤奋若二十名,纪月有陬荼毕、聚皋涂。《周礼》哲蔟氏十日十二辰,十二月十二岁。注:日,谓从甲至癸;辰,谓从子至亥;月,谓从陬至荼;岁,谓从摄提格至赤奋若。《楚辞》王逸注:“摄提格岁在寅也,孟陬正月也,庚寅日也。”《吕氏春秋·序意篇》:“维秦八年,岁在涒滩,秋甲子朔。”许氏《说文后序》:“永元困顿之年,孟陬曰甲子。”以甲子纪岁始自王莽。

庚午闰十月

丹阳换一小舟,舟中高不及三尺,抱膝而坐,不得欠伸俯仰。性素褊躁,不觉又发细思。先师绝粮,释迦乞食,方此光景,犹为泰已。又忆戊辰十一月中,送兴化师自海上归,见其所乘舟绝小,户甚窄碍,蛇行始得入,师处之怡然。并膝交肱,清谭移时,始别去。每怀清德,风雨如晦，思之不已。

检《会典》，礼部吉礼升祔条下但云：敕礼臣定议，恭加列祖、列后尊谥，以大追崇之典。大学士、九卿、翰林、詹事、科道会同议上。皇帝恭定，乃改题神主于太庙中，并无会议从驳字样。舅氏于同治元与议，文宗升祔事不合，俟考。

《通志金石略》中无《岣嵝碑》，疑杨升庵赝撰，马氏《绎史》取之，《校雠略》。中秦不绝儒学，求书之道，《八诸论》甚辨，始知章氏《文史通义》一书，特扬其余波也。

庚午十一月

吾县田赋额征，旧征银一两，作泉二千二百，前抚部公左恪靖伯裁至泉二千。闻见在官长私派至二千二百八十，催科之严，过于前令，狱讼繁兴。藕丈语及此事，甚忧之。

丁松生示闽县先师遗文四十馀首，中《蔡邕集序》乃校刻邕《集》时作。《石笥山房集序》，校刻《胡稚威征君集》时作，又《博平令胡君寿序》，包大令世臣跋之，以为先生为文，质而不俚，有古人不虚美、不隐恶之遗意。

拟作《政典》，仿刘秩旧目。序录五帝、伏羲、神农、皇帝、尧、舜三代、夏、殷、周。列国、鲁、齐、晋、宋、楚、郑。秦、汉、后汉政令官制。魏氏以下有《宋志》《隋志》《唐志》《五代考》《辽志》《宋志》《金志》《元志》《明志》《通典》《通志》《文献通考》《明会典》及列代《会要》，读书在此。仿涑水作《通鉴》，先草创《通志》八卷之例。首列《通论》，凡官目无可附者羼入。此仿刘氏《辑略》之例。次列官制，以事隶官，如金正、木正、土正之类。凡事系某官职掌，即书之某官条下。唐虞官制六十之说，略须证实。羲和治历，四岳治九州，士兼综兵刑，司空平水土，契为司徒，稷为农官，夔典乐，龙纳言，后世之《尚书》。实事求是，兼书功效起讫，明其世系，参稽文字，使后人知皋夔无书可读之说为诞。周制以《周礼》为纲，旁采六艺、诸子为目。《仪礼》《礼记》、吉、凶、军、宾、嘉、五礼悉附之。《春官》条下甫刑附之,《秋官》今文《泰誓》列于《夏官》,此其创例略举,一礼一孔。又如道家列史官下,墨家列礼官下,农家列地官下,纵横家列行人下,名家列礼官下,法家列刑官下,此先河后海之义,所以详其流别。秦事以商子为纲,所以著其兴亡之由。汉事以《汉书》百官公卿表为纲,以《史记》八书、《汉书》十志散隶之。司马彪《汉续志》亦依例纂入《通论》,细目略采《通考》二十四门义例,有官无志者,书官略事。大都仿《国朝会典》《三统》,魏源《经世文编》目录例。是书大旨详于政事,略于艺文。

【眉批】此意已见。

又作《典论》,用魏文帝旧目。援引六经、老子、管、晏、墨、尸、商、孙、韩、荀、吕览、淮南之说。以经核论得失,以诸子参法外意,取其是而去其非。庄、列寓言,盖无取焉,大率归于市帛菽粟,平实可用。下兼采董、贾、刘、扬、王符、徐幹、王通、韩愈之书。皇甫氏帝学元缺□□罗氏《路史》[1]、胡氏《皇王大纪》、金氏《通鉴前编》,马氏《绎史》□□焉。

如贾子《新书》引黄帝书:“日中必熭,操刀必割。”《左氏内传》引《周志》:“勇而害上,不登于明堂。”此不得不列之“通论”条下。如秦事,若会稽刻文,俗化廉贞,《史记·货殖传》旌巴寡妇清之类,书其善政,不得徇后世闰统之说,一概抹杀。如墨氏与夏后政教参合处酌入。如毋追黼冔、鸡彝、龙勺之类,釽裂经文,散入各代。如魏源《尚书古微》以《周书》“克殷”解为古文《泰誓》,此等处须略存考据。如《白虎通》言“忠、质、文”三教与后世称道“儒、释、道”三教有吻合处,须略存微旨。如《阴符》《鬻子》等伪书不载。如历代明堂、祫禘、律历、天文、井田、学校,悉载入本官职掌条下,其中不免牵和傅会,须细

① 原文无“罗”字,今据书名补。

心权衡。如《六经》《孟子》儒家，谨采入《典论》篇内。

检《旧唐书》。《经籍志》甲：《周易谱》一卷、袁宏撰。《丧服纪》、一卷，袁准注。《论语》、十卷，袁乔注。乙：《后汉书》、一百二卷，袁山松作。《汉献帝春秋》、十卷，袁晔撰。《汉皇德纪》、三十卷，袁宏撰。《汉表》、十卷，袁希之撰。《名士传》、三卷，袁宏撰。《真隐集》、二卷，袁淑撰。《石异传》、三卷，袁仁寿传。丙：《袁子正论》、二十卷，袁准撰。《袁子正书》、二十五卷，前人。《老子注》、二卷，袁真撰。丁：《袁涣集》五卷、《袁准集》二卷、《袁乔集》五卷、《袁宏集》二十卷、《袁淑集》十卷、《袁质集》二卷、《袁绍集》二卷、《袁豹集》十卷、《袁伯文集》十卷、《袁粲集》十卷、《袁昂集》二十卷、《袁跃集》九卷、《袁朗集》四卷、《诽谐文》、十五卷，袁淑撰。《晋元氏宴会游集》。四卷，袁豹等。

【眉批】以家刊《袁氏艺文志》对之，内数字间有异同出之，故仍抄候删定。

庚午十二月

扬州缺口门解缆，行五十里，至邵伯埭；三十五里，至露筋祠宿，祠在河西；廿五里至高邮州；五十里至界首，宿。百里至平河桥，宿。自平河桥二十许里，过淮城，四十里至清江浦。车行渡河，至王家营；三十里至迁沟，尖。四十里至崇兴集，宿。鸡鸣开车，五十里至仰化集，尖，集上有硐卡。五十里至宿迁县顺河集，宿。晓发六十里至峒峿集，尖。六十里至山东郯城县界红花步夜破站，五十里逾郯城，至十里铺，宿。五十里至李家庄，尖。渡沂水，土人言沂水发源蒙阳山，暮抵沂州府城外，自李庄至此，四十里，行经沂州府城，望淮拱宸二门，水浅可渡，五十里至伴城，尖。饭讫进山，行四十五里，至兰山县属之青驼寺，住陵谷。坌入，山石硗确，行人甚艰，车轮为摧。行四十五里，至垛庄，尖。五十里至公家塍，宿。八十五里至翟家庄，尖。三十五里至羊流店,宿。羊南城,先墓在焉。舆中望见泰山,六十里至崔家庄,尖。五十里,暮投泰安府城外,宿。四十里至垫台,四十里至张夏,张夏属长清县,去济南府八十里。十里至杜家庙,尖。饭讫渡齐河,三十里至晏城,宿。有齐相晏子庙,七十五里至黎北塞,尖。二十里至廿里铺,宿。丁夜开车,二十里过平原县,五十里至黄河沿,尖。四十五里至南留智庙,宿德州地。六十五里漫河,尖。六十里富庄驿,宿。六十里至商家林,尖。三十里,径河间府城,廿里至二十里铺,宿。五十里抵任丘县,尖。七十里至雄县,宿。四十里至孔家马头,尖。四十五里至曲沟,宿。渡固安之浑河,至榆伐,尖。曲沟至此五十里,又五十里至皇城,宿。有猎场数十里。四十里至都。

辛未年(同治十年,1871)

辛未正、二月

同寓同年佟君某,西安驻防,言及西安八旗驻防,原拨五千户,户计一丁,月给银二两,馀及米、豆各若干斛。嘉道以后,滋生户口盈万,未尝增加饷额。咸丰中,因军需孔殷,裁减饷额,止给四成。庚辛之间,道殣相望。前将军都直夫体恤舆情,曾筹拨山西银二万两赈饥。今将军则畏以“奏动帑项”获罪,不以情形上闻。

寓庐书壁二十四字曰:“室有虚白,是为地荒。吾其度之,居无达人,是为天荒,吾其辟之。”

辛未三月

场中觌宜都杨守敬惺吾,问士于惺吾,君举遂溪陈乔森逸山、孝感屠仁守梅君、新宁余尧寿云眉语予。

早来引镜,见华发一茎。仆年十八,发便有二色,生于忧患故也。黄金可成,河可塞,只有霜鬓无由元。仆思此后,应变通佛法行之,处忧患时,以安乐法行之,处安乐时,以忧患法行之。若是,则发白更黑,齿落更生矣。

谒辞南皮座主,与师广论六艺之旨。言言平正通达,可以切实奉行,有益身心,不同外道。又论龚自珍之文,诡体遁词,无一可用,盖啜九流二氏而不返之五经四子书中,必致浮浪无归也。又戒予为文须去伉厉迫激之词,一归和平温厚,方为厚集其福。如此之类,倾谈甚快。

辛未四月

泰安道中,欲骑入城。游岳寺,观秦刻,今存十字。洪稚存诗“若将一字比一星,二十八宿中添伐”。今去稚存所见,又少十九字矣。虽无佛狸、峄山之仆,亦同归于无,反觉文字划而山川真也。以暮黑,且不得马游,不果。

辛未五月

新泰道中,北望泰山,东逾徂徕,想见孙明复、石守道居乡教授之所。贫穷于时,化行一乡,亦丈夫不得于时之所为也。

《荀子·正名篇》注:“凡言治,待使人尽去欲,然后为治。”则是无道欲之术,而反为有欲者所困也。若待人之寡欲然后治之,则是无节欲之术,而反为多欲者所困。故能导欲则欲自去矣,能节欲则欲自寡矣。

辛未六月

近闻子高刻自注《论语大旨》,祖宋于庭公羊说《论语》之意。戏语子高:“《金刚经》究竟无我,分之无我,即‘子绝四’,毋我之毋我。子高眼明,何不取此意?”

宝林寺禅堂有草名“逢人骗”,形模略似山葛,而枝叶细瘦,又似美人蕉,以指触之,无所不靡。四字用《飞燕外传》。拟为易名“夸毗草”。《诗·板》传“夸毗”,体柔人也。此言甚恶小人逢君子之恶。《尔雅》文同《毛传》。

拟抄集戊辰批校《墨子》语为《墨子微》一卷。

《徽州视月诀》曰:“三辰、五巳、八午,并初十出。未十三、申十五、酉时十八、戌二十、亥上,始光明,二十三日子时出,二十六日丑时行,二十九日寅时见晦,与朔日卯上并。”

披览仪征阮文达公元拟撰《国史儒林传稿》一卷,首顾震沧。余忆前见《研经室集》,《亭林传》冠首,又有撰集《文苑传稿》寥寥数首,举例与此异。此稿亦不知为谁氏所录。

辛未七月

《御纂朱子全书》凡六十六卷,大学士李光地等奉敕编。取《语类》《文集》二书,改隶部目,条举件系,精别取去。而《易本义》《诗传》《太极图通书解》《西铭解》《四书或问》《易学启蒙》《小学家礼》《仪礼经传通解》《楚词注》《参同契注》等书不与焉。

《逸史》:齐桓见老人,命之食,曰:"请遗天下食。"遗之衣,曰:"请遗天下衣。"《传灯录》惠海禅师曰:"我修道只是饥来吃饭,困来即眠。"戴表元诗:"人生衣饭取裁足,阿奴碌碌犹类福。"右集释"著衣吃饭"四字。《传灯录》庞居士见石头和尚,偈云:"神通并妙用,运水及搬柴。"石头然之。右释"运水搬柴"四字。

辛未八月

《法苑珠林》又依《涅盘经》,大圣说法,既有三乘传法人,还有三名,一名阿难陀,此云欢喜,谓持小乘法藏;二名阿难陀跋,此云欢喜贤,谓持中乘法藏;三名阿难陀娑伽罗,此云欢喜海,谓持大乘法藏。三名虽异,据体惟一。

往见竹如先生,问对之次,仍申前议。前曾上论学书。大致以复性为本,致知慎独,则复性之工夫节次也。言《易》,则信亭林顾氏之言程传;言《中庸》,则由张尔岐《中庸赞礼》之极辞之说,以求朱子《仪礼经传通解》之绪,以合《礼》《中庸》之符;言小学则以刘《略》、班《志》所列《孝经弟子职》《尔雅》,益以《说文解字》《周髀算经》,其大略如此。先生答言:"终须以朱子居敬穷理之说为主,勿过于高远求之,而以《尔雅》《说文》等合于朱子小学。"其言如此,尚有未安。班《志》略分《孝经》、小学二家,蒙意当合。存《孝经》名而以《尔雅》《弟子职》入小学家,别有说。竹如先生又言性字当分气质之性与义理之性。蒙言气质之性,即董子所谓情;义理之性,即董子所谓性,与横渠之说名异实同,亦未合。

伏生授经画象石刻,许瀚孝廉移置沂州府学。

辛未九月

《桐庐县志》残本一册,万历丁丑知县李绍贤创始,凡四卷,凡例七,图五,目五十一。康熙壬子知县马象騫重修,卷目仍李令之旧。旧、新二志无不荒谬,艺文尤谬。拟采辑四部故实,凡有涉于严州者悉录之,为同治严州故□卷,病未暇也。又拟请黄君炳垕测严州分野度数,亦病未暇也。

【眉批】此从册中“辛未藏书目”抄出。后另有录,有同异。

《中庸口义》二卷、倪天隐撰。天隐为胡安定门人。余忆全榭山重修《宋元学案》有此书目,亡。《大学中庸解》不著卷目,喻樗撰,亡。《玉泉集》不著卷目,撰人同上,亡。《礼记集解》不著卷目,方悫撰,亡。《耕阜图》不著卷目,方礼撰。亡。《晞发集》十卷、《晞发遗集》二卷、《遗集补》一卷、《天地间集》一卷、《西台痛哭记》《冬青引注》一卷。谢翱撰,陆□业校,存。《许剑集》不著卷目,亡。《易学蠡测》魏新之撰,不著卷目,亡。《洪范解》不著卷目,俞深撰,亡。《书经直指》不著卷目,罗椿枝撰,亡。《章八元诗》一卷,章八元撰,未见。《元英集》八卷,方干撰,亡。《梅月斋永言》不著卷目,李康撰。《看山清暇集》《杜诗补遗》《桐川诗派》并不著卷目、撰人。同上,亡。《诛魃文》佚。《观海集》不著卷目,章术撰,亡。《自然弇集》不著卷目,江端友撰,未见。《师友渊源录》不著卷目,吕本中撰,亡。《春秋集解》三十卷。《童蒙训》三卷。《东莱诗集》二十卷。《紫微诗话》一卷,并撰人同上,存。《存雅堂遗稿》五卷,方凤撰,存。《潜山集》不著卷目,朱翼撰,未见。《全归集》不著卷目,吴思齐撰,亡。《瑶林集》不著卷目,徐舫撰,亡。《沧江集》不著卷目,撰同上,佚。《唐诗通考》不著卷目,撰人同上,亡。

《桐君山志》不著卷目，孙潼发撰，亡。《近山集》不著卷目，李文撰，亡。《乐郊私语》一卷，姚同寿撰。存。《行吟集》不著卷目，张冠撰，亡。《听松集》不著卷目，俞深撰，亡。《百咏集》不著卷目，姚建和撰，亡。《桐江诗话》并同上。《青山吟稿》不著卷目，袁九成撰，亡。《蠢矗堆稿》十卷，姚夔撰亡。《奏议》不著卷目，撰人同上，佚。《竹轩集》不著卷目，诸伦撰，亡。《和轩集》不著卷目，汪蕭撰，亡。《云屏集》十一卷，濮瑀撰，亡。《琴山杂咏》《崇藩奏稿》并不著卷目，章芸撰，亡。《明伦翼传》不著卷目，罗德升撰，亡。《管窥集》不著卷目，汪九龄撰，亡。《万里烽烟集》不著卷目，罗椿枝撰，亡。《朱峰集》不著卷目，邵賁撰。亡。《三华逋吏稿》不著卷目，俞一中撰。亡。《罗峰诗集》不著卷目，吴材撰。亡。《严陵集》九卷，董棻纂，存。《桐江续集》三十七卷，方回撰，存。《钓台新集》不著卷目，王敷撰。《续集》不著卷目，谢德舆撰。《钓台新集》上下卷，推官龚□纂。《钓台集》不著卷目，提学郑廷纲、知府李叔恢属程敏政纂录。《钓台集》上下卷，吏部侍郎霍韬属知县吴希孟纂。《钓台集》上下卷，知府陈文焕、教谕刘伯潮纂。《钓台拾遗》不著卷目，章琥撰。

以上集七种，见明《一统志》，均未见。以上略就艺文一类，毛举件系之，俟增辑分存亡佚未见。四门仿《经义考》例。

【眉批】按：先君已刊得《姚文敏集》十卷，是未亡也。惟缺一卷《奏议》。《严陵集》亦家刻。此从札记残稿抄出。

辛未六月

天子之元子犹士也,士无谥,知太子亦无谥也。出《白虎通义》文。晋人谓申生为共世子,亦属私谥。

【眉批】盖时为高先生私谥有议一首,原勾去,俟再查订。

【眉批】此从札记残稿抄出。盖时为高先生私谥,有议一首,原勾去,俟再查订。

壬申年(同治十一年,1872)

壬申正月

章典籍言,司马子长文仿《吕览》,而不抚《左氏》;钟先生言,西京以前文字皆源本《楚辞》,而略于经旨。二先生之言皆自《雕龙》发之。

宋《五行志》:"禾蕈树,一名胡颓树。"即胡桃也,于潜山谷中处处有之。

云出于山而覆雨,其山火生于木而燔其木。

眼小话大见钱急,京员通病也。眼小而不露,话大而不着实,见钱急而貌似闲暇,三者一气相生。

篚车一辆,自北谯寓庐起程,叩辞影堂。廿五里,至界首,尖。廿五里至西瀃,宿。廿里至慈悲营,尖。十里至竺家槽房,宿。十里至六合东门,尖。六十里至三十里铺,谷中人家宿。六合县城西有湖,方可,一拘庐舍,湖中凫雁游行甚乐。冒霜行廿里,至仪征县东门,尖。四十里至贾家店,宿。又十里抵扬州府。

壬申二月

《牙牌赞》:牙牌二字不典,当更考。陶侃投樗蒲而兴,刘毅玩樗蒲而亦兴,韦曜恶博簺而才,韩愈憙博簺而亦才,此孰得孰失?何去何从?曰:不物于物,其心乃聪,故丹朱以尧子而安全,乌曹为桀臣而悖凶,一弛一张,此其道与。

【眉批】题曰《博戏其铭》,可否存入文?

《攀不倒赞》:灵光四目,虹洞其腹,慎行其独,不见其蠲。在旸而谷,待气而族。义若《庄子》"云气不待族而雨之族"。吁嗟止足,庶无殆辱。

壬申三月

汪容父释夫子文,失引郑注一条:《礼·檀弓记注》:"言夫子者,曾子亲没之后,齐尝聘以为卿,而不为也。"是列士为大夫,始得称夫子之证。

【眉批】此原注。此条当入杂记。"列"字原文似已圈去。

邵位西《检书图记》曰:经者,天地之心;史者,天地间簿籍也。必求板刻之精善者而究心焉。外此,宋儒者言理道之书,乃经之支流,亦天地之心之所寄。韩、欧以来之述作,言文而行远,乃释经作史之准的也。又曰:大抵所守至精而用心不杂,则清虚之地与天地精神相往来,而古人之心,亦时来会于吾心,而书不至徒多而无益矣。此为钩玄提要之言,令人三省。

诚自不妄语,始斋铭,铭曰:"察天人惟诚,通精神惟诚,荐于亲惟诚,陈于君惟诚,金鼎陈惟诚,合道真惟诚。诚于何函?赤子之心;诚于何寄?高天大地;诚于何蛰?隆冬土室;诚于何信?万枯齐春。慎汝口缄,厥后子子孙孙,典宝永久。"

【眉批】癸酉十一月九日,改作"不妄语斋",拟拓取太山下经石峪残字北齐隶楷"不妄语"三字名其室,而另为铭词以系之。可否入文?

壬申四月

壬申四月二十日起,新立条例,大都汉以前儒者无虑十百家,以孙卿、董生为一大宗。唐宋以来，儒者无虑数十百家，以昌黎、新安为一大宗。本朝治性道、诂训两学者，无虑数十百家，以亭林为一大宗。昨夜读《荀子·正名篇》曰："虚壹而静。"又曰："以一易两。"又曰："未有两而能精者也。"悟彻斯言，赞叹而记此。

【眉批】此条当入记。

分校同事，江都贡生薛君介伯恒化，痛之。此老攻小学，香涛座主尝语及之。座主为湖北提学时，尝延主经心书院者。

壬申五月

乐五正声，二变声，宫上商尺角工变徵凡，徵六合羽五四变宫乙。

吾家□□、□□，此字元涂。皆为诸生，而不能以诗法□□，而不能悟□□□□□□□□□邪，深可怪笑。姑举五七言二体之易晓者明之，如孔融杂诗一篇，第四句"远景灼寒素"承首句"岩岩钟山首"说来，第三句"高明曜云门"承二句"赫赫炎天路"说来，此承接锁钮法也；"云门"比魏公，"寒素"方汉中。云"吕望老匹夫"，非诋訾吕望也，斥荀彧一流人。"管仲小囚臣"非喜祖管仲也，自况能兴刘氏。末又以"吕望且不希"徽转正意，其文甚明。又曰，"夷齐安足慕"，非薄夷齐而不为，乃指焦先一辈人也，言已必能夷曹以辅建安之政，如管仲然也。此用意伏线法，如此求之，诗理有不洞澈者乎？七言如杜甫《李潮八分小篆》诗一首，从字学流别、籀斯二篆说到中郎所作八分。起手将题界浑笼，颈句即接下云"秦有李斯"紧贴小篆二字，"汉蔡邕"紧贴八分二字，题分一黍不溢，一滴不渗。《峄山碑》小篆，《苦悬碑》八分，瘦硬通神，是合赞。便从李、蔡卸下一拍入题，旋复推开，将本朝善八分者就近寻个比证，用"况"字直入李潮小篆，如快斧利刀，雷电交下。况、潮二韵是分赞，八分、小篆，旋又推宕，抹杀俗书，尽力写出李潮，非贬张旭也。末仍以李、蔡双结，又末则羡文矣。是何律法？

细密;是何神力?沉勇。

【眉批】此条当入杂记。

幼节来见之,谈次述及龚上海秏状。余忆戊辰谭仲修作书,与予言上海自置身百尺楼上,余笑答言:“此君自处非百尺楼,并非易京楼,乃新北门外大马路,前年久拆毁之危楼耳。”予今思此言有理,故追录之。於乎!士君子之立身行己,可不深思而慎处之哉?惟慎于小,乃能勇也。

【眉批】此条当入杂记。

阅汪度画黄山册子,凡六十八。

琴颂有小序

七八岁时见家大人蓄琴一张,背铭曰:“寒泉漱石。”予是时戏弄弦索,仅能以将指托作“仙翁”两字,后此琴遇兵失之矣。壬申五月,得此琴于扬州,木质不古,亦不甚新,定为中材。予不能深解音律,抚弄入神,然偶以泛声寄意,亦复洋洋有得,仍是少时游婴态度也。颂君四德,明予一心,寒泉井冽,易不云乎!颂曰:

窍中以象盅,弦外以象直,方腭以象礼,员顶以象智,我铭兹琴四德备,於乎琴兮媚予心意。龙入水,虎登山,不相避;天销炭,地沦灰,那复弃玉轸金徽。持此志,鞠通不蚀相思字。

【眉批】应否入文?

浏览《全唐文》内白文公一集,所撰诰敕绝佳,《动静交相养赋》出入释老,尤佳。《三教问答》亦明辨。白氏居易曰:“六波罗蜜者:檀波罗蜜、尸波罗蜜、羼提波罗蜜、毗黎邪波罗蜜、禅定波罗蜜、般若波罗蜜。十大弟子：迦叶、阿难、须菩提、舍利弗、迦旃延、目干连、阿那律、优波离、罗侯罗。”

壬申六月

阅《汪氏学行记》，此书颇有扬人标榜恶习，不足重也。

魂者，阳之浮也；魄者，阴之沉也。《大易》：“硕果不食，谓之游魂。”《乾上》世不复能变，上易知且在末，故云浮也；月三日成魄，阴气在下，初难知，且下为本，故云沉也。阳之专气为神，阴之专气为精。神属神，精属魄。

【眉批】此条当入杂论篇。

阅《龙川集》竟。此人名心多，实心少，气太锐，心太粗，不足计较。新安《答龙川书》十六首，首首正大笃实，皆可诵也。新安曰：“惟圣尽伦，惟王尽制，固非常人所及。然立心之本，当以尽者为法，而不当以不尽者为准。”又曰：“尝论孟子说大人则藐之，孟子固未尝不畏大人，《论语》。但藐其巍巍然者耳。办得此心，即更掀却卧房，亦且露地睡，似此方是真正大英雄人。然此一种英雄，却是从战战兢兢、临深履薄处做将出来，若是血气粗豪，却一点使不著也。”

位翁云：时阅邵位西比部日记底本。曾子少孔子四十六岁，孔子没时年方二十七耳，便已得闻一贯。此程子所谓参以鲁得之，朱子所言全此纯愚是也。《记》曰：“无冥冥之志者，无昭昭之行。”仆今廿七，不得闻道，方为杂学，求多能所困，返之于身，守不约也。课之于心，信不笃也；求之于事功、言论，其言不纯一静专也，如何如何？

壬申七月

遇丹徒柳先生兴恩，字宾叔，又字润江，年七十八岁，岁壬辰举人。曾为句容校官,著《穀梁说》百万馀言,大学士仪征阮公为之叙。

《楞严经》云:“若诸众生欲为天主,统领诸天,我于彼前现帝释身,而为说法,令其成就天主,即彼教中所云天帝释也。”此西夷荷兰、北夷俄罗斯创立天主教之椎轮也。又言“如不断婬,必落魔道,上品魔王,中品魔民,下品魔女。彼等诸魔亦有徒众,各各自谓成无上道,我灭度后,末法之中,多此魔民,炽盛世间,广行贪淫,为善知识,令诸众生落爱见坑”云云。此今西藏之班禅红教剌麻也。

【眉批】所云荷、俄二国似误,又此亦恐未必。

壬申九月

访曹润斋宝德书塾,回行缘西溪,经吴山尊学士达园废址。润斋言,山翁初构园中水石台榭之属,颇草草。人叩其故,答曰:“吾不过借此娱乐及身,度可支十年,付儿孙容易拆卖耳。”蒙语曹君学士之言甚非也。类旷达,语似晋人宗庄,廓落墙壁,而不成坚凝之器。晋多亡国之臣,犹之乾嘉号称全盛,而多生末世之儒,此辈为蟊贼也。闻之前人云:商周彝器,尊洗之属,皆有铭,铭皆有“子子孙孙永宝用”字样,古人何不达观之甚哉!盖天下事,事皆须尽我分所当为,守吾器所不应舍。身亦器也,使器可舍,身亦可舍,身可舍,则彝伦、五行、五事、官骸、性命皆可舍。舍身不已,又将舍心,心地既管摄不住,其不逾检荡,闲而流入于放僻邪侈者几希矣。此如梁武之于同泰然也。此等人无论使之尊而为臣,卑而为民,智而为儒,其根本心地,先受蠹湿虫伤,烂去大半,而欲其枝枝叶叶,发之为言语,约之为行事,求其质实而不大悖乎道,是犹摘树上腐果而求核中之仁也,亦愈远矣。又闻桂林陈文恭公宏谋,训其属吏,言居官虽五日受代,亦必以百年之心处之,俾可尽心殚力,不稍存自私自便之见,则于地方事情有益。如使人人视官舍如传舍,则朝廷安所得百年不去之官而处之。语记不真，其意大段如此。此可以痛药旷达者之病痛，譬诸《大义觉迷》耳。时在全椒。

阅胡稚威天游《石笥山房集》。此集诗品出入陆、谢、韩、孟之间。

欲乞敕下各省道，禁止寺塔名实互淆，着习北宗者改为能仁寺，讲习慈悲宗旨；习南宗改为寂默寺，讲习智慧宗旨。北宗法《坎》玄武水，南宗法《离》朱鸟火，此为兴起达赖、班禅二教，绥服廓尔喀、准葛尔诸部起见也。

阎浮提佛言，中国由阎浮提树名也。

元祐八年，苏轼疏曰："古之圣人，将有为也，必先处晦而观明，处静而观动，则万物之情毕陈于前。"此深得王者背阴而听政，向明而治，观性以历，观情以律之旨。

曾子曰："夫子之道，忠恕而已矣。"又曰："为人谋而不忠乎？"董先生曰："止于一者，谓之忠。"管仲曰："日益之而患少者，惟忠；日损之而患多者，惟欲。多忠少欲，智也。"由是三言观之，忠者一也，一者诚也。

佛书：人有逃死者入井，则遇四蛇，伤足而不能下；上树则逢二鼠，咬籐而不能升。四蛇以喻四时，二鼠以譬日月。言四时日月迫促，大限无所逃耳。故释子有无常偈云："井底四蛇催命促，板枝二鼠啮籐伤。此是众生命尽处，如何昼夜不惊忙。"

独龙冈有上下二定林寺，王荆公卜居于二定林之间，名曰"半山"。此下七条，盖皆摘自《苏诗冯注》。

程大昌《演繁露》云：自天圣以前，讲读官皆坐侍；自皇祐以前，皆立侍；自乾兴以后，讲者立而侍者皆坐听。熙宁元年，吕公著王安石言：侍者可使立，而讲者当赐坐。诏付礼官，韩维等以为宜如旧制，判太常寺龚鼎臣等以立讲为宜。

元祐间程颐为说书，请复坐讲，不报。案《宋史・职官志》：崇政殿说书，掌进读书史，讲释经义，备顾问，应对学士。侍从有学术者为侍讲、侍读，秩卑资浅者为说书。

东坡与王庆源尺牍云:叔丈脱屣缙绅,放怀田里,绝人远矣。庆源名群,又名淮奇,眉州青神人,官洪雅主簿,坡之叔丈人也。此可删。

晓岚先生《跋东坡故周茂叔先生濂溪诗后》云:东坡倾倒于茂叔者乃尔,而与伊川不免龃龉,则伊川有以激之也。

《法华经》有五欲:曰淫欲欲,曰睡眠欲,曰饮食欲,曰自恣欲,曰贪欲欲。

《坡集》杂记种松法:十月以后,冬至以前,松实结熟而未落,折取并萼,收之竹器中。至春初取实,入荒茅地中,得春雨自生。松性至坚悍,始生至脆弱多畏,日与牛羊,故须荒茅地,以茅阴障日,须护以棘。五年后乃可洗其下枝,七年后乃可去其细密者。

闻宝应生员成蓉镜芙卿,性至孝,如徐仲车,现客江宁书局,蒙未得见,志之。

闻番禺副贡陈澧兰浦,学有师法,蒙曾见其所著《汉儒通谊》一书,体例略似《白虎通谊》,说经家类书也。又有《律吕通谊》一书,未见。现主广州菊坡精舍。志之。

陆清献公通题鲁柏院诗云:"当年可惜生西土,不到尼山讲五伦。"拟采入先贤十五人赞跋尾中。

山妻赠行,为颂前人诗曰:"丈夫非无泪,不洒别离间。"予茫然不知出处。既乃检得系陆鲁望诗。

壬申十月

六月朔,李鸿章片,再据已革吏部尚书陈孚恩之子陈景藩呈称:景藩亲父孚恩于咸丰十一年遣戍伊犁,仅挈景藩及生母黄氏、嫡次兄户部候补郎中景和、并景和之妻徐氏、子连官随侍前往,于同治元年八月到戍,三年回匪滋事,经伊犁将军保奏,四年正月初四奉上谕:"常清、明绪奏,革员陈孚恩筹饷筹兵不遗馀力,恳请释回等语。该革员既在伊犁,尚能出力,着加恩准其释回,仍着留于伊犁,帮同办理一切兵饷事宜,但能始终出力,并准明绪酌量保奏,候旨施恩等因,钦此。”五年正月，回匪攻围伊犁惠远城，万分危迫，亲父孚恩率景和上城分守。景藩年十三岁，连官年仅十岁，皆挈以登陴。十九日，回匪在城北偷挖地道，轰塌城墙数十丈，乘势扑城，父兄亲率兵勇击退，将塌口补好。至廿二日，回众并力仰攻，自辰至酉，蜂拥而上，势不能止。亲父孚恩身受重伤，持刀自刎，次兄景和亦创重自戕，生母黄氏闻变，与嫂徐氏携其幼子小连自投火中焚死。景藩及连官被虏，日夜有人看守，不克觅葬父兄遗骸，亦不知连官下落。十年五月，俄罗斯兵众入城，回匪溃走，景藩得入俄营。适有往日蒙师陕西人刘瑞汉，于城陷后掩藏父兄尸骨。觅孤多年，自此始知信息，乃向俄国领兵官处递呈，将景藩领出，请给文照，送由恰克图，转送于张家口，与刘瑞汉沿途乞贷，于本年四月廿九日行抵京城。云云。此稿未完，蒙观此奏，俄事有五可虑：天山北路紧接外蒙古之科布多，汉氏所谓匈奴右臂也。惠远城入于俄，是失天山北路。北路既沦，南路瓦解，而甘肃之镇西府、迪化州一带震动，则甘、凉之戍卒不盰食矣。此断我甘、凉右臂，一可虑也；谴谪废官、徭戍、吏卒，保无有秉性狠鸷、智虑横决者如狐庸、中行说其人者，为之谋主、为之向导，是傅之翼也，二可虑也；俄众入城，回部溃退，我方虞回部之扰边，顿军连年，秦赋几殚，锐师如云，猛将如雨，刍茭如山，而金积堡之老巢，至今牢不可破，一旦俄、回相持，如狼驱羊，此足见我之师老财匮，而俄之兵力方强，三可虑也；俄入惠远，遽示镇静，创痍者安之，俘获者归之，非俄国大有人在，孰能安重如山若此。此足见俄将之严整有法，而我伊犁驻队大臣不闻建一退敌之策，设一守死之图，四可虑也；俄东境值逼黑龙江，南境已薄科布多、札萨克，东西五千里，首尾数百驿，其扞送内地遣戍之人，台站迅速，关缴验行，呼应既灵，事无留滞，威信既著，境无逗桡。而我奉使青海、伊犁之臣，近多逗留兰州，迁延不往，是俄之疆界，千里通衢，而我之疆界寸步荆棘，五可虑也。

【眉批】“值”疑“直”误。

闻俞编修樾近住湖上精舍,杜门晚食,手不释卷,汗不挥扇,甚是可敬。吾辈须是并日而食,并日而学,操心困苦以蕲其成。编修已年逾五十,尚能如此,真觉后生畏前贤也。

洪稚存自伊犁来归,年已五十馀,自言回顾同辈行中,尚有应童子试者。由此思之,臧与穀同牧,其牧钧也,而其所志异矣。及其亡羊,亡羊亦钧也,而其所业者又异矣。是故由前观之,钧是同学也;由后观之,则圣益圣而愚亦愚,可不栗然惧哉!

吴尚先翁言,以藿香末和猪胆,曝干,研成细末,作鼻烟,吸之,能治鼻疾。

创立随地坐禅法。禅者,定也。立舍思虑,立时定;坐舍思虑,坐时定;行舍思虑,行时定。

阅《有学集》黄山诸作,思力甚富,胜梅村也。

【眉批】拟凡古字皆改从今体为宜。此处“梅”原作“某”。

万仲桓运判论左李勋名优劣,且言李相援甘肃而大军留屯西安之失。又言楚军持重可恃,淮军轻胜不可恃。

创立童真常住法,此法不可思议,养欢喜神,使心常如婴儿。久行之,即至诚无息之功用,能牢牙驻颜,壮筋骨、益精髓也。

初入手,须将字写死,书大字笔锋须瘦硬,落纸时极力揉挫,沉著而不肥浊,否则肥浊矣。观东坡《荔子丹》、山谷《戏赠米元章帖》皆瘦硬,笔锋所书,故或按或提,肥瘦如意,亦非秃笔书,秃笔无此锋芒。古人软笔书,须以硬笔临之。此盖出近人梁巘《评书帖》,似可删。

壬申十一月

李宾翁来,以藏书目惠示,所收国朝经学、小学家言甚伙,内有黟人王谟辑《汉魏遗书》,绝佳,皆《隋经籍志》所著目而亡佚者。

《惜抱姚氏尺牍》十卷,海源阁刻,为吾师高子手写上版,字体精审浑穆。简牍中多有见道语。

壬申十二月

阅湘乡《曾文正公集》，其论小学，分虚实、譬喻、异诂三门；论《三礼》，欲补辑军礼一门，以江永、秦蕙田为未备。又有三十三人画像叙说。述道德，自文王、周公、孔子，而终以宋五子；言词章，自左氏、两司马、班，下逮姚鼐；言经世之学，自诸葛公、陆贽、司马光，下逮顾炎武、秦蕙田；言训诂，则取王怀祖。公之生平志事，于斯略可概见矣。至夫叙江南大营之事，则扬向、张而不专美楚师；表湖南水师之功，则右罗、李而不自伐一二，尤公之谦德大度，可以深思者也。集为遵义黎庶昌校刊。

北谯人呼鸡伏卵生曰“菢”。“菢”字见韩文公《荐士诗》注。

癸酉年(同治十二年,1873)

癸酉正月

癸酉元日帖子。

元日书红云,癸为揆度,酉象闭门。士君子必有闭关千日,研几极深之思,而后有揆度庶务、洞若观火之量。静存仁也,动察智也。

书旧本《沈选八家文》后此可否入文。

此册分三十卷,长洲沈确士选。癸亥岁得之榨市,已阙者第七卷柳州《献平淮夷雅表》起至卷十二《庐陵范文正公神道碑》止,凡六卷。丙寅岁游杭州,曾借得茅坤选本,补抄之,仅四之一,迄未卒业。蒙于此事,久欲致力,寻其椎轮之故,自苦秉质暗昧,牵于人事,心有所见,既不复笔之于书,过后辄多遗忘,虽心摹力追,如逐逋逃而追放豚,迄不能得。亦排日自咎,所好之不专,所肄之不精也。夫用精者,虽闻童谣方谚,牛医马佣之语,亦触发性灵,而有以助其神理旨趣。自躁者为之,虽日陈三皇五帝之书于前,如以木投石,石自石,木自木,精气不能相感运,神理不能相吻合,则亦啜糟尝魄,终其身无得于斯道而已矣。昔欧阳文忠公少孤贫,家随州,随俗陋,又贫无力以致书,尝得韩文残本,伏读沉思,久而甘之,卒以文名天下。故其自叙,后所得书虽多,终不若旧本韩文之致力深而收功远,尤为可宝。此则读书求精,不求多之一证也。蒙此册蓄之,至今十有一年,而懵然无所得,然苟由此而求之,犹可以为旧本韩文之续,舍此而不求,则洴澼絖之夫皆得笑其不智,而旧本云乎哉!同治癸酉正月初七日,昶记于北谯草堂。

偶自署"野鸭咀嚼，荇藻甚乐也"，即欧九梦为鸜鹆之意，时时与家鹅书。昔乐天有鹅鹤相赠之嘲，鹅鹤固嫌不伦，至红掌清波学士与绿头奚姓主人特相匹耳。

薄暮往访郑君，以将赴复集告之，偕慕淮、艺山同饭县斋。君方受代将去，乃相与扬榷古今，崇论闳议，毫无得失，喜愠之心形于颜面。君不诚皎然明白丈夫哉？郑君述合肥徐子苓异夫之才，艺山述祥符沈源深树梅之为人。又言艮峰先生官京师，屏绝馈遗，同僚讲学，作吃糠会。

《论语》言："名不正则言不顺，言不顺则事不成。"以至民无所措手足。窃谓不正心则无以正身，不正身则无以正名，苟博学于文，而不知行己有耻，则己且无所措手足矣，何暇正名？

癸酉二月

朱文公读书法：半日读书，半日静坐。此兼山艮之意，随地可行此法。此语虽承延平"静中养出端倪"宗旨来，要止是诸葛忠武公"学须静也，才须学也"之意。

中泠泉出浮玉山，潬而为泉者也。陆游诗作中"濡泉"。

睡得迟，起得早，一日清闲如两日，算来百岁已多。饴澍述此，某公五十自寿。东坡云："无事此静坐，一日如两日。若活七十年，便是百四十。"意本此。班书一月得四十五日，东坡语所祖。

自了汉，此意先师闽县《自顾自图》。耻作自了汉。此意法毕华珍求天下温饱之语。

滁南谯、全椒北谯，此当检，依《隋地理志》。姬传《九江郡考》似仍有误，仆前引用尤误。

人是而我非，不可与是争；人非而我是，不必与非争。

赞公见过，复同之宝林寺。小憩，缘溪归舍，遂散。君言在皖帅府中颇受人排挤难堪，为之叹惋。又言处世之难，稍有得意，群诋为夤缘;与世龃龉,又嗤其迂妄,竟至无适而可。当此之时,惟有方寸义利之辨,崭然不动耳。仆闻此言,深敬服,此即《庄子》“不知乎人谓我趚愚,知乎反愁我躯”之说耳。心有主,则笑之誉之皆不足以为病矣。赞自署“民佣”,仆应之曰:“此柳州语薛存义意也。天佣则不可思议矣。”

告大沈久湫文董逌广川书跋。

又秦嗣王敢用吉玉宣璧,使其祝宗邵馨,布恳告于丕显大神亚驼,以底楚王熊相之多罪。昔我先君穆公,及楚成王,是戮力同心,两邦若壹,绊以婚姻,袗以齐盟。曰:万叶子孙,毋相为不利亲,古文“亲”印大神亚驼而质焉。今楚王熊相,庸回无道,淫失读作佚。甚当作“湛”。乱,宣奓古“移”字。竞从。变渝盟刺,当作“制”。内之,则暴虐不辜,刑杀孕妇,幽刺亲戚,古“戚”字。拘圉其叔父,置诸宣室椟棺之中。外之,则冒改久阙,不畏皇天上帝及丕显大神亚驼之光掺威神,而兼倍十八世之盟诅,率诸侯之兵以临加我,欲刬伐我社稷,灭我百妵,古“姓”字。求蔑我皇天上帝及大神亚驼之郊祠、圭玉、牺牲,逑取㖤古“我”字。边城、新隍及邘长亲。我不敢曰,可今又悉兴其众,张矜意,籀文“亿”。怒,饰甲底兵,奋士盛师,以逼我边,竞将欲复其贶迹。唯是秦邦之嬴众,敝赋辐输,栈舆礼使,介老将之以自救也。亦应孚,古“受”字。皇天上帝及大神亚驼之几,灵德赐克刬楚师,复略我边城,敢数楚王熊相之倍盟诅,箸诸石一作“名”。章,以盟大神之威信。据《六一题跋》,自成王十八世为顷襄王,顷襄王名横相,疑横之伪也。

赞翁述闽县先师丧,四子行信,哭之恸。郑襄问故,曰:“大功辍业。”既而思,不学则方寸无所约束。又曰:“大功诵可也。”

先师尝教人读方望溪《丧礼释疑序》,文曰:“是《易·损》卦窒欲之功也。”仆检《仪礼析义》无此,岂老湛误记乎?

昶记先师云:予廿五岁后,友事而得闻道者三人焉,曰:苏惇元,字厚子,怀宁人;邵懿辰,字位西,仁和人;伊乐尧,字遇羹,钱塘人。

蒙语郑君：今之天下，以一省当古之大国，以一大府当古之中国，以县、厅当古之小国。凡一方之中，必得一人焉，为天地之心，所寄岂不以其身服仁义，自强不息，皭然特立于尘埃之中然哉，斯乃大勇人也。郑君曰：然。闽县当之。蒙进曰：蒙居杭州，得高氏；居海上，得刘氏；居江宁，得吴少司寇氏。蒙又言：苟其人不为天地之心，所寄犹能言天地之心，所寄之言，不诚逾乎？

王巩以苏轼故谪居穷山中，日食杞菊，而面如红玉，曰："此啬道也。"啬于思虑，啬于耆欲，啬于物力，啬于人事，故可以养生，可以尽年。

倘来之事，听之天，听之人；可守之事，穷力奋追，其权在我。

仍榜"蚓斋"，取《荀子》义，改作赞，亦取"湛潜勿炫耀，暧暧含内光"之义，不特以用心之一自期也。

湛侯为我语云，昌黎云："近怜李杜无拘束，烂漫长醉多文辞。"与其拘束，毋宁烂漫。又云："混混与世相浊，独其心追古人而师之。"《与东野书》。与世相浊，贤者不免，独其心师古人，与众人异耳。

张骞欲通西域，不能得其要领。"要领"二字最善。以今利玛窦《地球图》观之，则要领在是矣。凡读书不能无要领，四部十万卷，能者群分类别，而有以抉其指归之所在，则书所以益我神智，而我之神智乃不为书所役矣。又凡书之谊理。有不可强通处，则必反复绅绎，涵泳旨趣，而俟其徐有悟焉，然后能洞见症结，通贯本末。所谓禹之行水，行所无事也，切不可用力太猛，支支节节而解之。

夜梦与人论文，醒来仅辨数语，曰：道生于一成于三。侌昜也，黔旸也，阴阳也。侌昜者，玄之道；黔旸者，天之道；阴阳者，地之道。三者激射，回薄刚柔之气，错杂丩捩而成文，则彣彰之能事毕矣。

【眉批】盖即"玄"字。此字原文作"伭"，未详。

《长安志》：慈恩寺浮图六级，崇三百尺。永徽三年，沙门奘所立。

初惟五层,崇一百九十尺,砖表土心,仿西域窣堵波制度。后长安中改造。按:窣堵波,大约与今英咪诸国之教堂相似。

癸酉三月

暮过玉溪老人,获知兴化刘先生近与老人书,因索观之,中有云:“礤秋素有学道之志,可惜多发牢骚。近来老兄见之,倘能进于从容淡靓一路上乎?”蒙闻兴化此言,大是感激。“从容淡靓”四字是为贱子病根,对症发药。古今有道微妙觐识之士,不必师友观感,而自能从容,不必书籍约束,而自能淡靓。予则虽已师友扶掖,而究不从容;虽以礼法约束而究未淡靓,此大病也。亦不善养血气之故耳,血和气平,则诸病去矣。

【眉批】得“殷比干墓”四字,“吉日癸巳”四字。

闻戴子高于二月廿六辞世,不胜惊悼,其撰述未刻者,有《管子校正》《颜氏学记》,文集中“鸣集”未成者,有《三代名器记》《古文尚书考》《荀子校本》。其学术湛深于阳湖大、小庄,而其未竟之志,则以颜习斋、李塨为师。戴君言:“孔扨约年三十五而死,遗书自足传也。”君年亦三十五耳。

偶见全榭山诗,使事尚博,择言贵新,虽为经生之诗,觉殊少真趣耳。

与比部吴稼轩先生昆田书,有云:细思古人于进退之故,总不使之窘迫无插脚处,始知久阴思嚏,久困思通,皆犯物壮则老之忌,最上一层,其惟守玄守默乎?玄即元。

闽县问目未成,即可取策问疏对。兴化问目未成,即可取养志塾规疏对。

昨偕礼北,叔迟在颖仲斋中,见姜湛园宸英为编修时进御七言律诗八章、序文一首、泥金简简六行,每半开三行。行十□字,“圣躬”等字双抬，“皇太后慈辇”等字三抬，末书职衔臣某恭进，“进”字单抬。

柘塘居士以太山《金刚经》残拓属集，为箴警之词，如崔瑗《座右铭》，乃隐括其意，非五非四，其词如此：复乃德，时乃度，念无妄，福所舍，法三宝，亦谓耳目口三宝，不特慈俭，不敢为天下先也。以是故。

【眉批】应否入文？

拓跋魏冯太后太和十九年牛橛造像

太和十九年十一月①，使持节司空公长乐王丘穆陵。丘穆陵代北种姓，后改姓穆。亮夫人尉迟，为亡息牛橛，请工镂石，造此弥勒像一区。愿牛橛舍于分段之乡，胜游无碍之境，若存此托生，生于天上诸佛之所，若生世界妙乐自在之处，若有苦累，即令解脱三途恶道，永绝因趣，一切众生，咸蒙斯福。

魏伯阳《关键三宝章》第二十一

【眉批】应否删？下二条想系一气，未知出何书。

耳目口三宝，闭塞勿发通。真人潜深渊，浮游守规中。旋曲以视听，开阖皆合同。为己之枢辖，动静不竭穷。离气内营卫，坎乃不用聪。兑合不以谈，希言顺鸿蒙。三者既关键，缓体处空房。委志归虚无，无念以为常。证验以推移，心专不纵横，寝寐神相抱，觉寤后存亡。颜色浸以润，骨节益坚强。排却众阴邪，然后立正阳。修之不辍休，庶气云雨行。淫淫若春泽，液液象解冰。从头流达足，究竟复上升。往来洞无极，沸沸彼谷中。反者道之验，弱者德之枋。耕耘宿污秽，细微得调畅。浊者清之路，昏久则昭明。

---

① “十九年”，原文“十”作“□”，据题目补。

肝青为父，肺白为母，肾黑为子，离赤为女，脾黄为祖。子五行始[1]，三物一家，都归戊己。

《与爰康书》曰：年来觅食之所在，即逗留治所业。汉北匈奴、月支、大夏诸行国，随畜牧移徙，不常遇有水草处，辄投止焉，一丝一粟，上蒙天赐，不敢复言思故乡及恋他州乐土矣。饮河腹满，便是乐土，便是故乡。所业之事，经书图籍，便是控弦，便是毳幕。

《史记·日者列传》言宋忠、贾谊访司马季主事，“天新雨，道少人”六字有味。

大署仁和龚礼部文集，始以礼部为文中之袄。又曰：“定公富于狂慧，舞智以御道，而无忠信。五行无土，闰气浸淫，不足贵也。予惧后人为其所惑，故揭橥如此。”

释迦牟尼生，孔子时应参四科之列；大迦叶应居馯臂子弓之列。孔门道大，不划彝夏，来斯受之。汪涉澡濯，为百谷王不之拒也。孟氏、韩氏，辟墨、杨不足辟。辟老、佛，自知力稍刹矣，故其卫道也严，而立言也激，如鲁国男子之于柳下惠，以其所不可学其所可也。故学者务为笃信，谨守可者，与之不可者拒之，毋涉外道。

癸酉四月

偶阅淮丈日记，间有俊脆语，可资谈麈排闷者，录之左方。公外舅薛淮生侍御。

【眉批】以下四页后又九页，皆录先外祖薛淮生先生日记，原稿无多，旧存吾母处，庚子之难失焉，文集亦未刻，存舅家。此所录应否删，存候酌。此数页乃杂记，后九页则咸丰庚申之变，京师情形。

---

① 原文无“行”字，据《参同契》补。

叶昆臣以宫太保中堂而为英夷劫质事，约在丙辰十二月，继为广督者黄寿臣。

张茉云《橐驼种树帖诗》颈联以下云："土性潜通脉，山形类耸肩。栽培春在手，点染石如拳。痌瘝忙锄月，支离瘦倚烟，龙鳞成异日，鸦锸事经年。"通体自然，浑成一气。

汪啸麑初谒阮文达公，语之曰：昔有二八佳人，今皆二八才子。谓翰林惟工八韵，赋八韵诗也。须力惩此习，读人间有用之书。又谓人曰：吾己未会榜所得士，如张皋文、吴山尊、鲍双五诸人，终日轰饮合閙，而词章经学，人莫不及也。后癸巳再主礼闱，所得之人惟工小楷，是固非己未所能及也。

【眉批】"莫"字疑衍。

二茉张罗先生游古寺，见一联云："破沙甑本无罅漏，黑漆桶放大光明。"同参深得三昧。

若已有园张诗舲赠联云："管领园亭莺作主，巡行荷芰鹭宣劳。"

阮文达家藏板桥所画古石，其纸甚大，宽阔均数丈许，跋语甚有致。

终日为人写字作画，大不耐烦。日久不写字作画，又想有一幅纸来，以抒其郁积之气。今晨焚香扫地，洗砚剔笔，而友人之纸适至，因纵笔为巨石一大块，遥而望之，殊有可观。补兰数笔，不令碍石势也。要我画，偏不画，不要我画，偏要画，此其故不可解矣，然解人亦难索耳。

戴金溪先生清节崭然，一切服御俭约如寒士。官至尚书，车皆布帷，帐惟夏布一具，年深质敝，补缀青黄。一生未着白褎头，人目为旧，不顾也。而学问渊博，天文地理，经术国典，无不谙悉。盖先生姿禀甚高，过目不忘，每年历日，每科名录，偶有询者，举能成诵，而其它可知矣。夫人性奢华，其婿颜鲁舆每来谒，辄屏不见，使其夫人见之。

其赴安臬任也,着一钉鞋,携一布袱,随一奚僮,径达中丞官厅,而州县均不知也。至更衣始请禀见,州县大惊。

潘木君前辈言,词人爱色,学人爱钱。故词人风情旖旎,所作多柔媚之词,故于色必爱;学人深功积累,所得皆储蓄之久,故于财必爱。

产后发热,暨恶露不行各症,须以全当归一两、黑荆芥穗八钱、川芎八钱、童便一酒钟为引,煎药服之,无不立愈。万不可减其分两,连服有效。

《蠢子数》乃唐李□风所作,今存山西绛州河津县,计共二十馀箱。字皆唐刻,一片模糊,纸亦极薄,非晴天日中,视之不辨一字,占命极灵,而查核亦复不易。每查一子平,须银廿四两。守此业者,仅一师一弟,查一子平必须廿馀日。茶翁与筠堂相国无不应验,申文公抚晋时,以少君子平属查,断以绝无根柢,祖基不佳,申以为不验,不知其子乃婢媪所生,夫人冒为己子,以诳申也,申至死不悟。

京都以翰林为"金不换",部曹为"石敢当",水晶顶则曰"玻璃灯",蓝者则曰"流离球",至红者则倒曰"菠菜根"矣。

已未十二月中,子槐先生新得舌强之病,心口不相应,心中了了,口中乃不了了,作信亦然。

庚申正月廿二日,何秋涛召见进呈书籍,命试"读书破万卷,下笔如有神"二诗韵,称旨。命在懋勤殿行走,以备顾问,以额外主事,加恩,以员外郎升用,异数也。

子槐先生名茂荫,何字愿船,二君道咸之间贤大夫,故录而志之如左。

庚申七月中,荧惑赤如火豆,近逼南斗,昏明一刻,见太白昼见,日中见也。八月初八巳刻,乘舆北狩。

桐城张文端公,积德不倾,择交不败,读书不贱,四字有味乎,其言之。守田不饥。文端著有《恒产琐言》。

戊午七月,子槐先生告病,已准安省,更无递折人矣。

三公不以易其介，一日何可无此君。题竹石成语。敢问何谓浩然之气，久要不忘平生之言。仲子祠。二仪清浊还高下，万国衣冠拜冕旒。涂山大禹祠。

艮峰先生有一治黄病方，甚效：皂矾、茵陈、红花各三分，研为细末，买南豆腐一块，切为薄片，以香油煎之，将药末糁其上，以黄为度，两面皆然。煎好以黄酒服之，酒随量饮，不拘多少，五日服一次，三次病若失。以上皆薛日记。

癸酉五月

阅《艺舟双楫》竟，此老虽系杂家者流，然著论甚精。

《石笥山房诗》足本系闽县手校。高孝靖也。

全榭山与晓岚学士约共读《永乐大全》，日尽二十本，可畏可畏。以是知读书之必立限程也。分上资、中下资，临时酌立限数。

续录淮丈日记：咸丰十年庚申七月，闻山东、山西亢旱十二日，荧惑逼南斗，太白昼见，其长亘天。桂中堂良出京往津。

十五牙门知会，钦派帮办五城团防处同派十人，吴拙庵、郭湫六、薛世香、杨黼香、朱海门、刘镌山、白兰岩帮办，中城则徐梦江暨余。

【眉批】以下数条与《拙修集》参看。

十六午后，至浙绍乡祠即团防公局，总理大臣为周中堂，陈子鹤、宋雪帆、潘星斋十七膳折，请唐根石阅定，十九复膳。以未合款式易之。申刻赴〇园，二十寅初，公服偕世香、希初至奏事处递折，巳初入内预备，闻巳发交军机矣。

【眉批】备查。

廿五连日秋燥，夷务吃紧，和不成和，战不成战。昨晚各大臣会议,均谓巡幸木兰○○、御驾亲征均万不可行,不得已,仍就抚局。命怡亲王穆荫即日同往,于是京师人心大震。

廿六两日,吏胥捉车,市为一空,拟上衙门,不果。晚间衙门知会赴园。

廿七午夜赴园,与同人赴阙上书,巳刻传出朱谕,未蒙采纳,同人皆嗷然而哭,拟再冒死递封,谓巡幸万不可行。廿八,同人递连衔封奏,抗疏力争,两折皆眉生秉笔,坚请明颁○谕旨,即刻还○宫,庶以定人心而延国脉。翁、祁两中堂及九卿均递封奏,申刻传出上谕,人心大定。

廿九酉刻,入城至牙署,住宿内城,营棚棋布,入夜灯光连缀似星,三鼓即起。

八月初三巳刻,赴颜料会馆,即中城办巡防处。时商民云集,议中城募勇百人,劝谕民捐民用,上户六十,中户四十,下户廿,亦仙倡捐二百,予与梦江倡捐百六十吊。中城备有午饭,绅士董蓬山作陪。午后饭毕,操演机桶,与亦仙、梦江小坐锦蕞,外边旗帜森列,中矗一竿,约高五丈,上竖大旗,东西对设机桶,担水之夫,各以小旗引导注满。掌杆者皮衣中立,白光直上,如虹在空,赤日当天,飞雨四落,亦大观也。归至团防处,晤四大臣。初四,本牙门递连衔封章,是日拏获英夷五人送交刑部。

【眉批】羸卒穷官可叹,此左恪靖所以欲南领广部以为筹饷之资也。

初五午后,人心惊慌,闻僧邸已经小挫,又解夷酋廿余名来京。晚间闻有吧嘎哩在内,广东人无不欣跃,以该酋最为凶狡也。

初七午后,恭缮奏折,外间传言,齐化、崇文各门均闭戏馆,忽剪池内人已散尽,市间惊攘不已。二更后,闻翁玉甫言,通人逃奔来京,恐有奸细,是以闭门不纳。潘星翁言,午间僧邸已打胜仗,拜折不果。

初八巳刻，圣驾启行，将以北狩。举城惊恐，崇文、宣武门不启，人心更疑。淀、津喧攘竟夜，作字寄五城，坚嘱出示。初九探知各铺面尚开，五城告示已出，遍处实贴，如有抢劫者，格杀勿论，倘居民拿获送团防处，即行正法，因此人心稍定。午后西便门已闭，彰义南、西两门亦闭，人心惊疑，溃兵环城喧扰。申刻与小宋前辈急办本街团练，亲往输写，仍以圆通观道士总管。

初十讹言四起，忽好忽坏，因连日无报，城门已闭，各路耗息不通也。申刻，至颜料总局。点勇时，中城新募二百，探知今日已奉谕旨，命全小汀、周贾两中堂为办事大臣。

十一，天气连日晴朗，纷纷告假出京。十二，夷匪游奕城下，我兵视之若无睹也。

十三，出都车马络绎不断，西便门尚开，一切米菜均不得入。二更至中城巡夜，闻夷有攻齐化门之意。十六，车行生意无以复加，百里之近，必得十金，千里而遥即需百两。加以兵差络绎，通市竟无一车。

十八，团防处知会有紧要公事面商，借车赴局，时同仁堂药铺乐平泉、恒和木厂王海拟用弦高犒师之法，代为议和。僧邸有文书，与五城商酌，拟约各铺户通往。现夷人已运大炮至八里桥，仍不时至城根游奕。

十九午后，赴团防处探问商人消信，拟于明日清晨出城，众商在黑寺会齐，至夷营犒劳。二十，京官出城，十室九空。

廿三，探知夷人五六百名于昨午赴园，夜有火光，城门又复紧闭。僧王退至西直门角楼，夷由六里屯亮马桥、广西门龙头村拔营，至德胜门外土城黑寺扎住，又分股至园抢掠，我兵全溃，芦沟、长新、篁村等处已满，行人不能径过。城内惊恐，银价骤昂。午后，便门甫开，出京者滔滔不绝。

廿四，车值较前尤昂，百里竟须廿金矣。彰义门仍未开，是日释巴夏李。

廿五,甫讲和议,恒子久力言其事。巳刻夷人入城,由安定门入,仍留一门出入,尽他把守。

廿六,早起,闻夜间探报,夷人饬民夫押抬绸缎衣物,运至土城褡裢。搜郑、怡、僧各王府金银等物,及寓掠抢一空。又报昨午新来夷人,自石家坟至此句敚。僧邸起至天宁寺,而各门兵炮齐撤,不可解。己未刻,赴团防处。

廿七,夜间探报,知夷于昨晚又有数十人至〇园闲游,勋贝子带兵至〇园弹压。土匪住红庙地方,土城有骑马夷人瞭望,仍屯在黄寺等处。连日大风,天气骤寒。

廿八,入城慰问,沈公□□,时园寓衣箱书籍,悉被掠去,兼丧车马。

廿九,是日午刻,开安定门,夷人进城,马步队约有五六百名,恒子久带队引入。进城后见城上五虎杆上有蓝旗一杆,心内白十字,十字厢红边,城外夷人仍回地坛,即毁地坛,起筑炮台。

九月朔,探报安定门楼五虎杆下,夷人设大炮一尊,东边城墙上设小炮四尊,城楼下居中设大炮二尊,上下炮口俱系向南,另有夷人二三百人,手执长枪,在城上往来巡逻,城内铺户仍照常开设。又据东城外坊报,昨日午刻,由安定门放进马步夷兵四起,同和窑夷营仅剩二十馀人。是日恭邸进城,住天宁寺。

初二,探报安定城东墙下挖有马道,夷人出入无常。谣言大作,人心惊恐。又闻辰刻鼓吹撤队,未知确否。夜雨达旦。

初三,内城豪宗巨贾迁徙纷纷,道路衔接,银价贵至卅折。辰刻,恒子久同巴酉到监,约带夷人步队五六十名,复至雍和宫赴圣庙。初四大风。

初五,夷人焚毁圆明园,烟气瘴天,都门震恐,凡二日火光不息。夷人照会,又索五十万元,允以初九限期,以兵弁为我处伤害也。又索皮衣三千件,毡毯三千条,及牛羊薪米。

初六,董丞送皮衣二千件、毡毯五百条,夷人不收,仍押交大兴县。

初七，俄罗斯夷官为我说和，言明赔偿五十万两，准于初九兑付，拟初十日换约后，再过旬日方撤兵回。又前所索之二百万，因焚我园禁，只需一百万矣。

初九，团防知照，明日换约，又须改期，夷人马队二百游白云观，胜营惊溃，急以白旗见示，夷人大笑之。是日付交五十万两，拟明日开箱过秤。彰义门外不静。

初十，东城坊报，见有夷车百辆，装载箱笼出安定门，往通州去。通和窑退回数百馀人，巴夷带官三员，携有夹剪，赴安定门开箱过秤。英国又挑怡王府作公馆，不用肃王府矣。

英夷走失六人，请提督查找。

十一午刻，恭邸到礼部，巴夷随同克额等各坐八人大轿四乘，由安定门带马步队约二千馀人，并带女队数十人，鼓乐三四百人，亦道礼部，旋回怡王府公馆。

十二巳刻，恭邸到礼部。午刻，法国葛罗爱家乐孟将军带马步队三千人，各坐四人大轿三乘，到礼部换约，回贤良寺公馆。

十三，土城至海淀西北一带并无夷兵。安定门城上城下夷兵撤退，城楼上仍留夷兵三十四人，看守炮位。恭邸送酒席、鲜果、饽饽共十六抬至贤良寺。

十四，英国由安定门大营，将所有物件全运至怡王府，择日迁移法国，派人至顺治门城根修理天主堂。未刻，有夷人手持一册，绘安定门大街各铺图样，恭邸送酒席、鲜果、饽饽至怡王府。

廿八，入内阁会议，公同具折迎銮，自恭邸以下大小九卿均到。

十月初五至内阁会议，知有旨暂缓回銮，公议不发抄。以上录薛日记竟。

传曰：知臣莫若君。曾文正深受显庙知遇，尝言"咸丰末政办事易，同治初政办事难"。以咸丰己、庚在廷诸臣，方之道光庚、辛在廷诸臣,阁部既无如王鼎之抗疏力争,深援大义,台谏又不过若蔡家玕之葸荏,外市直名。各臣工口能言之,力不能任之,久在圣明洞鉴之中。木兰之狩,卤簿震惊。固明知无寇准、李纲、于谦其人者,一柱擎天,为君父扞蔽,是以庙谋计决[1],乾断难回,所谓"朕不负诸臣,诸臣负朕也。"於乎於乎,可胜愤哉!

包慎伯大令之罢官也,上游委以剧事,慎伯毫不为意,禀复云:"此如偶中风寒者,无须多药,只一帖小柴胡汤足矣。"上游恶之,以为公牍如何用此等游戏语,径施参革。平时睥睨一切,自谓书法冠两朝之上。语似近诞,汤雨生、侯青甫戏赠一联谑之云:"书法两朝推草圣,官场一帖误柴胡。"可为大噱。

曾子有疾,召门弟子曰:"启予足,启予手。《诗》云:'战战兢兢,如临深渊,如履薄冰。'而今而后,吾知免夫,小子!"孔子曰:"身体发肤,受之父母,不敢毁伤。"父母全而生之,子全而归之,于乎此圣贤之所以屏绝九流二氏也。

谢混常称其从子宏微曰:"微子异不伤物,同不害正,吾无间然。"

【眉批】下五条盖皆录自《通鉴》,应否存之?

刘裕收秦彝器、浑仪、土圭、记里鼓、指南车,送诣建康。

浑仪,胡身之注。汉武帝时洛下闳、鲜于妄人、耿寿昌造员仪以考历度。和帝时贾逵又加黄道,顺帝时张衡又制浑象,具内外规,黄、赤道,南北极,列二十四气,二十八宿,中外星官及日月五纬,以漏水转之于殿上。室内中星出没,与天相应。其后,吴陆绩造浑象,王蕃制浑仪。旧浑象以二分为一度,凡周七尺三寸半分;张衡更制,以四分为一度,凡周一丈四尺六寸;王蕃以古制局小,星辰稠概,衡器伤大,

---

① "庙",原文作"墓",据眉批改。

难可转移，更制浑象，以三分为一度，凡周天一丈九寸五分分之三。

土圭，胡身之注。《周礼·大司徒》以土圭之法测土深，正日景以求地中，日南则景短，多暑；日北则景长，多寒；日东则景夕，多风；日西则景朝，多阴。日至之景尺有五寸，谓之地中。注云："土圭所以致四时，日月之景也。"郑司农云："测土深，谓南北东西之深也。"日南，立表处太南，近日也；日北，谓立表处太北，远日也。景夕谓日昳，景乃中立，表处太东，近日也；景朝谓日未中，而景中立，表处太西，远日也。玄谓"昼漏半，而置土圭表阴阳，审其南北"。景短于土圭，谓之日南，是地于日为近南也；景长于土圭，谓之日北，是地于日为近北也；东于土圭，谓之日东，是地于日为近东也；西于土圭，谓之日西，是地于日为近西也。如是则寒暑阴风，偏而不知，是未得其所。求凡日景于地千里，而差一寸。郑司农又云："土圭之长尺有五寸，以夏至之日，立八尺之表，其景适与土圭等，谓之地中。今颍川、阳城地为然。"

记里鼓，胡身之注。晋《舆服志》："记里鼓车驾四马，制如司南车。"崔豹《古今注》曰："大章车所以识道里也。"起于《西京》，亦曰："记里车车上有二层，皆有木人，行一里，下层击鼓，行十里，上层击镯。"

指南车，胡身之注。黄帝作指南车。晋《舆服志》："司南车一名，指南车，驾四马，其下制如楼，三级四角，金龙衔羽葆，刻木为仙人，衣羽衣，立车上。车虽回转，手常指南。大驾出行，为先启之乘。"萧子显曰："指南车四周厢上施屋，指南人衣裙襦天衣，在厢中，上四角皆施龙子竿，缘帏色青，孔雀毦，乌布皂复幔，漆画轮，驾牛皆铜校饰。"记里鼓车制如指南，上施华盖子，伞衣漆画，鼓机皆在内。

西刻夏至夜望斗七星，一至四为魁，五至七为杓。

历法有大馀、小馀。《史记·历书》曰："大馀者，日也；小馀者，月也。"周天三百六十五度，四分度之一日，日行一度，十二月为一周天。岁十二月，凡三百五十四日，以六除之，五六三百日，馀五十四日，为大馀。周天三百六十五度，以六甲除之。六六三百六十，余五为大馀,小馀即四分之弌,未满日之分数也。其分每满三十二则成一日,盖奇日为大馀,奇分为小馀,积而成闰也。

【眉批】又按:“历法”以下四条皆录自《通鉴》历法条,可否删,抑可存?原文所引旧说,恐误。按:据今西人测验,天文家言,天乃四围,空气了不着物。所谓度者,乃据地球上对空际之位,以圜象分数以计之耳。地球自绕日十二月一周而成岁;月绕地一月一周而成月。其昼夜分者,地绕日行亦尚自转,每一日一转,以向日、背日为昼夜。其有冬夏者,地由西东旋,其南北亦稍曲,渐成弧线,有距日远近之殊,是成寒暑,而日分长短也。此彼初授蒙童地学,启蒙者皆知之。

王寻、王邑以百万败于昆阳,诸葛恪以二十万败于合肥,故曰:用兵之计,攻城最下。

周朗疏:一体炫金,不及百两;一岁美衣不过数袭,而必收宝连椟,集服累笥,目未尝视,身未时亲,是椟带宝、笥著衣也。

癸酉六月

房崇吉母傅氏、申纂妻贾氏,与济州刺史卢度世有中表亲,然已疏远。及为魏所虏,度世奉事甚恭,赡给优厚。度世闺门之内,和而有礼,虽世有屯夷,家有贫富,百口怡怡,丰俭同之。史言度世有行。

挚虞以为,月令孟冬,天子祈来年于天宗。天宗,六宗之神也。按:天宗,六宗之一,不得以赅六宗。伏生今文家与马融漆书古文家以天地四时为六宗。按:今文家言万物非天不生,非地不载,非春不孳,非夏不长,非秋不收,非冬不藏。天昊,天上帝,北辰也;地,黄帝也。春,苍帝;夏,赤帝;秋,白帝;冬,黑帝。谓之六宗。冬至祭天于圜丘,故谓之天宗,即北辰耀魄宝。欧阳、夏侯同伏谊而小变之。

【眉批】此二条盖自按者。

贾逵说天宗三，日、月、星也；地宗三，河、海、岱也。按：河宗见《穆天子传》，岱宗见《虞书》。此六宗异义。

齐永明九年，孔稚珪表，请置律助教，依五经例，国子生有欲读者，策试高第。

【眉批】以下七节，亦录自《通鉴》。

老者之智，少者之决。言老者经事多，故智虑深远；少者气盛，故临事有断。

孔颖达曰：人目所望，三十里而天地合，于三十里不复见之，是为极望。

魏孝文下诏，以为北人谓土为拓，后为跋，魏以土德王。夫土者，黄中之色，万物之元也，宜改姓元氏，诸功臣自代来者，姓或重复，皆改之。于是改拔拔氏为长孙氏，达奚氏为奚氏，乙旃氏为叔孙氏，丘穆陵氏为穆氏，步六孤氏为陆氏，贺赖氏为贺氏，独孤氏为刘氏，贺楼氏为楼氏，勿忸于氏为于氏，尉迟氏为尉氏。

王肃为魏制官品，百司皆如江南之制，凡九品，品各有二。每品各有正、从二品，隋唐至今皆然。

王肃以父死非命，四年不除丧。高祖曰："三年之丧，贤者不敢过。"命肃以祥禫之礼除丧，然肃犹素服，不听乐终身。

怯防勇战。其周防若怯，而临战则勇。

凡为学，驽散缓滞，则劫之以刚劲，因书介父事于左方。

司马温公尝曰："昔与王介甫同为群牧司判官，包孝肃为使，时号清严。一日，群牧司牡丹盛开，包公置酒赏之。公举酒相劝，光素不喜酒，亦强饮之。介甫终席不饮，包公不能强也。光以是知其不屈。"《名臣言行后录》。

公知制诰,吴夫人为买一妾。公见之曰:“何物女子?”曰:“夫人令执事左右。”曰:“汝谁氏?”曰:“妾之夫为军大将,部米运失舟,家赀尽没犹不足,又卖妾以偿。”公愀然曰:“夫人用泉几何得汝?”曰:“九十万。”公呼其夫,令为夫妇如初,尽以钱赐之。司马温公从庞颖公辟为太原府通判,尚未有子。夫人为买一妾,公殊不顾,夫人疑有所忌也。一日,教其妾:“俟我出,汝自饰至书院中,冀公一顾也。”妾如其言,公讶曰:“夫人出,汝安得至此?”亟遣之。颖公知之,对僚属咨其贤。二公不好声色,不爱官职,不殖货利。此二公之同。平生相善,至论新法不合,始著书绝交矣。此二公之异。又,熙宁庚戌冬,公拜相,百官皆贺,公以未谢,皆不见之,独与余坐西庑之小阁,忽颦蹙之久,取笔书窗曰:“霜筠雪竹钟山寺,投老归欤寄此生。”放笔揖余入。再罢相归金陵,筑第于白门外。元丰癸丑春,余谒公于第,公遽邀余同游钟山,憩法云寺,偶坐于僧房。余因为公道平昔之事,及诵书窗之诗,公怃然曰:“有是乎?”微笑而已。□□□笔录,《言行录》引。

元丰七年春,公有疾,两日不言,少苏,语吴国夫人曰:“夫妇之情,偶合耳,不须他念,强为善而已。”执叶涛手曰:“君聪明,宜博读佛书,慎勿徒劳作世间言语。安石生来多枉费作闲文字,深自悔责。”吴国勉之曰:“公未宜出此言。”曰:“生死无常,吾恐时至不能发言,故今叙此,时至则行,何用君劝?”公疾瘳,乃自悔曰:“虽识尽天下理,而定力尚浅,或者未死,应尚竭力修为。”此《易》“冥升,利于不息之贞”谊也。释迦有焉。《〇公语录》。

《元城语录》载温公谓,论安石事八个字尽之曰:“虚名实行,强辨坚志。”当时天下之论,以金陵不作执政为屈,此虚名也。平生行止,无一点涴,论者虽欲诬之,人主信乎?此实行也。论议人主之前,贯穿经史,今古不可穷诘,故曰强辨。前世大臣,欲任意行一事,或可以生死祸福恐之得回,此老实不可以此动,故曰坚志。按:此条似亦引自何书,而忘注于此。

公在上前争论,或为上所疑,则曰:“臣之素行,亦不至无廉耻,如何不足信?”夫论事当问事之是非利害如何,岂可以素有廉耻劫人使信己也?夫廉耻,耻在常人无足道,此常人目儒生。若君子更自矜,其廉耻亦浅矣。此君子指在位者。盖廉耻自君子所当为者,如人守官曰:“我固不受赃。”不受赃,岂分外事乎?蒙按《学记》曰:“官先事,士先志。”龟山讥安石剌核廉耻二事,言甚正。推此而言,凡在朝言事,在野首志,寒贱讲学,传素敦行,斯其分矣,居官废务,外崇讲学之名,不亦义驵义盗乎?国何赖焉?此一条引《龟山语录》。蒙按:以下讥切当世执政。

魏贾思伯为侍讲,帝从思伯受《春秋》,思伯虽贵,倾身下士。或问思伯曰:“公何以能不骄?”思伯曰:“衰至便骄,何常之有?”当时以为雅谈。

【眉批】此下三节录《通鉴》。

汉魏相云:“争恨细故,不忍愤怒者,谓之忿兵。兵忿者败。”

高敖曹败走河阳南城,拔刀穿阖未彻,而追者至,遂伏桥下。追者见其从奴持金带,问敖曹所在,奴指示之。敖曹知不免,奋头曰:“来,与汝开国公。”追者斩其头而去,高欢夺气。

行状状其平生之行实,上之于朝以请谥。今制:非一品官不得予谥。纷纷作状,非也。

【眉批】盖亦见《通鉴》而发。二节不知本何书。

洪适曰:“东汉自路都尉始建墓阙,盖表阡碑铭之滥觞也。有文而传于今,则谒者景君墓表始。”

太清元年冬十一月,西魏丞相泰从魏主狩于岐阳,时苏绰已前卒,可知石鼓非宇文周物,亦非出绰手撰,孙季逑误也。

【眉批】以下盖皆见《通鉴》,而后多摘录者。

北齐高洋简练六坊之士,一必当百,谓之“百保鲜卑”。胡身之曰:“犹今北人谓勇士为霸都鲁。”今北人指金元霸都鲁,即今巴图鲁勇号。

宇文周制,凡受田之丁,岁输粟,谓之租;随乡所出,每丁岁输绢、绫、絁、布、棉、麻,非蚕乡则岁输银,谓之调。用人之力,岁二十日,闰加二日,不役者日为绢三尺,谓之庸。

宇文泰能驾御英豪,得起力用,性好质素,不尚虚饰,明达政事,崇儒好古。凡所施设,皆依放三代而为之。性好质素,不尚虚饰,即开诚心,布公道,所以集众思,广众益也。

澄汰。胡身之注:澄者,去泥滓;汰者,去沙石。

谚曰:小暑一声雷,重添十日霉。

至德元年十二月,隋置律博士弟子员。胡身之曰:“大理寺之属,有律博士八人。”

十五自全椒办装,十六宿安定桥,十七行瓜步山下,山高仅十仞,而石壁巉峭,形势悬绝,环山成渠,白莲盛开。十八宿红山窑。十九抵广陵。

或问:“梁武帝立阴阳学,其书阙如,学绝,有诸乎?”曰:“否。六艺尝言阴阳矣。阳,日月为阳,日,太阳,月,太阴也。春秋二以成岁,春少阳,秋少阴也。礼阴礼,乐阳乐,恶乎阙?且大阴阳之说者,莫备于儒家董生之书矣。”

癸酉闰六月

睹吴廷飏家所藏《天发神谶碑》,俗云“三段碑”。云吴皇象书者,误也。

新出戒雅片烟方:菟丝子,俗名八仙草,蔓生,处处有之,叶环茎生,状如重台。林文忠公有奇方二,当访求之。

蒙尝苦《会典》难读,以叩陶君膜,答曰:“《吾学录》一册足矣。”今始得兹录,乃属迟翁,署册凡六,曰:“不学礼,无以立志。”愿学之意也。

癸酉七月

书估戴姓，有徐《读礼通考》、秦《五礼通考》二书，索直夷泉廿又八饼。此书“三通”外所必不可少之书，贫不能购，可惜。

初二，偕叔迟自扬登舟，二十里至三汊河宿。

初三，二十里至瓜州口，渡江，自京口五十里至新丰，又四十馀里至云阳驿，宿。

杜甫诗“夜阑接软语”，“软语”二字不知何出，今检《维摩诘经》云：“所言诚谛，常以软语，眷属不离。”

初四，《维摩诘经》三卷，读卒业，能仁寂默氏之于维摩诘长者，犹吾夫子之于季札、晏婴也。九十里至南兰陵，又二十里至七子堰，宿。初五，舟行七十里，经无锡县，又四十五里至许市关，宿。初六，抵吴郡。初八，发吴郡，四十五里至吴江，十八里至百尺浦，廿七里至平望镇，泊。

杭中有一士子横肆诽谤诋予，乞大府锲谢山《宋儒学案》，为强附伪道学，可发大笑。谚云：“一犬吠形，百犬吠声。”此册乃讲汉学者所定，于荆公、蜀党、永康三案，各有所取。此士子未见其形，徒随其声而吠，乃下狗耳。

潘文恭遇计偕人则拱手曰：“一定高发。”它无所言。在朝遇大议，常敛手版默尔，此诚春勿多言，领取十年太平宰相也。寿至八十五，可法，可法。

初九，八十里至嘉兴，入城，苦其迫隘，觅知交不得，将兴阻回船矣。途中忽遇曹、褚二公，做北道主人，为烟雨楼之游。楼在南湖中，四面无际，大有佳趣。“北道主人”非用光武语，予南人孱羸，而习北俗不喜南食，故强名之北道主人。呵呵，放笔一笑。

湘翁见示所辑《国朝名贤碑传录》稿，略仿《朱子言行录》例，索序于予。

阅汤文端公钊《金寸心知室文集》，其学术与闽县甚合，宜闽县之亟称之也。

次富阳县,杭至此一百许里,许丈廷询邀饭。许七十岁人,日饵芝麻丸,行步如飞,貌甚丰,第眼微枯矣,亦异人也。

舟行百里,抵吾县,名山如故人,鸾翔鹤舞,磊磊落落,都到眼中,乐煞人也。

崇圣寺后,旧有老梅一株,本大十围,雪中多花。仆从前时时携酒其下,婆娑不去,或席地卧,今忽为樵者斫断,可惜,可惜!

祭扫王官山父墓、戊子山始祖墓、巡检司山祖墓、映潭坞曾祖墓祖母墓、木簰头大妹墓、师子谷曾祖母墓。夕挈舟归寓。

雾淞湿如细雨,隔江山俱不见面,环山濛濛密密,渔舟飞鸟不可复辨。少顷,烟销日出矣,近山始了了可数。仆登楼望之,不啻神仙中人也。谒城隍祠,古坊与水庸之祭也。

游桐君山,山势悬陡,语山僧曰:“仙人所巢旧迹,宜构一炼丹台,以镇压百怪。”住持能奎留饭,饭讫下山。

癸酉八月

寓楼吴翁新来,行路筋力劳惫,隔扉睡不得安,自起呼奴按摩,而其朗君方酣卧,不令惊之。甚矣,父子天性之爱如此也!西念先陇,昊天罔极!时在杭州。

偕曦亭兄游三忠祠园池及皋园。皋园中杉、枫、银杏三株是二百年物,朴素似古丈夫。藤亦百年物,蛟蛇屈盘可爱。池则涸尽矣。三忠祠蓼花甚盛,几可为杖,真游龙杖也。时在杭州。

夜肺疾大作,肝气逆上,秉烛静坐,彻晓不复能卧。吴仲英兄谓予肺气耗损,阳分不足,六脉沉见,急宜调养,否则恐致中年多病。海参煮汁或燕窠作粉面皆可,饵以养微阳,清理金木二藏,冬至后可煎熟地、当参二味,加黄蓍,煮膏饮之。

偶翻王士祯《古欢集》,引谢皋羽著有睦州山水人物古迹,考其书,疑亡。仆恐图经体大难成,不如先仍此旧目为之。

辛梅言衢、严二州刁猥琐，而金华士人间有雄直之气，如高山大川，予颇然其鉴别。

闻诸葛榴生病故，予识时樵，不减榴生，似为过之，皆婺之良也。

得佳墨七铤，常墨一觔三十二丸，又次一觔十六丸。计仆所蓄墨，大小八十丸，足资七八年粮。胜于石昌言之："非人磨墨，墨磨人多矣。欢喜海中持竿打鸭。"

前夜戏与颂音说偈曰："何为风动？何为旛动？何为风旛俱动？何为风幡俱不动？以自然故。何为身动？何为心动？何为身心俱动？何为身心俱不动？以法自然。"故颂音大笑。

温泉有朱沙、矾石、硫磺三种。圣祖御制《几暇格物》，编中言之甚明。

癸酉九月

始圈识《东雅堂韩文》。以后凡阅群书，用蠹尾抹、粟壳点、虾眼圈，以省文字筋络骨节。

辨色即起，静中默坐，忽然有悟，过去世中烦恼界、属人一边。颠倒想，属己一边。皆如烟雾横斜，随风吹散，惟此心湛然，如皓月经天，不可泥滓耳。

予尝慕荆公之坚操绝俗，予设此心，亦如贾者贵出贱取之术耳。然予每师其意，以为天变可警，祖祖当法，惟万喙浮动，簸弄毁誉，颠倒黑白，殊不足以摇撼我心，此为异耳。

废业。日日书此者，心有绝续，即为之废，不以事有作辍论，事辍而心不息，仍名为业也。是日哺时，堕入见浊。

凡五浊皆生诸恶，劫命见众生烦恼是也。此借彼氏立意，所以杜时人之口。

与松兄论三命及于生死之故，君不妄冀长年。不妄即诚，是箴予之膏肓也。

曾相之保全严树森也，云：臣未尝与之共事，其能胜任与否，知之不深。而亟称其所为鄂省同官录,甄别人才之善。虚抑之而实扬之,此君子进人之术也。言之过戆则疑其党之也。其劾张芾也,云:张某廉静寡欲,操守甚优,而短于军旅之事。阳予以美名,而阴黜其大枋,此君子退人之术也。讦之近怒,则疑其倾之也。《道经》曰:“将欲取之,必固与之。”又曰:“后其身而身先厥。”旨近之矣。而抑知君子之所以发虑,宪几事密,防谗口而避党名者,乃以术济其诚哉。

松翁云:痔瘘红肿,气虚下坠故也。用不落水羊苦胆一个,冰片调,再用麻油、鹅毛管调敷。

闻湛侯在安河大府客位,尝袖予新诗,以夸其坐人。如此结习,爱我者抑何太衒?

岐阳乐石第八鼓尚存,微字者元以前搨也。潘迪音训今尽剥矣。

元微之云:“镜湖旁一草市村学,童多诵诗者,予召而问之曰:‘先生教我乐天、微之诗。’不知予即微之也。”元白文福何太丰,然元为人终不如白之丽以则。

癸酉十月

丁氏合刊杭州《五布衣遗著》。金农,字寿门,钱塘人。《冬心先生集》四卷。丁敬,字敬身,钱塘人。《研林集》四卷。吴颖芳,字西林。《临江乡人诗》四卷。奚冈,字铁生,钱塘人。《冬花庵诗》上下卷。魏之琇,字玉横,钱塘人。《柳洲诗》上下卷。

舟次湖墅,予上岸,乘篴舆,独游昭庆寺。一路田陂高下,枯荷折芰,葑草塞满,寺又被兵毁,茅屋三椽而已。住持云:寺为燃灯古佛降生之地,常有金光护诸宝刹。贞观中建寺,敕立经像,高可四五寻。今像身具存,庄严宝相,修整完好。仁庙南巡,大拓旧址,于是前至西湖,后至卧牛山,左至城壕,右至桃花涧,其地悉入于寺。遂与寺僧涉历灌莽,瞻礼正殿遗址。相传即燃灯所遗说法戒坛,其人虽灭,英灵犹存,令人感咤。旋入经房,嘉树净人,为设彩粽,啖已,购《一切经音义》四部而归。

经世之学，国故、律学、地形、兵制、贡举、农田、水利皆在内；训故之学，经义、汉博士家法、宋儒义证、小学、律历、金石、九流百氏皆在内。自迩所学分五大宗：首词章，习之为时稍久；次功令艺楷，投时利器；三训故，大、小、六艺兼赅；四经世之学，耳稽目验足历，而后知非空言，傲气可辨。凡敢为大言者，皆食一斗恶酒，啖胀死牛肉三斤，病发狂者耳。力过即消，胸中本无物也。五四宗皆要归于义理之学。

左恪靖公初奉命督办浙江军务，抗疏千言，指陈机务，洞中窾要。受事以后，身履行简，一切奏陈，反少把握。丁松生曰："空言神暇，实求神困。"谅哉斯言。

吴中见彦清，使人名利之心都净；今日不见，又胶胶扰扰矣。

新设书签，号曰"记书邮"，以代折角，防损书也。凡以记读书自△页起，尽△页止，如邮程然。

孔子曰："其言之不怍，则为之也难。"《易大传》曰："德薄而位尊，智小而谋大，力少而任重，力少任重，本魏《石经》。鲜不败矣。"以是知贾生、董生、王通之上策，时主其全力，固自有胜任之量而后发。若陈亮、魏源，固力不能胜，中无所积，而徒为大言，以张其学。此以身市也。就令得志，于时乃人臣之利，非君上之福。肆志而轻事，用心愎而虑事疏也。仲长统讥高幹曰："君有雄志，而无雄才。"即此意。故凡学者，于职方氏之西北地形，如俄夷将来必为边患，太常之律吕，司天台之历算，皆须考核。以及屯田、水利、军制、马政、地丁、保甲、漕糈、旗务，皆以实理精意相辅而讲明之。为亟所为，藏器于身，以待天下之动是也。其论议虽驳师友答辩，笔记之于私书，而自揣精神才具，皆未能实力一一次第为之。世罔年资，又处处形格势禁，则宁托私家著述，载之空文，以待后之学者，而不屑狂呼叫呶，以为陈亮之所为。上者全道，次全身，此智者之事也。

陈蓝洲名豪大令言，为文辞不必藻饰规仿、揣求声病、研劘格法，而但以自抒胸臆，任天而行高。此陶渊明所以制胜于晋宋之间也。予驳之曰："此谬说也。宣尼解《易》，首述文言史佚纂言，聿名《尔雅》,求文与雅,非法不立。至夫字句之间,尤以多识为衡。《左传》王覲何以不曰‘覲王’,《淮南子》‘兄日姊月’,何以顺文称‘月姊’便俚而亵。韩愈‘春与猿吟兮秋鹤与飞’,何以连文曰‘秋与鹤飞’便腐,此句法之宜讲也。杨子云以摛、莹、挩、图、告入《玄》[①],韩退之《曹成王碑》用膊、筴、剜、鞣等字,此字法之当讲也。且渊明亦尝读《山海经》,读《高士传》,读《史记》,读《穆天子传》矣。舍法而使才,才必颤;舍学而任性,性必薄;离道以尚气,气必窳。害朴学而便于空疏,莫此言为厉。”大令默然。

绍述兰陵、江都、昌黎、新安、昆山,承师闽县、嘉善、兴化,私淑歙王少农子怀先生、六安吴少寇拙修先生,旁通仁和邵位西比部。

癸酉十一月

研滑不治,叔迟教予以瓦劘之研,乃受墨光莹而润,洵妙术也。

问受德,纣之翻语,故受之,名受德也。伪古文《太誓》以德字属下读者,非。

【眉批】入闽县问目。

吾乡江退谷先生爱种松,榜其居曰“听松草堂”。李阳冰有“听松”二字镌刻。“听松”二字在无锡县惠山。惜当时未拓取而赠之洵宅,缘佳语也。

柳子厚居愚溪,自为文曰:“超鸿蒙,混希夷,寂寥而莫我知也。”此“莫我知”三字与《论语》孔子之“莫我知”相去何啻霄壤!盖子厚徒以文辞鸣,特自托于旷达,以寄其牢骚不平之意耳,其实于天人性命之源何曾梦见?于乎!人可不舍去糟粕,从最上一层渐渍着力邪!癸酉二月十八,北谯草堂书此帖。

---

① “玄”,原文讳作“元”,下同,不出校。

绍述兰陵、江都、昌黎、新安、昆山，承师闽县、嘉善、兴化，私淑歙王少农子怀先生、六安吴少寇拙修先生，旁通仁和邵位西比部。

首阳拙，柳下工，以仕代农。知此乐者，击壤翁。

癸酉十二月

除夕夜入城，见斗杓指东，岁更新矣。混混与世相处，久之亦渐与之俱化，所澄之不滓者，方塘晶洁耳。然回视二十八寒暑，隼起鹘落，如弹指一刹那，而所习末艺亦未驯熟，安敢由仁行义，乃更能精熟也，良当怃然者间。

介孚言，写白折楷法有五要：一土气宜除。俗体省笔，波磔笨滞是也；一木气宜去。字形僵缩，钩趯拙率，及横扁竖歪是也；一火气宜洗。字势之剑拔弩张，及一开之间，大小不符，一字之体，轻重互异是也；一宜得金气。谓墨彩焕发，银钩铁画，及横直两线如削是也；一宜得水气。谓润而不枯，清而仍腴，衡文者于此，觇福泽是也。清秘堂中人物，总以得金水气者贵。介孚又云："功令小楷有十二字诀：竖直画平，点圆钩方，劈中捺长。"

甲戌年(同治十三年,1874)

甲戌正月

中白近作“十中诗”,如《湟中》《黔中》《蜀中》《云中》《越中》之类是也。又作“十下诗”,如《历下》《白下》《稷下》《日下》之类是也。风刺时政,微婉新隽可喜,于穷愁无聊之中,亦一消遣法也。

曾文正《国朝先正事略叙》云:“圣祖尝自言,年十七八时读书过劳,至于咯血而不肯少休,老耄而手不释卷。临摹名家手卷,多至万馀;写寺庙扁榜,多至千馀。盖虽寒畯不能方其专。北征度漠,南巡治河,虽卒役不能逾其劳。祈雨祷疾,步行天坛,并醯酱齑盐而不御。年逾六十犹扶病而力行之。凡前圣所称至德纯行,殆无一而不备。上而天象、地舆、历算、音乐、考礼、行师、刑律、农政,下至射御、医药、奇门、壬遁,满蒙、西域、外洋之文书字母,殆无一而不通,且无一不创立新法,别启津途。后来高才绝艺,终莫能出其范围。”又云:圣祖有言曰,“学贵初有决定不移之志,中有勇猛精进之心,末有坚贞永固之力”。

人惟无欲,始能刚耳,有欲恶能刚。耐坚苦者,始能进德耳,耽安佚者,则丧德矣。以王介甫之拗执不通,而机祥祸福不足以动之,绝耆欲而劳筋骨故也。

甲戌二月

退之诗:“墙根菊花好沽酒,钱帛纵空衣可准。”“准”字下得便捷痛快。

清明东望西陇，万念俱灰。既而思杨园云：“鲁邹亦两家。”无父孤儿为今日计，惟有养身谨疾，读书立名，以训罔极，强于日祝，愿生生世世，长为吾父母之子也。自修之念，一刻不容稍懈，自废之念，一息何以自安。吾友事中无父母昆弟者，谭中义、高叔迟及予三人而已。

张公艺以“忍”字自戒，凡事且求耐性。

仆素诽谤船山诗，今读船山诗，乃爱不释手，此何故也？

闻方之在文县，坚操卓绝，事有法度，方之本法度士，故所诣能如此。顷阅邸抄，陕甘大府以才优守洁，年力富强，保奏升用秦州州牧，此君嗜好绝少，狷介练达，可畏也。

不作无益之事，不道无益之言，不损无益之神，不发无益之虑。

心无二用，自今后作一事竟，再作一事，则心体不疲。

兴化为学宗旨，务在心得，以群书供我受用。而不为书所困，故无日不优柔餍饫，怡愉自得，所以心体坚定，做得自家主宰。遇富贵不役役，贫穷不咨咨也，近刻《持志塾言》《艺概》二书。

甲戌三月

予颇疑中煤毒，日服萝菔数丸，不能即愈。思得里中前辈方先生云岩，手搏蹋踘治之病，及江丈退谷调息存神之术。又亡友周仁父有治五劳七伤之法，并前健齿、摩足、洗眼三百功德，一概施行。

孱轩记

袁子以孱名其轩，或问：“孱之名，人之所避，而子乐居之，何与？”蒙请申其辞曰：予之习于孱也，蕲纯乎传者之言，而不杂以老氏之旨，故非避坚强之死，而就柔弱之生之谓也，盖有说焉。予十五六慁于稚昧，暗懦而病；稍长，习于浮夸躁决而又病；又稍壮，中更世故，涉忧患，滞于摧折拘挛而病未能兴。非病手足荣卫也，病学焉不能行也。病之利于人者，皆有病。予不材，无所利于人，而病与材物无异，此孱人也。浮夸躁决焉,而病于阳;摧折拘挛焉,而病于阴,皆不得其中也。苟失其中,形神交困而无所益,苟得其中则形释神固,不特便于律己也,渐且有以利人。是故马驰疾则或蹶焉,人疾行则或踬焉,道德仁谊之途,骤几其微,则或跲焉。是皆去孱而就刚决之病,究其同于失者,与孱适均。文中子有言曰:"博学而孱守之。"近儒山阳张力臣以孱守名,其录良有以也。予不讳疾而忌医,故不辞孱之名,而蕲收孱之效。此名轩之义也。"或曰:"孱之义,既得而闻矣,然守而不孱,近于炫世求售,孱而不守,则一疲软庸夫耳,又奚以为?予听然而笑。

【眉批】似应入文。

仲修、松溪来,谈及左泉同年事,可为慨叹。因果之说未必无之,范缜之论亦有然矣。敬通、孝标、容父人地虽隔,并而为四,此何说哉?

淮丈《东坡生日》诗:"朔雪已知鸿去远,南云仍盼鹤飞还。"饶有风致,而董研樵以为诗谶。

甲戌四月

蓝洲谈述湘乡杨中丞清德,自奉淡泊而好施济,节于耆欲,而公事不倦,士大夫之法也。

董攽宋□□中人,著《严州图经》八卷,宋刊本仅存三卷。

阅检《雕龙》第四十二《养气篇》,其言甚是。仆欲辑《摄生录》,拟分四科,《雕龙》一条可入"文学门"。

阅瑞金罗台山有高《尊闻居士集》,长洲彭绍升录刊。文中心契者,惟《张尔岐传》《彭南昀状》《积微说》三篇,余则浸淫释氏,无取焉耳。

乐天知命,何忧不争无辨?夫何疑于鞭淬?刻意中仍有一段逍遥自在光景。以末职而虱居人海，前乎此者，则有归安姚克堧镜塘、汉阳刘传莹之为人可法也。

与严鹿畦谈次，言动作之得失，关乎学术之朴散。散则气嚣，朴则气厚。鹿翁云："吾辈大患在处处求舒服，不知天下事惟刻苦乃能舒服耳，时时刻苦，即时时舒服。"予谓此曾文正所谓君子无日不忧，无日不乐也。

谒房师休宁吴蕙吟先生。先生言，拙卷已取中十数日，至填榜前一日始抽换他卷。先生力争不能得，予逊谢。

甲戌五月

东坡居惠州，始不乐其风土，颇有所厌苦，既而思何如便为惠州秀才。盖惠州秀才，从少至老，育子及孙，何尝不安之若故？凡处境皆当作如是观，小子设为宛平秀才，则亦为宛平三家村学究，何不乐之有？

廿三夜，东北分野慧星见。

仲修言："凡辞章经术，宁弱宁薄，最患强自撑大，其气似盈而易枵。"此言甚是。

甲戌六月

摄心静坐甚乐，即昨日所语张校录耐字之妙法也。

初五慧星不见。

先公于儿子八岁时，尝命临闲邪公传，今仍欲之，遵先志也。

老苏三十岁尽弃所作文，沉浸于经史者数年。积养二十年，乃学为论策，甚纵横不可当。此可法也，欲养千钧之弩，务待万全而发。

读《恽子居文》，其自撰凡例，精谛谨严，编年体简而旨瀞，行文如法家言。

阅惠氏注《精华录·凡例》，辨传、注、笺三谊，实一叹为确解。

闻监中云：荧惑守太白。

《广雅》曰:“土高四堕曰椒丘。”今全椒地形然也。

与辛楣辨谤,仍违文中子何以止谤,曰:“无辨之戒。”切诫!切诫!

阅《复堂文》,大而伤瓠,小而伤窕,藏不固也。

欲自写一额曰“养生主”,又曰“蓬累之室”。然所业未尝一日废也。

闻枢揆沈阳文公病中草疏,极谏乞罢园工。候补中书杨浚亦以为言,由宝公代奏。杨,字雪沧,闽人。邑邑不得志,已乞假去矣。

黄丈式三《求是斋记》曰:“天假我一日,即读一日之书,以求其是。”又《畏轩记》曰:“读经而不治心,犹将百万之兵而自乱之。”丈年七十二,作《知非子传》曰:“人各有职,士无职,以治经为天职。其治之也,必以畏圣言、侮圣言为悬衡,洞见得失,用不敢剿说雷同。”而卒以行不掩言为咎。

【眉批】黄丈式三,盖即黄元同。

甲戌七月

偕张碧岑约淳安商叟开文之南五老胡同,察看郡馆馀地,并视嵌壁碑记。知郡馆系乾隆中周学士景祺、遂安人。王农部世维购置。商十六翁,道光庚子来客京师卖药,长安市人莫能识。浮湛三十馀年,颇有沧桑之感。仆前寓居湖上,见一圣音寺行宫抱关者,庞眉皓首,丹颜若酡,与之谈嘉道年事,混混可听,亦为淳安威坪镇人。此翁风味,殊不减行宫抱关者也。

《庄子》曰:“胥靡登高而不惧,遗其身也。”昌黎云:“高爵尚可求,毋为守一乡。”仆家乏见粮,每出游,恒不见礼于府主。马宾王之落拓取辱,浚仪陈曲逆之长贫,贻讪户牖。仆于此时,迹等胥靡,安得不自致高爵,以洗平日侘傺之气,使肉眼市人,一刮目邪?

阅《宸垣志略》，“勤政亲贤”四字，考中书篋题。为淀园“正大光明”殿后殿名，知上意指所在也。

静中观万物，常以气盈而动，以气衰而息。日旦气盈，故群跂动；日夕气衰，故群喙息，此血气之气也。若夫道义之气，则收敛而不妄动，亦充满而无衰息。

憸人李光照以浮报进御木植数目，为直督李公劾奏，奉旨严讯。照欺妄朝廷例治罪，人心大快。

淳安商文毅公之后人尚质，字开文，其侄钧，字子贞，均见过。

文渊等阁所藏《四库全书》，凡三万六千册。计经部十类，六百九十五部，一万二百十四卷，二十架，九百六十函；史部十五类，五百六十三部，二万一千三百五十九卷，三十三架，一千五百八十四函；子部十四类，九百三十部，一万七千五百六十六卷，二十二架，一千五百八十四函；集部五类，一千二百八十二部，二万六千七百五十七卷，二十八架，二千十六函。

吾观时流之彦，平生知闻亦居十之七八，皆一时英异，颇负时誉。然或泛滥以为掩博，或琐碎以为研精，或抨弹苛核以为持论名通，或任达达侻以为历劫不坏，或敖物凌人以为气节，或隽讥谑论以为知言，或挟伎以显人之短，或造言以讦人之过。此皆末世之士，其风遂长，众煦飘山，蛊人心术，不可救药。呜呼！遂使天下清议，为何晏、邓飏辈所主持，亦吾道之耻也。耐得翁书。

入宿直庐，壁上有华亭张诗舲大空前辈祥河画紫薇一株，自叙“以嘉庆庚辰入直，阅三十五年，为咸丰甲寅拜阁学之命，复与诸少年元作同人二字。视草看花，得仍入五云深处”云云。时先君为中书。

刘彦和《时序篇》大可法，生今之世，不究心时尚，而以浮脆柔媚之文楷，弋取高第贵仕者，非丈夫也。

连日侘傺，大损道气，戒之。能行忍者，乃可名为有力大人也。

仪征陈鹿舟侍御彝，素性冲淡。近疏劾内务府大臣欺谩朝廷，乞交部严议。严旨如所请，侍御于台臣喑疾，时能有所建白，可谓群鸦中之一鹗。鹿畦谓其为人诚笃,因叹:“诚之一字,能守之终身,利国保家,由之不尽。”此近今正之士,非它朝士所可企及也。

山人之妻尝言:“韩之《符读书城南》及《示儿诗》以禄利富贵诱之,非教子弟之法,斯言可鄙也。”予初惊叹,以为见地甚高,有独立千仞之意。由今思之,得毋效刘伶曰:“慎不可听邪!”

阅阮亭诗。阮翁诗有公孙子阳陈陛戟、设百官之意,而无英雄气。乏大力包举,不足以支柱大局面,此一病也。阅韩退之诗,气象大是不侔,然五古劣。

兵家言云“置之死地而后生”,道家云“径路绝而风云通,穷不极则发之也不光”,二言良有以也。

《孙思邈方书》云:“口中言少,心中事少,腹中食少,自然睡少,依此三少,神仙诀了。”

马总《意林》引道书云:欲得长生,腹中清欲;欲得不死,腹无屎。

齐参赞慎,有周公百岁酒方,云此方得自塞上。周翁自言,服此方四十年,寿已逾百岁。翁家三代,皆服此酒,相承无七十岁以下人。主治聋,明目、黑发、驻颜。其方用蜜炙箭底二两,当归一两二钱,茯神二两,党参一两,麦冬一两,茯苓一两,白术一两,熟地一两二钱,生地一两二钱,肉桂六钱,五味八钱,枣皮、川芎、龟胶各一两,羌活八钱,防风一两,枸杞一两,广皮一两,凡十六味,外加红枣二斤,冰糖二斤,泡高粱烧酒二十斤,煮一炷香时,或埋土中,七日便好,随量饮之。

六潭赠诗中用《荀子》语,“空石之中有人焉,其名曰觙”,甚有味。

半世遑遑就举选,一名始得红颜衰。好为之!好为之!今世无端读书史,智慧只足劳精神。可休矣!可休矣!

甲戌八月

近来春谜家,皆俚俗不堪,谜义详《雕龙·谐隐篇》。故时流以此相戏者,仆辄谩应之。忆古老相传,一谜云:“分明《周易》语,确是《楚骚》心。打《孟子》一句。”象曰:“郁陶思君尔。”词既婉曲。又宋玉《九辩》"岂不郁陶而思君兮"，比附典切，不同影射，始叹古人虽戏谑之事，亦用心雅故。先正流风，于今已沫，一诃子世界俱为群小儿谰语搅坏。予记此者，抑亦亭林辩"謇谔"二字之遗意邪？

魏佛狸以无道行之，而宋服，及至孝文以有道行之，而反不足以制梁者，何也？佛狸右武而气锐，孝文尚儒而气衰故也。

作上刘司业笺，措词甚好，末言"将有刘公畝弃官入苏门山"之意，引况尤伦。

前日游安徽馆，敬观石刻朱子《游寒泉诗》，字迹瑰玮，起句云："仙山几千仞，下有云一谷"，洵奇作也。以是知贤者诚不可测，雕缛绝丽之伎，惟能之而不为，乃豪杰之士耳。

诣六希谈，坐客殷秋樵、唐镜心它去。唐，六合人，善鼓琴，因与六希考平道之精粗、艺之高下，初若无得，继乃迎刃而解，颇极古人执友之乐。六希诵《荀子》云："公生明，偏生暗，端悫生通，诈伪生僿，诚信生神，夸诞生惑。"又云："夸诞役魂。役魂字更精。"余以为然。

凡为文章家法，自六艺而外可通其意者，莫若《史记》之宕逸骏肆，两汉之缜密裁断，《管》《荀》之纡徐微至，秦诏令之明快，《老》之洁，《韩》《吕》之严，《庄》之凿空而法，《法言》之奥衍而简，董子之闳深，刘子政之木讷，昌黎之整肆，方灵皋之峻，《雕龙》《史通》之科律，《世说》《水经注》之道华，《华严经》之博辨无碍，汉石刻之肃穆，《楚词》之诡丽以则，西汉乐府之焜耀夺目。夫凿山而铸铜，煮海而为盐，凡此皆文之山海也。得其一，足以雄长一世，而况天下之全才乎？所谓全才云者，穷理以集其气，观化以御其神，慎之于静以节宣其动，藏之于密以神明其著，善养千钧之弩，而不一发其机锋，其不言之言，又乌乎测之？然则才之全也，非才全也，乃其德全，故其神全也。吾闻其语矣，抑亦其人翔于寥廓，无朕之表而不可一见乎？

之谭中义、潘仪父处话别，纵论诗学盛衰。五言七字，各有家法。阅仪父所作《权论》，多出入道法，非经意。因言学术，当兼权汉宋。

中义来别，涕泣，仆亦心为之动。勖予以住京当深自晦，宁可人呼我为庸愚,不可敖人以所不知不能,此贾祸之道也。仆首肯者再。

凡御婢仆及将吏之道,无它,责大指毋苛小而已。芝丈言,今晨天有色赤如血,不知主何祲也。

钱篯仙言其生平径直,尝独往独来,无一事肯回颜降志,以徇人意,此古之狷民也。仆言近极持为善,无近名之论。

甲戌九月

鹿翁来谈。仆言近得一律身处事之道曰:勤苦。得一委心任运至道曰:安乐。六希言仕楷之法,言人人殊,要当专听,方有进步。

孔氏力能拒鲁之县门而不以力闻;墨翟智能却隧道之攻而不以勇称。故凡有其名者,亡其实者也。天下之好名者,皆恶实而去之者也。

境遇耐得一天是一天,学问长得一天是一天,精神养得一天是一天,嗜欲淡得一天是一天。

泰西说四原行,为土水火风,以敌儒家言五行,此佛说地火水风之遗谊也。

在人为坚湿动热,在地为地水风火,在天为辰月气日。盖辰合土,月合水,气合风,日合火也。

气甚坌,当思致忿之由,凡今人只可目笑存之,古人何以不可企及?则心安而理得矣。

夏峰自以骨脆胆弱,不肯以世事自试。辟兼山堂,寓止足之意。年终九十四,然其自言脆弱者,托辞也。予则诚病,骨肥胆弱,当专务收敛,怡然自得,不肯轻以外物尝试,乃为独全其天耳。

老聃隐于百二十国之史,庄周隐于荒唐之言,范少伯隐于货,董生隐于春秋,东方曼倩隐于谐,梁伯鸾隐于佣舂,申屠子龙隐于佣作,管幼安隐于木榻,高伯恭隐于木讷,邵尧夫隐于术,阮嗣宗隐于酒,王仲淹隐于道,李长源隐于神仙方技,傅青主隐于医,图澄隐于佛,达摩隐于禅,轩辕弥明隐于世俗书,仆律唵惔欲自卜因隐于歌诗。如蜧吐气，自成楼阙，还以楼阙自革已形，形不可见，声不可闻，微妙玄通，此之谓矣。

得李爱伯计部书，所言颇右袒汉学，难以角辨。

夜，止潜招同鹿畦君为消寒之会，崇谭转深，烛烬，三更始返。所言上涉西京、北宋之流别，下及近来于鳞、友夏之弊习。

尽力猛扑，将七阁、四库、三藏、九流、二氏，朗朗仓仓，一齐装满布袋肚子内，此师南皮之法也。

同父言"人中之龙，文中之虎"，此言汝当三思。

父在为母齐衰期十二月而祥，十五月而禫，以别于凡期之服，妻服亦然。所谓彼以父服服我，我以母服报之是也。自唐后，行父在为母齐衰三年之制，而期之轻重无别，失礼莫甚焉。万季野说。

或谓羼提主臣每与人，不款曲便媚，惟直柔耳。予笑曰："仆以后凡处事，常恐不任，皆当以直柔之道行之。"

松生惠嘉靖《桐庐志》残本，甚感也，答书千言。

甲戌十月

故人杨心物近奇贫，去儒而贾，年未四十，而两鬓雪白。可见古人急于干禄之情亦甚迫，所谓"何不策高足，先据要路津。无为守贫贱，坎坷长苦辛"也。世俗交情甚薄，苟老而困穷，虽曾史兰雪之莹，舒蹂金玉之质，反眼若不相识，莫有恤之，且诋诃凌侮又下石焉者。世态若此，人生可不早自为计哉。念此令我三日热中，并以慰吾心物也。

石道人《榕坛问业》，是书有可宝也。

【眉批】黄石斋先生。

吾所守卫身行己之道有四：一曰法自然。属淡靓涵养一边，观化之基也；一曰识本来。属体认凝固一边，复性之根也；一曰壁立千仞。

属施济揪敛一边,仍于发处见高著眼孔也;一曰截断众流。属省察克治一边,仍于存处见猛著气力也。

连日挑阅童子军,因思仆十岁应州试,《四书》义题为“陈力就列,不能者止”,开讲云:“且人君不能畜无用之臣,而人臣亦当以有用之身自待。”大为州守元和陈公讳泰来所激赏。今留滞十霜,垂为壮夫而志不遂,其负知我何如也?

【眉批】时代座师张学使阅顺天卷。

廿八,司天台奏云:“明日太白贯日。廿九,霁日,行如故。”台中言不验,中朝例贺也。

前立排日读书之法,久废不讲,奈何!

甲戌十一月

十一月庚子,朔风,霾,三时许,正午刻,金星亘天,贯赤道下。

《宋书·隐逸传》:“戴颙,字仲若,谯郡铚人也。父逵,兄勃,并隐遁有高名,会稽剡县多名山,故世居剡下。桐庐县又多名山,兄弟复共游之,因留居止。”

【眉批】此一条校正《严州图经》。

汉光武皇帝尝从容问诸功臣:“卿等如不遇际会,自揣爵禄当至何等?”邓禹对曰:“臣少尝学问,可至郡文学博士。”可知高密沉深而达时变,即使寂寂人世,断不若张融之躁妄。

每遇心神疲乏,常须恭敬将事,所以维持此气,以是知“静”“敬”二字工夫不可偏胜,不可偏废。

阅《北江诗话》六卷,剖析甚精微。

凡文人气格翔实,而兼有笔妙,对仗圆浑者,其于制科必利,此香山所以早达而昌黎所以拙宦也。香山善为应试之文，昌黎所不及，惟于古文辞则韩胜白耳。《长庆集》载《赠韩侍郎》诗曰："户大嫌甜酒，才高笑小诗。"其称许不过如此，宜乎体格之不相效袭也。

阅《王文成年谱》，阳明求道太锐，微有躐等之弊，殊不可宗。

阅朱子五言古诗一卷，《斋居杂兴》诗最妙，理朴而词淡，非康乐以下所能比肩，宜其契合于苏州也。

汪应辰殿试策首"臣对""臣闻"云云，末称"臣谨对是"，此制在南宋已然。

阅章典籍实斋《永清志·凡例》，甚翔实，首纪家讳。二皇言、恩泽，仿右史；次图；三舆地沿革建置庙社官廨河渠。次表，三职官选举，进士、举人、贡生，武进、武举合一表。士族；凡贵族七，所以明宗法。次书六，吏、礼、兵、刑、户、工。次政略一。历代吏治。次列传十。名臣、儒林、文苑、孝义、列女。又有阙疑列传，不若阮文达事记之目为妥。别搜艺文、藻实、金石，为《文征》五卷，终焉。

甲戌十二月

贱子丁卯夏更名昶，字重黎者何？盖欲以昌黎公尊先德。以符郎自况，而重为先德之续也，安敢辞金根车之诮乎？

王西沚《十七史商榷·自序》云："必校书而后能读书，必读书而后能著书。"至哉是言。

钱氏大昕曰："秦汉以下，经与道分，文又与经分。"蒙窃谓经与道分者，务为小辩破碎而不求大义，昧于力行之过。文与经分者，西汉人辞赋专祖《楚词》《离骚》，论议专祖战国短长说之过。

蒙思自后专肄六经三史，所业则专肄力于古文及诗，以拓惜抱、阮亭之绪，用心壹于执御，或可求精也。

夏峰先生言："凡人最系恋者过去，最冀望者未来，最悠忽者见在。"予深感此言，以为悔恨过去、觊幸未来，皆无益而妨于事，非贻父母令名之道也。因敬题柱曰："实修见在。"参用积微之说，以坚吾志。

篪仙言处境必由困苦,始能揪敛成器,立志期于安佚,则官骸懈散,所以自取烦恼也。

康节先生言:“人常失于轻,故君子宁宅身于重,人常过于薄,故君子务存心于厚。重厚二字,立身根本。”又言:“学在不止。”故王道云“没身而已”。此学之所以自强不息,毋求速效也。又言:“学不至于乐,不可谓之善学。”此学之所以乘化知命,心与理一,既充足于己,毋外求于人也。

汤孔伯自言:“半世在忧患困苦中,惟随处体认天理,故有‘忧多道转亲’之句。”

不见己之善,惟见人之善。不见己之善,故所诣日进,惟见人之善,故无怨于世。

效孙文定公嘉淦,日以八字自责,毋评人之短,毋书己之长,毋速徼厥成,毋轻挫乃志,毋闻谏勿纳,毋匿隐自私,毋丧身违孝,隳行败名以及嗜欲不节,以自戕其生皆是。毋傲物媒怨。又四事:一曰安分以淡吾志,宁受上所赐官,毋躁于干进,得毋喜,失毋忧,尽吾分所当为。处境宁坚苦自持,毋妄冀天贶,此素门平进之道也。若此,则天怀高旷,乐志油然而生矣。二曰抱朴以悦吾性,三曰游艺以坊吾情,四曰归厚以进吾德。

予家旧居桐庐县睦亲坊巷内,大名坊廊郭。小地名大,书房有老屋二楹,制度狭隘,庭中小有竹石,楼有二层,上层置书数架,次层置囷谷。堂之额曰:“守身执玉。”旁有滕采卿真书一联曰:“竹赋三竿庾开府,石题一品米南宫。”拟重乞滕东伯丈书之。后楹有额曰:“风流宏长。”因庙讳嫌,名撤去。国初时人书,迤东又有老屋一楹,为先府君督课读书之地,亦有高楼,登之可瞰桐君、凤皇、牛头、塞基、天子障诸峰。连云泄雾,阴风晦雪,霁旭烟夕,景态百变。又北窗中见一远岫,上有四松,如群臣竦立,环拱祖峰。今老屋仅存遗址,而四松则苍苍不改。每归省墓,瞻眺旧庐,为徘徊者久之。甲戌秋夜雨中书此。

【眉批】以下乃册中附记,因抄之。

大书房后有蔬圃，广可二亩赢，杂艺菘薤、苦菜、莴苣之属十馀畦，树则有来禽、白移、安石榴、庐橘两三行，中有屋如舟，先太孺人尝奉佛其中。咸丰乙卯，屋被水圮，屋前吉祥草丛生，又有方竹十梃，高可四尺许，风雨偃仰，极有姿致。书至此，如见课园丁剪治菜蝗，倚树觅果时也。儿时风味，回首如昨，又记。

仆家庭阶兰草，吉祥花自生。开春滋长生意，仍复忻然。臧获揉践，亦不甚惜。

予欲纂本州《图经》，所注意者，沿革一表、艺文四部耳。它门排纂，次第为之，易为力也。

桐君厓于江中矗起一峰，如怒猊奋迅，下饮江水，诸峰自西南而来者，皆蜿蜒相属，发源于天目而结穴于桐君。故此山灵气凑沓，呼吸之间，上通瑶光，洵洞天之畸境，南戒之支子也。予欲改于桐君山半立能仁寺，而于山顶立集仙台，大艺松栝桐竹之属，开别有一天门。

拟归汇刻《严州丛书》。

【眉批】补抄册中附记者。

《周易口义》十二卷，《钦定四库》本，康熙二十六年吉水李氏刻本，十四卷。宋倪天隐。

《通鉴纪事本末》四十二卷，又有单行本。宋袁枢。

《商文毅疏稿略》一卷，又《明商辂景定严州续志》十卷，又宋郑瑶、方仁荣同撰。

《乐郊私语》一卷，又《眉公秘籍》本不全。元姚桐寿。

《皇甫持正集》六卷，又唐皇甫湜。

《黎岳集》一卷、《附录》一卷，又唐李频。

《元英集》八卷，又有祠堂本。唐方干。

《蛟峰文集》八卷、《外集》四卷，又宋方逢辰。又有《名物蒙求》一卷，列小四书内。

《晞发集》十卷、有陆□业校本。《遗集》二卷、《遗集补》一卷、《天地间集》一卷、《西台恸哭记》《冬青引》合一卷,又宋谢翱又有《许剑集》。

《桐江续集》三十七卷,又元方回。

《静春堂集》四卷,又元袁易。

《严陵集》九卷,又宋董棻编。

《瀛奎律髓》四十九卷,又元方回。

以上上十七种,据《四库书目》。

《万历桐庐志》四卷,明李绍贤。

《康熙桐庐志》四卷,国朝马象麐。

《大学中庸解》《玉泉集》,宋喻樗。

《章八元诗》一卷,唐章八元。

《师友渊源录》卷,宋吕本中。

《春秋集解》三十卷、《童蒙训》三卷、《东莱诗集》二十卷、《紫薇诗话》一卷,撰人同上,本中婺人,不知何以入吾州艺文,殊不可解,应查。

《存雅堂遗稿》五卷,宋末方凤撰。

《全归集》卷,宋末吴思齐。凤、思齐亦婺人,与谢皋羽交,传柳贯、黄溍、王袆文派,为元文之雄者也,不知又何以入艺文,应查。

《沧江集》□卷,明徐舫。

《桐君山志》,明孙潼发。

《桐江诗话》□卷,明姚建和。

《矗矗堆稿》十卷、《奏议》卷,明姚夔。

《钓台七集》,王袆。以下撰人六,以上十六种,据《桐庐县志》。

《乐郊私语》一卷,《盐邑志林》本。

《封长白山记》一卷,说铃本。

国朝方象瑛又《俗砭》□卷。

《艮堂十戒》。檀几丛书本。

《蛟峰集》,宋诗抄本。石门吴孟举。

《桐江集》《静春堂集》《沧江散人集》。并元顾嗣立诗选本。

《喻凫诗》一卷、《黎岳集》一卷、《元英集》十卷，并吴郡席启寓《唐诗百名家全本》。

《皇甫持正集》六卷，汲古阁刻唐人习本。

以上十二种，据汇刻书目。

甲戌腊月

篪老言，凡人学成，而上通经致用，于世有济者，为蚕；湛深经籍，硁硁足以自守者，为蠹鱼。二者皆佳士，不可多得者也。中下之士，则为耗米之虫，吾辈是也。至于逐臭之夫，则为蛣蜣；嗜利之士，则为蝗蝻，尚无大害于人。若夫善媚人而人不见其恶，善迎人而人不觉其毒，是为射工，是下之下者已。

仆以贫故，将它有所适，舍此而去，而六希适至，为予策之曰："此计最下。夫兵家言：置之死地而后生，置之亡地而后存。此背水之韩信、凿山之邓艾所以出奇制胜也。今子舍其故业而趋小利，所得不偿所亡，害之大者也。且多动不可以治所业。"予闻此言，听然而决。甓湖夏君之十八年，足不出国西门一步，困守以待之，是可法也。

除夕购得赵文敏《闲邪公》一秩。先大人于儿子十三时，以此册赐儿，俾资习楷之助，且曰："闲邪二字，宜顾名思义也。"

乙亥年(光绪元年,1875)

乙亥正月

元日,依俗例,题红字数行。

乙简流芬,亥珠跕乘,辞贵立诚,行防由径,崖异不为,谷神先定,持谊自强,功资战胜。

连日与友人谈及科目之事,心甚烦闷。平日自讼,何不足于斯世?若是将以为取贵富,足以遂吾所欲而然耶?则大悖于义;以为炫人耳目而然耶?于己无与;以为贻先人令名而然耶?则第尽吾分所当为而止。若侥幸以求荣,则损廉而丧耻,辱先莫甚焉。以是三者,揣吾意之所发,无一当于理者,则盍若淡泊自守,勿忘勿助之为,顺事可以终身,由之而不扰其天乎!

【眉批】欲乞松岑篆"困学"二字榜柱以自警。

尝自揣心中有二病:一自矜,一好胜。二者相为倚伏。自矜则己病,浮躁衒露,德业不修,血气纠戾,遇蹇辄愤,丧生挠志是也。好胜则人病,喧嚣强辨,不以虚心受人,矫同立异,动为谤囮,一言之辩,千夫指摘,以为狂生是也。去其自矜,莫若强于学而弱于志;去其好胜,莫若丰于行而啬于言。

连日颇匮乏,偶读杜诗、韩笔及坡、谷、荆公所为长句,曲折淋漓,反复善道人意,为之起舞,雄直之气复奋,乃知诗可以兴,圣言洵不虚也。

持之有故而言之成理，所言乃为天下之公言，非一人之私言。若存先入之见，以为当著书自文其身，私心一萌，即生疑暗，疑暗不止，遂多护前，而立言之本旨离矣。故董子曰："左物而右志，乃为立言之法。"

李农部盖蓴客先生曰："刘申受引虞世南《北堂书钞》《论语何注》：'女为君子儒'一条，乃何晏，非何休也。"俟考。唐人言兔园图册子，即《北堂书钞》也。

《语》云：同能不如独胜。西京今文家、东京古文家，上及屈、贾、扬雄之骚赋，下逮陶、谢、李、杜之歌诗，旁及彦和论文，子元科史，郦元之注桑经，荀勖之辨汲简。昌黎立言，不恤裴度之诤；见《全唐文》。新安著书，宁沮陈亮之口，皆就其性所偏。近述其学，所得力守师法之所授，扩意匠之所创，沉思独喻，撢精孤往，尒追风，凌绝壑，一步十舍，莫能与之抗衡。若此者，其用志一，积力久，故其术之成也，遂为神奇绝特矣。若乾嘉以后人，志虽忲，才虽丰，学虽赜，然其积之也不粹，则其发之也常枝，其蓄之也博而寡要，则其言之也侈而无择，非强辞以夺理，即臆说以文身。故其视古人愈不逮，坐古人拙专而今人巧速故耳。若戴东原小学，非不贯串，而赘言义理之学，则鼎绝而膑折矣。刘申受说《公羊》非不精深，而强作辞赋，则无往非棘句涩字矣。贪多而力不逮，可为蛇足之戒。若夫以群经之谊注，稗贩成书，一字之解，故剽说数万，第以取足卷数，自鸣私家著述，尤为可恶，虽等身盈尺何益？惜不使祖龙以一炬了之。

禹以六月六日生。见《路史》。

积艺者伎，积辞者文，积理者儒，积气者寿。

六希言，吾辈当潜心孤诣，境之相逼，则坚耐之，毋自馁其气，与其畏蹈沟壑而脂韦希世，曷若视沟壑如归，而素门平进，以求伸此志，士所以不忘也。

【眉批】沟壑不可幸免，时时以此自家淬砺则可免，故生于忧患，而死于安乐。

不解故絮衣,瞑以便早起。春夏秋三时皆早气。

读松岑诗,高者在古亡上,下者不免《说铃》之诮,风味正在昌谷、山谷、玉笥、石笥之间。

耶律文正曰:“兴一利不若除一害,生一事不若减一事。”

夜雪乍霁,竹风泠然,梅花沍寒,冷芳袭予,馀云渍空,练影照地。须臾扫去,仰见太虚,悟苍苍之本体如是也。世间万事,尽付扫除。时倚槁梧,或坐或卧,梦则栖神梧竹之绝巘,醒则藏身天地之蘧庐。晤对座客,或默或语,语则偶忆山水之方滋,默则芒然鸡虫之得失。无事此静坐,一日如两日,若活七十年,便是百四十。此七十年中,惟有“闲适”二字,一生受用不尽。

江都之山,平衍而易尽,少回嶂大壑,无烟云吐纳之态。南徐之山,雄奇而竞出,如高人好名,喜就征辟。秣陵之山,嵯峨而闳衍,然以方三公之高冠大袑,纳陛升降则有馀,以之抗羽客散人,睥睨诶宕之气则不足。南谯之山,童童如老秃翁,与之语村俚少事外致。南兰陵之山,贵家盆山之弄耳,虽湖嵌寸缥,潇碧丈萦,殊乏天然之韵。吴郡之山亦然,然米堆莫鳌七十二峰,浸于具区三万六千顷之中,意必有奇异光怪,惜足迹未到耳。云间九峰,初闻绝胜,比到其间,山脉甚脆,了不悉其佳处。此山亦噉名客,宜其产华亭鹤唳之士也。圣湖之山,吾久葺茅其中,洞天殊呀豁,第山势太清孱,亦一病也。桐庐多名山,群仙异人之所慕游。桐君许迈之所栖汲也,然荦确而镵瘦,峻复而幽晦,亦其病也。去今县殆十五里之东坞,幽泉潺潺,络石萦林,土多奥衍,空中而成丘,先公之所卜居,似稍胜矣。然溪水急,多大石,小舟不可入境,固不能两全如是。新安江之山,两岸斧削如天阙,中有大川,如怒龙挟雪,奔涛阴腥,一泻千里,然有豪健之气,少雍容之度矣。会稽竹林、石笥、云门、兰渚之山,若邪之溪,清流曼衍,丹厓若霞,古今绝胜处,吾舍是安归矣?然按之图经,其俗纤啬,其人机变,王孙兮归来,山中之人不可与久居也。书至此,客来,败兴。琅琊之山,秦刻石存;徂徕之山,未及游历竹溪之胜,不知唐孔巢父辈六人何事栖真于此；之罘之山，则与海舶蜃瓦窗内一窥见之；太行、西山之胜，则一驰神涉思，而不获著屐一登历耳。昔人云：“州有九涉其七，山有五登其四。”仆乏济胜之具，足迹亦未及天下之半，偶就所见评之，非谓一大阎浮提界名山尽于是也。

近者匮乏尤甚，仆处枯木庵中，死心蹋地久矣。意者，陈同父之意气不伸于隆兴之朝，而伸于绍熙之世，未可知也。

《列子》云：“人不昏宦，情欲失半。人不衣食，君臣道息。”今情欲既失其半，而君臣之道又息，奈何？

仆束发受书，弱岁以后，渐知向学。始以为辞赋之学可恃，中以为子史之学可恃，继以为穷理之学可恃。比至京师，而恍然失其所恃。盖京师士大夫所恃者，小楷帖括之业，守之毕世，足以自华其身，其利益为无穷也。

卫生之经

赵清献欲绝欲，挂父母像于床前；赵康靖中岁尝置黄黑豆于几案，以验善恶；欧阳文忠暮年有小疾，不服药，只孤坐习忘以却之；黄文节构枯木龛、死心寮，以为养疴之所；伊川先生于室中置尖物；刘元城谪炎瘴，举念绝欲；东坡老人谪海外，言惟尽绝欲念，乃为万金良药。

乙亥二月

每日为学，坚守“困学”二字。孔子不云乎，“困而不学，民斯为下矣”。处境坚守“安命”二字。孔子不云乎，“回也，其庶乎屡空”。

鹿公言，凡授徒一室，自为天地，人来叩者，则和颜平气以答之，不则抱和守一，默坐而已。

贫士得力，须在从容淡静四字，待诏金门，薪水自给，若将终身焉，则俯仰皆自得之天矣。

镜心授予以面壁降火之法，法以头顶珠，将絮囊一块触壁，两手反叉于背后,两足尽力以踵撑拒。如此五十小刹那,浊气阴火自从颅顶上由脑后入背际,直下至尾闾,徐徐而降。法止,再以手摩顶,至三即拍之,如是者又十小刹那。此《既济》定之象也。

沐浴更新衣,有蝉蜕氛浊之意。始悟外洁其名,不若内而洗心藏密为甚得力,如人外着鲜衣,内被垢衵,终不爽快,惟内衣新洁,即外衣破絮,亦有潇洒脱尘之致。

马融惩于窦氏而贬节,元稹惩于中使而改行。困而求通,媚世干进,一何可叹。然时乎不再,安能久婞直以危身乎?

今人每苦贫,三君不必真多,而八厨则真绝稀矣,可为大笑。

浙江水自淳安而下,曰青溪,吾县南横江源出天目山,曰紫溪,吾县当青、紫二水之冲。

深宁言,《易》于象术、义理,皆有家法,多剪截情要语。何焯以口易诋之,批尾家言,何足信哉?

吕成公谓:“争校是非,不如敛藏持养。”又训门人云:“观起之早晏,知家之兴废。”叶少蕴戒子亦云:“鸡鸣,率家人同起,不可早晏无常。”此有感于朱、陆、陈之辨而云然。

邵尧夫诗:“美酒饮教微醉后,好花看到半开时。”此是先生一生善于解脱受用处。

求自直之簜,则千年无良矢;索自圜之木,则百世无坚轮。上第美仕者,诚壹之所致,非以无为为也。潜心与志而从事焉,则几矣。若陈同父对策希光宗旨。云:“何必一月四朝,以为京邑之美观哉!盖光宗本不欲朝重华宫也。”光宗得此卷大喜,擢第一。胡宿与尧夫同学,虽学不及尧夫,而仕宦过之,得此旨。

阎潜丘云:“王应麟传初登第,言曰:‘今之事举子业者,沽名誉,得则一切委弃,典章制度漫不省,非国家所望于通儒。’于是闭门发愤,誓以博学宏词科自见,假馆阁书读之。宝祐四年中是科。此即欧阳兖公宝昌黎文残本,虽登第,不加喜于其心之旨。”

【眉批】忽然猛省，天牖其衷。

卫生之经，亦名《续化书》。

【眉批】此拟自撰书之目。

立志若卜子夏战胜而肥，董生下帷三年，宁越不休不卧之类。卢思道不解刘松文，苏洵发愤焚其少作，司马题桥亦附焉，是亦志也。

【眉批】一名《却病编》。辨志第一，所以常汝德，一汝智，删立志。

笃行若徐仲车，父名石，终身不履石。刘器之，铁汉之类。

独智若扬子作《玄》，邵子观物之类。未确。

祛惑若朱子先师，屏山白水籍溪，几堕禅学，二十五岁见延平先生，始从事正学之类。

【眉批】知命所以祛惑，惑既祛，然后安常处顺，哀乐不能入。

养心若程子，以忘生徇欲为深耻，娄师德唾面自干之类。

力行若司马温公言诚，朱子言坚苦之类。

【眉批】惩忿所以养气，寡欲所以养心，主静主一，故静立。此三门，去养心一门。

阴德若丙吉于史皇孙，陈寔吊张让，不惜污己之名以援世之类。

日程若陶士行惜分阴，邵子朝经暮史，昼子夜集之类。高忠宪复七规是已。

诠儒若董生明于阴阳、虞仲翔三爻足矣之类。

真隐若司空表圣居王官谷,朱子主管武夷崇道之类。

【眉批】此目中所缺者,安义命一层,学不至于知命,仍靠不住。

上篇观我竟。

术智若闵子辞费宰,申屠子龙却聘之类。

朗鉴若亭林,广师及《庄子》九观之类。

【眉批】又窒欲、惩忿二事,当分为二目,所以为切近工夫。

谐隐若东方生,诡时不逢,邵子安乐窝之类。

断疑若朱子疏救、赵汝愚筮之得遁而止,及申公言“醴酒不设,楚人将钳我于市”之类。

【眉批】朱子《白鹿规》终言“己所不欲,勿施于人”,“行有不得,反求诸己”,此语当采。

解《老》,若《朱子语类》“道家门”及颜含云“自有性命,何劳蓍龟”之类。

多识若陆澄解服匿,刘贡父识驳,耶律楚材识角端之类。

藻实若刘彦和梦执丹漆礼器,韩文公为文须多识字之类。

养生若乐正、子春畏伤其足,邵尧夫“四不出”,抱朴子服饵,陆宣公集医方,东坡居惠、琼,贫家净扫地之类。

积聚若太史公传《货殖》云“贵出贱取”,及贾勰种植法、区田之类。

利器若泰西机器之类。中国先有桔槔牛耕,亦利器也。

至游若孟子观水,董生《山川颂》之类,下及欧阳永叔龙门赏雪,白文公八节滩，亦可取。

缮性若蒋元卿三径，陶元亮听田水声，陶贞白居阁三层受听松风之类。

【眉批】"删缮性"入后二门。

拾得若孟子言性善，非由外铄我，周子观庭草生意满前，程子万物静观自得之类。佛说"如窭人解衣珠"，窃吾儒言性之宗旨耳。

观化若韦左司焚香扫地，庄子青宁生，程子瞻三物在宥，陶元亮客养千金躯，临化消其宝之类。宋儒观天地生物气象是其旨也。

恭观阁中纯庙御书"调和元气"四字，旁注"乾隆年赐内阁"。四字元气淋漓，天章烂然，赞仰不止。

下编观物竟。

山人自呼荣期翁自兹始。

【眉批】荣期翁，天下古今之至乐者。

抱静守和。按：此册首题曰"抱朴守诚"，下册题曰"窒智去欲"。

【眉批】内静外和，即所谓涵养吾一也。朱子《调息箴》亦云："守一处和，千二百载。"

懒非静，拙非直。本苏诗。懒拙者，《庄》《列》之寓言，而非吾儒静直之要旨。静中有敬在，直中有义在。隳肢体不可以为静，安固陋不可以为直。

【眉批】东坡先生诗云："懒有似于静。"懒非静者，徒拙有似于直，而拙岂直欤？

乙亥三月

竹篔近所守颇坚实,非坚实不足以耐久,此刻援以为法,亦养天和之一事也。

准古事,亦作十言之教以自守:

啬十分。《老子》曰:"治人事天,莫若啬。"夫惟啬是为早服,早服谓之重积德,啬之道有三:财用、精神、耆欲。

【眉批】《老子》曰:"治人事天,莫若啬,然后可以养天和。"

谦七分。《易》"地中有山,谦"。

【眉批】二言以蔽之,曰敛,曰定,故山人又号"定林",自称"定公"。

和八分。《董子·循天之道篇》言养天和,不以外物损其天和也。

静十分。诸葛君曰:"学须静。"程正公教人静坐,朱子亦然。所谓静中养出端倪,静后观天地自有生生不息气象也。

恕十分。范忠宣云:"以责人之心责已,以恕已之心恕人。"

坚十分。朱子云:"坚苦始能定,始能一,耐之效。"

宽八分。《易》:"宽以居之。"《论语》:"宽则得众。"

达七分。《庄子·达生》。

锐五分。《史记》:"天与不取,人受其咎。"《列子》:"日中必熭,操刀必割。"取青紫非锐不可。

勤八分。《左氏》:"民生在勤,勤则不匮。"又《老子》则云:"用之不勤。"故止八分。

【眉批】啬如老聃是也,谦如吕伯恭,和如娄师德,静如诸葛君，恕如范六丈，坚如刘谦之，宽如牛宏，达如谢安石，锐如张子房，勤如陶士行。君子学一艺，不为则已，为则必要其成。

木果轩诗云："万化相赓续，聚之乃在我。养衰顺时藏，发生其当可。"十言，此其遗法也。

江淹《草木颂》十五首，自咏其宅中所树艺。文人之笔，善于赋物写景，通微达情，亦幽寂中之一适也。

《魏志》：王昶名其兄子默，字处静；沈，字处道；子浑，字元冲；深，字道冲。皆依于谦实以见意。

稍与客谈及有体有用，精实可行之学。作小楷便手硬，始悟正学须从刚正入手，俗学须从柔媚入手，两相妨害。

表直则影正，源清则流澈，作书先须临晋人、唐人气格，以树其风骨，然后作时下小楷，自易进步。姿媚必从遒劲出也。

周公谨《云烟过眼录》专为品藻历代名人书画而设，故取东坡《宝绘堂记》"烟云之过眼，百鸟之感耳"云云。古人命书必有取义，非漫然也。

【眉批】私意似可入日记。

书所藏《醴泉铭》后，翁苏斋《唐帖晋法论》言此本结体浑劲，则字形之肥，可知今此拓乃瘦削巉岩，不能如苏斋所见之旧，然字之骨肉虽失，而精神气魄常存，由气魄以追完其骨肉，是在神悟得之矣。

【眉批】此自已增改入文，俟再查。

阅《江文通集》十卷，自序一首。淹自言，凡所诵习二十馀万言，以视东方曼倩之四十万言，仅得其半。古人为文之孤诣，视其生平所学为浅深。以文而论，淹之气格殆不逮东方氏也。

【眉批】凡事先有所存,乃有所发,故当学者但当用力于所存,存之厚,其发不可当。

汪龙溪彦章一帖云:"去年得下血疾,半年有馀,今春误食胡桃,能下血。"见《云烟过眼录》。

薛用弱《集异集》云:"人之绍续,其或三五世,则必有一人肖其祖先之行状。"

《汉官仪》:三老五更,皆取有首妻男女全具者。

《唐书·李邕传》:"父善注《文选》,释事而忘意。书成,以问邕,邕不敢对,善诘之。邕意欲有所更,善曰:'试为我附益之。'邕附事见义,善以其不可夺,故两书并行。"

马季长尝称贾侍中先郑之注《左氏》也,曰:"二君既博既精,吾何加焉。"夫征事务博,断义尚精,二者不可废一。近儒惠松厓之于《易》,段若膺之于《说文》,其殆庶乎?

仆行非曾、史,学非墨、荀,生事寥落,折翼垂翅,暂以六月息者也。要当以禄仕自奋,安能碌碌久处积薪之下哉?勿忘勿助,四字要诀。

【眉批】曾、史之行,墨、荀之学,夙尝慕而习之矣。今而知非急务也,曰:"姑舍彼而视今。"曰:"卿大夫之所为。"

曾、史、墨、荀之徒,可为而不可为;利禄之途,不可为而可为。不可为者,只以益其困,可为者,将以振其困。

开化戴简恪金溪先生藩豫章,日将至,治属吏驺卒出候郊坰,公已步入城。会天阴雨,自赍盖著屩,径投版抚部,属吏大惊。既而所部称治,簠簋礼绝,上下肃然。

【眉批】癸酉四月，录薛侍御日记中，亦载此较详，惟此加末三语。

仁和戴文节鹿床年丈，为人宽易冲远，耽寂养素，自以无用世志，寄迹萧散，有物外天全之意。尝行过大桁中，值大府导从至，屏身引避，误翻市爆豆佣届尾，豆子撒地，佣怒侵公，公乃低首摄故夹衣，一一拾之。大府遽于舆中望见，因下就公语移时，佣惊逸去。公与物无竞，虽遇誉毁，未尝有所喜忤，致迹通显，而雅自卑牧，颜其斋曰“习苦”，旁无姬侍，读书不辍，服御之俭，寒素莫及，其天性然也。

《步里客谈》云：陈惟宣著。富文忠公少，日有诟者，如不闻知。或问曰：“恐骂他人。”曰斥公名云富某。公初名皋，后改名弼。曰：“天下安知无同姓者。”

今天下不过数十大都会耳，每都会之中，冗官枝旒，嚣然成群，多则数千，少亦数百，与民殊籍，不相统御，而自为风气，此亦与国相终始，如唐末之河北三镇然也。呜呼！河北之盗贼亡，而唐随以亡，岂不哀哉！

仆爰及弱冠，则未遒之谢朓；逮夫壮年，则微退之、江淹。风骨未树，而兴会已阑者。何哉？盖一则耗于躬亲琐末之事，艰屯相迫而神明衰；一则局于钻研心性之书，精思坐失而华叶谢。今欲紬青媲白，绣虎雕龙，复求二隶事之言，以善道宣滞之意，舍庾义阳《枯树》之篇，刘孝标《绝交》之论，风云凄楚，金石激扬，复何所学步哉？

亲如三闾，乃得赋《哀郢》以感君；贵如东阿，姑可假《洛神》以悟主。今地势疏远，无由上达，礼数阔绝，不相系属，而欲叩忱，燕霜晞心，蜀日难矣。五羖之为虞臣，毛薛之称赵士，前乎此者，不有人哉。

使扶光匿曜，若英沈彩，则结绿与珷玞，交尽邓林，于菌艾俱沦。何则休明之朝，短长效技，氛浊之世，智愚同困也。

阅《湖海楼》俪体文，反复善自道，其体微卑而适于用。昌黎所谓大惭大好从俗为之，可以得隽。

文必模范体格而后成,是谓知美颦而不知颦之所以美。盖古之人与其不可传者死矣,而相寻于其迹,是执迹之所在,而以为是履也。博学属文,心通其意,近世惟实斋、龚定庵能知之。

张文饶曰:“处心不可着,着则偏;作事不可尽,尽则穷。先天之学止是。”此二语,天之道也。愚谓邵子诗“夏去休言暑,冬来始讲寒”,则心不着矣。“美酒饮教微醉后,好花看到半开时”。何焯云:“真安乐太打乖。”又云:“尧夫只是不犯手。”则事不尽矣。录《困学纪闻》语,以资约守之法。

是日恭遇先府君讳日,王修临社而叹逝矣何追,燕人望墓而思泣将焉及。凄凉游子,永违捧檄之欢愉;漂泊征人,冀答高门之硕德。缅夫罔极,敢不勉旃。

极乐寺海棠已作下场老妓矣,丰台芍药则犹为媚少年也,十刹海荷花稚子未脱绿褓。一弹指间,摄却三世光阴在内。

姚姬传诗都着道,葫芦道乎?辘轳道乎?王梦楼书尽是禅,悬针禅耳,垂露禅耳?

蝉不过夏虫之鸣者耳,而以为有四行;梯不过秋木之实者耳,以为有七德。文人利嘴,善于张物如是。

晤家锡臣前辈,问书学,锡老曰:“凡肄书,天分居十之三,学力居十之七。钩模名人碑帖,手迹形肖而得其神,此天分也。八法精熟,字形匀圆,用笔不板滞,不致有墨猪之诮,此学力也。”

闻惠陵有石碑出土之异,保定有天暝昼晦之祲。

【眉批】未知然否?

乙亥四月

篪老语及贱子心气不足之病,篪云:“惟专治一艺可免,否则积悴之士,四十以后,精神便不佳矣。必须早加培养,毋伤天和,则心气可复。及今治之，未为晚也。”仆首肯。

检《皇清文颖》，前编目录一百二十四卷，续编目录一百六十四卷。前编自乾隆甲子止，载一百馀年文字；次编起乾隆甲子后，至嘉庆十五年，六十年中文字。表文首列衔者，富阳董文恭诰文有云：“韵流策府，经天纬地之谓文，秀发书田，异亩同生者曰颖。”

治生之道，莫妙于草头蘗、竹脚策合法，治心之道，亦莫简于竹头筴、草脚蘗合法。

阅顾千里《百宋廛赋》及《思适斋记》，顾君生平校雠之大旨，盖尽此。最录大凡。所录无多，各本行数字数，未抄。

东汉一字石经，魏三字石经并《典论》，经籍石刻自此始。后唐长兴九经、周显德《经典释文》，经籍镂版自兹始。宋后则官私所造，遍于四部矣。《桃花源记》中“闻之，欣然规往”，今本误作“亲”，谬甚。

最录顾千里集精要，虽一家之学，然揆之通儒大谊，仍病其不精不要也。原文多未录。

有一宕子游闽恶札，辄自托于商妇琵琶，珠娘漂泊。嘻！今之名士身份，似抬高而实自卑，皆此类耳。屈平哀怨，托志闺房，亦须上及宓妃、二姚、有娀、佚女，何至下同贱伎也。呵呵一笑。

钱可则《新定续志》十卷，每半页八行，行大小十八字，编纂者方仁荣、郑瑶也，其曰：“续志者，续董芬《新定志》也。”志即《严州图经》。钱少詹大昕曰：“宋志，州志多用郡名标题。”《图经》残本存三卷。右录《顾千里集》。

本日所遇相士，鄮人，初至京师，因相一湘中公孙，未浃日，名遂大噪。噫！方技之末，一言动人犹如此，而况君子出言之善，足以征应千里之外者邪！

童幼时县试，见听事悬一额云：“尔俸尔禄，民膏民脂，下民易虐，上天难欺。”以为其词简而动人，而不知其出于宋高宗。又有“清慎勤”三字,亦不知其出晋武帝。晋武言:“居官当清,当慎,当勤。”又云:“慎最为先。”又云:“阮嗣宗臧否不挂口,慎之至者,当世莫能过之。”

山人有书癖、泉癖、养生癖,寡欲习勤,非癖而癖。

【眉批】山人小印文。

六籍史科、辞赋之学,学系以师,师各有法;九流术数、方技之术,术名其家,家沿以别,别各有宗。治学与术二者,先审其原朔,后导其枝流,分别部居,不相杂厕,家法流别,一览了然。自不至入主出奴,是此非彼,务相为诘难取胜,此以艺言之也,班氏立此名矣。若夫收视听,宁心意,主齐一,神不惑,返淡泊,行化始,伦理毕,动天地,此以道言之也。《春秋》名之曰元,《易》名之亦元,老氏名之道,扬子云名之玄,皆是物也。

山人云:无论治何业,皆当作剥皮语。不得作门面语,然后可以自立。

王献之为中书令,王珉代之,时称大小王令。然则或以大令二字沿为郡县之称者,非。

马融将干邓氏,云:“人有左手据天下之图,而右手刎其喉,愚夫不为,何则?生贵于天下也。岂以曲俗咫尺为羞,灭无限之身哉?”

【眉批】此虽不可为训,然亦快语。

刘孝标诠林公语云:“学广则难周,难周则识暗,故如显处视月;学寡则易核,易核则智明,故如牖中窥日。”玩此数语,可窥见圣人执御之旨。

张凭勃窣为理屈。

三明者解脱在心,朗照三世者也。

天眼、天耳、身通、它心、漏尽,此五者皆见在心之明也。宿命则过去心之明也。因天眼发未来之智,则未来心之明也。三明六通,异名同归。

听泉岩、搴云洞、呼猿亭、待鹤径、苍官、黛叟、石丈、竹君、左右参峙,中有戴山樵者、严濑散人。门前青、紫二溪流。问龙乞水,驱虎负樵。阿耨达山第九十九峰,金母阙下左弌洞天,上元夫人侍者修真,玉册记名,散仙掌管须焰摩天事务,离垢无上无等,清净茆庵渴睡汉子。

【眉批】四则山人小印文。

慕堂藏籍书目录分为十有三门。按:藏书分目后,屡有更改,姑并存,以俟参订删存。

或可并存之,以见随时增改之意,当否?

【眉批】总目十三,子目待剸。

群经训故之学,起西京一大宗。群经义理之学,北宋一大宗,不关经义者不录。保氏六艺之学,史科,历代史志、会要、"三通"之学,《玉海》亦入谱学,为小宗。九流,金石,不必购碑帖,单买全文,以省赀费。地志之学,辞章之学,二氏,皇朝掌故之学,艺馀,书画词琴家,类书可资识小,亦入焉。西术。外藩名书。

【眉批】私淑一门不在此例,盖秘之枕中耳。

字之点画波磔,策啄努掠,须求顿挫蹲驻之法,迹断而神连方妙。

六通者,一天眼通,见远方之色;二天耳通,闻障外之声;三身通,飞行隐显;四它心通,水镜万虑;五宿命通,神知已往;六漏尽通,慧解累世。

习凿齿作《汉晋春秋》以讽桓宣武,犹是刘子政传《列女》之意,语云:“言之者无罪,听之者足以戒。”以是知古人不苟作。

【眉批】盖下皆摘《世说》语。

“潘文浅而净,陆文深而芜”,孙兴公云,评甚允。

誓墓不仕,右军事,盖与王述不相能也。

二郗愔、昙奉道,二何充、准奉佛。

庾子嵩云:“我自用我法,卿自用卿法。”此论甚明通。

傅嘏斥何、邓为“博而寡要”。“博而寡要”,虽学犹不学也。嘏字兰硕。

【眉批】今世所称名士,复不逮何、邓,而法当罹祸,与之同,可不惧哉!

裴楷清通,王戎简要。此二贤为吏部,天下无滞才。王右军得人,以《兰亭集序》方《金谷诗序》,又以己敌石崇,甚有忻色。

【眉批】文字结习,贤者不免。

《淮南子》曰:“人有嫁其女而教之者,曰:‘尔为善,善人疾之。’对曰:‘然则当为不善乎?’曰:‘善尚不可为,况不善乎?’”

【眉批】深于世故。

以上读《世说》刘孝标注毕,拉杂录之。

《声无哀乐论》《养生论》以上嵇叔夜。《言尽意论》忘其撰人。王丞相过江,惟道此三言而已。

有人问刘器之:“公迁谪良苦,作何消遣度日?”先生矍然曰:“凡人力学,常患日力不给,贤那得闻有消遣法邪?”此言可与东坡“无事此静坐,一日如两日”,及“何当尽屏去,万事付懒惰”四语试参观之,大有微理。一则渐修苦行语,一则悟后活泼语,不相悖而适相成,二者功候不可互阙。坡公与元城极相契,以“铁汉”目之,盖其出处之迹略异,而此心晶然无不同也。

中义之言曰:“左物右志。”又曰:“陈古刺今。”二义能见其大。会稽下笔不休,而未达此义,所以相逊不止一舍。此论出,而二子之优劣分。

乙亥五月

《山家清事》云:“八月八日为竹醉日,种竹易活。”予以是日生,岂遇去生中即此君邪?

【眉批】“遇”疑“过”字。

宋人诗云:“客子光阴诗卷里,杏花消息雨声中。”如其行藏勋业,寄于诗卷中则良有之,至谓诗卷中足以尽此光阴,则亦废人也已矣。

前人谓:“名节非素修不能。”予则以为,学问名节,犹可及自励,惟精神气魄,必须长养十年,乃可卓绝一世耳。

东坡云:“世人见古德,有见桃花悟道者,争颂桃花,便将桃花作饭,五十年转没交涉。正如张长史见公主担夫争道,而得草书之气。欲学长史书,就担夫求之,岂可得哉?”仆谓古人之所留者迹也,而履寓焉。执迹以为履,则失之远矣。王阮亭之学杜、归熙甫之学欧,皆此类也。

益阳之于万斛泉,田单之走卒也;湘乡之于官文,刘益州之许靖也;湘阴之于胡光庸,周亚夫之剧孟也;合肥之于郑魁士,石勒之李阳也。

竹篔言:"某君得志则陵其下,失志则怼其上,必败之道。"斯评殆痛。所谓败者就其一身而言,于世事亡分毫之损。

客主之势殊,则强羸之情顿异。我为客而人为主,先为不可胜以待敌之可胜;人为客而我为主,则善下之以察其能与情,而后因其所向而用之。

每治一术,处一事,必兼两度其中而用之,则无有窒夹不通者矣。

《荀子·成相篇》:"刭以独鹿弃之江。""独鹿"即属镂也。《乐府》"浊漉"篇本此而误加水旁。

今世择交不必太苛,但察其志节是六七分人,大段不错,便可把臂。

欲色之心,自夫上智犹不能免。然吾观叔肸之取于申公巫臣也,以彼之贤,犹覆其宗,况德不足以胜之,而横欲致天下之尤物,其濒于丧殆乎?叔孙穆子之庚宗,其祸烈于叔肸。此葛生之行己,所以有择妇之智也。即介父、君实之屏绝嗜欲,苟非由学穷造化、念力坚强而能然乎?

同岁公饯客于扬州馆廨,登苍屏楼,楼中相传有散仙,自称苍屏老人,栖此楼数百年,时隐时见,莫测其何神也。篪仙云:"相传有竹西名人曾见之。"仪征阮公亦尝与谈论,至某大农欲见之,则托云命驾西山矣。是可异也,道人亦不倦于正耶?志之。

三君容易,八厨难。

护贤而无识其失,与护前钧。如韩退之长于文笔论议,短于军旅戎阵。注家必因公所上淮西事宜、黄家澳贼情形二状,遽谓其洞晓兵家机宜,则长其所短,失知人之鉴矣,以云护惜古人,何必若是?至太白、义山,不过词章家之雄伯耳,注家文致以为出处之际甚贤,抑何可笑之甚邪?言固可以若是其易邪?

《学记》曰:"《宵雅》肄三,官其始也。"此退之《符读书城南》诗之意。

全榭山《经史问答》论扬子云一条,甚卓。

《荀子》醇疵相间，然不可谓非《孟子》而下一人。故《史记·孟荀列传》可谓有见。扬子之学出于老氏，其源流本各殊，而粉饰之以孔氏。故《荀子》之参差于《孟子》，自是其病，而正亦是其本色所在，不肯附会。扬子摹拟诸经，乃是其摹拟司马相如作赋馀技，其中无得。盖扬子之学，其于老氏亦浅，须知得老氏之道者，汉初莫如张良，是以老氏之学成经济；次之则汲黯，是以老氏之学成气节；又次之则东陵侯，盖公之徒，是以老氏之学善其进退存亡于一身；最下斯为扬子，其流极便是冯道。此语周内。何可与荀子争轩轾也？

【眉批】隽而确，寂默清净之谣可知矣。朱子论良事甚精当。

检《十七史商榷》，此书尚有钟伯敬、李贽习气，如后贤纠何焯所云，批尾家当处亦殊多。西庄在乾嘉中故是第三流也。

友人述一古德，夏腊一百四十岁，此古德亦不甚参禅打坐，但意思萧淡耳，尝有句云："不死只得活，无荤亦吃斋。"煞有寒山风味，可赏也。

朱子《次亭字均呈秀野丈诗》："人言洞里春常在，自庆樽前老复丁。""老复丁"三字见《急就篇》及《黄庭经》，又《参同契》云："老翁复丁，壮也。"

凡人学问精实者，必谦退；虚伪者，必骄务。二语可引以为戒，且具观人之法。

始习叉手向上，自顶而下至足法。疑为《五禽图》之一。

仲修云：道咸之际有一种人，议论气节，几足自立，而卒颓转，弟靡不能有成者，神足而气不足故也。仆今思之，此说非也。神恃形立，志帅气行，神、气、形三者，相须以生而不可缺离。志者，诚之所之也。神之清浊，气之曲直，皆于志辨之。志苟立矣，则虽羸尫毁瘠如卫叔宝，其气仍伸直于礼义之中，千倾百折而不可回，安有所谓不足者乎？且气之于神，犹景随表为长短，流抱源为浊清。气苟不足，神又安能足乎?今之气不足者,殆所谓有欲则不能刚者邪?无欲则静,静则柔处皆有刚气宰之;有欲则躁,躁则壮处皆有衰气乘之。

【眉批】静躁对举,说本《老子》。

养生从节嗜欲始,养气从穷名“名”一作“义”。理始。

【眉批】穷名理者,介父之学;穷义理者,指仆向所谓五大宗之学。

定庵云:“但开风气不为师。”天下之俗,靡然旋转如风,故谓之风然。视乎一二人之所志,志乎义则善其俗,志乎利则腥其俗。然师者聚徒讲学,名之所在,千夫指之,众响漂山,群轻折轴,故不可居也,不可为也。此言与吕成公敛藏持养之指颇同。语气似兀敖,又病轻矫,坐不能及吕之德言。可以语守矣。亭林先生不蓄门徒之意,可谓高见,惧伤气也。

人之一生,少如冥,壮如昼,老如夜。本《毛诗》说。五性静而四序应之吉,仁谊礼智是也;七情动而四诊应之凶,喜怒哀乐是也。一日之中,有春夏秋冬,平旦食时,日昳昏夜是也;百年之中,有春夏秋冬,少壮老病是也。推之皇帝王伯之运亦皆然。说本邵尧夫。学道者终日抑畏,若有所亡,勤勤以无忝所生为务。虽一日之中,时而养其冬气,时而养其春气。冬闭冻,收敛也;春孳乳,发生也。收敛多,发生少,收敛富,发生俭,是之谓仁人。仁也者,人也,得一以贞。一也者,诚也。本朱子义。

本日读梵经,云:东海阿修罗王为西海大力鬼王所困,东海敕鳖相公开府治事,相公奏擢蝌斗将军、琐蛣行人等九人,徒手而使西海。东海人皆文儒,西海之羸者或溺其冠以为戏。呜呼!人方为刀俎,我为鱼肉,此主客之势异也。于是时有黄鹞子者,即世所谓无求于平原君者也，为之画地而愤，仰天而笑云云。出《大藏》堂字函。

富文忠、刘贡父、苏文定之使契丹也，彼时南北二庭强弱之势相抗，故使臣得直其辞，然晏元献犹欲以国书误其婿于乎，后之为晏殊者，何纷纷也？

有陟而无黜，则下不知恩，人嚣而气杂，则议佹于法。恩不行者威替，法不立者气散。虽如王莽征六十三家之兵法何益？徒见其手忙脚乱耳。

槐之生也，五日而鼠耳，十日而兔目，然或者以鼠耳兔目之形，以为是槐也，宜有火焉，而钻而求之，是何求效之太蚤耶？夫举大功、定大业者，但课每日只勤惰，不计功效之多寡。本曾文正语，指庙算已定言。而后日计不足，月计有馀，苟朝求贤而夕课绩焉。斯亦相率为浮伪欺饰焉已矣，可胜叹哉！

世弘，字盐谷，日本人，著《宕阴存稿》，有可采者，录之云云。或曰："盐谷氏以地为氏，世宏名。"

【眉批】似宜改正姓名，为盐谷世宏，以"或曰"所云注名下。以下皆摘录《宕阴存稿》，计十一页。

前代用师多，而近今师省。秦伐楚，用六十万人，魏伐吴，用八十万人。而圣清之征云、贵苗疆，师不过二万。汉、唐、宋、明讨伐狄、夷、蛮，动辄数十万。而圣清之定庵南，兵仅万有八千。岳钟琪之击青海，军仅七千。此兵制之绝古今者。英夷合国兵丁不过十七万，然其练兵之法甚精，百人拔十，十人拔一，其练阵日日而训之，七日演小队，七十日演大队，虽在番舶、在殊邦而不废。及出军，以番银三十饼安其家。上卒月饷十饼，下卒六饼。道光中，英夷侵广，廓尔喀使告于圣清曰：吾国与里底所属之披楞地相邻，每受其侮。今闻里底与京属构兵，愿攻里底属地，以犄角之中。人不晓，答以蛮触相攻，大朝向不过问却之。后知"京属"即广东省，"里底"即英夷属地云者，谓东印度盂加腊。英与佛外和而内忌。以上书《英夷利图志》后文。俄罗斯初建国,比达王微行,游于他邦,船厂、火器局,讲习工艺,还国传授。方佛兰之来侵也,底利尼王举国迁避,空其都城,待佛军深入,潜回纵火击之。夫比达王时,其臣应不乏材俊,是之不遣躬亲为工人以肄业,比之瞿昙氏之逃山以开教,可谓劳倍而功蓰矣。蝮蛇螫手,人皆知断臂可以免毒,而犹豫不忍者,十常八九。底利尼王一朝,举起城阙、宫室、府库、仓廪燔为灰尘而不之吝,虽晋人之焚朱雀桁、明太宗之迁田横诸岛之民,未可同年而语焉。上既如是,故其部落至有生儿女三四岁,即托之亲朋鞠育教诲,男至堪从军,女至可婚配,始取之者。变陋为文,矫曲为直,其猛于断制矣。夫以亡国之馀烬,倔起尺寸,横亘欧亚,延及墨利加,建振古未曾有之国,可谓伟略矣。以上书《俄罗斯国志》后文。其论中西长技孰胜情状云:西虏住澳门二百馀年,华中之情,无不知焉,而中人懵然不能知彼,并不后知己。可议一。《孙子》曰:"无恃其不来,恃吾有以待之。"中人以英夷为不必来,而待之者不过备艇匪小盗之方。中船不大,又脆窳不能邀而攻之。英舰如城,快蟹如箭,巍然而止,倏然而进,以攻则动于九天之上,以守则藏于九地之下。可议二。虏选兵,取十八以上、四十五以下,又百中拔一。中之编伍,勇怯相杂,有虚冒,有老弱,沙汰之法不讲。可议三。虏以汗马百战之馀,国虽无事,七日小阅,七旬大阅。中兵绿营下五旗之制,练法废弛。可议四。中调索伦者十之八。此皆论道光廿二年奕经、奕山事。虏取于印度者三而一。夫印度至热,索伦东丹至寒,而江浙闽粤,则在经度三十馀。故虏之侵伐,多以夏秋之际,其士卒适凉,而东丹则不堪热矣。兵法有阴阳寒暑时制,其戒云:"夏不征南,冬不伐北。"今虏以夏入北,而令中坐犯兵忌。可议五。韩愈云:"客兵满万,不如土兵。"数千中兵,防海者非其土著,水土不服,形势便利不习,而虏坐得汉奸,倚海岸为固,谋定后出,是中兵主反为客,而虏以客而为主,客主之势,常不敌。可议六。中之将相,俱计算皇惑,群疑败谋,朝战莫和,兵亡斗志。虏则以战为囮,以互市为利,白虎驺虞,悉以愚中之耳目。可议七。军志曰:“器械不利,以其卒予敌也。”虏甲仗铦利,而中仗悉由官库造给,多不合用。可议八。具此八可议,此虏之所以横,固由人谋,亦不可尽归之天运也于乎!且虏之败征亦已见矣。其登陆也,黑鬼横行,钞财渔色,军无次律。一可败。昼则居城,夜则还船,其城、船可袭,其行路可搒。虏善战,不善守,且所恃者亦唯轮舶火具耳。使中徙海口之民于内地,坚壁清野,使无所掠,虏兵多力分首尾,卒不相顾。二可败。兵家忌自刑,先发者伤。中民仇虏日甚,以理策之,虏运将熸,其亡必速。三可败。爵卟等之才,不减粘兀,而耆英、琦善、伊里布之恇怯,有甚于姚平仲、耿南仲。中人有讳小衅为大捷,以小获为全胜,此汉魏故事,破贼文书,以一为十之旧套耳。以上皆论黄爵滋《上漏卮征时虏状》。英尝与华盛顿战而败,伐满剌甸而败,入瑞典而败,袭越南而败,于罗刹佛兰祭战而互胜旋败。鄂犹水浸淫而进;英犹火虽炽易熸。《英吉利图志》跋尾。中之京师,有鄂罗斯学,而英请效之,墨建坚夏书院于新嘉坡,英作爰华堂于香港,作华英书院于麻六呷,皆为学汉文设耶。马尼人译《诗经》,普鲁社人译四书,英人译《康熙字典》,此自知其裸俗之丑而骎骎乎慕章父之美。尝闻虏画人物,惟一片黑影,然英女王尝使画师写其真,用华法,不许模黑影,恐胜其美,是亦自厌其陋之渐矣。呜呼!伏、文、孔三圣人之教、圣清之文,其遂将通西海欤?以上《夷情备采》跋尾。阮伯元题丘熺《引痘略》诗云:阮是否即仪征相公,俟查《研经室集》。“阿夫容毒流中国,力禁犹愁禁未全。若把此丹传各省,稍将儿寿补人年”。此微文也。跋《幼幼精义引》。《朱子文语纂编》十四卷,吕留良门人严鸿逵辑,见已流传彼国。元忽必烈采赵宋士大夫防御辽金之奏议论策,究其兵备、地利、攻守之要,然后伐之,盖郝经之谋云:世祖事。胸中无馀地闲思者,不足以学道。驽马奋迅,志在千里,十驾而至,功在不舍耳。不愿印秣皂枥间也。曾子二十七而得一贯之传;周公瑾年二十四经略中原;诸葛君年二十七定三分之策,此所谓少而学,如日之方升也。卫武公九十作抑戒;蘧伯玉行年六十而六十化,此所谓老而学如炳烛之明也。以上杂说。

【眉批】似当改纬。阮盖即文达公。

按:英语,英吉利乃属英伦人与物之称,本专指此一岛言,嗣沿为国中通称。盖国人之先散之各洲者,多此属人,而其国基统一,亦自此岛始也。英伦、苏格兰、阿尔兰三岛,合称为白里登,此自古种人居岛地,相沿之国号,今国书纪载,犹用此名,惟英吉利云者,则常语通用之词。白里登旧常有译不列颠者,里底亦即此。

按:太西各国,政俗不同,习教又异,要亦各自有其本末。盖其初俗则敝,其进化甚美,至于今日,固与中国不侔。前人多谓其慕效中风,其实未必。至如仿用中法诸事,特彼国素无成见,故喜采览他国异物异艺,以征博验,此又其虚心胜于中人士一孔之见者。其广译华书,亦欲考求中俗政教之源流耳。

引朱子勘康节诗语:

朱子诵邵康节句以训人曰:"施为欲似千钧弩,磨厉当如百炼金。"或问:"千钧弩如何?"曰:"只是不妄发,即王文成所云收敛之意。如子房之在汉,一发其言,当者便百碎。"

西人学制

太西诸国,广设横舍,置师儒。有大学,有中学,有小学。凡立小学之程四,曰先哲名训,曰各邦史籍,曰各种诗文,曰辞章议论。遴其秀者,升之中学,曰理科。凡立理科之程,以年为限,一年学落日加译言,二年学费西加译言,三年学默达费西加译言。学成则又遴其俊者升之大学。凡立大学之程四,四分其科,人占一学者听,曰医科、治科、教科、道科。生员多者至数万人,官给廪,月朔考阅其艺而进退之。

【眉批】此制盖已甚旧,今各国学程必大有增订矣。

按：所云译言三者，英语皆有之。原文盖希腊语，各国通用所祖。洛集克，严氏复译《原富》，首册定曰："名学，一年所学，盖辨别名物事理诸属。费锡克斯，译言物质学，其事包工艺学，重、光、热、声、电、磁各学，并诸天然物理；二年所学，盖格致浅理。默忒费锡克斯译言心理学，谓一切物理之究竟，并人之性灵；三年所学，盖格致之稍深者。以上皆普通要事三名，译者易混而难定，故原文未译，且其事皆各有深浅，所学则同，此所授皆其定理之显著者，特始基耳。今略参英注字典而得之。

不善用《周官》

《周官》，王莽一用之而覆汉室，王安石再用之而扰赵氏；方孝孺三用之而误建文，皆不善用《周官》者也。

欧阳永叔、邵尧夫先见

欧阳永叔遗书后嗣曰："丙丁年不入蜀，则入吴。"邵子临终戒家人曰："丁未岁子孙可入蜀。"邵、欧阳之殇在靖康丙午、建炎丁未之前。五十馀年，而皆计其必有国难，示子孙以辟乱之地，不亦伟乎？

蒲萄牙

明隆庆初，蒲萄牙请借豪镜隙地，疆臣不知其国何地，以为不过南洋岛夷之类，辄允其请，是为欧人入华之始。

耶律楚材语

耶律文正公语元主曰："儒臣之事业，非积数十年，殆未易成也。"

王安石不乘轿

宋熙丰间，公卿入朝废马用轿，独王安石终身不乘轿，曰："自古人主虽无道，未尝有以人为马者。"

以上二十四条,皆剪截《宕阴存稿》中精要语,略有删润,勘语别见与濮子泉书中。世宏虽彝翟,而服儒者之行,颇知美本朝。嘻!此亦我觉罗氏之由余也,我之外臣,其言庸可废乎?

删定《六艺论略》上

古之教人也,有礼容。"容",《汉儒林传》作"颂",云:"鲁徐生善为颂,弟子或以言礼颂至大官。"其为之师也,有家法,故理融而情谐,使人悦以入道;及其成材也,忠而恕敬、而顺,以之事上,刚不至激;以之接友,直不至争;以之治下,则好恶平而宽严得中。今之教人也,以文字之末,其导之也以利禄,指汉以下而言。故理格而情琐,使人偷以远德。及其成也,刚则隘,直则绞。以之事上,洁名为先;以之接友,讦过居多;以之治下,则好恶失平,而流为忌刻。容者何,六艺是也。师者何?在朝则有大司乐、三老、五更之属,在野则乡大夫、乡三老此秦制是也。其为教,道寓于器,习焉,而悟其意;德藏于容,行焉,而悟其事。故礼五焉,乐六焉,射三焉,御五焉,书六焉,数九焉。五礼者,吉、凶、军、宾、嘉;六乐备六代之乐。三射者,大射、宾射、乡射也;五御者,鸣和鸾、逐水曲、过君表、舞交衢、逐禽左;六书者,象形、象事、象意、象声、转注、假借;九数者,方田、粟米、差分、少广、均输、方程、旁要、盈不足、勾股。此古所谓六艺者也。后之为民,上者既不达,所以考艺之旨,而其下俗儒复钲离分析,务为诘难,各立门户,以相倾取胜,而艺之意浸以微矣。礼乐亡而养仁之具失,书数亡而养智之具失,射御亡而养勇之具失。

删定《六艺论略》中

汉之学得四而失二,亡者礼乐而已。唐之学得二而失四,则惟书数存。书则虞、褚、韩、蔡不足以当之,当之者,其李阳冰及二徐乎?宋明之学,得一而失五,则仅肆力于书。后世经籍漫多,不能不以书当之。而其五者皆亡焉。且彼所谓书者,以佛理入而以儒宗言饰之者居多,汗牛驴充栋宇而未已也，于是性命之谈甚高而荒于治事，诛心之论甚深而刻于用才，同朝忿争，自古未有如宋之甚者，如景祐之吕、王，元祐之王、马，元符、建中之韩、曹，绍兴之赵、张，其明验也。何者？言性命则高己而薄人，尚诛心则憎多而爱少，一贤立朝，弹劾丛集，庙堂之议，朝变夕改，而天下嚣然，遂亡于议论矣。明人惩之，王守仁矫其支离，而陷佛益深；杨慎矫其空理，而支离甚于宋；李攀龙、王世贞矫其支离空理，而浮夸其又甚于唐，去礼乐之意也益远矣。于乎！丧礼废而孝衰于亲，冠礼废而士所以自待者轻，婚祭礼简而追远重别之意失，比闾州党之联散而睦任之俗离，雅声浸、铙歌作而中和之德丧，文武设科，歧而为二，而材不两全；乘轿之制创，而士不习御；诗赋、书画之谱作，而人材日下；佛理附于九经，而圣道日微。于乎！此岂一日之积而遽然耶？

删定《六艺论略》下

《传》曰："天子失官，守在四夷。"于乎！自先王羲和之官失，而虏得其法以步占；职方氏、土方氏之官失，而虏得其法以量地；司徒、大小学之制失，而虏得其法以立三学之制；共工、司空之官失，而虏得其法以制器逞技；典乐万舞之仪，司马搜苗狝阅之序失，而虏得其法以练兵；《大易》火泽之理不讲，而明之佛郎机得其用以制火炮之属；风水济通知理不讲，而阁龙氏得之以擅舟楫之利。君子观于汉、唐、宋、明之所以积弱而亡者，沿用虚文故也。鄂及欧虏之所以积弱而强者，采核名实故也。抑虏犹见其细而未见其大也。虏所学者，功利耳，至于仁义持久之道，则概乎未之闻也。如是，则学在夷而不至尽在夷。于乎！谋人国者，审其所以长而察其所以短，欲为自强之计，可不鉴哉！

【眉批】此篇所说未尽善。此亦《宕阴》存稿原本。

以三篇原六篇,辞皆概括删润,山人记。

按:中人士善于虚论,每谓西人今日之学艺,皆出于中土,其于实事甚背。彼之所以诸学并进者,由各族自竞习则生巧耳。又彼政教不甚齐一,民方各自谋善其生业,不似中国秦汉以后之制,名为尚士,离器言道,笼统虚伪。其实朝廷驱天下材智之徒,专并于利禄之途耳,此中士所以不能分艺致精,而西俗竟累变愈上也。若究其迹,中西相隔甚遥,中古之世,究不甚相通,彼之艺乃自进,特人事不甚相远,其道自与古暗合。今西史译者,稍著明者当自辨之。

【眉批】此节系删定《六艺论略》下篇注。

燕中销夏最乐,燠馆凉台以十数,慈仁为最。向夕则荷气袭衣,清晨则松风洒发,趺坐其中,万念俱寂,一刹那顷现十方清凉极乐国土矣。夜间就枕,既无南中蛇虫之患,又亡蝇蚊吮嘬之苦,此一快也。魏孝文南迁洛阳,而其世子恋恋于云中而不肯去,宜哉。

陈龙川有曰:“中国者,天地之正气也。”朝廷又为中国之正气,此宜当补。又曰:“危亡弱乱之运,天地鬼神皆不能易,而易之者人耳。”读之,使人忠义之心凛然而生。然窃谓所以易之之道,在君臣旰食,上下辑睦,吏尽其职,训殖勤施,而民知耻,将得其材,恩信既著而士思奋,日复一日,为之不已。则天地积弱之气,鬼神既耗之,运必有因之而移者,《春秋》所以大复九世之仇也。

乙亥六月

杂录、商榷、隐括其文,以便稽览。蒙中下之质也,能毋敬日乎?

校雠,特读书中之一事,能校雠不得便称著书立说,且不得以校雠语阑入文字。校雠有校雠之例,笺注、辞赋、论说亦各有例,制度形法、天官地舆、建置技巧,亦各有例,不得捃撦相乱。如唐陆氏《释文》,国朝阮氏《校勘记》之流,摘本经二字,而以校文散隶其下,乃校雠之正例也，亦不许杂采京、荀、皇、熊，擅改经字，但分行夹注云“△书作△”，而校之事毕矣。此体不宜过繁，以简净明了为要。至乾嘉间人，所谓著书等身者，不过将先秦汉魏古书数十百种，横肆剽剥，东拉西扯，此主彼奴，逞其烦碎苛擞之说，以炫人耳目，曰：“此即绝大学问耳。”殊不知校雠一事，乃《学记》所谓“离经”，特小学之一，断其章句，核其形声，解故而止耳。校业最著者，扬子云、刘氏父子，其学之精深，别在《玄》与《法言》，五行三统，而不即以区区校治为毕其能事。乃如此一种学问风气固结于人心而不可解，宜国势之弱也。一何可笑！深堪痛恨。

两敌相争，弱者胜。越灭吴，韩魏族智伯，乐毅胜齐，刘夷项，曹平袁绍，谢玄破苻坚，宇文邕灭高齐，明太祖夷陈友谅是也。即近益阳胡公之平石逆，湘乡曾公之平陈、李二憨，亦何尝不以羸卒数千当虎狼百万哉？古有以一成一旅而中兴天下者。《论语》亦曰“不患寡，不患贫”，有志谋人国者，不当如是耶？荀卿云：“楚以六千里之地而为仇人役。”岂寡弱智患哉？

欲通欧夷线索，至下亦须才驵才侩。今庸琐纤子，塞路射利而来，算缗而去。上官诘问，姻视媚行以求进，狢奴小一哆口，泥首听命，故时为之谣曰：“宁为民怨府，不撩狢奴嗔。”如此乃驵侩之庸者，其技止于朘民，遑能洞洞狢情乎？嘻！人才日下，且欲求才驵才盗而不可得，安望事之有起色乎？

定疑成务之要术，大指在宁静，今略为引申，其科指凡九，列于左方：一曰为黑不为白；二曰为雌不为雄；三曰为柔不为刚；四曰为腹不为目；五曰为后制不为先发，先发者，万不获已，而发不妄发；六曰为冥冥不为赫赫。六曰为实不为名，名骄也；七曰为稺不为壮，壮则老；八曰为客不为官，官眩也；九曰为小山长流穿石，不为钻火，未热而息。

【眉批】不为白者，治于神，不治于形也。释一，腹含水谷之精,目察是非,近苛。于小指不如责大,体也。释四,泰壹家占云:“庚午自刑,先发者伤。”释五,流水不息,山石为之穿,留此精壹之志也。钻木未熟而息,终不得火,此懈退之咎也。释九,《学记》云:“《宵雅》肄三,官其始也。”官所以诱其始学之志,久媾焉则昡。释八,名,冥也。向夕而冥,以名自名,故谓之名。宜相牵属,引申为凡名号之名。本《说文》然,由冥可以观明治名,不可以察情,以是知名不如冥也。申言之故,其数亦六。释六。

富文忠以庆历增岁币之事为朝廷大耻,而终身不敢自有其劳。盖既审利害本末,又能识是非者也。观此则知大言自称。顾九庙不得复顾两庑者,其罪不容于死,国耻之谓,何又因以为利?腼然受其盗功之赏而不辞。圣主中兴,定罪当首及此辈。前记有云:“有一会同译馆巨公,大言曰:‘既顾九庙,势不得复顾两庑。’”可谓文奸言以饰非。

英人籍其国之户,凡口三岁以上,悉注白籍,死则由甲长以呈于所司,而乙之主者每岁籍其孳生增减之数,以达于其王。案其户之多寡,知国势之强弱,此良法也。本《周官》献民数之法。《周礼·天官·小宰》:“八成,三曰听闾里以版图。”注:版,户籍也。又:“大司徒掌其人民之数。”

伯恭先生慰同父之辞曰:“莫谓世无用子者,虎帅以听,谁敢犯子?”此亦不过穷交呴沫之语耳,其实伯恭亦不肯为同父之扞蔽也。

至人之心如镜,因其善恶以为赏罚。赏罚者,人主之威枋,而实观其人之所自取。赏罚平焉即止,而我无与焉。是故被刑者知惩,而受赏者知劝。惩者绝怨毒之萌,劝者杜侥幸之路。

荆公解《易》,求王明云:“孔子所谓异乎人之求也,君子之于君也,以不求求之;其于民也,以不取取之;其于天也,以不祷祷之;其于命也,以不知知之。并之道无求也,以不求求之而已。”介父一生作用,尽此数语。此老氏以后为先、以退为进之旨。荆公深研释、老之绪,故发于言者如此。

予自丁癸甲之难,不耐劳苦,劳苦则精神疲顿,旧疾便发,是以不能事事认真，作济世而仍得出世之法。计惟有从赤松、黄石游乎？

黄帝之书曰："日中必熭，操刀必割。"《易》曰："日昃之离，不鼓缶而歌，则大耋之嗟。"今年垂及壮，是日中之时也。安得不击祖龙之缶而操吉利之刀乎？

操、绍共起兵，相与计事，绍以为当据险，操曰："吾任天下之智力，以道御之，此所谓盗亦有道也，岂所为诚合于道乎？然其言则可取。何所不可比？"操征乌丸，刘备劝表袭许，表不从，及操还自柳城，表语备曰："不用君言，故为失此大会。"备曰："今天下分裂，日寻干戈，事会之来，岂有终极乎？若能应之于后者，则此犹未足为恨也。"观此二言，可以决操、绍、二刘之兴亡。高帝亦谓项王曰："吾宁斗智，不能斗力。"然吾读管氏之书曰："日益之而患少者，惟忠；日损之而患多者，惟欲，多忠少欲，智也。"此天下之大智，非高帝及操所能梦见。彼不过谲智用以济一时之变耳。唐太宗、元世祖、明高皇帝便超越前古矣。

陈同父有"子房、贾生、孔明、魏征，何以学异端"问目，此意不可不知。盖黄、老之机权，申、商之形名，孙、吴之权谋技巧，管仲、李悝之任地力、利民用，皆所以善持天下之形势利败，辅经而行，不可缺也。高谈纯王之术者，所谓慕虚名而无救实祸，卒受其病。

御史陈彝敬《陈管见疏》，内有刺时政，以为"权谋苟且"云云，揆以"切今之务"四字，未为剪截。尚权谋者，决不苟且，甘苟且者，绝无权谋。今天下之患，所谓一胫之大如股，一指之大如腰，元气萎茶，不复自振，病在苟且，不在权谋。诚得如李赞皇平泽潞，张江陵治明之法以治之，犹可粗安数十年，否则为弱宋理度二宗之续矣。贾、葛明于申、商，救时之术也，夫言岂一端而已，固各有所当乎！

【眉批】此上原文节录御史陈彝敬《陈管见疏》语，未抄。

有功者虽微必赏，无实者虽华必罚，综若牛毛，晰于秋毫，严于御下，如湿薪之操，此权谋之术也。

《列子》曰《汤问篇》:“汝志强而气弱,故足于谋而寡于断。”仲义神足而气不足之语亡理,此言却甚有理,然按之吴筠《心目论》曰:“动神者,心乱。”心者目,《阴符》下篇曰:“心生于物,死于物,机在目。”四勿九思,视戒为先。以上略采深宁王氏。此《孟子》言“物交物”之谊也。审尔则捐视听以省情,窒情以去欲,寡欲以养心,养心以养气,而气可强矣。气强则志不孤。

“必有事焉,而勿忘句勿忘逗勿助长也。”此亭林先生读法,“勿忘”是勇厉猛进,持久不解一层工夫;“勿助长”是涵泳细绎,使自得之一层工夫,二者相为用。读法本《诗·江有汜》篇:“江有沱,之子归,不我过,沱、过、歌三均本,白文气断。不我过?连下读。其啸也歌。”第四句只带下,如乐府《平陵东》重言“两走马”,《淮南王》重言“还故乡”,皆本此不可悉数。已开《渭城三叠》之先矣。

《通鉴纲目》之作,显而不微,志而不晦,成章而不婉逊,涑水本书远甚。此意发自亭林先生。此司空城旦书作也,非朱子佳作,谁谓《春秋》而可以人人继作乎?此虞卿、《吕览》、刁凿齿辈所不敢轻仿其例者也,而乃自托于吴楚僭王,妄作《玄经》之王通乎?

《龟山语录》:“人必住得,然后可以有为。若才智之士,非有学力,却住不得。”释氏言:“应无所住而生其心。”夫无所住者,奢摩他也。先有所住而后入于亡所住者,由先修三摩钵提禅那以至于奢摩他也。

自檀波罗密以入于尸波罗密,渐次而至于羼波罗密、毗波罗密、禅波罗密,由是以达于般若波罗密。五者为舟,一者为岸。此六波罗密功德之大较也。

仆家、曜卿家无所储,不治产业,乏则义取于人,亦不为皦察苛核之行。时九流溷浊,三纲绝弛涣,慨然以为,惟强而有礼,可以免于乱世。家法秩然,子执一艺,后遂寖盛。此蔡兴宗之所以不与袁顗同难也,亦可以为成人之次也。

《般若经》言:“六根六尘六识。”因而重之,为十八界,皆幻见,非正见也。安有阿鼻亡间之名哉?

乾嘉人解字，亦有拘于本证而误者。如“主臣”《陈丞相世家》语“因皇遽而吃，若期期荷荷”之属是也。张晏以为惶恐，误矣。乾嘉人用“主臣”二字，皆从张晏。审尔则上文有主者，“主者”为谁？君所主者凡四，“主”字语气不相针对矣。且“皇恐”，章奏中谢需头之辞，见蔡氏《独断》。非面对体也。平意盖云，主宰相之事而误吃云。臣也，孟康以为“主群臣者”，亦误。又如“无虑”，赵爽注《周髀算经》云：“粗计犹今谚云无论然也。”而王石渠必从高诱注《淮南》，以“亡虑”为“大凡”。《广雅》以“无虑”为“都凡”。案：二文当作大凡、都凡之辞。然则汉《食货志》云：“天下大抵无虑皆铸金泉矣。”必依王解，则志文当云：“大抵、大凡”，不辞甚矣。

【眉批】案：《汉书》文颖注此文云“主臣惶恐之辞”，加“之辞”二字便活相。

《比》《复》好先，《乾》《壮》恶首。王辅嗣《略例》语。其为义事与而后焉，是违义而丧名矣；其为利事与而首焉，是媒怨而近刑矣。责则居先，故嗜义若渴；利则居后，故藏于无名。先忧后乐，范六丈之仁也；难进易退，寒泉精舍老人之智也。

【眉批】镜心言：“仙佛为其易，贤圣为其难。”二语似有所本，再考。

《传》曰：“仁者静。”孔安国曰：“无欲故静。”此为道所以日损也。“知者动。”包咸曰：“日进故动。”此为学所以日益也。一动一静，互谓其根。

予四、五岁时，太孺人抱置膝上，教之方名，辄戏析箸为井、田等字。比七、八岁，窃好辟谷服饵长生之术。太孺人尝怒其不食，挞之，乃跪复食。疑夙世或有高世之志，然事涉迂诞，已亦莫能明也。

它日欲为州郡立塾,第撮刊先正《简明学规》,如彭南畇《儒门法语》之属,粗立限制可也。书院命名不必标揭门户,亦不必裨贩古方,第取其乡先生无论古近,审可师法者名之,以动其向慕之意,如白鹿、蒿庵之例足矣。至署门嵌壁等事,但载创改年月,不叙兴作姓名。

乙亥七月

华旉元化语吴普曰:"人体欲得劳动,但不可使极耳。动摇则谷气得消,血脉流通,病不得生,譬犹户枢不朽是也。以古之仙者,为导引之事。熊颈"颈"当作"经",见《庄子·外篇》鸱顾,引挽腰体,动诸关节,以求难老。吾有一术,名五禽之戏,董仲舒言:'鹤无宛气,及猿好自引其末,故猿、鹤寿或千岁。'旉言本此。一曰虎,二曰鹿,三曰熊,四曰猿,五曰鸟,亦以除疾并利蹄足,以当导引,体中不快,起作一禽之戏,沾濡汗出,身体轻便,腹中欲食。旉以为服食益于人者,惟漆叶青黏,一名地节,一名黄芝,大理五藏,益精气。散漆叶屑一升,青黏屑十四两,以是为率,久服去三虫,利五藏,轻体,使人头不白。漆叶处所而有青黏,生于丰、沛、彭城及朝歌云。普及樊阿皆旉弟子,寿或有百馀岁。

【眉批】日内检方书无所得,语云:"丹经万卷,不如守一谅哉。"斯言。古人长年以勤朴得之。

管公明言:"忠、孝、信、义,人之根本,不可不厚;廉、介、细、直,士之浮饰,不足为务。"山人叹为笃论。

喇嘛药酒,能安神益智,活血舒筋,添精补髓,养营和胃,去风寒,除湿热,疗腰腿疼痛,补肝肾不足,助君相之火,壮壬癸之水,诸虚百损,俱可饮之。

附方于左:

何首乌一两,白术一两,甘枸杞一两,全当归五钱,豨签草五钱，胡桃肉四两，茯苓五钱，牛膝五钱，砂仁二钱半，白芍五钱，杜仲八钱，九蒸熟地一两，川芎二钱二分，木瓜五钱，乌药二钱半，丹皮五两，桂圆肉四两。

右药先用无灰酒五斤煎沸，待冷加以烧酒十五斤，并入坛内，浸七日后饮之，不可间断。

右方石泉山人按制。

吾州人受业朱子者仅四人，建德余□正父；赵彦肃于钦，乡人称复斋先生；遂安任忠厚正甫；桐庐方谊宾王。

【眉批】奔走之上无仲尼，覆车之下无伯夷，盖言慎也。

读《急就篇》云："《春秋》《尚书》律令文，汉萧何草律课吏。"民习之，是其证也。

【眉批】至诚无息，辉光日新，惟云谷老人、沧州病叟，实一足以当之。苏轼、范纯仁虽贤，殆不及也。予此行颇无所得，自思丧乱后，手藏经籍约有五六千卷，耕山樵林，亦足自娱，何必久留北哉？

本日读《宋府乐志》："凡古辞有声有词，有艳有趋。"《志》所载四物皆具，不甚可辨。"艳"疑与"盐"同，如开场楔子，"趋"疑为舞节也。

新安以南轩、东莱为辅仁解惑之友，尝言其所学皆微有病。钦夫之疏，从高处去；伯恭之疏，从卑处去，此明其贤知之过耳，非诋之也。蒙窃谓汉学之偏，从卑处去；宋学之偏，从高处去。卑处去者，下学不上达，则下学不免习于利禄之途。《儒林传》语。高处去者，上达不下学，则上达亦是高百尺而无枝，民不附也。故语录之徒，多自尊而卑人，究之高大，不由积小始，则宽廓而不适于用矣。惟新安之学，晚年推本经礼,有末有本,有概有详,此为正轨,学者可以不惑矣。下学上达之旨于是乎大备,与张先生尔岐"中庸者言礼之极辞也"一论极合。儒之不能合而为一也久矣。小人儒与小人儒争,犹可言也,至君子儒亦自相争校是非,而小人得以伺隙中伤之,是则可忧者也。若韩婴与董江都争《易》,江翁与王式争《诗》,郑康成与何邵公争《春秋》、与许慎争《五经异义》。程正叔在经筵,苏轼在翰林,自相争,其徒又迭为倾轧。朱子与陆子静辨太极,与陈同父辨法后王之非,与陈君举、叶正则论学术,此犹亡损于董、郑、程、朱之明也。若朱子与吕成公争《诗》说,遽驳《小序》而从郑樵,似不免于日月之蚀,贤者之过矣。故吕成公曰:"争校是非,不知敛藏持养。"斯言是也。一哄之市,必立之平,其惟圣人能之乎?

朱子《楚辞注》,伤赵汝愚之贬而作也。赵为宗臣,故以三闾为况,怨诽亦有分际。若陈卧子、夏存古之流,皆自托于《骚》,譬诸杞愚畏倾,漆嫠伤乱,虽稍异于亡病而呻,究亦不知分际者也。黄梨洲先生注《冬青引》,自比于皋羽,盖得之矣。

忠恕一贯馀论

日益之而患少者,忠也。本《管子》。有一言可以终身行之者,恕也。多忠则少欲,少欲则诚强。恕则近仁,近仁而诚。诚也者,一也。一也者,诚也。孔子曰:"一贯三为王。"《说文》。董子曰:"持于一者,谓之忠。"《繁露》。王者主一诚之谓也。此一贯在忠恕之谊也。阮伯元以贯训事者,系剽"仍旧贯"章郑君注,而为此穿穴无理之说,非也。

己立己达即是忠,立人达人即是恕。下学而上达,忠之事也;不怨天尤人,恕之事也。故曰:忠恕违道不远。

为学次第六条

初入门,小学家。主班固。如数与方名,及《急就篇》之类。又小学家,主朱子,二者不可偏废。如《管子·弟子职》之类。

次章句音读家。如唐《释文》之类。

次校雠家。如《易》《春秋古经》《十三经校勘》之属。

次抄辑考订家。如《通典》、政事以此例。涑水《通鉴》、史学例此。《古文尚书》马、郑注经旧说例视此。及《郡国利病书》，方志例视此之类。分门编辑，以备稽考。

【眉批】史明善败而已，校勘不须太密。不闻刘子正、扬子云有精校《史记》也。

次辨论著书家。如贾、董《新书》《玉杯》，不得志则学以自善其身，例视此。及葛公开府作牧得志则治以兼善天下，例视此。之类。

【眉批】前人所谓"年四十，斐然始有著述"之意也。自此以前内而不出。

次穷理穷性家。如程氏《易传》之类，不当于有字句处求之。此一学不分穷达，无间显微。

右为学次第大旨。六条约以十五入大学，至四十始可筮仕。中间二十五年之力，排日力行，可尽通之。务简忌枝，务暗忌炫，务进寸忌退尺，务明远大忌察近小。察于近小而暗于远大，犹伎也。伎则终为小人儒矣，可畏也哉。

虽然如此，至于登上第、位中枢之学，另有一副本领，玄妙处不传。乃卞田居所云"淫而很，卑而率，顽而敖，险而出"之四类者是也，而六条不与焉。

晤劳君玉，初名乃宣，桐乡人。其谈西术，娓娓可听。

【眉批】玉初言中学务古，西学务新。

始见西人所制大地球。

《南齐书·顾欢传》:“夷夏辩论,老释二家,道同俗异。”甚有分理。

> 仆谓泥洹不如仙化,实相不如玄牝,销六不如抱一,无生不如无死。务使形神相离,不如务使形神相守。释言文而博,不如老言质而精;释言繁而显,不如老言简而幽。儒者能取其二长,以袪蔽而归诸大道,不亦善乎?

袁粲言孔、老治世为本,释氏出世为宗。

欢又言:“佛既东流,道亦西迈。道教执本以领末,佛教求末以存本。”四言亦略具流别,可资考镜。

陶通明为人圆通谦谨,出处冥会,心如明镜,遇物便了,言无烦舛,有亦辄觉。性好著述,顾惜光景,老而弥笃,尤明阴阳、五行、风角、星算、地形、山志、本草、物理、医药。卒年八十五,支体恒软,屈申如恒,不亦异哉。括《梁书》本传语。

乙亥八月

危跌而坐,两膝当床龈,双舄卧地,思为断际之学。彼美人兮,西方之人兮,盖志焉而未逮也。

偶之一书市,翻读洪氏《更生斋诗集》《卷葹阁乙集补》,内《书〈老子〉后》云:“西汉尚实,言治行者多宗《老子》。《老子》以不好名制胜,蠡霸越,良造汉,皆是物也。”又它文自云:“以期功之丧去官。”又驳袁枚“非吴中行劾张居正夺情”事。洪氏于乾嘉诸儒中,学行较可法。

蔡文姬《悲愤》二诗,沉着。刘子玄讥之,欲以徐淑代之。然如此俊才,亦难于割摈也。况范本意才、行二者并列乎?时阅范书《列女传》。

洪氏所为诗，学人之诗也。或典而少韵，或隽而病纤，此其短也。有一首云："为头为腹为尾，三客都成一龙。人才大小有分，合作南阳葛公。"此首殊佳，不空滑，不板滞，又"人才大小有分"一语，颇有理昧者。不察志大而无实，心粗而不精。以之学则踬，以之治则偾。此高幹所以见讥于仲长公理也。然姿禀本乎天，困学则视乎人。涑水、新安，才分精力未必及葛公，而所造无不及者，专精之力也。学人不可不知此意。

王弼注《老子》"为学日益，为道日损"二语甚支离。予谓《易》云："风雷易，君子以见善则迁。"有过则改，非为学日益乎？"山下有泽损，君子以惩忿窒欲"，非为道日损乎？《老子》虽与儒异，然决不为王弼、何晏开风气也。

《卫生之经》凡二卷，不著撰人名氏。此书为广王士正《古欢录》而作。原又名《摄生录》。

【眉批】此补抄前另有一目，当与此参订。

立志第一，所以基学。

【眉批】始学之事。

笃行第二，所以叙伦。

【眉批】五伦之事。

独智第三，所以立诚。

祛惑第四，所以知命安常，主一而静。

【眉批】去声色货利之类。

内有安义命一层吃紧工夫在。
养心第五,所以惩忿窒欲。
力行第六,所以进德。

【眉批】慎言敏行,以力行统之。

阴德第七,所以法祖。
日程第八,所以精进。
诠儒第九,所以尊经。
真隐第十,所以啬神。
右上篇十,观我生之谊也,及百源所谓观我。
术智第十一,内以卫身,外以审势。
朗鉴第十二,所以观人。
谐隐第十三,所以游艺。
疑断第十四,所以审几。
解老第十五,所以体道。
多识第十六,所以博物。
藻实第十七,所以修辞。
养生第十八,所以大孝备。
积聚第十九,所以足用。
利器第二十,小之足以成己,大之足以卫国。
至游第二十一,所以观物。

【眉批】内游、外游皆入焉。

缮性第二十二,所以葆真。
拾得第二十三,所以体自然。
观化第二十四,所以冥万法。

右下篇十四，观其生之谊也，即百源所谓观物。

天道五日而成一微，十五日而成一箸。故五日为候，十五日为气，七十二候赅于二十四气之中。故篇谊则之，以为二十四也。气摄于节，节摄于时，时摄于阴阳二仪，阴阳摄于元，元出有而入无气之始也。阳气施，阴气化，阳生于子，阴生于午。动静交养，循环无端。达生者谨候此，故首以立志，终以观化，而摄生之道备矣。

凡气皆从下生，形恃以立，神恃以存。流通于二十四事之中，须藏之深，养之固，而后蒸然萌牙，若拨丰焉。形、气、神三者，相辅而行，不离其舍，通于万窍，纳于一息，所谓绵绵若存，用之不勤是也。气生于初，其初难知，故不著于篇，智者可以神悟而得之。

上世之民多寿，积善成德，为阳，故寿也。末世之民多夭，积不善近刑，为阴，故夭也。北方之性寒，土耗而民劳，劳则勤朴而为寿；南方之性燠，土息而民佚，佚则惰僿而为夭。曾子有曰："食气者，神明而寿；食谷者，智慧而夭。"又养生家云："其耆欲深者，其天机浅。"彼食谷者犹患短折，而况耆欲为伐生之利斧乎？是亦可以戒矣。乙亥二月，戴山樵者书。

勤读《易》，习所传，法六安，友海盐，守闽县、兴化之真诠，莫上了庄、商、释、道家的船。此题册首语。

路遇吴孝子礼之，名琮，台州人，字玉叔。吴君于辛酉、壬戌间，其父为贼所害，君兴义旅以报父仇，卒能杀贼立功，是可敬也。恪靖伯相左公尝称其孝。

立尝胆法。

至诚无息，日新不已。惟沧州病叟足以当之。

【眉批】前曾有过。

《阴符》云："道生阴，阴生阳。"道生阴者，收敛退藏，守若处女，如张子房之一味重关叠户，冬闭寒凝，不漏泄一毫气力。阴生阳者，如汉光武、唐太宗,先以示弱取天下,后乃无弱之非强,其发见处,雷行电掣,令人震慑眩乱,不得动弹。此二言之作用也。

潘孺老述其乡先生骆文忠公之盛德曰:"公官大学士帅蜀时,一日,忽诸僚友曰:'吾家素贫,无一桑之温,一廛之庇,今无劳食俸,曾何功而箧有馀衣、廪有馀粮、内府有馀金泉?若是,於乎!是非所谓盗官物自肥,则取民膏血自益耳。'"于乎!公之用心若是,可谓大臣者矣。

戏作毗邪山人传

【眉批】可否入文?

山人者,不知其何姓,亦不辨为何方人。尝卖药佣书于长安市中,日得百泉,足以自给。明而动,晦而息,饥而啖,渴而饮。冬毳而温,夏葛而凉,鹊起而游鲵,海中大鱼,鲸属。伏而卧。尝诵孔子之言曰:"人之生也直。"又曰:"老子言,曲则全。"时而峣峣然,时而混混然。其为人也,盖疑辞将处夫曲与直之间。山之崛奇邪?水之潆洄邪?土石花竹之无哀乐怒喜邪?吾恶乎知之。蹄齿者吾知其为马,角听者吾知其为牛,不马不牛,而志在负重行远,吾恶乎知之。峣峣者为异邪?混混者为同邪?同吾不知其所以同,异吾不知其所以异。予觉罗氏之贱臣也,弱于志而蔽于事,又恶足以知之。

赞曰:一丈夫之室,吾歌吾哭;一尺之简,吾荣吾辱。歌也耆古,哭也伤世。荣以强进,辱以弱憩,优哉游哉,聊以卒岁。土室幽幽,袤于九州;漆简黟黟,贵于五侯。以太虚为烛,以元气为舟,吹而当春,嘘而当秋。我有旨酒,以遨以游。

方今之世,国士、天下士几绝,以及一乡、一家之士俱少。即充号名士者,曾牛医菜佣之不若,率皆以浮嚣之情,华靡之名,掠影角胜。以声自吠,以形自缚,溺首灭顶,至死不悟,可笑也。然切不可犯其齿牙。

弱其志者，《老子》特不外强其志耳，非志不立也。如诸葛公于章武中，蜀之群臣，尚未知其有吞魏之志，至建兴初北伐，其志渐明。盖弱其志云者，仍所谓“将欲噏之，必固张之”。又《易》言“益之用凶事”，凶而有成，撄之后宁，益于无形是也。特隐志之名而修志之实耳。

陈寿曰：萧何荐韩信，管仲举王子城父，皆忖己之长，未能兼有故也。此至言也，自知之明，知人之哲，几事能密，好谋有成，四者之善，斯言有焉。亮之器能政理，抑管、萧之匹，而时乏名将，无城父、韩信，加众寡不侔，攻守异体，故虽连年动众，未能成功。

按：古者大臣之义，以人事君，葛公讨论于此熟矣。如举向宠、张裔、郭攸之之类。寿能为兹言，亦可谓得体国之要领。蜀僻在一隅，人才渐竭，蒋、费以下，仅能守公成规。此公所以图羸而运绌也。

洪氏《又赠赵云松》诗云：“春华秋实久分途，公独能兼钱蒋卢。”夫华实，体既不侔，用亦随判春秋。运既各嬗，理宜应变。天保凫鹥之诗人，非时当春而为华乎？沔水鹤鸣之诗人，非世当秋而为实乎？易地则皆然，文士之拘于墟末也，不可与语本久矣。且真能立言者，又未有不综华实而裁之以诚也。《易》法，《诗》葩，《玄》准，历《骚》继《雅》，何尝不华实兼有之乎？至于剖析于字句之微，泥溺于钩釽之细，则所谓华者非华，而实者非实矣。

阅谭同舫诗毕，闽县先生之友也。诗崛奇精刻，雅近后山。山人有跋尾语。同舫诗所谓“诗外有事者”近之。派从先师出，固是不寻常物。

亭林先生之学，为本末兼举，如《日知录》《音学五书》之类。于王深宁为近。《玉海》《困学纪闻》。章如愚辈《山堂考索》不逮其博且精也。若杨升庵《丹铅总录》、钱竹汀《养新录》、王西沚《蛾术编》之流，著书虽多,大率有末而无本。

每览右军《兰亭集序》,于东晋繁缛中,特为雅音。然既知破"一死生""齐彭殇"之惑,而不下一转语,则一篇之义理,毫无归束耳。淫于《庄》《列》之说者,固浮诞矣。审知生死之道,则当知修身力行民生在勤之道。以右军之清识而未能摆脱于清言之习,且自比于石季伦《金谷集序》以为荣。见《世说新语》。才多寡识,惑莫甚矣。于乎!王茂宏、谢安石、温太真,风流标目,贤相不免。惟陶威公丁宁宏达之戒,卞忠贞不辞鄙吝之诮,二公在东晋有国士之风,识见相去何啻霄壤?於乎!嗟夫!士君子而不为流俗所惑,独立不惧者几人哉?而世主用人之术,亦可以审所向矣。孔明称:"惟元直处兹不惑者。"盖有味哉,其言之。

与玉初论学,当先义理,后器数、艺术之旨。

【眉批】此某日所记,补抄。细究道艺一源之理。

有弗学、思,学思勿得,勿措也。吾见玉初,谛其每学一艺,因端竟委,用意一线,苦思力索,必尽通其症结疑滞乃止。此吾之所短,吾欲师。附录答问四条。

问:学非讲解不明。

【眉批】可不入选。此似已抄入文。后并大有增删。

答:友者,所以辅仁解惑。辅仁者,益人以仁;朱子所谓"讲求其是",是也。解惑者,损我之惑。朱子所谓"决去其非",是也。朋友讲习,盖取诸兑,学之不讲,著于《论语》,避讲学之名者,流俗人之见,不可为训。特不欲如天泉、东林习气。但求如吕成公丽泽书院比足耳。

问:人情乐生而恶死,何以治之?

答:此程子所谓"治惧"之类,乃精深切要之学也。《易》言:"昼夜者,死生之道也。"知昼夜之道,则知死生之道。水月内景,属夜;火日外景,属昼。吾儒通乎昼夜之道,而智故能内景,又能外光。内景克己复礼,养气之事,从存处见。外景治人,知言之事,从发处见。内尽伦,外尽制,此本末兼综,纲举目张之学也。彼氏仅能修夜之道,故惩窒忿欲诸下手工夫,或与我法略同,而其志之所向,则在涅盘而无生,以此为内景至极之境,然无一字可以经世长民。此知善其死而不知善其生者也;此知治乎夜而不知治乎昼者也。知善死不知善生,仍是由畏死之一念充之以驯。至于四枯、四实、四荣、四空之境,此其治惧之术偏而诞,不若吾儒治惧之道之全且精也。夫终日乾乾,以阳动也。又曾子言:"少而不学,长无能也。"此知生之道,夕惕若厉,以阴息也。又曾子言:"老而不教,死无思也。"此知死之道,少思长则学,老思死则教。昼课所业,夜考之于心,而不敢即安,何暇乐生?何必恶死?乐生而不知勤生,恶死而不能没宁,惑之甚也。乐生恶死即好逸恶劳之根株,大是害事。

问:乾嘉诸老,所学之博,大旨得失若何?

答:乾嘉诸老,仅能知六书、九数,而止六艺之二耳。六德六行,则未有毫毛之明也。六书九数如轿夫,然义理之学如轿中人。戴氏犹能言之以书数,尽为学之道,如乡之黠民,欲识天下最尊者为谁,或告之曰:"仪从卤簿多者,乃至尊也。"于是索于府州县尉而不得,得督部兵仗驺喤,哗曰:"至尊在是矣。"此以喻汉学之精深者,其粗浅者,则不能也。是终身不识卤簿法物八百人之仪也。陆耀《卤簿名物记》云:"卤簿全用,须八百人。"以书数尽为学之道,而宗庙之美、百官之富,芒乎未之有闻,何以异是。

问:阳明言,"只是收敛发见处,是万不得已,裁一发见,便即收敛"。此言不类孔孟,反近老氏,若何?

答:《论语》曰:"君子耻其言而过其行。"言而耻之,非发见处少乎?行而过之,非收敛处多乎?《易》以"二至日闭关",收敛之道也。

虽近于老氏之啬,然《大戴记》不云乎,“无绵绵之志者,无赫赫之功,无冥冥之事者,无昭昭之明”。绵绵冥冥,非收敛而何?文成此言,尚觉亡弊。

山人于咸丰丙辰州试,时年十一,作“陈力就列,不能者”,止二句题。文颇为州守元和陈公作激赏。开讲云云。

且人君不能畜无用之臣,而人臣亦当以有用之身自待,竟其用而不克副上之求,臣身何敢以为荣。不竟其用,而惟是徇上之意,臣心且以为辱。不尸位,尤不固位。盖所谓上不负吾君,下不贬所学者,道在则然耳。欲知此者,盍观周任之言。

榜曰:尝胆。

玉初言,游永平士开,字子岱。之廉能,操守绝俗,能以赵广汉之强力而智,为龚遂之仁而不残,尤不可及。

为知不知之上,不为不知知之病。本《老子》。山人多病,所须惟仗药物。有叩之者,如叩木石;有诋之者,如诋木石。山人自此闭口,不复言世间事矣。

鸡三号即起,自平旦至食时,尽心力以奉天职。哺后稍盹,以微阴养衰阳。日暮非对佳客,即观名园,领静中之趣。行炙食酒,向晦雅步,息机而卧。

退之云:“吾老嗜读书,万事不挂眼。”专用即啬神之道也。

精、气、神三者,十分充实,只用一二分,便能常常充实,此老子所谓“用之不勤”,啬之道也。

以上四条《养生主》漫笔。

某公有《注老子例》,记之。

略例三:

先将校雠列于本文各句之下。次音释,在各章之下。

校雠主各本异文，言如△，书作△。

音主字音，言如读若△△，声△△翻。

释主字谊，言如《尔雅》《说文》云△也。

总例三。均跳行，低一格，另列。

一本义解之正，正王注之误。二旁证，次于正解，如王辅嗣以“有德司契”注《易》之类。三异义。如韩非“解老”“喻老”之类。谊义本字。

逸文一不专主“道德”二章。

如其进锐者，其退速之类。又《史记》引老子语孔子云云。

附录一：如《史记·老子列传》、薛道衡《老子碑》之类。毕沅《叙》、洪亮吉《书后》、宝应石刻孔子见老子画像、汪中《老子考异》、此文误。苏辙《后序》、严君平《指归论》、景龙石柱本、姚鼐《章义序》、序佳，书全误。《庄子引》《列子引》、班氏《艺文志·道家》《朱子语类·道家门》《庄子·天下篇》《列子》引黄帝日中二语证老子原于黄帝，傅奕本。伪河上公本、《驳法输经妄语》、顾欢《夷夏论》。

以上凡理精义密，语皆在甄采之列。馀若“晋人引天，得一以清”对晋武帝之类，乃是导谀，悉从屏落。

《曹参传》。《汲黯传》。若郑注之类，亦所不取。

又有《老子微言》此目约，仿惠氏《易》各目。

评《近思录》毕，此录是九分书。

《荀子》引《道经》曰：“人心之危，道心之微。危微之间，间不函发。惟明君子而后能知之。”夫危微者，慎独之谊也。《荀子》亦犹学子思子之学也。非十二子篇，门人附会成之。道微矣，何谓危？曰：以尧舜之智而不得以发朱均之蒙；以周公之哲而不得以喻管蔡之惑；以荀卿、程子、朱子之贤而不得以化韩非、李斯、邢恕、胡纮之暴。父不能私之子,兄不能私之弟,师不能传之其徒。《诗》曰:“德輶如毛,民鲜克举之。”又曰:“爱莫助之,爱者隐也。”夫毛之为物细,而又藏于隐微而莫之助,其于危也何如哉?心之存亡,视乎操舍身之善不善,视乎积微之间,幽烛之符,不可不察也。

爱,隐也。《毛传》及《尔雅·释言》文此诂最确不可易。《郑笺》以“爱”为“惜”者,误以“炁”当“爱”,疑写误耳。

乙亥九月

闻仲修仅得外帘,不得预校士,可惜可惜。为之诵杜甫《莫相疑行》,涕泪横集。盖亦自伤也。

李恒岳之资魏公也,公辞之。李谓曰:“宰相荐贤之章,天子召贤之典,久不闻矣。吾今上助天子,下助宰相,非助公也,又何偿焉?”公从之,遂应召。公之素性孤介淡宁,而又得严绝交际、孤踪自守者,恒岳之力也。亦奇士。

魏公以康熙初,京师风俗渐习奢靡,上《教化系国家根本之图疏》云云。

老、庄不可并论,老子外清净而内综合名实;庄子则堕枝体,黜聪明,以游方之外自取。荀、扬不可并论,孙卿学《诗》、学《礼》之宗,可以言,可以立;扬子斧藻其辞,不能斧藻其性,未可谓之入道。

物之显晦固有时也。《毛诗》《左传》《周礼》湮塞于西京而昌于东京;郑氏《易》行于河北而微于隋唐;孟子一学微于隋唐,韩、皮发其端,而遂昌明于宋。经之显晦,且有时矣,况物乎哉?

《易》有太极,太极者元也。元通于无,盖《易》所谓“其一不用者也”。太极者,综乎太易、太初、太始、太素而言。太易,未见气也;太初,气之始也;太始,形之始也;太素,质之始也。气行质具,胚胎蠶蜳而未相离,谓之太极。太极生两仪,阴阳之谓也。阳为性,阴为情,性善而情或有不善也。两仪生四象。太阴冬,少阳春,太阳夏,少阴秋也。阳气从下生,其序如此。春仁夏礼,秋义冬智,中央信五行之德也。

信流通于四时，故四德不言性。五性由静出，而仁谊之道立，生安复执出焉。君子修之吉，仁不足者，偏喜；礼不足者，偏怒与惧；义不足者，偏恶与哀；智不足者，偏乐与欲。七情以动入，而喜怒之意淆，克治省察出焉，小人悖之。凶情有敖、很、怠、偷，意有忮、害、残、贼，德之败也。于是作为八卦，乾、坤、震、巽、坎、离、艮、兑。以验五方刚柔邪正之情消息，而谨候之。东方之情愿而愊，南方之情恶而直，西方之情廉而贞，北方之情娸而鸷，上方之情多舒姝，下方之情多愁怨。审其刚柔强弱时其饥渴嗜欲，范其好恶，定其吉凶。迪知者福之，五福之驭也；怙恶者殛之，六殛之罚也，而大业生焉。大业者何？圣者尽伦，王者尽制之谓也。

诚者物之终始，诚主一之谓也。《易说》曰："易始于一，一变而为七，七变而谓九，九者究也，乃复变而为一。"万物消长焉，万理吉凶焉，万事兴废焉。故曰："物之终始，失一则凶；悔吝，得一则吉。"故不诚无物。一故诚，诚故几，几故神。《易》曰："几者，动之微，吉之先见者也。"勿以小善为无益而勿为也，积之以至于成名，尧、舜、周、孔、繇之吉。以小恶为无伤而勿去也，积之遂至于灭身，桀、纣、跖、蹻、繇之凶。是故君子诚之为贵。

建"七客寮"。七客者，东莞木公，大庾林先春，淇上苍亭筠，中山毛元锐，会稽楮先生恒农、陶泓，绛人陈元。

予时有心气病，耳目衰惫，壮年而又老态。予之经历忧患十五年矣。过此以往，惟有远法击壤老人，近师鹿床居士耳。夜中不寐，书此。

华盛顿传略

【眉批】此篇可否删？存入日记。

米利坚之建国由华盛顿。国在地球之西背亚墨理驾洲。华盛顿生于雍正九年,嘉庆三年卒。初,亚墨利加沃腴之地,为英吉利所并噬,虐使其民,重征之,米人愁怨。华盛顿本洲人,曾隶英为裨将。少刚毅沉雄,有伟略大志,愤其洲之被夺,退而伏居,习兵法,劳支体,耕渔自给。既而洲人叛英,英人方强屠其众落。洲人推华盛顿为盟主,练众复仇,血战连年,累北复振。每对阵,死者山积,指麾方略,意气自若,不为之动。遂大歼英人,伪帅仅以身免。拓境数万里,卒以立国。其国制无城郭,都会皆列木栅为之。土宜五谷,天时气候,与中国略同。田肥美,民敦朴。设书院数百,学额数千,习天算、地形、译音、异教之学,皆华盛顿导之也。汗一人,称曰总统领,以官民交推、贤明慈武者为之,非有德者,不在此位。凡汗,四年一推,前汗谢事,后汗嬗听国政,如得民心甚,则或八年始一更代,无世禅。此岂官天下之遗法欤?每一大部落,设正统领一,管钱粮、盐法、军政、马政。凡部二十有六,正统领之下有副统领,副统领以下设官各有差,咸听汗约束。法如柳仪曹《封建论》所云,榛狉初开,比闾、长正、连率、君主,大小相维,强弱相保,理或然与。米国田赋五十而税一,商估二十而一。战舰数十额,兵一万,守险自固。其民兵一百七十馀万,丁农隙讲武,亡事归田,有事征发,如古兵制然也。华盛顿立未十年,而谢事以寿终,国人为之服,舂不相,巷不歌。其治戎干略如魏武帝;其坚若复仇如勾践,其功成不居如鲁仲连、张良,其仁而爱民、不好佳兵如汉太宗。米都城曰华盛顿,示不忘本也。华盛顿遗言,戒其国人:“勿侵夺人国,致启杀机,亦勿为人所夺。”噫!翟之异人哉!翟之异人哉!

蒋敦复有《华盛顿传》,即此。今不复记其文。此传山人括《瀛寰志略》所述语,润饰为之。乙亥杪秋,定林先生漫笔。

【眉批】美洲土人本皆红番。自意大里人科仑布于西历一千四百九十二年请得西班牙王命,以帆船西行,二月寻得美洲岸,后续有人屡次往查，即以查明，全境之人亚美利加者，其名名焉。嗣是，欧人皆往垦辟，而至北美者，大都英人居多。因国中本岛君民重议苛税属土，故其民遂叛。于一千七百七十六年始建国，共议为公举民主之治。连战累年，始得自立。华盛顿盖创议经营之尤勤者，始终行间，卒莅大位而自退焉。至其属境，则各部族以次开辟者。其土人或为白族伤夷，或自迁避深山，竟自不蕃，至今遂以式微焉。美人既概属英种，故其国遂同行英文。其政不尽同此不务兵，军事统于都城兵部，各部自治以牧民为重，专务尽地利，致货于外邦以通商，且重教育。此数事不足以语其政。其部今增属至四十九部，且于北美洲西北角购得阿拉斯加一部，太平洋及西印度诸岛，多归其保护。近又增飞立宾群岛焉。中人云“吕宋”，飞立宾群岛中最大之一岛也。今其民数约六十三兆，即六千三百万，其国中幅员三兆五十万英里。

评曰：彼西虏者，犬羊其性，破镜其形，以诛杀为道德，以蒸报为仁谊。自木德不竞，天罗疏阔，前禽在宥，后夫逭诛。而彼华盛顿者，独能以不嗜杀为心，宜其以仁胜不仁，大复仇之义也。岂非四裔中之驺牙角端哉？使庙算能申圣祖柔远之法，所以优待米人，俾为外藩者，其在缅、暹之列乎？

赞曰：复仇九世，春秋大之。卓荦骠信，合于前规。庙谟抚绥，可以集事，掎我左犄，断彼右臂。

右记华盛顿事，有评有赞。

【眉批】然由今观之，国务先自治。中国之祸，亦内政荒疏启之。

定林说偈

定林先生有四定：行时定，住时定，坐时定，卧时定。智珠走向盘中定,狂华删落根元定,思泉淘净原头定,黄庭息处金丹定,四相圆成归一定。

仆久困世罗,南中亲旧皆轻笑之,颠倒黑白,赤舌横烧。岁时从不以一字相存,未能富贵合,受此贫贱离,吁!可怪也。仆已思之烂熟,非锦衣不归,图南之心灰冷矣。每一思之,怏怏作闷。

李阳冰凝同《般若台篆》在福州乌石山华严岩,文曰:"般若台,大唐大历七年,著作郎监察御史李贡造台,李阳冰篆。"凡廿有四言。

此刻与处州新驿记、缙云城隍碑、丽水忘归台称四绝。

乙亥十月

打座缘督督脉也。为经,此《庄子》语也。可作《五禽图》观。

篪仙伯驯来居。燕市中如钱君洁身自好,潘君语默以时,皆不可多得。

李阳冰言:"作篆如铁石,限入屋壁。"黄石斋先生真书点画,如不钩之钢,瘦硬之谓也。

鹿溪言,安吴家法在"密丽"二字,横画策啄,须断而复起,乃佳。

阅猿叟诗,诗境出入寒山、击壤,近袁简斋,三家往往有陶适肫挚之趣。

【眉批】此疑自谓。

读恽子居文。刘海峰、梅柏岘立言下笔太易,子居立言太难,均有病。

仆少壮持禅定家言,谓三界六识,念念皆空。此似性矣,而非性也。今持亭林、夏峰二大儒之戒。谓"四大五常"步步皆实,似乎相矣,而实性也。决计为黄檗转一语曰:"过去不思,是过去舍;未来不思,是未来舍;现在当致思,是现在不舍。所谓二世当舍,一世不当舍,渐修实相也。"

贫者吾家故物，书者亦吾家故物。宝之者，三世矣。以故物遇故物，所谓鱼相忘于江湖，人相忘于道术也。

邓石如之篆，有玉筋，无铁线。定公评定。

予自辛未秋冬得怔忡疾，迄今五年，每遇行役劳顿，或有极拂意事即发。发则耳鸣目眩，坐卧不安，如是数日，或兼旬乃止。本日得全寓书，知妇病经年，尚未全愈，旧症忽发，晕倒榻上，不省作事，至廿六早，神明稍安。深虑伤生之故，欲借广大甚深佛力解之。噫！佛言，妻子之爱甚于牢狱。王荆公病甚时，语其妻吴夫人曰："夫妇之情，偶合耳，不烦相恩，勉为善而已。"仆钝根人也，又何时脱去此爱网乎？光绪初元十月廿六日，定林山人于心为严师之室，摩顶受戒，遂记之。

闻钱蔚也、朱镇夫、丁白乡三同年俱作古人，感叹不已。蔚也与余同师刘司业，于钟律之学大有心得，著书考订。辛未春同上计偕，同赋康了，篷霜轮月，跋涉燕齐。畴昔狂游，宛在心目，而君竟厌代而去，翔于寥廓之野，返于桑户之真。予欲援退之吊欧阳詹例为哀词，而才又不逮，丧我良友，夺我劬学，哀哉命夫！

后人之耳目手口，皆为古贤传其精神言语，俳优且然，况学人邪？于文言经，十口为古，后贤以古贤为导师，古贤以后贤为衣钵。一室之中，视千载犹旦暮。盖不能忘情于古人情之至极也。此不死不朽者也。

乙亥十一月

蕒客云："伶工色不如艺，艺可恃，色不可恃。"此言深可思也。"长安卿相多少年，富贵应须致身早。"杜子美句也。"高爵尚可求，无为守一乡。""半世遑遑就举选，一名始得红颜衰。"此退之句也，可警可警。

晤镜心，论打座工夫。以一炷香为度，但合眼观心，勿得瞌睡则气昏，必能以微明自照，得常惺惺法方妙。

给事仪征陈公彝昨奉命改外，甚为官家惜此直臣也。有书与鹿溪,相与闭门太息而已。

先大人幼颖异,童年入塾,塾师适䌷绎史,因命对曰"马三代",先大人应声曰"车千秋"。长老皆诧异之。它若"杨大眼""贾长头"、"王摩诘""周罗睺"、"文中子""武乡侯"、"苍梧州""丹阳郡"、"黄鹄矶""白鹿洞"若此之类甚多。

仆帖括社课,或时居人后,《磬折垂佩》诗用"倨句"二字,《考工记》。阅者以为失粘。"秋风生桂枝",用"攀翻"二字;谢灵运诗。《得失寸心知》诗用"贫一字"三字,《雕龙》。阅者以为杜撰费解。嘻!长安卿相,不用读书人久矣。

仆十九、二十时,锐然以变风气自任,今乃受制于风气而愿为之下,奈何!

唐荆川为文,喜用开阖之法。

【眉批】不知是否有所本?

客居三适

晨起沐发,饭后打坐,夜卧濯足。

《易》言,悔亡悔介乎凶吝之间。不知悔则凶,悔不亡亦吝。常留此悔于心,亦觉黏皮带骨,不直截痛快,而此气又何自而直养无害乎?盖烟不微则火不壮,情不约则性不充也。悔亡而后,可言善继之性成之。

舍举业无以自立,不自立何由显亲?舍啬用无以养生,不养生何由启后?定林先生当以此四言,一日三省。程伊川曰:"罪己责躬不可无,然不可留于胸中为悔。"

名者,阴阳之所忌,众物之痔气也。而今一向拉他进来,恐日后受累时,硬推他不出去。

文笔之妙,神气意理为主,血肉皮骨为奴。以主运奴,是谓得之。主弱奴强,则失之矣。其法则阴阳、开阖、奇正、喻法、宾主,十言尽之，而又须有事外致。言其气，逸而不滞也，有弦外音；言其韵，长而不促也。经之以理，纬之以意，导之以气，谐之以韵，而能事毕矣。

自强之计，国家一也。宁为怨府，毋开恩窦；宁为理官刚决之义，毋涉妇人狐疑之仁。

凡人子孙之盛衰，视乎贻谋之善，此易家人之义也，而亦由乎禀气之有厚薄。凡文人享名太盛，精华先铄者，往往无后。扬子云、蔡中郎、李白、卢杲之、李贺、孟郊、元稹、白乐天，其尤著也。其禀气薄，故弱。虽有子孙，亦不昌大。凡名儒，笃实严正，行掩其言；或至武臣将帅，扞大灾大患，利及一方者，其后常昌。胡氏之先，本安定先生；朱氏之先，本文公；及汪氏之先，称华；钱氏之先，称武肃是也，其禀气厚，故强，强故能子孙昌大，此有天焉？有人焉？其理非鬼、人操之，不尽由于命也。若夫阴德之报，如于公、丙吉、陈仲弓之流，其后之蕃衍贵显，固亦理之所必然者已。

三才人为贵，然则麟凤龟龙，必须投胎转世，方得为人耳。

山人欲买一妾，姿首不必甚佳，但丰颐广额足矣。然须立一格，要每日能舂熟米五斗，致一束薪，旬日成布一匹，官绵十斤，庖必良，服必洁。又以其暇浣布裁衣，洒地研墨。又须生五丈夫子，乃不弃之。看来中华无此等材料，须购诸亚非利加可耳。醉中书此。

乙亥十二月

观今日乌台，所上一事，系濠上主人等所为，众皆笑其必不可回矣。幸而有成吾于是，益信人定胜天之说。

所以能安其身，而后动者，我闽县先生之成法也。

补脱抄

乙亥六月

帖经墨义,后王所以裁抑雄骜,束缚回邪之具,亦圣法也。苟废帖经墨义而尚兵法技巧,则草泽私语之徒,不十年其接迹矣。此安石保甲之法所以贻汴宋盗贼害。而祁顼所云:“夷务五科,仅可为一时宜权之计者也。天下向治,则欲使民愚怯;天下向乱,则欲使民智勇。”此非所谓后王之力术,自埋自揹,尔出尔反者哉?于乎!三代泽宫习射之意,寓礼让于武备之中,盖深远矣。我朝列祖谆谆以骑射教八旗子弟,而以经义科取士,盖以义取而权制之。庙算之宏窈如此。

【眉批】窥破后王心术作用,彼固自度其德力不足以追三代,故为此也。

予所否者,《史记·孔子世家》引此文,栾肇注曰:“见南子者,时不获已,犹文王之拘羑里也。天厌之者,言我只否屈,乃天命所厌也。”疏亦引此注。按:此则“否”读如“否之匪人”之“否”。

乙亥七月

承师家法:山人五言取法陆、谢,上及汉乐、孔文举、魏武帝,下兼用子美、左司。七言取法庾、杜、韩、苏、黄五家。五七言近体、五七绝句法兼梁、陈、四唐、汴宋。说经、诠理、史考之文及金石有韵之文,参法董先生、贾大夫、韩吏侍、顾处士。论事之文略用陈同父、魏默深。随手往复札牍兼法兰成、坡、谷。真书取法伯施、率更。小篆取法李阳冰。此盖甲乙年间记。

【眉批】补抄此册末附记。

观三希堂宋元明人真草帖内山谷《松风阁诗》，云："斧斤所赦今参天，风鸣娲皇五十弦。我来名此亦偶然。"写作俱妙绝，不可思议。

乙亥十月

石鼓文"趣趣六马"，武虚谷先生摘此文以为"六马"汉制。周制王驾驷马，不得言六。惟伪古文《五子之歌》始云"六马"，不足信，疑鼓文西京时人作也。贫而乐道，富而好礼。武氏云："《史记·仲尼弟子列传》引及皇侃《义疏》皆有'道'字，开成石刻九经无。""予所否者"，《论衡·问孔篇》引作"予所鄙者"，"否""鄙"音相近。"狗彘食人食而不知检"，注"不知以法度检敛也。"班《食货志》引此文作"敛"。推孟子之意，以为丰岁当敛，俭岁当发，此常平仓、社仓所祖。定林云。《淮南·泛论训》注："陈仲子，齐人，孟子弟子，居于陵高氏。"此词不知所出。"五十非帛不暖"，武氏云："古人赋质纯实，非如后世生多柔脆，易为阴阳所侵。古惟衣麻，麻疏历不可格风，五十始衰，故衣帛。"

【眉批】此条(指"狗彘"条)脱补。

乙亥十月

唐国子学石经：《周易》二万四千四百三十七字，九石。《尚书》二万七千一百三十四字，十石。《毛诗》四万八百四十八字，十六石。《周礼》四万九千五百一十六字，十七石。《仪礼》五万七千一百一十一字，二十石。《礼记》九万八千九百九十四字，三十三石。《春秋左氏传》一十九万八千九百四十五字，六十七石。《公羊传》四万四千七百四十八字，十七石。《穀梁传》四万二千八十九字，十六石。《孝经》二千百十三字，一石。元宗御书八分。《论语》一万六千五百九字，七石。《尔雅》一万七百九十一字,五石。五经文字三卷,凡一百六十部,三千二百三十五字。九经事样一卷,凡七十六部,四百二十一字,合十石。都计六十五万二百五十二字,今在西安府儒学。乙亥十月,右疑录《雍州金石志》。

以下皆补

按:朱枫《雍州金石记》云,《王居士砖塔铭》,上官灵芝撰,敬客真书,显庆三年十月。向在西安府城南百塔寺,石已裂损。

乙亥十月

夜读排山老人朱枫《近漪年八十,时恭值考妣生、忌讳日》诗各二首,泫然泪下。

铃山堂书"整齐严肃,中正和平"八字石刻,今嵌置翰林院壁,字大径尺五寸,结体寓刚劲于浑密之中,有乔松芝草、葱茏一山之致。

乙亥十一月

《白茆岭诗》:"岭上何所有?长松荫白茆。云英贡朵殿,不羡夏廷包。""岭上何所有?峰峰多白云。白云何所似,独角银麒麟。""香炉山名晴雪积,上有一鹰来,两鹰相逐归。"右三截句,七岁随家大人读书晦村命作,故过存之。

【眉批】此诗因未刊存,姑抄之。

儒者兼乎自治治人之道而言。释惟自治,不能治人。老则以自治为治,不治人而人自受治。此三家要指也。

【眉批】此脱补。

乙亥除夕

乙亥日记起正月己亥朔，讫十二月。壬辰晦，山人于小楷帖括百无一工，几于饿死京师，以青蝇为吊客，曾不足闵也。自今以后，新立一程，只准学艺，不许学道。学艺不成，尚有饭吃，学道即成，卒填沟壑，戒之戒之。

十有一月朔，巡守。此虞制也。先王以至日闭关，后不省方。此周制也。

乙亥十二月

鹿溪之病，所谓角影误于蛇痕，蛾动惊于牛斗。此心气虚弱之故。予辛未冬患此，壬申春以抄《志林》一册，未半而愈。《志林》故是佳。

东汉世祖云："久在兵间，每发一兵，头为之白。"仆戏转下一语曰："京官处穷日久，每过一节，头为之白。"

曾文正公筹合安庆长围，未几而病，与人书曰："古人云：忧能伤人，使我心胆俱碎。"仆戏易一语云："贫士仰府主之喜怒，亦令人心胆俱碎。"

必读书而后能抄书，必抄书而后能校书，必校书而后能译书。能信书必能信书[①]，而后能著书。庸言庸行，小节细故，人伦庶务，触处皆书理也。

我之海口，为彼所有；彼之海口，非我所有。彼之商民，蚕食虎视；我之商民，蛇行蚁息，此知彼知己之说也。不筹一粮，不费一兵，不固吾圉，不实吾藏，不先为百战不败，隐然有日对强敌之势，不正典属之名，而栲然以二品钦使临之，是弃我使臣也。而为使臣者，亦可谓不度主客之利害，而穷大失居矣。

---

① 此句疑为"能译书必能信书"。

言天下之至赜而不可恶也,以是知晋、宋人清言送日,玄理废务,不可为训。

今日偶值,一拂意,黑风吹船,遂经罗刹。《孟子》曰:“人之易其言也,无责耳矣。”既自哂局度之褊,还自戒启口之羞也。

丙子年(光绪二年,1876)

丙子正月

先大人尝命小子曰:“处于季世,惟勤而有礼,可免于难。”此袁曜卿、蔡兴宗所以骑虎握蛇,安步自若,获自全于乱国也。小子勉之。追述庭诰,惸然自失,泫然而思,小子不克负荷之罪大矣。

蓉生朱君,居日下五年,不事朝贵,暗然亡华,终日册丹黄书史,人无知者,亦亡毁誉及之,可敬也。尝从容语予曰:“某欲勘遍九经三史以及廿二史诸志,皇朝掌录,藉括名物制度之要,以通兴亡成败之原。”夫岂欲见用于世耶?亦聊以自娱而已。此言切中贱子病根,引以自警,以为它山之助。

初八出国西彰义门,即广宁门也。廿五里历顺天西路同知治所,有城郭,渡芦沟桥,五里至新店,尖。二十五里过良乡县,二十五里至窦店,宿。

山樵者云:“处今之世,揆今当以申、韩之法行程、朱之□,以苏、张之辨抉董、刘之理;□□左之术成曾、史之志,以曹刿之趣运韩、欧之笔。”

初九四更,昏黑开车,十五里过流黏河,河有坨,坨旁钱篙弌,长径二丈许,相传梁臣王彦章所遗也。不胜叹息。三十五里,历涿州,有城郭,太史公言“北过涿鹿”,此也。廿五里至松林,尖。五十五里过定兴县,有城郭。又过田光先生村,徘徊久之,十里渡易水诸河,冰皆合。惟易水流澌如故。至北河村,宿。

初十,四更开车,六十里至安肃县,有城郭,尖。五十里历运河至保定行省。入城,游莲花池,故行宫也。咸丰末,运饷不继,有敕将各省行宫观台折直变售,以充挽输,故已屡易园主,辗转仍复归官。今设《畿辅通志》局,苑中有池岛亭榭花木之胜。

诸业尽废,多言而躁,自念何以潜慰先子庭诰之心,以答师友直谅之贶。枉送日力,负疚已甚。

定林遍游苑中诸胜,始知所寓斋为煨芋室。撰一联云:“长原教领取子美,未全贫静坐移时。”不胜太息也。

正月十九,议定交际之仪。《鲁论》曰:“出则事公卿。”谨案:事李相之仪,当仿阁中见枢揆故事,公牍杀一等。《曲礼》曰:“年长以倍则父事之。”此指有德位者而言。谨案:事总纂当如事世父、伯父之义。馀如士相见仪。

【眉批】时至保定,因黄子寿先生总纂《畿辅志》局,聘先君为分纂也。

览曾文正公《经史百家简编》卒业,凡门三:曰著述,曰告语,曰记载。著述之子目三:曰论著,如《洪范》《中庸》《乐记》《孟》《荀》之类;曰词赋,如《楚词》、荀、宋、班赋及《七发》《典引》杂颂、赞、箴、铭之类;曰序跋,如马、班自叙及皇甫士安为人作叙之类。告语之子目四:曰诏令,上告下者。如书之誓、诰,及后世诏令;曰奏议,下告上者。如《书》之《咎》《繇》《谟》及《左传》季文子、魏绛等谏君之辞;曰书牍,同辈相告。如《书》之《君奭》及《左传》郑子家、叔向之辞;曰哀祭,人告于鬼神者。如金滕册祝之辞,及《楚词·大招》。记载之子目四:曰传志,所以记人。如史公之世家、列传,公言也;表、志、碑、碣、行状、年谱,则私言也。曰叙记,所以记大事。如《书》之《顾命》,《左传》之记大战、会盟,及涑水《通鉴》记魏孝文居丧之类,后世文人,如《大唐中兴颂》《平淮西碑》近之矣,然不多见。曰典志,所以记政典。如《周礼》《仪礼》记之王制、月令、明堂位,《周书·王会解》《孟子》之“北宫锜”

章皆是。史公“八书”,班氏“十志”,以及历代史志、会要、三通、皇朝典礼,皆宜必究心者也。后世文人如曾氏、赵公《救灾记》近之,然不多见。曰杂记,所以记杂事。如《小戴记》之投壶、深衣、内则、少仪,《周官·考工记》是已。后世古文家修造宫室有记,游览山水有记,以及记器物、记琐事,皆是。

此目略仿姚氏,姚氏选文凡七百馀首,是选仅四十八首。定林山人最录,略有删润。

正月中邸抄,御史吴镇上《慎择宦侍疏》。

玉初述陆文安公之言曰:“虽目不识一字,仍还我堂堂做一个人。”此言却有理。黄文云:“汤海秋自言,凡人胸中有线订书一百本,胆气便壮。”此等见识,矫陋已甚,然亦有理。

高阪土室。辛酉五月至九月,先公挈家居之。可思也。

《曾文正公事略》四卷,内有关于先公庚辛从戎襄幕事者,皆录备查。

【眉批】盖大事记。

咸丰十年十月,左□□军次景德镇,大破贼于贵溪,连克德兴、婺源二县。十一年正月,贼犯景德镇,左□□、鲍超迎击于洋塘,大破之。三月,左□□大破贼于乐平,三战皆捷,斩馘数万。四月,督师曾公奏称,三品京堂左□□迭破巨寇,勋绩甚伟,请御赐珍物以示旌异。又请将左□□改为帮办军务,俾事权渐属,储为大用。旨从之。

左宗棠追击贼于广信府,贼窜入浙江境。指先祖在幕中劝左公援浙事。语详行状中。

同治三年十月,曾侯建议汰楚军,以涤除莫气,用淮军以培养朝气。今淮军亦非朝气矣。

老黎养气不成,素患骄人病、躁己病之疾。此疾之害,甚于痁瘴,未有以尽划其根也。夜初分复发,走就玉初谈,欲借其针石之言以镇压之。此后须加上一倍做工夫。

吾州邑人士,每以字相呼,同辈则曰“老□”,丈人行则曰“老□先生”,魁儒乡望,则以其别号称之,而不敢相字。北谯人同辈,相字则连姓截称其上一字。如左太冲则仅曰“左太”,郭景纯则仅曰“郭景”也。予从乡俗,自呼曰“老黎”“老猿”。

定林山人实修见在七事。啬精神身、口、意过。闭心目、意过。慎言语、口过。谨饮食、口过。节耆欲、身过。蠲喜怒、意过。殚蹇劣。意过。“安蹇劣”出《韦左司集》,“殚蹇劣”出朱子诗,殚字胜。凡戒身病二、口病二、意病四,戒斯能定,定斯能证慧。每一日内,有三百五十刹那,不可忽也。

先公养心明目五戒:啬精神身,省思虑心,节耆欲心,慎言语口,谨饮食口。

作袁氏妹孝友之碑,系之以铭,拟刻石合江亭下。紫溪环其北,渐江亘其南。山谷或夷,徽音无极。碑阴刻邑父老长者姓名,买地一区,志立碑年月,碑方趺圆首,如律礼。

立一新例,不作无益思虑,不说无益言语,不攻无益事业。凡经史、词章、小学,不若小楷、时文之为利大。不费无益钱钞。

园林帖

园林之乐,虽有层岚叠嶂,方池曲岛,苍官青士,右左森列,繁花如锦,延赏不给,而连级促步,意思捃迫易尽。至夫名山大川之乐,纡回迤逦,将连复断,入谷苍晦,升高开朗,曲折变化,不可名状。十里一遇,水石溪桥,村店篱落;五里一遇,奇松风洞。六月严寒袭人,虽美景不并得,而神意幽深闲远,玩之不竭,取之无穷,此何以故?一刻画雕琢而伤天和,一混成自然而全真宰也。学人、文人,皆当参破此关。正月二十八日,拙讷居士书于困学之庐。

饭讫登山，复与劳方玉三君子登藻泳楼，览全燕地势，漠漠风沙而已。

正月廿九日居士说偈

【眉批】可否入杂稿？

忽逢定国先生来诊定林居士，云："有醉翁之心疾，尚希醉汉之神。金、木、火、水五藏勿受内伤；精、气、神三舟乃荣外卫。劝君誓墓，休浪传文字语言，迟尔采芝，乃可学园、黄、绮、角。"我闻如是，于意云何？先生棒喝传言，居士摩顶受戒，乃述偈曰：

檀那提木叉，尸罗提木叉，羼鞮提木叉，毗邪提木叉，禅那提木叉，般若波罗密。是无生无灭，方便清净法，若修行到此，成就无上觉，无五种浊相，清凉大自在。实悟实证后，却病更延年，如须弥山寿。

七客寮赞

袁子久旷友于之面，睠怀作者之踪，予共王父兄弟十八人，庚辛之难，存者七人，同符作者。倦游思之，远不可致，乃姑聚朝夕，数面之佳客，而晤对以自娱。客为谁？曰：东莞木公，曾任五大夫；缑山公子姓林氏；灵壁丈人苍黻，友毛锐、陶泓、褚先生。陈玄赞曰：

是七客者，烟朝霁，莫山吟，龙兮泽啸虎子袧，予以彷羊于大地兮，予袧子于一丈之室以终古。

【眉批】是否删存？抑可□入。

丙子二月

谒见合肥相公，公垂问平生涉历险难，太息久之。又询江南名士如张文虎、莫友芝、戴望、刘恭綖之属存殇零落状,又太息。公,天人也,大臣也,乃亦不忘旧日宾客,惓惓历数。此其所以篆应四七之精,形图紫光之阁也欤！莫、戴久化,张、刘亦老病,皆贱子友,而曾客公幕也。十年之顷,零落若此,抚匣中物,可胜叱咤。

黄文又述光州学官于锦堂之为人,尝自汴中徒步数千里,问道于直臬六安吴公,公赠之金,不受而去。

闻京国有诽语讥郭钦使,云:“岑毓英出乎其类,拔乎其萃,不容于尧舜之世,郭□□未能事人,焉能事鬼？何必去父母之邦。”云云。

观叔芸同年所为《治平六策》《海防十议》,各条多有平实可行之事。盖系丁巡抚宝桢代奏,蒙中旨汇交廷议,而总署蔽遏圣听,业经诡辨驳黜者也。

《记》曰:逮事父母,则讳王父母,山人遵拟先大父讳明诚[①]。上一字行系不讳,下一字敬阙末笔作“诚”,非临文不得擅用此字。

阅方植之先生东树《仪卫轩诗》。诗境在陆、谢以下,仿佛东野、后山,而坚凝质朴之气则有馀,从容排宕之神则不足,由所遇困,故其所养亦隘也。

与子樗书曰:“仆箨龙也,几为斧斤所苦,旋蒙天怜其诚而赦之。今则野竹横斜,渐有含烟弄日之趣矣。”

夜与玉老辨驳周子“无欲”二字,轩轾太过,悔之。此吕成公所谓“争校是非,不若敛藏持养也”。以后当守一言之戒,曰默。

亮老辱饯行,观其所著文,古朴有奇气。又以《筹海策》垂示,所以济曾侯长江水军议之穷,乃因时制宜之道,诚才大心细也。

夜二更馀,独立问鹤柴、小略约上,听风泉相激之声。予日内将复蹈京华软红尘土,名利烦热之念顿生,即以此水浇之,不必远待匡山飞瀑。云海流泉,始称清凉妙散也。

莲花池本元将张柔别业,有临漪亭、问鹤柴、射圃诸胜。乾隆中,

---

① “诚”,原文讳作“□”,下同,不出校。

直督方恪敏公维甸重修之;道光丙午,讷尔经额再修之;同治初,故相官文公三修之。昔曾为高宗、仁宗甸巡五台驻跸之所。天章烂然,一亭一石,皆膺奎藻丹艧,洵畿南胜区也。池发源于一亩、鸡距诸泉,迤东入于城河,又东保定学泮,池水来注之,又折而东,入于津淀。

学事,言人人殊,听之殊淆人意。惟有日知其所亡,月无忘其所能,困而学之,以自别于下民而已。及夫行事,亦不须过高难行,第如温公、坡老言:"事无不可告人。"斯可耳。

浉西村叟说

【眉批】可否删存入文?

浉西者何?予家故居,浉水之西。浉江水者出,故丹阳郡黟县三天子障,东流径新定郡。黟,今徽州新定,一名新安。今严州故郡治,在今遂安县也,自故黟至新定所属之。桐庐县凡四百有八滩,南得婺江口,又南白云溪水来注之,又西绣峰涧水来注之,又西紫溪水来注之。浉江水一名清溪,予家葺茅数十椽,面坰背市,在清、紫合流之间,曰浉西老屋。拓间地为圃,有方竹来禽,松栝踆鸱,麻麦菜瓜之属,生意蓬蓬如也。村者何?任昉赴新安守,沿道出吾邑。作《郭桐庐出溪口见候,予既未至,郭仍进村,维舟久之,郭生方至》诗一首,上推郭峙所进之村,以地形考之,梁故县治,去今治十里,今县治故梁村也,而旧居适当之,是以名从其初,盖以风末俗浇讹,德不如古,今之县不若昔之村焉。叟者何?凡人自少壮微损,以至衰老羸病,倏如电光石火,不可究诘,予以不可思议。不可思议,谷神之法驻之,而又援元道州"漫叟""声叟"之例,壮而称叟,是亦道家《野老》十八篇寓名之类也。

十五,自保定统部起程,精神所注者,一仆,一御车,二驴而已。是亦政也,它无所问。

十六、十七,途中领略驿舍风景,偶记邵先生懿辰集俗语诗云:“天高皇帝远,人少畜生多。”又云:“无荤不吃饭,到处便为家。”兀坐旅店,听群骡齿刍声如风雨。晚饭毕,信步,诵此一笑。

伊川先生云:“敬义夹持,直上达天德自此。”李晋卿以为,敬直,内则圆而神,外则方以知。谨案:敬以直,内慎独之学,戒慎恐惧,以求诚之者也。义以方,外格物穷理之学,言忠信、行笃敬,度事之是非可否而观其通,以行其礼者也。敬体义用,一原也;直微方显无间也。善存于内者,积而久焉,斯发于外者,厘然当于人人之心矣。偶记一北方学者论为学之本,在言忠信、行笃敬,而不见不闻之地,则约其功于慎独而不可须臾离。此言甚精当,盖亦以直内为方外之本也。夫敬义所以成德,直上直下,彻内彻外,无疑滞,无回曲,故既立而德不孤也。敬立则中有主宰,义立则外无窒碍。故不为万事万物所挠,宽以居之,毅以行之,天君泰然,百体从令,有以力行而不惑,故又曰:不疑其所行也。

耶律文正公楚材有《湛然居士集》。文正公金宗室,而仕于元世祖朝,楚材晋用,可惜也。

再同述山谷老人云:“万言万当,不如一默。”良然。

四部《文言要录》略例此例未定,再修改。

《却病编》为札记,记懿行而作,故以人系之。此编为札记嘉言而作,故以言系之。

古之君子以庸德之行,发挥旁通,以为庸言之谨,非先之以忠信。进德,则玄而通之,深默不测,不敢躐等而议。修辞立诚之事,声阳气也,言阳之阳,本潘氏德舆。纯乎阳道,则阴柔之气不得而干之,故其言立心之声为言,言之精者为文,文之精者为经。萧统以下,沟经与文而二之,故其文体卑恭。近儒曾文正公冠经于文,文体似尊矣,而经言下羼于文而又卑,故参稽其衷,别为《经部文言要录》,第甲。

《周易系辞传》、上系七爻云云。《大戴礼记·劝学篇》云云、《孟子》、“上食稿壤下饮黄泉”亦为劝学语。《禹贡》《鸿范》《公羊传》五石大鷁、《庄暴见孟子》《檀弓》杜蕢扬觯、《周礼冬官·考工记》《尔雅·释诂》。

经之体大旨十有一，曰《易》，曰《十翼》，曰《书》，以记言；曰《诗》，曰《乐》，曰《礼》，以记动；曰《礼传》《礼说》，曰《春秋》，以记事；曰《春秋传》，曰《尔雅》故训，声音文字；曰《论语》《孟子》，著书终焉。《论语》《孟子》者，盖为群经之义海，六艺之蓍龟，人心之权衡，众说之辰极也。

乙部之例，《史通》详矣。班《志》、刘《略》以左氏《传》、司马氏《史记》，皆入《春秋》家。一代实录，不虚美，不隐恶，不可不通晓也。萧统选史论而不选志传，轩弇筰之华文，轻铣簾之实质，非其义也。故别为《史部文言要录》，第乙，而以《左氏》内外传冠之。

《史记·孟荀列传》《平准书》《自序》《汉书·艺文志叙录》《通鉴·记魏孝文居丧》《五代史职方考》。

史之例大旨有十：曰本纪，曰表，曰志，曰列传，曰通典，曰通志，曰通考，曰通鉴编年，曰断代之史论赞，曰编年之史论赞。

太史公、刘子骏、班孟坚叙次六家九流之旨备矣。萧《选》以其立意为宗，非能文为贵，一切摈焉不录。故文家不复知流别之义、形名之用，文质因革损益之宜，而竞趋于虫鱼风月、蛙鸣蜩噪，文学一科之末蔽，始不复与政事相关矣，奚论保氏宾兴之六德、六行哉？文集作，九流微，未始非陆士衡、萧德施、刘彦和三人阶之厉也。故别为《子部文言要录》，第丙。

《管子》：《幼官篇》《天圆篇》；《老子》：道篇；《庄子》：《养生

主》《天下篇》;《荀子》;《法言》:渊骞篇;《墨子》:《备城门篇》《公输篇》;《晏子》;"著书";《商子》;《韩非子》。

子之例大旨十有四:曰儒家,言最尊;曰老;曰道家;曰名家;曰法家;曰墨家;曰阴阳家;曰兵家;曰农家;曰医药;曰占验;曰纵横之术;曰天文算法;而以浮屠之法附焉。

章实斋以为文集作而九流亡。俞氏樾以为今之集即古之子,如韩退之近儒,柳子厚近名,老苏近法,杜牧、大苏近纵横之类。则犹有遗意存焉者也。吕、温以下,合者稀矣。别为《集部文言要录》,第丁。

韩退之《原性》《原道》《原毁》《诤臣论》《张中丞传后叙》《平淮西碑》,此选仿亭林先生说。柳子厚《封建论》《段太尉逸事状》,苏明允《审势》《申敌》《谏论》上下,苏子瞻《徐州上神宗皇帝书》《富郑公神道碑》《志林》,顾氏《日知录》《广师篇》,张尔岐《中庸论》,孙文定公《三习一弊疏》。

文之例大旨二十,有:曰诏令,上告下者;曰奏议,下告上者;曰书辨,同列相告者;曰哀祭,人告于鬼神者。

曰论著,所以通古今,辨然否;曰辞赋,如登高能赋,作器能名,山川能说之类,陈古列今,尤其选也;曰序跋,序书如子夏《毛诗叙》之属,为人序如皇甫谧《三都赋序》,自序如马、班、王符之属。

曰传志,所以记人者,传非史官不得为之,碑、碣、行状书事不在此限;曰叙记,所以记大事者;曰典志,所以记政典者;曰杂记,所以记杂事者。

此暂用曾例,未定也。实则当用任昉、萧统例,而仍以义例件系之。

赋:班固《两都》、庾信《哀江南》、杜甫《雕》。

诗:《诗》另有例。

骚：《离骚》、景差《大招》、贾生《惜誓》、柳子厚□□。

七：枚乘《七发》。

诏册：汉武帝《三王册文》。

令教策问：姚鼐《湖南发策》。

表：《出师表》。

上书：陈同父《上孝宗》、朱子《上封事》。

启

弹事

笺

奏记

书：孙夏峰《启定兴大学士孙公承宗书》。

移书

檄

难：诸葛公《正议》。

对问：汪中《广陵对》。

设论

叙

颂：董子《山川颂》。

赞

符命

史论：欧阳永叔《五代史记论》。

论：嵇叔夜《养生》、贾生《过秦》、刘孝标《辨命》、王文成公《拔本塞源》。

连珠：陆士衡《演》、庾子山《拟》。

箴：扬雄《十二州》《百官》，张蕴《古大宝》，韩退之《五箴》。

铭：张子厚《砭愚订顽》。

诔：柳下惠《妻诔》。

哀文

碑:苏子瞻《富郑公碑》、韩退之《南海神庙碑》、全榭山《黄梨洲先生碑》《顾亭林先生碑》。

墓志:韩退之《张彻墓志铭》《孟东野志》。

行状:卢绍弓《孙文定公行状》。

吊文

祭文:韩退之《祭张署文》《祭柳子厚文》,王介父、苏子瞻《祭欧阳公文》。

以上举一可以隅反,再有删增,未遽定也。

记事者必提其要,纂言者必钩其玄,此其谊也。留为家塾课本,姑勿示人,勿示人。

惜抱老人以近日考证家多为琐杂无理之言,讥之曰:“正坐奈何胸中数百卷书不下。”又告其友人曰:“诸君皆欲读未见之书,某则欲读人所常见书耳。”此言可守可法。

闻某屿兄授徒于新会寺精舍,曦庭兄亦居乡教授,皆甚攻苦向学,喜不可言。

录再同兄甲戌日记二条。皆论道家要旨,故亟录之。

连日阅《道藏辑要》一书,略窥宗旨。其大端在于先寻玄窍。玄窍者,非顶门,非脐眼,非任督二脉之孔,得之在于炼心。心至于无闻无见,而仍有闻有见。所谓静不终静,静中有动,有动非动,造化转旋,则玄窍见矣。当此之时,观不执观,观中有觉,有觉非觉,灵光恍惚,静而后观,观而后静,是为静观。此心不独于静时炼之,即动处亦可练。所谓泡影电光,随起随灭,而如如不动,慧性常空,此《金刚》宗旨。是静时之炼。所谓炎炎大坑,焦天灼地,而我心清凉自在,如一滴杨枝露水,此谓动处之炼。喜怒哀乐未发为中,既发为和,皆非玄窍。惟将发未发之际,发之者为玄关。略先一息非,略后一息亦非,方其静时,转眼即是,及其动时,转眼即非,直须臾瞬息耳。万象咸寂,一念不成,忽而有感,感无不通,忽而又觉,觉无不照,此际则玄关也。邵子所言，一阳初动处，万物未生时，此内有玄关一窍，顷刻不见，须急寻之，心何以明，忽然而明，此玄关也。从此玄关上参得来把得定，则变化由心，幽显惟我，无难事矣。以上《道藏》语，以下再同案语。

【眉批】口疑静时易吉，动时易凶，使终日穷究一口，微明恍忽，已见及口，临事仍复茫然。此口梵说，皆是支离元口，其实泛而不切于身，于身于世毫无实济，即口儒言太极无极之义，亦实虚渺其理，似无可深究，妄记于此。印度俗最敝。自古民分数等，不知起于何时，其风甚古，惜其文字不详，莫由考译。观《西史纲目》所证，可知佛说印俗之略。佛说之兴，盖欲以挽救其民分四等，尊卑永不能易之弊。徒说流传广远，特以虚词转相阐译耳。其实废弃人道，不治人事，是为自负其生，并欲灭弃人种，尚何说以救人耶？即曰轮回诸说，苟专欲以仁慈求登天。佛是亦特恶死而自私其一身耳。佛说纷纷，一证其源，直是无理。今日稍明格致之士，谅可绝弃其道无疑。即泰西天主、耶稣诸教，近以格致盛明，亦渐遁其说，专以造化功用归之上帝为主，此与中国经训古圣所言“敬天勤民”之理相同，即揆之格致诸学，苟细究一切生物动植之原，终似有造化主之者。故彼说即借格致以神之，是则几于无可驳矣。中国苟实尊行孔教，辟诸一切淫祀邪神，则即孔子修人事之道，亦当定一尊于上帝。特今政教养民之实事不兴，故贻人口实耳。而愚民皆一字义之不识，国家并不思欲其明理，又何怪异教林立，虽通文字者，亦多入其门乎！

谨案：此关即太极无极交关之处，此窍即无极窍中之所有，即喜怒哀乐未发气象。关之将发未发，即良知，与吾儒为学根本，正复相同。其言“静以养心，明以见性，慧以观神，定以长气，寡欲以生精，致虚以立意。”实是至言，且会得其理，正无须抛弃入山。只一动一静，时时体认此心，动检其灵，静检其虚，吾身之动，孰使吾动？此理不在身外,此境不容泥索,静观至一念不起之时,方可用意寻此窍。夫既云一念不起,而又何用意?寻不知用意之法有个妙处在无心贴顾,如种火者不见有火而火不绝,万境皆空,忽然一觉,则玄关见矣,从此认得机关清。譬如人乘千里骥,绝尘而奔,暂一经眼,将马上人须眉牢牢记着,颊上三毫,此喻灵光。宛在目中,多少作用,多少功效,全凭此时一觉。唱道真言云:静时非,动时非,露在一息,一息之后不见矣。《易》所谓寂然不动,感而遂通,天下之故是也。至其书强立眉目如《黄庭》丹田之类,极是可厌。此说非,观姚惜抱论《黄庭》可见。吐呐非外道。采补真极恶外道,永入泥犁,不复大轮转。诸术皆是外道。择其要语录之。

以下皆撮录《道藏》辑要。

学者要见真空,勿见假空;要见灵空,勿见顽空;要见全空,勿见半空;要见性空,勿见形空;要见虚空,勿见实空。此二句谬。支那以观实相为脚踏实地,步步可以着力,不闻虚也。要见常空,勿见怪空;要见本来空,勿见过去空;此说是,极与夏峰宗旨合。要见仙佛空,勿见外道空;要见日月星辰、山川动植、有形有象之空,勿见霜花泡影、石火电光、无踪无迹之空。

太极流下阴阳五行之气中,具五行五金性,完全在内。而太极一片空灵明净之德,其性是金性,其色是金色,统于五行之先。故阴阳两判,第一便生水,母生子也,地生四金,据形质言耳。金丹成时,身如火,心如冰,气如泉,神如岳。

儒家曰止,佛曰定,道曰静。

水中带火,其味咸而不用,故海水可煮盐。深夜从高冈望之,往往火光灼空,浮游水面。

大丹无形、无声、无色、无味,岂容得杂火之精?故采精先采元精。清空一点,若有若无,结下灵丹一个,赤条条孩子从此中跳出。这个孩子虽若有形有象,其实无形无象,以本无之精,炼本无之丹,养下本无之孩子,故炼丹者炼其中本无之丹也。若神不守舍,则为无心，无心则孩子不灵；若精非元精，则精卤，精卤则孩子不育。虽结胞胎，半途必废。如女人小产，未见真形。故心要有，又要见无中之有；丹要无，又要是有中之无，有有无无乃为化机。炼丹非有事事也，无所事事，方谓之炼丹。义甚圆。人能无所事事，以至于心斋坐忘，丹亦何必炼。至于不必炼，乃善于炼丹者也。世人附会炼丹，把炼丹看做一场大事，惊天动地。嗟嗟，这个主意便与炼丹远矣。人身中自有太极，既有太极，则阳升于上，便是生天；阴降于下，便是生地。《乾》交《坤》生《坎》，《坤》交《乾》生《离》，《坎》上《离》下，水升火降，此《既济》，定之象也，亦是魏伯阳宗旨，善哉。天地混沌，仍是一个虚灵含元之太极，在《黄庭》。并非奇怪，不假思为安坐一室，欲仁仁至。草木之果中有仁，仁即诚也，诚即一也。所谓窅兮冥兮，其中有精，其精甚真，其中有信是也。以我身中之所有，为我身之大丹。如富人着衣吃饭，取诸宫中而有馀也。自有性自见性。浮脆人人百年内，几寻本性出寒灰。可任太息。自有命，自立命丹，道无它，不过要识本来性命二字而已。

拙讷居士按：释氏言“断欲守空”，即知命，意亦同。

手足耳目口鼻，肝肾肺肠心胆，骨血情识知虑，其中件件，吾有细思，都是幻形，与我无干。惟无干，只这几件为我大累，使我不能成仙作佛。今将这几件尽行撤去，单寻出我有的来，做个不生不死不死义未精，不若不灭二字，义更精密，不灭之本，要在无生也。之根本。则长生由我，超出三界由我，飞腾由我。

未炼之先，我如不欲炼丹，既炼之后，我如不曾有丹。

拙讷居士案：伊川程子云：“我亦有丹，君信否？”用时还欲寿斯民，则其存心公溥。此天地之仁气也，何丹经之足言？

后天之意谓之意，先天之意谓之神，神之所在，气即从之，由气依神而生,亦依神而息也。息亦生也,有孳长之意。故结胎之时,静则神安阳生,神安则元精以华而气生,气所以依神而生也。十月之火,内观观于此,返照照于此,吾之元神全注于此。故五行于此朝元,胎息于此运转,气所以依神而息也。

拙讷居士案,《传》云:"独阴不生,独易不生,独天不生。"物,三合然后生息之时。虽寂然不动,而微阳萌牙,生气运行,实未尝息。如虫蛰于冬而启于春,非息则无以为生也。故张子厚云:"息有养。"说得最好。息时生时,其阖辟之功,候二而神不二,神不二所以为至诚无息也。

凝神入气中,而后结为灵胎。

若非忙里偷闲,闹中求空,则性不归命,命不合性。二鼠四蛇,可畏可畏,不及时直下承担,后悔何及。虽曰任运腾腾,然欲求真息之归元,元神之露体,黄芽之遍地,白雪之漫空,二句本《参同》。盖亦难矣。

有见若无见,有闻若无闻。

人人说炼丹炼铅,须知真丹不是铅作,寻着自己这个丹头,方知丹经千错万错。

谨案:就在千错万错之中,检取无文字处。

学道之士,闭口则息,开口则笑,和乐之极,动与天俱,日日在春风之中,时时在明月之下,故可以上合高炎,与仙为侣。男子以天地为庐,湖海为襟,云栖水宿,何所不之,奚必拘拘一处哉?在家者儿女太多,所以不免匏系然。庞居士一门修道,张志和名枫龄泛宅涪家。高风不远,芳躅可追,得道之士,到处俱亨衢净岸,妻子何足为累。随身本事,便是行粮,何足为患哉!

和以处众,宽以乐群,寡言以养德,常定以安心,于无知无觉时寻有知有觉处。此所谓太极开基也。

凡念头发得十分圆满处，便是心之真体。即是一，即是诚。

稍有未慊，即是妄心。

原始则必穷其静极而动之先，要终则必穷其动极而静之后。

抽讷居士云：此释"原始要终"字细密。

以豪杰之才为圣贤之学，以慎独之功养浩然之气。

抽讷居士案：蕺山刘先生持慎独宗旨，推而致之九思，又驯而致之九容，所以立养气之大本也。

以上统为一条。

傅巡道言："喜怒哀乐，未发气象，此中实有气有象。初觉气易知而象难见，而不知得象即得气，不得象仍不知气之根源。"贵筑黄君问曰："象即人心之灵否？"傅诘之曰："灵何在？"黄曰："在虚。"傅又曰："虚何在？且血肉心安得有虚？"黄曰："在中。"傅又曰："中何在？"黄语塞。傅因答曰："此事体之数十年而后得。试观天地之中在何处，则知吾心之中在何处。明乎中之所在，则万理一贯。如天以日为中，月者日之影，日上有星，日下有风露雷霆，地转运于日下月上，实皆日之作用，而日固未尝动也。六合之气聚于中，在天成光为日，在人成性为灵，人身与天地实相同心，有太极得之而中见矣。"黄问："何道可以见中？"傅答曰："主静而已。又谓受之以中正仁义，而主静为一句，立人极焉为一句。致良知虚极静笃，则中见矣。审几此周子所云，诚无为几，善恶之几。所发，则中之有和处见。"

傅又言："周子《太极图》有蓝本，试置盆水，日中以纸虚浮其上，日影射纸即太极形。"

又言："息所起处即中，即知所发处，故虚极静笃则无息。"无息"

二字有语病,无息者,息甚微也。息与念相为引伏,一息一念,念断即息断。此释氏常惺惺法,所谓“断际之学”如是。断久必复起,起念而息亦起,可以自观。”

抽讷居士按:自观者,当观其念之善恶以定其息之消长。审善乎从而扩充涵养以长之,审恶乎从而克治省察以消之。善恶皆积之于微,不可忽之毫厘,以驯千里之谬,此慎独之旨也。傅说亦嫌笼统未尽。

以上亦统为一条。

丙子三月

深居默念,上下三千年中群言淆乱,惟兕上天笃生东鲁圣人,原本六艺,整齐百家,而后学者始克知所从事。《诗》云:“战战兢兢,如临深渊,如履薄冰。”士生今日,前无道师,而欲昧行,不亦危哉。

略阅《阳明杂著》。阳明先生宗旨以格物为格吾心中本有之良知,而以朱子之言格物为支离。其学从顿悟入手,立意毫厘之差,遂致启何心隐、颜山农辈万里之谬,岂不哀哉!

【眉批】偶记云尔。阳明处似非口君后来的见口至如此。下节梁私记。

窃疑后世学者每易分治身、治世为二义。朱子之言“格物大于学”,本义自应如此,特后世言学者何尝先明当世日用事物之理?似所谓格者,竟无物之可言。此学者失教,茫然于事物之故也。阳明发明孟子良知之义,以为即格心中本有之物,而致其知,其为学警醒得力处,然似专为治身而言。吾恐言学诸君子亦皆恃此明理之心以自治耳,何尝用力于朱子格物之说,而有所得哉?虽然,天下事理之不知,而妄用其一己之知,以为致知几足以治身而治世乎？此非前人所得知也。妄记。

又按:朱子所言“格致”,与今言格致之说实不相涉。今之格致,皆系器数物性,物中之理。古之格致,盖言人生日用事物之理。惟朱子训“格致”二字,似为不顺,不如今所名二字之义为确意。“格”即考求感通之意,“致”即引致之意,与原意通。

前在钱仪部处,因场卷格式未来,仪部属即拉用它卷临填预空履历内“可疑”二字,届时它手照格描写,以省往返收送之烦,此极取巧之法也。初亦以为得计,未几部卷赍至,则向“所疑”二字并不须空,仍须依式另填。可知世上多少机巧心,终归虚耗无用。昶自尔安分守拙,不敢存心取巧。

夜至蓉生寓,及其弟苗生、浦阳楼师竹共饭,话江乡茶笋风味甚美。予客游十六年矣,滚滚马头尘,复何所得,正不若归绣峰买田,践先公卜居之约耳。

仆人忽闹脾气,予遂盛怒,既而思伊川先生戒门人詈仆之语云:“何不动心忍性。”奴之不谨,良由予以骄傲临之也,悔之。

陈六舟先生闻已至析津,有手札与濮兄云:往者与予一夕之谈,可抵十年。予闻而感激,至于垂泪。先生奖励寒素之意深矣。予苟不立志为端人正士,非人也。

爱憎荣辱,世网之困人也久矣。老黎作字时,复心手俱颤,不从容自在。由困于世人爱憎颠倒海中,未知所措,故神气不定也。行波罗提木叉之法方可。佛云:当离愦闹,独处闲居。信哉!

览融斋先生《艺概》内论书一种,意理微眇,辞亦深澈,耐人寻玩。惟静故能含一切智,惟勤故能造甚深法,惟默故能观不思议,惟慎故能啬一切神,惟朴故能生种种寿者。相当之者,其惟我兴化夫子乎？

喜王朴臣先生炳燮见过,往之朴老寓,纵谈学、治二事。朴老言啲噜拐去华人十馀万,虐使之如犬羊,名曰“卖猪崽”,深堪发指。现使臣陈公兰奉廷寄往查难民,向使臣控告者数千人。此案未结。

【眉批】盖彼皆能富于养生而亦富于生物,故国愈以富,而能以物易他人之精华焉。

又言林文忠公督两广时烧鸦片一事,诚快人心,然亦有辨理稍疏之处。鸦片每箱值夷泉百馀圆,而公定偿值仅给大泉五千。夷商不服,故激成大衅。

又言曾与一英国商人交谈,此商自云积银二千两,未曾娶妇。问其何故不娶,答云:英国地狭人稠,按:此未尽其制造所生之物力众也。百物腾贵,每人日耗米盐经费,此自彼日食精美,富于养人之力。岁须千金。始办赁屋费,每岁亦须千金,合计男口一,妇口一,及赁物须岁耗三千金,故力不逮也云云。此下原有"可知英国民殚财竭之象,是将亡矣"云云,因未必然,故不抄。

山人告槐庐,言予近作诗文,非滞则滑,颓然自放,何家可药此病?槐庐答曰:"惟黄涪翁清新俊逸,广大精神,可药此病。"山人忻然。

予尝从容侍兴化,论秦汉间事。予率尔云:"吾为沛令,必族刘季,斩蛇云气欺众之语,复何异狐鸣篝火乎?"兴化漠然不应,既而曰:"此夸诞之辞也。"予悚然,因思《荀子》云:"夸诞生惑,诚信生神。"师所言夸诞者,此也。凡词本乎气,气浮则词亦浮,居心平实,则持论自称量而出矣。

《艺文志》道家有"伊尹篇",《孟子》所引伊尹,想即书中语。

《释诂》:"箌,大也"。郭注:"箌,义未闻。"案:《韩诗》"箌彼甫田",乃"箌"训"大"之义也。

阅融斋师《艺概》六卷讫,此书可入子部杂家,且多微词,观理甚深。

校雠讹夺,目学也;声音文字,口耳学也;进退规矩,登降威仪,手足学也。义理,心学也;君子居室,顺阴阳节,血气学也。五者合学,乃几于深矣,废一不可,为学此近而课诸五官百骸者也。推步天学也;开方地学也;辨分至,慎寒暑视气候消息,四时学也;明君臣、父子、夫妇、昆弟、师友、宾客之伦,谨仆御、彝翟、服物、器用、言语、饮食之际,人学也。参通之者曰王、曰儒,此远而推诸三才四大者也。凡此皆学中所有之事,至赜而不可乱,至动而不可恶。

丙子四月

游故相敬微公肃亲王豪格之后意园林亭,观浑天铜仪。

药中当为参、术、茸、桂,不当为甘草、豨苓。甘草、豨苓,药中之胡广也。

齐楚之技击不足以当桓文之节制,桓文之节制不足以当汤武之仁义。马、扬、李、杜、苏、黄,技击也;荀、刘、贾、郑,节制也;荀、董、程、朱,仁义之师也。仁义之师,不战而屈人之兵,理胜故也。

阅山阴俞中华《荡寇志》传奇七十卷,此书虽稗官小说,宗旨却甚正。且如张叔夜父子之忠孝大节,云天彪之深于儒,刘慧娘之深于释,陈希真、丽卿之深于道,叙次宗旨,亦与《庄子·天下篇》法相似。末二卷有实悟实证处,三宝四大宗旨,元与三明六通亡二也。

宿直庐,夜闻宿羽唬,有似山鸟钩舟格磔之声。进取既拙,退耕不任,百感交集。

览《古欢录》毕,使人之意也消。

东斋秉烛疏二十年中受业解惑之师,姓字仕履,并疏历年考艺,凡以一艺相激赏者,无论东都巨公、南郭处士,皆谨志之,以不忘微名所自。"生我者父母,知我者鲍子。"师友之缘,于予已厚,仰视北辰,不胜太息。

《安般守意经》三十二章,后汉安息国三藏法师安世译。般音钵。梵云安般,此云数息,闭口数鼻中出入息。乃修行入门之一法也。此录汪讱庵《调息法注》语。

礼部榜发,山人名列第五十三,平日素交如王朴臣、朱蓉生、黄再同咸登是榜。朱、黄皆有严父在,乐事可知,惟山人与朴老同抱风木之感,深恨不逮事先人耳。

恭诣保和殿应诏对策,此次惟朴臣同年直抒所见,不拘格式。

丙子五月

《永乐大典》存翰林院牙门瀛洲亭内。内秘书院中书舍人昶记。

早、暮、昏、明、刻,汉法也。今历法谓之朦影。

诣镜心居士,问道术。居士论修炼家有韦驮宫、罗汉宫之别,韦驮功在四肢屈伸,罗汉功在泥丸调息。熊经鸟伸,韦驮宫之功也;吐故纳新,罗汉宫之功也。

是月廿三日被小偷入室,窃去时辰表一枚,既而思自我召盗,匪盗之咎。张释之所谓使其中有可欲,虽锢南山,犹有隙者。此也。

丙子闰五月

再同处饭,观明嘉靖中江阴沈兼山充自书《孤舟赋》长卷,赋组织绵丽,托兴深微,字迹遒丽超逸,有文待诏征明跋。

浏览《严州府志》。全书立例冗秽,内"艺文"一门,尤为谬妄。

桐中古刹可游者记

《严州志》:宋绍兴中,桐庐禅定院生瑞芝。按:禅定院旧址当在县东北十五里阆仙洞侧。宋延平黄裳尝寓是院,裳政和中为礼部尚书,晚自号紫元翁。万历中,释如林即其地,建紫元庵,是也。

圆通寺在县西二里,唐会昌中建,名圣德寺。宋大中祥符七年,敕赐今名。

新会寺在县东十里,有醴泉,方悫撰文刻石。

宁国寺在县西北十五里。梁天监二年,中书舍人刘元珣舍宅为寺。

长乐寺在县东南梧村。唐乾符中,吴琠舍园为寺。

钟山寺在县西三十二里,唐大历中建。相传有钟氏居此百馀年,一夕忽闻空中有声如钟磬者良久，又山中夜有光，遂舍圃宅为兰若伽蓝。宋时有藏经及舍利塔。

净土寺在县西北三十五里，晋天福九年建。相传淮海王曾留镇铁窣堵波一座于此。

云栖精舍在县南十里寨基山顶。栋宇之间，云气缭绕，山魈木魅之所窟宅也。

静居院在县西北法华山下。晋有异僧昙翼尝卓锡坐禅于此。

紫霄观在县治东，羽流之所栖托，别立龛祀郭真君，乃文也。文往来富春、余杭山中，薙采自给，尝驱虎负箬叶入市卖之，暮则跨之入山，得泉恒以施道旁饥踣羸疾者。温峤尝叩文曰："饥思食，壮思室，人之情也。生独无情乎?"文答曰："情由忆生，不忆故无情。"后入山，不知所终。

洞明宫在县东四十五里。宋嘉定间富阳民言，有鼍鱼为祟，俄而龙虎山道士张守廉至，以铁符咒禁，患旋止。乡人德之，缚茅十楹，奉为杜治。

睦志书目：景定《严州续志》十卷、《四库书目》有。重修《严州图经》八卷、宋绍兴中，知严州董棻纂，今存三卷。《续严陵志》□卷、明李德恢。《建德府节要图经》、元方回，亡。《万历严州志》、明吕昌期。《新定续志》□卷。宋钱可则，亡。康熙二十二年癸亥，知府事关中任公风厚修《严州志》，未刊，乾隆二十一年丙子，知府事大兴吴公士进重修。

丙子六月

阅亡友《子高文集》卒业。子高之学，宗法刘申受，又取径于博野颜氏蠡，李氏文，亦洁靓。

山人久困笔干，微嫌才退，斯文盛业，岂曰虫雕? 自尔操觚，率求獭祭。著为例。

微明即起，危坐跏趺片时许，散步亭中，因思身世方艰，非日习勤苦，永不退转，无以自立也。著为例。

天微明,赴午门,常朝坐班,辰末刻归。是日到班者,仅纠仪官一人吴侍御镇,坐班官三人,亦有鲁朔馈羊之慨焉。旧仪凡月之初五日、十五日、二十五日为常朝之期。上不御殿,御殿则鸿胪赞,王公、百官、外藩、使臣行礼。是日早,春秋以辰刻,夏秋以卯刻。王公朝服赴太和门外班位,百官朝服赴午门外班位,序以官秩品级,宗人府、内阁、吏、户、礼部以下为东班,兵、刑、工部以下为西班,以次分为九班,皆东西面坐。重行北上,设纠仪、御史二员专坐一氍毹,王公百官以次接席就位坐。吏、礼二部派员收职名,纠仪官起,绕班行上下一匝,还复位坐,少选,王公移而出,百官旅退。

吾邑江退谷明经,文名肇堧,高逸士也。所居杨氏坞,茅茨三间,不蔽风雨,破书名画,堆积几案;牛宫鸡栅,纵横户外。先生醉卧其中,蘧蘧然也。爱听松风,榜其屋曰"听松"。尝有句云:"一身以外无非物,千载之中适有今。"既而思吾身亦物也,遂乙其句。然仆以为,上句颇合释氏"天上天下惟我尊"之说。下句亦畏日警惕之词也。仁和谭仪名廷献,尝评其诗曰:"山水清音也。"先生殇于癸亥,谭君吊以诗曰:"老友桐庐江退谷,听松读《易》道心生。谁知名士流离死,我尚来为访戴行。"

在友人蔡公重处,览前库伦办事大臣完颜公麟庆《鸿爪因缘册》。公为金世宗二十七世孙,开国时有从龙入关官协领者,公之高祖也。完颜为女贞贵姓,故家乔木,斯之谓矣。公享年六十五岁,晚戒子孙曰:"葛公以淡泊明志,淡字可以守得定。"盖浓于声色,生恇怯心;浓于货利,生营惑心;浓于官职,生忮求心、造作心;浓于功名,生夸诞心。种种劳苦心,是皆自害其生,而兴蠹于事者也。惟一淡可以医之。

仆之生平,资用乏绝者屡矣。然每有天幸,垂绝复生,岂上天无绝人之路耶?今束手待毙,惟有冀鬼神默相而已。

先公生日,吾不预祭,追思泫然。《庄子》云:"父母生我时,岂欲我贫哉?"又微感先公神爽,若垂念不肖落拓也。

梓泉、孺初与予三人者，处境相若。二君土梗人也，予桃梗人也，天将雨漂我而行，不知栖泊之所矣。

山人诗如录竟，署曰：无名人，本《庄子·应帝王》。人之相知也，莫甚于哀乐相喻，贵其真也。

丙子七月

山人贫乏不能自存，今日所入訾，又随手散尽，因思从此早夜习勤，刻苦自厉，亦治生之道。昔包孝肃知开封，不能强其从事王介父饮酒，予深愧之。介父之定力，此后亦须坚志博学以自强。

大兴刘宽夫侍御位坦，真行书俱佳，优入能品。真有“道人绝粒对寒碧，为问鹤骨何缘肥”境界，其风致固不凡也。在再同斋中得观之。

夜暴雨。谚云：“秋甲子雨，禾头生耳。”今日甲子日也，深忧之。

圈《老子说略》卒业，中多微言，其书体例若宋人口义然。

农曹味如鸡肋，欲去不得，欲留不可。当卜于神明以决之。到此境界，始佩服陶方之同年之勇于决断也。

丙子八月

夜诣方子谨文学怪谈。子谨南兰陵人，前在通志局共事。其人磊落坦白，如春岩融雪，晴瀑桂松。予自视近局缩猥琐，真有淄渑之隔矣。子谨真予之畏友哉。

连日作事愦愦，始悟扬子“心离书则神索”之说，实有是理。每日于应物疲顿之时，闭目定神，随即把卷潜研，无论页数多少，必以反复玩索，使有心得为度。或临摹大字，寓豪放于精严。或览石刻、名画，求真宰于淡逸，则胸中乐趣油然自生矣。

敬观黄琴坞太年伯绝笔遗墨，释氏所谓临命终时不乱，是也。此非积四十年苦行不办。

又观宋葆淳山水画册，萧淡欲绝。

邹岱东大令为人伉直,有奇气,甚敬之。其言居官、治家、养生之道,皆和平耿介,卓然足以自立。又言每日无论作何事,皆度吾心力所能为者。为之专注一事,不以它事杂之,事过则已,不挂一物于胸中。又言立身接物,切忌议论太高,恐难行也。此皆切己之务,志之。

诣候胡石泉少府鐍,适吴甸侯参戎建勋在坐,谈久之。甸侯为言治生择交之理甚详,为人静毅完密,樊舆奇士也。

莲池引一亩泉水入池,触石作飞瀑势,甚奇。莲花池二十景有鹤寨、藻冰楼、临漪亭、宛虹桥、洒然亭、寒录轩、水东楼、花南研、北草堂、君子长生馆、钓鱼台、煨芋室、射圃诸名。康熙间名人德保有绝句十二首刊石,匆匆未曾寓目。

朱亮生临歧赠我以二言:曰宽、曰定。宽则天机和畅,无戚戚贫贱之怀;定则方寸坚定,无仓皇眩惑之病。至言也。

保定至天津水程:清苑四十五里至东安洞;又五十里至安州;又三十里至新安乡;又三十五里至赵北口,雄县属;又四十五里至小保定;又四十五里至苏家桥,霸州属;又三十里至左各庄,文安属;又三十五里至胜芳镇。谚云:金石谷,银胜芳,铁打左各庄;又三十里至台头庄;又三十里至五龙口;又六十里至天津卫,入大清河。朴臣先生云:此处有误。

自来析津,喜得见二正士,曰余杭褚子方丈维垕、济宁米瑞符大令协麐。

丁雨生中丞抚吴,公牍内酌议海洋水师事宜:

第一条,分别内洋、外洋。

第二条,海洋提督建衙宝山。

第三条,福山镇移驻金山卫,改为金山镇。

第四条,狼山镇新议添设之通海二营,仍改隶海洋提督专辖。

第五条,水师营制船数。

第六条,提督添练陆兵。

第七条,内洋分巡会哨。

第八条，外海分巡会哨。

第九条，水师营哨额缺。

第十条，战船泊位人数。

第十一条，挑选兵丁。

第十二条，设立小舢板防浅赌胜。

第十三条，设立书吏。

第十四条，另设座船。

第十五条，弁兵薪粮。

第十六条，严定水师禁约。

第十七条，战船不准夹带私盐私货。

第十八条，严禁收费及骚扰岛民。

第十九条，严定失事处分。

第二十条，获盗从重给赏。

第廿一条，外海伤亡优恤。

第廿二条，轮流更调。

第廿三条，出巡会考。

第廿四条，筹备军火各项。

第廿五条，设船厂，修造舰船。

第廿六条，粮台宜设上海。

第廿七条

第廿八条，饷项由藩关两库筹拨。

第廿九条

第三十条，添用轮船协巡。

海洋水师章程别议：

第一条，外海水师专用大兵轮船，及招募驾驶之人。

第二条，沿海择要修筑炮台。

第三条，选练陆兵。

第四条，沿海地方官宜择风力干练之员而重其赏罚。

第五条,北、东、南三洋联为一气。

第六条,精设机器局,俾体用兼备。

同治十二年六月初五日,西洋驻京大臣朝觐者五人:俄国倭良嘎哩,美国镂斐迪,英国威妥玛,法国热福理,荷兰费克生。另有日本国使臣一名。

十二年以前,外洋来中换约各国,西洋英、美、法、瑞、俄、德、丹、荷、日、比、意、奥,东洋日本。

米瑞符先生传授韦驮站功法:两手扯开并双肩,二郎挡山手指天。海底捞月端平胸,双手推到凤皇山。抬手举上上,捶手顿双肩。寒山转顾太阳去,合手作揖到脚尖。

右功毕以两足尖踹地,两踵顿地者三,又前足据地作势,后足伸直,手左右旋舞者三,两手计六次。

又有一功名“霸王浑身似铁”,颈脖子尽往上撑,两手尽往下扠。

丙子九月

晤马莪园总戎复震、质夫文学□□昆季,桐城马命之征君三俊哲嗣也。为人皆恂良好士,意气伉爽。

予久得肝郁心劳之疾,遇事眩惑,每不能决。兴化语以一言之决曰“舍”。东坡所谓“何当尽屏去,万事付懒惰”。此“舍”字之妙法也。

喜晤凌嘉禄丈,叩以医家言,丈答云云。

医家五经:《神农本草经》、《徐灵胎医书六种》本。《内经》《素问》《灵枢》、薛一瓢雪《医经原旨》本。《内经》王冰注、钱氏守山阁本。《扁鹊难经》、《徐灵胎半松斋医书六种》本。张仲景《金匮要略》、徐彬注。《伤寒论》。方中行注。医家四子:金刘完素河间先生,《河间六种》。元张元素,自称易老先生;元李杲东垣先生,《东垣十书》;明朱彦修丹溪先生。《丹溪心法》《丹溪心法附遗》。又有国朝张石顽先生璐,又字玉璐,著《医通》一书,约三十馀册,隐括要术,著方甚备。

兴化师垂赐代画治生善全之策,且历叙时贤,评其短长,而以监利王子寿先生柏心为善于自处。盖监利生平尚友徐伟长，其文境亦似之，所谓怀文抱质，恬淡寡欲，有箕山之志者也。

兴化又言，噬仕王城亦佳，然须得一安乐法。安乐法奈何？曰：守定。“耐”之一字而已。

问老氏言：“吾所大患为吾有身，及吾无身，吾又何患？”其旨若何？兴化先生曰：“所谓有身者，吾心中不免有身之见存也，有身则神滞。所谓无身者，吾心若无身之见存也，无身则神超。苟以毁形灭身为贵，则身大足以累吾心矣，何能脱然无患哉？”

明道在一邮亭见题壁云：要不闷，依本分。明道深然之。

南浔蒋棣莽文学锡仪枉过，棣莽家多藏书，门外多长者车辙，宅心温雅，可称佳士。

兴化师言：《鸿范》六极，忧最损人，宜亟去之。

补记廿三夜侍坐语

兴化师云：孟子言养心、养身、养气、养性，养之深则气质自化，躁吝自除。凡急于自见，与颓然自放，趋径不同，同归于躁。躁者，不能养之害也。

问：何谓净土？

师言：道家有法，非其人不传。才、以质性言。侣、谓师友。地、谓名山宫观。之说。释家有净土之说，大旨似可相通。“净土”二字，疑即《列子》所说华胥国之义。凡言净土，由渐入横出三界者也。天堂由顿入竖出三界者也。《法苑珠林》言阿弥陀佛住净土，净土有上上、中上、下上，以次为九等。弥勒等佛住兜率忉利诸天宫，天宫有三十六等。其说虽无稽，然亦有至理。盖从净土入，可证罗汉果，譬如声闻乘从声悟入，缘觉乘从觉悟入，虽非甚深之果，亦正果也。释氏不言才，而净土则有清净法、清净地、清净侣，行住坐卧，随处可遇，其法平实易行。予于京师永光寺街某氏塾中一遇之，计得五年；于东华门外破屋中再遇之，计得二年；于龙门精舍三遇之，计又得七年。案东坡居士诗云:“出处依稀似乐天,敢将衰朽较前贤。便从洛社休官去,犹有闲居二十年。”云云。康节诗云:“壶中日月长多少,烂占风光二十年。”云云。然则古人思得二十年净土事业,犹状其难遇如此。予得此已十四年,为幸多矣。至于修天堂一境不可妄跂,稍不自持,即致堕落,非具大根器通甚深法者不能。昔有二息心行道,同入四天天宫之中,黄金为阙,白玉为阶,天女二八,蛾眉连蜷,云衣五铢,鲜翠夺目,又有频伽种种之乐。一人迷惑本性,立时堕落无间阿鼻;一人摄心不动,作平等观,不至堕落,然此境高而且危,不若净土之俯拾即是,平实可行,既不妄意超升,亦不近诸恐怖,此平等法也。儒家亦有之,陋巷有至乐,曲肱岂伤冲是也,亦何尝为释氏所独得之秘乎?

养天和。一名养天倪法,俗言养欢喜神也。

师又言:养天和最要。康节言“学不至于乐,不可谓学”。凡礼以象见象,主意,意以阴入而难久;乐以声感,声主情,情以阳出而易安。乐也者,乐也;乐也者,天和也。

又言:康节诗:“天下有名难避世。”言名之害身也;“胸中无物漫居山”,言胸中有物,始可免于流俗。否则虽林栖谷饮,亦一伧父而已。

又言:莫便将情欲作不好的物事。如释氏所谓六根,道家所谓六贼一般,其实佛亦有情种子也,老子似啬于用情矣。夫欲,仁。仁至之欲,与欲货、欲食、欲色之欲何其异?特所以用之者,毫厘之差,千里之谬耳。人苟废情,几曾见枯木顽石而能忠孝者乎?

朴臣语我,良士三人:潘允升欲达,常熟生员;袁敬孙培后,吴县人;戴孝侯宗骞,寿州诸生,直隶知县。

记问答语

问:如何是安心法?师曰:淡泊宁静。问:如何使有为法?师曰:不作无益。问:学术以何者为先?曰:先辨心术。邪人行正法,正法随邪;正人行邪法,邪法随正。问:如何立心,然后看二氏书不为所惑？曰:归元宗旨。云人当用三教而不为三教所用。

【眉批】此一带所记“师”，皆指融斋先生。

兴化夫子言，常汝度一汝志，神将来舍。神为心之主宰，最要养得，定不可令稍困于外物。

丙子十月

兴化师言，《老子》曰:“众人皆有以，而我独顽似鄙。”“顽”之一字，重内轻外之要诀也。内重则外自轻，外轻则内自重。“顽似鄙”，邵尧夫似之。

学中本无心病。

凡人念力须坚强，最忌柔脆，惟耐坚苦寂寞，则能渐至坚强。

得《皇甫持正集》。持正睦人，吾州古文之椎轮也，宝之。

斋心祓志，祷之于祖祢及高孝靖先生，复质之于兴化刘夫子，始决定主意，将以农曹末秩，视大兴校官例为之。十年所得微禄，以为俯畜之计，读书养性，若将终吾身焉，其可乎？

融斋师言真书，法《郭家庙》、柳《琅琊》二碑亦可。

融斋师曰:“凡为文者，意欲精，格欲高。抑吾见格高而意不精者多矣，未有意精而犹患其格之卑者也。”

佛法无多子，千灯共一光。

要买书:《维摩诘经》，以其为居士，又说法也;《击壤集》，以其精深又阔大也;《板桥诗钞》，以其率真也。

佛宗定心，观音主慈，慈者仁也。忠信。三妙门，行、文、四教。法律三门、戒身三学，普贤主行，行者勇也。僧、教、慧、口。文殊主智，智者知也。

净土之教，开于惠远，盛于永明，大于祩宏。莲池大师也，此见《归元镜》。

宗门之教,自达摩以至六祖惠能,谓之祖师禅。

荆公语明道曰:“公言如上壁。”明道语荆公曰:“公言如捕风。”

邵尧夫先生谓伊川曰:“子虽言生姜树上生,吾今亦不与子辨。”

又曰:“面前路径须令宽,如所行大窄,自己尚不能行,何况使人行也。”

康节、明道、东坡、夏峰是一路上人。亦刻苦,亦快活。伊川、考亭是一路上人。刻苦多,欠阔大。

截断去来今三生法。

佛说:阿弥陀经,净土之祖也。

《楞伽经》,达摩初祖主之,后五祖、六祖主《金刚经》,而《楞伽》渐以不行。

凡言戒律,起于《四十二章》所云十恶行,身三、口四、意三。

跏趺坐,借资于外权也,而实即寓乎其中。

十三夜,夫子问:“人忙中遇好月,如不曾见,子见之不?”余对曰:“六个月不曾见,世缘深矣。”

夙根,根器。力、理治命。命、数乱命。

潍县之多文士也,自郑燮始也。

退之魄力大,子厚信佛,习之研理。

善财童子五十三参。

坐禅、立禅、跑禅、参方禅。是皆波罗提木叉也。

心净则土净。

嘉善师此指钟子勤先生。今日盛相推许,衵汗愧交集。盖无其实而有其名,士之耻也。要当以不材自隐,斯可以终其天年矣。

佛有十号。

善财童子参遍十方,得《华严》四十二字母,每一字母含一切音,梵音可贵甚矣。

《津逮秘书》中《四十二章经》,元本刻甚佳。

《遗教经》出于姚秦,王右军所书。疑后人集右军书为之,如《圣教序》例。钟夫子云。

处世无与人相竞之心，而又能傲然自得为佳。

韩文公云："足乎己无待于外之谓德。"佛家亦最重德，故称古德。苟已有心得，已无适而非充足矣，亦何待于外之浮名、浮利，始为快意哉？

萧敬孚《怀宁王氏新修宗谱序》云："李善《文选注》引扬子云《家牒》，谱学权舆也。《隋》《唐书》，《经籍》《艺文》二志均以谱牒为史部之一类，顾其书不传。传者惟宋之庐陵、眉山两家，一为直图，一为横表，后来谱学祖之。"

稻田一二顷，草屋八九间，更得种竹千竿，聚书万卷，与素心人卜邻，老农夫闲话，大烹豆腐瓜茄菜，高会荆妻儿女孙，如此挨度光阴，便享无穷闲福矣。

穆罕默德即回教之祖，其裔在云南，自称九真圣裔，多马姓者。

儒、天主、回三教多尊天，尊天者宗道，宗道者尚公。佛、耶稣二教多尊心，尊心者宗理，宗理者尚诚。公与诚，尚之布之，存之开之，亦何莫非善道？然五教之中，得其本旨者鲜矣。

《四元玉鉴》，元人作。明人不解天元术，得其术者，自嘉庆朝李锐始；得四元术者，自道光朝徐有壬始。李锐因求四元术未得，呕血死。徐公悟四元术在孙公园某宅馆中，与罗茗香言之，茗香遂因之，作《四元鉴注》，衍元九式。

慧星大于地球，将与地球触，则地球且毁。

自经星而下，千万小星，皆地球也。

夜恒不睡，则使人生疔，胸中郁懑，则使人疽发背，患对口等症。此皆阳症。作妄语谎言者多生瘰疬、此是阴症。落漈。即尾闾也。

观融师悬肘作大字，气势磅礴，意理纵横，苍秀寓于雄浑，德人之书也。

郑板桥《绝句》二十三首中《周景柱》一首，当采入《严州图经》，原注："字西擎，遂安人，孝廉。由内阁中书为潮州府丞，工书法。"

《内经》,四气调元佳。

《内经》云:“恬澹虚无,真气从之,精神既生,病安从来?”

《太室石阙》隶,《少室石阙》《开母石阙》《三公山碑》皆篆。

贾使君、张猛龙,北书之佳者。

《龙藏寺碑》或云智永书,颜、柳皆从此出。

仆以王肃三反之性,抱韩子五穷之厄,自分俯首待毙,无可逃矣。今日忽有一线生机,小彻小悟,跃然而起曰:我今且逃禅。

竹弌为予规事,以“独断”二字相告。

必出家而后清净,恐出家仍不清净也。观此,则刘先生“净土即在眼前”之说胜。

师语予曰:“《世说补》言:‘见元紫芝眉宇,使人名利之心都尽。’紫芝名德秀,鲁山令,次山元结之族父也。观此语,其为人气象和霁可知矣。”

元鲁山不娶,抚侄为子。佛经云:牢狱有散赦之期,妻子无远离之日。妻子之爱,甚于牢狱,元公真打破此关矣。

师曰:道家言一毫阴气未尽,不能为仙;一毫阳气未尽,不至为鬼。故吕纯阳、马丹阳、王重阳三家皆言阳。

丙子十月廿六,精舍濒行,问刘夫子老、佛二家旨,师答云云

道家言命。《云笈七籤》云:“命即气也。”《老子》言:“归根复命。”精气神皆命也。单说一字谓之气。

佛家言性。

《西游真诠》或云许白云先生作,其要旨云:此神不是思虑神,此精不是交感精,此气不是呼吸气。

五祖宏忍传惠能、神秀,始分南北二宗,谓之南能北秀。《六祖坛经》云:“五祖令弟子各言法要,神秀作偈云:‘身似菩提树,心如明镜台。时时勤拂拭，莫使惹尘埃。’五祖以为得吾皮骨而已，六祖惠能亦作偈云：‘菩提本无树，明镜亦非台。本来无一物，何处著尘埃。’五祖始首肯。”然神秀由渐修入，惠能由顿悟入，二者正不可偏废。

五行颠倒术。本来木生火，却将火来生木，故曰颠倒术。龙肝木龙也。从火里出，常人火从龙里出，所以多怒伤肝。五行不顺行，本来金生水，却将水来养金，故曰不顺行。虎肺，金虎也。向水中生。常人水向虎中生，所以多欲伤肾。

梁武帝之类庄严禅也。《法苑珠林》之类璎珞禅也。具绝大善知识者无取焉。

《阴符经》三百言，其法戒曰沉水、纵欲者如沉水。入火，迁怒者如入火。自取灭亡。《易》曰：山下有泽，损。君子以惩忿窒欲。长生久视之道在此。

道家南宗张紫阳，北宗丘长春、马丹阳。

丙子十一月

毛俟堂岳生言：“凡作诗文，须当者立碎。”此即姬传姚氏所谓得阳与刚之美者与。

记戊辰岁，兴化师语予曰：“诵习是横说，涵养是竖说，二者不可偏废。”今乃悟此理。诵习是逐一研穷，故曰“横说”；涵养是贯彻万有，故云“竖说”。

读六一居士古文，气格雍容详实，非气充而识精者，乌足语此。

邻有江氏妇曾，本江浦人，其夫先数年殇已，无遗孤，为人佣作缝组以存。先是其舅姑遭乱稿葬，曾氏佣得泉帛归栖，瘗其舅姑，而遗骴为佗人误移去，彷徨废陇中，荆榛莽苍，鸟兽鸣骇号而之于四野，无所得，穿市返其居，闭门绝粒十有七日，邻妇或投之以蕿汁，乃复不食，十有三日而死。死之日，手足绵软，屈信如恒，年三十又六。全椒大令朱君根仁请于大吏，求朝廷旌异之。全椒人素莫能知烈妇贤者，至是，知与不知咸敬之曰江烈妇。桐庐袁昶时居是邑，高其节，述为

铭曰:

华有时而随风,木有时而贯霜。尊章既以背,贤雄不同行,懿不凋之美行,实冰炭乎中肠。热血洒于蓬颗,寒心湔于枯桑。历风霜而无改,迈士行之有常。赍志含荼,胡独罹殃?戢袂勿食,中夜慨慷。义不可以幸生,袭夜台而去三光。当形骸之委化,乃颜色之阳阳。动茂宰之嗟慕,播家衢之遗芳。路人式其新墓,来哲发其幽光。虽渊实而丘夷,勒令名而勿忘。

右《江烈妇铭》。叙当更定,时光绪二年十月也。

【眉批】《江烈妇铭》当入文。

仆见过去尊师生中有二法身,闽县是张乐全法身,六安是陆三鱼法身。又于现在尊师生中见二法身,兴化是陆子静、邵尧夫法身,嘉善是刘贡父法身。又于现在善友生中见二法身,溆浦是刘器之法身,仪征是文宋瑞法身。凡此等身皆非肉身也,以此诸贤亦能说,法度人如人已度,即无有法,何以故?曰:仁者量病创药,以一药治一病,病已药忘,更何有药?说法度迷,迷解法灭,理亦如是。

大苏文《伊尹论》直写胸臆,节概其立身行己,岂特在千仞冈、百尺楼上哉?此之谓志欲大。论兵法繁而曲,所以守固简而直,所以战胜,其谊甚精。中言葛侯识四正四奇之意,创为八阵法,乃所以守,非所以战,亦洞中窾要。《孙武子》篇知立国御将之本。

检查温公、荆公言行。温公尝问邵康节先生曰:"光何如人?"曰:"君实脚踏实地人也。"公深以为知言。康节又曰:"君实九分人也。"其见重如此。温公不喜肩舆,山中亦乘马。此与王荆公用意同,二公勤苦绝俗,皆不可及。路险策杖以行,故嵩山题字曰:"登山有道,徐行则不困,措足于平稳之地,则不跌。"荆公不能知此理,故危。慎之哉!蒙谨推公之用心而传益其词曰:学仕亦有道,素门平进则不倾跌,随事尽忠则无悔,尤犹登山之道而已。

息心家由顿宗入，易证诸天，亦易堕落；由渐宗入，止于净土，然无退转之患。荆公以天资超悟而败，犹顿宗之有流弊也。温公以实修、实证而不败，犹渐宗之流弊少也。以是知生知不可恃，好古敏求可恃。

温公除知制诰，辞至八九，乃改天章阁待制。公有《上庞丞相启》云："光于属文，性分素薄，又懒为之。当应举时，强作科场文字，虽仅能牵和，终不甚工。颇慕作古文，又不能刻意致力，窥前修之藩，徒使其言迂僻鄙俚，不益世用。虽亲旧书启，不免假手于人。今知制诰，掌为天子作诏文，宣布华夷，岂可使假手答书启者为之耶？"以是观之，光之不受知制诰，出于赤诚，非饰让也。

神宗即位，首擢公为翰林学士，公力辞不许。上面谕公："古之君子，或学而不文，或文而不学，惟董仲舒、扬雄兼之。卿有文学，何辞为？"公曰："臣不能为四六。"上曰："如两汉制诏，可也？"公曰："本朝故事，不可。"上曰："卿能举进士，取高等，而云不能四六，何也？"公趋出。上遣内臣至阁门，强公受告，拜而不受。趣公入谢，曰："上坐以待公。"公入至廷中，以告置公怀中，不得已乃受。

予书此二条者，予每自以文华不圆美、又书艺太拙为病，述此以见所病。更有急于此者，当进求之，不应以前二艺为亟亟也。且古之所谓才全者，岂工文与书之谓哉？亦辨正学、养心术、成大节三者为要耳。

刘器之曰："金陵亦非常人，其粗行与老先生指温公略同，其质朴俭素，终身好学，不以官职为意，是所同也。但学有邪正，各欲行其所学者尔。"

刘道原恕不信浮屠说，以为必无是事，曰："人如居逆旅，一物不可乏，去则尽弃之矣，岂得赍以自随哉？"可谓知之明而决之勇矣。

明之衰也,时人莫不矫激而奋厉,故贤不肖不相容,以至于乱。今之季世,时人莫不柔懦而谨畏,故君臣相蒙,而至于危。袭东坡语,可与管同《言风俗书》参看。

丙子十二月

予以纷华道义交战于胸中者十有七年矣。今日闻山妻言甚善,乃决然舍去时俗所嗜好之事,而专志肆力于经史、古文、养气之学。予病其将有瘳乎?

吕申公深恶博簺而戒绝之,曰:"胜则伤仁,负则伤俭。"可谓至言。

阅《先正事略》卒业,《名臣略》二十许卷,颇多所心得。

出门,马上诵《鲁论》一册,颇加体玩。

退之《知名箴》云:"昔者子路惟恐有闻,赫然千载,德誉愈尊。"此引《论语》,"闻"字作"声闻""过情之闻",亦通朱子注,则解作"闻斯行诸"之"闻"。

"学则不固","固"字作"与其不孙,宁固及固哉"。高叟为"诗之固"解,亦得与上文不连,言力学则不至,有固陋之病。《尚书大传》引孔子曰:"近而愈明者,学。"即此意。曾子以为,"出辞气,斯远鄙"。苟不从事于学,则辞既猥琐,气尤局促,恶能自摆脱于伧俗邪?

冉有为子华之母请粟,子曰:"与釜。"釜六斗四升,此达于生事之言,非漫应之也。"适百里者,宿舂粮;适千里者,三月聚粮"。兖州,东鲁地,去济南故齐才三百馀里耳,六斗四升,不已足给堂上饔飧之费哉?如谓夫子先存一不继富之意而漫应之,则不逆、不亿、毋意、毋必之气象谓何?圣者接物发言,必以诚而当于理。毋谓冉子请益之词未出,与秉之迹未形,而遽挟私意窥测,坐圣人以谤语之失也。

不迁怒则欲亦窒,即是《损》卦义;不贰过,则善克迁,即是《益》卦义。颜子之学,通于《易》,故博而能约,大而能精。

仆前所拟撰《历代政典》，即以能言“夏礼”“殷礼”一章作靠山主峰。以徐健庵、秦文恭二帙作蓝本。

“多闻阙疑”一章，不仅为颛孙氏戒，为天下万世学者戒之。养心动物莫先于诚，慎即诚也，诚即慎独之谓。朱子注言：“多闻见者学之博，属文阙疑殆者择之精。”属忠信。“慎言行者守之约”。属行。四教之法尽之矣。

晤成寿泉孝廉，述其乡韦公亮文学之为人。韦高邮生员，陈给谏六丈曾以笃行荐诸朝者也，名弼谐。

肄何校《困学》，何君不得与于康熙己未鸿词之试，故多借此书以为谤詈。全氏诋为批尾家言，良信。

精舍在龙蟠里、虎踞关之间，面对寒山，旁多道院，人家篱落，多有丛竹，夜中钟鱼与风竹之声相应。居民多治菜圃为生，薛师丈多蓄美酿，更送相酌。风窗雪阁，相语欣然，去市颇远，所食有宿肉虀、芥百瓮。此一刻光景，虽亦百年中之一刹那乎？然是中有深意矣。

恭绎渊鉴斋圣庙《御纂朱子全书目录御叙》，始知仁皇帝天纵生知，由博闻而穷理，撢简百家、诸子、史氏、艺文、天官、地学之轻重，而乃钩玄挈要，并力研索于是书，又身历迍邅，经纶草昧，勤求治术，不辍讲筵，乃因积力之久，始悟是书为治国经世、保身安民之要道。发凡举例，俾大臣李文贞公仰秉睿裁，旁搜要义，虚衷度理，定为是编。凡在末学，同戴先皇警觉提撕、指示津梁之盛意，可不勉哉？可不励哉？

司马文正公《训俭示康》一首，当日三复。

至人之息以踵，庸人之息以喉。至人之心如珠在渊，庸人之心如泡在水。

慈力大，忍力尤大，非忍则不能成慈。

江宁汪梅村先生居金沙井，仆过之，见其所居有三重门，第一曰“拙者之效，壮夫不为”，此息诸恶缘门也；第二曰“愿闻己过，还读我书”，此净意业门也；第三曰“百练此心如钝汉，三缄其口学金人”，此净口业门也。以上士闭心,下士闭门之例绳之,先生之卫门严不若先生之虑心密也。然则先生之闭门,其殆亦有三重心也夫。三重心见《定盦文集》。

梁天监井栏题字在句容县廨,文曰:“梁天监十五年太岁丙申,皇帝悯商旅之渴乏,乃诏茅山道士□□永若作亭及井十五口。”孙渊如粮储访得,始著录为萧梁石刻之一。

吴故衡阳郡太守葛府君之碑,在句容西乡梅家边。太守名祚,字元先,事载《搜神记》。东吴遗刻今所仅见。

读《庄子》三十三篇卒业,摘其要语于别本,可以时省览焉。

偕成寿泉之马端敏公祠,祭少司寇吴公及戴君子高。吴公昔曾语以西北边患之事,今念之,不觉涕泗之交于颐也。

朱子寿母生朝诗云:“也知厚德天应报,更说阴功世所希。”昶讽诵此二句,敬念祖祢先慈之大德,犹在乡党,怀何能已。

秀野诗:“静看朝市如儿戏,须信田园是老谋。”善阅世者亦可以知所归东矣。

袁子曰:刘峻言五交三衅之状详矣。并吾世而居游孰是?相与于无相与,相为于无相为者。噫,非兴化之归而又谁与归?

陈龙川《赞朱子小像》云:“置之钓台捺不住,写之云台捉不定。”天下之生久矣,以俟上帝之正命。观此言,同父亦可谓深知新安之心,期运会者矣。

渡江阅浦口城,诣吴筱轩军门长庆,庐江人,不值。吴军门喜看《大学衍义》《周易折中》,亦奇士也。

游曾文正公祠,念凡为庸人,则身没名尽;为小人则乡里唾骂;惟出为名臣,处为正士,乃得附社建祠,血食百世,为天下后世法。而其勤怠敬肆之几,特操于方寸灵台之地,又人人可得而勉,可不惧哉?

阅《吕真人集》,因念伊川“我亦有丹君信否?用时还欲寿斯民”之句,为怃然者间。

丁丑年(光绪三年,1877)

丁丑正月

光绪三年,仓龙在丁丑,正月丁巳朔,渐西村人三十有二岁,实修现在身。

读《天台智者大师六妙门》,辑一卷,其法:一数、二随、三止、四观、五还、六净,此调息法也。与《安般音卜守意经》同意,亦能仁寂默,所传一等入手工夫。

静多于动,践履多于发用,涵养多于讲说,读经多于读史,工夫至此,然后可久可大,此吕伯恭之行也。吕成公教人如此。

检刘虞卿《理学宗传辨正》,此书正大笃实,惜有本无末,再以全氏修南雷《宋元学案》济之为完。此册系吴竹如先生校补。

《朱子语类》寓云:"古人门内之治,恩掩义;门外之治,义断恩。"《大戴记》语。此二语颇有处置。寓何姓,更考。

邵尧夫云:"《老子》得《易》之体,《孟子》得《易》之用。"孟子、老氏,皆知进退存亡得丧,然老子退这边意思多,孟子进这边意思多。老子精深而啬于用神,不肯犯手做;孟子宏毅而纯于养气,以天下之重自任。老子之学,藏刚于柔;孟子之学纯乎阳德,故云然。

杨朴庵老人降趾,喜甚。今年六十七龄,少选去,送至四松庵始返,观其步履,尚如飞也。

问禅宗要旨于朴庵,举拾得诗云:"生死忽到头,半字不相救。黄檗作骡秋,方知苦在后。"又举东坡居士偈云:"从门入者,不是佳珍。"

问净土要义。朴庵诵永明大师偈云:"有禅无净土,十人九错路。

阴境忽现前,瞥尔随魔去。""有禅有净土,犹如戴角虎。现世为人师,来生作佛祖。"

永明著《宗镜录》一百卷,专言净土。

达摩最重《楞伽经》,相宗也。

相宗八要,起信论、止观、成惟识论、华严师子品,必看此入手工夫。

鸠摩罗什晚年坏道,宜其欲试神咒三番而不售也。阿难之不为摩登伽所摄,亦幸矣。

访丹徒韩叔起比部弼元,以文《初编》二册、《剑映集》一册、《丛稿》一册就正。比部论学、治二事云:"有无体之用,无无用之体。"二语甚精。比部为人伉爽质直,可敬也。又为语溧阳强艮庭之为人。

登临山水,放旷闲适,琴俦啸侣,歌呼自娱。或流连文酒,如欧阳、苏子颍州、黄州之游,此皆闲乐虚乐,而非至乐、实乐。此本朱子语意。实乐当寻孔、颜乐处,优游伦物,俯仰霄垠,充实和平,不可以已,发之盅然,敛之滂然,此为真乐。要之求尽己性以尽人物之性,与第求自适其性,二者之分,相去天渊。

村汉自改号止观道人,于彼天台智者法中三止四观。三,木数;四,金数。木少阳,东方象仁;金少阴,西方象谊,动静互根,深入喜海。

自 警

心中斯须不庄不敬,则骄慢之心得而入之矣。心中斯须不和不易,则暴盭之心得而入之矣。慎其所以入之者,则出之也为有物。慎其所以出之者,则入之也为有物,不诚则无物也。

天机胜则耆欲自淡,亦如丘夷而渊实,火壮而烟微。

孔子曰:"如有周公之才之美,使骄且吝,其余不足观也已。"阳忼生骄，阴忼生吝，骄过于刚而凶，吝毗于柔而悔。此甚言骄吝之心之不可有，而极言以明之也。才若周公，何至骄吝？夫苟以周公之才而骄且吝，犹酿乱亡之阶，而况才远逊于周公者乎？观此言，可以定王介父之罪案矣。昔神宗皇帝尝问程明道曰："王安石于周公何如？"程子对曰："'公孙硕肤，赤舄几几'。此周公之气象也。安石气象褊迫，其于一身且不能治，何暇治人？"呜呼！明道于此言，可谓知人而善对矣。

泊江阴县，水北曰阳，水南曰阴，县在江水之南，故名江阴也。拟谒阎典史祠堂，问之土人，不知所在。

丁丑二月

林学使天龄言，近与吴抚会奏，请将高忠宪公攀龙从祀泽宫。忠宪致命时，遗言有"君恩未报，图以来生"之语，经礼部摘出"来生"二字系用禅语，斥不许从祀。礼官眼光如豆，心光如蚝，一何可笑。

林学使天龄，字锡三。容色和俨，好读《正谊堂丛书》儒门法语，今之贤大夫也。其论近日人才，首推倭文端、曾文正、吴少寇、刘司业，亦具有眼。

观铭字营操演洋枪阵法，刘传铭旧部曲也。

观武毅营操演洋枪阵法，法凡四人成排，十排一旗，旗有小教习传口号，指挥向左向右，内御外御，冲锋策应之法，旗下有吹铜蠡一人、击羊皮鼓一人，六旗成一阵，阵有大教习，法如之。阵法分合错综，奇偶变换，而六旗者，鱼贯而行，不许舛乱，各有步所，其法颇善。据其队长云，此法得之英吉利酋，自同治二年始创立铭字营，郭松林别创立武毅营，自七年戊辰，翼长丁寿昌，字乐山者，始译得此法于英酋，盖习之八九年矣。

开船行五六十里，雷雨交作，拖舟入塔港口避之，在江北岸。

宿泰兴县属之界河村，怀先吴和甫师祓濯之恩，徘徊不已，流涕被面。先师见知于流徙困寠之中，相赒于零丁羸弱之顷。成我鲍公，何有涯量。

行五六十里,遇风,泊泰兴县辖之荒港宿。

记释迦牟尼佛

释迦,此云能仁;牟尼,此云寂默;佛,此云觉。兼此三名,谊含性相。释迦初姓刹利,名悉达,后舍太子位修行,受姓瞿昙,言王种也。本临猊国王之子,祖名摩耶,父名屑头,母名莫耶。剖右胁而生,娶妻名耶轮陀,生一子,名摩睺罗。离家修道十二年,复归本国,妻子散居,行教四十九年,灭度夏腊八十一岁。

上饶郑志昀论引牛痘法

此法始于外洋医生咕嗱,传至广东,而南海丘布衣熺勒成一书,香山曾督部望颜传其法于京师,自是流布天下。夫痘禀先天之毒,深藏于足少阴肾脏,而手少阳三焦,有气无形,与足少阴之肾气相通。《内经》云:“少阳主肾所生病。”又云“少阳属肾”是也,取手少阳之经穴,一曰消烁,一曰清泠渊,按古针刺法,用尖刀拨开皮膜,将牛痘新浆点入,即能直入肾经,引肾脏深藏之毒,还按手少阳之经穴而出,故痘出之数,适与拨点之数相符,而不别生枝节。满浆脱痂,无不按其常期,亦永无再出之患。且不用方药,而小儿之饮食嬉戏如常,真万全之道也。而鄙意犹有进者,丘氏谓消烁、清泠渊二穴中间,可种一颗,两手以六颗为限,余谓不若于天井穴添种一颗,盖消烁、清泠渊二穴,必由天井穴经过,且不先点天井穴,彼二穴亦恐难的也。丘氏谓不必服药,只认浆清顶平中有一点焦硬者为真痘,或浆黄顶尖中无一点焦硬者为假痘。过百日,再种一次,有种至三次者。余谓真痘者,毒化耳;假痘,则毒未化也。如能审其寒热虚实,用温凉补泻之药以化其毒,则尤为万全无弊。时师多用痘靥,每有假痘及再出之患,惟牛痘新浆最妙,无论何地何牛,其乳旁有蓝小泡,即是牛痘也。铜人图定穴寸法,量男左女右手中指中一节横纹处为一寸云。

孔子述古信好，窃比老聃、彭祖，此善取于人之意也。至著攻乎异端之戒，难报怨以德之文，则执两用中，审端致力，示人以为学择术之方，不得不尔。洎乎心，矩不逾意，必俱绝则磨而不磷，涅而不淄。虽形法家如公孙侨，墨家如晏婴，易道家如老聃，农家如荷蓧丈人，皆可推诚相与，裨补智虑，岂必遽斥绝之，以为无是理哉？此系圣素王之大也。

邻船一艄公言，兴化郑先生系宗子相后身，尝云古今三诗人，乃舟工、潮工、舵工耳。予静听得之，疑此梢公乃隐于操舟者，故为是瘦语耳①。板桥论诗，果推尊周公、曹公、杜公三人，为无上义谛也，特以郑为宗臣后身，此野言耳。梢公又称焦三太爷颇多读书，谓焦循也。予秉烛未寝，夜分推窗，欲呼与言，俄尔齁声四达，则众长年最能皆倦卧矣。予亦握拳合眼，跏趺而坐。鸡已号，月未落。

太极阴阳一理二气也，四象象四时，八卦象八节，坎离震兑四方伯卦，共二十四爻象二十四气，一气三候，故有七十二候。

十一日，由小河口遇顺风，张帆行，历焦山、象山间。焦山隐秀如高士，枕巨石，仰空而卧；象山沉雄如醉汉，奋胆相搏。二山犬牙相向，又拂北固山望甘露精蓝，山多巉壁，如屏而立，又锐削若方瓮，上有危亭，下瞰石岸，东西睥睨千里，铁瓮城在其下，负阻险固，真形胜之要区，刘裕、李升皆资以起，宜哉！

晚泊六壕口，地隶江都县，故小荻洲，无民居。自同治中，盐艘多聚此，市声浩浩，成一大聚落，江势亦渐窄，多水患，岸坼沙淤，丘虚渊实，可念也。晚兀坐舟中，饮茅柴酒。六朝谚云：京口兵可用，酒可饮。然今京口俗多软滑，酒亦甜濇不足一醉矣。岂山川人物，俱有时而变迁邪？

观隔岸救生船，竖白幡，江已封矣。谒江神庙，洞庭君柳姓，此江神宜为李冰，否则江妃当为女神，像若夫祀典四渎之意，则为王爵，敕

① “瘦”，疑当作“廋”。

曰:□□□□王。当检《会典》。应由州郡官致祭,不当听民人私行祈赛,此丛祠何为者?

十三,独携一慊卒,掉二十斛小舟,为浮玉之游。初上朝阳洞,小憩啜茗。稍上,入山门,寻文汇阁故址。汪容夫先生中曾于此校书雠刊十六万卷,凡书眉简尾注记者二十万言,今不可复见矣。李申耆兆洛为壁记,记其事刊石。申耆自书字,字法甚巉严不苟,可想见老辈之用心完密处。《摅石记》云:"有汪拔萃栗主祀阁前。"荣觅,无有也。入释迦殿趺坐,一刹那顷,徐行上山,蹵磴循级,憩山之半小亭子,内同一老衲絮絮语。此山中殿宇皆雄杰华整,髡徒百十人间,民所靡费多矣。老衲无为军人,特朴。谨啜茶竟,旋。恭读纯庙御制诗碑及陶文毅公澍游诗,上大士阁瞰郭景纯墓田,或云其母墓也。最上登江天一览亭,山旧在江中,而今与沙岸衔接,放眼易尽,不如焦山之窈而深,藏奇于平,纳峰于澮,澄潭曲径,侧石横林,令人延赏不尽也。下山向寺长老买石刻拓本数种,挟之而归。比船已离岸,始记得中泠泉未曾到,颇笑斯游之卤莽也,亦缘腹饿,急欲回舟耳。

之招商船局写票。自咸丰末十五口互市,各口有步头名旗昌者,皆系美利驾商人贸易之所,近美商因利渐微,且多被华奸侵蚀,遂卖与招商局,责直二百万。京口之步亦居其一,此夷情一小关捩也。

十四,天未明,轮舶行,抵江宁下关,晨炊过和州含山县界,食时过芜湖无为州,以下江行所历州郡皆并书。南北相错,以志地形。阅东西梁山,西梁山下有四塞,塞五百人,实止百廿人耳。兵后置重戍于此。客或为予言皖北各军,大半捻党归顺,火伍既不搜稽,兵将骄呶,亦易生变,此疆臣之忧也。过牛渚矶,凡江岸有山,皆名曰矶。乙夜月微上,至铜陵,有大通镇,亦互市口也。四更至安庆,省治,城濒江,夜中微茫,楼橹不可辨。自江宁省至此,水程六百廿里。

十五,昧爽过东流望江,少选过彭泽,宿松望。小孤山在江中,澎浪矶在东岸相向。小孤如青黛高髻,尖耸一笠,旁无傅土,四面皆峭壁,斗绝不可上。上有古树,疑数百年物也。仰视飞鹘三四,跕跕云中，回旋不肯下。山阳有神祠，江水环山，势甚迅激，汹涌泙滂，风起雷轰，震撼山根。山又上锐下削，而崛立凝然，不少崩动。吁，可谓壮哉！日中九十里至湖口县，浮烟数重，江北岸柳条微黄，南岸柳已深青；菜花嫩黄，铺地一色。仅隔一水耳，气候不齐如此。望大孤山不见，天骤阴，欲作雨，彭蠡湖隐隐在大堤之南庐山之外，即敷浅原也，若有连樯如密苇，然佑艇邪？水军邪？日昳泊九江府，望庐山五老诸峰，相距远，不得闻东林寺钟。致康王谷水深，愧千里挂席，不得泊耳。是日阅《入蜀记》《钓矶立谈》二册。

夜入黄州界，舟至武穴，少亭，亦上年英酋倭妥玛要求新增通商八口之一也。在广济治所，隔岸则为兴国州治所。两岸多佳山，林木蓊然。时有远火明灭林外，疑山栖者所为，否则寺僧汲水斫柴耳。月初上旋，半规入云雾，月脚漏入江中，金光一道，分外晃烁。江中洲屿曲折，舳舻泊止，俱了了可辨。

同舟白季生叟为予言，道光辛卯，京师大旱。给事中刘启南先生光三上疏极谏，略云：顷因遇灾而惧，在廷各陈时政阙失，于是裘元后以旱为州县不职所致，耆英以旱为司员不职所致。臣愚谓司员、州县皆末秩耳，其去天甚远，去天最近者，莫如我皇上。从来天和之有犯，皆由君德之未修。云云。时御制祈雨文引成汤桑林故事，以六事自责。刘疏遂一一摭举时事以实之，云似不得援成汤疑词。为言语太激讦，触犯庙堂讳失。上立诏总宪升公寅、白公镕季翁之尊甫入，天颜甚厉，罪且在不测。诘问："刘光三系读书出身，应明大义，乃诋其君上至于此极。且孔子犹曰：纣之不善，不如是之甚也。朕固非盛德之主，亦遽如若所言？卿等试下去问之。"上又顾谓枢臣曹公振镛、穆公彰阿曰："子詈父，律科若何？"皆对曰："立决。"二相懦，是日恇怯甚。诘旦，白公因召对便殿，从容为上言："刘光三风骨严正，事亲甚孝。前当京察时，曾向臣力辞一等，不愿外任，以便在京奉母。及其母殇，哀毁柴立，庐墓三年，足不履公庭。臣以为，求忠臣必于孝子之门，其所疏陈，诚韩愈所谓'言虽可恶，心实无它'者也。"升公亦竭力言："光三极刻苦,奴才深知其为人。”碰头不已。圣聪颔之,刘得不罪。升公本武人,起自寒贱,好直言亮节,竟亦以此名闻天下。

刘叔俛山长为言闽刘鹭汀先生瑞,道光壬辰举人,曾为太湖令,治“三礼”“三传”之学,海内经师也,与陈兰甫澧为闽越二秀。

署所居屋曰“此即是毗邪一丈之室”。

读叔俛文《刘府君行状》,简质甚有体。楚桢先生本有《汉石例》,凡墓碑例一百五十,庙碑例二十九,德政碑例十三,墓阙例十一,杂例三十二,总例四十八。较潘景梁、王止仲、黄太冲三家不同,表章东汉,法特谨严,此状亦其家学也。

《汉石例》六卷,序略云:夫刻石之兴,肇自皇古,梁父弇山,载籍盖阙,琅邪碣石,巡幸偶经。降至东都,斯风乃炽,公卿贵人,下及一行之士,门生故吏,载笔贞珉。其书爵里姓名为传体,其书生卒年月为状体。魏晋以降,迄于唐初,谨守其法。韩柳崛兴,欧王嗣响。每为碑碣之作,笔多于文,意过其质。大都长于论议,上法《庄》《荀》,体特宏胜。而按之古制,步骤寖移,雅裁转失。以上语皆系删润。予素好东汉碑碣之文,甄而录之,都为六卷,石志一体,略备于斯。

览叔俛《说欲字义》一篇,诋毁新安。意大不平,欲移书匡正之。

登武昌蛇山,与汉阳府城内之龟山相对。

《政典续议》先为长编。

《政典》言历代职官,如《经世文编》例,以六官及学官统之。其谊则先明皇极,用五事,设为耳目心思之官,如耳职听,目职视,手职持,足职行,心之官职思之类。内五官得其职,则外六官用命,尽五六十一之数,而天下平。

人为三才之一,受天地之中以生,故为万物贵,以一贯三者,为王、为大君。三者,天、地、人也,而参通之者,道术主一,一者皇枢也。自大君建置傅相,以下至士、庶人。今官制本于元魏王肃,凡十八等,复次为上士、中士、下士。生而无爵,长不入左右塾者,谓之庶人。贼曹伍伯，凡诸贱役。至于七岁、九十名曰悼、耄。髡徒、羽流，比于闲民，不在此数。其四等者，皆有天职，君也、臣也、士也、民也。无无职之人，皆勤事力行，以奉天职。《易》曰："兼山，艮，君子以思不出其位。"此之谓也。王也者，往也，为天下所归往；君也者，群也，为群伦所则法；臣也者，行君之令者也；大君与臣，皆有位者也。士也者，事也，以推十合一，推一合十为士识。古今辨然不，或以贤得民，或以道得民，受业于先圣先师，传业于后知后觉。文武之政，布在方版。业，大版，犹方版也。此无位者达于大君，则为臣穷而在下，则为士。初通籍亦谓之士，无业者则谓之贱士。豺虎有北，不以齿焉；民也者，冥也，冥无知也。出其所业粟米、麻丝、蔬果以奉上，退而伏焉。是故士游于乡校，可以知国政，庶人则不议也。议者有常刑，自大君以下达士、庶人，咸得其职，则郊庙秩歆，玄黄协序。悖是理者，谓之失职，天灾至，地灾茁，国必乱与亡，家必札以丧。何以明之？大君者，天之宗子，则有治人事天之职焉，其大臣则宗子之家相，卿大夫、百执事以及省、道、府、厅、州、县之长，及其丞、卒、尉、侯、游缴，则家相之属，各有其职，不相杂厕。如夔典乐，则不得干于禹之汩鸿，稷布谷，则不得干于益之掌火，凫氏不得侵桃氏，职方不得轹训方是也。冥冥然依明于大君及天子之宰吏者，谓之兆民。农之子恒为农，商之子恒为商，工之子恒为工，出其租赋、征税、器物以供大君郊坛、宗庙、社稷、日月、山川百神之祀，六官庶职之糈。其考察三老、孝弟、力田之勤窳，及本富者，稍征之；末富者，倍征之；奸富者，有大刑。物勒工名以考其成[①]，则隶之官，凡此皆大君与臣与士、庶人之天职也。苟有国有家者，得吾说而存之，则日力安以静，神人谐和，疲癃残形，皆受其谷，其国家可几而理矣。

阅《戴东原集》，废卷叹曰：今之所谓经师，古之所谓经蠹也，与毛

① "成"，《礼记·月令》作"诚"。

初殁之罪同科。

登黄鹄山望大别山。

阅《黄鹄山志》,始知头陀寺即在北门外,王中简栖作碑。

叔俛山长招同游曾文正公祠。祠在黄鹄山之半,右临大江,烟帆无际。负山面郊,俯瞰万井,夭桃修竹,青红缛山,回栏绵互数百自上下,下极盘纡曲折之胜。下临曲池,有茭荷、茭芰之属。石壁十仞,削如断霞,虽不甚高,而启吐阴阳,有芥视云梦、划却君山之意。楼观之盛叹观止矣。下山与叔老分手而归。是日颇与叔老议中西技之长短,而因及外台失策,有三西征为最,营台北次之,北洋又次之。略病其于本病少所匡救,而自专以为要功之地。此人臣之利,非君上之福也。寿阳祁公有诗曰:“上元甲子十年后,自有英贤再世来。”今竟何如哉?可深喟也。

偶于叔俛扇头看凌麈遗诗,如大热伏日中忽得冰雪嚼之,又如入市值喧闹腥秽,忽闻玉磬一声则已。行近野寺,去市渐远矣。殊快意,殊快意!

阅《秦淮海集》暨年谱。此浮纤之士,不足学。

阅《逊学斋文》,记事、叙言二体均曲折莹洁,文境殊不易到此。

作与施均父肃州营次书,由粮台寄书,凡六七百言,有云:自惟吾两人前此所以受人龉龁之故,亦自有病。均父用刚而不肯下人,予用柔而终不能为人下。绳之以贤,下人始可得人之谊。予颇悔前此之不学而徒负气也。愿此后平气敛心,以求集思广益,裨补阙失之道,庶几免于悔尤耳。丁丑二月,渐西村人自箴。

出东门,见万柳参差,江帆漠漠,始知楚境之旷远。沿江行,望隔岸龟山绿缛,丰茸可爱。案《图经》,大别山俗名龟山,小别则以迤西崒起之一峰当之,而《禹贡》郑注,以汉水入江之大别,在汉安丰。此不能无疑者也。

昨在张南皮丈寓斋,见张壁有石刻宊、尊二篆,尾云“朱尧书”,不知何时人。字大臣郭径二尺许,极似《范式碑》,盖笔意类邓石如。仆徊旋其下久之，此宁为元聱叟石鱼湖所凿之窊、尊邪？退谷杯湖，吾亭梧台，鱼鸟情亲，车马路绝，可以养生，可以尽年，为之神往。

游黄鹤楼。楼凡三层，在汉阳门内，外则蔚丽壮跂，鸱尾四角耸然。重檐下垂碧瓦朱槛，如鸾鹄翔峙，凌飚耀日，四望如一。仆入其中，则黝然以深，窅然以寒。缘梯而登，自下上上，坚实平易，如履厚地。凡诸造作，工致完密。比登其最上层，真有回梯暗蹋，绝顶初攀之意。楼四面皆有窗及栏楯之属，西望夔蜀，江流汹涌，若来自云雾之际，滚滚直下；南望五管，峦嶂复沓，东则苍涛际天，一泻千里。楼之下，即凌跨大江，渔舟掀舞，若沤雁灭没于沙洲岛溆之际。城外行人亦了了，如鸡鹜散处。黄鹄山自南来，横亘城内，如修蛇赴江而饮，故俗名兹山为蛇山也。山乍伏乍兴，至是始崒起，一矶而尽，楼则镇于兹山之巅，自麓而上，凡螺旋斗折者以十数。楼中有季汉大将军费文伟《骑鹤吹笛像》。方志言：费公不亡，实尸解于是。其信尔邪？又唐末乡贡进士吕道人曾参诲机禅师于兹地，今循山稍南，黄龙寺是也。故世又谓费仙为吕仙，卒疑莫能明也。东坡又有诗述“抱关老卒”云云。夫吾朱子尝言：“神仙亦是一代说一项。”嘻！吾固不欲深求于其故，而以为天地之至理，固别有所存邪。怪奚有焉，神于何存？不语焉可也。少选，道士为予设水厄，芼以姜盐，食设饼饽。酬之大泉七十。少选，徐下，复自平地望之，则有若古窣堵波而制较大，郢中伟观也。复次稍进，诣益阳胡文忠公祠堂。祠外碑立如林，而仆浏观久之，以模刊《岣嵝禹碑》，李太白“壮观”二大字，王右军行隶书“鹅”字，大可径寻，及汪容夫《黄鹤楼铭》定位四绝。“壮观”二字则某官自任城太白楼钩本移刊陷壁于此者也。汪铭为督部毕公沅作，勒石，今不存。

江之对岸稍东，有晴川阁，又东则古鹦鹉洲。汉末祢生才多寡识，不察用晦全身之道，致丧身于彼，良可悲也。

仆前极与叔俛辨寡欲、无欲宗旨，由寡入无，犹下学上达，而自省十日以内。仆以贫故，方寸颇有货财之欲，颇有恐负翟黑子之意。独坐独游,睹空中光自发,深省。

续驳叔俛难朱“天理”“人欲”谊八条。元文云:“释欲字谊,极斥孔子国及周子‘无欲故静’之非。”此妄言也。

丁丑三月

敬阅《文正杂著》,心甚压服。

入汉阳城,城濒江,与武昌夹岸,如两瓮盎,跨江为两郡。人家多住山上,烟柳摇波,草绿铺地,还望龟山,方志以为大别山也。上有夏后氏庙,下有禹稷祠。棹小艇拢岸,入祠中小憩,登晴川阁,阁背山面江,西望估帆片片,自巴蜀下也。水势激急如万竹箭并发。晴川阁紧对隔江黄鹤楼。方志云:楚中四胜,仲宣楼、岳阳楼与此而四也。祠中有黄州老僧,夏腊七十二。下矶复渡汉水,汉水自郧、襄之间合诸水曲折而东,至汉阳府入于江,水势缓,不若江水急流,知关陕得雨未透也。归寓。

某公素称白望,然有二病:一有德色而骄,一无雅言而鄙。审其气脉,殆将衰乎。程子所谓“不学便老而衰”,六朝儒者所谓“衰至便骄”也。

闻俄英共争土耳其,未决,俄将伐土耳其。土耳其衰乱,甚恐不能支也。

记澹勤阁

吾家浙西老屋,曲折不过二楹,浙江水环其前,紫溪带其左。门前水瀌瀌,冒大石上,悬流喷沫,苔藓滑汰。烟销日出,草树倒景,澄鲜荡漾,蒸如绿锦。沙石皆作圆纹,碧色映澈潭洞。观其苍流杳然,循山回曲,云移沙徙,东去无极,何其澹也。及其昏旦不息,盈坎后进,又何勤也!明于水之二德,足以发吾人之深省,志澹则蕲乎行远,业勤则底于不腐,美哉水也,吾知勉矣!予缚茅阁其上,可以升高眺望,名之曰:澹勤之阁。

记一溉轩

先太宜人勤于生事，尝喜督佣婢治圃。一日语不肖曰：“时艺植，勤灌溉，去败叶，长新苗，犹为学也，小子志之。”予所居，辟隙地为圃，莳菜果瓜蓏，面圃为轩，而名之曰“一溉”，以寄寒泉之思焉。且嵇生有言，为稼于汤之世，必一溉者后枯。此言卫生之术之有验也。予不肖无状，既不克勤，生以毋忝所生矣，而乃问粱课稻，以营一饱。熊伸龟息，以导六气，或亦庶几卫生之经乎？凡为人子者，祝父母寿，为人父母者，愿其子有年，此亦太宜人之志矣夫。

【眉批】两文后均有增改，当另删定入文。

秦文恭公尊甫雒生先生，讼系日久。文恭既入翰林，即请以官赎父罪。蒙恩得释，时桐城方公维甸，每于秋日，省父于塞上戍所，与公称二孝子。

黄山鹿尾松，长不满尺，而蟠拏夭矫，有拔地数丈之势，松毛赵缭锐，上如绿针，亦奇物也。

记澹勤阁

吾家渐西老屋，曲折不过二楹，浙江水环其前，紫溪带其左。门前水瀓瀓，冒大石上，悬流喷沫，苔藓滑汯。烟销日出，草树倒景，澄鲜荡漾，蒸如绿锦。沙石皆作圆纹，碧色映澈潭洞，一俯仰间至乐存焉。夫以兹水之德，观其苍流杳然，循山回至，云移沙徙，东去无极，鉴之湛然，汲之甘然，清莹济物，而不有其功，何其澹也！澹则无近心而有远志，及其昏旦不息，盈坎后进，翕受诸水，善下若虚，始焉揭砯，终则杭楫。大潨小涧，浸淫灌输，又何勤也。勤则不为小器而为大业。明于水之二德，足以发吾人之深省。志澹，则虽禄之以天下，而超然无与于其心；业勤，则日力，安静舒长而事之，废滞者盖鲜。美哉水也！吾知勉矣。予将以丁丑之夏，归于其乡，背市面江，缚茅阁其上,可以升高眺望,名之曰:澹勤之阁。

【眉批】此改前作。

仆师友中,朱亮生为人泓峥萧瑟;吴甸侯综理密微;谭中修我所不解;施均父说李靖祷华山事,混混可听;贵筑黄丈,异不违物,同不失己,吾无间然。

轮船掌汽机者,名铁柜;测水操舵之工,统于领江;长年习流之属,统于船主。船行迟速,责之铁柜;水浅胶舟,责之领江;工役喧嚣不治,责之船主。三者称职,一船之政乃治。嘻!彼立法亦善矣。而未始相侵,而未始各自以通才名。治国亦犹治舟政也夫。

【眉批】船主之职恐未尽于此。

阅萧山汪龙庄先生辉祖《病榻梦痕录》《双节堂庸训》《学治臆说》,笃实恳到,如北宋郑监门、刘元城之为人。

养生颂

养生有经,治生有程。不虚过一生,毋忝尔所生。以礼节情,以乐息争,俭斯养德,清毋近名。左执规矩,右司权衡,神思渊深,意度澹宁,穷而乐道,达则闿诚。被褐怀玉,暗然寡营。肌革充盈,血气和平。直而勿有,谤乃勿撄,劳而勿恃,辱乃勿惊,惟成功而弗居。因昼夜寒暑而顺行,乃无有阴阳水火之害于而生,是之谓贵生。善尊生者,观我生以及众生,立一身一家之生,以济凡有形有气、有知有义之生。治国者积贤,治身者积精。欲善其死者,必先有以善其身,故天地之大德曰生。怯毋惑于异说而堕弃其生,以为如芭蕉,坚如革囊盛也。

【眉批】可入文否?

仆至是始于彼氏之说，有所节取，有所决去。渐西村夫识。

上元方御史俊尝言云："善善不能果身，无是善也；恶恶不能严身，有是恶也。"时以为名言。

记 言

【眉批】此篇应删定入文。

光绪三年三月乙酉晦，袁子自鄂来归，值庄先生至。自海陵皆主扬州书局，晤语契阔，蒿目而忧世之患，于是相与条所以已之之道。墨卿司戒，敢次其言记之。袁子曰："西汉尚实而强，东汉尚名而弱。惟诸葛公为能知审合形名、治道、尚实之意，故差能以小国强。"庄先生曰："汉治重农，本末俱富，三老、孝弟之外，尤重力田籍于官，深得孔子筹卫庶富先于教，暨管敬仲'仓廪实知礼节'之意。魏武乘季汉板荡，忧百物之凋耗，悯流亡之失业，而设为屯田典农之官，以劝吏兵、黔首，亦知本之治。治苟善，不可以人废也。唐以后重无本之士，由是学与治出于二。元氏重吏治，益不振。今世之病，趋于重商。有有形之商，豪贾兼并，有形之商。有无形之商，上下相市，无形之商。本末皆不足而奸富者有馀，本在下，末在上，故闾阎盖藏为本，府库为末。太史公有本富、末富、奸富之说。常壅其厚訾，权轻重乾没，得利曰乾，失利曰没。以括黔首之殖，商重者何？盐课厘金之类是也。十五口洋，商纳税尤为大宗。又变而重工，工重者何？机器是也。又购买外洋鱼雷、铁甲船之属，耗费亡艺。昔尝游沪、津两机器厂，见大小炸炮，堆积若山阜，落土锈涩，铜帽皆霉烂，叩之，则皆同治十年以前所铸也。然考其工技，止此鱼雷之属，则仍须买诸美领事官云。然非重农贵粟，设招徕屯垦之官，奖力田老农以爵，使吏劝其事，民安其业，则卒无以为治不明乎？此而欲求治术之克成，犹以敝网塞漏，而扬汤止沸，不去灶薪，漏不可塞，沸且益甚，是促之乱亡也。”袁子曰:“然。请更为先生毕其说,可乎?夫奸商猥多仕途,既杂宦以贾成,而岁进无本之士数十百人,复与不学之枝官,非有甚贤不肖之别,无以间执其口。于是上下嚣然,无是非之定名,无贤愚之正名,有尊卑之伪名,有毁誉之眩名。档册填委,长官不暇考校,属僚无所责成,则一以畀之吏,吏司钩核,太阿中持。四肢解散,头腹兀然,而尸虫偾狡,消蚀已甚,虽有和、扁无所施其智矣。大臣及府厅州县之长吏,名为治由之出,实则旅人之雄,传舍之缴耳。非苛察太密,事例太烦,稽按太劳,职之厉乎?夫细例繁多,则大纲反以不立,大纲疏阔,则细目随之而举,此自然之势,易察也。弛于大,苛于细,黠者玩,庸者避,是故治于上者,令不足以行,而禁不足以止;下之受治者,亦善不知劝,而恶不知惩,此名实不相权之大病也。中枢之司,外台之长,与夫有守土之责者,方求合成例,求免吏议之不暇,而暇审名实之义、兴农业之利乎?予百越之人也,请以越俗信医譬之,越有某甲病,纳医者十数人庭议之,议久不决,徐各出一方,以授甲。甲知病不可为,即以其方焚灰投水饮之,远近嗤之,以为懦騃无知也。谋国者不审时之所宜尚,而徒使服其庭议之方,毋亦为后人所嗤乎?”庄先生曰:“子言之,予第惜夫议于庭者之不得善医也。医审善奋若所藏,夫善于藏者,将以有为也,庸乏吾事乎?”袁子曰:“然。”

【眉批】庄,盖庄中白。此篇亦须另候删定,乃可入文,文集诸稿须删改者亦多。其实今之病,仍以任官取士之不得其宜,皆出于无本之人耳。是祸非微所言重商、工者。以今观之,固不其然。国家于工商家,固无相关之实意,故洋商愈肥,而华商愈敝。为今之计,惟有设法使民皆知务本业,以农工为重,毋皆驰骛于利禄之途。而商所以利国便民,亦当本末并用,而其法难之矣。以必须国家开诚布公,君民一体之道,国以实政保民、劝民,则民之能以实力治生者,自能有实益于国,而并为国效用。否则不务勤民,修明庶政,而徒兢兢于君民权之空说,相乘务为防制,则政体愈益壅蔽，民何由劝？官何由清？非吾所敢知矣。

阅《续东轩知交》手札册子。仆取鲁通甫、包慎伯、谭同舫三家为笃实翔雅。鲁学识俱长，包更事多，谭幽峭有逸，均不为流俗所摇。邵位西亦佳，惜少知人料事之哲，徒以健学见长耳。先师交满海内，而卓荦者止于此册。人才实难为之，慨然。许印林佳。

丁丑四月

鲁通父一同与高孝靖论驳《学案小识》书：

【眉批】当是从高孝靖知交手札中录出，且有评语，故抄此。

一同顿首，伯平足下，承示《学案小识》，间有所疑滞者，窃少翻阅，粗悉指要，颇谓唐氏有志于道矣。其书体义不敢苟同，今条其大概，私于左右。

君子之论人也，是非功罪，粲然明白，犹所难言。至于学术，藏之于心，未易高下。人非亲习，事隔时地，徒凭纂述议论以相差等，且班氏为《古今人表》，高下踳驳，遗讥到今，无佗，分晰太多，不无蹉失，故也。昔孔子以上圣之姿，操人伦之鉴，其于列国贤者，子产、平仲、文仲、公绰之流，只是各就其人，抑扬是非，未尝较分等列。子张问令尹子文、陈文子，皆曰：未知。焉得仁？孟武伯问子路仁乎，曰：不知也。又问，而告以其才不知其仁也。冉有、公西华亦然。师之与弟，何所讳忌？隐微之地，诚未易为测识也。

【眉批】不逆诈，不臆不信，乃盛德之事。

今唐氏之书，横列三等，曰传道四人，曰翼道十有九人，曰守道四十有四人。综计一代老师耆德，魁艾大贤，而第其上下进退，率于胸怀轻重,凭其位置,虽具论世之识,实乖虚己之义,不可一也。

【眉批】唐确慎此书,予未经见,然其目果已纰缪如鲁先生言。此下无有已涂者。

传之与翼,似殊高下;守之与传,何判优劣?昔孟子谓:“守先王之道以待后之学者。”吾以为,如孟子者足以当之。若三千之徒,皆传孔子之道,未必人人能守也。帝王卿相,下逮匹夫小家,莫不传诸子孙,子孙莫不传其先业,或乃中更零落,坠宗失绪。由此言之,传者未必能守,心苦分明,老吏折狱。守者断无不传,今更颠倒其次。《诗》曰:“有凭有翼。”《传》曰:“辅之翼之。”翼只是辅,守乃为主。加翼于守,尤所未喻,其不可二也。

盖传道之说,始于韩子,韩子托于孟子而颇失其义。孟子述闻见之知,乃是粗举大概,故曰:“若禹、皋陶则见而知之,若汤则闻而知之,若伊尹、莱朱、太公望、散宜生皆然。”且如稷、契并履帝廷,契掌五教,便当斯道大宗,周公亲承文谟,今皆疏脱。古人文字宏简,不为促促苛细。韩子则不然,曰:“尧以是传之舜,舜以是传之禹,禹以是传之汤,汤以是传之文、武、周公,周公以是传之孔子,孔子以是传之孟轲。轲也,死不得其传焉。”推其义例,直如佛祖传灯,宗派可考;书家笔诀,递相口授。后世儒者,因缘推广,而有道统之说。

【眉批】道统二字,非圣不经,其说可废。

又以为孟子既殇,直至宋河南程氏始出。自时厥后,乃更流衍,递相祖述。自宋历元逮明,先后相望,俎豆纷如。总览上下四千年间,唐虞迄周,每五百年裁一二见,总五六传而绝,中间旷一千五百馀年,至宋而复兴,六七百年不绝,而治不加古。古之传道,世稀而人少;今之传道,世促而人多。中间旷绝,理不相接,天地气运,不应疏数乃尔。愚则以为，道无不传，而传不必统。正如子贡所谓“文武之道，未坠于地，贤者识其大者，不贤者识其小者”。汉承秦敝，遗经废缺，诸儒修明粗迹，未遑精微，识小为多。此论平允，然贾、董亦能识大者也。宋时遗经大备，因藉前资，二语未尽，宋大儒之长，当更云践履笃实，发挥精微，继善承德之道，灿然复明。识大为多，要之是非不谬于圣人，行己无惭于天地。代有其人，故足扶树世教到今。今必标树风旨，以下七句，专斥唐氏，非驳宋学也。区别猥多，既列三等，又述经学。经于道不当分，故《宗传辨正》一书，亦尚宜酌。不知经者为是道邪？为非道邪？经不蹈道则非学，学不宗经则非道，适开门户之私，又非文章性道合一之旨。道艺指归，元无不合，然强合之，则不是。此句酌。其不可三也。此段有易视宋儒之学之意，萌于几微，何言之太激讦邪？似亦蹈文人口给，不足服唐氏之心。

【眉批】“治不加古”四字，似文深过激。按之事实，亦未为允，宋以不用真德秀、魏华父而弱，元以用许鲁斋而兴，苟有用于世者，执程朱之道，以往未尝迂疏无效也。此节未知究指何段言。右陆王而难程朱，亦非。词气小有轻重左右，亦乖立言之体。

有传则有统，有统则有争。禀质既殊，致功或异，各循从入之途，遂有彼此之说。盖在圣门，子夏、子张之论交，曾子、子游之言礼，子夏、子游之言教，迄以不合，不无优绌，而义并两存。往者象山标尊德性之旨，姚江开致良知之说，率其高明，自趋简易。承学之士，沿流增波，浸以放滥。要之，二子未为披猖。今必斥之为异端，为非圣无法，比诸杨墨之邪说、商鞅之坏井田封建、秦始之焚诗书隳名城，甚以明社之屋，归罪阳明，掊击之风，于斯为盛。或曰阳明之徒排摈程朱，拒之不得不严，攻之不得不力。君子立言，期于明道，不尚意气，非曰彼攻之，我乃攻之，如愚夫之詈于市，争胜不已，于何穷极！

【眉批】一立宗旨,便开门户,似不然也。且近于拈槌竖拂家言,儒非儒,佛非佛,有乌鹊之讥矣。

昔孟子生衰周之世,杨墨横行,无父无君,此二句又误。墨道见于《墨子》,杨道略见《列子·杨朱篇》。其初未尝无父无君也,第推其末流之弊。究其兼爱之心而极之,必至于无父;究其为我之心而极之,必至于无君耳。韩子所谓辨生于末学,非其初然也。然既有无父无君之端萌于隐微之中,则不可以不力斥之,故曰:“予岂好辨哉?予不得已也。”金溪未尝不高明,然其立言宗旨,高托易简,实蠹六经。新安辟之,岂得已哉?故毅然辞而辟之,不遗馀力。阳明立教,不无任心自便,高论动人,观李文贞驳阳明“心之精微,谓之圣”一条,亦可知阳明立说之太易。要其立身,自有本末。功业轩天地,忠孝感金石,作人如此,愚曰:可矣。今谓事功豪杰所为,闻道则未。此甚不可。不知豪杰复是何人,闻道又将何用?说甚是嫌太明快,明快便不是。

【眉批】梨洲学案亦稍存偏袒。陆王立身自是,立说自非,不以宗旨之误,曲诋其行,亦不当,以治行之美曲护其言,夫言岂一端而已?学者似宜分别观之。

要而言之,程朱之学,抚范秩然,学人姑不问其为程朱乎?为陆王乎?惟当尽心平心,讲求其实是,而决去其空言耳。圣哲由之以利用,中材循之以安身。陆王之学,高明得之为简易,愚顽蹈之为猖狂。此其优劣,乃在疏陆王密之分,非阙邪正之别。三语是。意见一胜,彼此凿枘,遂使无道之内,矛戈森立,途畛横分。世变日下,人才至难,何苦自相摧败?此亦有慨乎,其言之,令人于学术中,有立六国后之意。推究唐氏一书,不过攻王尊朱,用意良厚。而持之过坚,有一言攻击王氏者,虽其底蕴未尽可知,而必加褒美;有一言稍涉出入者,虽以李二曲之笃实、李文贞之醇深,而不无抑扬。孔子恶乡愿,孟子放淫辞,只是生平一事,未见两经之中，连章累牍，尽是此言。此说是。著述如此，诚所未喻。三代以下，有无欲之君子，无无意之君子。此语太刻深，似有狱吏城旦语。濂溪、百原，独非绝意之君子乎？意之一字，七百年中，贤者不免。子张所谓“执德不宏，信道不笃”，诸君子信之笃矣，执之恐未宏也。语意亦是。昔圣人教人，因事各殊，大要即其日用之常，求其灿著之迹。

【眉批】此特借此以逞其笔端，非驳唐氏骎骎有一网打尽之意矣。才者多不知谦下，养气之道，可哀也哉！惟孟子然后可以辟墨，惟朱子然后可以辟陆王，通非其人已为吴楚之僭矣。唐氏之书未见，亦不欲观之，鲁君哓哓，毋乃已甚乎？

自子贡之徒，索之高深，每加裁抑，曰：“天何言哉？四时行焉，百物生焉。”曰：“下学而上达，及其积久有得。”乃曰：“夫子之文章，可得而闻，夫子之言性与天道，不可得而闻。”性与天道，固非谭说之资。仁固为夫子所罕言，然志道之后，即曰：“依仁”。又曰：“回也，其心三月不违仁。”是仁又未尝不言，特不烦言耳。夫子之教，始于《诗》《书》，而成于《礼》《乐》，而仁在其中。观亭林与蒿庵往复书，蒿庵之说，其意何尝不精乎？岂是口耳所涉？自宋以后，言性亦详，言天道亦精。此却予后人以可议之隙，细按之，亦稍有流弊。妙义一开，横流岐出，逮于今日，胜衣就学，便讲无极之精；毁齿操觚，已谈五常之蕴。四语巧诋，如此非常儿，仆何未之见邪？浅者尚欲循途，高者辄思任道。此却大不可，亦宋明之学予人可议处，其源出于伊尹、孟子，人人不观其深而辄欲迹象仿之，则僭且妄矣。且文王望道而未之见，后贤之智，乃过于文王邪？辩论太多，不能无生得失。鲁君亦自蹈之故，目睫之论，良不虚也。得失既深，遂成同异。人人有直接心源之意，而道几于裂矣。返寻空虚之弊，岂惟陆、王实开其端？利器示人，有由来矣。此则并暗议新安，此城旦之论也。

【眉批】以上并议宋贤，语多横詈。以下专纠唐氏。

救斯之病,惟当原本忠孝,推崇节义,综取先儒立身行己,居官立政之大方。如先贤传、言行录之例,以风化流俗,标举当世。不得多为品目,亦无须强归一致,惟有空文无实,虽极精微,概从刊落。此意是足议《明儒学案》之失,谢山补正宋元之编,似优于黄。庶几允蹈大方,亦可稍息群议。梼昧无闻,率其胸臆,曼衍遂多,知不免见罪于先贤当世,惟恕其狂愚而裁之,不惮十反,幸甚幸甚。

唐书中论学,每云"以某为主",而结云:"其学可知矣。"至有以子臣弟友为主者,殆不成言语。又如陶视庵之说人鬼关,俚俗不伦,必当削。又经学中所载,有身为大臣而行事狼狈,为海内所共知者,必当削。又陆清献谓许由文采未见,陶潜沉湎为累,此等议论,恐为人所驳,亦不可载。匆匆少暇,未及条举其失,姑举此以见义。

书后

博学于文,约之以礼。已开后来训故、义理两家门径,而要于弗畔。若陈建、毛甡、戴震之流,钩之畔也,不能求博,毋宁守约。故又曰:以约失者鲜矣,二者不可偏废,而义理之学为长。

鲁君此篇所断断者,伊川、新安、象山、阳明。词气左右,便有偏袒,有陵驾先贤之意萌于几微,何言之激讦率易也?文品以澹澹焉,有忧深患远之意为贵,和平宏毅,往复推勘,有孳孳求是而不敢遽自断制之心为上。若驰骋笔端以求快意,穷理不深,养气不固,未尝察前贤救世苦心,虚衷研揣,徒自标帜以攘立言之席,毋乃为君子所避三端之二,而非忠信进德者所修之辞乎?故相曾公尝言古之知道者,时时有忧危之意,其临文亦然。又曰:"为文用意,宜敛多而侈少,行气宜缩多而伸少。"今观圣门,自曾子著书以上,皆有惕厉深至不敢臆断之意。自孟、荀以下,始稍为直截明快之论,已不能如孔、曾之谦谨,而况其下者乎?然乎哉?然乎哉?后有述者,不易其言矣。

包慎伯世臣与高孝靖论钱江书云:"才而不能自克。"克,克己也。谓之无勇,可矣。十二言,千古才士得失善败尽之,可为警戒。

文境须有为为之,则其立意闳实而不浮;文境又须无为为之,则其造辞幽深而曲尽。

三不妄。倪公三戒云:"不妄出入,不妄言语,不妄思虑。"

全椒各境,蝗蝻大作。全令令民捕蝗,每斤十六文。日收蝗虫至五六十石之多。天灾之重,亦可畏也。

汪仲伊能知乐府声辞之读,尝曰:"《陶靖节集》有《怨诗楚调答庞参军》,怨诗,诗也;楚调,调也;《答庞参军》题也,记之以俟知者。"

庄子中白于学,知之为知,不知盖阙。吾爱之重之。

论墨佛及诸子之流

墨是经世底,佛而不得治世之序,佛是出世底,墨而亦具济世之心。特墨欲由仁行而不知裁之以义,佛察于庶物而不知明于人伦,故无当于中道,皆不可用以治世。盖术既难行,而又窒于用也。夫《孟子》赞舜之辞曰:"明于人伦,言修身、正家、爱民及物,皆有亲疏远近,次第施功之别,断不能合。"胎卵湿化,有色想无色想之伦,而一概为之灭度,所语博施济众,尧舜犹病,既艰于实治,即为宏廓胜大之言无补也。又曰:"察于庶物,言周知万物之情伪,故五典可从,百揆可叙。佛有五眼,能观众生之心,差为近之。"又曰:"由仁义行仁。"主施义,主断德,刑相为用,故天下治。后世若梁武断杀息刑,则既不立于义,而所谓仁者亦非仁,大乱立至矣。

颜习斋之教,儒而近于墨,及古之农家者流,以刻苦自立为宗。

孟子言仁之端、义之端、礼之端、智之端。端者,物之始。意之萌发于至微,而形于著,藏于本,而大显于末。孔子曰:"攻乎异端。"言心术既异,则虽末同亦不可学。故孙武、鬼谷、邓析、商、韩、庄周、惠施、慎到、田骈、眭孟、扬雄之术,圣者之门,五尺之童皆所不道。盖恶其发于心术之微者,已先自居于苛刻敖慢,缴绕支离,艰深怪异,故为学术人心之大害也。

气 象

仆见太傅相侯文正曾公遗真,和穆雄毅,其气象似夏,宜其久于司马政官之事也。高子严爽,气象似秋,见之令人肃然,不可干以私,亦无自生非,僻之邪心,故虽以一诸生布衣,谈笑而当世悍帅严臣见之而惧,其感化可知矣。刘子纯是冬春气,其闭藏似冬,发见似春,形见神藏,变化密微,不可方物。合三公之为人,而四时之气始备。

【眉批】高子状表未为,亦不敢轻作,欲先辑遗事、遗文、遗言,为《高子学行记》。

兴化夫子言静中或烦恼时,能竟日将古人妙句或法言、格言反复吟哦,使胸中自得真趣,可以却病。

丁丑五月

叔迟言苏厚子征君书,气象肃穆,无欺人自欺之意,萌于几微。予叹绝以为知言。叔迟言,包倦翁为人作书,不取润笔,不立访单,有谦让未遑自居之意。莫偲老已有访单,然第欲杜绝辗转求书者之请。今则人人自鸣能书,而傲然皆立访单矣。岂真后人胜前贤耶?呜呼!此世道之忧也。

【眉批】此便有大小贤之别。

麈遗言:会稽赵某,骂钟先生《穀梁》之学,以为村学究语。赵某之自称汉学者,果何等耶?今人不务淡静、敛退、求学,而但以骂詈角胜,徒见其笔舌可畏,为君子所薄,而亦为小人所忌。小有才艺,亦何必尔。

静中观我，因书艺之拙，自知前此十年为学皆以卤莽之心，取糟粕之迹，而未能造其深也。何也？盖书有形质，工拙优劣易见，学无形质，精粗深浅谓易猝知，况人苦不自知其恶。日月逝矣，岁不我与，若骄于见长，吝于攻短，将终身无闻道之日。念之，可不惧乎？

【眉批】学一艺且拙滞如此，何况学道！

观汤贞愍公贻汾七十五岁时作画柏，空心断节，槎牙起伏，真有所谓白推朽虎、黑入阴雷者。时为咸丰壬子，次年癸丑，即公正命之岁，其忠义之气，非偶然也。女公子碧春亦同殉难。廛遗出其所作《美人观书真》，观之，亦雅洁。仆年来足迹屡至白门，今琴隐园圮荒久矣，安得所谓老柏树苍皮猬髯者而一相对邪？《诗》不云乎，“风雨如晦，鸡鸣不已”。

走少丁家难，饥寒盗贼，百况备尝，俯仰之间，意常猝猝，虑不免沟壑。自顷圣朝文网疏阔，民物昭苏，蠕喁望治，肖翘遂性。某以先人遗训，忝预仕籍，获亲善流，粗立赁庐，俯畜妻子。而劳生裁半，已见二毛，手颤耳鸣，一身早落，奔走憔悴，降志辱身。自十六七至于壮，夫实未尝知有生人、家产之乐。惟是敬念祖昵先灵在天，必祐其遗息，俾之守身全生，以润泽乎诗书，耕猎乎道艺。吾舍荆岘、二曲所自处之道，而又安从哉？亦稼圃自给，溪毛荐新，俟有子息，量力督课，徜徉山泽，乐以终身，以完养从前之毁伤，庶先咷而后笑耳。丁丑中夏，浙西村人书此志之。

昨与张子忠论吾浙嘉道间贤士大夫，黜龚定庵而进姚镜塘，以定庵文带妖气，而郎中潇淡幽敻，为得慎独之意，其守身行己，真第一流人也。

杨子端来，告归湘乡。湘乡僻邑，无城郭，山村溪落，攒环二三百里。自蜀汉蒋恭侯琬佐命炎兴，尔来二千馀年，绝少闻人，而道咸、咸同之间，将相名臣，云蒸霞蔚，不亦异乎？

出门遇柳宾叔先生兴宗,又名兴恩,约明日诣之,先生时年八十三。

早诣柳先生,又过梅君仲仪,观仲仪所为《刘向年表》,时方治《穀梁义疏》之学。

观武进臧琳所纂《孔子年表》《七十子年表》《孟子编年》。孟子卒年八十四,在周赧王二十二年,与何愿船表不同。

柳先生以丙子重游泮宫不赴,询其故,先生答曰:"凡重赋重游之说,礼节如何?《会典》并无明文,惟仪征阮公弟子记其重游泮水云,约两学师,届期恭诣泽宫棂星门下,三跪九叩行礼云云。亦不知阮公行礼之节果何所本也?于礼既有所疑,故不赴。"予闻而悚然叹息。

柳先生著《穀梁说》,二百馀万言,阮文达曾序之。其为书义类凡七:一日月例;二古训《洪范五行传》之类;三异文,与二传异者三百馀字;四穀梁礼,粤侯先生康亦有此著。如凌曙《公羊礼例》《五师说》,刘向以下六传,经表三家,邹夹以下皆列焉;七穀梁长编,论剖大谊,随得随录,大指与嘉善钟氏为异。柳专求古谊,钟兼平采宋义也。

柳先生言:某书忘其书目。引扬子云,时人为之语曰:惟寂惟漠,自投于阁;爰清爰靓,不作符命。与本传语乃大异。予曰:或言《美新》,谷子云永作也。

柳先生语予曰:"古无本生父之文。《仪礼·丧服传》:为人后者,为其父母期。此后世称本生之所由来也。然《仪礼》乃士礼,而非天子诸侯礼,且本生之称,施之以继统与嗣之君,终有二本之失,殊乖一本之义。礼之当别嫌疑、明是非者,此类是也。惟《穀梁·闵元年传》有曰:'不言即位,正也。亲之非父也,范云:兄也。尊之非君也,范云:未成君也。继之如君父也者,受国焉尔。'此言闵公以子般之弟,而继未成君之子般,正其名曰'受国即继统之谓也'。正其义曰:'继之如君父,则闵公当为子般服三年斩衰之服。'此继统即继嗣之证也。"

【眉批】继兄如父,则后世之立为皇太子者,可知继未成君如君，则后世之已成君者可知。

“礼以义起，百世圣人莫易其言矣。后世因此传上三字，有深讳之文，虽明著受国之礼，莫之能引，至历二千年纠纷争讼，礼无明文，遂滋异义，至为继统不继嗣之邪说，即改从本生二字。揆之礼意，亦似未安，柳云当称“皇伯”“皇叔”。断从传中继之，如君父及受国之文为协，正名尽辞，仁至义尽之常经。受国如此，受天下可知矣。”予闻先生此论，洒然而异，志之，得此说而存之，又何有濮议兴献议之纷纷乎？

阅乡先生《皇甫持正集》，披读卒业。句法、字法、篇法多彀于韩，遂足名家，以是知大师之说可以益人神智也。而李习之为湛深于理，尤粹幽不可骤跂已。人多重持正之文，予独爱其《浯溪石》五言诗一篇，为深于论文也。吾郡治古文者，持正而后未数数睹，可不勔与？

朱竹石太守示予所为《朱氏祠堂碑义田记》，条规详美，文极有法，予喜其善于语言。

湖口高伯足心夔文有《寿朱母赵太夫人述德赋》，设为五子称颂对问之词，末系以四言二章，亦寿叙中创格，可喜。

仿百源，又用山谷语署行寓曰：“心安乐斋。”山谷诗云：“主人心安乐，花竹有和气。”此至言也。夫人心苟戚戚，虽遇荣观燕处，亦不快意；心若安乐，虽泥途褦襶，内观亦常超然，而太和之气生焉。故知足之足，常足也。林园水石间者，便是主人，何必为己之所有？仆亦安往而不自适其适哉？丁丑五月，渐西村人记。

与竹石谈久之，知其服官能方以事上，觉甚劲有气。

自改文稿《上高夫子书》一首，自此颇有设法服官，坐定一室，先清改旧业，再图有为之意。此其张本也，天牖其衷矣。

予不逮事大父国子太府君，乃顷梦入一听事，森严瑰丽，大父强立俨然，貌甚修伟整肃。不肖因闺焉者，趋审为太府君，则愕然跪拜。大父受拜讫，无所训谕，麾之。诣南荣右个惟见太夫人暨幼妹方坐啖縻,前有三蟋蟀趯趯然。恍惚间自念此《唐风》也,岂先训示以好乐无荒乎?方欲前跽献词,不肖忽觉。时则丁丑五月念四日戊夜也。予追憾此梦之不延,不得多一刻承大父及太夫人身教,而先大夫又未及面告。哀哉!披衣起坐,奴子方呓,啼呼之寂然。月未落,隔窗甚明。

【眉批】弱冠弄笔,迄于壮夫,所业文殊太粗浅,切勿示名人,为其嗤笑。须改一定本,亦有可存。

费芸舫述徐健庵先生言:凡士大夫,做官时少,做人时多;做人时少,做鬼时多。予悚然以为名言,此静吉躁凶、阳息阴消之常道也。入自人门者,清明而寿;入自鬼门者,昏浊而夭。人之所欲,天必从之,祸福之来,皆其自取。敬当书绅,徐司寇能为是言,其亦有闻于亭林先生之遗教也夫。

朱子门人某言:门内之治,恩掩义。韩文公诗:"譬如亲骨肉,宁免相可否。"黄文节亦云:"从来亲骨肉,不免相可否。"观此则知仆治家多嗔为失,宜慎戒之。凡居家御下,以严简恕静为上。

伯足述林达泉,潮州大埔人,知海州,有能名,坚苦自厉,昨调台北府知府。又言吴人王颂蔚,文笔甚美。

丁丑六月 **竹石为予言,吴礼北,高先生之注汪伦也,予闻而欣然。**

胎息经

胎从伏气中结,脐下三寸为气海,亦为下丹田,亦为玄牝。玄者,水也;牝者,母也。世人以阴阳气相感,结于水母,三月胎结,十月形体具而能生人。修道者,常伏其气于脐下,守其神于身内,神气相合而生玄胎。玄胎既结,乃自生身为内丹不死之道。气从有胎中息。神为气子,神气相逐如形与影。胎母既结,即神子自息。气入身来谓之生,神去离形谓之死。知神气可以长生,固守虚无,以养神气;神行即气行,神住即气住;意是气马,行止相随，欲使元气不离玄牝，先拘守至神，神不离身，气亦不散，自然内实，不饥不渴也。若欲长生，神气相注。不相离之谓，盖人能使元气内运，阴气自消，阳壮阴衰，则百病不作，神安体悦。心不动念，无来无去，不出不入，自然常住。神之与气在母腹中是一体之物，爱欲所牵，未尝一息暂归于本人。知此道常泯绝情念物，使神之出入去来能不忘，久而习之，神自住矣。勤而行之，是真道路。

山谷生于庆历五年乙酉年，二十三治平丁未擢进士第。贵筑黄丈亦生于乙酉，擢第于丁未，其操行志节出入孔、老、庄、释，正复相类。嘻！岂其后身邪？

药山云："皮肤脱落尽，惟有一真实。"张啸山论诗宗旨近之。

山谷《戏咏暖足瓶》云："小姬暖足卧，或能起心兵。千金买脚婆，夜夜睡天明。"苏长公言："好兵者必亡其国，好色者必亡其身。故以心兵比邪欲，伐性之斧，言将不戢自焚也。独睡丸乃千金秘方，方特三尺儿皆知之，百岁翁行不得耳。不见可欲，使民心不乱。信哉！"

《列子》曰："五情好恶，古犹今也；四体安危，古犹今也；世事苦乐，古犹今也；变易治乱，古犹今也。"然则于抑塞中观古人穷愁不遇之作，可以把臂一室，结欢千秋矣。

傅郡丞书咸同间三叛臣伏诛事删润。

【眉批】后九月记晤山阴傅星楼郡丞于苏，盖即其人。傅君，原未详名字。按：近刊薛叔耘副都《庸庵笔记》载此事□又为详要。

载垣者，怡贤亲王允祥之仍孙也；端华者，国初郑献亲王济尔哈朗之后，所谓铁帽王也；肃顺者，端华同母弟。咸丰初，载垣、端华袭爵，俱官宗人府宗正，领侍卫内大臣，肃顺方为户部郎中。酒食鹰犬，湫湫狭斜间,无所知名。五年夏,王师既平冯官屯,燕齐肃清,万几稍暇,载垣、端华渐以声色荧惑圣聪。上右任之端华,复荐肃顺入内廷供奉,尤善迎合。上稍与论事,魁柄渐移,三奸遂干大计,结为死党。

时军机大臣、大学士柏俊与闻宣庙顾命,刚而嫉恶,遇事一以法裁之。载垣等衔之次骨,日思中伤。八年九月,彗出西北,长亘天虷斗及文昌四辅,月馀乃灭,而科场之狱兴矣。是年顺天乡试,柏俊为正考官,有满洲闲散平龄者,以抄袭成文中试。发榜都下,轻薄子大哗,言者劾考官无状,株逮当死者二十馀人。载垣等锻炼是狱,必欲置柏相大辟,遂褫职下狱。九年二月,狱成上闻,诏从之,处斩西市,天下冤之。于是三奸权势熏灼,卿士侧目,黠者或奔走其门。

十年六月,英吉利犯天津,报九年五月之衄也。钦差大臣科尔沁亲王僧格林沁严防大沽口,夷不得逞,伪乞和。载垣等忌僧邸立功,立主和议,诏僧王撤防。王奏言:“夷情诡谲不可信,且我士精守,完待其懈而击之,可大克也,何必和以启其要索?”廷臣亦多主战者。七月荧惑入南斗,上诏僧邸来京计事,至则许英夷和,且命帮办军务,直督恒福撤沿海防兵,三奸之谋也。夷乘间登大沽焚掠,我军回援,败绩。夷突入天津府,我军退屯通州,京师戒严。三奸忧惧,潜劝上以木兰秋狝为名幸热河,遂密敕顺天府尹备雇民车千辆。语泄,人心汹汹,汉臣工多上疏力谏。八月朔,上下诏宣示,且言令顺天府雇车者,备供兵差耳,着即发还,以释众惑。初三,逆夷犯顺。初六日,候补京堂胜保与战于八里庄,夷火器精,我军为敌所乘,失利,胜保创。时上驻跸圆明园,以肃顺协办大学士兼步兵统领。肃顺、载垣等复蛊上前,议胜保不足恃,遂于初七日昧爽启銮,将狩热河。后宫从扈跸者,载垣、端华、肃顺及军机大臣、圆明园侍卫禁军而已,百官不及从。沿途州县供张缺,后宫或竟日不得食,至买小市麸饼啖之。

热河者,即古之滦河,距京四百二十里,去古北口一百九十里,本朵颜卫地,雍正元年置热河厅,十一年改为承德州,乾隆四十三年升府,隶热河都统,及分巡热河道。热河西北二百十里为多伦泊围场,号秋狝木兰。每岁仲秋,野虞效鹿鸣以致鹿,曰"哨鹿"。《国语》谓之"木兰",因以名围场云。东西三百馀里,南北二百馀里,即辽金上京、元上都地。康熙二十□年,蒙古献其地,度为围场,自是以每岁仲秋行狝礼,分旗为藩,凡内外蒙古、札萨克皆来朝会,从乘舆校猎。初止设帐殿网城,无城郭,四十年建避暑山庄,又营行殿于热河。雍正十三年中,圣驾未尝一幸热河。乾隆后每岁举行。仁庙晏驾于山庄。及宣宗即位,以道远劳费不举行。至是阅四十年,行宫渐圮废。

上至,则命都统营葺,百官后至者,直庐皆僦民舍。塞外早寒,上以四方多事,郁郁不怡,始有徙都关中之议,密敕陕西巡抚、西安将军度地营都,抚臣等覆陈以需帑千万而止。会款议成,夷退踞天津,留京王大臣疏请回跸,上将从之,为三奸所尼,乃诏以来年三月。十一年二月,又诏改期秋中。五月二十四日,彗复出西北,长数十丈,犯紫微垣及四辅,十馀日灭,时上不豫,载垣等讳之。七月十六日壬寅,上疾大渐,召载垣等及军机大臣至御榻前受遗诏,立皇太子,是为穆宗。癸卯,上崩,是日辰刻。庙号文宗。载垣等面无戚容,辄矫遗诏,与御前大臣额驸景寿、军机大臣兵部尚书穆荫、吏部左侍郎匡源、署吏部右侍郎杜瀚、太仆寺少卿焦佑瀛等议,以已为赞襄政务顾命大臣,又擅遏禁留京王大臣恭亲王等不得奔丧。自是诏旨自为,皆出口授军机处行之,多未进呈御览,中外惶惶。八月十日,御史董元醇疏言:"皇上冲龄,未能亲政,天步方艰,军国事重,暂请皇太后垂帘听决,并派近支亲王一二人辅政,以系人心。"载垣等不悦。明日,上奉皇太后召见载垣等,命即照董元醇所奏行,载垣等勃然抗辨,有"臣等系赞襄皇上,不听命于宫闱"等语,退复以本朝无太后垂帘故事,令军机处调旨驳还,且屡言近支诸王不可召见。肃顺又自请分见两宫,于召对时,词气之间互为抑扬,欲构成嫌隙以重己权。两宫积不平,一日,载垣等自陈职事殷繁,诸差难以兼顾。太后即诏罢其所管火器健锐营及步军统领,外示优礼,实夺其兵柄也。九月二十三日,显庙梓宫回京,上恭送登舆后,先奉两宫间道旋跸,于是大学士贾桢、周祖培,户部尚书沈兆霖、刑部尚书赵光奏曰:“伏惟我朝,圣圣相承,从无皇太后垂帘听政之典。前因御史董元醇条奏,特降谕旨甚晰,臣等复有何议?惟是权不可下移,移则日替,礼不可稍渝,渝则弊生。我皇上冲龄践祚,钦奉先帝遗命,派怡亲王载垣等八人赞襄政务。两月以来,用人行政皆经该王大臣等议定,谕旨每有明发,均用御赏同道堂图章,共见共闻,内外皆相钦奉,臣等详慎思之,决无流弊也。寻绎“赞襄”二字之义,乃佐助而非主持也。若事无巨细,皆凭该王大臣之意,先行定议,然后进呈,皇上一览而行,是名为佐助,而实则主持。日久相因,能无疑虑乎?今日之赞襄大臣,即昔日之军机大臣。向来军机大臣,则事事先面奉谕旨,辩驳可否,悉经钦定始行,拟旨进呈,其有不合圣意者,朱笔改正,此太阿之柄,不可假人之义也。为今计之,正宜皇太后旉宫中之德化,操出治之威权,使臣工有所禀承,命令有所咨决,不居垂帘之虚名而收听政之实效。准法前朝,宪章近代,不难折衷当至也。昔汉之和熹邓皇后、顺烈梁皇后,晋之康献褚皇后,辽之睿智萧皇后,皆以太后临朝,史册称美。至宋朝之章献刘太后,有今世任姒之称,宣仁高太后有女中尧舜之誉。明世穆宗皇后,神宗嫡母,上尊号曰仁圣皇太后;穆宗贵妃、神宗生母,上尊号曰慈圣皇太后。维时神宗十岁,正事皆由两宫抉择,命大臣施行,亦未尝居垂帘之名也。我皇上聪明天亶,正宜涵咏诗书,不数年即可亲政,而此数年间,外而贼匪未平,内而奸人逼处,何以拯时艰?何以饬法度?固结人心,最为要紧。倘大权无所专属,以致人心惊疑,是则目前最大可忧者。至皇太后召见臣工礼节及一切办事章程,仍循向来军机处大臣承旨旧制,或应量为变通。敬祈敕下,群臣会议具奏,请旨酌定,以示遵守。庶行政可免流弊,而中外人心益深悦服矣。”会钦差大臣侍郎胜保亦奏至,乃命恭亲王奕䜣为议政王,从人望也。

【眉批】薛记详,恭亲王奔赴行在,召见后定计,旋享事。

垂帘典礼，令在廷大小臣工集议以闻。十月朔，车驾至京师，召见议政王大臣，上南面稍东席地坐，两宫亦南面坐稍北。皇太后面谕三奸跋扈诸不法状，且泣下，上顾曰："阿嬰，上在宫中面太后之称。奴辈如此负恩，即斫头可也，请勿悲。"遂与王大臣密定计，即另派大学士桂良、户部尚书沈兆霖、左侍郎文祥、右侍郎宝鋆、鸿胪少卿曹毓英等为军机大臣，而载垣等不知也。

【眉批】数语英断明哲，同符圣祖。

翌日，恭王率桂良、周祖培、文祥入朝待命，载垣、端华先至，见则大言曰："外廷臣子，何得擅入？"恭王答以"有诏"，复以不应召见呵止王，王逊谢，却立宫门外。俄诏下，命恭亲王将载垣、端华、肃顺去爵职拿下，交宗人府，会同大学士、六部、九卿、翰詹、科道严行议罪。王持宣示，载垣、端华厉声言："我在，诏从何方来？"王命擒出，复支吾曰："谁敢？"然即有卫士向前，褫载垣等冠带，拥之出隆宗门，尚顾索肩舆及从人，或告已驱散矣。遂狼跄拥至宗人府幽之。时肃顺方护送梓宫在密云未至，逮者至，门已闭，乃毁外户入，又遁入卧室揵拒，咆哮骂詈。又毁而入，则见肃顺与两妇人，俱遂械以来，亦羁宗人府。肃顺至则瞋而咎垣、华，谓"若不从吾言，致有今日"。故三凶之罪，肃顺为甚焉。廷议上乞均照大逆罪凌迟处死。初六日，诏曰："载垣、端华、肃顺朋比为奸，专权跋扈，种种情形，均经明降谕旨，示知中外。至载垣、端华、肃顺于七月十七日奉皇考升遐，即以赞襄政务王大臣自居，实则我皇考弥留之际，但面谕载垣等立朕为皇太子，并无令其赞襄政务之谕，载垣等乃造作赞襄名目，诸事并不请旨，擅自主持，两宫皇太后面谕之事亦敢违阻不行。御史董元醇条奏皇太后垂帘等事宜，载垣等非独擅改谕旨，并于召对时有伊等系赞襄朕躬，不能听命于皇太后。伊等请皇太后看折，亦系多馀之语。当面咆哮，目无君上情形不一而足。且屡言亲王等不可召见，意在离间。此载垣、端华、肃顺之罪状也。肃顺擅坐御位,于内廷当差时,出入自由,目无法纪,擅用行宫内御用器物,于传取应用物件,抗违不遵。并自请分见两宫皇太后,于召对时,词气间互相抑扬,意在构衅,此又肃顺之罪状也。一切罪状,均经母后皇太后、圣母皇太后面谕,议政王军机大臣逐条开列,传知会议王大臣等知悉。兹据该王大臣等按律拟罪,将载垣等凌迟处死。当即召见议政王奕䜣、军机大臣户部左侍郎文祥、右侍郎宝鋆、鸿胪寺少卿曹毓英、惠亲王□□、惇亲王奕誴、醇郡王奕譞、钟郡王奕詥、孚郡王奕譓、睿亲王仁寿、大学士贾桢、周祖培、刑部尚书绵森面询,以载垣等罪名有无一线可原。兹据该王大臣佥称,载垣、端华、肃顺跋扈不臣,均属罪大恶极,于国法无可宽宥,并无异词。朕念载垣等均属宗支,以身罹重罪,悉应弃市,能无泪下?惟载垣等前后一切专权跋扈情形,谋危社稷,是皆列祖列宗之罪人,非独欺凌朕躬为有罪也。在载垣等,未尝不自恃为顾命大臣,纵使作恶多端,定邀宽典,岂知赞襄政务,皇考实无此谕,若不重治其罪,何以仰副皇考托付之重?亦何以饬法纪而示万世?即照该王大臣所拟,均即凌迟处死,实属情罪所当,惟国家本有。议亲议贵之条,尚可量从末减,姑于万无可宽贷之中,免其肆市。载垣、端华均著加恩,赐令自尽。即派肃亲王华丰、刑部尚书绵森即前往宗人府,空室传旨,令其自尽。此为国体起见,非朕之有私于载垣、端华也。至肃顺之悖逆狂谬,较载垣等尤甚,应凌迟处死,以申国法而快人心。惟朕心究有所未忍,著加恩改为斩立决。即派睿亲王仁寿、刑部右侍郎载龄前往监视行刑,以为大逆不道者戒。至景寿身为国戚,缄默不言;穆荫、匡源、焦祐瀛于载垣等窃夺政柄,不能力争,均属辜恩溺职。穆荫在军机大臣上行走已久,班次在前,情节犹重。该王大臣等拟请将景寿、穆荫、匡源、杜瀚、焦祐瀛革职,发往新疆效力赎罪,均属罪有应得。惟以载垣等凶焰方张,受其钳制,均有难于争衡之势,其不能振作,尚有可原。御前大臣景寿即革职,仍留公爵并额驸品级,免其发遣;兵部尚书穆荫即革职,加恩改为发往军台效力赎罪,吏部左侍郎匡源、署礼部右侍郎杜瀚、太仆寺少卿焦祐瀛均著即行革职，加恩免其遣发。钦此。”是日载垣、端华自缢，肃顺伏诛，人心称快。时有少詹事许彭寿上疏，请治奸党。诏旨令其指出党奸实迹。彭寿状上，乃复下诏曰：“前因许彭寿许亦肃党，故严谕微诘之。拿问载垣、端华、肃顺时，请查办党援，当令指出党援诸人实迹，嗣据明白回奏，行迹最著者莫如吏部尚书陈孚恩，最密者莫如侍郎刘琨、黄宗汉等平日保举之人。如侍郎成琦、德克津太，候补京堂富绩，外间啧有烦言。陈孚恩于上年七月，大行皇帝发下朱笔，令诸臣会议巡幸热河是否可行，陈孚恩即有‘窃负而逃，遵海滨而处’之语，意在迎合载垣等，当时会议诸臣无不共闻。大行皇帝龙驭上宾，满汉大臣中惟令陈孚恩一人先赴行在，是该尚书为载垣等之心腹，即此可见。黄宗汉于本年春间前赴热河，皇考召见时，即以危词力阻回銮，迨闻皇考梓宫有回京之信，该侍郎又以京城情形可虑，遍告于人，希冀阻止，其为意存迎合载垣等，众所共知。以上二人，均属一二品大员，声名如此狼藉，品行如此卑污。若任其滥侧卿贰，何以表率僚属？陈孚恩、黄宗汉均著革职，永不叙用，以为大僚谄媚者戒。至侍郎刘琨、成琦，太仆寺少卿德克津太、候补京堂富绩与载垣等虽无交通实据，而或与往来较密，或由伊等保举，或拜认师生，众人耳目共见共闻，何能置之不议？刘琨、成琦、德克津太、富绩均着即行革职，以示惩儆。许彭寿纠弹各节，朕早有所闻，用特惩一儆百，期于力振颓靡。载垣、端华、肃顺三人事权所属，诸臣等何能与之绝无干涉？此后惟有以宽大为念，不咎既往。尔诸臣亦毋须再以查办奸党等事纷纷陈奏，致启讦告诬陷至风。惟当各勤厥职，争自濯磨，守正不阿，毋蹈陈孚恩等恶习，朕实有厚望焉。”

【眉批】薛《记》作免赴行在。

未几查抄肃顺家，得陈孚恩手札，有不臣语，乃复逮戍。初九日甲子昧爽，上御正殿即位，礼成，大赦。改元以明年为同治元年。先是,载垣等拟进年号曰"祺祥",已颁宪矣。兹因"祺祥"二字意义重复,故改之。先是,钦天监奏,八月朔旦,日月合璧,五星聚于张。登极之日,久阴忽霁,八表景清,是启穆宗中兴之治。

傅君又述:陈孚恩道光末以侍郎出署东抚,东抚例兼盐政。初上,商人必有所赂,谓之"免封银",孚恩独不受。未几,东省盐纲亏空案起,前抚多被劾削籍,孚恩独免。成庙嘉之,御书"清正良臣"四大字以赐。咸丰初,以与权邸议礼,廷诤不合,乞养归,天下高之。黄宗汉咸丰中帅浙、蜀、粤,有威名,御书"忠勤正直"以褒之。二公均晚节不终,惜哉!

读曾氏选古文,病向日读书卤莽。由是以为敏而窒暗益甚,自误极矣。朱子言读书法,当读上句如不知有下句,曾文正言一书未完,不看它书,始为读书不二,以后行此法。

包慎伯讥韩文公,以为始离文与事而二之。吾观《伯夷颂》,"信道笃,自知明,举世非之而不惑"云云,其言足以扶持世教,则功亦大矣。包说不足信。

【眉批】横天地,绝古今,道一而已。圣君良臣勤行于其事,有位者之文也。儒者正志修业,寓之于文,无位者之事也,何二之有?

舟中发病,引重衾覆卧,犹畏冷也。病中诵元微之诗云:"垂死病中惊起坐,暗风吹雨入船窗。"凄寂甚矣。人生自有别解脱,佛语。燕处超然,老子境界,所患世情溺于名利家室,不自求之耳。与其病至求药,何若早自为计?苟能以在家、出家之法行之,则自无诟病,自无挂碍。若夫居家之法,第事事尽心,恩礼兼到,便为无愧,至于我之所以自待自处,则自有安身立命之处,非师友之所得而助,况家人乎?

陶渊明云："纵浪大化中，不喜亦不惧。"及早远离修竹，毋自苦也。守身为孝，不应尔乎？戒之勔之。

翁覃溪阁学方纲跋黄集语，为深知诗者，录之。

【眉批】时阅此。疑此跋黄仲则诗。

予最不服欧阳子"穷而益工"之语，若少陵之写乱离，眉山之托仙佛，其偶然耳。使彼二子者，生于周、召之际，有不能为雅颂者哉？世徒见才士多困踬不遇，因益以其诗坚之，而彼才士之自坚也益甚，于是怨尤之习生，而荡僻之志作矣。若是则诗人之志荒矣。翁氏摘诗之废疾而进学诗者，以上法雅颂之材，下者亦当颉颃杜苏，可称巨眼。

【眉批】即此数语，可以觇诗教之所以兴废。

评融斋老人。融斋老人之为人也，置之喧阗华朊之地，则如枯松空心，不竞浮荣；及其处穷约淡薄也，又类玄鹤饮啄，举止轩耸，良由耽心道华，栖神定学，故喧而能寂，臞而不枯，是超诣固不可测也。

毛□□，字佩芳，遂安人，乾隆中拔贡生，武进黄景仁赠诗有"鲁赵论诗旧业尊"之语。尝病，梦坐石案判事，旁有被发二僮，自尔目光常瞪，如木寓士，数日卒。

【眉批】此条备采入《严州图经》。

木上水浮，而金入水沉者，何水以母气制木而以子气受金也？以石投水，亦沉者，何石秉土气从所克？故山谷诗曰："金石在波中，仰看万物流。"黄诗用赵岐《孟子注》。

闻嘉善钟夫子下世。经师云："亡，不独贱士一人之不幸也。"昶以贫故迫于生事，未能赴义，欲哭无寝，方圆野祭。导师夺我，悲疚良多。

王衹，字文舒；张衹，伯英弟。亦字文舒。又韦衹，字文休，仲将兄。

【眉批】前人以衹名者，宋刘衹，后入魏封义阳王。梁，张衹。唐韩衹，小名符。蜀主孟衹。国朝王衹德甫。

少见《两当轩诗》，不知其命名之义，及阅杜诗，以"两当"秦蜀间县名，足以当之。然以黄君足迹未到两当为疑，犹未知其用《史通·隐晦篇》"以两当一"语也。己巳乞莫子偲先生篆，"胆欲大，而心欲小"两语，偲老诘以"当署何人语?"予答"孙思邈"。偲老瞿然不应。续读《淮南子》而悟，第文云"志欲大"耳。后读《文子》，乃知《淮南》语又出《文子》释《尔雅》者，以蝉即蟪蛄，予疑后世颂蝉清洁，而蟪蛄乃为孔庄所嗤鄙。《蟪蛄歌》:"离山十里，蟪蛄之声，尤尚在耳。"比谗言也。疑非是。李蓴客移书辨之，后悟蝉寿三十日而生，死于夏至，秋则曰"寒蜩"。故蒙庄曰"不知春秋"。非漫语也。三事类记之以自警，以见博闻多识之难。

【眉批】今西人之授蒙学，先就日用事物，使之辨识，即在天文地理、国制民俗，皆先从现行法则，知其大体为要。中国《尔雅》一经，古盖为启蒙之书，乃今名物多改，或终身不相识，由学者不以先明人事动植大略为主，乃徒尊之为经，究其实用，可慨也。后世为学专言古，至为诗文，亦非东翻西阅，零杂涉猎，不能遂其为博览。以此为学，不亦难哉？此皆上之失教故也。

北宋人始作十二辰虫诗、八音歌、二十八宿歌，意稍类俳。

走癖爱钟山下二定林水竹岩溪之美，意在结茅读书，誓彼息壤，故窃以定林居士自号。昔之断断者遂定，且有感于王文公语吴国夫人及叶涛之事也。

【眉批】此《怀定林游诗》注，未刊入。

阅宋景文公祁笔记三卷，内杂说数十则，多闳深精峭，似荀杨语，惜未暇全录也。

【眉批】原摘录数条皆未抄，末一节云："拙制伤锦，迂政损国。"

又，为庭戒，言持世之教三，而首儒家，兼尚老佛柔弱澹静之旨。

又，自作治戒及左志右铭，卒年六十有四，不丐恩泽，不受赗赠，不信拘忌斋醮，不求巨公作志及碑，皆手为敕令。又自言生平语言无过人者，慎无妄编缀作集。可谓不惑者矣。

新出湘阴郭公《使西记程》一书，危词耸论，指画情事，大有可采，最录如左：

新嘉坡得日报二纸，锡兰得日报一纸，论中西交涉事宜各数则。以属德在初、凤夔九与禧在明翻译洋情、国势、事理三者，均有关系，即此可以推知洋务情形，而得其办理之法，乃令刘和伯、张听帆、黄玉屏稍节其犯忌讳者，录成三折。南宋以后，边患日深，而言边事者峭急褊迫至无以自容。程子大儒，论本朝五不可及：一曰至诚待夷狄。北宋以前，规模广博，犹可想见，孟子故曰："以大事小者，乐天者也；以小事大者，畏天者也。"而引汤事葛，文王事昆夷，以为乐天；汉高祖一困平城，而遣使和亲；唐太宗至屈尊突厥。开国英主，不以为讳，终唐之世，周旋回纥、吐蕃，隐忍含垢。王者，保国安民，其道故应如此，以夷狄为大忌，以和为大辱，实自南宋始然。而宋明两朝之季，其效亦可睹矣。

【眉批】南宋国势太弱，主和为失策，所为不伐贼，王业亦亡也。明即以讳言和为失策,当分别观之。

西洋立国二千年,政教修明,具有本末,与辽金崛起,一时倏盛倏衰情形绝异,其至中国,惟务通商而已。而窟穴已深,逼处凭陵,智力兼胜,所以应付处理四字郭公心病所在。之方,岂能不一讲求,并不得以和论。六字未免丧心,而将来事势,却不至是不止。无故悬一和字,以为劫持朝廷之资,侈口张目,以自快其议论,至有"宁谓可覆国亡家,不可言和"者,京师已屡闻此言。召公之戒成王曰:"祈天永命。"祈天者兢兢业业,克抑贬损以安民保国为心诚。不意宋明诸儒议论流传,为害之烈,一至斯也。

各国旗色

美利坚旗,长方,横分十三层,六白七红,近杆处蓝地,绣金星三十七,其国分三十七部,所以帜也。其会合同心,旗长方,前半正蓝,周列三十七星。

【眉批】按:今美国中各部已合至四十九,旗中星数未及详查。旧刊约章类纂,但有旗面,星数未核。

俄罗斯旗,长方,前半正白,斜横蓝十字,后半横分白蓝红三色。

瑞典旗,正蓝,黄十字,右角近杆处另一十字,横黄竖蓝镶白边,十字中空处,又各分红蓝二色。

日耳曼旗,长方正,白中横黑十字,每画又分五行,三黑二白,十字中心黑,围内一金莺十字。

丹国旗,长方,正红白十字。

法兰西旗,长方,竖分三行,前蓝后红中白。

英吉利旗,长方,正蓝,四分之一。近杆上半加红色,白边,横斜两十字,如六出花。

西班牙旗，长方，横分五行，三黄二红。

奥地利亚旗，长方，横分三行，上下红，中白。上行正中一金王帽，围以十二银星。

意大利旗，长方，竖分三行，中白，左红右绿，中一红方蓝边白十字。

葡萄牙旗，长方，左白右蓝，中一红地画一金王帽。

比利时旗，长方，竖分三行，中黄左红右黑。

荷兰旗，长方，横分三行，中白上黄下蓝。

希腊旗，长方。

土耳其旗，长方，正红。近杆上半另一长方，红地白边，中一白星。

墨西哥旗，长方。

秘鲁旗，长方，竖分三行，中白，左右红。

埃及旗，长方。

波斯旗。长方，中白画狮。

日本旗，长方，正白，中一红。

暹罗旗，长方，正红，中一白象。

瑞士旗，长方，正红。

罗马教皇旗，长方，正白，中一大花交成十字，上架一蓝地金花帽。

凡各国水师船旗、商船旗又各不同，亦皆长方，末作两岔，如鱼尾式。有恶病则竖黄旗，所至之海口候之，即以医至，禁舟人不得上下，行海各国皆同此例。

西洋以智力相胜垂二千年，麦西、罗马、麦加迭为盛衰，而建国如故。近年英、法、俄、美、德诸大国角立称雄，创为万国公法，以信义相先，尤重邦交之谊，致情尽礼，质有其文，视春秋列国，殆远胜之。而俄罗斯尽北漠之地，由兴安岭出黑龙江，悉括其东北地，以达松花江，与日本相接。英吉利起极西，通地中海，以收印度诸部，尽有南洋之利,而建藩部香港,设重兵驻之。比地度力,足称二霸,而环中国,逼处以相窥伺,高掌远跖,鹰扬虎视,以日廓其富强之基,而绝不一逞兵纵暴,以掠夺为心。其构兵中国,犹展转据理争辩,持重而后发,此岂中国高谈阔论、虚骄以自张大时哉?轻重缓急,无足深论,而西洋立国,自有本末,诚得其道则相辅,以致富强,由此而保国千年可也。不得其道,其祸亦反。是班固《匈奴传赞》有曰:"来则以礼接之,畔则以兵威之。"而常使曲在彼处,争夺且然,而况其所挟持者尤大,而其谋尤深乎?

往闻何愿船谈洋务,深中款要,怪而问之。答曰:"六经,周秦古书,下逮儒先论著,准以历代之史,参考互证,显然明白。世俗议论,只自豪耳,何足为据?"此之谓学识过人。

法兰西罗亚尔部在赤道北四十九度十一分。

此行所历之国十八,曰安南儒教,曰暹罗佛教,曰俾路芝,曰波斯,曰阿剌伯皆回教,凡五国,隶亚细亚。曰土耳其回教,曰希腊,曰意大里亚,曰法兰西,曰西班牙,曰葡萄牙,以上天主教。凡六国,隶欧罗巴。法兰西、西班牙则地中海,径其东南出大洋,海又径其西。希腊又自为教,为天主教派别。曰阿伯西尼亚,曰努伯亚,曰埃及,曰的黎波里,曰突尼斯。曰阿尔及耳,法国踞之,为属部。曰摩洛哥,凡七国,隶阿非利加,皆回教。惟阿伯西尼亚天主教。

所历英国属部十四,在南洋者六,曰香港,曰拉布湾,曰新嘉坡,曰麻剌甲,曰威诺斯里,曰槟榔屿。拉布湾在七里洲南,麻剌甲与新嘉坡相连,威诺斯里与槟榔屿一岛相对,皆不停船。在印度者五,英人踞有印度全土,而濒海大部凡三百,曰孟加拉,曰麻打拉萨,曰孟买。岛其二,曰锡兰,曰苏克得拉。停船者锡兰而已,麻打拉萨与锡兰岛相对,馀皆相距远,而一海径达其地,可指望也。在红海者二,曰亚丁,曰毕尔林。不停船。在地中海者二,曰马耳他,曰奇巴腊答。以上所在,建耶稣堂,番民皆习其教,印度佛国,乃习回教,而孟加拉之诃利萨与锡兰皆宗佛教,以合掌为礼,孟买则波斯火教之遗,犹有流传。

南洋群岛、吕宋属西班牙；安南、嘉定省等处属法兰西；文莱岛地属荷兰；再南迤西，过苏门答腊，亦属荷兰。

【眉批】吕宋今改属美。

伦敦所居有二：一曰圣全恩燮斯巴雷司，是为正朝，巴雷司者，译言宫殿也。一曰柏金葛恩巴雷司，是为便殿。正朝必礼服，私朝常服。各公使驻伦敦者三等，凡三十国。

【眉批】当云英王所居。以上摘录郭筠仙《星使日记》止。

厉太鸿原稿手自注乙者，藏杭州丁氏。

丁丑七月

舟人言，富阳隔江有仙渡，虽败艎折舵，不至沉溺，相传有仙人过此使然。此岂吴猛、赵炳之徒所为邪？抑即西方圣人所为坚牢之船，固无漏者邪？

友人或言："凡作事非有私心，不能成。"蒙思子之所以孝于父者，私其亲也；臣之所以忠于国者，私其君也。《传》曰："父为子隐，子为父隐。"《书》曰："尔有嘉谋嘉猷，则入告尔后于内，尔乃顺之于外。"曰："斯谋斯猷，惟我后之德，甚私，所以为甚公也。"

【眉批】审乎此，则知"人欲净尽，天理流行"之说，不可以治天下，而反扰之。《卷阿》《天保》，臣私其君；《七月》《载芟》，民媚其上，岂可灭绝人人之所与生俱来之血性，而强纳之枯槁空寂之域哉？

夜泊九里梅花洲。前与沩苍居士有偕隐之约，今忽栖泊于此，亦嘉征也。

旋里中,睹旧时庐舍井灶,皆为榛莽,恻然久之。惟幸衰门从昆弟尚有六七人,差可解怀耳。寓新之大兄家,观世父遗墨,拟乞取。

坡老之赞维摩诘曰:“此叟神完中有恃。”予感家门之衰久矣,深恐神之未能全也。因取箧中手摘蒙庄格言读之,灵府为之大开。

【眉批】黄叶和尚塔志、欧阳信本书新出土,前在子鼎斋头见之。

世父艺圃先生,初名世经,后更名德生,取庄子语“开天者德生”之意。好读书种树,隐于凤皇山东麓,天性疏野,兼妙丹青,兴之所触,偶作竹榭溪庐、药栏瓜圃等卷,澹逸超诣,秀色绝伦。村老酒佣,或献酒一瓻,则不论楮绢,欣然为挥洒,醉中磅礴,便以相付。富儿、长官求之,不肯与一笔,或对之咏啸,其兀傲类此。真行书瘦硬蟠屈,亦优入欧阳信本敬客家法。辛酉乱后,惟拟钱舜举《生茄》卷及《翠鸟戏夫渠》卷尚存。

欲仿郘亭叟,敬作映潭坞处士乘六府君墓、巡检司山赠奉直大夫国子太府君墓、戴山始祖墓、王官山奉直大夫生员府君墓,五言诗四章。

丁丑八月

偕大兄客新城县,访袁篱谷故居。遭乱,无遗子孙,惟破屋存焉。叹息久之,怀罗昭谏判官隐,唐末义士也。其《江东集》已为方平山刺史坦重刊,《两同书》尚无刊本也。

以下途中杂忆,牵率记之

《庄子》曰:“为善无近名,为恶无近行。”缘督,中也。即东方子明者,处世莫尚于中之中。以为经可以保身,可以全生,可以养亲,可以尽年。又曰:“余愧乎道德,是以上不敢为仁义之操,而下不敢为淫僻之行也。”朱子尝讥之,然此乃漆园制行立身宗旨,与不犯手、太打乖之意尤相近。盖庄生阅世甚深,观物甚熟,亦有深理存乎其间。

俞节母铭

【眉批】可否入文?

紫溪之阳,缑岭俞母,姚墟毓贞,名门卜耦。岁厄辛酉,撞突豕氛。心枯化石,目断飞云。沉渊者珠,愿瘗鱼腹。毕命胶舟,镌名泪竹。有子克家,高闬诏旌,区明风烈,我愧范生。

邵子言:“善人固当亲,未能知,不可急合;恶人固当疏,未能远,不可急去。”明道亟称之。孔孟之于阳虎,王驩有然矣。传曰:“人而不仁,疾之已甚,乱也。”伯夷不念旧恶,而怨者希清犹然,而况忠恕之道乎?

申屠桂,字月岩,桐庐人,荻浦村人。善写人物,于超摇中特出奇丽,仆见其《东方曼倩》《庄子休》二帧,人系以赞。其东方生赞云:“吾学东方,长安索米。敖弄公卿,诙啁文史。忽入瑶池,三偷桃子。何不归遗?细君必喜。”庄生赞云:“吾师蒙庄,逍遥多暇,一官漆园,神将来舍,宁为莺关,不受鸱吓,乐哉鱼游,蘧然蝶化。”

施治乐,字泳和,居竹山下邑,人所云:“九里梅花十里竹。”即其地也。君为郡学,岁贡生,工写生,每作枯木竹石,直干疏枝,轮囷偃仰,姿态横出,妙绝町畦。予家旧藏有君兰竹十册,其妙处不减张雪鸿、郑板桥。先大父署其首曰:“喜怒写真。”谓喜托于兰,怒托于竹也。册经兵火亡去,每于山窗水槛,兀生焚香,一追忆此卷,则雨叶风枝,宛然在目。

退谷丈丁酉副有诗云:“豪杰难争命,庸愚亦有天。”上句括史公、董相《士不遇赋》之意,下句有欣欣物自私之意。

里中父执行存者,方古香丈、滕虞音、郑乐甫、胡心田、从舅,皆晏然无恙,但发俱苍白耳,相见慰劳,令人生敬。

【眉批】家益斋族叔任侠有气,可统千夫,亦与先大夫相识。

余鲁传,字素修,居纸坊坞,县诸生。生有至性,事母皇甫极孝,及卒,哀动邻里,负土成坟,庐墓三年。巡抚睢阳蒋公予蒲大器赏之。书法优入董香光门径,行草仿米黻。时邑士有倪绍元,字体仁者,亦诸生,为人简易兀傲,嗜酒耽诗。江退谷赠诗所谓"梅洁真堪耦,钱多不唤兄"者也。亦工真行书,排摈并时,郡中诸以书名其家者,而独心推鲁传,石交投分,殆有相感于深微者邪?鲁传后以风疾废,绍元亦落落无所合而卒。

大兄云:"乘六府君事高王考极孝。"又云:"一斋府君遇族邻有假贷者,察其惰游,则勿问其所费,惟无力营昏丧及应科目者,则多方赒之。"

芗石族曾王父画赞名棻,诸生,时年二十六,其母孺人又予之从母也。

【眉批】可否入文?

王仲淹年二十馀,而上十策于开皇;苏子瞻年廿又六,而以大科判凤翔。岂古贤之不可逮,盍十驾而超骧。公实与予为族,虽分条而并芳。勉素门之平进,冀亢宗之多贤,况有连于自出,裹殷怀于寒泉。既遘英姿,复垂讨论,文结蘂而重颖,行去枝而谢妍。邈相期于千载,窥道妙于三渊。守骏莫如用跛,直柔可以取全。愿及用时而策志,毋忽此英华之年。

病中无故失色于人,因念先辈云:人是而我非,不可与是争;人非而我是，不可与非争。当切戒，当切戒！梁随季丈之告我、箴我者，谓何而乃忘诸。

与四兄曦亭登桐君寺，憩蒋公祠阁子上。开阁望江久之，山僧留饭，饭毕瞌睡，睡中时时诵“灵境物皆直，万松无一斜”，及“每到静处差安便”之句。予畏世缘之迫甚矣。俄而起诵《金刚三十二品经偈》，诵讫下山，渡江而归。

【眉批】避疟须渡江，验之有效。

凌晨江眺，有怀张叔宪、董策三、仆心仪其为人，余之所遭亦似之。谭中义、高叔迟诸友。

昨日营权厝事，五中眊乱，痛何可言！

【眉批】权厝次妹于家庙旁。舍妹曾许嫁绣峰赵氏，婿赵履临闻有迎丧之议。予固不喜傍舍卑泾，不足以安吾妹之心，闻是言喜甚。赵宅云俟冬月乃举行。虽违于嫁殇之文，亦礼之从宜者也。

戴雪访，县诸生，失其名，俗居乔林村，有诗一册，卷中于乾隆六十年有《祝釐诗》，又云：“吾年五十二，颇亦惮行役。”则知为乾隆中人矣。曾应京兆试，报罢。晚弃家为僧，诗多冲澹闲适语，而俭啬于学，故未能琼琚其词，此岂天分得而限之邪？然佳句野秀，时一遭之亦能动人。予录其可存者数首，略加删润剪截，其《野兴》云：“溪云随客渡，林鸟向人呼。”亦秀句也，惜通体不称耳。

偶书一帖

仆受黄石戒，以柔弱为宗，思赤松游，惟服饵是尚。乃焦明已翔于寥廓，而罗者犹视乎薮泽。闾左改揖让之风，瀼西少纯朴之俗。譬鼯鼠之相吓,关鸡虫之互争。诸君何苦入裈?馀子从教撼树。予惟是守屠羊说之分,返已何惭?闻士成绮之讥乎?名不答而已。悠悠之谈,如风过窍,摆落久矣,又何所蒂芥于其间哉!

澹勤和静

右四字法言,每日自课,时加扪索,能行此四言者,古今惟有子房、孔明、贞白、尧夫、夏峰五公耳。以此五贤为榜样,好个出世经世得现成规模,你切莫小觑他。

约子樗月如某屿,曦亭同棹小舟往游桐君山石壁下,观唐人题名,约有十馀处,多漫漶苔蚀不可辨。子樗脱履扪藤,奋力独上,手录八十许字,乃复下,下视深渊,仰眄危石,千年枯松倒植,石罅如虬龙,殆不啻退之上青柯坪之险也。少选,舟还,记录如左:

桐君崖唐人题名采入《桐庐图经·金石略》

殿中侍御史崔缜,桐庐县令独孤勉,前尉崔沁,司李税崔淑□□□□□□。

大历八年九月廿二日,以上小篆,崔浚篆。三字正书。

右小篆六行,行□□字,可见者三十五字,字约径寸许。

【眉批】题名《桐溪耆隐集》中,已刊,较详明。俟考《唐书》各世系表。

初秋九月,游周宽之治平,桐庐县令独孤勉,前左金吾兵曹薛造、处士崔浚、桐庐县尉程济□□□□□□。

大历□年十月□四日题。

乾祐庚寅夏苏才翁来观。

右正书十行，行五字。后有苏跋十字，字皆径八九分。

皇祐庚寅宋仁宗在位之二十八年也。乾祐误。苏才翁，名舜元，子美之兄，仕至转运使。

欲登桐君厓，访古钟铭文，未果。

向来日课之程，文正十二条极是，而予十言之戒为槲廓，而不当于用甫田之诗，所当切戒呪多为少善，不如守一艺乎？文正日课有"主敬静以立自修之本"，次目"蚤起以至夜不出门"十条，立法井井。自朝至向晦入息，语语皆平易可行，始知有意求深，大是私意，决不可行。后有志学者，克守文正成规，其庶免为小人之归乎。

申明四言之戒

澹以安分。如茹草被袗，及王半山老人作参军、作大参，皆是。

勤以了债。钱东涧云："子房相韩报韩，傅刘报刘。"盖秦汉之间一了债人，其成功亦幸耳。

和以忍辱。如陈仲弓吊张让，及娄师德唾面自干皆是。

静以啬神。如魏武临阵，意思安闲；葛公作事谨慎，胡宿言必思而后发，发亦不可回，止是也。卷而怀之，则又有"谷神不死"之道。

仆濒行时，诣里东门一箍桶叟，隐者也。扣以予当何戒？曰："戒傲慢。"当何守？曰："守柔和。"予首肯者再。

录国朝名儒格言三则

亭林先生勖甥徐立斋云："有体国经野之心，而后可以登山临水；有济世安民之略，而后可以考古论今。"

颐性老人云："少年得科最误事，但既入仕途，势不能再就家塾，计惟有留意'二通'，庶知上下五千年政事治乱之迹，可备它日出为世用。'二通'者，《资治通鉴》《文献通考》也。"

王容夫告孙渊如云："所行归乎平实，于学观其会通。"

谒忠肃于公庙。观乾隆辛未、丁丑两次遣官致祭,御制文勒石。又观高爽泉垲书,袁简斋先生所撰《重修庙碑》。瞻拜忠肃石刻画像。王文成公谒庙,撰联云:“赤手挽银河,君自大名垂宇宙;青山埋白骨,我来何处哭英雄。”语甚雄伟不常。

丁丑九月

永康先生述方正学语云:“人苟不欲富贵,亦谁得而贫贱之?”有志自立者以此言为法。

夜同竹舟武部、松生征君观洪北江、阮文达、黄小松、孙伯渊诸名人往还手札,又观罗存理山水八册,皆佳。为邵君题前人小印署曰士镕,不识何代人。靓女采兰直幅,绢墨皆旧,图中人意态闲妙,有物外天全之致,佳作也。

《漆园粹语》跋

【眉批】应否入文?

凡文事翻空易,征实难。庄、释之书,皆以虚无不毁为宗旨,遗弃万物为能事,故能博喻雄谭,纵横无碍。若闲之以规矩准绳,实之以文行忠信,则辞以理屈,喻为法拘,不复能有《系辞》之笔妙,《论语》之精微矣。是编特取其近道可资法守之言,剪截粹要,略加诠评,都为一册,于尘坌交集中聊一展读,以豁烦释滞,娶娱心目,或尚不至为笃实君子所深讥尔。

跋崔涂《泉诗》

【眉批】此篇应否即选存入日录?

远辞岩窦泻潺湲，静拂云根别故山。可惜寒声留不得，旋添波浪向人间。

石静依岩，泉忙到海，未到海时，不为顽沙狂石所舂撞，则为骇鲸毒蜃所凭阻，终日泙湃沸聒，劳劳千里，奔驰不休。回视石丈人，方且俯首低眉，无言心说，澹然自足，窥其中藏，寓峻整于和平，敻立万仞之表，彼见水伯多事，孱焉若有相矜怜之色。嘻！物之闲忙异趣，毫厘千里若是。至夫贪财徇名及爱闲守靓之士，参差异味，各不相喻，何独不然。静中体验，物我何处不可作泉石异趣观。读崔涂此诗，可胜叹。夫至宋人为此诗下一转语云："何必奔流下山去，又添波浪在人间。"其警戒内热者之意更深矣。然予谓古之贤人，虽有时避世之患，决不以忘世为高。汪洋千顷陂，持以溉民利物，与在山之一清彻骨者，其理岂有二哉。趋富贵若渴，固不可萌此妄心，亦不当为射鲋漏瓮之废井，藏拙自娱，以求免于崔诗所讥也。

【眉批】不入内外集，当编入杂编。许海秋云："为文当气直而笔曲。"此篇意境尚知近之。

《续辑桐庐诗录》上，前郡伯宗公云云，伏读尊纂《国朝严州诗录》，今续采得若干首，缮录如左，敬呈选政。

俞国桢十首。序略见前。

戴雪访七首。同上。

袁世经一首。同上。

先公五首。

先大夫素以诸生教授乡县，居家接物，颜词甚和，不见喜愠。每与生徒讲贯，析一名理，称一善行，往复详尽，必得当乃已。及咸丰庚辛间，一佐今相国左公乐平戎幕，旋归，纠民兵捍乡里。以时之多艰，义形于色。民兵俄恇溃，先大夫陷贼中,复间道归里,忧愤卒。前郡伯山阳丁公寿昌追访遗行,乃状上大府,乞照军营积劳病故例,奏请优恤,得旨俞允,事详不孝昶所述行状中。先公为诗,不肯经意,随作随弃。有《晦村》《绣峰》二集,今存者只此数篇,系从门下士王泰家破书中搜录得之。不孝嗣孤昶敬识。

袁世纬八首。

谨案:序略。皆以此二字冠之。先贫村五叔,事实见《浙江忠义录·列传》。

续采未钞。

江肇堧□首。

方辛□首。

方骥才□首。

九月五日帖

吾与明星、大石、飞鸿、游鱼同盗是气,以游于高天厚地之间,吾岂无求于世者,然亦何所多求于世哉?

渐西村人,字曰重黎,今复制字曰晦之。

申明日课四言之戒

静。一味冬闭寒凝,刻刻唯务收敛,不许发见。

和。稍有些子发见处,皆仍有收敛气象。

勤。流水不腐。

澹。荣观超然。

仆见淮勇诸行营,凡同治五六年应募编入火伍者百无一存,其仅存者虽败夫走卒,亦已建牙开府,是知名场逐鹿,长安弈棋,盛衰消长之数,无五年十年而不变者。于此亦可以休息天倪,静观世运矣。

【眉批】溧阳强良庭,天下笃行之名士也,时客吴郡书局,予欲访之,会日暮未果,再作札与泖生太守,询其名志之。

四教四科

【眉批】胡安定先生分经义、治事为二斋以教门人，国初颜习斋撰《存学》《存治》二编，近儒魏知州默深丈亦以学、治二端并重。夫学即庸德庸言之事，笔之为论，辨则曰文，而敏之于事功则曰政，其非本有二也。

四教乃未成之四科，四科乃已成之四教。《易》曰："忠信所以进德。"然则忠信者，德行之基也。又曰："修辞立其诚。"古者使能造命言文行远，要乎忠信，蛮貊可行，故于文，人言为信。然则忠信又为言语之根本。文者，该言语、文学而言。《尚书》记言，皆君臣相告及上告下、或同辈相告之辞，麟伤而道不行，乃返而删述六经。子思、荀卿皆以困厄而后著书。古人未尝轻著书，必有为言之也。达则对扬君命，穷则教授一乡。或默或语，或出或处，各有天职，尽吾分所当言而已，何著书名集之有？故法言巽语，经理以立身，博文困学，纬辞以垂世，是之谓立言。孱焉常退藏于德行，而根极于忠信，故曰默而成之，不言而信，存乎德行。凡惭、枝、游、屈、诐、淫、邪、遁，通谓之巧言，德之贼也。若夫学非而博，钩釽破碎，文匿而采，支离曼衍，害忠蠹信莫甚焉，庸得谓之文乎？

行者即政事之谓也。行于国谓之国政，未施敬信于民，而民乃生敬信焉。由仁义行，故下有风草之化也。行于家谓之家政，故随武子之家事，治言于晋国，无隐情，孝乎？惟孝友于兄弟，是亦政也。此四教与四科脉络相贯之明验也。近儒姚氏鼐、戴氏震以谊理、词章、训故东原以考证当之。为学中之事三焉，而湘乡曾公益以经济一目合乎四科。举汉儒训诂之学当文学科，宋儒义理之学当德行科，韩欧以下古文之学当言语科，杜佑、马贵与司马君实、顾亭林、秦蕙田名物、礼制、体国、经野之学当政事科。非合于三代两汉之书不敢观，非先王之德行不敢行，非先王之法言不敢道，则得之矣。

予每至一处言“东斋”“西斋”者,因予行役之东西无定,劳困不堪,而渐欲返求诸张子厚“砭愚”“订顽”二铭之义也。

【眉批】东斋象仁,发生主,韩子纂言;西斋象谊,成孰主,顾先生记事。

江都李宾嵎先生祖望,向共事刻书局者三年,力学著书,长于故训,于戴、段、惠、江以下解经家言,有叩先生者,一一诵文辨答,如数家中所恒有者,人人各餍所问而去,便足自豪。为人性矿如石,非其道一介不取。于今年春夏,犹屡谒先生于半亩园。年六十八,能啖硬饭,行步如飞,特以困于家事,儿癫奴傲,多伤天和,不意竟于九月六日作古。经生云亡,学微道散,又不独穷而在下位者之私痛也。

仆多病之根,总怪前时少年不自啬养,遇事皆以十分精神处之,而今也学乖,且只用一二分精神。凡事只从稳实处做便休了。忧患者欲皆损之又损,惟为学似不当尔,然苟有意骛博求深,亦为役神丧志,至人不屑也。精气神三宝,啬之久则合者不复相离,所谓能婴儿也。耗其一则二者疲,耗其二则一者竭,此道家大戒也。案:朱子尝云:“中年以后为学,且须爱惜精神,如某在官所,亦不敢屑屑留情细务者,正恐耗了精神,忽有大事来则无以待之。”

麈遗处观王素山水画册,中一册作两僧荷担参方,履石渡水势,一叉手扬眉,仰扪峭壁;一握拳瞑目,立而熊伸。唐人有《渡水僧图》,此其遗意邪?

重次故相曾公日课章程十二则

一、敬。整齐严肃,无时不惧。涵养须用敬,敬者不苟之谓也。无事时心在腔子里,应事时专一不杂。清明在躬,如日之升。

二、静坐。守敬莫若静。每日不拘何时静坐四刻,体验来复之仁心。人动极常毗于阴而为刑,静极常出乎阳而为德。《复》《震》一阳,仁之萌牙、元善之长也。正位凝命，如鼎之镇。

以上二则是下手根基。

三、早起。春夏秋三时黎明即起，冬以日出为度，醒后勿沾恋。

四、保身。中午以后为学，且须爱惜精神。夫惟啬是为早服，早服谓之重积德。先大人养心明目五戒曰：啬精神，啬耆欲，身过。啬思虑，意过。啬言语，啬饮食。口过。时时当作养病。

五、谨言。刻刻留心，第一功夫。

六、养气。气藏丹田。无不可对人言之事，诚自不妄语始。

七、读书不二。一书未完不看他书。如读《论语》，如未尝有《孟子》，读《易》如未尝有《春秋》。读了上句若不知有下句，东翻西阅，徒务外为人。

八、饭后作字。午饭讫写字半时。凡笔墨应酬当作自己课程，凡事不可待明日，愈积愈难清。

九、读史。当以《资治通鉴》《文献通考》《日知录》为根本。

【眉批】读史一功改列饭后作字之后，以合于朝经暮史之谊。"徒务外为人"下细注："以寡要之识而骛于无涯之智，气嚣而不静，神疲而不澄，始于无所择执，终至丧其本心，此学人之大病也。为学之道，宁精毋多，宁约毋滥，宁专治而陋，毋博爱而眩，宁定志而有归宿，毋劳神而鲜法守。"

十、夜不出门。旷功疲神，切戒！切戒！

以上自平旦起，讫于甲夜八则，乃修行渐次工夫。

十一、日知所亡。每日读书有心得语，记入日录。若刻意求深炫博,便是徇人,便非。平慎宏远,尽其在己之学。

十二、月无忘所能。每月作诗文数首,以验积理之多寡、养气之盛否。不可一味耽著,最易溺心丧志。

以上二则,是随时考察。

观李文贞论王文成为人语,甚中肯綮。

道家经戒、饵服、房中、符箓等三百七十七部,蒙取其一言曰"啬";释家大小馀三乘一千九百六十二部,蒙取其一言曰"舍"。"舍"主于忍,非忍则不能成慈;"啬"主于俭,非俭则不能成让。然其道不外乎《易》之《损》《益》二卦,义相反而实相成。

山西、河南大旱,饥人相食。先是州县农渠不修,牛耔废弛,民多射利犯科,种罂粟为生,故官廪无积谷,私家鲜见粮,以至游遇旱荒,丁壮逃亡,老弱沟壑。噫!此牧民者之罪也。

两江制府沈公禁厚葬,非孝以防,椎埋,示引。朱文公讲学于闽,教民勿厚殓。时邑有发冢巨猾,隐于缙绅中,公殇时遗命,以礼招之视敛,使亲见附身衣饰无生人可用者,后公墓获全。于是闽人化公遗法至今,品官朝珠,裹棉花为之,蟒袍中有金线者抽去之,妇女首饰以竹木代之,故六七百年中,发丘盗棺之案绝少。张释之言:"使其中有可欲,虽锢南山犹有隙。"可不鉴欤?

偶阅查慎行《人海记》二卷,笔伏茶猥,不足深观。中自叙内廷供奉历受荣遇,而薄谏官不为,可知馆臣陋习,不知政要,自国初已然。读惜抱老人《翰林论》,能毋慨然?若方望溪、洪江北之顾名思义者,能有几人邪?人才凡秽一至于此。记中故实稍录,得数则备查。

世祖章皇帝于甲申十月朔入燕,甫七岁。是日一御殿,自后元旦、万寿节俱免朝贺,至庚寅正月朔始御殿受贺。

“无毁无誉，三代直道而行；知止知足，四时成功者退”，此明申文定公时行榜柱语也。

各省岁贡芽茶共四千二十二斤，内建德五斤，淳安五斤，遂安、寿昌二县共六斤，桐庐二斤，分水一斤。

【眉批】采入《桐庐图经》。

闽建安贡茶有探春二十一斤，先春六百四十三斤，次春二百六十二斤，紫笋二百二十七斤，荐新二百一斤之目。

成化三年，南户部奏准，供用库岁用茶叶，坐派滁州府二百斤。

【眉批】入《北谯琐闻》。

泰山自下至巅五千三百八十四步五尺为步，纡折皆在其中，高三百八十六丈九尺一寸，实十四里零八十馀步。应劭《汉官仪》云“自下至古封禅处，凡四十里”者妄也。俟再检《泰山道里记》，沁水张大理云。

倪鸿宾先生与同邑丁庶子进，俱天启壬戌进士，常中秋联句。丁首唱云：“中秋佳节好吟诗。”为人所哂。上一日偶询崩字何义，丁曰君死曰崩。倪曰先帝升遐曰崩。丁大惭，由是恚嫉渐与倪成隙。倪少娶馀姚陈氏，失欢，后官九卿，以妾王氏膺诰封。丁阴丐诚意伯刘孔昭讦其事，倪奏辨陈氏失母意，遣归外家，命娶王，宜封，引海瑞谥忠介前妻许氏、潘氏未封封后妻王氏为例，上不问，免议。然陈氏实同母夫人居，非大归者。甲申末陈氏诉于朝，时刘孔昭任事，竟夺王氏封归陈。

顾东江楹帖云：“才美如周公，勿着半点骄；事亲若曾子，裁成一个可。”

内府收藏书画，予所经眼甚多，其尤精妙者最记三十五种，以备遗忘:绢本小真书《曹娥碑》、赵子昂《鹊华秋色图》、宋笺,高六寸,长六尺,周草窗、董文敏跋。褚河南《西升经》、真书《乐毅论》、不著姓名。张泽端《清明上河图》卷子、绢本,长丈馀。燕文贵仿王维《关山雪霁图》、郭熙《蜀山积雪》、赵子昂《百骏图》、唐临右军《黄庭经》、米芾山水、郑所翁《九龙图》、赵千里《后赤壁》图卷、黄筌设色花卉、吴彩鸾细楷唐均、顾野王《草虫卷》、阎立本《步辇图》又《洛神赋图》、燕文贵《长江万里卷》、刘松年《江上雪霁》、东坡道人墨竹、虞伯施《庙堂碑》墨迹、黄子久公望《江山胜览》、宋僧《牧溪果蔬鸟雀图卷》、钱舜举《白云红树》、赵千里《大禹治水图卷》、王稺登记首用八分书。徐熙钩染花卉翎毛长卷、唐六如《水村图》、管道升赵文敏夫人白描《闻思大士像》、唐陆柬之书《文赋》、刘松年《五百应真》、赵雍画马、李龙眠《五百罗汉》、李邕《大照寺碑》、周昉《美人浣月图》、黄子久《秋山雨意》。有倪瓒跋。

太宗时以独石口至张家口一带水草肥饶,定为放牧之地。数十年后,孳产蕃息,既不累民,亦不费官,马政之善,前代稀有。

【眉批】以上九则均录《人海记》。

丁丑十月

十月壬午朔,占验家言,旬日内日行与水星同道,法当连雨。

稼轩先生赠言,谓辇下不易居,稍立崖岸,众毁随之,最好守定慎言二字,可以免患。予谨受戒。丁丑立冬耐得翁记。

老氏之戒曰:"重为轻根,静为躁君。"重静者虽处艰危,亦卒有成;轻躁者虽处暇豫,亦易以败。

千金秘方

孙真人思邈云:"欲得长生腹中清,欲得不死腹无矢。"千金药方,十四言蔽之。

夫己氏将来终身证果，不免蹈梁元帝，读书万卷乃有今日之误。夫己氏乃吾家阳源《真隐传》中所议之人。一择术不约，必至害事；一立心勿诚，足以败名。可为殷鉴，戒之戒之。

读《榕村语录》论《乐》，中有数条精甚。

读《榕村语录》，始知李文贞才学刚和宏实，其言可为入学出治之龟镜，由之者吉，违之则凶，悔吝至矣。宝之宝之。

犯瞋，戒改之。中白规予当节性，不可在性从之。

郑州李太守翰华以荆岘承夏峰旨，所辑《洛学编》四卷二册见贻，函谢。

【眉批】赠书与他物异，特书之以示后世子孙，毋得鬻借，此其例也。

渐西耕叟自戒性刚才拙，不适世用，犹夏峰先生之自称骨脆胆弱，筑兼山堂读《易》其中，足不出户，思不敢越位，行年九十馀，而隐于举人，以避世祸也。

木强也好。

《坎》《离》归于戊己，乃定学也。

江淮大吏俱议以河运改归海运，甘泉大农持不下，甚有远识，知“中衢一勺中海运十宜”之说，亦恐难久恃也。

【眉批】董公所虑者，海防戒严时耳。然今日观之，苟有警时，虽无运亦何足恃？情势迥异于前矣。

退谷言：“宁可使人爱，不可使人恶；宁可使人畏，不可使人怜。”言虽不中，然其阅世甚深。

曾文正公评骘湖南二刘诗曰：“此士卧深山，静气却豺虎。”又曰：

“物外得真游,方寸能歌舞。”礼乐具在吾心。茱云、孟容之贤,可以想见。卧山静气等造辞,深得孔子言隐居以求志,及葛侯言才须学、学须敬,又述宁静致远之旨。“惟淡泊可以明志,惟宁静可以致远”,本《淮南子》。曾公能形容古之善为士者,如此方是语言妙天下。

宪庙精通三乘,尝言朕治天下用世法,十年后当用释法。佛说有二,一共世间法,一不共世间法。故雍正十一年后,立政务为柔和宽大之法传,所谓宽以济猛,猛以济宽,政是以大和也。

【眉批】此条本《啸亭杂录》,录凡五册,约十五卷,未刻。于国朝大建置大征伐诸政及名臣权佞各事迹言之甚详。满洲某公撰,今其抄本在凌麈遗处。录中事起天聪天命,讫嘉庆初年,作者似是乾嘉中达官。

与寓中议连年客游,愒弃时日,学业隳坏之失。

老苏以临川为奸,某意大不为然,不若温公讥其执拗、曾巩讥其吝于改过为有知人之鉴。至东坡乃指伊川为奸,则更颠倒黑白矣。此皆立论苛僻求奇,不肯虚心穷理之过。明允之学,纯是孙吴;子瞻之学,纯是庄释,其本根先异,故枝叶亦乖。要未为善用孙吴、善用庄释者也。

【眉批】当时书尚未刊,故见传抄本而云如此。

岁行暮矣,齿逾少壮,而人地卑秽,生事拮迫,行能不立,道艺日芜。环顾亲连,莫能相喻,徒以不入耳之谈来相喧聒。北辕之志,郁而未伸;枯守穷巷,所怀万端。荆扉雪深,乏高卧之节;租船冰滞,无咏史之名。上愧君山,中恧彦道。黑头三公,吾无分矣。黄鹄千里,何能恝焉?病妻北谯,弱侄南兖,壶飧侊饭,展转依人,复何时高车生耳,前荣馔宾?徜徉树石,垂平泉之戒;诛宕图史,翻邺侯之书,一洗儒生酸涩之态乎？目暝意倦，聊复书之，以祛烦滞，故词无伦次云尔。

《史记·武安侯传》召韩御史大夫，载韩御史大夫谓安国也。乾、嘉中称程瑶田曰程孝廉方正，然则今官制布政、按察等使叙为是官者，当称布政使、按察使，不当冒古官名称方伯、廉访，遵王之义也。

陆清献公言，昔庄简公每构一室，匠曰当得百工。公曰：吾与若百二十工工食，若为我尽力作百工，故其屋坚劳非他家比。此得刘宴造粮艘之法。近曾文正公作两淮盐政，募造商船仿此术。陆庄简所言，亦洴澼絖之类也。

又言士君子出言当一言当百，不可多言取厌，虚言取薄，轻言取悔，此谨言之法，尤中予病痛。

丁丑十二月

【眉批】时在全椒。

偕慕淮行经跨虹桥，旋登奎光阁，阁凡三层，下有石刻“仙苑”二大字，字径二尺许，相传为朱子书。阁上可以眺远，少选过新桥，望昆明李氏仍园别墅遗址，石案已颓，丛筱犹绿，冰溪晶镜，流澌融泄。溪水自南冈来，下注襄河，傍有茅屋一两家，野色萧然，清寂可爱，意古者有羽客幽人结庐于此，栖真炼性，未可知也。渡略彴而北，回望南冈，蜿蜒起伏，如饮礀牛，如曳尾龟，若行若卧，若拱若揖。噫！予之托迹于此有年所矣，而不知有南冈之胜，是予之过也。夫古今之名理无穷，而探赜研深之士盖鲜，常狃于所习见，而蔽于所不知，又岂独南冈然哉？游宝林桥，观叉鱼。桥下小沙洲即吴山尊先生所称小白鹭洲也。

携从子坐鹿车，出天宁门，八里许上蜀冈，步上四松庵，观丛竹，转入寺门，看新造佛像。三至平山堂，小坐啜茗，与山僧心泉闲话。还瞰第五泉井阑前，人云此海眼通蜀中。嘻！谁实测而知之，此非谩语邪?毋受古人欺也。予以为非蜀泉亦谩语也。所谓彼亦一是非、此亦一是非,二者孰知其正?山中之泉,自知之尔。呵呵一笑。观蒋湘帆衡所作五大字,又观王虚舟澍所作五大字,下山归。

【眉批】时册首署"九里梅花村舍",注云:"此吴嵩梁旧榜也。"然惟浙西无名人得用之,彼托诸寓言而此系实事也。不待西风,乡思深矣!

戊寅年(光绪四年,1878)

戊寅二月

友人庄中白近贫尤甚,时方移居,而瓶无现粮,予不能为子杞之馈,是予之过也。

龚定庵云:"心疾之遘,光景聚兮。"又曰:"戕思林兮伐智树,放聪轮兮黜明御。归来乎泊乎?"吾以寤《左传》曰:"明淫心疾。"然则定庵固有心疾邪?殆未读《近思》一录故也。《近思录》云:"须知自古贤圣,不害心疾。"

《求阙斋自课四条》极有法,其目云:"沓独则心安一,主敬则身强二,求仁则人悦三,习劳则神钦四。"四者之枢纽,大约不外乎动静交相养。由静之动,而仁生焉;由动之静,而谊出焉。

班定远曰:"御下之道,责大指,毋苛小而已。"斯言可以为法。

晤凌嘉禄德,此隐君子也。蜀严湛冥庶几似之。

融斋先生已归兴化,未及见,可惜。其诗文集刻成四卷,挟之而归,读之如盛夏嚼冰雪,芳冷沁人心脾,美快之至。又自制南曲数套,可醒庸愚,可警忮吝,真有味哉!其言之。

与同舟朱君字静山,曾由上海方言馆肄业,总署天文馆。李迎叔先生弟子,候选员外郎。谈去年李伯相买美商水雷未成事。朱君人极柔和,得处世之道。

朱静山言泰西人格物之学甚精密。天生万物之数,其原质不变者,凡六十馀可以统之,求原质之法曰化学。如水一物也,以电气分之,则为轻气养气,合轻气养气则复为水,一而二,二而一者也。

近今粤沪两关设方言馆二,额设学徒四十人,习翻译各国语言文字。由方言馆三年,甄别其高等弟子由关道保送入同文馆,馆在京师崇文门内东堂子胡同。总署内,由同文馆遴其尤隽敏者升于天文馆。设汉英正教习各二员,副教习若干员,额设学徒若干人,学成,然后随材授任,或出为各国使臣翻译云云。

【眉批】此制未尽合。

过登州各海中群岛,或奋若鲸呿,或离若兽骇,或崒岩云起,或霏如雾结,或若断仍连,或将回复旋,或如张屏青,或类坼岸赭,真壮观也。

早潮甚微,舟乃搁浅。夜半风潮大作,顺流解缆,才得进口,违津门二十里,泊止。自大沽口至津二百四十里。

诵韦左司"缘情生众累,晚悟依道流"之句,予知所以安心却痾之方矣。

李秋亭杠过,时由吴中筹集赈银数万两,将携之河间放赈,其款皆由同乡绅商公醵,不经官办。李君欲按户编查散给,跋涉数千里,不辞劳瘁,其存心济物之心,亦可见矣。

戊寅三月

家敬孙先生,名遂。见过。语我以陆桴亭先生、陈文恭公之学,为有体有用,以主一无适之义见规,予心好之,而自憾未学也。

诣敬孙兄,见示以桴亭先生《考德业日记》一册,止有崇祯十四年一岁中事。日课言行甚密,善恶邪正皆杂书之。十日一综考,中列一线界画,上记善念善行,下记身心口过、所行不善,大旨以德业日新,天君泰然为本。而后及于治家、择友、御下、接物之道,旁及天象、地利、国事、民风、农桑、河漕,靡不研究。予因此录悟为学必先求收放心,即以养生家言之,其术亦须从求放心始,敛之又敛,收视返听,守一处和，乃为有下手处。

晤篪仙，知南皮师欲延予教读，待之一年有馀矣。师之厚期过奖，肺腑铭刻，惜病困，只得谢不胜任耳。

以下为《人海方轮记》，以“乐府车轮生四角”之语得名。

与蓉生朱君散步天坛之北，鱼陂十顷，方罫纵横，晒网当门，凿渠蓄水，渔童圃叟，什伍为邻，春草东西，笙歌两部。绿杨远近，姜韭千畦，野景萧然，顾而可乐。钱起诗所谓“穷达恋明圣，耕桑亦近郊”，殆亦闲居之一适邪？

戊寅四月

读归熙甫《项脊轩记》，状其屋宇之湫隘，家事之琐细，树石之萧散，经卷之纵横，方丈之室虽陋，常有怡然自得之趣。仆所处，亦何不可作项脊轩观？要当以归氏学行自勉，方为不负斯西室耳。

诣曹，有琐事，予世事、吏事俱欠磨砻，故敛气平心，谨守绳尺，不敢妄以杜陵、萧育自居，予犹惧过失之丛集也。

汉龙伯高、明文征明，口不喜言人过，予每援以为法，而偶不检束，即多失口。此后宜痛除此习。一意谨言，庶可免祸。

谒见甘泉夫子，以吏事求教。甘泉言，现行事件较则例有变通之处，沿革繁多，未能遍悉，姑先就本曹应知之务细心研究，如现行片稿中援引某年成案，则命胥吏检阅核对，此一法也；如系逐年例行之事，则查上年成案，系逐月例行之事，则查上月成案：此一法也。

雨霁道泥，归途颇眩晕，须枯坐习忘以却之。

朱少虞农部福建司正稿丙寿见过，少答语，言甚恳挚，与世故酬应者不同，此可交之人也。语予以新修则例癸酉年修较旧例仅增七十馀条，坊直十二两。此书必须翻查，或看旧则例亦可。漕运则例系云南一司专掌，可缓看。又官房收租抵俸及汉官春秋俸皆由本司经管。军需则例系陕司专管，亦须批阅。

检孝靖先生遗札六通，及融斋先生书数纸，将赴装池。

孝靖遗札跋语

【眉批】应否入文？抑即选入日录？

右九纸系郑斋先师丁卯、戊辰间所赐手书,凡六通。先生学核行专,生平未尝作妄语。其教人也,色和而语严,如登秋山,气为之肃,令人非僻之心自消。昶之从游也晚,先后受学几三年,每有过失,勤见启诲。而先生遽于己巳四月梁木告摧。今往矣,年齿日益长,尤悔日益滋,而耳不习法语之言,是将自绝于君子,而终为小人之归乎?爰亟检此六通者,装池以悬于座右。先生之所以为教,初不尽著于此,而词气温厉之间,亦藉以窥寻微指,使朝夕警省焉。如昔日郑斋之奉席撰杖时为学义例,由此扩充,虽欲感发兴起无难矣。苟不稍弛其勤,而或免于戾,庶几事亡如事存之义,或者先生之神明卒牖其愚乎?戊寅初夏日下寓斋昶敬识。

【眉批】此跋暨原札,于戊戌初重裱于芜湖;庚子之难,书轴尽失。此轴仅为友人代收得焉。

闻诸叔寅同年成亮在籍病故,惜之。叔寅前同肄业湖上精庐,又先后同客涿郡,举杯相与,赠言如昨,旋以丁丑成进士,以病未预殿试。年甫逾壮,赍志未遂,遽埋青山,痛哉!

西斋元有之树,桑一桃一,墙东有大椿,墙北有槐,高阁翼然,可以登眺,甍槛参差,槐阴蔽之,而时露碧瓦鳞鳞。然鸱吻棱棱然,又时有林鸟水鸟,钩辀格磔。倚槛听之,有类山栖谷汲之状。中设一榻,琴一张,有弦与无弦同。香一炉,苦茗一瓯,浊醪一器,书数千卷,不求新奇。又适有六一居士石像悬其中,朝夕瞻仰。食饱散步,静坐无事,婆娑其间,虽居不华而器不斫乎?然是中有至乐存焉。幸于行住坐卧,忘言忘象中一遇之。

吴子撍编修见过，云将假还吴中省母，于时太夫人年七十六矣。莱綵娱亲，可叹羡也。子撍近日三上封事，有尹壮图、洪亮吉之遗风。

戊寅五月

廛遗嘱检《连筠簃丛书》目，此书宝名斋有，索值十六两，其目录左：

《韵补》五卷、《椭圆术》一卷、《元朝秘史》十五卷、《镜镜詅痴》五卷、《唐两京城坊考》五卷、《癸巳存稿》十五卷、《西游记》二卷、《群书治要》五十卷、《汉石例》六卷、《湖北金石诗》一卷、《勾股截积算术》二卷、《落颿楼文稿》四卷。十二种一百一十一卷。

阅毕沅《传经表》，表凡四卷。第一卷传经表次第，分五经，《尚书》分今古文，漆书中文；《诗》分齐、鲁、毛、韩；《易》分孟、京、焦、郑；《春秋》分公、穀、左；《礼》分后、大小戴、二郑。乃专门有师法授受可寻者。第二卷通经表，著能通二经三经五经及帝后王子宦者之通经者。第三卷著史称其通经而不言其所授何师者。第四卷著史称其博学而不必专治一经者。

观上庸长严李男二石刻拓本。

阅莫子偲先生《经眼录》，多载宋元板刻，如顾涧蘋、钱警石讲求刊本优劣之学。

仆近日祛病安心养气之法，有四要，曰：饱吃饭，稳睡觉，勤作事，少用心。

晚约蓉生步行河堤上，商量学事。蓉生见地明爽而宅心浑厚，此好友也。

朱静山告我所知贤者二人：席淦翰伯，青浦（人），现为天文馆副教习。汪凤藻芝房，吴（人）。

前辈每有约而自守数字存于胸中，参前倚衡，时时摸索，或书为大字以资随时警省，如刘元城之以"勤谨和缓"四字自勖，朱子之以"宽大平粹"四字励学敦行；近曾文正公之每书"勤廉敬恕"四大字自勉勉人,皆约而易行者也。

钱君言写书眉之法,先用沙皮擦过,令油灰涨垢尽去,然后用潮手巾略揩,方写得上。

予之连年奔走,所谓就水草以休息。苟有食,其从之,而客江南与客京师,皆不必得食,然卒就之。燕之劳而不为安楚之逸者,则又两害相形姑取其轻也。

中表王芹父云:

咸丰壬子,先大夫授经晦村,居其家西斋,历癸丑、甲寅,至乙卯应行省试。吴同考官芳蕙,首荐五叔父与焉,以微疵见摈,仍报罢。凡居晦村四年,与江退谷丈往返酬和,答难为多。时退谷馆独山寺,相去五里而近。丁巳督子侄读书于坊郭家庙,生徒五人。戊午、己未馆于绣峰赵氏东园,生徒二十馀人。尝游东坞、太湖潭、钟山诸胜,慨然忧江淮群盗,有避地之志。

丁巳夏五月,丁王母单宜人忧,时先公已馆绣峰,王语微有参差。

再同偶言,凡人多破碎聪明,非大器,且多耗无益之匠思。此见道之言也,不可忽。昔东坡病秦、黄辈以有馀之资而骛于无涯之智者,此也。

诣南皮座主,所以语辨学术、清治本、培风俗之意甚挚。昔汤敦甫先生初噬仕京师,尝徒步从大兴朱文正公问学,往复讲贯,如古师友风谊。予其勉之。

张骞审西域地形久,乃得其要领。"要领"二字好,博文约礼之学视此。

【眉批】壬申、癸酉册亦有言此二字一条,可详。

朱子为学,筑基必厚,暗淡务去名心,尝于寻常义理根究到极深处。八尺曰寻,倍寻曰常,寻常是从卑处起,逐渐踏实做工夫,一步步迤逦向高处去,此研经、读史、作文、治事、守己、接物之准的,不知守此则，种下骄吝病根，犹曾子言“博学而孱守”之“孱”字义也。

每日功课终做得有限，荒废时日，所业不成，宜如何痛自下药方，可求合于古人之用心乎？

暮得叔迟津门书，子与扬州书并云，庄中白先生于前月作古。辛未及癸酉三年中共事刊局者，连丧薛介伯、周仁父、李宾嵎，莫子偲、何子贞两先生，与君而六矣。旧游零落，余亦贫羸就食，名为筮仕，实同旅人。中白之存，既不能分筐囷以救其饥；于其没也，又不能存恤其二子，予之悲又何日可以稍塞也！另有庄《哀词》。

海宁李壬叔先生善兰年六十九，尚无子，貌甚丰腴，艺也近乎道矣。故能面背充然，有睟盎之色也。俞编修樾赠楹联云：“偃矩知高，覆矩知深，卧矩知远；《周髀》商高语。一摹得天，再摹得地，三摹得人。”杨子云作《太玄》事。八分书。

左手据天下之图，而右手刎其喉，智者不为。此惟管敬子、魏文贞、刘文成能言之，马季长以下非其人也。

孙子缙同守来，惊闻吴子儁太史昨日作古。善人云亡，邦国殄瘁。哀哉！后有挽联，另录。

【眉批】即前云乞假省母，曾三上封事者，未及而病卒。

篪仙论寸心知室之学远逊荆岘，后汤不及前汤远甚，颇有见地。

姚镜塘先生，潘少白、龚定庵盛推尊之，今观其集，《四书义》为上，能以庄、列之笔妙写程朱之精理，深湛刻挚之思，托始甚微，触类甚显，精能独到，不可思议。诗澹雅，次之古文，又次之能博学，孱守内而不出人也。

【眉批】定庵，姚弟子集中无一字及定庵，殆有微意存焉。

予时萌意过而未形于外者甚多，此庄子休所谓罹内刑可畏，孰大于是?须痛自刻责,倾浙江之水以湔濯之,则杲杲然飒飒然秋阳出,春风生矣。

戊寅六月

答诣家敬孙,借阅宋节孝《徐州徐仲车先生积文集》,读之洸洋诙丽之中剥落皮肤,惟有真实,予盖望之而不见其压,而予人以易循者,盖天民大人、儒老婴赤,此心同、此理同也。

【眉批】予顷惟务温故,不妄读未见书,惟于徐集、姚集,若兹比者,则破此悭例读之。

节孝徐仲车先生为学要指

【眉批】二节盖自另记者。

节孝徐仲车先生,以元祐中除楚州州学教授,潜居乡校几三十年,弟子著籍千人,远近化之。少孤,父名石,生平足不敢履石。事母至孝,为之不应科目,不筮昏,晚娶,而有四子四女。母亡,庐墓十馀年,攀树哀嚎,血泪凝襟,或遗之粱肉,不受。翰林吕溱过而闻之,曰:使山中鬼神闻之亦当感泣。甘露屡降于坟前。每吉、祭、忌荐,视涤献食,立几筵前,温语如平生。晚病聋,然天下至新且密之事皆知之。卒之前数日,忽大书一帖云:“五月榴花不肯开,直待徐郎来。”奇逸不类人世书。及期,门人或问疾,著幞头而起曰:“不冠不敢延坐。”俄语儿子曾子易箦事,诵《檀弓》一章而坐化,年七十六。葬之日,赴义千人,皆藉荐东郊,叹息泣下。先生为学官,尝语学者云:“人欲为善而损己之财,耗己之力,不为可也。今一朝为善而于财无所损、于力无所费,则何不为善?人欲为君子而父母阻之,乡里笑之,不为可也。今一为君子,而父母乐之,乡里荣之,则何不为君子?”时以为名言。

又言"为人须务谦下挥抑，至作古文，则必奋力求胜于古，不蹈袭前人一字一句"。门人欲归养亲者，资之；贫无家者，令节必与之饮酒；死于塾而无丧主者，则每岁设广坐祭之。称人善则必举其所见，无溢词。尝言修身处事当逊词以免祸，而严行以远侮。尝慕诸葛武侯之用法严而平，又是汲黯而非阳城，以为当使素行为人主所信，重此信而后谏之，谊也。窃意其为人学术与康节邵子略有异同，而用世之志不得其时，而不自见则同。然尝受知于神宗皇帝，召见数次，而苏公轼、邹公浩不敢以其行义高于先生，每见常抑损自下，若有所畏然。先生盖安定之入室弟子也。

尝教学者以"治心养气"四字为先，荀子言治气养心之术，不若此四字为顺。曰：修身、务学。为文之要莫大于此，其效甚明，其术甚易。晚年乃著书，未成而病，尝曰："吾之书大要以正治心，以直养气而已。"四方士大夫上谒请见无虚日，先生酬答不倦，忘寝与食。或问立朝之要，则必曰以正辅其君；或问修身之要，则必曰以正修其身。自远方寄巨轴以请教者，大书以"正"字与之。先生于天象、地形、河渠皆深造精要，而未尝以之名家，殆所谓足不出户知天下，不窥牖见天道者乎！

【眉批】元紫芝、徐仲车是一流人，而积以学尤胜。

先生于前代名将，酷嗜诸葛武侯，以其所学之广、所养之厚也。尝谓兵者，实大贤盛德之事，两军相加则哀者胜，兵之气势，决凶危于俄顷，必我之正气厌于彼之诊气，而后可以化凶为吉，易危为安。此文正曾公所为以积学、力行、持志、养气，而有所斡补于咸同间之兵事也。非小才小智所能用，不独用之难也，言之亦难。若其所养不至而易言之，鲜不败事。门人或问天文占候之术，答曰："昔人有学天文于谯周者，周曰天下事可学者甚多，何独天文？"先生于学能见其远且大者，多此类也。

予语友人言古今治术多矣。前事之师，当求其平实易行且著有成效、可施行于今者,空言无佐验,虽高远精深勿取也。譬如作令,似当读陆嘉定三鱼、汪宁远龙庄成书之类,而不当专宗张杨园、陈确庵。何也?善医者,十年闭门读古方一尺许以炼学,不若临百症以炼识。空议易美,实病难治也。操行严洁之儒所言信美矣,抑当求诸指驳利病,切脉定方者,斟度事势以罢行之,则不至窒碍而不通矣。

【眉批】儒之驳者未必无善法,王介父保甲、雇役之法,可行也。儒之粹者,法未必皆善,朱子社仓之法必不可行也。

夏峰先生自赞云:"隐不在山,亦不在水,隐于举人七十年矣。"融斋老人言:"自立问宜何处所,无楼无阁得天光。"此能以诚神隐于躯壳之内,规矩方圆,易简备矣。

徐仲车云:"为政有术,非拘于徒学者所可拟。王茂宏著练布单衣,谢安石捉蒲葵扇,此知术者也。"

《安定学案》中附徐仲车《荀子辨》十馀条,摘性恶原文数句或数十句,逐句诘难为辩驳,文者可举为法,与《盐铁论》同。

陈复室同年自翠微山游归,为道秘魔厓碧云寺之胜,又为述林俟村先生官京师日,每日必为日历注记,所读之书,所交之友,一言一行,功过不掩,以寄白其大人。公有知人之鉴,然每遇交游,必谨书其前后所言以为符。及后为大府察吏,亦用此法。庚子督师两粤,屡挫夷锋于虎门,旋为负乘者所沮抑,而有荷戈伊犁之命。三子、四子从行,戈壁乏水草,艰恶崎岖,几饱于虎狼者数矣,而公意气自如,卒抵戍所,三年而后赐环,起督滇黔,告归。显皇初,奉命起视粤西军务,力疾至韶州卒。临殇,大呼"星斗南"者三。或云公意谓斗南翼轸之分,有人起必能除贼也。年五十四,惜哉!陈君谓公生平发言制行,谨、慎、勤、敏四言足以尽之。

汪玉山《书节孝行状后》曰:"节孝先生尝语东坡曰,有功者多矣,而独称大禹者,以其不矜不伐也;有才者多矣,而独称周公者,以其不骄不吝也。"苏公受而书之册。又尝语鲁直曰:"为政虑不厌熟,则寡过;睦僚友,则事举。"鲁直谢曰:"立参于前,坐倚于衡,何日忘之。"

佛氏有度脱六道之说,善者三,恶者三,亟宜以波罗提木叉之法治之。仆谓世间法有三恶道应降伏者,经生、文人、名士是也;有三善道应跳出者,煦煦之仁,皦皦之义,吷吷之勇是也。

友人东门篾叟少怀斡济强力忍垢之志,而外著冲和,内存敛畏,小其心为万事根本。微著之际,谨察萌牙。每延纳众流,退讷不自胜,而欲默收众益以保助浩然之度。然为而不有,寄通慎密,冥合出处,显晦忘机,颓然莫能测其所止。又留意阴阳,易、老、墨、法方药之术,手自抄撮,兀兀不倦。顾惜景光,老而弥笃。晚乃耽道守素,宅心和易,有以疑谊来叩者,敷折研畅,随其姿性,既乏惰傲,亦无嚽杂。苏门百泉,雅志宗尚,综其立身本末,略著于斯。至夫一艺难成,九能咸阙,盖其天分偏短,通人少之,未有称焉。

【眉批】"垢"一作"诟",庄子休赞伊尹本领在此四言。此盖戏自述。

夜大雷雨达旦,披衣列烛,起读《校邠庐抗议》四十馀篇,斟酌古今,通达事体,发虚繁就简实,要于易行,至于夷强夏弱、利败衅拘之机,尤为分数极明,洞若观火,其识力似出梨洲《待访录》之上也。

戊寅七月

后魏王肃性有三反,仆亦疑有,然雅好文笔,极诋词章,一反也;性吝嗜财,量施无滞,二反也;病脆爱闲,志慕勤勤,三反也;萦情显朊,义不苟进,四反也;天资剽劲,素尚冲损,五反也。

王兄少梅,钱塘人,名汝霖。自丙寅予客授杭州始相识,俄同居湖上精舍。时谭中义、黄玄同、费且泉诸君皆集讲肄,游钓欢忭,登临之兴,数人者常共之,谓百年已分,可常相保,尔时亦未始如羊傅、杜侯沾沾计身后名之有无也。戊辰以后,少梅入提镇幕,掌书记;馀数人亦各旅食一方,始稀得高会,杯酌相慰劳。庚午,少梅得乡举,来都下,仅得一面。是时各人治学术亦积不相同。甲戌,君成进士丙科,令江西,曾一祖饯,是予与少梅踪迹之离合若此。然君有军幕文武材,同治初尝以从军闽越,颇立军功,洊保至直隶州牧。权崇仁一年,盗贼课居江西第一,奸民畏之若神,大吏刮目,调补弋阳,且将大计入荐矣。君少与谭廷献、吴怀珍齐名,第伤于伐性损神之斧,故不幸早衰。予屡屡讽劝之,令崇仁时,并以如得其情,矜哀勿喜相告,君每然其言。而醉饱之失,铄其精魂,予固早虑及之。至其所能,军书旁午,批答不停,洞中事理,虽未知于古人相去几何,要自不易得之士也。今君丁丑禧答予书,以本年七月中始至,而君乃于三月辞世,未知其日,又其家累能复归杭与否未可知,徒使予涕泪横集而不自禁也,亦可哀也夫!

【眉批】此殆未及改,略加剪截删润,改作《哀王君述》。

作诗二章哭王令君,予近渐不能诗,仅如断五七字成句之有韵说帖耳,心思木强故也。

凡四时之祭,冬于日北至日,春于清明节,并行上冢礼。夏于日南至日,秋于七月十五日,此皆通俗斟酌行礼。坊郭袁氏之家法也。

南皮偶举前人成法,不可轻改其理,极微有不可晓者,如秦李冰凿江水成,勒石戒后,有"深淘潬、浅包鄢"六言,潬,滩;鄢,堰古今字。后人违其戒者辄败。近川督丁公轻凿离堆,而江水迅驶,不复能潴以溉田，成都之民重困，盖以离堆全行铲去，而堰又加高故也。国朝陈潢《治河要诀》刻石云：“东去只宜开下口，西来切莫放周桥。”今南河情形，不知如何也。

枢桓发抄之折，多贴黄签，篇删其段，段删其句，句删其字，云有“事涉中外”深讳字样故尔也。吴子儁前疏三纲十二目，仅存其一纲三目，复删其字句，而上下文气仍能连属，当轴者亦可谓煞费苦心矣。此粤东一伧所以著大火车之说也。

【眉批】诚善用大火车之法则，自强之道得矣。

谷城之炭媪语篯叟曰：处栗陆氏之世，禾绢废养才之典，在于酌纳筐篚以自养，鼎馃鲜立人之意，在于强力忍诟以自立。能养则不饥，能立则不蹶矣。尤宜弄术数以驾御群阴夷毗之贵者，而后可以逞志。所谓汉家自有制度，王伯杂用者，子盍审之？以子之器识渊深，胡不以九分平实一分作用之法处之，则获享其利并能无害矣。篯叟曰：嘻！不然。有是哉，子之有机心也。予则乐夫自然而驯致者，天之谓也安；夫凝然而不可强者，命之谓也。于九流溷浊、松菌倒置之故，若为勿闻勿见也者，而徐俟其变。盖将与木石鹿豕者游若终其身焉，姑张拱竦肩，以睆俟之云尔。吾师邵子以揖让征诛之局虽久，自彼眗之，且不过一序棋、序酒之俄顷，何子汉家之足云。邵又曰隐几工夫大，挥戈事业卑。予方筑无形之铁室，隐于槁梧而暝，尔姑退。

右出《大藏经》“慎”字函第八十一卷，最录之。

【眉批】朱子《远游篇》有坚车之喻，此无方无体之轮舆，胜于武刚偏箱多矣。为学、治二术者，皆当闭门造之。

孺初戏述一断句云：“宋儒喜卖题名录，汉学新开骨董摊。都道东家是周孔，谁知一点不相干。”孺翁又言：“此非仅毛病，乃骨病也。”为之悚然。四语虽愤时嫉俗之谈,然切中学者病根,不可以其率尔而忽之。

六亲不和,孝慈之名始立;王国浊乱,忠荩之号以彰。人当尽功臣令子之实,而不专务孝子忠臣之名,而后可以为人子为人臣。舜与周公所以异于后世一节之士者,此也。

【眉批】魏文贞愿为良臣如皋契,不愿为忠臣如龙比。盖有味哉!其言之故,夫仁人志士之义,圣人不恒言之,以其迹异盛德,乃变而得中者也。

《读史管见》三十卷,致堂胡寅文定公安国,字康侯子。读《通鉴》笔记之书,以继文定《春秋传义》一家之说,略能穿穴经义,纠正违失,然刻而近迂,不切事情处殊多。新安修《纲目》盖尝节录之,今最其要语,传以私臆,取备遗忘如左。

戊寅八月

秦分三十六郡,柳州论失在于政不在于制,甚当事理。顾氏寓封建于郡县之法且不可行,何况复封建乎?致堂高语三代之封建而非先秦之郡县,夸诞门面语耳。井田、社仓可以类推。

刘子骏叙九流,以为后王"若能修六艺之术,而观此九家之言,舍短取长,则亦可以通万方之略矣"云云。此言博观约取,撢择精要,为得其实,夫有所受之,不可以人废也。致堂乃抉别黑白,定一尊之意,必斥诸子而尊儒,儒之褊狭而衰,其致堂辈为之与?

杜预在襄阳,数饷遗权贵,或问其故,曰:"吾不求益,但恐作害耳。"致堂讥预学《春秋》而不知义利之分。诚然。然以阳明结张永之事例之,则此犹未为大失。处于乱世而欲建功名,不亦难乎?

三老、董公告汉祖曰:"明其为贼,敌乃可服。"此深得《春秋》正名之权法。权次于经,机为之宰。名正言顺,而后天下祐,向则事可成矣。

晋穆帝永和十二年，诏遣使如洛阳，修五陵，帝及群臣皆服缌临于太极前殿三日，致堂以为合于改葬之服，追远之谌也。

齐武帝永明三年，魏孝文帝从给事中李安世言，始议均田，男夫十五以上受田四十亩，妇人二十亩，更代相付，卖者坐如律。致堂以孝文帝有体国经野之道。

拓跋氏初不制禄，孝文始颁禄，高伯恭允字出入三省五十馀年，魏主至其居，草室布被，厨有薪菜，故累朝重其俭德。晚而得禄，振施亲族，斯亦矫矫风节、阍行不矜者乎？伯恭盛德之士，魏臣殆未有其比。

交州刺史房法乘好读书而不治事，遂为伏登之所虏，君子谓之不善学，此与《金楼子》之十四万卷何以异？孔文举亦病此。

魏孝文引见群臣，问以郑王禘祫之义，诏圜丘宗庙皆有禘，名从郑，禘、天子祭。祫诸侯祭。并为一祭，从王。

几者微也，微而慎，则吉；微而不慎，则危。

葛公诛马谡，曰："四海分裂，兵交方始，若复废法，何用讨贼？"所谓裁之以法，法行始能知恩，故威不替而惠不亵也。

姚兴曰："自古愿治之君不借才于异代。"陆贽曰："凡兴邦之良佐，皆衰世之弃材。"欧阳修曰："胜者所用，败者之棋也。治国所用，乱国之臣也。"三言同物，有乏才之叹者，可以返而思矣。

苏绰始制文按程序，朱出墨入，及计帐如今旧管新收，开除实存四柱清册之法。户籍。户口保甲仿此之法。

或问陶弘景曰："吾欲注《易》及《本草》，宜何先？"答曰："《易》宜先。"曰："何也？"曰："注《易》误，犹不至于杀人，此说不然。王弼、何晏以《易》文其奸言，大蠹风俗，其为杀人也大矣，可不戒哉！注《本草》误，则有不得其死者矣。"此谐语。

高欢不贵慕容绍宗，留以遗高澄，与唐太宗留李世绩以遗高宗之意同。

齐主洋委政杨愔，百度修饬，时人言主昏于上，政清于下。天下安危注意将相,故择相不可不慎也。愔风表鉴裁,为朝野所重。少历屯厄,及得志,有一餐之惠者必重报之。虽先尝欲杀己者不问,愔量能容物。

于谨事周,勋位甚重,而事上之礼益恭,每朝参,所从不过二三骑。致堂论于谨、商鞅之福祸不同,此条甚好。鞅千人所指,故亡;谨不为怨府,故全也。《诗》曰:“在彼无恶,在此无斁。”庶几夙夜以永终誉,此之谓也。

开皇二十年,房玄龄、杜如晦皆预选吏部侍郎,高孝基名知人,见玄龄叹曰:“异日必为伟器。”见如晦,谓曰:“君有应变之才,必栋梁之重。”俱以子孙托之。致堂谓一世之才必足以周一世之用,房、杜生于隋世,已登仕版,文帝苟可与有为之。二贤者,岂忍埋光匿采,琭琭末僚而不愿闻达哉!亦上无求贤之实意,故志士仁人难为我用耳。

伊尹感汤之三聘,而后有幡然之志;伯夷、太公闻西伯之善养老,而后有归乎之叹;葛公以蜀主有枉驾之勤,而后起驰驱受任之感;王通于隋文,非感而后应、迫而后起也,乃仁寿三年遽献所谓太平之策十二。岂相时而动,乐行忧违,大人之义,顾如是邪?

内蕴神明,外存元默。

【眉批】共三十五则,并略采史正文。

乾封四年,武后上表请改古制,父在,为母齐衰,期为齐衰三年。扶阴耦阳,非礼甚矣。

贞观之制,大臣奏事必使谏官,史官随之,有失则匡正,善恶必记。诸司皆于正牙奏事,御史弹百官,对仗而读。后宋璟尝复此制。

李长源请为闲人,云:“有五不可留,得易进退之谊。”

泌谏德宗曰:“天命它人皆可言,惟君相不可。”盖君相造命者也。纣曰:“我生不有命在天。”此其所以亡也。

李卫公才高气劲,惜未知道耳。裴晋公实荐之。

文士之言多近似而实不至。

荀彧、刘穆之、宋齐丘行事相若，得祸亦然。而彧较长，为涑水所许，比之管敬子之仁。

周世宗伐北汉主刘崇，诛逃将樊爱能等七十馀人，而军政始肃，骄将惰卒始知所惧，不行姑息之政也。

欧阳兖公、司马温公皆深斥冯道丧廉耻之风、贼君臣之义，而王文公以为知道，苏氏子瞻称其盛德。好恶不以类若是，贤者且然，又何诛于范质乎？

世宗曰："凡兵务精不务多，今以农夫百而未能养甲士一，奈何浚民脂膏，养此无用之物乎？且健懦不分，众何所劝！"乃命大简汰诸军。

上谓宰相曰："朕每思致治之方，未得其要。又自唐晋以来，吴、蜀、幽、并皆阻声教，未能混一，宜令近臣著为君难、为臣不易论，及开边策各一篇，朕将亲览焉。"比部郎中王朴献策，以为"中国之失吴、蜀、幽、并，皆由失道。梁失吴，后唐得蜀而复失之，晋失幽，周失并。今必先观所以失之之原，然后知所以取之之术。其始失之也，莫不以君暗臣邪，兵骄民困，奸党内炽，武夫外横，因小致大，积微成著。今欲取之，莫若反其所为而已。夫进贤退不肖，所以收其才也；恩隐恤也诚信，所以结其心也；赏功罚罪，所以尽其力也；去奢节用，所以丰其财也；时使薄敛，所以阜其民也。俟群才既集，故事既治，财用既充，士民既附，然后举而用之，功无不成矣。彼之人观我有必取之势，则知其情状者愿为间谍，知其山川者愿为向导。民心既归，天意必从之矣。凡攻取之道，必先其易者。唐与吾接境几二千里，其势易扰也，唐与中国以淮为境。扰之当以无备之处为始，备东则扰西，备西则扰东，彼必奔走而救之。奔走之间，可以知其虚实强弱，然后避实击虚，避强击弱。未须大举，且以轻兵扰之，南人懦怯，闻小有警，必悉师以救之。师数动则民疲而财竭。不悉师则我可以乘虚取之，如此江北诸州，将悉为我有。帝之取江北用朴之谋也。既得江北，则用彼之民行我之法，江南亦易取也；得江南，则岭南刘氏、巴蜀孟氏可传檄而定。

南方既定,则燕地契丹必望风内附。若其不至,移兵攻之,席卷可平矣。凡兵之动,知敌之主,此以其时契丹主言之也。惟河东必死之寇,言北汉据河东,与周为世仇也。不可以恩信诱,当以强兵制之,然彼自高平之败,力竭气沮,未必能为边患,宜且以为后图。俟天下既平,然后伺间一举可擒也。是后世宗用兵,以至宋朝削平诸国,皆如朴言。惟幽、燕不可得而取,至于宣和则举国而殉之矣。今士卒精练,甲兵有备,群下畏法,诸将效力,期年之后,可以出师。宜自夏秋蓄积实边矣"。上欣然纳之。时群臣多守常偷安,所对少有可取者,惟朴神峻气劲,有谋能断,凡所规划,皆称上意,上由是重其气识,未几迁左谏议大夫,知开封府事。开封在辇毂下,事繁职重。史言世宗属任王朴,自此而重,然朴先事上于潜藩,其君臣相得亦有素矣。

晁错言匈奴之长技三,中国之长技五,知己知彼,不战而屈人之符。今西北诸夷日强而中日弱,亦审其所以致此强弱之由而取去之,则魏源所云"师夷长技以制夷"者,固在立国简实不尚繁欺之本,而不在仿购机械之末明矣。

周世宗素学黄老,而能合《春秋》之法。道家本出于古之史官,故其所也。

世宗尝命刻木为耕夫织妇置庭中。

人不可以不学,心不可以不仁。

熙宁尽变一祖四宗之政,而元祐臣僚子孙又各欲行其家学,以启绍圣纷纭者之口,熙、丰小人之坏政,明道谓"吾辈激成,有自来矣"。

【眉批】以上三十五条皆摘记《读史管见》而证仪者。

村叟自编杂著,不著撰人名氏。《内集》亦名《骈枝集》。古诗四言、六言亦入古诗门。律诗、绝句。《外集续正论》词、赋、论著以下。

《附录》代人为之，及寿叙、笔记、尺牍之属皆入焉。《塔山樵唱》《袁氏谱》略仿《顾谱》。《桐庐图经》。仿《永清志》。

《袁子正论》，袁准字孝尼作，《群书治要》内载数条，盖抄之以补入袁氏艺文，可乎？

客或语予以御夷之法，云须选高才生作"郭子仪单骑见虏"赋一首，"仁义以为干橹"诗一首，用工楷书之，附荷兰使以达于各国，各国觊覦之心自息矣。又一方用"将欲取之必固与之"论，工楷一开单二行，投之地中海，彼国人心亦当慑服。村叟闻此言，为之舌挢不下者久之。

游西山记

【眉批】《游西山记》或已另抄入文，然似可即删，存入日录。

时八月十六，再同来拉游西山，苍赤裹被，携粮成行，不及告许君，颇愧，贰于前约也。同赁驴车一，由宣武门出平秩门，十二里，至田村打尖，遇厢蓝竺坡宝廷、安化黄堇腴自元同行。予别赁骡，戴草笠行。

【眉批】宝乃宗室。

日已斜，野田都获净，馀粮栖晦，沙石荦确，车行震撼，不如骡速。山风吹衣冷甚，御者遥指白塔矗然，乃翠微山也。旋上山，磴道盘纡诘曲，而入寺门，寺居陡坡上，忽平衍斜出，广袤约数十丈，傍岩缘限尔雅，未及上。翠微，此山名实颇相称也。寺额曰"灵光圆颅"，高屐者迎劳啜茶，云本日南皮夫子、闽陈百泉宝琛、丰润张幼樵丈佩纶及琴工武夷吴少懒俱来会，顷已往游秘魔厓矣。因遍导游寺中，寺之胜在泉，或勒厓题曰"清冷"，字大径尺。泉两穴若琴筑相和，色浊而味甘。泉傍有洞，浅容一石床，林木翳然，苍寒可爱。洞之上方微径四五,俱可上山顶。由横木略彴渡泉,而南有亭,亭中石榻矮阑,仰视赫然有窣堵波,高百数十尺,逼山呀豁而峙,有若天辟,铃铎游廊毕具,最下一层可登。相戒六月严寒,莫敢先入。飞桥下垂,钱锁緪焉。又略彴渡而北,入园中,瘦竹一林,杂花异果亦多。胡颓果登盘供客啖,甚脆美。少选昏黑,游秘魔厓者回,云去此一里许,石壁粗悍浅陋,殊少深雄之趣,而王文简诗乃张之,殊无谓也。

【眉批】自田村至灵光寺十六里。秘魔崖有卢师庙,云卢行者于此修道,有二童子来侍,后于明成化中有入潭化龙、行雨济旱之异,加敕封卢行者像旁。

夜,同游议所向不决,蔬饭毕,予及竺坡、再同唤寺僮携竹筇上山。崎岖斗峻,磴道亦不甚平,多石梁,幸月甚明,不至颠跌。予因述温公游嵩山徐行缓步之法,及所题"旦光颐来"四字为平宏简质,二君欣然。上平坡寺,一名香界寺。寺跨山脊,峭壁万仞,长松古刹,皆在下方,翠槛横出,不敢俯视。月正明,僮唱田歌,客和之,有穿云裂石之声。寺内道人一,燃炬导游宝积洞。改其俗名。龛内有康、雍高僧□□涅盘肉身。又云山顶可瞰浑河,予坚坐啸咏不往。槛外直视,王城城郭郊坰漠漠一气,慨然相见。元世祖至元初刘太保秉忠谥文贞公营都经野之遗,历辽金来,元之幅员最广,此其大都也。至元二年改燕京路,总管大兴府,为中都。四年徙都之,九年改曰大都。予复语竺坡,以赵秉文侯守论之意,云君当为刘子政不当为耶律晋卿。竺坡宗室,戊辰进士,官翰林侍读,今年以天旱人饥,内忧方亟,颇著直言,皇族之良也,故以此语之。予又偶念刘文成佐石抹宜孙守处州之事而泣下,盖恶夫涕泗之何从也。

夜逾半,远近有电光,倏忽百态。俄下山,山足有摩崖大"佛"字,长径五尺许,了了可辨。归寺宿。予近不喜作诗,是日有句云:"萧然挟真意,杖策任所适。煌煌帝王都,肃肃山水宅。"又云:"山象德之积，水象刑之流。刑德不颇僻，川岳乃怀柔。”又云：“渡河试参象兔力，登山谁辨龙鹿跻。青林把臂一欢然，共漱流泉浮玉岛。吾师内游蓄神志，七客外观伟瞻眺。”云云，不成篇。

【眉批】按：“渡河”六句已增改成篇，刊入诗。

西山者，太行之左股，神京之右臂，前拱天阙，缭以玉河。桑干遥望，层城飞楼若霞。于辽为南京幽都府地，金海陵炀王亦自会宁迁都于此，其营造五方五胜，十有二门，制度略具《大金国志》。元世祖至元中改曰大都，明成祖扩城址，稍徙而东，复都焉。维时西山盖国之镇山也，其顾职方所谒之胜国十三陵在昌平州天寿诸山，景泰陵及明代妃嫔葬所在万寿山后宝藏庵左。垒培之鉴，治不忘乱，意在斯乎？是日十七日早饭讫，南皮师及幼樵丈往潭柘，云去灵光六十里稍弱，盖务其远而幽深者。陈、黄诸君欲游滴水厓，去灵光五十里稍强，务其近而巉秀者。予以十八日必归，姑从近。所谓意于南而南，无容心焉。车行二十里，至皋井，舍之而骒。途中多金元残刹，皆不入，入石峡，土人名磨石口。峡两厂侧立，如苍铁削成，车走千雷霆。仰视青天白日，清明在上，未知于龙门经石峪何如也？惜无石刻，殆逊彼耳。然香界寺景象有灵，境物皆直，万松无一斜之意，此峡则所谓“山中人自正，路险心亦平”也，赞颂不已。又行十馀里，至三家店。西山村聚多采煤矿、畜骆驼为生，谷宜种稑、糜、稷、胡麻、荞麦、蘧麦，民不甚贫，垣墙皆洁致，屋上不用瓦，多采石皮覆之。自三家店渡大略彴而南，逾高阜，复下，渡浑河。浑河一名桑干河，亦名芦沟河，其委即永定河，古漯水也。“漯”，原作“泾”，依《说文》及戴校《水经》改正。据《水经》及郦《注》云，出雁门阴馆县东北累头山，一曰治水县，故楼烦乡也。会桑干水、马邑川水东南流，又北，武周川水来注之；又南，得桑干郡夏屋山水口；又东，经黄瓜阜、白狼堆；又南，得崞川水口；又北，得安阳水口；又南，得祁夷、石山、无乡三水口；又北，黑城川水来注之；又南,西合涿鹿山水口;又东,合马陉山水,经燕戾王陵,东得高梁水口,又经燕王陵由笥沟以入于海。所经戾陵以下在汉广阳、蓟县地。广阳今京师,蓟县今大兴也。今浑河所历,自宣化府保安州流入宛平县西南,而西山在县西三十里。两山之间,必有大川,浊浪挟泥,一石五斗,濆漩汹沸。循山而东,一望无际,山赭石青,居民板屋零星数点。沿河间植榆柽梨枣蓊然,盖亦都鄙之民之利矣。渡河一里,历流黎窑;又五里,上仰山岭,骑岭脊下视,乱山如剑芒撑空,其佳者裁如环屏。山产煤、石灰,日万夫凿之不能尽山之所有,殆亦国之所宝乎。予憩岭上,宝、陈、吴、二黄皆下岭,然甚饥,询土人所谓阳迈山滴水厓者,去此尚十五里。顾日已斜,皆空手无所得而返。羽客真人之所栖息,故不许诸君窃视矣。然果能窅然丧其初心之所恃,则无上至道,固将目击而存之,岂远而不能至之为患乎?仆此言非谩言也。遂偕由旧路归翠微山。竺坡至寺独后,已二更,移至北斋宿。

太极阴阳,一理二气也,学者苟能学理养气,治其六情以辅五性,则入道之根源在是矣。

【眉批】居敬以行简,故能穷理,反身而诚,乐莫大焉,故能养气。

予友施君语予,以凡人家子弟得囫囵聪明者则可成器,若破碎聪明则非大器,不若愚之为愈。予因悟银汞泻地之智小,不若铜浑测天之智大也。

是日作诗一首,归寺甚惫,遽忘之。仅记其后半云:"何必师古人,洞壑抗性真。何不法前贤,烟霞古精神。胡为薄今人,鹿豕皆天民。挥诃禽向隶,磅礴由巢邻。"

【眉批】仍为游记。此诗未存。

十八日，竺坡入城，予及再同策蹇并山东北行，十馀里至香山寺静宜园，司钥者苏喇，蔡姓，恩奎名。可以导游，入城知之，已无及矣。火器健锐等营在焉。迤山飞碉数十座，皆乾隆征金川土司时所仿建。考十四年、三十六年两次征金川，再衄于纳亲温福，而再克于傅威勇公恒、阿文成桂。魏氏源称金川地势，险万阴平，艰百石堡，初纯庙闻金川碉险，遂于香山广造石碉，立云梯，简卫士习之，逾月得劲兵二千，命傅恒统之以行，次年凯撤，遂即其地立健锐营，其筑碉者即金川降番也。前有围场，有阅楼，寺园疑有门禁，不敢入。魏氏又曰，乾隆中，香山御幄阅兵，岁无定数。嘉庆中，岁幸香山二次，一春避柳絮，一重阳登高。谨类志之，以备考焉。由香山稍北，饭于野店，为饼师所窘，典衣给值而去。至碧云寺山门，有辟邪头，凿石陷于厓中为之，口吐飞泉，喷珠溅沫，潺湲竟日夜。遍游诸庄严种种，法界寺之胜在五塔，几与山齐，登塔瞰园，千尺老松，猿经虎攫，皆在其下。鹘巢无数，环塔周匝，石佛千名，穷极壮丽。寺左有行宫曰含青轩，曰洗心亭，额皆御署。亭旁老树根数十围，有一桑一梨，一紫藤寄生其腹，亦异观也。亭后泉声活活不绝，迫之则皆硫煤水从山罅出，色臭俱恶，殆逆珰遗臭与？然出山门，则甚清而甘，物理殆不可解。由碧云寺二三里地迤北，西至卧佛寺，入山门，松桧两行，苍皮黛髯，交挐蹲舞，波涛殷空，有奔腾澎湃之声。寺中有娑罗树，僧云其果可疗胃脘气痛，晒干去皮，置阴阳瓦上，煅灰存性，黄酒冲服，咸云有验。予不见卧佛，盖讥其愿力未遂，津梁遽疲，乃遁入四威仪相以自晦，何忘世之甚邪？入方丈，作跏趺坐久之，俄游后园，有池有台，面山傍林，澄潭寒碧，石古鱼瘦。当此之时，万籁不鸣，诸缘自曙，兀坐八十刹那始去。寺旁有东西二沟，西沟有退翁亭俗名老虎洞，即北平孙侍郎承泽退谷也。因魏默深有穷原僻坞之讥，故止不游。闻天下大师墓在近山上，亦未往。

予及再同并山北东行，迷失道，田夫告之曰左，左乃至玉泉山下，日已暮，遂绕昆明湖堤上行。堤西有桥，五洞；又西苑墙。玉河溶溶，自桥下流出,晶镜清莹,纤鳞可数,与新安江无异,为之眼明。欲入观门,吾闻此山水天下第一泉也,甘洌平和,诸源之冠。然毓德果行,王明用汲,吾闻斯语,未见其人。门焉者诃止,亦不复入。遂投青龙桥野店宿,粮尽,人仅啖二牢丸,夜间闸下,水声潺潺不绝。

十九日早起,欲买舟泛湖未果,赁二骡环清漪园一匝,魏氏源曰:乾隆中英夷入贡,曾赐游昆明湖,乃窦窳反噬,互市不庭。建章之火,臣民号痛,虽不至麦可眩而成禾,稷可变而为麦,而世有东海、西山之志士过之,吾见其血泪俱下也。又经圆明园,残破如清漪,魏氏《都中吟》诗有云:“我闻康熙畅春园偶跸,雍正圆明制未悉。乾嘉终岁始驻园,车驾入城只什一。”圣朝俭德,光于后叶,鱼藻之义,其在兹乎?由海淀十二里至西直门,循郛三里入平秩门,再同家午饭毕,归寓。

为一妄人所窘。古之得道者,入兽不乱群,入鸟不乱行,岂况知觉运动之蠢蠢者哉。妄人之来吾前,亦和不欲出,就不欲入,虚己以观之,彼将却立嗒然,五技俱废而已矣。

得慈坠尊者法身一座。慈者《老子》要指,地者《归藏易》要指,谦尊而光,故名尊者。惟慈故仁,惟地故静,善学者根极于静,而后可以验来复之仁,此天地之心,万物之母,不可不察也。

送鼎父、紫泉、再同游近山,期以廿七日朦影三刻会潭柘寺。廿七日未明即起,阴雨,顾畏山灵齿冷,遽命具车,出广宁门,便霁,名山殆不予欺也。石路三十里至卢沟桥,打尖。额设巡检一。食饱,度桥,西南行,二十里至栗园庄,憩于奉福寺,潭柘下院也。易骡而行两山之间,涧洞尽涸,石径崎岖,樵牧纵横,村落散居,殊有浙西山中风景。第山童水渴,失奥旷演迤之趣,此为逊耳。入山稍深,冈峦面势,略异樵路,如修蛇蜿蜒,纡曲登顿。舍骑而步,攀陟甚艰,下视山麓,或逼若危巷,或旷若大漠。河北之山,气势雄深,如褒公、鄂公未遇时,敝衣长剑,沉鸷莫测。与江南之山若垫巾野服、清简华妙者固迥不同,然犷顽之病,亦时遇之。自奉福寺十五里,陟罗睺岭。罗睺者,彼其云罗睺罗,翻译名,义云华严宫生,是宫内所生,故密行第一,瞿昙悉达之子，听法得道，列十高第之次。彼宗固传贤又传子乎？岭斗峻不可上，最高处曰灵顶，由灵顶而下，一路两山秀峙，其谷多麻麦戎菽，其木多柿。柿叶得霜气，丹绚烂漫可爱，故游西山之胜者，咸以红叶为候，此方是也。十二里度卢家滩，前立九峰，若奋若搏。将入山门，路转平直，两旁古松植立如王会大朝，苍官左，青士右。松际有声，泠泠然若三代古乐，听之淡和以宁，入耳而不烦，则风泉上下之气相薄为之也。会日已暝，入潭柘寺，鼎父、再同、止潜皆先在焉，共饭讫。寺中引山泉入厨，循除出寺门，终夜撼枕，水石本静，如何雷转空山，物我两冥于焉观化。

【眉批】《游西山后记》。

潭柘，唐曰龙泉寺，相传有华严宗息心聚徒开坛于此，或致天龙听法之异，故名。康熙间敕改岫云禅寺。今寺僧龛一小蛇，眩俗以为龙子尚存，令人思孔道辅一击之勇，惜予辈非三辅吏耳。银杏十馀株，岁久合抱为一，数百年物也。闻思大士阁内有妙严公主，拜砖洼中若巨人迹，俗云公主元世祖女，岂西僧杨樋真伽玷至元之政于前，卫藏达赖喇嘛弱插罕之裔于后，风会膻趋，故此女亦辞荣礼空，与此殆蛆虫僧三字龚自珍语。之所为，惑世诬民，不可究诘矣。惟寺后流杯亭缭以短垣，细竹鬖鬖，经雨益娟秀，颇有野趣。寺壁傅雯画五百应真，清竦雄奇，亦可爱。

【眉批】按：唐大历中，有崇徽公主手痕石，李山甫作诗刻之，殆此类邪？

夜雨达旦，四子相与论彼教正法早坠、末法亦衰之故，虽以龙象甚深之力，不能支其将废，何况彼婆罗门种种粗浅外道，亦如犁靬眩人、摩什神咒，终消归于何有而已。赞曰：墨逃摧迹，丹诀成尘，群哤淆乱,战胜全真,廓清资圣,神武宁人,天池四轨,厥定常尊。诵毕鼿声作矣。

廿八日早饭讫,冒雨坐篮舆出寺,土人谓之爬山虎。古者山行乘轿,岂其遗制邪?细雨如雾,后山裁明,前山骤暗,同游皆沾服失容,而意气自如,殊可喜也。过刚子硐,历罗睺岭,取道狮子岩、十八盘岩,鸟道险绝,山水暴下,人皆从淖中掀扶以行,前趾跌,后趾戒,自上下下约七八里许,遥见云际塔铃,则唐之慧聚寺也。扪萝缘磴而上,旋入山门,道皆平易可喜。佛说戒为第一安隐功德住处,故能平,因戒生定惠种种无上法门,故能易。仁者先难,故虽以前之险峻,而此心湛然不惧。譬之学,浅陟之则苦其难,稍深则渐甘之而忘惫,又深则安之若素,习反见以为平宏简易矣。入方丈,憩坐久之,晚饭毕,咸资宴息。

慧聚寺在马鞍山,唐武德五年建,智周禅师开相宗法门于此,未知于菏泽磁州世次何若也。至辽道宗清宁末,僧法均始辟戒坛。明正统中改名万寿寺,僧道孚主之。国朝敕名万寿戒台禅寺,康熙中有清文穹碑一道,龟趺螭首以镇压之。寺中仅明以后石刻,觅唐后辽前拓,无有也。山势特雄奇博大,寺僧云旁罗七十二洞,有非洞而冒洞名者,或为孙膑、化阳、三皇、极乐、黄莲、卧佛诸号,予不喜游洞天,故略之。或有异域乞士习靓坐禅于彼,裹粮而入,动经一二年。朱子诗"只么虚空打觔斗,思君孤负百年身",惜此乞士不知解此也。僧又云千佛阁后,经房久锁不开,中大穴有金色巨蛇,时出游嬰,不伤人。山中多异虫,状如巨蟆。天将雨,则口吐青烟一缕,上腾为云,谓之喷云虎。道人心地坚,故蛇虎自驯邪?又云前峰别有茅庵,采薪汲水,一兰阇主之。然主者辄风眩,屡易弥甚,予求其故而不得,思之良久,乃得,曰:殆此兰阇助长未知道而求悟,未知悟而求证,故魔邪?定庵云:"实悟实证后,无道亦无魔。"试徐参之以为何如。戒台之胜在松,皆千年神物也。或偃屈如虬龙,或飞翔如鸾鹤,或雍容如执桓圭莅列侯之盟,或深窈挂木瓢让天下之贵,或如重臣廷议侃侃不回,或如宿将治戎钦钦有度。尝闻黄山有扰龙松，不审其状相去几何也？

八月丙午晦，早起，雨止。蔬面讫，主持导观活动松，有高庙御制诗碑。稍折而北，拾级而上，入转四谛法轮之宫，高约十寻，广袤倍之。中为天下第一戒坛，四方白石砌成。一石錾一雷部，神坛三层，回梯旋折而上，正中为释迦法身，规模严整，威仪端好。旁列十座，其得十弟子道行者方许居此坐乎？权实对治，彼之要谊，此坛权也，非实相不足以御之，彼法中固有可取者存，而其质之亡盖久矣，为低徊叹息者久之。

又折而北上千佛阁，阁居山巅，历来游者咸言，俯视浑河如一衣带水耳。是日倚栏眺远，不见浑河，但睹泾絮浮棉，空蒙一气，萦青缭白，铺幂四野，连林塞谷，络绎奔凑，望之而不见其涯，扔之而不知其所穷，或曰此云海也。虽久居山者亦不恒遇，昔苏文忠在登州见之，诧曰衡山之祥；近释野航在黄山逆之，以为北归之兆。予辈乃亦适适焉遇之，此何祥与？少选日出，或蒸为赤城之霞，体态转幻，浮根入空，却顾所行住处，皆在上方，电光隼目，一晌万里，超摇芒芴，若凌万有之表与。三世十方，尘埃相隔。比入寺，则云收雾霁，长河渺㳽，村落参差，始了了可辨矣。日将午，衣薄，咸有寒色，思归，遂俱笋将下山，增岚叠锁，山脉回互，厓厂时有石刻尊者，形容华妙。两厓逼翠，苍寒袭人，辽乎栗乎，其不可久留也。行七八里，甫得出峡，自马鞍山至芦沟司三十里，上桥，复雨，暝烟渐合。比入国西门，则已出山。回望云木合，但有野鹘盘浮图矣。此指大宁兴浮图言之。嘻！予之栖汲于北，所为徜徉流连而不能去者，非此山也哉？然前此所历虽高，仰视中峰，青冥隐嶙，犹在其表。道信无穷，得毋辄伐为而不宰，成而勿居，慎勿奉一先生之言，暖暖姝姝而自悦也，是亦可以内观矣。

《游西山记》随笔注、记，须斟削。

《后记》丽密而气不疏，俟删润改正。

南皮师《輶轩语》以汪龙庄药言之体，行颜黄门《家训》之笔，博而有要，质而不謷，国学家塾，均当奉此为科律也。

戊寅九月

文有古近,事无古近,故南皮言诸史体例文笔,或判高下,至其有益实用处。时代愈近,愈切于用,要皆无可轩轾,此言为得其实。观汉唐初名臣多引秦隋事,国初人多疏陈明弊政,营都颁政兼法金元,此前事之尤大彰明较著者也。

亭林先生《广师篇》法陈元龙语,陈又本之汉高语,谓吾不如良平云云。孔子谓子贡曰:“吾与汝皆弗如也。”此语尤为比方人物之椎轮。

徐鸿胪招集,座有少秋官夏公同善,述及圣学高明,见在读《尚书》至《康诰》,每日成诵九行,二十遍即能背诵云云。我朝世祖、圣祖皆以冲龄典学,贯通至道,皇极重光,不胜庆幸。

另编《切要藏书目》,备读备查。二总例:一曰道艺要指,一曰时务须知。利钝缓急,或治或否之谓时,治当其时,药当其病之谓务。皆分上下,挟道上,艺下;中治术上,西治术下。

道　敬谊夹持,上达天德,敛藏静深。俭荣纾难,澹然若居深山之中;衣皮饮水,若将终身焉。慎密以为根,元通以为用,谦约以为表,宁壹以为里,而使人不敢干以非义,由此门入。

艺　抒意立言,自成一家,务反近体,不蹈袭前人一字一句。居敬穷理,动静交养,积之愈博,守之愈孱,使浩然之气常直,而以至曲之笔达之,约六经之旨而成文,由此门入。

治　经正民兴则贵公,机权成务则贵密,修明五官之法,秤度八能之用,师意便令,随器授任。裁无用大官,汰不肖府县,立法严而用心平,则官联举矣。课农桑、兴茶矿、考畜牧、殖万产以均九赋,则邦本固矣。立宗法,行乡饮酒礼,裁汰僭,慎名分,以联士民,则威信著矣。制器考工以利用,变造园法以理财,搜简军实以强兵,申明赏罚以断刑,则弱政可以变强势矣。安静无为,太阿默运,敛乎敛,慎乎慎,必不得已而后发,令必行而禁必至,因其利原而利之,因其强势而强之，因其治事之几而治之，功成不名于己，而淡然无所与于祸福之间，则万物之气将自静矣。由此门入。

沉潜于道德，而不艺则了然于心者，未必了然于口；磨砻于德艺，而不治则独善其身者，不足以兼善天下。藏诸仁，显诸义，故三者相为用。

仆自受东郭顺子观我观物之法，凡酬酢晤对之顷，人无论道俗，言无分雅鄙，皆有至理可玩，吾是非利败之师常存乎其间。本日偶举二条如左方：一内城曹郎讥南城外人有三不刷，言不刷、铧不刷、车不刷牙也。据此知外城多疏贱之臣，内城多贵近之臣，然此色目人修整其容，非能如古臣工之威仪俨恪，特面药、口脂、冠皻、傅粉之属耳，皆夷毗小人之所为也。孟子曰：有事君人者，以容悦为事。世教其衰乎？

吴君鉴唐言曾文正公于克复武汉后，跦田家镇而攻九江，军势锐甚，于是作陆师、水师得胜歌，令军士习之，如铙歌，然未几军覆于九江。吴籍武昌，故习闻之。仆曩言兵贵气势，每以李文贞讥《出师表》中"南方已定，兵甲已足"二语有盛满之意，故召街亭之败，此论为迂，且以自馁。今由文正已事观之，则文贞果有味哉！其言之，而持胜之难，甚可畏也。桓公会葵丘有震矜之色，叛者九国，不特违满招损之戒，盖功常成于能慎，而祸常乘于所忽也。鉴唐又问：尝见君子骄则咎败立至，小人骄则或咎或否，何故？予积思久之，乃悟曰：君子先万物而觉，中天下而忧，言满后世而为大法，其稍有矜满之失，天将警之，使速改之。小人本秉凶德、感沴气而生，其得祸常烈而迟，不若君子之得祸轻而捷，此无他，小人之得福媒祸之基也，君子之得祸召福之本也。《易》之道悔则终吉，吝则终凶，天之福人祸人乃人之所以自为祸福也夫。

【眉批】今晋抚曾公文正介弟尝称文正作奏议之要指曰：不为大喜溢美之词，亦不为怃怵无聊之语，此为得之。

得陈蓝洲大令来书,述及知秦州陶方之同年倾囊振饥,全活无算。修筑陂渠,百工偕作,此吏治第一要义也。而方之之子方归试州郡,行李清羸,有如窭素,其贤于豫省州县之禁民告灾、丰馔请客者,不翅霄壤矣。为之欣然。

诛茆设葩,试正叔孙之仪;采菊循篱,盍倾陶令之酿。平分野色,送到蜗拳界破;游丝晾馀,犊鼻待良明以鬻茗。蒋径成三,钞古籍以杀青;扬鸥借一,晴窗负曝献之;而九扇门扃,菌阁看云。忆焉而对状梦证,且携儿侄吃糕。地腊之辰,更饷亲知,汲钵天坛之水,新鲜异果,遇节以献几筵;滴翠名花,申旦以馨祏。虽复鹊噪仓空,鼠拖姜小,吾道自存。樊子之妻莞尔,其门无市;孙樵之仆嗒焉,文嗤拄腹。药任攻心,在村叟亦不自觉,其操牛尾而酣歌,被鹿皮而齁卧也。

答家敬孙处士

【眉批】此当入文。

蒙手教,并示所刊《乡塾正误》一册外,津河两郡拟设善堂,章程文件一一读悉。盛指正误前列各条,唤醒俗学,救世苦心;因知当代果有其人,不胜庆幸。后采先儒格言,虽不及儒门法语之精微,而大段相似。盖此就纠正时下举业一事言之,故立义当尔。敬留此册以为寒宗家塾之用,拜惠多矣。李观澜先生未识其在京否,承属容觅人为绍介,徐访之。至善堂延师一节,似不可求诸日下。凡来此者,皆为觅举,一肚皮熏心作厉,使李君之徒而无人心则可,如具有人心,则必宁老死牖下为一乡善士,断不肯以无职无业之身久宕京华,此耻应科举者之所以能壁立千仞也,尊见以为何如?朴翁方扃门试士,则署中必仗孟博主持。吴下之行,盍姑从缓。善堂事宜及大府所批公牍已一一逐细寻求,但觉详而又详,慎益加慎,无俟粗心人妄置一喙,第鄙见有深虑者数条,既感下问,厚意不可虚辱,谨随方献疑,以资采择,但恐愚者之虑，无当千一耳。

一 博济甚难，尧舜犹病，惟因利利之。辨物居方，则事易举。拐贩妇稚之奸民，固宜痛惩严禁，而该地富绅大贾倘有收买难民为奴婢妾媵情事，似亦权为天然安插，各觊生机，未可一律追惩，转启葛藤无数。且此次元额经费，仅有万元，此后直隶官绅劝捐，当此物力凋匮，恐亦难逾此数。以之办暂时设局收养，一俟年丰，仍由该妇稚三族里邻具保分领，仍俾各安生理则易。此已办有成效，或不俟取保，概行由地方官员资送元籍，安插尤为妥便。以之办分年坐廪，月赡三百名之穷嫠乞子则难。难易之数，较然可睹。夫饥馑成灾，固由天示薄警。而游惰作丐，抑亦人所自贻，不织不农，故成行乞，养之无益，教更难施。以上各情，不可不统盘筹算。倘虚慕善名，勇于起手，结局仍艰，殊非事体。试玩宪批：仍于南省绅商募款云云，亦深筹及经费不支，则全节慈幼两所各百五十名之额，似以酌减为妥。

一 治剧郡情形与他郡迥异。河间简府可以事事为之禁制，天津招商互市，系繁剧通衢，则禁令不宜多设，反资吏舞弊，不若静镇之为愈。即收赎难民一事，似亦应归府县，刊刻简明告示，与善堂会同商办，较易为力。至设堂宜仍在河间，盖以天津人情偷惰险猾，养教皆无所施。河间民气或稍朴静，经此大灾之后，必有悔祸迁善之心，倘能在彼设局，既易劝惩，亦便钤制。

一 南士代谋，决非持久之策。此项善堂应商同津河两属地方官督同公正耆绅，并劝长芦义商妥议，陆续募资分设，则责成既专而呼应亦灵。且凡善举之局，不可一处专设，专设则气候太大，久之百弊丛生，其废败更速。

一 “全节”二字之义，古为杀身成仁之专名，非盛德所恒言，应否更其名曰“敬节所”。“文学”二字亦嫌宽廓，且此项孤儿甫脱乎提携，求乞之间旋束以应对诵肄之事，似尚议不到此，仍名“义学”何如？吾浙义学亦多中落旧家子弟，禀气既殊，故间有学成者。若驱市丐，而旋导以学业之精深，恐乖中人以下不可语上之旨，尊拟四斋，系小学规模，信斋系大学门径。宜取此法,下国子监及各省书院颁行则可。夫章程岂一端而已,夫各有所宜也。

一 原拟“全节所”即仿清节堂、恤嫠局之类,慈幼所即仿育婴堂,文学所即仿义学,习艺、力田二所,意虽创设,事实要图最为美善周匝。惟幼与婴界义须分别,凡原拟入慈幼所七岁以下之孩古者七年曰悼,不加刑。应归并敬节所,交老成节妇抚养;八岁以上古者八岁入小学。应拨入义学四斋,塾师约束。则慈幼所之名,切须裁并,免致多一名目即多一司事执役人经费也。

一 礼严男女之别,十岁就傅,以上即不通往来。《管子》分士农之乡各十五,百工居肆,力田合作,各有专科;掩骼族葬,亦有专司专地。凡此五所分局相距宜远,不可合并一堂。合并则总董之耳目易淆,司事之心思亦杂,宜仍仿苏浙善后章程,恤嫠义学,施药掩埋,以及课桑工作之区、养废栖流之所,各司各局,始不相溷杂,以静办事者之气。

规条细目不可太多,宜裁并简明,以便易遵。否则何以使童妇一览了然。前十纲中有云不必多添名目,恐致博而不精,此凡办事者切要语,可以类推。

养成惰民,固宜切戒,读织农工分课,元期尽善,然非三年可以有成,总董既办理如此,实心实力,断不可位置于非官非绅之间,为春北秋南之客。责任既立,定名始可,分项讲求,必积久乃能精耳。不予以事权,则事不成;不与本地绅商联络,则事不成;总董不久任、不常川驻堂,则事不成。

一 区种之法,必得一顷田。今年耕五十亩,明年另耕五十亩,斯地力不乏,断非二十亩可了。河津地脉亦不宜蹈,盐水浸灌,欲筑堤堰则费不訾,不若江南涂泥之土故也。自来民二十馀始成丁,耕田凿井,断非小儿可办,故劝农屯垦,修筑陂渠,为备荒裕,课急务然,仍当责成各州县吏察其土宜,捐给桑条籽种,广为奖募,而不当设于此堂,创始必艰,收功仍杳也。

以上随举各条，语未诠次，粗附申难之末。弟自恨才气浅狭，心粗意广，玩物丧志，无裨世教，万一每遇并世有笃实宽仁之士，敬之爱之，出于赤诚，刍荛之陈，诚知无当，惟明者垂财择焉。幸甚。

处此时艰，譬如医者为贫家治病，当就其力所能购，按病切脉之药，随症投之，或可见效。若珍药秘方，虽精妙而不能救目前之急，仍相与束手浩叹，与庸手俗医同归无补而已。故救时药方贵简要省便，捷于转机，苟高语珍方，虽本之卢扁无用也。此泛论时事及之粗浅臆言，并尘教益。

友人或讥委蛇大府宾馆，不若汤玉茗谢绝李三才之峻洁。昔比肩而事主，今投分而依刘，殊伤畴昔自命之意。村叟不应，俄而曰：然则辞公局而就洞主，彼崇礼貌，此峻厓岸，庶几免乎？君何苛求之甚。

读孙芝房侍讲《刍言·曾叙》，义理充实。

答谢梦渔给谏

昔陶士行初辟孝廉，计偕洛下，诣张司空，司空还贽相见，遽许以后来匡主庇民之选。今执事素埒博物之名，而鄙贱难语机神之品，乞回谬赏，以俟后贤。时局大康，平吴后虑；漆杞虽愚，拊心难免。然遽云利器，便取济时，待诸其人，待诸天之览人穷而回密，运使执途人而语以康世之务，毋乃非鉴别人伦、慎重许可之初意，而为深识者所笑乎？稷下田巴，何如闭口；金门臣朔，谩羡藏身，姑筑心城，休罹语阱。严秋罕阳，含土潜蛰，度形量腹，薪汲自劳，行歌市中，与屠羊楚说、卖药汉康为伍，曲全之戒，亦许其义归，盍各乎？昨暮归，见手帖，已误谷城命履之期；今日晡初，还效堵阳结袜之叩，专席倘闲，捧床请俟。

阅《安吴四种》，内《艺舟双楫》附录杂文数十首，包文论叙，于经义太浅，由其游迹倥偬，绝少发箧肄经之日，故无所心得。古今如虞仲翔者能有几人？至其于古文义法，则知言十之四五矣。碑、碣、传、状殊绝佳，由其见汉魏六朝金石文字多，故体制峻洁也。攻文者不多读书稽古，何由妄下笔乎？

戊寅十月

訾衔说俳作

【眉批】原记与《馆僮论》《乞画偈》《渐西村叟说》同列,俳词入附录之末。今应否入文?

夫武功鬻爵,而簪袅之名微;平准入羊,而哀乌之选替。儒行如铜,或蒙赤仄之臭;官联生虱,讵乏青云之士。稽古则张季、司马长卿,标映先汉;语近则傅鼐、李世杰羽仪圣清,岂可慨摈杂流,同楚枝官之目;苛求上品,必晋中正之所称乎?粤自辽人纳粟,天聪募捐,滇峄飞刍,康熙广例。道咸以降,厥途益繁,射利贾人,遗荫台省,然魏默深作椽于凤阁,梅葛君签名于版曹,因缘筮仕,寒俊不免。慨夫尧峰指挥,终登宏词上选;皋文改令,仍以馆职慰留。此皆故事,儒林艳称。洎乎并时,风徽歇绝。阘茸玉署,并非李蔡之下中;褦襶铣闺,无复襄阳之人半。每摹市井充给舍之美官,郝睹贤豪借绯紫以假宠。又往者杜陵工部,犹膺幕府假衔;孟县中丞,坐致行营检校。今则大州书记,不摄侍御之虚阶;淮楚军咨,始窃列卿之僭号。是则鹅猪淫敖,反获纡青拖紫;龙蛇陆沉,惟许守玄尚白。昔高平范公所云:日崇其业可至公主者,吾闻其语,恶睹其效哉!仆残守常调之戒,目击积薪之弊,然长孺褊心,不无稍望,同甫命服,亦怀扬显。知其不可,奈何出于迫而后起,搜瓶中三月之粮,买关外一级之爵,虽异黄州逐客,姑员外置之,乞灵白水真人,将即潜老矣。与其莫夜屈膝,乞徐干木之真除,曷若白昼张目,宁抱李文饶之常慊乎?既应间于通人,固无讥于来哲云尔。

连日人事琐细,兼有失言,祸从口出,戒之戒之。文中子何以避谤?曰无辩。何以弥毁?曰不争。吕成公云:“争校是非,不如敛藏持养。”庄周言:“人能虚己以游世,其孰能害之。”本日以尽言为一友诋诃，至手书相诘。仆平心思之，亦不能为过。友数则辱，不可则止，不知止而召辱，是仆之罪也。夫鸡肋不足当拳，殆一笑置之可耳。闻一毁言，为之半日不怡，此道力不坚，穷理不深之故。至人之心，如珠在渊，毁誉之至，不为稍动，非集义养气，勤行毋怠，不能到此境界也。

答李君

【眉批】上下两节并相连。此疑为会稽李侍御文。此书应否存入日录？

昨尊使至，匆匆索复，不尽所怀，又字迹忙遽，甚乖往复之谊，引以自咎。来札深责，似未察区区之愚；环攻多端，颇涉文深。昔吕成公言："争校是非，不如敛藏持养。"彼所云是非者，天下之是非，世教之是非，非一己之是非也。是非之大，尚且以默尔为贵，毁誉之小，更何足哓哓置辨。贱性素朴鄙，又拙于文笔，讷于言词，特素尚硁硁，深戒妄语自欺，不喜浮文妨要，窃时绎顾氏称为文人，恐无足观之戒。然既辱有道责言，细思前拟简云云，颇有言之无罪之故，不妨附诸，盍各以复于执事。

鄙性不文，而素重文士，以其甘苦不可没。虽近世文士于大易文言，及言文行远之旨无毫发当者，要其单词片义，刿目鉥心，成名而去者非妄，故于执事之文笔隽絜，虽不能抚拟万一，而夙尝好之。至于世士，或始而浮慕，继而轻诋，既不足以知君之长，亦不足以骂君之短，悠悠之谈，友道之衰，不能无慨于予心。不佞既有所闻，而又系执事及不佞之相识，故始终不欲显言之，恐伤忠厚。前日拟简云云，未始非为此而发，而大札反复数百言，不惮词费，不深察其寓言，曲诋支离，怒气可掬，未解者一。

【眉批】原本已乙去，故未抄。前拟简补抄此。处今日而与群屐少年交际,往往当面输心,背后供其讪议。陶公言:“多谢诸少年,相知不忠厚。”习俗偎薄,辇下尤甚。愿执事息交绝游,使胸中豁豁无一事,臧否不挂外口,内劲泥中门,兽瓮里酰鸡,偶付伸眉一笑而已。昔马文渊论前轩后轻,仆不佞,不愿为悠悠之目所重,亦不欲为泄泄之口所轻,但敬避五交之衅,勿犯三端之戒,冀以免絓世议,坐解天弢,硁硁狂言,偶尔一发,不值道人一吷也。

士以礼自强,有礼则安,无礼则危,往而不来,来而不往,皆非礼。不佞于来拜者,虽贩竖亦答候之。鄙志所守之分如此,此不妨与执事之德高门峻,有来无往,各行其是。至日程,古人元为考德业、记言行而设,如弟者已远失之。至于酬酢往来,既有门簿敬登,故以道俗二字从略,而师友则仍不敢略,亦鄙志所守之分如此。且所语道者,非即儒贤师道可法之人,不过言其志向,道,故从而道之;俗者不过人事酬酢往来之称,如风俗之俗,道非褒称,俗非贬词。而过蒙吹求指摘,未解者二。

凡立论驳议,须平心允断,据理论事,不须牵引它人,旁涉它事。昨尊札因敝札劝息交绝游之游字,历设贵游、狎游等游字以相亿难。不佞自束发受书,救过不暇,何暇议及贤者所为之细微?且出事公卿,入厩修容,何伤分际?一张一弛,谑不为虐,何害自修?凡此诸疑,皆鄙人所念不到此,而执事自疑之,未解者三。

执事来札,又自以有知人之鉴,凡伪气节、伪学问,一切矫诈之士皆不得逃法鉴云云。果具如此本领,亦学中官人。知言之一事,而非所以语不佞,于本事牵扯不上,何烦以此相吓,未解者四。

鄙言不愿为世重轻云云,窃附全身远害之谊,尊论毁誉无两全之道,所论亦当物情,然说可两存,不烦相难,未解者五。

拟简云云,颇具相规之意;来札云云,太半迁怒之词,既不足以玷弟硁硁之守,亦无所谓累执事峣峣之节,而来札一则曰“诬君”,再则曰“累仆”，未解者六。

日录不过吃饭著衣，治生接物，随笔注记，家常闲话，何所用其心思。执事诋其字字用心等语云云，若仆有所矜持矫饰于其间，此城旦语邪？又瓮中呓语邪？又观人者不可以一节概其生平，士各有志，亦不易知。以弟之不肖，正所谓已判一老，百无耻者。自返迂直，无它，岂畏文士诋諆！又弟虽固陋，亦不至靠日记浪语以传生平。所受于义方，所闻于师说者，未敢犯此习气。而执事以日录为谬誉，又以为谬诋。仆并不以此就正贤者，特屡蒙索观，不妨出视，此亦交友之常，然则狱宜归君无疑。未解者七。

陈蓝洲兄移书相规云云，既系故人，无论其言当否，似不宜深斥。昔归玄恭虽浅士，尝移书戒顾先生，顾先生亦未尝深斥之，方且亟称之曰归高士，此古人忠厚之意。而来札以诋仆之故，并诋陈蓝洲，陈君之外，又波及其它。执事方且为士林之望，岂甘自蹈于浮薄习气邪？未解者八。

凡此无关世教，无涉学术之辨，鸡虫蛮触，无所损益于世，本极可笑，然鄙性有疑，亦不能久茹，必吐之而后快，敢以书释疑而并待宽怀明示，以释贱子之疑，幸甚。今日出门，本欲顺道面诣一罄，然执事方摩子革之刃，仆亦不欲撄田巴之锋。执事既入黑风吹船之国，仆则姑回帆小港，静以避之，敢敬守君家柱下史守柔之义。它日相逢，故者亦毋失为故而已。此亦弟硁硁所守之分，如此率布不宣。

有一士人，每自处以老辈，讥人以后生。夫老辈云者，年德俱尊，年钧以贤，贤钧以辈，故首卿大夫之贤而有位，科分在前者；次士之老，科而未授职者；次处士之不就科辟，可称山林隐逸，其立名行暗修在三十年以上者足以当之。此士人乃咸丰中负才诸生，同治末名举人耳，恶得自称老，又何辈之足云？且仆不肖，并世老宿吾尝得见，如柳宾叔，乃嘉庆老辈之存者；汪谢臣、万清轩、莫子偲、张铭斋，乃道光老辈之存者；授业解惑之师不在此例，张啸山辈尚不合此称，曾历显仕者则依顾氏《广师篇》例不敢僭及。若于咸、同之贤，则择而友之，未敢遽从严事,恐其年德尚脆,终沦邪学,必俟其盖棺无过,方敢尊之曰宿儒良士,故不获苟焉而已也。

详读司马君实及刘贡父移书戒王介父云云,词气严而婉,和而厉,以是知予凡与人峭激失平,为不得其正也。

【眉批】君实书以"方于事上好下佞己"之王肃讥切介甫,又从介甫素所信好之《孟子》《老子》,即借引孟、老格言,层层喻驳,此移驳法也。贡父书以周公所作之《周官》经义难介甫,所用之《周官》用意,行文峻老严洁。

松岑贻书,规予多言,甚合数穷不如守中之旨,村叟欣然从。《归藏》黄帝之《易》,以《坤》为首,以阴为主,以静为道,以柔为用。老氏原于黄帝,深为根,约为极,濡弱谦下以为表。故邵尧夫深体味之,以为能得《易》之体也。

【眉批】山谷道人云:"万言万当,不如一默。"

昔朱子自谓:一生在文学上作窠臼。又谓:吕伯恭有文字腔子。朱、吕既不见用,于世所谓敷文析理,聊以自娱,亦其所也。

节录《申报》

据英国电报云:现俄兵复自巴而坎山之南深入土耳其境,土国汗曾谕英使臣在土京者,以土俄不共戴天、誓不立和约云云,故英水师提督白国相并兵部大臣,闻信即刻启行,至新据之赛白土海岛,以便就近相度事机云。

阿富汗国北接俄属新疆,东南距英属印度,英人每恃以为屏敝,戒俄人不得侵越其境。现俄遣官与阿富汗议和,英怒,欲伐阿富汗,阿富汗恃俄援不受命。阿富汗西距波斯国,东距我新疆南路之喀什噶尔地。

土耳其来信云，当伯灵城各国大会之时，土廷派迷黑末爱来为副使莅盟，事竣回国，又派往爱而陪业地方抚慰其民，因爱而倍业已割交塞未阿国，其民不从故也。既而土使至其地，民皆怨土廷卖予他国，攻杀土使。

粤东今有剧贼李扬材者，粤逆馀党，廉州人，已隶冯子材军，保至提督。初金陵逆馀党，由闽入粤，欲窜归老巢不得，乃入越南境据之，约有五万众，至今为越南患。云分黄黑二旗。现李扬材忽叛与之合，入关，图扰廉之钦州、灵山等处。未知两粤大吏何以制之。黑旗名刘永福，广西人。

【眉批】《申报》所载近事，每真妄杂糅，不足深据，姑录备查。

游厂肆，阅宁乡刘口口所述《朱孙诒创倡湘团事略》，与《曾文正年谱》所书互异，志以备考。据《事略》云，朱孙诒，江西清江人，道咸间为湖南长沙令，孙诒历知柳州、宝庆府，仕至浙江盐运使，未上，病卒。改权湘乡令，创立团练，屡平土寇，扞粤逆，号曰湘军，后遂称劲旅，统兵大臣携以荡平吴楚。初咸丰改元，湘乡土寇蜂起，历任令葸不能治，湘抚骆文忠公秉章知孙诒才可任，檄调署县事，孙诒至，则严保甲、立团防，即以士民之公正廉劲者任团长，分都堡诘奸缉捕，劝捐输以资团饷，盗风少戢。辟生员罗泽南谥忠节为孝廉方正，县试拔文童刘蓉第一，后任巡抚，陕西革职。及李忠武续宾、弟续宜、易良俊、谢邦翰之属，皆出其部下，而以王壮烈鑫为团首，训练成军，晓以大义，故所向有功。

【眉批】曾文正公每称道、咸间人才曰：楚之二刘，谓刘传莹椒云、刘蓉孟容也。

粤逆伪翼酋石达开攻陷清江,购能缚献孙诒者赏万金,有敢匿其族人者死。贼党卒以孙诒忠义嗾其族它避,其善抚驭兵士可知矣。骆公屡以孙诒首唱义声入奏,奉旨优奖。左恪靖侯宗棠时以兵部郎客湘抚幕,篆联赠孙诒云:“时遣儿童吓饥鼠,不教兰芷隐群蒿。”盖重其诛锄会匪、识拔将才也。会三年口,江忠烈忠源援守南昌,告急于曾文正公国藩,文正檄调王鑫等赴援。江公故客文正门下时,奉命帮办军务,奏称曾国藩有练勇六千人,上遂命曾公督办湖南练军,于是孙诒所部尽归曾公奏调,而曾师旋大挫于岳州,乃欲归罪王鑫,幸左公在幕府营救乃免。曾公又言湘勇虑不可用,左公言湘团剿办战功屡著,非此无以制胜,胜绿营多矣,曾公乃韪之。然湘楚两营军将不和,实基于此。

【眉批】左公得兵部郎疑尚在后。

读曹溪《六祖坛经》,惠能浮屠者,乃是不羁人,不识文字,深达义趣,虽神秀多闻,亦拱手推服,预知亡日,属纩不乱,亦彼教中之异人也。

节录《申报》

论中英俄三国大局

各国于土京伯灵城会议既毕,方谓永戢干戈,不料俄国在土之师本应撤退,兹忽中止。

【眉批】疑此次会议系在土京。土京君士坦丁,未知此会系在德京伯灵,抑在土京。

又有阿富汗被俄挑唆,将开罪于英国,复有中俄交涉事件。大难方兴,此正有志谋国者卧薪尝胆之时,非可文弛武嬉之日。其中俄交涉之事，奈何？俄初据中伊犁各城，现在新疆已平，中国应索归伊犁旧地。忆二十七年前，即西历之一千八百五十一年，中俄因伊犁各城早经立约，按约内有将伊犁之塔尔巴哈台及库车两城作为通商码头，议定俄立一领事官，中设一道员，在彼办事，两不征税云云。其驮货之群畜应何时驶到，以及如何防备盗贼，各有章程，并有一款谓两国犯人苟或逃匿避罪，应由地方官查缉交出等语。现在中国即据此条索取回部乱人，俄将何说之词在后。俄乘回部作乱，遂取伊犁。中国所以不与争者，鞭长莫及故耳。迨至一千八百七十一年，中国曾发使责问，俄答以“回人骚扰，害我商人。有名牙白吴兰者，尤披猖难制，我国不得已遂据伊犁。贵国能将各回逆削平，俾地方安辑，自当仍照前约；或贵国官弁能在此间弹压一切事宜，我国亦愿将伊犁奉还，其如何保护商旅，尽归贵国专制，我国亦得稍弛仔肩也”。此从前答问之词如此。

现俄国似不欲归还伊犁惠远一城，其馀属地亦称须索银一千六百万两作为补贴，十六年驻守之费，方行交还。

又俄人调兵至拖司干与沙马干两地，欲通谷旦牙堪等处，缘牙堪谷旦有一捷径可通拉达克，直抵北印度，则窥俄之用心又不在谋中而谋英矣。

新疆南路之崇戫里阿人叛服不常，亦为可虑。

土耳其所辖之亚细亚洲之地，已遵英廷命，力图整顿矣。

建仓储谷一事，部议以为备荒第一要务，奏令各直省督抚认真办理，现浙省大府定章，以钱粮一两纳谷二斗存储，随粮申算。

英人曾伐阿富汗，废其汗而立今汗。现阿富汗有叛英人之意，英遣公使盛陈兵卫到彼，抵其界大峡已设备，阿富汗之外戚某督守炮台甚力，英使不得将命而还。返至印度雪姆郎离宫复命，于是印度议院亦遣兵往界所防守。阿富汗人素劲悍，印度无水路可通，英人筹欲羁縻之，云须岁费银一千万磅，故久不决。

近新疆南路回部又有内阿士白克之乱。喀什噶尔人阿克苏驻防官兵进攻古军败绩。

江苏布政使司额征地丁,每银一两折收制钱二千二百文。

左军新借汇丰西商之银款,其息系一分二厘五毫。

录《无名君传》竟,传中学于一国之人云云,不言出于共城令李之才,若田子方之不称东郭顺子者然。

戊寅十一月

观察卞重书《曹娥碑》,深得密丽之旨,抽掣翻绞,具有成法,米襄阳所谓得笔者是也。卞,荆公婿。

十五日,是夜月甚明,扬州风俗于是夜置酒延宾,苞苴相馈问,谓之月当头。盖是月系日月相会,起于牵牛之辰,此风甚古。予侨竹西前后几四三年,追寻鸿雪,为之怃然。

答谢梦渔

《鹖冠》,柳仪曹以为伪撰,从贾大夫赋语抄袭敷衍成之者。虽未必然,然其书于诸子家所谓立意为宗者,似不能坚实以自立。其说亦拾道家类之馀渖焉耳。语云:冠鹬者知天时。岂亦与晚世之儒其服而不能儒其言行者等邪?附质一粲。

检寻温公《家范》《书仪》,此二书为温公一生立身行事之本。盖其体也,若《资治通鉴》,迂书潜虚,则其用也。

晚答诣梦翁,杂谈久之,又观朱子所书"鸢飞鱼跃"四字石刻,人言沈溪学魏武帝书,殊不类也。

梦翁嫌予所住屋稍廓,防卫难周。予徐思夫人之寄寓于一室,与精神之寄寓于躯壳有以异乎?似无以异也。然则身内之神,防万物之盗,为亟;身外之物,防一夫之盗,为所缓矣。

阅邸抄知林锡三学使辞世。学使有志荆岘、安溪之学,宅心温厚,于其卒也,不胜悼叹。仆曾于丁丑春一晤于江阴学署,论奏请高忠宪公从祀泽宫被部驳事,与闻馀语,故能略知之也。

经生不足以已乱，能拨乱者，其惟俊杰识时务之士乎？隋何妥曲学阿世，历事两姓；徐文远、陆德明失身于李密、王世充之间，刘炫困于群盗饿死，一身不自保，何能济天下乎？

阅《茗柯文》，茗柯说《易》宗虞氏，虞氏五世为孟氏喜《易》，与京氏、费氏异法。

【眉批】《古文关键》二册，吕成公评选，于作文义法、脉络、线索指点分明，可与《左氏博议》同为启发学人性灵，具其原出于苏氏父子。

戊寅十二月

南皮座主言，阴阳家有《邹子终始》五十六篇，疑即春秋家所谓无师之邹子也。又有《邹奭子》十二篇，疑即所谓未有书之夹氏也。按：以阴阳五行说《春秋》，刘子政亦如此，或二邹已开其先。邹夹列《虞氏微》《铎氏微》，之前舍衍、奭别无可考。座主以夹氏未有书者夺邹字，又误奭为夹，因形近致伪。奭，元帝讳，刘《略》、班《志》均改为夹，当是讳之。

杂家尸佼，鲁人，秦相商鞅之师，鞅死，佼逃入蜀。《尸子》文亡，其存者无多，所言多名家语，不知鞅何以自成为刑名之学，殆其天资刻薄，故学于佼而自立宗旨，如韩非之于荀兰陵耳。

阅孙氏《刍论》卒业。此书论盐、漕、河、兵四大政为多，佳者与顾亭林氏相出入，特其变盐法以救漕弊之说，更张纠纷，恐不可行。其行文醇深恳恻，较之冯景亭氏诋訾叫嚣者不同。郭侍郎评语激昂，枇款多可取。侍郎见恶于多口，其为人吾不得而稔之，其文笔盖必察焉尔。

晚坐学斋，读山谷道人诗，如炎夏登山台，松泉引风而洒毛发；如入喧埃市集将尽，忽闻玉磬一鸣，则野桥古刹、瓜区豆畴已在目前；如贫士独愁,俄有一二素知携酒肴来,酌花树下,发兴忘形,肮脏之气顿洗;又如空山雪中梵火微红,松月穿地,四无人声,溪犬偶吠,竹苇参差,一磨衲高僧微吟枯坐于团焦中。其巧专而外骨消,故足以移我情若此也。

任昉《策秀才文》言农战不修,文儒是竞,农战是《商君书》长处,重农则能知立国之本。

阅《山谷内集》。《内集》天社任渊注,洪炎玉父选本,多据退听堂集为断。退听堂者,山谷居汴京酺池寺时斋名。自尔所之,则悬其榜,是集,山谷自删定,以付其甥炎。

程子曰:颜子之乐非乐,箪瓢陋巷也。此用《庄子》语意。《庄子》云:"古之得道者,穷亦乐,通亦乐,所乐非穷通也。"道得于此,则穷通为风雨寒暑之序矣。《法言》"或问扬子:'以庄可取乎?'曰少欲"。谅哉!

黄庭坚《题伯时画严子陵钓滩》:入《桐庐图经》,分注。"平生久要刘文叔,不肯为渠作三公。能令汉家重九鼎,桐江波上一丝风。"

县尉倪千乘先生天隐《安定学案》入《桐庐图经》。倪天隐,字茅冈,桐庐人,古灵先生妹婿也。古灵三妹,长适刘执中,次适先生,并学于安定,而少适郑宏中,与古灵为四先生之二。学者称先生为千乘。先生所述《周易上下经口义》十卷,云濠案:今《周易口义》十二卷,吴玉墀家藏本,入四库经部。又《系辞》上下《说卦》三卷,晁氏止载其上下经,而《系辞》《说卦》不载,惟《宋艺文志》有之,但既列《易传》十卷,复列《口义》十卷,误也。盖安定讲授之馀,欲著传而未逮,先生述之,以非其师之亲笔,故不敢称传,而名之曰"口义",传之后世,或称传,或称口义,无二书也。先生官至县尉,晚年主桐庐讲席,弟子千人。其为桐庐令叶安道作题名记,戒之令师善惩恶,无为石羞,时人传之。高弟子曰彭汝砺。

晁公武曰:安定《易解》,盖门人倪天隐所撰,故序首称"先生曰"。

己卯年(光绪五年,1879)

己卯正月

得桑根老人《六十后自叙诗》,旷达有逸致,甚想侍老人瓜门,留吃莱菔饭,饭毕骑水牯牛上黑石岭也。

南冈有平山浅水,竹数十根,潭底小鱼成队,长者不满二寸。有数茅堂,背水依山,自成村落,毕竟佳。

子樗箴予云:不耐事,是大病根。谚云:忍事敌灾星。夏峰先生云:凡人所追悔者,过去所希冀者,未来最悠忽者,见在救此病痛。惟截断去来,单修见在。

始名所居斋曰"濑上舟"。或喧或寂,或坐或卧,鼷饮于河,蜗休于壳,无过而问者。一舟以外,将非吾履足之地邪。舟不行而岸自移,予殆沉于陆也。《谦》《复》吉利用百丈。

己卯二月

凡夫即佛,烦恼即菩提,前念迷即凡夫,后念悟即佛,前念著境即烦恼,后念离境即菩提。

【眉批】老子论道以恬淡为正,故曰道之出口,淡乎无味,虽不克如乐之悦耳,饵之悦口,苟有体之者,其用固不可穷也。此注,曾文正与人书却病法,以静制动云云上。

己卯三月

三月十五日,予怔忡之疾忽愈忽发,致废日记。自矢以坚定内养,不妄思虑,只作一事,此事完后再作它事,方可救之。每日所遇不论何状,仍记以自课。

诣竹篔请教,竹篔云:凡为一业不能专一恒久,使心安乐者,由徇人,非笃好故也。此病根既知之,则当克去。

【眉批】徇人固不可,然延平尝言,无人扶助,志意容易放倒,则好与胜己者处,以激发志气,自不可少。所谓庸众驽散,则劫之以师友也。

众人皆有以,而我独顽似鄙。顽似鄙,藏身之法,安心之药也。

介孚语我委心任运之说,甚有味。君顷罣吏议,而与故人谈笑,处之怡然,亦善于解脱者,可爱也。

己卯闰三月

夜读曾公诗,始悟予之夙病在志强力弱,故易致困踬。自今但学董允,勿学费祎可也。

鼎父简易,竹篔通达,止潜沉决,再同机警,篪仙精爽,此皆友之善者。

知朴臣凶耗,惊悼不已。朴翁笃志立身经世之学,勇于为善。哲人殂谢,使人短气。君所著有《国朝名臣言行录》正编、二编,已脱稿,三编尚未就。《国朝孝廉传》《读朱求是》等书。通方药,喜琴鼓,能开方测量舆地。其居吴,所有善举皆君任之。同治辛、壬间襄办直隶账务,炎天烈日当中,手一伞,亲查户口,编之于册,分极贫、次贫等目,案户分给,均沾实惠。蒙揆帅李公优礼,丙子以知县分直,未几即署天津剧府,锄奸诘暴,摘发如神;立自新所,以格小眚;严立义学章程,以敦儒品。已奉檄题补邯郸令，方谓弦歌小试，可期丕著循声，不意去年春间遘疾，积劳况瘁，咯血痰嗽不止，延至今春，竟致不起。回忆泡子河头同车出入，曾公祠里联榻宵谈，倏隔幽明，无与为质，可哀也已。嗣子景桴必能承其家学，君为不亡也。

予遇事用心不细，是一大病。当以劳玉磋为法；优柔寡断，当以再同为法。

自戊辰春与谭仲修之妙光阁祭吴子珍之墓，十年足迹不到矣。今复过之，紫丁香花开甚烂漫，怊怅抚事，不可言状。

仆治生既拙，旧学日荒，既处积薪之下，复有如老杜所云"男呻女吟四壁静"之况，俯仰卒卒，岂遂将抑郁以死乎？偶一静坐，合眼思之，神渐定，心光渐细，忽跃起，得一妙法曰混而已矣。谋生可混也，读书亦混，至于俯畜其帑，出而酬酢焉，往而非混日子，何必扰扰方寸，自伐自苦哉？且古人如韩退之，彼独非卓绝一代人乎？而此秘法先我而得之，独不曰混混与世相处乎？下句且漫理会。我只一混，求之未得，彼有二混，是韩子阅世尤深矣。呵呵一笑。

【眉批】黄琴坞太年丈年六十馀，临殁戒子孙：以凡遇事，鞭打不开最损神，积损成衰，亡之于微。须预为之计，勿蹈吾辙。木叉之法可摸索也。不重积德，不得谓之早服，然苟及时守"啬"之一字，则来者可追也。

偕君谋、小颋南皮两少君游城外花之寺，海棠盛开，花大如银杯，自梢达根，繁缬无隙，炎州所未有也。丁香亦甚烂漫。寺本名三官庙，嘉庆中南城曾宾谷更名有花之寺，《观海棠歌》张壁间。中院二株劲干屈铁，如虬髯怒张，高出梵殿檐际；西院轩户凉豁，有二株不甚高大，而娟深如靓女，对立无言自媚，皆佳品也。入城复之龙树寺，少憩，上楼见西山作空蒙疏野之态，蒹葭簃前，芦笋四茁，春水东西，洲渚纡曲有垂钓者。日斜时始归。

【眉批】南皮太夫子延先公授二子。“花之寺”三字南城正书,腴秀类张船山。诗牌挂壁,行书亦遒丽。

陆放翁“心太平庵”者,取《黄庭经》“闲暇无事心太平”之意。

《入蜀记》司法参军右迪功郎王师点录其叔祖君仪待制《讼卦讲义》。来君仪,严州人,师事先大父,佃,字农师。精于《易》,然遗书不传,讲义只存一篇而已,然亦其少作也。

【眉批】入《图经》长编。

己卯四月

今岁光阴,半为晨入夜归所困,韩子《上张仆射书》所谓“抑而行之,必发狂疾”者。受此束缚,何时摆脱,复起为人乎?闭置帷中,如三日新妇,何疲惫可笑之甚也。

【眉批】又鸡有伏鹄之嫌,瓦有注今之惮,岂可虚糜廪食,久窃皋比,去志决矣。

思习净土法,心净则土净。

《钦定四库全书总目》道家类存目:

《观老庄影响论》一卷。浙江巡抚采进本。

采入《北谯琐闻》。明释德清撰。德清,字登印,全椒人,即当时所称憨山大师者也。其书多引佛经以证老庄,大都欲援道入释,多惝恍恣肆之言。以其借老庄为名,故姑附之道家。其曰“影响论”者,取空谷传声,众响斯应之义也。

又子部小说家类:

《乐郊私语》一卷。两淮马裕家藏本。

元姚桐寿撰。桐寿，字乐年，睦州人。顺帝后至元中尝为馀干教授，解官后归里，自号桐江钓叟。至正中流寓海盐，时江南扰乱，惟海盐未被兵火，尚得以闭户安居，从容论述，故以《乐郊私语》为名。虽若幸之，实伤乱之词也。所记轶闻琐事，多近小说家言，然其中如杨完者武陵之捷、张士诚杉青之败，颇足与史传相参。所辨六里山天册碑、秦桧像赞、鲁訔注杜诗诸条，亦足资考证。末载杨维桢撰其兄椿寿墓志一篇，颇为不伦。桐寿欲表章其兄，何不叙之于书内，乃别载于末，核以体例，深属有乖。今削除不载，惟录桐寿之本书焉。

【眉批】忆《曝书亭诗注》云：桐庐人，居嵝溪，采入桐邑艺文。

集部别集类：

《文泉子集》六卷，唐刘蜕撰。蜕，字复愚，长沙人，大中四年进士及第，咸通中官至左拾遗，外谪华阴令。又孙光宪《北梦琐言》载刘蜕桐庐人，官至中书舍人，有从其父命，死不祭祀一事。所叙爵里或不同，或疑为别一刘蜕，未之详也。

宋雍存，全椒人，隐居不仕，以文史自娱。居城南，号南郭先生。钱公辅《游山》诗"每从南郭先生到"，谓存也。

【眉批】入《谯州山水古迹人物考》。

己卯五月

节录孙文定公嘉淦《南游记》

【眉批】《图经》备采。

富阳以南,川势渐窄,两山对峙,一水中流,群峰倒影,上下皆青。出橦梓关,势渐开,远近布列,山皆妍媚。桐君山陡立江岸,其南,内拓开一平原,石壁环峙,如天生城阙,则桐庐也。阻山临水,居民在山水之间,瓦青墙白,纤尘不染,其清华朗润,令人神恬。南至鸬鹚原,山势怪特,峰峦坌涌,密至骈植,束江流如一线,入原口转西,则富春也。南北皆山,其中皆水,不馀寸土。两钓台在北山下,石峰直起,而顶方旁有子陵祠。凡钓台左右之山,其巅皆有流泉,锦峰缥渺,上入高青,怪石峥嵘,下临沉碧,瀑流喷薄,堕玉飞珠,涧水层波,调笙鼓瑟,高山流水之观止矣。尝忆陶隐君语云:“高峰入云,清流见底;两峰石壁,五色交辉;青林翠竹,四时具备;晚雾将歇,猿鸟乱啼;夕日欲颓,沉鳞竞跃。实欲界之仙都。”惟此地足以当之。西至于严州,高山四塞,大水环周,可称天险。

魏武帝书,雄伟不常;朱子草隶皆宗之。观汉中磨崖“滚雪”二字,八分书,径尺五寸,用笔如快马斫阵,而勒蓄有致,甚可爱也。

明朱应鼎《引年录》云:以狗肝合土泥灶,令婢妾孝顺。

佛氏以修多罗为经,毗尼为律,阿毗昙为论,皆梵语也。

刘位坦论画云:“宁可失势,毋使笔弱。”斯言且有掺懿渊裕之才用之于画,大拙转成大巧。

己卯七月

居材不材之间则身全,出入于有心无心之间则艺精。

后日乃先太宜人忌日。念癸亥吾邑大难之后,凶荒瘥札,百苦备更,不孝甫脱虎口,旋罹大故,饥困疾疫,不能侍存,渴葬又不备礼。人之痛心,终天负疚,一至于此。逮丁卯冬始行改窆,今日赖先人之灵庇,粗有家室,鬻一器之微可延当日一月之生命,乃三鼎未陈,而风木摧落,不能逮事存之乐,又未能以令名贻二人泉下之望,于乎哀哉,肝肠崩裂。

夜与友人论望溪学行为本朝第一,而文次之。所谓志在继程朱之后者，庶几不负平生之言。观证二百年中，惟此老出处利济，表里粹然，可以无憾。吾辈与世为无町畦久矣，反身内课，又不自力。介如石焉，坚守不夺，自非鲁国男子，何能尔邪？读欧阳子《送徐无党序》，亦可以审行身祈向之轻重先后矣。

湘乡曾文正公虽涉酬应文字，多以微文自表，义指不溢，词去假借，此之谓“字含阳秋，笔挟风霜”。

初十日闻五月十三日陇坻地大震，陷没数百户，而高邮湖水同日无风自啸，斗涨一二丈，上天垂警甚矣。

《越绝书》，袁康作。其隐语云：“以去为姓，得衣乃成。”考《说文》《玉篇》，袁皆从衣，叀省声。然则隶正书袁字中当从厶，不当从口。

老子《道德》言三宝与魏伯阳所谓三宝，皆不可忽慈俭、不敢为天下先。耳《坎》，目《离》，口《兑》。

月内有星异。

看永和瓦、有竹垞、阮翁题字。唐铜鸭二物。

言有序，礼也；事得其序之谓礼。言有物，乐也。物得其和之谓乐。立言之至者，未尝不与礼乐合其精。

【眉批】创于甲戌、乙亥间。此先公摘录时贤诗，未成旋止。入《咸同闲气集叙》。

略阅四明国初遗老谢天愚先生集，诗略近元末铁厓、玉笥诸派。

己卯八月

太山孙明复先生《信道堂记》曰：“吾学尧、舜、禹、汤、文、武、周公、孔子、孟轲、荀卿、扬雄、王通、韩愈之道少数太公、管子、曾子、董仲舒、诸葛亮、陆贽。三十年。处非今之世，故不知进之所以为进也，退之所以为退也，毁誉之所以为毁誉也。”欧阳子自叙“少有志治韩文”，故修之仕，于进不得为喜，退黜不为忧，由其志先定而他物不足以间其嗜好。此皆所谓视三釜三千锺如燕雀蚊虻之过乎前,而所遇之穷通不过为风雨寒暑之适然,内重故也。

前日有忿言,责友道于人,惩将事不恪于奴婢,曾不反求诸心,任意疾呼,几有忘身及亲之殃咎。昔程子戒吕与叔云:“何不动心忍性?”吕伯恭自悔气质不能变化,读至“躬自厚而薄责于人”,于是幡然痛自悛改,终其身不以疾言遽色加人。且伤生害气,莫甚于忿。垂戒《易》象,又《阴符》。道家所首忌,惟忿与欲,譬诸沉水入火,自取灭亡。古人何惧而知惩,我生胡肆然自放,迨至恶声,反灾其身,伤人中于矛戟,悔之晚矣,可不戒哉!

闻石子韩卒于监利任所,予游楚时曾主其家。石君喜交游,耽碑帖名画,是其所长,然少绊宦情,投赠泛滥,终日劳劳,壮年竟夭,亦可为筮仕竞进者之蓍镜矣。

御史黄元善请拨遣八旗闲散民人资往山西、河南、江皖等省,开荒垦地以资生计一疏,深知固本宁人之义,与道光初富俊、松筠屯田双城堡之议一辙,其利国不可思议。如仿汉建安初,设屯田典农官吏,规划条便行之,效必见于十馀年之后,且不必尽为安插旗民起见也。苟坐致富强,何患夷狄内侵邪? 特不知部议规划如何也。

黄老衰而六经立于学官,三家《诗》衰而《毛传》立,郑《易》、《公》《穀》衰而王弼之《易》、杜预之《左氏》立,荀卿、扬雄衰而《孟子》立,此六艺百家之运,迭相更王者也。城阳王章废而蒋帝出,蒋子文废而关壮穆出,稷之祀废柱而弃兴,六宗五帝屡祀屡罢,此天神地祇人鬼之运,迭相更王者也。圣贤神鬼且互为消息,如四时寒暑之进退,若此而况于人事之万有不齐者乎。

推之彼异教凭陵,瞿昙悉达逝世六百年而有尔撒,即耶稣。尔撒不良,死六百年,而有谟罕默特。理亦如此,彼英、峩隆隆之势,又曷足恃乎。善审事会者,内修善政以自强,外固疆圉以自守,敛啬而静,观衅乃动。斯其机矣。

【眉批】此本夏氏《中西记事》云，尔撒即耶稣，发之俞氏正燮。窃恐未必确有，未暇深考。

新建裘文达公曰修，尝于乾隆中奉使过滁州，得州库欧阳文忠公石刻画像，拓本装池，进呈御览，高宗为异数。仰窥圣心之激励臣工，表章文儒者至矣。今西斋所悬公像即此本也。此石为南梁薛三丈修醉翁亭，陷祠壁中。

【眉批】此即跋欧公像下语，是轴亦仅得收回，忆另有一欧公像轴，较大。丁酉在芜，曾命年家子汪君吉修楷写欧公本传于下，并有跋语，今亦遗失。

观颜鲁公书《元结碑》石本，结体疏朗宽和，与次山为人相称，视两家庙之取径险劲、构势雄强者，迥乎不同。

觞客于谢祠座中，与竺坡学士谈次，始知其为郑亲王济尔读如辣驾切哈朗大宗之后，今嗣爵者非大宗。客散，谒弋阳谢文节叠山先生与文丞相宋瑞同年进士栗主，一跽三叩。

连日因一斗筲子致忿，几有忘身及亲之气象。汝终不克，悔灾将及。汝以后痛念先公遗训，及吕成公“躬自厚而薄责于人”之事，切切改过自新。千金之弩，不当为鼷鼠发机，何薄于自待乃尔耶？

湘乡曾公尝与吴竹如先生论，凡为人臣者揣度自己，果尚未能纳诤友之谏，且勿责难于君，遽以为纳谏稍迟，必己先立于无过之地，而后可以怀拾遗补阙之志。此第一要义，不可不讲求，可为诤臣、诤子、及妻谏其夫千古著鉴。诤友亦可类推。

【眉批】东坡言世事与出世事两者不并立，二语去至理似隔一层膜，彼所云世事，指白香山由忠州内除等世俗之事而言，非经世之事也。经世出世，事同一律，何不并立之有？

不足以感化家人,细察病根所在,乃己德不修、诚不积之故,且平心内照,敛气藏修可也。

聂崇义《三礼图》二十卷,通志堂本。今有《钦定三礼》本,附图。张氏惠言《校正礼图》、焦氏循《宫室图》,均较此为精确。

《召诰节性解》,南海廖直群廷相作,陈兰甫先生澧之高弟子也。

性不离乎欲,亦不离乎理,故节性不但节其欲,兼节其理。通识之言,达理之解。《皋繇谟》:"宽而栗,柔而立,愿而恭,乱而敬,扰而毅,直而温,简而廉,刚而塞,强而义。"郑君注曰:凡人之性有异,有其上者不必有下,有其下者不必有上,上下相协,上下高明沉潜之谓,非指中人以上、中人以下之称,犹《易》云初上。乃成其德。盖宽、柔、愿、乱、扰、驯也。直、简、刚、强者,人之本性,协之以栗、立、恭、敬、毅、温、廉、塞、义,而不使太过,乃所谓节性也。修六礼以节民性,此之谓也。此文全篇不称,惟此数语具有精谊,《易》之《损》《益》,《范》之刚、柔互克,《中庸》记之,发皆中节,兼去贤知愚不肖之病,不外乎此。世有好学之士,愿不厌详思之。

【眉批】九者之质,不外乎刚柔,炼质以成九德,不外乎仁义。仁义之归,绵绵不息,乃底于中正。九五正也,六二中也,而乾元用九之道得矣。

善学者当以反复研诵九经、三史、二通《典》《鉴》、皇朝礼律,有图有表,尤要。馀及杜、韩、欧、王、苏、朱子、王伯厚、顾职方诸家,上五者为经,下诸家为纬,馀可执是推之。为善建不拔之根本,亦如炎刘之关中、河内,僭魏之兖州三县,由此积小绵绵不已之功可以驯致高大。若以此为自足,而不博求诸古今之名理、万事之情伪,翼而证之,体而验之,则书簏之诮,成诵徒费,面墙而立,窒碍难施,何异于守丸泥井络,亟亟自封,沾沾自憙,终为他人所夷戮者乎。然苟如近世汉学者流,则大不可。物名为先,大谊为后,名为考经订史,实则得粗遗精,取欱珠椟，繁称不穷，终归无益。譬之地虽广，兵虽强而不君无德，终为汉初之项氏、明季之李逆，遗它人之资，垂白无成而已。树立如此，深可鄙笑，反不如小心管键，保障一隅，以待直人出而树降旗者之为智也。故善战而不善守，则国非其国；能侈而不能约，则学非其学。《诗》曰："无田甫田，惟莠骄骄。"

阅《晋书·载记》，读至《王猛记》云：桓温辟之，欲与俱南，猛还山咨师，师云："汝与桓温岂并世哉？北方事有可图不须南也。"云云。为之踌躕，太息久之。

入于耳，体验于心，古之学者为己也；入于耳，出于口，今之学者为人也。身能行之，口不欲言之，谓之国宝；身能行之，口能言之，谓之国器；身不能行之，口能言之，则国之蠹贼：巧言鲜仁，此之谓也。斗筲何算，不亦鄙乎。

亮生，予之诤友。今日规我三言：杂乱一病也，过高二病也，语言无分寸三病也。

己卯九月

书张氏塾壁补录

凡门生于举主之礼，举主以手札、或折简、或一刺招之则即至，此二百馀年相沿之俗，礼然也。若举主但令奴辈传呼趣之，则虽无行驵侩、寒舍乞儿亦不敢至，此卑贱所守之定分然也。谨发其凡于此。八月廿七日。

诚信，悃悃款款，与言必尽，察其短而护其长是也。施于君子作用，有时祥风丽日，有时震雷迅电，才则收其贪诈之效；有罪而收之，则使之躲闪不及是也。加于小人，能如是则不为贤豪所薄，亦不为奸佞所困。

和秀水朱公观驯象，一牝一牡。能屈一足作长跽状，又能吹鼻如掌号声。

学华山道士，多睡少言法。

许仙翁言，秦才可用者三人：李涵、附生，已故。怡立方、候选府同知。袁发回种。

心要虚,损己受人,平情察理是也;心要实,笃行不妄言,博文以约礼是也;心要有法,或用经,或用权,或藏于机,立己治生,应务接物,各有条理,不相杂厕是也。能如是,然后可以无实无虚无法,玄不可见而至于深窣窣地,施济无名,坐忘观化是也。无体之礼、无服之丧、无声之乐,充实不可以已,于穆不息,至诚不二,可以美利,可以前知,非天下之神圣,其孰能与于斯。

为学以刚明敛静自治为本。天下皆不治,而一国之内自治者,汤之亳、文之岐周是也;一国不治而一家自治,曾子舆、闵子骞、陈仲弓、蔡兴宗是也;一家不治而一身自治,舜于象、周公于管蔡是也;且推极其性命之微,即一身不治而思心之容能自治,是亦可独往独来于天地之间,冉伯牛是也。此说本之谢上蔡。

孔文举《与魏武书》云:"凡所称引,自公所知。"是自以为学人与不学人语也,又伪造故实,援引不伦,以讥切奸雄,轻犯凶焰,宜其及于难也。经生文人词气敖悖,其实所长者皆饾饤无用之学,深为有识所鄙笑。刘炫、徐文远果何所建树,况不及刘、徐者乎。

亮生举人才可为牧伯者一人,曰李鉴堂。秉冲,奉天人,现牧冀州。

监生可为典客者一人,曰胡退庵。敬中,现佐张耀幕。嘉兴人,诸生。

夜论观人之道有二:曰根柢。世德家法,立身行己,处处扎定脚跟,是谓根柢。曰渊源。不知其人,视其所与,能自亲师取友者,是为渊源。

何谓人之贼?曰:阴阳寒暑,一贼也;货财嗜欲,二贼也;爱憎荣辱,三贼也。此三贼者不慎所以御之,则其天不全。

亮生濒辞,戒余曰:"行毋求奇,忿言必忍。"予心韪其言。

亮老语以九等观人及自课之法,其要领不出德才二端,涑水论之详矣。语在《通鉴·知瑶篇》。

量、操、才、学、识、胆、力、气、略。

康熙御题"卢沟晓月"四字,"卢"俗作"芦",误也。水黑名曰"卢",卢者,以言乎其色也;沟者,以言乎其形势,诘曲如沟也。

别立三科，皆无实盗名而不适于用者，穷则勿引以为友，友必损；达则勿荐以为助，武侯之于马谡、温公之于蔡京，其覆辙深可鉴也。

能、如俗所云，干办麻栗之称。文、辨。

视鼎父疾，终日喃喃若狂，然偶谈及《易》《老》语，甚有理致。殆吾家景倩所云，世人多以不狂为狂，将君果盖次公之流，有所愤疾于其中而不能自克，故尔邪？

己卯十月

时诵“天难谌，命靡常”之戒。

怀梅花洲、桐君孤屿、十九泉、白云源、绣峰庄、浪仙洞诸胜，王介甫诗云：“求田此山下，终欲忤陈登。”又云：“忆初救时勇自许，壮大看俗尤崎岖。丰车肥马载豪杰，少得志愿多忧虞。始知进退各有理，造次未可分贤愚。”予岩栖谷隐之志深矣。

连日谋制一瘈狗，颇觉杀机太多。《阴符经》曰：“人心机也。天发杀机，日月凌薄；地发杀机，龙蛇起陆；人发杀机，天地翻覆。”机事之害心，可谓甚矣。宜速涤去之，以扶生机，游于建德之国可也。

凡治文事，与兵事同，譬之两羿角彀，二雄竞雌，非杀彼益此，则旷持无利。故德盛容物，以不争为度。文必出己，以独胜为能事。理既殊，体势遂异。

游太学，观辟雍圜桥之制，及拙老人蒋衡书石经碑、博士听事。前有测日影石表，右为泽宫，灵星门内古柏参天，历科进士题名碑林立，新石鼓在大成门外，字皆在面。旧鼓在门内，字皆在腹。癸鼓洼中若臼然。徘徊久之，太息而返。

李君云祥来，述其兄雨苍副都统之生平性行。副都护父母皆殇，一兄已前卒。咸丰初补诸生，三试京兆不售，发愤读兵家言，及丛辰占验术数之学，族中人皆笑其迂。副护乃挟白金二两，累胝数千里，挟策干故鄂抚胡文忠公。公奇之，应保至部主事四五品京堂，既而奉命剿陕，回复授乌鲁木齐都统，署伊犁将军。以无功征还，吏议革职，遣戍黑龙江。卜妾生男，至今其息嗣尚未归也。会赦还,复奉旨发往左宗棠军营差遣,开复花翎副都统衔,嗣以议边事与相侯意忤,相侯奏称李云麟病类心疾,回旗当差。李氏玟有田庐在滦州,九百户,在国初隶屯旗。故雨苍近年或居滦或入京,足迹不常也。

己卯十一月

居濑上舟,斋戒,后日冬至大祭。始聚四裔图籍于此屋,又可称“筹边楼”矣。

得吴军侯保定书,承有柁工之说,环顾殆难其人也。当于坚苦澹静中阴求天下之奇士。予辈之遇事剽掣,用意浮薄,又岂中流一壶之选哉。可闻此言而深戒已。

阅《日本杂事诗》毕,知黄君公度又草创《日本志》,于地形、政事、风俗、物产、官制、刑法勒成专书,已得十四卷。如能削稿,可补吾妻《镜之漏略》矣。

读《王右丞集》,唐小说言元载妻王韫秀为缙之女、维之侄,其实非也。韫秀乃王忠嗣之女耳。载事与韦皋、李商隐相类。

新疆道里记

新疆北路,旧系准噶尔部落,自嘉峪关起,迤北西至伊犁,路程四千四百二十五里。

嘉峪关,五百八十里,计六站,至安西州;七百三十五里,计九站,至哈密;历南山口,三百三十里,计三站,至巴里坤;有巴里坤海,八百三十里,计十一站,至古城;四百四十里,计五站,至乌鲁木齐;六百七十里,计七站,至喀喇乌苏;四百二十里,计四站,至精河;有额敏尔海,四百二十里,计四站,至伊犁大城;又有巴彦岱等六城,环峙为掎角之势;南有伊犁海,西有大河,西北距俄罗斯界。

【眉批】哈密为南北襟喉之地。迪化州,治在乌城北路,一大省会也。喀喇乌苏具云库尔喀喇乌苏,库尔喀喇,译言黑;乌苏,译言水也。

又，自乌鲁木齐六百七十里，计七站，至奎屯；历玛纳斯河，八百七十里，计八站，迤北，至塔尔巴哈台。东北距哈萨克界，伊犁之左臂也。

【眉批】塔尔巴哈台东北连科布多戈壁，定边左副将军所属。定边左副将军驻扎乌里雅苏台，统辖外蒙古。伊犁将军即定边右副将军，所辖地皆几及二万里。《钦定西域图志》，俟续购。

自乌鲁木齐南通吐鲁番，山路，五百二十里，计六站。

以上北路二十四城，凡设台站五十所。

新疆南路，自嘉峪关南迤至喀什噶尔，陆程六千六百四十五里。

嘉峪关，一千三百五十里，十五站，至哈密；一千一百二十里，计十三站，至吐鲁番。此地居民稠密，东有盐池，南有罗卜诺尔海。诺尔当淖尔。淖尔，方言海也。新疆南北两路水俱入焉。七百八十里，计七站，至喀喇沙尔；为土尔扈特游牧之地。有为开都河，九百五十里，计十站，至库车；察尔齐台有铜厂河，自此以西，回多汉少。六百十里，八站，至阿克苏；有浑巴什河，北西二百四十里，计三站，至乌什；西距布鲁特游牧，亦回国也。又，自阿克苏西南五百三十里，计七站，至巴尔楚克；有河，六百四十里，计七站，至叶尔羌；濒河稍折而北，一百九十里，计四站，至英吉沙尔；稍北一百七十里，计二站，至喀什噶尔；有河，西距浩罕、八大山、安集延，皆回国部落也。

自阿克苏属之扎木台，由冰打板，斗折蛇行，趋伊犁，一千一百十里，计六十六站。

自叶尔羌东南至和阗，其山多玉，有星宿海，然非河源。元人所考伪耳。河源，魏氏源以葱岭大龙池当之。葱岭乃昆仑也。七百七十里，计七站。

【眉批】星宿海究为重出之真河源，在青海中境，江源尚出其西。按：星宿海在青海境内，距和阗尚远。

以上南路十一城,凡设台站七十一所。

自嘉峪至安西,武员隶肃州镇,文员隶安肃道;自哈密至吐鲁番,文武均归乌鲁木齐都统管辖。其哈密、协巴里坤镇、古城、精河等营,则隶于乌鲁木齐提督。

伊犁将军统辖南北两路。

自喀喇沙尔至喀什噶尔谓之南八城,系叶尔羌参赞兼辖。

南路旧设八城,喀喇沙尔、自此以东吐鲁番、哈密、至嘉峪关,均系内地。库车、阿克苏、乌什、叶尔羌、喀什噶尔、英吉沙尔、和阗。

新设巴尔楚克一城。

库车、阿克苏南距西宁、青海,隔一大戈壁。

【眉批】见他书引,须再考。《西域图志》分新疆为四路,嘉峪关、玉门、敦煌至安西州为安西南路;哈密镇西府、迪化州为安西北路;库尔喀喇乌苏至伊犁、塔尔巴哈台为天山北路;辟展、喀喇沙尔、库车、叶尔羌、和阗为天山南路。

得友人吴淞信报云,刘泖生丈署嘉定令,以命案相验不得实自尽。闻之嗟叹,作令之难如此。兼悼泖生之劬学,方闻邻州俊彦数奇不遇,母老子幼,令人雪涕也。

《考盘》:"永矢勿谖""永矢勿告。"据毛、郑说,皆以为不忘君之恶、不告君以善。予谓此当从郑侠解,以为身虽退隐,然不敢忘君之厚德,不敢以君之失德告人也。否则失诗人忠厚之旨。"君子阳阳",阳阳,毛云无所用其心也。予谓阳阳为不改其度,故昌黎有"阳阳如平常"之语,虽处乱朝,仍有端委,而立虎门之概。否则违诗人迈征之谊矣。

《孟子》"为长者折枝",折枝当是揤杖,形近致讹耳。赵注则以为按摩之术,折手节解疲枝也,亦曲说。

先大父所已为而待后人继述之事三:曰辟宾馆以礼州之高才有

学行者，立祭产以祀族之无后者，而于穷嫠笃老废疾则斥其庐庐之。先公之所欲为而力未逮者二：曰谊田以赡族，谊塾以处贫而向学者。不肖所欲为之事一：曰义林，如李中孚故事。不肖心术之罪，上负神明，未识它年能少赎一二否。谨书此六事以为祈向，惟恐或忘也。

总宪完颜崇厚使俄辱命，俄人无故索我塔尔巴哈台及喀什噶尔二城，崇厚不请命于朝而许之，奉旨严议。

【眉批】俄人重修和，约三事：一兵费，二百八十万两。二通商，嘉峪关立领事官。三分界。

己卯十二月

阅《癸巳存稿》，此书与《癸巳类稿》畦径相同，多辨其所不必辨，不免有小辨破碎大道之病。博而寡要，劳而少功，非为己之学也。

前日曾诣松岑，斋中看碑版拓本，以馀事馀力治之，或有生趣。予于当治之学尚且荒圮，舍田芸人，切宜戒之。

鹤皋韵士祁《西陲要略》一书，惜未有图及道里表。

许仙翁云，何铁笙太守上言，宜推广会议，本日奉旨不允。

友人嘱连名上书，予自揣边务情形未能得其要领，辞之。

连日志气昏惰，考之，卧寐亦觉憧扰异常，缘日间用心不壹，故神明不能整肃。由此积病，驯至骫骳，方寸且不能敛靓自持，何以治事。惟日日专治一事，此事告蒇，然后别治他事；专习一业，此业明了，然后旁通他业，庶业精神，可期宁一，而筋力不致废弛矣。

阅《群书治要》，此书名为治要，而所采不精，未为尽善。于各史志不载门目，体例尤疏；言名物制度不若《通典》之核，论是非利败又逊《通鉴》之精，揆之事理，两无可取。

李雨苍将军枉谈。观其为人，气体雄骜，边情亦熟悉，而稍有果悍敢为不可一世之病，深虑其志壮而虑疏。

答候李雨苍副都护。雨苍旧隶多礼堂将军隆阿部下,谈及淮楚诸军宿将,屈信指而数其才否,又言欲绘《万里西征图》,图所目验之山川形势;又言凡治国行军之道,须熟于涑水《通鉴》、顾氏《读史方舆》二书,所言多中肯。雨苍今年四十有七,善占六壬。

晚潘孺老招集,座有邓侍御,言新得日本地图,甚精。

略览徐星伯《西域水道记》,有分图而无总图。阅之颇迷其方向,至到测绘之法,未为精密。

亮老贻书,戒予性情心术不自克治,则流弊滋甚。良友药石之言,甚可感也。

夜阅《通鉴》,目眵昏花。古人每云"静以修身,俭以养德",予嗜欲太深,不能养心,故不能养目。凡心地之清明与否,于目光验之。少不知戒,长而勿悛,予其终为自欺之小人,而绝君子之路乎?

叶水心先生适文章雄赡,才气奔逸,在南渡卓然为一大宗。其碑版之作,简质厚重,尤可追配作者。适尝自言,譬如人家觞客,虽或金银器照座,然不免出于假借,惟自家罗列者,即仅瓷缶瓦杯,然都是自家物色。其命意如此,故能脱化町畦,独运杼轴。韩愈所谓文必己出者,殆于无忝。节录《提要》语。《水心集》二十九卷。己卯五月。

庚辰年(光绪六年,1880)

庚辰正月

不肖自治之术,多苦《礼经》之烦难,而从释、老之简便,心悟其非,而徙义不勇。久之,且多有决破藩篱,回邪诞慢,无慝不萌,并大悖于清静自守之旨者,何论正道?心术之患,中于隐微,嗜欲不斩净根株,而沦胥自溺;忿窒则小惩复蘖,而炎炎自焚。种种不可告人,自私自利之隐恶,沉浸卵育,日滋一日,皆由惮劳自恕之一念启之。丙子九月在天津,蒙亡友朴臣王君大呼而深斥其非,迄今四年馀,犹未能改,而斯友不可复作,予殆终于迷复之凶矣。因观曾文正、刘霞仙中丞两公往复辨难之言,而喟士之不可以无诤友也。

《易》,逆数也。《孟子》论求仁曰"强恕而行";《董子》云"强勉学问,则闻见博而知益明。强勉行道,则德日起而大有功";《淮南子》言"功可强成,名可强立";孔子高论,鲁仲连亦云"强作之者"。强者,逆修之事也。彼龙虎铅汞之术,皆用逆修立身,为学何独不然?忿欲过失,不可听其滋蔓,当惩之窒之,改而迁之。饮食之病从口入,言语之病从口出,不可任其饕纵,当节之慎之。耳目之徇声色,鼻口之徇臭味,手足之徇安佚,顺以纵之,则强者折、弱者败;逆以制之,则危者安、亡者存,凡气数之命在天,以静听免忧。义理之命在人,以逆修招福。《易》曰:"益之用凶事。"谓以危难杌陧之事,揪敛其心志。筋骸劳则神明强,志气强而后智术精,揪敛而后益,亦逆修之义也。

【眉批】如存心愿得美仕而惮作好人,冀享庸福而不图干济,计较得失则忮心生,不耐冷淡则穷愁作,此皆陷入市井细流,方寸不堪自问。此乃生死关头,须打死仗、扎硬砦方可战胜。

十四日意行出游,访槐树斜街、花市及竹垞老人故居,紫藤已枯,但见含桃数树而已。今为浙馆,宅前有苦水井,无栏,鸽粪满庭,板扉半掩,荒寂之况可想。又游畿辅先贤祠,种竹甚伙,以篱护之,饶有野趣,向园丁买得数花种而归。

王大臣汇奏目前应办事宜八条:边防三、海防二、筹饷二、求才一。其六条南皮主稿。

览仲修寄来诗四章,词藻甚工,而按之字句之间,多浮荣而少枯实,非读山谷内外集,不足以药斯病,且似由素不信谊理之学,故其发于言者如此。然仲修齿长于予,未敢自附于诤友之列也。

《庄子》造言命意,似乎蝉脱万物之表,摆落一世之械,然其于世态事机通塞迎拒之故,揣摩特熟,其叙次人情物理、琐言鄙事,摹写逼肖,穷妍极媸,几如夏鼎之取形、秦镜之照隐,虽屡以嗜欲深则天机浅、有机心必有机事诸言为解,然此老亦机心之尤者矣。宜乎其足以杀范蠡之子而有馀也。

庚辰二月

濑斋饭后,焚香偶一静坐,觉虚白,疑月空青有落,萧森之气袭人也。

王晓峰家璧,缘在奉天府丞任内,考试吉林一案,降三级调用府丞给事中。袁铣弟子,廉隅自守,此案因当事者以考棚溢索经费奏劾,或云其非罪也。府丞迂谨寡谐,故不免世网。吾为处斯世者危矣。

叔俛先生过谈,君家父子专研鲁论之学,成《正谊》二十卷,不朽盛业也。与陈硕甫《毛诗疏》、胡竹村《礼仪正义》、陈卓人《公羊正义》、邵二云《尔雅正义》、焦礼堂《孟子正义》并夺孔、冲远,《诗疏》。贾公彦,《仪礼疏》五十卷。徐彦,《公羊疏》廿八卷。邢昺,《尔雅疏》,又《论语疏》。孙奭,《孟子疏》。朱子云邵武士人伪撰。诸家之席。经生事业,经两世而后蒇,良不易矣。其先元城府君楚珍先生讳宝楠,又著有《释穀》连筠簃刻。《汉石例》《宝应图经》诸书。

阅《曾文正公集》。曾文不妄许可,字句严重,语语若椎厓石而出,故知经世大业,于临文验其魄力之大小,所谓有开必先,非偶然也。不肖少而涉历冰霜,壮而根柢浅薄,殆山泽之癯于一丘一壑为宜耳,非驱驰多难之器也。自今志之,勿蹈负乘之丑,以取覆餗之凶,其可乎?

读龙翰臣学士《历陈广西吏治军政废弛情形疏》,参劳崇光也,旋奉严旨交两广总督徐广缙查办,以崇光座主枢臣祁公寯藻袒护,遂免议。

《曾母孙宜人寿叙》录稿将去,平衍不成章法,欲并焚以前所妄作,重新竖起壁垒,非求之六经《语》《孟》、三史、《荀》《韩》以为根柢,则终不能有成。年长无闻,耻孰甚焉。

料理复讯李习之所谓与人书,一切画断,人以书来则无不答也。

访邓献之于僧舍,已移入城矣。此老以癸卯孝廉作令山西,好作诗,性情古朴,一日弃其所得介休县令,走京师,萧然一榻,拥褐团蒲,庞眉索句,与古佛相对,亦可谓嗜好与俗殊酸咸者矣。

诣丁修甫寓,阅其所藏《衎石斋记事稿》,钱给事仪吉撰。用望溪为文义法,而步骤谨严,词气雅洁,深于乙部及考据家言,故无一浮声长语,其文品殆出近人邵位西、宗涤甫之右,中《补晋兵志》《三国会要》诸篇,尤资考证。

予心悸之疾,缘伤癸亥以前家难之故。孤子当室,曲体遗训,苟遂以忧伤损年,不孝之罪更大,寡欲养生,乃所以仰慰先志也。

读徐星伯太守松《新疆南北路》两赋,南路假葱岭大夫、北路假乌孙公子为问答,取材雄富,铸词丽密,杰作也。

闻柳宾叔先生逝世,江南一老经师云亡,可痛也。其遗书《穀梁长编》《日月例传经表》等凡七种,不知付与谁手,仪征阮公曾为作叙者也。见《研经室四集》。

南方有禽,割麦插禾,鹧鸪之类。恒于三月间鸣。今早忽鸣于邻家庭树上,岂地气自南而北之征耶。

庚辰三月

连日阅钱东生先生林《文献征存录》,此书稿本未就,文儒详而名臣稍略,叙事有晋宋间文气。东生先生殇后,南通州王菽原藻梓行之。菽原,俞理初正燮之荐卷房师也。不佞近日读书多跛倚,随手翻阅,饴澍言冯孟华、顾子鹏每披寻油素,必整襟危坐,阅毕前页,然后徐及它页,遇有人事,则以签夹而识之,安置案头或庋之架上。此用温公读书法,乃予之师也。切勿惮改过。

【眉批】阅定庵诗,知钱居士深于佛理,具宗净法门。

前于友人筵间晤王晓峰府丞家璧,元青袿,云有从昆弟之丧,君子也。

择人与言,先例太严,每出酬接,恒至失欢。藏身人海之中,混混相处,必以枯槁寂寞自欺,则秃木死灰,抑郁不和,亦甚矣。自兹破除一切崖异之行、峻洁之言,而与形气群伦同游光尘之内,既免触舟之怒,又获争席之趣,介石畸士,切勿讥焉。

【眉批】范增,阜陵人。《史记·项羽本纪》索隐引荀悦《汉纪》。此条入《南梁丛录》。荀悦《西汉纪》三十卷,袁宏《后汉纪》三十卷,曾见合刻本,编年书之最古者,不可缺也。

张欣木言方之[1],自服官甘肃已九年馀,不挈眷、不治生,廉俸所

---

① 此处疑有脱字。

人，除赡一身之需及寄家外，稍有馀饶，即以充地方之用。坚苦廉平，此吾辈所当师法者也。

阅《惜抱书录》内论《太玄》诸篇，风度绝佳，柳州读《鹖冠子》之类也。

是日见敕目，以知永平府游智开为永定河道，海内廉能之吏也。湖南人。

庚辰四月

客有谈俞太史之著书，为人说经，务新奇可喜，诗文潇洒纵任，不名一格，嗜酒诜宕，不废治生，不作费力事，依于谦冲以博其趣，极似简斋老人，抑假修杨王孙之术者与？

【眉批】作人气格风裁，各自有成，不相掩袭，袭则失真，掩则竞名。中年以后自知之而自定之，然苟有一毫牵于世故，则鲜自得处矣。

与筱湄游圻辅乡祠，观壁上所悬左浮丘孙高阳文正书、寒松老人魏公行书、李文勤霨集杜五律寿某诗直幅、梁清标玉立寿某截句直幅，皆行书。张帆斋霆行书，极纵横抽掣之势。又有《屈左徒卜居图》，图中左徒移于堂下，詹尹拱俟堂上，髯奴系马，厨童鬻泉，修竹高桐，映蔚寒肃，极萧旷之致。予短视，不能辨其署字，决为萧云从手笔也。又，中间香案陈赵忠毅公铁如意一，古铁黝然，如有凉飕洒皙毛发，清风亮节之所感，百世兴起，岂特啼鹃化碧哉！

此榜知名之士，又有汪仲伊宗沂、黄仲弢绍箕、何冶夫镕、朱桂卿福诜、王茀卿颂蔚、王廉生懿荣。仲伊，王子怀少农之婿也，通知律吕，区田声，均医药，著书八九种，仿程易畴瑶田，其所著《礼乐一贯论》尝为曾文正公所称。《握奇经注》，戴君子高亟述之。

【眉批】夏侯太初志大心劳,能合虚誉,王浚冲不治仪望,两者交失之,非中道也。

近来阅历时变,内省诸身,外审诸世,颇欲修复乙亥年赞十四文人之说,而愚窃以为可以养生引年、敛德辟难者,莫若私淑陶弘景、孙思邈二人。然隐逸传中人岂易为哉。无其超然远虑之识、博学强志之才、晦迹远盾之略,则不足观矣。

名次子曰慎枢,字之曰叔浑。古者子生三月,咳而名之。今弥月礼,不求变俗也。古者幼名冠字,今于其始,名而字之,用陶渊明《命子诗》例,既名俨矣,又字之求思,观其上文引《庄子》“厉夜生子,遽而求火”云云,知其始生子即命名而为之字,是其谊也。慎枢者,盖取上《系》七爻语,立身之要,莫大乎是。卦气起于《中孚》,《中孚》浑沌之象,故引而孳之曰浑,且昔魏兖州刺史王文舒为兄子及子作名字,皆依于《谦》,实以见意。不佞远惭文舒,近愧德甫,而笃好冲静,雅戒浮夸,或有同者。既字兄子及子曰沉曰默矣,遂遵用前叙,冀垂戒来兹也。此条原已勾去,今姑仍抄。

【眉批】以犯远祖机仲府君讳,改。

读《悴子居初集》,甚乐,尤有取于《祭张皋文》二语曰:“簸今而友,扬古而师。”深叹经生文人气息深厚,其所积殊非一朝夕之故。

有欲挤予下石者,颇患之。昔右军誓墓,坐蓝田之见侵;萧育解龟,畏阳乡之掎龁。彼果能为王会稽、朱子元者,则仆姑葺茅江介、巢屋浙西以避之。达士巢居,固无不可,细故蒂芥,又何足疑乎?

复朱竹石观察书

【眉批】可否入文另编?

入夏渐溽，惟政履佳胜。昨李玉洲同年交到惠寄续毕《通鉴》及陈氏《明纪》，共八十册，蔑封完好。此书辗转数手，沈阁经时。题封之日，杏始飞蜂；拜嘉之辰，柳还嘶蛰。可见长邮犖致，觅寄殊难，而故人投赠之雅，馈贫之诚，足令凿榼以遗子孙，餐瀣以浇胸腹。连璧十城，挹当湖之光气；良朋几辈，闯鲰生之座隅。大夫督过，俾粗识夫古今；小子何知，得饱翻夫义例。凡夫宅汴营燕之经制，完颜奇渥之雄图，略具编年，兼采《国语》。灵岩夺薛、王之席，虞部扬荀、袁之波。乙部以鉴，观近代而弥资实用；长历以贯穿纪传，而端若引绳。惜近人夏嗛父所著《明通鉴》一百三卷，自撰考异，久觅未得。其书庚续毕氏而事加详，滂衍陈君而文加核，如得此本，则上溯三家分晋，以讫三王殿明，二千三百五十馀年中事，若屈信指而数庭树耳。昔山谷、洮州绿研之贶，六一、双井日铸之贻，使文潜俯首、圣俞伸眉，方诸盛指，未为厚矣。检查《续鉴》中有短缺四册，重复四册，寄呈更换。譬诸宝刀脱赠，尚烦吹璏而试铦；名马枉诒，更乞按图而索类。陈渎琐细，大雅谅诸，衔诚奉揃主臣曷已。

募重修严州郡馆启

【眉批】可否入文另编？

圬人塓馆，载娱倾盖之宾；学士高斋，爰写盍簪之乐。吾严故有郡馆，在日下南五老胡同，名实旧矣。屋拓十筵，近瞩天坛之胜；桐栽百本，远移石室之根。莞簟攸宜，庖湢有所，竹阁鳞眴，则皇甫持正、李建州、方蛟峰之遗集庋焉；松寮明瑟，则姚文敏、商文毅、俞庄襄之栗主祀焉。当康乾全盛，两栖鸿博才人，每春秋锁闱，咸集鹿鸣佳士。山封长白，殿前作赋以称雄；天绘蔚蓝，濑上投纶而待诏。康熙己未、乾隆丙辰两次举鸿博者八人，取入一二等者方象瑛、毛升芳。方著《封长白山赋》进御。是知吾郡之秀，张文朱武，嵚奇不让十州。斯馆之灵，我瀫子佩,吉语何烦更仆矣。惟是咸同以来通籍者少,岁修既阙,栋桡堪虞,燕泥蛛网,荒庭之虚白徒生;上雨旁风,破屋之茅龙谁葺?遂致古苔蚀壁,断石支门,西笑之客,行縢裹足而怯投;南狐之徒,怀铅欲僦而旋去。藉非德人星聚而士气凝,何由科目霞蔚而地符现。鸠工卜筑,讵嫌补缮之稍迟;狐腋集成,端在众擎之易举。所望虎符,郡将推白裘之仁;墨绶县公,援杜厦之义。次及吾严搢绅士流,故家名族,谁无子孙之计,不为门户之光欤。上梁文,胜造十浮图级;输《考工记》,便入八功德林。台非一幹,醵来白水真人;降之百祥,种出青钱学士。落成之日,刊石勒记,某某出赀若干,刻诸碑阴,以光义举,以劝来者。策六邑断金之力,何难顿复旧观;费十年树木之心,行见偕登上第。跂予日望,各励云情,所有主管,岁修事宜,条便如左。

庚辰五月

送邑子行前期怅然。自同治乙丙后,十口相逐,旧事谁论。身居金马门前,心在乌龙山下。三千年恨划不尽富春青,填不尽浙江碧。目劳意倦,伤如之何?

怀丙舍蟠郁,几成心疾,取《宋元通鉴》乾德、开宝中事阅之,心胸为之开。阅《大云山房日记》,有笔力。

陶彭泽云"不知何许人"。许,犹言处所。六朝人恒语。

敬孙言,人一有近名之心,则方寸漫无主张,官骸为之躁动,遭天忌,致人非,媒鬼责,暗暗汶汶者存,炎炎赫赫者亡,可畏如是。

自恨懒惰无匹,将为行尸走肉,奈何?内澹静敛定,外劳苦警淬,庶有生机。

敬孙口述

金少愚,吴县人。性至孝,遭丧释服,终身蔬菜布被不裘。长于天算舆图之学,其弟子著籍者曰李丹崖凤苞。金今年五十馀,现办湖北煤铁矿务。布衣不求仕而留心干济。王庚保庆长,常熟人,诸生,好奇有气，尝除夕登太山日观峰，大雪无人迹，独扪石壁题名而返。叩岱祠，天已曙，庙令问居士独不畏虎狼乎？王长啸不答。问碧霞元君何神，逼视碑记，知其出道家傅会，遂不揲。顷之，笄将革山而下，时盖北游也。元君近惟阮文达笃信之，不知始何朝。亭林《山东考古录》引灌坛令事以证之，迄莫能定也。

【眉批】沈敭生中坚，吴江人，援例假守。家富藏书，间有宋蜀杭刻精椠本。敬孙云。

复蕫老似可删。

积淖闭关，回车绝少，搴帷小极，独坐抽思，适使至，颁示洱茶、橘脯二器，饴我客心，香洌竞美。味逾淮而不变，厄非水而恒沈。双井老人之惠，煎入姜盐；三闾大夫之颂，甘逾霜蜜。恭承嘉贶，顿触深情，奉上新雕《河岳英灵集》二册，乞为检入。俾知诗人达者，不须高适，都官末秩，岂蔥尧臣。即事寓言，聊博轩渠而已。时蕫客新得第，告就曹郎本秩故云。

阅钱警石文，多考校板本，其细已甚，下顾涧蘋一等矣。亦有雅洁可诵者，然远逊《衎石记事稿》之精深而善言明理。

钱文端公陈群尝请益于徐华隐先生曰：何以博邪？先生曰：读古人文，就其篇中最胜处记之，久之乃会通。后述于竹垞朱先生，先生曰：华隐言是也。世安有过目一字不遗者耶？此即昌黎读书法，所谓记事者必提其要、纂言者必钩其玄也。由此沉潜文谊，反复句读，磨砻去圭角，浸润著光精，则学之进也，如日加长矣。

早起诣敬孙，同入西城瞻礼大光明殿。有道箓司尸之。复因苑吏导游中海，敬观武成殿平定准噶尔、回疆、缅甸、台湾、金川、安南、廓尔喀诸画壁。两廊刻石，则纯庙御制诗碑。登紫光阁，敬观乾隆中受俘郊劳饮至诸图及功臣像。

【眉批】大光明殿正负如太极图,明世宗嘉靖中建青词醮箓之所。又,《御制十全志事诗》碑,富阳董蔗林相国敬书。

旋下,出苑门,度玉河桥,入团城,谒承光殿,观玉蝀。空内,员缸如墨池,约受水五石许,旁雕龙马,作挟负势。山,玄玉也。殿内诸葛铜鼓一,有幕无底;窑变磁缸一。西阶下白皮罗汉古松一株,荫可数亩,乾隆御制诗以为五百年物也,封彻侯,俸以施南城外粥厂,视五大夫空爵为荣矣。

【眉批】显庙题承光殿一联云:"九陌红尘飞不到,十洲清气晓来多。"字大迳二尺。

茶数巡,复由苏喇导下,入承光左门,度石桥,有堆雪、积翠二坊,过此即北海矣。循山径过永安寺,观艮岳,即宋徽宗日朱勔移至汴梁。金人入汴,复移之琼岛,金之琼岛,今白塔山也。观昆仑、岳云诸石,有高宗御碑亭二,一记塔山四面可游者,一记琼岛源流。满、蒙、汉、唐古忒四体书。循石磴而上,北为悦心斋,苍官青士,黛色参天。有灵壁乐石二,扣之声硁硁然。稍上为观音堂,御榜"慧机圆相"四字。同治末敕佑修三海,将作已启工斫砻楹柱,而丹漆未施,会上晏驾遂止。稍南登绝顶,为磁佛阁,白塔广轮皆十丈,如竹西小金山之制而更大,较他处窣堵波不同,闻内有石匣键鐍甚固,导者云藏国初红衣大将军炮,谓之信炮,南怀仁制也。栏楯四围皆白石,四望得全燕地势。西则玉泉、翠微在眉睫,东则潞河、渤碣,若积气日月。五精出入阊阖,素威青雕,翔而左右;百雉之内,千门万户,蚝山鳞阜无论已。石壁千丈,俯视玉河,震心荡魄甚矣。今乃知大都之壮丽也。元世祖、明成祖之遗烈犹见,而况圣德神功,事监前失,葺因曩基,如李唐以仁寿为九成,因仍旧观,而勿劳民以事土木乎?由东路下,瞻智珠殿,循宫墙下山。后山平远,较前山之斗峭不同。林衣沐人,岚气阴夕，上有御碑曰“琼岛春阴”。稍折而西，入倚晴楼，或曰辽圣宗萧太后梳妆台故址也。过此即回廊一带，平临大湖，望对岸瑶亭贝阙，如入十洲路，荷叶覆湖，一绿千顷。

【眉批】对岸即大西天、小西天，多喇嘛庙。又有庙祀先蚕、皇后祭高禖、行亲蚕典礼于此。

又南入苑，门额曰“洞天浮玉”，馆宇窈深，穿户出，取微径上山，葛弱苔滑，不可扪步。经承露盘，憩。延南薰阁，坐石棋秤，由阁下，入七十二洞，诘屈如湖上，看阁崛诸洞时有石窗，故不甚暗。然苍寒已甚，殆不可久留，或云姚道衍意匠之所营也。出洞经苑门，循湖复南，度野桥，经三希堂，石刻法帖庋焉。大约此山面面可游，南多亭榭奇石，北多洞，中高明，西疏野，东隅无水不灵，差逊耳。

同游六七人，再返团城，茶罢觉渐饥，告归，重犒导者。咸相视笑曰：此禁地，非奉敕不敢游。我辈其灵囿中之刍荛雉兔者乎？折古松一钗而返。日未暮，回视塔山，苍苍沉烟霭中矣。惟南海以日力不及未往。

惜物力以养福，量才力以养度，啬精力以养气，程日力以治学术，炼识力以御世变，五者缺一不可。颜习斋曰：心之静曰性，性之动曰情，情之力曰才。力也者，统性情，管动静，而为之搏捖钤辖也。阳曰魂，阴曰魄，化者精，施者神，精藏于血，神藏于气，其用物精而多坚强，则谓之力。

些，萨、缚、呵三字合音也。

敬孙来，谈久之，自述平生最慕仲长公理之为人，予闻之欣然。惜无钱舜举为画《乐志论图》。予性不能书，亦当强作之，即如松雪书屋在印上，姑妄意构之，亦殊有野趣。

【眉批】前一无名子欲予为写此论，熟视其人，未称也，遂止。

今敬孙胸襟甚有异,故乐为书之。

庚辰六月

六月丁酉朔,小暑,雨竟日,道泥泞甚,闻灵台郎奏测候,数日内月抱珥,防有水灾。

同乡小集环翠阁,孙退谷旧园也。雨势廉纤未已,谚云:小暑一声雷,重添十日霉。果尔,秋禾生耳,亦可虞也。

读《显志堂集》,此书多言漕、河、盐及丈田、钱法、贡举、选法诸大政利病,经世之书也。

学人苟读书行事,有心得则虽承蜩削锯之贱伎,敝帚自享,超然意满,虽饥窭庸何伤。若心无所得,则身心柴立,内外俱俭,傀焉不可终日矣。安溪李公言读书耽道之乐,凡人世丹青华缛之境,盎然皆备,不外求而自足,斯理可味也。

友人来,言天台齐次风先生每与人书,一生作端楷,从不行草,虽仓卒必尔。家藏书数万卷,悉丹黄点勘,䩶尾书眉,注记辄满。遇古近撰人微误处,援据证明,不繁不琐,从不以槁隙抵瑕为长,与世儒用心绝异,厚故也。诗有集,文随作随弃,故自《历代帝王年表》、《水道提纲》外,多不传。深湛撢简,而无叫嚣之气,非同时杭大宗、袁简斋辈所能及也。

或疑夷、颜行善而得恶,跖、蹻行恶而得善,为天道难知,非也。曰:是非存乎理,如黑白寒暑之相反不可移易者也。盛衰视乎气,消息积于天时,利害伏于人事,吉凶祸福之朕兆则存乎机。善者,理是而气适衰,虽龙干凤雏、兰熏雪白,不能求其衰也;恶者,理非而气适盛,驯致人非鬼瞰之力,或有时而避其盛。然不能终盛也,稍衰则内外刑乘之矣。然则是非与利害不能并行不悖乎。曰圣者,正是非而兼通利害,要盟而去蒲,微服而过宋,为高昭子家臣以事齐景,委吏司职,多能鄙事,以养生钓弋,以荐祭是也。行视消息而谨察几,则可升可沉、可隆可窳，而履之皆吉。《易》曰：“几者，动之微，吉之先见者也。”此之谓也。《孟子》曰：存其心，养其性，夭寿不二，修身以俟之。知命者不立乎岩墙之下。孟子集义以养气，寡欲以养心，寿至九十四，免于齐愍王之乱，岂偶然耶。

前浙抚帅公刻《东南水利书并图》，甚佳。

青浦熊成叔其英，积学士也，以入阌乡办赈，死于河南，可惜。闻之顾香远吉士云。仆亦素稔熊之学行者。

又，另记，附抄于此。

福陵盛京天柱山	天命
昭陵隆业山	天聪崇德
昭西陵	孝庄文皇后东陵

【眉批】世祖章皇帝孝陵、孝康张皇后同上、孝惠章皇后孝东陵。

孝陵遵化州昌瑞山	顺治东陵
景陵	康熙东陵

【眉批】圣祖仁皇帝景陵、孝昭诚恭懿、仁皇后同上。

泰陵蓟州	雍正西陵
裕陵	乾隆东陵

【眉批】世宗宪皇帝泰陵、孝敬宪皇后同、孝圣宪皇后泰东陵。

昌陵	嘉庆西陵
慕陵	道光西陵

【眉批】高宗纯皇帝裕陵、孝贤仪纯皇后同。

定陵	咸丰东陵
惠陵	同治东陵

【眉批】仁宗睿皇帝昌陵、孝淑睿皇后同、孝和睿皇后昌西陵。宣宗成皇帝慕陵、孝慎穆全成皇后同、孝敬康慈皇后慕东陵。文宗显皇帝定陵、孝德显皇后同。

前贤生日,偶记左方。恭载先圣生讳日。

董玄宰,嘉靖乙卯正月十九日生,八十三。

白文公,大历壬子正月二十日,七十五。

高孝靖,嘉庆壬申正月廿九日,五十八。

能仁寂默,周庄王十年甲午四月初八日辛卯夜生。冯氏桂芬以四分历推而得之,今二月八日年八十许,始灭度。

先圣讳日 鲁哀公十六年四月十八日己丑,七十三。

顾宁人万历癸丑五月廿八日生,七十。

神禹,帝尧六十一年甲辰六月六日生《路史》,皇甫谧曰,禹年百岁。

黄山谷,庆历己酉六月十二日辰时生,六十一。

欧阳永叔,景德丁未六月廿一日寅时生,六十六。

颜子渊,六月廿三日卒见胡仔《孔子编年》。四十馀。伪《家语》云三十二者,妄也。

郑君,永建二年丁卯七月初五日戊寅生,七十四。

仲子路氏,七月七日生。

王伯厚,开禧癸未七月廿九日生,七十四。卒于元贞丙申六月,入元三十四年不仕。

先圣诞日,鲁襄公二十二年庚戌八月二十七日庚子。先圣降生月日，《左》、《公》、《穀》互有不同，今据黄南雷先生推定。

朱文公，建炎四年庚戌九月十五日甲寅午时生，七十一。

吕叔简，嘉靖丙申十月十日生，八十三。

曾文正，嘉庆十六年辛未十月十一日亥时生，六十二。

阎百诗，崇祯丙子十月十四日生，六十九。

王荆公，天禧辛酉十一月十二日辰时生，六十六。

孙夏峰，万历甲申十二月十四日生，九十四。

黄梨洲，万历庚戌八月八日生，八十六。《梨洲先生年谱》，七世孙炳垕编。

苏东坡，景佑丙子十二月十九日卯时生，六十六。

方望溪，康熙戊申日生，八十二。《望溪年谱》，戴存庄定。

姚惜抱，雍正辛亥十二月二十日生，八十五。

孟子，周安王十七年丙申四月二日生，今二月二日也。卒以周赧王二十六年壬申十一月十五日，寿九十七岁。

严子陵，建武十九年癸卯，卒年八十。

陶通明，宋元嘉壬辰生，年八十五。

高伯恭，魏延兴丁卯卒，九十八。

韩退之，大历三年戊申生，长庆二年冬卒，五十七岁。

范希文，端拱己丑八月二日丑时生，六十。

司马君实，天禧己未十一月十一日生，六十八。

陈无己，皇佑癸巳八月十日生，为人臣者毋以有己，为人子者无以有己，故名师道，字履常，又字无己。

陆务观，宣和乙巳十月十七日生，八十六。

吕伯恭，绍兴丁巳三月十七日生。

耶律文正楚材，金明昌元年庚戌六月十二日生，五十五。

谢叠山，宝庆丙戌二月廿四日亥时生。

胡梅磵，宋绍定己丑四月二日丑时生。

赵子昂，宋宝佑甲寅九月九日生。此疑谓明赵元著，代以见两人志趣不同。六十九。

王元章冕,至元丁亥七月廿二日生,七十三。

徐方舟舫,大德己亥生,至正丙午卒,年六十八。

【眉批】入《桐庐图经》。

李宾之东阳,正统丁卯六月九日生,七十。文正。

王文成,成化癸巳九月三十日生。

杨椒山,正德丙子五月十七日辰时生。

黄忠端公石斋先生,万历乙酉二月九日生,六十三。

朱竹垞,崇祯己巳八月廿一日未时生,八十一。

李晋卿,崇祯壬午九月六日生,七十七。

江慎修,康熙辛酉七月十七日生,是年竹垞典江南试。八十二。

魏默深,乾隆征楚苗之前一岁生。查甲辰题名碑。

嵇叔夜有文而不智甚,何以知之?以“读《老》《庄》重增其放”一语知之也。老子隐于柱下,其告孔子曰:“聪明深察而近于死者,好议人者也。”又申以舌在齿亡、涉川畏邻之戒,其为守身也大矣。庄周名闻楚王而蓬蒿翳郭,惧为庙中之牺而甘涂中之龟。又曰:“罹内刑者阴阳蚀之,罹外刑者金木讯之。”其畏刑也至矣。魏正始中人剽剥《老》《庄》,不察卮寓之言,漫衍穷年之指,浮夸诞敖,以至残生贼性,触网世而不悟,自己召之,岂善读《老》《庄》者耶?葵犹卫足,强鉏至不能卫其足;南宫缘三复白圭,孔子以为保家之子而妻子。叔夜恶乎智?若阮嗣宗每与人言,不加臧否,晋武帝称其慎,内蕴神明,外存渊默,故有取乎尔。

“熟读王叔和,不如临诊多”,二语虽谚,然有至理。《脉经》十卷,王叔和著,莫知其名,凌嘉六丈近据日本所刻《医心方》云名羲,亦可广异闻也。苏文忠云:学医者人费,政之费人也甚于医。此理亦不可不知。陶弘景劝人,宁注《易》,勿注《本草》,恐杀人之害大也。王介甫坐不知此理而病宋，实则北宋人如张横渠辈，皆挟名方、执空理以求胜者，特幸而不遇以成其名。介甫则不幸而遇，以败名耳。

【眉批】即如《经世文编》一书所载皆古医方，有经验，有不经验，其合用与否，视乎其人之审时而善择耳，非篇篇皆金丹也。

亭林、桴亭能明经术，以纠国政违失，言祸福利败若蓍蔡，而居高位者反瞢然。燕朝私室，事如牛毛，危疑震撼之交，手足失措当之若眯。是何以然？静与不静之别。毫厘之差，千里之谬也。胸中粹然，故见事明，内多欲而先自扰，故临小利害可以色变，况大利害乎？鄙夫不可以谋人国，不可与共政。静字工夫，从养气集义入，由素办于平日，非积行数十年不能有所成，若曾公戒刘霞仙诗云："此士卧深山，静气却豺虎。"能如所云，殆近之矣。高平、涑水立朝訚訚，内审同异，默体澄观，非必外示矫矫风节，卒之言于朝，行于室，铢墨寸绳，积累而成，使国鲜败事，已亡悔吝。前此毁誉交集，悠悠之辞，均敛手推服饵。无所益其甘蛋，无所投其毒，而寇平仲、王子明乃至谤言集矢，晚节不终。是何以然？敬与不敬之别。

又，顷刻之疏，百世之憾也。谋国者不可以躁心尝之，轻心以掉之，以为吾以独智愚群智，躁且轻，独智愚群智，则虽才如李赞皇、张江陵，功业赫赫，烁人耳目，而张大操切之病，喜怒不类之病，异己者斥僇，同己者迎合，诸毒自内作，以此毒天下，而物望士心，樆隙蹈瑕，未能餍然，谢事之席未冷而天下嚣然。指其有形之恶，不原其无形之功矣。由前观之，失在柔暗而识浊；由后观之，失在刚明而气矜。一畏祸而酿祸，一喜成而堕成，均失之也，不絜矩之害也。《管子》曰：去忧莫若乐，节乐莫若礼，守礼莫若静，主敬莫若敬。内静外敬，性将大定，物将自正，天下之至赜而不可乱也。卤莽失次，苟且将事，以为小不敬无伤也，朝而偾兴夕败矣。天下之至动而不可恶也，心无主宰，弩牙肆应，以为偶未静而吾才有馀，可倚办也，夕而攘袂，朝又败矣。

故君子慎小使天君常收敛于金城铁室,无内之内,小之莫能破,然后不得已起而行其公诚之心,是是而非非,德德而刑刑。而终日自视,未见偲道,未被一夫也,危矣哉!

静者能知人,能察微而虑远。诸葛公于吴张温之死,思其所以致祸之由,累日始得。蜀士有献木牛流马图者,审其利军而用之。韩稚圭于欧阳永叔,立朝少间言,而终身不谈《易》系词,惟静故圆,以神敬者能律己,能处变而定猝。朱子在武夷精舍得落职及蔡季通严谴之命,会讲毕,乃出敕。及饯别净安寺,季通亦夷然不异平时。石斋、蕺山之处国变,阳阳不变貌,是皆平日之一念不苟,有以积之也。惟敬,故方以智。

畜牧而移徙,古之夷,本富,农国也;互市而城郭,今之夷,末富,商国也。然今中国一大海市矣。下事上,卑事尊,八股文,八韵诗,八法楷,八段赋,皆市也,于夷乎何诛?且夷市实,中市虚,故利器不如;夷市诚,中市伪,故人心不如;利器人心皆逊,彼虽有金汤,其存者几何。

【眉批】论本末富之说,未合古之游牧者,特草昧之俗耳。观于西人原富、进化之说及西史纲目中人事原始之道,盖无可驳。

不款曲而直柔后汉世祖,是处世妙法,既不丧己,又不违俗。

得家敬孙通守任丘书,合肥相国保荐人才,有前郡伯宗公沈芸阁,宗公能吏也。晋抚曾公奉旨着来京陛见。昔于忠肃亦由晋抚内召总理京营军务,练十二营为三大团营,也先之役,遂资捍卫。朝廷欲用曾公,殆注意于此乎?

廖直群枉存,与直群深论后世天下所以不治之故,由于通人太多,圣人太多,而专治一业、成名一艺者转少。如弃,教稼、辨土宜五种,未尝自言兼通明伦;夔,典乐能辨八方之风,未尝自言兼通治水;轮匠,名官仓庾世氏,颜子四十馀不著书,子夏传《诗》《易》《春秋》,

由、求善治千乘之国、百乘之家。才性大小各有所宜，量而后入。子贡、公西华束锦结驷，不强以原宪之苦节。蒧狂启狷，各行其是，三代之风俗之所以日厚者此也。自后世仕者，莫不谈王道、述礼乐，皆欲复三代、追尧舜，而责其治效，伪王道反不如管、商之真富强。学者莫不论天人、推性命，皆欲陈圣道、跻孔颜，而叩其学术，元明以来，思纂两庑之儒反不如东京一博士。无他，务其名不务其实故也。国初取士，五经各设专房，及其用之，六官州县皆务久任，如魏环极长台谏者十年，加尚书衔，仍居原官。良法犹在，乃后人不善师前人立法之意。为牧令者，朝简而暮烦；掌六曹者，春刑而秋礼，果其才足淹贯庶务乎？黄霸典州之才，至其作相则愦愦；王介甫知鄞，立青苗法；朱子在崇安，立社仓法，而推行之天下则适以扰之。朝廷善用人固难，人之自知亦不易矣。走尝游西人之机器厂，冶铸者、测绘者、磨治者、锥凿者，人执一技，辰而入，酉而出，各勤其事，无敢哗者。礼失而求诸野，是可以知政矣。韩文公《通解》，东坡《上两制书》，王阳明《拔本塞源论》，此数说者，盖深中今天下之痼病矣。先师有言，近汤文端讲学严于汤文正，而事功反远不逮者，知壁立千仞之为位尊，而不知平地筑墙之为功大也。《鲁语》曰："平易近民，民必归之。"安得明于阴阳而四境咸治者乎？安得有终日静坐而坐致位育者乎？故后世文集不如贾山、仲长统之一鳞片甲，后世学术不如周秦兵、法、医、农、九流家言之各适其用。材不古若政不古，若上下之情不通，文武之才不出，其不沦胥而入于专攻一艺，务精不务通之夷也，几希。

直群治三《礼》，欲仿顾栋高治《春秋》例，作《周官表》。

阅夏峰先生所定《高阳孙文正公年谱》。文正生平讲学，所契合者惟左浮丘、魏廓园、鹿伯顺暨夏峰诸公。四十二岁通籍，七十六岁正命，督师辽锦、通州者再，归田之日，巾栉萧然。崇祯十一年戊寅十一月丁卯，大清兵攻高阳时，文正公以大学士致仕家居，率家人登陴拒守，城陷死之。一门子姓死事者数十人。文正尝曰："先帝以汉武乡、唐晋公拟我，我则何敢。成败利钝，非所逆睹，生老病死，时至则行。”庶几窃比于二公云。

《西魏书》二十四卷,谢蕴山启昆撰。前载竹汀、姬传二叙,而去凌次仲廷堪叙,岂以其秩微邪?覃溪、弇山二说帖亦前列。

庚辰七月

买竹三十头,课畦丁移种。房房窗户尽绿,卧坐其间,亦一适也。

汪仲伊家于歙,撢简六艺,志官阴阳,吾不如也。尝自为弢庐,铭曰:家无积储,不如读书。又曰:胸无一卷书,何以办事;胸罗万卷书,亦以败事。吁嗟书乎,能令人愚,能令人智,善读书者,神明其意。著有丛书□卷。

汪子礼乐:《逸礼大谊论》五卷,《黄帝铭篇》一卷。

汪子乐学:《管钥元音谱》一卷,《尺谱》一卷,《律谱》一卷,《声谱》一卷,《歌谱》《舞谱》各一卷,《三调乐府谱》二卷,《汉燕乐谱》一卷,《十五调曲谱》二卷,《乐经考异》一卷,《乐语》二卷,《朱子乐纂》二卷,《皇朝论乐文编》十卷。

汪子兵学:《云气占候篇》一卷,《八阵图考》一卷,《卫公兵法》四卷,辑。《太公兵法》一卷,辑。《风角孤虚篇》。

【眉批】《云气》《卫公》《太公》三书并家刊。

汪子农学:《区田篇》二卷。

以上内篇。

汪子医学:《伤寒杂病论辑逸》四卷,《素问古本注疏》六卷,百金方。

汪子谱学:《汪氏原姓篇述德篇》二卷,《姓苑》一卷,辑。

汪子玄学:《老子证》一卷,《黄庭经注》一卷,

【眉批】玄学原名道学。

汪子数学:《大一九宫羡门》一卷,《洛书篇》一卷。

地学:《相地篇》一卷,《葬书注》一卷,《龙经内外篇定本》二卷,《附》一卷。

九流诸子之学,皆可佐政出治。治莫大于礼,秦氏《五礼通考》、徐氏《读礼通考》尚矣。礼所不能胜而为之刑,法家商、韩、李悝,《唐律疏义》载在律博士之籍者,不可不钩核也。刑所不能胜而为之兵,兵家孙、吴、李靖、戚氏,其切于用者,惜军礼《司马法》百五十篇,今亡者十九耳。老子"上将军居右",及"战胜,以丧礼处之"云云,此军礼佚文也,而其本皆系于农家贡范。历代首重食货,民之天也。治田先治水,井田不可行而沟洫可行,以备旱潦,御凶荒,则农田水利亟焉。故语曰:虽有金城万仞,汤池十里,带甲百万,而无粟不能守也。仓廪实知礼节,衣食足知荣辱,既富之,乃教之,无扞格而民易从矣。天地之大德曰生,医家所以佐养生之术,事亲者不可以不知之,治人事天,皆不可以不达斯理也。一阴一阳谓之道,万事纲维焉,万里消息焉。黄帝曰:"吾欲官阴阳以遂群生。"古者六相五官、四岳群牧,罔非明阴察阳,谨候五行,错综制度以利民用。则《易》阴阳,道家为之揵牡矣。若夫史家,则记言记事,上自黄羲迄于今,兹古今之日历大事簿也,此皆不可不穷力爱气以学之。自馀钚碎刻绘无用之事,伎焉而已,无烦过而问也。

五礼家。吉、凶、军、宾、嘉,历代官制,皇朝官制,历代政典,皇朝政典。

法家,历代律令,大清律令。

兵家。阴阳、技巧、形势(地舆为一大宗)。权谋、中兵制、兵饷、兵器。西兵制、兵饷、兵器。

【眉批】自古学校之制度废,中国旧言舆地者,惟以关于兵事为重。今西人之教学者盖不然,地学固为一切人事学问之初基也。故小学,普通教育必先知其概焉。

农田水利。附桑木、棉茶、矿、牧、盐、漕六大政。

医家卫生之经。

《易》阴阳、道家。

史家日历,王者畏日,其次畏月,其次畏时,不畏日而堕其天职,国非其国也。故管见偏重编年,而姑舍纪传。

理财之事九:农、桑、茶、矿、牧厂、钱币、银币、盐法、去关存厘,制造西法船布。

【眉批】此去秋与朱亮生所论。

兴学之事三:考察内外官、国学、宗学附入,以存古天子之子犹为士之意。自民公之至元士之适子,与凡民之俊秀,皆入四学。府厅州县卫学。

正名之事六:车服、冠、婚、丧、祭、称谓。相见仪附。

明刑之事三:重典、大罪,陈诸原野是也。中典、小则肆之市朝。轻典。同族,适甸师氏,则议亲。

练兵之事六:旗,绿,边防、屯田,西法、阵图、制器,内江水师,外海水师。

养君德之事一:明皇极以用五事。

考官联之事三:大臣、内吏、外吏。

秣陵小西湖薛庐记

【眉批】入文。

桑根先生有惠政于杭,既解郡符,去杭之日,士民歌咏不忘,卜筑湖上,榜曰薛庐,以志去思。

所谓以水溉石,犹可泐;以水溉民,不可泐者也。晚主秣陵讲院者,岁一周矣,乃发兴霞表,耽情飞遁。遂命畚锸,缚竹数椽,诸生助成之。既落落朝，名从主人，仍而不改杭人之不忘公，知公亦不能忘情于杭也。客或言先生怀抱昭旷，有弥纶世变之志，汔温温无所试，顾追迹求履，而若误解荆公争墩戏语者，何哉？蒙应之曰：嘻！不然。先生直寄焉？以讽世焉耳。

【眉批】有事外曲致。观荆公《游定林土山示蔡天启诗》，公甚服谢文靖相业，后生勿轻为口实，墩诗特偶作俳谐耳。

古之仕者，病在有己；今之仕者，无己。饱食安坐，行呼喤于内廷外衢，人人视官如傅舍，而置民生利病若秦肥而视越瘠。其于学也，求视肉撮囊之一餍，而不入其藩篱，剽而去之。是微特忘国与民，殆并忘其身矣。丰屋蔀家，养形而丧其神，何可长也？古之金石刻词，鼎乙癸而尊辛丁，篆锲姓名，其文曰："某官某作，子孙永宝。"岂古人不达而今人转能达观哉？抑古笃实有恒，而今浮伪无恒心也。《郁离子》曰：瓠里子使越而归，舟舰林立，觅官船不得，或告之曰：子视敝篷折柁坏樯者是官船也。瓠里子于是喟然仰天叹曰：今天下以民为官民矣，宜乎爱之者少也。善治者以民之利病为己之利病。君子之庐，小人之舆，斯屋虽小，可以喻大，知是可与语先生之微旨矣。

乌龙潭旧名小西湖，魏默深、周保绪、汤贞愍之所尝游焉息焉。四海秋，斯庐春，奇士不作，肺肝轮囷，乐以天下，忧以天下，岂若雌雄杭颃者之流连光景与往迹而俱陈哉！疑若可以啸敖宽闲之野，徜徉寂寞之滨，难老而复丁，颐神而保年矣。

阅郭景纯《葬经》，有云："土者气之母，有土斯有气；气者水之母，有气斯有水。"此与泰西人言四原行及轻气、生气、炭气之说可参观。人身坚者名地，热者名火，湿者名水，动者名风，精气神三者相合而凝，乃养生要诀。二抱一，火守水，则母气固养子，子气亦有时而养母也。

译署言，初六日连得六月廿五、廿八、廿九使俄曾袭侯电报三次。

廿五电报云:“泽廿四抵俄。”廿八电报云:“往见外部大臣,不值。英使禧言中国罪,使筹兵,从来无此办法,故俄不能释然。且贯崇使,而仍监禁,何得为赦。”廿九电报云:“往见外部,面冷词横,必先释崇,方肯代奏请觐。”云云,祈总署速援。“前护使邵奏速行释放。此虽干犯清议,泽不敢辞罪”。电文甚简,语记不真,大略如此。译署回电云“已奉谕旨”云云,一律主和,速行议约可也。

仲伊枉存,言辛巳、壬午之间于占法,惧有阳九百六之厄。如欧阳永叔、邵尧夫占丙午、丁未然也。惟山西、江西、皖南、浙西可有凉州倚桂之吉,山东、河南次之。予不解术数,不能如梨洲听驴车声之智,姑识其语。

客有言于村叟者,曰中华人善谈经济,上者,不脱八股家伎俩,凡空腹高心,貌为激昂,慷慨而不切事情者是也。又,上者亦不过宋以后江南古文家伎俩,则稍切事情,稍窥掌故,识或赢而才力缩,穷力尽气,聆其论若甚美,考其实时若不适于用矣。村叟漫应之曰:姑与子饮酒。

闻竺坡有密疏,请妙择枢辅,而右湘阴云云。或言湘阴有内召之说,闻南皮公本日楪疏。阅魏氏《天方教考》谟罕默德立。《天主教考》。尔撒立,即耶稣也。天主、耶稣及希腊教,三者异名而同实。

吴氏逸语名询,仕履失考。

【眉批】此疑自作。

周于利,凶年不杀,谓礼凶年不杀减。而后谋道不谋食;即许鲁斋治生第一义说。疾没世名不称,而后遁世不见知不悔,所好者非煊赫一时之名。道不同不相为谋,邵尧夫言:君子固当亲,然亦不可强合;小人固当远,然亦不可骤离。而后仁不必同;不求同体之善,而忘异量之美。非义一介不取与,而后轻财重义;以天职为艰,而有天下不与。慎寒暑饮食以养生，而后笃于修身；劳于求贤能，而后逸于治政事；畏后生，而后集圣之大成；知方寸，而后知宇宙；心为严师，天人感通，其积微矣。洒扫庭内，而后出而治国；即谢元群屐得所之意，王荆公反是，故败。不虑而后百虑；不侮鳏寡，而后藐大人子孙；衣食自有馀饶，而后为清白吏；见其大，万事不关心，超然远识，淡然寡欲。而后能慎；见小日明，守柔日刚，心御气日强。轻裘缓带，好整以暇，言从容有条理。而后能动；勤而缓，故不竭。不耻缊袍，而后荣如华衮；群阴皆至，而后一阳来复。下学童蒙，而后上达神圣；鲁男子而后柳下惠；不贪而后好货；寡欲而后好色；惩忿而后好勇；其戒在《损》象。小心翼翼而后身大不及胆；涓滴而后沧海；萌芽而后千尺；微尘而后大块；赏罚明而后不赏而劝，不怒而威；语在《诸葛传评》中。不求人知而后天下归仁；诚也。魏氏云："苟无桴鼓诚，孰应天人和。"作民父母，而后毒天下而民从；未信则以为厉己也。晋文伐原、李牧守边，尚且俟威信，沦浃而后图大举，况王道乎。安愚而后知；守拙而后巧；鸟抑而后扬；龙屈而后信；圣人将动，必有愚色。无味而后五味和；无声而后八音作；能退而后能进。

亮生同年五十寿，缅惟汤荆岘抚吴，生日不受贺之义，因书《吴氏逸语》，以为进德日新，互相蠡没，较之尧峰撰文，旨更亲切。知亮生必不以予言为河汉也。

仙屏先生规我三言曰：戒以智自炫，戒文采躁露，戒交际伪谦。初病以勤朴寡言对治，二病以敛默不形对治，三病以简易无繁文对治。又曰：须趁此光阴，勤览边屯、舆地、夷务、图表切实有用之书，以讲求当世之所急。皆药言也。揫敛吉祥，斯之谓也。

扶木颂为大司寇大兴桑公作。

【眉批】应入文，待编。

昔晋中书令洛阳桑公维翰著《日出扶桑赋》,以为得姓之祥。按:《淮南·地形训》,扶木在阳洲,日之所曊。高诱注:扶木,扶桑也,在汤谷南。又,杂见于《东山经》《十洲记》《梁四公记》诸载籍。史迁垂蟠木之文,许慎著叒木之训。《尚书大传》云:东至日出,榑木之野。《吕览·求人篇》云:禹东至榑木之地。蟠、叒二文,异名同实;榑、扶,则古今字也。神明之树,日御出入,天降甘露,地发菁英,灵根重颖,扶疏离奇,三微萌牙,元气所都。大司寇桑公,会稽之植,植于蓟丘,禀精垂芒,实在东极。自起家南董,以至开府作牧,入跻九列,遂长秋官,惕历四朝,为国三老。少昊之司,底绩最久。传家之年,辞秩而卜居帝里。进退不阿,比于萧山汤相国。岁为木德,实化祥刑,苍精丰穰,周行复始。盖阳气主仁,木德渐于东方,则义气冰释,金行退听。公斟酌律令,出入惟允,黔首是以不冤,荄滋于焉,蕃庶而乃抑抑翻翻。苍坚多节,小心匪懈,其仪专壹,扶木之祥于公征乎。昔蔚州魏公为刑部尚书最久,乞身之日,仁庙赐书"寒松"二大字以褒其节。公行年八十,法宫锡羡,巷遇鼎贵,埒于寒松。夫叙寿非古,虽体出归、方,而连蹇近俚。惟嘉禾美于周书,连理颂于韩集,揆其义例,达者无讥。爰作《扶木颂》以风,其辞曰:

粤有神木,常羊之维,和气滲漉,栖息鵔仪。高百邓林,荣逾若华,万寻皆直,灵台不邪。觥觥尚书,含精秉气,溪盎不苛,蟠根得地。始入翰林,摛词讽谏,献议石渠,经心贯串。使车所至,采干搜岩,赢骖敝布,动史静监。出绾铜虎,汗流墨吏,郁石装轻,甘棠荫翠。昆明持节,剺面咸怀,镌铭西洱,搨字红崖。入掌内制,槐班俄擢,日毂承跗,云阴解驳。回翔六职,久典秋官,景星气赤,律谷春溥。庚桑所居,年谷丰熟,悬车引年,遂吾初服。赤实绛皮,木宿之精,八蚕衣被,柳谷销萌。无皋岩岩,晞阳蒙汜。琁树掩荑,木禾逊美。群植秉气,原姓衍祥,盛德在木,邦家之光。

早过鹿溪。鹿溪说衡山之游,说曾、彭两公交契厚重,相见多低声问答,或默坐观证。说朱子云只在日用间着实做功夫处,理会自见。又云此事似禅，所争毫末，毫末却占地步。此二语精实。说丘长春创龙门宗，专务坚苦力行，耕樵自给。有在丘道人前自述一生所做功德，丘默然，徐曰“不如清净人默坐一时辰”云云。所引亦殊得理解。归，拉杂记之。

棒喝语

【眉批】此未入诗。

试内观浮脆，命如芭蕉坚。不除忿与欲，何得为全身。有为者豪杰，无为者圣贤。非豪胡自圣，道在自战胜。去来断四际，念念涉冰海。擎敛到无内，吉羊大光明。自知还自胜，以忍成坚定。无脆有金刚，无热有清凉。忿欲而学道，焦谷觅黄芽。所以浮脆者，坐此二毒故。沉水而入火，自取灭亡根。如今大觉悟，师子不生蛆。皮肤剥落尽，中藏一真实。念念游物初，第一止观门。是为坚劳船，南北无冰海。

不佞佛，而学其惩忿窒欲；不媚道，而学其慈俭而让、勤而行之；不治丹诀，而参其水升火降之法以遂群生；脆弱不能将兵，而学其繁而曲者为守法、简而直者为战法；性不知医，而谨察阴阳消息以知己之病、知国之病；幸从下士之列，不执沾体涂足之役，而学农家树畜之法，以知阜财利用；未尝矫情以不求仕为高，而亦不敢躐常调妄进以自贻无穷后患；不装点近日金石小学校雠家门面，而要多识字为文，旁通碑版义例以广其趣；不拉扯理学家架子，致事多窒碍，一步不可行，而要主敬主静，虚心省察，实力持行，平气涵养，以植其根基，以考其德业。此数者，亦居官之法守，治生之天职，不可一日废也。

【眉批】放之则万叠涛奔，敛之则一川镜净。此二语善状有道能文者之胸襟。此已抄入对语。

游南池北泮记

【眉批】应入文。

出广宁门,南行一里许,曰南莲花池。广可十顷,土人谓之南泡子。稍折而西北,西行五里许,潴而为湖,围经一由旬稍强,殆丹棱泮之类也,土人谓之北泡子。此小水耳。浑浑泡泡,古以名海,不得冒而称也。皆平地出泉,北汧而南瀵,南圆近隍,北椭半规若泮。泮即泮之俗字也。予为正其名曰南池、北泮云。始予饱闻二水烟云竹树之胜规,欲命驾者数矣,久之因循未果往。光绪六年七月戊子,先期夙戒友人,侵晨而往。道中稷秫青茜,弥望知年丰,可乐也。近南池间有稻田,池四面阻水,夫渠盛开仅通一小堤而无略彴,过堤为平皋,花树梨枣甚蒙密,佳果压檐,鸡豚放散。篱外有一危亭,高瞰全池之胜,乾隆中建,惜朽坏不可上。茅茨三间,拓其西窗,则翠微、石景、马鞍诸峰拱揖檐际,顾而乐之,以为美止此耳。既而招棹郎,登小舟,出没高荷之下,游戏浮沤之间,中流摇荡,浮岚四会,泉深不可测,大鱼拨剌掠船过,云日映蔚,如孤屿浮空,波流颓山,断绝四际,然后知向者浅之乎。测南池也,放乎层渊,友人心悸,趣返。爰登岸,策蹇行,就野店,饭毕,北西行五里许,一樵叟导之草山行,入茅舍,门前有石闸,万苇如海,不可以眺远。一沟裁通三十斛小舟耳,及泛舟出苇间,则积水渺弥。东北岸若荠,西南浮山,若眉若髻,近山有高台太室,若蜜房,若蠔山。渔者刈荷净尽,惟南陂远花,若河宗海王,献火齐空,青亭亭不可攀接。顿舟水中,徘徊四顾,涛不万顷而有远势,幻非三山而辟异境。呼吸岚光,出纳天气,真宰蟠闷,百灵咸趋。夫山象积德,水象积刑,丘陵为牡,溪谷为牝,而道之所存,往往出于刑象牝牡之外。披袒裼,怀珠玉,涵泓演迤,洞乎无际,吾恶乎测诸是游也,疑吾向者之游未始有得。且问诸泽虞曰:南池、北泮,水之所以不涸者何?曰:是西山泉眼坌涌而出。噫!吾知之矣。暴涨易竭,恃源则长，类知道者夫。

观曾文正诸集，于古文、诗、奏议三长外，尤长于书牍。其于告亲之词，婉而晰，微而挚。其勖诸弟之词，不外将顺其美、匡救其恶二事。其戒子侄不外勤以修身、俭以养福二事。俭非特薄于自奉之谓也，如于世间应得之名、应取之利，均不敢多取，此之谓俭。而况本不应得、不应取者乎。其告僚友不外忠告而善道之。至公之自占地步，则尽其在我、听其在天二端尽之。

国朝人所著虽博，毋为所眩。其坚如柱石，圆如秤锤，不浮脆，不胶滞，可倚以治身、治事者，亭林先生、汤文正、陈文恭而外，惟曾文正有之。后有兴者，宝若蓍龟，不可忽也。

【眉批】邵阳魏氏博大精深，不可废矣，而犹欠条理明晰，行之以诚也。

善人者吾之师也，不善人者吾之资也，以资返观，则尤无形无声，随处随时之严师也。予交游中某君以忘身殉欲而徒死无称，某君以好大言、弄文笔而徒死无称，某君以好内养、不勤四体而徒死无称。言之可悯可畏。又，某以才高峻傲、致物情不附，此皆覆车殷鉴、天牖鄙衷、可为戒慎畏惧，返观猛改者也。

禹墨为体，黄老为用，二者相为用，不相用不足为道。勤苦为体，谦澹为用，二者相为用，不相用一步不可行。

治生之术不外慎言语、节饮食、惩忿窒欲、以勤入以俭出六事，推而行之，可为法守。

凡求人才，有体之用，上也。无体之用，此本涑水论才胜德、德胜才之说，犹言无德之才。虽不能大成事，或可策云骧、乘劫运，成就小结构、小局面、小气候。其始亦必由百历艰苦、挚益磨炼而得，安坐而谈经世之学者不足恃也。至于无体无用之夫，全平凭血气硬撑，不治家事,不裕学问,不通古今,不察国势,不度事理,但啖八两脏死牛心、炙三斤茅柴酒便自称铁汉,则一望而决其非国家社稷人民之所倚赖也。恐血气一败,全局瓦裂,彼方睢睢盱盱不保其七尺,将并其一时浮脆之名而夺之矣。物满人概之,人满神概之,可畏也哉。实而满者,概之犹迟;虚而满者,概速而祸更烈也。

汪子所著书续记

《逸书言经事纬》一卷,《阵法篇》《战法篇》《营法形势篇》《音律风角篇》《司马法辑补》二卷,《吴子校补》二卷,《诸葛八阵兵法辑略》一卷,《区田考略》二卷,《逸齐论语考》一卷,《素问注疏》十四卷。

仲伊证《汤誓》,以为祷雨之词,有确据。《汤誓》有二,一祷雨,一祠兵。论乐府,言平清瑟三调,见《宋书·乐志》。乃风之正声,楚侧二调乃风之变声,鼓吹为正雅声,横吹为变雅声,祭乐舞曲为颂声。

孺初来谈,偶言不治生而埋头简册,究竟道理,成片从面前飞过,佳乎?抑钱从地上流,佳乎?相视一笑。

近日陈言者有三病:一局外人立言不留居中人地步,不将其苦心表而出之,使之老羞含忿。凡言事者必欲以办事人设身自处,若切己利害,虚心审定,须有八面御敌手段不可。但做一面文章,并不可以直名归己,恶名予人。一文武之见太分。此病自太宗开之,不善参陆贾安危,注意将相之说。宋、明暨国朝,中国不竞而夷狄内侵,坐此耳。一清浊之见太分,将来必遭唐末敬李投诸浊流之祸。腼然作词臣、作讲官,岂《文献通考叙》未一寓目耶?而禾绢又何所倚赖适从邪?

睹国人燕安酖毒之况,予自疑学识浮脆,亦惧染其俗习。风气移人,无登高而挽之者,奈何。

与休宁论事,休宁言译馆自文文忠主持以来,有二大失:始定夷使与大臣相见用敌体礼,久之,彼参赞以下散员来馆,章京与之周旋,辄不见答,直云请汝堂官面议,遂亦抗礼相见,是大臣不足以养威。

虽文忠创议，恭邸不必常常到馆，小事禀报，大事廷决，以养威重，然已无救于大臣之失体，一失也。章京有才干胆识者，尽可与夷使争执驳难，俾行其志，使彼亦知国未尝无人，乃不得行其职，听其老死抱牍之吏，二失也。即此次湘阴外握重兵，始足以壮国威，一召来京，无论安顿，枢垣、译馆两处，不过朝画夕诺，春朝秋请，委蛇班行之内，如猛虎离山林入囿圈，则百兽亦将狎而玩其爪牙，何也？失所恃与所习也。且语曰：临三军者，或惧朝廷之仪，将才相度，视其才性；凫鹤长短，易之则忧。故周德润、周开铭奏请止其来京，不为无见。又言俄汗向来六七月后驾游黑海避暑，去年崇厚出使，迁延未见，亦由于此。此次曾纪家讳泽六月廿四到俄，七月十七始递国书，觐见彼汗。据电信云，汗颜甚和，并告我使云，崇厚已释，甚是。我现将往黑海，尔十八日可与外部面议云云。是此次彼汗因曾使将来之故，展期待发，其情或不欲遽开大衅，亦未可知。此则款局一线之机耳，特闻彼已借邻国之兵、邻国之饷，将来十八条之外，兵费一节恐终费口舌耳。

篯叟言，世士有通声气之术三：下者专恃钻营，斗筲何算；中者挟医画杂技，稍上者挟学术语言文字，此则不得与于推择资格之数，而天下真才独行之枉抑者多矣，可慨也。

【眉批】如罗泽南、刘蓉一流决不在此三等内求之。

求才有四难：山林静处之士，于世事少阅历，其才性能识微见远，而不谙物情地势细微曲折之故，不晓办事之次第节目，一难也。宜置之储才之地，课以更事阅历，而后使处廷办之仕，观其言，果可采与否，如汉博士然。忠谏奋发之士，多血气自用，有言责无事责，故聊壮一时清议，以伸士气。而所言多护前自圆其说，不度事情利害，二难也。宜勿摧折，以警发重臣内省外台之心目，勿遽委任，恐多更张。枢轴亲近之臣略稔利害，识深气衰，巧习趋避。其进趋凝然，应对唯诺，足娱人主一时之耳目，所谓容悦之臣。而土崩堤溃之祸，即酿伏于此数人面从磬折之中,矮屋细旃之上,三难也。宜仿唐宋使相判州之制,随时责以外任,察其治否,观其后效,黜陟互用,以力祛骩骳积习。雷霆不测,耳目一新,然须仍不失进退大臣以渐之规。至现在时势急于求测绘地图、练习营阵、制造船器、研核商矿之才,而忠直刚严之士少,顽很无耻之才多,驾驭难周,陶镕不易,四难也。宜用忠信严明有重望者,时时约束之,宁多予以薪水,而不骤假以词色名器。

予此月内与人言,多抗词不休,于沈、晦、敛、敬四字上少工夫,宜痛改之。庚辰七月。

庚辰八月

光绪六年八月丁酉朔,刑部检校郎中、前介休令黄冈邓琛献之将南归,史馆编修奉新许振祎仙屏、户部检校主事文昌潘存孺初、户部检校郎中会稽李慈铭爱伯、监察御史归善邓承修铁香、监察御史黄冈洪良品右丞、刑部检校员外郎罗田陈锦芸舫、前庶吉士梓潼令恩施樊增祥云门、户部检校主事云骑尉桐庐袁昶重黎同集天宁寺,为邓君祓饯。会食讫,泛舟于南池,观翠微、石经、潭柘诸山,抵暮乃归。昶题。庚辰八月。

【眉批】迓邓琛题名。

阅《五火玄机》,年羹尧辑。多言炮车铳矢之利,有图、有说、有制造法。

唐律疏谊

李悝《法经》六篇:一盗法,今贼盗律。二贼法,今诈伪律。三囚法,今断狱律。四捕法,今捕凶律。五杂法,今杂律。六具法。今名例律。萧何益以户、今户婚律。兴、今擅兴律。厩今厩库律。三篇,为九章之律。

汉高入关，与秦民约，止法三章，曰：杀人者死，伤人及盗抵罪。萧相国因其文简不足为治，乃定律令为九章，教吏民诵习之，史黄门《急就篇》所云《尚书》《春秋》律令文是也。

人有桀黠之才不为我用，或我之才与权势不足以驭人，则不如严排浮议，而用我独断，以坚忍行之。梁惠不能用鞅，又不能杀鞅，卒使鞅为魏祸，可为寒心。湘阴得此法，自忖才地不如曾、胡故也。湘乡劾张文毅治军不效，张被谴去，而徽、太连陷，绅民皆尤湘乡，湘乡不为之动，亦此意。否则人将始借径于我而卒图我，袁粲、刘秉之于萧道成，慕让能之虚名，受反噬之实祸，悔何及已！语云：日中必彗，操刀必割，当断不断，反受其乱，天予不取，将受其咎。不可博集思广益之美名，而坐失事机也。

汪仲伊所著书叙

【眉批】应入文。

士何职以治六德、六行、六艺为天职？三代两汉，人材莫不出于学，师氏、保氏、大司乐、十四博士所掌，今祭酒、司业所当，撢简而条晰之，以次第授学者。士一命以上者，何职以援古礼议今礼，引古律议今律，陈古政得失善败以绳今政得失善败为天职？无虑天下有道无道，庶人箝口不敢妄议，议者有常刑，而士则有昌言之责。公孙成子不毁乡校，汉石渠观白虎殿两次议奏，及大政大典礼，博士以此六百石得预议，令尉得上封事。后世山林隐逸之流，皆得召见，问以国政，若唐贞观修《隋史》咨孙思邈，国朝修《明史》咨黄宗羲，亦一证也。士先志，官先事。志不立则百行隳，事不立则四维坏。古之王者饬五官、明皇极，必先敬用五官之事，貌思恭，言思从，视思明，听思聪，思心之容容，否则罚，见于金木水火土，恒阴恒阳之沴。王者修身感天不旋日,诸侯不旋时,大夫不过稘,士则以三年通一经,计之修德进业。朱绂来,其欲潡潡,丛棘灾。

王者内饬五事,外修五官。古者兵刑合一,中古兵刑分二官,故六职之名由此定也。六官之籍散而流别兴,王失其极,史记之官黩其职。士习之,推其支流,要不失其最初命官立法之精意。志乎立事者,宜究心焉。儒家者流,源于司徒、师氏、保氏;兵家、形法者流,源于司马、职方、训方氏;法家,源于理官;农家,源于后稷;议礼家,源于秩宗;阴阳相择家,源于历官;吹律歌风,四上竞气,源于司乐;稽事制食,十全为上,源于医师;制器尚象,弧矢舟楫,水火雷风相薄之技,源于考工。此先王遗法存什一于千百者也。古者无虑官以龙名、以鸟名、以灵名、以正名、以相佐岳牧名,皆托始于阴阳五行,所谓官阴阳以遂群生,撢水火之精以利群生。纲维之者大君,条理之者卿大夫,识大识小,童而习之者士,而皆以卫兆民之生。士也者,事也;民也者,冥也;政也者,正也。于文以一贯三为王,推十合一为士。然则为士者之责,殆所以通知政本,牖民之冥昧,以明先王宰世垂教之遗意者邪。食货为天子及庶人之天,故八政曰农,用农为大也。食主谷,木气仁,仁气生货,主币;金气利,利气杀,故善用之则强,不善用之则亡。农不能以禁人之饱暖佚欲,饮食男女之讼而为之礼,故经世之具礼为大。有天子礼,有公侯礼,卿大夫礼,士礼,吉凶军宾嘉,是已商周有五庙七庙,王礼也。而后世士庶,人皆得祭及四亲,而庙制则为同堂异室。古不墓祭而今墓祭,古服本轻者而今改重,君子观其时制焉。礼所不能胜为之刑,故刑次之。汉萧氏定律,有盗、贼、囚、捕、杂、具、户、兴、厩等九章,今裁并隶六部下,是已象刑废而肉刑兴,墨、劓、宫、大辟废,而笞、杖、徒、流、死刑兴。古刑重而简,今刑轻而繁,君子审其条便焉。刑所不能胜而为之兵,故兵又次之。阴阳主天,形势主地,权谋主人,技巧主器,是已车战彭排不可用而步骑得之,旝石弧矢不可用而火器得之。古兵法《握奇经》以下不可用而戚南塘束伍之法得之。军礼《司马法》百五十篇可用而亡佚大半,而《老子》抗兵相加，哀者胜。偏将左，上将右，数言得之。沟洫川浍所以限戎马之足，法久废不用，而宋何承矩凿东西淀、兴稻田之法得之。君子师其变通而合古焉。他若朱子及李文贞光地，有乐无祉角之论，及子野君明万宝常之说，所以察时政之善败也。桓侯之病在皮毛易治，在腠理难治，古之庸医杀人，今之庸医不能杀人，亦不能活人，而能使其人知死于病，不知死于医，是亦可以知政也。

汪子皆通之，求之枯竹败缣而未得，求之名物象数而未得，求之文言载记而未得，求之三正五行，德行与艺，古者六官之事，而后稍得之。既乃条其义类，别其门目，错综之，理董之，经之纬之，粗述为书，都为若干部，凡言逸礼者 卷，言古文书者 卷，言乐 卷，言兵 卷，言农 卷，言刑 卷，医家言 卷，泰一风角丛辰地师家言 卷，类能通知古人之意，其文犁然有当于人人之心，以视揣研文家声病，墨守形声剩义，功同楮玉，技等棘猴，与夫高心空腹、是己非人语，精微而遗民物、竞气节而昧经制者，其根柢致用殆大相径庭矣。语曰：一色成体谓之纯，白黑相杂谓之驳。其稍有未纯，将磨砻之以使之有纯而无驳者，则未定本也。或曰：子之论如五石之瓠，廓落而无所专治，毋乃违向者戒慎敛退、顺德积小之恒言乎？且扬流别而后六经立，论不可以若是其易也。予曰：定海黄先生式三曰：士无职，以治经为天职。经者何？《易》智、《乐》仁、《礼》礼、《书》义、《诗》信也，亦犹行向者敬用五事之说也，夫奚疑？光绪六年仲秋浙西无名人跋尾。

仲伊言《白猿经》系伪书，戚氏言兵《纪效新书》差有用。《练兵实记》则为自守之书。夷人言兵，惟《海防新论》《普法战记》有实际，馀详制器，自有主者，非讲求全局者所宜耗心也。

李壬叔员外善兰来，言近服西人铁汁水，即磺强水也。每服一杯，能养血益气。予谓此如服五石散，恐金性躁烈，非不壮健，而害亦随之无已，不如调息止观一门之稳实无流弊。壬老不谓然也。按：调息之事，疑近于虚诞，不如体操运动为要。

梁茝林黑豆方，老壮小儿皆可，服法用淡海蜇皮一二斤，不用勺水煮化成汁,再下黑豆一二升煮,令以熟为度,置阴处风干后,空腹随意吃之,能明目、黑发、驻颜也。

阅《三国·魏志》。至《荀文若传》,废书而叹。邓禹、荀彧、王朴三人才相若,刘穆之不逮也。诸葛忠武以石凝、孟公威仕魏不显达,而深叹魏之地大多士,蜀不能及,自伤无助也。

太谷王粹甫汝纯来。亦兴化弟子,能言兴化授徒山西之逸事,为之胸中洒然而凉。

管幼安与华子鱼有割席之怨,而华卒能辟位荐管以补过,今之君子殆不如昔之小人矣。以汪中《吊黄祖》例之,如华生者不诚可赞美哉?

去年春某公讥予止能为学人,以云通知时务尚早。“尚早”所当潜研条贯,坚忍持之,不惟坐知,兼能力行,方雪我无穷之耻。

论俄事失机

【眉批】此已入文,应于此勾去。

丁禹生中丞去年拜疏,言洋务驾驭得宜,则数年内或不至骤有战事。仆论近日办理俄事有四大误。

措置乖方,一著输而全局震动,即所谓驾驭不得宜也。微特驾驭外夷不得其宜,即驾驭中国将帅士大夫,亦劝惩未尽条理,操纵未合机宜也。何以言之?新疆南路惟喀什噶尔一城枕乌兰乌苏河,农田肥美,物产愤盈;北路惟伊犁多沟渠水利,向有旗绿回民四种屯田章程,其他则南自吐鲁番至库车,皆所谓风戈壁、树窝子,不生五谷,积潦难行。北自巴里坤至塔尔巴哈台亦多戈壁,土广人稀,皆万不可设立郡县之地,乃湘阴奋其私智,欲张大其事业,毅然坚请于朝,朝士亦无据地图以驳诘者。就其现在所奏明情形而论,迪化大州以下招回汉耕垦者多,仅三千户,少止数十户。古今通制,万户为令长,今乃欲设齐梁数十百户之边远令长,虽甚愚,计不出此,因议设郡县,而索还伊犁之议遂起,以为新疆北路之可垦者,惟伊犁耳,不知伊城自同治十年五月俄人入据以来,得之于逆回,非得之于我,且阅今九年,布置已周密,建筑已完整,哈萨克、布鲁特诸部及各路商民俱以便其政令之简易。塔勒奇、巴颜岱等六七城堡向之环峙掎角者,俱已毁撤,其不肯归我,情也,其权词归我而索厚偿,变本加厉,而出于十八条之约,又势之所必至也。湘阴为一己之声名计,独不为国家之利害计乎?乾嘉盛时新疆兵费岁糜三百万,是时中国不甚空虚,松筠及龚自珍等公私著议,以为西域当置行省,大开军屯以节岁饷则可,以今日凋劬内匮之情形,计之则不可为。今之计,惟有督敕张曜、刘锦棠等军兴屯养士,俾得渐减七百万之岁饷则可,空设督抚州县,食税者多于民,实同旅人,而民设长吏以扰之,则大不可。因议设行省而索伊城,因索伊城而开俄衅,一误也。

【眉批】此说大都与李雨苍都护《西陲要略》所指相同。今情形似又不同。

郭嵩焘议外洋有我国商民之处,应设公使兵船护之,无我国商民之处,则不宜虚设,以节縻费。是文文忠公初议遣使章程,未为精密,今按郭公言是也。就令遣使,宜如何慎重简选,必得通达沉忍之员,始足以觇敌情而存国体,乃以属之。曾办三口通商不效,致津民焚毁教堂、疲软无耻之崇厚,二误也。

子贡曰:"无报人之志而令人疑之,拙也;有报人之意而使人知之,殆也。事未发而先闻,危也。"《易》称"几事不密则害成"。刘子扬对魏主言吴可伐,对群僚则言吴不可伐,此兵家要诀也。自道光庚子、咸丰庚申两役失机以来,或款局粗成,或换约未届,于斯时也,暂得闲暇休息,正当及时明我政刑,师彼长技。乃中外泄譖,病在晏然,全无报人之志,卧薪蓄艾者谁乎?今则廷议蜩沸,病在哄然,事未发而先闻于邻国,围棋折屐者又谁乎?此皆拙谋而坐取危殆之道也。我朝与俄国从未开边衅,仁庙设俄罗斯学隶理藩院。以通边情,纯庙设库伦办事大臣以通商情,征之盟之,闭关开市,刚柔互用,以惟娄之仁,育义正大哉!柔远之谟也。俄之国势重在波罗的海以西,不重在乌拉大岭以东,亦故就我羁縻,从不与我构衅。黑龙江以西索伦五千里之地,本非我有,自康熙二十九年定界额里古纳河以后,而尼布楚、雅克萨以东之地入我版图,是时俄国政教粗立,不与我争地。康熙十五年二十五年两由俄商及荷兰贡使贻书俄汗,仁庙远略,外以羁縻,俄汗而内以断准噶尔逆贼噶尔丹之接济外援,是俄有大益于我,不与我争利。乾隆三十六年,俄属部土尔扈特十馀万众畔俄而投我,纳其降而俄不问,不与我争民。人有德于我三,即咸同之间弃黑龙江以西地数千里,乃奕山办理不善,赫哲、费雅喀诸部落、库叶一岛为俄所开辟经营,绕出吉林、兴京之背,而我东三省大吏置若罔闻,譬之子弟不肖而责言强邻,其谁惮之。而乃不揣国势,不谴边臣,聚佻易夸诞之文士,盈廷交鬨,未见敌而神王,将见敌而转怯。大臣不请旨,力加申斥痛戒,而耳目为之眩,心志为之夺,仓卒瞋怒,不可终日。如酒人指迹狂詈,比稍醒而知劲敌将至,则又却避,嗒然若死灰。向之助哄者,亦寂然不振,徒为四裔窃笑,以为仍不脱科目文士窠臼耳。何人才不竞至此?总之,群议宜阴察其平实有条理可用,不张大形势者采之,而不可尽采,或事急,又尽弃之。战备宜托以防他盗与非常,为词而趣修之,不可显喻以因某国而设。谋国者当内定庙算,外靖浮议,乃劫于众夫叫嚣之论,而自蹈未发先闻之危道,坐使西邻责言,自贻口实,此三误也。

两敌相持,先退者情见势绌,败之道也。我能御敌,则当参用敌法以制彼之长,敌苟蔑我,则当纯用我法以壮我之气。今平日不讲求彼国公法,而违训越权之语,忽用彼法。崇厚之一拿交、一释放,又方用我法，而旋孱以彼法，是之谓手足无措。且彼方以兵临我，欲城下要盟我，而我遽示怯而释罪人，将帅因而寒心，吏士闻之解体。譬如巨室有奴，说盗不从，反挟盗要索主人，缚而数之，法当如是也。慑于盗言而遽释有罪之庸奴，彼狡焉思启之谋，更抚掌而得之矣。此四误也。

以老谋积虑、深习洋务之丁禹生，而策其无战事，以颠倒轻重。坐失事机之当轴，无战事而激之蹄之使有战事，于此仍欲保全通商之局，太阿在彼，我无与焉，而国势岌岌矣。善弈者之于拙弈，下一子而利害相百，可不畏哉，可不察哉！

夜诣许著作谈。所居最近而可质难商榷者，惟许、邓。许有阅历，邓纯实，它如潘、李，行学皆可重，惜其多病，不能常扰之耳。仆记此者自省，做事多朝令夕改，无恒多悔，以后以湘乡为法，治家御下，读书交友，皆有常程，不轻变动。《诗》曰："其仪一兮。"凡事一以必诚、必敬之心处之，勿走入浮猾躁险一路去也。切戒切戒。

合肥公密陈折略云云

【眉批】此折及二片均未出奏，惟设电线一片出奏，奉旨允准。据家敬孙来函云。

臣奉七月二十七日密寄，以俄国注意松花江至伯都讷，如不允行，即由烟台、日本海、黑龙江三路进兵，饬臣等筹严备等因。

俄自咸丰八年割占黑龙江北岸，于海参崴地方设立总督，开铁厂，置电线，练兵屯防，其轮船得由混同江驶入，是黑龙江水陆隘口已为彼有。现在约犹未定，独将松花江通商一层照会三姓，其兵船大半泊于东海，并且陈兵伯力，窥伺松花江一带，意尤叵测。倘于和议未定，以先轻师袭入，吴大澄将寡兵微，所造水关断不足以资控御，万一松花江一带有失，吉林隘口又为彼占，它日之患，何可胜言。可否请旨以曾国荃督办东三省军务,即行统率刘连捷、郭宝昌、刘维桢各军,益以宋庆字祝三所部驰扎三姓、宁古塔等隘,并希特恩破格,即令监管地方,使兵事与吏事、饷事不致隔阂。至奉天所属,北至盖平,南至金州六百馀里,海口二十八处之多。现在宋庆仅有九营兵力,太单不敷分扎,如将宋庆调赴吉林,可否?即饬鲍超帮办奉天防务,统所部万人填扎盖、金一带。

自山海关至北塘沿海五百馀里,臣现派李长乐暂时布扎,该处海港林立,必有大枝劲兵方可扼守。如曾国荃、鲍超均须移驻,可否请饬刘铭传帮办北洋海防,即抽调唐定奎五营,再在江南添练五营,克日由轮船径赴山海关填扎,并饬刘盛休十五营仍归刘铭传总统。北塘炮台向系通永镇唐仁廉所守,现派刘盛休为游击之师,如刘铭传来,直拟调李长乐为援应;大沽炮台向系大沽协罗荣光所守,以周盛传所部为游击之师。大沽、北塘两处,臣当亲自督战。惟烟台无大枝水师,北洋门户未固,可虑。

【眉批】若如此,狼山口内、长江一带危矣。恐为日夷窥伺突入也。台湾可否请简岑毓英为闽抚驻扎?二句了门面语要紧。何不使为东抚,以固烟台之防?

又 片

须添募数十营,必先筹月饷,查两湖、四川、江西、河南均无防务,本年各该督抚裁并,营局稍有节省,可否饬下湖北拨十二万两,四川、湖南、江西各五万,河南三万,共三十万两,两个月内解津,如曾、鲍均可不调臣处,暂时无须添募,此项亦无庸添拨。

又 片

再,兵贵神速。泰西军法枪炮而外,水陆有火轮快船快车,又有电报以通军信。俄国海线可至上海,旱线可至恰克图。去库伦八站。

如曾纪泽电报，俄至上海一日可到，而上海至京，转须五六日。臣上年于大沽、北塘两处试用电报以达天津，号令各营，顷刻响应，又改洋文为华字，如用暗号传密事，即经理电线者亦无从漏泄。现拟由天津陆路沿运河至江北，越长江、丹徒至上海，安置旱线，需费约十馀万。

又片

再，北洋议购铁甲船二只，原奏内请拨两淮盐商报效一百万两，户部议覆，先拨四十万。外洋付价，向有的期，必待筹定现银方可举办。臣愚以为天下盐务，虽利之厚薄稍有不同，而假商之手以取民之利则一也，可否饬下四川督臣筹盐捐三十万，广东筹六十万，山东、长芦各八万，分作三年，按引摊捐，仍由各该盐库设法先行垫解为购船之需？

谢吴太仆

【眉批】应否入文？

蒙惠各书，甚蒙启药，拜使衔感，莫可名言。某近颇广罗古近图史，兼采官私牍议。所处卑陋，愿力难副，自以度支郎吏，序补尚早。日力正闲，思为豹隐之谋，姑学龙屠之技，冀得增长阅历，研练识局。办甘英、郑和九译所到之区，正尔撤、谟罕二氏旁流之惑，智小谋大，过不自量，然藏器必叩于器师，造车先受车正，惟公大官老学，感激而少媕婴，武库太厨，冲俭而饶麟甲。有徙薪蓄艾之深谋，无卓尔崖然之峻宇，故某辄以狂简请益，频繁得陈，盍各之志，希获庶几之叹，不嫌舍田而芸田，越俎而谋俎也。

【眉批】(补抄原注)《春秋》之义，内其国而外诸夏，内诸夏而外彝狄。亭林有桀纣亡国，秦皇、魏武亡天下之论。亡天下之罪,嬴氏、曹氏犹且当之,而况于摩西、犹太之左道乎?此言过甚,亦一时之词。谓四郊多垒,卿大夫之责也。礼教陵夷,则一命之士预有责焉。今外夷交哄,邪教曼延,为我五千年来正朔相承,质文迭用之国之大蠹,必有圣人者出,修德以化之,挞伐以威之,亦运会自然之符也。邈佶烈之焚香,深夜露祝昊苍,蚁虱之私诚,何能已已。

芳郭袁氏谱叙代座主崇文山先生撰。

【眉批】此已入文。别有《缑浦袁氏谱叙》,此处应题作《坊郭袁氏谱叙》。

袁,著姓也,始见于《春秋》者,曰涛涂,曰侨如,曰颇盛,于东汉晋宋之间,率以清节著闻。《唐宰相世系表》别为三望,仍世有达者。而桐庐芳郭之袁,则出于宋工部侍郎机仲先生。侍郎著《通鉴志事本末》《学易索隐》诸书,与朱子讲学甚契合,尝一为严之教授。南都密迩,遂家濑乡,蝉嫣名胄,勤行不殆。十九传而为赠朝议大夫复初先生。三世隐德,其教诫传于家,任恤行于乡。既殇,垂五十年,而乡之人思其遗德,犹能道其琐事法言,以戒敕子弟,其流风馀泽可知也。袁之在桐庐者,族姓滂衍,宗支条流,朝议尝辑而录之,一准宋欧阳、苏氏,国朝亭林顾氏及姚郎中鼐遗法,系经而表纬之,改家传例,咸为事状。族葬有图,义田有记,秩秩如也。夫族之盛衰,视乎其人之勤与惰,俭与仗;将兴之家,其家长必率家人早起毋晏,必督饬子弟妇稚各治其职业,毋废日力博簺以游于其家,故无日不强聒而申儆之。一敬百善生,一怠百敝作,敬者五福之府也,怠者六殛“极”作“殛”,从石斋黄氏《洪范》说。之媒也。其陵夷衰微者反是。微特家也,国亦然矣。国君晏朝,色荒禽荒,不治庶事,其亡可翘足而待,况于一身一家,穷檐蔀屋之细,可不惧哉,可不惧哉!善乎!近人钱氏泰吉之叙谱系也曰:“族之盛也,岂特士宦科目哉。在四民各执其业而已矣。”是言也,吾恶乎易诸。士之子恒为士,农之子恒为农,工商之子恒为工商,此管子善用周公之遗法也。后世庶姓支子崛起者,多蹲鸱千亩,姜薤千畦,亦侪封户。即士之子为农,农之子为士,工商之子还为士农,随其才器,使习其性之所近,亦可也。惟专治一业,毋见异而迁,毋惑奇邪,毋耽毒酖,内毋昵妇言,外毋亲比匪,则孝弟贞顺之心油然自生已。所业专则生理遂,生理遂则礼义兴,而非僻慆慢之念无自而作,男耕女桑岁功成,而祖考享之,淡和以宁。一善兴于家,一刑息于吏。族之盛也,不亦宜哉。苟习于不士不农不工不商,弱而为惰游,强而为蠡贼,恒干去支体萎,桀午恣睢,理难久恃,不再传而决其必替。详观衰兴消息之朕,仁者畏焉,不仁者忽焉,殆不觉其词之危也。桐瘠土也,瘠土之民以向义勤生为美,于人世浮荣熏灼之态,如漂风颓云之变幻,脆腐也何有?朝议之孙昶,今官计部,予主丙子会试所得士也。勖其勿堕家教,于其族之修谱系、明宗法也,爰乐为叙之。噫!岂特为袁氏之、为父兄、为子弟者勉,勉言之而已哉。

夜游厂肆,观汴宋道君皇帝画《唐明皇课子图》,坐一匡床上,少子蹲于床隅,手执经卷一,童奴捧书及麻蝇拂侍。便殿右遥有虎贲三人立侍,潞州别驾眼如岩电,面如渥丹,颊上五绺鬑须,奕奕有精采。殆所谓其真气惊户牖也。又观董香光写《竹楼记》行书,鲁直言王荆公优《竹楼记》而劣《醉翁亭》,其实皆俗调也。又观朱竹垞八分书《赤壁赋》,略似傅山伪作《郭有道碑》,而钩勒处疏逸宕往,有姿致。

竹筼来谈,言有曾昭吉者,性沉敏,外朴讷寡言,湘南人。曾似是邵阳人,非茶陵则湘□,忘之。能制造轮船机器,无师而成。曾为川督丁公招办机器局务,有成效。每月修止八十金。后以人言,为恩童二星使,撤去机厂,曾昭吉郁郁不自得,仍归湘中作钟表匠度日矣。

畏慎积小,谦冲养晦,乃立身制行根基。朱子论王仲淹,年二十馀上《太平十二策》,要学周公,不见用于世,返而续《诗》《书》六艺。又欲学孔子,志大心劳,发挥太尽,气象去不得了,所以三十五岁而死。由不识古人敛德辟难、日慎一日之道故也,斯言可为才美而不去骄吝根株者戒。

非畏不能成德,孙思邈论之详矣。慎者非模楞葸怯、不任事之谓。正身任艰巨,于事先事后思虑周密,此之谓慎。积小,《升》卦大象言之,犹荀子云积微。

邵尧夫诗:"闲居慎勿说无妨,才说无妨便有妨。"畏字工夫深矣。又云:"稍得意事不可再做,稍得意处不可再去。"

贾谊亦是发泄太早,且其料匈奴之众不过汉之一大县,设为三表五饵之术,其计甚疏。自炫其才,以招绛、灌旧臣之忌,其气亦甚傲。司马季主相戒之言必有为而发,论世者勿因其褚少孙所载,便斥为野言而不察也。周公瑾亦是太尽,且惑于声色,殊乖雅道,《切问斋文钞》所载诸葛武侯《择妇论》,极论武乡之所以得年五十四,与周南郡之所以不永,诚金石之谈也。

十八,召见军机王大臣惇王、醇王、六部尚书、左都御史宝廷、张之洞,闻将有交廷议之事。南皮后至,赶不上。

二十日廷议条约事,从少詹宝廷之请也。

【眉批】廿四具奏,请于俄使未到中国以前,先将条约事件,分别缓急,准驳,仍交廷议,会同总理衙门妥筹办理。奉旨依议,此文俄使指布策而言,现已追还。彼得罗闻译署择群议尤要者节录,由电发曾使,酌行开谈云云。九月十六日,记中俄换约之期,廷议向彼商订展限三个月,俄人止肯展限一个月,延至九月二十九日,限期告渴矣。

附 记

酱翁语箴叟曰:方今天步艰屯,九流溷浊,何时济乎?箴叟答曰:

惟得人,斯能干济之,不必定为管、乐、萧、葛也,但得如三王导、猛、朴、二荀彧、攸、二张齐贤、居正、二李纲、德裕、二谢安、艾、二耶律休格、楚材、二刘秉忠、基、二于谦、谨者,而假之土地、人民、军食、事权,经画累年,威信渐著,差足倚办。"贤长城远矣"。如此才而不可骤得,或急而任之趣使,驱市人以决战,则叹朝列为无人,视干城如狗马,殆非持久之道也。若留侯、邺侯、范长生、陶弘景、孙思邈自托于神仙方术者,志操各殊,不在此数。

或问:葛侯存则纶古还切巾,殓以时服,孙思邈遗令亦以时服,以不拜官故也。贤者固若是,其矫世厉俗欤?曰:非也。汉末袁本初、魏武帝虽身为将帅,每以幅巾为雅。魏武因四方多故,力崇节俭,后改幅巾之制为幞头,制度较狭小。推此流风,上沿李膺、郭太,顾荣亦尝以白羽扇麾敌,葛侯殆从时尚,非故示诡异也。王茂宏之著綀布单衣,谢安石之捉蒲葵扇,则因救时率俭,不得不尔,与卫文公大布之衣、大帛之冠同为新造规模。章武乘边守险,一方之主,裴潜对魏武语。观其姿,性雄忍,阴结时望,纵令山阳无禅,殊难终守臣节。葛侯则志扶炎绪,斡回阳九,较之敬侯,荀彧谥。择主庇民,死明素尚,秤量终始,则葛侯较为得正。《正议》一篇,显斥陈长文诸人寝书不报,雅志洞然,虽贵至开府作牧,右相彻侯,而委形之日,全归宁极,不复须具进贤三梁之冠,山龙九章之服,殆明其为残汉宗臣,非霸蜀佐命故欤?推其微志,盖深远矣。方苞为弟丧急昏,故袒右臂入棺,以示罚。彼乃用宋儒精谊,家法与葛、操尚不同。

廷议本日覆奏,闻醇邸、宝、张、翁、徐皆另折具奏。召见惟枢臣醇邸而已。

本日覆奏,醇邸、惇邸各一折,翁主和一折,徐、祁一折,宝、张各一折,洪良品、徐浥泉各一折,万一折。

竹筼言:周德润条陈《掘地作窟室可辟火器》一折,交合肥酌办。合肥奏驳言:如此则敌将聚而歼旃。如此等条陈而亦发交外台,枢臣学识之陋可知矣。又周开铭奏请如敌深入,则迅饬左一军由新疆直捣彼得罗堡京城,可以出奇制胜。不明地势道理,亦极可笑。

【眉批】道光庚子,慕陵诏中外臣工条陈战备,群下相对,袖手太息,皆云无法。有御史蔡家玕上言,摭拾岳忠武洞庭湖剿杨太稗官家言,以为排竹筏、湿絮被,置束草水中,可御火器、胶轮船。谬悠之谈,足令夷奴齿冷。

喜昌会办吉林军务,户部允筹饷十五万金,未与也。旨令其募勇万人,现尚逗留日下,趣刻关防功牌等件,未成行也。咨商合肥拨给洋枪一万杆,合肥回文云无之。

吉林有南路有北路,南路扼要,在浑春,近图们江,北路扼要,在松花江。通伯都讷。

吴大澄在三姓一带所造水关,耗费万金,不知有合于缅、暹制造木城法否?

仙翁枉谈,言世道之坏,由于自上至下,工于揣摩粉饰,日趋油滑,其隐微之地,令人无可指名而不见其趋辟之迹。观管同《拟言风俗书》与孙文定三习一弊之说,知风气之开,受病有自矣。

【眉批】以位高巧宦之人,诈滑百态如此,宜其不易摧破矣。乃卒败露于敌国外患之逼,而禾绢亦将受其害。禾绢何不蚤为计乎? 尤见天道恶巧,网恢恢而不爽也。

语云:圣人将动,必有愚色。予自省名心太甚,胜心太甚,将来终恐召人非神责。竹篔今早言,人不怕无用,能择善从之,即为百谷王,是乃无用之用也。若小有才,而尊己卑人,物情不附,则为独夫,虽才大亦蹈壮頄之凶,终归无用矣。引记申之如此。痛戒痛戒! 若不尔,何以对祖祢相传"博学孱守,微言笃行"之至意,将终为罪人而已乎!

夜读荆公诗，公解诗字谊，以为从言从寺，乃法度之言也。此不合六书，乃曲说。然细玩公诗，则不特法度纵横，乃弥见风趣，恣肆旁魄，所谓尽其实而艺者书之也。

庚辰九月

俄、英、布、美之立国，与从前七雄、三国、十六国迥不相同。七雄皆藉素世纨绔，曹、孙魄力，尚不及刘寄奴、贺六浑、宇文黑獭，以其系孝廉出身，究好虚文故也。刘以儒缓，屡失兵机。自言周旋郑康成、陈元方间，亦带经生酸气。特皆中国窃仁义之魁耳，五千年中多雅贼，自宋至今绝响，皆笨贼矣。皆未遇劲敌，故易于割据鼎峙。刘、石、苻、姚，羌胡土豪，乘晋三公任诞空论，国虚无人而取天下，尤不足道，皆非有真实魄力、真实治法也。

【眉批】布鲁斯与俄亲连。古之雅贼，不仅樱桃一笼子，及闲倚栏杆看落晖为然也。

予乡酱翁言生平所遇有三不幸：不幸而少孤露，不幸而鲜友于好帮手，不幸而与世间文艺纤琐之士伍。耗心文字，则气魄不壮。古神圣贤人，援为大戒。其他则差幸天之所以与我者厚矣，敢不敬之勔之。

【眉批】此盖自谓。

与文士纤琐者伍，如村犬吠形，则百吠声者和之，醉生梦死而不自知。古人学道何以得，我何以失？至偶以有韵之文、无韵之笔与之斗巧，亦何啻与庐鹊竞逐于五十步、百步之间，故知壮夫不为斯言，岂欺我哉。

前俄将布策有八月初八自俄京来华，统帅兵艘之说，日本借伊苏岛与俄屯兵，并云可代办二年煤。嗣因廷寄电信与曾侯，令其迅商条约，主持和局。俄王追令布策中途折回,续有廷寄,复令曾侯坚办前约,不可允者,仍行不允。以兵事较缓,故伐其谋也。然如此恐俄遂移师回指高丽,翦我外藩,是亦可惧也。

【眉批】此次廷寄不可允者六条,出自惇邸持论。万太宰上言,不论海防而言左右,辅近郊四十里之内,空虚禁旅,未足深恃云云。此子囊城郢之谋,何所见之下也。

《礼》文繁重束缚,难以骤学,欲学《礼》,先学古文。看、读、写、作四者兼之之谓学。立诚养气,去忿欲,敦风节,使行有序而不苟,是即三千三百之萌牙,学《礼》之基也。古乐郊祀饶歌,声辞湮佚不可考,欲学乐先学古诗,通情宣郁,而以止乎礼谊为闲。比物博喻,而以理昭旨隐,不径行出之为美,多内少出,使言有物而不浮,是即七始六十四调之榦质,学乐之渐也。

【眉批】村叟自誓专治古文,不业骈体者,垂六七年。此为人强而后可,殊违本心。以后仍痛戒之,慎勿兼营并骛,致老死百无一成,而后知悔之晚也。牢记牢记。且自问立身何等,岂虚徇世好者乎?何自待之菲薄也。时有代宝。佩蘅相国作《梓里诗》存叙,故记此。

行即行其所言,故曰行有序,而不曰言有序,如是存之久久,使胸中充实浩然,不可以已,然后立言作文,自不懈而入于古。故知作古文妙诀,固在好学深思,尤非养气不办。孟子、韩子文佳者以此。荀卿于养气少工夫,贾生气亦粗,董子溺于阴阳及公羊家言、杨子云理未莹,故坐不能入孟、韩两家堂庑。太史公则健于言,而以得于经谊者,博处多,精处少,言有序矣,而犹未为有物也。

勘定严事、兄事、友事若而人簿目,自尔交接取与之间,须存一定分际,毋薄毋亵。内友事一门分正、次、又次三等。东坡《答王定国》诗云:“谨勿怨谤谗,乃我得道资。淤泥生莲花,粪土出菌芝。赖此善知识,使我枯生荑。”此学道有所自得之言。陈榕门先生所谓经一番烦难,增一番阅历。审尔则闻王蓝田鼓吹,何至怅悒累日乎?深宁叟引尹焞语谓,困穷怫郁之遇,能坚人之志,而熟人之仁,与此诗相发明。朱子辄讥苏氏“吾所为文,必与道俱”二语,以为道系临作文时勉强凑拍,非平日素办,殆不尽然也。

读《复初斋集》中《跋颜书》,以为作字古法,先求结构严密。自北宋后,风气真少行多,以纵横恣肆为美,而古法尽湮矣。是苏斋深以描涂戗刷之体为不然也。又有《考据十论》,以为考据必折衷于谊理,与卢绍弓、阮文达、钱竹汀、顾千里之指亦大径庭。松岑招集极乐寺会食,讫之畏吾村,诣茶陵李宾之相国丙舍,壁间石刻,茶陵自写《致仕后诗》,行书,清雄秀拔,类朱子书《云谷诗》。

凡得流俗往返书札,例不记。与世士交际,例不记。米盐琐细不记。有所兴作则记,有过则详记,言行差谬则详记所为,而吾心差安则亦略之不记。常课阙则记。大都废课时多,可耻且憾也。

《辍耕录》云:元时汉人赐号“拔都”,惟史天泽、张宏范。“拔都”一作“霸都”,今巴图鲁,汉言勇也。此虽朔漠语,然疑起于五季胡语,其时已有黑云都、银枪效节都之名。自咸同间兵事纷午,赏阶不给,窃勇号者以千计,而武功之爵滥矣。

黄麓泉以《唐确慎公集》见赠,与之谈陶山先生仲冕及确慎遗事,娓娓可听,洒然异之。确慎卒于咸丰辛酉春,官至太常卿,年八十五。遗折乞湘抚张亮基代奏,湘抚以确慎所得官,外止布政使,内止列卿,恐不合例,不肯上。属江督曾公上之,文宗时幸热河,加恩予谥,异数也。

【眉批】确慎自太常告病归,主钟山讲席,又病,辞去,还湖南元籍。十馀年而后卒。黄南坡冕与有姻连,富绅也。每年厚馈,辄却之。惟曾公年底必遗二百金,则拜受之。知其取与辞受,进退之间非妄也。尝屡蒙文庙召对,称旨,奉敕编《朱子全集》,分别门目及学案小识,晚乃成之,未及上也。

篴叟云:新松恨不高千尺,此培养善类之法。恶竹应须斩万竿,此驱除异己之法。

又云:唐镜海质厚,故能感召出一曾文正来,犹之李愿中笃实,故能感召出一朱文公来。此静极生阳,理之自然。即兰陵褊峻,弊流李斯;河汾隐晦,庆馀房杜,亦感召之理,不可不知。庞德公之于诸葛公,陆忠宣之于昌黎韩子,戚同文之于范希文,孙夏峰之于汤荆岘,皆是物也。魏先生诗曰:“苟无桴鼓诚,孰应天人和。”此之谓也。

唐确慎于道光末乞病归,咸丰元奉召来京,年近七十,容貌壮蔚。文庙询有内养术乎?对曰:臣以读朱子书为养生之术。曰:其谊安在?对曰:在惩忿窒欲,改过迁善。文庙称善。此风谏也。然养生之旨,实不外此。华元化、左元放、嵇叔夜诸人不能通斯平实精深之论。

竹筼言学人所造,患非真实,其病根在徇世好,宜痛砭“徇”之一字,方有心得,有受用,所谓务外为人是也。不肖自省,亦有此腠理之病,宜痛改之,否则虽日日读,作事常有一种患得患失、浮嚣脆怯之气萦绕不去,终归站脚不稳,栖栖皇皇,仍如旅泊,必至尽丧其资斧而后已。可畏也。

俄驻京公使凯阳德告译署云:中往彼之曾使能做主否?必能作主,外部方可开谈。

【眉批】近事:现俄事密,议加派惇邸、醇邸、翁同龢、潘祖荫,以内阁易于漏言,改在南书房。然兵事仍由枢廷主之。恭邸以外廷交劾,系集矢于宝沈景王而不及己,处之泰然。醇邸改造花园,甚镇静。中外折片上,东元祐阅毕,每谦让不加可否,仍送西元祐裁决,以不豫故,必间二日乃发下,较之平日稍形迟滞。大内八月杪撤凉棚,棚上忽得火药包、洋取灯诸禁物,已将棚匠交内务府讯取口供，未得其实。凡留中密件，夷人先觇之，必有故也。然当故示包荒，以安反侧。按：火药事自必匪人所为，与外人无干。外人干密事，每由探访得之，彼特勤于侦查耳。竹篔条陈已由廷寄交劼侯矣。上海新译设机器织布局。

阅《唐确慎公集》，于朱子之学有工夫，学得平粹，由其言语知其规模、气象不可及也。

君子之所不可及者，一在审慎于己之所当为，一在戒惧于人之所不及见。

蕺山刘忠介公以慎独救姚江之弊，故能感召得一黄梨洲，而杨园与之异趣，何哉？

蕺山官京朝时，每出前门，必于车中面正西危坐，不肖未能也。无他，惰其四体故耳。书以志愧。

【眉批】按：蕺山此事未免其细已甚，所关甚微。宋后儒者推求义理过碎，而于天下事物之理政学，一切未免易于抛弃不讲。若此一事，似未必遂为尽礼，是视道路一切，皆为君之私物而已。忠介居心端，行事介，其生虽无可议，然吾窃于此有感焉，妄记。

唁某太常。吊，吊死者；唁，唁生者。知死而不知生，吊而仍唁；知生而不知死，唁而不吊。

阅王子庄同年棻《六书说》《六书辨》，大旨以六书次第，其复位部次，录于别册。班孟坚、郑康成《周礼保氏注》、许叔重三家不同，而以班为长。历驳戴、段、江艮庭、朱骏声诸家，以为但标形声，仅存六书之二，于古今解《说文》者，惟采取徐楚金、王菉友两家。而言转注则宗曾文正与朱孔阳、李某二书。言假借则改“令长”二字为“今长”，谓今从反门，古文及。长从倒亾，其词甚辨，然绝无师说。

按：曾文正与李某书，其言分虚实、同异、譬喻三门，乃言用字之法,与六书造字本义无涉。彼盖有取于为文略须识字一语而设也。至《与朱太学书》讥戴、段二家说,以一部《尔雅》全目为转注,《说文》五百四十部首全目为转注为非,以为何必六书,止此一书足矣。不佞窃不自揆,另立一说,笃守许氏"考老"之指,许《叙》五曰:"转注,建类一首,同意相授,'考老'是也。"以为"老"者会意字也,人、毛、匕为老。"考"者转注是也。凡转注之字,大抵以会意之字为母,以此隅反,形事声假之字,皆可为母。以得声者为子,而母字从无不省画者。其曰"建类一首"者,母字之形模尚具也;其曰"同意相授者",母字之画省而意存也。部首之可指数者,若牦部、爨部、画部、眉部、冓部、筋部、稽部、橐部、㝱部、重部、老部、履部、㱃部、盐部、弦部、酉部,皆转注之部也。中惟酉部本象形字,酉象酒尊之形。盖即卣字古文,亦以为酒字,而别出酉字。不得目为转注之部,盖以酉字之才不足以统所属之字,似宜别立酒部,而于酝、酿、酬、醨等字,当曰从酒省,昷声;从酒省,襄声,寿声,离声,乃与全书转注一例相合云云。窃谓文正举牦、爨、盐、弦等十五部首为省母转注之字,自是一义,而谓酉字外当别立酒部,恐未必然。酉,古人假借以为酒字。八月为造酒之候,大酋则掌酒之官,酉有酒义酒声,于文为便,似不烦别立部目也。

【眉批】其复位部次,录于别册。艮庭《六书说》云:"指事统于形,转注统于意,假借统于声。"予向疑其并六为三,殊违古谊。得子庄说而益喜,浅臆之不谬。文正之说从同意相受之意字得间然,亦太泥而未能尽之。曾文正所举转注谊例,指省形省声之字而言,适足补戴、段之所未及。

为我五千年来正朔相承、质文迭用之国之大蠹。必有圣人者出,修德以化之,挞伐以威之,亦运会自然之符也。邈佶烈之焚香,深夜露祝昊苍,虮虱私忧,何能已已。

酱翁曰:拨乱世,反之正。视乎用人,用人之道二:利进取,在在察也。乎才；利坚守，在乎木。才，草木之初也。其气发生，仁明且强果，故可用以进取。自古兴王佐命多黑头，致三公以此。木有本有末，知其本、知其末，则利害是非明，利害是非明于几微，则一行可以出身而加民，人不忍欺；一言可以发迩而见远，人不敢欺。非笃实刚明，老成阅历者不办。孔子言木近仁者，此也。才如《屯》初九之善建不拔，《复》初九之勇于迁善，木如《师》九二之刚中履险，丈人无咎，《否》九五之俭德辟难，系于苞桑。勇者扞边陲，牧圉以治外，仁者操九府六计、八驭九两以治内，其殆庶乎。彼骫骳而居高位，不能才，恶乎仁，能无及乎。涑水论才胜德为小人，德胜才为君子之说，专指吕惠卿、章惇而言，与今日时势全别。古之小人皆才，今之不君子不小人者，皆无尺寸之才，而窃居于丘山之德。自古焉有无才而可称美德者乎？此孔光、匡衡、张禹、张英、曹秀先、甘汝来一辈人流毒到今，皆居高位者之乡愿也。能自肥其身家耳，大君何利焉。

【眉批】古人云：老者之智，少者之决，相须而行，或易成功。

察消息者治五气，五气不可偏胜。喜气散，少阳木。救之以怒，善怒者不武，善怒者能下人，故文王一怒而安天下之民。怒气忼，太阳火。救之以哀，如两军相加，哀者胜之哀。《易》曰："《益》之用凶事，凶事，揫敛之谊，哀之谓也。"哀气敛，少阴金。救之以乐；乐气沉，太阴水。救之以和。和胜则流，严胜则离，礼乐亦不可偏胜也。

篯叟曰：凡治皆出于学。中国之学，士不如农，农不如商，商不如工。士而不农，若者何？研帖经墨义，忠在膻臭科第坊局，一阶而已者，无论已，即侈谈江南足拓、河北断碑，自谓金石家；析形声于琐细，辨籀斯于毫厘，自谓小学家；郑、王异谊，今古异文，自谓汉儒家法；程、朱、陆、王殊宗，夏峰、三鱼异派，自谓宋贤门径。出奴入主，始乎争门面，终乎淘闲气，终身为人而甘心丧己，何尝能如老农之辨菽麦、课阴晴，春而耕，秋获其实，朝而负耒、夕犹索陶，为勤其天职乎？况夫语录古文,古文专指咸同以后桐城家。沿讹袭谬,倚声骈体,搔头弄姿,资游客掠食之具,尤为伤风败俗者乎,信不如薪翁笱妇之愚而安愚,不开风气者矣。盖天下之无士久矣。农何以不如商也?食为民天,水为谷母,陂塘不修,旱乘之;沟闸不治,潦乘之。时无力田三老,并九谷早晚、五土之宜,有不能辨者矣。播而勿薅,薅而勿获,日旱风灾,虫伤鼠咬,不以时抢护熏捕,而诿之天灾,安得营一饱乎?且自鸦片毒烟流中国者将百年,律禁官、士、兵三等人吸食,而岁入其税四百万,于三民则纵其吸食,是之谓名不正言不顺。而胼手跰足者皆染指焉。筋力凋丧尽矣,又安望正供之裕、私廪之充乎?且急而召募,又何恃乎?是无农久矣。今游士奸商猥多,而力田者少,国是以贫。商不如工者何?本富为上,末富次之,奸富为下。计钘、猗顿、白圭、陶朱、程郑、贾思勰,挟畜牧铜山、盐铁、种植之术以争利,本也。贵出如粪土,贱取如珠玉,出逐什一,权子母,其末也。今则奸商影射,诈母偿息,不能偿则逃之他州,构讼连年,官榷烦苛。华商买洋票以为护符,国之利赖于商者,其局势亦岌岌不能持久矣。至于三民浮伪相尚,不如百工之适于用。今攻金、攻木、治陶、治填、造船、治炮之匠,高曾规矩尚存。中工纤猾,尤不如夷工之精专质实而不迁其业,又夫人而能知之矣。

与敬孙书略云:凡人崖岸太峻,则物情不附;太殁崖岸,则为人牵制。与其逆予,毋宁逆人。流俗悠悠之见,毁则一吠百和,誉则未见形而响之,漂山倏涨倏落,何足与之共事。尽管立些崖岸,毋轻示利器,使他敬惮不测为妙,切不可以我有用之精神,共彼无涯之牵掣,到急难时各鸟兽散,仍无一帮手也。居高位者不可不劳谦,非谦则不肯尽言,我亦无从集益。居至卑者不可一味谦浑,必至精神疲于应接,弱者求,狡者侮,卒使所图百无一成,恐误全局。愿足下之直任不疑,稍示崖岸,存独立不惧之梗概,以远流俗亵谩。此非仅卑不学恭之说也,愿详思之而谨其始。

披阅晓岚先生集,中有书陆青来家书十三通,后叙其微时笃行,风致绝佳。中丞名耀,又字朗夫。

《戴东原文集》内有《答姚姬传书》，言欲相师，不敢当以夫子见称，尤悚然。且云非谓君所学不足以相益也。其意甚讥姬传之学未至，又所业殊异。姬传元书语竟为后来戴望口实，甚矣，称谓不可不慎，然亦姬传自贻之口实也。《礼》，曾为大夫乃得称夫子，见《檀弓》郑君注。东原，吉士耳，乃冒此称，此姬传之气馁且未学也。

鸡三号即起，残月辉辉，犹穿户照我木榻也。自此每日必早起，此言如商君法、孙武令，天君司戒，敢告马走，他禁忌视此。自胜者强，非此不可。

五叔考《估客乐》诗曰：有所刺。“有客有客居坊瀃，读书三十犹落魄。此生不作研北鱼，谓脉望也。回首欲骑竹西鹤。”词繁不可记忆。叔父号有思致，讳世纬，字�村。此当是讥邑子某弃圆冠方屦，而服贾胡之服者也。

孔门之言，义必兼两，故其言立而为百世法。九变复贯，不离其宗。汴宋以后文字以单行求胜，语录以蹇浅行远，非吾所闻也。即以四科之目论之，无义不两，德，六德；行，六行。德成而上，故曰达天德。守道硜硜，笃行不可夺志，次乎德全者也。后世史家独行传例，此言读书得间，论古匡今。语则上告下、下告上、朋友相告、人告鬼神四者之词也。使能造命，亦语也。政，国政起于司马政官，征诛之局开而政官务繁，故寖至六官之事皆谓之政事、家事。孔子曰：孝乎！惟孝！友于兄弟，是亦为政。隋武子之家事治，言于国，无隐情。其祝史陈于鬼神无愧辞，皆其物也。古之君子，或学而不文，申公、伏生之流，或文而不学，司马相如，或文学兼之，贾生、董生、扬雄、刘向。各得其性之所近，不可偏废也。是四科而科兼两义之佐证，其他以类求之。

【眉批】按：由此思之，政，所以正民，上古之世，盖先教民知所以自养，富而后教不足，然后有政。政，所以齐一之也。今教学者亦当先知此理，否则不知执业自养之道，而遽责以爱国守道,是终以仁义为口说,流为伪学。上下不相应,以诚而已,国何赖哉。又凡知执业者即当自轨于正,以义治生,乃自尽其天职,由此而后知爱国,相关之理,此不可不先辨明。

格物,朱子之外,举吾所知有三说列左,郑康成言:格,来也。知于善深,则来善物;知于恶深,则来恶物。此以灾祥言之,根据上文治国平天下,谓王者感天不旋日也。司马温公云:格,扞御也;物,外物;言,去私也。案此解,以物为忿欲之类,以格为惩窒之事,然此工夫已包在上文诚意内,不烦再衍。要以朱义为长,且物非即私欲之谊。孟子言物交,物亦非谓物即私欲。盖以私欲不在物而在交,是仍吾心主之也,责在吾心,不当在物。君、臣、民、物、事,并列五声,岂得以物为不美乎?《说文》:物,万物也,从牛,牛大物也。《易大传》:知周乎万物。引申之合于朱子之说。颜习斋以物为《周礼》大司徒乡三物之物。此主精气为物,德、行、艺,皆人精气为之,其实物之生,数未能尽之。

【眉批】按三说皆偏于一事一理,非正文本义。此前人引据古说,止证于虚理,未能求诸实事之故,与今言格致之名尤背。今太西格致诸学,求诸物内气质之理,却本为古人所无。太西诸家,亦格物偶得,而遂扩充之者,迨明时流传中土,徐文定等译其名义,因取二字名之,甚为有理,得解而当于名义。西人原字之义即物理知识之谓,故一切天然物理为人所考出者,皆以之总称焉。

闻南皮保荐邓安邦可胜外海水师之任,询之粤南士大夫,云实未能胜任也。座主每有陈说,赖李高阳之为左右,有人于穆公之侧,故能不危其身,亦近世纳谏之术也。

与外姑书

俄事或和或战，未有定局，生斯世者不知将为虫沙乎？猿鹤乎？并太息流涕，亦不暇矣。此书可即由内弟示，谭令君近目疾，不更作也。如事急能否乞内弟来北，迎其姊及外甥辈，往全暂避，而婿留北，虽未有官守言责，然苟猝遇鲁仲连处邯郸之时，亦复谊不忍去。如何如何？

欲觅楚军营制，刻本参用曾集，先考月饷，次修军律。

许由不乐为帝师，而爵之四岳，则不复辞，殆犹后世不乐为京官而乞外者然邪。《虞》《夏》书载四岳语，岂无许由一语？《学案小志》讥为文采未见者，非也。庚辰九月晦，许由东邻渐翁题记。

丁秀才圹铭

【眉批】应入文。

丁正，字颐孙，其先越人，后居钱塘。予友竹州驾部松生征士之从弟。杭越经乱后，天一阁范氏、振绮堂汪氏、拜经楼吴氏、鉴止水斋许氏，诸名藏书家皆散佚，而丁氏收藏闻天下。于《四库》暨《存目》与未收书搜辑不遗馀力，尝慨然欲祖毛子晋父子，意次第校刊文澜阁遗书以惠世儒。故丁氏父子咸份份造文学矣。往者予游杭，曾再主丁氏。颐孙性兀兀少谐可，未能遽测其意之所向。既乃知其殚心册素，虽从事科举后而常有超然鄙夷俗学之气，于乾嘉诸老先解说六艺，辄探索其堂奥，而物力足以副之。一门諏难，执经相稽，常连案促坐，图谱虀盐，左右错陈，咸布衣疏食，而淡于世荣，此亦极生人之至乐矣。虽拱璧驷马之荣不与易也。乃连厄于乡举，学使者赏其解经墨谊，试辄高等，方欲登之太学，遽以光绪六年七月某日遘疾卒，年才二十九，可伤也已。夫帖经墨义，末世不得已而取士之法，至其艺优者，非谓便可超攫通要，磨砻世事，谓其精力胜人，将以渐进于德行道艺，明以古今事变,基之成材而致用于世也。而不肖有司往往以常格限奇材,庸谬之士又佹得之,坐致贵显,侈然自足,习非胜是,而自忘其未尝一日从乎学,驯致俗日偷而学术日弊,国家不得坐收养士之效,而其害且深锢胶蚀于人心,沦胥限溺,虽有一二贤达忧勤之士穷力援之,而莫可障导。如君之志而不有年,盖重可慨也。将筮葬有日矣。丁氏使来速铭,爰书之埋石,以塞驾部征士无穷之悲。铭曰:志其实而辞则丰,立己欲异操业同,奈何乎新宫。

庚辰十月

前月二十日后来电云,某公不言何日。布策言须赔兵费罗般十二兆,折实约须中国朱提六百万两。先认赔款,然后议约。去电云,未交兵而尝费,与向例不符,须坚拒之。大旨云云。

近日因某某上言引及电文,大臣责章京漏言,自此凡有要件,虽达拉密不获与闻。向例言者条陈,凡关涉夷务,由军机处另抄一分,送译署备查,近不送矣。

湘阴今年六十九,闻其体丰肥,拜跪艰涩,耄而健忘。近在哈密卧疾,刘银台亦未到,大约今腊不能入国门矣。

潘达字伯仁说

【眉批】应入文。

泉之自滥觞而衣带,而及马腹,而习坎盈科,浑浑泡泡,散为枝流,汇为大壑,达也。木之由根本甲宅而有干,干而后有枝,枝而后有华叶房实,十日而兔目,十年而蔽牛,达也。达者,物之生意,仁也,天地之心也。《传》曰:有明得者,若不当世,其后必有达人。又曰:在邦必达,在家必达。又曰:圣达节。又曰:下学而上达。达之云者,少而志学,壮而行义,釜入卮出而不穷,尸居龙见,而不哗世取容。微而有孚中行，显而告公用圭，三公之贵不加于丘山，五羖之贱无损于毫末。修己而后能达己，达己而后能达人，夫然后庶几乎达者之名而不至大达乎？其实也，世道衰，人心蠹，上下以利相蚀，以诈伪相市，而未知其所终。穷今之所谓达者，殆古之所谓至不仁者也。欲达己而不欲达人，其待人也不仁，待人不仁则其自待也情炎于中，利欲斗斗，进庸得有一息之仁焉者存乎？蒙壹不知世，亦曷贵有此达人乎？上失其道，民散久矣。匪特病肿，又苦跖盭，四支不仁，状类骪骳，此之谓也。老友文昌潘孺初，服习乎仁义者也。其长子曰达，不佞字之曰伯仁。丘文庄、海忠介，琼之先正，旦暮遇之，謦欬其侧，古之达而心存乎仁者也。行勉之矣，如泉之百折而为百谷王也，如木之深根宁极而实盛昌也，将于是焉求之。若夫五鼎食，长戟趋，多可无否，伪嗛若愚，畏葸以为慎，琐屑以为劬，容悦于大君而无远图，是乃古人之所深耻而不可以一朝居也。噫！翰音登天，虽高而非实也。负且乘，致寇至，诸夏失其道而四裔内侵，其应甚疾也。不仁而居高位，非其国痛则其身痛矣，恶得谓之义之徒乎？而岂所望于吾故人之子乎？

孟子言：操心危而虑患深，故达。此即"生于忧患"之说。二三子亦姑谋乐，死机伏矣；悔厉虩虩，生机伏矣。达者，生机也。是故古之一成一旅，以忧危而兴天下，而丰亨豫大之世，往往偷惰逸乐，以至于亡。

德国毕士麻之为相也，尽忠公室，讲求利病。其用人也，赏不逾时，罚不旋踵，朝无冗幸，野无惰游，故能转弱为强，遂霸西戎。我使臣刘某尝诣毕士麻，盛称攻伐，又云普法交绥时，君操必胜之策否？毕士麻愀然曰：蒇事而后知其胜，若事前乌能知之？刘问事前奈何，毕曰：胜败呼吸之际，国命悬焉，尔时惟知尽心而已，他非所料。毕今年已七十，须眉皓然，德有人焉，无小之也。又己卯秋，美前伯理玺天德格兰忒华言总统，美、法其汗，由国人推择，四年一易，胜任则八年一易，至八年无不别推矣。此上古遗法。之过津门也,合肥使相聚僚属,议辞命所宜,或言美总统有平某叛藩战功,以此称之,夷人夸大,其心必喜。比晤,如言诘之,格兰忒答曰:相国休矣。兵者凶危之事,非我受厄,即敌当之,独人父母,寡人妻子,伤人兄弟。免败而已,何功可言。又,庚申津沽款局,偿英法兵费,美与有焉。存公司者数十万金,津门官绅以账务告贷,请于格兰忒,慨然敕其公司捐若干万。由德、美之君臣行事观之,彼有人焉,我之忧也。

国家需贤才而理,犹人身恃精神而强。无贤才则法度虽具,适以供尸素之恣睢,无精神则血肉仅存,适以助瘀痈之为虐。故救时之相,因败为功,拯乱之药,转弱为强者,无他,在放尸素而审用贤才,去瘀痈而调护精神。其积功者渐而收效者远且大也。犹是百司庶务,犹是四肢五藏,善察其受病积弱之源,而利害明矣。人之才性,短长通蔽不同,谓长者当知其所短,通者当知其所蔽。又明月之夜可远视而不可近观,连雾之朝可近观而不可远视。譬人才,器小大各有所宜,知是则上鲜败事,下无弃材矣。药之才性,温凉攻补不同,善审其施行之次第节目而禁令行矣。利害明则国耻兴,禁令行则国威振,非一才之功、一药之效也。今舍修明庶政,而求扞敌国外患,犹病在藏府而外治其皮壳,蒙窃惑焉,未见其日起而有功也。

答诣王粹夫于其斋中,观张文端公英行书,秀逸多姿。张文和书同派而静气远不及文端。又,张硕洲穆行书极倔强瘦硬之致。又,玉溪生五律三十首小真书秀而劲,有字外出力锋藏棱之意。又,厂肆观枣本淳化阁帖,东晋诸帝及王茂宏、谢文靖书,唐太宗书,王大令书。唐太宗最得笔,龙跳虎卧,不虚也。

【眉批】据王君言,硕洲多用水笔。嘉道老辈每喜用之,曾文正亦尔也。

山谷言:“按欲入木,弹欲断弦,此得笔者也。”细味之,仍不外雄强、茂密两谊。然要诀在五指齐力。

连日横被诟语，仆思得一善处之法，居内专得痴、聋二字要诀，居外则仍守定敬、静二字工夫。总之以坚忍力学为主，而以达于人情、明于事理为用，方可立自强。

顷京辇颇有主持危局而枯槁霉瘠者。予乡篯叟无求于世，而亦适居此，于彼则未之过问也。所谓君子之骇一国贤人，未尝过而问焉者，其几也邪。

检历年手抄本，不足一尺高，我思沈驎士、陶通明、葛稚川皆手钞满数簏，后魏江氏及明末昆山顾氏亦手抄积数千卷，不肖不及古人百分之一二，且汗且惭。

【眉批】亭林先生之高、曾、祖三世皆手自抄校。见先生抄书自序。□自今观之，□费日力而□，中国旧书类□□，今之为学者□□，普通要学□□，不必务博矣，□以多抄者亦□□，□献不详，以俟考□，本又较少耳。

予今日着新裘，此羊之皮已十五年矣，而表则三易，甚矣。予之不能刳形去皮，而徒劳役吾心也，愀然不乐，以告浑舍。浑舍答曰：晏平仲一狐裘三十年，谓其里也。若表则固，五六易而未已矣。且古者反裘裼则有之，无所事表，子曷属今日考据家，一考其裘敝之年与更新之年，若何？予笑曰：尔何知所以重晏子者，重其义也，非重其裘也。其言行大节之不考，而穷力劳心，以索其皮子之于灵台也。桎梏已夫，柴其中已夫。

高明厚实，两者难兼，强兼而盗之者，必干人非鬼责之祸。语曰：物满人概之，人满神概之。此理甚微，无或爽也。故庸琐酣豢之夫，以身殉欲，往往得以彘俎；终其身而享清明者，非一贫彻骨，危疑摇撼，则不足以载之。予之于彼，夺之于此，甘瓜苦蒂，与齿去角，天下物无全美故也。

草木以四时为春秋,人以少壮老病为春秋,善摄生者,平旦而动作劳苦,日夕而收敛闭藏,顺时无伤其身可也。

四本八本

朱子治家四本:读书起家之本,勤俭治家之本,和顺齐家之本,循理保家之本。

曾文正公自戒及戒子弟八本:读书以训诂义理在内为本,作诗文以声调为本,亦须御之以意,行之以气,莳其实而艺者书之。事亲以得欢心为本,养生以少恼怒为本。当兼言惩忿窒欲,此四者修身之道。

立身以不妄语为本,居家以不晏起为本,作官以不爱钱为本,行军以不扰民为本。此四者,立事之道。

管仲娶三姓之女,为齐桓好内分谤。张良、陈平、叔孙通,或貌如妇人,或面如冠玉,或短衣楚制。宋璟,开元贤相也,而其传羯鼓谱,有山峰雨点之技。后世无鮀朝之美,且辨给而能得君者有几哉?世风浇薄,可概也夫!魏元成亦以妩媚自结主知,故不谏巢刺王妃之事。

【眉批】荀文若亦可使借面吊丧。

徐捛泉言,同居乌台者有分别。由词苑出身者,与由曹郎出身者,不甚相谋。呜呼!此马贵与!所谓古无清浊之分,后世则清浊之途太分也。查初白至以词曹转御史为左迁,俗习移人,非一朝一夕之故矣。

【眉批】广肆阅《台湾郑氏始末》五卷,是书文义故为蹇吃,似刘侗。

唐人以诗为学,宋人以学为诗,根柢华实不同,音节和严亦异。唐诗近风,风多短言,里巷谣谚,男女赠答之所为也;宋诗近雅,雅多长言，士大夫伤时述事，短言不足，故长言之，非老于国故世变者不能。风雅俱有正变，其正者，意理浅深侈约亦复不同。以汉乐论之，《安世房中歌》正风也，《邪径害良田》变风也。《铙歌》《临高台》正雅也，《有所思》《朱鹭》《上邪》变雅也。《郊祀》名为颂而其词侈，其德薄，故也则，亦正雅之类也。大都风以意胜，小雅以气胜，大雅以理胜。二代之颂，以德胜，鲁则不能矣，故其词侈而不能约，繁而不能简。

夫古人文体，无所谓骈散之别也。即以骈散论，亦不拘拘一律，使散体如断狱家之单辞穷诘、意义浅蹇，骈体如俳优之两两对举，采色悦人也。汉魏文体有骈中之骈，有骈中之散。骈中之骈，如"钟仪幽而楚奏，庄舄显而越吟"，句法既对，上下字谊亦牝牡相生，此类是也。骈中之散，如邹阳上书、扬子云《解嘲》，句句排偶，实句句挟单行之气是也。韩柳古文有散中之整，有散中之骈，如《封建论》通体散矣，而"失在于政，不在于制；失在于制，不在于政"四语为一篇眼目筋节处，此整句也。《原道》《原性》《原毁》《通解》，或老、佛分勘合勘，或孟、荀、扬责人责己分疏，或许由、比干、伯夷对举，而中间有联络断制之整句。散句如百万之兵，各循本伍，字必鱼贯；整句如军令分明之将，若挈裘领而操衔辔，有条不紊也。散中之骈，如春与猿吟，秋鹤与飞，凤凰麒麟，见者皆以为美瑞；青天白日，奴隶亦知其清明。上下文气太散漫，以此等句律作关键结束，此类是也。古人句律、字义、章法、篇法，积字成句，积句成段，积段成篇，左右牝牡，前后伏见，必使轻重相得，疾徐相谐，动刀甚微，决非漫尔。后世四六体同俳优木寓，施之书牍犹可，用之郊庙军旅则不诚不敬，孰甚焉。至近人所为散文，多一意单行，浅沓重复，便于空腹大言，尤古人之所羞称，不得以托体稍尊，谬加引重也。

叔孙通知后王德不古，若而制为尊君卑臣、损下益上之仪，世主虽薄之，而心喜之，无以易也。隋文帝自知以不义取天下，而制为钩核臣下，功一罪百，磨勘处分，朱出墨入之法，世主虽羞称之，而阴祖述之。殆以为己德不修，便于钳百职，使救过不暇，莫能议人君之失，亦秘为圣法而便之,无以易也。古之天下贵义术、贱力术,今之天下操三字治之:吏、例、利而已矣。纵虎狼之吏,据例以贸利,先有利天下之心而后动,始则上下相市,终则上下相弃,而夷狄乘虚搏兔逐鹿者,踵相接而莫能止也。悲夫!"例"本作"列"等比也。说《春秋》者常用例,释礼服者常用例,律博士之议常用例,而古未尝以施人之政事。夫其人存则其政举,亦曷为贵此牛毛茧丝之例乎?申、商之法,后王以为酷,而抑知其定例之苛察,撤绕有百倍于申、商者乎?

琉球有小神某,去年以国亡君虏,呼吁于四译馆,有申包胥之意。因年馀不救,其君已于本月十八日雉经死矣,良可悯也。

庚辰十一月

孺初来谈久之,论事甚有益。孺老见理深而养气厚,真有道之言也。

京曹生计太穷,不免营缮以资卒岁。韩子诗云:"居闲食不足,从官力难任。两事皆害性,一生恒苦心。"孰知从官而仍忧食不足乎。

【眉批】删改《骈枝集》,盖即诗集初名。欲仿《元次山集》例,补作网罟佃渔等语,以寄我黄农虞夏之思。如旧日欲作《饭牛歌》,谓牛歌起于葛读若盖天氏操牛尾而歌,亦可附入。

鹿公来,谈昔游淇县苏门百泉之胜,令人神往。又云:仲长子云:在险而运奇,不如执中而无为。予自忖不免有行险之心,此至理不可不知。又云:求成者,败之基也。予不免有事求可、功求成之心,小人哉。又云:王仲淹云,吾不仕故成业,不动故无悔,不广求故得,炫博丧心者,必久而自伤,一无所得。不杂学故明。专一致精,则一明可以豁群滞。又,贾琼请绝人事,仲淹曰不可;请接人事,曰不可。然则奈何?曰:待之以敬,接之以诚,来不拒,去不追,泊如也,斯可矣。此阅历甚深语,可以免祸,深得交际之道,皆至言也。

点校敬孙寄来康、雍、乾三朝以来夷务文字元书，署曰《柔远全书》，分目有成宪、德威、还治、崇正、嘉谋、管窥六门，而附以《和约汇抄》四卷、《中外交涉成案》四卷，而所载系官私奏议，文字体例亦未画一。予意以为此项文字专为夷务而设，宜附之《经世文编》海防下名曰《皇朝经世文编·海防门》，辑补而别分子目，依年编载可也。

【眉批】此书计十馀册，即家敬孙伯草辑，未及编成，已失之。宜编年次第之，以为《夷务汇案长编》，俟抄录既多，再仿先机仲侍郎纪事本末体例，分立篇目，详载利玛窦入中国以来至庚辰俄衅本末数十大案，直书其事，得失自见。若只载公私奏议而记事阙如，则采择精要，第为文编可也。

《苕溪渔隐丛话》引宋谚云："闻事不说忍，问事不知默，闲事莫管静，无事早归逸。"此养生四印也。此虽依隐玩世、诡时不逢语，然是中有深理存焉，慎言行之谓也，不可不知。

予近有一大病痛，涉猎文字，研究利病，而反抛荒六经四子正项工夫，故致心气日粗，而容止日傲，譬犹人身终日不一箪食，而徒八珍之餍，其不为烂肠之媒也者几希。

王仲淹曰："吾不仕故成业。"夫古之仕者行其所学，其道行即其业成也。故传曰："隐居以求其志，行谊以达其道。"今之仕者，舍其所学而射利干进，以随俗俯仰、不露圭棱为美，故仕业不可兼，营必致两害，然则铜川先生诚有味哉，其言之也。

王父生日祭并附祭五叔父、七叔父、五婶、七婶，此旧仪也。先世父、仲父、伯父皆有后，而二叔独无后故也。

宫庶非常人，此疑谓黄漱兰太史。其操行壁立千仞，视时贤绝异。至于经国立事，用兵伟略，非其所长，是半由天半由阅历，不可得而强也。且管仲举王子城父，萧何举韩信，犹能忖己之短，不自谓通才，兼善以召覆𫗧之祸,而况才不逮管、萧者乎?此与铁香侍御私论。

管敬子对齐桓历论鲍叔牙、隰朋之优劣,刘文成对明太祖历论汪广洋、胡惟庸之不可为相,知人之哲,管、刘有焉。故求治者以劳于求贤,逸于任人为本,而非真知卓识不足以驭天下之群策群力。受任者以量而后入、不入而后量为本,而非自知自胜,不足以开物成务、察远虑微。

【眉批】此节本上节之注,今另作一节亦可。《老子》云:"自知者明,自胜者强。"自胜云者,《管子》所谓"禁胜于身则令行于民",《损》之惩忿窒欲,《益》之迁善改过,《颐》之慎言语、节饮食,《鼎》之正位凝命是也。

夜分不寐,披衣起坐,读古文。静念庚辛、癸甲咸同之间,险阻艰难,备更百苦,至今痛定思痛,梦寐中犹恟惧也。因诵昌黎公诗云:"忆昨儿童随伯氏,南来今只一身存。目前百口还相逐,旧事无人可共论。"昔岁流离,犹为骨肉具存,而今已矣。不觉悲伤,然则何以仰慰先公、先夫人既往之心?亦惟畏日,孜孜努力,守定"读书养气、修身立名"八字而已矣。

明日日北至,将合祭四亲庙,自携一力,上市买祭品,南食与北方异味。愧未能备物,于思所乐嗜之谊未尽合,且桐中冬笋极贱,而此间以为贵品,味甜涩与桐产绝异,安得左元放为我致之。

僚友家观山谷道人真书《车渠椀赋》,字大径寸,署绍圣四年书,时编管黔谪籍已三年矣。而字体乃复雄奇秀逸,有神游八表之概,此老胸襟故自不凡也。有元人跋尾云:山谷书初学皇象,晚入二王堂宇。然皇象书世不多见,或言《天发神谶》乃象书,恐未必然也。

【眉批】无名人质近狂,杞斋袁敬孙刺史遂质近狷,时有孔子蕲得预于弟子之列，抑又未邪？

夜起读书，始知一日中，昼接人事多愦愦，惟丁夜至平旦时，气最清，心最静，独此享用可也。

乾嘉间名人有学无问，所学亦仅在口耳。六书九数而已，支离曼衍，而莫知其所穷。博溺心，辨丧志，此之谓也。于德、行、艺三物阙如者多矣。

老子，隐君子也。抱德守礼，暗然内景，不得为乡愿所托迹。陆、王，古之狂者；程、单指伊川。朱，古之狷者，即彼释迦达摩，嫉世污浊，遁于幽林穷谷以自晦，亦何尝非狷之流亚欤？

秦以农战立国，六王不务修先王之政术，以道胜之，乃徒侈列大夫之缺，以招致空言游说之士为美，故力绌削弱而先亡也。我朝龙兴，以骑射互市立国，而明方重敛于民，有民散之患，虽民散而官不散，节义之臣辈出，而卒无救于亡。欧美以商战立国，火器作而武科寖废，而我犹农战不修，文儒是竞，并非古之所谓文儒。将有官壅而散、民穷而散之祸，桑梓其剪为龙荒乎？祖宗以一旅取天下，而后世子孙不能以天下御岛裔，悲夫！然苟使谋国者及是时正其本而立富强之基，则犹可为也。一变至齐，三变至道。谓由霸术入王。治乱之故，动刀甚微，得之有渐，失之日销。于乎！谍谍盈廷，畴其尸之。

隐几工夫大，挥戈事业卑，立德者自去功利之学远甚也。天下有名难避世，胸中无物漫居山，过情之闻可耻，孰甚胸中所有不与万化而俱陈，斯穷可也，达可也，穷达如寒暑之运，而我何与焉。

明季礼部尚书大学士方逢年明制有以詹事等官入阁参赞机务者，即今章京、昂邦之职。第明阁臣正五品，而章京、昂邦无品级耳。削籍家居，宏光复职而不见召。顺治乙酉大军至杭，已迎降矣，而复通书于闽唐王，事觉被诛。陕抚汪公高年字岁星亦由方保荐，殉陕难，然则其后人象瑛、象璜宜守王裒之节，不仕异姓矣。乃复出应宏词科，何也？此可疑者也。

偶读旧时所诵习《钦定国朝四书文》,甚有意味。此集方灵皋官阁学日奉敕定,实则弃取之精,多决于周白民振采,常以兵部火票邮寄江南商榷,白民以诸生老,士不妄有名也。

吾家旧有田在晦村,自曾王父时已然,三世之遗泽存焉。今闻为三从弟某所窃卖,此不止若牛奇章弟之射杀驾车牛也。然此事正未可遽行穷究,否则无以处三从弟。内恶则讳隐其短也。若己有过失,则不可护前。

【眉批】凡交际,意气相入故能久。某与某气相入而意不相入,且孝标所谓量交之见亦未化。揆之于理,未必终为耐久朋。从子澜应童试,改名绎,嫌与先公行同偏旁,必移书大兄改之。

聂子樗乔林,先大夫门下士也,颇能守遗教,贫至无衣食,不肯饰小说以干县令,有足多者。再作书致无锡秦公,不审能位置之否?

将旦,诵《孟子》"人之所以异于禽兽者几希"合下章,因思每日间作事,多胶胶扰扰,不能当理者,正坐"嗜欲之源不灭,廉耻之心不生"。班孟坚语。终日在利欲胶漆盆中故耳。无所损,则不能丝毫有所益,昧昧而行,何日得少闻道要邪?

孺老来,言禾绢发一怒,即墨大夫之言,则词气严厉,恐善类自此孤矣。指富升。出一黜阿大夫之命,则词气和平,恐特迫于清议,而恶恶之心,仍未至也。指长叙。善恶不分,是非不明,其患伏于隐微,而将为国政之大害。余深以为得知言之谊。

【眉批】所指未详。

富阳夏震川伯定不受捐局公费,闻曾上书言事,不服,遂乞假去。此人之所难能也。惜未见其言论学术规模气象若何耳。君以奴隶之心视其臣,则臣亦以妾妇之顺事其上,非无臣也,无社稷之臣也。君臣之礼明，而卿士大夫始知自重矣，国之福也。《白虎通义》：王者有三不臣，后世保傅，不过以侍书、侍棋畜之，则伍文接武矣。

【眉批】君臣之分，势之所积，必上日重而下日轻，此以渐而甚者也。

乐与饵，人皆甘而骛之，淫声厚味，有大损焉，而不顾也。人离道莫能立，无形之益也，乃以为淡泊少味而去之，独何心邪？

庚辰十二月

古者以逢君之失直结主知为小人，今也以直结主知，犹能不党于炀灶之徒为君子。然则公孙宏、何妥虽曲学阿世，使处今日，犹当谓之君子，谓其媚奥而已，尚不至于媚灶也。道有升降，时有污隆，降益降，污益污矣。虽有仁者，奈之何哉！

【眉批】此非秦以后得天下者之所为，其势日积耶？君权过甚之弊，使臣子惟知有君之国，不知有国之民。立言行事，渐至□不可问。惟便于奸小之乘间行其私。不佞记。

铁翁戒予慎言，勿妄臧否人物，致招世网。韪之。

从子德正，昔吾友庄中白、董策三皆谓其天分难以读书，而予强之，卒不能就范围，深愧亡友知人之明也。

孺老枉过，谈戊午往事及文昌土风之美。

孺老言古来传人，必有大过人之术智，其传于后世，则皆平正通达之辞，盖其刍狗也。

连夜梦寐憧扰，当由心地不清，未能战胜。夫义欲截然两途，若寒暑昼夜之相反，岂有中立之理乎？

恶乎！宜乎！抱关击柝，当月官是也，合是不肖分所应为之事。

断断不辞。

颜子沉潜柔德之美,非得孔子,或未能声施后世,如史迁、韩愈所云也。夫召云者龙,命吕者律,天之生是人也,必有所遇合。若或相之,不见于田则渫于井,不遇于巷则同于野。孔子必得颜子,颜子必遇孔子,自然之符也。孟子高明刚德之美,所谓豪杰之士,虽无文王,犹兴中庸,记历举学、问、思、辨、行五者之全功,而要之以愚必明、柔必强,盖非明,无以观物察伦;非强,无以立身制事。为哀公之暗弱骫骳,对病发药。亡国之君多失之弱,少失之暴。今殷民乃攘窃神祇之牺牷牲用,以容将食,无灾。是殷王受德,亦失之弱也。伪《太誓》文不足信。颜子明处多金水内景,故于德为元,于时为春。孟子兼之火日外景,又能内光,故刚而不折,严而不苛,有泰山岩岩气象。

筹夷古无善策,管敬子《大匡》而免左衽,孔子仁之;于魏绛和戎五利,则未尝言。圣者无利天下之心而为之也。《孟子》告滕文一则曰:筑城凿池,效死勿去。再则曰:事之以皮币、狗马、珠玉,甚且辟敌图存。如太公法,而大要以不失民心为本。于《传》亦曰:"足食足兵,民信之矣。"古者言为政,皆司马政官之事。不失民心者务内自治,根本立矣。其二策犹枝叶也。汉之于匈奴,高、文和戎而武、宣挞伐,一弛一张。唐高祖、太宗之于突厥,一诎一伸。桑维翰、景延广、张浚、韩侂胄之狱,千古聚讼。颜习斋以韩侂胄为是,著论伸之。谨按:浚、侂胄未必是,而维、翰未必非。延、广轻躁召戎,则无足论矣。彼亦一是非,此亦一是非。径直其词者,曰议战议守;曰《春秋》之义,内诸夏而外夷狄,曰大复九世之仇。委曲其词者,曰和亲,曰割地,曰献纳祈请,曰款,曰抚,曰条约互市,曰大宗伯以宾礼亲邦国,曰程伊川论本朝五不可及其一,曰以至诚待夷狄。争之者不出此两端,词语百车,各不相下,驯至求胜于议论,而国事利害犹后焉。于病在膏肓岌岌,有旦夕土崩之势,不知所争二说,皆源出《孟子》,钧之言是非也,钧之言利害也,不足以相非也。然苟不务内自治,则所谓战守非也,所谓款抚盟约亦非也。辨言者之忠诈亦极易事,心乎为国,则无论主和主战,其心皆可原。若主战者,侥幸一时之名;主和者,顾恋身家之利,则皆非心乎为国之臣也。皆非心乎为国之臣,则黜其身可也,诛之以靖浮言亦可也。独不见季布之欲斩樊哙、孙权之欲斩张昭乎?是故成事者常使朕志先定,询谋佥同。偾事者常患发言盈廷,莫敢执咎。夫矢来有向为铁甲以备之,矢来无向为铁室以备之,知者不恃有形之铁甲,而修无形之铁室。修之何操?用人、理财、赏罚,行其言而有验,功虽微必赏,行其言而无验,罪虽纤必罚。结民心,作士气,五者其具也。否则虽有金汤千里,水陆百万,铁甲百艘,积粟十年,亦勿能守也。况并无其形势利器资粮蓄聚乎。杜牧之曰上策,莫如先自治,其本也;孙文正之策辽事曰,守为主,战为奇,和为辅,要盟无信,和非长策,不可持久,故仅为辅而已。其末也。正其本,然后利害审而是非亦明。

【眉批】王荆公主分水岭画界之事亦曰:"将欲取之,必固与之。"古今筹夷事议战者多,远臣、小臣议和者多,亲臣、大臣,可深思其故而得之矣。自今观之,五者犹就办事节目与收效之末言之,若其根本用意,必由开诚布公、君民一体、一切政事皆注重保民养民而后可。

予所患心气浮怯,半缘偏露久客,半坐内多欲,外习于文辞口给,未能安处善而乐循理故也。能日损则日益矣。

志强才弱,予病根坐轻躁无恒故也。无恒,则前之所学,虽得易失,虽进易退,惟以重字救轻之病,宁以儒缓迂拘,为人非笑而不辞。静字救躁之病。重为轻根,静为躁君。事无大小,一一精神专一贯注其中,持以有恒,则志气振刷,而才气亦可随之扩充。

予之不能有所成就,患于敬、静二字工夫上太欠。能敬则不贰,不贰则积善日益;能静则不杂,不杂则忿欲日损。友人中敬孙、松岑心志专一,有不二气象。孺初、铁香恬澹少欲,有不杂气象,吾深愧不如也。

读魏先生诗。汉魏以感物寓兴为诗,诗外有事在也。其持之有故,其言之成理。唐人多以游览赠答、流连景物为诗,始求工而寡切于实用。宋人以议论为诗,事多而韵又少。元明欲复古而伪体杂出。国朝以考据为诗,其蔽也炫目而少餍心。舍人之诗又别出一格,于历代诗家之外,言理则超而不腐,论事则隐而不怒,殆以九流救六义之穷乎? 之松岑斋中,观吴越武肃王《投龙简》,何贞老诗极佳。及钱宏俶金涂塔文拓本。竹垞老人有跋。

观左公篆书《西狭华山庙碑序》,文简劲,颇似退之《元和圣德诗叙铭》,词不工,左盖长于无韵之笔,而有韵之文则非其擅场。若篆法则似宗三坟先茔之体,有其倔强,无其苍浑。

先五叔丁巳蜡日祀灶集语《题灶觚》云:“宰天下亦如是肉,治大国若烹小鲜。”先大夫击节称赏,谓浑合而有事外致。老聃此言世多不解,《诗毛传》云:鱼烦烹则碎,不如全而熟之。鼎有沸泉,已无一蚁敢措足矣。言责大指无苛小也。今日祀灶录叔父旧句,因记之。

【眉批】此节可入对语。

孺老言,骆文忠公秉章督蜀时,为政得民心之深,无赫赫之名,而人思之。楚彦多轻之者,非定评也。

涪翁养生“四印”之说曰:“百战百胜不如一忍,万言万当不如一默,无可简择眼界平,不藏秋毫心地直。”拟以昌化石乞祈瑞符,刻“忍、默、平、直”四字。

予止办作寸许大字,尚能使转宽博、点画纵横,不失规矩,至于径七八寸及尺许字,便觉结束忙乱,捉襟肘见矣。于此悟邵子所云“樵人能负十斤之薪,倍之则困踬立见。”量而后入,人固不可以未能之事强自尝试也。

《阴符》三盗之说,天地,万特之盗。即寇,莫大于阴阳之说也。释氏畏之,故有四蛇二鼠之论。人,万物之盗。鸟兽藏于山林,自谓固矣，而卒不免者，其羽毛皮革为之灾也。万物，人之盗，即五色令人目盲，五味令人口爽之说。人终日逐逐，殉其嗜好而不知，其为伐性之斧、烂肠之媒也。孰刳其皮，孰焚其和，在人自择，免于三盗者希矣。

【眉批】情炎于中，利欲斗进，朝受命而夕饮冰，皆焚和之谓也。

又云："绝利一源，用师十倍；三返昼夜，用师万倍。"李文贞注云："人能绝利欲而一于源本，则其功也，比于用师十倍矣。"精专之至，反复昼夜而不休，则其功也比于用师万倍矣。损之至则益自生，己既克则礼自复。禁胜于身则令于民。夫如是，可以用众，师者众也。用众基于用独。朱子曰：独者，人所不知之地而已。独知之，危矣哉！

德者，得心也。《韩非子》。得心之至，冰解冻释，左右逢源，乐以忘忧，不知老之将至，内得于己，外得于人故也。许氏《说文》。才者，有天分、学力、阅历、名位之不同，刚柔清浊，大小广狭，此关乎天分者也。中人以上，好学则远愈饬、近愈光；中人以下，好学则愚者以明，柔者以强，此非学术不为功。更事预筹，长于虑变，先事不懈，临事不怵，机神立断，貌似闲暇，此得之阅历者也。人见其近，独见其远；人见其细，独见其大；人见其著，独见其微；人见其节目划分不可通之处，独见其纲领交互相为用之故，此关乎有名位而静者也。天分、名位得之天者也，学问阅历得之人者也。得之天者不可强，得之人者可强为之。《荀子》云："虽王公大夫之子孙也，不能属于礼谊，则归之庶人；庶人之子孙也，积文学、正身行能，属于礼谊，则归之卿相士大夫。"名山石室，不假南董之辞，积德鼎贵，奚待晋楚之爵。人固可以不学乎哉！

游厂肆，抽阅《研经室集》，中有"游桐庐九里洲，有梅花三万树，赋诗娱亲"云云。诗中有"左倚戴山松，石抱浙江水"之句。戴山，先茔在焉。感风树之不宁,伤鸡豚之莫逮。今惟有宰松百馀年物、洲上老梅自唐迄今千馀年物方干诗:"洲上春深九里花。"岿然存耳。诵阮诗,为之惨沮不乐。

祀灶。腊祭东皇太一,天神也。中霤奥灶门,地祇也,事亡人鬼也。韩公云:"周公有鬼兮,嗟予归辅。"

权定家祭仪物,语在经费簿中。祀神放爆竹,求诸阳故也。凡有声皆阳气,祀先不用爆竹,求诸阴故也。其豆登之数,丰年不增,俭年不杀,皆承用家,故不敢擅改旧仪。

中国近现代稀见史料丛刊【第五辑】

张剑 徐雁平 彭国忠 主编

袁昶日记（下）

袁昶 著

孙之梅 整理

本辑执行主编 徐雁平

凤凰出版社

辛卯年(光绪十七年,1891)

辛卯正月

闻钱衎石给谏选国朝诗之清远古淡、意理真朴者为《冰凝集》,惜未之见也。仆不工于言情赋景,学《选》不成,去而学韩,学韩不成,乃时时阑入于半山、涪翁,以掩其槎牙粗硬之迹。才拙志赢,意犹未慊也,此后取径宜别欲变一境界,取陶、谢、王《右丞集》、孟《襄阳集》、韦《苏州集》、柳《仪曹集》、张《司业集》、白《长庆集》、姜《白石道人集》、虞《道园学古录》、赵《松雪集》、徐《迪功集》、高《苏门集》、钱《田间集》、徐《东痴集》十五家之诗而熟复之,庶不失别裁伪体之意。《世说》言,"刘尹茗柯有实理"①,其冰蔬之谓乎?

吴下《潘文勤日记》,每于儤直之前夕,宿东华门外黄酒铺辄云:是夕宿壶天。与公习者乃能知之。涨尘人海之内,几人得其趣,处喧阒而饶闲适之味,可以观公之所存,贤于时流远矣。

至会典馆,参谒总裁,适参知静海徐公,垂询绘图处事宜,稍持刍末,未敢附和主者,退而戏作一绝句,记其事云云。微词稍出,箭锋机搅破诸公一局棋,却似东方生口滑,一时朝士尽排谌。

【眉批】按:此诗未刻存。

谷日昧爽,偕同官率天文生懿善,字葆忱。随邸枢宪由西苑门至

---

① "实理",原文作"真理",据刘孝标注本改。

紫光阁，以将举行觐见岛索行人礼节，先期赍营造尺，恭量殿门，以至纳陛制度尺寸，以便陈设黄案。咨工部取绘图，令行人演习。奉宸苑郎中杨笠山玉甫导入阁，敬谨测量，如别具说帖，复由武成殿东门出，至时应宫相度支搭蒙古包地方，旋出福华门，度玉蝀桥，绕景山还署。

连日疲乏，焚香兀坐，游心物外，以养吾真。伯讷尝为余言，习小正书最足收敛放心，将如所戒，立日课，人事劫劫未能也。

孝达师与黄丈书云：每日精神分作两段用，卯至巳，未至亥，支撑公事，见客复信，其馀日力，颓然而已。凡人精神，须早摄养，颐象之词可信守也。寇莱公《六悔铭》云："精力不早养，用时晦。"良有以也。

杜句云："衰年肺病惟高枕。"又云："肺病几时朝日边。"杜公正孟子所谓不得于君则热中者，无怪其病在肺也。苏文忠公得道人，一死生、齐得丧，挥斥八极之外，万物无足以挠其心，众研不足以焚其和，故未尝外患。此诸病皆生于心，心无所住著则病灭。然则杜公每饭不忘，固忠矣；而文忠尤为游物之外，皭然而不滓者乎。正月十日戏书。

与仲修书，末劝其用遗山、牧斋、竹垞故事，选存国朝一代之诗人，系以小传，分别部居，略用学案表之意，一时之风会，昭晰易见。体格不妨并存兼采，源流正变，则须首尾略具，此于史事，煞有关系。如能成之，不刊之作也。

四更抱吏牍入禁垣，天明随西邸至紫光阁相度；廿五日，殷事张幄之地恭值筵宴，年班外藩蒙古王公，礼节极简朴，用喀乐喀乐，设贯跤角觝之戏，其制于阁外月台上设。

黄幄台下，右左各设蒙古包三，皆象穹闾毡屋之式，内外蒙部王公台吉左右列，赐裥酒三巡，各由阼阶上叩头谢恩，由西阶下礼毕，上御法驾还瀛台。

时应宫祀，雨师为祈雨之所，常雩大雩则于坛庙。

九流二氏虽非儒言，然专以立意为宗，不能以文为贵。《文选·自叙》。故精神气魄，大能经世，又能出世，平常黯然纯愚，一味坚凝收敛,一朝发出来,声光迥然不同,其养气非一行之积也。若夫俗儒徒驰骋世谛文字,求因文见道者,此等伎俩所得皆糟魄,到要紧关头,全然不济事。戒之戒之,早自为远计,毋遗后悔。

立身要诀。身劳而心安,为之;利少而义多,为之。日益之而患少者惟忠,日损之而患多者惟欲,多忠少欲,智也。常立于不敢而行于不能。豫若涉冰,犹若畏邻,行不后事,言不先人。忍诎信,去细碎,绝情欲,放弃凝滞,非学无以广才,非静无以成学。

向子平读《易》,至《损》《益》卦而叹曰:“吾已知富不如贫,贵不如贱,但未知死如何生耳。”先公有多少志事未竟,待后世之子孙继述,顾此茕茕羸疾,罪疚之身,断断惜日,补过不暇,过半路峻却行求,及至夫处境之适然者,却视如风雨寒暑之运,如燕雀蚊虻之过乎前,可富、可贫、可贵、可贱、可穷、可通,独不可即先朝露填沟壑,便与草木同臭腐,要当及取一息尚存时,假年力学,日新其德,以下报先志耳。癸酉冬,《竹西日记》云:当兼修《抱朴子》摄生凝命之术,养性慎疾,以勉晞信都公“幸全大节,不辱其先之行”。语有之:美成在久,恶成不及改。又云:成美者恶器也。恶气以喻忧患颠沛。戒之慎之,若临冰谷。

各岛索行人,将奉其国书觐见紫光阁,主客署长官率僚吏先一日往阁中恭设黄案,因得瞻仰纯庙时《十全武功画壁》《御制文十壁》,其四在御楼下,一于文襄敏中奉敕书、一董文恭诰书、一梁文庄国治书。惟东一壁《御制平定两金川告成太学碑文》,南书房翰林臣李文田奉敕重书,笔力惊绝,郑道昭、丁道护无以过也,使起于、董、梁三公视之,真觉前贤畏后生矣。

明武宗时平台,后改为紫光阁,本朝因之。景陵常于仲秋集上三旗侍卫大臣较射,嗣后恒于紫光阁接见朝正外藩,宴赍及赐宴群臣,举宋赏花钓鱼故事,以及征帅劳旋、武科校技,皆于此举行。右见《钦定日下旧闻考》。再检孙退谷先生《春明梦馀录》。案:胜国崇祯朝边臣入见,尝有召对平台者。再考。

谚云:“正五九月,不上官。”未知所出。《北齐·方技·宋景业传》云:阴阳书,五月不可入官,犯之终于其位。则相传旧矣。

邢子才不喜校书云:“读且不能遍,何暇校?”亭林顾先生之祖太仆君藏书不求宋元精椠,第求其有字而已。贱性疏慵,学亦极陋,此二事与时彦乖忤,却幸前贤先得我心。

谢康乐精于梵夹,故诗语精妙,即栗里之冲淡高逸,想亦时时染指于东林远公净土之业,如“客养千金躯,临化消其实。纵浪大化中,不喜亦不惧”此类句格是也。大谢语孟顗曰:“得道当须慧业。丈人生天在灵运前,成佛却在灵运后。”佛乘以生天为界内之因果,诸欲界,天帝释所统;诸色界,天梵王所统;无色界,诸天空定所持。以声闻、以四谛为本。缘觉、以十二因缘为本。菩杀萨,以六度为本。为界外之因果,视生天为尤胜矣。若夫成佛,则圆融行布,能圣能凡,非真非妄,超出内外二界,故无上最胜也。谢讥孟得其粗迹,世士乃误读慧业,丈人为句也。

辛卯二月

观旧拓《隋贺若谊碑》,体势向背,左右牝牡,相得处均精彩奕奕,与陈茂、赵芬是一鼻孔出气,欧阳公、蔡忠惠言书至陈、隋间而极工,信然哉!

读吴县叶太史鞠常《藏书纪事诗》,记古今藏书家,搜考翔实,计截句六七百首。鞠老学养之纯粹,其言语气象又在著书之外。

《老子解》读毕,憨山以禅理解《老》,亦有道著处。

孔门七十子之成名,多以道致之;汉、明党籍之成名,多以权致之,心迹遂别。三君以八厨为护法,东林诸公以李三才为护法。戒行实也,护法权也,实非权不尊。

有人于此博涉世典,耽著世乐,识风鼓动,窍中出息,做无数世谛文字,此人讵自谓得乎。以天眼观之,皆秕糠自眯也;以佛眼观之,殆砂砾自珍也。一朝梵域外护大力毗沙一棒打下,高声喝道,这人太没出息。到那时候却没躲闪,盍早自为计。

闻座主张孝达督部师在鄂州又建一大书院,立六学,每斋置一学长以督课之,仿阮文达建广州学海堂遗法。公所至,兴学如文翁、常衮,讲求武备如杜预、徐光启,规建殚虑,清操绝人,其精神气魄有过人者,于治术当务之急,尤为知要达本,后来可以为法。

观钱叔宝模宋人《践行图长卷》,有周天球诗题尾;观《明皇课子图》摹本;又见改琦所模《南华六祖于菩提树下开东山法门像》。

德胜门外西黄寺,乾隆中有奉敕画《菩提树一花开五叶石刻》,在清净化城下,碑高几二丈,覆以亭。

汉世祖光武皇帝深于道家老子之学,戒任延曰:"善事长官,毋失民誉。"《记》曰:"在下位,不获乎上,民不可得而治矣。"获上有道。杜祁公戒人云:初入仕资浅,勿居遽露圭角,且可毁方瓦合,取信于上。徐仲车戒涪翁云:虑不厌熟则寡过,睦僚友则事举。此皆阅历之谈,非盛气凌节所知也。

欧阳文忠公敕子棐、发云:藏精于晦则明,养神于静则安。晦所以蓄用,静所以应物。

拜黄母生日,仲弢设宴于紫藤精舍,张壁多名画,云:遍搜长安旧家所藏之菁英,成此伟观。主人斡济之略,于此亦可见矣。计所见:赵文敏《鸥波亭图》、管道升《风雨丛竹》、王书明《夏山图》、柯敬仲《竹》、吴中圭《江村小景》、倪文贞《山水》。似以欧波舅甥二作为最佳。

阅徐公铁孙梅统及遗诗,天风海涛,沨沨乎南国诸子之遗音也。

恭闻慈圣敕修先蚕祠,顺德夫子奉命撰进楹联,长短共一百联,属助拟得二十五联。蚕神或以轩帝妃西陵氏名嫘祖者当之,或以为房星天驷,或以苑窳妇人寓氏公主,古今疑莫能明也。

陈六舟丈言,寒暑积而四时成,非一日之功。寒消阳息而为春,暑诎阴伸而为秋,中间五日一候,十五日一气,历六气乃成一时,积四时乃成一岁,而筦维之以分至启闭,每一时九十日,中如短却一日,中气之数即不成寒暑,灾害疵疠乃生。仁者静观此理,自不敢仕宦求速化矣。朱子譬之鸡菢卵，卵未纯熟，提他一提，即伤菢而坏瞉，气候有所欠缺故也。是以阴阳天得，物三合然后生，助长揠苗，其害气乃滋甚。

湘东沈猜安忍，然藏书十万卷，著《金楼子》。犹有一日若遇无目人并半面妆，亦不消作管仲事公子纠、豫让事中行氏，时其浮沉依隐，委屈全身，状亦如此。

黎蓴斋使东瀛，有《吊徐福墓》诗，甚佳。徐福，一名徐市，"市"当为"芇"，"芇""福"一音之转，史误，夺草形耳，理或然与。

本日，同年许竹筼星使除授太仆少卿，丁卯同科榜运以禾中为最利，此亦拂茵坠幌之偶然者耳，非关日者形法家之占验也，方之清介自持，竹筼通达事理，尤习四国之务，其人自足膺器任，非佹得之也。

偶阅徐铁孙《画梅谱》，亦可作理窟义海观，一者逃禅花光，各有法度，入手不依傍法度，则不能离法自立。如既济则舍筏。二者非读破线订书数千卷，则天机浅薄，下笔无胸襟、少性灵，便涉俗不雅驯。三者多阅前人名笔，则气息酝酿，自绝世谛，多作之，则利病自深，甘苦自熟，人守俱老，乃承蜩斫轮之技。

诗笔妙处莫难于写隐约难状之景，达纡回不可尽喻之情。王摩诘工写景，文外曲致处与老杜异曲同工；张水部善言情，荆公评云："看似平淡最奇倔，成如容易却艰辛。"句律高简似胜元白长庆体，皆语妙一世，如宗门之有黄檗、药山也。

晚起自责数，殆忘先公"惰为衰气之戒"乎？

连日眩晕，肝气易作，以疲劳故。然摄心治气，务存修养之要。

读《湘军记》。此书文简事核，褒秋毫之善，不讳纤芥之恶，行文鸷劲，理趣亦博，范蔚宗《六夷传》之流亚也。王壬秋自是霸才，其行文有波澜意度，游刃空际，夹叙夹议，迅雷闪电藏于云烟，离内之内，致胜处极似李斯、晁错、杜牧三家。

辛卯三月

诸子皆顽劣,不知束缚于法度之内,愧予教督之太疏也。湘乡曾文正公未尝以知兵自许,而独详求教练之方,此知本务者也。

河间纪文达公一日示疾,呻吟撰句,自挽云:“浮沉宦海如鸥鸟,生死书丛似蠹鱼。”既而仍不死,此视己如鸥也。屈原亦云:“宁泛泛若水中之凫。”释图澄以石虎为海鸥鸟,此视人如鸥也,人我平等观,殆不须生分别想。

《后书·杨震传》“于是柴门谢宾客”,柴,实字虚用,本《庄子》“以柴其内”及“柴生乎守”之义,与杜门意同,王会汾谓当改作“杜”,非也。

《杨赐传》:梁鹄以便辟之性,佞辩之心,受丰爵不次之宠。鹄为尚书,曹操就鹄求洛阳令不得,后卒侮辱之。鹄之有艺无行,徒以工八分名耳。

近日言官有积轻之势,殆不可居。

予少长多幽忧,辛未北试报罢归,冬间遂得瞀疾,劣于世用,终为弃材。性之所便,存乎虚寂,于物理安于金水内景,而不喜外景之暄妍。于时令爱秋冬萧旷之致,而不习春夏之盛长。性有偏短,慎勿梏之,以焚和害生,贻笑于邴曼容、庞德公也。

持敬守静之功夫稍懈,便不能治心制气,而放言多失,须划去骄吝根株,依于谦实,以为法守,勿误走任诞一路上去。

虞山公自署瓶居士,取富彦国守口如瓶,防意如城语也。立身以慎言为第一义。

连日抱痾兼勃溪,几焚吾和,不远而复,虽失早服之义,仍守安般之戒,游心物外,和以天倪。吾师乎吾师乎,融斋老人,吾所皈依也。上根性猛利,超出心中三毒门。

篾叟献嘲于支离疏曰:班兰台《古今人表》智人居第三等。《孟子》论人,中行上,狂狷中,乡愿下。扬子《法言》云:“圣人高饿显,下禄隐。”庄漆园、东方太中，浮沉取容，依隐玩世。我道乡愿是谁，二子即其人也。支离疏听然而笑曰：恶乎然，呼我为牛而不应，再受而殃耶？《老子》云：“众人皆有以，我独顽似鄙。”顽似鄙之状与顽钝无耻之迹同乎否耶？

连聪叔病，问安心之法于予，予病乃与君同。此何异南荣趎之问道于庚桑楚，奔蜂何足以化藿蠋，越鸡何能伏鹄卵哉？第告以平日所闻于先生长者之绪论曰：以敬静摄诸乱意，使气不妄动而已。予又何足以益君哉？《艮》，止也。其象曰：“思不出其位。”凡作事或出或处，或默或语，邵尧夫诗云：“当默用言言是垢，当言用默默成尘。不言不默随时应，尘垢何由得到身。”皆适如界画而止，常栖息于澹静敛退、隐约自守之域，泊然声利之外，此于养心之术差为近之。

《净名经义钞》。维摩诘般提之子，母名离垢，妻名金机，殆即居士室中散花之天女邪。男名善思，女月上。厉樊榭名其姬人朱满娘云月上，本此。彼教言，三界惟心，万法惟识，此欲以理障扫事障也。又云：离心意识参，绝凡圣路学，此并理障而去之也。如本为渡河而结筏，既登岸则舍之，法不孤起，缘境而生，境智两忘，亦无有法。

代作毕教习《中西方言通译叙》，引梵文右行，今唐古忒贝叶书是梵文，有半体字、满体字，亦犹华文之形声，各为一字配合而成。佉卢文左行，今西洋拉提诺书《汉西域传》，所谓画革旁行者是。立论梵、佉卢皆造字之人，如中夏之尊仓沮，至文字所以不同之故，由同此一物也，而所以名之者异，或以形言之，或以意言之，或以事言之，或以声言之，四者未得本解，故方言相淆，音转互异。为象胥者求翻译之义，当推究其象形、象事、象意、象声所以然之故，而摄之以埃衣乌于之统母，则丝之棼者，或可得而理。譬如国语，山曰阿林，水曰穆珂，赤曰乌兰，黑曰库尔。此合之形、事、意、声四者，必偏据一义，能得其义乃便于辨识。又如缅甸之样贡海口，译言仰光；安南之西贡海口，译言帅刚，此类皆以音转而致伪也。

客有来谈夷务者，云庚子烧烟，庚申犯顺，彼时夷势汹汹，而今反晏然,其利害若何?答曰:咸丰天津立约以前,夷祸亟然,是时商埠尚少,传教未广,其病犹在皮肤。光绪烟台续约以后,餍夷人之欲壑,耗中国之利源,外祸似纾,然其毒已深入腠理。处今之时,虽有卢扁,犹难善其后,况日饮药以加病乎?

东瀛行人大鸟圭介,折简请赴宴集,以疾辞不往,避人臣外交之嫌也。

读《后汉书》至《王允传》,董梧锄色以获济,王公违之以及于难,接物之宜不可知乎!曹公折节于赵戬,握手曰:"相见恨晚。"物情之附,有自来矣。戬,流寓之士,而曹公礼之,此筑台尊隗之意也。

阅邸报,广西大吏一本,为请将唐柳州刺史柳宗元重建罗池庙事,此近来佳事也。

重征土药之议,愚劣窃谓此举未利国而先病民,未见其可。不敢当草奏,识迂才拙,尸旷吏职,非止一事,惜格于今制,未能乞一荒郡以自全也。

《鹤林玉露》朱子曰:"律诗如王维、韦应物辈,自有萧散之趣,未至如今日之细碎卑冗,无馀味也。"又曰:"摩诘诗云'漆园非傲吏,自缺经世务。偶寄一微官,婆娑数株树',以为不可及,而举以语人,领解者少。"朱子雅言,韦柳门庭,本之刘屏山,此言则一时兴到语。

蕖老招集,出示为蔡千禾《题佢园勘书图叙》一首,文甚雅洁,且于二十年中北雍故事极有关系。蕖老神清笔老,善谈名理,洵异人也。王子秋为蕖丈刻诗,自甲辰至甲戌凡十卷乙亥至今年所作未编定。

辛卯四月

近日风气,朝廷不愿有诤臣,府主不愿有诤吏。窃揆《易大传》"或出或处,与时消息"之义,牵于人事,形迹滞累,既未能角巾东路,颇愿辞剧吏而就闲局也。杜诗云:"浣花溪里花饶笑,肯信吾兼吏隐名。"区区微尚,毕此而已。

《逍遥游》之机趣,郐君得之则为亡国之君,漆园吏居之则为超出之士，此无他，所守之分不同，其心迹亦异也。

既滞于形迹，为方内曲学之士，自当于尘劳中觅海印，垢缚中修禅定，取舍执著中求大解脱，物我分别中现平等观。

迹悴事丛，触处沾澀，坡公云："但应此心无所住。"王深宁云："处心不可著，著则偏伟哉。"安心之药也。

《庄子·内篇·养生主》所以名篇之义何也？养生末也，单治里而外凋，张修襮而内逼，不鞭其后而汩其灵台之和，益之者眣浍，损之者尾闾矣必也。养其生之主，愉淡虚无，勿柴其内，利害趣舍，不以撄心，而后可以尽其天年而不中道夭。若是者不益其生，故不损其生也。生之主奈何？曰谷神而已矣。神者，生之主宰也。

白云源胡贯一老人寄示阮文达公视学浙中日，合刻诗文经解课一厚册，公之殚心教士，遗泽犹在浙东西，其批语教人属文义法，条理周匝，先辈用心，信不可及。

《孟子》第七章言尽心者致功太锐，则不免陵节躐等，而有震矜之气，于是严于律己者不能恕以接物矣，故处事又须平心，平心者恕也。既尽心又能平心，则胸次超然，蠲除物我之见，而仁在其中矣。

平日全无居敬行义积累工夫，故有事时，神气消沮，不能视金注犹瓦注也。

陈昆玉书来，以不全祠本《商文毅公集》三卷见寄，案：《四库存目》，公集十卷，此非足本。

多动则尘劳害性，多憩则懈惰丧德，惟有多静坐，则不喧不寂，灵台湛然，可以涵养德性，坚固筋骸。

我思高忠宪公复七规、张文端筑心城之法，平时用心躁妄，未能窥见万一。

仆社栎支离之质，行能鲜薄，谬窃过情之誉，内疚于心，转恐不免世网，真所谓无善名已闻，惧翰音之为灾也。

《十七帖》，王山史、姚惜抱、包倦翁诠释各不同。后出者易详。

花县骆文忠公官侍御日，奉命稽查银库出入，必均早到晚散，巨细必亲,自买胡饼啖之,不吃库上一杯茶,不甚约束库丁,库丁自畏。之后库亏案发,管库大臣奉严遣,公亦罣吏议。旋荷文宗特达之知,复起用。公此事与合河孙文定公嘉淦谪监银库日事相仿。

华亭姚衡堂先生光发,道光八年戊子举人,二十年庚子成进士,廿一年辛丑庶吉士散馆,授户部主事,旋致仕归。光绪十四年戊子重宴鹿鸣,赏三品衔。今年九十三岁,尚健在。家孙某亦成进士,告养归。王蒿隐云,先生未通籍时,日者推行年法,当官二品,君竟弃官归,颐养林泉,遂跻上寿,非偶然也。东坡谪海外诗有"禄尽空馀寿"之句,孙思邈不拜国子博士,年逾百岁。姚惜抱四十馀即致仕,年至八十五。瓜甘则蒂苦,与齿则去角,尺有短而寸有长,损于此者益于彼,可睹其差数矣。黄遁庵丈送王比部柏心乞假南归,叙彼此孰得孰失,必能早辨之说,有味乎!其言之。

录毛稚黄粹语

萌于心,必戒必慎,况于口乎?口无迹也,必戒必慎,况文字乎?文字未加诸施为也,必戒必慎,况于事乎?故有德者慎心如慎口,慎口如慎文,慎文如慎事,狂者反是。

常居劳故得逸,常居忍故得遂,常居束缚故得萧散,常居不足故得有馀。

守静者完,完者得天。内丧己真,而外牾物之情,是谓重伤。蒙庄云:重伤之民无寿类矣。

失在率,得在审,大智同人以游理,下愚咈众而独用;大智修业以俟时,下愚怠放而急获;大智详虑以善断,下愚轻就而多悔;大智公观而谨择,下愚偏听而好徇;大智守己以求内,下愚见欲而趋外;大智养精以周事,下愚役物而蚤疲。惟其审之预,是以鲜失。

道恶在?在逆修疆与忍之谓也。身欲佚,故劳之;目故缛,故暗之;耳欲哇,故静之;口欲腴,故淡之;舌欲躁,故默之;肾欲泄,故窒之;肝欲怒,故平之;心欲机,故朴之。若是者,无事不逆修,其形久之，筋骨坚强，志气发荣，神怡力充，虚静而善应，故可与养性、可与凝命。

欲损则天胜。《庄》云：其耆欲深者，天机浅。

法使人畏，礼使人敬，德使人感，道使人忘。率道而下，至法已极，法外出智，则是钩矩机械之巧而已。以此御物，殆不可及，毋以物累形，毋以形累心，毋以思虑累性，故精于治性者忘心，精于治心者忘形，精于治形者忘物。颜渊曰：回坐忘矣。

录沈去矜语

墙塔之间俱下广上狭，树枝干荫远者，根常蟠屈数亩，入地丈馀，否则未有不崩摧亟裂，大风遽拔者矣。士君子不循本而逐末，名过其实，可畏如此。

此条本《后汉》郭林宗语，墙高基薄，虽得必失之意。

晤渔生同年，询鄮县天童山佳趣，云：舍舟登岸入山，旧有松夹路二十里，皆数百年髯翁聚族居也。今樵采过半，尚有五里松门。又阿育王寺窣堵波系晋时造，故陶贞白曾往礼塔，誓受五大戒。又金山先生无后，鄮中士大夫皆春秋祭扫墓前，犹得禁止樵侵，传芭致敬之意也。又天一阁范氏藏经籍石墨，今十裁二三存耳。

王摩诘撰《六祖能禅诗碑》，运用故实，圆融无迹，极骈文之能事矣。然柳子厚《大鉴塔铭》，义理精到处，似胜王作，宜东坡公乐为书丹而不辞也。

朱子诗云："贫家静扫地，贫女静梳头。下士晚闻道，庶以拙自修。"自顷身世交病，不抱残守拙，刻厉自修，以课屋漏神明之一适，更欲何所求耶？

草议《覆薛大臣条陈滇缅预筹勘界事宜折》稿，于事理有所受之，不免拘忌，瞻徇强邻环伺，边事本难措置也。

食吏禄一日,即应尽一日之职分,强扶疾入署。

瑞安黄丈以时艰忧愤成疾,已志不伸,疏请乞休。公,朝之直臣,似应不拘常例慰留,宽予假期。国恃善人以立,善人国之宝也。乃遽蒙恩准开缺调理,盖圣慈姑遂其请,养公锋棱,以为异时召用地邪?然都下清修励节之士,皆依倚公以为耆德师表,咸惜其去位也。

友人孔印川昭寀,宝应人,宥庵太仆之孙,以进士起家,作令山东。顷见邸抄,巡抚张公奏,印川以楗薪督役河干,落水殒命,配刘氏,伯山年丈毓崧之女,涕泣数日,不食殉夫自尽。均奉恩旨优恤旌表矣。连日身世之故,师友之感,令人于邑短气。

《易》称君子道消者,何也?严霜雪雾之馀,芝兰同尽,而荆棘塞路,于是君子之气散而不能聚,此卦气《否》,七月之象,非世之福也。

国家建立台省六职百司,犹人之有五官九窍百骸也。心之官职,出谋发虑,出治之君与相也。耳目之官职,纠奸剔伏,佐宪之御史台也。台省得其任而庶政咸理,犹之耳目举其职而百体从令矣。自古贤圣之君以明目达聪为先、以务去壅蔽、审谛邪,正为大苟耳目之职,不得其人,则多所壅蔽,是帝欲不谛乎。

谒瑞安黄丈,丈得进退之义,语次皆忧国事,绝不以一身之升沉显晦为意。表里洞然,无间出处。平日集义养气,积累之功,固不同流俗也。

辛卯五月

处浊世不得不刳心于周身之防,司马徽居荆州,括囊不谈世务,有以人物问徽者,初不辨其高下,每辄言佳;阮籍至慎口,稠人广坐,发言玄远,无一言臧否人物,故嵇康养生遭杀戮而阮独全;陶宏景圆通谦谨,未尝忤物,心如明镜,遇物便了,言无烦舛,虽有旋觉。是三君者,亦可谓言微指远,文简义深,包周身之防者矣。

羿之威足以困一鹊,然青宁藏身于蜗角蚊睫之中,含哺而嬰、鼓鬣而蜚,虽穷羿之力,不能胜之,何也?青宁能忘已兼忘羿也。故曰惟虫能天。

年不待暮，有疾便辞，惟希修一溉后枯之术，策勋于形骸之内而已。治人事天莫若啬，夫惟啬是谓早服，早服谓之重积德，重积德则无不克。因是署云濑乡啬夫，不惟啬于耳目口体之欲也。荣名进取，既乏其才，亦宜早啬以全其天，勿昧行多取，以自贻辱殆也。

叶缘督、吴子修两公清修自守，学养有得，摆落悠悠，专静纯一，非不佞所敢望。然每心企两公，如江湖之鱼，忘形相与，不见有往来酬对之迹，所谓澹交，庶几近之。

《高僧传》云：纯陀，西域人，年数百岁不衰。唐代宗从之求留年之道，陀曰：心神好静，今为尘境汩之，何从冥寂乎？若离简静，外欲望、留年如登木采芙蕖，其可得邪？陛下欲长年，由简静安神，神安则寿永，寡欲则身安，此修慧命之理，舍此皆外道，不可久恃也。

《南华·内篇》：至人之用心如镜，不将不迎，应而不藏，故能遻物而不伤。潘文恭遗疏云：圣人之用心如镜，万物毕陈于前，是非赏罚由其自取，而我无预焉。实祖前语。

《越人歌》："君乘车，我戴笠。"《史记·老子列传》云："君子得时则驾，不得时则蓬累而行。"《索隐》以为"笠"也。"驾"即汉制朱左轓、朱两轓之意。颜蠋云：安步以当车，古人穷通之迹，往往以戴笠乘车对举。古有官马，足以代步，岂知今日玉桂国中士人，困于自筹刍株仆赁之费，转以此为累苦，有不如戴笠之萧然自逸者乎？周士贵而肆，秦士贱而拘，世运不同若此。

一向栖心苦县、漆园，捐弃六籍，觉有病，思得药石之友以疗之，求之都下左笏卿、吴子修、叶鞠常，此三君洵吾师也。

子修太史枉存云：应潜斋先生有《夜秉录》。

晡临隋石，忽得雨竹上淅沥有声，一似秣陵乌龙潭讲院中夜坐时也，枯澹中乃愈有味。

诸葛公云：我心如秤，不能为人轻重；许鲁斋先生言：人心犹印版，然印版不差，乃能印千万本不差。昔人譬用心如鉴，然必时时磨治尘垢,乃能不疲于屡照。夫闿物成务,皆系于君相之一心,心之为用,喻之于秤、于版、于镜,可谓炉锤万化之根,天君之至,贵者矣。然不假物以修之,则心愈用而愈差舛。《易》曰:“正其本,万事理,失之毫厘,谬以千里。”此之谓也。修心之术,奈何?一曰稽考前言往行,验之载籍,以为进德修业之资;一曰多引端人正士,攻石他山,以为绳愆纠谬之功,修心之具,如是焉而已。苟师心自用,陵节臆断,不取法于古人,不求助于时贤,偏徇一己之爱憎好恶以进退人伦,剸割事机,则群材无所托命,九流日益秽浊,天时必为降疵疠之灾,而人事尤不胜其患。气之伏矣,于是阳气日微,民生日戚,悲夫!

逸民:伯夷、叔齐、虞仲、夷逸,朱张、柳下惠、少连,陆氏《释文》引郑作侏张,云:音陟留反。宋氏翔凤《过庭录》。刘琨《答卢谌》云:自顷辀张。李注:辀张,惊惧之貌也。扬雄《国三老箴》:负乘覆悚,奸宄侏张。辀与侏古字通。尤虞均通,邹本为邾。如此郑本作侏张,知非人姓名矣。故郑作者七人,注以伯夷、叔齐、虞仲避世者,柳下惠、少连避邑者,不及朱张、夷逸。郝氏敬曰:朱张,朱当为诪书,诪张为幻,即阳狂也。《尔雅》:侜张,诳也。诳读为狂,楚狂接舆为迷阳之曲。庄吏漆园,猖狂独行,乃蹈大方,此则侏张而失其节度者已。曰逸民、曰夷逸、曰侏张,三者品其目,夷、齐、仲、惠、连五者,举其人也。此说当得郑义。臧氏庸《拜经日记》略同。窃意夷、齐不入庸君之朝,节行超逸,上也。虞仲遭乱自废弃以免患,隐约幽居,不复言世务,虽非逸民,而与逸民之行相等。夷次也。柳下惠不羞污君,不卑小官,遗佚而不怨,阨穷而不悯,故曰尔为尔,我为我。虽袒裼裸裎于我侧,尔焉能浼我哉?方其傫然入世,不免内含惊惧,销声以诎志,及其依隐玩世,幸得阳狂晦迹不违俗以全生。然虽降且辱矣,而言必应伦理,行必应思虑,又其次也。柳下惠之行,古今之所谓智人。夷、齐则孔子谓之仁人,品在智人上。沉冥浊世,或语或默,委蛇于清浊显晦之间以自全,故品居第三等也。《法言・渊骞篇》:或问柳下惠非朝隐者与?曰:君子谓之不恭,古者高饿显,下禄隐。《法言》准《论语》而作,此正祖述逸民为上,侏张为下之义，举上下而夷逸为次之意可见矣。扬子此文，正释《论语》，而亦以柳下之禄隐自况身世也。

【眉批】颜师古注《汉书·地理志》以虞仲、夷逸四字连读。

辛卯六月

李端公《柯山漫录》内《拟请立群经小学博士状》，应录副一通。

南省江淮间民人谣言，欧洲邪教迷拐小儿，因之各省多有焚毁教堂之事。同年殷秋樵云：往在秋曹刑讯一左道迷拐案，据供：五月五日取毒蛇一条，置古墓，所掘出骷髅中煅灰囊之，以此灰弹行路小儿之额，即迷惘不知人事，然则此等邪术信有之。

梁肃，年十二，体稍弱，一日问《杂记》云：闻兄弟之丧，大功以上，见丧者之乡而哭。案：《奔丧记》云：大功望门而哭。此云见乡而哭，何欤？按：《奔丧》云：齐衰，望乡而哭，大功望门而哭，小功至门而哭，缌麻即位而哭，注言：有亲疏远近之差也。《正义》云：按《杂记》望乡而哭，谓本齐衰，丧者服大功。

生四十六年，毫无穷经之功，徒然东翻西阅，务外为人，可恨可恨。

四大无常，光阴迅速，人命在呼吸间。黄梅祖师举棒喝曰：何不早学道？为一大事因缘以出于世。

百事百理，惟性情最难理，君子必先自治其性情，然后可以治人之性情。作诗虽小道，然亦自验其心之义欲公私迭为消长，而克治之之具也。

新疆中丞陶方之先生入觐，顷枉存，与子虞同年同晤见。公精神强固，言论娓娓，条理秩然，真足任边寄当西域长城也。

张长公、邴曼容仕宦不过六百石，辄自免去。姚惜抱年四十四，病免归。荆公诗："无人说与刘玄德，问舍求田意最高。"这便是芳郭病夫底安身立命处。乃一出门,见些功名之士,定盘星便错了。须知孟瓶庵先生云:博见闻则将衰之年无及,不如返诸身心。语云:智早啬则精不竭。谓慎毋以有涯之生逐无涯之智,而自取危殆也。学问切己之事,尚且敛之又敛,啬之又啬,以晞为道,日损之义,况身外之物,有不损之如敝屣乎!

益阳胡文忠公谓,有论事之才,有办事之才,用人者当慎之。能办事者,才有天得,往往非诗书所能启牖,师友所能扶持,而常无所挟焉以造之。汤文正语。深于弈者言,久阅棋局者之弈以熟读弈谱者,与之校,往往不能取胜,无他巧者,不过习者之门,智生于阅历。其好议论而未更事者,皆不根之游谈也,虽巧亦终败。推此,讲学家不仕而著书言吏治者,不可信。

子培兄极言人家子弟不可不读《吕氏童蒙训》,及《小学集注》、晁景迂《儒言》、刘元城《语录》《宋名臣言行录》。必先端谨其志趣,使无一刻侈然自放之佚志,然后鞭辟近里,渐有向学入道根基。

金世宗教种人以骑射,禁效汉儿衣冠,困汉人以考据,使之贫困老死牖下,而不予以利禄之途,常操兵与食货之重御天下;而不知其种人习气既深,人材衰歇,五蠹六虱布满要津,而天下生民受其害,大运亦将密趋矣。魏孝文固失矣,而金世宗亦未为得也。

后之世主纯以智术疲群材而钳众口,使有心力之士,皆役役于校雠考据,困于无用,而毕世受役于我。宋太宗之修《御览》《英华》三大部书,明成祖之修《永乐大典》乃作俑者,后来祖其故智,天下英雄入吾彀中矣,此皆貌为大公无我,以济其苛征虐取之私计,良得矣。然而天下之祸患,往往出于所防之外。

橐虚而不屈,钥动而愈出,钥取人籁,比竹之义,多言之病,动而愈出,如比竹奏籁然,故数致穷困,尚口乃穷也。不如致虚守静,括囊无咎,《归藏》首坤,以柔为体,以虚为故,戒人为橐不为钥。乃合守中之义,钥动而劳,不若橐之静而逸也。乐出虚,虽亦充实,不可已然。万言万当,不如一默。

夜与刘莪山论《易》卦气消息，《太玄》虽用七八，不用九六，然卦气专门之学也。虞氏《易》止用三爻，欲使六十四卦之义皆成《坎》《离》《既济》定，然则一卦足以赅《易》，恶用六十四之纷纷哉？其说出于魏伯阳《参同》，许君引秘书说日月为《易》，即《参同》也。似切于摄生之经，不足以括《易》义，且震庚、兑丁、乾甲、巽辛、艮丙、坤乙方位，与孟氏卦气四方伯卦抵牾，且专以坎月言之，不举离日，此太阴炼形之说，修养家所谓龙虎铅汞，水升火降，五行逆修，攒簇而成黄芽，此借喻《黄庭内景》，庸得为《易》乎？

《庄》有意为苦县之义疏，而造词偏宕而亡节；《荀》有意为曲台之义疏，而行气峻激而少和。此皆衰世不得志于时，而涸涸处俗，削迹挫名，摧伤阻阏，崎岖硉矶，不能决然舍去者挟愤世嫉俗之意以著书，去六艺纯深之遗味亦已远矣。然其立身本末隘矣，不恭矣，而其发为文词，来如车屯，涌如云兴，确乎不汩其性真也，故其光气勃窣皎洁，历久而弥新，使憔悴专一之士沉精浮扬，低徊往复不可已，其感人不已深乎？

王充作《养性》一十六篇，已亡。《论衡》云："老子恬淡无欲，养精爱气。"《春秋繁露·循天之道篇》云："君子慎爱而谨游于房。"养性之妙用，莫若啬，夫谓啬，故能早服而重积。

梅村《咏史》诗："萧何虚上座，故侯城门东。曹参避正堂，屈已事盖公。咄咄两布衣，不事隆准翁。其术总黄老，阅世浮沉中。所以辅两人，俱以功名终。"道污从污，与时消息，避世之术，固非柱下不为工欤。又云："进固非伊周，退亦无箕颍。薄禄从下僚，末俗居中品。寂寥子云戟，从容步兵饮。"此《孟子》所以审抱关之宜而卫之，伶官所谓寓兴于简兮也。《晋书·孙绰传》："山涛吏非吏，隐非隐。"

竹垞老人五古用颜、鲍、大小谢句律，近体阑入晚唐，雅不满于黄文节，尝云："放翁太熟，鲁直太生。"然康熙壬申，罢官出都以后，时先生年六十四。率放笔为直干，游粤游闽，定居梅里，诸编疏老秀逸，纵横奇恣，与文节谪戍州、宜州时气味绝相似。有何也？殆不自适于中,而境会亦足以相感邪。

读《吴梅村集》。国初作者,公与渔洋、竹垞三家鼎峙,视馀子皆培塿,而要以东磵《初学》《有读作又,仿《极玄》《又玄》之目。学》二集为之祖峰,后有知人论世者,当以鄙言为然。

国朝诗家以虞山、梅村为开山二祖,南朱北王皆衍其宗风者。朱近祭酒,王则不取西昆、江西家数,专从虞山所得之门径入手。计东曰:"虞山之言曰,梅村之诗,殆可学而不可能,而又非可以不学而能者也。"其秤量乎才与法之间,亦微矣。姚惜抱云:"所以行吾法者才也,而所以广才者法也。"虞山又谓:"读梅村诗,非积求于杜韩两家,吸取其神髓,而佽助之眉山、剑南,断断乎不能窥其篱落、识其阡陌也。"夫虞山暮年之诗,心摹手追于眉山、剑南之间,顾转述梅村,几自逊为不如,如此诚非今之骄己凌物者可及也。又梅村弥留之际语顾伊人,自论其诗云:"吾于此道,虽为世士所宗,然镂金错采,未到古人自然高妙之极地。"人工夺天巧,则其天不全,亦是一病。姜白石有四种高妙之说。疑其不足以传两公所言利病如此,皆适独坐之论也。

夜至子虞寓谈,言多气茶,归不寐。阅《梅村集》,又费目力,愈不适,可知予气血衰矣,不早啬则无以自康。济世路多风波,务止足免辱,殆慎之慎之,量力循分,宜早自敛藏,持养乃办自全。毋贻晚悔。

形莫若就,心莫若和,就不欲入,和不欲出,此善摄生者,虽处世而不为物所撄之术也。形就而入,则外劳汝形,心和而出,则内焚汝和,故偾然气茶,而为世缘所困。是宜假谷神、安般、木叉羼提之术,以解其缚。

芍师招饭,出示湛然居士《西游录》,注释极繁博。

《阴符经》:"自然之道静,静然后万物生;天地之道浸,浸故阴阳胜。"此二语赅括五行相生相胜之理。《老子》云:"道生之,德畜之。"此譬春夏生物以播时令,五行相生之序也。"物形之,形当侧。势成之"。此譬秋冬杀物以成岁功,五行相胜之数也。相生则用顺施,相胜则用逆修。修身之要,存养率性,用顺克治,治,制情用逆物事也。

事，侧之。谓更事多阅历，所以增长德慧术智，势成之，谓情见势迫而智勇生，所以发名成业。

辛卯七月

陈遵孟公放意自恣，浮沉俗间。张竦松柏讽诵经书，苦身自约，不敢差跌。竦谓遵曰："人各有性，长短自裁。子欲为我亦不能，吾而效子亦败矣。虽然，学我者易持，效子者难将。吾常道也。"以约失者鲜。王柔、王泽共候郭林宗，访己才行所宜，郭曰："叔优当以仕进显，季道当以经述通，然违才易务亦不能至也。"裴潜与曹公论刘备之才："使居中国，能乱人不能为治。若乘边守险，足为一方之主。"颜黄门云："学问有利钝，文章有巧拙。钝学累功不妨精熟，拙文研思终归蚩鄙。但成学士，自足为人，必乏天才，勿强操笔。"僧皎然尝拟韦体作诗呈左司，左司勿善也。谓之曰："人各有能有不能，盖自天分学力限之。子而欲为我，且失其故步矣。但以所诣自名可也。"皎然乃大服。桐城方苞以诗投汪苕文，汪斥之。投王贻上，亦不答。又投刘公㦷，刘戒之曰："人各有性之所近，子以后专事古文，可矣。"方自是不复为诗。刘知几，史才也，少诵《尚书》，月不能尽二纸，及课以《左传》，日诵数十页。此皆量才度务，周身之防。融斋老人所谓道人各具一婴儿，各自养护本真，勿伤其性，则发名成业，长存久视之术也。

方之中丞戒予云：子若乞外，当少作诗，恐精神不给于吏事，此大害事。是药石之言也。至当至当，予深服膺。此言与沈端恪公"枝叶繁多，则根本处欠缺"之戒同。

晚谒左笏卿先生新居，问士于先生。子培云：笏卿案上书，触手皆黑，反复读破，其勤于蓉生侍御同。先生云：汉阳关广文棠学行宗杨园，最有根柢，奉身极约，任事不避艰苦，此君最所心折也。广文书有环纡使转之法，得之潘孺初，即此心画，可见其涵养有得气象。

方之先生论西事，谨以所得于案牍者对，昶仅据纸上空谈，愧不能尽事理曲折。

平日于持敬守静工夫,无些子积累。故气穴慓而不沉,颓而不凝,朱然终日钦钦如对行阵。《老子》云“勇于不敢则活”,抗兵相加薆者胜矣。薆,隐约戒慎之意。又云:豫若冬涉川,犹若畏四邻。《管子》云:立于不敢而行于不能,皆敬静规模也。延平教朱子以静坐。湘乡公以静坐列于日课十二事,谓与《大易》正位凝命之义相通。静中有敛藏持养无穷之功用在。

裁习静坐,乃有悔过克治之意萌芽,此便是微阳来复之仁心。惜心粗力弱,不能扩而充之耳。

谒芍师,公论草隶源流,与阮文达《南北书派论》《北碑南帖论》合。又言:颜平原书源出穆子容《太公望碑》。

送方之中丞行,中丞艰苦笃实,宅心平正,表里洞然。不佞天资偏驳,近贤如中丞与吴子修、左笏卿之冲和刚正,皆不肖对症之药石,勿讳疾而忌药,庶几可治。克己须知从性偏,虽克处克将去。

本月某日,同官以漏发要件,疏忽干谴责,俞右莱兄以是日代予直,亦牵连自请记过。右莱居心之笃厚可敬,然以代直故,蒙官谤,予则心何以安。

浊世所栖心托迹者也,杜子美云:“谷神如不死,养拙更何乡?”又云:“余亦师粲可,身犹缚禅寂。”当作可“璨”。达摩传慧可,可传璨,璨传道信,信传黄梅忍,忍传曹溪能。又云:“深许双峰寺,门求七祖禅。”菏泽会。又云:“王侯与蝼蚁,同尽归丘墟。愿闻第一义,回向心地初。”入悟机矣而未融彻,殆犹未了此二门法要也。乃知词章之徒,枝叶繁多,根本欠缺,一向汩溺文字窠臼中不得见道,不自见性,作自不了汉,兀若枯木,涸若绝流,壑舟一移,悔将何及?

道人是无事人,亦无一法可立,随缘度日,少食少睡少忧少恼,一弹指顷,海印发光,勿暂举心,尘劳先起。

壶丘子林云:鲵桓之渖为渊,止水之渖为渊,流水之渖为渊,渊有九名。此处三焉。憨山云:此即佛门止观三义,乃安心之法也。萌乎地文,不震不正,形如槁木,面若湿灰,安心于至静之地,一念不生,此止门也。初渊性地湛然，一切不存，故名实不入。从至玄至静，深窣窣地发起照用，故机发于踵，此观门也。次渊戒动返静，不滞于静，由静之动，不牵于动，平等持心，动静不二，疆名之曰太冲莫胜，此止观双运至妙之门也。三渊，永嘉觉云：以奢摩他故，此云止。虽寂而常照；以毗钵舍那故，此云观。虽照而常寂；以优毕叉故，此云止观平等舍一切相。非照而非寂，照而常寂，故说俗而即真；寂而常照，故说真而即俗；非寂而非照，故杜口于毗耶。谓净名居士默然无言，根性猛利者试参此第一机。《首楞严》云：因戒生定，因定发慧，止是戒力，观乃定相。戒定纯熟，止观平等，真妄两冥，性相不二。工夫至此，无权亦无实，乃圆成慧业。《起信论》云：止者谓止一切境界相，盖结业永尽，三毒销亡也。观者谓分别因缘生灭相，盖融摄一切，法显微无间也。止是观之体，观乃止之用。

天台法中又有六妙门，小止观从安般入，从木叉出。

文无分骈散，然散文以意理胜，其源头出于《艺文志》之九流家作者，能造词典雅，无一字一句无来历，不杂野言，不参腐语，乃为作家。骈文以辞藻胜，其源出于《艺文志》之诗赋、小学、纵横、杂家、小说，五家作者能空明澄澈，曲折尽姿，炼不伤气，隽不破道，繁不费词，乃为高手。

建伯一从子，年十四，日诵生书六十行，拟令犹犊纳交生，其观摩之，感鄙意教人之法，须以白沙陈文恭阳春台中优游渐渍为得也。既不能用猛火煮，且用慢火温。

陆三鱼先生，初应省试，遗才不见录，不得入场，闻人发解，深自刻责。儒者自律，固宜如是，专修人事以俟时运，毋蹈虚憍怨尤之学也，戒之戒之。

辛卯八月

老年作字，秀嫩乃寿征。竹垞、竹汀诸先生不以书名，然出卷轴之精神，祕崖谷之幽怪，其点画之高秀超浑，自不可及。

许鲁斋先生择仆,取其拙钝易制者。曰:苟其聪明胜我,则我反为彼用。戴东原云:大国手不能用二国手,只能用三手、四手。左文襄用此法。高欢之智不能困宇文黑獭,又逆知侯景之不为高澄用,而预蓄一慕容绍宗以图之,乃忖己之才有所不足故也。

中丞陶公枉寄手札,以新出土颜书《马璘碑》又它碑拓本十馀种相遗。公政务清暇,又能搜寻石刻,耆古成癖,真有古人风味,令人敬仰不置。

读《白沙语要》,亦似有得,裁翳蓬藋一日,此心即湛然虚明,始知静中养端倪,真入道门径也。刊落名心尤要。荀卿引《孔子逸语》云:"居不隐者思不生,身不隐者志不广。"

不揲道家《阴符》家以决事,不能知张弛顺逆、五行生胜、权实互用之机数。以静生用,顺数;以浸胜用,逆数。太公望云:以仁得之,以仁守之,其量百世,用顺数也;以不仁得之,不仁守之,其量十世,用逆数也。用顺数者乘生气,用逆数者乘胜气。唐宋元明之有天下,皆逆取顺守。元太祖之父也速该,本金属部。明太祖初奉韩林儿龙凤年号,洪武四年以前事,国史多为之隐讳,削而不书。

方望溪评东涧之文:"其秽在骨。"子培云:"东涧之造词,信流美华赡矣,然句中无真气贯注,《东林点将录》品以浪子之目,其心迹终不可信。漳甫先生以文章意气、坎坷拓落推之,殆未知深耳。"

录公以夷陵焚毁教堂案牒示拂森行人,删去初报实情,慑于外侮,不恤民隐,处置不得其平。某职分既卑,不得出其诤论,徒然食粟,可耻甚矣。

杜祁公戒一门生,初入仕途,谓此时未为上下所信,勿遽求伸其志,苟露圭角,从取祸耳。切当养晦,且毁方瓦合,求合于中可也。不佞谨守祁公戒,掾府中奉行文书而已,不敢先为异同者以此。

叶奇《草木子》:至正十七年,燕京子规啼,引邵康节在洛阳天津桥语为戒。今早闻内阁垣内树上子规啼,可异也。

日晚,江著作建霞枉谈海源阁所藏书,尽黄荛圃士礼居故物也。

杨勤悫督南河日购得之，汪孟慈为居间。

历观前史，往往暗季之世用法最缴绕刻深，一言不慎，横被口祸，其文网之密，足以絓陷君子，而小人反得恣睢法外。此王生、二疏、陈仲弓、申屠、子龙、仲长、子光所以丁宁括囊之戒，优游保身之哲，守止足之分，避辱殆之机也。

代孝穆公作《瑞安黄公寿宴诗七言律八首》，又别作六章，亦代人。思路枯涩，入夜分，寂静转觉开拓，乃知内和贵养，始不眩于注金，亦惟静坐，膝穿木榻，心光乃发，所谓宇泰定者发乎天光，工夫全在敛之深，深莫如啬也。

博闻强记，且不是安身立命处，何况利欲胶漆盆中，岂有立得脚根之地，必也终日纠察，忿欲流失。勿使害性，存养得胸中浩浩落落，外乐日减日微，内乐日增日长，如此鞭辟近里，著己方能见得义理透，义理浸灌既久，有自得之机趣，然后有兼山“艮思不出其位”气象。《艮》如界画，终日学，终日思，不出界画之内，夫是谓近思也。

有一贵公子病甚，身闲多资，好买书画，享清暇之福矣，而病攻其内，始知单治里而外凋，张修襮而内逼，瓜甘则蒂苦，予齿则去角，大钧盘物，无全美之事也。

杜韩诗俱从正面写，是四枯四实相；坡谷诗俱从反面侧面写，是四荣四空相。

陈六舟丈枉淡，述及白门募刻经藏之妙空和上，与丈同案补诸生，李大理联琇岁试冠军，甚荷激赏，补廪膳生。咸丰末，官军克复扬州妙空城，见兵死白骨，弥野填衢，惨怛之馀，忽然彻悟，遂披薙为僧，全家入道。论其种种苦行可继云栖净业云云。

阮文达公小嫏嬛仙馆，道光二十七年灾，藏书、金石尽付祖龙，此五厄之一也。钱蒙叟绛云之厄，在顺治辛卯。

辛卯九月

晚谒仲约师，云：同治甲子保送书房三人，御试题《拟潘岳秋兴赋》。诗题忘之,李第一,孙子授第二,张子腾第三。此次考书房,御试题《弓矢喻政赋》,出焦竑《养正图说》,本《贞观政要》,诗题《赋得登高能赋》七言八韵。《诗·定之方中》毛传。仲弢太史昨应召试,顷往候之,尚俟诏除也。

得蔡公重杭州复札,云:今年乡试不满万人,较历科为少,士人生计萧条可知。

少壮如日方升,年力正强,宜为学以求日益。五十后如日向昃,精气渐衰,宜为道以睎日损,不务损则不能早啬重积也。即使披寻载籍,亦务记事提要,纂言钩玄,涵泳义趣,资以养性,勿复以有涯之生骛于无涯之智。

邓石如篆分、李仲约楷隶、包安吴行草,皆用平颇、按提、环纡、使转之法制胜,一鼻孔出气。仲约自言:得法于《王基断碑》,不窥破八分方严遒劲之体势不能下笔,便有楷则到杀字甚安境界也。

日记原为自讼其过,并令知友勤攻吾过而设,当使此心光明,切勿讳饰。仁者天怀澹定,不趋吉避凶义之正也。智者与时消息,不徼福而能免祸,理之变也。近日闻有一边远缺,将出,惮于得之,本日颇面恳骑省公为善辞丐免,言已出口,驷不可追。按之高文公允北叟之诗,魏敏果象枢循理、守法、安命三言之戒,定盘针走差了,过之萌于心者,由微至著,此一生名节所关,不可不慎,戒之戒之!义所当为,以豫立事,处升沉显晦之运,则莫安排。莫安排之教,徐仲车所受之于安定胡先生者也。

夜闻白泉自鄂州来,往就之谈。白泉言:有理致兼明事势,南皮张氏,群从优龙劣虎。吾惟以此君为白眉。

夜半忽梦迁居一仁里,炊汲都养杵臼之间,得四三人相与莫逆,而游皆畸流贤士也。仆生平未尝有此佳梦,古今如此佳境亦少,仆乃以梦得之,岂有所感而然耶?坡公诗云:“百川日夜逝,物我相随去。惟有夙昔心,依依守故处。”又云:“浮云世事改,孤月此心明。”因耶想耶?乐广语。亦可异矣。

阅常熟张仁山瑛所刊曾文正、胡文忠两公文集举要。胡公之条教，如一味偏泻偏补猛药，能起病人之死，立致生机。曾公之法戒，如悬龟镜，灼知吉凶，无论病人、平人，一言一动，依之则渐致清明，违之则终归窒败。胡公善用人，曾公善知人；胡公善决事，曾公善蓄势；胡公以才胜，下手剸割捷；曾公以学胜，眼前地步宽。二公天资阅历，存养发见处气象功候不同，故福泽亦异。

由胡公之言，以整摧惰常，预事而能立；由曾公之言，居静制动，不出户而受治。

尘劳中看止观，翻如饮药加病，根行积累处浅故也。

同舍郎公饯邵筱村抚部，抚部奏调人员内有顾缉庭、胡守三两君，皆朴实耐劳，可谓得人。

《史记·留侯世家》云："良所与上从容言天下事甚众，非天下所以存亡故不书。"此读史提要钩玄法也。不佞于利害存亡，概括极要处识以圈点，庶便检寻，乃要删中之要删也。

文景以柔静安谧治天下，宜享长年，而皆未至五十即晏驾；武帝多欲躁动，法宜短促，而享长年七十馀。姚姬传之说益信。姚先生《与陈硕士书》云："吾见世有气质轻躁而致位卿相，且寿可考者矣。"似寓晓岚参知一辈人也。

卫绾言，汉初士人皆习申、韩、仪、秦之书乱国政，此可觇当时风气。西京人作文多学《战国策》长短说，故率以博喻胜，文家朴实说理则难工也。

有一惏憸中尉，妄肆狂吠，鸡肋不足当，尊拳何足与校，且亦何足以浼阨穷不愍之柳下惠哉！如此猥琐人材，即老夫入台，亦不屑作汤海秋褊性文字，唾不至空，还从己堕，只见革囊中识风小有鼓动耳，亦可笑也。偶作诗有云："问智何曾知菽麦，学书并未了盘杅。"盖用田蚡事也。

《晋书》：范武子患目痛，就中书侍郎张湛求方，湛因嘲之曰："汉杜子夏、郑康成，魏高堂隆，晋左太冲，并有目疾，得一古方云，一损读书,二减思虑,三专内视,四简外观,五旦起晚,六夜眠早。凡用六物,熬以神火,下以气节,蕴于胸中七日,然后纳诸方寸,修之一时,近能数其目捷,远视尺捶之馀。长服不已,洞见墙壁之外,非但明目,乃能延年。”辛卯秋暮,羼提室居士戏书。

【眉批】湛字处度。

九月廿五日之被中尉谴诃,中尉,秦官,汉武改执金吾。却是好消息,可为知难渐退地步,辞去繁剧要差,姑留散吏自效。苏长公诗:“不能便退缩,但使进少徐。”此中苦情曲折毕露矣。素有子云颠眩之疾,将抱右军《誓墓》之志,得就闲局,作病坊鹿裘带索,粝食藿羹,以葆馀年。王充自免,作《养性》一十六篇,差为世上一幸民耳。

同事强要予为管库之士,嵇生所不堪不止七事矣。投腐鼠于鹓雏,享爰居以俗乐,人之不能相谅,一至于此。懊恼不已。

生平耐苦耐约耐冷淡,惟最不耐俗,今去道根愈远,偏与俗缘为邻,想过去生中黑业深重,不可以白业湔洗故邪?

焚和以内伤,吾生甚无谓也。

东坡道人以陶靖节、柳子厚二集为南迁二友,聊以自慰其萧条寂寞之志。予近日为尘劳所困,亦姑以《汉书》及龙藏寺拓本为解秽二友,以净我之心魂。

眼前所遇之事,安能尽如吾意中所欲。出淤泥生莲花,喻不改者性耳。朽壤出菌芝,赖此善知识,使我枯生荑,亦生于陵,姑安于陵可矣。

入鸟不乱群,入兽不乱行,鸟兽且不避,而况人乎?

《斯干》筑室《无羊》考牧①,《六月》出师,周人所以美宣王中兴王室也。牡马在坰,闷宫作庙,泮林献馘,鲁人所以颂僖公能光复旧业

① “考牧”,原文作“考考”。

也，自古来未有不富强而空言王道者。

陆放翁诗："倩盼作妖狐未惨，肥甘藏毒鸩犹轻。"句意从枚乘"蹶痿之机，伐性之斧"数语得来。

夜闻同年慈溪叶子川吏部言，其族人某甲得道事甚异。甲数代单丁，只一老母，十二岁入村塾，时于家传簏书中得《抱朴·内篇》，读之悟入丹诀，便知修习。甲性专静凝一，绵绵暗行，未尝语人。至二十许，母为授室，妇贤，事威姑孝，婚十年馀，未尝妊字。甲有姑，疾危笃，姑子业买馀杭，相去六七日，水程风潮不时，姑家作急书，苦无捷足为递。甲言能致之，一夕而达。姑子归，怪问得书之由，以为神助。甲母以叩妇，妇言其状，始知甲每日子午时瞑目危坐，炼胎息胎食法，安般年久，呼吸之际极微，时或作枯僧入定、槁木湿灰状。宋初人《五龙甘卧法》一卷未见。婴儿圆成，颇能飞行变化，夜出晓还，还则殷殷如雷声。初裁扶寸，不敢远游，后至八寸许，奕奕有光，山中禽犬不敢啄害矣。坐久如大寐方觉，始下床如常人矣。他时言语食饮，与人姁姁直柔，亦了无所异。如是数十寒暑，无一日间断，妇亦安之。妇言营神出游将还，若有圆光乍入暗室，盘旋缘鼻而入，其光渐敛，以至于无。母始闻妇言，喜其子得仙缘。既而日以无嗣为忧，辗转访请四明山中高行道人谋之，道人思得一法，用重幔围甲卧室甚密，携火统兵器数十具倚室外，度其营神还来室中，突起环攻，不令穿鼻窍入，游神旋转如电光，久之爆然始散，甲遂僵卧床蓐，一似木寓人矣。甲家大惊，深懊道士之孟浪，诟病之，道人遁去，然甲病俩月馀乃复愈，自此饮食男女如常人矣。后生七子，甲仍以老寿终。缮性年久，遇六凿而败。道士固鲁莽，然甲修慧命因地而果不成，殆缘未至而劫灾之邪？《易》水上火下为既济定。《老子》云：载营魄抱一，能无离乎？专气致柔，能婴儿乎？朱子云："二抱一，火守火。"《参同》《黄庭》《悟真》诸篇，皆衍其诀。《楞严》云：因戒生定，有从安般止观门入者。叶甲修学务早，行之有恒，故几于成道。《传》曰：上士闻道，勤而行之，人患不及时勉学耳。此事正可取以为鉴。

朱子《与蔡季通书》谓,晚年始悟《参同》之理,而形骸已衰,无修养之具,过时然后学,则勤苦而难成良用,怵然为戒,然从前念念,譬如昨日死,从后念念,譬如今日生。既晚而学,用志不分,秉烛之明,孰与昧行。嵇生之论,不云收功于一溉乎?

《坎》,水藏也,逆制其流湿之性,上养金藏为伏虎;《损》卦窒欲之义也,《离》火藏也,逆制其就燥之性,下养木藏为降龙,《损》卦惩忿之义也。五行颠倒,术龙从火里出,五行不顺行,虎向水中生。《坎》上《离》下,水升火降,各正性命,成就既定。叶甲筑基炼己,纯气之守迹,顺人间之事,心绝去来之缘。《宋儒语录》云:修养之所以引年功夫,到这里则自然有此。应信然。子川不妄语,人非浪传也。

孙文定嘉淦以事左迁,谪银库行走,出入平均,铢黍不失,此得委计必当之义。袁莽庵于令为荆州,有三声太守之称,以夹蒴敢反唇讥其上官,此任达之流,未可为训。守官之义,自以文定为得正。

辛卯十月

张中丞招集,观南园钱公画马,略用颜赋杜诗之意。恽南田以王翚工画山水,忖已诣力未必出王上,遂专精没骨花卉,此恽仿元人山水册子,意境萧散,法度森然,当是早年作,不可多得。足知古人三十而五经立,其骨气已成,即艺事可见已。

疲于吏役,久废书不观,偶一披读,心不入理,世累蚀之也。如疲牛陷淖,非积养心光,不能自援。

临《龙藏寺》,略得其疏处,有文外曲致,仍未窥见其密处,乃法度森然也。

欲免焚和,先须解缚,既困于簿书期会矣,又困于米盐庆吊,是重伤也,四苦谛之一。譬之鸟集树枯,此喻最切。以出世之心,行入世之法,可也。

为某公作一试录叙,枯涩枝冗,竟不成文理,心力不早啬,故才竭。从此勿强操笔,用其所短,自取危也。王充,字仲任,上虞人。晚年自以心力有限，作《养性》一十六篇。

颜黄门言，学问有利钝，文章有巧拙，钝学累功，不妨精熟，拙文研思，终归嗤鄙，但成学士，自足为人。而今而后，视吾力所能至者，勉为之而已。

勿问浅深，第求自得。

向者困乏中一读《庄·内篇》，则方寸湛定，如有所得。今乃杂投以它书，仍苶然无所得。

“定心不为微物起。”陆放翁诗①。譬如住逆旅，百事听主人，形骸一逆旅也，岂容以是拘者，桎吾灵台邪？

晤葆世兄，效先知座主文山先生自制生圹于蓟州之穿芳峪，在彼随分作园圃，每年夏秋往游，竹杖芒鞋，婆娑其间，时时讽读经书，杂以吟咏，不复问世间事，亦退居之一乐也。

叶沚川吏部云：捣烂梨汁、萝蔔汁，和生姜汁，温服，去痰百验。下元明粉少许亦可。萝菔辛温破血，功不偿过，梨尤无弊。

篯叟长于审时度务，短于理繁治剧，忖己之长，未能兼有，故亟求助于他山之石以收攻错之资。闻桐城阮恕，字心如，后改名甥，字仲勉，其人雅士。年四十七；久困场屋，安贫乐道，内行甚笃。心识之，予曾在试馆中见其教学生课程，规模好，却未一接其人言语气象也。

问：“尘劳积悴之士，终日心为形役，与枯槁宿名之士，终日心为名役者孰愈？”篯叟曰：“此皆蒙庄所谓重伤之民无寿类者也。”

罪悔之积，皆由不知命，萌生而居官为尤甚。予日前惮有玉门关吏之行，丐友人于时贵处陈情，以病躯艰于远役故也，然究系不知命。苏文忠公言，卖瓮者欲操奇赢，夜不能成寐，手触瓮破，乃得熟睡。予殆未到瓮破时，故不胜憧憧尘劳之念与。

读《杜笺》，其胜处，生平乃不能到其一字一句。涪翁太生，放翁太熟，亦裁到初禅地位耳。不如半山、东坡，得其一体。六一居士避而导源

---

① “定心不为微物起”，“不”当作“肯”，此句当是苏轼诗，此处误。

于韩,心实怯于此老箭锋相直耳。貌为风格,老则只形其陋,诗境之浅深,稚者须俟学力之自至,不能伪也。

陈述古好研究释典,讥东坡公所得之粗浅,坡公答难,有啖龙肉,不如猪肉适口之喻。叶水心论作文字,第写吾心中之所明,秤量而出。譬如贫家宴客,瓦樽竹箸,杯柈草草,亦具风致;必借人家金银酒器以炫客,则伪体出矣。《金史·文艺传》云:文章哗嚣之美,可以惊四筵,不可以适独坐。竹汀钱先生言:心之官主思,宜通而不宜塞。然儒者之用心,求所自得,未有以苦思力索而伤其生者也,盖深浅随其所得,已得则乐,乐且可久,故常终日用心而不为心苦。观此四家之言,则知种学绩文,皆以优柔厌饫,有涵泳自得之趣为美。

唁座师甘泉董先生,有长子之丧,先生年垂九十,神明不衰,每日自课,手抄《易说》五页,自黄梨洲、毛西河、胡朏明、惠定宇、张茗柯诸先生《易》解皆摘取其要,附以案语,字画劲整,前后章法一律,就读《易》日课而计,计已抄数十百种,他书犹不与焉。夜分不寐,则背诵《易经》本文,故能心光湛定,耄而逾笃。萧山汤文端公后所仅见也。盖文端致仕后,亦以钞经为日课云。

不佞处独,无专精之课,居官无可勒之迹,终日惰慢之气,施于身体,悠悠忽忽,急景凋年,日昃之离,曷胜愧悔。

得三兄手报,并示《榆园杂兴诗》一卷,诗中所述,皆乡里山水景物,足以慰旅人,合眼梦乡社之思,内有好句,亦觇天机清妙,山人襟期,故不同热客也。

观《孔林全拓本》《礼器》《乙瑛》《孔伷》《孔羡》《孔彪》《兖公颂》《李仲璇》诸碑,汴人胡扶山藏本,似是七八十年前椎拓本也。

古方亦有时可以治今病,视运用之妙何如耳。

得叔芸钦使同年手札,又得吉甫海外书,两公所言时事,皆正人君子之言也。九流浑浊之中何幸得此。

隋仁寿元年岐山县凤泉寺舍利塔下铭

维大隋仁寿元年，岁次辛酉十月辛亥朔十五日乙丑，皇帝普为一切法界，幽显生灵，谨于岐州岐山县凤泉寺奉安舍利，敬造灵塔，愿太祖武元皇帝囗、明皇太后、皇帝、皇后、皇太子、诸王、子孙等并内外群官，爰及民庶、六道、三途人、非人等，生生世世值佛闻法，永离困苦因，同升妙果。舍利塔下铭。

字体略如赵芬《贺若谊》，而使转环折之际，遒丽宕逸处则不逮。蔡忠惠、欧阳文忠皆云，字体至陈、隋间而工极，信然。当时风气笃信佛乘，湔罪祈福，锢结人心，殆不可解。后巨唐革运，太宗命朱子奢、虞世南、颜师古等于所在战场，立昭仁、等慈诸寺，勒文志之，追荐亡魂超生觉海，荡战争之毒螫，流阳泽之恺悌，犹其馀风未派，抑亦因俗施教，以安黔首而已。

少司马盘洲公枉谈近事，相与太息，言外患不足虑，内忧为亟耳。

光武与隗、公孙争衡，与窦融书，谓其举足左右，便有轻重。曹公闻孙权以荆州资刘备，方作书，不觉笔落于地，此善于审形势者也。今中国介于俄英两大之间，英睦于中，则俄人忌之，而亦阳示结好于我，此用奇之时，形势得失，不可不察之秒忽而善应之。

观俄主答洪大臣临行之词，何异王景略戒苻坚语。国俗政教不同，故不轻开衅于中国。又俄都形势偏重于西，未遑东略，善于审力度时而动，乃其本谋也。

昨接叔芸星使书，讶当路作事之愦愦不及前人。仆戏答书云：无师之学，无体之用，最不足恃。譬之拳法，虽小技，亦必受之少林派、武当派。公久习湘乡曾文正幕职，是见过真正少林派者，故言湘乡之言行，无怪乎视彼无师之拳法，炫技于市者，以为其中乃无物也。而炫技于市者，常苦不自知，方以天下之美为在已，诚所谓大惑者，终身不解，大愚者终身不灵也。

处衰季之世,以慎口为第一义,无问臧否利害,一切括囊勿谈,吾师阮嗣宗、山巨源乎!

盛伯希祭酒为述昌平北山之游;又言近依予昔为松岑布置园石,作剑铓山之法,尽移园石,如法植立,顿改旧观矣;又论养生法能导欲,乃能节欲,顺修逆制,损益两尽之,乃能有效。应潜斋先生说,圣人言寡欲不言无欲,欲者情之才也。欲仁欲义,非仗才力,无以赴之。谁谓湿灰槁木、死心废形而可以从事任重道远之仁乎?

夜读杜集,字字自作风格,老无一语剿袭前人,穿天心,出月胁,洵不诬也。回视予生平所作,稚语脆语,疵病百出,不足当公顶门一棒。修饰句不如公,不修饰句之真朴枵然大句不如公,写小景句之深细、极力翻腾句不如公。波澜意度,起伏自然,杜之章法有以照应为回合,有以隔断为回合,或极秀泽单椒之趣,或具龙威虎震之规。

杜之句律大不觚,放翁便有大而觚处。小不窕,窈冥中有精,荒忽中有物,杜公圣处在此。如有所立卓尔,若欲从,末由已。或导径于义山,流而为宋初之西昆,或依仿涪翁,流而为江西野调,皆失之形骸之外,并不可言虎贲中郎也。大家数无入处,不如学小名学,自成风格,此冯钝吟、朱竹垞极意从晚唐入手,之所以为得也。阮翁取才于《选》,取法于唐,其规矩要不可废。

欲以《龙藏寺》环纡使转、纵横偃仰之法拟临《醴泉》,此杜撰试行之法,无何义门、王良常之功力,那能到古人胜处,第取曼衍穷年,娱神养性而已。

谒漱丈,求教丈云:居谏官之职,如定主意,或有所条陈,或有弹劾,须去两害,一戒发口早宣,几事不密,漏言害成是也。故谏官以守口如瓶为本,以愚藏智,以怯藏勇,鸷鸟将击,卑飞敛翼,盖言至慎也。一戒多后虑。已上章后,中馁旋悔。曹公戒子建云:"吾年二十三,为一顿丘令,思尔时所行,无悔于今。"晋人以机神明断称之,不虚也。《易义》亦谓悔不亡则为吝道也。依违恇怯,徒为识者所鄙笑,是所谓不合于义而又不免于死也。昶退而味之,先生之言,真得慎言行、寡尤悔之要道,能慎能寡，则此中空洞光明，气直养而无害，到临事乃有主宰。

伊川程子论治气养心，以治怒治惧为根本。《言箴》曰：伤易则诞，伤烦则枝，已肆物忤，出悖来违，枢机之发，最禁躁妄，吉凶荣辱，慎之又慎。此善持于未拜折之先者也。内既静专，外不妄发，修辞立诚，所陈皆法，言合于古训，灵台湛定不能自己，于言则亦不敢存趋吉避凶，希荣畏辱之见，此审处于既拜折之后者也。窃意《程子四箴》，语语盛得水住，为谏官者不可不熟读，庶知立言之根源体要。陆三鱼云："吾辈发言，当使一言当百，不可使百言当一。"沈端恪公尝戒词章浮华之士，枝叶繁多，根本欠缺，故词章之徒少能以名节自立者。有味哉！其言之也。高伯恭一生不亟于自见，而风节矫矫自不可及，其暗淡不近名处令人思。刊落浮华，乃治心养气，真消息积之，非一朝之功候。朱子云：为当由铢积寸累而成，内自重则外物轻。

辛毗云："不事刘放、孙资，不过使我不作三公耳。"以王弇洲之才地，区区一令；长兴丞搁马贫老善病之归熙甫，犹操三才弱翰以抗之，诋之为"妄庸巨子"，况才品下于弇洲万万者。恣睢熏心，回天独坐，天眼观之，不过一刹那，顷自当灰寒冰解耳，吾何畏彼哉。

事业者出于凭借，因云洒润，则芬泽易流；乘风载响，则徽音自远。此老氏之戒，所以丁宁于贵其师，爱其资也。

王摩诘《漆园诗》云："漆园非傲吏，自阙经世务。偶寄一微官，婆娑数株树。"郭璞《游仙诗》："漆园有傲吏，莱氏有逸妻。"此翻案新用，绝不作身份语，故佳。东坡诗："贫家静扫地，贫女静梳头。下士晚闻道，庶以拙自修。"朱子最喜诵此二诗。六安吴竹如丈以拙自署，本此。

枕上阅屠赤水《考盘馀事》，王弇洲四十子之一。钱竹汀先生作短叙，颇喜其晚境，优游林壑，文酒自娱，萧然无世俗之思。亦王伯穀山人之流亚也。

偶阅《考盘馀事》，琐细，不及朱长文《墨池编》之典赡，然亦多元明诸代轶闻。

江宁汪梅村先生士铎大吏奏奉特旨入《国史·儒林传》，此佳事，可以发耆儒之幽光。

冬暖阳不潜藏,冬之闭冻不固,地气早泄,匪特虑来年之百昌不蕃,实抑恐疫疠为灾,理阴变阳,觇卦气消息,乃三公之责也。三微之朝候不宜乖。

鉴园邸六秩初度,以旧史偕同官往祝,在葆光室行礼。葆光二字乃苏门高士孙登戒嵇叔夜语。

诣子修就教,君完养冲粹,所言皆实中其声,近日执友中不可多得。

昶从前所读文史,皆卤莽而耘,未尝深耕熟耰也,将广求师友以自敬括。仲韬、子修皆予之药石也。湘乡曾文正公每日自课十二事,其枢纽在慎言养气,而吃紧工夫在无时不敬,胸中无不可对人言之事,故能气藏丹田。温公语刘器之曰:求诚自不妄语,始未有不划除妄语而能直养无害者也。

一日不安义命,徒然一番憧扰于定分,无丝发之益,而于道德有丘山之损。言念及之,可叹!可叹!然陈仲弓一吊貂珰,而杜元凯不免周旋于荀勖、冯紞,此亦视其时有所不获已邪。

惜抱作《宁国府重修北楼记》云:“君子因所身遇,览天地之至文。万事万物皆有天地之文寓焉,不独佳山水为然也。以养神明之用,是谓智而已。若夫较量优劣之论,则智者所不为。”云云。此明通之论也。曹溪云:须转《法华》,勿被《法华》转。古德云:学人当运用三教,而勿为三教所用。智人在班氏《人表》已入第三等,力量逊于仁人远矣。然居浊世不能不以智术自摆脱,免受世法缚。观物以养神明,随处可以悟道,不拘拘于一物一地。此漆园智与恬交相养则和,理出其性之性也,持此以读九流百家之书,取其长而舍其短,则可以融会往古之事理,执古之道以御今之有其助神明之用,岂浅鲜哉!吕成公曰:争校是非,不如敛藏持养,知此则如陈清澜学蔀通办之类,全是矜躁用事,于身心何益,于世道亦何补?故融斋老人极不喜之。

仲弢云:隋《赵芬碑》,竹汀先生极赞其字画之工。文乃薛播州道衡作,见《文馆词林》,但不审书丹人为谁耳。

读《周易乾凿度》，其精要处，惠氏《周易述》《易大义》《易微言》所采已尽之，下篇入算术处，乃脱误不可读，郑注之精深贯彻，佳甚不可言。

代人作《合肥相公七十寿叙》草稿讫，漫不可省视，皆藻绘满眼语也，气不疏而无质干，是文家大病。恽子居设所云，设色乃非也。

徐星友，康雍间奕国手，自序《奕谱》云：用巧不如用拙，用虚不如用实，善攻不如善守。惟善守者乃工于乘人之敝也。诸葛忠武及近日曾文正治军之法全用此。有用之用，不若无用之用，制于有形，不若制于无形。又云：杀机先动者必亡。贵涵养生机，体验来复之仁心。伊川程子云：静后见万物自然皆有生意。此类皆深于《阴符》、穰苴、计然之术之言也。而范西屏之流，乃以闲澹无制胜之术少之，可谓不知言者矣。

咸同间，湘乡密疏，料贼势云：贼行无人之地，如鱼游无水之乡，必不能持久，亡征已见。此工于乘敝，洞知彼己利害者也。故平日行军之要，以不扰民为本。考、宝、早、扫四言之诀，亦以浃洽人情为宝，所谓善教，得民心乃能善政，得民财也。

困而不失其所亨，处困之时惟当循理守法，乐天知命，昼有为，宵有得，息有养，瞬有存。神茂真观复，心明众尘消。一志返己自修，庶几不失其所，然后灵台澄澈，夜气宁定，常有亨道矣。

吏舍宿，肝气作躁，为静之奴隶中有取舍之见，不化则躁心焚和。戒之！戒之！

辛卯十二月

观明孝宗、武宗朝太傅王文恪公历仕小像，公自赞云：愿希首阳之拙，而不欲为柱下之工；愿效知止之疏傅，而不能为济变之姚崇。殆自寓与茶陵李文正公异趣邪。图本王惕甫所藏，今辗转归蒿隐。文恪乃蒿隐远祖。公所著有《文集》及《震泽长语集》，中与吴匏庵唱和为多，沈石田亦与公相知。此卷有王百穀、汪退谷、何屺瞻跋。尊老作一跋尾，甚佳。

君立饷铁雀蟹黄佐食单,殊美。记竹垞有《食铁脚诗》,东坡有“披绵黄雀漫多脂”之句,山谷云“酒熟田家擘蟹黄”,信属残冬风味也。

观明人《五柳归庄图》,名殊不通,卷中有黄姬水跋,侯方域古诗一,亦殊潦草。

何幼原明府芳稌来,愿船先生秋涛之少子也。家学中圮,竟如邢子才后人矣。愿船有《周书王会解笺注》,未刊行也。

惜抱姚氏教人作诗,必从李何王李门径入,渔洋宗旨则取径徐昌穀、高子业,皆翻红豆老人之业,钱受之晚年,诗名《红豆集》。良然!良然!友人中蕁客、仲修亦持此论。

求胜于词,此境犹易到,茗柯有真理,此境不易到。

杜牧之叙《李昌谷集》,砭之云:“少加以理,奴仆命《骚》可也。”此解人语。正谓长吉于《骚》之词,得其皮骨矣,要未得《骚》之真理也。《金史·文艺传》有文章之妙惊四筵,不如适独坐之语,造到茗柯勃窣清转华妙之法界,是名适独坐。

儿子梁肃言,伉之为言也,知进而不知退,知存而不知亡,知得而不知丧,下当接。其惟愚人乎?此为一节。下知进退存亡之道,而不失其正者,其惟圣人乎。另为一节,旧说如此。予谓此子读书稍稍知文中意脉络界画分明处,《汉书·古今九等人表》,圣人、仁人、智人之下,标明愚人,岂此意邪?

友人频见过,予默诵融斋老人拟东坡《哨遍》词,不禁失笑。抑臣朔《戒子诗》所云有群类生耶。

批点《感旧集》,颇有切利病处。

许仙坪丈语我浮沉宦海,惟务啬养精神一字诀曰睡。东坡作《睡乡记》,予心为形役久矣,今日始得甘寝,盖踏破瓮乃得安心法邪。

时时谈画,可谓玩物丧志,烟云之过眼,百鸟之感耳,何足生恋心邪?

午诣曹,至昏暮始出城,腰背酸疼,百念焚和,心为迹牵,神受形役之苦累，一至于此。仆于此而不谋摆脱，可谓至懦且愚，终生不解之大惑哉！

夜中小葺棠茂馆，挂僧渐江画残山一角，水木萧瑟，以寄吾濠观卧游之趣。

偶阅《西游衍义》，此殆衍耶律文正公《西游录》，丘处机《西游记》，而其旨则在《参同》《悟真》，或云婺中许白云先生作，未必然也。亡友庄中白云：其友东海李老人摘录要语一册，题曰《华严外篇》，此本今在予处。

定陵御书匾一方，赐直尚书房翰林臣刘熙载，文云：性静情逸。真知臣莫若君也。融斋老人常语予云：官京师，日出无牛车，徒步往来南大街，衣冠了鸟。或问云：若不畏土大市喧乎？融师笑云：者两傍景致，我都当他王石谷山水者看。此心便了当，真得波罗提木叉诀也。予甚愧公清德，如公乃可谓之真逸。陆务观一官久困顿，早撄衰白，一日忽诵周兴嗣《千字文》云：心静神逸，心动神疲，守真志满，逐物意移。由此悟养生之理，诀在不动心也。寿至八十六。《孟子》知言养气工夫，根源在不动心，寿至九十四，周赧王二年乃终。收心安宅，操之则存形骸，譬如住逆旅，百事乃听主人翁也。灵龟勿舍，乃得颐道。

仆八九岁时读书晦村，夜读林大锷烈士《暮年赋》，辄放声痛哭。今谨记其赋有四句云："一任铜筋铁骨，无所用之，半生弹铗吹箫，忽焉老矣。"云云，斯时尚不知有王处仲诵曹公《龟虽寿》篇，击碎唾壶之事也。及年十九读青田刘文成公诗云："人生无百岁，百岁复如何？古来英雄士，各已归山阿。"则又大恸，不知何以感予心若是。

夜半就枕，眩晕忽作，气喘心跳，自疑阴境忽现前，瞥尔随魔去矣。披衣起危坐，挨至次日辰正，神气渐定。始知学道不可不早计，勿时过后学，致有鼓缶之嗟也。

邵位西言：作宦，亦由诚一之所致。禅门初祖云：有情来下种，因地果还生。良然！良然！此杜祁公所以劝其门生，勿露圭角，姑为毁方瓦合,以待时至而后动乎。

买得画十许轴,内有元人郭天锡《云山万变图》,笔意矫健,后有白石翁、沈石田行书一跋,字迹冲逸,效山谷宜州后书也。其胸襟故自超。

贴新桃符多集成句,多儆戒畏慎之言,敬仿《武王践阼篇》之意。使日出入而作息观之,可以触目而警心,痛除荒嬉傲诞之积习,后之子孙勿忘区区之苦心。

吴仲昀先生有《养古斋杂录》廿八卷,多国朝掌故旧事,滂喜斋主人索刻,因校写未竟而止,俞曲园先生曾借阅移时,大约雁汀王公《石渠馀记》之比也。老辈之勤于手抄,不轻出示人,闇淡而不近名如此,后生小子可举以为法。

石火光中,穷通荣辱,无论身遇何境,与物委蛇而同其波,总以淡然祸福之外,抱神明而居,勿焚内和,为息息相关,刻刻守定,牢不可破之主意。

夕腊祭,穿花衣。与肃儿言吴楚遗俗,祭东皇太乙,礼大夫应祭五祀之谊,及国家大祀、中祀、群祀,又天神、地祇、人。人曰鬾,见许氏《说文》。鬼名谊各不同叙,秩秩然丝毫不可棼乱,此先王制礼,定神人和上下之精意也。

景卢侍郎云:某前辈精神才略冠绝时流,足以有为,第气太高,意太锐,功必求已成,名必自己立,恐物情不附,卒少成功。篯叟云:公言吾方思之,昔富彦国在中书,从容叩一朝士外议云何?对曰:“公以名德夙望在此位,士论诚无间言,所少之者文事耳。”公笑曰:“某待罪政地,使欧阳永叔、余安道辈为谏官,后世书之,天下文章莫大乎是。”若富公识度,可谓加人一等者矣。

壬辰年(光绪十八年,1892)

壬辰正月

以尧舜之智而不遍物,急先务也。老聃以自隐无名为务,梅福以读书养性为务,充此义类以求之,乃为知所先务。故有子云:君子务本,本立而道自生,道生则居之安,资之深而左右逢其源。

郭景纯《游仙诗》云:“朱羲将由白。”注:以日行白道为羲。梵书鹤乐那尊者云:“我止林间,已经九白。”印度以一年为一白。《水经注·河水篇》:“白山北去瓶沙国十里。”梵云:“半达钵愁半达。”晋言:“白也,钵愁。”晋言:“山也如是。”则印度语白,当做半达,盖已翻成华文耳,日秋行白道。《纬书》:“白道二,出黄道西,其日庚辛,主西方,金色,尚白。”《庄子》:“正得秋而万宝成。”彼言一白犹一秋也。正合诗人三秋之义。

昨在厂庙见一旧画,署云:《阳明洞天图》,馀姚王文成公讲学之地也。索直多,竟无由买归,作石养山中供奉信受之法物。

入手先讲求有为法,朱子云:猛火煮,为学日益。次乃及无为法,慢火温,为道日损。最后乃造到真妄两冥,权实俱化,有𩛪(疑为无字)二边,无复馀习之境界。不大声色,声色之于以化民,末也。次第工夫,优柔渐渍,勿陵节,勿躐等。

友人篯叟戏云:不读《南华·外篇》《参同义疏》,不能参透一句。盖指一小说言之也。

祖宗立法,有鉴于宋明之季,亡于清议嚣然,把持朝政,故大小官联事为之制,钤以法律,缚以科条,士大夫兢兢焉奉职守法,不敢效其出位。一得之愚忠,曲突徙薪之智计。魏敏果公象枢言:谏官所得,行其志者,惟弹章、条陈二事。国初风气尚厚,已无敢犯颜极谏者,何况雍、乾以后,文网愈密耶。二百年来官方帖然,士气亦遂不振,积成乡愿骫骳之俗,使不肖者日逞其夸毗恣睢,莫敢诃问;贤者亦仅办洁清自守,修其周身之防。如王文端杰与和珅共事,柴立自洁,不为异同之类。于是国耻、物耻亦遂不足以奋发振兴,群策既诎,外侮横生,物智既弱,夷祸内烈,此所谓矫枉过直之弊,得其一而失其一者也。古谚云:偏重处成乖戾,治理之难,其所由来非一日矣。

陆放翁诗:"平生胆气啬,不欲犯张禹。有时一言失,主臣气如缕。念此思归栖,白首冀安处。"作吏之难如此。古犹今也,为之慨然。

大痴道人《阳明洞天图》有士奇朱文小印,蒋罗村印,疑高江村所藏,抑惠红豆耶?决非杨东里也。以朱提一流购之。

丙子,大驾御乾清宫,举行廷臣宴。风沙昼晦,甚寒。此于京房、翼奉、郎顗等占家。主大臣以峻法纠下,近臣瘖,远臣噤,故致斯异。上天告之,章章明白矣。

阅《高青丘集》,才力华赡,风格健举,所诣远在徐昌穀之上。明初诗家以青田之飘摇沉挚,青丘之高秀朗润,如熊耳双峰,离立对峙,非张羽、徐贲、杨孟载所及也。

阅《青丘集》,至逃虚子事云:灵应观道士席应真者,通兵家言,尤深于机事,荣靖师事之,尽得其学,然深自退藏,人无知者。惟不与北郭十友竞一日之浮名,故所成就远出吴中四杰之上。掩善悄然,废然长思,不复往下看。

作吏事,皆在日历上注记,独居一室事,则入此编,以清界限。

日内放心佚志甚多,不读朱子、王阳明书以维持此心,故有此病。

闻仲修在鄂为郦寄所困,壶公亦不免惑于謷謷之口,故交际之事不受浸润之僭,圣人以为难,师友尚尔,何况君臣?宜移剌、文正公之以忧死也。

邵武朱仕琇《梅崖集》中有《原法》一篇，意理洞达，最为佳作。陈恭甫作《东越文苑传》采入。其要旨云：偷主恃法以愚天下，而上下相谲，以至于亡。夫商君营戎狄为鲁卫，法未尝不举也，而卒之车裂而民不怜。诸葛忠武治蜀，善虽微必赏，恶虽小必罚，所用者亦商君之法，而身没之日，举国白帽，丧之若妣考，怨家出涕，以仇为恩。此无它，制法同而立意异，积宣与积幽之别，毫厘之差，千里之失也。荀卿子曰：宣而成，隐而败，暗君无有。周而成，泄而败，明君无有。一则上幽而下险，一则上明而下化，诚审于理乱之原也。夫仁义忠信，上与下适于治之路也；法制禁令，所以象上之意，导天下趋向者也。圣于治天下者，务明其意之所向，而以法佐之，使劝善惩恶之意若日破雾，若雷鼓蛰，闯然人皆见之，然后有以正天下人人之心之趋向，一其视听，齐其志趣，是以赏一而劝百，刑少而成众。读诏书则泣，乐政成则歌，然后朝廷清明，官吏信度，上下胶固，风俗淳美矣。不善制法者，一切假于文具，以恣行其剸断，机牙重闭，恶人指摘，执利器不可示人之诀，摒弃一切仁义忠信，薄为迂远而不肯为，由是上以欺下，下即以谲上，上下相市，大小相蒙，为鬼为蜮，日趋幽险，则人心败而世变，相寻天下大乱，而身亦丁其祸，是皆上之人好名法而隐其意为之召也。此文润删，非原本。

曹溪能传南岳让，让传江西道一。俗姓马氏，故称马祖。大鉴六祖之传，得大寂而始昌，故有“汝足下生一马驹”之预谶。

大寂马祖谥。云：若能了当此心，乃可随时著衣吃饭，长养圣胎，任运过时，更有何事？

杜元凯镇荆襄，岁时问遗荀勖、冯紞不绝，僚佐怪之，杜笑云：吾若求福，福岂可求？盖以免祸耳。至人之行，与时消息，处平世则守仁谊，值暗世则尚权谋。征南包周身之防，盖有取乎尔。

酒后语多气茶，小极世法之累人如是，宜老烂头陀之或宴坐床下，或寂观室中，离愦闹以求静，习安般以对治也。

目疾。《东坡志林》：齿有疾宜攻之，目有疾宜存之。故治齿如治军,治目如治民,其作运异也。

陆渭南诗,词近而意远,格卑而气苍,调滑而律稳,学之者圆熟不已,流为俗调。离之者貌为高古,又伤伪体。盖放翁自有放翁之安身立命处,而皮相之士失之形骸之外。故善学香山、渭南者,莫若钱饮光。率易中有兀奡,朴老中有排宕,乃为得之。

观陈同甫、刘龙洲集,真所谓儒门澹泊,收拾不住者。

壬辰二月

得旧拓《昭仁寺碑》、决为虞永兴书。《峿台铭》,可喜也。

观《升仙太子碑》,笔势腴劲不真,而点画狼藉,全从魏《马鸣寺根法师碑》化出,文则堆砌故实,殊无足观。唐初书,人称欧、虞、褚、薛。薛少保稷,字嗣通,汾阴人,魏文正公之外孙也,天后朝位至宰辅。学书师褚河南,时称"买褚得薛,不失其节"。吕总评稷书如"风惊苑花,雪惹山柏"。杜甫《通泉县慧普寺观少保榜书》诗云:"仰看垂露姿,不崩亦不骞。郁郁三大字,蛟龙岌相缠。"状其体势,倾倒极矣。此碑阴题名乃薛奉敕正书,名迹寂寥。今存者惟此耳。王子晋见《周逸书》,与王乔自是两人。王乔为叶令,见《后汉书·方术传》,碑文乃并为一人,既引叔誉、师旷语,又引飞舄事,不辨时代,殊可笑也。

景卢侍郎云:俄人言,里海至寻思干、斋桑泊等处,谓之图尔吉斯坦。斯坦,犹华言地方。英人称中印度曰痕都斯坦。痕都即印度。魏默深言斯坦即算滩,乃君长之号者,误。图尔吉乃突厥之音转也。俄语读《唐书》"厥突"二字为"突尔呿",突尔呿又变为图尔吉,如鲜卑音变为锡伯,又讹为西毕尔之类。又转为土耳其。元初成吉思汗兵强,征服印度,突厥种人西徙至黑海之南君士但丁海峡居焉,其后部种蕃盛,遂建国,号土耳其。故图尔吉地方甚广,控噶尔即今奥斯马加之马加地。当元代中叶,土耳其国势最盛,曾兼并马加之地,中土遂误以土耳其古名控噶尔,其实非也。

晤樵翁,观宋徽宗画松上鹳鸽,有高宗、文宗御题诗,石渠秘籍也。敦恭邸许乃普、沈兆霖以下奉敕和。又观元道士冷谦山水直幅，有诚意伯刘文成公诗一首。亦内府物。

光武戒任延以善事上官，《老子》云：贵其师。毋失民誉。《老子》云：爱其资。陈咸诋其父万年云：大抵教咸谄也。乃任延止于入《循吏传》，终身不得为大臣。陈咸摒外积愤，欲乞陈子公力，得复入京城。直如弦，死道边，自古如斯矣。恽敬子居亦坐此坎壈不谐。

凡谋事难成而易败，故黄帝居民上，摇摇恐不至朝。《武王践阼篇》云：战战栗栗，日慎一日。所以然者，少壮志盛而鉴浅，故常以喜事偾事；耆艾识深而气衰，故常以怯事坏事。蒙庄云：感而后应，迫而后动，不得已而后起。不得已之类圣人之道。又云：圣人踌躇以兴事，以每成功。又云：事求可，功求成，人之情也。惟圣人为能用力少而见功多，此为阅历浅而喜事者痛下脑后一针也。《齐策》：子奇治阿事云，老者之智，待壮者之决，相须而成。此又年老智深者不可不知之利病也。

顷自署云"安隐樵人"，汉晋语安隐即安稳。欧阳公《戒子棐、发》云：藏精于晦则明，养神于静则安。晦所以蓄用，静所以应物。东坡《养生诀》云：养生无它术，要使和而安。和则物之感我者轻，安则我之应物者顺。《诗·毛传》云：薆，隐也。惟隐故安，晦静之用，皆根于隐。杜诗"顾视清高气深稳"，善状良马之用物，犹资是以为德，而况于人乎？樵取斧斤，遇事来则能剸断，此称名之义也。

子培来札，为作近诗叙一首，甚佳。连蜷纡回之笔，渺绵窅窱之思，洞庭骤雨，飒沓林表之容；幔亭仙乐，高张霞外之韵。白云霏微，若登山望远；朱华潋滟，又涉江而服奇。清丽为则，存六义之樊篱；俶诡可观，穿九流之胸胁。自非壶丘渊观，孰辨食豨之劬学？信矣惠施博喻，能参观鱼之寓言。相呴以沫，相濡以湿，所谓周周衔羽，蛩蛩念饥，负我而行，大泽吹嘘，以上天门者乎。

欧阳公最爱一唐人句云："曲径通幽处，禅房花木深。"又别一人句云："晓出都门道，微凉草树秋。"有离官寸，亦乐之趣。以为味之无尽，平生作诗未能到此句格。朱子谓欧公之意,无人能识。《陈白沙集》云云。姜白石论诗境有四种高妙,其一曰意言俱不尽者,或此类耶。

《老子》谓,善人者当贵之,我之师也;不善人者当爱之,我之资也。此以事功言,事功非凭藉不成。孔子曰:三人行必有我师,择善而从,不善则改。此以学问言之。《损》,六三,爻辞云:三人行,则损一人;一人行,则得其友。一人行损,则得其友,内卦《兑》,兑有朋友讲习之义,谓以六居三,能自贬损,故兼得师资之益,致两者而一之也,友,兼有师资之谊。

拟刻小印三:其一文曰"积微",微积浸为根。一曰"源于道德之意,只成杂家者流"。一曰"君子佩玦",《白虎通义》取能决断。二刃不剸,四刃不入,当断不断,反受其乱。

《金经》六如偈旧作六喻平列,非也。玩经意,乃谓一切有为法乃前尘影事,皆世法也,从梦幻泡影勘入,捐除俗谛而入真谛。至露、电,乃喻无为法,梦幻泡影相也。露电如如,实不落动静、有无二边,乃不取于相也。乃出世法也。如是观之,了当此心,则不著真相,不著妄相,无住亦无得,无头亦无尾,乃为真如之极致耳。戒律先从有为法入宗净,次从无为法出。做工夫次第少不得,一边慎毋舍,下学而求上达,若躐等陵节则败矣。

托周屯田寄乡信,说临安钱武肃王祖墓形势甚壮,拱揖东西天目,真合两乳之谶。咸丰末乱后,水枯沙燥,山皆童赭。桐庐一术士申屠竹坡今年近六十尝游其地,叹云:山为筋骨,水为血脉,有骨无血,地脉竭矣。此山川之气,有时而崩竭也。钱氏散处四方,今留居临安裁百许户,皆耕甿愚人,十四州偏霸之泽,有时而式微矣。山阴县近三十年中科目甚稀,延申屠一相地势,申屠云:树一高竿于蓬莱阁前,以笠覆之,夜常悬一灯,则地脉可转。县人如言,是年己卯中式六人,申屠之名遂噪。

近日燕俗浮侈,极似元魏武泰永安间洛阳奢僭之俗,非佳兆也。予虽持葛稚川重吊简庆之谊,仍苦人事纷丛,日力不给,形神为之疲顿,欲作"洛中何郁郁"诗以正之。

闻郑苏龛不赴计偕，尚侨白门也。苏龛淡于进取，似知道者。

朝邑阎相国致仕后，卜居虞乡县之王官谷，即唐礼部侍郎司空表圣所居也。闻公于二月初九日薨逝。老成谋国，赡言百里，哲人云亡，邦之殄瘁，可为賈涕。昶，门吏也，欲援笔为文祭之。

诣候通州张季直，季直为予言为圃种果、养鱼、蕃息之法，因天之时，相土之宜，障水之害，引水之利，程人之能，顺物之性，六事具而后千畦姜韭、千树梨栗，规一顷鱼陂，资生之物，左右赡给，千户侯之贵不啻也。予听然而笑曰：有是哉。太上农家者流之术，君盗之矣。季直规予，欲觅菟裘，亦须早自为计，所谓早服乃尽啬之道，乃能重积德，驯至于根深柢固，长生久视，而无不克也。予深以君言为然。

在朝房书估携来《白沙陈文恭集》，以值昂未购得。又《申凫盟集》，柏乡魏公之友为叙之。似可不买。文集太多，不胜插架，不如多阅九流及史书，乃益人意智也。

壬辰三月

兄事友人中孙仲颂作《周礼正义》，已写定本。王蒿隐亦作《周官疏》，左笏卿作《礼记正义》，采辑礼家旧说，草创属稿，皆未成书。

南宋人梁楷画布袋和上短幅，上有绝句一首，无署名，而字迹雄伟，似是长陵御题，诗云："戒律平生既不持，露胸袒腹绝威仪。直饶放下猿头了，也被旁人冷笑伊。"又逃虚子题一首云："长开布袋引儿童，谁识憨痴契此翁。七十二汀烟水阔，几多钝鸟宿芦中。"末署"太子少师，臣姚广孝题"云云。

孝达师所作《合淝使相七十寿叙》，几五千言，真所谓穿天心出月胁，捕龙蛇而与角，引星辰而上浮，开拓万古之心胸，推倒一时之智勇者，馀子所作，真如邾莒矣。

烛下校抄本《湛然居士集》二卷毕，诗中多用宗门语录、《传灯》偈颂，而诋訾当日黄冠中之修炼符、箓两家，殆为长春真人丘处机而发也。公著《西游录》一卷，见竹汀钱公《元史·艺文志》，惜无此本，资以考见公当日镇寻思干城,西辽耶律大石之河中府。官岭北行中书省时事,亦一憾也。

困于往来酬应,言多气茶,佛言譬之大树,众羽集则有枯折之患。欲求歇乏,要在敛藏持养,杜门稀出,仆病未能也。

刘中允云:有足办经世之才,有止能出世之才,鹤长凫短,不能违才易务,强己所难,否则败矣。进以涉世,不若退以存身,多末疾而内不足者,尤宜敛藏持养,俭德以避一世之难,周身之防,不可不密,宜审几而预为之计。

道州何猿叟丈《题定武本稧帖诗》云:"一传只因天笔重,千秋误尽学书人。"真定评也。

却病方:闲时闭目凝神,四勿九思,皆以戒视为先,《老子》云:为腹而不为目①。危坐而无倦容,证人社中规条,以玉藻九容为一大事。学人当先于此门勘入,其他口耳杂学,不足贵也。

《老子》云:豫若冬涉川,犹若畏四邻。敬胜之精义也。又云:绝学无忧。绝,末学也;绝,杂学也,此之谓智纵若尧舜,亦当不遍物而急先务。

入夜月甚明。"浮云世事改,孤月此心明。岂无他忧能老我,付与天地从今始"。诵宋贤此句,为之忼慨悲歌,涕横坠而勿禁。

灯右仍阅十馀卷,坡公句:"寒灯照昏花,佳处时一遭。"又云:"巧入灯花欲斗妍。"向来浑沌,读过顷方知此翁造句之妙。

得湘中一卷文,非正格,然颇挟奇气,史称秃发傉檀、沮渠蒙逊皆有过人之才,记是拓跋之臣李顺奉使时语。云方知六经之表、九洲之外大有人在,此殊可以破古今腐儒之胆,亦如南岳让足下生一马驹子,踏杀天下人也。

故相朝邑公身后当有易名之典,闻公遗疏犹切谏,以为宜罢土木不急之工,以纾频年物力之困。谋国孤忠,允垂国史,然亦多史笔所

---

① 原文"不"字后无"为目"二字。

未能载入者，惧失公之真也。近饰终礼数，颇觉寂寥。回忆公督所属曹吏修《光绪七年国计簿》，同事者六七人，今皆星散，且有物故者，公亦不安于位，徘徊乞病以去。《传》曰：火中寒，暑乃退。无论为君子为小人，志气皆无常诎常伸之理。《易》曰：往者诎也，来者信也。天地四时之运，犹有消息盈虚之数，而况于人乎？乃人之居此世者，恋荣固宠，以为可长保，抑可愦愦也。名节似林木，非素修不能如公节操之坚苦，终当刊之金石以垂不朽。彼挟富贵之具者，日在刹那泡影中，人苦不自觉耳。

家忌日不获预祭，凄哽不自胜。先容幽翳三十年矣，行薄无状，何以仰副义方之训？努力自勉，以希炳烛。

居官无日不在世法中，世法界限极精严，逾轶一步，则灾咎丛生，须刻刻存对越在屋漏中神鬼环瞰之心，不如是不足以希存养，不足以免内外之刑。出世法界限亦极精严，放弛一念，则忿欲自焚，须息息存火驰者灭、暗景者存，坚苦静敬以持己，宽明虚受以待人之心，不如是不足以晞修养，不足以通天人之故。其下手切要工夫在积微，积之又重积之，工夫到这里，则自然能达虚明自照，应物无机，刻刻收敛涵藏之境。

入夜始得雨，融斋老人《喜雨词》云："似我无田喜不支，何况农夫意。"韩诗云："头轻目朗肌骨健，从此直至耇与鲐。"真人人意中有此景象也。

有一浙中卷，已入落卷中。文笔疏宕而无俗气，射策于柳边地势尤详，在江阴吴太史房，疑为絅斋手笔，怂恿补荐，君鎮而诺焉。四月十一日拆弥封，果吴絅斋卷也，喜眼光尚不谬。

自初六入场至廿六，得诗十八首，以后戒勿作，恐妨害分内正事。作诗废日，大戒大戒。

胶胶扰扰，恁地过了半生，于有为法中尚未做得有条理，遇事之来，应之不能简当，更何敢高谈无为法门。弱羽狂飞，自取咎败，戒之戒之。

补记廿二日病中

廿二日上堂阅卷,鸡鸣始就枕,目力既疲,贱躯亦病。年垂衰白,何所光挥而坐为外物所困,一似寒酸措大,穷老尽气,甫博得一学幕,几乎以身殉卷,丢却三根救命毫毛。蒙《庄》云:善尊生者不以利累形,不以养伤生。此申言《老子》名与身孰亲之谊。张湛戒范武子养目疾六事云:一损读书,二减思虑,三简外事,四专内观,五早起晚,六夜眠早。《庄》又云:不养其生,谓外形骸、薄滋味,一切舍去,勿以是为养。而养其生之主。生之主,神而已,谷其神明,所宜亟养,如鸡抱卵,息息不离;如龙抱球,惺惺内敛。故《老子》云:抱一能无离乎?予违此法戒,于养生之事大妨,积微成损,积损成衰,从衰得白,从白得老,此必至之常期,自然之分数。用微积法算之,活了十日,支用半年精神,大不合算。

天下大戒有二,其一命也,其一义也。外则阴阳寒暑六气之物,盗人精气,种种可喜可悦、色香声味及可艳羡之境,吸人灵髓,此为外刑,命之属也。内则忧喜苦恼,六情之物,盗人神明,烁人荣卫,以及礼法度数,形名比详,爵禄之浮荣,酬酢之繁节,日坐火宅、蹈泥坑,桎梏被身,而莫之曙戒,世法贯索,而末由解脱,此为内刑,义之属也。人盗万物之生,万物盗人之生,循环相报,网恢恢而不漏,所以云者,杀生食肉,残物命以供口体之餍,人盗万物之生也。怀禄耽爵,火驰焚和而不顾,一旦壑舟潜移,遂成枯涸,此万物盗人之生也。古今同作一丘之貉,凡夫未尝有所损,上圣不能以解免其生也,均之微如虻雀耳。以命义为之大笼,则慑慑焉无所逃,而惑者终身莫之寤,可不为大哀耶!是故孔抗浮云之志,孟养浩然之气,柱史以万物为刍狗,园吏以七尺为缀疣,憬然蚤寤,渊然曙戒,潜修内真,秕糠世乐,超兮芴兮,慭然栖于万物之表,诚畏之也,诚戒之也。

二场荐卷校毕,交呈已讫,如释重负。

有应校正之卷,多加详批。

东坡云服芡实,细嚼乃有益,生津液,固肾气。此见苏、沈良方。芡一名鸡头子,山谷诗谓之"鸿头",诗家多以用生僻语,自矜奥博,山谷尤喜熟事生用，俗语雅用，乃其密意密法也。

枸杞一名仙人杖，春生苗臛而食之，可以明目。天隋子日食杞菊，作赋颂之；东坡亦喜啖之，后作《杞菊赋》，此天下之正味，非击鲜为具者所能知也。

阅二三场卷，先须辨各行省之风气，师法所向。黔、豫则郑氏子尹、钱氏衎石之流传已微，粤则陈氏兰甫，吴越则刘孟赡父子祖孙、刘楚珍父子、陈氏硕甫、丁永之、管洵美、黄薇香丈、俞氏曲园，蜀则南皮师、钱铁江、王壬秋，湘则邹叔绩、杨性农、王逸吾，析津则李蓴翁，保定则黄子寿丈，非此诸家之门徒，则多野言，取去之平，以是为率。

三场荐卷八十五本，又补荐一本，蕆事，予以病误公，顷尚未细检落卷，朔日业已截止，纵使落卷中有佳卷，亦不能补呈堂上，抱疚殊深。

壬辰四月

《平淮西碑》铺张裴中立平蔡之功，喧赫人耳目，实则区区元济，蕞尔之地，第如黑子之著面，荆公所以讥之曰笔墨虽巧终类俳，韩公不免阿好裴令而为之辞也。然公实约《诗》《书》之指而成文，鲁人颂僖公曰："荆舒是惩。"僖仅附和齐桓预于召陵之会耳，非身在行间也，而其下虚美之若此。然则韩公以文字之力，耸唐德于诗书之表，又何嫌哉？金明昌大定以后，地狭政秕，人才衰少，得元裕之《中州集》《壬辰杂编》，刘祁作《归潜志》，遂为金史所取材，俨有声明文物之足传于后，文字之功，亦岂可少乎哉。

中丞陶方之先生刻志坚苦，治行卓然，近闻与朱亮生同年手札云，"论时务，用人为先，惟广东人万不可用，四川人次之"云云。亮生亦言，粤人除潘孺初、邓铁老外，皆不堪用，云云。窃意芳兰十步，何地无才？镜甑异宜，器有各适。魏武言，任天下之智力，以道御之，无所不可。两公之论人材，似失之拘隘，必执一格以议用人，天下无可用之材，亦且无可举之事矣，似未为通识也，质之亮老，以为何如？

同年缪筱珊以病辞经心书院一席而归。月课四百卷,极疲累,山长之不可为如此。且诸生气习浮嚣,尤为可恶。筱病怔悸状,与予辛未腊、壬申春之病相同,皆多用心之故。境能累人,《老子》云名与身孰亲,故耽著述、立修名二事皆足以残身伤性者,不可为也,不可为也。

有一湘中报詈士人,匿名贻书痛骂,惟有遵用高平范公法,勿知其姓名为妥。且先师不云乎,"呼牛则应之以牛",人予之名而不受,再受其殃,此处世之大戒,所当服膺者也,亦默然不应,避其舌端而已。

明末国初人称同榜为年兄,门生则曰贤友,自称曰友生。今通例,凡座主、房师称门生,为年兄,若施之于齐年生,则色然骇矣。竹垞先生与门生胡解元任舆书,于世俗称谓,古今升降之故有慨乎,其言之。不佞今酌于门下,于年长老于文学者,称之新先辈,将来去新字。次则称年兄,自署云同学弟,从时宜也。

志克庵副都统刚弃官,往来北山中,似知道者,为人笃实不苟,晚修《抱朴》之术,年七十四而有婴儿之色,今闻其化去,觉北山中少颜色也。

连日吏役,手家随园先生一册自遣释,洵乎其为辩才也,使人意消。其论诗亦足以救阮翁之末弊。特未曾勘入惜抱境界,于钱蒙叟亦知之不深。

郑所南井中《心史》,咸言伪造,家随园先生赞其四言诗一首殊佳,云:"今日之今,霍霍栩栩,少焉瞩之,已化为古。"魏默深先生诗云:"今日之今,风风雨雨,俄焉瞩之,已化为古。"章法虽袭之而意转胜。

阅常州国朝先辈骈文,信乎于铁丽丰缛中寓清刚隽上之气,熟精《选》理,其在斯乎。仪征阮公作《文言说》,伸偶诎奇,谓要当以萧《选》为正,而非韩、王、欧、柳以下诸家为不合古法,与梨洲黄先生《明文海序》之说极贬《选》体者,如寒暑昼夜之相反,不知皆一偏之论也。齐梁文格,源本《汉·艺文志》所称诗赋家,滥觞于楚词,以比兴托喻为归，绵丽隐秀为质，此存乎有韵之文者也。阮公主张之。韩、欧、李习之、杜牧之以下以单行制胜，化排比之际，源出九流，萧昭所谓以立意为宗，不专主能文为贵者也。此存乎无韵之笔。梨洲先生主之。体各有适，一经一纬，一正一奇，实相为用，不足以相非也。

顷见友人篯叟自度曲云："半白已成翁，颓似枯僧向壁，好胜好名好色，争禁无力气。回首少年场，醉倚绿藤歌席，而今病眼看花，有一重雾隔。"

【眉批】按：此似自作，未入诗。

壬辰五月

筹算笔算家，以中间本位一点为定盘星，知其所止，而后有定本位之义也。养心之法，莫妙于《艮》象之思不出其位。每日间随宜立一课程，作此事时勿迁彼事，读此书时勿涉彼书。朱子云：读了上句不知有下句。前际勿追悔过去，后迹勿妄睎未来，前后两际，二边俱断，但勤勤兀兀，实修现在，如是则神凝，神凝则天全，凝且全则和理日出，奥窔日入，遻万物而不伤，通众理而不为劳，于是区中日出之新义，皆资吾涵养神明之具，无俟苦思力索，亦无所优劣轩轾于其间。《大学》要领，知止生定，定生静，静生安，安则能以无虑，虑之以无得，得之功夫次第，一线一紊，此之谓也。

治世尚仁义，乱世则尚权谋，故曰：有法无法，因时为业；有度无度，与物趋舍。

横逆之来当顺受之，曾文正公："受尽世上万般气，养得胸中一段春。"又云："吃一堑，长一智。"又述谚云："好汉咬脱牙和血吞。"能顺受世缘，正所以养吾志。

《荀子》称弓调而后求劲焉，马服而后求良焉，士愿悫而后求智能焉。戴东原云：大国手只能用第三手第四手，断断不敢用二国手。才相轧,又不受驾御,故宁割弃也。曹公语袁绍云:吾任天下之智力,以道御之。桓宣武谓谢司马云:人不可以无势,我乃能驾驭卿。杜诗赞文皇云:“君王自神武,驾御必英雄。”某君自命太高,忘其分际,名过其实,又不受驾御,此天下之弃才也,但虚与委蛇足耳。

子砺过舍,谈其乡先辈明督师袁公崇焕事,公父本广西人,以业估寄籍东莞,故又为东莞人。子孙戍滇。后入国朝,编汉军旗籍,蒙恩昭恤追以谥。

敬山来谈,周保绪先生济少有羸疾,因习《易筋经》多年,遂膂力绝人。陶文毅公督江南,聘以缉捕盐枭,萑蒲遂戢。伊川先生云:修养之所以引年功夫,到这里则自然有此应,信然!

虞山尚书师园斋置酒,命同尊丈、心云、子培、仲弢、屺怀、子封宴集,获观秘阁帖十二行,《乐毅论》《画赞》《黄庭》诸拓本,有苏斋翁阁学跋十三行,笔势、分行、布白绝似穆子容、唐邕诸石刻,不类世间流传本。又观王麓台侍郎模黄太痴《富春山图》长卷。又王耕烟模燕肃《长江万里卷》,皆伟观也。又观明拓《砖塔铭》,章法完好,是砖未断裂时整拓也。十地翘勤,翘字点画未漶,可辨。屺怀所得。

敬山来谈,学骈文须从范书、沈隐侯《宋书》、魏伯起《北魏书》三家入手,则能知叙事之妙。不佞深韪其言。

书家一点一画,画家一树一石,皆由界画之积而成章法。界画者,算法中之点线面体也。隋唐以前,六艺、九流、辞章家著书立说,大而文史,细及稗官,皆有脱胎理脉,界画处极分明,所以能具茗柯真理,自成家数也。宋元以后人著书,廓落笼侗,全无界画,大失之楲,小失之窕,非不枵然务外观也,然体裁精密者极鲜。惟半山老界画最严。至本朝,文人多函雅故而不造虚词,通古今而各成气格者,渐得界画之遗意,似稍稍复古。

合肥师相疏荐出使人才四员,志伯愚宫詹裒然居首,次则汪芝房,馀二则斗筲之人,不足比数也。

乳伯以所著《说文审音》《说文考异》《章山诗璞》见示,皆未付刊者也。怀挟之而归，欲抄一副墨。

闻虞山尚书家园中老竹生花，凤鸟非竹实不食，元遗山诗云："老凤常饥竹花实。"此亦物异耶。

萧昭明《文选》楼，扬州废金钟寺乃其遗址也。

张乳伯先生夜枉茅堂，论学论文，极其倾佩。君言六书，"詶"为诅咒字，不应用作唱酬字，并以小诗见赠。君言近人诗如遵义黎庶蕃之巉秀，山阴万同伦之雅澹，不可多得。又举复堂、中白、均父集中利病，殆不为妄叹也。

陆文安公云：涵养是主翁，省察是奴仆，火壮则烟渐微，性充则情自约。修其本而末理也。

言多气茶，以后守孟诜之戒。

壬辰六月

《周髀》言商高积矩，《礼记》言絜矩之道，矩所以为方，《易》方以智，谓卦之德应矩也。《庄子》称孔子语子贡曰：彼游方之外者也，而某与子游方之内者也。游方之外则偭矩而改错，违立身慎独之谊矣。《庄》又云：昌狂妄行，乃蹈大方。此《外篇》谬论，《内篇》言缘督以为经，犹不敢颓然自放也。此最害事。夏侯太初、嵇叔夜以之杀身。大方本《老子》"大方无隅"之意，然失老子本指形骸之外，去之弥远。《老子》涉冰畏邻，慎之又慎，与曾子临深履薄之戒相贯焉，有所谓昌狂者乎？诬苦县之学甚矣。

读《韦苏州集》，缘情丛累，晚依道流，真所谓智与安交相养而和理出，其性者与。

汉谚云：肺腑而能语，医师色如土。道家尚冷，医家尚熟，而名医徐灵胎独谓虚无补理，深抉补剂之害人，颇与摄生家消息相通。予粗涉吹呴吐纳之理，而不知本草寒温之性、佐使之用，是以见经方而不能辨，兹梁儿等病已历数医，所饵已及十方，其取舍，予不能决也。

日内山人颇有饷遗津要苟冯之事，仿杜当阳遗法也。予以为接物当宽恕,全用世法,而律己当严,专用出世法,则事机融通而心迹超迈,仍无所沾滞于其间。

此现在暂予通变之术,至独坐时,屋漏戒欺,神鬼窥瞰,万象森著,刻苦自立,息养瞬存,勿稍失平生绵绵冥冥之志。

阅《丹铅总录》讫,此书凌杂中有粹美处,用修长于修辞,多识古人文章句律,虽不逮顾氏《日知录》之闳实,钱氏《养新录》之精确,要其当明嘉靖中叶,风气未开之日,能从考订形声、研究训故入手,筚路之功焉可没哉?

松生征君来书,并寄抄本《景定严州续志》十卷,此书续《绍兴严州志》而作,止载孝、光、宁、理、度五宗时事,景定改元,理宗之卅六年,庚申也,而绍兴旧志,菁英皆萃,乃不可复见,惜哉!

松性喜燥,燥中有润,故心实而理密;竹性喜湿,湿中有洁,故心虚而节和。物之才各有所宜,由性不同也。违才性则不能得其用。

李仲约少宗伯枉过,论道光中林俟村先生在广州烧烟御夷事。宗伯又述骆文忠公论林公不允法美两领事助我剿英,乃老谋长算。魏默深议其失机,乃不达夷情之论。左文襄在骆公幕日,追论往事,亦从魏说,及闻骆公湘人助湘、粤人助粤之论,亦心折而前言之失。

楚白详考《元史·地理志》,《西北地名附录》尚未成书,其勤至矣。

冥寿非《礼》也。先公尤不喜讽经,先母则崇信因果,喜诵梵经。今日先公生忌日,慈荫幽翳三十年,距生于道光三年癸未,政七十年。不孝不免从俗,且依先恭人志,借道院斋僧讽经,设伊蒲馔追荐。罪人积慝,无可赎于毫毛,贻厥神明,庶潜通于肸蚃,谨率孙男允棣等跪叩行礼。以少厄寇乱,骨肉流离,凄怆切心之故,遂不克告知。旧质明行事,乃蒙沈子培、子封、黄仲弢、吴子修诸公枉助奠醊,各致生刍,诸先生之厚意,乃极可感也。

子培论元魏、高齐以后，渤海高氏、琅玡颜氏之子孙昌盛，代有仁贤，皆高文公允、颜黄门介有以委蛇秽朝，禄恤宗族，多方培养之故。皆不顾一己身前之名，而隐绵祖宗血食之计者也。诚欲为孝子慈孙，舍二公奚学哉？如嵇生之隽、谢客儿之昌狂、崔浩之智，炫躁浅露，卒覆其宗，则谓之不孝子可也。人家佳子弟，必依于谦冲笃实为主，陈仲弓、王文舒，国朝桐城之姚端恪、张文端，新城之陈凝斋先生乃得之。

《答朱鼎甫同年书》云：不佞于君，去之形骸之外，君一佛出世之鲁国男子，已成了一气格，不佞则九转忽弼勒罕之柳下惠，已刓纯朴之质，殆枉道而事人矣，何敢望公之后尘耶？陆大夫、东方朔效柳下之工而去之已远，其志之洁，尚不及杨凝式也。

有飞蝗翳空，自西北来，投东南而去，此咎征也。四海困穷，岂能胜此灾咎？天下嗷嗷，待吾君吾相仁政之泽，亦已迫切矣。

"院似禅心静，花如觉性圆。自然知了义，争肯学神仙"，此杨景度《题洛中华严院》诗，清丽可喜也。杨少师将出，仆请所之，杨曰："宜东游广爱寺。"仆曰："不若西游石壁寺。"杨举鞭曰："姑游广爱。"仆又以石壁为请。凝式乃曰："姑游石壁。"恽子居文内引此事。凝式名家子，既遇事屯难，而唐梁之间以阳狂自全节，概襟量宏廓，竟免五季之祸，以寿考终。凝式，新旧《五代史》皆无传，有一传似黄长睿作，赞云"正谏似直"。谓谏其父涉事，时仕唐天祐中为秘书郎。吏隐如愚，岂特□□□东方生之流乎？卒年五十八。

李西台建中《题凝式华严院诗后》云："枯杉倒桧霜天老，松烟麝煤阴雨寒。我亦生来有书癖，一回入寺一回看。"

《瓮牖闲评》云：世谓凝式有心疾，殆非也。凝式当乱离之时，姑托此以全身远害而已，亦如葛稚川之托迹于勾漏丹沙，素乏进取之姿，偶好无为之业然耶。

黄文节公诗："世人尽学《兰亭》面，欲换凡骨无金丹。谁知洛阳杨风子，下笔便到乌丝阑。"荆公作字，晚亦规摹杨少师，见米黻《书史》。

《鲁论》品目近代人士,逸民为上,柱下史、梅福之流乃冠逸民。不降志辱身者也。等夷于逸者为次,侏张为下。杨子《法言》:"圣人高饿显,下禄隐。"又云:"柳下惠非朝隐者,与侏张之徒降志辱身矣。"而其中莹洁乃以微明自了澈也。阳狂以避世,虽至圣评骘人物,亦舍其迹而原其心,窃取斯义,列叙古今人系之,恐无当也。

《简兮》之卫伶官,柳下惠、少连,其学而至焉者与;学而不至者为:漆园吏、陆贾、东方生、阮嗣宗、最慎口。葛稚川、颜延年、陶弘景、贞白虽依违于齐梁之间,然临终作诗刺时政云:"夷甫任散诞,平叔坐论空。岂意昭阳殿,遂作单于宫。"非无救时之识者,特值梁武讳谏之始,不肯直言耳。故亦取之。王无功、贺季真、杨凝式、袁凯。

大抵逸民有天隐、地隐,皆能决然舍去者;不能决然舍去而又傲然不屑于世、不肯自失其真宰,此类皆归之侏张一流。世间第三等人也。

班固讥太史公先黄老而后六经,是非颇缪于圣人。以迁父谈《论六家要指》,颇掎摭儒墨名法之利病而右道家,以为独能究万物之情而为万物宗主,故固云然也。《古今人表》于圣人、仁人、智人之下,第四格始列伯阳父名,伯阳父见《国语》,即老聃也。再考。屏之三等之外,亦殊偏宕失中,何《幽通》一赋仍不出道家宗指乎?张晏曰:老子玄默,仲尼所师,虽不在圣,要为大贤,动为圣人所叹,言为后世所则,而在第四,此为失谬。晏说甚已,乃各本《汉书·人表》,伯阳父之外复出老子,系于仲尼之后,列第一格,此必唐人所增,而伯阳父三字漏,未曾删去。然因此得存古本之真。唐代自以系苦县,开元中祀为玄元皇帝,陆氏《经典释文》《老》与九经并列,《史记》七十列传升老子于伯夷之上,此其更改品目之迹为显然也。

壬辰闰六月

道光中大考翰詹,钦命诗题"巢林栖一枝",通场不知出处,时曹文正直军机,语同官,为之背诵左太冲诗一字不遗。上阅卷毕,怒甚,以为词臣无学乃尔,欲再试之。明日召见公,询以诗题出处,公以不知对。上曰:汝亦不知邪,无怪若辈也。再试之意遂寝。同列咸怪公何前能背诵而今瞢然,公曰:偶然耳。设上以他题再询,其能一一对邪?昔张禹、胡广以和柔谦谨自全禄位,白璧不可为,庸庸多厚福,此其所守也。公之此对,既阴献其少疏栗事之谀,又以福门下后进,此种衣钵得之于金坛诸公,所以媚上意不为危言,切论在此。而当日军国利病,人材偎陋,风会积敝,不得上达,虽圣虑所照,锐欲整顿而无由,使人君孤立于上,庶事丛脞于下,积成季年之乱,公此事庸为美德邪?

接读《困学纪闻》,深宁公乃考证家之祖,欲求经学门径,仍当别求之惠、江、戴、段、王诸儒,不当暖姝,专守一家之说也。

乳伯来札言,予舌纹裂,主用心太苦所致,心窍于舌也。与凌嘉六叔侄之说同,治之仍不外张湛损思虑之六物汤。予思习字最为养心,伊川程子作字时甚敬,曰吾非要字好,即此是学。

西方域言:喀什噶尔,多砖房也。乌兰乌苏,赤水也。喀喇乌苏,黑水也。乌宗岛,长山也。木素尔达阪,冰岭也。寻思肥也,干城也,寻思干城,肥城也,言水土肥美,百草昌殖。西辽耶律大石河中府牙帐在此。俄人称伊犁为固尔札,以固尔札城名之。

国语称山曰阿林,水曰穆珂,江曰乌拉,六个曰宁古塔,松花江曰松阿里乌拉,黑龙江曰萨哈连乌拉。

内勘照用

止办暗行自照,切忌弱羽狂飞。姚惜抱先生自以才弱,善藏其短,舍喧守寂。予才性视先生尤弱,善自卫济,慎毋标榻以取颠蹶。兀兀修持任运,溶溶学侣同归。才弱不立宗指,勘入一句希微。讽馈沂阳春晚,独称点也知机。世法穷年莫殚,仅多闲是闲非。斩断葛藤不管,直裁推破重围。惟有净业平等,云栖老宿堪依。

阅《传灯》竟,曹溪下诸宗不立文字,直指心地,止此一桶水,发起机用,彼此匀注,诸宗年多至八九十始入荼毗。而博通内外典,长于文笔,贯串经论,融通事理,如天台之智者,圭峰之宗密,于彼法中,予所最心折者,享年不愈下寿,是知多记损心,固于卫生之经相妨也。此全鲒埼之治史、戴东原之治小学、周书昌之校四部、孔巽轩之治《公羊》、张皋文之治《易》《礼》,所以年不逾五十,诚谈空者逸而积精,征实者劳而耗气,利病不较然易明邪。

世语相传,往往沿久忘其出处,如称刑部为白云司,唐人诗"秋冷白云司"。问以白云缘起,人皆莫对。按《汉·百官公卿表》云:黄帝云师。云名注引应劭曰:秋官为白云。

移剌晋卿,佐成吉思汗戡定西域,一代佐命,功参微管,宜乎津洽六艺,甄综九流,闳学伟识,加人一等矣。寻究其所著《湛然居士集》,则根柢不出于药山、临济,一尺之棰,日取其半,用之不竭,寂处含照,照已还寂,权实互施,止观双运,于宗门参话头处发起大机大用。一箭过西天,彼药山、临济所挟持,一洴澼绕之贱术耳,公受法得之万松老人,而所成就如是。计然之弟子范蠡,尸佼之弟子商君,嵩山老人之弟子王猛,河汾之弟子房杜,戚同文之弟子范文正,孙夏峰之弟子汤荆岘、耿逸安,虽操术纯驳不同,要皆智过其师,方可传授,其师之于弟子,亦不轻传,必择其有心血坚强、荷担得起之人而授之。殆由根性猛利,其资地精力足办任重道远,见性同而所以用之者固异邪?耶律文献王门地,积累故厚。且昔荆公决事用《周礼》,温公非《孟子》而用荀、杨,陆忠州、韩退之各挟其所学,皆于时局无大利益,李泌为相,荐阳城窦参、赵憬,而不荐陆公,盖学术不同。反不如食息黄老之留侯,明申商之贾生,以申韩、穰苴开发意智之诸葛忠武,习纵横家之魏元城,依隐神仙方技之李长源,具绝大作用,掀天动地,只黑窣窣地致虚守静,从容游刃,不大声色,略略点掇一二机关,已潜消劫运,渐向清明世界。今湛然又以禅学上发起机用,聪书记逃虚子根柢本领,形骸之外,去之已远。然则儒家之博而寡要,劳而少功,有时不如九流二氏,芒硝大黄之用,止刀圭,许发汗,足办起死回生。谚曰:正人行邪法,邪法皆正。《晋帖》云:有验者乃是要药,药而无验,虽日投参茸,为害滋烈。然哉!然哉!子培笑曰:我辈何尝不会得昭昭灵灵底禅,而无湛然手段者,殆沩山所诃,汝已得大识,未得大用者也。呵呵。所以然者,一由根器未猛利,一由机缘未凑泊。人才大小及成之浅深,各有分限,各有遭遇,固如是夫。友人谭仲修评龚、魏诸公生平遭遇,有神足气不足之说。故《相人书》言,神清气润者相,神坚气劲者将,神敛气静者列卿牧守,至神清气茶者不过作《儒林》《文苑》《日者》《龟策》,一切世间畸零之人而已。汤荆岘隐居,以求其志,全章题文曰:若是天民大人,非诗书所能启牖,从门入者不是佳珍,上根慧业人自发心光,乘时节因缘而入道。非师友所能扶持,师友特以助吾证之不孤。而常无所挟焉以造之。此老真见得分明,道得确凿,扫尽未学,竖出三界。有具体之用,随方因应不穷,孔墨黄老是也。《易传》曰:精义入神,以致用也。又云:利用安身,以崇德也。又曰:安其身而后动。盖啬养形神完固,而后能思虑坚强,思虑坚强而后能义理精密,故老子贵虚心弱志而强骨。又言:心能役气日强,绵绵若存,用之不勤,乃养心摄气之要也。有无用之体,儒家是也;有无体之用,申商是也。荆公诗:"世人慎莫轻商鞅,商鞅能令政必行。"儒家之操术迂,验而亦后亡,申韩之操术速,验而先亡。金水内景,不能外光,体多于用;火日外景,不能内光,用多于体。

【眉批】按:"温公"下三句,原文加黑道,并自批一"谬"字。

问孔子瞰亡拜阳虎,孟子拒王驩,应之各有机权,而可以为经者也。此外如陈寔之吊张让,杜预之遗荀勖、冯紞,李宾之、王济之托迹秽朝。一委蛇忍诟,一洁身引去。王阳明之结张永,张居正之结冯保,诸公作用,其指异同。

为学取舍

读六艺,然后同天人之故,故理事融通,义如快斧利刃,遇事一分两段,立亘古是非利害阛市之平,礼所以明是非,智足以知利害。《易》曰:损以远害,益以兴利。为是学者,善守绳墨。读九流家言,然后究古今之变,能以识略胜,条众理而摄万物,利害洞然,操之决事深切,著明其效,若桴鼓之捷。

史家理随事见,无有统绪,伦物错综,本难隐括。末俗浇讹,上下相市,立法之迹,务示公正,行事之心,存乎权谲,心迹违判,世运密移。作史者谬附《春秋》笔削予夺之科指,不审史法与经法不能强同,过求明是非则利害必暗,往往不切事情,故记事以深明利害、切中事情为主,而其利害之迹,却不可刻舟胶柱求之,欲求执古御今,在心知其意耳。

金石词章,一被之乐工,一技等俳优,此特润色鸿业之具,最不切用。然文质华实之故,犹如卯酉二门,春舒秋敛,运不足以相废,权亦资乎并存。

考证家去治事条理太远,劳倍而效不能半,譬之入海算沙,徒自困耳。虑烦识瞀,则害在事机;言琐气局,则害在文体。

座师甘泉董公薨逝,又丧一老成人。公耄学不倦,致仕后虽寒暑疾病,未尝废抄书日课,年垂九十,《通志堂经解》《学海堂经解》皆有提要钩玄节抄之本。南齐沈麟士手抄书满数十簏,今于公见之,近世中朝大官所稀有也。

外姑郭太恭人本日巳刻弃世,酉刻大敛,附身附棺品冠章服,均依命妇告身,皆极华美。回思先母大事,在乱离中敝衣稿葬,至丁卯冬初始以七品服易棺改葬,痛心前事,益不自知其催哽也何。外姑没齿承平之世,福命若此,而吾母罹此阨穷耶,不孝之罪,擢发难数也。

阅陶文冲同年所著《稷山论书绝句》,最录其注中胜语

括州南明山,晋葛洪摩崖"灵崇"二字,体兼隶楷,气象浑穆。

孙吴衡阳太守《葛祚碑》,为正书刻石之椎轮,正书三行,字径三尺许。九真太守《谷朗碑》在湖南耒阳,刻于凤皇元年,分书波发,至此渐收,已骎骎开楷法矣。

右军书源出章草,特将波发敛入横直,自开宗派。张怀瓘谓,子敬年十五六时尝白逸少云:古之章草未能宏逸,颇异诸体,今穷草纵之致,不若稿行之间,于往法固殊,大人宜改体。逸少笑而不答。及业成之后,神能独超,惊奇峻险,二王异同之故。此数语颇浑括。

大令别创新体,易敛为肆,梁武重右军书而不喜大令,评子敬书如河朔少年,虽皆充悦而举体拖沓。乙盦谓龙门造象,其掠法竟与宋拓《洛神》同势,故与此法为近。

【眉批】乙盦似是沈子培丈。

刘宋石刻今存极少。《爨龙颜》、大明二年。《谢灵运石门诗》、括州。《始康郡晋丰县囗熊造物记》、元嘉廿五年,石藏福山王氏。《高勾丽长寿王己丑年故城题名》。元嘉廿六年,石存朝鲜平壤吴氏。

郑中岳书泰岘及赵德甫《金石录》始见之,此后七百年无人推托,阮公元撰《山左金石志》搜拓得之,至今大显,诗刻及题字多至五十馀种。

米海岳评率更书"庄若对越,俊如跳踯",可谓冥心象拟,移以品题。《鲁郡太守张君清颂》尤曲尽其妙。文品"峻洁"二字最难到,书品亦然。《张君清颂》可谓峻矣,贾思伯、阳宣皆逊之。

温禹弼《题贾思伯碑》阴云:父友石曼卿酷爱此碑,谓其行笔似褚登善,疑褚书得此笔法。此说非也,褚法乃出于丁道护、张公礼。

《刁惠公志》落笔隽绝,纵而仍敛,密而能疏,丽而有则,画短趣长,真独精研者矣。

《魏营州刺史崔敬邕墓志》康熙中出土。在直隶安平县,《刁志》熙平二年十月,《崔志》熙平二年十一月,文体书体如出一手。闻此石一士人辇归南兰陵,今失之。李眉生提刑有拓本。此石遒正婉丽,足洗造象之粗陋。北朝自有佳书,具眼人辨之。刁、崔二志并以三世名讳官阀,提行列于序首,妻及兄弟子息缀之石阴。竹汀钱先生跋,疑其似今行状,式为志墓变例。

《西京杂记》称前汉杜子春临终作文,刻石埋于墓前。《博物志》载西京时南宫寝殿有醇儒王史威长葬铭,此志墓之始,南朝敕禁立碑碣,故宋梁志石绝稀。

《高子澄墓志》,遒丽开褚。

《高植墓志》旧藏德州田侍郎雯家,不知何时毁失,今所传乃妄人伪造。劲穆为率更书体所祖。《马鸣寺根法师》峻落反收取势,浑劲一节独到,于北碑中自成一气格,李北海源出于是,东坡亦时有入处。

《敬显儁碑》神融气逸,得破方为圆、削繁成简之妙。李仲璇精于使笔而拙于构体,且一篇之中篆隶杂厕,章法失伦,究非楷则正轨。

《二爨》及《寇谦之灵庙碑》,以分法为楷法者也。《龙藏寺》亦时用分法,每作一画,偃仰纵横,有抽掣盘纡之势。《北齐定州刺史邸珍碑》以楷法为分法也。率更《房彦谦碑》亦然。

《魏冀州刺史关胜颂德碑》。山西平定州。

《北齐隽修罗》以险峻取胜,笔力卓绝,有《清颂》遗规,安吴评为率更开山。

房山小西天洞隋刻《莲花经》一百五十馀石,字体不一,皆佳妙,有绝类赵芬残碑者。

汉魏碑阴字每纵笔为之,已渐露行草之势,《清颂碑》阴笔势尤宕逸,《鲁公争坐帖》实从此出。乃用北法也。

《魏开府参军崔頠墓志》,齐天保四年刻,文云:尚书仆射贞烈公之孙泾州使君第二子。按《魏书·崔亮传》,迁左光禄大夫、尚书右仆射,正光二年卒,谥曰贞烈。亮三子,次士和,拜冠军将军,行泾州事;頠即亮之孙、士和子也。文云:年廿六,武定六年卒,计頠之生在正光四年,亮先二年卒。士和奉使,为莫折念生所害,在正光五年。頠自幼孤露,仕未显而无年,幸留片石,足证清门。字体镠纡劲折,丰上杀下,妍妙绝伦,魏世重崔卢之书,史称其非朝廷文诰,初不妄染,故传书绝少,今得此志,与崔敬邕可想见悦谌风规。

隋墓志:巩客卿、长史宋永贵、荣泽令常丑奴。刻浅。

《姚辩志》《元长寿碑》《西林道场碑》，皆率更于隋大业中所书。

北朝碑志不署书人名氏，即此一端，亦守汉法。阮文达据《北史》《魏》《齐》《周书》《水经注》《金石略》诸书证崔悦、卢谌以下能书人名，得八十七。《南北书派论》予复于《集古录》《金石录》诸书补证九人：东魏韩毅，北齐刘珉，北周谢威，隋庞琼正、庞恭之、韦霈、刘曼才、史陵、侯孝真。见成北石补证十四人：魏寇谦之、当是崔浩书。王远、朱义章、萧显庆、郑道昭，东魏王长孺、穆子容，北齐郑述祖、梁恭之、朱敬修、唐邕、释仙，北周匡喆，隋孟弼，亦云盛矣。窦泉《述书赋》列晋宋齐梁陈一百四十五人，于北齐只一人，当时崇奉羲、献，惟尊南派，其风流气习可以想见。梁武、袁昂及唐人评书，咸列江左诸贤，然真迹传世绝少，北士质朴闇淡，反能碑版，照耀海内。书评妙语，适留以印证北书。尝谓南派传人，北派传书，亦虚实消长之理也。

北朝史传但云，世传钟、卫、索靖之法，或云得崔、卢法，无一语及二王者，自梁王褒入周，赵文渊改习褒书，《述书赋》注称唐高祖书师王褒，得其妙，故有南朝风格。太宗更笃好之，二王之书显于唐初，良由此也。

唐崇二王而北派微，宋摹法帖而北派绝。

《北齐朱君山碑》《穆子容太公望碑》，方正逸宕，开颜平原。

率更父子之房孝冲、道因，皆不敛波，而以峭劲斩截取势。

《北齐赵郡王修朱山寺碑》在灵寿县祁林山，文愈二千字。孙氏《续古文苑》未收。

《启法寺》《龙藏寺》两石，北刻中略具南法者。《昭仁寺》自是虞永兴书，亦参北法。永兴以贞观十二年致仕，卒年八十一。

窦泉谓率更学书于北齐郎中刘珉，海内欧书多展转覆刻，当以北碑之法察之。其入锋使转波趯，与北书悉合，而画势中满者乃真书，丹原石下真迹一等者也。

阮文达公云：凡北碑中体格劲正者，皆欧派所从出。史称询初仿王羲之，后险劲过之，因自名其体。尝行见索靖所书碑，布坐其旁，宿三日乃去。夫史臣称初习羲之者从帝所好,权词也;悦索靖碑者,体归北派,微词也。

褚河南《伊阙佛龛碑》《孟法师》诸刻,下笔遒劲,全是北法。及奉敕摹禊叙,勉从上好,然犹时见本相。

薛少保稷书,今惟见《升仙太子碑》阴数字。

阮公谓禊帖无真本,今所传两本,一则率更之定武,一则登善之神龙,实皆欧、褚自以己法参入王法之内。

《会稽山龙瑞宫碑》是贺监真迹,屡访未得。《述书赋》谓如春林绚采,落笔精绝。

古来碑版皆书分楷,自文皇幼习王法,始以简札行书施之。巨碑自《晋祠铭》始,非古法也。李北海天骨雄强,得北法为多,率以方格作行书,悟入古人草隶之指。第行书勒石,终非古耳。开元间修孔子庙诸碑为北海撰文者,必请张庭珪以八分书之。盖以行草施之简札,隶楷用之碑版,体固各有所当也。

张从申《玄静先生李含光碑》,石久佚。

张叔未云,宋拓《定武兰亭真本》,笔意与《刁惠公》极相似。

《博古堂帖》即越州石氏本也,见《嘉泰会稽志》。后人误分为二,虞山公藏石氏宋拓本十三行,笔意与《郑》《刁》相近,亦有似《张君清颂》处。

沈乙盦云:郑中岳似孟子,张清颂似荀卿。

【眉批】以上八页皆录陶语,似有删润。

吊座师甘泉董公之丧。师享年八十六,长于河渠,明习掌故,身后未刻遗著尚多,公子长莲刑部郎,次常荫生,皆前卒。孙二人均幼。本日吊客寥寥,只公巩王墨林出肃客,殊有华屋丘山之感。

仆年渐向衰,时蓄遂初之志,顷晤止潜兄,自杭州来云:近日引退之士大夫生计更窘,当道慢士日甚,并书局校勘一席亦不易谋。仲修以老于文学，止潜以枢部，皆下札委斥名，月薪才十二番泉，两君怫然辞去。陈某以御史亦止此数，并谢委如丞簿之事长官。然世道如此，挂冠真非计也。梅伯言诗云："李侯去供奉，杜陵辞司功。卑栖蜷局不称意，一朝逸翮辞樊笼。自谓结交意气真，谁知久客无相亲。"归难骤决，不可不审思熟计，言翁真智者之谈哉。宋人祠禄之法久废，令人不得不思荆公。

以右丞之高致，进身若彼，反讥陶公《乞食诗》，以为不能委蛇世故，忍之须臾，一惭之不忍，而终身惭乎？此通人之蔽于目睫也。

阅宋人说部，至王朴引周世宗夜观河灯，知炎运将兴事，知人力之不胜气运久矣。智者审时消息，与之为诎伸，而安之若素焉可也。

壬辰七月

王苇航来夜谈，曾师王壬秋先生。先生日课读经史，有常程，不以寒暑人事间辍，于诸经皆有说，其所作《湘军志》得不虚美、不隐恶之意，又作《衡州志》《湘潭志》，叙山水处行文仿郦道元，句律高秀。

以忘身殉欲之故而疾作，速儆惧改悔，以养生慎疾，勿为重伤无寿类之民。赵清献公抃悬父母像于床前，自誓断欲；元城刘公安世居北户瘴乡，恐以病疠遗先人忧，一意绝欲，年愈七十，面如红玉，无宵寐之变。时时引二公以为师法，并友应山左先生，助我药石，自今日始。

答候陈蓉曙太史，观《唐浙东观察使李绅撰龙宫寺碑》，拓本在剡中，笔势全规徐季海。又阅明刻《梅宛陵集》，绝佳。梅诗一种冲逸淡冶之味，真有欧阳公所不能掩者，又能荡涤同时竞尚西昆之习，荆公推挹，非妄叹也。荆公《吊梅圣俞诗》"诗行于世先春秋"云云。惜选宋诗者绝无佳本，不能撮其胜会，以此知选诗之难。

少司空徐寿蘅先生招集澄园会食，座有尊老、子修、戴青来、汪子元。先生蓄宋元人名画最富，出所藏遍观之，董巨《荆关》，烟云变幻，惜如下水船中看山，不能细细领略，美哉！犹有憾。又有赵子固《水仙》、吴仲圭《竹》、沈白石翁《游张公洞图》、在宜兴,境极奇峭,石赭似削。王翚《溪山晚霁》、苦瓜僧《游张公洞图》、李长蘅流芳《江村图》、口口口《春山觅句图》、黄尊古《山水》。杨大瓢跋。

宋赵溍所撰《养疴漫笔》一条:一治嗽方甚简。用香橼去核,薄切作细片,以时酒同入砂瓶内煮,令熟烂,自昏至五更为度,用蜜拌匀,当睡中唤起,用匙挑服。甚效。

宋陆游《避暑漫抄》一条:艺祖受命之三年,密镌一碑立于太庙寝殿之夹室,谓之《誓碑》,封谲甚严,敕有司自后时享及新天子即位,谒庙礼毕,奏请恭读誓词。是年秋享,礼官奏请如敕,上诣室前,再拜升阶,独小黄门不识字者一人从,馀皆远立廷中。黄门启钥入,焚香然烛毕,亟走出阶下,不敢仰视。上至碑前再拜,跪瞻默诵讫,复再拜而出,群臣及近侍皆不知所誓何事。自后列圣相承,皆踵故事,岁时伏谒,恭读如仪,不敢漏泄,虽心腹大臣如赵韩王、王魏公、韩魏公、富郑公、王荆公、文潞公、司马温公、吕许公、申公,皆天下众望,累朝最所倚任,亦不知也。靖康之变,犬戎入庙,悉取礼乐祭祀诸法物而去,门皆洞开,人得纵观。碑止高七八尺,阔四尺馀,誓词三行。一云:柴氏子孙有罪不得加刑,纵犯谋逆,止于狱中赐尽,不得市曹刑戮,亦不得连坐支属。一云:不得杀士大夫及上书言事人。一云:子孙有渝此誓者,天必殛之。后建炎中曹勋自虏中回太上寄语云,“祖宗誓碑在太庙,恐今天子不及知”云云。

曾慥《高斋漫录》一条:李利用,翻阳人,尝云郭林宗作《玉管通神》,托名耳。有四句云:“贵贱视其眉目,安否察其皮毛,苦乐观其手足,贫富观其颐颊。”

明刘绩《霏雪录》三条:或问唐宋诗人之别,予答之曰:唐人诗纯,宋人诗驳;唐人诗活,宋人诗滞;唐诗自在,宋诗费力;唐诗浑成,宋诗饾饤;唐诗缜密,宋人漏逗;唐诗温润,宋诗枯燥;唐诗铿锵,宋诗散缓。唐人诗如贵介公子,举止风流;宋人诗如三家村乍富人,盛服揖宾,终觉辞气粗俗。此第以五七律及乐府绝句言之耳,五七言古体则宋贤气格有足与天宝、大历、贞元、元和诸公相回旋角逐者。

唐人咏物诗于写景言情外别有一种思致，不可言传，必心领神会始得此。后人所以不及唐也，如陆鲁望《白莲诗》云："素蘤多蒙别艳欺，此花真合在瑶池。还应有恨无人觉，月晓风清欲堕时。"妙处在字句之外。宋诗如梅圣俞咏河豚、东坡咏荔枝，类有禅偈气耳。

吾子行衎尝曰：手冗心闲则思，心冗手闲则卧，心手俱闲则著书作字，心手俱冗，则思早毕其事，以宁吾神。

薛星使驻英，方与外部议分滇缅界，来电云：出关之外，尚有滇地。予谓八关之误，非出关也。由腾越入缅有八关九隘，同列意尚狐疑，及询滇帅，得复电云，腾越八关，惟涟龙关前明已沦于缅国，其馀各关之外，均尚有腾属土司，地数十里及一二百里不等，云云。同列乃释然。

楚白又有和章，作复札，以屈翁山在淡生堂读书年馀不下楼故事期之。

府公以西事畏为浮言所持，叹曰：所居之地，止可焦头烂额，难为曲突徙薪。此亦阅历有得之谈也。盖身在事中，易招物议，任事之难如此。

自憾前此未尝学，欲收功于炳烛，亦宜早为计，勿作大耋之嗟也。

李泌守吴郡日，与柳浑交契，后浑入相，泌资其援引，得复跻台省。梅询刺濠州，吕文靖夷简来为倅，询梦人告之曰：吕丞相至矣。洒然异之，因原自结，后卒因文靖力起谪籍，复入为学士。《老子》所谓师资之力以求得，有罪以免者，此之谓乎？

成败祻祸之气，故全以气为主耳，以云人力，何足据邪？宋真宗在潜邸，太宗欲立储，未有所决，使陈抟相之，陈到府门即回。上讶其速，对曰：观其奴隶，皆有将相气象，其主可知也。此与王负之相汉高、吕姁何以异？元师薄襄阳，遣望气者觇之，曰：全城将吏多具富贵福泽相者，城何由克？后城克，而吕文焕等皆擢用俘卤之中至大官。徐世绩遣将临敌，必取方面大耳者。近曾文正公每以笔札言语气象决人休咎,一日语张振轩提刑曰:昏天黑地,全仗运气。腐儒不察气之衰王,专以理决事,及不能胜,乃叹事机之不顺,岂通识哉!

非实则权浅而易穷,非权则实滞而无用,一权一实,互为根柢,其发挥处机神乃灵。

敬天之怒,无敢戏豫;敬天之渝,渝,变也。无敢驱驰。言天处高而听卑,明无所不察,治人事天者不可不常存敬畏之心也。相在尔室,尚不愧于屋漏,先心藏密之地,神鬼窥瞰,人能随时随事戒慎恐惧,乃所以固肌肤之会、筋骨之束。朱子常爱引《吴志·朱然传》"终日钦钦,如在行阵"二语,以为人能息养瞬存,存得此意最好,常常主敬不懈,则天君泰然,神明湛定,进德之基也。故武王《践阼篇》云:敬胜者吉,谊胜者从。《易传》云:敬谊立而德不孤。伊川程子引申之云:敬义夹持,直上达天德自此。

【眉批】先心藏密,"先"字原文如此,未知误否?

桐城姚端恪公文然戒舍中儿,饭毕置筋于几,不得有声响,犯者予杖。盖人之所取祸患者,近在匕箸之间、衽席之上,而不知为之戒者,殆矣。曙戒勿怠,积小慎以成自然,习之若性,与娄师德唾面自干之戒同意。

此一年中为管库之吏,正如介甫为群牧司判官时。库中有二蠹吏,一阴恶,一阳恶,如附骨之疽,骤不可去,姑用元万松老人主圣安寺方丈法,观衅而动,可乎?此二蠹不除,一库之政,无清明之色也。

读总集、选本,如罗列五侯鲭,不能辨其正味;如零剪五杂组,不能得其要领。且操选政者之格律神采,各有偏嗜,指趣兴会,一节独到,未必如吾意中所欲出,不如舍去。理会古人专集,随所得深浅,皆有入处。

壬辰八月

往读《陆桴亭先生日记残稿》，在王璞臣处。时有异寝精严之语。元城刘器之先生谪岭外，一意绝欲，五年瘴烟窟里，面如红玉。荣启期、柳公度年愈九十，鹿裘带索而有少容，只坐吃独睡丸一味，剧可师也。

伏日雨多，箧衣霉湿，督奴子曝之。昔焦先蜗舍自隐，不受一裘之馈。荣叟鹿皮出游，绝无累心之物。予之倾身障簏，殊有愧于前修。待儿辈长，尽以付之，却返初服，度形衣薜，芥屣群有，蜕谢众缘，然后真宰内重，外物自轻耳。

百年几半，衰疾相寻，一流将尽，修名不立。少来烛武，本乏九事之异能；老去士安，愿借一车之中秘学。未程夫蛾术，技并绌夫虫雕。分阴是惜，既愧禹墨之专勤；尺蠖求伸，当师黄老之清静。早绝纷华之路，庶保性命之期。每念葛稚川之自叙，皇元晏之平生，分甘濩洛，奚求奋翅而凌霄。日伍痦聋，常冀带经而锄，地时出鸡坊，弱志既安于穷圮，倘乘鹿跻胜，情未倦于登临，写此素心，要诸息壤。

同年姚棫卿谈京口赵季梅年丈家，十年间零落赤立。赵曾为江宁府教授，湘乡侯相开书局于治城，馀霞阁宾从最盛，多文字饮，莫子偲、张啸山、戴子高、刘叔俛之徒皆在，季梅亦预焉，今皆墓草久宿矣。予与诸君亦雅故，不胜惋叹！

寿阳祁子禾先生以病在告，今晨薨逝。公立朝清介，以节操称，督学安徽、浙江日，澹薄自奉，不受供张，行李萧然，携书簏而已。居官接物，不示圭角风棱而泾渭秩然，人自不敢干以私。近来坐镇雅俗，舍公其谁？人之云亡，邦国殄瘁，哀哉！

河东宅移，殡改卜日，以雨泞故也，丧主问礼有诸乎？予引曾子问老聃言，既堩日蚀止柩之礼以例之，夫既堩犹可止，况为启攒乎？当再决诸礼家也。

仆累无媚骨，生挟刚肠，既乏进取之姿，复鲜退耕之业，惟有克治忿欲,以晞寡过,隐约潜处,淡薄自娱,任运过时,避喧养性,欲觅遣日之资,将投老于文学一途,以当庞公栖泊之巢窟耳。

陈君云泉吃紧为学处在涵养性灵,其要指曰久曰渐。久则磨砻浸润,无鲁莽作辍之病,渐则优柔厌饫,无助长揠苗之病,知此则可以免《恒》初爻"浚恒"求深之咎,而收《大畜》辉光日新之功矣。云泉世味雪淡,颇具悠游自得之趣,与白沙陈文恭公阳春台之意为近。

读《名山藏·俞公大猷传》,公所著文曰《正气堂集》,自今晨起,可以诵经忏除邪业。井底四蛇,枝头二鼠,皆可畏也。

程子云:"不学便老而衰。"又云:"衰至便骄。"常存敬畏敛摄此心,以忘生徇欲为深耻,则血气不致枯燥,衰气不能遽乘之。

诸葛公评九流之长短,以为为《老子》之学者,长于养性,而不可以临危。虽然则饱食安步,以仕代农,乃官之蠹也。予病坐此。

舒白香《游庐山记》野言澶漫,一似金圣叹,然亦有洞瞩事理之微,有足感予心者,摘录之,有删润。

天池之水,深裁二尺,潦不溢,旱不涸,澄不清,淆不浊,凝渟演迤,从无一滴到山下,流至人世间者,譬之燃灯古佛,微明自照,道力自然高胜,视栖贤三峡桥下之瀑布,非不奔腾澎湃,然正如努力金刚,犹不免受才气之累,挟矜奇骇俗之意,使见古德之正容悟物,吾心正却矣。

题茂陵禅师真云:三衣一钵,外无常物,万劫离尘,一心念佛。饶他顽石点头,时倚座枯藤独禅寂,未见真空伸一指,不消翻水成千偈。

天池畜一鸡一犬,皆雏而入山,至老不知有牝牡之合,是境可修心之验。学须由静入。《老子》云:不见可欲,使心不乱。

普贤院后方池有小龙十馀,长尺有咫,蛇首四足,游泳藻荇间,鳞灿灿,与凡鱼等耳,观者咸易之,然钵而覆之,能幻化数百年物,不见有茁壮老死。物壮则易老,不自壮自难老,以濡弱让下,为用之效也。夫龙之所以神,不惟其能伸,惟其能诎。苟不能善处诎,恶能积众小不胜以为大伸乎，其殆老聃隐于柱史之象邪。新沐而槁立慹然，若非人兀如枯木，颓若湿灰，其不修仪观，不以智自明可知也。周之搢绅士大夫，且习而易之顽而鄙之沌沌录录，不相短长，其谁能器之，独孔子闻其行而察之，决然知其为隐君子，慨然发犹龙之叹。噫！此正所谓遁世无闷，《易》初九之能潜，微妙玄通，深不可识者也。

卧看《南华》坐看云。

观沙弥打钟一百八，叩习而安之，身心俱寂，虽不入四禅，亦寡过之资也。以此悟教儿子当置之闲静阒寂、不见不闻之处，程课乃严逼入理窟。又知用心必假于一物，而后能专一。如专治一经，专临一帖。孔子曰执御乎。

安乐之累德，百倍于贫，毋徒以贫为子孙之忧也。

“雨止修竹间，流萤夜深至”，范德机句也。写景幽隽矣。然上有做作，不若韦诗“寒雨暗深更，流萤度高阁”十字之浑成自然。

心不妄动，不惟儒者克治涵养工夫应尔，即使遁而求二氏出世法，欲葆光炼神，长生久视，亦须从此关头入手，果能敛约不妄动，渐如明镜止水，物来顺应，物去空明，亦是安乐法。吾极羡此境，深愧未能。彼才谞之士，驰骋狂花客慧，盖去之弥远矣。

唐诗人刘昚虚，字挺卿，靖安县之桃源乡人。桃源有青溪及白云岭，故其诗有“道由白云尽，春与青溪长”句。王渔洋《唐贤三昧集》谓此诗阙题，特未悉其乡贯耳。

【眉批】录舒记似止此。

金华、台州、永嘉皆刻有丛书，独吾郡乡先辈著述零落，无人汇刻，乃大憾事。当谋所以裒辑之，如开雕必以《皇甫持正文集》、刘蜕《文泉子》、李建州《黎岳集》、方雄飞《玄英先生集》为第一集。

偶见公安袁中郎删刻李卓吾《枕中十书》，非禅偈，非语录，随意抄撮，不注出处，既有掠美之嫌，又乖篡言之法，雅俗纷糅，体例太杂，真所谓野言也。独蹇浅中时有逸气,其论唐宋元明人画法一篇,特精到。

陶靖节《神释诗》云:“纵浪大化中,不喜亦不惧。”又云:“客养千金躯,临化消其宝。”时有见道之言,固由公天性高胜,亦由栖邻莲社,时时熏习于东林远公净业故尔邪。杜甫《李秘书始兴寺寓诗》云:“重闻西方止观经,隋天台智者大师述《摩诃止观》十卷。老身古寺风泠泠。妻儿待我且归去,他日杖藜来细听。”又云:“予亦师璨可,身犹缚禅寂。”又云:“王侯与蝼蚁,同尽归丘墟。愿闻第一义,回向心地初。”又云:“身许双峰寺,门求七祖禅。”谓曹溪弟子菏泽会。则杜公兼参律禅二学者也。

录《随园诗话》一则:余尝谓收帆须在顺风时,急流勇退,是古今佳话。然必须默而不言,趁适意之际毅然引疾,则人不相疑。姚惜抱年四十四,即辞官归里,两泛星槎,飘然引去,真得此诀。若实施形诸口角,转觉落套,而上游闻之,以为饱则思飏,翻致挂碍矣。钱竹初擅郑虔三绝之才,抱汲直积薪之叹,屡次书来欲赋《遂初》,予寄声规其濡滞,今秋才得解组,予贺以诗。钱答云:“海上秋风江上蓴,尘颜久已怅迷津。窃公故智裁今日,劝我抽身有几人。世事揪枰留黑白,老怀荠臼杂酸辛。退闲自此陪裙屐,长作田间识字民。”“劳生那复计年华,归识吾生本有涯。未定新巢同燕子,早营生圹种梅花。千秋欲借先生笔,十亩从添处士家。他日并登皇甫传,始知真赏在烟霞。”

壬辰九月

身世之故,时有幽忧不释于中,既而诵涪翁引古德语曰:今日任运腾腾,明日腾腾任运,著衣吃饭,运水搬柴,了当此心,更有何事。

同年贾水曹招饮山西省馆之看山楼,楼新营始落成,高耸得地,西望翠微、石景、戒檀、香山诸峰,迤逦连属,障霞衔日,紫翠万状,自远而至,皆纳于栏槛之前。荆公句“木落岗峦因自献”,殆斯楼足以当之。又喜去敝庐一鸡飞地,可以就近时一登临,消豁远目,朝见西山横，莫见西山纵，斯亦客尘中之胜缘矣。

上虞倪文贞公建衣云楼，极高明广深之致，洞窗窈户，皆公手自指点，巧匠成之。漳浦黄石斋先生尝过访信宿，以王室多难，有规过之言。公甲申正命后，楼亦毁于兵火矣，"衣云"二字，见《华严行愿品》。

梁儿作《菊》诗，有"万木全凋日，孤芳独傲霜"之句，尚有思致。

笏卿先生极言作书院山长之难，居停忽于醴酒，甚至以礼法见绳，一也；士习挟叫嚣之气，动见訾议，二也；官场应酬，乡里请托，不能一概拒绝，拒之则众毁销骨，三也。倦游谋归，既乏寸田尺宅可以治生，迫而出于处馆之一途，未有不衣败絮，周旋荆棘中者。先生言与其作馆，毋宁作吏，真阅历事变之言也。王维右丞，杜公称之为高人，然其讥切陶公《乞食诗》，以为曷若委蛇仕途，忍之须臾，一惭之不忍，而终身惭乎。右丞少以郁轮奏伎，晚污安逆伪除，乃此一念畏沟壑之心害之，其言诚无足取，第以拙首阳、工柱下之说为解，则以仕代农，尚不至见绝于圣人之徒乎。

李仲约之楷隶，藏巧于密，密故能含缛丽之致。瓶居士之擘窠书，运法于疏，疏故能酌庯峻之宜。

杭州吴仲畇先生《再绾凤阳郡符初上》诗云："濠梁未必鱼仍乐，城郭依然鹤又来。"上句具有恻怛爱民之意，下句兴象超逸。先生以翰林出守大理，丁外艰服阕，守凤阳，升登莱青道，以事佐降，再守凤阳，沉滞郡将二十年，后历官至云贵总督，所至有惠政。父赠公某遂昌校官，性韵刚疏，以与令积忤罢官，搜辑杭郡诗二十馀卷。公继先志，续辑至三十二卷。丁徵士丙三辑，未刊行。爱护乡邦耆献，一鳞片羽，无不苦心甄采，宜后嗣之贤而有文也。

与友人书

【眉批】此或入简尺，可否？

方今文衎武嬉,内外晏然,群卿不揖客,将相不俛眉,家握金版六韬之秘,人怀珠囊三界之术,介立者灰寒失势,脂韦者火驰不息,九流庞杂,雅道陵夷,区区不材之散吏,随时消息,与俗浮沉。当此之时,审所自处,盖惟一漆园吏之无近名,无近刑,曹溪六祖之不思善、不思恶,游息于兹,以为藏身之固,明知中道不得已而出此下辙,后世必为儒林文人所诋诃,然亦不暇恤也。

过庭孙氏云:神怡务闲,一合也;感惠徇知,二合也;风和日妍,偶然欲书,三合也。

端午桥《都水送碑拓六种》、新出土。《汉三老食堂》《魏正始造象》《武定造象》、有阴。《贾散骑志》、似唐高岑经幢,风神消散。《北齐郑长史铭》、有盖与贺若谊、陈茂竟是一鼻孔出气,此欧、褚乳脉。《唐天宝心经》。

临《龙藏寺碑》,此寺疑建于北齐,必别有一寺名,齐亡,地入宇文周,至隋改署字榜,碑额与书丹人非出一手,文中"龙藏"二字,剜改之迹显然,此可疑也。王孝仙系隋官,又有大隋受命字,所疑又未必然。

樊介轩侍读视学广东回京,不携家累幞被,萧寺出则弊车羸驴,无一仆从,与人言匑匑嗛下,若惟空失人意,有戴鹿床先生之遗风。故知淡泊俭约,乃可无累于心,不撄世难,其鸿冥蝉蜕,物外天全之上术哉!阎文介公曩密疏荐举李菊坡方伯与君,并清约自守,洵不可及也。

俞曲园先生有《晏婴论》极佳,言晏子之俭德,所以避齐难,此深识之论也。

王茂宏、周伯仁于稠人广坐中,精神渊著,足以荫映数人。仆课寂厌喧,谋野拙邑,年来形神疲役,尚不足以荫映一身,故知才弱不任世事也。

买得一旧拓同州《圣教叙》,挫衄环折处,直是柳家新样、元和脚之祖。前人云,虞、褚离纸一寸,颜、柳直透纸背,然必直透纸背,方能离纸一寸,故知虞褚颜柳,同一笔法,其说亦良是。然褚用北碑法,故能于险劲中出超韵，颜柳变新法，劲气直达，体势长而神韵微短，源流究不同也。褚宗丁道护《张公礼》诸碑，颜近《穆子容太公望》一石，虞南宗，欧褚北派，二者勿强用之。

吊祁文恪公。公斋中有文端相公篆"书巢"二字榜书，非斯非冰，自饶远韵，此书家所云逸品也，不当以迹象求之。跋云：巢以容身，书以养神，毋世法之梏而返求吾真。秉烛乎？斫轮乎？十笏之室何异宽闲之野、寂寞之滨乎？而何务外游之足云。

晚归，临褚圣教登善《伊阙佛龛》《孟法师》，两碑纯用北朝体，守古法也。《同州》《雁塔》两叙参用右军法，从时尚也，阮公之论益信。

培老言黄涪翁文积理深，读之佐人；性气厚，酝酿独到处，文品在长公之右。翁覃溪评黄诗，如岭南大榕树，然叶落粪其根，子茁还抽干，渗漉融结，灵液浸灌，生气往来不息，其行文亦然。第微嫌六经义理与禅理杂糅，此赵滏水所以欲界画分编为内外篇也。韩退之诙奇动宕之气机，出于《庄》，鲸铿春丽之词藻，伐材扬、马。曾文正得其恢诡，足以纵横一时。王介甫剥落退之之词而师其意理，故不能不纯用单行转者制胜。融斋师言，介甫之文，妙于能扫；东坡之文，妙在能生；欧公斟酌扫与生之间，外似纡馀委备，中实造艰辛，颇畏为二子所掩。柳州理与词俱胜，坐少其中一段诙诡排奡之趣，故诎居韩后，年力未至故邪。归熙甫一意孤往之处，亦欲力辟异境。姚惜抱自以才弱，故不复驰骋于词，而以识度风趣名其家。

阅合肥徐懿甫子苓诗，学杜工力甚深，朴老雄浑，极似浣花翁客鄜入蜀时作，于同时邵位西、莫子偲而外，异军特起，亦不易得之才也。徐先生《白鹤观谒老子像》诗云："宇宙日多故，达者珍其生。遂令山泽间，别有神仙名。由来昏浊朝，志士甘沉溟。官系柱史迹，指衍《归藏经》。"目光如炬，真识密鉴洞也。

四更入内，奉竟陵教至夷邸言事，有问支那三教源流，及异域摩哈麦得宗喀巴尔撒，各具宗指，孰为胜劣者，一一具答之，彼人首肯。又看中岛行人病，条列一养病安心法示之。

仲修来书,评予诗云:“以九流之蕃变,传六义之窈眇。”此得予祈向者,第精思未至,愧未副斯言耳。

临摹点画,体势不熟,一离帖,心手便失据,露伧荒本相矣。此如小儿失乳浸润,磨砻既久,乃能自成一气格。

国朝法书从颜入者钱公南园最善,道州何文安家一门皆习颜书,门临《浯溪中兴石刻》故也。近则汤文端、端木子畴、阎文介,习颜书者多临《两家庙画赞》《大字麻姑坛》,至元次山、宋广平、茅山道人李玄靖三碑,皆公晚年作,手心两忘,虚和不见雄峻之迹,最为公得意书,所谓人书俱老也,而临此三石者殊少。

蔚州魏敏果公,终身以“循理、守法、安命”六字自策励。循理,则执古之道以御今之有,然后处字分数明;守法,则思不出其本位,却道分际,《艮》象得其所而止;安命,则无论所遇何境,天君泰然。

《韩非·说难篇》大指言古今无真是非,惟以爱憎为是非,积爱生是,积憎生非。避其所憎,中其所爱,故吾说得行焉。魏元成操此术以干贞观之主,非言真曲尽情势哉!

壬辰十月

阅陶公子葆廉方之中丞次子,字拙存,通《九章算术》。与人书,论新疆事具有识略,不惟保家之子,抑亦经世之才,难得难得!去宋贤高平范氏、蓝田吕氏之子弟不远,尤想见中丞公家法之严也。

三十、四十之间而无艺,则终身无艺矣。五十而不以善闻,则没世无闻矣。兀若朽木,涸若绝流,遂成枯落,多不接世,悲守穷庐,复将何及?生无益于时,死无称于后,日月逝于上,体貌衰于下,此古之志士所以兴叹也。

竹石六兄来书云,奉讳里居,无事造一书院课士,导以古学。亡友邓伯讷在惠州,日亦以此自遣。近日退归士大夫能为此者,风差近古。

昔周自庵先生榜其居曰“堪隐斋”,文中子论隐之为道,有天隐,有地隐，此亦地隐邪。王康琚《反招隐》小陵薮而大朝市。宋诗云：“生皆堕天袠，隐或寄公朝。”夫柱史、园吏、阮籍、王绩、杨景度、袁海叟、陆大夫、东方生之流，迹寄万人之海而能善一身之藏，殆识人海之性习，居而安之若素，故能尔邪。海之中鱼龙庞杂，鳞羽翕艳，阛门排户，千态万状，高者气势嵂崒，尊严若神，下者以日游神，乘火驰马，所好生羽毛，所恶成疮痏。自静者冷眼观之，万物之情伪毕陈于前，当其攘往熙来，白衣苍狗，变幻于倏忽之间，岂第人海邪？殆即黄山云海之大观也。陆沉于俗，与物委蛇弛张而不为邪，进退而不离群，习海之性而不为私焉，由是工柱下拙首阳，饱食安步，以仕代农，危言日出，和以天倪，因而曼衍所以穷年，持此虚己以游世，不亦可乎？彼屈原以之湛湘，贾生以之发愤，何所见之不广邪？

袁随园骈文云：“金翅鸟飞，食小龙无算。”注家未详出。《大藏》“楹”字函第九卷《诸经要集》。

一西士曾居琼儋之间，见苏文忠公石刻，并能诵公在惠儋编年诗摘句。此人何减辽馆伴能诵《茯苓赋》者邪？殊可喜也。彼又言帖括取士之非，似不如汉宋人制科用策论，亦大有见。

偶读司空表圣《归王官谷诗》云：“酣歌自适逃名久，何用门多长者车。”此意先得我心，殊有兀傲不可一世，浩然孤往之气。韩退之《伯夷颂》，与此一鼻孔出气。

地圆之说，《曾子》《管子》已著其义，测算家蚁磨之喻、里差之数，倚之而生。《佛说因本经》云：南阎浮提，日正中时；东弗婆提，日则殆没西；瞿陀尼，日将初出；北郁单越，正当夜半。是西域初推地圆之证。

随同府公至承光殿演礼，古木森疏，水瀛环匝，真如游赤城元圃，坐华严清凉海中，迥异人间烦恼也。

英圭黎国使臣赍其国书，及叩肯汗所撰国史进呈乙览。上御承光殿，受朝仪卫，肃然礼毕，大臣引行人摈介退出。

柯省庵太史论经方医理甚精，言《素问》非元本，为唐王砅、宋高保衡所羼乱,日本近刻卷子本,《内经太素》三十卷。杨上善注。《旧唐书·经籍志》:《黄帝内经太素》三十卷,杨上善注。《黄帝内经明堂类成》,十三卷,亦杨上善注。《甲乙经》十二卷皇甫谧、《灵枢经》十二卷晋人、《千金实要》六卷唐孙思邈,甚切于用。

客问跨辕古有之乎?曰:"百金之子不骑衡,是其类也。"又问车惊何征,奔车之上无宣尼,覆舟之下无伯夷,古谚有之矣。

篾叟云:隐于柱下底李老子,只考了《古今人表》第四等;栖息天台山底智者大师,命终才证五品位人,亦何必定居第一流邪?

录公病治事之难,对曰:欲治事,先治心,战胜于灵台方寸,然后能受人之尽言,集思广益,庶无废事。董子《繁露》云:治身者以积精为道,治国者以积贤为宝。近日曾文正之成功,不在戡定祸乱,而在振兴人才。其《察吏考才疏》所云"有转移之道,有培养之方,有鼓舞之术"。公为京官,日讲求治理,已操其要,后来声光气魄,与流俗迥不同。

在险而运奇不若宅平,以无为荼廓家风,自期素门平进。东坡诗云:"不能便退缩,但使进少徐。"前贤自择所处如此,岂欺我哉!

湘乡曾公课程,以"看读写作"四字为主,看读乃根本,写作其充实不可以已之枝叶也。熟读一两书,发挥墨守以资约取,泛览群籍,博涉名理,以广异闻,此从存养处做工夫。机趣虽博,指归仍约,则操之有要,临事不惑。每日写字数十行以验真君之静躁,天机之通窒;每月作诗文数首,以验力学积理之浅深,平居养气之盛否,此从发见处做工夫。不可一味耽著,最易溺心丧志。根蒂浮薄,则枝叶枯萎;枝叶繁多,则根本欠缺,必然之理。磨砻去圭角,浸润著光精,笃其实而艺者,书之工夫火候到这里,则自然有此应。

候爱伯先生疾。读其近作诗,学杜功深,造句缜密深婉,波澜亦骀宕纡馀,味之无尽,兼有牧斋、梅村之胜,并可以药为渔洋一派者,剪贴镂缋而少真气之病也。

壬辰十一月

一客言：秦陕山南山北遭回逆乱后，地脉似断，土硗人愚，俗朴而啬，汉唐名都，王气尽矣。亭林先生撰《历代宅京记》，力驳梨洲黄氏《明夷待访录》之说，而以秦中为可都，迂谈哉！

《晋书》称山巨源吏非吏、隐非隐。今之求仕，欲择善地，犹吾大夫京曹外吏同一障也。二障之间，近亦颇交战于胸，焚和甚矣。予世缘成滞，道根不深，真唐人所讥一日看除目，三年损道心也。望巨源自处之，审犹未见，何况五君之识密神凝，善闭关而甘淡薄哉！

程编修晋芳《正学论》有云：昔吕留良有私憾于梨州注释诸书，力攻陆王之学。而陆清献为一代大儒，亦过信陈清澜之说，附和吕氏，于是海内士大夫以宗阳明为耻。而四十年来，并程朱之脉，亦无有续者，此则非愚意料所及也。程氏此篇持论极平允，吕晚村以与黄南雷先生争买祁氏淡生堂藏书，不协后许三礼知海宁州，聘南雷主书院，吕三诣之，辞不相见，私憾殆缘是邪。《陆三鱼集》中，每称南村，指留良也。同时杨园张氏之学，本出证人社，列蕺山弟子，后稍自异。三鱼则得之吕氏为多。陈清澜名建，东莞人，著《学蔀通辨》，力攻金溪阳明先师，刘中允斥之云："学本无蔀，蔀在陈建。"予观其书，皆酷吏城旦家言，不足取也。

答候柯巽庵太史，太史言秦中风俗厖厚，士习最朴，多忠心专一之士，三原有贺贡生瑞麟，年已七十馀，笃守朱子之学，乡人建清丽书院师事之。又咸阳刘孝廉光贲，年四十馀，绝意仕进，通《春秋》三传、涑水《通鉴》，尤善《周髀》测算，主泾阳书院，教士有法度，恳到微密。二君历经恪斋吴公暨巽庵保荐，旌加衔顶，秦士之紫芝赤箭也。黄子寿丈主关中书院时，刘尝肄业，陶方之中丞亦重之。

太史藏有《隋杨上善太素》三十卷抄本，允借录副。又言小儿科，失传已久，颅腮经，惟林亿所见，乃真本经，今所传伪也。又言左笏卿先生，深入《参同》《悟真》义海中，习安般止观法有效。潘伟如、彭芍庭两中丞,亦习调息,受法于钱唐吴尚先叟。

记友人篋叟语

有所损始能有所益。

忿欲之障缚,损得一分,故所迁之善长得一分。损之又损,俭德避难,不可营以禄,以有为法入,从无为法出,由勉强驯致自然。

有所弃始能有所取。

名与身孰亲,汲汲于鹜名,则危其身,甚爱必大费,多藏必厚亡,知道者审其然,故宁舍乐弭而守澹乎无味之道,弃喧就寂,戒动而返静,外声利而安穷约,划物欲而养天君。其戒在寤厓子《吸灵篇》第四。

绝利一源,用师十倍。

有所消始能有所息。

阴消故阳长,敌义夹持,殆欲战胜。

天地之道浸,惟浸故阴阳胜。

皆厚积众小不胜以为大胜。

积土成山,积水成渊,积小成大,积微成著,无冥冥之志者,无昭昭之行,无绵绵之业者,无渰渰之功。朱子自言,为学当从铢积寸累而成者。此也。

决无耽著世乐,又习清静法,两者兼营之理。李贺诗:"刘彻茂陵空腐骨，嬴政梓棺多鲍鱼。”陆放翁诗：“倩盼作妖狐未惨，肥甘藏毒鸩犹轻。”苦口危言，发人憬悟。

早访端甫分巡，知姑孰一缺，众蛆所集，较穷京曹尤为受累。予以此身为附赘悬疣，正似此鱼跳网中，未与造物游数外方寸，焚和又作，不觉形神交瘁，几时深夜踏破瓮，始开吾笑口哉！魏丈默深诗：“神仙祗畏穷，常以家为累。空王尤畏穷，更以深为累。”又云：“三教济一世，不能济一身。在家成仙佛，始号曰真人。”至言哉！

就蒿隐先生决趣舍，先生笑曰：“委心任运何如？”山谷在宜州谪籍，葺任运堂曰：“今日任运腾腾，明日腾腾任运。”岂智不若登高之胥靡哉？何惫之甚也。夫物之役形，形之役神，众人焚和，日戕其真，由三毒炎内，五盖覆外，障于浊水，而迷于清渊，于此欲收召营魄，宁释心神，解天衰，休天钧，返微明以自照，其有真君者存。勿务厚养其生，而养其生之主，故向长曰：贵不如贱，富不如贫，众人昭昭，我独若惛，众人熙熙，我独若忳，愁然似秋，喧然似春，曲不为诎，直不为伸，去智与，故涉冰畏邻。顷读蜀严先生《道德指归》之论，而叹其得犹龙之一鳞。

夜读《道德指归论》，君平，子云之师，《法言》极推重之，而文笔澶漫演迤，不逮扬子远甚。冰寒青出，殆智过其师耶。

瞀疾未已，家人为我揲蓍筮之，得《离》之《损》。噫，鬼神示予《离》，去外物使无为灵台之累，然后损之又损，返求其宰之所存，而得安宅焉。《损》之四曰损其疾，使遄有喜言，损物欲之足以病我者，俾天君泰然，百体从令，则喜可知耳。

夜读《道德指归论》，毛刻《津逮秘书》六卷本，久亡其《释道经》上篇诸论，此其《释德经》下篇者耳，书中论以正治国，以奇用兵，与《孙吴》《司马法》《阴符经》之旨相出入。兵家固源于黄老道德清静之意，藏于九地之下，始能动于九天之上，善诎者始能善伸。所谓守若处女，出如脱兔，绝利一源，用师十倍也。道家以先发者亡，后应者胜，故曰:吾不敢为主而为客,天将救之,以慈卫之。又曰:两君相抗,哀者胜矣。哀者,金行揫敛之气,收敛蛰藏既久,善审彼己之形,故将有馀智,卒有馀勇,向若坻隤,功若太山,厚积一发而不可阏。

《老学庵笔记》:唐仲俊年八十五六,极康强,自言少时读《千字文》有所悟,谓"心动神疲"四字也,平生遇事常动心,故老而不衰。

斫轮徐则甘而不固,疾则苦而不入,不徐不疾,得心应手,当此之时,有神明之数存于其间,此漆园喻读书。苟能得其精要,则糟粕可捐也。弹琴,弦缓则不鸣,弦急则声绝,缓急得中而诸音始普,此鹿苑喻诵经。但调适此心,清净安乐,即不失道也。两说皆不出《孟子》集义养气,勿忘勿助长之指。

亭午后风息,寒稍减,井底四蛇、枝头二鼠,一弹指,顷念念迁流,一岁中大寒暑不出三日,天地且不能久,而况于人乎?守天下之至静者,且坚持甚深,力忍耐处之可也。

壬辰十二月[①]

禅门断际之学,即吾儒所谓知止。义取"兼山,艮"。前际不生,照己还寂,后际不灭,于大寂中内含照用。

天下有大戒二:其一义也,其一命也。进以礼,退以义得之,不得曰有命,此知止于命也,前际不生也;志士不忘在沟壑,如不可求,从吾所好,浮云外物,至乐不迁,此知止于义也,后际不灭也。

村叟在宦海中,自憾黏皮带骨,正犯融斋老人所诃,或从热恼想清凉,坐市谈心,终未称之句。盖佛说以当离愦闹,独处闲居为大戒,不觅净土安神,何名为净?昨景卢公委工程差,今早西邸下教委万寿庆典处差,虚荷谬恩,实非心好,盖既不能匭函讽谏,以明忠爱之忱,徒与鸡鹜争食,以滋尸素之谤,迹涉干进,甚无谓也。老子云:顽似鄙。予诚顽似鄙哉。

---

① "十二月",原文作"十一月"。

记瓶居士《题散花图小诗》二绝，机锋绝妙，一似石庵相公风味。《谈禅离咏》。其一云：“支离却笑云门棒，洒落真传雪窦风。不是迟庵有慧眼，如何来问鹿皮翁。”其二云：“纤纤帘月影频移，短短鸦叉手懒持。一段分明是东绢，不知何处可题诗。”

西斋偶记

木叉、译言处处得大解脱，具云波罗提木叉。安般，译言调息。小止观六妙门。敬静忍辣，根机猛利。视鼻端白数出入，息绵绵若存，用之不勤。断前后际，非物所拘。胎食胎息法见《后汉书·方术传》。调息箴，吹呴呼吸，吐故纳新。泥丸内功。引挽支体，熊经鸟伸。五禽外功。

息有一刹那之未定，命非我有。从有为下乘法渐次入无为上乘法。事虽小不为不成，须有心血直下荷担，孟贲之狐疑，不如童子之必至。自然之道静，惟静然后万物生。顺从五行生数。天地之道浸，惟浸故能阴阳胜。逆修五行胜数，所谓龙从火里出，虎向水中生也。

太上畏道，人法地，地法天，天法道，道法自然，言道则天命之机缄，消息赅其中。其次畏圣人之言。古之法，戒言，若蓍龟，守之吉，违之凶，执古之道，乃可以御今之有。其次畏大人言，君者臣之天，父者子之天。光武戒任延曰：善事长官，长官之贤者则亲而敬之，不孝者则疏而敬之，无适而非敬也。其次畏兆人，与我敌者及下于我者。其次畏岁，谷者民之天。其次畏内外刑，其次畏阴阳消息，寒暑灾祥。外慎六气之沴，内制六情之泆。其次畏身，畏身者，百行众艺之根本也。

《佛本行》：纯一直心，指净土止观双照，权实两冥，断去来今际，三世俱舍，是谓以舍成慈，是谓无生法忍，此佛道以舍为主也。《老子》云：治人事天莫若啬。致虚守静，早服重积，绵绵若谷，存液液象冰解，以深为根，以约为极，然后得长生久视之道，淡然独与神明居。此《老子》之道，以啬为主也。或问啬之于舍义不相反乎？曰：否，否。舍者，舍外物。啬者，啬内神，非善舍不能成其善啬。

东坡《客座假寐诗》云:“虽无性命忧,能不忍须臾。”韩诗:“几欲犯严出荐口,气象硉兀不可攀。”放翁诗云:“平生胆气薄,不敢犯张禹。有时一言失,恐惧气如缕。念此思归栖,白首冀安处。作吏耐劳忍,辱是分内事。”庄生以为伊尹之为人强力,忍诟是其所长,忍之为德,持戒苦行所不能及,能行忍者,乃可名为有力。道人从今署所居曰“羼提室”,牢记牢记!

秦汉以来,帝王年登八十外者,只梁武帝、宋高宗、元世祖三君,非极治犹有渐德。我朝康熙、乾隆前后两六十年,国运最盛。高宗年跻大耋,享国长久,仿康熙故事,举行千叟宴,臣工身例文职九老,武职九老,耆儒九老者,指不胜屈,洵乎日丽舒长,民登仁寿,为史所罕观也。

陈子翙,文安人,雍乾间以侍读兼摄天津水利同知,一生留滞营田之役,自谓命宫有水厄。予久次蛮府参军,不能自解脱以去,殆亦命实为之邪?然一切境惟心造,尔后惟静,参净土法门,随其心净,则佛土净。

止潜示江亭新什,理趣甚佳,似超出西泠十子剽摹唐格之窠臼,伪唐体不如真宋格也。

从左世兄席卿许探寻得笏老安般法。每日不拘何时,烧一炷香,危坐视鼻端白,古人心太平庵诀,今落在笏老手矣。即此时收敛心光,大清净了当法门。

《管子》云:吾畏事,不敢事。吾畏言,不敢言。管仲后来之所以称业立名,根砥于此。故行年六十,如老乞儿。又云:常立于不敢行,而行于不能。此得《易》一嗛四益之谊。《庄》云:行贤而去自贤之行,安往而不爱哉。

壶公师尝云:天下有党,吾愿为魁。此东京党锢、元祐、庆元两党之害,颇犯道家不为祸首,不为福先之戒。天下有魁,吾愿为此党。此王元美推李于鳞,李三才推顾泾阳之术,亦可不必。二者皆不能超然声利之外,为徇名之心所缚,为申屠蟠之流所不取。必如曾文正公《原才》之说,善为党者，无迹乃为得之。

昨归稍迟，便觉气茶。今旦又晚起，此早衰之征。年运而往矣，只办涉水畏邻，兢兢自守，犹恐精力不给，何暇复萌功名之念乎？

十九午，封印牙参。唐诗："如今便别长官去，直到新年牙日来。"是唐时为吏者，岁除得休沐，今则不尔也。

廿三日辰正，枢垣南屋有信来，云："蒙恩擢为皖南兵备。小臣素自忖度才庸资浅，不胜外吏之任，思以京曹藏拙，今忽蒙除目，皇悚无似。南皮师亦手谕及此，知弟莫若师也。二十四日遽折入谢。是晨昧爽，上御乾清宫西暖阁，北向坐，蒙恩召对，约二刻许。上垂询农、译两曹事，及里贯、科目、出身，并该管道职掌甚悉。圣心尤注念新疆、滇缅两处界务利病，谨以现办情形奏对。虮虱小臣初次独对，几至陨越。是日贵大司寇裕少空亦召见，幸蒙钱丈及两公教，得免失仪。孔子曰："三人行必有师。"老子云："贵其师，爱其资。"圣言若蓍烛，良不我欺哉！

疲困漫书，古人忍饥诵经，今也忍饥拜客，不务天职之治，但以交游为业。世运之升降，吾道之污隆，抑可知矣。然窃静坐思之，欧公令夷陵日与尹师鲁书云：参转运作庭趋，不觉身为外吏矣。是亦吾之职分所当为者，庸敢辞疲劳乎？

剸割视才力之所至。邵康节语。功业必由凭借而生。高陶堂语。凡作事务先审自己才分精力何如，次审资地积累何如，次审护法神有几，次审时节机缘凑泊，次审物情附否，五者一不具，则雪然深闭而止，慎勿轻举妄动。

连日疲困，四大皆病矣，且取出一味随身药物来，偷向枯木庵死心寮中兀坐疗治者。

昨谒迟庵公，公与论诗，举"不是临川王介甫，谁知暝色赴春愁"句，拈示此从欲炼句先觅稳字之诀悟入，公固深于诗者也。

夕宿小沤巢，不寐。此园吏所谓重伤之民，与柱吏早服重积之诀去之远甚。

智周事外,方可身入事中。邵康节一生在安乐窝中,只是不肯犯手做。李延平先生一生不作费力事。老子所谓“代大匠斫,希有不伤手者”,正以犯手作为厉戒也。

行将去国前日,谒见西邸,谈次及新疆与北路车臣土什业图边事之坏,不觉痛切言之,厝火积薪之下,而犹云晏然无事,庯得为治安乎？予之迂憨愧愤,十年中不为诤吏,而第涪湛取容也。栜附大臣平日补苴罅漏,不务远虑,一旦情见势迫,殆起而图之,恐已晚矣。边将要律,己廉而善散财以结士心,使马如羊,不以入厩,使金如粟,不以入怀,此廉之效也。责大指毋苛小,此结心之术也。

欲求立身本末,当积微而之著,慎之于微。须是静多于动,默多于语,处多于出,收敛多于发现,践履多于作用,退藏多于进取,涵养多于探索,坚忍待时,应机而断。常妙于因物付物,适如其分际而止。切戒有意求深。勿以外物焚内和,遇应事时毋迎毋拒,毋执我见,毋徇人见,专一不杂,事蒇即止。还栖于空明澄澈,毋有黏滞系缚,常存敬天畏人,毋自欺之心,息有养,瞬有存。

神鬼之理,具于吾灵台方寸中,由静之动之机,即是神,由动返静之机,即是鬼。自欺者则是自渎吾一心之鬼神。故诗曰:“相在尔室,尚不愧于屋漏。”《书传》曰:“阳感天,不旋日,诸侯不愈时,大夫不过稘。”

欲善吾动静,冀免丛过失入于凶,悔吝,必自穷理养性始,求穷理养性,必自日课读书作字始。作字养心,又视肄业尤要。

心地要谦,手段要辣,眼界要宽,脚根要稳。

汉谚云:不习为吏,视已成事。张乖厓云:法高于意则用法。初为吏,但谨守三尺法。又云:意高于法则用意,此未易言。功力积久,方能于法外生出见解。徐仲车告黄鲁直云:虑不厌熟则寡过,睦僚友则事举。

今初为吏,诸事尚无条理,无把握,先从内而校阅案卷,置一日历以为课程。外而辑睦同官入手。不论文武正佐,从日常宾接庆吊人事上著意,须是以诚意联络其心,《礼》曰“人情以为田”是也。

昔人咏循吏诗云："有官贫甚无官日，去任荣于上任时。"其风味剧可思。

【眉批】此已入对语。

癸巳年(光绪十九年,1893)

癸巳正月

日内疲于酬应,正苦犯四谛内集之一字,譬如大树众鸟集之,尚有枯折之患,而况于人乎?东方生曰:有群累生,此之谓也。若能以日力三分之一了人事,其一治公牍,其一闭目静坐,则稍减去其累,而生机渐畅矣。

初祖工夫,惟坐看壁;忍庵日课,十二时中具足威仪相,惟观鼻端白,一则安般泥洹,修性法。一则谷神元牝,修命法。各有指归,却亦相为用也。

康熙中定大挑落第举人,王大臣请上指示,上谓仓猝之顷,以貌取人,原非容易,无已,则姑以"貌有福泽,面带慈祥"八字为准的,可乎?大哉圣言,此亦官人之法也。魏默深诗云:"古来旗常士,福居才之先。"谅哉!

"栗取吊于逌吉,王膺庆于所戚"。新故相为乘除,祸福相为倚伏,一切当观时节因缘。几者动之微,须谨察之。

常调官好做,家常饭好吃。范正文语。入仕切忌速化,速化尤悔之招也。朱子年五十八始为兵部郎,魏高伯恭二十七年为郎不徙官,吴拙修久次白云司,六十外出为河间守,予内愧前贤,殊以侥遇速化为病。

借假修真,借权济实,借修养色身以圆成法身。

宣圣抗浮云之志,孟子养浩然之气,此常道也。柱史呴万物于刍狗,园吏视一身若悬疣。此处于浊世有激之谈,矫枉过正而为此也。

宁律不谐，不使句弱。

所居牙斋，务因陋就简，无所营葺，四时景物自然萦缀，足娱清览。草荣节和，木衰风厉，听其乘除，默观消息虚寂中，饶有至味存焉，奚待"一丛深色花，十户中人赋"，剜百姓之膏血，供片刻之欢娱哉。晏元献《庭莎记》一篇剧可玩也。

但应此心无所住。不黏著于物。造物虽驶如吾何？

从此戒作诗，亦藏拙之一道也，要以勤求民瘼，专治吏事为主。

姚惜抱先生年四十四即抽身朝列，飘然引去，予不得已为家累，故求三釜之糈，断鹤续凫，非性所习，日久拖泥带水，立志到五十四岁，即寻兴公《遂初》之赋，草右军《告誓》之文，专营一壑之娱，耻作三刀之梦。黟岳有灵，许吾此志息壤在彼，不食斯言。

友人篯叟评予诗曰：为学穷乎柱下，博物止于七篇，漆园《内篇》。道丽之辞，无闻焉耳。予笑曰：篯公知我，胜我自知。

篯公漫书

【眉批】应否入杂文？

九酘之酒，百足之虫，半偈之禅，一面之锋，不动如山，其疾如风，绵绵穆穆，兀兀匑匑。

同乡寂照寺老方丈法云上人来，十年阔别不见，发白面皱，僧腊正七十矣。共坐小斋吃面食，久谈始去。法长老平生不持戒律，不诵梵夹，终日课临李北海书，亦彼法中别调也。能作擘窠字，虽多肉少骨，尚不酣俗。

谒虞山大农师，侍聆清诲久之，公所处地望，今之李茶陵、叶福清也，保全善类，调护言路，公之责也，微持逆叩，公亦钦之。

承盘洲公厚意，以芜道赔款案甚累，欲为属托前升道某将赔累情形备文咨署，由署宪函致江督部堂，请更定奏按，俾得展缓年限。予力辞之,盖缘此事虽系乙受甲过,李代桃僵,然业经督宪奏准,历任摊赔归款,七年半之限,一经钦奉批旨,便成铁案,何敢妄觊,费力挽回。且此举有不可行者三:不欲无故干求。鄙而且猾之前升道某,使之扬扬有德色于予,予不甘坐受,一不可也。堂宪意见亦参差难合,二不可也。迹近挟此署府公之力以干督部,督部且衔之次骨,从此公事棘手,三不可也。此区区力辞之微意也。然承盘洲公代谋之挚,却铭刻于中,不敢忘德。文中子云:在险而运奇,不若宅平以无为。予深得此二语,获持久之力,实畏从此生根黏缚,三年内无由自解脱。

《古诗》:“洛中何郁郁,冠带自相索。”“黄禾起羸马,有钱始作人。”唐人诗:“天宝末年时势变,臣妾人人学圆转。”又云:“世人结交须黄金,黄金不成交不深。”又云:“金高南山买君顾。”汉谚:“直如弦,死道边;曲如钩,反封侯。”山人初入世时,常不解所谓,今渐以诸说为信。

常依于高伯恭、颜推之为人委蛇世故,内养浩然而以自隐无名为先务之急。

仆才逊卜梁倚,不能无资籍而独立,然亹亹抱微明,衔思孤往之处,亦不欲为前人所掩。

黄帝有天下之号,曰自然氏。《白虎通义》。自然者,犹言禹之行水行其所,无事也。流俗传写,讹为有熊氏。《老子》云:希言自然。又曰:道法自然。又云:百姓皆谓我自然。皆述黄帝氏之事而不作也。

阎氏百诗述钟伯敬之语曰:魏武《短歌》建安十三年作。去《三百篇》远,而远有远之合。斯言韪矣,从来注者不得其解。今略以释之。按史,吴主权,郡察孝廉,州举茂才,皆在曹公当国之日。以故事辟三公府之举主自居,诗中“子衿”“鹿鸣”,皆指权也。“但为君故,沉吟至今”,言群雄以次删夷,惟权倔强,尚烦招徕耳。“明明如月”四句,掬肺肝相示,而志趣乖睽,仍不见喻,故以为忧。“越陌度阡,枉用相存”,言南征远来,致存问不见答,即移书,中欲与将军会猎于吴之意也。念旧恩，则由回思桥玄辈为己举主，俯仰岁月，人阅人而成世，不能不以兴怀矣。惊鹊绕枝，喻刘豫州败窜之馀，况状如此。结云“吐哺归心”，则喻招徕孙、刘，冀车书混一之意。戡定尉侯，假年俟之，故以“人生几何”兴起。诗意本一线贯穿，无横风吹断处也。山谷解《梁父吟》，三士指其人以实之，此亦然矣。

微窥湘乡公日课，内养气之法有二：一慎言语。气藏丹田，无不可告人之事，即温公求诚，自不妄语始之意，积久自驯，致浸灌浩然。此养义理之气也。一曰节欲节劳节饮食[①]，每日静坐四刻，数息百入，时时当作养病，此养血气之气也。

托坊友代觅方志，得《新修安徽通志》，不如陶文毅公所修本为胜。《乾隆池州志》五十八卷、《乾隆广德志》五十卷。

书以维持此心，一时放下，则一时德性有懈。横渠语。即扬子《法言》心离书则神索之意。维持尚有着力，意能涵泳浸灌，到自然融释，脱落处则所得更深。朱子谓宛似见义理成片段从面前过，与刘晏判度支日梦钱流地上相似。潭思之至，习而化矣。

《论语集解》："知之者不如好之者，笃好之者不如乐之者。"深功夫火候、意境、气象，一层深似一层，却只能循序渐进，不可促其速化，速化则败。

四苦谛之集，既不得摆脱，亦勿使黏著，姑听其所止而浮休焉。

《兵法》：好以整，好以暇。暇则神闲志定，万物挠之而不惊。魏武之临阵，意思安闲，如不欲战，必审机而后发。阳明云：一味务收敛，不轻发见，裁发见，便即收敛，以持养之。费祎之戎装对奕，了无倦色；谢文靖之赌墅围棋，处分寂然；寇莱公澶洲之战，饮博欢呼；近日益阳胡文忠、湘乡曾文正两公治军事，与友人书杂以谐谑，语暇之效也。整则心明手辣，百事乘之而不乱。暇则非天资高、才力健者不办，整则中材亦可勉为之。朱子论韩信将兵，所以能多多益办者，先明分数故也。曾

---

① 原文“一曰”前有“曰”字。

公谓凡事之来,吾前必有大条理,小条理,始条理,终条理,当苦心剖析,先要擘得开,后要括得拢。历观前史成败,冯异之独坐树下,泊然远声利;朱然之终日钦钦,如对行阵;王茂宏之平日宾接亲疏,恩意周浃,人人自以为得王公之欢心;程伊川之中日危坐,游杨雪立;王阳明之从容晏坐九华山中,世事了不闻见;江西马祖云:若能了当此心,乃可随时著衣吃饭,长养圣胎,任运过时,更有何事。此皆整之效也。整者,主敬中之一事。曾公日课云:整齐严肃,无时不惧。无事时心在腔子里,应事时专一不杂,常使终日清明在躬,志气如神,此乃做整字下手工夫也。

阎文介公尝语予曰:凡事豫则立,以约失者鲜。二语殆可终身行之,此做整字工夫节目之要领也。《左传集解》序曰:圣人包周身之防,言微则指远,文简故义深。杜预镇襄阳,日赂遗朝贵人,怪之,预曰:吾处于浊世,固不求福,要睎免祸。故杜征南之内结荀、冯,张江陵之缔交冯保,亦周身之防,不敢不密,有所迫而为之也。噫!

晡,赴国子祭酒陆君同年之招,见诒年丈赠公所著医书一部。座中有吴人鲍松山者,向忠武部将,久历行阵,曾以口祸为人掎龁,遣戍黑龙江,年八十七矣。而喉中作吴语,噌吰如钟,行及奔马,真健儿也。自言习胎食胎息法。东汉《方术传》中王真所秘授秘方也。于卜魁乌喇一带鄂伦春、赫哲、费牙喀诸种人情形亦熟,观其材,似尚足备乘一鄣间之用。

犯黑风吹船,漂入罗刹戒。李习之见药山语。轻则一日夜复,重则三日复。犯摩登伽戒,轻则七日复,重则倍之。《易》曰:损以惩忿窒欲。《阴符》曰:沉水欲入火忿,自取灭亡。人命在呼吸间,《四十二章经》。息有一毫之未定,命非我有。丘长春语。

老子云:绝学无忧。绝学者,绝末学也。园吏云:捐书翔徉。捐书者,捐杂书也。文中子畏以博溺心、文灭质,故曰:吾不仕乃成学,不杂学故明。伊子、程子戒玩物丧志,故一生不看杂书,用志不分,乃凝于神。荆公诗:"问义曹溪室,捐书阙里门。若知同二妄,目击道逾存。”言不知道则虽解义诵书，亦糟粕耳，筌蹄耳，于安身立命本分上事，何能有一毫安隐功德利益。魏默深先生句云：“事障驰利名，理障窟文字。欲持障扫障，先以理袪事。”则又养气治心，下手工夫之阶级次第也。

每一日间事，有待感而后应，可以因物付物者，什之九。亦有须应而后感，预为之计者，什之一。当审机而动，分别随宜措置，求稳实不求新奇。

予浙右孱生，学行庳薄，不揣固陋，景仰前修，当求金华诸先老学脉于废坠绝续之馀，拟于中江书院正课而外，增立丽泽讲舍小课，示不忘东莱子约迂斋絜齐之绪，冀求高材生共相讲习渐摩，旁搜远绍，庶几存微学于千一，而又采昉近日贤大吏有司立法课士之意，如四明之辨志文会、沪上之求志书院、鄂渚之两湖书院，分科设目，各章程删繁订要，提纲辨业，冀以勉励诸生，为桑麻谷粟平实有用之学，以待他日登进仕路，备国器使，是则区区所厚幸者耳。

丽泽讲舍小课门目：经学，小学、韵学附。理学，《通鉴》三通学，舆地学，掌故学，词章学，金石附，《文选》学，另列专门。兵家学，测算学，边务学，律学，医方学，考工学，农家学。

凡学之门类十有三，每类之中当分子目。

拟援例捐寻常一级备抵，托佩葱兄出印结，此陆三鱼所不为者，而张季、司马长卿则决然为之。陆大夫、阮嗣宗亦为之。予之甘居于《古今人表》第四等久矣，盖世士毁之则以为喜，誉之则以为忧也。

里人酱翁新寄来一札云：道之真以治身，不以利累形，不以物役神，常腾腾兀兀，超然万物之表，一日复一夕，一昏复一晨，齐垢净为一致，处洼弊而常新。盖鸿冥而蝉蜕，不迕俗以丧真。众人昭昭，我独愚芚，俗士察察，我独若惛。太虚为室而明月为烛，真宰为主而形骸为宾，物我齐邪，得丧均邪，或欲竭七十二钻之力窥其底蕴，而庞然口呿舌緋，殆终无以测其为人。

日将夕，谒蒿隐先生亲家，命共饭畅谈，情愫倾倒困筐。先生言洞庭东山之胜,若卜居三亩之宅、二顷之田,可以泥水自蔽,待世运澄清,始可出以娱老,水渎角里诸村市,皆勿如也。又言年过五十,当遂初闭关,补读书寡过,督课子孙之意。又言作宦不可轻去乡里。宋世士大夫往往投老不还乡。董方立讥切常州老辈之言,殊有味。如其交游聚处,暂作寓公,先遣儿辈归营生业,守墓庐可也。谚云:水深则回,叶落粪本。公言得之。今日得侍先生几杖,殆比之吴匏庵雪夜谒沈石田故事,第不材人地卑贱,行无町畦,去匏庵百由旬耳。先生之和平峻洁,似视白石翁有过之也。

黄漱丈招集,得陪几杖雅谈,丈疾恶有过严处,致仕后似宜以不见成德。申屠蟠戒郭林宗语。《诗》云"邦之司直",丈有之矣。

麦丘叟之祝齐桓曰:愿君勿得罪于群臣百姓。柳子厚之戒薛仁义曰:官者民之佣,民所责役,非但役民而已也。皆剀然深切,仁人之言。

山之主峰,得众峰附丽而始尊;木之正干,得群柯附丽而后大。未有毫无附丽而危峰孤峙、柯干独立以堪久长者也。近人讲韩欧八家古文,自谓托体甚尊,而不济之以经史根柢之学,其修词往往外腴泽而内雕枯。慕东汉三君、东林顾高之气节,自谓壁立千仞,而平日无义理之学优柔浸润,铢积寸累,其制行非偏宕失平,即粗厉不中节,此皆不知学,学相须附丽积累之义,而其中之所恃以俱存者,亦仅矣。

大司马许公前蒙校阅考御史卷,录入前列,仆书迹极劣,通籍时不得入词馆,至为缺憾。晚记柱后惠文,此最所心感。今日命侍宴集,奉令承教久之,晡时始散。公清约敛慎,最得守口如瓶之诀,处世应务之药方也,尤可师法。

阎百诗讥切王阮亭著书三十馀种,实无经史根柢,不值抨弹。又摘《唐贤三昧集》涔阳误作浔阳之谬,盖阎氏于顾职方、黄文孝、毛河右三公而外,不足当其睥睨也。惟以作诗论,王以此一事差胜阎耳。仆生于荒陋,未尝潜研六艺之学,即词章小技,亦未能窥见深际,悠悠五十,炳烛微明,去之尚远,岂胜内愧。

范文正希文、张魏公浚乘边将略非其所长，而时论翕然，屡蹶屡起，目论者多名大于实。如军中一范之谣，幕客所为，元昊何尝一经败衄者哉。其联结物望之秘诀，在分俸以食游士。右唐荆川《左编》之言，此殊有见，必非无据。

众然而然，俗士也；己然而然，豪杰也。异不违俗，同不失己，取善于人，与人为善，则渐入圣贤一路上人。

夜起见繁星满天，斗杓东掜，忽有怀吴中费宫允芸芳，同治己巳秋暮与君同泊舟焦山，穷探三诏洞、四面佛、半壁庵诸胜。岁月如流，弹指刹那，倏已二十五年。予尔时年少，气方锐，独贾勇直上山顶，观大江西来，海门东注，波涛溅雪，冲激石壁，鞺鞳磅礴，一泻万里，甚壮观也。君慢肤弱步，投杖喘息，盖不能偕矣。此历历如目前事，遂尔云烟变灭，顾语地上友，狂驰一世，謷謷于不可必得之利名场、草头露，是诚何心邪？宫允之弃官抽身，田里安帖，计庸非得邪？闻今已六十初度，衰白尚健。

录《困学纪闻》一条：处心不可著，著则偏；作事不可尽，尽则穷。"夏去休言暑，冬来始讲寒"。邵子诗。下同。则处心不著矣。"美酒饮教微醉后，好花看到半开时"，则作事不穷矣。

【眉批】此节似重。

录曾文正公诗一首："男儿读书良不恶，何用文章自束缚。何子贞、吴南屏、朱伯韩、邵位西不知羞，排日肝肾困锤凿。河西别驾酸到骨，此疑指苗仙簏。昨者立谈三距跃。老汤语言更支离，海秋。万兀千摇仍述作。丈夫求志动渭莘，何用虫鱼自损神。贾马杜韩无一用，岂况我辈轻薄人。"右文正公道光末官京师日作，先师融斋老人常喜为昶诵之。

宋人讥韩文公诗："纷纷易尽百年身，举世何人识道真。漫去陈言夸末俗，止怜无益费精神。"此作心光眼光见到一生应如何而后可安身立命,抉出所以然之处,脑后痛下一巨针,从前念念譬如昨日死矣。夫尧舜之智,犹不遍物,急先务也,中材而下,遑敢蠹寝文字窠臼中讨生活乎?

"岂无他忧能老我,付与天地从今始"。半山诗。朱字官待制日,酒后每喜诵此二句。李雁湖云。"来老厌世语,深坐塞门窦"。亦半山诗。"吾老嗜读书,万事不挂眼"。韩诗。"黄蘖作驴秋,方知苦在后。生死忽到头,半字不相救"。寒山子诗。此类文句皆于极枯槁澹泊中纡馀回薄,寻出义味。

益阳《胡文忠公集》,古今史事中圣贤处极劳苦患难境界,能以坚忍澹泊,夷然处之,身劳则心安,为之利少而义多,为之分门钞辑,其名曰《冰书》。同治丙寅客杭州日,于一友人许见之后,便觅,未能得也。

趣刻小印二:一朱文云"监鄣郡御史",一白文云"九华今在一壶中"。

晚蒿隐先生招集,酒半不知慎口,狂言忽发,无益于事而有损于己,悔不如子修、中弢、蒿隐三君之言简理当。不佞已悔不可追矣。同也为比,异也为仇,汝不惩邪,而呶呶以害其生邪。

《经》云:一切圣贤,皆用无为法而有差别。谓三教圣人,皆以无为为极则,而根性各有利钝,机缘各有凑泊,入处亦各不同也。有为法中生二障,粗生事障,细生理障,均之障也。梦幻泡影,一切有为法之流病、之妄相;如露如电,露者喻佛言中边皆甜,如甘露味也;电者,《经》云,譬如夜见电光,即得见道。廓然无往,此乃喻无为法,故云当作如是观也。有为犹滞留于俗谛,无为则竿头进一层,入真谛矣。不取于相,谓真妄,二相皆不执著,故如如不动,上如谓当梦幻之境,而性体圆明,湛然不动,下如谓入露电,诸随方解缚之法,亦作优毕叉。观而不动,止观平等。如是直到非真非妄地、无权无实无道无魔地、不垢不净非缚非舍地、不思善不思恶地,随其心地现佛土净,超出界外因果矣。然此因地断断不可陵节躐等致也。棒喝禅徒,谓一超直入如来地者,极诳妄。下手工夫从相入性，由渐至顿，由律入禅，由有为法浸润入无为法，由无为法入真妄不二门，无修无证地，有次第、有阶级、有品位、有节目、有时节因缘，绵绵冥冥，积铢累寸，勿存揠苗助长之心，修持久久，乃有入处。右不孝所受法于先母徐恭人者，笔记于此，冀有志者同参同证，以广流布。

无竞居士被人奏弹，虽可无事，亦殊冤也。

【眉批】指香帅。

时时当作养病，此摄生之要诀也；时时当作戴罪，此服官之药方也。一念放弛，即病乘之；一念自恕，即祸基之。

遇事之来，即时用云栖一笔勾之法应之，使心地了当，亦于净业少得利益，虽学养浅薄，未能窥见至人因物付物之妙，差得省事法。猛火煮三分，慢火温十分。

癸巳二月

曾公《与吴竹如少寇书》云：凡事当大处著眼，小处下手。又云：不计功效之多寡，但课每日之勤惰。《大戴礼》谓：虽博学须小心孱守，言之者微，行之者笃，乃可稍免尤悔。又云：无冥冥之志者，无昭昭之明；无绵绵之业者，无赫赫之功。此湘乡意所本也。

居人海二十年中，惟有一事堪自怡适，每过虞山公门，必读擘窠大书之联，不啻帐中悬迹，玩孟黄之秘，八分石下，卧毡观《征西之碑》三日也。公书门多集陶为之，一年云："被褐欣自得，过门更相呼。"又一年云："几人得其趣，过此奚所须。"犹有风趣。庭坚赞苏长公云："佩玉而心若槁木，立朝而志在东山。"公殆其人邪。

凡做事勿求速效，须是日计不足，月计有馀，有凝渟和缓气象。即有稍稍兴革，亦当如元初万松老人主持燕京仰嶠丛林时一般，以渐行之，令人不觉。事见《湛然居士集》。求速效乃是近名之心害之，一萌近名之念于方寸,几微中人即觉之,便生无数扞格障缚,大则危身贾祸,小亦丧德败名,不可不自儆察。

是日粤馆观剧,演李卫景武公祷华山神及遇龙姥命行雨事。卫公,大业中仕为郎,知唐高祖有异志,自锁告变,安得有祷神事?其文甚鄙俚,必伪托也。前人辨之详矣。

录《易解》以自勖

《恒》,初六。浚恒,贞凶,无攸利。浚,惠氏作濬。浚恒之凶,始求深也。杂抄各注,未及排次。

惠疏曰:阳在初为潜、为渊,皆深也。故虞注上《系》曰:深,阳也。濬与浚通。庄九年《公羊传》云:浚之者何深之也?故云:阴在初称濬,濬,深也。《释言》文深为阳,本体四阴之初,濬而后深,故濬恒;贞凶,无攸利也。

《本义》:初与四为正应,理之常也。然居下在初,未可深有所求。四《震》,体而阳性,上而不下,又为二三所隔,应初之意,异乎常矣。初以阴居《巽》下,柔暗不能度势,其性务入,故深。以常理求之,浚恒之象也。占者如此,则虽正亦凶,无所利矣。

《程传》:初居下而四为正应,柔阇之人能守常而不能度势;四《震》体而阳性,以刚居高,志上而不下,又为二三所隔,应初之志,异乎常矣。而初乃求之责望,故素而致悔咎者,皆浚恒之类与。

凡卦位初终,乃浅与深、微与盛所居之地之限别也。在下而求深,亦不知时矣。

居《恒》之始而求望于上之深,是知常而不知度势之甚也。所以凶,阴暗不得《恒》之宜也。

陆氏希声曰:常之为义,贵久于其道,日以浸深。初居下位,宜以渐为常,而体《巽》性躁,遽求深入,是失久于其道之义,故虽正亦凶。

胡氏瑗曰:天下之事必皆有渐,在乎积日累久而后能成其功,是故为学既久,则道业可成,圣贤可到;为治既久,则教化可行,尧舜可跻。若是之类，莫不由积日累久而后至，固非骤而及也。初六居下卦之初，方为事始，而遽责长久之道、永远之效，是犹学之始，欲亟至于周孔，为治之始，欲化及于尧舜，不能浸渐积久，遽一蹴以求深，故虽贞正之道，亦致召凶。以此而往，必无所利。《传》曰：欲速则不达。是也。

王氏宗传说：参王氏申子。初，《巽》之主也，质柔而志刚。质柔，故昧于远见；志刚，故欲速不达。当其为学，未尝致一日之功而遽希造道；当其立事，未尝有一日之劳而遽责成功。望之太深，求之太锐，岂惟终无所成，抑恐身先召祸。故曰：浚恒，贞凶，而无所利。

朱氏震曰：初孱伏《巽》下，而以深入为恒，上忼居《震》，极而以振矜为《恒》，在始而求深，在上而好动，皆凶道也。此一条与东莱吕氏义同。

郭氏雍曰：进道有渐而后可久，在《恒》之初，以柔居下，浚而深求，失其道矣。

苏氏浚曰：凡人用功之始，立志太锐，求效太急，便有欲速助长之病。故曰：始求深。《孟子》言：其进锐者，其退速。又曰：深造必以道。正是此意。一作老子语，或孟子引之邪？

《曾文正公日记》：读书不二，偶有所得，随笔札记。毋过求深，一有求深意，便是徇人。

天地之道浸，惟浸故能阴阳胜。五日为一微，十五日为一著。历十八候而成一时，嬗二十四气而成一岁。分至启闭，各以驯致。故四时调和而年谷顺成。若十日而至大寒，十日而至大暑，则天地震骇，而万物之气嚣然不靖矣。《易·临》卦，十二月消息辟卦，刚浸长也。惟本卦之德，凭藉三微之月，浸渐上升，百二十日积候成气，由微之著，故能全乎其为刚德。否则阳气暴长，虽刚必折矣。故学问潭精研思，毋求速成；仕宦量力守法。宋谚云：长调官好做。毋求速化。王仲淹年未三十,而进干十策,退拟六经。朱子谓其气象迫促,求速成之病也。贾生以一疏远孤生,一旦骤进,欲间绛灌亲信之臣,长沙赋《鹏》,孤愤以殇,求速化之病也。

元太保刘文贞秉忠《藏春集》、明少师姚崇靖广孝《逃虚子集》,久觅之未得也。其品格去湛然居士尚远,逃虚诗及题跋小文,往曾见八九首,生辣圆脱处,宗趣出云门临济,亦殊可喜。其采色格调,大略与北郭十友雁行,衰世文气也。

"忧多道转亲",右荆岘先生句,自述少长所历之状,随处所认天理如是。如是故知孟子动忍增益,生于忧患,德慧术智,存乎疢疾之说,乃度世金针,勿囫囵空空读过。

往客杭州,榜所居云:"田园一蚊睫,书卷百牛腰。当归草堂主,人见而喜之。"手抄属人作擘窠字题其门。盖主人所居地名田家园,而藏书金石极富,甲于浙中,几突过天一阁、淡生堂。主人耆好殊俗,仆性刚才拙,与物多忤,主人独耆痂,与予雅故也。顷奉书乞为予购田家园左近老屋三四楹,以践他日卜邻借书之约。癸辛,老人预买弁阳之水竹,颖滨遗老亦过嵩麓以编茆,且看机缘如何,敢期息壤在彼。

见绳庵丈,言笺《管子》廿四篇,已垂写定。丈某旧府主也,俯仰今昔,岂胜慨叹!

古今成败由人,穷达有命,事业成乎见地,人为之也。虽曰天运,岂非人事哉。福泽系于因地,因地果还生。天为之也。尽人事以听天命,在量力守分,养性抱朴,内自重而外物轻,躬躬如畏,不改常度,绵绵若存,勿渝其素。故《传》曰:豫若冬涉川,犹若畏四邻。慎之至也。合肥师相再赐燕,见多垂语时事。昔人称文潞公年九十,而视听不衰,处事精决,少壮人莫及也。富郑公八十馀而守口如瓶,防意如城,畏天命敬人事之至也。今于师相见之矣。

绳庵丈留共酒食。丈精悍之气益加收敛,而光芒不能掩。自乙酉罢官后,灞亭夜猎,为故李将军已垂十年矣。昔曾文正病中戏语客云:吾墓前贞石之文自作已竟。铭止四句曰:不信人,信运气。公有言,告万世。公虽戏言,亦良有理致乎。

使相开东阁,枉召宴集。座中有肥水刘子澄军门盛休,淮军之杰出者。气象言语,朴实不矜,老于兵事。近以六千人驻扎九连城太平湾一带,即大连湾。与予略有葭莩之连,殊心敬之,馀则谢镇西所云:诸君皆是劲卒也。

使相戒予,年垂半百,久悴于外,宜早行治下瀍田庐,预安退步,此为急务。子它日勔思吾言云云。此倾肝鬲药石之谈也,敬心识之,不敢忘。

《易》《老》宗指究竟不同。《易》一名含三义,惟简易之义于《老》为近。不易则主天泽定位,变易则主升降随时,皆非苦县门风所有。《乾》初一阳自《复》来,故称潜;二阳自《临》来,故称见;三阳自《泰》来,存不忘亡,安不忘危,终日乾乾,终夕惕惕,故称夕惕若夤夤,敬也;四阳自《大壮》来,动于地之上天之下,故称跃;五阳自《夬》来,夬决万机,扬于王廷,故称利见上,为八纯卦,其性不变,亦不知变,故称忼。凡此皆即随时所居之卦位而立义。《中庸》所云素位而行,《孟子》所云舜居深山,及被袗衣,若固有之。变动不居,九流六虚,是其义也。《老子》宗趣则大不然,无论所值之位为元士、为大夫、为诸侯、为三公、为大君,最上为宗庙,无论所造之德为当潜、当见、当惕、当跃、当利见,凶德则为忼,皆一以潜而未跃,隐而未见,深藏若虚,确乎不拔之术居之。故曰:以深为根,以约为极,澹然独与神明居。又曰:无成势,无常形,不为福先,不为祸始。因循委蛇,立法简易而常为万物宰。又曰:古之所以贵此道者何? 岂不曰:以求得有罪以免邪,故为天下贵。

惟地中有山,《谦》之一卦,劳谦之谊,一谦四益,于老子不敢为天下先,及以濡弱谦下为表之义较近,然犹不足以尽之。玄牝之容,微妙之门,岂六艺百家之繁赜所能强拟万一哉。

候绳莽丈,连日见丈,时倾筐囷,率臆而语,时时蹈放言妄论之失,违《颐》象祸从口出之戒矣。戒之慎之,速改为贵。

谒辞使相肥阳师,垂论夷务积疲,互市漏卮,时局之危,滔滔靡塞,担当气运,罕觏其人,言皆切至。

戴孝侯观察宗骞,寿州人,率绥巩军驻防威海卫。亡友王璞臣同年称道其为人,听其言论,观其气象,端悫异于常流。

自天津行三十五里至蒲口,宿。四更即发,廿五里至杨村,又廿五里至菜村,尖。卅五里过河西务,十八里过安平,十八里至马头,宿。晨发,十八里至张家湾,卅五里至渔家圩,尖。十八里至沙锅门,入城,薄暮抵家。自析津至此二百四十里。

敬老戒予养生之法,以少恼怒为本,且引东莱吕成公躬自厚、责人薄,终身待仆隶无疾言遽色;吴潘文恭公遇仆从有过犯,以方寸纸书名黏壁上,善遣撤之,此二事为法。陶靖节遣一力助儿子薪水之资,戒之曰:此亦人子也,可善视之。仁人哉言乎!

王龙溪、钱绪山《天泉证道记》云:"无善无恶心之体,知善知恶心之用,有善无恶乃良知,为善去恶是格物。"略与曹溪、大寂、黄蘖三家意指相近。扬子云言:性无善恶。乃取《太玄》卦气中首六日七分之谊,与此不同。中当《中孚》,十月卦气消息也。其词云:阳气起于黄宫,物无不在其中。是月太阴剥尽,三微未萌牙。雌生于酉,雄生于戌,撢持于亥子之际。故此卦之象,性善恶混,中孚,故为万物之胎祖,二气玄同之门也。《乾凿度》太易者,未见气也;太始者,气之始也;太初者,形之始也;太素者,质之始也。气形质具而人未相离,是为混沌,此扬子之说所本。

黄文节衍眉山诗作之指云:以故为新,以俗为雅,法不孤起,仗境方生。此拈出微妙也。从门入者不是佳珍,故剥落门面皮肤语,乃于窅冥中见一真实,一真一切真。熟事生用,险字稳用,是其入门庭处也。右以呈乙盦,不省以为然乎?否乎?

所谓玄者,敛藏持养,深不可见,而至于黑窣窣地,即大衍数之其一不用,即《乾》初九之潜而勿用,人皆知有用之用,而不知勿用之为用大也。故曰:"吾言甚易知易行,然天下莫有能知能行者。"《易传》

曰:"其初难知本也。"木下曰本。本在下,故以深为根,以约为极。惟其深窣窣地到极处,裁能水峙山渟,常惺惺地,鱼蜚鸢跃,活泼泼地。

颜君延之《咏五君》,心鄙山、王不入流,以其去阮公之识密鉴洞,中散之牾俗凝神形骸之外,去之弥远也。然安丰居官简要,自奉甚薄,知天下将乱,不治仪望,治生自秽。巨源之心,存事外而与时俯仰。林下诸子,屯蹇于世,涛独保浩然之度,虽乖亮节,足免世祸,以视言多令事败,器漏苦不密者,不犹愈乎?正未可执光禄之品评为定论也。戴逵论云:王戎晦默于危乱之际,获免忧祸,既明且哲,于是在矣。或曰:大臣用心,岂其然乎?逵曰:运有险易,时有昏明,如子之言,则蘧瑗、季札之徒皆负责矣,士岂容以一格绳之哉?刘孝标《世说》注。

韩退之诗云:"浮生虽多途,趋死惟一轨。"道家变其名曰:羽化。释氏美其名曰:泥洹。实则皆强名耳。惟知道者能于弹指百二十刻刹那中任运过时,著衣吃饭,了当此心,湛然常定,空寂光中,微时自照,此为受用耳。否则一走错路头,于定分无分毫之益,而于德业岂能免丘山之损哉?寒山大士云:"黄檗作驴秋,方知苦在后。一朝福报尽,兀若栖芦鸟。死生忽到头,半字不相救。"修道者苟能不遍物急先务,庶几近之耳。

翁弢夫阁校出魏文贞公遗笏相示,一段奇事也。弢夫之大父文勤公祖庚先生始得之,有诗记事。

分别箧书常读者及吏治书,随身携带;词章、考证家言,则束之高阁。闇斋沈端恪公戒友人曰:"枝叶太繁,则根本处必欠缺。"斯言宜奉为至宝丹也。

魏文贞遗笏,阴面正书"大唐贞观八年,岁在臣甲午。魏徵瓠"十字。"瓠"字不知何意。"瓠",疑唐初人隶变"执"字如此写,俟再考。《隶释》《隶续》《复古编》方知。左侧下方细书"五世孙謩敬藏"六字。阳面上方有"大唐开成御书之宝"。謩,文宗时为起居舍人,上令进笏。郑覃曰:"在人不在笏。"上曰:"覃不解我意,此乃甘棠之义,非在笏而已。"按覃相在大和九年,明年改元。开成四年,覃能相此御书,不审开成何年也。《通鉴》系之开成三年正月。下八分书"魏氏甘棠"四字,长周尺二尺四寸有半,中博三寸弱,下博三寸强,杼上锐首,有沥痕,面背皱裂如蛇附,合今营造尺长一尺六寸二分,上广一寸三分,下广二寸一分。

座师崇文山先生传艮峰先生之学,艮峰受之善化唐确慎公。平日正色立朝,清修自守,外通内介,万物不足以挠其中,而超然祸福之外。吾师乎,吾师乎!俾末学小子得由先生以追寻六安、吴竹如先生廷栋。拙修之学,别受之姚镜塘先生学塽。兴化、刘融斋先生熙载。元和王朴臣同年炳燮。诸公之坠绪乎。昶不孝不弟,内疚良多,夜觉晦非,今悔昨失。惟仗师友扶持之力,湔除罪悔,复起为人,不可谓非。厚幸今晡谒见文山师,侍聆清诲两时许,先生之清而容物,真令疵恪俱消也。先生云:居官一日,则有一日职分之当为。第详思约守,尽其在我者当如是而已,其它升沉利害,毁誉祸福,听其自相乘除,自为起灭,所不暇计也。

自腊尾至今两月有馀,无日不为世法所缚,为人事所困,诸苦毕集,四大皆疲。无虑同官、同年、知旧与向非知旧召酒食,一苦也;悉索弊篋,用杜当阳法,二苦也;函来必复,三苦也;荐条统计,幕友、委员、司事、家丁二百馀条,四项人等。四苦也。所遇之境如此,必思以善法摄受之,纵以七尺皮囊,碎为微尘,昼夜六时,以恒河沙等身布施,犹虞不给。夫博施济众,尧舜且病;未能广厦万间,拾遗徒抱虚语。而谓区区极钝之根器,足以泛应曲当,称物平施哉,殆不然矣!

洪右臣同年贻书,劝予重刻《毛河右先生全集》,且力辨鲒埼亭所作别传之诬云。

癸巳三月

答洪掌科论姚江学案,及攻王学者之原始。又来书谋刻《毛河右全书》,病物力未能,且此事宜急先务,不应主张,刻书空名,漫无次第,别择书札。

右臣又有书来，日力少暇，未遑再答，愧无以塞其意。

收拾随身备读备检之书，挟约有四五簏。要紧碑帖亦入焉。

唐礼部侍郎贺监季真，善草隶，致仕为道士，敕赐剡溪一曲，作方外采真养性之游，主越州千秋观，终焉年八十六。其所书《龙瑞宫磨崖碑》，千年妙迹，《集古录》以来，欧、赵、三洪目所未见。今王子献太史搜访多年，一旦得之，殆崖谷幽奇隽逸之光气，造物亦不能终秘邪。此拓胜于范处士《重书阿育王寺常住田碑》，不可以径庭计，伟哉！得于贺公，游于万物之表，摄精神于片石矣，敢不重拜。

孔抗浮云之志，孟养浩然之气，柱史宰万物如刍狗，园吏视一身若悬疣，具此胸臆，方灭诸若。"天下有至乐无有哉"，只在眼前人，自不能俯拾即是耳。

夕宿小沤簃，昔梦前尘；重寻坐具，昔释图澄以沤目人，予则以沤观我。周邪？蝶邪？我邪？鱼邪？窅不知其所终穷，虽巧历莫能测算也。

《大隋上开府梁州使君陈公碑》正书篆额。在山西猗氏县。开皇十四年。《集古录》曰："茂，字延茂。"今碑已漫患无此字，同年陶文冲云：字体略似《党仲义碑》。

蒿隐先生述古语云：官不必高，但愿衣冠勿绝，而常为士类；家不必富，但愿田庐粗足，而可以及人。蔼然仁人之言。先生吏能精敏，见重于当轴，而常萌隐退之志，襟抱澹泊，超然声利之外，洵吾药石之师也。

答候廷尉徐公季和，详论帕米尔事，又面折公奏弹南皮制军师之非，殊为公名望之累，往复数百言。公无忤色，殊有雅量，于士大夫中亦难得也。

人生日在忧患之中，惟灵台方寸地须湛然常寂，海印发光，无喧无寂，止观平等。"吏能浅薄空劳苦"，坡句。"心以忧醉安知乐"，欧句。亦兢兢业业以持身，兀兀腾腾以任运，可耳。

景卢公枉送行，谈某某事，似挟借朱家利剑为代报复之意。士之处此世者,情伪百变。桐城张文端云:“凡事皆从稳处做。”其惟慎口乎?

见始兴,谦光特甚,如有申公、穆生辅之,似亦可与为善生乎?今之世必欲得古之贤王而委质焉,决无是理也。人固可以刻舟胶柱乎哉?殆不然矣。魏元成不尝历事蒲山公、窦建德、隐太子乎?呵呵。

行老庄,性王姚江、陈白沙,心程朱之门庭,而一向颓然放倒,茫无入处。座主崇文山先生由艮峰、拙修导源,唐确慎以笃守清献、杨园之绪,信道笃而自知明者也。今日往谒,告行垂语,学途正脉,愧汗交下,昶洸洋游于方之外矣,安能负荷先生之法言乎?呜呼!

夕照寺当改名寂照,取《永嘉觉语录》云“止观双运,照已还寂。寂而仍照、非照、非寂”三义,似于名称较合。寺门东向而云“夕照”,非《尔雅》朝阳夕阳之义也。此当正名。

国初京朝官将有所适,必谒庙辞神,以昭敬恪。《寒松堂老人自订年谱》中有之。今仿前贤之意,恭谒前门关神武祠。会典升入中祀,三跪六叩头。闻思大士阁行礼,取辞神告行之义。祠内潜祝云:窃慕李长源随时显晦,出处翔徉,永保贞吉,超然祸福之外。阁下祝云:愿学无垢称,逃空养素,托疾毗邪,潜修净土,常与造物者游。

历年所积三径资粮,用之如泥沙,真以宰官身为孤注矣。可叹可叹!

累月弊精神于蹇浅,真重伤矣。保性命之期,不亦难哉!今晚颇用天平,夹剪平章经费簿,大有倾身障簏之鄙,与君吾宗三声太守正相反,为箨萚公所笑矣。

子培、子封送北齐造像一龛,期我归依净业。时已三更,中弢适在座,同证斯言。

遗同年朱鼎父先生书,拟到姑孰,立一小讲舍,延公为师,以督教诸生,讲明学术,特未卜物力如何,能否如鄙志所欲出,未可知也。

谒见合肥师相,垂谕谆谆,过荷存录甚至。晤绳庵丈,始知京洛贵人有毁区区于师相者,视之却如鸡虫得失,可一笑也。

午抵大沽口。自咸丰、同治间，大凌河滦州至芦台、北塘、唐沽、直沽，首尾千里，涨拦港铁板沙，年来犹浸甚，火轮行多不便，此天设险阻，不以鹑首予秦之意。天眷难谌，祈永为亟，亦岌岌矣。今日新裕船至口，阻搁不行，候潮至日，暮乃发，遂泛大裨海中。重雾四塞，海气昏昏，北望阙庭，酒酣耳热，不觉涕泪交颐。

延平李愿中先生侗，一生不作费力事，《击壤集句》云："美酒教饮微醉后，好花看到半开时。"何屺瞻云："尧夫只是不肯犯手做。"即老子戒代大匠斲者，希有不伤手之意。王逸少自言："常欲依于陆贾、班嗣、杨王孙之为人。"教子孙以敦厚退让，庶几举策数马，有万石君之遗风。马援文渊、王昶文舒皆有戒子书，以谦冲谨慎为本。此开本朝士大夫《聪训斋语》《二林居集》一派。

【眉批】此节引语多重出。

乡邑人纷纷来谋事，只得坚忍定力持之，一概拒绝。甘心垂老不还乡，如韦庄词"白头誓不归"云云。宁为董方立所讥，北宋贤士大夫不尝行之乎。呵呵。

果勇侯杨芳家戒云：宁可与人一斗，不可养人一口。此研桑心计之言也。

虞博士应酬烦了，只谋早些远离火宅，求阳羡下潩之田，闲居养性，招个杜少卿来，樵苏不爨，谈些晴雨桑麻底勾当，饥来吃饭困来眠，便足了一生事矣。

偕葛蕃甫大令绳孝、慈溪人，年六十许。陈晴溪经历至徐家汇，观拂箖教堂，晤教会上座倪怀纶，年七十外，须发浩然，在中华三十馀年。导看育婴堂、纺纱处、幼学堂、刺绣局等处，其所建袄祠该教士称天主堂。规模深窈，此亦婆罗门景教之遗。自倪主教以下，皆不婚娶，不杀生，颇似桑门三皈五戒之意。六经之表，九州之外，在彝狄则进之，正无庸深闭固拒也。曩同文馆丁教习冠西问予天主之名，见《史记·封禅书》。此称名之原始,予折之曰:秦皇汉武,所祠八主,有日主、月主、天主、地主、四时主、阴阳主之名。皆在齐东,乃方士不经之祀典。惟许氏《说文》,祆,胡神也。休屠王祭天,范金为像;胡人蹛林而祭;西域浮屠之教,称天帝释大梵天王,在三界六道内,未出界外。此差为近之。天降生民,作之君、作之师。君出政令,师主教化,所以辅政令之所不及。故虽山陬海澨,化外之域,日月所烛,霜露所坠,舟车所至,人力所通,无论君主民主,君民半主之国,皆有神道设教,以佐司牧禁令之穷,气运所摩汤,大化所蟠际,盖人莫之为而为者也。是以身毒迦维生周庄王时,六百年而生尔撒,在汉哀帝元寿初,其宗指主尊心为师;又六百年至隋开皇中而生谟罕默特,其指要在尊天为道,同祖清净法门。滞于有为之功德,未能入无为法圣处,此西牛货州诸教之原始也。丁首肯。

计开上海西门外徐家汇法国教堂,主教倪怀纶,巴黎人。字蔼尔,有葛大令所书折扇为证。会长帅维则,巴黎人。司铎黄裳,通州海门厅人。堂有印书处、天文台。屋数百间,育婴百三十馀名。十六年,姑熟焚毁教堂之案①,赔偿抚恤至十一万两,皆此辈作梗,是以不得不予以礼貌,示羁縻维娄之意。三月中,既禀奉礼邸及李中堂示,昨托聂兵备预订会晤,此予委曲苦衷,止图了事,勿生事,亦不求谅于人人也。

不慎疾而病。《西游演传》云:只有一个原本,并无微利添囊。戒之,可畏也。

萧景孚见贻校刻书数种,内有曹文敏文植,翁苏斋之弟子。选刊白香山讽喻、闲适各体诗绝胜,正惬鄙怀,絜之偕行,作枕中物,可以当坡公南迁二友矣。

谒见制府刘公,垂谕近事,谨对以会匪为地方之害。害诚当缉拿严办,务净根株,以安良善。惟此辈多出楚军斥遣之馀,往在殄平发逆之时,亦尝行间出力,若绝之太甚,不予以自新之路,概予骈诛,恐

① 原文"姑熟"前有"分"字。

转激之，使有铤险之虑。不若锄其首恶，宽彼胁从，霜雪之下，霁以阳春。则法行知恩，刑济以德，既敛凶顽之迹，俾安反侧之心，似于政体稍有裨益。公首肯。

癸巳四月

访老友杨浦庵先生，年八十三矣。扶竹杖一曳，朱韨出见，云尚能细篇书院诸生课卷，著《周易洗心篇》《春秋律身录》。姚惜抱、侯青浦两公后，仅见此老矣。《易传》："以此先心，退藏于密。"《幽通赋》"神先心以定命兮，命随行以消息。"正用《大传》语，俗作洗心者，误也。

至薛六内弟家，瞻拜桑根夫子栗主，憩小西湖即乌龙潭，颜平原放生池。水阁上久之，水花山鸟，风林露叶，俯仰前尘，浑如隔世，不觉悲怆交乘。予旧作《小西湖茆庵记》挂壁上，亦已霉黯，失去一幅。岁月不居，士之居此世者，盍不减省尘缘，速修志业，以密周身之防邪？盖一生必具有天职，凡分内应为大事，宜速为之，毋贻大耋之嗟，鼓缶之悔也。

谒镇守江宁京口将军丰汉文军宪绅，年七十二，咸丰初曾在江北大营，钦使琦善麾下，带队打仗有功，双城堡人。坐谈东三省边务。仆于彼中情形案牍较熟，迎机以对，口若悬河，将军笑云："如子言，虽身历边庭者无以过也。"

晤淮阳道谢子受兵备元福君，云：去年旱甚，祷灵谷志公塔有应，大府饬建一大梵殿，今尚未毕工。

池上题襟之馆，仲修同年宰怀宁日，尝晏集宾朋于此。春秋佳日联句角韵，有王阮亭老人司李扬州日，昼了公事，夜接词人之风味，今仲老之客，惟锡山顾纶卿健在耳。榜为亡友管才叔书，不胜山阳笛韵之感。

夜读香山老居士诗，长于言情，有张文昌清折纡回之味，无杨廷秀尖新镵薄之病。世称太白仙才绝，长吉鬼才绝，乐天人才绝，其妙处亦非杜韩大家所能掩。元裕之谓陶渊明、唐之白乐天，盖存乎意理相似,不在词藻也。

晤石门徐丈亚陶,年八十馀矣。尚沉沦作吏,不得归,可叹也。《易》称"知几其神"为贵,《老》以早服重积为先,《誓墓》求田,杜门养性,王充仲任晚年作《养性》一十六篇,梅子真常以养性读书为事,两疏见几,古今贤之。故宜及时早计,勿贻大耋之嗟。

本日晤四明包大令伯琴,谈次予多失言,悔不可追。退之《慎言箴》云:"汝不惩邪,而呶呶以害其生邪?"傅玄《口铭》云:"祸从口出。"戒之戒之!既往之破甑,不复顾矣,将来可不惩邪?伯琴有规过之言,深感盛意,以一药治予一病,敬志之,勿敢忘。

初到芜湖,诸事未有条理,分派各家人、胥吏,各执一事,亦未熨帖,同僚及文武印委人情,亦未浃洽,绅士亦未拜往。此事随分相度,事宜有客主之形。齐于髡之礼,从他或谦或倨;邹忌之礼,不得不挥抑自下,理势然也。

多见僚吏,又纷纷来谋事者甚多,烦苶不胜。篁西规予以省事清心为养疴之本,予意湘乡公云:"却病之方,莫如以志气帅,以静制动。"欲求自强不息,正须扫除悘志,振刷精神也。

谭馥庭军门桂林,年五十。湘阴人,自当涂横山丹阳镇及沿江之四合山、曹洑洲一带捕蝗事毕。公回来会,深感其为农田除害,礼敬之。

癸巳五月

每日仍定常课八条,曰办公,曰对客,曰检阅案卷,曰读书,曰早晚不拘何时,闭目静坐四刻,数息百入,曰作字,曰课子,曰圈阅《经世文编》。未必力能一一做遍,则先务默坐澄心,存养真宰为主。

于职分应为之事,深愧未能尽力。而税务百弊丛生,不可爬梳,智非研桑,殊难久处兹任也。

初习虑囚于听断之法,未得肯綮,性素不习律令故也。

以税务公事一件有胶葛不妥叶处,夜不能成眠。

病中气茶，借《李侍御集》排遣。李诗多危苦之词，仍令人寡欢。

署前一鸡飞地，有永福庵，缁流栖托，四望平野，水光山影，稻田环绕，远方池曲渚，荷叶浮圆，庵中有清我斋、知稼轩，前榷使今户部侍郎樵野张公之所建也。赤华舍敞，清梵出林，青豆房开，瘦藤倚壁。今晨始得造访，瞻礼法像，与山僧登楼揽胜，水厄清谈久之，心魂乍清，劳吝稍释。宰官身窘束，常不自由，今得此片刻清闲，即为净土因缘矣。

予作曹郎，虽不免世缘，尚有吏隐之乐。今则簿领如山，各处官场书问盈尺，鸟集树枯之况更甚于前。甚矣，吏舍之难以久居也。第王右丞摩诘讥栗里翁《乞食诗》云："一惭之不忍，而终身惭乎？"云云。其言亦切中事理，姑且忍耐处之，如江西马大师腾腾兀兀，任运过事，可且随方长养圣胎，得摆脱时再见机而决。

以静制动，以简驭繁，不为主而为客，不敢进寸而退尺，此自寻安乐法。

仙衡书来，云北人到此，吃水果往往受病，戒勿小摘尝新，见垂爱之意。

仍读《老》《庄》，以解烦疴，性之所习，未能改也。陶桓公斥为非先王之法，言良是！然忧谗畏讥，世法拘人时，亦不得不游于物外，资以排遣。

芜道向有到任陋规，三千金。今革除之，而积年窟穴之吏，诇其辞，词色似尚恩不知劝，威不知惩。予未习赵广汉鉤箭之术，殊不称此职。

三儿松乔病已半年，今日廿四午刻殇逝。儿年已十三，平日尚知孝顺，今年春杪，携之泛海入江，长途顿撼，辗转加剧，固由禀命不延，亦坐人事相迫，予实凉德，辜及此儿。友人龙松岑有一弟，不婚娶，弃校官为黄冠，以游于名山广泽，求出世法。三儿闻而慕之，意欲效其所为。今蝉脱泥滓，殆世缘本浅，急求解脱邪？然老牛舐犊之意，则愧不能如太上之忘情也。香山《哭崔儿》句云："岂料汝先为异物，常忧吾不见成人。”伤心语,正如意中所欲出矣。

中殇之服,大功。《七月》传曰:“丧未成人者,其文不缛。”故丧之绖不樛垂,盖未成人也。据郑注:“绖无垂下之缨。”惟中丧则然。《开元礼》:中殇、下殇有棺、灵、筵、祭奠、进食、葬送、哭泣之位,与成人同,其苞牲及明器,中殇三分减二,惟不复魄,无琀事,办而葬,不立神主,既虞而除灵坐。政和体略同。以上据徐氏《通考》引,今拟略遵行之。

予既不胜世故,又乏吏才,自知才弱,不堪违性易务也。姚惜抱先生自以才弱,年四十四,即弃官引退,以虚缘而葆真,所谓自知者明,故免于辱殆也。向子平识《损》《益》之义,以为富不如贫,贵不如贱,盖贫贱固穷,所以揪敛心志,澹泊自娱,故损之而反益。贵富外物,如火销膏,养形而神则悴,故益之而实捐。消息之理,非静者不能参也。

已入初伏,官舍比屋连云,阳景罕曜,无逃暑处,安得觅谢家青山深处,建茆亭一把,修习人天止观乎?

幕中锡山顾石仲先生于榷政究悉利弊,近日禁令条教,大半出君手,屡见《申报》,颇时时颂扬。芜关新政,不知皆范孟博为之,区区第画诺坐啸而已。生平不喜掠人之美,今见此事,亦心所未安也。

癸巳六月

嵩书农方伯述职入都,坐江轮船过此,今晨登舟见之。君为人洒落无城府,与人言,不为樊篱,真正人君子也。临别殊惓惓。顺捧同城将校彭游戎迪彝官舍中有小园曲池,桐竹环之,萧槭有野兴。予甚乐之,此何异濠上观邪?

某拙研桑之心计,愧安世之默识,一向措撦文字窠臼。于吏治吏病向未讲求,至于关榷之政,卮漏百孔,剖析毫芒,尤非所习,只惭尸素,恐终无丝发之效。总缘平日悠忽,枝叶繁多,到临事时,怃然自知根本欠缺,于事无所济裨。此所日夜惴惴者也。

平日懒读吏治书，一向游谈不根，诚如陶桓公所讥，老庄浮华，非先王之法言，一味耽著，已中了病痛。临事怃然自知不足，则已晚矣。

霍山吴竹如先生廷栋出守保定日，竟日危坐签约房，手治案牍，公暇则披读朱子及国朝陆三鱼、张杨园诸先生之书，寒暑点勘不倦。此约束身心，排日自课之妙法，可以仿行。

连日多雨，芜邑圩田居多有堤墕扞江，以保民田。其圩工最大者曰马埠凤林，一遇水涨过大冲啮堤根，势成横决，则为害甚巨。殊盼更晴，以迓时阳之福也。借得《芜湖县志》阅之，邑当秦故鄣郡地，汉武时始置县。东晋为南豫州，谢尚、庾亮尝为刺史，王处仲镇姑孰，筑城于此，举兵内向。明帝闻之，乃乘巴镇骏马，微行至于湖，阴察之。敦昼睡，梦有日环其城，惊起，使五骑追帝。上驰去，以七宝鞭予逆旅卖食妪，曰："后有骑来，以此示之。"妪如言。追者至，传玩稽留，上遂得脱。温飞卿作《湖阴曲》记其事是也。《晋书》云："帝至于湖，阴察营垒。"当以于湖为句。张文潜讥温误以湖阴为地名，作《于湖行》正之。今其地有梦日亭、玩鞭亭，此间登临胜处也。

【眉批】"镇"原作"颠"。

太平凤韵笙太守林枉过，君久官刑部，例案娴熟，于命盗案长于听讯，人亦朴质，不为藩篱。前守颍州，云颍之西湖，无甚风景，以欧、苏公文字之美张之，遂为名胜耳。

教授王君，蒙城人，为言康熙中有张令君将上，阻风长淮，舟行簸荡。张呼榜人止泊勿行，忽见岸上有草笠黄衣人拍手语之："第进艇勿畏，风当旋止。"已而果然，问其姓，云：庄先生。及到蒙，物色久之不可得。一日过东门外漆园吏故里废祠中，有木偶像，则俨然水次所遇庄先生也。张感其灵异，大庀材，为构祠堂，有逍遥台诸胜，回廊曲径，花木翳如，今诗碑尚存。噫！蒙庄游于方之外者也，尚不能忘情一亩之宫，此狡猾以求风雨之庇，况游方之内者乎？

人之才性有馀不足之迹不可掩,亦正不必掩。孟公绰止办作赵魏老;三子进取,点独知时;裨谌谋野则获,谋邑则否。子夏之门不假盖,而子路愿车马衣裘,良朋与共。所谓违才易务,则有两伤之病矣。邵子云:事必量力,量力故能久。又云:量力而动者,智矣哉。朱子最爱诵唐人诗云:"漆园非傲吏,自阙经世务。偶寄一微官,婆娑数株树。"能善藏其短,此中却有无限受用。

仆自辛未冬得怔悸失眠之症后,每逢劳苦辄发。时时当作养病,犹虑不支,能日课王仲任养性方为佳。如师法姚惜抱尤为上策,否则听其日力与电光石火同驶。著衣吃饭,任运过时,亦斩断去来际法。

心光要敛,心气要啬。委志归虚无,无念以为常。耳目口三宝,闭塞勿发通,淫淫若春泽,液液若解冰。

仆甫由穷京官出为外吏,而来谋干馆抽丰者已纷纷,毋乃见弹而求鸮炙乎?佛说四苦谛云:"譬如树木,众鸟集之,则有枯折之患。"近日之病正坐此。

造墨,经一千杵始坚洁,而胶煤之性净,今无佳墨,胶重油黏,触笔成滞。物力人工之不古,若此其一也。

先师刘中允云:"士当自忖才分,不能经世,便求出世。"白居易志在兼济,行在独善,其《述怀诗》云:"不能救疗生民病,即须袚濯尘土缨。"郑康成《戒子书》云:"公车再召,比牒并名。惟彼数公,懿德大雅,克堪王臣,故宜式序。吾自忖度,无任于此。但念述先圣之玄意,思整百家之不齐,亦庶几以竭吾才,故闻命罔从,将闲居以安性,覃思以终业。"近世陈先生澧因程春海侍郎之戒,辍进取之志,以成其学;监利王子寿亦早弃官养亲,此皆得失寸心知者也。

湘乡与六安吴公拙修言天下事,大处著眼,小处下手。深得《老子》"图难必于其易,为大必于其细"之意。又云:"不计功效之多寡,但课每日之勤惰。"走居官一日,有一日职分之所当尽,而未能尽如缉捕、问囚、戒饬僚友、宣讲乡约之类。扪索斯言,愧汗交集。

养德养身,绵绵穆穆之室。此湘乡道光廿二年居京榜其所居。绵绵者，由静以之动；穆穆者，由动而返静。动静交相养，则和理日深。

雨中望江上诸山，滴翠空蒙，益见奇丽。前人句“江上青山送六朝”，往古来今，转瞬之间，已为陈迹，所不随物态迁斥者，惟山色耳。

不守止足之戒，奚免辱殆之讥，思之憬然。退之诗：“自是病使然，非由取高蹇。”又云：“随波吾未能，峻濑乍可刺。”褊行便习于幽栖，病体自宜于长告，徐徐图之，勿使它人知，取决于灵台而已。

沈思齐弟于学术，如导山川，三条四列，洞见脉络分明，而文笔亦劲秀疏畅，云间派将赖斯人而复振乎？其自述为学大指有三：一曰不博。见小曰明，约旨近思之义也。与其驰骛而寡效，曷若存孱守而致精。二曰不锐。挫其锐，乃能绵绵若存，毋进锐，乃能液液冰释。锐者，其气易竭，不若浸淫而进者之日计不足，月计有馀也，以上皆求自适已志而已，不计人之是非毁誉也。三曰不寒。毋一暴十寒，以戒作辍之病，朱子喻之鸡抱卵。以上三义，不出《孟子》“勿忘、勿助”二义。而不务博，则日损之而受益。不专精一书，勿泛览他书；不坚习一帖，勿迁功他帖，尤为学中要事。

得王茀老亲家手札，自叙出处，本谋其言有足启发予心者。君性行粹美，处世直柔，而所遇亦随其志之所之，得于天者，性独厚矣，而君又善全其天也。梁简文作《全德志》，此中当分君一席矣。

近日日记体例，吏事应酬、宦途函札概不书，以省烦扰。欲师黄家之清净也。

吏事拘挛甚多，郁滞少欢趣。苟能外形骸以道自胜，则一切打破矣。

癸巳七月

东坡公在黄州《示侄安节》诗：“瞻前惟兄三，顾后子由一。”公一字和仲；文定，一字同叔，伯子名不出里巷，其诸兄亦不审何许人，注家亦无及之者。

筑心城之法。桐城张文端公尝云：五六年来，得一法，一身五官百骸,听其与忧喜烦苦相缠绵,独方寸灵台府之地,制为一城,坚闭四门,不许忧喜、荣辱、进退、升沉、劳苦、生死、得失,一切之念阑入其中,或稍疏虞,打入片刻,即忙驱逐,仍前坚守,若此外之声音笑貌,惟有听其波属云委与忧喜相浮沉而已。更有安心一法,非理事绝不做,费力挽回事决不做,败坏生平、不可告人事决不做。衙门中事,一切因物付物,一事当前,只往稳处想,不将迎于事前,不留滞于事后。是以每卧辄酣,当食则饱。

处世之法,道隆从隆,道污则污。目前官场以应酬为务,此居官所为事,过即付之浮云,于我初无所加损,所遇皆波旬道中人,犹之蚊虫嘬肤耳。我何预焉?吾何预焉?

自来于湖有三不堪,胸中时作恶。予官京洛,辄杜门避熟客,谢绝剥啄。到此,无论张三李四,时时颠倒衣裳,虚与委蛇,强作晤对,一不堪也。四壁霉气,如坐甑中遭蒸炊,二不堪也。税务输鸡索凫,米豆琐细,大抵皆纵吏病商之事,仁者择术,不宜处此,三不堪也。

强本而节用,贫不能困之;养备而动时,病不能侵之。修道不贰,祸不能及之。

刘中允师作书诀三言:曰逆入、涩行、紧收。

融斋老人说庄生寓言,工于造意,其核要殊不易寻,当于字句外求之。如开口便说北冥,北方幽暗晦昧之地,冥冥窅窅,不可穷极者也。窅冥其中有精,其精甚真。圣人南面而听,天下向明而治,然欲究万物之情伪,要必居晦而观明,负阴而观阳,处静而观动,乃能不为物先,不为物后,而得其奏刀发硎,披导自然之理。《南华》之称,似由北冥生出,志不隐则道不扬,遇不诎则文不昌。堪冥之极,发为英华,充实不可以已之象也。故由北冥徙于南冥,积晦而明也;潜为鲲,伏而化飞鹏,积隐而见也。水浸淫于坳空,而能负大舟;风窈荡于土囊,而能负大翼,皆积至静之力,以为至动也。物生而有知者恃息,息之大者鲲鹏,小及尘马。尊智火驰,则息槁;固塞其窦,则息阏;欲求至人三渊之观、踵息之义,莫若息于微眇玄通深不可识之地,故曰北冥也。仍是以自隐无名为务之旨，冥者，名之反也。外篇《骈拇》《刻意》《缮性》《至乐》《达生》等篇，皆摘篇首二字标题，内篇则否，然篇首二字宗旨所寓，要当玩索。

读《楞伽经》，文句棘涩，不能得其理解。此经翻自刘宋时，不及罗什、道安、生公、肇公所翻诸经文义明了，译手固有高下也。

江公著，字晦叔，桐庐人。《宋史》为江公望立传，以谏诤著史，不列其家世，意公著是兄弟行邪？治平四年进士，为洛阳尉，遇久旱微雨，作诗云："云叶纷纷雨脚匀，乱花柔草长精神。雷车却碾前山过，不洒原头陌上尘。"司马温公于士人家见之，为称荐，由是知名。元祐初，以近臣荐通判陈州，入为太学太常博士，出守吉州。苏轼赠诗："三吴行尽千山水，犹道桐庐更清美。岂惟浊世隐狂奴，时平亦出佳公子。初冠惠文称城旦，晚入奉常陪剑履。方将华省起弹冠，忽忆钓台归洗耳。"云云。元符间知泉州，提举福建常平事，建平靖国初知虔州。东坡北归至虔，晦叔适至，有唱酬二诗。"浮云世事改，孤月此心明"云云。未几除广东转运判官，提点湖南刑狱，京西转运副使。《施注苏集》《能改斋漫录》。

自来皖省，为上下人情所困，需索苞苴，营谋差遣者，竿牍喧聒，衣裳颠倒，胶胶扰扰，几于无日不有。心为境累，病由此作。左右寻思，前际后际，皆且断却。当下惟有行因物付物，依隐玩世之一法，须坚持之。有来问者，如问木石，告者如告木石，一味打皮窠。饥来吃饭困来眠，泊然独以其形立。湘乡公又有涿州撕状，王小二过年之诀，亦可用。总之，灵台方寸之地，不可为外物桎梏。有法无法，因时为业，有度无度，与物趣舍。澹乎独抱神明而居，外物之来吾前，听其迭为乘除，迭为消长可也。

癸巳八月

为潘君二江题《金盖山图》，用苏文忠公《游道场山何山》诗韵，何山即金葢山也。坡诗谓："道场山之顶，乃何山之麓。"又云："何山隔幽谷,去路清且悄。长松度翠蔓,绝壁挂啼鸟。”何山在道场之南,高于道场山可知。山以晋何楷读书台得名,后为吴兴太守者也。按日记原文,此节下有为杨铁君题其与曾惠敏公赠答诗卷子,即次其韵,作长句四首云云。今察其诗,各刊集均无存,或稿有忘失邪?附志于此。

金盖山一名何山,在乌程县南十五里,高可十馀里。洞庭、太湖萦带,北户弁山、道场诸峰罗列如儿孙。霏云承宇,疏松夏寒,融液积气之表。郭景纯谓脉接黄山,窍开林屋。千二百岁后,当有神仙辈出,《道藏》称为梅花岛,樵隐所都。山之阳为春谷,元人闵牧斋栖托于此,始称云巢。国朝曰古梅花观,又曰拨云精舍。折而东下,有小山曰菡萏,渌竹万竿,浴风曳浪,上有南宋遗民卫正节先生墓田,讳富益,于石泾塘开白社书院。山下有寻真溪,溪上有云香桥,前明闵尚书珏别业在焉。云巢本晋陆简寂故居,吴祭酒记。昔庐山东林有简寂观,陆道士静修居之,与远公、刘遗民、周续之辈结白莲净社。所谓陆简寂,意即其人邪。名山胜区,率为游方之外者所专有之,令人远想慨然。

嘉庆初,桐乡人鲍渌饮等就云巢故址创造纯阳宫,为吕祖降真之所。朱磐陀老人督浙学,信宿山中,题榜云:“白云深处。”联云:“云将问道鸿蒙跃,巢父临源犊饮清。”“犊饮”借对“鸿蒙”,人名,微嫌馆阁人习气。成亲王诸王皆有题榜,曰“太虚真境”云云。

祭酒吴穀人先生撰《金盖山纯阳宫碑记》,文殊诛丽。其叙回道人事迹,尤得文外曲致。节抄之。文云:

当其十年磨铁,一第愿人。吼宝剑于腰间,言之慷慨;候黄粱于爨下,梦亦迷离。初未尝不悁结情劳,樊萦俗累,得道当观时节因缘。一自教传铎舌,此指黄龙机下事,惜措语未醒。理悟琴心,名乃注乎,福连身极,游于霄度,于是宏开誓愿,诡寄里廛,卖墨于毗陵,磨镜于邵武。醉倚楼头之笛,老树皈依;狂挥洞里之豪,神虬顶礼,莫不邪祛吹霎,善引登清,永离纣绝之灾,共证禹馀之乐,恢恢乎所谓洞有洞无,周遍一切者,殆如是乎?

为人臣者，毋以有己；为人子者，毋以有己。而东坡《滕州和子由劝止酒》诗云："劝我师渊明，力薄且为己。"又《二疏》诗云："两疏仕汉时，迹寓心已去。"卷而怀之之义也。一日居官，则尽一日之职，当孜孜兀兀持坚忍力为之。不当援谪宦事为法。

至西榷署，识舟亭遗址也，山上占一邑最高处，可以望远登临。久之，百感交集，秋果玲珑，净绿如拭，西人善洁治游观之地。此意殊胜，山林欤，皋壤欤，使我婴婴然而乐欤。西榷班君置酒款客，极殷勤，此亦何异儋人黎子云邪？

约斋案头有康熙中名人檇李项古村，当是天籁阁之族。词选，曰《清啸集》，所选多北宋以来登临游览，清新隽爽之作，读之令人扫除愁障，心开目明，殊为一快。

老友龙松岑总校海上来书，云其弟维艮，字怀征，自推年命，当捐弃昏宦，度为黄冠。怀征久为岭西某县教谕，一旦弃官，入衡山，著道士服，省其兄沪上，复厌沪城喧闹，思投老名山，主管一宫观。初欲就余裹粮入黄山云海中，觅一杜治为道士，亡儿松乔所欲从游，师事者也。怀征作长句三章挽松儿，皆世外人语。首章云："黄岳无缘空负尔，青冥有路自为家。"又云："结庐有约空相忆，觌面无因反费猜。"又云："但期韩清夫吕坚金石，终许瞿黄道源入梦魂。"末章予亦不测其命意所在也，聊记于此，以志怀道人与松儿一段因缘。岂暗叶黄梅、五祖逢怀则止断句之谶邪？

年渐入衰，过劳则神疲，以后莫若师老氏之一字诀曰啬。惟啬也，故能早服重积，故能深其根，固其柢，合于长生久视之道。

《阴符经》：自然之道静，静然后万物生；天地之道浸，浸故能阴阳胜。欲操五行生胜之数，炉锤御物，高下在心，必先从静、浸两字下手做工夫。静为治躁之君，浸为砭锐之根。静、浸所以成事，躁、锐必至败事。

婺源汪双池先生绂所注有《易经诠义》十五卷、《尚书诠义》十二卷、《诗经诠义》十五卷、《春秋集传》十六卷、《礼记章句》十卷、《或问》

四卷、《参读礼志疑》二卷、《孝经章句》一卷、《乐经律吕通解》五卷、《乐经或问》三卷、《读阴符经》一卷、《读参同契》一卷、朱子及 国朝李文贞光地皆究心《阴符》《参同》。《读近思录》一卷、《先儒晤语》一卷、《理学逢源》十二卷、《山海经存》九卷、《诗韵析》九卷、《物诠》八卷、剌取九流中格物事与近日西学相发药,汪仲伊大令有此书。《芾略》四卷、《琴谱》一卷、《医林辑略探源》九卷、《戊笈谈兵及六壬数论》若干卷、《大风集》四卷、诗文集十二卷。

东坡在儋州云:海上道人教以神守气诀。朱子云:二抱一,火守水,此神守气之诀也。苦县亦云:载营魄抱一,能无离乎?专气致柔,能婴儿乎?

宣州林眉仲太守枉过,云:家皆在长沙,知王逸梧祭酒状甚悉。逸翁,主城南讲院,杜门谢客,惟以著书文章自娱。此境令人企羡,须早计决之。

欲仿韩潮州祈晴,草一祭文,久之不能就。细思所以艰涩,不能属稿之故。良由韩公志在经世,仁心磅礴之言之恳切周到;予支离颓茶,志求出世,本无干济之志,故下笔不能成一字。此予病根深处,痛下针石,至今犹不可疗。

读《韩集》,神疲无入处。王仲淹云:吾不仕故成业,仕宦之心,为形役如此。

城北育婴堂后有最乐亭,面湖瞰山,直北赭山,一名小九华。岚光塔影,呼吸栏槛之上,景气毕聚,闻湖中多白莲,开时香沁几席,于湖最胜处也。今日晡时,宇春大令、春农司马招集,亭中凭蝶眺远,苍然暮色,自远而至,稍稍有相忘江湖之适。

阅《物理小识》医方门,其言形治、气治、神治之理在药之先,而妙循经络。形治主按摩,赵邠卿所谓折手节、解疲枝,华元化五禽戏之类是也。气治主呼吸运转,庄生所云吹呴吐纳之类也。神治者放下而已,此心息相依,《坎》《离》交济,《参同》耳目口三宝章,天台小止观六妙门备言之。此一段摄生家要指。

癸巳九月

谒见抚部公，面禀地方公事毕，自陈愿调简缺，以清静为治，可以解世纷捐物累。此兢兢自守之私心，以彼易此，孰得孰失，不容不早计。欲安其常度，仍以王城人海中，吏非吏，隐非隐，既无益于世要，当择清淡简薄之地为身谋也。

抚部归安公，自以少孤不洎禄养，生日辄扃锁东西两戟门，重闭不见客，家人亦不许见面，瞻礼影堂，斋居素食而已。此一事得亭林顾先生《辞友人祝生日书》及方望溪遇生我劬劳之辰，辄避至郊原野寺，危坐终日之意。老辈性行之笃，可为后生戒。

王虚舟正书一笔一画，笃守醴泉、翁苏斋，笃守《化度》。徐东痴、赵饴山小行书，气体清逸，恽南田小行书如山中木客，草衣卉服，寒怯而有风味。梁闻山书源出李北海，似胜王禹卿，王有稍涉甜俗处。姚惜抱真行书，如枯木倚寒岩，止偃盖处，微翠蓊然有生气，包评宕逸而不空怯，信然。巴予藉八分，左规右矩，节奏自然。周保绪行书，于插花援镜之势，含直木曲铁之节。钱献之小篆，章法遒整，源出《嵩山三阙》。张茗柯太史篆，丽而有则，胜完白山人，山人工力固不可及，意理清折当让茗柯矣。钱鲁斯仿坡谷行稿书，几可乱真。近人梅蕴生、杨季子书，亦有逸气，似胜吴攘之。

宋佩珍军门邀饭，座中人谈淮楚诸将同治中战事，娓娓可听。雉河集之围五十馀日，几覆军，事甚危。

论诗如论兵，用正兼用奇。苟能明分数，可将百万师。论文如论弈，胜用败者棋，国手纵漫应，一著存一机。元末元裕之语。

【眉批】此节未存入诗。

《内经》云：阴平阳秘，精神乃治，心不受病，亦不受治。惟一切放下，则天君自泰然而百体从令。

。

王子裳同年疑《书序》百篇非孔子作,作《考异》三十馀条,《答问》十馀篇,其词甚辨,又撰《周易荀九家义》,今日过别,出示。

积牍骤不可爬梳,姑取《杜集》读之,樊川云:“杜诗杜笔愁来读,似倩麻姑痒处搔。”斯言不吾欺也。

例详大府春秋两季考察所辖府厅州县治行优劣利病,既未周知僚友,亦多未习,又近日外吏风气和光同尘,不为矫激之论,所注考语依格填写,依违雷同,甚愧于事。上之道未尽,不为诤吏,唯阿取容而已。

自南来至芜湖,久作疲吏,夙患怔悸之疾时发,人事捃迫,昼不甘味,夜少佳眠,连夕又发病。

《列御寇》言尹氏之仆,昼苦其形,而夜甘其寝,梦为主人,主人则昼劳其神,而夜梦为仆,心为物役,不如厮养之超然忘适。向子平读《易》,悟《损》《益》之理,云:富不如贫,贵不如贱,今之终日营营,桎梏灵府,几何不为田甲辈所匿笑。

仲修评予诗《壬癸集》二卷极精当。君今世之老于文学者,看得古人句律利病熟,故抉摘机关处透。陪仲修,携子刘及儿子允肃、梁肃出县城,一牛鸣地登赭山广济寺,访黄文节滴翠轩读书处。予颇思于此度地创立一大书院,招致贤士,聘礼真儒,讲习于此。又购集群籍,仿阮公焦山、灵隐两书藏规模庋此,以惠士林,俾扫除邪说,经正民兴,为政要领,莫大于此。此奢愿果何日偿邪?必于此营造者,以其地去城市远,所谓不见可欲,危然处静,境能移心也。轩居寺巅最高处,石壁高耸,凭眺极远,其西襟带大江,南则连嶂层岚,络圛环拱,气象雄阔,宜南朝于此建重镇,而陆逊、王敦、谢尚迭为镇将也。上有浮图七笈,芜秽,无僧礼扫,不可登。有疯僧独居坐禅,与之语,殊无义味。惠施刻雕万物,而槃特乃忘一句,可笑也。茂宰将厨传至,饮啖毕,旋下山,颇似欧阳、尹师鲁之雪游嵩、少,惜予方病眩瞀,不能以韵语写此一段清景耳。

吏事甚冗,疲于应付,凡事至动而不可恶,至赜而不可乱,当凝神静坐,审其条理次第节目,然后董而理之。

上鄂帅张夫子书，略及皖中吏治，荡无法检，俯仰其间，同异两难云云。

凡处事当以出世之心行入世之法，以有为始以无为终。精义入神以致用，此有为之事；利用安身以崇德，此无为之事。预则立，不预则废；言前定则不跲路，事前定则不困，行前定则不疚，道前定则不穷，此有为法也。感而后应，迫而后动，不得已而后起，毗嬿可以休，老宁可以止，遽欲静则平气，欲神则顺心，有为也；欲当则缘于不得已，此无为法也。

《阴符经》云：天地之道浸，惟久故浸能阴阳胜。此有为法也；自然之道静，惟至静然后万物生，此无为法也。邵康节诗云"谋谟不讲还疏略"，此言贵用有为法；"思虑伤多又忸怩"，此言贵用无为法。日中必熭，操刀必割，当取不取，反受其咎，当断不断，反受其乱，此贵用有为法；早服重积，深根固柢，致虚抱一，返约守静，治人事天莫若啬，此贵用无为法。有为者，由静以至动，为学日益敬义夹持也；无为者，由动而返静，为道日损，损之又损，以至于无为，则敛藏持养之功，密圆通微，眇虚而不屈，得其环中，以应无穷矣，二者相为用，如水火之更迭相济而不能相离也。如阴阳消息，日月往来之继体代嬗，而不能废一偏胜也。

张良峣关示弱，而猝击连和之秦将；汉文代邸三谢，而夜拜宋昌，立收南北军之权。鸷鸟将击，卑飞敛翼，圣人将动，必有愚色，此能于无为法中藏有为法，先观其眇，乃观其徼，《易》曰：显诸仁，藏诸用，此之谓也。

欧阳文忠《戒子棐、发》等书云：藏精于晦则明，养神于静则安。晦所以蓄用，静所以应物。

湘乡曾公戒沅帅，勿滥交结引荐云：今日之恩窦，即他日之怨门。

缓著期效，紧著课程，日计不足，月计有馀，《大戴礼·劝学篇》谓无冥冥之志者无昭昭之明，无绵绵之事者无赫赫之功，此浸字工夫节目也。韩子云：磨砻去圭角，浸润著光精。

高伯恭“内文明而外柔顺”,此处衰世自求安身立命之法。

脚跟要稳,眼界要远,心地要谦,手段要辣。

小仁者,大仁之贼。

行文之诀在动刀甚微,不大声色,必气直而笔曲,乃为得之。

王茂宏宾接远近,辑睦文武,无不沾洽,弹指兰阁,群胡皆悦,人人自以为得王公之欢心,此平易近人,人必归之之术也。

刘子政《列仙传》:李耳,字伯阳,陈人。苦县濑乡曲仁里。生于殷时,为周柱下吏。好养精气,转为守藏史,积二十馀年。自古有市隐、有吏隐,壶公、韩康、葛仙翁卖药于市廛者,老聃为周守藏室史,庄周为蒙漆园吏,东方太中、阮步兵、王无功、杨景度,此隐于吏者。

子培、蒿隐皆不愿处冗曹,日力精力半耗于茶然疲役,乃知柳子厚谪居穷山,心闲无事,得以研穷利病,失彼得此,未始非幸也。惟乖于时乃与天通,畸于人者侔于天,石火光中,胡为而不早计?

癸巳十月

僚友来者杂沓,应接鲜暇,既无雅言,徒费日力,敝精神于蹇浅,殊可憾也。

得薛叔芸钦使书,示《筹边疏稿》,并条陈四事于北陲、西藏、滇、粤,俄、英、法三邦各接界形势利害,既极洞明透彻,而谋所以补救。四事亦具有条理节目,可以坐言起行,一似读王朴对周世宗安边策,灼然如蓍龟之见吉凶,不出三十年,所言当一一符验者也。此曾、胡诸老后有数文字,不意于上下骫骳积习之日,得读此药石至切之言,一令人眼明神王。

诸城刘燕庭喜海为浙藩日,惟会合僚友清谈金石刻拓,废阁公事,坐此为抚臣吴文节公文镕所劾,褫不恤官,箴清谈废务,可为历戒。嵇叔夜书:“裹以章服,揖拜上官。”老杜诗:“平生独往愿惆怅,年半百此惟弃官。”则可耳。若在官一日,则当尽分内一日之责,岂容旷废职守,自取咎戾。

近日如恽子居、龚羽玿山民，生前即不刻集，如荒崖古冢，坛庙墟落，金宝积气，千年蟠郁，一旦光芒出，自有后世子云，付墨工椠人，尸而祝之；若如陆祁孙之流不自刻集，则后世恐怕无有好事人为之搜刻，此当自审分量，得失明于有馀不足之迹者也，勿孟浪错过。

《老学庵笔记》：张庭老，名珙，唐安江原人。年七十馀，步趋拜起健甚，自言夙兴必拜数十。老人气血多滞，拜则肢体屈伸，气血流畅，可终身无手足之疾。近日全小汀相国年八十馀，时时习此法，以授虞山翁公，此亦引挽肢体、熊经鸟伸之类也。

前托丁征士为谋田家园左近地，卜邻之约，迁延未就。买宅以坐北向南，夏凉冬暖为上，《公刘》诗相其阴阳，观其流泉，形法家言二语括矣。柳子厚《东亭记》：“朝室以夕居之，夕室以朝居之，中室日中而居之，阴室以违温风焉，阳室以违凄风焉。”此得诸古《营造法式》之意。山南曰阳，水北曰阳，山东朝阳，山西夕阳，审其面势以定向背。凡高台多阳则生明淫眩瞀之疾，太室多阴，则生晦淫阏郁之疾，皆不可居。

孔子之门，四科而外兼收并蓄，虽樗散之木，亦不为弃材。四子言志，善点独知时，小子狂简，斐然待裁，子桑户之疏脱，以简见赏。《简兮》伶官见采于《诗》，侏张之柳下惠、少连列于逸民，又次之目。孟子称琴张、曾皙、牧皮者，孔子之所谓狂，然则后世简远疏隽之士，野性风疏，逸情云上。如两疏之见，几求免辱；殆邴曼之为官不过六百石，辄自免归；阮籍之作东平太守，骑驴径到郡，为政简静，吏民安之；葛抱朴之资高，乞令勾漏；王绩之浮沉乐丞；元德秀、元结之仕而兼隐；韦应物之焚香扫地，晚食寡欲。凡此诸君，一龙一蛇，依隐玩世，不夷不惠，可否之间。使其生逢阙里，撰杖缁帷，倘亦六通，迷阳之歌，不见绝于下车，孺悲得闻之瑟，不终麾之门外者哉？

咸丰丙辰年，十一，应郡试，太守长洲陈公讳泰来颇赏其文，题为“陈力就列，不能者止”。童试笔路浅弱，茫然不能追忆，仅记起讲云：“且人君不能蓄无用之臣，而人臣亦当以有用之身自待自审，为待时之器，謇然者抗志匪躬，自度非斡济之才；介然者不俟终日，朝廷量能授糈,与吾儒量力守辙,固不容旅进旅退,依维两可于其间,而自丛咎责也。”后二比云:“有时简书鞅掌,许当世以驰驱,即极之屯难崎岖不辞,况瘁寸心可质诸天地鬼神。亦有时引退夷然,忖循涯而止足,乃去之林皋闲旷,独课藏修,此意亦可白严师畏友。”今久涉官谤之嫌,未尽介然之分,追溯前尘,能无颜汗?

答薛公书,兼论北边事。与钦使副都薛公书云:人之才性各有长短,若违才易务,恐致颠踬,裨谌谋野则获,谋邑则否;孟公绰廉静寡欲,可以为赵魏老,不可使为滕。薛大夫自揣素性迂谨,短于应变,正如裨谌、孟公绰之比我。公将来位望日隆,入居进退人才之地,幸置之闲散,使以校订文字之役自效,则天机获全,而官无废事,乃为幸矣。

叔芸星使来书云:酬应系官场积习,鄙性与台端皆非所宜然,亦只能刓方为圆,稍从宜从俗耳。

吏事丛杂,即读书临帖,了无入处,乃知家简斋先生学而优则仕一句题文云:“临政不能读书,即涉猎而其心不入。”其言良有味。先生姿禀绝人尚云尔,况才分本弱者乎?王仲淹云:“吾不仕,故成学。”陶弘景语门人:“吾永明中求禄,得辄差舛,若不尔,岂得为今日之事。”岂惟性耽岩泽,亦缘势之使然。五十之年忽焉已至,媕婴不决,非长策略也。予题《庄中白集》诗云:“气以摧伤莹,神因蕉萃专。”今困于作吏,往往志气摧伤而不能莹,憔悴而不能专,王蠋所谓形神不全,大有类乎此。

观道州何猿叟丈临《张迁碑》八分书,字体如虫蛇蟠结,跂跂脉脉,劲而复虚,此境非梁巴东、王良常诸公所能望见,曾公《赠猿叟》诗云:“怡神金鲫朝吹浪,失势怒猊夜捣营。”良善于品藻也。

孔文举围城之中,流矢雨集,隐几而读书,意气自若。韩退之诗:“吾老嗜读书,万事不挂眼。”荆公诗:“老来厌世语,深坐塞门窦。”座主江都公自少至老无一日废纸笔,官湘中粮储日,以“还读我书”榜其斋。年八十六始卒,手抄经解、地舆,绳头小行楷,至满十馀竹簏,可法也。

每夕四更即醒，肝逆气喘，愁来只能读杜诗，不能读韩笔，缘诗境常率胸臆吐出，利病较熟，寻省易了；至于文笔开阖动宕，恢奇正谲，曲折变化，多气弱不足以举之，故只办诵诗不办读笔。

宣城太平县崔岑友太史澄，辛未进士，丙子补殿试授庶吉士。弃官二十年，足迹不入京师。近主皖中敬敷书院讲席，仙衡郡将谓其善言《老》《庄》《楞严》，乃隐约守道者。予久仪其人，今日玉趾跫然见访，则云侨于湖乡村，距此仅一牛鸣地。国有郦曼容而予不知，几咫尺失之矣。岑友状貌清峻，往复数百言，大指以治身养性为最要，处世则惟有和光同尘，就不欲入和不欲出之法，岑友解黏脱缚，清约自守，能坚其志，贤哉！二疏为之叹息。

四大身中，水火无迹，意火所注，焚和水枯。成都道士戒东坡云：孺子努力近道，务少思寡欲，因以二瓮水，一瓢弃、一蚁穿，必蚁穿者先竭喻之，思与欲皆贼神之具也。心神生于物，死于物，其机在目，四勿九思，戒视为先。故华原孙真人云：闲时闭目凝神，饭后散步运气，此最要也。一日中不拘午后子前，闭目内视，垂帘安般，兀坐静室中，如《参同契》法。耳目口三宝闭啬，勿发通委志，归虚缓体，处空房淫淫若春泽，液液象解水，此最要事。

任丘边袖石方伯诗："宦游有何乐？倏阅二十春。空囊乏长物，依旧原思贫。衙斋鲜事役，兀坐夜达晨。稍减簿领繁，得与笔砚亲。蒋径长蓬蒿，此句似不伦。范甑生埃尘。物我俱两忘，但取无缁磷。聊同市门卒，混俗存吾真。"此章殊得退之云"混混与世相处，独其心追古人而师之"之意。又云："浮生陷忿欲，触处皆杌陧。方寸生清凉，妄念自灰灭。"亦知道语也。

不为已甚，去为其太甚。为治当以二言为法守。

杜公乾元元年戊戌，出为华州掾，时年四十七。冬晚至东都，二年己亥春，自东都回华州，以关辅饥，七月弃官，西去度陇，客秦州，卜西枝村，置草堂未成。十月往同谷县，十二月一日自陇右入蜀，至成都。上元元年庚子，公年四十九，始经营草堂。时裴冕为成都尹、剑南节度使。《鹿头山》诗云:"冀公柱石姿,论道邦家活。"《卜居》诗云:"浣花流水水西头,主人为卜林塘幽。"是公之入蜀为依裴冀公也。草堂之经营上元始,断手宝应年,首尾三阅寒暑,殆裴及严中丞皆助卜筑之赀也。冕旋受代去,三月李若幽为成都尹,二年辛丑二月,崔光远代。十月,光远卒。十二月,严武来为尹。宝应元年,冕以右仆射充山陵使,坐附李辅国,贬施州刺史,公寄诗云:"廊庙之具裴施州,宿昔一逢无此流。"又云:"苦寒赠我青羔裘。"裴与公交情殆不亚严郑公,记其厓略如此。

久困吏事,俯仰随人如桔槔,然亲知书问亦懒作,心如废井,即作之亦不能叙次事理曲折,因思江都汪容甫作书问,必属草稿,虽短简亦然,盖必起草,乃能尽事势委曲,用意完密,此容甫师东坡当制必起草之意,可取为法。

英领事来,�商李同顺碰坏洋船索偿一案,粗有头绪,商人拖累,两年未了,予颇虑无以体恤商情,亦守土者之责也。

蔚州魏敏果公晚荷景陵御赐,榜书"寒松"二大字,自叙涉历,因曰《寒松堂年谱志》,恩遇也。生平以循理、守法、安命三言自课。三言之中,安命尤要。《诗》云:"敬天之怒,无敢戏豫。"《传》云:畏天命,乐天知命。故不忧君父之命与天命无以异,尽天职乃所以敬承天命。居下讪上,非安命也;因所居卑湿,视官舍如传舍,非安命也;鄙夷其民,不求善俗,非安命也。士大夫勉思终日,乾乾终夕,惕惕进德修业,安身立命,一日中有一日当尽之天职,引而积之,三月成时,四时成岁,由微至著,铢积寸累,息养瞬存,至于一星,至于卅年,为一世,罔勿有当尽之天职,求尽天职,事有万殊,而要归一致,必以恭敬、撙节、退让、非礼勿动为本。

仙衡太守志气坚定,十年不调,守拙以安吾素,置升沉于度外,行住坐卧,坦然不为外物所动,今之良吏也。

与仲修书,末陈积悴多病,畏为世法所缚。生平惟笃慕惜抱老人,年四十四即引疾归。明年秋冬决思兔脱,倘容卜居宽闲之郡,寂寘之滨，杜门却扫，炳烛自课，养性读书，以微明自照足矣。奚敢多求于世，自召颠踬，不知止足哉？此肺腑之言，愿方回许吾此志也。

癸巳十一月

阅潘文恭《正学编》。是编真有儒门淡薄收拾不住之意，且司马子长论秦事云："事异变，成功大。"处此时艰，能守兹编，虽足以济一身乎，而未足以御当今之事变也。

临《伊阙佛龛碑》，碑字前半气敛，后半势稍纵，无一笔不锋行画中，含虚和宕逸之气。颜平原所作元次山、宋广平、李含光三碑，生平绝诣，皆晚年作，而胎息于《佛龛》。平原导源于登善，溯所自出，洵波澜莫二也。

孝子陶孝谱，芜湖县南乡之鹳溪人。光绪乙酉夏，山水暴涨，萧堤垂决，县令邹隽之□□督夫役数千负木石、操畚插，露立泥雨中日夜守堤，水荡激啮堤危甚，忽见有麻衣素冠绕一柩走者，引声长号，风止水却，堤得屹峙不动。令具状牒大府入告，奉旨准建孝子坊，始陶负薪奉母，母病勤侍汤药，祈以身代。后庐墓侧三年。继邹为茂宰者钱同年孟超，名文骥，亲诣孝子庐，鼓吹舆导迎之，给冠带酒醴，礼之如乡饮大宾，以风示远近。两贤尹可谓知所务矣。夫精卫衔石，欲以填海，王尊立水中，波为却流，忱至物格，有人定可以回天者。若孝子可以风矣，汉令给孝弟力田钱帛，以时存问，有司职也。

火日外景不能内光，金水内景不能外光，连雾之朝，可近视不可远观，明月之夜可远观而不可近视。干将利在剸割，不可使挫针以补屦；明镜发起照用，不可使作甑而为炊。固知体用有各适，才任有偏宜，当揣度物之有馀，以裨益己之不足，勿任短以取败，在虚己以受人。

【眉批】此节重出。

言教、动法、昼为、宵得、息养、瞬存,此制行贵所积也;沉潜于文义,反复乎句读,磨砻去圭角,浸润著光精,此修词在有所积也。立于不敢而行于不能,此内得于己外得于人,贵无所积也。始于有积终于无积,故曰以有积为不足,以有积为不足行贤而去自贤之蔽,故能淡然独与神明居。

古之得道者,内自重而外物轻,穷亦乐,通亦乐,所乐非穷通也。道得于此,则穷通为风雨寒暑之序矣。欧阳公藏旧本《韩集》,补缀校定,贞好之不徙业,自叙平生于仕途,进不为喜,退不为惧者,盖其志先定而所学者宜然也。此虑澹物而自轻者也。

虚縻官廪者频频来扰,不觉怒焚和,既而思之,兽以皮故灾。今榷关乃吾之灾皮也,去皮则免灾,吾胡为勿亟去之以自贻安。

凡成美者,资乎恶器,故知欲整齐风俗,莫如任法,使法行乃知恩。孔子救火令,惟严敕不救火者之罚,众于是趋而救火。函牛之鼎沸,则蚁不敢措其一足矣。用法严,象之矣。法张,画地为狱,而人不敢犯;法弛,则太山之高千仞,而跛牂牧其上。

庄生谓道不欲杂,是以神人恶众至,众至则形劳而神不凝。《遗教经》云:修道者当离愦闹。独处闲居静处之人,帝释诸天所共敬重,若不能静处而乐众者则受众恼。譬如大树,众鸟集之,则有枯折之患。此佛氏所以说集为苦谛中一大病也,即神人恶众至之意。

观演水龙,捺机激水,水从布袋口出,以吕宋布缝圆絙,中芤,外漆涂之。此絙遇隘巷,曲折缭旋,无不如法,泰西合用之器也。

遇越人许叟葆珊,三世业酒,酤于江干,年垂七十矣。问其家,则云世居山阴之东浦,守坟墓不敢轻去其乡。予闻之怅然,枨触久之。

予年运而往矣,防语多气茶,畏见生客。顷东瓯黄愚初秀才庆澄游日本归,以子裳同年手札见访,并示游记一册。才气略近康长素,而所挟持逊之。予谓务外游不若务内观,五十三参不若坐穿木榻,但归而求诸乡先生,闭门发箧,隐几读书,有馀师矣,何为栖栖不遑安处乎？

查初白极爱坡公句，云："上都新都长先到，老圃闲谈未易欺。"以为曲尽退居风味。近黄左田尚书有楹联云："公退清暇如致仕，酒馀欢适似还乡。"形容承平时内廷侍直，闲适之趣味，亦殊有致。

且静坐。伊川教人如此。湘乡公病中曾在报国寺西簃闭关静坐一百日，顿悟惟至静能制群动，《示冯树堂》有"人迹不到禽不来，万年古井养秋水"之句，公正位凝命之学由此勘。贵筑黄子寿丈时亦寓慈仁东簃，亲见之。

能忍，忍事敌灾星，忍之须臾，乃全汝躯，忍过事堪喜。

平等观。心行平等。止观平等，谓之优毕叉。永嘉觉大师作颂。守口如瓶。慎言也。防意如城。慎独也。

常收敛内景，微明自照，以适独坐。

有终身之忧，无一日不乐，纵畸于人，常乐乎天。

笔力关乎天分，笔路则积学可以充拓。

崔岑友太史来，申论《鸿范》用静吉用作凶之理，极得处事之义。又言：推行年不甚可信，消息盈虚，诎伸靡常，断无铁板八字年命一成而不可变之理，不若相人气色，以决休咎，较为有准。

癸巳十二月

时节撄于世缘，为波旬道中所缚，竭商脂商膏不足以供楚尹囊瓦之索，物力困竭如此，遑问地方利病乎？连日焦忧，为之焚和，既而思之，囊瓦多行不义，其存几何？我自当恪尽爱民恤商之职，勿以外物累灵台，勿受世法窘缚可也。皖省官场只好阳作瘖聋度日，有外来问者，如扣木石。所谓山鬼伎俩有限，老僧不见不闻可也。陆祁孙先生合肥学舍榜云：天不闻，洵先得我心也。

邵尧夫诗："著身静处观人事，放意闲中炼物情。去尽风波存止水。言者，风波也，故慎言为要。世间何事不能平？"又云："当默用言言是垢，当言用默默成尘。非言非默因时决，尘垢何由得到身。"二诗曲尽虚己游世之道。

沈思齐年兄为学孟晋,足箴予之阙失,将归省觐,兼赋计偕,录半山《送孙少述倅》诗于扇头,赠行以见意。末云:“子今去此来何时,予有不可谁予规。”

俞讱庵主簿,其为人洁廉,善士也。经理本地育婴堂、养疾所、施药局,诸务井井有条,宅心公正,迥异流俗。此僚友中不可多得之人。以衡阳彭鹤皋封翁之事相助,彭尝为皖中巡检,居官有惠政,后生刚直,公昌大其门。

人处盈,我处洼;人贵先,我贵后;人竞昭昭之明,我务绵绵若存;人耽六凿之外游,我观三渊之内景。朱子谓老聃之术,冲虚俭啬,全不肯役精神,盖其定心不为微物起也。

杜句:“子云清自守,今日起为官。枸杞固吾有,鸡栖奈汝何?次第寻书札,呼儿检赠诗。”此类皆有借对。

仆诗颇有理趣,而短于言情说景,不足以成家数。

前辈云诗境之妙,在善写难状之景,发挥不易达之情,此境殊难到也。

坡公在海南《谪籍诗》:“贫家净扫地,贫女静梳头,下士晚闻道,庶以拙自修。”《庄子》云:“闻道虽晚,而以勤补拙也。”公语正用此。

得内弟慕淮饴澍书云:莫郘亭丈墓表,张季直书,正书,甚佳。其家致润笔亦丰。季直书本天得,近年临抚《龙藏》及《伊阙》二碑,功深力殊深,浑劲尚逊张濂亭,而隽快过之,然趯笔不用涩,则未入守骏莫如跛之诀也。

范蔚宗自叙:“性别宫商,识清浊。曾公云:“作诗文以声调为本。”特能适轻重、济艰难。柳子厚亦云:“自谪居无事,始能往复文字中粗识利病。”古今文人多不全了斯处,纵有会此者,不必从根本中来。”沈约云:“自灵均以来,此秘未睹,或暗与理合,匪由思至。读千赋则自能赋,机调熟故暗与理合耳。张、蔡、曹、王,曾无先觉,潘、陆、颜、谢,去之弥远,大旨钧使宫羽相变,低昂舛节,若前有浮声,则后须切响。

一简之内，音韵尽殊。”此言节奏当有抑扬抗坠。两句之中，轻重悉异。此言句律有激射，□曳回互。辞既美矣，理又善焉。理胜急于辞胜。范、沈之说乃作文要诀，惜抱谓作文不从声音证入，终是门外汉，只浑括言之耳。

此为究心文事者，举其津梁轨辙。予才弱于兹，事非天得，但其晚来炳烛，老于学耳。若文则焉敢问津。颜黄门云：“学问有利钝，文章有巧拙。钝学累功，不妨精熟，拙文研思，终归蚩鄙。但成学士，自足为人，必乏天才，勿强操笔。”

梁简文评品古人诗笔云：“远则扬、马、曹、王，近则潘、陆、颜、谢，其遣词用心，了不相似。”李翱答王载言云：“创意造言，各不相师，当其读《易》，如未尝有《春秋》，当其读《楚辞》《庄周》，如未尝有六艺也。”陈振孙言：“六经之外，自树体格者，《左》摭实而文，《庄》凭虚而理。”韩文源出庄周、史迁。屈原变诗而骚，子长易编年而记传，此谓同能不如独胜，随人作计终后人，自成一家始逼真也。

读《三鱼堂文集》序跋诸篇，意境开豁，心神为之一清。国初诸老学识，非乾嘉以来鸿生魁士所敢望也。

姚惜抱氏论古今文辞之美，有毗阳刚与毗阴柔之不同。吐气者施，含气者化。火日外景，金水内景。湘乡曾公推阐其指，以识度、气势、工律、情韵四者，究文境之极致。识度，太阴之属，董生言天道，少阴而用，太阴不用。不用者，藏于大衍之其一，不用下有伏震，为《乾》初九之元，易气从下生，而深微难知者也。象冬藏之贞，亭毒万物，施于庙幄决策，开物成务，宜《老子》《阴符》，及孙、吴、留侯、晁错、魏玄成、李药师、李泌、王朴、湛然居士、郁离子、道衍之徒以之，其术贵致虚守静，尚夜行、尚濡弱而坚忍，尚金水内景，尚化有为之迹而入无为，尚微妙玄通，深不可见，而至于黑窣窣地，此长于识度之文之情状也。情韵，少阳之属，像春生之元，发育万物，施于君臣感遇交际，赠答言情，宜《诗》《骚》,及枚、马、孔融、曹植、陶、谢、庾、杜之徒以之,皆长于情韵者也。气势,太阳之属,像长夏之亨,条达万物,施于论列军国利病,指画形势,宜《国策》《史记》,贾生、严、徐、韩愈、杜牧、大苏、陈亮、王文成、唐顺之之徒以之,皆长于气势者也。工律,少阴之属,象秋收之利,缩敛万物,施于讲肆一室,敷析名理,宜董生、扬雄、刘向、班、范、王符、徐幹、李习之、穆修、尹洙、王介甫、虞道园之徒以之,近代则归氏、姚氏、张茗柯,于义法中见风神,审病就利,游于羿之彀中,此长于工律者也。古今文辞所诣之境,虽至繁赜,不出此四事。犹之善言德行者,谓颜子如春,孟子如秋,气象不同,各有偏得也。当云:孟子如夏,荀卿如秋,老子最深远,像纯冬之气,故智虑深窈,无成势,无常形,善究古今之事,变而不为六籍眯,知万物之情伪而不为庶务困者也。遇时命而大行乎天下,则抱一无迹,不当时命,而大穷乎闾井,则蓬累而行,深根宁极而待,故为天下贵。

知道者常用啬养,冲虚淡泊,不肯稍役精神。豫若冬涉川,犹若畏四邻。万物杂陈于前,不以入吾灵府,即遇天下至胜之境,亦第徐徐节取之,以养吾神明之用而已。勿亟求之也,若夫较量优劣之论,徒先自扰,则智者所不为。此参惜抱语。

偶忆及柳子厚诗:“印文升绿经旬合,砚匣留尘尽日封。”写景入细,亦极熨帖。

阅曾文正公《读书录》。公评韩子《杂说》云:舜武得五臣十乱而益彰其神圣,所谓得云益灵者也。名师贤相,非旁求俊彦,广植徒党,不足以成其器业。亦有所谓云者,此即汉诎群策,群策诎群力之意。

韩子言:善不吾与,吾强与之附。徐仲车戒黄涪翁云:虑不厌熟则寡过,睦僚友则事举。治事宜联络人情为本。

今年自四月二十三日到任起,常关裁革陋规,汰除浮费,比较委员功过,整饬胥役惰勤,有司僚友,笔秃唇焦,辛苦一年。征正税、解饭正耗,各项银二十万零八百两,比较历届,一年期满,收数裁多征万数千两。今早钩稽库存簿,正耗仅实存银共七万馀两,为之骇然。盖缘第十三届双任起，至今官历七任，每年除报部内销正项及部费约十五万外，其不报部外销各项杂支银约五万三四千不等，是通计每一年度支须二十万三四千，历年入不敷出，皆系寅支卯粮。现自第十三届至第十八届，积亏至八万馀两，竭半年督稽征榷之利，只敷弥补上数届积亏之数。初到任时，欲不接交代，为幕友委员瞻循宽譬，其时犹在云雾中，含混交代，蝉联接办。巡道交代不出结，与州县事体异。现始勘核明白，确知其弊非一年，亏非一任。决计明年正二月禀请大府，清查历任亏空，划清界限，只准各清各任，不许滚支滚算，以弥积累而重榷储。否则后患无穷，而关政有图穷匕首现之困矣。石仲云：自我发端，恐招众怨。犯道家之所忌，但求本任内不亏空，便站稳地步。此事先求自全为要著。如不准滚支滚算，而本任内每年收税，征不敷支，则作法先自弊矣，故此事殊难把握也。

汉高遇黥布，始慢倨，后均礼，褫其骄气，故英流归心。梁武待侯景，始优礼，后觖望，滥恩难继，故凶锋反噬，二君姿识一明一暗，优劣成败于此，分数遂判然。

以榷关事多棘手，积亏甚巨，颇焚内和。然发难端，禀请清理，亦当熟思审处。凡事能发，要想到能收，如逆计收手不易，不如慎持语未发之先，此黄老要诀也。

檐林君生日，再拜为寿，不具酒食。出二百金为地方修理圩堤工程费，又以洋百番为于湖计偕诸君元卷，皆檐林君所樽节存储者。

华原孙征君思邈云："闲时闭目存神，饭后散步运气。"老子云："为腹不为目。"《参同》云："耳目口三宝，闭塞勿发通。"《阴符》云："心生于物，死于物，机在目。"张湛戒范武子养目方，用药物六味：一损读书，二减思虑，三多内视，目垂帘。四省外观，五早起晚，六夜眠早。欧阳文忠、黄涪翁晚年构"枯木庵""死心寮"，有疴疾则闭目枯坐，习忘以却之。

水清无大鱼，察政不得下和，须荡佚简易，责大指毋苛小，乃能得众心。

伊川程子教人先静坐,见人静坐便叹其善学;湘乡曾文正公,道光中官京朝,因病赁慈仁寺一空斋,立志静坐一百日,病愈,自此知隐几静坐之功夫甚大,以为常课,每日静坐四刻。

杨衒之曾诣少林,躬叩达摩宗旨,故《洛阳伽蓝记》中多有玄义,斥相指心,所说因果,受之初祖。

甲午年(光绪二十年,1894)

甲午正月

咏近事,有"由来恶气能成美,一时参茸转杀人"之句。

静、浸、忍。

欧阳文中《戒子棐、发》云:"藏精于晦则明,养神于静则安。"晦所以蓄用,静所以应物。

【眉批】此节似重,应删。

陆春江观察历任赤紧,有能吏称,今日访之,所居老屋三间,颓垣野竹,云已遣家人归里。寂如律行僧,终日静坐自课,萧然有自得之味。又云,杨太史雪渔寓书,颇言里门不易居,劝勿遽作归计。君深究律令,长于勘狱,乃今日处吏道中能自树立者,殊为心折。

过龙蟠里,薛庐园池欹圻,花竹黯然,桑根先生下世已十年,手植树合抱矣。豪情胜概,不可复作,予旧所作壁记尚悬堂庑。山川得人则气象清新,虽无园池亦佳。王荆公舍半山定林宅为阿兰若,徙居城内,惠民废药局败堵萧然。视贵富如浮云,何尝不高胜邪?念来悼往,顾兹辛酸。

灊、六官场,其骨病在邪正杂糅,是非混淆。白昼请托,不消莫夜,乞怜风气,如一哄之市,靡敝殊甚,此可忧也。传言郭公之所以亡,在善善而不能用,恶恶而不能去,若并无善善恶恶之心。而处高位无以整齐风气,滋取危道矣。季康患盗,孔子折之曰:"子苟无欲,虽赏之不窃。”邾庶其以漆、闾丘来奔,于时鲁多盗藏,司寇以为执政苟无盗心,自无召盗之理。今古辙迹虽殊,其感召之机则一也。何以言邪正杂糅?班行中如德、联、童诸君,性行抗直,尚足以佐治理,而馀执事则否,此所谓杂糅也。何以言是非混淆?如辟马处士征麐乃善政,他所举则滥,此所谓混淆也。仆不敢居下讪上,然一省治乱所关,不敢不私识之。

不佞心迹羁孤,气象局缩,平生所涉历之境,默诵《孟子》“法家拂士”一章,“行拂乱其所为”,困心衡虑,征色发声,则事事遍尝之矣,至于增益所不能生于忧患,则未见寸效,此事机不契,宜晦迹自免之时也。“疲茶惭贞坚”,“离官寸亦乐”,时时扪索此言。

曩在白下,略游诸名蓝胜迹,惟足迹未至玄武湖。古乐府所谓“暂出后湖看,菰蒲如许长”,是其地也。在太平门外,闻荷花开时甚盛,使相曾公尝招俞曲园太史游宴,掉小舟延缘苇间,曲园有诗记其事。今九流湛浊,人物眇然,岂胜感慨!

澄怀园主人诗云:“近得养心方,不问未来事。”此语得善解脱,洵知道者也。

出仪凤门,城上一山斗出壁立,明太祖欲建阅江楼其上,遇灾而惧,遂辍土木之役,即其地也。步屧欲登,足弱辄止。秣陵城南繁盛,城北则荒凉满目,惟见官道两旁竹树连畦,颓垣破刹而已,承平时想不尔也。

晤故人张公束大令,出摘抄本《郑垒阳文》一卷见示。清思宛转,山厉水崛。《刘元城先生言行补录序》一首尤佳。《垒阳文》向所未见,宜障浦黄公之推许也。与公束话旧移时,君将赴江右帅幕,今年六十六,而手抄文字满簏,为学之勤不可及也。

《孟子》取狂狷而恶乡愿,此最得官人取士要领。

前明士大夫多狂狷,故仗节死义之俗厚。近世士大夫多乡愿,故危言廷诤之风微。虽任偏而各弊,要由风声气习不同。管异之《拟言风俗书》,曾湘乡《原才》一篇,皆切中事理。择友亦当如此,惟别有一种伪狂狷之人,则反不如真乡愿,切须留神。

栖止之室,有时静坐隐几,读书写字;有时招素心人讲论,或同僚议吏事,皆所以检约身心,却须时一游于物外,以内观微明自照,故仍题云:南小沤巢。以别于日下主客署中之小沤巢。

治南麻埠圩等六埠与刘公埠,共七埠。旧尝涉讼,互有曲直。仆但捐助圩工银三百两而已,却不愿生事,以冀省心,故置讼事不问,以净葛藤。又据王大令面称,蟂矶对岸之边江圩情形吃重,改令以二百金资给七埠,以八十金资给边江圩,以二十金为嵇委员鸿往来堤上监工夫马之费。

读番禺陈兰甫先生《东塾集》。荀卿子云:俗士之言,芴然而粗,諎諎然而沸;君子之言,涉然而精,差差然而齐也。并世李越缦、王壬秋、谭仲仪皆雄于文,然时不免挟客气,为文匿而采,有諎諎然沸之处,必如陈先生之茗柯有真理,始足以当先正之言明且清,差差然整齐也。他人务惊四筵,陈先生乃能适独坐耳。先生之文,一似姚惜抱七律诗,称心而谈,勃窣理窟,掇皮皆真也。

谚云:"辣手须防人不堪。"然水懦究不如火烈也。

徐仲车戒黄庭坚入官云:"睦僚友则事举。"郑注《中庸》:"仁者,人也。"谓"如相人偶之人,以人意相存问"。人字篆作人,象曲身引手之形。凡人相存问,其形必如此。所谓相人偶也,卑以自牧,睦僚友不当尔耶?

黄公度戊尉新嘉坡来书云:现抚辑在彼华民,一以东汉世祖直柔之道行之,史言文叔与人不款曲,惟直柔耳。"直柔"二字,深得老氏之意,汉诏引《黄石公记》云"柔能制刚,弱能制强",惟外示直柔,乃能内审专断。

与客谈同治初政,乱定向治,气象清明;近年浊暗,转不如昔。升降之故,为之慨叹。

《古桐书屋札记》多评诗、评文学家,当去吕成公文字腔子尚远,盖善评文者往往不工文笔,所谓言者不知也。穷年兀坐不接世事,只仗心光湛思,索理必至,体似莹而用实窒,此册逊唐确慎语录多矣。确慎阅历事变,有方略,不徒以理趣胜。

湘乡曾公、先师刘中允,每日课静坐,展卷案上只有书一册,一册未完不看他书,沉潜文义,反复句读,必贯通之而后已,盖惧东翻西阅,徒务外,为人必至茫然,一无所得也。

牙日于诸君痛论今日民穷财殚,惟痛革浮华,力行节俭,如卫文公大布之衣,大帛之冠,晏婴、墨子之务为节用,然后可以培养民气,补救一二。

甲午二月

崔星使来,说其家讼事,反复为言,是非利害数百言。

崔惠人星使国因,年十四已能背诵《十三经》《文选》《史记》,至老不差一字,亦异人也。惠人自言前身为黄山洞府听经猿,一念堕落,遂游人间,今业缘尚未满邪? 予答云:性命当兼修,盍刊落一切世缘,息心修道。若不趁此石火光中一刹那,顷色身在时直下承当,修炼法身。一旦福报尽钝,若栖庐鸟,兀若朽株,悔之何及!

偶借阅《西青散记》,是书稍稍有唐人小说气味。

老子言,为腹不为目,此胎食《后汉书·方术传》止观天台宗之指。

色身中本来有法身在。《孟子》所以言行善反身而诚也。法身不离乎色身,《荀子》所以言性恶,待劝学而化也。桀纣性也,尧舜为也。为当作伪,《书》"平秩南伪",伪,讹也。

歙县王秀才子维,持其伯父芸石先生遗著《尔雅正名》四册见示,经文以小篆写定,许氏《说文》所无之字,仿小徐《篆韵谱》以偏旁配合成之,仍集诸家解释为注。前有杨岘叙。

榷胥死则另补,向来陋习,予亦不之革,因地方利病有所举动,经费无处故也。今日以其少半充施药局用二百金,以其大半任俞主簿四百金立一谊学,榜曰"勤学谊塾",用《大戴记》《荀子》篇名也。延本地老儒为之句逗师,此一事差惬意。谊塾事仓猝未能就留,作他善举。

栒女因连日夜衣不解带服劳，伺候其母，今日午初又为暗室炭气所熏，忽眩晕中风气厥，甚殆，俄而复苏。予由是稍稍悟生死节障，能参透此机关，何有于穷通？何有于贫贱贵富、祸福荣辱？吾女性行甚孝，故去而复来，绝而复苏，亦理之常也。

种竹法：批去顶上附枝，使风不摆动，乃易活。又须顺柯叶根株原来之向背裁之，否则失其大常之性，不三日萎枯矣。语曰：水生之虫不疾易水，草生之兽不恶易薮，行小变而未失其大常之性故也。于此悟冬至前后，必安静以养微阳，然后万物生之理。

邪教害民，遍地皆有，患无以扫除廓清之，惟有建立大书院，如东林及证人社法，为厌胜之谋。火既壮则烟自微，此取其义。

儒之道曰中庸，陈兰甫先生读《魏书释志》书后。其文繁。佛之道曰勇猛，其机迅。二者中人之资性，才力皆鲜克举之，度所能行则惟有师苦县之抱一守静，一味务冲虚俭啬，稍求清心省事，较易寡过藏拙耳。

阅仲修近年日记及诗，渐多见道反约语，有祈招之心矣。

魏高允，字伯恭；南塘徐铉，字鼎臣。皆内修白业，身处浊乱之国，而能著衣吃饭，任运过时，不焚天和，而驯致长年。高文公九十八，徐骑省七十六，岂非以外物澹而内观平等，故兕无所投其角，兵无所施其刃，虚己以游世，故物莫能伤之邪？斯殆未见绝于孔子之徒者矣。

英圭黎领事来，为析论祆教、景教唐碑、道教、释教、天主、天方、婆罗门各教源流异同，分合之故以晓之。弹指兰阇，王茂宏之术略，一用之世法、出世法，皆有权有实，予姑偶寓权指也。然慎收敛示人，杜德机勿常用。

岭南梁节庵太史，友人张研秋之外甥也，以直言谪官，磊落有逸气。去冬手告见及，云将来游黄山云海，主予为东道，竟不果来。其为诗，奔放秀逸，天机凑泊，迥出尘埃之表，略近黎二樵。惟工夫酝酿稍逊海曲畸人翁山今种耳。见其《秋怀》一律云："羁愁了无泊，抛去又相寻。闻雁知兵气，看花损道心。百年红烛短，一水夕阳深。五字嵯峨萧瑟,真不可言。独有双龙剑,时时壁上吟。”又《读史》云:“世运平陂孰控抟,不关情处感无端。纷纭国史成功惧,晚近人才降格看。偶应佳期得凭借,高伯足云:功业由凭借生者也。每从危难激忠肝。史家易失当年指,摹写英雄率未安。”节庵之具疏将劾某巨公也,乞其夫人龚出金错刀挖补误字。睨视疏草,诤之不可,上必及于祸。梁勿听。龚,长沙人,母老无子,依女以活。梁氏大家中落,庶母行猥,多率赌白鸽票,无家法,门厅喧杂。因誓曰:君若谴归,请毕命养老母,免相从归岭外。梁曰:诺。及谪官,龚申前约,寓书寄太史云:与其梁氏多一废人,不若为龚家留一孝女。遂奉母还湘。龚之识见明决,绝似晋《世说》所称阮新妇。今表而出之,其事亦可悲也。

仲修同年,今之老于文学者,为诗工齐梁体,下濡染于明之李何、王李,晚兼采北宋风格,律切深婉,自成一家。顷见其近作《别雪渔》云:“梦里花残空有笔,人间稻熟却无田。”《访旧一章见遗》云:“依依江上云,风水此逦迤。会合若无心,千里不逾咫。分手十七年,离绪无终始。烹鱼尺素书,累幅杂悲喜。相见乍忘言,坐久论方驶。譬彼丝在缫,譬彼玉受理。沉思不可说,方寸徒填委。高斋与斗室,哀乐同此指。老矣秉烛游,虚空不忘视。”又同予《游赭山塔院作》诗云:“《九辩》凌秋得气多,招携乘兴访烟萝。山林垂老违昏嫁,车笠当年寄啸歌。荡潏江光疏树接,回旋塔影夕阳过。放颠衲子无生活,桑下虽留奈客何。”仲修规予,近日规模气象似春气太少,故首句云然。昨得其手札,寄来新椠日记二卷,读之一似嚼冰雪也。

客言,当涂夏弢父嗛父后人多不读书。朱兰坡先生珔《国朝诂经文钞》,原版已毁,《小万卷楼文集》近始刊成。

吕庭芷丈之曾大父藏有胡忠简遗砚一方,丈以拓本见示,研背题云:澹庵先生小像。六字小篆。绍兴戊寅四月朔,钱塘马和之写像,幅巾野服,广额秀目而多髯,俨然若枯坐深思者,殆去国时写真邪。澹庵与李庄简公最相得,同不附秦桧,至贬谪,庄简闻命之日,怡然就道,语人有“青鞋布袜行矣,焉能效儿女子涕泣邪”之语。盖讥赵相。

见陆放翁题跋。二公风味可想也。澹庵尝云:我与颜子止差一个字,颜子非礼勿视,我非礼亦视,坐此不及耳。此公谐语,要其大节凛然不可夺也。至《玉音问答》一卷,疑人伪托,绝非公自述平生。蓄此疑久矣,质之庭文,以为然否。光绪甲午二月,世愚侄袁口跋。

砚匣有明储文懿公署云宋胡忠简公遗像砚,字径七八分。又小字题识云:甲辰春仲。瓘赴礼部试,暇辄诣书肆,见案上置斯砚,谛视之,审为胡忠简公故物,亟以千钱酬之。复另市他砚易之而归,遍示同好,有疑为假托者。瓘窃谓公在高宗朝名震一时,所著文集,金人犹以千金购之。今去公数百载,斯砚真伪固难悬测,然明窗静几,啸歌其间,恍兮惚兮,如见公正容悟物之状,庸敢以为非公手泽哉。跋凡七行,又一行署成化二十三年,泰州储瓘敬题。

崔星使云:宦途谋引退,但当存诸心,不宜时时挂口,取人疑厌。袁简斋先生先有此说,良是!良是!视机契决收帆便转舵,净名居士寂然不言,微妙圆通,深不可识。

吾富于黔娄,寿于颜子,贵于侯夷门,达于荣启期,健于卫叔宝,荣于侩牛自隐之王君公,乐于北门雨雪室人交谪之卫大夫。忘怀荣启乐,耽酒渊明达,放眼看青山,任头生白发。右参香山居士语。

与沈约老议买泖上瓜牛,有人问,何以欲买田泖上?答云:久溷潜郎日下,辄思投老云间,以其俗朴民静,便于卜邻耳。杜员外云:"嗜酒爱风竹,卜居必林泉。"又云:"浣花流水水西头,主人为卜林塘幽。"薛野鹤云:人家住宅,当三分水、二分竹子、一分屋。虽不能尔,先须以北屋向南,屋后有竹径、果园、菜圃为第一义。又必有四面楼五间以藏书,地高则避湿,不生衣鱼,窗敞则透风日,不消抖晾,善之善者。

安道安、什鸠摩罗什、生竺道生、肇翻译经典,以印度文字译成华义,虽时有援《庄》《列》入释,然其才谞有足多者,譬吾教中之荀、虞、贾、服也,慧远居庐山,专修净土,亦道安之门徒。是时禅学未兴,故戒行极精严。

有禅无净土,十人九错路,阴境忽现前,瞥尔随魔去。有禅有净士,犹如戴角虎。言其精进猛利。今世为人师,来生作佛祖。此意推知金溪、姚江,机锋猛迅,譬之禅学,亦有流弊,故姚江三四传而颜山农、何心隐、李贽之徒出,至于昌披妄行,岂姚江之家法哉?净学兼教典,脚踏实地,譬之朱子、王伯厚,为学人桑麻谷粟之经,无流弊。

法尚应舍,何况非法?善不可为,何况恶乎?二言神指相贯。无近刑,无近名,守此则游行少碍,洒落自如,虽谬于圣人,而尚不失为古硁硁自守之士,《古今人表》中三四等,品位犹堪证人。因物付物,不生分别心。

不肖九岁侍先公,垂问汝志趣何向,对云:不怨遗佚,不愍厄穷,不卑小官。又云:处世当以柔胜刚,谦化傲。先公斥之曰:勿走入乡愿一路上去。今年齿垂五十不闻道,屈曲世间,委蛇流俗,惧为鄙夫,无以副先人遗戒,汗愧汗愧。

薛家三句云:"文章花落后,净信月生初。"又云:"深宵草树发天光。"此君与白业有所得。

虞仲、夷逸,隐居放言。《集解》包氏曰:放,置也,不复言世务。《汉书·地理志》颜注云:虞仲,即仲雍;夷逸,言窜于蛮夷而遁逸也。隐居而不言,故其身清洁。言者,风波也,括囊不谈,超然世议之外,故能免风波而安清洁。所废中于权道,宋人作岩下放言。《诗》以放为昌狂妄行,几蹈大方之意,殊误。

方士超曰:笋出土便解箨,亡干霄之望已;树初拱把便结实,亡乔木之望已。故为学勿求速成,须循序渐进。

张泰来曰:愤时疾俗,终归于薄。善为政者,不易民而治,责人恕始寡怨,平易近人,人乃归心。

许季仁养生要指云:饮食有节,脾土不泄,调息寡言,肺金自全,动静以敬,心火乃定,宠辱不惊,肝木斯宁,澹然无欲,肾水始足。

吴拙修先生曰:文字应酬,既害正学,又损元神。

沈端恪公言:文士枝叶太繁多,必致根柢浅薄,此尤为抉摘病根。

胡纯曰:天下之苦,孰有过于私欲桎梏时形局脊者乎?止足寡欲,则意思便超然，阳刚之气自生。又曰：无聊二字，躁动之根也。元城刘公云：贤那得有遣日法。又曰：古人礼文繁重，今人率略；古人敬事不苟，所以省事；今人求省事，转致多事。

秦笃辉曰：五伦配五行，朋友如土，寄王于四时。又曰：天下无所谓大善也，小善积焉耳。无所谓大恶也，小恶积焉耳。此可为《易传》"善不积不足以成名，恶不积不足以灭身"注脚。又曰：舍平实而言精微，不精不微者也。又曰：心直者多疏，君子每被小人之害者，疏而已矣。心邪者多险，小人每占君子之先者，险而已矣。

郭文举言，人无害兽心，则兽亦不害人。苦县之术，物无道，正容悟之而令意消；士成绮，讥切其不仁，漠然不应，而彼心自却，故知冲虚清静，善下不争，守其术至于兕无所投其角，兵无所容其刃，安在小人之能害君子哉？故知季汉之世，党锢诸公未始非嫉恶太严，操之太蹙，激成其祸。惟陈仲弓、申屠子龙敛德避难，为得《易》《老》之义，所谓巽以行权也。

又曰：言有甚美而不适于用者。如《伪古文尚书》及匡衡、谷永之疏。亦有似偏而可以救时者。如九流、商君、李悝之术，晁错、王猛、张泳论事。

又曰：性情通达，则艰虞化，处境之高才也；心气和平，则血脉固，却病之要药也。

以上摘抄《复堂札记》，稍有删润。

早课毕，阅《吹网录》。周杏农侍郎称为近人说部之佳者，仲修称其温若有馀，蔼然有道者气象。叶调生先生同治七年春犹侨海上，与凌君访之东郭外一小楼上，书巢罗列左右，客不得回旋，夕阳返照，窗室洞然，先生兀坐，丹黄璀璨不去手。亦时出，独游萧寥之野。供茶铛，仅一炊。家妪，先生不喜。其子山西令，独携一寡女远客。癸酉，刘泖生言已归老吴门，尚健在。时予计偕，匆匆不及再访，缘仅一面，至今怊怅。

得蕫斋蜀中书,张濂亭先生于正月十四日下世,笔法遂尔中绝,为之慨然。曩尝丐濂老写擘窠大字。先大夫墓道刻石,有字外出刀中藏棱之意。又为行书《汉郊祀歌》一章,检出观之,弥可宝爱。

连日分类整理书籍,形神为之疲钝。

一　经学小学

二　正史　编年　会要

三　九流

四　农桑衣食茶盂、酿法、服食。中西水法

五　医家摄生

六　兵家阵图、水师图表。

七　词章文章

八　金石

九　丛书

以上内编

十　三通 通礼、五礼通考。

十一　国朝掌故

十二　律令文

十三　史术章奏文告

以上外编

十四　理学家集

十五　释老宗净、吐纳、长生。

以上旁通

十六　算术

十七　舆地水道、水利、方志、有图表。

十八　边防

十九　洋务形势、利害、制造、西学、各国政俗。

以上时务。

二十　流略治要

以上安身立命，玄门根极。

计开二十门。

渭南老友樊同年岁暮和予诗九首，今并书寄至，开缄粲然，何异微之酬乐天也。茗楼之才，如干将新铸剑出匣，神锋隽利。惟年运向阑，似须淘净绮语，研返求不二门，若一向驰骛无涯之智，钩百以逞国能，转恐失所止泊处耳。

命写官钞同社人诗，编《于湖小集》。不拘诗，叙记。十年前仲修同年令怀宁日，尽了公事，夜接词人，刻《池上小集》，王内史草《临河叙》，闻有人比之潘岳《金谷集叙》，深以为荣。此殆士人旷劫以来结习，不可湔除也。今相观亦复然矣。

甲午三月

或问世俗以元旦书红笺，何昉答云，晋人流传有《月仪帖》，其词云：日往月来，元正晋祚，太簇告辰，微阳始布，罄无不宜，和神养素。此古人岁朝题吉语之始，特未必定用绛笺耳。

羹甫遗我明刊本，远祖机仲侍郎《通鉴纪事本末》全册，焦弱侯有叙，予志在翻刻，以绵手泽。

江舫有赝作萧云从画四帧，不知谁手模也，推知尺木当时必有稿本。一《白马山图》；一《神山祷雨图》，李卫景武公祠在焉；一《赭山塔院图》；一《东皋梦日亭图》，尺木所居也。尺木芜湖人，两中崇祯丙子、壬午科副榜。入国朝不仕，著《易存》《杜律细》若干卷，入《四库存目》中，遗诗一卷，仿昆体凄艳，有故国之思。癸卯年，《七十一初度诗》有"龙蛇又复嗟明岁，临老曾无国可忧"之句，至康熙己酉卒，年七十八。乾隆中馆臣以萧所画《离骚图》进御，高宗纯皇帝命工补《续天问》以下，盖云从多未及也。又内府一山水长卷，蒙天章御题其上。身后一艺之长，仰沾宸翰，草泽遗民，真堪不朽矣。

晡，崔岑友山长来，同啖白粥，对榻语，有时忘言，默对而已。君颇识《道德》《阴符》理趣，此邦空谷足音也。

灵泽夫人祠,嘉庆丁巳安徽巡抚朱文正公珪奏乞封号,奉旨敕封徽号曰“崇节惠利”,赐匾额曰“英灵惠济”。道光丙申,摄巡道宋国经重修,同治初彭刚直公玉麟重建。

芜邑东郊先农坛,地近梦日亭,此王处仲事,殊不应取以名亭。

明末国初,普门和上住黄山朱沙庵,榜方丈云:那是我的。天童老人题文殊院匾云:到者方知。一解脱物缘,一捧打煞语,一渐修顿证,不肯掉弄虚机,语殊透理窟,亦利机锋。

治天下事,心地要谦,手段要辣;谦则物情渐附,辣则畏法者多;谦如《巽》之顺,辣如《夬》之决。

读番禺林先生伯桐《供冀小言》,博涉名理,言多透澈,学海堂老辈也。

鲁仲连、李膺、范滂、李邕,乃强作之者,好名之士也。凡察吏,好利之心损一分裁能增一分好名之心,名心重于耆利,则其人尚可用。刘晏判盐铁度支,常用士人,近胡公林翼师其意,用本地公正迂谨之绅士为厘金局员,知此理也。

好名之士,或能强力去口过身过,而不能去心过;惟立志淡薄不近名,慎独寡营,日用义理之学浸灌涵养者,其心过常少。故知入圣贤一路上人,非豪杰之士血性粗浮者可比。邵尧夫云:无口过易,无身过难,无身过易,无心过难。吾安得与无心过之人而与之言养心哉。心过萌芽,而未著恶之,匿于心者,樊迟所谓修慝也。

左文襄及刘宫保锦棠,先后镇西陲,严束勇丁,爱养缠回,秋毫无犯,十里五里民为立生祠,威信大行。凡勇丁有取回民一物,或窃占回民妇女,及凌虐挽运民夫者,杀无赦。缘天山南北路极回远,民夫飞刍转粟,多病困道亡,故军中尤加体恤,至有“百姓大爹,驴夫、脚夫二爹、左三爹”之谣。军人议大帅,惟视此二项,人为重、己身为轻也。曾湘乡奏称发逆全不恤民,所至萧条千里,鸡犬无声,田无耕夫,荆棘蔽目。贼行无人之地,如鱼游无水之乡,贼纵连军百万,将亡之兆已见。又云:行军以不扰民为本,此善于觇敌者也。

王茂宏过江惟持三论，一《言尽意论》，欧阳坚石作；一《养生论》，嵇叔夜作；一《声无哀乐论》，亦嵇作。凡接人应物，神明三论之理，循环用之，婉转关生，无所不入，此亦可谓得心悟转法华之诀者。操之甚简，何待读满架陈言。阿龙故自超，若谢公则未能望超，但能融耳。近岭南林先生伯桐有《劳乐论》《简寿论》，文笔虽不及嵇叔夜，而事理融彻，颇可操之以立身，持之以决事。

《言尽意论》云：夫理得于心，非言不畅，物定于彼，非名不辨。名逐物而迁，言因理而变，不得相与为二矣。无其二言，无不尽矣。无二则因物付物，妙用在纯明专一，纯明专一，则言无不尽，而人人得其腹中所欲出以去，近于诚，能动物矣。

清要有鉴裁，乃为宰世之器。

斋中读《易十翼》，怡然涣然，若有所得。仆一向沉溺于漆园、曹溪两《南华》文字窠臼中，今将返而求之六艺，孰知《易》道有如是之广大精深者乎，是真实语，非欲为宏廓胜大语。予之涕泪悲泣，因读古言，思谒古圣，殆知久客得归，久病得药也。

仆性急卞，御下过于苛刻。语云：刻核太过，则必有不肖之心应之。当荡佚简易，责大指毋苛小也。

约斋老友学行粹然，已成气候，中有婴儿，不佞之魏仲先、程松圆也。梅圣俞被人硬差排做，君亦然矣。近为予卜宅九峰三泖间，厚意尤可感。

谢文靖守吴兴，在官无当时誉，去后为人所思。

阅《壹斋集》。《易》“天地絪缊”，班孟坚作“烟煴”。许氏《说文》作“壹壸”，或误以为“壹”字，非也。黄勤敏之子孙竟误刻作《壹斋集》，曹然不知父祖所以名斋之谊，真谬甚矣。故知国初沈去矜言文集非手定自刻，不可勿遣子孙误加涂乙，洵笃论也。

前月，中江讲院甄别题曰：“知者乐，仁者寿。”今年恭遇皇太后六旬圣寿盛典,伏见赐臣工御画,往往朱钤"智乐仁寿"御章,故敬以出题,志熙朝盛事也。

治心为立身之主宰,义理胜,气质则吉;气质胜,义理则凶。用贤为行政之主宰,以君子御小人则治,小人在上君子在下则乱。

范香溪先生《心箴》曰:天君泰然,百体从令,盖谓道心为之主宰,而人心听命焉。阳一君而二民,君子之道也。凡人有义理之性,有气质之性,气质之性杂于物欲,君子有弗性者焉。扬子《法言》云:由于礼义入自人门,由于情欲入自禽门,由于独智入自圣门。

岑友山长云:身前行事,往往理不胜气。阳气自太阴地中发,其机猛迅,常多偏驳,故勃然不可阏。利害当前,德慧术智迫激而出故也。身后名誉往往气不胜理,盖至没世而是非之论定矣,此《春秋》经世,先王之志,褒秋毫之善,诛隐微之恶,所由作也。

又云:知道者常以秋冬之心涵养春夏之气,则其气冲然不竭,而莫之能胜。此吕成公静多于动,默多于语,争校是非不如敛藏持养之说也,亦即王阳明常务收敛,勿发见,到万不得已时偶一发见,裁发见便即收敛之说也。老氏以冲虚俭啬为体,全不肯役精神,亦从此勘入作用。

又云:动不滞于有,静不沦于无,身心乃治。身有所忿懥恐惧,好乐忧患,则任偏同弊,忼而有悔,动而滞于有也。此秦皇、苻坚之所以亡国,知瑶、诸葛恪之所以亡身也。心不操存,至于视不见,听不闻,食不知味,堕枝体,黜聪明,以不治事为高,骫骳茶弱而不自克静而沦于无也,此汉元、姚泓、魏显祖之所以积弱而不振也。非矜愎自用,即茶然颓废,此人之通病,不出二端。

讲院课士有《王茂宏、谢文靖论》一题,导之功业大于谢,阿龙故自超,殊有操懿。刘季奴之浑鸷,敦势方强,则附敦,晋命未圮,又助晋;但计利害,不顾是非,大义灭亲非其本谋,内审势力,外劫公论,心迹不纯,于杀戴渊、周顗见之矣。然其力行俭啬以济国用,休休愦愦,宾接远近,厚浃人心,皆有大奸大恶之作用,才乃百于谢安。安之品目,仅能融而已。桓温方强,诸桓方盛,安常自虞不免,土山宴集,奢风遂扇。安之行径，导不屑为，导之精神气魄，岂安所及哉！苻坚之败，特天幸耳，安亦非有奇谋长算也。然导乃大奸恶，阴分人，安则清谈废务，任达名士，却是阳分人。二人心迹迥不相同在此，然江左夷吾之目，偏安立国佐命之勋，舍导无人能当之者，亦奇矣哉。安，名士作相，风流自喜，仅高于王俭一等耳，才固不办于江左夷吾匹也。

古今繁而曲之法，往往不敌简而直，开国之用法简直，故兴也，勃焉。承平之用法繁曲，将衰之兆也。《老子》云：天下多忌讳而民弥贫。

地球各大国之富强，正坐立法简直，如敞开大屋三间，君主、官长上议院、绅民下议院，各住在一间，故情易通而法令易举。中国法制之弊，则如十三层宝塔。第二层人与第一层情意尚且不能相通，何况出第十二三层，更呼吁难应，第十二层则州县是，十三层则四民是。

鲁一同《论立法之弊》曰：病在治民之官少，治吏之官多。顾亭林先生论明季弊政云：大官少小官多则治，大官多小官少则乱。阴二君而一民，事权相轧，政十羊以九牧，号令滋烦。巡检裁则总督添矣，《周礼》立法之善，在用中下大夫、中下士多，正卿止六人，无事则任六官之长而为卿，有事则搜六军之伍而为将，天子则自将六军，其法仍简而直。

国初八旗之制，人皆兵官皆将，颜习斋先生原语。文武不分途，京外不分任，清浊不分品，用法简直，故足以除故明拘挛缭绕之政，荡其毒螫而输我神器。观于繁简、得失之故，亦可以觇利败之大凡矣。

伯行言，近日各行省吏治武备，皆不讲究，可谓深忧。

秣陵三大营皆湘勇，正月中大府恐其聚赌，命制龙灯巡行街市，以祛疫气。此与荒政令富民出钱赛会，俾贫民得食，同一作用。

舆中读《求阙斋诗》，玉溪生句律，欲学杜者当从此入门，而又为宋初西昆派之祖本。公孳乳于玉溪者深，故兴象玄微深婉而善讽，可以药昆体之晦涩，亦无西江粗硬槎牙之病。

屠敬山太史寄惠石墨四张。一隋宁贙在钦州，一南唐井阑，有八分大书“无尽甘泉”四字，极似摹《天发神谶》体势。一黄涪翁行书《五君咏》，颜延之为始安太守时作此诗。始安，今广西桂林府治，梁章钜双钩黄书真迹,刻于独秀峰下。旧有颜光禄读书岩。一唐钟铭。

改前作二论,甚劳心吃力,从此宜啬神而少用。

《老子》曰:谷神者不死,绵绵若存,用之不勤。智久不用,藏之深,深乃有馀智。

安身立事八字诀:澹、静、谦、勤、俭、专、浑、忍。前四字是体,后四字是用。

陈同父《题朱子画像》云:晬面盎背,吾不知其何乐;独居深幽,吾不知其何病。置之钧台,捺不住;处之云台,坐不定。天下之生久矣,以俟上帝之正命。宋文意畅而浅俚,少修辞之功,亦是大病,不可不知。

外有馀者必内不足,修襮其外必欺饰其中,气息浮而不静,虽有极工于消沮闭藏者,亦且时形面目,察之亦有术焉。

能慎独暗修,鞭辟近里,著已时时敛藏持养者,必外貌匔匔,常若不足。观人观我,率以是为准。

不获上不能治民,不信友不能获上,不知修身,卑以自牧,行过乎恭,则决不能信友,四者其情势消息常相因。光武戒任延曰:善事上官,毋失民誉,亦此意也。徐仲车戒黄文节曰:虑不厌熟则寡过,睦僚友则事举。又戒东坡云:古今之有功者多矣,而独称大禹者,以其不矜不伐也。古今之有才者亦多矣,而独称周公者,以其不骄不吝也。至言哉!立事守身之万金良药也。

桥玄之识曹公;王谧之识刘裕;李白之识郭汾阳;李邺侯之自结于柳浑;梅挚帅越厚纳交于郡倅;吕夷简得之梦兆,后或蒙其拯以免难,或援其力以进取。此亦前史之美谈,皆于未遇识之,非陈咸厚自结于陈子公之比也。

刘隗用事,王导见疏,导任真推分,淡薄处之,史以导为善处兴废。彭刚直劾黄公翼升,而荐用李公成谋,黄废黜家居者十年,每彭公至,櫜鞬出迓,尽敬府公,十年不废,无悻悻之色。此一事黄殊有雅量,非世士所及。

岑友言曾相督直隶时，天津丰大业一案，引为己过。《与李相书》有“内疚神明，外惭清议”云云。李相才锐气盛，不以为然，语幕友曰：“当断即断，事后顾虑何益？”李相豁达善摆脱，所以享长年。曾相儒缓多顾虑，忧能伤性，所以六十二而卒。予答之云：《易》为忧患之书，孔嫉无称，没世鉴微虑远，要以曾公之义为长。李相之善摆脱，所谓阿龙故自超也。文潞公富彦国不苦心作文，故享大年至八九十，欧、苏一寿止六十六，一寿至六十七，坐为文笔所束缚疲困故也。富公晚年全是栖心净业，颇性物外。赵阅道亦然。

有一吏事，晡后焚和。御史当如束湿薪，处此泄諸成风之日，欲令法行知恩，固不得不尔。区区欲为朝廷守法，不辞作怨府，然辣手亦须防人不堪也。高宗尝言：为政有二术，去其泰甚，不为已甚。

坡公云：“无事此静坐，一日如两日。若活七十年，便算百四十。”希夷老道别无它长，只是能渴睡耳。睡乡日月胜于醉乡日月多多矣。人有一昼一夜，希夷老独占却两昼两夜，盖子午二时浓睡也，真已拼一老百无耻矣。以视某某之徒，镂冰画脂，饰为独弦哀歌，以矜名买价者，贤乎否邪？许仙老在京官史馆，日常授我渴睡之法，予善之而尚未能曲尽其妙。仆勉晞严寅畏之谊，有时治事以申韩世法，有时处世以老释出世法，随时之谊，无有常家，形见神藏，于物通变，惟其适也。

与俞赞尹商刻桥碑事，石工刻字入手多尖锋，出手多扁锋，此最是病，去此二病，奏刀深入，切忌浅刻，此要义也。

遇文士繁称，只消用一棒打煞。南唐徐铉有辩才，宋艺祖只淡淡以一两语折之。朝臣欲妙选馆伴，命只消用一目不识丁之老殿前都虞侯一人足矣。铉虽辨雕万物，亦无所开其喙，此即一棒打煞法也。儒家避三端之说极谬，避之适所以长其凶焰，惟有挫抑浮游不根之士，乃立政之体也。明晚叶姚江之畔徒一再失传其本意，颜山农、何心隐、李贽之流昌狂浮游，扇惑天下。张江陵枋国，阴属所在有司，尽法处治，至欲尽毁天下书院，此通达事体者也。

读《晋书》，有感古今巩固邦本，深结根柢之道，在亲贤并任，文武并用,典午惩魏明疏忌宗室,而忘矫枉过正,遂至任亲而不任贤。前明以八股取士,率重文而轻武,任偏同弊,皆所以取亡之道。国朝设军机大臣,出纳政令,其地常以贤居之。戈什昂邦内大臣捍卫禁御,其地常以亲居之。满蒙八旗,仕途不分文武,不判清浊,不限京外,大小相维,内外相检,如丝牵绳,联固结而不可解,用以久安长治,此制之得也。

友人高碧湄云:勋业者,凭藉者也。此圣人复起,不易之言。杜预内结荀、冯;王文成内有王琼、张永;张江陵内结冯保,倚以成事;刘琨内见忌于王敦,岳武穆不得志于逆桧,则足以败事。冯藉之有无,足以决事机之成败,而吉凶因之,不蓍蔡而可逆知。近日曾文正、左文襄初起,内有肃玉庭助之,胡益阳常自结于庸驽陋劣之官文,皆善审势,而中有天幸存焉者也。

摄生要指

杨泉《物理论》:谷气胜元气,其人肥而不寿。养性之术,常使谷气少,则病不生矣。

《素问·上古天真篇》:上古之人,其知道者法于阴阳,和于术数,食饮有节,起居有常,不妄作劳,故能形与神俱,而终其天年,度百年乃去。今时之人不然也,以酒为浆,以妄为常,醉以入房,以欲竭其精,以耗散其真,不知持满,不时御神,务快其心,逆其生乐,起居无节,故半百而衰也。

又云:虚邪贼风避之,有时恬淡虚无,真气从之,精神内守,病安从生?

又《生气通天论》:风者,百病之始也。清静则肉腠闭拒,虽有大风苛毒,弗之能害。此因时之序也。

又云:平旦人气生,如气之春。日中而阳气隆夏,日西而阳气已虚秋,气门乃闭,夜半则如冬之微阳乍生。是故莫而收拒,无扰筋骨,无见雾露,反此而欲如三时之动作,形乃为邪气所困薄。

又《四气调神论》:春三月,夜卧早起,广步于庭。夏三月,夜卧早起,无厌于日。无厌于长日,气不宜惰也。秋三月,早卧早起,与鸡俱兴。冬三月,早卧晚起,必待日光。

又云:圣人不治已病,治未病。

《广黄帝本行记》:神犹君也,血犹臣也,气犹民也。爱其民,所以安其国。吝其气,所以全其身。民散则国亡,气竭则身死。所以至人消未起之患,理未病之疾,坚守之于无事之前,不追之于既逝之后。

《列仙传》引彭篯语云:上士别床,中士异被,服药百裹,不如独卧。仆一斋之中,经卷单衾,他乏长物。既无旁舍,亦乏支婆,非独卧而何。呵呵一笑。

《关尹子·四符篇》:人勤于礼者,神不外驰,可以集神。人勤于智者,精不外移,可以摄精。

又《五鉴篇》:目视雕琢者,明愈伤;耳闻交响者,聪愈伤;心思元妙者,心愈伤。

《文子》:山生金反自刻,木生蠹反自蚀,人生事还自贼。

又云:太上养神,其次养形,神清意平,百节皆宁,养生之本也。肥肌肤,充肠胃,闭耆欲,养生之末也。

《吕览·本生篇》:富贵而不知道,适足以为患,反不如贫贱之为节适也。贫贱之致物也难,虽欲过之,奚由出入车辇,务在自佚,招蹷之机也。肥肉厚酒,务以自强,烂肠之脯也。靡颜皓齿,郑卫之音,务以娱心意,悦耳目,伐性之斧也。三患者,惟富贵人能致之,故贤达之人有不肯就富贵者矣,重生故也。

枚叔《七发》,祖此而造句益工。

又《重己篇》:室大则多阴,台高则多阳。多阴则蹷,多阳则痿。是故不处大室,不为高台。味不众珍,衣不燀热,燀热则理塞,众珍则胃秽。

又《尽数篇》:流水不腐,户枢不蠹。动也,形气亦然。

又云:凡食毋强厚,无以烈味酽酒。食能以时,身必无灾。凡食之道,毋使甚饥甚饱,是之谓五藏之葆。口必甘味,和精端容,将之以神气,百节虞欢,咸进受气。饮必小咽,端直无戾。

又云:精神安乎形而年寿得长。长者非短而续之也,毕其数也。毕数之务,在乎去害。何谓去害,太甘太酸太苦太辛太咸,五者充形则生害矣;大喜大怒大忧大恐大哀,五者接神则生害矣;大寒大热大燥大湿大风大霖大雾,七者动精则生害矣。故凡养生,莫若知本。知本则疾无由至矣。精当一如灵素语,谁谓儒者而不通方技医经乎?

《庄子·刻意篇》云:平易恬淡则忧患不能入,邪气不能袭。

又《让王篇》:能尊生者,虽富贵不以养伤身,虽贫贱不以利累形。

道之真以持身,其绪馀以为国家,其土苴以治天下。

《淮南子·原道训》:火愈燃而消愈亟。夫精神气志者,静而日充者以壮,躁而日耗者以老。是故圣人将养其神,必先和弱其气,平夷其形,而与道沉浮俯仰,恬然则纵之,迫则用之,其纵之也若委衣,其用之也若发机。

又《精神训》:五色乱目,使目不明;五声浊耳,使耳不聪;五味爽口,使胃内伤;趣舍滑心,使精飞扬。四者皆人之累也。袭《庄子》语。故曰:嗜欲者使人之气越,而好憎者使人之心劳。弗疾去之,则精气日耗。

《春秋繁露·通国身篇》:治国者,以积贤为道;治身者,以积精为宝。身以心为本,精积于其本,则血气相承受。血气相承受,则形体无所苦,然后身可得而安也。

又《循天之道篇》:君子甚爱气,而谨游于房。是故新壮者,十日而一游于房,中年者倍新壮,始衰者倍中年,中衰者倍始衰,大衰者以月当新壮之日,而上与天地同节矣。顾亭林先生六十后,遣祁县所买之妾。《与友人书》引此一段。钱氏竹汀校新壮者十日当作七日。

又云:君子闲欲止恶以平意,平意以静神,静神以养气,气多而治,则养生之大者得矣。古之道士有言曰:将欲无陵,固守一德。此言神无离形,心息相依,则气多内充而耐饥寒也。和乐者,身之外泰也;精神者,身之内充也。外泰不若内充,而况外伤乎。忿恤忧恨者,生之伤也;和悦勤善者,生之养也。

王符云:恭寿之士,俟病然后药。

仲长统云:北方寒,其人寿;南方暑,其人夭。钓之蚕也,寒而饿之则引日多,温而饱之则引日少。此寒温饥饱之为修短验,于物者也。

《意林》引《公孙尼子》云:多食甘者有易于肉,而骨不利;多食苦者有益于骨,而筋不利;多食辛者,有益于筋,而气不利。

《抱朴子·极言》云:五味入口,不欲偏多。故酸多伤脾,苦多伤肺,辣多伤肝,咸多伤心,甘多伤肾。

《申鉴·俗嫌篇》云:夫物不能自为春,故常候三微发春而生。人则不然,存吾春而已矣。平旦之气为春,常养之啬用之。药者,疗也,所以治疾也,无疾,则弗药可也。肉不胜食气,况于药乎?

《论衡·道虚篇》:夫服食药物,轻身益气,颇有其验。若夫延年度世,世无其效,百药愈病,病愈而气复,气复而身轻。凡人禀性,身本自轻,气本自长。中于风湿,百病伤之,故身重气劣,服食良药,身气复。故禀受之时,本自有之矣。苟不复其本性,安能延年?

又云:欲得长生,肠中常清。小便清。欲得不死,腹无燥屎。世宗精于禅定,一日问张文敏:照汝何等人?张对云:臣是干矢橛。此机锋出《指月录》。

又《极言篇》引《仙经》曰:养生以不伤为本。是以养生之方,唾不及远,行不疾步,耳不极听,目不久视,坐不至久,卧不及疲,先寒而衣,先热而解,不欲极饥而食,食不过饱。不欲极渴而饮,饮不过多。凡食过则成积聚,饮过则成痰癖。不欲甚劳甚逸,不欲起晚,不欲汗流,不欲多睡,不欲奔车走马,不欲极目远望,不欲多啖生冷,不欲饮酒当风,不欲数数沐浴,不欲广志远愿。"无田甫田,惟莠骄骄"。为大必于其细,治人事天莫若啬也。不欲观造意巧,阎斋沈端恪公常砭薄文人,以为枝叶繁多,根本久缺也。冬不欲极寒,夏不欲穷凉,不露卧星下,不眠中见肩,大寒大热大风大雾皆不欲冒之。此可与瘖崖子《吸灵篇》参看。

又云:忍怒以全阴气,抑喜以养阳气。《淮南·原道训》云:大怒破阴,大喜坠阳。东方太中云:乐太甚则阳溢;哀太甚则阴损。阴阳变则心气动,心气动则精神散,而邪气及。颜黄门云:太喜荡心,微抑则定。甚怒烦性,稍忍即歇。洪稚存云:忧无伤性,喜无荡心。

又《道意篇》:此当与寤崖子《吸灵篇》参看。精灵,从王靁声,亦会意字。雨以润之,而后本体之明生,其莹如玉也。吅,从古本字之意,古文本作楍,木下曰本,根有细口,吸土膏常为三吅形。用凹凸远镜察之,可见气从下生也,此予以意说之,人勿讶为向壁虚造。困于烦扰,荣卫消于役用,煎熬形气,刻削天和,劳逸过度,而碎首以请命,变起膏肓,而祭祷以求痊。当风卧湿,而谢罪于灵祇;饮食失节,而委祸于鬼魅。蕞尔之躯,自贻兹患,足见汉俗。好巫觋祀鬼,东晋王谢家世奉五斗米教道,有疾则上章首过。天地神明,曷能济焉?烹牲罄群,何所补焉?夫福非足恭所请也,祸非禋祀所禳也。若命可以重祷延,疾可以丰祀除,则谓富姓可以必长生,而贵人可以无疾病邪,决不然矣。

嵇叔夜《答难养生论》云:富贵多残伐之者众也,野人多寿伤之者寡也。故向子平以为富不如贫,贵不如贱,富贵之于人,形益之而实损之。

颜介曰:养生先须虑祸,全身保性,有此生然后养之。单豹养于内而外凋,张毅养于外而内逼,此前人所戒,不知鞭后者也。嵇康著《养生》之论,而以傲物受刑;石崇冀服食之征,而以贪溺取祸,往世之所迷也。叔夜之刑固由不慎葆光,俊才陵物,然亦坐身为曹魏诸婿,司马宣王恶其名高,故亟欲翦除耳。嵇曾无先觉,不早避朝市以远害,是其暗也。

《史记·仓公传》:人嗜粥,故中藏实。

《汉·艺文志》谚曰:有病不治,常得中医。

《后汉·方术传》华元化曰:人体欲得劳动,但不当使极耳。动摇则谷气自销,血脉流通,百病不生。譬犹户枢,终不朽也。是以古之仙者,为导引之事。

唐柳子华年至九十而有壮容,人问其故,答曰:吾无它长,特未尝以元气佐喜怒，未尝以吾胃暖冷物熟生物，使气海常温耳。《宋景文笔记》。

华氏《中藏经》：基本实者得宣通之性，必延其寿；基本虚者得补益之情，必长其年。虚而过泻，实乃更增，千死其千，万殇其万。徐洄溪先生《慎疾刍言》持虚无补理之论，极精。医家与养生家之指，相发明也。

应休琏诗：昔有行道人，陌上见三叟。年各百馀岁，相与锄禾莠。住车问三叟，何以得此寿。上叟前致辞，室内姬粗丑。中叟前致辞，量腹节所受。下叟前致辞，夜卧不覆首。要哉三叟言，所以能长久。

《博物志》论服食云：所食愈少，心愈开，年日益。所食愈多，心愈塞，年日损。

又《杂言篇》云：王尔、张衡、马均三人冒重雾行，一人无恙，一人病，一人死。问其无恙人曰：我饮酒，病者食，死者空腹。

白居易《座右箴》：游与邪分歧，居与正为邻。于中有取舍，此外无疏亲。修外以及内，静养和与真。养内不遗外，动率义与仁。

陶谷《清异录》：梳头洗脚长生事，临卧之时小太平。《黄庭内经》：发宜多梳，齿宜常叩，液宜常咽。吴先生师机，异人也，以法见授。气宜常练，面宜常擦。一作手宜在面。此五者，所谓子欲不死修昆仑也。

孙思邈《千金要方》：口中言少，心中事少，腹里食少，自然睡少。依此三少，神仙诀了。

陆务观先生《斋居记事》云：朝晡食粥饭汤饼之属，皆当令腹中有馀地，鱼肉仅仅可以下饭按酒，多尤为害。若偶食一物多，则当减一物以乘除之。如汤饼稍多，则减饭；饭稍多则减肉，要不令过常数。食罢行五七十步，然后解衿褫带，低枕小卧。此养生最急事。

后附：

《惜抱轩笔记》一则

孙思邈《摄生咏》一则

仲长统《乐志论》,又四言诗二则
颜延之一则
萧大圜一则
白居易《罢杭州归洛》一则
又二则
元德秀一则
杜祁公一则
李固一则《水经注》
东坡、康节二则
瘪崖子《吸灵篇》一则
《三生石偈》一则
《抱朴子自叙》一则
《陶弘景传》一则
王逸少《辞世帖》一则
《孙思邈传》一则
陆放翁《说唐仲俊戒心运身疲》一则
东坡《调息颂》"已饥方食,未饱先止"一则
朱子《调息箴》
《老子》"治人事天莫若啬"一则
右《摄生要指》一卷

须排比先经后子史,及人名年代先后,付刊,公诸亲友,以期各养世寿,亦有宗趣也。

晤刘子运大令,论舆图,用邹伯奇法测经度线,再填写村镇地名事。各省以湖北、陕西办法最善。

甲午四月

建德县文庙泽宫经营三年,今年甫落成。本邑绅周玉山提刑捐赀至万馀金。黄令亦出力,并批牍奖誉,以为他邑之劝。

评校《皖南同官录》，是是而非非，不虚美，不隐恶，不使一曲笔。

韩退之曰：夷狄禽兽皆人也。人物皆禀具足色身而生，止有灵台方寸中，昭昭灵灵地，一些子本来具足法身，贤者修之，以微明自照；不肖者障之，入于无明。此孟子之所谓性善，许叔重之所谓性。人之阳气，性善者也。心之静曰性，性之动曰情，情之力曰才性，不能自复其本来，尤断不能净尽无欲，如桥，槁木湿灰，枯稭断石，即可发起照用，仍赖情欲之力。陶冶学术，磨砻世事，以成就之。欲仁仁至，欲立立人，欲达达人，非资情之力，无以镞厉成业，辐辏功用也。故理气相济，断不可分而为二。明人日光鸟背之喻甚谬也。

引刘仲爽赞、尹振垲，与之谋捕务，因李副将之势偏重，欲别募线勇，令刘督带以分其势。专缉巡澛港、戈矶一带。

治心养气之功未至，气尚未敛藏丹田，深根固柢，则发见处浮动而不能自胜，此败征也。痛戒之，痛戒之。

三月廿六日，奉敕大考翰詹，考列一等之文廷式等六名，及二等前列之王荣商等三十六名，至周爰辄止升擢头厅坊局，及赏缎有差。考列二等之杨士骧起，至考列三等后之编检刘世安止，均照旧供职。计百数十名。考列三等之左庶子崔国因等左降罚俸有差，考列四等之王继香，罚俸四年，雷在夏以中书降用。

亡友施均甫言，练气当如扇冷熬饡，有巨絙连属不可刌断之势。此喻尚未能尽之。

委饶大令俞治中访国初诗老萧尺木明经云从墓田，将刻石表墓，立界四围，禁止樵采，以旌明季遗民之志节晶然者，以励善俗。

澹泊宁静，师柱下史；俭约勤苦，师黔娄、白圭；坚忍靖密，师勾践、范蠡；圆通谦谨，师司马徽、陶宏景；超浑闲远，师壶丘子林、东郭顺子；冲弱濡下，明于因时审机，据势为资，师张良、盖公、李长源，士亦安往而不可以得师哉！

读干令升《晋记总论》，御撰论引之，用太史公《秦记》引贾生《过秦论》例也。干宝论晋乱，由于政令不纲，贿赂公行，缙绅逐老庄浮华,不守先王之法言,风俗奢僭,节义扫地,以至于亡,洵古今之龟鉴哉。有一湘中候补镇将来,详询武冈州民变事,洞庭湖、华容一带尤甚。此责在牧令,有威信者善为抚治,乃可弥乱端。

予为诗只求汪洋自恣,以适予性而已,率以不要紧题说不要紧话,全不计题之大小,词之工拙也。

羊南城应辟,审慎沉几观变,是其见地胜。凡立事,识度由已存乎见地,凭借视人,存乎因地。

崔岑友山长来,仆才非兼济,栖心度世,早欲修庞居士之净业,次息未畝,不胜箕扫之役,乃有高门介山长来言,庞居士欲洗耳以避之。

心滞于有,有缘事累,神守于无,无为理拘,均之障也,特有粗细之别耳。若夫知道者,不系缚于有,亦不执著于无,既祛事障,又扫理障,寂而含照,照已还寂,不将不迎,无真无妄,能如是乃为性空行实。性实行空,乃为存期得窈妙,乃为前后际断,乃为有无二边,无复沾滞馀习。

日前为稽台王某所中伤,簸弄索借解款四万金。大府信其谗言,符下催提,为之窘迫,计无所出,惟有挂冠远祸耳。今仰蒙神祐,事幸得稍缓,或可中止,然王某之仇似不可无以报之,有如江水矣。对鲁家言,不能不示之意。《传》曰:"日中必熭,操刀必割。"又曰:"兼弱攻昧,取乱侮亡。"《军志》有之云:"宁我薄人,毋人薄我。"彼儒家妇人之仁,决不可用也。

早发于湖,所过两岸,率丛茭芦,一望无际,时有小村落三五家成社,亲邻白首相保,可念也。牧童骑牛游行水草间,意态闲逸,彼心目中不知人世有升沉荣辱事也。

自芜湖至宣州水程。芜湖县东门郭外十里东河口,二十里清水河,至三里埂。入当涂县界。十里窑头,十里黄池,十里杨泗渡,入宣城县界。十五里丘官渡,十五里东门渡,十里新庄口,二十里庙铺,二十里宁国府宣城县。

力行节俭,所以惜福。手巾必敝如鱼网,帽子穿如草缏,乃可却不用。

日晡，抵宣州城外。韩退之少孤贫，随兄谪岭外。年十六七兄殇，嫂郑携之就食宣州，尔时或当有宅一廛，有田几棱邪。今宣人不能指韩氏所居旧址，为之怅然！

宣州山皆平远，宛溪流甚狭，而澶漫纡曲，溪山环抱，颇宜避世。宜乎古今高人胜流欲卜居之也。田多下溧而肥美，《汉书·地理志》云：其人巧而少信，多女而少男。

至校场，伺候大府阅枪靶操。处此浊世，事上官不得不谨严慎密，不见毕灵岩于李侍尧之往事乎。是日于徽州营、宁国营、广德及东西天门山营，各将官皆致劳问宣慰，馈以楷写纨扇，察诸将领似有欢惬之意。办地方保甲、缉捕，全在从联络文武人手，善附物情，事乃易举。此谢安所以诫其弟万也。

午过慧峰，同游北楼，其地踞一郡最高胜处。制作殊极高明广深之致，洵江南第一楼也。古人有所营构，襟抱闲远，意匠特异，岂今人所可望耶？四面云山迤逦，隐见烟霞起伏，吐纳万状。北则敬亭山，东则麻姑峰，西南则陵阳山也。东晋瞿硎先生所隐之文脊山，想亦在窗中远岫之列。特土人不考图经，不能指名耳。不登兹楼，哪识谢公诗句状写景气之妙，故知天下事不可凭耳食目论，恐涉妄语，为达者嗤笑也。楼下石刻不少，壁有谢公诗三首、李白律诗一首。馀济壁自郐，殊可笑。玄晖《高斋诗》似有幽忧而作，故志逸而情拘。

名心胜心，刊除不净，此是一大病，须一日三检点。

英人东印度大吉岭种茶日旺，日本亦艺茶，而我闽歙之业茶者，利息减薄，业户以牙厘榷重坐困，第仰俄人汉口买茶，年增至九百万箱，赖有此以润鄂湘茶商耳。然俄茶浸销蒙古及新疆北路，仍夺我晋茶之命，乃利中之大害也。英法人育蚕种桑，而我苏浙蚕蛹多病。今年桑叶每百斤价止值泉二百文，业缫丝之户亦困，而洋商又买茧开锅自缫，犯土货毋得改造之禁。倭夺我流虬三十六岛，以北岛为冲绳县，广植甘蔗，又攘夺我台澎之糖利。又买中国之铅，开炉化分，滤成黑白二色铅,售与我户工部,宝源、宝泉二局鼓铸之用此,皆中国之利为外洋所侵噬者也。史公曰:本富为上,末富次之,奸富为下。今本富长算操之洋人,我所营之织布棉纱局,名曰夺洋商之利,而实则朘削民间之利,仍为末富耳。至华商困于厘金之苛征暴敛,避而冒附洋商以射利,则奸富之靡耳。此中外利权消息之大关键也。我以银铜二者铸币,币色尤恶。丁漕折色之入,俸饷役食之出,吏缘为奸,而英法铸金银铜三品之币,以御其轻重,操其奇赢,今镑价日昂,刀布之商受其朘削。光绪十二三年,镑一个易银三两六七钱不等。今金镑价骤涨至每个银六两左右,出使大臣先受巨累。凡中国买外洋机器铁轨兵船枪弹,必买镑交易,彼高抬镑价,正以困我。我不改造弊法,必不能支。此谋求中国之贫弱者当知也。

甲午五月

李文饶论羊祜密疏留贾充于内事,仅见充传,祜意以为武帝倾夺魏国,初有天下,其将相大臣,非魏之旧臣,即其子孙。所寄心腹惟一贾充,充亦非忠臣,特自以成济之事,与晋室当同休戚,此羊祜之所必密表请留,乃爱君体国之谋也,云云。于此知文饶之处事,预料利害也审,岂迂儒所能知哉?

夜接读《大谢集》。谢世为晋臣,诎身异代。"韩亡子房奋"之什,虽昧先几介然之分,其志与陶公之"刑天舞干戚"何以异乎?亦可悲矣!

崔岑友山长自省垣来,有见告之言。夫己氏谋代予。下走得失之心颇澹,去就不预安排,一笑置之而已。岑友热肠则殊可敬也。

时贤如某某,深观其为人,究竟浮英华这边分数多,湛道德那边分数少,只可虚与为缘,不可仗以济事,沈端恪公《近思语录》有云:词章之士,枝叶繁多,根本欠缺。此不易之言也。

三祖苦行塔在舒州,何时得瞻礼,一如陶宏景东至鄮县礼育王塔,信受戒誓故事也。

夕多失言，戒之。然当断不断，反受其乱。执鄙恪者，非壶而谁？摧当世游谈浮华之徒，固当引为己任也。

人事甚累，时患头痛。署中官亲猥多，得力者殊少。白乐天诗云："亲戚惧娱童仆饱，始知官职为他人。"其言信然！

篁西说诗，娓娓可听。言杨性农乡评多毁之，士大夫居乡，本难尽如人意也。

谒见德静帅，陈白牧令治行优劣，无所回护，亦无欺隐。

刘子幹，湘乡人，佐刘毅斋钦使出玉门，用兵西陲，能言疏勒、莎车一带形势，边情颇熟，人亦伉爽练达，现官候补道。

今世风尚正，不异典午，故览《晋书》以究其变。古今人材，三国最盛，如《晋》略卒业，接阅《三志》，以究其穷而当变。

隐侯点戏，笔久不下，语人云：出名虽多，总未见有全美底事。此却是阅世语，可悟吉凶悔吝，循环消息之理。吉一而已，凶悔吝居其三，君子所以终日乾乾，终夕惕惕也。曾湘乡所为以"求阙"名其斋也。

静帅垂询倭、韩近事，已构兵衅，作禀千馀言，略陈东倭狡谋，蓄之已久。以今日论之，敌国外患，殷忧启圣未始，非好消息也，禀函两次，因南北洋急递，止陈江防事，不及其他。堵敌舰入江，以严禁引水人为第一义，此甲申、乙酉间马尾中歧之役所以致败，而招宝山所以获胜也。

舟发安庆，回望江城，灯火粲然，东寺颓塔亦隐隐可辨，此城三面阻江，形势窄迫，有事时扞守殊难也。

谭提戎来，与商江防事宜，应预备二十八生的炮，格林炮各十尊。布列要隘，果有事则沿江排钉木桩以阻敌船，亦要务也。

徐元叹《落木庵集》向所未见，今于《滂喜斋丛刻》中见之，如盐入水，时于无义味中得义味，其品诣在《苇间》《渔洋》《莲洋》三集之上，宜虞山宗伯重之，有"雪北香南""贞元词客"之叹也。天池习于钟、谭，而不染其恶札，《诗归》标尚性灵，亦何尝无孤诣处。解人当分别观之。

崔太史来谈《易》《老》,君极言汪双池先生之《易》,深得朱子本意,惜未见。

天地以万物为刍狗,吾身亦一物也,圣人视百姓为刍狗,吾身独非百姓之一乎?故曰:外其身而身存。故曰:平等观所不刍狗视之,而务绵绵存之者,惟有为玄牝门,为天地根之神耳,所以言养生主者,岂养形之谓哉?单治里而外凋,张修襮而内迫,务养形,则其中之存焉者寡矣,不仅养其生,而知养其生之主宰,乃得其一,万事毕耳。

静而与阴同德,动而与阳同波,静时居敬穷理,动则因时制宜,收敛存养处常多,发见处常少。

甲午六月

歙附生汪子维宝翰,芸石先生从子,前借示《汪双池先生年谱》,并芸翁录写《尔雅校正》,今又借示翻刻《物诠》八卷,予本拟重刊者也。

吴下叶茗生岁贡廷琯,陈云伯之婿,同治戊辰春,偕子与一访之乌泾小楼上,年已七十馀,襟度潇洒,有市隐风味,其所著《吹网录》《鸥波馀话》,周杏农侍郎称为近出说部之佳者。诗三卷,刻入《滂喜斋丛书》中,亦清气往来,林古度、邢石臼之流亚也。《答人论作诗法》云:"甘苦何妨友共知,性灵学殖两相资。纵然善易不言易,岂竟作诗非此诗。一字难安如有失,百家异趣贵能师。沉酣笔力萧疏味,兴触机忘偶得之。"四句自注云:"东坡语,作诗必此诗,定知非诗人。"此为黏滞者言也,然过求超脱,亦诗病,故反其意。此自是诗家历肱三折,洞垣一方语。

卜宅以北屋向南为第一义,夏开北牖,凉风飒然;冬于负曝炙砚宜,柳子厚所谓阳室以寒居之,阴室以燠居之,兼其两利,去其两害矣。以左右多隙地,可植楥种菜,供祭祀宾客为第二义。鸡栅牛宫亦娄络其间。俾小儿曹知稼圃之艰难,习民生之在勤。菜甲登柈,既供生理,蔬香绕屋,尤饶清气,最为宜也。以后有篱门曲径,竹木周布,为第三义。薛野鹤云：人家须三分水，两分竹，一分屋。物无兼济之理，得果园数亩足矣。王内史笃喜种果，一味之甘，剖而分之，以娱目前，意良在斯乎。至于择仁里、缔德邻，有朋自远，扬榷古今，夜雨剪韭，留垫巾之宾；清明上冢，约拜床之客，则又似赊而实急者也。

绅士议续修《康熙芜湖志》十二年，并请款修理泽宫后瘗像坟坛，手批数百言，度其事理缓急次第为之。

拟刻道光中文静涵太守《自历言》，有裨吏治，浅而易入，中多甘苦实济语。

古之志士，常立于不敢而行于不能，以东坡之天才，而曰“平生学问止流俗”；以荆公六艺之学，妙处不朽，而语人云“愧我初无百一分”，又云：“后有不可谁予规”；以夏峰之气节崭崭，而自晦云：“骨肥胆弱，不慕荣利。”况中人之姿哉！

华亭沈文恪荃，侍景陵内廷供奉，一日，理密亲王允礽献哈密绿沈瓜。上未御，即以赐沈，沈跽受，剖而食之，未几卒，盖遇毒也。上隐其事。国初文臣罕得易名之典，沈坐得此佳谥。

知息《复》出《震》，消《剥》入《坤》，周流上下，新新不停，生生相续者，是乘纯气之世轮也。知真妄两冥去来际断，非寂非照，止观变运，著衣吃饭，任运过时者，此乘纯理之法轮也。

赴鄂家丁回言，汉阳枪炮厂于六月初九夕灾。南皮师经营多年，一旦毁失，机器房屋直银三十万，殊为可惜。龟山下军器监系粤人冯候道提调，估值毁失十馀万。压损机器在内。南皮师已饬改建厂屋，趣即兴工。

富彦国在位，朝士以不为文字润色相业，少之富公笑曰：使欧阳永叔、尹师鲁、赵阅道诸君为谏官，而潞公与某待罪政府，史氏书之《时政记》详之，天下文章莫大乎是。故集众思广忠益，汉诎群策，群策诎群力，功不必自己成，名不必自己立，乃可相与以有成也。专己则墙高基峻，失之太隘，而物情不附。

才力不能为善，并不能为恶，亟求出世可也。苟才力足办为善恶，可暂勿求出世。白乐天诗云：“不能救疗生民病，即须先濯尘土缨。”庄周《内篇·养生主》云:“为善无近名,为恶无近刑。缘督以为经。”

读《谢康乐集》偶记

《山居赋》并自注:道可重,故物为轻;理宜存,故事斯忘。去饰取素,理以相得为适。卜居于不岩壑不市朝之间,雕朴两适,寒暑均和,则兼善而罔滞。班嗣本不染世,良由夙悟;向平未能去累,惟资晚研。敞南户以对远岭,辟东窗以瞩近田。偃鼠饮河,不过满腹。人生食足,则欢有馀,少私寡欲,无求自足,但非田无以立耳。故宋人诗云:“求田此山下,终欲忤陈登。”又云:“无人说与刘玄德,问舍求田意最高。”企坚固之贞林,希庵罗之芳园。庶镫王之赠席,想香积之惠餐。事在微而思通,理匪绝而可温。此言温习《净名经》,研其微妙,通其义趣,则可持为己之日用也。清虚寂寞,乃为得道之所;贱物重己,弃世葆真,乘愉智以寂泊,含和理之窈窕。浮丘、安期,羽人之流,虽未阶于至道,且缅绝于世缨。承清府之有术,冀在衰之可壮。乘此心之一毫,济彼生之万理。山中寂静,乃许都讲支法师敷文析理之处,兼有林木,可随寒暑,恒得清和,以为适也。承未散之全朴,救已颓之道术。博溺心,辩丧志,六略四部,皆是秕糠,乃独往者之所弃。庚宅垒以葆和,皓栖商以颐志,卿偃茂以敷词,郑耕谷以抱义,高居唐以执经,台依厓而穴巇,咸自得以穷年,乃蝉蜕乎世累。既屏谢人迹,更待三明六通,然后可践履,持为日用耳。

《撰征赋》全规模《西征》。体飞书之远情,悟犒师之通识。中华免夫左衽,江表此焉缓带。心无忝于乐生,事有像于燕惠。屈盛绩于平生,申远期于暮岁。此与《述祖德》诗同指话谢玄本传事迹。

《游名山志》:衣食,人生之所资;山水,性分之所适。今滞于所资之累,阙其所适之性耳。达人才济横流,心存拯物,故偶出其智虑,屈己以济彼,岂谓名利之场贤于清旷之域耶?

《辨宗论》:尽累之弊,始可入无。悟在有表,托学以至。同物我,齐有无，断去来际者，乃出于照也。

捐有可以祛累，智为权本，权为智用，然权不离实。药验者疾易痊，理妙者吝可洗。

《无量寿佛颂》：此经专言净土。净土何一妙，来者皆清英。颓年欲安寄，乘化好晨征。此事当得法于东林远公，渊明翁亦尔，故有“客养千金躯，临化消其实。纵浪大化中，不喜亦不惧”之句。

《净名经十譬赞》：于权寓实。

《祇洹三赞》：以定养慧，和理斯附。

《书帙铭》：怀幽卷赜，戢妙抱密。用舍因时，舒卷不失。亮惟勤玩，毋或暇逸。

《昙隆法师诔》：即理去障，百家未必适用；因心自了，一己可以守孱。摈落荣华，兼济物我。何句不研，奚疑弗析。

《过始宁墅》：康乐世为晋臣，局迹霸朝，非其始愿，“束发怀耿介，逐物遂榷迁”，自忏语也。

《游赤石遂帆海》：矜名者，道不足，贬内不足者，亟于求人知也。适己者，物可忽，谓我内重，则外物自轻。

《命学士讲书诗》：“望尔志尚隆，远嗣竹箭声。敢谓劝学训，且布兰陵情。”此唐人扇对格所祖。

《石门新营所住》：今括州石刻“抗高馆”作“枕高馆”。“乘日车”，虽《庄子》语，然不若石本作“庶持乘日用”为佳。黄庭坚诗：“八风吹得行，处处是日用。”白业净信语也。《入华子冈诗》“恒充俄顷用”，羽人虽隔丹丘，独往玩弄光景，取天下最胜之境，持最净之业，以养吾神明，二十五刹那之用，此断去来际作用也，即前“持乘日用”之意。

《入彭蠡湖口》：“灵物吝珍怪。”指宫亭神分风擘流、丰城令掘狱得剑之属；“异人秘精魂”，指洪厓、王乔、梅子真之流。

《拟邺中集诗》：灵运托迹霸朝，不忘故晋，有难以径言其情者，故借题寓意，陈古刺今，犹颜延年《咏五君》之例耳。叙中其主不文，及雄猜多忌,语皆颖脱含讥,以寓宋武耳。《拟王仲宣》云:“贵公子孙,造乱流寓,自伤情多。”《拟徐伟长》云:“少无宦情,有箕颍之心事,故仕世多素辞。”大率皆自寓也。灵运尝为高祖记室,又参道怜军事,故自方琳、瑀,礼数优渥。《平原侯篇》则以寓庐陵王义真耳。

《自叙诗》:“韩亡子房奋”云云,虽不及陶彭泽之先觉,然其志亦长,良可悲。何以异于刑天舞干,精卫衔木哉?

【眉批】读谢记止此。

穷亦学,达亦学,荣亦学,辱亦学。寒暑晴雨,吏役旅行,少壮老病,皆可学,学在绵绵不止,故仲淹云“没身而已”,程子云“不学便老而衰”。故王宏撰《祝汤荆岘生日致语》云:“欲求不老不衰之术,莫如力学。”

省察每一日中,怠欲多,敬谊少。古人一息未死,必诵曾子“战战兢兢,如临深渊,如履薄冰”三句,今弛而不张,恶可以为人。

谭子性行有二反,耆古好学,而作吏能谐俗,此一反也;血气粗浮卞躁,而诗律入细,此二反也。

李星使来言,东倭伊藤、黑田、西乡三人用事,阴谋甚狡。先占据韩京之陆兵万人,又有兵船十二艘,横阻海口,仁川至杨花津、汉城要路为倭截断。我陆军在韩亦万人,丁汝昌等水师铁舰皆泊马山浦,呼应不及。倭人之捷,缘发兵,倭人占先著,我已落后,动众数旬,势难中止。虽有英俄两国欲出为排解,有先照会中日两家各撤重兵,然后可议条款之说,然国威不振,可耻甚矣。后患方长,楚之君臣得晏然旰食乎?

李君北行将别,又提及前事,仆栖心于庞居士之不预闻家事久矣。“尘劳三界几许阔,无古无今闹聒聒”,仆欲游于形骸之外,而子大夫乃索之罗罽之内乎。呵呵一笑。

南厘局朱君屡欲裁减地方保甲缉捕经费,予力持不可裁减,今日复委婉言之。处吏事不得不平气善言，冀全大局，若搀以争气，则决裂矣。

岑友为讲汪双池先生《易经诠义》，内《艮》之上爻敦《艮》吉一节，以一阳浸升陟纯巛之上，敦厚而能止，以静制运，故吉。惟止，能止众、止知、止足者，未有罗于辱殆者也。

有属令来，馈土物。《语》云："伐国不问仁人，斯言何为至于吾之耳哉?"将毋某之素行，此君犹信不及，姑以此尝试，抑某不足取信于此君邪? 返自责而已。

新尾泥汉委员来，与之言部定税则及官箴，公罪不能无，私罪不可有。

一胥来言事，不肯举发吏奸，徇其所请，则商病，因而责数之。

履劝人读汪龙庄先生《学治臆说》、陈文恭《从政遗规》《在官法戒录》、文静涵太守《自历言》，拟重刊，以劝吏课。

思齐弟来书，为相宅云间，厚意可感。淞多致仕耆老，一似香山洛社之乡。又仲英、约斋、养初皆多年老友，思齐贤乔梓，尤心相知。长官童米孙亦雅故，不必一林瘦竹，真可卜菟裘矣。

徐季海云：书，一艺耳，亦殊难成，力不可强。勤而愈拙，用笔之势特须藏锋，锋若不藏，字则有病。藏锋者，锋在画中也。每一波折，换转笔心，乃得之。

询许千总，以贝总兵锦泉最熟于海道风云沙线，将才也，惜其人已物故。贝之弟三泉亦善驾驶，现为元凯轮船捕盗兵官。

谭提戎来。现海防吃紧，湘后营有奉都宪札，调江宁合操备调之信。当电禀大府，乞俯念口岸繁盛，须重兵驻札，建威销萌，准留谭营驻防地方，幸甚。岘静帅均电复，不许坚留，并由静帅咨调皖南镇练军三百人来芜填札矣。

王壬秋云：读书自出义例，记诵自易。刑律无文可诵，甚于《九章算术》。此言读律令文之难。

奉岘帅电，闻倭缺米，恐赍盗粮，饬令无论商轮洋轮，禁止运米出口,遵即函照税司照办。

薛叔芸中丞同年,奉使英法,争回缅甸大金沙江以东撣人土司及滇边地二三千里,添设南洋领事,骈征劳勋,朝野属望。六月初以瓜代航海回华,驻节沪上,奏请赏假两月,以恭候批折,暂未归锡山。途中积受暑湿,不幸六月十九夕病,薨于行台。劳臣云亡,如坚车良马,方行万里而折其轴,孤中朝浸向大用之意,殊可惋惜。六月十八日,尚有手书与予,略叙衷曲,手战涂乙,已见病亟之状,然公意良厚,益怆人琴俱逝矣。

芜湖兵非素练,绿营全不足恃,现止有练军三百六十人,以之御外侮则不足,以之靖内匪则有馀。现惟饬办团练,稽查奸宄,辅以陆军,使城乡安堵,商估畅行,则税课有著,俾饷源不至涸竭,此守土者职分之所当为也。至皖省江防,惟倚东西梁山为关钥门户,断无处处设防之理。此处厚集兵力,江中钉列排桩,临事安放水雷、鱼雷以阻敌船。该处旧称天门山,峡束沙滩,地形得势,最为扼要。

甲午七月

奉到岘帅函谕,复禀岘帅,并钞呈《中西枪炮比较表》一本,《倭军制》一本,以备置办军械,觇察敌情之助。

李季重来说,六月廿三日所租怡和英商之高升船,装兵千名,在牙山外海被逆倭击沉,全船之兵死于非命。此船在沪出口,倭领事曾签字。又济远兵船开炮,与逆倭互击,济远受五十馀炮,船身损伤,略获小胜。倭松岛舰已竖降旗,旋有浪速等二舰来救,倭势复振。济远兵官方总兵鼓轮速回威海卫,入坞修理。又有操江兵船为彼掳去,现已挂逆倭旗帜。在沪逆倭领事现下旗归国。念及汪子房星使、家渭渔秋曹、郑苏龛舍人,几蹈钟仪南冠之节,不知是否能归也。高丽都城已为逆倭占据,国王及妃、世子皆被拘囚在倭使大岛圭介馆内。此六月二十二日事。近日闻我水陆各军齐集牙山、仁川,开仗杀创逆倭数千,可以略雪牙山之耻。此六月二十六日事。

仿涪翁戒律,坐我于枯木庵、死心寮中以却疾。坡诗:"心空客疾本无根。"

上海来信云:昨接烟台初十日信云,七月初十早晨,有倭船四艘轰击威海卫炮台,而中国丁提督等兵船先于初九开出净尽,声称巡洋。是以初十敌船迎来,仅赖炮台还击,彼此各开廿馀炮,计倭人一船中三炮,一船中一炮,虽受伤,皆未沉没。旋倭船又至旅顺口攻击,亦不能入,云云。使彼时有本国兵船助战,必可坐获胜仗。朝廷养兵千日用在一朝,乃纵寇至此,真可叹也。叶、聂两提督以淮军两千馀孤注牙山、水原之间,粮饷、军火均告罄,困守已及两月,而六月廿五六日,犹打胜仗,斩倭寇两千馀级。闻以援兵不至,粮尽不支,遂没于虏庭,非战之罪也。上海市面为之一变,招商局船除长江外,概停行驶,商人咸受其累云云。

夜偕陈晴溪参军乘船出江口,将往阅东西梁上炮台,夜行四十里,四更抵西岸宿。

张军门派队来迎,上岸与军门晴溪看演大小炮位,周历台堡,予右耳忽然闭塞,为炮所震,书生不经战阵,无用如此,是可耻也。

西梁山一名天门山,亦名蛾眉山。东梁山一名博望山。大江锁钥,对峙如门,故谓之天门。东北至太平府三十二里,北距和州六十里,南距芜湖四十里。六代都建业,当屯重兵于此。明天启中知和州池显京摩崖书"天门"二大字,纵横径二尺许,遒劲有法。《李白集》有《天门山铭》,王荆公诗:"采芝天门山,寒露净毛发。帝青九万里,空洞无一物。倾河略西南,晶射河鼓没。蓬莱眼中见,人世叹超忽。当时弃桃核,闻已撑月窟。且当呼阿环,乘兴弄溟渤。"诗语甚崛奇。

相传楚获吴王,乘舟馀皇,即此处,故又谓之长岸。晋伐吴,王濬自武昌东下,吴遣张象御于梁山,象迎降。东晋王敦谋叛,及桓温专命,皆自上游移镇姑孰,夺梁山之险也。佛貍瓜步之役,南宋置博望戍。孝建二年江州刺史臧质,以南郡王义宣叛,王元谟于此筑堰月垒,质先陷西垒,旋攻东城,为元谟所败。齐置二军以备魏。陈高祖遣将率舟师,立栅于梁山。唐辅公祏叛,遣将率舟师屯博望,连铁锁断江路,筑却月城。宋南渡后置寨于此。

四合山古曰褐山,唐光启三年,杨行密败赵锽于此,入当涂县界。

西梁如卧猊,东梁如立鹄,渴饮江水,势若奋搏,颇称天险,现驻戍西梁裁二百名,东梁裁一百名,大小炮各有十四尊,共廿八尊,兵力太嫌单薄,须得陆军精手两千人,水军习流千人,守此乃有济。全皖门户系焉,非厚习兵力不办也。

东梁有小河环抱,粤逆所挖,山顶有丛祀。同年沈芸阁守太平日,欲开浚引河十里,以避风涛之险,后不果。

是行犒劳勇丁及篙工,约费泉布一百千。

夜阅《申报》,忽传朱鼎父同年山长病逝于广雅书院,骇叹不已。予前已坚订君来主中江讲席,为于湖之士口讲指画,冀人才奋兴,风气渐变,乃公竟化为海外东坡,弃我归于真宅。质已亡矣,又谁助我为治邪?

徐少宰云:中国政体,只许焦头烂额,不容曲突徙薪,平世而故陈远虑,则群斥为不祥,有事时则筑室道谋,莫敢执咎,此季世之征也。

邓伯讷鸿胪承修,归善人;朱鼎甫侍御一新,义乌人。二君皆不愧为真谏官,常抑然不足,不以所能自矜,此其所以为贤也。伯讷语予云:建言者论事而已,与任事之人事理不同。谏官贵孤立,方能不徇情面。办事者贵和众,志集众长。若孤立则阅情伪不透,物望不附,寡助易败,平地荆棘矣。鼎父疏劾中珰,谓予曰:自揣才分,只办以直言报国。若世有张江陵,方且内结冯保以集事,此非所先也。邓君性严冷孤峭,朝士畏之如鹰鹯。朱君好善若渴,嫉恶如仇,而皆能见其大,不奉一先生之言,暄暄姝姝而自悦,此其学力识力大有过人者。

自揣无政事之才,即文学亦岂易言。不愿为文人,愿为学人以毕世,但得如陶宏景作主书令史足矣。

刘子运大令《筹禀抚院查看西梁山炮台情形稿》

查西岸炮台，光绪十一年筑。测得距西梁山东角尖三里又一百五十九丈六尺，隔江斜距东梁山西南角尖二里又八丈九尺，台形四方，南北二十六丈，东西二十六丈三尺。营门南向，东面炮台三座，北面炮台一座，墙高九尺，内七尺，两面石驳中筑以土，惟炮台则用三合土筑成，内外亦用石驳。墙外濒江，另筑护堤一道，高一丈有奇。堤面高及石墙之半，近年上游之陈家洲头日渐坍没，以致护堤逐年塌卸，倘一冲缺，炮台石墙均在水中，三合土年久开裂，一经水浸，必致涨卸。

现勘得炮台之上二里有馀，有前统凯字营张提督得胜旧营基一座，原系三官殿庙基，宽广仅十七丈，高于现在炮台基五尺有零，又下行一百二十丈，亦有旧营基一片，地面较大，高与三官殿相等，倘能筹有经费，拟将西岸炮台移建于此。

太西炮台种式极多，总之在坚而不在大，宜低而不宜高，明台尤不如暗台之善，故有因山凿石，因岸穴地而置炮台者，因地制宜，原无一定。沿江沿海之台，多用人字、从字等形，或二面三面不等，宜以锐角迎敌弹来路，两边平面，再筑人字子墙以护之。台愈大，则子墙层数愈多，以无平面致受敌击为度，墙凹处尽处或开深池，或筑松土护垒，或多种树木令敌弹滑落，陷于软处，不致碰炸为患。此为防口炮台最善之式。或于岸边筑圆顶小炮台一二座，每座置精炮三四尊，驻炮勇二三十人，另于二里外有山林遮蔽之处建筑营垒，以驻大队，台后接筑壕堤，直通营中，以便往来策应，亦为防口常用。刘禀止此。

甲午七月[①]

西梁山炮台有数病，濒江沙松，外堤逐渐崩坼，一病也。平面正方，反受敌轰，二病也。纯用石片，一受敌弹即炸裂，三病也。

---

① 前已有“甲午七月”，此处原文仍作“甲午七月”，疑误。

灵璧吴殿臣提戎占元奉大夫檄查沿江炮台,年近七十,旧隶袁午桥钦使部下,与捻匪张洛俐、苗沛霖等苦战相持,曾统长淮水师舢板。邀共便饭,遗我磬石二枚,叩之其声清越,答以佩戴荷包各件。

阅《物诠》八卷,究竟空理多,似少切于实用处。

俗传七月晦为地藏王灭度日,土人往赭山烧香,彻夜有声。按地藏女公主身为佛母说法,见《地藏经》。其七月晦,灭度于九华山者,乃唐僧金地藏,本暹罗国太子弃位入道者。金地藏送童子下山,诗云:"好别不须频涕泣,老僧相伴有烟霞。"即其人也。

目力甚涩,腕力亦弱,艰于看书作字。年垂五十,已入老境,为人事所慁,不得专精厉意,收炳烛之功,岂真已拚一老百无耻邪。

甲午八月

视鼻端白,数出入息,绵绵若存,用之不勤,直下扫除一切真妄见,修证天台止观、安般六妙门、华山道士五龙甘卧法,断根尘识,际断上下十方,际断去来三世,际断五浊,际断十恶,行际一超,顿入共世间正法,不共世间法,证闻思修地,证四智三身地,证一合相地,证曹溪亡一句,心悟转法华地,始知背搣可以休老。心生于物死于物,机在目。人为物之盗,阴阳为人之盗,止盗之法在为腹不为目。治人事天莫若啬,啬然后能早服,啬在目静,后自然见天地万物,皆有生意。见性在目,洄洄若春泽,液液象解冰,缓体处空室,无念以为常,惟道集虚,虚者心齐也。心齐在目,去六贼在目,观六渊在目,有如是不可思议无量无边功德。

刘继庄《广阳杂记》:发端多而成业少,尊智而火驰,是其病根,所以损年也,然其体验人情物理有入微处,今最录之。

贵州章尔佩,马瑶草之婿也。起家孝廉,知澄江府,以循吏名。平西吴三桂问曰:尔有何善政,得此于民?对曰:别无他异能,第与民相安耳。州县吏催科听断，事冗待理，断不能尽如人意，故得名难。知府去民远，苟无扰民，易于见惠。稍稍去其害民者，人即循良目之矣。平西语人曰：此长者之言也，其后当昌。已而果然。尔佩自言宏光时，侨南京，忽思家，谋归，幸免于难。否则迁延俟北兵至，必遭菹醢矣。

杨耕夫曰："学者岂有择地而隐之理，随遇而安，斯真隐矣。"东方生《诫子诗》曰："形见神藏，与物变化，随时之宜，无有常家。"

酒性热，催血入心，故暂寐。血不久聚，旋散入百脉，而心气为之虚耗，故易觉。此非摄生家所宜也。

长沙一张道人以玄门清静，导引治病，颇效。图老问之曰：世上因坐功致病者多矣，未闻可以治病也。道人曰：庸医执一死方，以治众疾，微特不疗，且杀人。今予应病予药，所以能起沉疴也。予曰：此与禅波罗蜜合，摩诃止观中有观病境一科，即其指也。

道家有南北二宗，南宗不言性，北宗则曰性命双修。南宗有五祖，北宗有七真也。真皆祖王重阳。各有语录，而丘长春《盘山语录》为最。其学先了心性，谓之性宗；后以坐功得丹得药，谓之命宗。故曰性命双修，其言曰："羽人修命不修性，却似返观无宝镜。若还修性不修仙，万劫阴灵难入圣。"其通晓释典语录者，特借此以了性耳。图老曰：彼又有添油接命之说，何谓也？予曰：此清净而兼阴阳者也。彼以人之色身或有变坏，或年运而往，色身已衰，不能修清净以了性命，则置鼎器取坎离以补完先天，然后清静可修，谓之泥水金丹。其言曰：竹破还将竹补，宜菴鸡须用卵为之。

嵇康《养生论》之说一溉之功，修炼得法，差可延年是也。炉火家言拔宅飞升，黄赤道虚空，升向何处？此坐为《列仙传》所欺，且自欺罔耳。

孙宗武言，今世全真道人所谓龙门法脉者，皆本之丘长春，其地则王刁山也。王刁山在华阴太华之东，奇峭次于华岳。开山之祖乃王、刁二师，故以人名山。丘长春曾主其席，演派至今遍天下也。其法派二十字,曰:“道德通玄静,真常守太清,一阳来复本,合教永贞明。”至真字辈,有马真一者,世号颠仙,言其不死,今犹在辽东云。白云观道人王莱阳乃其嫡派。又云:华阳道派有二:一太华,一王刁也。太华宗陈希夷、王刁宗丘长春。

图老曰:念佛以了生死,今之念佛者只欲了死,未尝能了生也。《庄子》:“善吾生者,乃所以善吾死也。”宜乎举世念佛,未尝有一人能出生死者也。

语拙和上幼不识字,年三十矣,入黄山充火头。寒暑一衲,行往坐卧,惟唱等韵,如是者六年。一旦豁然开悟,凡藏典翻译无留难者,遂为黄山第二代韵主。教授师传之虚谷大师,虚谷本无锡秦氏,祖长沙太守,遂流寓衡山,年七十六矣,尚精健如少年,听聪视瞭,好学之诚,出于天性,于《南华》内七篇有所了悟,见地超脱。予遇之康甲天家,为唱诵《等均通释》一过,梵音哀雅,令人乐闻,确有指授,非杜撰也。黄山韵主教授第一师曰普门和上,从学甚众,以参禅为大悟门,等韵为小悟门。

陈五篮,字逸子,别号南云拾残,虚谷藏其遗诗一卷,多性灵之作,东南不睹此音久矣①,录其《自西山路归文殊庵记异》一首,云:“太乙司元精,天地受悃愊。人有一双眼,正能悃愊中。视天地,三身四智理无为,一山数里宕神奇,安得不懔然肃穆,以为造物之险夷。西山两日雪,客予正其期。眠餐非细故,主人赖扶持。主人忽有行,客亦匆匆就道去。御寒虽有衲,力弱还存杖,投仗于水不能止,衲亦随身殒树底。森竦凌冽,险邃荒否,用杖扶身杖不起。四顾维目泉塞耳,将欲开口何所语,但见鸟无巢,亦见虎有踪,深涧冰腹泉生齿。祗畏严凝生勇愤,还于寒威相料理。纵然步步成倾仄,我杖我足不受耻。穿林得疏竹,树间残红子,予心亦觉适然喜。方过溪头渡远水,唐突弥漫烟四起。謦咳方膺山谷震,安知莽莽乾坤界,灏灏肃肃神颃

① “东南”,原文作“东西”,据中华书局排印本《广阳杂记》改。

朴，冥冥昧昧从所触。眼光咫尺落树根，将凭何物为身尊。注听山犬吠无声，徘徊何处是山人。由来此山抱惺惺，怨尤摄尽收灵明。倏然西林见一树，石出溪流不知烟去处。振衲拂杖到谷口，见篱逢桥如逢叟。杖亦逸，衲知寒，还坐石头看林峦。他家童子远道回，遇我问我何处来。我将语其故，为我言，昨日不到野鸡潭。前山后山晴颗颗，我行其间曾倮倮。言晴未已山真晴，五峰拥出太阳精。沾衣照襟霭停停，我吟童笑度高磴。神怡气爽阅一纯，向时过处无鸡鸣。南天门上微风雨，穿袂收汗庾浸浸。杖得东指到于城，恍如有家作归人。有奇气而句律病俭，且真庚通叶，尤谬。十步百步易玄妙，叆叇又似西山道。窈冥从此发深峭，鹳雀飞起衣带边。奔泉吼怒使之鸣不全，苍复苍，玄又玄，须鬓依然白悬悬。吾闻元化所居，混沌所游；又闻须弥顶，日月出其半。麟凤不敢骖，赤帝驾言驰骤，我是俗下顽鲁质，独趣桥上看波激。前庭桥，跌双足，今日与杖谋，寒风还伫立，催我急下层层石。将抵文殊庵，又逢灿灿雪。苔映水晶玉界道，引我登堂坐堂奥。”又断句云：“将心与岳安。”又句云：“一家寒露叶，万事暮秋蝉。”

紫庭言人君之治天下，惟是非赏罚、喜怒好恶为之枢机。是非赏罚，随喜怒好恶，则乱；喜怒好恶，随是非赏罚，则治。紫老好读《管子》，以为与圣经相表里。此等语皆深有得于管氏者也。

紫庭又有言曰：精神生于喜悦，智慧生于精神。此本《庄子》“欲静则平气，欲神则顺心”。又云：古之知道者以智养愉，亦以愉养智。智与愉交相养，而和理出其性。

【眉批】录刘记止此。

钱唐韩小亭泰华著《无事为福斋随笔》，有一则拟采入《桐庐图经》。

徐淞桥明府元礼，浙之桐庐人，淳谨朴实，口无雌黄，书法直造晋唐，与郭兰石大理齐名，小楷或胜之。以拔贡分发河南，卒贫不克敛，无子,其妾余家婢也。竟矢志守节,亦以困苦而殁。呜呼!观淞桥字,气厚而味醇,何命之薄如是耶。其名宦俱不显。

上深愤岛夷犯顺,欲大张挞伐,以伸国威,而臣下无赞成庙算者。仕路积骳,人材不出,此由取才之制未善,咎不尽在政也。言官纷纷上封事,切中利害,如王朴安边策者殊少。时文帖括之底蕴,固未足与任边事也。

芜地即春秋吴国之鸠兹,又名祝兹,祝鸠一音之转。予视居官寺,与精蓝何异?暮鼓晨钟,搬柴运水,了却一日公家事,始可倒身甘寝,勿荒所业也。因自号曰住持,祝兹寺持五戒头陀。谚云:做一日和尚撞一日钟。六祖八个月腰石舂米,破柴踏碓,此便是尽其天职。

文臣不爱钱,武臣不惜死,虏乃可平。天下安,注意相;天下危,注意将。将相调和则士豫附。此不易之理。

姚惜抱诗:“吾知任事难,坐谈第恣胸。假令吾操舟,畏葸恐更慵。”此阅历更事之谈也。益阳胡文忠言有论事之才,有任事之才,二者须各适其用,各得其任。

张端义《贵耳集》云:张魏公浚开建康幕府,取幕客命与术者,推算皆非贵人,浚不乐曰:要作国家大事,幕下无三五人宰执侍从,如何成功?太宗命陈抟相东宫,谓厮隶皆有将相气象。李绩命将,多取方面大耳。国初傅青主、近日曾文正,以稿书尺牍字画之精神,厢峻凋疏,辨人休咎夭寿。故曰:几者,动之微,吉凶之先见者也。存亡系运,成败由人,作事者务审几量力而动。道光初乌程进士凌堃,字厚堂,知风角,戴子高之外舅也。凌游湘省回,言地气郁葱,草木皆象介胄,此将相气。后曾、胡、左皆应期乘运而出,湘中子弟,淮南鸡犬,皆化侯王,否则几何而不为,张文毅芾、向忠武荣、吴文节文镕之孤军无援,第以身徇也。扬子云云:为可为于可为之时则从,为不可为于不可为之时则凶。非功名之士,全凭气运邪。

以《观物外篇·渔樵问答》示棣儿,大致谕以老子弱志挫锐、藏身于虚静之中,于世事不肯犯手做,然后乃毕见吉凶之几,万物之情伪,所谓善藏其用也。否则为物所撄，智穷而身殆矣。

竟日幽忧，意思枯槁殊甚，恭阅电传阁抄，钦奉懿旨，出内帑犒前敌军营银三百万两。仰见宵旰忧劳，眷念东事。大小臣工不能执戈敌忾，以上纾君父之忧，清夜扪心，疚悚何已。

明万历十九年辛卯冬，倭关白丰臣秀吉，以八军扰朝鲜八道，加藤清正、小西行长领陆军为先锋，九鬼嘉隆督水军凡十五万人，别有游军六万备应援，而秀吉自以德川家康等兵十万自卫，旋命浮田秀家代将，次年夏抵釜山，五月陷都城。明副总兵祖承训战于平壤，败绩。八月，明以兵侍宋应昌为经略，李如松为东征提督，率师征倭。二十一年正月，如松兵大捷于平壤，行长遁。渡大同江，克复黄海、平安、京畿、江源四道，清正亦遁。如松乘胜趋碧蹄馆，败而退师。未几而有沈惟敬使倭之事。兵尚石星一意主款，封贡之议旋起，沈惟敬绐经略，以冕服赍诏，赂倭使罢兵，平秀吉裂冕撕诏于地，兵事复起。明人磔惟敬，逮捕石星，更以邢玠为经略，援高丽讨倭。久暴兵无利，会秀吉自病死，倭将行长、清正引兵归国，明人遂报虚捷以闻。论功行赏，神宗亦察知军报不实，先盛怒，罪宋应昌等，后邢玠冒上赏而不之追究。盖阅历兵事之难，姑求息事，掩饰国耻耳。

许职方宗彦论前明谏官习气，以为害在隐持执政之长短，其大臣无论贤奸，皆莫能竟其用。议甫出口，弹击之文已至矣。兵事之棘也，握兵柄者将主款，则群以战误之；将持重，则以老师縻饷责之。譬驾马然，欲退则前引，欲进则后挽，而又左右掣曳之，马即良犹不能不败绩，而况乎蹇驽也。室已将倾矣，宾客居其下者，曾不一举手搘拄，徒喧然争论匠氏得失。主人耳目为之眩，不暇审顾，俄而室轰然倾，则群压焉。明之亡何以异是？故清议兴而汉鼎沦，谏官横而明社屋，天下之患，莫大乎崇虚论而忘实事云云。

本朝力去前明之弊，裁抑台谏，矫之太过，士气积衰无所发抒，皆遁而讲考据，管同《拟言风俗书》论之最确。一遇多事之秋，则言事者又嚣然奋兴，而切于时务者殊鲜，上素无培养之方故也。职方所论切明弊,近日之病却又不同。

惜抱七言律自辟意境,前人所无。五七古工力亦深,见道处间有《南华》《法华》义趣,于乾嘉诗人中品诣为最高,非袁、赵、蒋以下所能拟也。尝叹杜、韩、柳、李义山、苏、黄、半山、道园、青田、青丘,独到处真不可及,不妨利病杂出,金玉泥沙互见,而气势格律自造门庭,壁垒森严,兴象勃窣。国朝乾嘉人诗意工矣,词丽矣,然如造假山、架石萦涧,林峦回合,巧若自然,自有道者见之,究非真山真水,破绽触处皆是。又如百纳锦袍,裁缝欲灭针线迹,究不如一匹白地光明锦。又如点注功夫茶,究非蒙山顶上真味。良由古人气厚,积酿深窈,且法不孤起,仗境方生。而今人务以学胜,专洗刷修饰字句,撑柱间架,以求工致故邪。虽惜抱七言古一体亦不免此病。渔洋论诗,其法甚备,而自为之,则其病即在求法备故少真气,驱策才力,亦视虞山宗伯大逊矣。乾嘉人诗,魄力亦不及国初。国初若虞山、梅村、翁山、竹垞酝酿深,即李天生、潘次耕、吴天章亦有一节独到,非后来所及也。

得沈仪亭兄与耿伯齐户部来书,云间塔桥天水氏之宅可以买定,伯齐引陶南村,浙之黄岩人,而作云间寓公;抱遗老人亦侨峰泖为例,皆浙士也。予无两先生之高致,不过求田问舍,甘忤陈登而已。卜居惟洛食,凭仗仪、齐两君为之贤地主也,予性随缘而已。

善弃者乃能善取,积众小不胜乃能成一大胜也。曰:知予之为取,损之而后益。读佛书十年只得一字之力曰舍。绝利一源,用师十倍。黄蘖云:过去未来皆勿思,成一大舍,惟日孜孜,实修现在,积铢累寸勿放过,前后去来际断则断之而已。大舍如大烛在前,更无迷误,中舍小舍亦复有益,舍之功用如快斧利刀,遇事一劈两断。

甲午九月

以作吏日力妨闭门读书功,欲自投劾去,以偿物外孤往之志。

闻李鉴堂中丞赴山东,任轿车三辆,随从四人,行箧萧然,甚于寒素。墨吏望风战慄,东省风气为之一变矣。惜其不来枞阳,枞阳人之不幸，东人之福也。

岘帅因募兵催饷甚急，羽电络圜，现库储极绌，前以奉部文趣解浙饷三十馀万，业已罗掘一空，顷勉在常关应解部之饷，凑集三万金，禀请奏明提拨，殊有捉襟露肘之困。

人之才性，既忖有偏短，当务为一节独到，立身处事。鲁国一儒，四平八稳之道术做不到，只好用老墨九流，尚偏锋。作字虞、颜，笔笔中锋做不到，只好用侧笔，力追险劲。作文匡、刘，纯深古厚一派做不到，只好用《国策》《蒙庄》，务取气势动宕，意境倔奇，有波谲云委之趣。作诗古乐府，陶谢空明澄澈一派学不到，只好用阮籍、孙楚、孙绰、高允、颜黄门、王绩之流，务取洸洋适志。一味用清凉药，损之又损，俭之又俭，极简易之功能作用。

改退之句，"吾老耆摄生，万事不挂眼"。半山老人句，"晚来厌世语，深坐塞门窦"。韦左司句，"心绝去来缘，迹顺人间事"，是底语。

艺无大小，适用为贵。文无奇正，达意为工。书无匾峻，涉趣为逸。政无宽猛，济时为亟。境无荣悴，啬神为安。

英公翰交卸皖抚之日，戒后任裕公禄云：治皖有三要言：关不可开，勇不可裁，挂名营务差遣之从前军营将弁不可撤。此三言乃治皖要务。不开钞关，则去二百年积弊，理财之权不为部胥所把持。淮、淝、颖、亳，天下劲兵处，风气剽悍，苟能羁縻宿将，不裁勇丁，则此曹健儿不至流而为盗匪。英公所见良有过人者，后裕公奏复开南北两钞关，沈公葆桢甚非之，以为弊政，皖之财力由此渐绌。

归安陆君作《去关存厘议》，以钞关之弊多，牙厘之弊少，取财于关税，部胥操其权，不若厘金尽征尽解，不为定额所居，不为外关胥、内部胥所持，纵有弊窦亦易去也。

芜新关米税，因大府钦奉谕旨，禁止外海轮船贩运出口，遂致奇绌，米市萧索，商情困苦。欲陈之抚部，而事介在公私嫌疑之间，尚待熟思审虑，未容率尔直陈。

夜过六潭同年，读其近作诗句，句法清丽，而行气仍壮健绝伦，窥其中磅礴郁积,澒洞无涯涘,大林丘山之善于人也,亦神者不胜此,非读破万卷书,足迹横踏九万里,不能探喉出一语。至其议近事,决策料敌之文,则又杜牧《原十六卫》《罪言》、计东《筹南论》所不能窥见底蕴也。

圈读六潭兄《策倭事》三篇,洞悉夷情,深明边势,胜于鄙说,亦有与鄙见相发明处。予力劝六潭上之,以发谋国者之志意,足备朝廷采择。

省垣同寅如仙蘅、次山之刚介敢言,子幹之胸次坦白,皆君子,人可纳交也。六潭博学多闻,本予同年旧好,不在新交之列。

曾湘乡语:天下事当于大处著眼,小处著手。

【眉批】重。

不计功效之多寡,但课每日之勤惰。得浸字诀,不速求深,致蹈浚《恒》之凶。

颜习斋云:心之静为性,性之动为情,情之用为才。欲仁仁至,欲立立人,欲达达人,情,人之阴气有欲者也,然用之正路上便是才。必如枯禅无情,欲同瓦石,何能有血性担当大事,故知情欲不是坏的物事。陈乾初云:人欲到恰当处,满腔子是天理。

【眉批】意重。

老子云:"俭故能广。"国奢则示之以俭。王导衣練衣单衣。卫文公大布之衣,大帛之冠,务材训农,通商惠工。由俭入奢易,由奢返俭难者。奢者常不足,俭者常有馀。奢者心常贫,俭者心常泰。墨子善守御,为节用强本。节用,则家给人足之道也。

汩人事久不修性命,则日即堕落。前人云:修学务早。又云:吾辈当珍惜分阴,息有一毫之未定,命非我有,可不明发不寐,凛然知惧邪。《管子》云："曙戒勿怠，后时逢殃。"《老子》云："夫惟啬是谓早服，早服乃为重积德。"

上院禀辞，大府谆谕，有澄汰吏治之意，皖省风声习气，当可挽回，愧区区作外吏日浅，无以尽陈利病，当勉图整饬以副下问。

《逍遥游》义，开口便言："北冥，北幽都之地。"冥，向晦之时。言惟务虚己游世，陆湛于俗，且幽且晦，善藏其用于无己无名无功也。此之谓逍遥游。《老子列传》常以自隐无名为务，《梅福传》常以读书养性为务，非自隐无名，则不能养性。

在六潭案头读《何大复集》，自成风格，真心苦学阴、何及初唐四杰者，"何郎妙悟，接迹风人"，牧斋宗伯纵极掊击讥弹之力，不足掩其隽逸秀采也。

拜李寿庭军门，面商驻芜练军三百人，不可轻调它往，广、建两处良字右营，如有调动，乞商之中丞，另调省营填扎。

蒙习为外吏甫年馀，未更事，识力不能坚定，多疑殆少断制，以云免于溺职，尸素尚未。尚未，现在尚系学习人员分位，当不得候补两字。自皖公山回十日，积牍久搁未治，吾过矣，吾过矣。

李镇台来，知奉抚院文，驻芜练军曾营官记厚所带三百人调扎广德、建平，以驻广、建之良字右营、徐印川三百人调扎芜湖。

金州一带，军情吃紧，现大府急檄调秣陵、皖、赣三省防军六千人，背道北行，赴援盛京渝关一带助剿。仆自憾文吏孱弱，无补时艰，方今薄海臣民同仇敌忾，志歼逆倭，而仆不能荷戈以赴前敌，何颜以对君父，谨出私奉银八千两报效军需，以抒愤懑之气。改入十月望日，禀大府，敬为先王父先考乞奏请赏，给乐善好施匾额，以光泉壤，实禀先志也。

李忠定云：精气变痰，痰变精气。非二物也，国家任官不用狂不用狷，一味倚任乡愿，而谬托于中庸者，事何由济？刑罚安得不废弛？国安得不乱？胡广多识朝故，博通典礼，优于赵戒远甚，徒以天下中庸，持白璧不可为。庸庸多厚福之说，汉政遂堕坏于冥冥之中。故如孔光、张禹、匡衡、胡广虽有经术，何足贵哉。白香山诗："天宝末年时事变,臣妾人人学圆转。”模棱谦谨,与时俯仰,若是则可以为天子大臣矣。朝事尽是痰主持,安得有精气。仆暗行自照,欲求自全,其为狂狷之性而已。苟不可得,惟有弃官收身而退耳。

甲午十月

凡为吏,太刚则折,太柔则废,当务去其太甚,不为已甚。

禁胜于身则令于民,凡处事当务犹兮若冬涉川,豫兮若畏四邻,立于不敢而行于不能。

孝达师本月初五奉电旨署两江督部。乘坐兵轮,过芜停泊六时许。谒见师,须髯如雪,半由剔历岩圻,心力交瘁。相对不禁忧喜交集,反复论倭事利害数百言,略陈臆见,以备采择。自忖书生不知兵,未必当窍要也。

又晤梁星海太史、杨叔峤舍人、沈霭苍观察。太史天性过人,怆怀亡友潘孺老、邓伯讷、朱鼎甫三君不置。海内知交零落将尽,既痛逝者,行自念也。

《管子》有《侈靡篇》。作事有时揆度情势,不能不出于侈靡者,彼法中所谓权实互用也。

决疑。今日为政之术,宜先用黄老,次用墨翟、晏子,后用申韩。先用权后用实,须勿露用权之迹。为政要道在附迩来远。先用王茂宏之宾接远近,善附物情,使人心归向,然后用葛公、王猛之信赏必罚,治尚严猛,使上下整齐。

憨乱。今日倭寇之患在内魔招外魔,内邪招外邪。《易》称负乘致寇,移赠今之政府,恰合分际。

有一术士来书云,相度奉天三陵形势,知国祚方长。予惟外患之逼,正祖宗神灵示兆,所以警戒圣云孙,所谓忧劳可以兴邦,患难乃为启圣也。

长吏者为民之佣,非以佣民而已也。柳子厚语。

将募勇一营,以治内盗,所调镇标哨官武解元饶飞鸿,今午到。

日前因见官场习气，因循粉饰，蒙表率无方，不能挽回一二，对僚友言之声色俱厉。顷吴春农太守规予，徒涉气矜，不能坚忍静茶，和以接物，此大害事。不佞顿首受教，太守此言极起我意，乃予之刀圭上药也。吾过矣，吾过矣。

子坚论打洋枪靶曲线取准之法，受之田总兵在田。云：勿久视靶，久视则目眩而心受役于靶，十发才中二三耳。但略一注视，即收回眼光，沉气入海，下于丹田，心气定而神不摇，一发即中靶矣。习射亦然，此灵台不桎之说也，惟内自重，故可以御外物。

列州近年风气颇坏，官邪太甚。今晨焚香沐浴，草禀大府，拟劾佐贰一员，佐杂二员，保举贤令一员，诚万不得已，迟之又久，而后出此也。凡举劾皆不可滥，切勿任私意，宜慎之又慎之，至人之心如镜，善恶黜陟，听其自取而已，无预焉。故恩怨皆漠然勿之居也。

奉大府电及札，以浙之长兴、安吉一带土匪狙发，恐广、建、昆、连受其扰害，密嘱曾营官、李千总速派干办改装易服，前往侦探。

在官厅见湘乡使相任督部日书一联语，勖励司道，云："虽贤哲不免过差，愿诸君谠议忠言，勤攻吾短处。堂属略如师弟，必僚友行修名立，乃尽我心。"六潭云：如公乃具有能知人能感人之作用。此联柱意兼摄仁智作用，集众善为一大善，风气由相摩相荡而成，智之基也。先立己而后立人，器业缘渐推渐广，而致仁之量也。

旅见岘帅，臆陈目前事势，与庚申秋冬曾、胡、李希莽诸公议北援略相同，而危尤甚。公奉旨总统湘淮前敌各军，宜持重勿轻进，勿遽撄敌锋。大驾西巡之旨，如果决行，则扈从扞卫以定社稷，此为要图，不必以孤注决一胜为功也。至转运军火，接济粮食，宜自扬州、袁浦、张秋、济宁、天津、渝关，节节设粮台转运局，源源不绝，济宁、张秋用转般法，此最要也。公深然之。

文生多情，究不如子许少欲之妙于割弃也。何者力大？舍力最大。何者自强？行忍乃强。绝利一源，用师十倍。

今年三月中，门人袁渭渔为使日本参赞，有书来，言倭人作樱花胜会,倭主倭后亦至。见各邻邦公使,皆温语握手为礼。主、后各专筵坐,会罢各散,礼节简略。及六七月背盟开衅,虏主亲赴马关、广岛筹兵食,手自治军书,一室中无可娱悦之物。倭兵伤残还,养伤医院,虏后亲临视之,士皆感泣用命。彼凶顽之性,为封豕长蛇以荐食上国,吾华臣民上下,誓不共戴三光,然跖蹻固亦有道邪。

闻电传帮办宋军门以偏师援金州,与逆倭战,夜袭敌营破之,遂克复金州,是可喜也。宋公庆本与张公曜同起中州,宋山东蓬莱人,治军严整,优于嵩武军。或云生时父母梦明戚南塘托生转世。汴洛间人为之歌谣云:宋不怕,张不打。宋每旦日辄椎牛餉军士,避敌朝气,持重勿浪战,伺日晡,敌阵移动,有可乘之隙,然后引军急击;或夜衔枚捣敌营,辄以此制胜,将才殆天得也。

咸丰初,粤西金田洪杨之乱,钦差大臣林文忠薨逝后,李星沅、徐广缙、赛尚阿连挫衄无效,独向荣屡保危城,定陵乃擢向为钦差大臣,直逼孝陵卫,围攻秣陵贼巢,保障江浙,厥功殊伟。光绪甲申,龙州、谅山之役,徐延旭、潘鼎新皆丧师辱国,李秉衡代理粤西,抚办后路粮台,张香帅奏派冯子材、王孝祺、苏元春出关,节节扫荡,遂奏谅山大捷。军事利钝无常,选将得其人则日有起色,此往事可验矣。今平壤、义州败衄后,特旨以宋公帮办军务,专折及电报奏事,不由北洋大臣转奏,迨九连城、凤凰边门、大连湾相继失陷,淮将所部盛军、铭军皆溃散,宋以孤军支住于摩天岭、复州之间,顷复闻有金州之捷,此亦一转机也。

南皮尚书招郑太夷办洋务文案,听然语人云:吾将屈宋玉作衙官邪。

夜,郭善城军门宝昌招集园林,郭本刘松山部将,破会匪金积堡有功,忤督师左文襄,引疾归,起为寿春总兵,八九年告终养开缺。为人虽骄蹇而伉爽,近乞假三个月,畏召当前敌,拥资百万。将太富则不受驾驭,所谓时无伊吕,故韩彭不易呼也。

有义理、有名理、有事理、有物理,义理出于学问精到,愉智交相养，而和理出其性；名理出于识度过人，积众小不胜成一大胜；事理出于阅历更事变多，乃能练习得失成败；物理出于参验稽决，故能洞知人之情伪，器之长短，才性之刚柔缓急，用之何处为适宜。义理、名理为体为本，事理、物理为用为末。四者各具机括，各有窍要，操之以亭决百事，经纬万理，如握水鉴而后可以别妍媸，执权衡而后可以称轻重。非利用安身以崇德，精谊入神以致用，探颐索隐，明阴洞阳不为功，循序致精，旁推交通，不可缺一，苟有缺，则或有体无用，六安吴公不免病此。譬金水能内景不能外光；或有用无体，西平即坐此病。譬火日能外光而不能内景。或偏治本或偏治末，皆足为病。至于始条理终条理，则存乎尽心应务，平心称物。尽心，忠也；平心，恕也。律身治人之要道，有本末有次叙，不外忠恕而已矣。

扬子云："至易至简，焉支焉离。"老子云："图难不于其易，为大不于其细，则取辱殆之媒也。"古语云："平实近民，民必归之。"故政在先附迩次徕远。凡议论太高，意气太峻，求效太锐，皆不可与图治。乱国之日促以短，烹鱼烦则碎也。治国之日舒以长，为政务清虚简静，挈要执本，日计不足，月计有馀故也。《诗》曰："公孙硕肤，赤舄几几。"虽处恐惧流言、国家多故之日，而气象常舒以缓也。

用人之术如夏葛冬裘，奴耕婢织，十二材得其任一，如履屐之间，不违才易务也，苟取人求备，则朝鲜适用之材，但随器授任，则世无可弃之士。许衡云："用人用其所长，教人教其所短。"

倭虏国中用事者，颇得其才而适于用。战士多出于萨摩一州，练之有素，故士皆用命，蛇豕蜂趸，故能为毒螫也。其用事者，姓名采之旧牍，访之太夷，列记于左：

内阁：伊藤博文。此人光绪十三年使京津，曾谒见。醇邸立三条之约，深沉有局度，自以倭国物力未丰，兵力未足，主持和好。

递信：黑田清隆。

海军：两乡从道，其兄隆盛以谋反诛，从道有才略。同治十年率三兵舰谋袭台湾，以讨生番为名，驻兵琅桥。倭主及大臣均悔不应与中国开衅,遣大久保利通赍敕止之,从道怫然曰:将在外君命有所不受。且师未抵台湾而返,是示弱也,不可。遂鼓轮而进,后班师,倭主犒劳有加,是役中国赔兵费四十万。

内务:井上馨。甲午年率舟师谋占高丽拒我。钦差吴大澄续昌不见。

陆军:大山岩、山县有朋。现带兵犯我平壤、九连城、凤凰边门者,两人似分数路。

农商务:榎本武扬。曾为彼关白大将军德川庆喜之旧臣。学于太西水师学堂。洞晓船务,庆喜败,以兵舰九艘纵横北海上,拒倭主之命,及势穷蹙,乃降倭主,擢而用之。光绪初使中国数年。

外务:陆奥宗光。

大藏:渡边国武。

文部:井上毅。井上馨之弟,甲申冬随军在高丽仁川时,我舟师泊马山浦,毅致井上馨之命,于吴钦差大澄词殊倨傲,即别去。

司法:芳川显正。

新任海军:桦山资纪。

以上任彼国官,皆从一二位卿。

晤福山镇台韩景山,本贯寿州,现为合肥人。其子韩绂,今科新中式二十八名。福山镇只有练军四百名,嫌太单,好在江海交汇之处,浅沙胶舟,大艘不能进,有天险可拒敌也。

恭阅王文成公行书,方杕卿《矫亭记》,记中有云:“今之士大夫实未至而名先之。古之君子其律己也严,其取名也廉。不辞矫世,以励俗也。”

又观八大山人山水,山人江西人,明宗室,国变后改名,又字雪个。尝持诵《八大圆觉经》。

记南洋兵轮船名数

江阴军山两号:开济,南瑞。又蚊子船两号。崇宝沙三号:寰泰、镜清、保民。又蚊子船两号。

稽查吴淞口运船改作兵轮两号：登瀛洲、威靖。保护高昌庙制造局。

又调往台湾防堵一号：南琛。

恭阅漳浦黄忠端公在白云库下楷写《孝经》第二十八本，有长跋。又行书律绝诗数十首，真迹，后有顾莼跋。

香帅新派营务处桂嵩庆同税务司穆和德前往阅看吴淞炮台，江阴各口炮台。

当轴之人夷甫、林甫合为一手，自古谐臣媚子，工为炀灶蒙蔽，不恤生民毒痡，使人君孤立于上，失海内奇杰之心而不自知。其始上下衎婴，盘乐怠傲，未始不逞娱快于一时，乃播迁板荡之祸不旋踵而作，天人相与之际，如鼓有桴，感应甚捷，可畏也哉，可畏也哉。曲突徙薪亡恩泽，焦头烂额复何益。况并无仁人志士，甘蹈焦烂以捍卫我君父者哉？尤可痛也！

节庵天资胜学，养尚未足以副之，长处在真，短处在燥。《老子》云："静为躁君。"凡真物能坚，躁物恐不能，善全其坚，由神未全故也。神未全不足以敛摄吾气，故气亦不完，非赴道之难，凝道之难也。学力厚亦不足恃，养力厚而和理出，其性浑融不见圭角，然后能坚凝，此高允之行藏，祸福所以异于崔浩也。

务敛藏持养，勿事事求胜，事事求胜者败，气矜者败，锐进者败，多言、易言、大言、忿言者皆败征也。

甲午十一月

节庵天资高于朱侍御一新，学养似不逮，并不逮伯讷。伯讷在稠人广众中粥粥若无能，呐呐不轻发口，从敛气慎言做功夫。才则逊于仲弢。仲弢识密鉴洞，善藏其才。

节庵规予书气太重，受理障缚著，则识力必不透澈，尤少剸断，此知予之短也。此由天资既不高，结习尤未化，决不办担当大事，故予自忖不敢犯手做,欲以啬吾神而全吾短。

谒辞南皮师,侍坐两时许,于时事苟有一隙之明,不敢不披沥面陈。白头师弟,赤县阽危,相对不禁泪下。

就古今事变往代人物推验之,惟善诎者乃能善信,善下人者乃能居人上而不蹶。故伊尹一生本领在"强力忍诟"四字上,铢积寸累做工夫,养成精神气魄,遂成一代之名。张良亦然。若后世躁愎之人,新进浅宦,欲骤破资格,处处求伸者,必反召大屈辱。京房、朱云、李邕、石介之流是也。

狂花客慧非真种子,若此人者,以之处己,决不能保其身;以之佐人,又不能为人用。故如智瑶、诸葛恪之才隽,乃天地间弃才也。

节以制度,不以礼节之,则不可行。乐节礼乐,喜怒已发时气象,必使中中和之节,此皆赅修己治人、鞭辟近里工夫而言。伊川言,治怒治惧最要自治其性情,制节谨度,然后能治人之性情,不伤财不害民。若凭仗意气用事,喜怒偏宕失节,恶得以节自名。

同治辛未长夏,予报罢出都,游白门,主从外舅薛桑根先生惜阴讲院。一日使相曾文正招李小湖山长联琇、范鹤生吏部鸣龢及桑根丈宴集莫愁湖上。张廉卿裕钊时主讲一小书院,预焉。吏部故出文正门下,酒半,文正听然引满,语之曰:"我有一事不如汝。"范愕然,逊谢。公徐曰:"非是之谓也,乃谓我无佳门生,尔有好门生耳。"盖指南皮师登第出范公门下也。公又言:"吾心目中所见直省学政,未有如张某之称职者。异日倘担当大事,以为国家科目得人之庆。"又顾廉卿曰:"今日两大山长在坐,可云大山宫小山矣。"噱然放仗而笑。桑根先生归以语予,追忆其事。文正固素有人伦风鉴,然于南皮师实未尝谋面也。不佞于吏部,俗例应称太老师,今疑非古,未敢从俗,故止称吏部。

夜,孝达督部师出诗两卷枉示。公诗简严得之《穀梁春秋》,深婉得之《范书》诸传赞《逸民》《六夷》,隶词引喻得之《吕览》《韩非》及《荀》之《成相》《佹》篇,其文或繁或简,皆有法度,而谊亦有微有显,横空而来，尽意而止，纵横峻逸，不主故常。近体句律，用义山为近，而去温三十六之纤秾，无宋初西昆之板滞，二者之病皆无从犯其笔端。某对公言：此安石碎金，故当流传世间。公笑曰：那得便尔，殆不过陶公木屑耳。猛忆壬午年以父执礼谒左文襄，时以病在告，予对言：公晚境可务自全，正宜如裴晋公放意机衡外，收身矢石间耳。文襄蹙然改容云：子毋乃称，吾安敢望裴公。今虱政府，殆不过束缚酬知己，蹉跎效小忠而已。且吾位为宰执，岂容依阿浮沉，专务自全，子言非也。两公之于诙谐中出庄语，箭锋相直皆此类。

【眉批】“蹙”，原作“蹩”。

杜预解《春秋》云：圣人包周身之防，言高则指远，辞约故谊微。南皮师演连珠体作诗三十首，汰繁富为简练，言有宗主，喻有指归。诗境从《春秋》义指出，故文简而意趣甚深。

读南皮师集，集未命名，创意造词皆非金元明及国初南朱北王以来诗家境界所有，却时时有闯入王荆公及近人《古微堂集》处。荆公说诗从寺，寺者有法度之地。诗者有法度之言，汉人官寺始称寺。知此义可与读督部之诗。李壁之注功埒郑笺，惜予浅陋，不办为雁湖耳。

南皮论办事三要：一心地，德行之所自出。二才略，三命运。三者合，然后能成事业。

与王令札，论所捕得放火图抢劫之犯，宜用重典，无赦。

与梁、王、袁三同官筹商事件，拟将会匪闻再兹案，及放火图抢之犯钱荣富一案，均详情加等治罪，就地正法，以儆凶顽，而弥乱萌。

前署华亭童米孙大令宝善于云间泖上创建中允刘先生祠堂，予亦捐助番泉三百以成胜举，并移书大令云：先生之操行清苦，学养粹然，讲学海上，士靡然向风，允宜尸而祝之，俎而豆之，援阳明、蕺山、白沙、蒿庵山东张先生尔岐各书院例，别构正屋二楹，穿池架林，榜曰：融斋书院。盖先生于王文成、刘宗介，诚未易鼎足，至位置于湛甘泉、陈文恭之间似无怍色,故以人名书院为称也。先生已入《国史·儒林传》,宜伐石书丹,刊本传嵌置于壁。

元城记温公诫云:求立诚要自不妄语始,养心之要莫善于诚也。自今始力戒妄语、绮语、枝叶冗长语,然后去来今三世中现出广长舌相。

师胡益阳武不用提镇之法,今午请饶、胡两兵官食酒,与言近日兵制得失。

新署绩溪令万文甫世章来,反复论目前,以认真缉拿青皮土匪为要务。

逆倭狡谋,先注意直扰两京为胁和索赔之地。现北洋各口封冻,防军云集,悬军深入,又恐宋帮办庆截其后路。昨日英国新闻纸言,倭聚水兵四十馀艘,将连樯南犯长江腹省及台湾诸处。倭兵避寒就暖,思饱掠以逞其欲,亦意中事。芜地现兵五百名,炮位全无,顷往拜班税司,嘱其商之福领事,调英国兵舰二艘,刻日来芜,保护口岸,事竣,许为禀请南洋商宪代奏请圣恩赏,给三等第一宝星,以旌有功。班君许为要约,候其回话,再行酌定。

班税司来,云英领事已调到先泊镇江之美国兵舰一号到芜下碇,大炮八尊,左右边眼安放小炮各若干尊,船名兵官水师兵若干人,未据报明。申刻提讯放火凶犯钱荣富案,录取口供。缮禀请大府批饬从权就地正法,以杜内匪而儆效尤,治乱国不得已而用重典也。

拜福领事、班税司,知英国二等水师提督费礼满多罗率一兵船到,其名急读则曰费曼德。予颇蓄棼冒勃苏乞借秦兵之意,因约领事官福格林往晤,为言中英方睦,我大清朝皇太后、皇上历年优待英国大君主维多利亚之意,今中国有急难,义应相助。福为之舌人传话问答数百言,费提督意颇肫垦,握手言别,声炮十五,出相送。

光绪十六年,英君主维多利亚在位五十年之期,皇太后、皇上敕使臣刘瑞芬赍送大白玉山两座,明磁缸两座,荷包、如意、绸缎他物共十馀事,英后主大悦,旋贡新制大自鸣钟等物,并上所著史传,国书词极恭逊。

日前来芜之美国兵船将葛雷池差人来拜，予亦差弁投刺答之。其名长，言之则曰果尔锥指。

治吏牍冗甚，天下之至动而不可恶，至颐而不可乱，当次第了之，忍耐最要。

养气宜收敛多而发现少，行文宜曲节多而直干少，千钧之弩在善蓄机，敢战之将在善守雌。

吏暇仍寻览益阳胡文忠公及闽县沈幼丹督部奏议。凡阅本朝掌故书胜于读前代史，阅古名臣奏牍不切事情，不如读近贤奏议，于时局较亲切有入处。

今早寅初，英国水师费提督起碇，有事速回吴淞口，亦遣兵官声十五炮送之。

英国水师船在中华海面者，计头等铁甲舰一艘，头等快船一艘，二等快船三艘，三等快船三艘，根钵船十二号，鱼雷艇六号，守口船一号。

头等铁甲战舰一艘，每一点钟行十八海里，计当中国五十四里强，配弁勇六百廿二人。十寸口径大炮四尊，四寸七分口径快炮十尊，六磅子快炮八尊，三磅子快炮十二尊。

头等快船一艘。每点钟行十五海里，配弁勇四百八十四人。九寸二径大炮二尊，六寸径十尊，六磅子快炮六尊。

二等快船三艘，共计弁勇九佰零四人。

三等快船三艘，共计弁勇五百零六人。

王令书来，赭山西轩已动工修葺，答以同治中新建，吴竹如方伯坤修，实重建梵宇，并书滴翠榜。现乞勿拆去漫漶之旧榜，存之以志吴公遗爱，仍属凌麈老篆新榜曰“宋黄文节公滴翠轩”八大字，字径八寸许足矣。

以大羝羊十头，鸡四十头，酒二百斤，红茶四盎，犒美国兵船水勇。大谢句云：“弦高犒晋师，仲连却秦军。”予不过驱遣故事作游戏之笔,殆亦偶然耳。

得云门十月中渭南来札并新雕集,略阅一遍。宋人云:"蒨丽舒桃李,峥嵘走珠玉。"此集有焉,若少加以理趣,则温三十六之句律,何减玉溪。

夕作《重修滴翠轩记》一首,稿三易成。北望阙庭,涕泗横流,不觉愤慨交集。元长、子厚、挺之、媪相,非酿成靖康之乱者乎!噫嘻。

黄军门翼升归榇过境,因往奠醊,行吊丧礼。不佞伏念穆庙中兴,今名臣宿将都尽,时局阽危,北边多垒,陵夷至此,不禁痛哭不止,此非黄君一人也。

张提督士元,亳州人,袁午桥督师之部曲,奉盛京裕将军奏调,电催返赴沈阳,过我问计,予为画策,趣其速行。

受戒育王塔下,戒断五事。戒作绮语,而下笔不能自休,直旷劫无始以来,结习未除也。

美国水师兵官葛雷池,英领事官福格林同来署,设酒果,语以中美两国本有约,患难互相救护,况今倭寇纷纭未定,美驻北京公使田贝极力居中排解,奉国命致驻倭公使,劝两国停战议和,贵将官如遇南洋有事,当出力相济。因出《各国水师章程》《船阵图说》数十册列案上,语之曰:我自恨无此力量,聘请洋将,依照图式练成水师,以报国家。我真虚生人世也。葛劝予到外洋游历,出使聘问,答以使臣我不能胜任,但愿作泰西水师舆图大书院中一学生,苦学十年,归作梦冒勃苏耳,葛、福皆欢喜辞去。

诸葛公闻吴主杀张温,惜其才隽,求其所以取死之故,减膳数日,思之未得。既而憬然曰:吾得之矣。其人是非太明,清浊太分,此其所以媒祸耳。观公不直对刘琦登楼撤梯,语及不谏蜀主伐吴云:法孝直若在,当能制主上东行,就行亦不至危,云云。可见公审时度分,言不妄发,知止知默。平日铢积寸累,用慎言养气,即物穷理工夫,随时随地体验极精,不稍疏失。晋武称阮籍至慎,籍智但足办自全耳,如葛公乃古今第一恪慎善养气人也。《易大传》称"精义入神以致用,利用安身以崇德”。意惟葛公足以当之，故表而出之，以告世士之愿担当大事者。

【眉批】此节乃咏三国事诗，□已附刻入诗，似可□删存之。

闻张士元系自求得之。此人心地殊鄙，暗欲干裕帅，统左公宝贵旧部曲也，然究系宿将，较他将为胜。

倭寇军火皆自西贡运来，法人暗中接济，可知法倭合则不利于英德，故英人欲助我，德国亦有此意。俄新君即位，娶英主维多利亚之孙女为后，俄汗为太子时，游历中华，至日本为刺客所剸伤，此憾未释。故英俄之交合，亦中国之利也。今晨福领事告予云：英水师提督费里曼德先回扎吴淞口，调齐兵船数十号，如逆倭船来犯，当急击之，决不令其任意猖獗，侵扰通商口岸云云。然则吴淞一口径可，无庸多驻重兵，以致兵分力单，可否请饬下沪道，面晤费提督，商榷妥当，一面应否将吴淞各营酌行调赴狼山、江阴、靖江一带布置，以备倭寇登岸，与之搏战。福山一口水浅沙淤，径可不守，韩镇亦宜饬令至江阴助张镇堵剿。以上各节，妄抒管见，上备钧裁采择。右拟禀南洋商宪。甲午十一月十八日。

午初，偕福领事答拜美兵船水师参将葛雷池及苐帮带，忘其名。导观队伍、炮位、机器、汲水器、语旗、话筒、舵房、火药房、衣服房、饮食房、画图房、电灯各处，一一指画用处。船上十五生的迈当大炮四尊，架皆旋台，炮门内皆来复后膛，馀皆五生的快炮及格林炮。葛参将与职道问答良久，并问儒、佛、景教、袄教、加特力天方黄教各教源流，又蜡丁、埃及、拉提诺、唐古忒各种文字，满蒙汉三合文字流别，职道一一将梗概具答之，葛甚悦。旋声炮十二，出相送，遂归。是日北风，江心浪极大，所坐炮划掀簸几覆，幸而获济。

【眉批】按：拉提诺似即拉丁，为欧西各国文字之祖。

陶隐居往鄮县阿育王塔下誓受五大戒。又云:丹白存于胸中,则纯朴不备;《七发》言召痿之机,伐性之斧。《庄生》言:人之所取畏者,刀匕之上,衽席之间。而不知为之戒者,过也。右书之几案以为厉禁。

禀中丞,两梁山及四合山戈矶等处应添调营伍,以重江防。又禀英美兵船来芜协防情形。又附呈抄上近日北路军报十六叶。

读《云门集》,无不达意之句,而又善达曲折难状之意,此之谓精能。

讽《坛经》,宗门有流失,须寻天台教典,方资入门正法,否则有禅宗无净戒,十人九错路也。

祝兹境内,沿江圩工最吃紧,趁此冬干水涸,三农务闲之时,正可及时民捐民办,由地方长吏督率兴工。昨派稽少尹鸿踏勘情形,边江埠民穷夫少,地段较阔,爰捐助承仁埠圩工白金三十两,边江埠圩工七十两,速即动工修筑,以防来年水患。

属王校官赍刀布二十圆馈陶孝子,以资养赡。并戒其按月至四乡宣讲圣谕卧碑,以整风俗。

前捕得之放火要犯,奉抚院批饬符下该县,就地正法。予颇以古三微之月不用刑为疑,故窦婴、灌夫之狱,以冬杪论大辟,史以为讥。然院批既下,恐一有漏泄,转防意外之变,或致该犯服毒自尽,幸逃显戮,反无以伸国法而快人心,是以不得已。札饬王令于廿五日辰正行刑,既讫,舆情称善。

向夕招同幕诸公吃饭,深以北防二百馀营湘淮乌合之众,粮饷军火不继,哗溃堪虞,且恐内乱有他变,当路竟未之思邪。

檄陈府经振鸿督率炮船,哨官汪福憙、雷廷震巡哨丹阳、石臼、清水、高淳等湖及广、建一带,至青弋江口,搜寻伏莽,捕拿土匪,现在先务之急,以严捕内匪为第一义。

甲午十二月

美国巡海快舰一艘，泊芜二十日，参将葛雷池因三年任满，调带陆队，此美水师章程也。上月廿九辞别，只身回国，代者为副将克垒格。十二月初二夕差弁来辞行，云得沪领事急电，明早开往吴淞口，亦差弁送之。

阅《云门集》竟，唐人言太白仙才绝，昌谷鬼才绝，香山人才绝，云门颇出入于昌谷、香山、飞卿、玉溪之间。

诗家妙谛在实处能虚，朴处见巧，僻事浑用，熟事生用，愈繁缛处愈觉空灵，似陈腐处自然超逸。庄严相里，萧澹自如，沉密之中，理趣具足，具此意境，惟孔融、阮籍、大小谢、陶公、庾信、张曲江、柳仪曹，孤诣乃不枝梧于此。杜甫、孟郊、杜牧、李商隐十得四五，元漫叟亦有真趣，韩状体，白俚语，卢仝、徐仲车野言，皆形骸之外，去之弥远。宋初昆体已失之，欧、梅、苏一变，究是别调。山谷善变昆体而去其短，惟荆公风格整秀，独工唐体。姜夔诗境亦高秀，范、陆、尤、萧所不逮。世士吠声者，不能辨淄渑之味也。西昆、江西及坡门四学士之流病，在灵处不能丰缛，超处不能简质，意匠运巧则流于尖新，笔仗骋虚则走入险滑，不免化作劣诗魔，湛精入府焦矣，正始之音诚难复也。何仲默云：宋人似苍老而实疏卤，元人似秀峻而实浅俗，木革杀直之音，去丝竹窈眇之响愈远，辞艰者意反近，意苦者辞反常矣，何由复古？至青田、青丘出，而后稍稍复于古，世运亦随之廓清。

君子务其大者远者，细人务其小者近者，此《左内传》之谬论也。当云：君子务克勤小物，尽其小者，积累以成大业。善附近情，不侈远略，常渐渍胶固，积近功以为远图。《老子》不云乎，"图难必于其易，为大必于其细"。易之则必败，害中于国，殃及其身。《传》云：积小以高大，三微而成著，行远自迩始，登高自卑始。平易近民，民必归之。毋田甫田，惟良莠植之，一拔取齿，其中必伤，百战百胜，不如一忍，万言万当，不如能默。故左氏之浮夸，不切事情，不适实用，大违《春秋》

谨严之本指。

牛镇军来,商冬防事。广、建防军,叮咛再三,望戒曾游戎时出浙界,周历巡哨。

时当严冬,敛摄四荣四空相,返藏于四枯四实相,而漠然无迹,是殆见吾杜德机邪。放聪轮兮黜明御,斫思林兮伐智树,归来乎入昆耶,不二之门兮泊乎吾以寤。

随身衣食,悉仰于官,不别治生以长尺寸,至于桂湖之桑八百,栗里之屋九间,子孙衣食当仍使有馀饶,俾奉祭祀,不至冻馁,蔿敖疏乞寝丘,酇侯居惟穷僻,亦须早为之计也。

清慎勤之外,不以始终坚忍,持之尚虑,于事无济。才学识三长具矣,必以诚心行之,方无破绽,以诚济术,以术济诚,倘有仁心无仁术,亦一步不可行也。

人生一饮一啄岂有前定,祸福无门,无不自己召之耳。

什长刘广胜病故,恤十二元,挥泪抚恤其母,爱养士卒,最为令之要务。

西汉文多祖《战国策》,故气势雄奡;东京人多依六经,敷析谊理,故词旨平衍。尚气势,故易奇;说义理,故难工,西京贾、晁、严、徐、东、马、陆贾、终军、主父之流,文气格调皆规模短长说,至孝武欲矫其弊,故其责庄助曰:具以《春秋》对,毋以苏秦纵横。盖厌弃之也。姜宸英谓文章莫衰于《左传》,莫盛于《国策》。魏郑公得之。曾湘乡谓文者无施不可,独不可运以说理。自取窘步。东坡云:吾所为文,必挟道与俱。儒者讥其离道与文而二之,此未知为文甘苦利病之谈也。南宋以来,文体日趋卑茶,坐此。《雕龙》云:览文如诡,寻理即畅。贾生无不达意之句,文气常畅于董生。董生依经,科旨繁密,故艰涩;贾生依《国策》,机趣疏佹,故条畅也。于极密处能极疏宕,乃为文中神妙之品。

王壬秋言,读书有自出义例,则记诵贯穿自易。予惟有志之士,制行立言,皆应自出义例,别具手眼,不但不为今人击缚,并亦不为古人击缚。扬子云曰:由于独智,入自圣门。半山老人云:众然而然,小人也；已然而然，君子也。凡同能不如独胜。《檀弓》两卷，皆明物始，古今何尝有达例邪。

诵《楞伽百八偈》，前问后答，次序秩然，杂以梵语，拟笺注之，以明句逗，析义趣。

晨挈梁肃登水明楼，一望弥漫，同云密布，了无所见，物境善变，亦如人之遭际不同。

邵尧夫不肯犯手做，李延平一生不作费力事，张敦复筑心城法，皆深得老氏诀。苏颖滨晚年筑室，许下终日默坐，不与人相见。王偁称其心间神王，学道有得，亦深于《老子》，故任运自然，而世乐皆淡。

释氏日中一麦，树下一宿，破柴踏碓，采薪汲水，极天下之众苦萃于一身，甘之如饴；道家龙门宗亦先务苦行，皆一切不贪著，以济其所甚贪，故庄周云：常能积众小不胜以为一大胜。《阴符》：绝利一源，用师十倍。善诎者乃能善信，善下人者乃能居人之上而不蹶。陆逊诫诸葛恪曰：在我前者，吾当扶之同升；在我下者，则宾接之，勿令失所。今观君侯气陵其上，志慢其下，非载福之基也。

王新城诗为国朝诗家和平谐畅之音，一如东涧《列朝小传》中所推之李茶陵也。吾家简斋颇轻视之，有"一代正宗才力薄"之句，予颇不然其说。新城早滞丙科，壮为司李，以朱河督疏荐得入官京师，年五十外始为度支郎，故尚书哲库纳语之，有"春花晚秀，绝胜唐花早荣"之识。高伯恭沈冥郎署二十七年不徙官，予最羡其事，以为暗修仪轨，非火驰之士所能知也。往年在厂市得两玉具，同庋锦疁绣池中，一刻三鱼，一刻三羊。始颇不怿，以为鱼羊鲜卑之兆也。又尝泛潞河，从舟子意，夜取两门灯燃之，则监督淮安关也。今思之，鱼羊各三，正合成渔洋，字新城，司榷淮安。予旧游竹西，为转运书佐，昨由度支郎出为榷巡，出处依稀后进，诚未敢妄附前贤，然事若前定，岂偶然邪。脱能洛社休官，再扰游人间三十年，符公得第重逢，辛卯岁删诗，断自丙申年之句，则真为江淮间一幸民矣。

《答栒女论安心养性之术》，反复数百言，不免有演孔刮老佛之语病,是予之学术有病处。惜鼎甫逝矣,仲弢又不得见,无人能为我脑后下针也。

人之才性各有偏胜,亦有偏短,唐虞之一百二十四,二十二人亮工熙绩。治水者不能掌火,播稼者不能敷教,典五刑者不能明三礼,而妄庸巨子欲兼以一身济之,得乎?孔孟四科,善言语者不能工德行,优文学者未必长政事,乃昧者欲入海算沙,兼有德行道艺于一身,不亦自取困惫乎。陆生曰:天下安,注意相;天下危,注意将。责文臣以不爱钱,期武臣以不惜死。譬之耕问奴,织问婢。巧者不过习者之门,用人者随器授任,勿违才易。务自用者,量力守辙,知难退让,斯乃立事之龟镜,保身之善谋也。管仲知己不办为将,故举王子城父。萧酂侯知己能治财,不能战胜攻取,故举韩信。张江陵明于为政,短于捍边,故举李成梁、戚继光、俞大猷,是皆能忖己之短,明于分数,故能有功也。诸葛公地小力弱,欲以区区一隅抗八州之众,以一身兼揽将相之任,连年暴师,违众独出,故困于司马宣王之坚忍阴鸷,而迄无成功。宜其来陈承祚、何博士之讥评也。

陈晴溪兄率炮船赴查宁、太、广所辖南湖、石臼胡、高淳湖、丹阳湖、荆山湖、清水河、弋江一带,巡缉土匪,今日回禀各处情形,犒赏哨弁、棚头、勇丁人等银帛有差。

近日不才延接僚友,时蹈忿懥之失,六潭先生以相戒奉静山大令亦言及。忠告,可感。予深自刻责,以后切宜谦恭,一切虚己下人,傲不可长,气矜最害事也。独不思危行言逊之戒乎。吾过矣,吾过矣,改之为贵。

三诗无限悲凉,不觉泣下。自记京师三忆诗后。

《传》云:知我者希。又云:至言不出,俗言胜也。予生世四十九年矣,知我者,吾父与先师中允刘公耳。

王禹卿题跋,意超而语浅,见地去惜抱老人尚远,由颇涉宗门机趣,而无研经读史深湛培养之力,故隽而味薄耳。不审惜抱,何以倾倒于禹卿也,殆箭锋所直,第取养吾神明之用,而较量胜劣之论,智者所不居邪。即以论书言，亦于阮仪征《北碑南帖论》《兰亭跋》，翁苏斋《唐楷晋法表》、包安吴《历下笔谭》，无一语合，可谓目眯。于汇帖不审描勒创刷、燕姬挟瑟之病，而于汉后隋前，遒丽庯峻之指，概乎未之有闻。

欲为当世建弭乱图治之业，在亲贤兼任，文武并用，张楚之所以历春秋战国，持久而倔强者，亲贤并用故也。亲者未必贤，贤者未必亲，故兼用。根本固而股肱强。汉世宗之所以北伐匈奴，南平百越，西开乌孙疏勒，西南通滇蜀，徼外竭征，善聚敛之力以供军须，而国不内乱。曹公所以倔起，义师灭群雄，扞吴蜀距八州之地成建安二十馀年偏霸之局，文武兼得其任故也。

本朝设立军机大臣上斋，南齐旧制，常用贤不用亲；设立内大臣、御前大臣，常用亲并用贤。枢译、章京、六部司员，权在掌印，而主稿责之汉官。旗官文武不分途，所以董劝满蒙世仆，而资其历练，以待大用。汉人文武分途，武科则斥为异途，非正途，所以限制其心思材力，驯化其桀黠难驭之气，使易于维娄，就我衔辔。故自道咸以前立战功者，多旗员无汉臣。观高宗谕孙士毅安南之役，可知汉人即有张广泗、柴大纪其人，亦必为八旗将帅所忌挤而去之。此国家强本干弱枝叶之至计也。曾、胡、左、李，不过偶遭糜烂之世，机会适乘而立功名。祖宗定制，具有深意，故能植遗腹、朝委裘，而匕鬯晏然，天下长治，此制之得也。若夫内无叛臣叛将，收天下之权于上，丝牵绳联，大小相制，京外台司层层矜束，纵有叛民如川、湖、陕教匪，近世粤、捻、回、苗各匪，卒致荡平，由权不旁落故也。然其流弊在治民之官少，治官之官多。上下雷同，是非相蔽，内外百职，奉公守法，驯至庸琐骫骳，因循粉饰，上多孔光、胡广、赵戒、王祥之徒，下尽变成乡愿世界，度外非常之士不出，豪杰异等之士不用，于是中国积弱而外夷积强，乘其积敝以至强邻环伺，有土崩而非瓦解，此制之□也。故近五十年中，夷患所以日亟一日者，失在于制不在于政。

芜湖县城内中江书院苍颉祠后，欲构建尊经阁，阁上仿阮文达焦山书藏、灵隐寺书藏,造甲乙景丁四楼,募人捐送经史,以便学人取读。阁下仿西湖第一楼故事为三祠,今略举义例,如左:正气祠。祀金正希、江天一诸公;中:先觉祠。祀朱子以下及江慎修、程易畴诸先生;右:遗爱祠。祀李少温、杜牧之、黄山谷、欧阳圭齐以下,考之方志各位栗主。山长朔望率诸生行香,地方官吏春秋致祭,列入皖南祀典。又赭山北寺之滴翠轩,拟中为一大龛,祀宋知太平州事吏部员外郎、谥文节黄山谷先生。以宋元明国朝诸君子配位侑食:

宋知荆南湖北路安抚使张于湖先生讳孝祥

欧阳圭齐先生讳元

明御史黄建公先生讳让

明孝子黄先生讳绍洛

明副贡生萧尺木先生讳云从

明诸生汤岩夫先生讳燕生

国朝故安徽学政、翰林侍讲学士、四库全书馆纂修朱笥河先生讳筠

国朝户部尚书、军机大臣、谥勤敏黄左田先生讳钺

【眉批】按:后有增订中江祀典录,已另刊记之。

乙未年(光绪二十一年,1895)

乙未正月

久宦,竟至不辨咬菜根习气如此,甚愧对阎文介、李菊坡及近日中丞李公秉衡也。一日与友人饭,戏云:汪信民语,若改菜根为菜心,则予亦能咬齿危坐欲落耳。客闻之,皆掩口卢胡而笑。士当不忘在沟壑,若不能习艰苦淡薄,直是大病根。

黄公《论画诗》云:“须知画家通书法,界画浑如锥画沙。”《笪江上》云亦然。近人作骈文,不能曲折尽意,学汉魏诗多伪体,正坐故作缥缈芊绵之词,而漫无界画,不施钩勒耳。古人文笔界画勾勒极分明也。

唐六如皴法层次最分明,正如张长史《郎官石柱记》,一波一磔,周规折矩,法极精严,始知真放本精微,不比狂花客慧也。

黄子久萧散虚和,于书中似陶隐居。

王翚书品格正如渔洋诗,王叔明辈混茫飞动之意全失。翚博涉理法,得笔不止一家,然正如百衲锦袍耳,不若叔明如杜律,晚而愈细,一片白地光明锦也,以气韵骨力论之,形骸之外,去之弥远耳。

摘抄王六潭日记有删润

旅顺陷,李傅相大哭三日,都中饬备五套大车六百辆,为慈圣西幸五台之需。榆关仅恃有吴清帅所统四十营,香帅奏调冯萃亭宫保募勇二十营来南洋。香帅向不与人换帖,独施之冯公。管仲长于治国,自忖不能冲锋陷阵,故举王子城父为将;萧酂侯亦自揣非将材,故举韩信帅,意亦是尔也。昶注。

【眉批】移录《王六潭日记》至十六页,系当时时事。

冬月初四日,李伯行星使言日本近事,一、索兵费五百兆;二、南北洋所戮倭奸四人,应抚恤;三、朝鲜不归中国藩属;四、以日兵所到之地为界。如此则媾议难成。

朱总兵洪章,黔人,同治甲子克金陵时,攻太平门,龙脖子挖地道,壮士死者四百人,裁馀数十死士,朱率以冲入缺口,直入捣伪天王府。朱以首功不见录,让于统领李臣典、萧孚泗,湘帅率党庇同乡,忌嫉异己,故朱功遂不显,后官鹤丽镇。入觐,道出金陵,吊祭故阵亡部曲。曾忠襄时督两江,追念前劳,为之刻石记事,而朱名稍稍著闻,然为湘党所挤,迄未大用。近权狼山镇。昶十月初言之张香帅,陈朱可用状,帅因统领吴淞口一带水陆防军郭提督宝昌乞假,遂奏以洪章代之。

皖垣新调韩大武一营三百人。寿州人,字子文。韩方面大耳,仪观甚伟,颇似福将。

李傅相批答六潭条陈云:英与倭暱,亦甚畏事,不愿分保韩境,目前无可言者,战争日久,或有归宿。云云。十月初五日。

初七,月中英人有请中国出兵费二千万可以包打之说,西平与英使欧格讷意忤,坐失真心相助之强国,亦殊可惜。近闻有密饬驻英龚照瑗,商彼外部之说。

某言,日本股分票前涨至一百八十两者,今跌至三十两。此尚待探实。倭未有败征,何至是也。又倭报核算行军之费,自西六月至今,用陆军费四千四百二十馀万,海军费一千五百七十馀万,尚存三千六百九十五万,兹议再筹一亿五千万,须将厘税加抽等语,其后备兵已由广岛悉数调出。

两淮运判任熙臣杰,归安人,现江运使荐之江督幕,充批驳盐务文案委员。

湘乡曾侯相作《原才篇》言："挠万物者，莫疾乎风。必徒党蔚起，而后一时之人才出而风气成。有以仁义倡者，其徒党亦死仁义而不顾，有以功利倡者，其徒党亦死功利而不返。"南皮公云："天下有党，吾愿为魁，天下有魁，吾愿为党。"君子德业不孤，必有徒党，天下未有孤立无辅而可以建立智名勇功者。三千七十，孔子之党也；疏附先后，奔走御侮，文王之党。汉世宗世祖、魏武、唐文皇、元世祖之朝，皆人才极盛，故曰：汉善诎群策，群策诎群力。

初盛军驻小站屯田，每一营岁收米二千馀石，开河蓄闸，旱涝有备。河广十五六丈，深丈六七，一水车可溉百许亩，登场后，略赏米石与各兵丁，馀皆营官所有。

有人言泗州张孝廉某为日本谋主，又曾主笔沪报之姚赋秋亦投倭掌书记，为檄文极诋中国。不知是何肺肠也。

香帅往吴淞口阅炮台，别有事与各领事密商。居美华商，公购铁甲船五艘，驾官兵均雇美国人，来南洋助战，不动公项。此举因香帅督粤有年，众商感慕威德清操，今移节两江，适倭人构衅，捐赀募洋人助战，以襄大功。

又闻合肥使相预以旅顺船坞机器押抵英国，及为日人所得，英水师提督费里满多罗亲往阅看无损，因派人管理。此说未知确否。

李心传《朝野杂记》言，宋初混一天下，岁入缗钱千六百馀万，太宗以为极盛，两倍唐室矣。天禧末，所入增至二千六百五十馀万缗，嘉祐间又增至三千六百八十馀万缗，至熙宁、元丰间，合青苗雇役钱所入乃至六千馀万缗，元祐之初除其苛急岁入，尚四千八百馀万，渡江之间，东南岁入不满千万，逮淳熙末，遂增至六千五百三十馀万缗。当是陈遘括诸路经总制钱所致。民力之困极矣。姚石甫言乾嘉之间，银一两易钱一千文，嘉庆末年易一千一二百文，道光十五年后易一千五六百文，至今不减。考南宋时，左藏折银一两直三千三百文，民间之直不满三千，是今时银虽贵，尚不及南京之半也。宋初诸道贡银不及二千万,本朝各直省岁征各项额银五千四百馀万两,而银矿停闭已久,民间所贡输者,皆明季国中之馀积也。用而无继,何能不匮?况漏卮出外者滔滔无已邪。异域诸国产金银者略见班、范二史,赵汝适《诸蕃志》、南怀仁《坤舆图说》,以余所闻见,滇、蜀诸土司境及打箭炉外,至前后藏及阿里产金之地尤多,而土司、夷人皆爱惜之,深恐汉人开采。按今英、美、墨西哥诸国,皆以开矿致富,地不爱宝,焉能禁之不开?居今日而谋国,矿务亦要图矣。

闻王御史鹏运劾西平疏,甚称旨,上朱笔密圈数语,致慨于尾大不掉。霍氏将败,不止骖乘之萌芽矣,西平亦危矣哉!

浙中嘉兴一府,游匪窃发城,守营被枪击死,省垣调一营往,未能救平。廖谷士中丞至禾,查系陈某为首,其党甚多,均系湘军号衣。地连太湖,盐枭勾结。此事深望廖帅之辣手急办也。

西巡之议,发端于顺德李侍郎文田之密疏。李公素信形法家言,以近年关中八水凑会,有王气,又与俗谶合,以此决之邪。然王导阻迁都而晋存,金人徙汴而社旋墟。事急而谋迁,未见其可也。窃闻慈圣愿行,上意殊不谓然,事得寝。燕京建置已满千年,地运既穷,地力亦尽,水土恶劣,风俗汰靡,陈亮所谓草木鱼鳖之生,日微于一日是也。至卜都长安,虽为避敌,而山川阻复,形如处瓮,既无铁路,不足以控制东南。咸丰庚申之乱,亦议西巡,旋以西安将军、巡抚乞发帑千万备宫殿官署,不能给而罢。且时平则巡幸供张易办,今事迫则不可行,且恐无以系海内之望,而徒起盗心,甚不可也。

有人占太乙数云:午年兵患速发而浅,未年祸发迟而甚深,云云。

【眉批】以上摘录王日记讫。

偶于古书堆中寻出甲申年三月未写入日记之琐记二纸,今录于右:

甲申年三月十八日,张署副都佩纶上疏,请仍简派军机大臣兼总署，方可办事。

【眉批】移录甲申三月至四月时事，止于黄再同书。

是日，醇贤亲王预订译署各大臣，在隆宗门外大工所托托传见茶晤，议法、越兵事，云欲办一照会，诘法人所以扰我藩属之故。各堂答以揆之目前事理，恐未可行。张副都佩纶词气忼慨，说王以恭邸手足懿亲，正当共济时艰，勿可投闲置散。昔人有箭多难折，箭孤易折之譬，可为殷鉴。王宁肯蹈尺布斗粟之谣，遗讥史册乎？且恭邸当国，办译署事垂三十年矣，遇有中外交涉棘手之事，他人百言不能决者，恭邸能一二言立断，远洋倾心久矣，今一旦更易，非国家之福也。王意大不怿，顾谓周家楣、陈兰彬、吴廷峆曰："三君意见若何？"皆噤不出言。遂告退。未几，而有南洋、北洋、闽疆派三帮办之命。吴、陈、张三人。

二十四日，译署复奏，称枢臣不兼译署，有六不便。张副都主稿。故有阎敬铭、许庚身兼行之命。仍以所陈琐碎，迹近要挟，传旨申饬。

二十六日，天津税务司德璀琳德国柏林人说北洋李相以议和六款，李相抄寄译署。

二十八日，北洋大臣电报：法人有铁甲船二艘，碰快二船艘，兵轮一艘，进泊吴松口。云尚有兵船续来，统将亦未到。盛宣怀于廿一二日因纱面案到京，亦有此说。西平善于恐吓。

四月初三日，定议撤曾劼侯兼使法国差使，以德璀琳诉其谤讪外国，煽惑法议院绅也。其英、俄二国使事如故，另派李凤苞至法巴黎司商办事件。

初四日，派许景澄出使法、德、奥、荷各国。

闻朝邑阎公意欲并撤去曾劼刚英、俄二国差使，而别遣薛叔芸充正使，幼樵力诤以为不可，且曰公得毋借此报怨乎？阎大忤。盖阎公抚齐以曾文正密劾去也。

初五日,合肥有六百里密折,请交廷议,定初八日会议,朝邑推幼樵秉笔主稿,幼樵不可,寝忤朝邑意。

黄太史国瑾来函五月中

手示谨悉。湘阴主战,朝邑主和,会议之。廖、锡、吴、陈皆主战,合肥则中立于两议之间。大谲老谋,此公更事多故尔。朝邑向赫德言,有已令广西退兵之语,似示人以怯;湘阴调黄少春之兵赴广西,亦缓不济急。刘省三台湾之行,自云得万人,足以固闽海。湘阴谓是大言,别调湘军四营助刘璈瑾,恐幼樵居湘、淮之间,但能排难解纷而已,于防务未必能展一筹。公能勿为之长虑,却顾乎法船。闻有到津者,赫德第五条中即行撤兵句,乃即日撤兵,翻译之误。时事孔亟,公有闻,幸赐密示,弟有闻亦奉告,可互参也。

仆癸未冬,甫为东主客曹椽,恭邸、高阳派为海防股俄股主稿,资浅而阅历尚少。未几而有甲申年三月十三更易王大臣之事,时湘阴督南洋,主战;合肥督北洋,主和。国论参差,迄未有所折衷。予于利害未透彻,聊记当日情事,却未便轻下一语。

【眉批】移录琐记至此。

戒石铭

尔俸尔禄,民膏民脂。下民易虐,上天难欺。

右孟蜀后主广政撰铭,山谷黄先生为太和令日,书而锲之石。南渡宋高宗爱其手迹,模勒颁各州示戒,并追赠山谷官,谥之文节。山谷晚守太平,而芜湖为太平旁县。述此以景前修,且资自儆。

【眉批】札记。《戒石铭跋》

午,《上香帅贺正奏记》,有云:“春风风人,被作督八州之地;解衣衣我,结成城万众之心。父兄仆射,欣使节之三持;江左夷吾,建中兴之十策。”

【眉批】记事。《上张香涛贺正奏记》,此殆为香涛廿年冬署两江总督发也。

去年,英水师费提督置酒,酒半,予举杯酹云:大清皇太后、皇帝万岁,大英后主万岁,两国文武臣僚咸百二十岁。费问有说乎?予曰:满洲俗,相祝以百二十岁。从前大金朝故事如此。费甚悦。今西官贺正相祝,皆如前语,颇从我国俗。邵尧夫《观物外篇》云:“有一日之物,朝菌蜉蝣是也;有三十日之物,蟪蛄是也;有三月之物,蚕蛹是也;有一岁之物,虀麦及兰射干芸荔是也;有十岁之物,桃犬是也;有三十年之物,马骡是也;有六十年之物,竹六十年一花,既实遂枯,是也;有千年数百年之物,松与猿、鹤是也。猿好自搓其末,鹤好引吭向天,故无郁滞之气,二物多寿以此;人则百二十年之物,其不能至,与未老而衰病者,阴阳寒暑,嗜欲攻取,忧悲苦恼,百境环伺,戕害之也,非其本然也。”

【眉批】记事。酒宴言寿感言,可入文集。

晤许伯若,据云,皖省后补同通州县多至百数十员,苏、浙、赣三省每省多至三百员,又倍蓰于此。后补佐二杂职至四五百员,如此情形,吏治那得肃清,人才那得兴起?徒有慨叹。

【眉批】记事。晤许伯若,言吏治。

中丞檄皖南任署,镇调驻宣州之练军左营五百人,速即移扎芜湖备调。本欲请调牛游戎书琴,字韵斋,来芜最稳,现知牛君已准来芜,无庸劣禀矣。揆中丞之意,大约必调徐印川之良字右营移扎东西梁山,与良左营合力操防,良字两营已派刘子干观察总统左营,已改派陆游戎恩甲管带。

【眉批】记事。中丞檄驻军。

仆二十年前默察西平才性,以为今之高阿那肱也,今果尔。赐不幸淡言而微中。

【眉批】记事。西平才性。

漆园之为善恶,不滞著于形名,不敢敖睨万物,但取缘督为经;东方生之明者,处世莫尚于中,工柱下,拙首阳,弛张不为邪,进退不离群;高伯恭之内文明而外柔顺,不以风节自见;谢宏微之同不失己,异不忤俗,此皆阅世深明,处浊乱之国不得已而出于此也。若夫晏婴之衣冠弊陋,陈仲弓、荀朗陵之周旋世故,澄公之狎虎如沤,阮籍之口绝臧否,颜介之仕宦称泰,不过处在中品。前望五十人,后望五十人,便足为免辱自全之计。邵尧夫之耽酒微醉,看花半开,学打乖不犯手,李延平之一生不作费力事,此皆远害尊生,锄色鞭后之上术也。

【眉批】札记。感言远害尊生。可入文集。

缪太史书云:"兵事之坏,一由于两宫不和,一由于权臣逆命,外奸内竖,联结一气,以致士不用命,溃败频仍。"云云。前松岑来书,亦言面见高阿那肱,有企羡仲达之语,岂竟欲为朱三跋扈邪?亦可怪矣。又言南皮师接署南洋,极力经营,而旧勇既不足恃,新勇亦无决胜之方，地段绵长，饷项不足，亦殊可虑。昶谓必有凭借之势，辅佐之人，而后功业可立。曾文正陆路任罗泽南、塔齐布，水路任褚汝航、杨载福、彭玉麟，后路东征局、粮运军火任黄冕，此非聚众人之才力、精神、福命、气魄，不能成一大功，若凭仗一意孤行，事悉由集乎？

【眉批】札记。缪太史来书杂感。

《老子》"知我者希，则我者贵"，"则"义如《诗·鹿鸣》"君子是则是效"之"则"。世士歆羡目前之荣利，昧倚伏之机，每不乐处洼处弊，卑下自牧，诎己抱小，故知者希。若上士由斯道循而行之，积洼成高，忍弊为新，抑损自下，乃居人上；慎微抱小，乃可图大。故"则"，法斯道者必为天下之所贵也。他文云：古之所以贵此道者何？句。不曰以求得，句。有罪以免邪，故为天下贵不求，求之以乘时清净，无罪以当贵。此"则我者贵"四字注脚也。

【眉批】札记。《老子》"则我者贵"。

闻香帅饬统领朱洪章扎营高昌庙，以护制造局，而朱违公节度，执意驻兵川沙，公意甚愠。江阴统领苏松镇总兵张景春，营多缺额，公甚衔之，加谴责，张恚望，近中风卒。将领之难驭如此。

【眉批】札记。张香涛驭下之难。

曾集《原才篇》证以"挠万物者，莫疾乎风"云云，此文机轴大指，从退之《原毁》、介甫《原过》拆卸，而亦脱胎于苏洵《乐论》，却不见针线迹，其工处在善立意。

【眉批】札记。文正《原才》之渊源。

沉郁之思,必兼挟淡雅之笔,方免晦涩堆垛之病。沉而能淡,故造词清新;郁而能出之以雅,故行气隽逸。此中有洗伐镕裁法。句律既成,不见刻意炼字之迹,如蜜成而花叶消融,剑成而沙石捐弃,但见中边尽澈,神味千回,精理内含,光芒四出,推其迹象,邈不可寻已。

【眉批】札记。论沉郁之思兼挟淡雅之笔。

勋业出于凭借,剸割存乎识略。志节虽盛,无凭借以为之外护根柢,无资地以为之渐渍胶固,或朴忠有馀,而识略不足以济之,则举事无成,不善审机势故也。范公希文自请经略陕西,过郑州谒吕夷简,时老而谢事,语之曰:君此行正蹈危机,那得复入?若欲经制西事,莫若在朝廷为便。居中得以诏旨行之也。小人往往入据城社自固,亦恃此为老谋。范愕然,后卒如夷简所料。道光中,林公俟村查办广东及澳门英商、烧鸦片烟事,衔使命过鄂州,谒帅公承瀛,时请笃里居,林公受上指,得调各省大兵,气锐甚。帅公戒之曰:凡举事,发之易,收之难。能首发难,端必料到后来时日,分数若何,收束之局,否则不轻发。如赵营平策羌事;司马宣王策公孙渊得之;明末袁崇焕策边事,便不根易败。林以公言为怯,后事败。如黄梅言吕帅,皆早据高明之地。又更事多,识度加人一等,处事预有意算,而善剸割利害之分数明,故是非之界画,亦审也。虽以范、林两公之忠謇,久经史臣定论,然智略则谢之。剸者,事有扞格,隔不可施手,动刀审微,謋然理解,虽蒙恶名,群疑众谤,亦坦然行之;割者,忍于割弃近功虚名,而就深固不可败之大计。

【眉批】按:时读《陈大樽集》,记此。札记。论凭借识略。

料检行李,力疾将发,与石筇先生及王瑞臣广文商略书院礼师释菜,及额设肄业高材生八名事,拟捐巨资存典生息,为三年中经费,却未有持久之策。

【眉批】记事。议书院事。

作文字与策立事功，妙处皆在动刀甚微，不大声色，非是则滞著迹象，步步窒碍，匪但败事，亦且危身。故天道法自然，而无骤寒骤暑之大骇。物情主术，贵密移而无轻喜轻怒之启人揣测。禹之行水也，善藏其智力，而行所无事，故不为万物铙而用不桎，持静故也，抱一故也。

【眉批】札记。论持静抱一。

记生平师友行谊有忆即书，未及以年辈为次

【眉批】札记。记生平师友。此似可删，存入日记，因非完备之作。

山长高伯平先生均儒，秀水人，以节谊自持，确乎不拔。卿相大夫皆惮其方严，故无名位，而其气可以儆风霆、沮金石，使得位乘时，则于北溟、陆三鱼之流亚也。

副贡江丈肇瑛，桐庐人。萧然物外，天趣独得。

中允刘融斋先生熙载，兴化人，超然迹象名相之外，天机微妙，实则内课完密，灵台湛然，不妄仕进，不妄取予，不妄言语，于此三不妄，日用动止，检点亲切，时人罕能窥其涯际。

举人钟子勤先生文烝，嘉善人。学兼精博，著书甚多，成者《穀梁补注》。

刑侍吴拙修先生廷栋，六安人，穷日力于事物日用上做工夫，省察体验，有一行不合义理，则勇改之，故义理之界既严，养气又至深粹。发于言语，气象平易近人，而介胄不可犯，虽处道义密交，亦不为苟同。

大令同年王朴臣先生炳燮,吴县人,天资粹盎,济物为心,多识前贤言行,以畜国器,于国故时务尤留心。

侍御同年朱鼎父一新,义乌人,的是许白云、金仁山、楼攻愧、柳道传一派,欲理丽泽明,招之前绪,惜赍志以殁。

侍御屠梅君先生仁守,孝感人。实心平心于朱子之学术,雅有心得,在台论列切直,尤讲求时务利病。

枢部王蒿隐颂蔚,长洲人。行质直而文瑰奇。

刑郎李壬叔善兰,海宁州人。研精九数。

刑郎沈子培曾植,嘉兴人。鼎甫侍郎维鐈孙。居家孝友,内行纯笃。于校雠能诇微。

备兵雷琼朱亮生同年采,秀水人。勤于吏事,于炮台工程讲求利病。

湖北藩司年丈黄子寿先生彭年,闻见博洽,性好诙谐,天趣野逸。

山长张廉卿裕钊,武昌人。临《吊比干文》《礼器碑》五十年,得其骨格。

左迁通政、前兵侍黄漱兰体芳,瑞安人。天性简亮鲠直,好善嫉恶,似李穆堂。

户曹潘孺初存,琼州人。胸次皎洁,不可一世,气象朴野可亲。

鸿胪邓伯讷承修,归善人。孤隘少学术,而志趣殊峻。

胡图克图华盖,俗家洮州人。志气豪迈,有才略,能得厄鲁特、土尔扈特各部落之心。

编修吴子修庆坻,钱塘人。不妄言,下笔为文有法度。

前布伦托海大臣李雨苍云麟,迁安汉军旗人,豸青山人锴之族裔。志轩磊,才疏阔,是以少成而多败。

台东牧胡守三传,歙人。坚朴耐劳,明白事理。北戍宁古塔、珲春,南涉琼州黎母岭、台湾后山番社,触瘴疠不死,习苦可知。凡士大夫不习坚苦,则脆而必败。

故相阎丹初，谥文介，朝邑人。毕生清苦自励，长于综核。

秀才戴子高望，德清人。传宋于庭先生《公羊》《论语》之学。

诸生张啸山文虎，南汇人。长于考证，文有意度。

比部孙仲容同年诒让，瑞安人。长于说《周礼》、古籀。

山长王子庄同年棻，黄岩人。长于训故六书，而通知宋元儒之胜处。

山长黄元同以周，定海厅人，儆居先生式三子，长于说《易》《礼》。

郡守赵桐孙铭，秀水人。长于《左传》解诂，又注《古文类纂》。尝询予归熙父《项脊轩记》"项脊"何以名尔，时不能答，后检《仆丞年谱》，知三世旧居项脊泾，熙父父徙千墩，则名轩所以志不忘本也。惜桐孙已卒，不及追答之。附记。

礼侍李芍农文田，顺德人。临《石门颂》《曹真》及《郑文灵碑》，而曲尽其体势，注《元秘史》。

阁学周自庵先生寿昌，长沙人。补《汉书》颜注，用功四五十年而成。

同知庄中白忠棫，丹徒人。长于乐府歌词。

令君汪仲伊宗沂，歙人。考证律龠及古军礼。

编修廖择群廷相，南海人。长于礼学，得陈先生澧之传。

刑曹左笏卿绍佐，随州人。笺疏《大戴礼记》。

候道黄公度遵宪，嘉应州人。通知异域各国利病形势。

吏尚座主崇文山先生绮，蒙古科尔沁旗人。事倭文瑞，为张、陆之学。

督部座师张孝达先生之洞，南皮人。博涉六艺九流兵家志事，在曲江、文饶之间。

举人钱蔚也同年炳奎，平湖人。于陆、张两先生书得其鰓理，又善造乐律器式。

知州家敬孙遂，吴郡人。长于公牍，笔畅而说事理极透。

新疆抚同年陶方之先生模，刻苦强力，操坚识正，师三鱼、杨园、二曲一派。

举人吴尚先丈安业,钱塘人。縠人祭酒孙西谷府丞子。隐于施医局,心地净正。

校官柳宾叔先生兴宗,丹徒人。行谊师古,尤善《穀梁》。

直牧高陶堂心夔,湖口人。心迹文词俱类柳子厚。

举人刘叔俛恭冕,宝应人。楚珍下生楠之子,治《论语正义》。

【眉批】记师友止于此。

陈黄门卧子诗,绵丽华赡,步武李献吉、何大复、徐祯卿,翻牧斋排诋七子之案,师事黄石斋先生,犹云出于山火生于木,然黄公诗境一往浑灏宕逸,鱼龙光怪之气,此境则卧子所无。卧子自是崇祯末一作手,所微不足者,言尽意亦随尽。此由授命时年裁四十,未入晚年律细境界耳。龚生不年,兰熏俱尽,惜哉!

【眉批】札记。论陈卧子诗。

抚藩诸公议定,皖省现在刘子幹观察作梁精健四营,本良字二营、山字二营。韩芷云镇戎大武驻省,威靖二营驻皖北寿州等处,威靖三营右程文炳部曲共五营;郭耀庭镇戎占元卓胜四营,郭宝昌之义子本其部曲。以上共十三营。原额一营三百人,现募足每营五百名。为节省,不添统领营官薪水,公费酌量匀减起见,又事平易于遣散。共添募练勇二千六百名。沈文肃公葆桢抚江西日,奏明加饷、抽练绿营、经制额兵,临敌每营添募馀丁二百名,事平遣散复旧额,与现办事宜正合。

又省垣之威靖营,添募马队三起,本有练军四营,马队一营,皆归宋镇朝、镇儒管带北上。每起勇八十名,马八十匹,共马二百四十匹,往古北口外采办,均在漕折款内,奏请提拨,每月须筹一万馀金。

【眉批】记事。皖省驻军。

李傅相电调郭宝昌带领威靖、卓胜两军北上，中丞电复不允，谓皖防太觉单弱，碍难再行调拨。中丞论地方绅富捐及息借洋款。此事翁常熟主持。近江苏省有御史参奏各道府县逼勒绅商捐输，奉寄谕申儆查办之事。现皖省接派杨守劝捐，只能听凭绅士急公乐输，不准多方逼抑，大怫民情。又房屋间架捐，汉口虽曾办过，既非善政，又现奉部章，并无此条，径可不必开办，徒滋扰民。蒙谓此节仁者之言，一则务使藏富闾阎，以苏民气；二则少一请奖捐纳人员，亦澄汰仕途补救之术，此知政体者也，因力赞中丞坚持之。

【眉批】记事。李调兵事。绅商捐输事。

添募二千六百人之议，边拙存、方涤侪以为无实济，不若赤地募立新五营，以励朝气，缘旧营积习太深，添募无益也。

【眉批】添募事。

晤平阳王啸牧大令岳崧，前宰潜山有惠政，绅民投牒上官，吁留王君，以为要上近名，两失之，求去益力。时人多其有坚确不拔之志，皖中之佳吏也。

【眉批】记事。晤王啸牧。

方涤侪先生年六十九而有壮容，现用潘霨如按摩术却病，行之有效。

出安庆城，携梁儿游迎江寺正殿及慈云阁，皆构架未落成，窣堵波七层，经前护巡抚吴公坤修修葺。有徐子苔撰碑。今又募资重修。主持无凡上人，衡山人。水厄坐语数刹那顷，为言三祖璨大师道场，及曹溪一传南岳思，再传马祖。无凡先为四品军官，弃家修道。出寺至枞阳门，观大字榜，书相传王内史笔，今不知为谁？何妄人涂垩描写,顿成伧父面目矣。

【眉批】记事。游迎江寺。

两江责重事繁,加以军务倥偬,羽檄电函,络围奔凑。南皮师巨细必亲,苦心经画,不分昼夜,形神劳困,列圻之中,独为其难。是宜分任幕职司道文武诸公,集众人之心思才力,赞画吏事、兵事、饷事,以搘拄江表半壁之局也。师买枪炮,济军火,筹借洋债,皆亲与西商,订立合同,酌定格式,以杜经手人中饱之弊。借外债不抑借民债,既固邻交,又纾民力,目前规画急救之方,不得不如此。

【眉批】记事。两江事繁。

乙未二月

徐昌谷迪功年未至三十,孙太初山人年三十馀,张天如吉士、陈卧子黄门年仅四十,而撢思孤诣已若此,天假之年,充其才力,所至古人不难到也。

【眉批】札记。徐等人年与学。

问郭月楼沪、粤、鄂、秣各机器局造后膛抬枪事。光绪十二年创造。

【眉批】记事。问郭月楼。

夜访郑苏龛舍人。见洛中士大夫,与之语昏昏,白日欲寝。惟见苏龛,则扫障翳,见青天,使人心开目明。君所论亦多平实切中利病。

与太夷谈漳浦黄忠端公诗境,《骚》心《庄》趣,横绝古今,不可方物，其造端托兴，蟠空而来，尽意而止，鬼斤神斧，青霜紫电，辏腕下此，不可以时代限也。太夷集陶句云："风云纵横至，鬼神茫昧然。"二语正可取以状漳浦诗境。罗浮屈五丈缥摇奇丽，乘风控雾，荒忽窈眇，一往孤夐，非《玉台》非三唐非昆体，遗世独立，亦不可以时代限。

【眉批】记事。访郑苏堪。

晤黄公度。君言目前急练水师无益，当事谋买铁甲于智利国，智利无著名大厂，成既需时，就令速成，亦难运华。恐倭谍知，中路截取，又驾驶无人，何况议海战？中国根本未立，最可忧也。现求自立根本，惟有延德国武弁，精练得力陆军三四万人，俾缓急可恃，此最要事。就我现有之物力所能为，勿为空言大言也。公度之议如此。

又言倭事初起，中国有轻敌之心，败征坐此。祸莫大于轻敌，轻敌几丧吾宝。故两军相加，爱者胜矣。《老子》之言若蓍龟也。"爱"谓爱惜名器，爱惜物力，爱惜士卒。

传云：天去其疾矣，随未可克也。今内疾尚未去，遑言向治之机。

【眉批】晤黄公度。

谒督部师，侍坐晚饭。公言北事方急，战、和、迁三者，嫙婯不决。无论捐地捐赀计，莫若捐之以畀英、若德、若俄三国使亲我而攻倭，犹愈于割地赔款于仇敌也。出狩事亦当早决。当明谕天下臣民。现未停战，李相不宜赴倭之广岛求和，然此等事机，皆当由中主持，而非藩臣所敢密请，职分地势限之也。闻唐薇卿抚部电奏，请速定西巡之计。唐资浅不妨发言，公则宜持重，语默之际，当审也。

【眉批】记事。与督部师言时政。

晤信义行主德国商人李德,制宪现订购枪炮,令西商垫办,运到验收方付价,面订合同,以杜经手人侵蚀之弊。上海地亚士行主斯立、诚泰来行主德尔赓、瑞生行主□□亦在此,所议均未签押。

【眉批】记事。与李德议订购枪炮事。

王旭庄太守有一侄王回澜,字幼谷,在中岐船政局多年,游历外洋机厂,乃李凤苞带出洋之学生。学习五年,通晓造炮台之法,现奉制府委查看江阴、圌山等处炮台利病,不如法,随即修改。

【眉批】记事。王回澜事。

雨花台制造局后膛抬枪,光绪十二年创造,长六尺零。两人扛放演放,子路远及五里,枪管内来复螺旋后膛机簧仿德国毛瑟枪式造,特大毛瑟枪,五子连放,此只用一子耳。近日又新造一式,仿美国哈乞开司枪造,机簧零件稍简于前式后膛抬枪,每月仅能成十杆,钢管购之英国努等飞厂,不能自造,缘中国钢质不佳,又无制炼之法也。近定购四百,具未运到。

【眉批】记事。西洋枪炮制式。

朱穉兰岁贡如圭,泾朱兰坡先生珔之孙也。赠我以先著《文选集释》一部,计二十四卷。朱先生与梁茝林章钜同年,当未见《文选旁证》也。《旁证》闻系程氏同文春庐先生稿,梁,春庐门下士,而有郭象、宋齐丘攘善之谬,其人可鄙也。

【眉批】记事。朱如圭赠《文选集释》。

张乳伯兄行孚殇于维扬，无以报君于地下，只好谋刻君文集、经说，以尽区区之意。

李小轩太守廷箫，深以湘省筹饷，捐及民房间架，又按亩捐银，本朝仁政，从不加赋，此则加赋必致失人心。为厉民之政。方今俗吏竞为苛核，剥下益上，安得闻此长者之言。李君典郡，以不扰民为培养根本至计，抑可知矣，令人悚然生敬。

徐州守桂履真中行，徇良素著，年六十三矣。见之白须皓然，以国初《徐州两遗民集》见贻。一万年少一阁古古也。

谒见南皮师，师因连日辽沈军情不利，牛庄失守，吴清卿副帅之中营闻风而溃亡，失枪械甚多，退扎数十里。师筹后路接济，焦心劳形，眠食失节，容似蘧冯之瘠，足如禹步之枯，私窃忧之。退复上禀，请以啬养精神，珍摄眠食为要。

公度言，粤省农工商三项，人皆精良技巧胜他省，可用；惟士气浮嚣嗜利，不可用。

又云，近成战国世界，求可用之才，当于阅历谙练之海疆、道府、守令及出洋随员学生求之，方切利病，山林隐逸万不济事。

或谓香帅每倚任局员办事，不任用实缺司道。非也，乃司道多疲茶猥琐，无可与谋方略，故尔。

梁节庵太史自鄂州来，与之谈竟夕，说陈伯严吏部三立之为人简直乐易，而勃窣理窟，令人神驰。去年秋冬间，南皮电奏，言倭事急，可急召黄遵宪、黎庶昌二员入备顾问，又召袁世凯入问东藩事，会西平尼之，事竟不行。

不克治物欲，则不能完养真气。性充则致情约，情约亦能使性充，克治涵养，二者交相为用。程伊川先生云：涵养须用敬，进学则在致知。敬者从支从苟，取自急敕之谊，谊兼克治。

白乐天《在家出家》诗云："夜眠身似投林鸟，朝饭心同乞食僧。女唤妻呼都不应，二边三际断乃能。"智与恬交相养。

雪不绝，积尺许矣，雷电复继，以大雪阴阳之气错沴甚矣。阳九之运,何处可求避世曲全?无已,惟有老氏闭光同尘之指。吾家耀卿以守礼自强,暗淡勿近名,或可借以免祸乎。

谒见督部南皮师,始知为例应回避兼辖省分之姻亲,石牧逾三月限未报,属某面恳抚藩,追准如详,照例奏请,事尚须至皖省一行。并语及近日筹饷、筹军火、借洋款各事之左支右绌,现在江南支应局库储已罄,只存现银四万,所借英债一百万磅,已订合同,而商人回国,展至三月十五日始交银云。

湘抚吴清卿中丞所统三十馀营,规与宋军合攻海城。二月十日战不利,十四日合战又败绩。二月二十一日奉旨:吴大澄身为统帅,徒托空言,疏于调度,业经交部议。钦此。现刘帅奏派魏藩司光焘接统吴军,陈臬司湜为前敌营务处,李道光久帮办营务,并接带曾广钧四营。曾回京供职。

鼎父侍御之柩,将自岭南归乌伤,节庵欲赴沪迎之,义将至乌伤慰唁竹卿年丈。节庵之独往独来,志节皎然,不忘死友,真古独行之士也。

过明故宫,谒方正学先生谥忠文祠堂。正学之先,桐庐人,后徙台州。瞻拜栗主,肃然起敬。公正命之年裁四十七。旁有铁公铉、景公清、练公子宁。三公祠前为血迹石亭。湘阴左文襄公建此二祠,并撰碑,论前明二祖得天下之暴,世乏令主,处燕王于北平形胜之地,假手强庶,成祖非马后子,其母本元顺帝妃,见《广阳杂记》。斫其孱孙,为贻谋之不善。独诸先生英风浩气,百折不回,千载之下,凛凛犹有生气,其文甚美。

星海函云:在节署不见一外客,此截断众流法,所以谨关防、戒漏言也。赠予耶律铸《双溪醉隐集》一本,湛然居士之子也,李仲约笺。

予有慠惰病根,锢伏不拔去,故惮于行役,以簿书期限,参谒频繁为苦。程子云:不学便老而衰。欲求不老不衰之术,其惟学问乎?韩子云:"吾老耆读书,百事不挂眼。"

三更不寐,江风狂吼,舟中诵陈元孝句云:"乡园小别吟兼梦,水驿多情浪与风。”予则久困旅行，别乡社十九年矣。鸡豚春社，闾里如旧，盖无一日去怀也。

思齐诤予，《答六潭绝句》“为饷周家阿杜来”云云，末句用拖遗老人琐事，亟宜删去，思并《林兰花诗注》删之，以答诤友规过之意。

舟中晤邵阳李艺渊惟翰，湘局督销候道，壬戌举人，一权南康守。为予言庐山归宗、开先、栖贤、万杉四寺之胜，易实甫建藏金阁于归宗之傍。才人学道，殆有出世之意邪？陶公、谢客皆有得于东林远公之净业，故造语超妙，固不尽天得之，亦由熏习宗趣故邪。

又晤达县吴小村德潇，两湖书院文学斋勷校，癸酉举人。达县，四川东北绥定府负郭。初为达州，嘉庆中勘定教匪，升为府。予不喜为吏，亦愿得为两湖书院文学斋中勷校，及称平生独往之趣尔。贱性刚疏，不宜久局束世故，与时俯仰也。

贤隽之士，食息与人同，所异于人者，神明耳。神明之所以独胜，则资乎学问涵养，省察克治。学养之所以深固，则资乎精义。入神以致用，利用安身以崇德。

就史籍糟粕之迹，求古人言语气象，十裁二三耳。纵令窥见胜处，却未得其从浅易渐入精深之境，仍无入处；模范古人，剽袭形迹以求似皮骨之间，去之弥远，违自然之机趣，失茗柯之真理故也。故善学古人者，政当即其平易处求精深。行义气节皆然，作诗文亦然。诗文如读选本，不若读专集。选本皆取成气格之文，利多病少，或无针线迹可寻。专集多有蹇浅，率胸臆写出，语利病错见，蹊径意脉，宛然具存也。凡人一生事业，或少识未遒，而老学转进，或壮行介立而晚节摧茶，或迹秽而心芳，或名泰而实俭，岂史笔寥寥数行，所能尽其利钝曲折耶？

福中丞廉静寡欲，谨小慎微，确守艮峰老人家法，生平历事府主中亦罕觏也。今日垂问，夷患日深，谋所以自强之道。予对曰：为上者，法禹、墨之勤俭，以革弊俗；行管、商之严整，以一民志，上下肃然，法立令行，此自强之根本也；体察农政商务，革奇邪之物，刬惰游之习以齐民;考核税厘盐课,丰入啬出,强本节用以理财;汰简营伍,驾御将领,严惩烟赌,精练技巧以养兵;文武兼任,网罗豪杰,设立水师武备学堂以造士;整顿船政,预庀船坞,分年购制浅水兵轮以保境;广设方言馆,采取西学之长以通变;此自强之节目也。大抵立国之势,贫弱不足患,患在人才骫骳;败衄不足耻,耻在学术不振;外患日迫不足病,病在内治禁令不行,上不修学术,下不储人才,令不行,禁不止,教养无素,文告欺饰,此数者乃治国之大害也。不此知务,而日呴呴为仁,孑孑为义,士气不得而振,国势不得而强也。

啸牧气静而思深,制行亦峻洁,与朱蕙卿郁荃皆吾乡佳士,当友事之。

乙未三月

方涤侪先生昌翰以书来,夜分往诣,话别良久乃归。作吏以敬礼地方耆彦有道之士为一要事,民望所属,士习所系,宓子治单父,以此为先务。

盐运漕榷厘,祺子麐太守厚读《参同》《悟真》,好修性养生之术,日以静坐安般,具出世心为务。跫然见访,其言论有足起予者。道家言法侣财地,此亦无心遇侣,机缘凑泊邪。子麐欲访龙子高一谈道,予意子高之操术不若六合唐镜心部郎毓庆也,以《归元镜》等书数册送之。江右袁石甫通守言,学道先当去魔,祺君恐入魔道,故教以日读渊鉴斋《朱子全书》数页以为常课,则道力坚定,邪念自然退听。予悚然起敬,此真不愧令祖易斋先生之教者也。易斋先生名守定,乾隆中进士,宰湖南有惠政。

久困世故,旧患鼻淋心悸一时并作,吏琐恩人,殊少屏除百事,杜门养疴之时,去来今三际葛藤,不能直接斩断,愧不如融斋老人之善藏其用,工于避世也。

班税司来,询知朝鲜之元山、釜山、仁川三榷关仍由总税务赫德派员管理,倭人欲另派倭员,议尚未决。又询牛庄失守后,租界曾否被扰,领事谢立山如何相持情形。又英国驻华水师二等提督费里曼德将受代去。又台南之澎湖被倭寇占据，寇又将犯旗后、恒春等处登岸。

同年樊渭南所处，独与寇警隔远，华下仙吏，著书遣日，孝达师亦称羡不置。云以名士而居福地。昨驿寄诗筒六七次，出语皆新隽，华藻烂发，愧不能和也。

仲伊先生言，人之心体，犹天之日光，断无受病之理。日，本无障翳，而或晦宴者游气云雾蔽之也。性体本自圆明，而或昏昧者，外物嗜欲蚀之也。心藏无缘，怔悸而或瞀病者，肝木浮阳乘之也。春病在肝，治肝则心气疏彻，床袪牛斗，杯失蛇痕，目不眩朱碧之色，耳不幻钟磬之音，即时豁然，还得本心，飧契至言，叹息弥襟。

关吏报，夜三更冯萃亭宫保军门子材乘兵轮过境，冯公宿将重望，年已七十馀，闻尚健饭，习骑雄猛之姿不减于昔，惜未得迎候一见也。

每日人事坌集，所晤对多俗客，无一胜事可以游目骋怀，此予致病根由也。论现在病势，非呈请开缺，杜门养性，无以治之。

孤子罪人，不还乡礼扫先茔十八寒暑矣，诵柳子厚"马医夏畦"之语，不胜怆然内伤。

诣山长汪仲伊先生。君雅好读《孟子》，于赵邠卿、朱子二注，无不旁证考异，注于书额行间，朱墨攒列，几不可辨，不啻铁擿三折、韦编三继也。

予病状类中风麻木，《庄子》言"熊经鸟伸"，《后汉·华佗传》引挽肢体以求难老，动摇关节以消谷气，此仲伊所谓外功也。

《老子》曰：知足不辱，知止不殆。前人云：禄岂须多，防满则退，年不待暮，有疾便辞。今久慁仕途，岂非自取殆辱？引退之谋可以决矣。待讲院尊经阁落成，即可牒呈，投劾引去。尚有一事，续报效军需三千两。按：内拟为高世讲全栋移奖一功名，此事必要办。

外召殆辱，其患犹在形骸之外；内取焚和，其病实深。商颜四皓云：富贵而畏人，曷若贫贱之轻世肆志焉。向长读《易》之意，以为富贵身外之物，似益之而所损常多，贫贱忧患，所以揫敛志气,约束筋骸之具,似损之耳所益匪浅。君子去仁,恶乎成名。

融斋师尝教予以志士不忘在沟壑,予远惭二疏,近愧融师,夜觉晓非,今悔昨失,若早安蹇劣,或可补救垂暮光阴。

曾文正教李希庵却病法,曰:以志帅气,以静制动。予症系怔忡健忘,猛忆孙思邈语曰:闲时闭目凝神,饭后散步运气。此亦《老子》所贵虚、静、啬三字工夫。

牙期强出见客。徐仲车戒东坡,以务除矜伐骄吝之根;戒山谷,以虑不厌熟则寡过,睦僚友则事举。此居官法语,时时宜书之座右。

水生之虫,不疾易水;草生之兽,不疾易薮,行小变而不失其大常之性,故也。自尔改习碑帖,作字以养性;戒少作诗,啬养心气。萧然物外,自得天机,此最要事。

答拜班税司所居山墅,本踞一方之胜,桂岩萸泮,槲径菘畦,位置高下,皆适其宜,春林秀发,茸茸可爱。道旁有松二株,花如璎珞,现寿者相,尤为佳妙。如得此沃墅,真不啻十洲三岛,置身其间,世乐何足耽著哉?主人为特设鸡黍,殷勤把盏,啖胡饼少许,无异汪伦潭水矣。

承渭渔以禅偈治予痼疾,用意良厚,然朱子尝贻诗戒一方外友云:"拈槌竖拂事非真,用力端须日日新。只么虚空打筋斗,思君辜负百年身。"孙夏峰先生云:"人生所最追悔者过去,所希冀者未来,所悠忽者现在。"而今而后须赤地新立,修省恐惧,惩忿窒欲,血战一番,从前念念如昨日死,从后念念譬如今日生,于主敬主静中求安身立命日用工夫,不当复滤滞于狂禅棒喝,横生障缚也。

香山白公言:"不能救疗生民病,即须湔祓尘土缨。"进不能兼济群物,退当求自济一身。

困于俗客,形累矣心不可累。故晋人赞戴安道云:"识见虽不绝人,可以累心处都尽。"

清虚在抱。为腹不为目。心生于物,死于物,机在目。故"四勿""九思",戒视为先。

药养不如谷养，谷养不如精养，精养不如神养。谷神不死，是为玄牝，事天尚啬，故能久视。

张乖厓曰：事无大小，皆须用智。智如水也，不流则腐，若一日不用智，临大事之际，宁有智来？班孟坚据《论语》“未智，焉得仁”之谊作《古今人表》，智人皆列入第三等。荀悦曰：“治世用仁义，乱世则尚权谋。”《庄子》以智养恬，以恬养智，智与愉交相养①，而和理出其性。邵尧夫云：智哉！留侯善藏其用。东方朔云“才尽身危”。《易》曰：安其身而后动。龙蛇之蛰，以存身也。精义入神以致用，利用安身以崇德。寤厓子自赞云：用世之才无一有，遁世之才若天授。

今日病状困顿中，猛然想明白了，此地乃繁缺，予才短，故为事困。决求上司量移一简缺，顷为一文字上之。或可藏拙曲全，复适其圉圉洋洋之生意。孟公绰不宜剧宦，葛稚川资高，惟乞令勾漏。违才易务，是梏性也。假使柱史、园吏舍其所处，而任繁剧之务，吾知其拙于养性矣。忖己量力，庶免颠辱。东坡道人诗：“不能便退缩，但使进少徐。”邵子《渔樵问答》云：“事必量力，量力故能久。”至言哉！

吏卒守之，不得出郊游眺，惟意所适；衣冠拘梏，不得行住坐卧，信吾天机，惟有依孙华原法，以养性为务。闲时闭目凝神，饭后散步运气；或习楷隶以验目力，耽之至秃笔满簏而不已。即以小沤巢作永欣寺阁观，三十年不下楼，期专游于一艺，可以养生，可以尽年，何如何如？

终日受世法缚，徒自拘苦耳。曹溪胜处，在随方解缚，以因缘出世为宗。得道当观时节因缘。

乙未四月

岑友同年来，谈近日时局，气象剥穷，上反下之候也，时变正未可知。

---

① “智与愉”，原文作“智与安”。

崔中允述西平使相,一言见寤,深悔前此之谬误,冀耨梁碗,复敦夙好如初。有过而不知改,非人也。

以牙牌数筮,将迁居松江吉否。其词曰:“青云得路,中有奇遇,高而不危,吾行吾素。”解中又有冰人说合,瓜瓞绵绵之语,岂非云间沈氏讷生、仪亭为新订朱陈之好,将来千载后,应以陆名村之兆乎?又有“陶朱泛舟五湖”之句,则半山诗所云“吾虽轻范蠡,终欲此幽寻”也。吾行吾素则可,以修生保真不为世俗所役,清虚淡泊,归之自然。渔钓于一壑,则万物不奸其志;栖迟于一丘,则天下不易其乐矣。

荀悦曰:处治世尚仁谊,处乱世尚权谋。《老子》曰:众人皆有以,而我独顽似鄙。曲则全,枉则直,人皆取先,己独取后,游于物之初,而积敛无涯,岂非顽皮打皮窠乎?《庄子》曰:为善无近名,为恶无近刑,缘督以为经,可以养生,可以事亲,可以治身,可以尽年。“督”如督脉之督中也。明者处世,莫尚于中。又曰:予愧乎道德,是以上不敢为仁义之操,而下不敢为淫僻之行也。东方生《戒子诗》:依隐玩世。弛张而不为邪,进退而不离群。邵尧夫:不犯手太打乖处,心不著,作事不尽。李延平一生不作费力事。异不为俗,同不失己。高允内文明而外柔顺。吏非吏,隐非隐,以出世之心行入世之法,超然事外,独保浩然之度。以智养愉,以愉养智,虚己游世,孰能害之。有群累生,譬如大树众鸟集之,则有枯折之患。是故离欲寂静,乃为安乐最胜之法。司马徽括囊不谈世务,有以人物问徽者,每辄言佳。感而后应,迫而后动,不得已而后起。欲静则平气,欲神则顺心。有为也欲当,则缘于不得已,不得已之类,圣人之道。

约斋言:人有十分精神,止可用到六分,方合治人事天莫若啬之义。太史公云:神太劳则竭,形太劳则弊。修养失时,宜抽身早退,以补救于后。

阅《胡文忠集》,顿觉阳气浸淫,上于火宅,血性之文字,其力乃足移人。

高景逸先生年三十三,谪官揭阳典史,舟中自立课程,取前所为半日静坐、半日读书者反复行之，当心气澄清时，有塞乎天地气象。在路两月，如武夷、天游、九龙、十八滩，奇险之景，咸领其胜。憩九峰书院，登子陵钓台，溪声鸟韵，茂树修篁，种种悦心而心不著境，自谓得山水之助不小。过汀州，登旅舍小楼，甚乐，偶课程明道遗书云："百官万务，兵革百万之众，饮水曲肱，乐在其中，万变俱在人，其实无一事，猛然有省。"到揭阳，不以谪官闲散怠于职事，日坐牙斋课士，正文体，讲经义，辑《朱子要语》刊示之。同年朱任宇为令，先生访知民情利病，尽心相告。有土豪陈所蕴作横乡里，吏莫敢诃，先生穷治其罪，竟置之法。

萧自麓，故罗念庵先生门人也，赠别语高子曰：公当潜养数年，不可发露。先辈皆背地用一阵苦功夫，故得成就耳。高子深然之。

临事让人一步，自有馀地。临财放宽一分，自有馀味。

要知圣人取狂狷意，狂狷与世俗不相入，故可以入道。

人生爵位分定，非可营求，只看义命二字，透落得做个君子。

蔚州魏公，环极生平，以六字自勖曰："循理、守法、安命。"

到东林，最好入头，大众会集时，满堂肃然，此时默坐澄心，看有无妄想也。无妄想，一寂即是真心，真心苟放，即是妄想，非二物也。

专仗平日静功，少年不学，老无受用。汝辈念之，静功非三四十年不成，精神一向外驰，不为汝辈收拾矣。事多拂意苦，疾病苦，到老死，苦益不可言，若于静中见道，众苦皆消。

凡临事著一苟字，便坏；自身享用，著一苟字，便妙。吾一生得此力，故随遇而安。

长御史台日语同志曰：弟所处风波地，一朝狂风起，吹我入菰芦中不难。予告之日，僚友赆行，峻却之。买舟归曰：留一日则作一日事，去一日则得一日乐。乐字惟山林人可言，烟云鱼鸟，无非胜境。庙堂人说不得。国乱民穷，无事不忧。庙堂人说乐，势利两件而已，迷人以此为乐,何邪?

先生年三十七,作水居茅檐数椽,极湖山之致。谢客栖息其中,经旬累月不出,人事婚嫁,岁无宁息,而动中练习,静中温养,作复七规,未尝间辍。远近同志如归季思、吴子往诸公来访,相与瞑目焚香,闭关趺坐,坐必以七日;出游阳羡诸山,坐龙池顶,游武林湖上,则坐彂光、黄龙、荻秋庵。

《水居日记》:一日觉气在胸膈,稍滞思,调息。人之息最微,若有若无,误认气为息,大害事矣。修命在安般。次日又觉多。却调息一念,只是诚。无为,著些子不得也。修性在止观不二。

《庄子》:"物之有知者恃息,其不殷,非天之罪。天之穿之,日夜无间,人则固塞其窦。胞有重阆,心有天游,室无空虚,则妇姑勃溪;心无天游,则六凿相攘。"又云:"吹呴呼噏,吐故纳新。"

朱子《调息箴》:"鼻端有白,我其观之。随时随处,容与委蛇。静极而嘘,如春藻鱼。动已而吸,如百虫蛰。氤氲开合,其妙无穷。谁其尸之,不宰之功。云卧天行,非予敢议。守一处和,千二百岁。"

遗表:臣虽削夺,旧系大臣。大臣受辱则辱国。故北向叩头,从屈原之遗,则君恩未报,结愿来生。臣高攀龙垂绝书,乞使者执此报皇上。

《别友人书》:仆得从李元礼、范孟博游矣,一生学历到此,亦得少力,心如太虚,本无生死,何幻质之足恋乎?

尝有友问避乱之策,先生曰:先要打定一个大主意,随地行去。康节诗云:"上天生我,上天死我。一听于天,有何不可。"人若无此主意,临时便手忙脚乱,不能安于天理。

右钞忠宪公语,读之一似嚼冰雪。尘劳中一帖清凉散也。

东坡道人诗："心空客疾本无根。"能外形骸以道自胜，则客疾自为乘除矣。乙未五月二日录。

【眉批】自高景逸先生节至此，皆录《高忠宪集》。

乙未五月

克治工夫，第一戒无恒。不恒其德，或承之羞；人而无恒，不可以作巫医，即治疾服药，亦当以恒心贯注，切勿作辍。友人之戒我忠告之言，我之药石也。

幽忧之疾，治之久不效，倘邀天幸，得脱去作吏之累，就山林皋壤之适，使我熙熙然而乐，则身心泊然，疾当自愈矣。

夜三更，梦有神人，告以子欲卜居仁里六安，乃安宅也；觉而思吴拙修先生六安人，生平慎言养气，以仪规自处。神其告我以师法六安，得以物外天全，不干世议乎？

为请开米禁，公事棘手，大宪、商民两不讨好，一念焚和，今午病甚。处此政繁敛重、苕华苌楚之日，气象局促，一至于斯。时为之也，岂人力所可斡旋乎？

防目疾，趺坐闭目，调息片时，则目光稍润，《老子》"为腹不为目"，至言哉！

单治里而外凋，张修襮而内逼，二子皆不鞭其后者也。予之两月焚和，何以异是？不訾之躯，当无忝所生，乃坐为一官所束缚，横生是障乎？入道当观时节因缘，而今且以随方解缚为第一义。

香帅派来罗劭吉太守章议不开米禁，仍商镇关津贴芜关之不足，事多窒碍难行。

闻京中派出督办借洋款王大臣六人。恭邸，翁虞山、孙迟庵两尚书，徐筱翁、张樵也、廖仲山三侍郎。

闻交割台湾使初八赴澎湖，初九至鸡笼之三舺港，与倭人所派之伪台湾总督桦山资记互换文凭,交割讫。未知唐薇卿中丞、顾康民方伯消息,台民创义竖旗抗敌,为田横,为海外扶馀,必与逆倭日内有一场恶战也。

崔中允言,桑百斋师、全小汀先生皆有失寐之症,而仍享大年。小汀先生最讲究养生处事,以因物付物,听其自然为宗趣。每三更后即不能睡,则默诵经书及《程子四箴》,或趺坐调息,早起在影堂前练磕头一百个。非理事决不做,费力挽回事决不做,衙门中事,因物付物,一事当前,只往稳处想,不将迎于事前,不留滞于事后,是以行年八十二,有婴儿之色。

夜少佳眠,郁抑未平,至遍翻古籍中无一痛澈透快语。庄生云:灵台不可桎梏,非舍去七不堪之地,不能得大解脱也。

焚和已成内伤病,今年自三月至此,因时局阽危,税课短绌,俯仰身世,不免憧扰萦怀。坡公以少思寡欲为养生之要,稍不静慎,于定分无分毫之益,而于道德有丘山之损。从后念念,譬如今日生。自此剸割萦扰,勿毁伤受之所天之身,乐正子春,庶可神凝形释矣。

乙未闰五月

乞印根草乞病文,印翁不允为之。

得中丞初八日手札,谕请开米禁事。此事中丞尽可单衔出奏,不必为邻省所牵制也。

营西斋,拟榜曰:“养生主漆园叟。”以为不第养形而已,形有馀而生不养者有之矣,惟不养其生,而养其身之主,乃为害马已去,目牛无全矣。生之主谓神藏于灵台,不为外物所桎也。

芜米出口,禀请驰禁,往返电禀,所费不訾,顷奉到香帅札:五月廿九电,奏请不开芜禁,以顾宁厘镇税,试办一年。闰五月初三,户部议准奏上,奉旨依议,钦此。东坡有“深夜踏破瓮”之句,此段公案一参便了彻。

法国兵船一依西里、一阿尔善,十二日来芜,碇泊三日后将上驶安庆、九江小住，仍回沪。今晨该船主副将赫里惠、守备莫尔、上海副领事祁理恒来拜，两兵官操法语，赖有祁领事通汉话，为之舌人，问答良久，劳以酒果，乃辞去。

出江口上，依西理法兵船答拜，赫副将导观旋台，炮位三大尊，船首一，船腰二。馀十六桑的炮，新式小口径快枪，与哈乞开司相似。赫君在水师三十馀年，年五十二。船中设酒食，宾主礼毕，赫君命人以小轮舢板导予舟返南岸。

子与诤予诗喜用典、用字，自是一病，虽旧多今少，洗伐之功较深，然去性灵二字尚隔一尘也。此知诗病之言也。

上海道电，现雇洋轮装台北散勇来芜，函饬印委照禀定办法，用民船押送巢县交割，由巢节节送庐州，不准沿途逗留滋事。

忍。方便。依本分。依本分者，江西马祖“但任运过时”之说，然切不可有惰慢之气。朱然终日钦钦，如对行阵，摄心一处，勿令放逸，所谓涵养须用敬也。

至中江讲院，验收新造尊经阁工程。阁上远望白马、洞天诸山，出没云霞，历历在目，虽不及北楼之地形高敞，亦尚踞于湖一县之胜。

倅大令来言，権政疲绌，又为之焚和一晌。不訾之身，有涯之生，攻之者非一途，夫亦可不见机而作宁曳尾于涂中乎。

岑友山长劝我细玩《老子》《参同》《悟真》三书，而要以《老子》啬神早服为主，每日须静坐，作安般守意胎食胎息工夫，久乃有益。君苦口之言，可感外慕渐少由中充，非得道人不能为此言。

自四月至今，疾虽渐减，尚觉昏昏，有俗心鱼溺泥深，鸟栖树折，病根不外佛说四谛中所云苦集二因，何时得见道，道得于此，则穷通为风雨寒暑之序矣。

昨夕梦复入为京朝官，会晤旧日同官及闾巷知识，意甚适也。虽有疲马怯峻阪之喻，而曩日巢痕，不啻一片净土，所谓水生之虫，不恶易水，草生之兽，不恶易薮也。俄而遽遽然觉，则已四更向阑矣。

放翁诗：“灵府宁容一物侵，此身只合老山林。何由挽得银河水，净洗群生忿欲心。”又云:“八十光阴犹几许,勉思忠敬尽馀生。”又云:“精神徇物那能久,刀砺君看日日销。”此翁晚年所造深矣。又云:“倩盼作妖狐未惨,肥甘藏毒鸩犹轻。”去彼贼生者,与汝养生竞。

《老学庵笔记》述唐仲俊语,害生之故在心动神疲。天君泰然,则外物不足以役神;宇泰定者,发乎天光,非妙于因物付物者,孰能游是?

钞关岁入,征不敷支。前此历任本有积亏,自十三年孙署任至十八年李署任已历六任,滚支滚算不能各清各任,外销不敷,亏至八万。不佞十九年四月到任,至上年仲冬止,每届收税至二十万左右,所短尚少。今年冬夏,因倭衅兵差,商贩稀少,遂至税收奇绌。今日始定,见以每月外加一之项停放,将以弥补此亏,亦不得已救弊之法也。此项官得六成,各员胥得四成。今不贪此小利,毅然行之,惟忍乃能断,惟远虑乃能忍。自闰五月起,初将常关加一,红银一项入库存储,停止不放,积聚一年,以弥补本年常税短收之亏空。咬定牙根,以大坚忍力行之,切勿游移,以贻他日之累,此却是区区维持关务一片苦心也。朱子曰:“身劳而心安。”为之利少而义多为之。蔚州魏敏果云:“平生只牢守六字诀,循理、守法、安命。”桐城张文端英云:“牙门中日行公事,止办因物付物,凡事从稳处想,非理事决不做,费力挽回事决不做,败坏生平、不可告人事决不做。”此安心妙法也。

予旧有句云:“官贫稀物累。”今出为外吏,反觉累心事多,故知出处须早作计,必如漆园吏所云:“无人非,无鬼责,无天灾,无物累,而后与道渐适矣。”以不訾之身,受役于无涯之境,殊不值得。非仗雄猛师子,奋迅无畏之力,决跳不出火坑。

拱北轮船装天津遣散之勇七八百人,溯江上驶,在金陵下关、浦口登岸者多,到芜止有三十馀人,尚易弹压,饬印委预庀民船载送巢县,即日开行。

仙蘅书来,有服药百裹不如独卧之;或又云:独卧有恒,尤贵忘情。殆未悉予久持太常斋日,然其用意则甚可感也。

香帅电谕,因米禁事温语慰藉。不佞得失付之鸡虫,惟古称循吏,实际只两语,括之曰:“所居民富,所去民思。”今则所居民贫,所去民怨。故惟亟求脱离此缺，量移一清简之区，以藏拙耳。

电禀大府，乞予量移清简之缺，待将此两年中亏累清理粗了，即可赋陶公《归去来辞》。

岑友云：时局牵制如此，殊难为力，只有办牵补度日，架漏过时，虚而与世委蛇，同波之一法，慎勿劳心焦思为。

离欲寂静，是最为胜。绵绵若存，用之不勤，乃为性命双修。不早计，病时悔。

乙未六月

阅康长素《谏止倭约请勿批准上书》，二万馀言，论夷务利病极透彻，条理亦分明，真天下奇才也。

亡友朱蓉生侍御《无邪堂答问》五卷，考证经史、舆地，论洋务，精微朗畅，得未曾有。不意君谪官后，学术所造益深，博无涯涘，惟乖于时，乃与天通，君得之矣。

彭先生印根性耿介，不同于俗。持父服，今年四月当变除，以未奉主入祠，不变服。全鲒埼一岁遭两丧，而持六年之服，彭君行古之道，极堪钦敬。

吏舍跼终年，一似鸟久处樊笼中，出而之野，更觉浩荡不自在。世法之困缚深矣。

闻故人鲍敦夫宫赞亦致仕归，陶心贫病起，将仍游岭南，屠静山尚在京，上年十月李仲约侍郎恭进《万寿赋颂序》，静山代拟词，甚典丽。

和州鲍花潭先生源深，年六十外致士，家无宿舂，行橐萧然，主龙门精舍者十馀年，好读《易》，并栖心梵夹，独居海上。经案绳床，泊乎物外，自撰题楹云："人当晚岁惟耽静，天赐闲身许读书。"可想见其风致。

老子语孔子曰："君子得时则驾，不得时则蓬累而行。"蓬累，今箬笠也。可见周之柱下史禄入甚贫，得时仅供养车之费，否则戴笠徒步,与京官之清羸无以异。

至人之存心,如明镜止水,善能因物付物,妍媸曲直,予夺赏罚,皆其自取而我无预焉。

陆少尹进昌,萧山人,笃老赤贫,不能自存,馈以刀布。

小人、女子传称难养,家人嗃嗃,务厉威严于婢妾臧获,勿轻假以词色,此治家之良法也。

阅亡友《施均甫集》,学杜有雄直气,然粗豪处亦不免蛟螭杂蚯蚓之病。均老从军西域,诗慷慨淋漓,放笔为直干,风格老横,此诗境亦并世诸学人所无。

前月廿九,禀留袁石甫办洋务局,乃接到中丞六月初九之札,则调石甫到省,而派黄令瑞勋来代,殊失所望。保甲总局事有不可行而已行者,石甫不肯尽诺,此见石甫之不苟同。

仆无吏才,虱此两年,不能为地方兴利除弊,内疲于心,然兢兢奉公守法,似尚不至造业,如升任则必定造业矣。子云素有眩晕之疾,一,世浊不可久溷;二,若入京,则人情馈别,劳费无等;三,久为吏则先茔阙祭扫,子侄浮惰,不知田间艰苦;四,老不杜门养性,复何所营?五,计此至熟,有五宜退,吾计决矣。今夕与约斋老人筹度归隐事宜。王仲淹云:“吾不仕,故成学。姚惜抱著书,皆在四十四挂冠以后。”今年已向衰,过是不归亦少味矣。严藕渔、王子寿皆早引疾。达生之情者,不务生之所无以为;达命之情者,不务智之所无奈何。处者易持,出者难工。吕成公言之矣。

应溥在军机大臣上行走,徐少宰筱云宪著退出。公勤谨,忽蒙谴责,不知何故,得毋议倭之局兴,公楚金主之,为言路所攻耶?

终日志气隳颓,不克涤除旧恶,以引新机,扫荡前日墙壁,赤地新立坚垒,一旦兀若朽株,悔将何及!

入夜,大雨二三犁,暑气荡涤无馀,陡然如仲秋。始信天公手段辣,鼓荡万物之气者,莫疾于雷雨也。

记五月初有棉花漏税一案,面询前办查船嵇委员所以致弊之由,嵇委员抗辩无弊,哓哓忿争,殊属不成事体。该委员于此案即未染指，亦有应得失察胥役之咎，如此抗不服查，法应察办，姑念其桥工、堤工、保甲分段曾有劳绩几次，且系浙省同乡，横逆之来有矜气者，置勿与校而已。

奉大府函谕，裁减外销支款或四成或五成，涓滴归公，以便大农弥补倭人赔款之用。夜与友人熟商，常关向有月解抚署办公费千一百两，福中丞公忠体国，函谕减裁四成，以济公家。遵照宪札，其馀支款以次一律减支四成，议遂定。

学道半生，乃为境累，为物役，受系缚，迷阳迷阳胡为哉？慈不掌兵，义不掌财。心地谦，手段辣，以出世之心行入世之法。

汤文正公家书

我归山之意已决，今已讲《中庸》，秋深可完《四书》，此其时矣。家下书籍用心收著，一本不可遗失，有人借，当定限取来。近来积书家如浙之天一阁，昆山徐氏传是楼，断不借与人书。欲观者至其家，观之欲抄者，至其家抄之。乱后旧书无板，即有新刻，字多差讹。书册愈旧者，愈当珍之，不可忽也。我回家赖此延年，此要务也。

江南官员乡绅，万一有至家相拜或送礼者，万万不可会面，万万不可受丝毫，亦万万不可与他一字。此身家性命所关，非止名节也。只要州中若不知有一巡抚者方好。

受恩深者罪亦深。

京中珠米桂薪如何支持，今寓华严庵内，杜门谢客，可以静心读书。

大事皆起于细微，经历一事，不可轻易放过。古人谨小慎微正谓此。

事事以慈俭谦退为先，《老子》所谓三宝也。

前月二十日至京，以天晚不得见朝，遂宿彰义门外，次早入城，即日陛见。上历问江南风俗吏治，大小官员乡绅贤否，及下河开海事宜，一一具对。又问途中风景，奏称凤、徐灾荒，即差学士麻麻勒吉驰驿往账。圣主爱民之切如此。遂命至内阁赐食。二十四日东宫出阁,讲《四书》一章;二十五日,即赴皇太子宫,同郭快老进讲。皇太子谦冲温和,降阶迎,自述诚心爱慕之意,复古坐讲之礼。上定东宫回讲之例,讲书事事从实,非比前代具文。皇太子自六岁学书,至今八载,未尝间断一日。字画端重,精楷在虞、柳之间。每张俱经上朱笔圈点改正,后判曰:每月一册,每年一匣。今出阁之后,每早,上亲背书,背书罢,上御门听政,皇太子即出讲书。讲书罢,即至上前,问所讲大义。其讲书即用上日讲原本,不烦更作。古来帝王教太子之勤,未有如今日者也。

皇上圣学日茂,近来工夫更加精密,每日讲《春秋》十条,《礼记》二十条,读史五十叶,更研究性理之旨,词臣不能望其厓岸。当今官之难称职,未有如词臣者也,因以赞导东宫为重,一切常朝会议会推,俱至阁说明不与,省多少烦杂,精神颇专一,亦一快也。

总以谨慎静密为要。

人要积德,子嗣必昌。

十二月初十日,拜一疏荐耿逸老,不知奉旨何如?

移居教场二条胡同,颇幽静,车马之声不闻,亦佳事也。

岁内封印,尚不停讲。白雪盈阶,青宫黎明御讲席,若不知有岁除者,直至二十五日,祫祭斋戒始停。正月十九日即开讲,未尝一日间辍。《论语》已讲完,讲《大学》矣。东宫聪明天纵,英气焕发,书旨大有发明,出人意表,宗社之灵,亿兆之福也。

家下远近刻碑者,不得借与官衔。

移寓椿树胡同,即魏司寇老先生宅也。贤者之室,益不敢自苟。

东头房大而不全,且无主楼,又经张宅另修,非我祖宗之旧。先人世爵,承平日久,积累最厚,故居第规模差大。我系清署儒官,硁硁自守,一生贫苦。汝辈贤,师吾俭,即他日幸博一第,岂可改我家风。且甲科亦何容易?世风浇薄,若止一诸生,恐再为势家所夺,又多一番可笑。如来札转当之说,亦曲折不爽利。汝辈读书,不能费如许心,若坟墓旧业则不同耳。此事以速清楚为妙,清楚之时,即当另置一庄,不可花费。了闻你在驼岭,约分埋骨一事,甚善。子弟能孝友谦谨,读书学古,又能存好心行好事,入家不懈,家道自昌。天人感应之理毫发不爽,人自心粗,不能见得。

仁者善之长,人必宽厚慈祥,方是为善之基,断不可近于刻薄,即论人论事,皆要宽一步。

得便宜事不可再做,得便宜地不可再去。邵子诗:"珍重至人常有语,落便宜是得便宜。"

责己深者不暇责人。

气不平时发言多失,又招患难,须于气未平时坚忍不动,俟气平,审而应之,庶几无失。

薛文清曰:"立定脚跟,却须和平以处之。理顺心安,身自危矣。"

王昶曰:"救寒莫若重裘,止谤莫若自修。"又曰:"是非之士,凶险之人,近犹不可,况较对乎?"

上孙征君先生书

每见先生事务繁沓,天真湛然,因物付物之妙,心甚企慕,不知何以臻于此也。盛暑注《易》,孳孳不倦。阳明"无善无恶心之体,有善有恶意之动",此言本自精确,而龙溪失其宗指。先生五世一堂,大德遐福,古今罕觏。

【眉批】录汤书止此。

王茂宏过江,惟持三论,今《言尽意》《声无哀乐》二论已佚,别持三论以为尺捶之操,应物之具。司马谈《六家要指论》、李萧远《运命论》、潘正叔《安身论》。

借阅《高忠宪公集》,至《静坐说》《复七规》,言人伦日用上事,只须平平常常做去,莫矜持莫安排。功用近于三止三观,借径亦何妨。此从主敬守静、集义养气、平日工夫铢积寸累处下手,与《庄子》所云“平平常常乃蹈大方”绝异。

顾楞青先生枉谈,傅中丞谕以廷寄交议之时务条陈十件见示。

儒者言,志欲大,又戒志不立则是无着力处。而《老子》则言,弱其志,强其骨。盖因时弛张,与物取舍,治人事天重啬,早服谷神,尊生之指也。秉要执本,清虚以自守。

若夫天民大人之姿,非诗书所能启牖,师友所能扶持,而常无所挟焉以造之,此汤潜庵隐居以求其志一节题文也。又戒门人姚岳生云:“学者靠不得书册,却离不得书册,离不得师友,亦靠不得师友。”当自成风格。两意相涵,非具公胸襟行义不能道出。

王充晚年作《养性》十六篇,皇甫元晏言瘖聋之徒乃为天下之知道者,《丹经》千卷,不离一啬。山谷道人云:“百战百胜不如一忍,万言万当不如一默。无可拣择眼界平,不藏秋毫心地直。”仲修云:“丁潜生廉使颇得黄老家作用受用。”予何为后之乎!

乙未七月

问“时倚檐前树,远看原上村”,此句何以妙?盖惟天下之至静者方知耳。又:“遥知远林际,不见此檐间”,写境尤妙。邵子云:“心静方能知白日,眼明始会看青天。”彼以日游神骑火驰马,殆昼瞑目而不见丘山也。

作书复梦陶,榷关十九年,分免九赔一,在奉宸苑工程交一免三之款,计库平羊肚锭三十两,汇去以了此案,使夜寐梦魂,稍得安帖。

太原傅山语人曰:“老夫学老庄者也。”而亭林《广师篇》称之为萧然物外,自得天机。今世士群趋事变,汲汲为洋务之学,近于管、商,而予所服习乃老庄之学,持方枘入员凿,求无扞格,得乎?

客至络围,案牍纷陈,天下之至赜而不可乱,至动而不可恶,惟有耐心处之,因物付物之一法;惟有用王茂宏宾接远近,使物情无不霑洽之一法。

豢养线勇，所以捕盗，所以卫民。前访闻保甲局武弁所带之线勇，颇有讹索过客情事，应研究实情治罪，召弁至，使申明约束，勿扰商民。

家敬孙书来云：得叶缘督太史札，亲家王茀卿先生六月廿八得急症，七月初一作古。伤哉！茀翁以名翰林观政农部，入直枢垣，上年冬得京察一等未记名，考取御史，府公以枢僚事繁，倚重笔札，奏留一年帮达拉密。憔悴贤劳垂十五年，甫将外擢监司，内跻九寺，神骏之品，行将万里而折其轴。上年眷属归吴，京邸次子季锴侍侧，屡贻书于不佞，属为觅一书院山长，以为杜门读书，遂初养性之地。予以行将剔历符竹，姑俟弦歌三径止之，乃竟积劳一病不起，冥冥之中负此良友，伤哉！予又何心久溷仕途，行将挂冠返初服，然连年旧雨寥落如晨星。前年失潘孺初，上年丧朱鼎父、李蓴老，今天又不遗蒿隐，夺我师资。即欲结茅栖隐，徜徉于宽闲之野，寂寞之滨，又将谁和唱而谁和邪？噫！所谓物故不可论途穷，能无恸也。蒿隐文笔密丽，作《呈进钦定勘平回匪方略表文》，七阅月而成，突过胡云持作《进御一统志表文》，不啻研京炼都，精心结撰也，拟求其遗稿刊之，以报地下知己。

与吴孝膺说陈伯严之为人，胸臆广博天所开。又云：陈兰洲作吏，民不忍欺。不知何政术得此，殆任真无所先耳。

鄂开两湖书院，经学、史学、理学、词学凡四斋，斋一分校，仿粤之学海堂、菊坡精舍式。又开自强书院。算学、格致。

商务制造亦分四斋，然游士来去无常，于兹有郑众之叹。南皮尚书云：诸君之来，排枪挡不住；诸君之去，牵夫拉不住。中国游士之弊如此。然不能不和光同尘，虚而与之委蛇，使物情稍稍附此，因势为资也。

营充隐堂，改榜曰“通隐堂”，用梁何点事。

往拜西税司好博逊，同治初为上海常胜军洋将提督戈登之翻译官。渠言中国求自强莫不善于临时召募，莫要于用西国陆军水师法练兵，其言颇中肯。

上榆三哥书建坊事,只好缓办。原奏及礼部来文,拟出润笔请张修撰书丹,方可勒诸贞珉,以垂久远。

舟中不眠,燃烛阅《苏文忠集》。坡之酝酿根柢,少染指于《国策》短长说,中年胎息园吏,晚又栖心曹溪。此公少、壮、老文字之境大略也。笔力豪健,真如万斛泉源不择地涌出,而又时时斗折蛇行,与山石曲折,散为小沚澄潭,有溉田灌圃利益。公自云:晚境牢落,倚文章为鼓吹。此老乃独享此乐。写难状之景沛然有馀,达难显之情,空明澄澈,随事宛转,而行气仍厚,此其所长也。

谒见香帅,痛论时局补救之不易,惟有审度施手,节目次第,从培养人才,磨炼士气,节用尚俭,考工恤商,练水陆军入手,其根本在酌改科目,建设艺学、测算、制造、水师、武备学堂、书院,先立根本,次第乃及节目,以渐为之。

晤高世讲尔伊,字子衡。谈本年五月初三日,台湾公举伯里玺天德,十二日总统潜遁,台北失守事。台湾三月抄未割地之日,香帅遗书,戒署抚唐薇卿,属以死守境土,而辇致其母夫人来建康居住。云君为国尽臣节,予当为君代尽孝道。词甚恳切,并济军火及饷银三十万。唐署抚竟于五月十二日弃台北内渡,殊辜负香帅之意。

乙未八月

忍之为德,持戒苦行,所不能及。

致力于平实处,能尽之,则勿求精深,而自然精深。

学必专门,自名其家,乃能致用。莫善于《艺文志·六略》,莫不善于荀勖、王俭以下分甲乙景丁四部。盖六艺九流所以开人智趣,诗赋所以导情性。兵书形势家,今日舆图营陈之学也;技巧家,今日枪炮制造之学也;数术方技家,小道可观,亦皆切于实用。国初顾氏亭林、黄氏梨洲、梅氏定九、江氏慎修,汪绂、颜元、李塨、毛甡、顾祖禹、胡渭、刘继庄最有古学,开西学之意。自强分四部七录以后,于是汗牛充栋,尽为糟粕,蹄荃九流,专门之学亡,而文集出。粗者溺于词章,精者衍为空理，朝野晏然。农战不修，文儒是竞，而夷狄乘虚入，中国之患烈矣。唐制取士，明经进士而外，有明法科、书学科，有明算科，有孙吴科，犹为近古。宋熙丰后，上之取士，惟用帖经墨义，有科无目，人人习为通论，略度数而言义理，《周官》三物、六艺、考工、制器精义，致用之学，澌灭于中国，而绪馀流于太西，太西倚度数、格物理以致功用，艺学日劈，崇实黜虚，驯至日强，此中西盛衰之邮关于学术，非细故也。右连日与香帅、公度皆论此事，记其节略于此。

夜，郑太夷枉谈。访君，以同能不如独胜，大巧生于熟习，立意于唐文中寻出作散文意径脉络，一意孤行，傲然独往，真确乎不拔之士也。

袁献书，字菘畦，浙江桐庐举人，家贫，久困公车，试补校官。某王一见，异之曰："是为必廉吏。"改知县，年已六十矣。初至，谒上官，敝衣徒步，以一子一仆从。众哂且易之。既受事，日坐堂，皇决讼谍数百纸无遁情，众大异，以为老法家不过也。性仁谨，好稽乡俗利病。村民过者召问，与为质语良久而遣之。吏役以下抚接之如家人，然有过，笞责亦不稍贷。粤寇之犯澧州也，吏多弃城免，献书曰："吾死守土，义耳。义可逃乎？"即衣冠坐堂上待之。顷之，贼远徙，乃止县北燕子山，洞岩深阻，群不逞萃焉，众惮莫敢捕。献书奋然往，命舁一棺从之，曰："吾行不能缚贼，即与俱死耳。"卒械其渠以归。居尝手一编如老诸生，尤喜与士论艺，每试，环听堂下者累累。出入驺从必简。尝言："吾民终日佣力，得数十钱尔。吾坐而享之过盈，岂所堪乎？"故署中日饭一蔬，冬无兼裘，仆吏无肉食者。咸丰六年引疾归，吏人乞留不得。树《去思碑》于署门，教谕蔡用锡为词焉。用锡，字云帆，益阳选贡生，御士严整得师道。右阎季蓉《石门县志》官印，阎镇珩季蓉，湖西一学者也。所为邑志极严简可观。九月二十九日记。

此节殆某友人抄来，夹日记中。梁僭注。

霭苍次洲招集鸡鸣寺，筵散，偕霭苍、毅若上龙山，登北极阁。此山在台城之内，从阁中瞰玄武湖，近接钟阜，远眺摄山，形势雄深萧远,洵异境也,洒然乐之。《国策》所云"左江右湖,其了无有"。此境天下无,今乃一遇之。

夜,云谷置酒话别,舟泊复成桥下。风景不殊,河山未异,然"四海皆秋气,一空难为春"。哀丝毫肉,万感中来,真泪亦不能为之坠,心亦不能为之摧已。

欲乞太夷写两匾额。远景楼,在通隐堂南。亦曰南楼,取"选诗景气多明远"语名之。南望白马山,东北望神山小九华,皆献状效奇于栏楯之下;西则隔江诸山,云烟变幻,若隐若见,亦足以助高明、资游息,春秋佳日于此,兴复不浅也。水明楼,亦曰北楼,取杜公"残夜水明楼"之句。杜在夔州,又有"檐看斗牛,遥接凤城"之语,心不忘京师也,故以名之。

偕公度、仲鲁送道希入都,坐马车至下关乃别去。丁宁相属,调和中外,使平、勃交欢之意。

苏、杭两郡开办中倭新约通商,制府新调海宁州李刺史圭,此君佐四明浙海关税务司二十年,于通商利弊极熟。章菡汀大令同年鸿森在节幕办洋务文案,亦熟习商务。

家敬孙刺史被劾落职,非其罪也,殊可惜。香帅云不能奏调,却久拟咨调,今既为北洋所劾,明降谕旨,只可从缓札调云云。

遗书高子衡,论伊尹一生得力在"强力忍诟"四字,故班《志》刘《略》次艺文九流,列之道家,为太公管敬仲之椎轮,惟致虚守敬,以深为根,以约为极,弱其志,强其骨,淡然独与神明居,故能善刀而藏其用,不穷利器,潜蓄待时乃动,勿为猬处布囊中,时露其一毛二毛,如东坡《志林》所讥也。高世讲,名尔伊,仰晞有新野叟制此名字,故与之言若此。

王蒿隐枢部先生病逝,大农翁公于度支大堂哭云:"天祝予,天祝予!蒿隐,国之良也。今岂复斯人乎?"

读公度《人境庐诗集》,格律学杜,长于议论,时有独到语。

偕公度佥巡,笋将由故明禁城出朝阳门,东行十里地,忽斗入洼臼，呀然成谷，乃钟山独龙冈之东麓也。入石阙，上旧有阁，已久毁。迤逦入松门，至灵谷寺，景陵御赐匾榜。“灵谷禅林”四字，又有柱联“天香飘广殿，山气宿空廊”云云。裕陵六次南巡，御制诗碑石刻。乾隆十六年辛未莫春，御制诗：“萧梁灵谷寺，昔据独龙中。明卜玄宫址，新移碧嶂东。”云云。明洪武十四年自蒋山寺移徙宝公灵塔并寺于此。又御题三绝碑。旧传吴道子画宝公像，李白赞，颜真卿书。“净土指南”四字，今存。又榜“空籁天音”四字。廿二年丁丑、廿七年壬午、三十年乙酉、四十五年庚子、四十九年甲辰，大驾南巡皆有诗。今经兵火后，惟“净土指南”四字，天笔粲然，犹存，馀皆不考矣。无量殿，明洪武中建，规模壮丽，今上雨旁风，鸟啄虫穿，将圮矣，而犹植立未欹倾也。至龙王殿小憩，有曾文正公撰碑记嵌壁。寻龙潭勺八功德水，与山僧茶话久之，索阅架上《灵谷寺志》十五卷，于梁塔明栖之迹，界画了了分明。老僧导游北陟山麓，礼梁神僧宝志公塔。旧五级，今划平制作，极陋，当重修。观重刻三绝碑，非鲁公妙迹矣。而御题“净土指南”四字，奎章云烂，灿然犹存。塔院地势最高，占一谷之胜，倘有力开山者，伐蒙翳，治径路，重建道场，亦朱湖洞天一奥区也。俄入城，游半山寺。荆公元丰甲子长夏病后，疏言舍宅为寺，神宗敕赐榜曰“报宁禅院”，即此也。荆公遂移居城中，惠民废药局地。李雁湖注。公父楚国公，讳益，字损之之墓暨公墓，皆当在此左近，不可考矣。墩寺芜废已甚，非复二十七年前将军魁玉重修时气象。同治八年己巳。令我卜居二定林间之志顿改矣。

宣宗学书秘诀曰：若要字好，黑多白少。邓石如笔诀言：常计黑以当白，空处可以走马，密处不使透风，奇趣乃出。当有界画，使黑不溢出于中线界画之外，则锋行画中，乃自然遒丽。

中国以农战立国，太西以商战立国，根本形势，利便不同。昨南皮师校刊《钦定授时通考》及徐文定《农政全书》、陈旉《农书》、秦观《蚕书区田法》、西人植物学等书为之倡导。安徽一省未垦荒田六万馀顷，皖南四府一州居什之八。昶已谋刻元代司农署印行《农桑辑要》,书成拟印万部,家喻户晓,以为管内劝农之张本。

连夕阅公度《人境庐集》,至第三卷止,稍加评勘,馀不暇观之矣。君致力于杜最深,海外诗尤雄深兀奡,不主故常。其人则忠信笃敬人也,所以可贵在此。

与公度订今冬拟同为栖霞三茅之游,约以裹粮十日,始能遍涉各洞天。

过采石矶,与陈参军上岸,登太白酒楼,礼李供奉征拜拾遗像,野逸如生。游彭公祠,憩广济寺,道人留水厄久之。矶下有三官洞,在悬崖绝壁之下,须攀栖鹘之厄巢,导饮猿之微径,乃得至其地。伯昏无人,足二分垂外,挥斥八极,神色不变,而予守履薄临深之约,未容轻试险峻,以不訾之躯,蹈不测之地,乃不往也。矶上有峨眉亭,元人改曰观澜亭。有残碑五具,徘徊久之乃回船。

古人生日造池放生,予鲜民之痛久矣。五十之年忽焉已至,远怀先茔,思慕不已,敬遵先大夫、先太夫人遗命,檀施育婴堂、施药局、牛痘局、栖流所、掩埋局,一切地方善举,经费大泉一千串,交俞主簿君纫庵经理。此君乃廉明纯谨,祝兹第一佳吏也。

摘抄志公《十二时歌》《灵谷寺志》

坐卧不知原是道。

只守玄没文字。

阳焰空花不肯抛,作意修行受辛苦。

不曾迷,莫求悟,任你朝阳几回暮,有相身中无相身,无明路上无生路。

任纵横,绝忌讳,长在人间不居世。言虽长在世间,而神力仍能出世间也。心绝去来缘,迹顺人间事。运元来,声色中,迷夫未识争为计。

学道先须不厌尘。

不起纤毫修学心,无相光中常自在。

超释迦,越祖师,心有微尘还窒碍。

世界坏时渠不朽。

迹均尘垢，神游冥寂。梁武下诏语。

【眉批】摘抄讫此。

典客署王大臣来电，趣某速至金陵，以米禁事面禀两江大府机宜；某电禀复以廿一晨治行。

苞苴自古有之。《礼记》："贫者不以货财为礼，然则不贫者以货布为礼。"可知矣。《老子》云："良贾赠人以财，君子赠人以言。"季汉八厨名士，能以财济人。范文正、张德远一生喜推俸以食游士，明季李三才亦顾、高东林之八厨也。

福领事来，为米禁事，婉言而峻拒之。本署非钦奉旨意宪札准开禁，不敢擅改章。

葺治通隐堂。梁何点传。墙外一楝花、一老桑、一柳，庭中甘蕉两丛，村叟婆娑其间，亦颇饶避世之处。

答拜班税司、福领事、滕司铎，论袄神景教、摩西教、希腊教、加特力教、以及天方教、释教婆罗门各教源流，此用茂宏兰阇之术也。

携榇儿至金陵，登鼓楼，一览全城之胜，上有康熙二十三年上元甲子，景陵南巡，两江督臣王新命江苏抚臣汤斌、江西抚臣薛柱斗迎驾，钦奉上谕，江南财赋之区，不意俗尚浮华，尔诸臣务教导百姓敦节俭、尚勤朴，力除积习，乃为治根本等。因钦此建立穹碑，永垂功令。大哉皇言！此圣祖之所以为圣也。

吴六安、曾湘乡所以言"大处著眼，须小处下手"者，图难必于其易，为大必于其细，平易近民，民自归之；骤语以高远难行之事，则物情大骇，故不如小处下手，人习而安之也。日用饮食，人事交际，皆不可忽。凡数必倚点线面体而生，积点而成线，积线而成面，积面而成体，切不可陵节躐等，断无弃十驾不舍之功，而妄晞一蹴千里之事，志大才疏，无益有害，故《老子》言"弱其志"，言"守柔日强"，"柔弱者生之徒”。弱非茶弱颓丧之谓,乃磨砻浸润,绵绵日进之义。凡作事必积铢累寸,由微达著,渐渍胶固,乃能成功。若振动躁扰者,必不能成。故荀卿劝学,比德于螾,积柔弱而浸刚浸强之道也。荆公诗:“洛阳贾谊才能薄,躁扰空令绛灌疑。”《易·恒卦》:“初六,浸恒。”“上六,振恒。”皆凶。初位甚微,躁而求深,时未至,故凶。贾生是也。上位处盈忼震主之地,振动而不知谦以自牧,故亦凶,诸葛恪是也。

谒见督宪曲江公,禀商米禁,英公使据约辩论,事遵译署堂宪电饬办理。

午后携大儿访松岑与郎君郑卿名述祖,谈偕出南门,雨花台下游刘氏园,有大池颇胜,而五步一亭,布置局促,遂掩其胜。煮酒谈至暮,园丁误拨羹,致予衫裤皆溅湿,戏改香山句云:“袖中鄗郡恶诗本,裤上升州新酒痕。”

答公度札,论牧斋、渔洋以下之为诗,利病尽之,而不能凛凛有真气。古今诗人,或长于工律,或长于情韵与识度、气势,诸美不能兼有,此无如何者也。如杜、韩之五言古,长于气势,变尽唐初四杰风格,而四杰情韵胜处,则亦非杜、韩之所能兼有。北宋欧、苏、王半山、黄山谷之七言古,长于识度,一扫宋初西昆之声病,而西昆工律胜处,则非欧、苏之能有,王、黄则兼识昆体妙处。此学者不可不知也。姜夔创为四种高妙之说,言尽意不尽,意尽言不尽,意言俱尽,意言俱不尽。皆第为工律、情韵两宗言之,而未赅括识度、气势两宗之变。识度象冬,太阴之属;情韵象春,少阳之属;气势象夏,太阳之属;工律象秋,少阴之属,此略本曾湘乡说。右往复有数百言不能尽录。

晤歙县唐焜华太守,观其夫人所作《吟香馆百花图》,渲染鲜新,足与恽冰、汤绿春贞愍之女抗手。

闻孙莱山尚书致仕后精神极好,日以买法书名画自娱,有常州梦琴云。

晤徐次舟、章菡汀,云沈同年谷成太史栖心净土三十年,以不戒摩登伽黑业,遂致两目盲不见物。

易实甫自刻《魂北集》，今入台南为刘永福副总统，倭奴疑为曲江公指使。廷寄密谕曲江公，电趣速归内地，毋许逗留。

谒见督部南皮师，饭于煦园西小阁中。饭后侍公杖履，遍游池东西两岸诸胜，水木明瑟，中有石船，师言此船终古不行。寻大令下一转语，予对言："已到彼岸，永离尘劳，故湛然不动而常住也。"湘西有石船山，王而农行人所隐，想曾湘乡创建此署时所布置，以象船山邪？未可知也。对岸疏篱古木中有鹤三四，饮啄自如。大鱼拨刺自跃水面。荆公诗所谓"跳鳞出重锦，舞羽堕软玉"也。壁尚有朱文定士彦、潘文恭世恩题陶文毅"印心石屋"刻石。凭栏眺望，有濠濮间意。于时秋也，故景气明远而萧爽，重台木芙蓉盛开。论《易》消息，时运无常，诎亦无常伸之理。论《恒卦》，戒求深，至人不凝滞于物。故曾公持敬养气，日课力戒，文字不可一味耽著，若有意求深，便是徇人。论救时以务本、节用、爱用、爱啬物力为先，培养人才、教炼士气为急。

乙未九月

鸡鸣寺，梁同泰寺故址也。宋文帝为庐山处士雷次宗开儒学馆于鸡笼山，即此。台城当在此山之南。寺，洪武二十年建。宋为法宝寺。迁灵谷，宝公函瘗于此，建塔五级，赐门额三，曰："秘密关观由所出，尘径前有施石台。"石表宋文宪公书。寺后有高阁踞山之巅，下瞰玄武湖，荷花万顷，凫雁哑哑，倚窗历历可数，乃南唐制函虚阁也。见《徐铉集》。

庐龙山在上元县仪凤门内，周回二十里，高三十六丈，明初改名师子山，徇俗呼，象形故邪。洪武七年太祖规建阅江楼，其上伐材如山，为天火所焚，乃惧而止。元至正二十年夏闰五月，湖北陈友谅自太平犯应天，径冲江东桥，未克，转趣龙江。明祖时为吴公，督诸将拒击于庐龙山，大破之，友谅遁，遂复太平。

北河口即金人所开老鹳河，《宋史》建炎四年，韩世忠扼宗弼于江中，宗弼不得济，或曰老鹳河故道。今虽湮塞，若凿之可通秦淮。宗溯从之,一夕渠成,是即北河口也。

江水又径永安洲,古蔡洲也。晋苏峻之乱,陶侃等入援,舟师至于蔡洲;又殷仲堪以江陵畔,前锋杨佺期军至石头,既而回军蔡洲;侯景围台城,鄱阳王范遣其世子嗣率兵入援,军于蔡洲;又陈霸先讨侯景前锋,次蔡洲。并此处。

国朝学术如亭林、梨洲两大儒,吏治如陈文恭。近日治政事不废日课,如曾文正;文学条理简当,如陈先生澧,皆可为百世之师,行之无弊。所谓"先正之言明且清",差差然而齐,与近世浮华之士为文章匿而采,諎諎然而沸者,迥乎不同。涵养深,根柢厚,则心光气魄自然不同,岂特外著语言文字之迹哉?深之又深,故精气全而能宰制万物。五六天地之中合,五土生数于五常之性,为信;六水成数于五常之性,为智;智性合,故履常道而大适抱冲,气以为和,保合太和,各正性命。《震》为性,《巽》为命。故能御雷霆风雨使品物咸亨,《乾》元用九,《既济》定。

王晋卿大令树枏,直隶新城人,曩同在莲池修《圻辅通志》,不见二十年矣。丙戌进士,历官四川剧县,有能名,博学多能,文章清隽。李天生、潘稼堂一流人也。著述甚多,已见过者,《大戴礼详注》《墨子校正》,不知因何罣吏议,现香帅咨调来佐节署文案。延平之剑复合并,予心甚喜。

柯巽庵先生招集成桥酒舫中,爱玲亦至,予颇惑之。然此人未必有拣尽寒枝不肯栖之意,缺月疏桐,孤鸿缥缈,何以为怀?亡友宝竹坡坐此,倾其门第而谪且削职。予若为此,何以贻先大夫令名,决不可为也。

香帅方托许竹筼钦使,募聘德国来姓游击等及武弁二十六员,教督标练军以陆操阵法,管带巡捕张都司标,山西人。沈仲礼太守为之料理,并提调武备学堂事。予亦愿考求,从浅近处学起,德国游击来春石泰,现大府派为洋操统带,而以沈太守敦和为提调,武巡捕张彪所带之七百人亦归操练。

旅见制宪,芜新关自去年九月十五日起,至今年九月十五日截止，奉奏准应得镇关及宁、苏三厘局拨济芜新关监督津贴办公经费之款，约及两万金。今日司道牙参议本年江南省城，例办粥厂，冬账需款甚巨，正在为难，仆即面禀，请以前项奏准奉批应得之款拨入江宁，放冬账及四门粥厂用，制宪頷之，仍面加奖励。制宪命捐一半，以其半为我谋。仆思不若尽捐之，或作练兵用亦可。

禀辞谒南皮师，优礼霑渥，感刻五内。为松岑谋书局分校一席。为革道莫绳孙仲武失官，非其罪，请奏乞开复原官，力陈浦口、六、仪、和、滁一带，冬防宜派重兵良将，不时巡哨，以靖奸究。

驾驭人才之法，当用忠朴良实、果敢耐苦之材，仿左恪靖侯之术，不用科甲，不用名士，不用世家子弟，不用猾吏长于应对者。

往者为桑根丈集句云："明月清风我，东坡词。青山白云人。傅奕语。"今永今堂，池南小阁，榜尚存，而桑根风流遂往矣。岂胜慨然！

谢公墩、半山亭，当故相曾文正帅升州日，嘱将军魁玉字时若出赀修之，山色畅然，溪流深广，攘剔疏浚，颇饶佳趣。予己巳、丁丑两有诗，载集中矣。今乃土馒纵横，寺门返锁，溪湮流细，草棘蒙翳，芜秽不治。荆公墓、荆公父楚国公损之先生墓久不知所在，无碑表识。王茂宏、谢文靖墓，本皆在钟山，谢墓经盗发，其裔孙栖之长兴，故当在长兴矣。魁将军之子穆克登布字少若榷牙厘，以道员候补，同年迈拉逊之介弟也。予乃嘱其董理重修，以复旧观，并拟助资百金，以成其役。因思周公瑾、李少温墓皆在芜湖，李太白、贾岛冢在姑孰，皆应次第复除表章。

买古籀刻大铜瓶一座，刻有彝器文字。夷泉廿五枚。敬甫定为汴宋以前物。

上普陀兵轮，随即起锭开行。与易笛舫守戎锡蕃，长沙人。登舵楼，用大千里镜测望江南岸山川城郭之形，与之言元明以来战事，咸、同间兵事，形胜之地，天下有事，在所必争。

英国大兵船一，停泊蔡洲外江已一月，其驻京公使以四川成都、福建古田两教案，八月十七八。谋割据长江上下形便之地，以为要挟地步,旋以朝廷罢斥刘秉璋,事遂寝。

普陀上下水手、舵工、铁柜听江水兵共二十七人,船身吃水十尺,最畏浅沙暗礁,每一点钟,上水行九迈,下水行十三迈。

楚材座船、威靖兵船、祥云登瀛洲官轮,时皆聚泊下关救生局。

行一百里,月黑抵采石圻,宿,作奏记上香帅,为奉密谕查长江水师一事故也。

南洋兵船六号,现派统领裁缺,海坛总兵吴奇勋董其事,粤人。而营务处王君辄扰其权。管带开济、南琛、寰泰,皆以骤易生手而败事,惟南瑞、保民、镜清未换粤人管带,亦尚不至败事。此坐营务处筹防局用人之误,而反诿过于吴总戎,吴坐以是怫郁,思告退。可见用人之难,处事之难。

属姚舟伯与李光明刻书铺,议将渐西村舍所刊稗编出售,每部毛太纸印,钉工线,合发价大泉若干文,专讲求买卖,经此亦恒产也。

仙蘅前遗书,戒我云:"服药百裹不如独卧。"又云:"独卧有恒,尤贵忘情。"深有味其言。陆放翁诗:"倩盼作妖狐未惨,肥甘藏毒鸩犹轻。"此老诚通晓养生真诀也。

不以儒名其家,而以学显;不役役于劳生,而智愉交养;资于治生,以善尊生,不汲汲于用世,寓权于实,倚作用为无量受用,不为一切世法所束缚,而我行我法,二边三际,断得大自在于古之人,以义趣求之,其惟陆贾、班嗣、东方生、阮籍、颜延之、王无功、杨凝式其人乎?方外净名马祖、庞居士亦所醉心焉。

与李大令议开米禁,并抽宁厘事宜,往复数百言。仆于此事纠缠一年馀,始终于无数葛藤中随时斧斩葛藤,委心平气,与事机为曲折而已。

丰入啬出,轻时敛,重时散;贱日籴,贵日粜;贵出如粪土,贱取如珠玉;不先时,时未至。亦不后时;时恐失。本富为上,末富次之。太公望有十盗之说,致富之方亦有十,语载《初学记》。治人事天莫若啬,夫惟啬故能早服,俭故能广。墨子善守御为节用。杨果勇侯芳戒子云："宁可予人一斗，不可养人一口。"此皆治生要诀也，不可不知。

往拜领事官税务司，议助江省开米禁抽厘事，往复数千言，颇有枘凿扞格，彼执条约为言，于事理未有以难之也。

拟作《重修高忠宪公水居记》，大约以一代之景运、一代之策力武功，为之一代之教泽、一代之学术风节，维之明氏有天下三百年。其开创时龛暴拯溺，徐、汤、邓之功诚伟矣，然愚窃以为启、祯否剥之交，死阉难之毅烈如杨、左，讲学东林如顾、高；南渡后绝粒殉国，偏师独出，如刘忠介、黄忠端，精忠贯日月，呼噏傲风霆，兰熏玉洁，千载之后，凛凛犹有生气，可以使顽者廉，懦者有立志。六七君子当叔季之世，阳九之厄，本其生平学术，夷险一节，从容蹈仁义，第行吾心之所安，虽至捐脰丧元，毁伤支体，浩然而不悔，浸久而愈光，用挟持世教，与天壤不弊，所谓隐几工夫大，挥戈事业卑者，非邪？

治吏牍颇冗。天下之至赜而不可乱，至动而不可恶，惟本敬静以治之，求无憾于心，而后即安。

与方观察李、朱、黄三大令议江宁局抽米厘事，责成商董督率行户完厘，振裘挈领，较有把握。一面知照新关银号，凡来缴米税者，先令投赴江宁米厘局完厘，乃准出口。此事甚吃力不自然，所谓逆取之于商民也，难持久。

裒集各石本版本老子《道德经》十馀种，欲作集解。梁儿言《洪稚存先生文集》及《札记》有论《老子》语精确，因命抄出，颇起予意，为之欣然。《全鲒埼先生集》亦有。

昨读《荆公集》，至皈依三宝章止，"中含法性，外习尘氛"，公之生平，真尽此八字中也。

一味用羊叔子、王茂宏法，招致豪隽，宾接蕃胡，平易近人，使人归之，而仍暗寓太公治齐、子产治郑之作用。孔子语叶公曰：政在来远附迩，使物情附己，是最要著。汉世祖戒任延，不曰"善事上官，毋失民誉"乎？《中庸》篇亦曰："获上信友。"此真黄老家当真传妙诀也。

前谒壶公师,自陈欲退闲。师言,就令归田,亦奔走不憀,子何不以所居之地为吏隐,寝处有山泽间仪义味,当俯拾即是,胜于买山刻舟之见万万也。此如永嘉见曹溪,真成一宿觉矣。丁征君亦有函相劝,言林下之无谓。曾文正《与沅帅书》《与郭筠仙书》亦言及此。林下之受累,有甚于在仕路。

出门访岑友,谈《易》义,岑友劝予校刊汪双池先生《周易诠义》。予言六书,先指事,而后象形四术,先义理而后度数。孔子以"三物"教人,以《诗》《书》《礼》《乐》课士,先人事而罕言性与天道;至五十后乃学《易》,乃知天命;晚年始作《十翼》,明诎信、往来、升降、消息之故,是皆以人伦日用为急先务也,独至学《易》则不然,必先象数而后言义理,先天道而后人事,盖其序不同也。凡王弼、胡瑗、王安石、杨万里空言义理者,皆去之远矣。而邵氏先天之说,尤野言不可信,此其说当质之李鼎祚、朱子发、王深宁、黄石斋先生。国朝之惠定宇、张茗柯而褅源于《乾凿度》及《太玄》卦气之说,然后《易》家之门径粗具,此不可以空言争。

仲伊山长劝我校刊旧本《齐民要术》,附于《农政全书·农桑辑要》之后,太西水法、植物学种树书之前。

予日记自丁卯年起,拟述丙寅以前二十年间事,系以年月,为《痛定录》,须检寻先大夫用畤府君年表。

清、慎、勤、忍,居官四要。四者之中,慎、忍为先。晋武评阮籍,于朝士中为至慎。诸葛公不对刘琦登楼去梯语,正不当以温树不言为口实也。《易》不云"不密害成"乎?裴晋公诗云:"灰心缘忍事。"宋谚云:"忍事敌灾星。"必有忍乃有济,忍之须臾,乃全汝躯,故慎之又慎,加以坚忍,庶几免于世网乎。近日袁敬孙之《墨吏议》,正坐不忍不慎,虽持身清勤,亦不免祸及之,可为前车之鉴也。

闻黄漱丈已挈中弢弟至金陵南来,殊可喜。徐寿蘅少马雅荐人才,列屠梅君、漱丈。旨留中。

与松岑札,乞惠君所藏高宗纯皇帝御题竹根如意一枋,上有御制五律一首，引南齐明征君故事。内府物，经庚申之乱，流传人间者也。

禀香帅遣撤淮西散勇，各省纷纷，轮载至芜上岸非便，应在金陵下关、浦口上岸，由此径往颖、亳、寿一带为便。

吴宗丞蕙吟又出为典属署大臣，此朝邑阎公所轻诋者也。虽复得此席，然其识略之陋，未必有成也。

有天津吴曜山统领名下所遣散淮勇二三百人，永清轮船载至芜湖上岸，立传其元来周哨官、盛文案至，谕以县令，已备船只，准备节节护送至合肥，尔二人其督率约束，各勇丁安分上船，回至本籍，听候地方官安插，并犒以大泉二十千，复派两戈什押同前往江口料理，该二弁唯唯，敏谢而去。松岑书来，以乾隆宸翰御题竹根如意见惠，此祖宗俭德，石渠法物，不敢私家藏弆，它日如得召直勤政殿，如黄钺、何秋涛故事，当献之上前，以为受厘法祖之颂。

乙未十月

驭吏如束湿薪，临之以严猛，治之以柱后，惠文廷中有三尺法在，不能法外姑饶。

与守备朱继云语，现亟求文武人才，及聘德国武弁教练陆军，聘请英国武弁教练水军之意，惜经费无出，征榷赋税之权不在手，故迟迟而不发耳。南唐李升之所以制胜，在日课操练水陆精兵而不浪战，不轻用兵以制敌国之弊。孙权之保国已用此策，此其所以为枭雄。由明有意算故也。富弼讽契丹主曰："浪战则利归臣下，而害归君上，所谓人臣之利，非君上之福也。"葛公辅少主初年，以务农殖谷、保境息民为事，必俟根本深固，形势利便，然后图之。此葛公明于治国分数，所以才亚管、萧处也。王羲之谏会稽王昱，戒殷浩，谏谢安，识破此意，王故有识度，其人不幸为工草隶所掩耳。练雄师善守雌。千金之弩不轻发。朱守备述谚云："张弓不放箭，将军欲以巧伏人耳。"予大笑。

明洪武初，诏以朱子书立学官，而别为《老子》作御注。明太祖欲驱天下之人士轨束磨砻于朱子鹿洞规制之中，而主术则尚黄老，谓老子法天正己,动以时而举合宜。明祖作用大略具此,此非一孔之儒所知。

泾县洪幼琴檠来,癸巳举人,琴西都转之子,笃实好学,练达世务,可用之才也,不胜钦企。都转师刘传莹国子学正,曾文正《赠刘茮云》诗所谓"立言须似亭林叟,击瓮拊缶恶足鸣。嗟予孱退百不力,付典四海刘传莹"。是其人也。曾公治学问,则推刘传莹;治程朱书,则推唐确慎;治吏事,则宗陈文恭;治古文,则宗姚惜抱,亦颇推梅伯言;治兵事,则师戚南塘,推荐江忠源、罗泽南、塔齐布;筹饷事则推黄冕。此有三要诀:养气知言,量才善任,一也;合群策群力,大事乃克举,二也;不震动,则天下大物运不转;不召集部勒,天下之文武人才则决不能震动鼓荡。变通者,因时者也。不知因时因地因才因治为变通,则天下之乱无穷期、无转机。非具黄老作用,不足以附物情而回劫运,三也。

六安为学,时时提撕明是非、不计利害一语。予窃谓,别嫌疑、明是非固要矣,然圣人常兼审利害,故弦歌却匡,微服避魋,权词以答阳货,陈恒齐官则请讨之,鲁季孙之跋扈则隐默不言,不能请讨也。非圣人之巽以行权,包周身之防,洞吉凶之几乎?若云明是非不顾利害,《易大传》不云"益以兴利,损以远害"乎?此其尤大章明较著者也。

同城文武咸集于庭,偕候补道方硕辅、参将王凤祥、保甲局知府杨奎绶、洋务局直牧王康平、芜湖令李嘉澍等十馀员,循年例恭设筵宴,并约英国领事福格林、新关税务司班谟等三员行酬饮礼,预祝皇太后万寿圣节。食品用中西合式。午初入席,酉正礼毕筵散。颂辞,福举酒起立,云:"恭逢皇太后万寿圣诞,外臣不胜瞻天仰圣,诚欢诚忭之忱。年谷丰登,四境平安,人民康乐。敝领事与贵监督诸事和衷商办,中英睦谊有加。今将回国,不胜感恋,惟愿同席诸公俱游寿域,克勤政事,同致治平,此敝领事所日夜祷祝者也。"答词:"本月初十日,恭值皇太后如上天之仁,媲南山之寿,外省文武小臣齐集公堂,先期举行大酺。承贵国伦敦、苏格兰、阿耳兰大君主,五印度、新金山大后主,派贵领事驻扎此间。我国皇太后、皇上一视同仁,优待贵国臣民与本国臣民无异。贵领事办理持平,敝监督实所欣佩,愿同游寿寓。贵领事乞假回国,再来参赞,交涉中英两国相助操练水师事宜。同为地球上至仁至武之国,实有厚望焉。右祝词、答词存以备考。

洪幼琴送所刊《大唐开元礼》《鄱阳集》《韩柳年谱》《陆宣公集》《翻影宋本仪礼注疏》《尔雅翼》《影宋古文尚书》《朱子家礼》八种。

丁丑春晤林学使天龄于江阴。林公语予,近奏请以高忠宪公攀龙从祀泽宫两庑,事下礼部,驳斥高公遗折有"君恩未报,誓以来生"之语,"来生"出佛典,不应引用,从祀不合。予谓李翱作《韩文公愈状》云:"及长读书,能记它生之所习。"然则韩吏部从祀,亦当罢黜邪?林大笑。

予正出巡察河南北岸保甲分段,直至江口保卫营,与营官饶解元飞鸿痛谈操练水陆兵阵,长江须购造兵轮三十艘,有事方可守口御敌。各省宜通核关税、地丁、盐课厘金出入,极力樽节。别贮一封椿库,以渐忍力为之,以长江各省通力合作,每年购兵船两只,计之十五年可成三十艘,或中歧船政局及上海制造局分造亦可。

太公始封,周公问何以治齐?太公曰:举贤而上功。太公以齐地负海卤,少五谷,而人民寡,乃劝以女红之业,通鱼盐之利,而人物辐凑。后十五世,桓公之相管仲,权轻重、榷盐铁以富国。周公始封太公,问何以治鲁?周公曰:尊尊而亲亲。其后民俗多好学,教化愈于它俗。周公之用法繁而曲,故后世寖弱;太公之用法简而直,用以富国强兵,常用力少而成功多,管仲、商君、范蠡、张良、诸葛亮、王猛、张咏、张居正之流咸用之。今中国之用法繁而曲,太西列国之用法简而直,故形势强弱迥别于时。

圣君贤相宜熟察其脉络腠理之所以受病处,而奏刀砉然,批大隙,导大窾,因时会,立计划,据地势为资藉,乃可日起而有功。

儒家博而寡要,劳而少功,不若道法两家参用之为简要直捷。张良、诸葛亮、魏征、李泌、王朴、耶律文正用九流,故奏效多;萧望之、陆贽、司马温公、王介甫牵滞于《公羊》《太玄》、荀卿、周礼,以儒术为藏身之固,故成功少。《易》曰:变通者,移时者也。太史迁云:知天人之故,通古今之变。《荀子》云:法后王。儒者常可与立,未可与权,可与守经,不可与言权变,所以罕能赴事会而立功名。

今治天下者,若能文武任事皆得人,亲贤之地宜参用,则是兼举周公、太公之法矣。治京师,地逼而势近,宜用繁而曲之法;治外省,地广而势涣,宜用简而直之法。治岂一端而已,亦各有所当也。

拟钞王山史《十七帖疏证》、王良常及包倦翁《十七帖考》,正翁苏斋《唐楷晋法表刻》作一册。

竹垞之诗,取材信博矣,动讥放翁太熟,鲁直太生,似若能睥睨两公者,然竹垞诗义味远不逮两公。斥出南书房,为高江村所谗,时年已五十馀,作诗怨怼之气,忿悁形于翰墨,视涪翁、渭南之屡谪瘴乡,久困常调,而襟抱冲淡,神仪闲远,养气之初,又去之形骸之外甚矣。文人轻薄,妄下雌黄,真无始以来结习使然也。晓岚相国集中评山谷各体诗五则,极推许,见其深处,又称陆放翁自有安身立命处,不当于字句间求之,此真知黄、陆两公,见其表复睹其里者邪。

南陵孙令鸣皋来云,曾在完县书院主讲五年,与劳玉初大令以二千金购群书,口讲指画,教诸生作文谊法。甲子乙清苑人。

孔子官中都宰,于时鲁人烧积泽,天北风,恐燔及府库,乃为鲁哀公下救火令,曰:不救火者,比降北之罪;逐兽者,比入禁之罪。见《韩非子》。

晤赵子荣副戎金凯,合肥人,新改统领,长淮水师舢板船五十七号。统领徐思忠,以虚额撤。赵久统巢湖水师舢板十五号,都司徐华鼎,字铸九,太湖籍。河南人接统,每号水勇连哨管,元额十一名,裁存九名。有劳绩,今年五十四。长淮水师向驻扎寿州,分三营,有两营官,现赵议改扎临淮关,控扼形势较便利。晤李彦廷总戎思孝,友人李公雨苍建威大营之旧部,后在霆军立功。晤巢县令萧策吾德骥,据云居鄛自亚父范增后,不复产奇伟非常之士,亦可异焉。巢湖自立水师,盗踪衰息。

上海制造局阮水三观察来函，称局中有积亏八十万金，骤难弥补，今幸改归督办军务处。王大臣督同刘君康侯办理，不复归南洋大臣节制，本月下旬即可卸肩云云。

自营私背私为公，《诗》云："雨我公田，遂及我私。""骏发尔私。""媚此天子。""言私其豵，献豣于公。"积天下之大私乃能成天下之大公。凡事有经有权，有几经，公法也；权机，私法也。非廓然大私，不足以致物来顺应，非大私不能无我。观于太公望以《阴谋》《金版》《六弢》《佐周》，耿纯谏光武，有攀鳞附翼之说，可知其故矣。腐儒之说，乃可�笑。

诗家句律，至沈、范、阴、何、江总，持风韵极矣，裁缝灭尽针线迹矣，然不参用杜甫格调，则不足以驱策议论，世法语、闾井蹇浅语、纵横子史兵家语，使尽入五七言，陶冶锻炼之中，犹无以殚拓诗境之变。故文至韩愈氏而变，书至颜鲁公而变，诗至杜甫而变。宋初西昆唱和，一变而欧、梅，再变而荆、坡、山谷；金元噍杀粗厉之音，变而简质淡雅，为虞伯生，流而秾冶狂逸，为杨维桢、张宪，三变而高浑雄秀，为青田、青丘。或合或离，于古或貌新而实有复古之功，殆亦自然之运会，所开一二隽杰，挟才力乘之而遂成风气，非偶然也。

一津友函云，南洋经营海防练兵，招致四方贤隽，气象如火如荼，而北溟竟一事不办，昏昏欲睡，将来国之所以赖，其在江表夷吾乎？

答黄漱兰丈、仲弢札，有要语，督抚不可无诤友，非黄丈资望不足以为南皮诤友也。若诤吏则仆不敢辞。

户部议倭兵费偿款二万三千万两，举洋债以偿之。自明年第一期，连本带息需银一千五六百万。大农悉索卮漏，难弥爰筹补苴之法。内烟酒加税一条，皖北王道议于烟酒常额税外，约加四成收税，大府下其法于芜湖钞关，昨照饬各口遵行。

商君师尸佼，范蠡师计然，其学术皆有所本。范去越适齐，自称鸱夷子皮。鸱夷者，盛酒之器也。扬雄说。用之则多所容纳，不用则可卷而怀之，不与物忤，不与违俗也。今虞山公自署瓶居士，南皮公自署壶公,亦鸱夷之类,以名滑稽邪。

孔子以鲁襄公二十有二年庚戌八月二十七日生,朱子以建炎四年庚戌九月十五日生,文孝先生黄太冲以万历三十八年庚戌八月八日生。右一圣两贤览揆,皆以庚戌,皆以秋敛成物,卦气在《观》《剥》之时。

自顺治元年甲申至光绪十年甲申二百四十一年,凡五甲申矣。

奉天三陵,永陵山曰启运,福陵山曰天柱,昭陵山曰龙业。关内东陵山曰昌瑞,孝陵、景陵、裕陵、定陵、惠陵,以上皆在蓟州。西陵山曰永宁,泰陵、昌陵、慕陵,以上皆在易州。

长白山,国语云"果勒敏珊延";松花江,国语云"松阿哩乌喇";黑龙江,国语云"萨哈乌喇";宁古塔,国语云"六个"。

【眉批】重出。

郑君爻辰

虚女,《乾》初九。建子月,卦气在《复》。

牛斗,《坤》六四。建丑月,卦气在《临》。

箕尾,《乾》九二。建寅月,卦气在《泰》。

心房氐,《坤》六五。建卯月,卦气在《大壮》。《大壮》四阳,故为六五。

亢角,《乾》九三。建辰月,卦气在《夬》。

轸翼,《坤》上六。建巳月,卦气在《乾》。《坤》上六,龙蛇战,故上六在巳。

张星,《乾》九四。建午月,卦气在《姤》。

柳鬼井,《坤》初六。建未月,卦气在《遁》。

参觜,《乾》九五。建申月,卦气在《否》。

毕昴,《坤》六二。建酉月,卦气在《观》。

胃娄奎,《乾》上九。建戌月,卦气在《剥》。

壁室危,《坤》六三。建亥月,卦气在《坤》。

子、寅、辰、午、申、戌,阳也,《乾》之六位,左行。未、酉、亥、丑、卯、巳,阴也,《坤》之六位,右行。爻辰、卦气二学不同。惟《复》,初一阳,自《乾》初九来《剥》上一阳,即《乾》之上九,此为同耳。

正月宿直尾箕,以下《礼记·月令》注。卯宿直房心,二月。六月宿直鬼。六月宿直东井,申宿直参伐,七月。九月宿直奎。十月宿直营室。又注季冬云:"此月之中日历虚危。"馀可隅反。

汉太初历,以百刻为昼夜,今西法以九十六刻为昼夜。

甲阏逢,乙旃蒙,丙柔兆,丁强圉,戊著雍,己屠维,庚上章,辛重光,壬玄黓,癸昭阳。

以上岁阳。

寅摄提格,卯单阏,辰执徐,巳大荒落,午敦牂,未协洽,申涒滩,酉作噩,戌阉茂,亥大渊献,子困敦,丑赤奋若。

以上岁阴。

星纪建子月,元枵丑,豕韦即陬訾寅,降娄卯,大梁辰,实沈巳,鹑首午,鹑火未,鹑尾申,寿星酉,大火戌,析木建亥月。

以上十二次。

岁星木,荧惑火,填星土,太白金,辰星水。

以上五纬。

楚封春申君黄歇,赐淮北地十二县,后十五年尽献之考烈王,请封于江东,畏齐、秦之逼,惧受兵也。考烈王许之,歇因城故吴墟,以自为城邑,既而楚畏秦逼,去陈徙都寿春,歇就封于吴,行相事。当日歇自为谋之,情事如此。晋末琅琊王渡江,都建业。逼近司、青,中原从龙,王谢巨族咸入浙,营墅产于始宁,今上虞也。去建业有江湖重险之隔,当日王茂宏之自为谋,择地远害,情事可见,视葛公之就成都,营田十五顷,治桑八百株,与蜀主同休戚者,有愧色矣。

邸报十月廿二日,礼部侍郎顺德李公文田薨于位,赐祭葬如例。

公熟洽辽、金、元三史,留心舆地沿革,著有《元秘史注》《西域释地》《耶律文正西游录注》《双溪醉隐集注》《撼龙经注》,尤工草隶,优入贝义渊、赵文渊、郑述祖、丁道护之间,八分盘拏屈强,一以王基、曹真为法乳。予以笔札见知于公,曩官主客曹日,礼遇甚厚。闻公长逝,不觉泪流于邑。

阅南洋练陆军之统带、德国游击来春石泰所著《中国练兵利病说》,论炮式为详。

迓赵次山新廉使尔巽,在关亭小饮,纵谈洋务利病,并及皖省利病。次山同年问皖南僚友中通达洋务之材,仆举知青阳县汤寿潜以对。

闽边制军来电,遣散湘勇轮船送岳州,恐上江水浅,欲在芜湖上岸,令易民船运送。边公贻害邻封,以邻为壑,昏愦可谓极矣。某电禀中丞,请止之。

永慕堂藏书分十八部:

经学小学韵学附。

通礼学国朝为主,附以历代。乐律附。

理学

九流学道、儒、墨、名、法、纵横、杂家、小说。

《通鉴》、三《通》、历代政典掌故之学正史分门附。

本朝三通、会典、掌故之学《实录》《国史列传》、私家碑传、方略。

舆地学

词章学《文选》《文粹》,以上为一体;《文鉴》《文类》以下为一体。

金石学

兵家学兵形势、兵技巧、兵权谋、制造局、水陆师学堂章程、兵制。

测算学中法、西法。

边务学边防、海防。

律令学吏治、贼役、河槽、盐、茶、关税、厘金、各部则例。

医方学

考工学

洋务学敌情战守机宜、条约公法、往来礼节、翻译文字

农商学

梵净学教典、宗门、净土、翻译音义。

乙未十一月

闽省遣湘郢勇营千馀人，派琛航等兵轮过芜，以水浅，言欲在芜换给民船。管带凯字中营记名总兵黄建勋来见。黄陂人。予坚斥不允，并勒营局禁止驳划，不许渡其上岸，又嘱印委督率弁勇在江口弹压。

闻黎蓴斋在川东病痰甚剧，念之。去年倭事起，香帅密电奏请，严黎庶昌、黄遵宪二人到阙备问倭事，别召袁世凯问韩事。旨召蓴斋入都，又以教案事命勤办，事竣再来京，故至今尚滞渝州也。

李令来云：琛航兵轮已载散勇上驰，盖闽省当事接皖大宪电后，已有电饬该船主勿逗留矣。飞捷兵轮尚未至。

叶子奇《草木子》

《洪范》：五行生成之数，以微著为渐次，水、火，气也，故微。木、金，形也，故著。四行，莫不待土以生成焉，其质最大，故居后，盖土贯于四行之中，所以成始而成终者也。

《丹经》言：鼎炉是安身立命处也，采药是收精敛神也，火候是操存之意也，沐浴是日新之功也，抽添是勤怠消长之节也。

《鹖冠子》曰：贱生于无所用，中流失船，一壶千金，贱者亦有时而贵，不见将乱之世，金章紫绶照耀舆台躯乎。

易于近者，非知言者也。《老子》云：“图难必于其易，为大必于其细。”《中庸》记曰：“行远必自迩，登高必自卑。”周公诫伯禽曰：“平易近民，民必归之。”谚云：“心不负人，面无惭色，充之即配义与道，浩然之气也。”又曰：“穿窬胆怯，即行有不歉于心，则馁矣。”

乘数，阳息也；归数，阴消也；阳息而进，阴消而退，此阴阳之理，见乎数也。

兵家遁法,即白法也。开、休、生三吉门。开即六白,休即一白,生即八白。

耶律楚材以生克制化论五行,郭去非以战斗伏降刑冲破合论三命,皆臻其理也。

佛氏于性宗工夫深。老子于命宗工夫深。性命双修,庶几得之。

元刘太保秉忠作北京取居庸关水入城,冀稍润其土,然不及百年祸变作,岂地数有限而致然耶?《易》曰:“消息盈虚,与时偕行,天道也。”《孟子》曰:“天下之生久矣,一治一乱,人事也。”管辂曰:“土地悠长,尚有兴衰之运,地理也。”由今监古,气化盛衰,人事得失,未尝不相因,岂徒然哉!

【眉批】此节以上,疑并删录《草木子》。

康长素、汪穰卿创立强学会,有人无土,恐怕办不成。京君明占云:地气上天气不应,此之谓也。上下求自强,不知变法横议者,处士而已,且恐扞当世文网,安望能号召乎?况第有人气并无地气乎?何以聚人?曰:财有土,斯有财。今无土无财,空拳不足以济人而得众,故事难成。

岑友规予,晚年读书,以淡泊守约为主,乃能涵养宗趣,有日新之功。予深味其言。戒贪多务博,于治世事无益,而治身心尤有损也。

《周礼》:国税轻近而重远,以近者多役也。今制:江浙赋重,而东三省汤沐之地,无地赋。此制法不得不有所偏私。

《周官》载师漆林之税二十而五,乃知蒙漆园吏故是优差。

《司马法》:围用弓矢,守用殳矛;助围守则皆用戈戟。凡五兵之用,长以卫短,短以卫长。曾、胡定楚军营制,每营五百人为五队,头队劈山炮,二队抬枪,三队刀矛,四队鸟枪,五队刀矛。前队退却,则后队斫之。现参用西法,头队当用车驮七八生的克鹿卜后膛炮,馀三队用快枪,末队用刀矛;一营五队,队五十七人,皆有教习,号令进退之。或置五营，互为奇正，前锋用炮营，馀皆快枪营，亦用长短相卫救之法。用法不同耳意则同。

制宪札，现招来德国洋将弁三十五员，募亲兵万人，教练德国陆操。昶自愧文吏，不习兵事。昔杜预亦以不知兵事为耻，内疚之情政尔也。

名器之烂，莫今为甚，羊头灶养，飘缨满市，曹蜍李志，黑头令仆，而杜陵男子，稷下祭酒，四七名宿，九二大人，反蕉萃百僚之底、护洛十年之调，世浊如此，何以臧乎？仆上年报效军饷，先后几及万金，区区微忱，本不希奖叙，且方欲为朝廷爱惜名器，何敢自渝其素门平进之志，甘居常调之悃，乃大府援案，奏咨例以翎枝奖叙，今日援笔申谢，果否加诸冠饰，尚迟徊而不果行也。仆且欲挂神武之冠，乃反多赘旒乎？呵呵。

丐印根兄写朱子白鹿洞规，榜之中江讲舍，以励诸生，使渐知向学。

与王广文瑞臣议尊经阁三祠落成，筮日行祭礼。汪仲伊山长为祭酒，馀官分献，诸生拜伏在阶下。先觉祠以朱子最尊，视泽宫先师用中牢，羊一、豕一、毃十六簋；左正气祠，特，豚一，毃同右；遗爱祠，特，豚一，毃同。

陆祁孙云：一庸可以息众毁，此阅世深语。较《老子》和光同尘、顽似鄙之作用似更深一层。

禀督抚、宪抚，保卫营，经费不敷，拟请在江宁驻芜米厘局筹款接济。

阅诸城《刘文清集》，雅淡有禅悦宗趣，波澜未壮，而意度不竭，此其所长也。文清讥李文饶贪恋权势，操之则慄，舍之则悲，而自居东方生、杨凝式之流，委蛇同波，依隐玩世，其安身立命在此。

石庵相公言朱笥河、盘陀两公诗，宗法李长吉。寻其意理，良然。

麈遗兄，吾之程松圆诗老也。岁晚弥相契。于湖地虽僻左，然宾师有仲伊，交友有岑友，有吕晓初、凌麈遗、顾石筇、彭印根、沈约斋诸生，有汪德渊等僚吏，有俞纫庵、王瑞臣自为风气，亦颇不寂寞。将领有李寿庭、牛韵斋、李彦亭、饶飞鸿、胡宝源,牧令有钱孟超、汤蛰仙、黄隽三、陈寿乐,皆为难得。长沙曹东瀛广权有隽才,而性韵耿介,拟礼币招之。

江慎修先生晓风角,能前知,客记有二事。先生婺源县之东乡人。《悬记》云:东乡地形,后当有一人官二品,一人中解元、会元,以是被兵蹂躏,酷于旁邑邻乡。至咸丰末,王贞介友端以署浙江布政使殉难,余鉴以己未解元入翰林,而粤贼犯婺源,屠戮东乡尤惨,如先生言。道光中,禾郡一士人市集买得旧竹枕,制作古朴,用之长夏甚适。一日猫捕鼠,坏柱梁,崩压适当枕函,竹肤粉碎,中有一竹柱,小字两行:康熙某年某月日时制此枕,以某甲子年月日时坏。预刻甚明,先生笔也。万物成亏,倚数而生,事有前定。世士营营扰扰,以射利干进,胡为哉!

东坡道人当内外制,他学士多不起草,公独属草,乃缮写进御,故词瞻体密,而无不达之意,无艰涩之句。汪容甫与人简尺,虽两三行,亦具稿,犹涂乙再三;遇应抬头,字皆端楷,其词长于讽喻而务稳适,有一二俚浅拙滞语,则改之。此古人修词立诚、再思后行之谊,可以为法。

同年高白叔与人札言,北溟昏昏欲睡,令南溟旧政将还,正可同享华胥之味,予亦可为蕉下客,忙里偷闲,闹中取静乎?政恐拣挠榱崩,睡不安稳耳。予久贵老严清静之术,似宜早择一片干净睡乡,却不可于蛱蛾焰火驰场中插脚也。

喜怒不可偏宕失节度,故曰:未发时气象谓之中,发而中节谓之和。颜子"不迁怒",中节故也。此非平日居敬穷理功深,一面克治一面涵养者不能。董安于性缓,佩弦;西门豹性急,佩韦;吕伯恭时诵躬自厚而薄责于人,中年以后无疾言遽色加于童仆,克治故也。程子云:"克己须从性偏难克处克将去。"

汪生允中书《参同契考异》后言,朱子注《参同》在庆元三年,时年六十八。与蔡季通订正,乃托于《楚词》度世远游之意,文殊有致。

儒门淡泊,收拾不住,八万尘劳中别寻一著衣吃饭、任运过时之法，心宗伊何。曰陆大夫燕喜西都，班嗣渔钓一壑，颜延年不喜见要人，巡野携壶，随意酣适；高伯恭作《北叟湛冥》之诗，为郎二十七年不徙官；王无功浮沉乐丞，著《东皋子》；白居易徜徉履道坊池上，著《醉吟先生传》；杨凝式东游石壁寺；刘几令二草吹笛，骑牛往来嵩山，登峻极院七十四次；刘凝之弃官颍尾，买田匡庐，与物无忤，言则依于净名庄周之间。

乙未十二月

各口制泉缺少，芜境亦然，业已出示禁止贩运铜泉出口，今早奉芜宪两札，重申出口之禁，并禁私铸销毁。

姜大令来告行，因之得唐镜心部郎致仕家居六合消息。二十年前在京师，与镜心、严六溪、濮止潜常往来问学，今六溪主秦中一书院，止潜傫直枢垣，镜心早辞官南归，淡于进取，洁身自适，行己之义最高。四人者，皆健在，亦寰中幸民也。

前因报效军饷，滥叨议叙，翎枝戴用十日，今复撤去。一，惧朝廷名器久滥；二，古人有卿惭长之讥。先世以上，五世圹僚，潜德勿曜，今不克贻父母令名，德薄艺鲜，而窃录四品，已为非分，时用疚心；三，名公器也多取非福。不闻哲库纳公戒王贻上唐花之喻乎；四，居官无毫毛称职。时局艰危如此，辞尊居卑，或庶几免于罪戾，而敢进取不知止，以速招殆辱乎？具此四事，故毅然撤去。晤昨非而今是，或前妄而后真乎！国家冠饰用翎之制，所以赏战功，诚不敢以文吏无功之身忝窃非分。

一弹指顷，海印发光。心如明镜，遇物便了。勿暂举心，尘劳先起。

目力不济，遂废灯下看书。老色日上面，欢悰日去心。返观土木形骸，亦觉可厌。生平聚书万卷，不能遍校，犹为辜负半山诗，“黄卷幽寻非贵耆”，乃并此靳之耶。

仲修《与友人书》云：“同年沈毅成命儿代笔，告以六月后双目先后失明,辗转床榻,西医治之,右眸复曙。杭州许迈孙苦风眩,危而仅全。沈七十,许七十二,许尚手校《续疑年录》,沈则云必不能料理文字矣。献治《董子》《淮南》《意林》《易林》,粗已卒业,无人可传,无山可藏,一笑置之,亦不复恋此蠹迹矣。子高之《论语音义》、中白之《易纬通义》,亦未必再出人间。"云云。省览复堂此书,为之叹息。

目力不济,每日除支撑公事之外,只能绝学捐书。少不讽诵,壮不论议,老不教诲,竟成一无业废物,其出于人也不远矣。

烟酒税奉抚宪奏准新章加四成,顷据张税务言,芜关烟税每年有五六千两,酒税止一二百两,骤加四成,恐商人避重就轻,竟移洋票,此改章之病也。

户部奏准,勇营积弊无异绿营,现在各省绿营已经奏准裁减,勇营事同,一律自应严加淘汰。除山海关内外所留湘淮各勇九十营,及调往甘肃防剿诸军暂勿置议外,其馀各省现有防练勇丁,及此次撤回原省队伍,拟请饬下各该将军督抚认真简阅,汰弱留强,统以裁减三成为度。

此一年中,坐以身撄物累,心为事役,疢疢牵缠,如茧自缚。语云:欲静则平气,欲神则顺心。有为也欲当,则缘于不得已。又云:道之尊,以治生,其绪馀土苴以应世。又云:治人事天莫若啬,能啬是为早服;早服谓之重积德,深根固柢,乃能长生。久视绵绵,若存用之不勤。又云:去忧莫若乐,节乐莫若敬,守敬莫若静,内静外敬,性将大定,物将自正。此皆卫生之经,毋为逐外物而意移也。

盔山下小西湖自成一聚落。环湖居者百馀家,小桥曲径,梅花点缀,篱落间景物萧散。吾友顾子朋得而有之,渔钓于一壑,则万物不奸其志;栖迟于一丘,则南面不易其乐,非谓此也邪?

丙申年(光绪二十二年,1896)

丙申正月

松岑书局清俸无多,范甑生尘矣。然貌臞神清,屣履而歌《商颂》,声出金石,所谓安步当车,晚食当肉,清净贞正以自娱者,非邪?

松岑之贫,愧不足以张之。介甫为群牧司判官,而无以赒王逢原,朋友之过也。今日拟分半菽,稍助资粮。

曲江师权镇江表,物望所归,群士慕仰,若茑萝之攀乔松,溪涧之宗巨海。今将移节,予亦失所倚芘,连旬郁郁,政坐此尔。

目疾作,夜见松岑,云:龙胆泻肝汤可治之。潼关蒺藜,形如猪要,煮水饮之,亦足明目。

制宪南皮师屈尊枉临,以雨不果作赭山之游,节庵、礼卿、苏龛、穰卿诸公,君立世兄继至,牙斋宴集。师谈词如云,亹亹不倦,纵横高论,折衷古今,评骘人物,滔滔数千言,皆发河间、仪征两文达所未发,真天生异人也。予久婴痼疾,聆此至言妙论,足抵枚乘《七发》。座中诸胜流才辩锋起,隽不可当。吾衰,但阴拱而已。

薄暮筵散,送师回船,自陈欲乞病免归田之志,蒙慰谕再四,裁成高厚之恩,涓露轻尘,愧无以报。黄公度观察议苏、杭、沙市、重庆定中日租界事,利病甚悉。君于洋务,真阅历深而有条理。

丙申二月

苏龛年未四十,精神映澈,诗笔清丽。又日习英文,以为常课,令人企羡。顷语予,始衰之年,当自求二适:辟一静室,明窗净几,围以花竹,以便晏坐,一适也;聚二三素心人,近或望衡,远则数里,常获上下论议,当其兴惬,相对忘言,二适也。

晡与公度过朱二楞所居杨氏园,有陂塘林壑之胜。微径斜出,过一小略彴,豁然开朗,杂花翳町,春鸠鸣树,几疑不在城市中。倘再架石畚土,西南筑一小山,作亭其上,则钟山紫气呼吸户庭间,当更辟异境也。其地名羊皞巷。

惜抱老人句云:"坐久不知身世处,起登高阁望江瀚。"写境极妙。

云门秦中来书,寄示韵语累幅,数月未作答,病可知矣。触绪沾濡,只见有不如,不见有所超。

记己卯春馆壶公师宅,与君立出城踏青,憩花之寺,疾状便如此,所谓"闭户欲推愁,愁已知人处。出门欲散愁,愁复留人住"。计惟问义曹溪,宅二边三际断,足使心凝形释,与万化冥合。

得廖小珊同年书,知屠静山水部为延大臣奏调随员,往黑龙江办屯田事。水部必有征程记载,为木叶山、诺尼江生色矣。

丙申三月

以煤矿、茶务两事失制府指,碰钉。与曲江有意见,波及鲰生。古今无真是非,率以爱憎为是非耳。

程雨亭来书,云将以乞修墓假东归,殆不能后之矣。

洪幼勤孝廉来[①],谈白下事,新宁与壶公意见甚深。程雨亭大忤意,请修墓假,已批准。不去,楚人将钳我于市。色斯举矣,何薪畜于樊中乎?

仆虽乏远性逸情,而向便疏野,不乐为吏。鲇竿猕袋,终梏性灵。人生几何,而苶然疲役,以自残其生。

夜至钞关,议革除船头费每一船一千八百四十二文。陋规,与徐友仙商之。

---

① "洪幼勤",即上文"洪幼琴"。

泽宫拈香，偕王广文观李少温《谦卦碑》、米芾《县学记》、明世宗御书《程子四箴》刻石。

镇东兵轮装津沽散勇抵芜，上岸者有七十四人，其六十馀人押送巢县，十馀人押送建平安插。

松岑为校刻《卫藏通志》竣事，此册惜未有地图，又缺方言一门。当取《卫藏图志》方言及《康辎纪行》中所载《蕃尔雅》补之。

读张南山诗，飘姚秀逸不羁之才。又阅梅伯言诗《答吴莛生》云："扬州太守有书来，笔札依然手自裁。想见从容开画舫，更无尘杂到灵台。饱闻魏国花金带，曾否江都草玉杯。会与君家老西谷，芜城一为访诗材。"清空一气，是律体行家，五六尤新颖。

先大夫复初公诸孙之贤者，莫如榆兄兄弟。急难相助，有如左右臂，废一便不得力。有如两农夫耦耕，兄扶犁布种于前，弟耘苗薅草于后，性命相倚，同保祖父之家声，和睦之不暇焉，敢听旁人离间！

丙申四月

夜梦谒见曾文正公，正容肃穆而长身，即之蔼然。某申论作古文谊法，分四类：声调，少阳之象也；气势，太阳之象也；情律，少阴之象也；识度，太阴之象也，文之意境四者括之。此本公说，稍有不同。公命举其词，眠而警醒，夜漏已四下矣。

夜棹小舟访梁药洲三花庵，在三山矶，去荻港四十里。开山忘其名，问药洲便知。和尚，明进士，国变后隐于浮屠，如姚惜抱诗所云云也。

权知太平，文舜臣太守翰来，广西临桂人，年六十二，癸亥甲老于牧令。语无枝叶，尤习知皖故。君言同治甲子七月到省时，先一月炎暑中克服金陵，曾文正疏请分发安徽，即用知县十六人。阅三十年升沉，新故云烟百变，今与蒙城令某，只两人仕皖耳。言之慨然。

晤陈寿乐大令，言其兄云村宰盐城，因命案被诬失，出撤。任州县最为亲民之官，然不易为也。

接见池州煤矿老局商董陈令寅,湘乡人。询悉,现开两窿,挖深几二十丈,始见块煤,每日用夫六七十名,日出煤十馀顿。将来苗旺洞深,日可出四五十顿,每吨千六百八十斤,时值英洋四元以外。窿内无风闷气,洞口设风鼓,用机扇之,则洒然而凉。流波矶、黄、湓一带,煤苗甚厚,不亚于衡州、湘乡之产,池州并有铜铅矿可采。

《管子》云:“日益之而患少者,惟忠;日损之而患多者,惟欲。多忠少欲,智也。”《朱子》云:“身劳而心安为之,利少而义多为之。”此数语可以书绅铭座。《管子》又云:贤者行于不敢而立于不能,此一嗛四益之谊也。

去忧莫若乐,节乐莫若礼,守礼莫若敬,居敬莫若静,内静外敬,将大定,物将自正。

【眉批】重出。

道之真以治身,其绪馀土苴以治事;欲静则平气,欲神则顺心;有为也欲当,则缘于不得已,不得已之类圣人之道。

汪仲伊山长精于阴阳占验之术,言时局绝似季汉之世,将瓜剖而豆分,长江及沿海通商口岸,恐不免于难,惟江西内地及金、衢、宣、歙,山中溪山阻深,洞天福地,可以避世。晋谣云:“秦川中,血没腕,惟有凉州倚柱观。”仲伊此言不审验否?

丙申五月

天地之道浸,浸故能阴阳胜;医家佐摄生用药以和缓为主;古人命名非妄,和缓亦浸之义也。

杨芳云:“宁可予人一斗,不可养人一口。”此与太公家诫十致盗、十致富之说,皆治生所亟。为政不在多言,顾力行何如耳。

当清当慎当勤,加一忍字,乃可以济事。臧否不言真至慎。忍力最大。民生在勤,勤则不匮,勤则百弊俱绝。曾文正常以“劳谦”二字教人，习劳则心安，守谦则神逸。舜禹之不与也，文王之不遑也，汉文之不称也。不预则心不凝滞于物，不遑则寸阴是惜，毋废日力。不称则虚己游世，而物莫之伤。吾辈于此当惜分阴。善下人，则物情附；治人事天莫若啬。慈故能养，俭故能广，不敢为天下先，故能为成器长。常立于不敢而行于不能。

惟力行晏婴、墨翟之道，可以免时难。

文中子曰："上者天隐，其次地隐。"天隐者不择地而隐，随处可以形见神藏，依隐玩世，壶公是也；地隐则渔钓于一壑，万物不奸其志，栖迟于一丘，天下不易其乐。择地卜筑，高言不止于众人之心，弢庐子是也；文子云："不必常戚戚，忧天下之乱，而乐其身治者，可与言道矣。"蜀士杨肩吾曰："天下纵不治平，而吾国未尝不治且平者，岐周是也；一国虽不治平，而吾家未尝不治且平者，曾闵是也；一家虽不治平，而吾心未尝不治且平者，舜与周公是也。"上蔡谢氏曰："天下皆乱，而已独治，亦不害太平。"陆游取《黄庭》语榜曰："心太平庵。"真洞见理趣，得处浊世修身之诀。

郭善臣军门，怀远人。宴饮笑谈之间，指画琐事，挥斥侍人，皆有方略，洵同光中一才将也。其名望亚于刘省三，然有骄气，难御。弓调而后求劲，马服而后求良。然难御之才世间不可少，不观王景略之优容邓羌，宇文夏州之用贺拔胜乎？

阅易笏堂方伯诗，多洸洋自适机趣，正在香山、击壤间，不可以诗论也。白工律，清切；陆简练，功深。皆非易公所及，然白、陆宗趣亦时遇之，不必勃窣理窟而兴会却融至。以湘人之诗论，力量去魏默深、何蝯叟、曾文正、毛西垣四家殆逊之。

仆宿留于此，恰满三年，徒损道心，更何有益？桑下缘多，行将去矣。我欲别穿一菊水，尧年不潦旱不徙。灵台一片是灵源，澄潭万古长如此。

仲伊为我推行年。仲伊言：明年丁酉，又次年戊戌年，流年不利，恐有风波，宜致仕。过己亥年当复出，履道坦坦，勿至令仆，至令仆则灾悔极大，无复全理。古之先见，惟见几而作，勿俟终日矣。

北门内徐有暹之屋索直,柱下道德,尚可减少。地居穷僻处,与市远,又旁有隙地,可买作小椶子。城堞限之,可免萑符之警。如定购,则云锄或效张出名,且与石箨商之。沈亲家所代营茸城之宅,竭尽友人之忠与权,而机缘不凑,故别为计。李延平一生不作费力事。茸城虽美,究非吾土,亦何足以役吾心。先托其买左右隙园三四亩,以便栽竹树桑果易生之物,备日涉养疴之趣。大府处先上一夹单,乞病自劾,或请修墓假四个月。

无惠政于此邦,亟去之为便,所以欲解官后暂住于湖,卜筑杜门二三年,然后归濑乡者,为游黄山、九华、敬亭、瞿、硎张本,且拟上探匡庐、天池之胜,下入栖霞、三茅山,一寻明征君陶隐居遗迹也。又汪仲伊以壬遁占之,运将阳九,瓜剖豆分,沿海驿骚,皆多鏖圮无完郛,惟江西及浙水上游可免。此处移居,避地较便。

卜居先用薛野鹤说,营三分、水二分、竹一分,屋以为养性、读书、持静之区,次茸家人炊爨、祭祀之屋,前荣馔宾亲、冠昏之所,于此屋,岂为华,于我自有馀。次茸开经待友人之屋,有时野兴忽发,携一二素心人棹酒船出游。儿童亦可。远或数百里,近则一拘庐舍,任意所之,梦亦同趣。太白爱谢家青山,徜徉终老。予亦为黄山碧溪之胜,欲宿留此三年,然后归富春山中,近依丙舍,何为不可乎?曩居京辇,为散吏二十年,为避世金门,藏身柱下之计,以养性逃名为务,至此移步换形,因地制宜,策又一变矣。

眼前如买成此屋,须相度面势,趣都料匠建芳郭藏书之楼五大间,编排甲乙,用六略不用四部七录,开窗洞然,四面透风日,可以纳远景,可以辟书蠹,可以游息高明,可以洸洋适志,榜曰"芳郭",不忘故乡也。

审尔居此,避省垣人事酬应之嚣,而仍易接江淮知旧之謦欬,有利无害,一便也;资生之计,取携易给,二便也;所刻书版,载必兼两,就近开一书坊,发售不劳远徙损坏,三便也;坐卧具篋司之属,一旦致仕,连樯载去,迹近招摇,若迟归徐运,物力人既省,而又善戒无迹,四便也。

吏舍近市厌喧，地当孔道，吏事人事应接不暇，坐致形神交瘁，此三年中不啻泥犁桎梏也。视去此真如脱屣。右丞诗："漆园非傲吏，自阙经世务。偶寄一微官，婆娑数株树。"东坡诗："贫家静扫地，贫女静梳头。下士晚闻道，庶以拙自修。"此二诗朱子最喜讽之，为其冲融真挚有逸趣。荆公诗："岂无他忧能老我，付与天地从今始。"朱子亦喜诵之，见李雁湖注。

【眉批】重出。

张安国流寓于此，斥地百馀亩，疏浚为陶潭。欧阳圭斋为令，每泛舟荆山湖，多年宿留于此。二君皆尝居之，吾何为不可？谢客儿谓，"遇可淹留处，便欲息微躬"。此语如我意所欲出。水生之虫不恶易水，薮生之兽不恶易薮，行小变而不失其大常，故生机畅然，蝯据枳则悼慄，雉畜樊则宛阏，鱼处濠则育育，困辙则圉圉，梏其性也。

嵇、阮居于锻灶灌园之上方，相与共语，王戎过之，嵇曰："俗子来，败人意。"戎笑曰："卿意那可败耶？"仲修与人言："袁某有道气，然作外吏三年，乃败吾形神。"嵇、阮所遻者，戎尚且败兴，况吾所日应接不暇者，并求戎不可得，无怪焚和久矣，盍求所以自全邪？

去年端午日竞渡，江风暴覆龙舟，溺死者二十馀人。今年李甘亭大令先期出示严禁，佳节寂然，转胜于从前之人声鼎沸。仁哉！甘亭之用心除民病，洵佳吏也。午饭后稍有画船箫鼓上下内河，点缀承平故事。

与朱味勤、二袁提问宣城盗案，密下建平令查覆。黄令所详，盗首梅欣山、刘忠三，皆非案内真盗，馀四犯亦多疑窦，情节支离，当驳回平反。甚矣狱之难明，而猾吏办案之不可靠也。

《中孚》至《复》，六日七分，十一月之卦也；《咸》至《蒫》，亦六日七分，五月之卦也。此卦气消息，所托始君子居室，顺阴阳，节于冬夏二至之前，尤慎之也。《易大传叙》上系七爻，起于《中孚》，鹤鸣在阴，下系十一爻,起于《咸》,憧憧往来,谨之于微也。

圣人之道,有经有权,有变经者,自天子至士庶人,共由之,共知之,故国家有大疑,谋及乃心、谋及卿士、谋及庶人。权者惟卿大夫知之,机者惟二三腹心之臣知之。勿以纍疑败谋,利在独断。故人主执要,惟在审几,天下有道,庶人不议。

精义入神以致用,此格物穷理之事;利用安身以崇德,此养气慎独之事。为之自我者,当如是。过此以往,则诎信消息,天之所为,非吾之所得而主张也。

精义以穷义理之性,故曰:穷神乐天,以和气数之命。故曰知化。

量而后入,不入而后量。陈力就列,不能者止。《老子》云:“功成身退,天之道。”“代大匠斫者,希有不伤手者矣。”故德薄位尊,智小谋大,力少任重,必致折足覆餗之凶,不可不曙戒也。

昌陵《御挽朱盘陀诗》云:“半生惟独宿,杜口不言钱。”公一生清风亮节,康强寿考。以此姚郎中与公书云:“与公皆老去,欲摆脱世事,鼐佞佛公媚道,晚年各抱一癖,谬未知孰为了彻也。”公晚好道,日间退直,归则焚香扫地,静坐请乩坛降真,好与乩仙对语。谢文靖与人书,自称道民,乃五斗米教也。李邺侯好神仙迂诞,人讥之,了不为改。公亦尔邪。

周玉山提刑为直臬八年,讲求捕盗之法,言之娓娓,云:平日豢养得力小武弁,此须预物色,勿迟延。缉捕殊有益。月支薪水十二两或八两,给以线勇六名八名即可用。

派定守备武进士朱宝清,外委江万仞、月给八元。什长廖明胜,月给五元。专司查夜缉捕。

杨定旉侍御书来,云天台多土匪抢劫之案,又民贫益甚,故避世金门,依隐柱下,坐不能归田。黄潄兰丈父子去年腊初还东瓯。乃昨筱老函云,秋中将复入都。殆亦故乡不可居故耶。韦庄《菩萨蛮》词云:“未老莫还乡,还乡须断肠。”又云:“此度见花枝,白头誓不归。”真有不能还乡之苦衷。董方立讥渊如诸公,宦成不归里。北宋士大夫皆尔。六一居士老于颍，坡常州，子由汝州，荆公白下，朱韦斋先生沇溪。生事所在，因而卜居，亦身世为之，非本怀也。

海盐澉浦张子怡秀才树萱，铭斋先生鼎，吾师高孝靖之死友也。之长子，年四十六。徐竹隐少宰有函来，暂延与凌颂武兄同房住，属其校勘刻书事。询知高先生墓田在澉上青山，孝靖墓在转水河元宝山之麓。文孙秀才全栋年年往祭扫。予自丁丑秋展礼桐庐丙舍，不还乡亲捧麦饭清酒，跽奠墓门前二十年矣。诵柳仪曹"马医夏畦"之句，怆然自责，曾不若孝靖之贤孙也。

读云门诗，令人多隽怀；读越缦诗，令人长兀傲之气；读壶公师集，觉步步导人平实，勿徒驰骋才华，令人胸臆广博，穆然意静；读湘乡曾公诗，寓纵横诙诡于规矩之中，含指挥方略于句律之内，令人气敛而神劲。声音之足以移人如是。学人积理之浅深，养气之盛否，存中形外，诚不可掩于意言之表，体味辄得之。

静者销内热，躁者焚天和。重为轻根，静为躁君。静为动宰，玄为白宗。功名之士全视乎时。学问涵养不可偏废，非学无以广才，非静无以成学。敬、静夹持，气藏丹田，惟务收敛，勿轻发见，裁发见便即收敛，如是损之又损之，到不得已，而后应物精神，气魄自然不同。

读香严师集，知公才性，向来一意孤行，不为利名所缠，不为世议所挠，穷不陨获，贵无充诎，大行不加，穷居不损，用心专密处，他人寻省不能憭。即以词章一艺而论，惟求适独坐之理趣，不逐惊四筵之浮誉。杨子云谓，由于独智，入自圣门。退之词必已出，文从字顺，周情孔思，日光玉洁。李翱识破古人创意造言，各不相师，故退之作语言，时到圣处，翱亦清巉曲折，一节独到。介甫云："众然而然，小人也；已然而然，君子也。"后之读香严师集者，勿执字句求之，乃能于形骸之外，时觏宗趣。茗柯有真理，若第皮相文句者，则局于形骸之内，去之弥远。

顷大府奉廷寄，勅所在设西学书院。予惟西艺诚当务之急，而造士根柢，不宜入手即取经于此，恐流害大。拟仿宋贤成法，在本地中江书院分立经义、治事各斋,斋一学长,肄业者八人或六人,而统受治于主讲之师。添建楼房五间,于甲乙丙丁书库分储经子史集外,从《艺文志》,乙九流,以与六艺体用近也。史则朱子所云,闲是闲非,没甚要紧,古今一大帐簿耳,故丙之。治史而不讽经,则用心粗卤,而渐入功利胶漆盆中不可解脱。故东莱吕氏教学者,曰静多于动,默多于语,践履多于作用,读经多于读史。另购西艺丛书列之戊库,即为治事中一门,似较简当。西学之可采取者,当分八门:算学、律法、公法拂箖西律例。方言、制造、格物、商务、兵阵、舆图。经义斋:经学、理学、词章、九章算术、医方。

治事斋:史学、会典、三通、掌故、兵制、舆地、边防、律令、吏治、赋役、河槽、盐茶、关税、厘金、农商、植物学。

以上两斋门目。取乙未十一月初二日日记。再酌。

西学为时务所亟,应附于治事斋兼习。

拟禀大府,留署令李君勿撤任。君任事勤劳,发奸剔伏,能恤民隐,芜民良者怀之,莠者畏之。且长吏须久任,若数更调,则吏民生玩,亦非政体。

方启南兄来书,喜阅宁陵吕公《呻吟语》、桂林陈文恭《培远堂手札》所草公牍,调畅多中事理,极有吏材。

李大令甘亭自愿暂乞退,为盗案故。昨拟之,禀遂中止,仍欲留君总司常关税务兼发审局。

李次青《魂魄说》原两篇,今删润为一篇。曰:传曰,人生始化曰魄,既生,魄阳曰魂魄,犹月之体,魂则其光也,魄者形质也,魂者神明也。形神合则生,形神离则死。故《老子》有谷神不死,载营魄抱一无离之说也。第魂常清明,而魄常浊暗。魂主阳,性常善;而魄主阴,气多欲。凡人所禀魂魄强,虽奸回亦寿,所禀弱,虽贤哲亦妖。凡禀气之清,而智慧慈祥者,魂胜魄也;秉气之浊,而顽邪躁戾者,魄胜魂也。人生而或偏得仁义礼智信五常之性,皆道心也,后儒所谓义理之性也。魂之毗乎阳者也,口之于味,目之于色,耳之于声,鼻之于臭,四肢之于安佚,人心也,后儒所谓气质之性也。魄之毗乎阴者也,天赋五常之性,狂者偏得仁智之性，狷者偏得义礼信之性。上智兼有中行，兼二兼三；下愚兼无。毗阳刚者有刚善、有刚恶；毗阴柔者，有柔善，有柔恶。此天以阴阳五行赋命于人，民受中以生之，大较也。偏得一性者多，兼全五性者少。魏相、翼奉本《齐诗》，察六情之术可以括之，凡毗刚毗柔之性，有少柔少刚太柔太刚，刚亦有恶，柔亦有善，不得谓刚尽善，而柔尽恶也。俗所谓阳分人多善，要不能尽善，阴分人多恶，亦未必尽恶。官人者当详审之。至人养魂，《老子》所谓谷神不死，绵绵若存也。安般数息，心息相依，止观双修。庸人养魄，则张毅修襮而内逼之类也。养魂则阳息阴消，如朔后之月，明日生而暗日减；养魄则阴息阳消，如望后之月，暗日增而明日蚀。是故淡嗜欲，省思虑，所以养魂也。湘乡、六安以之。恣情欲，逞意气，所以养魄也。西平兴公以之。养魂者炼魄以归魂而魂强，常以志帅气，以静制动，清明在躬，百体从律，没则魂挟魄上升而为神。养魄者汩魂以就魄而魄强，奸邪之徒舞智乱法，人欲横决，无所不为，死则魄挟魂下降而为厉。天道不能有阴而无阳，人生不能有道心而无人心，世运不能有君子而无小人。圣人之治身，亦未尝尽贬阴气有欲之情也。常抑阴而扶阳，使人心听命于道心，而吾心治。圣人之治事，不必尽去小人而删夷务净也，常使小人听命于君子，而天下治。若立论太高，必谓心本无欲。又谓欲可尽去，是皆不达人心物性之谈也。圣人食息起居与人同，所异人者神明耳。惩忿窒欲，克己复礼，乃所以养其神明也。中人以下，率理欲交战于中，而魂与魄迭相胜；若大奸大恶，恣睢自如，亦且寿考，纯是气魄用事，而魂受役于魄，非尽由世运之浊生此辈小人也，必俟其数尽，天褫之，然后世道可转，害气可消耳。

右立论甚融畅，切于物理，故录之。

北黟胡松矜，年八十而有壮容，问习熊鸟吐纳之术乎？曰：非也。三十即丧偶，经案绳床，独栖五十年矣。此真却老奇方也。上叟启齿言，发人深省。

周提刑馥十年不见，今见之，年望七，尚健旺。辞官以后侨竹西，厌其嚣烦，徙之淮阴，又将徙之泰州。有六子，各执一艺，颇有邓仲华之家法。孙十馀人。室无双荷叶,叹曰:对君歌舞背君啼。胡自取伐性斧、蹶痿机,为予谓君言,信然矣。六一居士不云:朱颜绿鬓,良非老者事乎!

相人偶。孔子言仁亦罕矣。有问者,质告之曰:"克己复礼。"曰:"出门承事如宾祭。"曰:"务讱其言。"曰:"己立立人,己达达人。"曰:"元者,善之长。君子体仁,足以长人。"《孟子》曰:"人之安宅,勿旷安宅而不居。"《儒行》曰:"温良者,仁之本也。"《管子》曰:"以德予人者。"《庄子》曰:"德无不容。"此皆举仁之全,量学生如何做得到。郑君注《礼记》:"仁者,人也。"云:"人也,读如相人偶之人,以人意相存问之言。"小篆象形,今太西俗礼,人相见,鞠躬握手相存问,犹其遗意。礼失而求之野,此仁字我却做得到。

晤香山卢艺阑司马丙炎,此人办开平煤矿十馀年。开平有两窿口,每日出煤一千三百吨。开平煤厂,唐廷枢故后张翼接办,官私股本百五十万。东洋煤每一吨三两六七,销场甚广。开平煤每吨四两外,自海军全熸,销滞亏本。

现因鄂火冶铁厂香帅改派盛荅荪督办,郑裀斋帮办,鄂省有精铁而无佳煤,每日只开一炉,仅能炼钢铁七十吨,卢委员历探宿松、池州煤苗,皆不合用,惟闻池州之东流县杨柳湖有好煤,可炼成佳焦炭,方合用,免远道仰给于开平,大不合算。荅翁手书委员来探煤苗,并求添派一干相助,今日面与卢君商略。又言香帅经营铁矿不遗馀力,惟自开铁政局以来,耗费国帑官私本银六百万两,一时难以拔还。盛君议每出铁一顿,拔还官本银一两,又用洋矿师三十六员,亦太多,实十员足矣。其它冗员亦太滥费,此颇归咎以前蔡毅若办理不善之失。

退之一生根柢孔孟,故潮州作祈晴雨文,心坎中自在流出,日养天地来复之仁心故也,非一日之积也。某一向堕落漆园、曹溪言语障里,熟处难忘,久与俱化,故秕糠世事,全不肯役精神。前年欲作文祈雨,昨又属文祈晴,累日构思,不成一字,无他,积不仁故也。不仁则不诚,恶能律己,且动物乎?钱竹汀云:"世儒言释教近墨,非也,近杨朱耳。”葛公《长短经》亦言，老庄长于养性，而不可使临危难。《道经》上开口便曰：天地不仁，以万物为刍狗；圣人不仁，以百姓为刍狗。予溺于老庄，罪状明白矣。仲弢尝规我，我早年服习朱子，晚乃落外道，下乔木入幽谷。古人有泛滥二氏，晚归六经者；予则少涉猎程朱，晚归心二氏，一如颜介之，居心虽迫于世运使然，然持此积不仁，死后何面目侍乃祖乃父于地下乎？朱子戒一高僧诗云：“拈槌竖拂事非真，用力端须日日新。只么虚空打筋斗，思君孤负百年身。”巨针痛下，晚须猛改。

以读曾公《百家杂钞》为日课。必使古人义理浸灌吾胸，文气勃窣，自生将从前一副家当划涤净尽，赤地新立壁垒，乃能窥见古人创意造言各不相师之趣，毋剽袭陈言，在人脚根下盘旋，终其身无自立之意境，不成气格也。

邸报：云门为陕抚以徇良保奏，奉温纶嘉奖。甚喜，疆吏之知人也。

邵尧夫云：“智哉留侯，善藏其用。”良尝学《礼》淮阳，受《太公家教》于圯上老人，其学术有体有用，故须善藏也。良散家财，求力士于苍海君，天姿坚忍，本具有剸割善断之材，而老人又示之以务先时、勿后时，务审几、勿失机，此其所以为帝者师也。若仆者，无剸割之才，心地谦而手段不辣，本自有体无用，只应藏拙，所谓藏用也。如仆之天姿，自忖熟矣，政应以《抱朴子》自叙语为法，终身守之。

禄不洎养亲，故有可归之理。年五十一而不闻道，古者七十致仕，今早归二十年，补读经史，困而学之，炳烛之明，用志不分，已嫌太晚，况日复一日，常人中寿未必能至七十，则岂不虚生一世，上忝所生乎。平生雅慕漳浦黄忠端公石养山丙舍结庐以居，吾志定矣。

筹款库平四百两，代完光绪二十一年芜邑民欠钱粮，以水灾故也。

制赤棒四，以为密派查夜武弁访拏土棍青皮窃盗之凭据，此理势当尔，并非用顿丘令成法也。

提讯泾县朱氏讼案,断结,谕以同姓不宜涉讼,况泾县朱氏系先贤文公朱子之后,尤宜守德让之宗风。自尔各各确遵卧碑圣谕,讲求敦睦,勤治耕读,各安生业,勿得再蹈前辙,致干令甲,因以有用之书数十册分界之。

丙申六月

欧阳公句云:“南陇鸟过北陇叫,高田水入低田流。”山谷则云:“野水自添田水满,晴鸠却唤雨鸠归。”欧公句云:“晓出都门道,微凉草树秋。”山谷则云:“碧树为我生凉秋。”岂非欧句拙而黄九句巧乎?裴晋公诗云:“灰心缘忍事,霜鬓为论兵。”韩公上裴则云:“放意机衡外,收身矢石间。”又云:“摆落遗高论,雕镌出小诗。”岂非韩语工而裴语质乎?重为轻根,静为躁君。古今性静重者多拙于文艺,而常贵寿;巧于文艺者,率性格轻躁,而常数奇。皇甫规为度辽,而赵元叔官止郡吏;沈、范义乎向左,而刘孝标、刘彦和皆踦落;唐初四杰失志夭困,苏门四学士半终于谪籍,陈师道亦终于正字。与之齿者去其角,两其翼者傅其足。瓜甘则蒂苦,华繁则实稀。造物安排若有数存焉于其间。沈端恪云:“词章之士,枝叶繁多,根本欠缺。”苏文忠戒秦、黄辈,挟有馀之资而骛于无涯之智,充其诣力,亦安所止泊乎?学人当早觅自家安身立命处,不可以不知道,白、苏、陆三公皆得之。

史公自叙摘要

道家使人精神专一,动合无形,赡足万物。其为术也,顺阴阳之理,采儒墨之善,撮名法之要,与时迁移,应物变化,立俗施事,无所不宜,指约而易操,事少而功多。无成势,无常形,故能究万物之情,不为物先,不为物后,故能为万物主。神者生之本,形者生之具,不先定其神,而曰我有以治天下,何由哉?

《诗》以达意,发《乐》之和。《书》以道事。言有序又有物,气直而笔曲,为文乃有章法。有《礼》之节。

守经，事当知其宜；遭变，事当知其权。

礼禁未然之前，法施已然之后。

《诗》《书》之文，所以隐约者，欲遂其志之思也。包周身之防，故微言之而其指远。

非兵不强，非德不昌。切近世，极事变。

主术在居阴而治阳，处静而观动，处晦而御显，执冲以剂盈。

子房运筹帷幄之中，制胜于无形，无智名无勇功，图难于易，为大于细。《老子》曰："图难必于其易，为大必于其细。"

管仲因祸为福，转败为功。

留侯图难于易，为大于细。

内可以治身，外可以应变。

能以贵下贱，以贤能绌于不肖，此信陵之骨成尘，所以千载凛凛，犹有生气。

能摧刚作柔。

守数精明。言明于分数。贤而喜士，士向之。

号令不烦。用节衣食为百吏先。古诗之流，指在风谏，归于无有。

民奸巧弄法，善人不能化，惟一切严削为能齐之，此酷吏之所长。

奉法循理之吏，不伐功矜能。

制行立言，必与道俱上下，无所凝滞，人莫之害。

货殖者，布衣之人，而不害于政，取与以时，而息财富，智者有采焉。

盖公用黄老，而贾、晁明申商。

网罗天下放失旧闻，此特失职于时，不得志者所为，非急先务之谓也。

原始察终，见盛观衰。睹微知著。天道五日成一微，十五日成一著,故五日为一候,十五日为一气。

政术治道,兵谋权实,以时损益,承敝通变。

扶义倜傥,不令己失时,乃可以立功名于天下。

先时而动,时未至;后时乃图,时已过,皆谓之失时。不为物先,不为物后,庶几鲜失时之悔。

折衷以六艺,整齐百氏,乃克成一家之言,藏之名山。

三十辐共一毂。枢始得其环中,乃可以应无穷。

曾文正云:“治事行文,所患者在不善抉择,不善割弃。”如有两事宜行,一急一缓,当择其急者,弃其缓者;若两事并急,当择其尤急者,弃其次急者。行文两意并隽,当择其意与词并隽者,弃其词隽而意较弱者。惟善弃者乃能善取,善损者乃能善益。葛公之娶丑妇,刘裕之不听伎乐,此善于割弃嗜欲也。王家子弟能书不能诗,谢家子弟工诗不工书,方望溪弃诗学而专攻散文,恽格因、王翚专攻山水,遂改习没骨花卉,此善于割弃技艺也。曹公西戍祁山,南扼襄阳,东御合肥,而他城有所不守,此行军之妙于割弃也。高欢抑慕容绍宗以遗高澄,唐文皇抑李绩以遗高宗,汉宣用赵充国不用辛武贤,葛公任蒋琬、费祎、董允而斥李严,此用人之妙割弃也。若不善于割弃,欲诸政并举,则恐一时难成。

荀悦曰:“治世尚仁义,乱世则尚权谋。”智计务自全,智周事外,乃可保明哲之几,免辱殆之及。陈文子得庆氏之木百车,晏婴敝衣粝食以纾难,司马徽、阮籍括囊不谈,魏郑公学纵横短长说,皆是也。

阅《曾文正集》。公论诗,五七古宗退之兀奡屈强,参用杜法;五七言律,半法山谷,半西昆。公赞玉溪生云:“渺绵出声响,奥缓生光莹。”可谓知音矣。大抵张、王、刘、白、玉溪、荆公妙处,在深婉,得《诗》《书》隐约之指;而公本色,劲气直达,故能知玉溪诗境妙处而不能到。牦牛拙于入鼠穴,长剑不能穿蚁珠也。然公不可谓无所得,亦沾沾自喜。

阴平阳秘,精神乃治。

此《素问》要言，最切卫生之经。肝木藏少阳，心火藏太阳，阳宜秘宜火降，肺金藏少阴，肾水藏太阴，阴宜平宜水升，坎上升居五离，下降居二水，火既济则致中和。天地位、万物育，人亦一小天地也。惩忿所以致火降。道家所云降龙也。窒欲所以致水升，道家所云伏虎也。五行颠倒术，龙从火里出。肝木本生火，今制火以养木。五行不顺行，虎向水中生，肺金本生水，今生水来养金，道在逆修。《易》，道，只在损之又损。至于淡泊无为，而天下治，只在惩忿窒欲，则虚心不敢自是，能受善言，不敢意气用事，窒欲则清明在躬，志气如神，惩之窒之，皆须用克治一边工夫，不克治何从涵养，涵养须用敬静。

朱令来，商救灾。劝民戽干圩内积水，官买晚稻籽种，散放补种。圩董佥称业已无及，似应俟水涸补种秋粮，蹲鸱、荞麦亦可救饥。

汪仲伊山长劝我用董子《繁露》法祈晴。查道光中扬州大旱，阮文达时以大学士予告家居，用《繁露》法制无色龙求雨，无效，恐古法未必可用也。

访崔岑友太史，商略恤农拯灾事。今年江南北圩田潦伤，山田及高原似可丰收。

香山、香光、香树白文公、董文敏、钱文端皆享大年，惟《华山碑》尾之郭香察，疑年无可考耳。今香严师亦且寿贵无极，子孙盛昌也。

生不得入柯亭刘井，抱常歉歉，故字曰重黎，言不得居太史令之职，要想驾而上之，作太史公之祖耳。又韩昶学不逮其父昌黎公，而重续其种学绩文之家法，亦其谊也。香严师见问字何义，不敢对，今疏之，师必为之喷饭。

按：先君更字重黎，实始丁卯四月。曾见当时日记，则仍取下一义，上一意戏言耳。

湘乡曾公《题李义山集后》云："渺绵出声响，奥缓生光莹。太息涪翁去，无人会此情。"山谷律诗最讲昆体工夫，参以杜夔州后气格；

古诗亦源出浣花、玉溪,后来人不善学之,遂流为江西恶札。北宋初,钱惟演、杨亿、刘子仪、宋祁、王禹偁祖玉溪而为西昆派,所得其皮骨耳。至渺绵奥缓,时出新变之境,杨、刘似未梦见也。然和平纾丽,不失为盛世之音。欧、梅变之,而未能复古,然自此唐宋人始分界疮矣。荆公风趣,优入晚唐,最工唐体;东坡只用刘白格调,其妙处则字字南华、华严法界,岂香山、梦得所能到其圣处哉!然非诗家正格,故山谷略献机锋云:"我诗如曹郐,浅陋不成邦,公如大国楚,吞五湖三江。"曹郐虽小,孔子删《诗》,列之国风;楚虽大,游于方之外矣。为删订所不及此,其微意也。然则陶、谢不枝梧,风骚共推激,自开天以后,正脉要以杜为鼻祖。偏得杜法者玉溪生,偏得玉溪法乳,能以故为新,以俗为雅,惟涪皤尔。香严师讲求格律最细,故详之。

曾公每劝人熟精《选》理,晚年读《文选》最熟,故伐材取格皆于《选》。杜韩皆极意伐材于《选》赋,人坐不细寻其针线迹耳。学《选》则气自厚,律自工;学初唐则体清而行气扶疏,造意深婉。人第从江西派入手,则气薄;第从西昆入手,则意理往往为词所掩。流病非一,端不可不知。王新城一生甘苦,宗旨不为江西,割爱西昆,牢守"伐材于《选》,取法于唐"二语。香严师深于《选》理,兼有南朱北王意理宗趣,流别亦谛审,故详之。南朱别有说在《严云客诗叙》中。

鄂帅电谕鄂饥,命招商贩米,往彼振济。电覆禀以皖南被水灾,应禁运米出口,以重民食。往复三百字,耗去电报三十馀元。

禀香帅,荐湘中黄舍人忠浩,有榦济才。

夜校弢庐先生《黄庭经笺注》,疏通摄生玄牝,精微朗畅,吾无间然。

汪仲伊先生言,《易》主阴阳消息,最为广大精微,尽人道之常,可以安身立命,究天道之运,可以穷神知化。而《鲁论》则为因材施教,随机应物之书,解者不可滞于句下,有执著相。大义之要在《易》问答之《十翼》,而《鲁论》则微言耳。

连夕与复堂先生纵谈,率胸臆甚快。自有二仪来少此好日月也。

语君云:君之为文,体裁明密,似过张茗柯。茗柯可以坐进此道,坐天下不假之年耳。仆穷理未透,行气不健,不敢望颉颃恽子居、董晋卿,殆只办与陆祁孙身分相伯仲耳。

忽得桐庐三哥家督函,十一从弟云锄于本月四日下世。弟随我自北徂南,备尝艰苦,性行纯厚,从无间言。今弃我长逝,竟夭天年,裁四十九,悲哉!将以明日为位于南庵设祭,斋僧讽经超度,往生净土,率子侄哭之。

彭印根先生能攻吾短,每勤见启告,违覆而得中,此吾之蒋公琰、张君嗣、董幼宰也。

欲强中国而弱四裔,非寓封建于统部,改予督抚以用人、理财、筹兵食之权,使吏、户、兵三台勿掣其肘,如唐方镇不可特外重,流弊亦大耳。然止如顾亭林寓封建于郡县,守令皆世袭之说,则物力人才卑陋俭狭,此祖贾生"众建少力"故智耳,仍不足以有为也。欲强王室,在先培植宗室八旗人才,非量改八旗定制,令与汉人之四民等,不可如及今守旧因循;不改则事权不一,兵力难强,拘牵常制,人才不出,夷狄之忧方大矣。是不可不默察机势,与时消息,当兴当草及早议之,通其变,使民不倦也。

督教子弟,使入手治词章,多病性浮;入手讲训故考据,常令气傲。皆利少弊多,脚根不稳实,心地少克治,全无著力处。惟有纳之小学、《近思录》规矩,检束之中乃有站定脚根之时。故温公九分人脚踏实地,教刘器之自求诚入,求诚自不妄语始。曾文正言学问之道,其成就与否,人力居其七,天事居其三。至于功名之士,全视乎时。古今智名勇功为之者牛毛,成者麟角。人事居其三,天命乃居其七。

火宅中有浮幢海,烦恼中有清凉散,蕴之与界,凡夫见二,智者了达其性无二。

百家九流粗有涉猎,欲操以决事,义如快斧利刀,遇事一分两断,还要从小学、《近思录》勘入,方能脚踏实地。即作为文章,亦有宗趣,有归束,不致泛滥无归。请教印根先生,课子侄必以程朱之学为根柢,鞭辟近里。著己由此入门,方不误。

皖垣浙馆中应拓屋三间,为王文成祠堂,以公平逆濠后,曾宴坐九华山中也。予有黄公望《阳明洞天图》,可张之祠壁,当与王、沈诸君议之。

于方伯、赵廉使枉顾池上,议时事所从措手之方,智者因时为业,据势为资,所谓吾任天下之智力以道御之,无所不可,似不必徒抱深忧,作楚囚相对,无所益也。

丙申七月

葺建王文成公祠,从仲伊丛辰家之言,以明日七月初三,系丙申年丙申月丙申日丙申吉时动工。据仲伊云,择此日时作事,必有所建立,万年不朽云。

束伍治军之法,无事时当如有事提防,有事时当如无事镇静。明相杨文襄语。此名言也。

于方伯言:"皖中士习嚣竞,为之长吏者,宏奖风流,嘉许称扬之意不可过多,而整勅约束,督教严峻之意不可太少。"语有所讽,予深然之。

敬敷书院山长将延黄漱兰丈,而岁修只七百金。予拟代出二百金。别设学长四人,每年膏火百五十金。胡元吉,字敬斋,黟诸生,万清轩征君斛泉弟子,征君每督人从小学下手做工夫。年逾九十,今尚健足,征学养之深厚。苏求庄,字强甫,桐城诸生,厚子先生讳惇元之子。高骏烈,字仿青,宿松贡生,谭仲修之弟子。阮恕,字仲勉,桐城贡生。

初三日申时,沈照磨锦督率都料匠来,筮吉开工,定建造阳明先生祠堂。昶恭设香案西北向,朝服二跪六叩头行礼。造栗主,俟祠工落成,同乡官公服谒安庆府学。泽宫西庑迎至祠,春秋及公生日凡三祭。祭品视上丁释菜稍丰,祭毕社饮。池州青阳县元有阳明书院,今久废,前曾劝汤、顾二大令复之。

唐诗人多善状情景,有时亦落情景障;宋贤诗博涉理趣,亦有落理趣障者。俯仰二仪,化机日新,诗之境界亦无穷,去其障即清新出,此荆公、东坡之所以雄视百代也。荆公最工唐体,坡则成宋一代气格。惜抱老人句:“但使体中还少壮,更偕儿辈向诗书。”和平深婉,意境最佳。

驾驭群才之道,以赏为千金,以刑为猛虎。千金悬前,猛虎监后,士必愿慤为我用,而后求智能,若如华士、少正卯者,虽智能勿贵也。有如智伯、诸葛恪,其人傲狠不可使者,以法诛之,剿其根株可也。

半山、东坡以官爵为外物苓通,斥富贵如浮云衣狗,然亦有时以官为乐。半山词云:“追思往昔,如梦华毂也。”《曾丹诗》云:“丘园禄一品,吏卒给使令。官闲得无事,汤熨幸小停。吾庐所滋殖,岁久逾华菁。”东坡诗云:“我亦老嫌金带重。”《儋州诗》云:“犀围尚半红。”晚年倚文章为鼓吹,殆亦不能忘情鼓吹故邪。此类一时兴到语耳。

楞老为译制府密电,系户部坚饬,认解洋款,每年在洋税内按期解沪四十万之事,真可谓责无米之炊于拙妇矣。焦急亦无益,姑静以理之。上院禀辞中丞,亦为焦虑,宪慈可感。

旧《盛京通志》卅二卷,多舛漏,必须觅一百卷者乃可用。

阅陈文恭相国书札,事理条析,心气平和,曾湘乡平生所宗法也。

午谒制府,新宁帅为命,代镇江关认解洋款四十万两事,直是硬派强要,又轻信宵人谗言,谓予六月十五日奉户部电后,贪图汇费,骤解京饷二十馀万两云云。可谓暗悖不知人矣,令予气塞。仆宁能以身之察察受物之汶汶乎?有甚投劾,速去而已,不能为奉五斗米道者折腰也。

抄户部收发电,且咬脱牙和血吞,姑忍耐些,禀复大吏,乞逐细查勘明白。

皖中牧令佐杂劣员,大府劾奏十馀人分别革降有差。于、赵两公整敕吏治,稍见廓清。

郑小谷比部云:身后若无名,惹得圣贤嗤;身后若有名,已又安得知。王右军誓墓不出,营田舍,修小椶子,笃喜种果,使盛敷荣。泛江海,入剡中曰:我卒当以乐死。殆觊破此关邪。名公,器也,不可多取;仁乎义乎,以为标识,反愁我躯。道之真,以治身;养生治生,作用受用。其绪馀,以为国家;其土苴,以治天下。右军自言常依于陆贾、班嗣、杨王孙之为人。梁简文帝撰《全德志》以陆大夫为首,良有味其言之哉!

申正一刻,诣新宁帅,延登上座,词气顿和,与昨旅见时气象不同矣,然厚镇薄芜,偏袒吕道之私见仍未化也。

同茂案力辨李副戎振标被劾之诬,又为松岑及周令衍钤说法。

缪小珊同年遗我陆龟堂题名一纸,擘窠行楷书,势类米芾字,大径三寸,凡五行。江宁钟山磨厓。陆游《下定林寺》题名,乾道乙酉七月四日,笠泽陆务观冒大雨独游定林。乾道元年乙酉七月,先生由镇江倅改任通判隆兴军府事,自京口过金陵,雨中独游钟山。时放翁年四十一。定林寺有二,《景定建康志》:上定林寺,旧在蒋山应潮井后,宋元嘉十六年,僧竺法秀造。下定林寺,在蒋山宝公塔西北,宋元嘉元年造,后废,今为定林庵。王荆公读书处。二定林之间曰半山,放翁所游当为定林庵矣。

松岑晨来同吃早饭,肩舆行经大教场、南朝上林苑。鸡笼山下、覆舟山南,过潮沟,出太平门,泛舟玄武湖,齐梁所谓"暂出后湖看,菰蒲如许长"也。泊湖中新洲,湖中有五洲,连亘数十里,共居百馀户,此其一矣。一沙门来,导入湖神祠,拜曾文正公画像煨芋阁,俄同年缪小珊山长、徐积馀太守亦至,置酒会食,剧谈久之,食罢上小亭,竹树茂密,四望一无所见。晡反棹。

诣新宁帅,词气渐转,准电调镇关道面示。

舆中阅《上江两县志》,汪梅村老于文学,故能精严朗畅乃尔。章实斋《永清志》、洪稚存《登封志》似不及,未必前人胜今人也。

对山竟力,不能救我,人生十事九堪叹。似指镇道吕公为代陈洋款事。奉到壶公师复电,戒以遇事耐烦,与前休宁吴少宰传虞山尚书语，戒以少安毋躁之说相同。

禀大府云，幕府军咨记室之选，必得才贤任之，乃能工为奏章，润色词命，足以鼓动上下京外之精神，因荐前户部主事龙继栋、河南后补道易顺鼎，可充药笼上选。

辰初，电禀福中丞，乞调署安、庐、滁、和道，而以徽州春守代理南道，冒昧陈情，伏增皇悚。酉正奉福中丞复电，须请卯金示，乃可行云云。

夕，吕镜兄枉顾，咱京来商榷由渠先将两关俱不能认解情形电禀户部敬张堂。

与松岑商略《卫藏通志》，十六卷，后附刊《大清一统志》，不足本。西藏门一卷，姚石父《蕃尔雅》一卷，夏嗛父《西教源流异同考》一首。

旅见卯金大府，畅所言公言之。

《严州图经》今存三卷，阮公《研经室外集》列入《四库未收书提要》，录副进呈，在《宛委别藏》内。

电禀壶公师报书，藏山居士云：峤以计脱敦、凤之龉龁，以滑稽免，亦幸耳。

阅汪梅村先生同治《上江二县志》，有胜处，辄节抄之

蒋武明，永乐中太医院判。上尝问：卿于医效率缓何也？对曰：善治者必固其本，急则伤矣。是以圣人戒欲速也。仁宗善其言，谓足以裨益治道。卒谥恭靖。

郑谷口簠八分，用曹全法，独辟超逸一径。朱竹垞赠以长歌。

张中，临川人，元末举进士不第，隐幕府山，狷介寡合，精数学。太祖下南昌，以邓愈荐，卜知其地当流血，铁柱观惟存一殿。后指挥康泰反，果然。以好戴铁冠，人乎铁冠子。

志释老者何？方外也。曷外之？外于儒也。五天竺不隶职方，黄老则孔子所谓游方之外者。然上者，古今隐君子性孤癖者托焉，慧远、陶宏景、司马承祯之流是已；次则有身世伦常之变者托焉，貌外而心内,名外而实内,于彼法固马牛风也,恶可以不志。

全真一派,创于金咸阳人王嚞,嚞传丘长春,以渊静为学,无禬禳巫祝之习,省身克己,禅宗之临济也。耶律楚材忤之,而元好问、辛敬之亟称之。

宋张稚圭摄建康府,有郡圃老卒,顷系念珠,问而知其安般守意,数出入息也。与之言吐纳养生之术,老卒对曰:公用法酷虐,此殊错用心,非所以为子孙服也。稚圭叹服。

潘扆,和州人,以樵采养亲。在淮口大雪中遇一老父市酒,与同饮。老父曰:子事亲孝,且有道气,可教也,乃授以道术。由是往来江上,有变幻迹。南唐李昪召居紫极宫。

释之洁净精微,洗心藏密,似亦有得于《易》者。即言心言性,亦先于濂洛,而非文字无以自显,若寿涯、常总、宗杲之流,使在儒门,其清言岂居辅嗣、康伯下哉?梁之宝志,好为识记,曰志公符则殆源出七纬者也。

南唐元宗时,有禅僧深居者,召对,有"鹞子过新罗"之语。深一日与智明见鱼从网出,深曰:此与衲僧相似。明曰:争以当时不入网罗。深曰:公少悟矣。明至中夜方省。按:明乃危邦不入之义,深则贤者辟世,其次辟地之说也。

又有禅门匡逸云:人无心则合道,道无心故合人。人道两合是名无事。又曰:人迷曰失,人悟曰得。得失在人,何关动静。

行言住报慈寺,得法于净慧,谓众曰:示生非生,应灭非灭,生灭洞澈,乃曰真常。南唐赐号元觉导师。

法泉居智海寺,问众曰:吾本住蒋山,今诏住智海,赴智海留蒋山孰是?众无对,乃索笔书偈,端坐而逝。言南唐已危也,当时君臣方营醉饱,世外人固忧心忡忡哉。

国初永济寺僧兴洞,字默默,语言朴讷,不诵经典。九十馀须发不变,或叩以长生之术,大抵劝人葆摄精气神为养生主,寿至百数十岁。

明太祖营建都城，规模宏廓，晚年悔之，其《祀灶文》见《一统志》，曰：宫城之地，首昂中洼，形势不称。本欲迁都，年老力倦，废兴有命，惟有听天。

顾炎武作《孝陵图》，补《实录》之缺，寄禾黍之思。又有《建康古今记》十卷，今不传。

江南国主李昪问道士王楼霞，何道可致太平？对曰：先治心治身，乃治国家。今陛下尚未能去饥瞋饱喜，何论太平？宋后自帘中称叹曰：至言至言。

徐锴官集贤，丹黄不去手，非暮不出。尝指其家曰：吾直寄此耳。少精小学，故所雠书尤审谛，江南藏书之盛为天下冠，锴力居多。

太祖卜相于刘基，首问杨宪，宪故与基厚善，基对曰：宰相持心如水，宪有相才非相器。杨上元人，后缘事伏法。

秦从龙，洛阳人，为元江南行台侍御史，居京口。高帝聘之，时上初至金陵，尚居富民王彩帛家。因与从龙同处，访以时事，尽言无隐。既而上即元故御史台府居之，事无大小皆与之谋，尝称为先生而不名。陈中行，元之所荐也，又有周良乡丘某，皆素有德行，高帝以礼延请，询以政事。与秦从龙号曰三老，礼敬甚厚。

顾子朋来札，于王祠记改易十馀字，亦甚允。

登舟晤黄公度，久谈，言《日本国志》，若呈进乙览，中多不合体例，似未可。公度垂念梁肃病云：住房一面有窗，三面无窗，必多阴湿，中人则为病，久则难治。此西医所格出物理也。中医亦有高台多阳，大室多阴，皆不可居之说。晤沈霭苍，新出京，与之言日下新闻，云：都下缙绅先生谣传，予将滥竽西牛贺洲使槎之选才，谢九能岂能胜也。

晤拂箖主教、倪君怀纶，与谈三教流别及景教、天方教规源流久之。

合淝尝从容与萧斋论光绪中后起人物云：壶公规模酷似曾湘乡，然厓岸深峻，不肯作平庸浅易近人语，恐不得人人之情，此一病也。

谓蒉斋隽辣,大假与己相似,然病太隽,不办忍辱负重,恶能成功名哉。予深味其言,此老晚节虽败,然更事多,其言可取也。

淮南杨行密将田頵攻钱镠,携一丛辰僧来觇,闻城中鼓角之声曰:钱氏子孙皆当贵盛,未可图也。行密乃先归,頵果败。

与汪山长议立经义、治事两斋,斋设一学长,岁饩一百五十金或二百金。又命娄照磨度地添盖斋舍十间,以居肄业弟子员。

再捐助休宁金忠节公正希先生裔孙,已为农,只一人举秀才。读书膏火之资三十元,前曾遗歙守书,拨入紫阳书院肄业。

戌刻奉到大府宥电,为洋款事大加申斥。立草禀牍,乞两院奏明,给四个月假,开缺修墓;并请先行遴委贤员署理,一面奏明请旨简放,以重职守。归去省愆克己,杜门养气十年,再商出处,亦是佳事。日内为洋债事,办理固为棘手,而鄙性卞急,忿狷嫚骂,内省无忍诟之道,力坠落气。一则动志之病,平日全无省察克治惩忿工夫,故粗厉不检至此。不闻伊川云:克己须从性偏难克处克将去乎?平日于居敬行恕四字上全无细密渐渍工夫,故于曾文正公日课所谓气藏丹田,所谓刻刻慎言养气第一工夫,所谓养生以少忧为本,全未体会过。

姚江之学较之金溪为宏大,而上方紫阳,则必以紫阳为正轨。梨洲氏《明儒学案》主张王门,稍有偏宕失中之处。故题楹云"学津流别,在语有斟酌"也,为之祠堂乡社谊应尔,而扩之为书院,以号召一世学人,则正犯亭林与张蒿庵书所讽切事,岂一端而已,夫各有所当也。

夜与印根先生谈论学术至三更,大致以义理之学为切要根柢,训诂小学及为文义法机调亦次要,不可以不刳心焉。由是根本立矣,然后通知古近事变,切劘经世之略,勿计功效之多寡,但课每日之勤惰。日计不足,月计有馀,优柔渐渍深造,俟其自得。学不至于且愤且乐,忘食忘忧,不可谓之学。进德修业,在绵绵不止。一息常存,此志不容稍懈,故王通云没身而已。

自刘融斋、钟子勤、陈兰甫、郑子尹、何子贞诸先生逝世后,海内经师日少，朱鼎甫当来中江主席，而天不假之年，岂特鄣人之不幸已哉，吾道于是乎稍孤。

派武弁江万仞、潘光胜，什长廖明胜，亲兵谭青珊，密捕积年青皮王华庭。

简石筇，商略署中常、新两关榷务及地方刑案，发审应划分三席，庶集三友之智虑谋事，事无少废阁，亦少舛误，且守候誓墓文字，两院批回，再酌定筹助精健营。统领沈游戎秀川修造营房六十元。又加四十元合一百番，所以示体恤军营苦累。

仲伊论《易》卦气消息，《乾》《坤》八纯卦有不变之理，《十翼》非全文。予谓扬子云《太玄》为卦气专书，托始《中首》，其繇曰："阳气潜萌于黄宫，信无不在乎中。"《中首》以当《周易》之《中孚》卦，冬至节前日将交牛宿一度，十月消息之卦也。用颛顼历不用太初历。

总署奏定新章，从赫德议，华商与洋商一体，可领土货出口。三联报单现已开办，与税司往返函商，然从此各行省厘金及常关必大减色。理财之权，不自外省地方官吏操之，又入鹭宾圈套矣。十八行省藩司专恃厘金为挹注，今根源将涸，且抓而掘之，藩司一官自此不可为矣。

陆小宝游戎来言，西梁山救生红船，糟朽不堪用，此和州辖境应由本署与和州牧协筹修造，以恤行旅风涛之苦。

物之有知者，恃息，一呼一吸，是谓一息，其说在《黄庭》及《安般守意经》《天台宗小止观六秒门》。人之胆略气魄，视乎吸力厚有以养之；语言文字之工拙，视乎呼力大，加以修词立诚，穷理养气，有序有物，简练镕裁之功。

老聃讳耳，虽班固《古今人表》列之四等，唐开元中追尊为玄元皇帝，升《史记·老子列传》于伯夷之上，别本《人表》，老子列一等为圣人，疑亦开元中改。而当时之人则圣之，魏王如耳，赵王张耳，皆慕其名而师之，验也。班固不圣苦县，别黑白而定一尊，诚然已然，以《老子》之合乎《大易》谦损之谊，独不可以为智人为仁人乎哉？

姜西溟云:先秦以前之文,莫衰于《左传》,莫雄于《国策》,故西京文章家皆祖之,除董生纯法《公羊》文字,刘向纯法《穀梁》《鲁诗》气格外,贾生、晁错、陆贾、徐乐、严安、贾山、东方朔、枚乘、邹阳、王生、茂陵徐生,莫不皆然。东京文气平衍复沓,以宗经多说理故;西京文气浩瀚雄健,以祖短长说故,长于行气。近日曾文正谓,作古文,义法笔仗,横说竖说,无所施而不可然,独不可以说理。盖一涉理趣,则平衍呆板矣。

夕与莲翁言,太放纵不检,坐侮圣人之罪,久不闻平日严师融斋、郑斋、拙修。畏友王璞臣、钱蔚也。之言,乃复妄发邪,此病根不小,亟划除。

泽宫丁祭,敬恪将事,乐器乐舞均未备,有司之责也。

常收敛勿发见,到万不获已时裁发见,便即收敛。

默坐澄心,体认天理。李延平如此做工夫。

能刻刻收束身心,鞭辟近里,戒慎恐惧,于不睹不闻之中,无有师保,如朝父母者,乃是良知。

坐一炊许,仍有放心,一向不在根源上除病回生,故时时蹈放僻邪侈之积慝萌芽,而未痛加刬拔。

学人工夫,须是猛火煮慢火温。

朱子受诗法于外舅刘屏山,入韦柳门庭,说理处仍不腐,所以为佳。后来惟虞文靖近之,陈白沙不及也。

《与于次棠方伯论洋债事书》言,损下以益上,尚且不可,况损中国以肥外洋乎? 反覆数百言。又专差赍送《农桑辑要》三百部,《齐民要术》二百部,请颁发各州县,以资劝课农桑,崇本抑末。

自强不息,敬以直内者,道之体也;无时不戒慎恐惧,动静一源。守弱善下,谦以自牧者,道之用也。寂然不动,感而后应,冲虚静啬,不敖倪于万物,全不肯役精神。

文舜臣太守翰来,言地方利病。论修《太平府志》,康熙年修。须各县先立志书科,一切官师接任、宦绩、田赋建置、贡举,及大事略、人物列女事状，抄列采访，册必信而有征，然后仿章实斋、洪稚存、谢蕴山，上修志体例，分门纂修。

送汪山长及鞠卣仁弟回歙州，订黄山前后海之游。不拘何时可往，惟隆冬雨雪封山，则不宜耳。知歙州春岫，曾钦奉敕旨，采办上用白术，入山二次，何不借此差为名前往，岂不稳便。

做经谊、治事二斋榀。汪仲伊擘窠八分书。二斋学长一时难得其人，拟以谦甫摄治事斋长，鞠卣权经谊斋长，肄业生正课各五名，月饩五元；附课各五名，月饩各三元。九月杪，斋舍落成即举办。

夜得房师吴蕙吟少宰来函，问愿为槎客与否，尚待斟复。

伊川云：涵养需用敬，进学则在致知，敬业夹持，直上达天德由此。

其静也专，终日乾乾，终夕惕惕，非静专乎？其动也直，当其变化，各正性命，自强不息，非动直乎？敬以直内，此心常存敬畏，虽不见闻，亦不敢忽。义以方外。物来顺应，当理而无私心，事过而不留滞。

时时戒慎恐惧，无事非敬之谓致良知。

理一而分殊。体元一本，用则万殊。体元一本，摄之以仁也；用有万殊，裁之以谊也。应之者虽殊途百虑，乃收摄到何思何虑同归一致，故分之殊者，仍归于太一也。

对越在天，骏奔在庙，出门如宾，承事如祭。灵台湛然，常存敬畏，虽处不睹不闻之地亦不敢忽。一息常存，此志不容稍懈。

曾文正日课十二事，一曰主敬、整齐、严肃，无时不惧，无事时心在腔子里，应事时专一不杂。清明在躬，如日之升。

猛火煮，慢火温，如鸡伏卵。

与肄业诸生坐论，一一考其所业，看其有心得否，不至剿剥口头禅否。无论专治何经，必先理出宗旨要领；无论专治训诂、义理、词章、经济何业，先理出大段头脑以及节目，勿得囫囵皮相点掇过。

岑友来，讨论程朱门径，亦有切理中肯处，亦有黏至未莹处。

延平李愿中先生一向涵养本体，于至静中养出端倪来，然不得朱子砭切发挥,无以神雷雨愤盈之动,而济屯难绝续之运。故延平敬谊夹持,湛兮若存,是纯坤至静之象,得朱子直下承担,有血性负荷斯道,下手切实,坚苦做工夫,乃得为一阳出《震》、地雷《复》之象,乃为天地之心所寄也。是真虎啸必有风,非延平之性通气厚,亦不足以感召出朱子来。伊川之笃信好学,坚卓纯深,理出居敬穷理要领节目,亦是胡文昭立教太学感召出来。

芳郭钝棰,今年五十一,处于浊世,前半节为人夹带些乡愿底意思,后半节日昃途峻,要撑起两根穷脊梁,想从狂狷一路上底人做去了,求其在我者既竭吾才,尽吾性。应当如是,此外不切己之升沉祸福有所不计,遁世不见知而不悔也。

夕,江守备万仞等捕得土匪潘云发一名,拟办递解回籍,交县监禁。

奉到户部堂宪蒸电复码电,洋款事续拨之款,今年尚须解沪关十七万四千两,元拨之款尚须解沪关二万八千两,当即由电禀复。

阅《明儒河东学案》,薛文清、吕泾野完养粹密。实有所得,洵以救姚江一超直入之流弊。

寇莫大于阴阳,而镆铘为下,人以血肉浮脆之身,阴阳移之而不觉,寒暑铄之而无形,惟存心庄敬,一向用集义养气工夫者,乃能预觉之耳。是故君子慎疾。

司马子长好学深思,心知其意。徐元直、石广元、孟公威俱游学,三人务于精熟,而葛公独观其大略。徐伟长治经大义为先,物名为后;陶靖节不求甚解。石勒闻人读《汉书》,至郦食其为沛公书策,立六国后,勒曰:此法当失。继闻留侯谏阻郦策不行,勒又抚掌曰:赖有此耳。为学所贵,识度绝人,正不在多言繁解。

得徐筱云少宰书,云:韩王因国内变乱,避居俄使馆中,倚其保护,倭人亦不敢过问。俄人迫我建造东边吉、江两省铁路,限六年造成,轨辙又须照俄国尺寸一律。中国之祸,近在肘腋矣。又况财力竭于债累,悉索遍于行省,内忧外患日深一日,而我拘牵成法,事守常格，其将何以立国乎？公独不悟此十二年中，当轴诸公因循纵弛，用人颠倒，弊乃至此，不得辞其咎乎，亦可谓失之目睫之间矣。

禀两江制府专弁，赍呈《农桑辑要》三百部、《齐民要术》二百部，以备饬司颁发州县，为劝课农桑本务之资助。

顷见甓斋主人与棣儿手札云：沁电已详两院，告假四个月，乞开缺云云。次日到署，遵来电代禀樵宪。樵宪云：此次部文我本云万办不到。常熟宪亦明白，而贵胄执意要办。想是敬止斋查，确系大农，而为聚宝堂掌东之敬信。观樵宁之意，亦知告假之出于不得已也。特此系两院主持，不知两院能即予批准否？鄙意与其将来以征税不力，洋债误期被参，不若此时洁身引退之为善也，云云。

心中斯须不庄不敬，而傲慢之心入之矣；心中斯须不和不易，而暴戾之心入之矣。平时不可不涵养，临事不可不省察克治。不睹不闻之地，不可不刻刻戒慎恐惧，常务收敛，勿发见也。

《金史·文艺传》云："为文章哗嚣之贵，勿贵也，惊四筵不如适独坐。"班孟坚《典引》云："故密尔自娱于斯文。"此即适独坐之意。可见后人创意造言，《两汉书》中已浑括大意，无所不备，第后人词费，汉人文简耳。

刻壶公老人《寿叙》《寿略》三篇书后。傅青主斥宋以后之文不读，曰此江南之文也，开卷辄掷去，不复省视。今此三篇真乃江南之文，殆不免公之一掷耳。

陈莲翁自上年四月以来，凡四次枉驾于湖，为不佞诊脉处剂。昨濒行戒予曰：略已知君病源消长之分数，大约脉大病来，脉小病去，脉躁病增，脉静病减，而寸左关尤为左验。治之用药加减之法，准此为进退矣。予叹为名医，吴丈师机而后仅见斯人。盖此与为《内经》阴平阳秘，精神乃治之说正合也。

举头见窗外寒竹千梃，高梧两株，亦有班嗣一丘之意。此中亦可隐，何必黄山与天台。

夜与石筇商事。

一、宁渊观两岸建造浮桥。

一、裕溪口钮委员叠记二十一过,要详参。降一级调用,足以惩矣。

一、小九华之北寺开一粥厂,腊月初起,二月杪止。恐招来奸匪,此事不可办。

一、禀抚宪,动用汪沛买米案内之米税,另项存储款银四千馀两,作为举西学学堂之用。

一、明正设立课桑局,委吴兴员绅采办桑秧二十万株,责局员司收发,以课远近民间蚕务。

汪龙庄先生云:苦心未必天终,负辣手须防人不堪。世以为名言。然此次裕溪口案,委员不恤商困,不恤人言,非稍予辣手,无以示儆。汪左幕故耻借刀杀人,然学治臆说,云:官须自做,不可假手于人。则今日之办法似尚为用法平也。

未初,讯南陵县贼伤事主窃案一起。罪皆杖徒,非正盗故也。

申初,力疾讯建平县一案,盗七人,伤事主,内有一盗手执洋枪,止获三人。内伙盗冷老么一名,系入室行劫得赃之人,拟情实,馀二名杖徒。

与儿曹闲谈唐诗云:似尔官仍贵,前贤命可伤。因历溯李、杜、东坡三公生平履历,叹曰,东坡涉历朊仕,李杜遭际远不及之,才力学术却亦逊于苏文忠,而三公光芒万丈,至今并存者,徒以忠君爱国之心耳。浮云世事改,孤月此心明。所恃者耿耿灵府,方寸湛然,不为万物所铙耳。

又论苏文忠、文定兄弟,司马温公与其兄宜兴令旦,旦不知何字,宰阳羡日,正荆公以太常博士差知常州,为其属,因公事不相得。友爱之笃,古今资以为法。

又论孔武仲为蜀党,劾伊川先生,在经筵阿事姻娅,颠倒是非,可为奇谬。元城刘公乃温公门下铁汉,晚年则耽禅悦,然亦曾劾伊川。此乃贤者之过。可见古人学术,各须自立,全不肯依傍人门户。丈夫各有冲天气,不傍如来行处行,具了这般气象,裁有入圣之路。

《答南陵孙令言治盗书》。八月初三出案，臬台初四即知之，派员密查。初十手札责孙令，何久不报案？

顾亭林先生自少至老无一刻离书，黄儆居先生自叙云：默揣生平，绝无他长，惟手不释卷，日以考求六艺为自课。上而公卿大夫，则有治事之天职；下而农贾百工，亦皆随分自尽所业；士无职，吾惟以治经为尽吾之天职耳。黄先生又曰：读经而不治心，犹将百万之兵而自乱之。乃至言也。吕成公自言，顶踵皆过。

吕成公读《论语》，躬自厚而薄责于人，遂终身无暴怒。前辈切己省察如此。

记司马温公法语。温公云：尽力而止，莫达高深。颜子曰：既竭吾才，不求速化，乃得真种子。曾文正每日自课十二事，第九事云：凡日间所读书，记录心得语，勿遽求深，有求深意，便是徇人。

《大易·恒》初六，浚恒，贞凶。《象》传曰：恒之凶，始求深也。无论造学问、图事功，皆由积铢累寸，然后有成。古今岂有一蹴求深，一超直入之捷径乎？虽所守者，正亦凶矣。温公之言，盖本《易·恒》卦义也。后之手著语录，一蹴求证圣位，非蹈浚恒召凶之义乎？范滂死时年三十三，戒子之词何其谬也。此求气节之速化而未尽其实也。王弼求为黄门郎不遂，恚死，年二十四。此求仕宦之速化，而欲超三资四资也。王仲淹年二十六，献策隋文，欲学周公，三十而续六经，欲法孔子。朱子谓其气象躁迫，去不得了，故殇，年裁三十五。此求学问之速化，而冒拟圣言也。是皆一蹴求深锐于速化之病，而未有若语录家贻误有明三百年以来学者，其时功令复加以时文流言，害之甚者也。朱子痛戒学者好高躐等之病，言之切至。王伯厚先生云：有子言孝弟务本，此入道之门，积德之基，学圣人之学，莫先焉。未能服行斯言，而欲凌高历空，骤造一贯忠恕之域，吾见其大而实无所得也。此二义与温公之意正相发明。

夕得老友黄元同书，并示我所著书四种，病榻泛览一过。近时某先生虽托体经说，然穷理养气之根柢不立，其词气清以浮，使学人靡然从之,恐启天下分裂之象。元同著书,其词气宏以实,用意涉趣,于陈兰甫先生差近,精处骎骎间有过之者,博处及镕裁之文笔,殆不及也。颇开天下向治之象,运会若果信然,亦为时局一释忧结也。三十年前与君及张渠轩同学,仆累于昏宦,所学皮毛,而君憔悴专一,以数十寒暑日力精力,成此不刊之业,君真朴学之栾城李仁卿也,弟只忻州元裕之耳,华实相悬,今知悔矣。

近两月中于洋债事,处置略似在险而运奇,然从此当收敛此心,自隐勿近名,遁世无闷,行偶小变,乃不得已而出此下策耳。自尔清修寡欲,天机独适,慎勿失其大常。

四更起,草答房师吴蕙吟少宰千数百字,纵笔言之,意甚忻然。

自省近年好谐谑打皮窠之骨病,推源病根,由于处境危困,发愤而读《国策》《庄周》、宗门传灯,得之根株极深,浸淫几不可拔。以此对长官同列已大不可,以此对门人子弟尤大坏风气,此非范武子所骂罪浮桀纣者乎。自今立一新添功课,每一日间行事,读书札记,日用饮食,息养瞬存之地,自审有畏圣言之一念,则敬存之。如鸡伏卵,息息不舍。偶有侮圣言之一念萌芽,则立下痛予划除截断。最爱朱子言,君子之心,常存敬畏,虽不见闻,亦不敢忽。《新唐书》孙思邈戒门人云:士无畏则简仁义,农无畏则堕稼穑,工无畏则慢规矩,商无畏则货不殖,子无畏则忘孝,父无畏则废慈,臣无畏则勋不立,君无畏则乱不治。是以太上畏道,其次畏天,其要在畏身畏心。又次则近畏人远物,忧于近者不怵于远,畏于己者不制于物,禁胜于身则令于民,知此则人事毕矣。人生谨屋漏,治天职,凡身心内外,人事所当畏者,岂一端而已哉。然求其要领,断自畏圣人之言始。

《孙子·势篇》云:治众如治寡,分数是也。伊川程子云:韩信多多益办,是分数明。向予误以为此语始于朱子,仲弢亦误。今特考正,乃昉于《程子遗书》。石门刊本。

先机仲侍郎远祖府君言于孝宗曰:威权在下则主势弱,故大臣逐台谏以蔽人主之聪明;威权在上则主势强,故大臣结台谏以遏天下之公议。当时执政炀蔽之工，情状毕见此数语。

颍滨赞欧阳文忠云：公之于文，雍容俯仰，大不声色而义理自胜。

信天公。水禽名。

朱子笺《楚辞》，为伤挽赵忠定公汝愚而作，非妄也。惟刘向乃可拟骚，王逸、柳宗元何为妄拟之，大非也。学人勿误仞朱子为自比三闾大夫，三闾乃宗室，岂可自比？如此不伦，不词乎。曹征西辄自比微子，乐府《拟薤露诗》。又变其说自比周公，《对酒诗》。则奸雄欺人语耳。彼自姓曹，其城府深岨，岂真肯为刘氏宗臣干儿义子者乎？其肺肝可洞见也。史言操恶人知其微，今予之所言乃诇微之确论也。

裴晋公不信术数，不讲服食，每语人曰：鸡猪鱼蒜，遇着便吃，生老病死，时至则行。明高阳孙文正公承宗尝自云：虽鸡猪鱼蔬，遇着便吃；生老病死，符到奉行。此二公所以为名臣。

晡，招饶千戎来商巡防事宜，从商情添设铺兵数十名。

昨日遵陈莲老方，一饮子，一用葱姜二味，和飞面烧酒作饼，以火罐炙脊骨第三舍利珠二炊许。预截疟疾，今日竟有效者，乃是良方。亟付刻内外治两方，以济世间病者。

造刑具站笼四。此以柱后惠文世法治之。

丙申九月

东坡赞渊明诗，质而实绮，癯而实腴。陶公熏习东林远公净业，故诗中时寓净土气味。钝榷打诨曰：然则陶诗意味，竟是杭州仙林寺里方丈做底。素筵菜席，骨子里是用鸡汤熬成底。一笑。

因病焚和几一月，欲治受疾之根，从犯瞋戒，萌芽由是。日以《归元镜》为自课，冀得出世胜因。

卯刻，遣王戈什上安庆洋轮，持片送前英领事麦迪莫往北京，升英公使署参详官馈以江䌷一端，荷包一匣。

巳初，出门答拜新任署英领事金章。自汉口领事调来。谈藏印亚东通商后，藏番怀疑，恐有他变情形。恐办事文臣文海仲瀛不能了。

又英北界克什米尔、阿富汗与俄南界阿母河、帕米尔,北距赛马儿罕、寻思干等城形势,俄人中路欲出印度海,西路欲出地中海,东路欲出高丽元山津一带之海,蓄谋已久,恐终非印度部之兵力能制,金领事色沮舌挢,深以为然。

前税司班谟出示唐书佛罗汉、文殊四、毗沙十馀幅,皆工致,云以贱值得之日本。倭向事佛,明治维新以来,事耶稣天主教而斥儒佛二教,于此一事可见。

东西梁山救生船久已朽漏不堪用,行人苦之,仆捐廉洋蚨三百圆,托陆筱滨游戎恩甲监造。

明祖卜相于刘文成,首举胡惟庸,公谓不可及。惟庸掌中书省事,挟旧忿以谈洋事,奏讦公,明祖为所动,遂夺公禄。公不获已,力疾入朝谢过,请留居京师数年。年老善病,惟庸以医来,饮其药,有毒,病加剧,上手诏遣使护送归青田,抵家一月而卒,年裁六十五。后惟庸伏诛,明祖数召见公子璟,燕语如家人,深惜公忠而受祸。后又思公,先见召其孙廌,袭伯爵。正德中追谥文成公。《旅兴》诗云:"微福非所希,避祸敢不慎。"又云:"劳生遘六极,老病在羁旅。"又云:"人生多忧患,死去百虑消。但恨不便得,无由脱靰镳。"公宛转猜主奸相之间,既不忍彰君之过,几不能全己之名,其迹愈晦,用心愈苦,卒之沉冤大白,贻谋亦良。《左传》曰:石碏纯臣也。迹公生平心事,谓非纯臣之用心而何?

山谷有滴翠轩,仆欲于小九华山之西曲折处,度地诛茆,造飞丹阁以为此州人游览之地,此非为厌胜,第一时兴会所寄耳。

弋矶美国医院士人赫怀仁来谒,询悉其父在九江为总司铎。与之言西医,所著《全体通考》,详于明堂铜人针灸图。《儒门医学》,亦西人著,所言起居服食宜忌,于摄生最宜。又论各袄教源流得失。

美国人俱用英圭黎文字语言,赫医士口操英语,而近喜习华文,此亦同文之萌芽乎?年裁廿六。

不肖姿性迂钝,气质刚疏,年二十三从高伯平、刘融斋、钟子勤三先生游，有向学之志。然困于人事，涉历忧患，梏亡时多，此心断断续续。少罹家难，都养傭书，饥驱南北，筋力艰危，故书三簏，涉猎而已。中年客江淮间，在位通人，处逸大儒，咸从捧手，粗涉惠氏《易问》，惠、孙、王、段氏《今文尚书》《繁露》《玉英》《白虎通义》，又湛潜于洛闽之绪言，旁及九流六家，凡宗指独到，自存专家，时时刳心以潭研之。二氏义趣，亦所耽味。惟未尝服习礼学，故根脚皆虚，于"不学礼，无以立"一语，绝少体验，故所行不归乎平实养气集义之根基，尤未能梦见千分之一也。大约家无寸田尺宅可以自存，世故崎岖，仕路魔障，亦受得不少，然通籍二十馀年，无时不在日用事物上磨砻。五十以前客气用事，近年似客气稍退，遇事之来，应之以刚柔缓急，似稍稍具坚凝专断之力，此由更事多耳，要非颜子克己复礼，孟子集义养气工夫也。所以年五十一而未曾望见立于礼之一境，既未可与立，又安敢望巽以行权乎。智顗苦行毕生，裁证五品位；司马温公事无不可对人言；邵子自为脚蹋实地九分人；太上有立德，次立功，次立言，人尚介立，己欲立而后立人，谈何容易，谈何容易！

姚惜抱称王禹卿三十年经案绳床，胁不至席，阿好之词邪？抑信尔邪？

陈莲舫比部，苦思力索为予开四个方剂，连脉案写成一巨册；心感不可言。为次儿等开方治疾，均有长方君之为人，忱笃恳挚。乃尔有阴德者，必有阳报，太夫人八十二及君六十一，皆当享寿百年，固有征矣。

要语：啬养色身，乃可修炼法身；澡练法身，乃得护养真身。此一定不易之理，故须性命双修，止观平等，法喻两澈，权实俱冥，乃能贯彻三身四智，未可以世智凡心妄测大道，修一而废一也。

回道人参黄龙禅师语。黄座次问：阶下何人听法？吕：云水道人。黄：云净水干，到底何如？吕踧踖罔对。黄喝云：黄龙出现。又问：后来结果如何？吕不能答。黄：牢把一条慧剑，斩却黄龙。吕言下大悟，道：我枉用三十年苦功，错用了心机也。此与南华六祖《坛经·机缘品第七》"禅者智隍,二十年所得心,都无影响"事相类。

泛舟至江北浇矶,谒敕封崇节惠利灵泽夫人庙。案:陆游《入蜀记》:浇矶上有宁渊观道士栖之。今名枭矶,祀蜀汉先主夫人孙氏。嘉庆二年,安徽巡抚朱珪始题请敕封,并赐英灵惠济御匾一方,春秋祭始列入群祀,时奸相和珅犹当国,磐陀老人以珅龋扼,犹未召还京也。同治四年,兵侍彭玉麟重建,今住持沙门,衡州人。

门人伍叔葆太史饷我有白沙茅笔十枝,曾见丹霞今释用茅笔行书,所作绝句十馀首,成一长卷,藏致仕侍郎周荇农先生家,今不知此卷子流传何许。

现充商董之张小坡廉访学醇来,山阴人,同治二年署皖藩,因寿州苗逆案,与巨绅孙家泰互许詈,吏议革职,久为鹾估。今又乞于繁昌县,听开煤矿。此君猾吏,年六十八,逐利不已,其人之龌龊可知已,姑候酌办。

晤娄午峰,论人须立志清苦,入仕者尤须兢兢义取,勿以货取,如处女守身为根本,一以赃败,终身不振,可为厉戒。

犯《大易》忿戒,佛氏瞋戒,改之,改之。钱具美以天性严急立功,然严急究病操切辣手,须防人不堪也。羊南城、王茂宏宾浃远近,蕃胡悦服;周公戒伯禽曰:平易近人,民心归之;孔子告叶公曰:政在来远附迩。切宜恪守行之。

王直牧叔英云:浙藩司龙仁陔逝世,良吏也,奉身极俭薄刻苦,而尽心民事。

详院移司论课吏事,赵次山廉访谓,于牧令书《学治臆说》五种遗规内出一题,不能做论者,当堂缮写履历。

阅《汪双池先生集》,信乎粹然大儒之言,胸中积理多,心坎中自在流出,毫无艰深孑棘之态。朱竹君所作墓表亦佳,阮芸台手定《国史儒林传》,以汪附《江慎修先生传》后。汪氏善读朱子之书,而朱子所读之书,汪氏未能尽读之,故精处时有之,而博处则欠。

金领事求商临清、宿太两班木簰避碰之法云:日内有英国巡海快船到此泊，金领事通晓汉文，久研求古籀钟鼎石鼓文字，极佩毕秋帆、阮芸台之学，言大篆、六书，以象形为伙。此君舍西俗而讲中国字学，倒也别致。

有人则辍之，无人则作之，此之谓慎独，此之谓密行。

裁发一念，欲效白沙、阳明结社讲学，以济时用，魔障便生，岂合当是“天地闭，贤人隐”之时欤。今夕读《归元镜》，忽有省悟，我知道这遁世不见知而不悔，是前世的机缘了。

崇祯中，倪文贞公元璐乞病折云：京师如海，独无良医。盖以讽国病也。漳浦黄先生阅邸报，见此疏大有感触，因拈“京师如海独无医”句作长句数章，以寄慨叹之意。

六气之病，自外触者易治；七情之病，自中出者难治。《损》卦之“惩忿窒欲”，《颐》卦之“慎言语，节饮食”，《艮》卦之“思不出其位”，尽力而止，莫达高深，止而能畜思，毋越现在所居之本位，如职分之所当为而止，此《艮》象之要义也。以志帅气，以静制动，此善治七情之病之上术也。

示儿辈中材以下课程

必读书：

除《四书》《九经》《三传》《史》《汉》《文选》外。

《五礼通考》《读礼通考》节要删繁。

《韩文公集》储选十家、茅选十家。

《朱子全书》

《求阙斋经史百家杂钞》

《渔洋古体诗选》《惜抱今体诗选》

《钦定四书文选读》

必看书：

五种《纪事本末》张溥史论附。

《五学录》吴荣光、黄本骥《温公书仪》《大清会典》

《东华录》《续录》自天命、天聪至咸丰九朝，同治朝未出。

《皇朝经世文编》二百卷

《文心雕龙》四十九篇

《史通削繁》

章氏《文史通义》

日力之馀,恭阅邸钞及《时务报》。

写字。大字临颜《中兴颂》《八关斋画赞》,宋广平、元次山之属,及《焦山鹤铭》。小字临《道德经》《乐毅论》。每日午后作字,以考验存心之静否,专一不杂,斯之为静。伊川程子曰:吾作字时,甚敬。即此是学。

作文。月课诗文数首,以考验积理之多寡,养气之盛否。凡修词,务洞达见本根,创意造言,师古之意与法,不必师其词,毋许雷同剿袭。

右以读、看、写、作四者为之纲,其馀节目,语在壶公师所撰《辎轩语》中。

六合唐汝虞秀才志益来,谈镜心部郎之堂任,曾肄业南菁书院二年,习筹算、立天元一、弧三角之术。癸巳年,佐闽中王学使幕,阅算学卷,因中江治事斋须聘治西洋测算畴人,出题课士,故延访之。

沪上《新报》《申报》颇书八月十八以后病状,称钝叟为疯癫汉,自此真做了五代时之洛阳杨景度矣,此亦关天意厚待玉成也。爱敬东固佳石壁西,亦听量腹而食,养空而游,谓非忘适之适乎?保全杜栎不材之木,徜徉游此浊世,人予之名而不受,反再受其殃耶?呼牛应牛,柱史园吏,所以苟全性命于乱世,仆生平往往无善名已闻,无恶声已欢,名声相乘除,得少失有馀,岂仆生命亦直斗牛算邪。

汤蛰仙太史来,留作半夕谈,下榻东篠,订明年来主讲,改以汪仲伊主讲经义斋,以蛰仙主治事斋,于定章稍有变通。

崔惠人前此力劝西平,过日本切勿见虏主睦仁,恐启中华士大夫瓜田李下之疑。西辖还朝,哀恳乞身引退以避祸云云,崔为之谋甚忠。及西平使还,舟泊日本,果不敢见睦仁,而宦情尚热,奢望重畀节钺，故不从崔言云。以上据崔惠人说。

澄斋主人来函云，近当轴只得架漏过时，见症治症，要如秦越人治之。于将病之先，实无此权力，无此物力，无此日力，切无此胆识也。芦汉、粤沪之路，归铁路总公司四品京堂盛宣怀一人督办，此外不得有第二公司。拨款一千万，动存款三百万，集股七百万，允借洋款两千万，可谓大举动矣。西陲肃清，可为一喜，关章牵缓，日本忽有添勒津、沪、厦、汉四口，及苏、杭不准管界之议，限二十四点钟画押。已允之矣。窦使又来借两乌为言，添出新疆开通商埠，不知能终驳斥否云云。

问钵山某君，多逐阔少，作狭邪游，操行顿减。故知危微之间，惟明君子然后能慎持，从善如登，从恶如奔，可为后生戒也。

是日稽查中江讲院匠作工程，前有俞主簿，于工程不在行，所经手督造之尊经阁、三祠，令梓人测量挂线，始知墙基太松，墙峻且薄，厚止七寸。经西北风吹，向东歪三四寸，估工必须拆去此墙，重筑厚一尺或九寸用工都营造尺。之墙，方臻坚固。俞主簿性仁慈，好行善事，而于督理工匠一事，既不精明，又欠强干，乃知僚吏操行可信者，未必可用；才干可用者，未必可信，知人任人之难，自古为然。论事之人多，任事之人少；言美者其实践多虚，心迹岐异，未必结实可靠，不可不深察熟计。如于次棠方伯用人，专取刚毅木纳一路，乃得之。

椎少壮服习程朱，中年见世道湛浊，不可与庄语，遂迁涉老庄，依隐玩世，阑入阮籍、王绩、李梦阳、康海一流人习气。此次沪报新闻，竟以五代之杨景度相目，亦未始非有以召之。贱性疏傥，处事接物，有时失之宽缓，有时骤为严急，有时低眉菩萨，有时怒目金刚，故不免外人刺议也。谚云：救寒莫如重裘，止谤莫如自修。此当反己自省，克治从前依隐玩世之失，勿专以究惩造言之人为事。

世将乱，儒最无用。得一宇文夏州粗足济事。宇文夏州望浅资轻而能联络，贺拔岳、贺拔胜以史称其气。为毗沙，盖关中。邙山之战，贺拔胜穷追高欢，叱曰，贺六浑贺拔破胡，今日必杀汝，欢大窘。

阅朱味勤日记中有切实处,内行亦竺。吾乡金、衢、严三郡,惟婺士多雄直之气可用,陈云泉、朱苗生、吴佩葱皆一州之良也。

丙申十月

密札陈晴溪往春谷查案。札系手写封交。

汤荆岘侍皇太子允礽,讲《大学》,每举财聚民散为戒。

与石筇、印根筹画中江讲院持久经费,殊不容易。然陈云曙以区区松江一隅之地,筹融斋书院经费井井有条,仆岂可后之。是以亦欲见贤思齐,奋勉从事于此也。

吕晦叔元祐初与司马温公同作相,极耽禅悦,故王荆公亦重之。一时貌托淡泊,发言玄远,依附其门者,谓之禅钻。伊川亦曾看佛书,温公教人曰:尽力而止,莫达高深。殆以讽吕申公一辈人也。袁宏称佛氏善为宏廓胜大之言。古今说空理,以万事为糟粕,故能穷高极深,入玄入妙,莫禅宗若也,然不可以治世,究以温公之言,为脚踏实地。

毕兆麟,当涂丞。言李太白墓在青山,去县治东南二十五里,谢朓所尝游也。九井山、白纻山皆相近,每年寒食,官为致祭,守墓谷姓则四时以酌酒麦饭酹之。谷姓自云:供奉存时,与其先世某相契,时寓其家,没于乎殡,埋骨眼中青山,殆桃花潭汪伦之流亚乎!李诗云:"小女字平阳,小儿名伯禽。"李华作墓志亦云然。公晚依族人,阳冰为令,避地于此八年,卒年六十四,时宝应元年也。代宗初年,拜左拾遗,礼降玄壤,已不可及见。后宣、歙、池观察使范传正自以先世与公有旧,按图知公墓田,为禁樵采,访公后人,仅得二孙女,已嫁村农陈云、刘劝,衣服朴野,而进退闲雅,儒风宛然。自陈父伯禽以贞元八年卒,范传正告二女,将为改适士族。二女曰:孤穷失身,命分当尔,乃仗威力求援他门,生纵偷安,死何面目见大父于地下。欲败其类,所不忍闻。范乃止,为复井税,免徭役焉。范碑。当涂又有晋吏部郎毕卓墓、唐进士贾岛墓。去城一牛鸣地。太白无后,良可悲也。杜甫有子宗武、宗文，即骥子熊儿。有孙嗣业。东坡诗："拾遗被酒行歌处，野梅官柳成都路。闻道华阳版籍中，至今犹有城南杜。"则甫子孙固盛昌也。予顷与毕二尹谈如此，顾谓若岂毕吏部子孙邪？毕大笑。毕卓，新蔡鲖阳人，过江后为温峤平南长史，墓在姑孰，理宜然也。

观太白为当涂李令君画像作赞，知阳冰令缙云在宰当涂之前，吾子行谓阳冰即李潮字，岂其然邪？然杜公以潮八分小篆与韩择木、蔡有邻鼎峙，自非阳冰，不足以当之也。

会拜班税司，导游范山绝顶六角亭，山径磐纡曲折，高处四望萧远，江流如带，形胜雄壮。有英兵舶一泊岸打猎，税司以酒果山鸡脯、白粲饭供予一饱，海客殊多情也。

与梁儿言，汝翻读白沙《陈文恭集》竟，宜接看《阳明王文成公集》。白沙在夷惠清和之间，阳明则得伊尹之任者也。白沙体多用少，阳明有体有用。黔刻本有漳浦黄忠端公叙一首，推服甚至。文气浩瀚茂密，说理亦透。

阅亡友《薛叔耘集》，于近四十年中，国计盈虚，疆事利钝，用人行政消息，确有所见。

治国当参用禹墨、孔孟、申商；治身自全其天，莫善于黄老卫生之经；治心超然，断三际不染，着一切处莫妙于禅土双修，权实互用。世间一切法，是有为法；出世间法，是无为法者。执著有无二边，惟道家老子氏能以常无法御常有法，融有入无，是以无事。取天下最为用力少而见功多。

> 友人沓翁箧叟智凝上座，所授衣钵甚深秘密。法如是，如是姑记之，以验当天下能实力行之否。

卸署广德州同年钱孟超刺史言，广德州有老贡生朱立襄，字赞卿，年六十外，治《易》著书四十年，意其人或是隐君子，当表章之。拟详请大府学臣，为汪山长奏乞加京衔，朱立襄乞加国子典籍衔。第汉《易》有五十家，宋《易》有程《传》、朱子《本义》、朱震《汉上易传》、倪天隐传胡翼之《义》之不同[①],至邵尧夫《皇极经世》之学,则外道也。国朝黄梨洲、惠定宇、张皋文,痛切辨证。未审朱贡生是何家数,此须考校明白者也。

撰芳郭袁氏宗祠长联八副,短联六副。皆儆劝族人之辞。

答丁松老书,汇洋银三千元,议遵先大夫治命,创建桐庐试馆于杭州贡院左近。

《申报》刊有中俄新增和约,未见明文,不审确否。未据象胥总办函告,和仲亦云无之,不审《申报》《西报》何以造此谣言。一、俄东悉毕尔火车道;一、准由海参崴造至珲春,由珲春西至吉林省城止;一、准由瑷珲向西南造至齐齐哈尔,再由伯都讷向东南造至吉林省止,以三十年为期,准中国备价赎回;一、中国原议建造山海关奉吉并枝路往牛庄之火车道,俄人可代造,期以十年,听中国赎回;一、火车道须由牛庄拓至盖平、金州、旅顺口、大连湾,以期中俄通商来往之便;一、以上火车道除中国文武官员保护外,并准俄人派马步营兵数队驻扎要站保护;一、造成各火车道后,两国彼此运进之货,其纳税章程准仿同治元年二月初四日《中俄陆路通商条约》完纳;一、黑龙江及吉林长白山地方五金矿应开禁,准中俄商民请领中国地方官护照开采;一、俄人可代中国练兵,仿照两江请德国武弁章程无异;一、俄国人在亚洲无周年不冻之海口,俄国东海水师以及太平洋水师诸多不便,现租中国之胶州湾屯兵,以十五年为限,限满准中国将营房、栈房、机器厂、船坞等倍价赎回;一、辽东之旅顺口、大连湾,既立此约,俄人允保护此二处,不准他国侵犯,中国亦永不让他国占据。惟日后如俄国忽有军务,中国须将该二处暂行让与俄人水陆军泊屯于此,以便俄国形势之利;一、此约备华文俄文法文,遇有讲解,以法文为本。

审尔英人在太平洋及中国商务之利,将为俄人所夺,必不甘心,

---

① “朱震”,原文无“震”字,今据文意补。

必致铤险,急谋结倭以拒俄。三虎寻斗于我东门之外,而中国北京危矣。

俄人旧所占北方之地,皆在侧面,志在去寒就暖,得不冻之海口,始而海参崴、岩杵河,又进而土们江口之西水洛城,又进而元山津,俄名拉氏列夫湾。又进而大连湾、旅顺口、胶州湾矣。得步进步,夺谋英人商埠之利,又防战事,情见乎词。

新拓得太平府学《脱靴》《反棹》二图,并不佳,索太白、山谷于形迹之内,去之弥远,得其皮毛,遗其骨髓邪。

暂勿求竖出三界,愿终身居学地而自锻炼。莲池语。

答门人刘默庵故郭书,贻我明季广西巡抚《方孩未先生寿州人,万历四十一年进士。文集》,读之,泪下如雨。

晤吴直牧,谈近日、俄、法相结,英、德相结大局,议往虑来。

参将金国治,现统澄清水师舢板只廿一号。

谢文靖称陶桓公虽用法,常得法外意。

戈什千总潘光胜不安本分,在外招摇,撤差,交朱令查办。此皆用世法治之。一日十二时钟,除顺用世法外,馀时即栖心净土双修,权实互根之出三界、出世间法。

莲池净学平易中有广大精深,步步脚踏实地,彼法中之司马君实也。虽宗指在《弥陀经疏钞》,成一家之学,然仍兼取天台教观、曹溪了义,故能博大精深,似非临济百丈所及。末法中有此坛坫,洵为砥柱中流。

许竹筼侍郎年五十三,尚须留俄邦专使任一二年,以经手俄法洋债事未了,又帕米尔争地案亦未了也。丁亥戊子间,予典校象胥主客文字,始草奏改俄、德、奥、和为一使,英、法、义、比为一使,其议创之曾劼刚。馀仍旧。美、日、秘及日本各有专使。去年法巴黎要求派专轺,以郎中庆长五品京堂,用驻法公使,只管英、义、比三国事,一岁经费裁五万两,随员多艰于举火。镑价奇昂,亦槎客之危也。现俄廷、德廷俱要求各派专使,则经费以瓜分而减少,亦艰窘矣。现闻德国之柏尔林初改专使,当轴意以属和仲,和仲以疾辞,而举罗丰禄自代。俄外部相嘎尔斯病故后,老成乏人,前总办奇诺野甫不知近在何处。

西平使西,随员于式枚、罗丰禄、林怡、游联芳,又赫德总税司代派四国翻译,英文金登干,德文德璀琳,法文穆意索,俄文忘其名。

卜居。与管事人谋将榜芳郭新居曰复初讲院,以大父字取义,示后子孙勿忘祖考彝训也。以此宅为十方养老常住,而以泖上漯桥之屋作行脚挂单下院。榜云:濑乡新墅。杭州贡院左近之试馆如购成,亦留三间作尖宿传舍。

和仲示以京电,杨子通调俄使,竹篔侍郎可盼瓜代矣。罗稷臣使英,黄公度使德,伍秩庸使美云云,想系日内新命,钝椎可免作西红海之波臣矣。

夏伯定比部无师之学,不参十方善知识,亦其一短。

公度乃吾党之豪也,得一介之节,此殊可喜。

汤蛰仙兄自庐州查案,过我深谈,以鸟飞择木,可与共功名者难其人,不能不喟然于以水投石,以石投水之喻言也。

晤和仲,以俄汗像、俄后画巴黎铁塔铸式相贻。据和仲云:今俄皇年二十七,辛卯年为俄太子,由中华游历日本,额颅为刺客所伤,而中国江鄂粤都督待以殊礼。故俄今皇于日本究有夙怨,而中俄交好几三百年,似尚不至遽为开疆拓地之谋,无故启衅云。

曩官主客曹,闻醇亲王论近日人材,以三言断之,曰:文不如武,汉不如旗,华不如裔。岛索交讧,时际侵陵,禁中颇、牧之思綦切,而尤望丰沛、白水子弟干城蔚起也。窃本此意,改旧所注记《阴求国士簿》,分列三等:一曰右武,二曰左文,三曰西材中可用。

亡友薛叔耘。奉旨,生前居官事迹,敕史臣编入列传,差足慰其一生苦志勤学。君备兵四明,伐石表全谢山先生之墓,禁止樵采,刊布谢山《七校水经注》,赵东潜校本所祖。拔吴杰于行伍,卒成将才,行事磊磊,故不同凡吏。

左恪靖年四十九,乃出应朝命,交曾钦帅军营差遣。未出山前,至欲买田柳湖庄以老。彭丽崧尝手书问作何状，左公答，以近一年中，专心考校东南各行省茶厘、盐厘二事。此见公处画事势之精详。公年二十试礼部，研求边防新疆舆地。见公房师吴清鹏《送左生季皋落第南归诗》。初出江西治军，《与郭供奉书》云：朝廷果欲责以办贼，非命署粤东藩巡，治饷兼治军，一手经理，不能奉效。其明有意算如此。

与张修撰謇书，乞书榜五方，芳郭袁氏宗祠、润德堂、复初讲舍、永慕堂、以上桐邑。濑乡新墅。在三泖。

颇悟老年精神，衰旺不常，一日十二时中，当谨候消息，动静交养。《老子》啬为早服，为重积德。啬字工夫最妙，最忌水不制火。忿欲两魔军切害事，制之一处，事无不办。利在损之又损，以至于无为。善损，乃为善益地也。惩忿，道家谓之降龙；窒欲，道家谓之伏虎。

与万令书，催促浮桥工成，并创建宁渊观浮桥。如两浮桥造成，真可题桥上曰：双桥落彩虹矣。

《赵芬》，褚登善所从出；穆子容《太公望表》，颜平原所从出；颜之《金天王祠题名》，坡《表忠观》笔法所从出。耕牛稳实，而利于用，洵善喻也。"杨少师如散僧入圣"，亦妙喻。

立事之要，在善割弃。精神归并一路，绝利一源，用师十倍。日中必熭，操刀必割。善割弃者，乃善能取；善割弃者，用志不分，乃凝于神，并敌一向，千里杀将；善割弃者，义如快斧利刀，遇事一分两断；善割弃者，乃能心地谦而手段辣。积众小不胜，以为一大胜。

洪幼琴来，商量印行六安涂氏所刊《朱子大全集》《二程遗书》《陆三鱼宰嘉训俗》《战国策去毒》、吴竹如先生《理学宗传辨正》等书。

草札定议，饬芜湖令，上水门及宁渊观东西并建两浮桥，筹经费四千两，内道署筹一千两。

与子与议，买湖州桑秧十万株，运到中江栽种，并雇一善栽种晓桑性之老傭工来此教种。在赭山下购十亩地一区，编竹篱围之，分行栽列，官吏随时督课，以兴民利。

朱大令前为吏民宣讲《卧碑》《乡约》，晓众云：安本分，学吃亏。

予为言国初陆清献及雍正沈端恪为吏,首以四事自课,一朔望宣讲《卧碑》《圣谕广训》,一筹常平积谷,一设义学,一严保甲、缉捕,此为政先务。所谓安本分者,务尽本人职分之所当为,而后心安理得,非堕枝体,畏葸不任事之谓也。

丙申十一月

弢庐言,亡友戴子高妄诋朱子,君面折之,云:吾歙州儒先自慎修,双池诸老先以下,皆推崇朱子学术,惟戴东原有异议,歙士大夫为学深浅大小不同,而皆循循于礼法,束缚于规矩,盖涵濡朱子《小学》《近思录》之教,得力甚深也。戴遂不敢复言此。与方望溪折王崑绳之语相似,朱子尝语李闳祖曰:修身大法,《小学》备矣;义理精微,《近思录》详之。

又论颜习斋、王崑绳、毛河右、李刚主学术。

阅蔡氏《王荆公年谱》。此书修辞体要及剖析事理未能尽善。

失仪,召咎修省。颜回不以夜浴改容,愧未能也。罪多伏于不谨独。

徐都司巢湖水师、萧大令巢令来。舢板师船屡裁,现有十六支,每船水勇九人,哨官在外。

周柱坤,字卓群,湖南宁乡附生,年三十游闽、蓟、析津回。王逸梧祭酒弟子也。以笔记来,见其人,气静神怡,可与学道。与之言立身,自以朱子之学行为根柢,于君乡先辈,远则宜宗王船山,近则取法曾文正,此乃为学康庄大道。三不朽事业,立德立言,皆自己做得主,可勉为之。立功,则消息听之天命,机会关乎人事。安守素位,一任遇合之自至可也;言无文则不克行远,创意造言,有序有物,亦要用功,根基既立,推而行之四海而准,能言忠信、行笃敬,虽蛮貘之邦,行矣仁,远乎哉!周君颇虚心,剧可喜,贶以二十番。

弢庐之弟子黟县癸巳举人胡冰笙殿元,勤学而行文有才气,年二十馀。又姻家严寅仲,清河县人,善鼓琴,工绘画,多技能。三子皆为诸生,已为令倅浙中。一旦弃去,剃度服僧伽梨,入天台,结巢普陀,断绝世事，除三际毒痈。此人殊根性猛利，求道勇决，亦异人也。

仲伊先生以肄业生渐多，恐不率教为虑，答曰：虎帅以听，谁敢违子。

朱味勤丁外艰，稍为设法，济其匮乏，并往吊。《易》为忧患之书。人生无日不在忧患之中，惟当惜阴励志，修身为学，且愤且乐，忘食忘忧，不知老之将至。一切升沉荣悴，听之运会，但尽其在我者而已。

六安涂朗轩制府年八十三，前年乃辞世。晚年校刊《朱子大全》《二程遗书》等十馀种，托洪幼琴为介，乞制府之仲子习恪，字俨仲，代印。书板存宛平张峙亭大令焕桢家，顷面托大令备毛编纸刷印，分庋书院。

唐宋制以主簿丞尉为进士，释褐授官初阶；今制乃为杂流，然既受朝廷一命之荣，居佐史百石之秩。国朝名臣如李恭毅公世杰、傅提刑鼐，皆起家佐杂。人苟发愤有为，立志立事，亦岂出身末吏所能限制？现省垣设课吏局，巡道亦奉饬仿行。本日与家泽民议草一传单，趣令报名考试。

所居职分冗剧，每行一事，辄苦心思不贯注，惟专一持敬而不杂。审事之来，有先后缓急，善于割弃而急先务，庶免前项病痛。

读习凿齿《与桓秘书》，忼概以古人自期，鄙目前馀子琐琐为不足道，为之神王。

得云门书，笔仗纵横，曲尽事势，吾无间然。《庄子·天下篇》云：墨子才士也。夫如云门，始可谓之才士。古今才人少学人多，不佞第愿为学人而已，如云门之才，真有陈思八斗也。

咸丰五年六月，枢垣大学士会同吏兵等部，议准将安徽宁、池、太、广道暂改为徽、宁、池、太、广道，加按察使衔，并添设皖南镇总兵一员，暂照台湾镇道之例，准其会衔专折奏事。所有该四府一州地方军务、紧要机宜，均著责成专办，俟军务告竣，道员仍归旧制，总兵即作为额缺，以重地方而符定例。

杜诗云："夜阑接软语，月落如金盆。惟有摩尼珠，可照浊水源。"

亦摆脱微尘语也。

连日心力疲于应事,触物凝滞。陆玩对王茂宏曰:公长民短。《世说》言:拙于用长,不若善于用短。只好以邵尧夫不犯手,李延年一生不作费力事之法处之,然后可敛啬精神,归并一路。

本月十二日中江讲院季课预拟

经义斋题目:

《中孚》至《复》六日七分解。

《论语》四子侍坐言志,分任兵农礼乐说。

贾生明申商论。

谢元晖《高斋赋》。以“窗中远岫,庭际乔林”为韵。

邓石如《篆势赞》。

《太白读书台诗》。不拘体。

治事斋题目:

李文饶论。

问贾侍中《左传》说“旝”为发石车,为炮车之始。《孙子》有《五火篇》,《通典》即其目,备举历代沿用火攻之法,其义若何,金元明以来火器何时渐精?

论制国用。

论司马温公不应罢雇役法。

跋徐文定《农政全书》。

三续《畴人传》义例。

右两斋各六题,不必全作,各尽所长,以觇器识。

泽民之父袁迪生,郡丞,道光中老诸生,现修《兴化县志》。流寓于湖。

夜访刘省庵世兄于逆旅,君通知天文测算,谈笑犹有吾师风味。棐、发故当称六一翁家教也。因问日月躔度,五纬运行,恒星体质,君所言皆有觬理。

连日公私人事纷冗,精神极惫。西医有脑气筋,须得浓睡以完养之之说，亦有至理。

独游池上一帀，意适然。逝者如斯，日月光景无所住矣，而节尽相禅与化机乃复还也，特茶然尊智火驰者，智昏于物，坐不知耳。

高忠宪言，凡天理自然通畅，稍有窒塞不融化，便是私欲作祟，理胜则欲自消，性充则情自约，犹之火壮则烟自微，故有时以涵养天机，为省察克治之田地。

方伯于公真先天下而忧，满腔子是恻隐之心，深堪钦敬。赵提刑聪察钩核，类赵广汉，盖涉历外任，更事多者。

李小轩分巡谈道咸间宫廷忧勤事，及鉴园邸让德，多闻所未闻。又云曾诤屠梅君，以事君强谏不可则止，数，斯辱矣。盖宽饶不用王生之言，而得祸，与梅君不听分巡之言，贬斥流徙而不悔，何以异诸？

批点《张濂亭山长集》竟，五言如《咏管幼安》云："一朝耽沉冥，但安心所藏。"《幽居》云："万巷安可穷，卷帙取自娱。"七言如"遇物不留安所患"，见道语也。律句如《赠方存之》云："文字虚名终底事，山林幽寄自前缘。""两树青当户，一花红近人。""淡烟何点宅，深树志公台。"句法皆光景常新，七律用惜抱法，亦有入微处。

陈仲英曾守台南，谈次述亡友胡守三传，官台东州牧，为总兵刘永福索贿二万，不得，囚禁之绝饮食。永福本降贼，真盗贼行径也。予去年夏乞督部张公电诘刘，乃释胡州牧，渡台未至厦门，殇于海舶。盖愤恚不得伸其志而致病也。唐薇卿素踏弛无行，台民拥推为伯理玺天德，未浃旬而败，未几遂割台以资敌。永福亡走钦州，潜伏不出。

张九佩绪之尊人，道光乙未，即用宰桐庐、建德、仁和，有惠政，擢守杭州。咸丰元年备兵皖南，接任为慧成，追赠三等承恩公。署臬司，擢滇臬，复调皖臬，以省城复陷获咎落职，卒于徽州。杭绅许乃钊等呈请浙抚奏准祀名宦祠。索张公行状、墓表，查咸丰朝《东华录》，张公最研求刑律比例，长州陈茹香先生泰来守严州，有德泽于民，昶年十一应童子试，大蒙奖赏，与张公儿女姻亲。张九为萧斋学士同母弟，居杭久。

与沈参军卜日祠工落成，祭阳明王文成公，预约浙人之官于舒者咸会,祭品以简洁忠信为本,六豆用特豚。后改用中牢。

荆公尝倅舒州,晚封于舒,分茆开国,与舒子国殆有前缘,公作诗有“我爱桐乡”之句。《题舒州山谷寺石牛洞》云:“水泠泠而北出,山靡靡以旁围,欲穷源而不得,竟怅望以空归。”后黄庭坚和云:“司命无心播物,祖师有记传衣。白云横而不度,高鸟倦而犹飞。”山谷寺今不知在何许,俟访之土人。三祖璨大师塔亦须考方志,始辨所在。

法国兵船弁薛孟克露尔,以六安教堂案要挟赔款一千五百两,又强令撤王牧懋勋之任,又以前中丞福不予延见为口实,新帅不得已接见法弁并答拜。委候倅陈宏莲伴送法教士费骞起六安,乃得了事。中夏之受侮,不止一事。此善审洋情者随机处之,勿存书生胶柱之见可也。王州牧弼丞来,言渠因六安苏家坡教士被殴案,詈误开缺之冤。

晤许幼笙,曾入藏,话布达拉札什布尔风景,笑活佛止蠢然一物耳,云呼弼勒罕尤谬甚。佛说无生,再世入轮回,乃六道趣路,何得背大慈宗旨。

夜阅《高青丘集》,遗山学杜,青丘学李,坐经史九流之根柢不深,《文选》之理不烂,但伐材众集,造词凡近,故元之病如么弦孤管,时露伧父面目,高之格如王翚画山水法,元四家有秀润无苍古,明诗之所以终不能复古也。青丘气格意度,去青田刘文成奚止三百由旬。吴下之山,少骨多肉,青丘之邑泽也;文成则太行西来,万马屯势,与岱岳争雄尊,相去不止形骸之外。

沪道屡电来催四国瑞记洋款,分起电复,并函商凌子与速汇去四万四千瑞记款,尚未有著落也。

赵次公言,绩溪署令陈祖绶迂谬有心疾,不谙治。予秋季密考,所据人言不实。次公已函询。春笑如太守查复矣。

方涤侪之门生周毓萱,字兰初,合肥举人,住天台里,耽学问,有隽才。方伦叔来谈吴至甫山长汝纶主持保定莲池书院,久谋南归,桐城马通伯其昶，诸生科中书，方存老、张濂亭之门生。为文有法度。寿州诸生方希孟，性至孝，而工为诗，客襄阳提督幕。至敬敷书院晤苏毅庵、求庄，桐城人，年七十六，白须麋，甚古朴。高仿青、骏烈，宿松人，三十五。阮仲勉强，桐城人。三斋长。苏老儒乃厚子先生惇元之冢子，文学以仿青为优，其为文之法，受之谭仲修、孙佩南，人亦隽雅。

婺源《汪双池先生遗书》，浙中近搜刻过半，闻苏抚赵公欲疏请从祀泽宫两庑。

"多好竟何成？不精安用伙，何尝尽屏去，万事付懒惰"。东坡作此诗年二十七，学道坚定，功夫已如此，固天姿近道邪。又云："懒有似乎静，静岂懒者徒。"专精历意，珍惜日力以求道，岂敢作辍云。付懒惰者寓言耳，书此自儆。

江右畸人熊琴舫、岭南郡丞龙伯鸾来，龙以新刊曹倦圃《崇祯五十辅臣传》见贻。闻星海病。湘抚陈公密疏，以君与屠梅君荐。人才应诏，恳恩起用。

与沈阆山议阳明公祠，朔望由直年拈香，春祭以仲月上辛，秋祭以九月晦，文成生日也。稍留经费。并先后留同乡炭敬八十番。看馆人名钟贵，不识字，而有孝行。

闻李仲约先生灵梓归顺德未葬，身后清贫，不名一钱，第有藏书三万轴。遗书多考求金元边地，如《元秘史注》、余为写刻，第非定本。《圣武亲征记李沈合注》《双溪醉隐集注》、龙氏知服斋刻。《移剌中令》《西游录注》《元史西北地附录考》《和林石刻考》。如《唐阙特勤碑》及《元碑》，许有壬撰文数首，皆从予处抄去。以上未刻。

游子岱方伯智开，当代良吏也，每上官仅携襆被书簏，一苍头，一老兵，有戴简恪之风。予出门随行厮隶辄数名之多。身本寒士，乃染俗习，汗愧万分。

李小轩翁，癸亥登第，涉历仕路四十馀年，戒好名，戒慎言，在稠人广众，多抵囊不谈世务。言者风波也，多言多败；名者公器也，少取少悔。君之所以超然依隐，不干世议者，以此夫。

辞别于、赵两公,次山老谆嘱一事,各省局官私所刊书目。棠翁命拟草《省垣课吏局章程》。予愧浅陋,不敢犯手拟。久病心气怔忡,不能构思,动笔辜负次公下询之意。

予性耽野逸,不耐吏曹束缚,连日困于对客,言多气茶,非闭关浓睡两三夕不能复常。世间至苦,莫形役神若矣,固以此身为赘疣,官曹甚于桎梏也。

亲家高豁庐先生,自海上枉轸辱临,喜出望外。自己丑秋别京师,八年矣。下榻通隐堂,襟抱夷旷,党竹溪、顾仲瑛一流人也。出示《红栎山庄图》,先生湖上别业也。殆取庄生社栎、韩公《山石》诗,山红涧碧,栎十围之意。君有济世之志,而龙蠖外物,强名以栎,特滑稽寓言耳。予之拙滞,则真栎矣。巧匠旁观,缩手袖间,乃令吾徒受牛羊而牧之,量力不任,有愧于公之静中阅世也。闻山中乎平章竹石,襟林带湖,礼南山一曲之胜,可以登高明远眺望。足迹虽未到,言此心必以驰于彼矣。《图经》数画,师之手皆有机趣,兰洲一帙,尤清妙。

疲病,但思拥布衾坚卧,以屏外物。道不欲杂,杂则悔吝丛集矣。真君现存何处?在腔子里否?但坚坐安帖,澄心内观,勿焚和。

西医赫怀仁携刘翻译来,东廨拜豁庐主人,留共西餐。所言针石之法,摄生之具,有暗合古术者,其存心济物,亦可嘉尚。

家谓渔比部,素有才藻,为冯林一丈高弟子,壬辰会房所得士也。顷其孤来讣告,已在吴中作古,不胜怆然。

得许竹筼星使少空公札,云:使俄六年,密荐不佞于枢廷自代,今幸此席中朝已别简贤能,否则散人散木,自济不遑,恶能胜远使绝域之任乎?且虑玷公知人之明也。

遵照省章举行冬季课吏。应考簿尉二十馀员。《学古然后入官论》。阮文达公课士,从不在校赜《古文尚书》内出题,此用枚传语。

拟《严束书役,革除蠹弊》告示一道。

问治盗律，但得财者，不分首从皆斩。而乾隆二十六年定例，立法所难，宥情有可原二义。分析罪状，其目若何，试条举之。今大府奏定新章，罪应立决情重之犯，凡几项，暂照鄂省就地正法章程办理。岂非刑罚，世轻世重，当因时制宜欤？凡用法，贵得法外意，试申明其指。

身劳而心安为之，利少而义多为之。日益之而患少者，惟忠；日损之而患多者，惟欲。多忠少欲，智也。

以上皆古语，可铭座右，日资儆惕。

早衰多病，宜量而后入，勿如蜗牛升高，不知疲顿，作黏壁枯。王充仲任，晚不就征，作《养性》一十六篇，知止足免辱，殆吾当力行之。

姚惜抱老人晚栖心禅悦，年至八十六，得力于年四十四即解官南归也。钱竹汀先生自赞宫至四品，不为卑；年过五十不为夭；早自免归，主紫阳书院十年，寿七十七。此成名而去之第一流人，何敢望。近杭州友人杨雪渔，涉世多病，自黔归，杜门谢客六七年。黄元同书称其体气反健，精神渊著。此抽身早退之明效大验。吾将法雪渔耳。《老子》云："名与身孰亲？"早为计，勿堕落风尘而不知返也。茶然疲役，何为乎？范文正戒子弟云：常调官好做，家常饭好吃。王涣之云：乘舟常以覆溺处之，乘车常以徒步处之，仕宦以未遇之时处之。

复薛十八书，言小九华之浅，一览易尽，不若滁州琅琊山之窈而深。

安庆协刘先文等五员，以随节上法兵船，失仪不谨，大府饬营务处各记大过一次。十一月廿八日，督宪牌云：该副将人地不宜，应即撤任，委记名提督丘时成署理。

景逸高公云：凡天理自然通畅，连日胸中沾滞窒塞，非惟人事纷乘，抑由私意柴其方寸，旋扫旋障故邪。

不习为吏，视已成事，日取曾文正书札、沈文肃公牍、易笏堂书牍,圈点数页以为程课。

程子云:不学便老而衰。近日肢体懒惰,玩时愒日,正坐不学之病。

荣儿年十五,太稚,而蓉林固执,欲应童子试。仆甚不放心,姑如其意。商托姚舟伯茂才,新正初十前挈令回本郡观场。童子术业未成,而欲其速化,非予本意也。

淹滞此地,欲留乏味,欲去未决,日内胸襟恶劣已甚,不敢妄为些子事也。能康济自家身,今乃知和天倪之不易,况寻孔颜乐处,所乐何事乎?

时有焚和我思,安定胡先生胸臆广博天所开。近曾公亦言,天宇奇宽,日月奇闲,我独胡为戚戚靡所骋乎?

税司班伯谋辟墅饭罗山,奇花异草,种满山谷,予往游眺,辄为治鸡黍。四年之间,周旋既久,不觉潭水情深。今班假归西海,对此林园殊有别意,小瑶林将易主者,又不禁念岁月迁流,人事不恒,感慨系之。

部选歙县易彦吾大令华俊来,年垂耳顺,宁乡县人,尝佐曾文正公幕文案,服官皖省三十年,宰五河十七年。词气笃实,耳微聋。《论清查田赋隐匿》及《不许州县办民欠》,此新令申廿二年起。不可操之太急,恐致民怨沸腾。在官不携子弟,云恐染种种习气,遗之《农桑辑要》十部,君欣然以为不惟厚民生应尔,即致仕还乡亦用得著。观君言论气象,殊有抚字心劳之意。

陈兰洲老兄来书云,杨秘校雪渔抽身早归,杜门谢客,能于耐冷淡中翛然自适,宋李文靖言世间无十全人事,此老其庶乎?云云。名与身孰亲?此何时也,非蓬累而行,恶能全身远害哉?陈君言良起我意。

俞曲园先生来书,清言娓娓。知此老神明湛然,年逾七十不衰也。

旬日内时患心气短涩,不学便老而衰。惟有遵守曾公治疾之法,以志帅气，以静制动，一息常存，此志不容稍懈。

心气不足之疾又作，思路涸竭，状类怔忡。积悴之身，以治幽忧、葆真性为先务，何暇尊智而火驰哉。名与身孰亲，治人事天莫若啬，是谓早服。清修寡欲，勿为外物所移也。

丁酉年(光绪二十三年,1897)

丁酉正月

仆泛滥二氏,久不闻严师友痛下箴砭之法言,平日于克去己私,静坐居敬,即事穷理上工夫理会太少,故根本欠缺。去年七月缘事恼怒过差,几成痼疾。慎勿吝于改过,还务返己自新。

终日憧憧扰扰,一味乞退偷安之私意,横亘胸中,徇人欲而灭天理,汝真禽兽,行非复人类矣。亦思汝受形于天地,禀气于父母,"人为三才中,岂不以我故"。从前念念,譬如昨日死;从后念念,譬如今日生。汝不惩耶,竟忘生徇欲而不知耻耶?忝窃科目,滥绾剧符,食君上之禄,受牛羊而为之司牧。居官一日,有一日当尽之职分。身劳而心安为之,利少而义多为之。乃悠悠忽忽,荏苒不自立乎?汝可谓无恒无耻无业之小人哉!若再不自儆省,悔过自新,天刑神遣将至,汝躯壳不足惜,其如隳乃祖乃父之家教何?无忝所生之谓何?

至金陵,过晡不得一饭,饿不可当,逮晚食而饱。人生处境,皆作如是观,非身历危苦,不识现前宅平无为,乃有至乐存焉。

邵阳曾经郛分巡,向同在陕曹复同官典属二十年,君年五十八,淡于进取,劝我归田。良友药言,殊可感也。荆公诗:"求田此山下,终欲忤陈登。"又:"无人说与刘玄德,问舍求田意最高。"桐城张文端言:读书不贱,守田不饥。此宜早作计。邵尧夫不犯手,太打乖。瘖厓子自云:用世之才无一有,遁世之才若天授。老谋长算良在是。

晤易实甫,得读其《规援赤嵌笔记》,经画分明,事不成,良可惋。然其叱咤风霆,移山填海之志气,真鲁连子、苍海君之流也。遗我二诗，属有犬马之疾，未能和。

凡事豫则立，是有为法；以约失者鲜，是无为法。阳明子教学者，常务收敛精神，是有为法；胡安定教徐仲车莫安排，是无为法；邵康节不肯犯手做，诗云："谋谟不讲还疏略，思虑伤多又忸怩。"言当兼用有为法，而归宿无为法。

处心不可著，著则偏；作事不可尽，尽则穷；夏去休言暑，冬来始讲寒，则处心不著矣。美酒饮教微醉后，好花看到半开时，则作事不穷矣。王深宁语。

梁节庵以《栖霞山南唐二徐题名》，焦山、定陶鼎铭拓本见贻。

易实甫才气纵横，陈龙川、刘龙洲之流也。顷阅省抄，知新委湖南督销局使。骅骝绿耳，俯首盐车之轭，未知君果就否，然使敛才就范，试磨砻以吏事，未始非福也。会办陈昌昙笠堂流寓繁昌，君之舅也。陈右铭中丞有人伦风鉴，谓易君似徐文长，而君又自言为张灵梦晋后身。张研秋亦慧业人，证成其说，传神正在阿堵中，如此恰是好个才人，走错了路头，难以成正果。正坐昌条冶叶多，根本处久缺，不能脚踏实地为司马端明，桑麻谷粟，不妄语之学耳。戒绮语尤要，坡谷晚年皆戒之。

自官祝兹四年，日处吏事、人事冗剧之地，正坐身逸心劳为累，致成此痼疾。

戌刻，奉到枢府大司农虞山公电，谕驻防德星使一席，将推择不才充使。自忖钝拙无专对之才，又体茶善病，万难胜任，谨当具禀力辞，电禀虞山公，陈情坚辞使事。昨房师吴惠吟少宰手札至，亦以为言，应即作复，

董子言，治身以积精为宝；孟子言，养气无害；老子言，谷神不死。精气神三宝，为养身之本。

丁酉二月

高景逸先生云：凡天理自然通畅。今终日胶胶扰扰，神思不宁，皆坐拙于处世。韩公诗："居闲食不足，从宦力难任。两事皆害性，一

生恒苦心。”确有此景象。

久虱此间,人情太熟,至不能拒绝请托。吏才又拙,应为之事不克手具稿草,旷废职业,内愧于中。香山云:“不能救疗生民病,即应袚濯尘垢缨。”鞅掌不决,殊非善处之道。

桐城张文端尝云:五六年来得一法,一身五官百骸,听其与忧喜烦苦缠绵,独守方寸灵府之地,制为一城,坚闭四门,不许忧喜荣辱、进退升浮、劳苦生死得失,一切之念阑入其中,或稍疏虞,打入片刻,即忙驱逐,仍前坚守,若此外之声音笑貌,惟有听其波委云属,与忧喜相浮沉而已。更有安心一法,非理事决不做,费力挽回事决不做,败坏生平、不可告人事决不做。衙门中事,一切因物付物,一事当前,只往稳处想,不将迎于事前,不留滞于事后,是以每卧辄酣,当食辄饱。

【眉批】重出。

胸中萦绕柴棘,无非一团私意,不能融洒脱落,当读香山、渭南闲适之作以荡涤之。

程雨亭兄新委屯溪茶捐总局,荐司事委员条子一概不收,此正君耿介自立、不阿世好处。

三兄榆垣自里中杭海溯江来署。兄天性友爱,胸襟磊落,老年手足不见三寒暑矣。今得风雨对床,重寻前梦,深以为幸。第家事诸多,布置未惬,又累兄操心,甚望子侄继起,能赓续经营也。

夜梦诵“疏食饮水,曲肱枕之”章,及“发愤忘食,乐以忘忧,此即净土无上法门,儒家甘露门也。不知老之将至”云云,知贫居身退,隐几萧寂中,有无限徜徉自适好处,为之神清气爽。俄尔梦觉,则遽遽然漆园吏也。

丁松生来书云:秀州绅士欲为先师主讲东城讲舍高孝靖先生呈请从祀乡贤,寄来事实册,嘱予润色,增乙数稿,仍不惬意。

拟经义斋课士题目:一经学,二理学,三词章;治事斋课士题目:

一史学，二掌故，三时务，四算数，五西学。分八门。

松江麻浦圩承仁埠、旁江埠等处堰工未竟，派冯、陈两少尹往督圩董，催趱民夫修筑。

丁酉三月

曩集句云："不敢妄为些子事，金人诗。也能康济自家身。邵子诗。"上年七月之事妄发，可戒，痛除习气，清修自守，勿玩愒自误，上忝所生。

阅亡友同年朱鼎甫侍御遗集，危言谠论，平实恳到，真能笃守东莱、香溪、柳道传、黄晋卿诸先生之遗绪者。

梦中归田园居，闭门却扫，意洸洋自适也。绮里园公之歌曰："驷马高盖，其忧方大。"与其富贵而危身，不如贫贱之肆志。东坡道人云："身名渐觉两非亲。"更超然万物表矣。

见戣庐手治用《易编大指》，以西汉孟、京诸家卦气消息为主，其馀升降旁通，爻辰纳甲，择其精要者采录，兼采程《传》、朱子《本义》，用功二十年，几于三漉漆书，三折铁擿矣。观君之弃仕籍以成其学，内愧勿如君之早为计也。

阅易笏堂方伯公牍，理明词达，是非利害，俱透澈，而娓娓动听。天生吏材，天子笔仗，殊可为法。

阅汤蛰先所撰《危言》，较之仲长统《昌言》、何博士《备论》，尤为切中事理，《校邠庐抗议》亦不能如斯之平允，真治国之才也。

涂乙禀稿，夜半不就枕，思涸文芜，仍不妥叶，深悔从前一味耽著词章，枝叶繁则根本欠缺，施之吏牍，字句阢陧不安，始知文士决不能成循吏也。

夜梦至一阿兰若，有古德授以琉璃色，椭圆玉一片，虚镜一方，照见肝胆，洞然陡觉清莹异常，殆示以晚年合应栖心净业，庶脱然物累之于外乎？

《管子》：日益之而患少者惟忠，日损之而患多者惟欲。多忠少欲,智也。《荀子》言:养心莫善于诚。忠诚则专一不杂。《孟子》言:养心莫善于寡欲。寡欲则心气定,恬淡虚无,真意从之。精神既生,病安从来?

拟改春季例考语,凝思久之,不敢妄下笔。自分吏才偏短,当考殿。责人先责已,岂容信口雌黄乎。

伊川每见人论前辈之短,则曰:汝辈且取他长处。明高皇咨访宋濂,以群臣臧否,濂惟举其善者,曰:善者与臣友,臣知之,不善者不能知也。

约旨卑思。曾公语。

赵次山廉访来札云:方密之先生药地炮庄及其子中履,字素伯,《古今决疑》十八卷,应重为校刊。素伯决疑,徐憺庵叙之。予近病心气不足,目力尤劣,无缘复任校勘也。

仍病肝风上侵,头目时作眩晕,年不待暮,有疾便辞,晚而杜门炳烛为学,庶几束身寡过,补救五十二年之非。

裨谌谋野则获,谋邑则否,才性使然。若违才易务,譬之续凫断鹤,两失之矣。

房师王琳斋先生,江夏人,道光丁酉拔贡,咸丰己未举人,官黄梅教谕二十四年,宰永康、嘉善,皆有惠政。今年八十三,重逢丁酉,贡树分香之岁。今日奉先生手札,致仕后久主高观书院,心闲神定,目力尚佳,通明阁上时倚长松,麟士篦中犹抄细字,真异人也。

榆兄遗书相戒,以为苟利于国,职当效忠;苟益于民,谊当尽力。其他毁誉得失,付之浮云太虚,不暇计也。药石之言,谨当书绅。

得钦使许公柏林书,现暂留德国半年,并奉总办东三省铁路公司大臣之命。

日间胶胶扰扰,支撑公事职分固应尔,但心为事役,触绪沾滞,惟入夜,人事萧寂,稍得佳趣。

乘流则行,遇坎则止,至人不凝于物,而与世推移。因物付物,不留物故也。吞若云梦者八九于其胸中,曾不蒂芥。

枕溪主人来电，述瓶宪传谕，使德一席，仍以相属，当电复主人，浼其代辞。

冯梦华濠州遗书规讽，意在西学书院不可遽设，恐自强之根基未立，而学术人心先坏，亦切要之言也。

黄漱兰丈已自鄂州回敬敷书院讲席，寄语相存问。丈平生胸次磊落，如青天白日，奴隶皆知其清明。今履綦在近，喜丈与于公介立之德有邻也。

津贴精健营修葺营房价洋百元。

曾文正善治事，所为奏疏书牍不肯为大喜溢美之词，亦不为忧怵无聊之语，中有主宰积理养气之功深故也。

半生坐为漆园、曹溪两南华所误，堕枝体，黜聪明，形若槁木湿灰，究不是安身立命处。朱子讥切方广一开士诗云："拈槌竖佛事非真，用力端须日日新。只么虚空打筋斗，思君孤负百年身。"可为儆戒。

丁酉四月

读石斋公送徐霞客诗，句句纵心孤往，掇皮皆真，为之神王。

与保甲局议，严禁油字会聚赛演剧。

时过然后学，则勤苦而难成。今其老矣，悔曷可追，然秉烛之明，孰与昧行。朱子诗云："履薄临深谅无几，且将馀日付残编。"勿以暮景而弛其勤，亦晚晞寡过之一助也。

槐舍人诗："无鱼怨水清，连夜改为浊。徒失溪山性，未必鳣鲂畜。"洵知道之言。

与陈、冯两少尹勘视圩堤工程，圩董吴承烈、圩长喻洪先。新筑三百馀丈。郑盛埠一百六十馀丈，边江埠一百三十丈。

洪幼琴自屯溪归，备述程雨亭观察清釐茶务，洁己奉公，为今日不可多得之廉吏。

邑号朝歌，墨子回车，芜邑习俗之弊，正墨子当回车之地，必得官绅中有端人正士数君,方足以荡涤瑕秽,整齐风俗。现主讲有汪仲尹寓公,有崔岑友、袁迪生、洪幼琴、刘谦甫,榷鳌有方启南,宾师有彭印根、顾石筇,僚友有朱味勤、凌子与、王瑞丞,皆一时之贤者。蓬生麻中,不扶自直,冀得攻错忠告之益。

弢庐言:心气不足之症,心无补理。惟有调养肺气,则心亦受治。常服麦门冬一味,必有验。又云:丹沙中含水银,质有毒,欲去其毒,法用铅一二钱,水浸炊时许,则汞走入铅内,丹砂方可用。食味宜甘,啖蔗亦宜。

近闻于次棠方伯嫁女,奁具极其俭朴,布帐、练衾、木箧数事,萧然如寒素。真有吴隐之卖犬营嫁之风。公之清节凛然,此一时已足为百僚法式。

昨因陈参军言,查办姚司事过于严急,坐平日无居敬存养、克治忿欲之功,直性狭中,与嵇叔夜"读《庄》《老》,重增其放"一语,同其失误,愿诤友勤攻吾短,痛改前非。

偶阅《全德录》,中惟取荣启期、张仲蔚、颜含、向长、陶宏景、王绩六人。当仿刘公戢七颂堂例,人系以颂,用志向往。王无功云:凤不憎山栖,龙不羞泥蟠。君子不苟洁以罹患,不避积秽而养精也。太白诗:"猎师张兔罝,不能挂龙虎。所以青云人,高歌在岩户。"

审时敛迹。焦鹩巢于山林,不过一枝;偃鼠饮河,不过满腹。偏得老聃之道,日计不足,月计有馀,居之三年而穰畏垒。务外游不如务内观。

至人不凝滞于万物,故能与世推移。驷马高盖忧方大,不如贫贱之肆志。刘驎之之父款客,使驎之捧持酒蔬,曰:若使从者代,非野人之意也。

胡武平性行忱悫,出于自然,独行守道,不以进退为意,在文馆二十馀年,戒后进曰:人莫不有命,当修己俟之,毋为造物所嗤。此得之其师共城令李之才。"试使夷齐饮,终当不易心"。吴隐之刺广州日,作《贪泉诗》。管宁一藜床五十年,当膝处皆穿。赵阅道气宇清逸,人不见其喜愠。居官昼所为事，夜必焚香稽首告天，若不可告者，不敢为也。元丰初致仕，退居于衢，作高斋，却扫谢客。其诗曰："轩外长溪溪外山，卷帘空旷水云间。高斋有问何由答，清夜安眠白昼闲。"见元紫芝眉宇，使人名利之心都尽。郭璞过颜含，欲为之筮，含笑曰：年在天，位在人，修己而天不与者，命也；守道而人不知者，性也。自有性命，何劳蓍龟？仲蔚所居蓬蒿没人，闭门养性，不治荣名。

何如静坐茅檐下，竹上题名，仔细看。

严君平曰：益我货者损我神，生我名者杀我身。故不愿仕也。向子平读《易》，至《损》《益》卦，叹曰：吾已知富不如贫，贵不如贱，但未知死何如生耳？贫贱忧戚，玉汝于成；动心忍性，增益不能。故能损之而反益，若安富尊荣，败人志气，故益之而反损。庞公曰：世人皆遗子孙以危，今独遗之以安。虽所遗不同，未为无所遗也。

曾不吝情去留。我醉欲眠，卿可去。司马温公《率真斋铭》：不迎客来，不送客去。

老疾俱至，名山恐难遍睹，惟澄怀观道，卧以游之。

陶宏景齐永明十年，上表辞禄，诏许之。敕所在月给茯苓五斤，白蜜三升。景为人圆通，谦谨出处，冥会心如明镜，遇物便了，言无烦舛，有亦随觉。

东皋子河渚之间有田数十顷，蓄奴婢数人种黍。春秋酿酒，养凫雁、莳药草自娱，日以《周易》《老子》置床头，他书罕读也。

王学澄观察复函，抄示《鼓铸银币机器局章程》，极详明，此南皮制府师创办于粤鄂两省，便民通商，辅钱法，塞漏卮，条例极为繁密，陶桓公综理微密，不是过也。

德直牧莲舫，壬子举人。年七十四而有婴儿之色，行步如飞。叩其养摄之术，曰：吾生平无他服食，惟已饥方餐，未饱先止，独卧早起，午后子前，则必酣睡片时，敛心气耳。又平生随缘应物，不留物，未尝作皱眉之事也。

沈闇斋先生言，文人枝叶繁多，则根本欠缺，春华之不能为秋实。

一号为文人无足观,霜风剥落,兀若枯株,悲守穷庐,复将何及。

吕伯恭先生常诵"持躬自厚而薄责于人"一语,克治己私,变化气质,正当如是。

药养不如谷养,谷养不如精养,精养不如神养。《老子》言:谷神不死,玄牝之门,绵绵若存,用之不勤。又云:治人事天,莫若啬。夫惟啬是谓早服,早服谓之重积德,深根固柢,乃长生久视之道。

权旌德令熊玉山,年七十二,而有婴儿之色,叩其术,曰:平生少恼怒,少得失萦绕心。一日莲漏六时中,有时习静打坐,安般守意而已。咄哉!此便吏非吏,隐非隐,古之知道者耶?

汤蛰仙兄书来,不特有才学,为皖中同僚之冠。观其语言书字,福泽亦未可量。言,心声也;书,心画也。

名与身孰亲?是,公器也,宁以多取,累吾神乎?

是,实之宾也。吾何苦为宾乎?仁乎,反愁我躯;智乎,反愁我已。是何与?人偕来之。众招鸟集,树枯之患乎?适人之适,而不自适其适乎?有群则累生,孤贵则失和,不群亦不孤,依隐玩世,非优哉游哉,柱下守中之善术乎?弛张而不为邪,进退而不离群,非随时之宜乎?以深为根,以约为极,不为福先,不为祸始,淡然独与神明居,非老聃氏之宗风乎?

夜,津门遣散淮勇五百四十馀名,未奉大府札饬,由公平轮船装载来芜。此项散勇来得太骤,因往江口督率县局弹压,雇船三十九号,并半夜叩水师彭游戎之门,乞派舢板两哨。又请赵统领派哨官带勇十名,押送至巢县,由巢县及巢湖水师押送至庐州,移知该处地方官,妥为遣散弹压。闻此项散勇,乃甲午秋吴提督宏洛所招以北上者也。

饶、刘二君来共饭,云稚桑下有偷取者。此间渐有育蚕之家,可知张全义治河南,无它嗜好,惟见佳茧佳麦,则颜为之开,予亦云然。

屠敬山水部自齐齐哈尔归,云:俄约合肥所订,当轴深讳之。假道吉江二省造铁路,自尼布楚起,逾额尔古纳河,经呼伦贝尔城,至卜魁城、伯都讷厅、阿勒楚喀，向东南之宁古塔，直达珲春、双城子、海参崴，以接俄轨，并要约准开淞途矿产。西例地球各国可弱可亡，而商人公司有自主利益之权不可绝，国家既任保护，邻国亦不得侵扰，主步可移，而公司不灭。香、夔二帅与盛京卿议，吉江两省多设矿物公司，为牵制维系之计，电陈政府虞山公，电复云：无远虑，无纵谈云云。此曾文正约旨卑思之说也。

阅敬山水部今年四十二。近所作骈文，又《黑水驿程记》辨正辽金史地名甚多。

汲汲顾景，老而弥笃，炳烛之明，用志不分。大禹弃尺璧而爱寸阴，陶公戒佚游而习勤苦，惜日力也；卫文公大布之衣，墨子强本节用，饭土簋，啜土刑，奢者心常贫，俭者心常泰，惜物力也；董生爱气，积精为宝；老子谷神绵绵若勤，吹响呼吸，吐故纳新，引挽支体，熊经鸟伸，惜精力也。君子宝此三者，以冀自强不息之义。

近来骈文手推越缦老人，广陵法曲遂成绝响。今观敬山结一宧续集，清刚隽逸，奄有齐梁高手之遗味，越缦以汉庭老吏自居，今似突过前贤。

簿尉干求差事者络绎不绝，世道之穷如此，惟俭可以救之。

丁酉五月

函商水师彭游戎，派船巡缉内河外江要口。

芜邑绅士廪生高崧，举人，经康杰、鲍世期等以鸠江书院筹经费事来见。书院本有基趾在河南岸，丹阳乡兵火后，已化为榛芜，未复。

净土随在有之，俯拾即是，人自为五盖三毒所迷，如渴人求泉，家有石覆泉，顾未知之耳。

棍噶札位参·呼图克图·嘉穆巴图多普，在精河之八英沟圆寂，伊犁长将军庚为奏请，准其呼弼勒罕转世袭号，奉旨准行。呼图，一字华盖。往在日下，往还甚密。只履西归，可惜天山北路失此边材，怆念旧游，殆如一弹指顷耳。

林眉仲太守拟整顿保甲章程十条,所言多中事理,当择其可行者行之。

闻俄派一亲王吴克,报聘接见之礼颇不易议。法使要挟,借南海操兵;奥使觐见,日携洋枪小队入东华门。值此事势,治之之法,智勇俱困。所有中夏历代相传文武政教将坠于地,六艺、百家、《廿四史》《三通》皆付之刍狗糟粕,为之奈何?

婆娑园吏,南郭之漆林数株;萧瑟乐丞,东皋之黍秫一顷。际此时局艰困,愧素餐尸职,无微策可以报国,惟有净土白业,差足藏身。

国初良吏作州县,每以宣讲《卧碑圣谕》,使户知礼义,筹备积谷义仓,使水旱有备,为急先务。或问荆岘汤公,潼关之政何如?公答曰:于保甲、乡约、义学、社仓四者,加之意而已。朱文端公轼抚浙日,于宣讲上谕处一见在籍予告同知沈公近思,深器之,密疏荐其可大用。可见康熙、雍正中会城朔望宣讲乡约,大府亲临,绅耆环听。此风近古,于化民善俗,最有裨益。顷歙易大令华俊来书,举行此事,深叹其知治本,亟手答奖勉之。李梅崖有言,养先于教,除害先于兴利,此为政之序也。又谓州县以积谷为要,身经历者知之。沈端恪《励志录》。现芜邑俗敝,特饬王教谕呈祥,选得施贡生,钧,同治四年诸生,年六十二。每月朔望上下弦,择城厢四处宣讲《圣谕广讯》、朱子《小学》凡四次,曰给廪饩六元,洒扫茶水钱二元,由该教谕具领。自愧行业非素修,齐民无术,惟有躬率诸生,诵述皇言,以为劝导。

《阅微草堂笔记》一则。景州方夔典,言少,尝患心气不宁,稍作劳,则似簌簌动。服枣仁、远志之属,时作时止,不甚验也。偶遇友人家扶乩,云是纯阳真人,因拜乞方,乩判曰:此证现于心,而其原出于脾,脾虚则子食母气故也。可炒白术常服之,试之果验。

传见复本堂绅廪生高崧,年五十二,同治六年诸生。为奉行大府通饬六十州县掩骼埋胔事,前筹本洋二百元,兹再筹一百元,并赠以书籍。

南皮制府师电聘汤蛰仙兄为入幕之宾,因代备书币,专足往萧山县之临浦镇，将命敦劝出山，并托朱惠钦大令加函。

阮生臧否不挂口，天下之至慎者，可以敛德避时难矣，然观其深，外坦荡而内纯至。

不才身出寒素，乃滥登仕籍廿四年，箧有馀衣，盎有馀粮，子不知耕，妇不知织，此从何来？乃出自朝廷之恩泽，百姓之脂膏耳。未尝为牧，牂生于奥，非分之福，恐转为殃，可不慄然惧耶？

各国史学堂必需购备者，黄遵宪《日本国志》、王韬《法国志略》、慕维廉《大英国志》、徐景罗《俄史辑译》、冈千仞《米利坚志》、沈敦和《英法俄德四国志略》、日本人冈本监辅《万国史记》、艾约瑟《欧洲志略》《希腊志略》《罗马志略》，林乐知、严良勋、李凤苞《四裔编年表》、王韬《普法战记》，林乐知、瞿昂来《东方交涉记》，林乐知、郑昌棪《列国岁计政要》、李提摩太《泰西新史览要》。

阅《湘学新报》，议论极为平实明通，有胜于《时务报》，因摘录之。

古人取人国以兵，至周而其局已一变。齐太公以表海之雄，劝工极巧，通渔盐之利，冠带衣履天下，而海岱敛衽往朝，盖已变为商战矣。其后中衰，管子犹修其术，以为轻重九府，亦成九合一匡之烈。由是言之，商之取人国于不觉也，甚于兵焉。善夫白圭之言曰：吾治生产犹伊尹、吕尚之谋，孙吴用兵，商鞅行法也。谚曰：士三代必贫，农三代必愚，商三代必富。故计然治吴，不韦治秦，皆以商人兼并之谋，为恢拓国家之本，沿及流风，至于桑孔，尚以商学而取济军国。后之为国者，才能不及中主，而动喜为抑塞言利之说。夫利而可塞抑之，诚是也，特恐不出于一孔者，必决为数途，不聚于中国者，必输之四裔也。乌倮能得戎王之财，而秦皇封之，非封其富也，诚以戎之财入于中国，则戎之命脉操纵于中国之手，而不敢动耳。泰西盛行商学，而英人兼并坐大。凡其商人所至之地，即为国权所及之地，于近十二年，内拓地至二百六十万英里，操是术耳。

内治宜固，外交宜通。

因中日之事，而俄德法缔盟；因亚美尼亚之事，而英俄法订约；因革雷得岛之事,而奥俄法受成。彼之势日合,我之势日孤,合者有摄力以制人,孤者无涨力以自固。

外国分交际、交涉为二端,交涉不嫌过严,交际则仅在仪文礼节之间,不妨宽假。以上录《湘学报》。

入夏至后,兼旬不雨。山田怕旱,望雨泽甚切,而圩居之甿,则苦江涨入户,惟丐久晴,得以水势消灭。苏文忠诗云:"耕田欲雨刈欲晴,去得顺风来者怨。"真有此情景。

丁酉六月

摘录《阅微草堂笔记》三条:

海宁陈文勤公言,昔在人家遇扶乩降坛者,安溪李文贞公也拜问涉世之道,文贞判曰:得意时毋太快意,失意时毋太快口,则永保终吉。公终身诵之,尝诲门人曰:得意时毋太快意,稍知厉害者能之;失意时毋太快口,则贤者或未能。夫快口岂特怨尤哉?夷然不屑,故作旷达之语,其招祸甚于怨尤也。

鱼吞钩,贪饵故也;猩猩刺血,嗜酒故也。事太便宜,必有不便宜者存。

凡修道,人易而物难,人气纯,物气驳也。成道,物易而人难,物心一,人心杂也。炼形者,先炼气,炼气者先炼心,所谓志为气之帅也。心定则气聚而形固,心摇则气涣而形萎。广成子之告黄帝,乃道家之秘要,非庄叟寓言也。

有友人馈小儿竹鸡,此物鸣声清越以长,能辟空柱中白蚁。吾乡深山中雨后时有之,此山禽亦殊有频伽音也。一名鸡头鹘,坡公诗:"泥声厌听鸡头鹘。"

明相杨公一清筹边,大要言无事当如有事时提防,有事当如无事时镇静。治军应尔,作吏亦然。

实任芜湖吴吉士大令云翔,光州人。年六十外,胞兄云翯,丁卯举人。曾历署舒城、宿迁、庐江。来见云,廿一接印。大令系初次见面,观其言词伉爽，当可奋发有为。告以治剧县与中县异，下车当厉威严，务令莠民心知畏法，然后渐施宽政，则法行知恩矣。

仆雅尚依于班嗣之为人，贵老、严之术，与世浮沉，和光塞兑，是其晚年行径也。自分《文苑传》中、《循吏传》中、《隐逸传》中，均无可位置处，若后世复生一司马子长，创立一《模棱列传》，此中不免入我姓名。其奈之何？呵呵一笑。

乌古孙泽元，良吏也。常曰：士非俭，无以养廉，非廉无以养德。身一布袍数年，妻子朴素无华，人皆言之，泽不以屑意。没谥正宪，子官宰执，传世永久，有以哉！

连日淫雨为灾，天变可畏。时局承东洋猾夏，国耻不振作之后，乃文武衎熙，非狂则僭，故上天儆戒，以咎征应之非。恒阳则恒雨，若再不恐惧修省，上迓天庥，窃恐麋鹿游灵台之上，铜驼没荆棘之中，阳九厄运[1]，难以挽回，奈何！

芜新关收数奇绌，应按期解沪之洋债，自正月至六月已欠解十二万有奇，户部雪片电报诘催，竟窘迫无所出，不得不以文正曾公涿州撕状、王二过年之法了之。

陆祈孙题合肥学舍门联云：天下何思何虑，老僧不见不闻。事到万分为难，只有黄檗老人断际心印法足以御之。

与两陈少尹巡阅圩堤，至双港，江涨稍平，尚不致漫决为患。敕勉圩长多备桩木、芦席、干荻、土牛为抢护计。惟上塘埠有一处险工，郑盛埠、边江埠相接处有两三段险，江尚平稳。

《湘报》分史学、掌故、舆地、算学、商务、交涉，及格致新理七门，所言平实，甚中窍要，不知谁手笔也。发论中自称洴澼子。

吾友朱鼎父之耿介自立，忧国之忧而早夭。有汉阳关季华孝廉棠，鼎父门生也。志虑忠纯，湘帅陈公甫奏调，以知县发往湖南委用，乃昨闻客死海上，为善者其惧矣。岂世方九流溷浊，有清气者率不永

---

① “阳九”，原文作“易九”。

年,如蜀汉葛侯、法正、蒋琬,皆不中寿,惟谯周辈乃可长生欤?此不可强解者也。

《湘报》摘要:

薛星使福成《海外文编》,论中国在公法外之害,《老子》云:为大必于其细,图难必于其易。日本以得入公法会而强,我以不入公法会而弱不得援。公法利益,为解此中机括,谋国者盍审诸。使才与将相并重,南洋群岛致富强,不勤远略之误,公司不举之病,指陈得失,皆切论也。

西汉倚任外戚宰相,病在内重,权由内重而失;唐中叶任方镇,病在外重,权由外重而失;宋收节镇之枋,病在外轻,权由外轻而失;前明政出阁部,外任台司,病在内外牵制,权由内外牵制而失,今制略如明病。

交涉、公法之学,创于虎哥,原书名《平战条规》。推本良知,谓出于上帝之禁令。公法从性法而出,分性法为第一义,公法为第二义。性法揆之于心之是非,公法揆之于往来交际公义。丁韪良居中国,久洞悉彼中公法之指与吾教同源,其性法乃《春秋》守经之学,其例法乃《春秋》达权之学,遂作《中国古世公法考》,引经传数条证之。其谊例虽未详备,而中国以《春秋》治公法之机缄萌矣。《春秋》上本天道,为性法出于上帝之源,中用王法为例法,流为条约之源,下理人情,为民权伸于国会之源。故内圣外王之学,不过治国平天下之一义,为亿兆年有国不易之经,即西人之深于公法者,罔勿以平一国权力,平万国权力,为公法登峰造极之境,此谊自《孟子》,公羊善言《春秋》,后晦蚀千年,坠昏雾中久矣。

按此条言公法为《平战条规》,推本《孟子》言《春秋》无义战,公羊行权《易》亦云《巽》以行权。之谊,可谓木声与人声,犁然有当于人心。

融年过二,五十无闻,行不足以式一乡,智不足以效一官,食息仅存,守土无尺寸之效,无丝发之德泽可以庇民,奈何。

忠节罗罗山先生言用兵无他秘术,《大学》"知止而后有定"五句尽之,《左传》"一鼓作气"三句,其注脚也。予谓讲求洋务交涉,亦无他妙窍，仍不外孔夫子三句头：言忠、信行、笃敬。虽蛮貘之邦行矣。景陵遣图丽琛使俄国，临轩受诏，往复数百言，无非此三句要义。

规作亡友朱鼎甫侍御墓版文，久不能属草稿，此无他，惜抱、海峰言，能为古文者必豪杰之士，其人常有兀傲孤往，不可一世之气。今汩没宦途，与时俯仰如桔槔，殆去乡愿日近，去狂狷日远，安能解衣磅礴裸，下笔一吐胸中之奇乎。

富春一干来言，夏涤泉水部庐墓多年，江荔香作令四川，被勒还乡，由不能约束其子，至招物议；朱莘潜令贵溪六年，坐拥厚赀，尽为市侩诓取，悔悟抱病，去冬作古。为吏积金，非徒无益，而反招损，可为殷鉴。

丁酉七月

古之学道者，以智养愉，以愉养智，智与愉交相养，而和理出其性。

派庄少尹骕、李巡尹庆扬查看沿江一带圩堤水灾轻重，上至铜陵、繁昌，下至当涂、采石，西至无为州，给发川资，不准收受州县丝毫馈送，限旬日具说帖禀报。

浙江学臣奏请，年八十一之萧山县在籍内阁中书韩钦，丙辰进士。援照东抚李秉衡奏保合肥令孙葆田成按，请赏加五品卿衔。又七十有一之黄严县举人王棻，请赏加内阁中书衔，奉旨允准。本日上安徽学政，禀请将主讲中江书院，前山西即用知县汪宗沂，援贵恒沈秉成奏保枣强令方宗诚、太平县训导马征麟例，请赏加五品卿衔，未审耆儒能仰邀稽古之荣否也。

门生江理堂优贡绍明，知前明副贡遗民萧尺木先生坟在范萝山之阴，前项石表可以移建，并禁止樵采。去山西会馆近，道光中文某为立碑，署曰：诗人萧云从之墓。尚存半段。

山东抚标撤勇三百馀名过境，督同县局防营雇船资遣，每勇发给大钱三百文，均押令开船。讫夕，闻该散勇在鲁港滋事斫伤人，当经李副将、刘哨官等驰往捕拿凶手,是夕三更乃就枕。

无为州人程又伊广文佐衡,以所著《易解探原》二册见示,又伊北涉珲春、宁古塔,南以密勘界址至澳门。丰髯伟然,将来似有晚福,亦届孔融过二之年,尚应秋赋,志气犹壮,邻州可与谈者,此人为空谷足音矣。曾在合肥幕书记。

此累月中捐书坐荒,人事迁迫,仕无德泽于民,隐无著书牖世,第与樊中之雉同食息耳。

广德州倅查明禀复,朱立襄,字赞卿,原籍常德府龙阳人,现年六十四岁。少孤,倚母教成立。已请旌门,袝祠节孝。同治二年入湘军水师,典文案,以附生保举训导,弃去,奉母徙居州之西乡竹柯里。安贫乐道,清修寡欲,足不入城市,山田一顷,茅栗果蔬,足以自给。闭门读《易》,萧然以淡泊自娱。历任州牧询以地方利病,非公不至。著有《周易疏疑》九卷。予拟表章其人,先用孔文举称虞仲翔,篆一匾榜赠之,曰:鄣南竹箭。盖亦长吏应为之事也。

现江南北岸圩堤,历经大水冲决可虞。拟俟水落,派员查勘,估工出俸金大治之,此师秀水陶公牧秦州,大治圩堤法。而百思未得监工,笃实廉明之员,今思以朱广文立襄为监工之员,而以程教谕佐衡副之,亦曾、胡诸公用官不如用绅之意也。

曾文正公语:天下事当大处著眼,小处下手。不计功效之多寡,但课每日之勤惰。此即朱子为学,须要猛火煮,慢火温。缓著期限,紧著课程之意。

杨文襄一清议边事云:无事当如有事时提防,有事当如无事时镇静。治军固尔,用之为学,克去已私,治心养气,亦何独不然。

曲园俞先生年垂八十,而文辞奔放,如水涌山出;才如炙輠,出其环中以应无穷而不竭,真异人也。近有传其挽谢绥之一联,亦敏妙自然。句云:一乡之善士,友天下之善士,国人皆曰贤,诸大夫皆曰贤。古人或文而不学,或学而不文,曲园文学兼之,又老寿,著述满家,洵不可几及。

检知交往还手札，择其有儆戒、有关系，及工于笔札者汰存之，手自装贴皮纸空簿上。或雅驯，或浅率，称心下笔，皆有可观。闲中及冗时，偶有一展卷，如故人心坎里语，千里不隔。古人所云："置之怀袖中，三岁字不灭。"杜工部所云："来书语绝妙，远客惊深眷。"虽亦过眼云烟，要令隔年交往情事，历历可指，如在目前，要自鼎鼎百年中一适也。并发心欲编《于湖题襟续集》。

《庭诰》颜延之

性明者欲简，嗜繁者气昏。

贫之病也，岂但交友疏弃，必有家人诮让。非廉深远识，何能不移其志？故欲触忧患，莫若怀古。岂无他忧能老我，付与天地从今始。怀古之志，当自同古人。见通则俗，忧浅意远，则世虑捐。昔人琴歌于编蓬之内者，得此道也。

喜怒者，有生所不能无，常起于褊量而止于宏识。喜太过则败度，怒太数则损威，能以恬漠为体，宽愉为器者，大喜荡心，微抑则定，甚怒易性，小忍即平。谚云：忍事敌灾星。动无愆容，举无失度，则物将自却，人将自正。

与善人居，如入芝兰之室，久而与之俱化；与不善人居，如入鲍鱼之肆，久而与之俱变。是以古人慎与所处。

或以膏腴夭性，有以菽藿登年。言夭寿不关贫富，惟修性乃能长生。

延之疏放，乃戒子则勖以修谨守礼，盖虽不能力行古人之所诫，未尝不心知己之所短。仆溺习老、严之术，遂至性多偏宕失中。中散谓读《老》《庄》重增其放，予亦中其毒，猝未拔去根株，节录延之戒子语，以箴予之短也。

物尚孤生，人固介立，文取指达，学必称师。《陶徵士诔》。

汲流旧巘，葺宇家林又

本传：闲居无事，为《庭诰》之文。居身清约，不营财利；布衣蔬食,独酌郊野。当其为适,旁若无人。

子竣既贵重,权倾一朝,凡所资供,一无所受。器服不改,宅宇如旧。常语竣曰:平生不喜见要人,今不幸见汝。年七十三,谥曰宪。

王六潭日记载《唐襄文集》摘抄

荆州先生制义,学薛方山,诗文学王遵严,学问得之王龙溪。初以吏部改翰林,与执政忤,归里三十年。尝云:吾人用力,须是抛弃万缘,下十馀年死工夫,此物方得到手。晚年以倭警再出,抚淮扬,卒于任。没曰:吾死不恨,第憾山中尚少十载工夫耳。

《与陆东湖书》云:师旅饥馑,正是古人学问实用。自吾出山后,看尽世事,只少一宁武子之愚。盖贬世,亦有以自儆也。

《江阴县志》叙言:宜书不书,不宜书而书。说尽方志通病。

《奏议新编序》:宇宙一棋局,奏议者,奕谱也。师心者废,拘方者泥。

《赠郭文麓序》:今之廉由外饰。前有所慕于进,后有所惧于罪。古人廉生于静,虽欲不廉,而无所用之。

任光禄《竹溪记》:京师人之贵竹,与江南人之不贵竹,其为不知竹一也。

《答张甫川尚书》:世人作事,计较成败利钝,畏首畏尾,自为之念重,而任责之意疏,所以弊多,积于循袭,而事每牵于掣肘。

《与王龙溪郎中》:君子行有不得,反求诸己,则工夫日密日精。至于己,乃日孚,是人之疑谤我者,所以精进我也。

《答王南江提学》:为此五六郡得一良师,孰与为此五六郡得百十良师,故为提学者,莫急于风励学官。

《答俞教谕》:众生病即是己病,此万物一体之心,必不能自已者也。

《与□双江司马》:白沙色色,信他本来一语,最是形容天机好处,若欲求寂,便不寂矣;若有意于感,非真感矣。

《与诸生》：千古作家，别自有正法眼藏在，盖其首尾节奏，天然之度，自不可差，而得意于笔墨蹊径之外，则惟神解者而后可以语。此近时文人说秦说汉，模范字句，多是呓语耳。

《寄黄士尚》：《易》之《蹇》不云乎，"君子以反身修德"。夫身何待蹇而后反？德奚待蹇而后修？盖寂寥枯淡之中，其所助于道心者为多也。

> 宣尼抗浮云之志，邹孟养浩然之气，先师刘子每教上舍生，以时时扪索，志士不忘在沟壑，不怕穷。遁世不见知而不悔不近名。二语。揫敛志气，涵养德性，磨砻事业，积久修持，自然有一段精光魄力不可磨灭，大要吃紧为人处，在安贫守道，不为万物推移，不以流俗之毁誉为忧喜，万脆波流，而金石独止。

又，近来欲洗涤心源，从独知处著工夫，而还其不欲不为之初心。

《与项欧东郡守》：沉潜能刚，高明能柔。斯则磨炼已至气质变化之效。

《与罗念庵修撰》：古人思道三年，终日终夜，不食不寝，此真公案也。后世儒者只是说话度日而已，况在近世乎？

《答李中溪御史》：举劾所以出于常格，以待最贤最不贤之人耳，若夫小善小恶，则固有考语矣。故莫如精举而慎劾。

《与茅鹿门》：其人犹然尘中人也，虽专学为文章，绳墨布置则尽是矣。然翻来覆去不过是这几句婆子舌头语，索其所谓真精神与千古不可磨灭之见，绝无有也。则文虽工，而不免为下格。

《与人论祀乡贤》：罗念庵以吉水乡祠驳杂，所祀非类，耻其父与之同列，欲奉其主以归。此仁人孝子事亲如天之心，亦事死如事生之心也。

《与陆东湖都督》：今日在淮扬建牙开府，只是这光景。明日还常州山中，衣木叶，茹草根，亦只是这光景，何有于我哉？

一切境遇,贵贱升沉,如晴雨寒暑,听其自为消长乘除,皆身外事,于性分上事业一毫无所加损。李蕈老年五十三始登第,今忝窃非分,早挂朝籍,以后升沉,听之可也。

《与胡青厓同知》:渗漏多,正坐兜揽多耳。此昔人所以贵绝利一源。

必多所割弃,乃能善取;多所损,乃能善益。积众小不胜,乃能成一大胜之效。堵塞岐旁,归并一路,用志不分,乃凝于神,同能不如独胜,若多好必无成矣。

《答洪芳洲主事》:去场中弊病犹易,去心术中弊病则难。昔人谓有意为不善,与有意为善,皆能累心,惟慎独,是千古正法眼藏。

《答王遵严》:近年来死中求活,于清明中始见得些影子,非心心念念,昼夜不舍,下数十年工夫不能收拾此物,完养此物。

又,屠沽细人有一碗饭吃,其死后则必有一篇墓志;达官贵人与中科第人,稍有名目在世间者,其死后则必有一部诗文刻集。如生而饭食,死而棺椁之不可缺。可笑,可笑。

《与华补庵》:世间人惜财如血肉,财生而心死之矣。

《与陆东湖锦衣》:平生不自量,吃亏处正是欲拣难事做。今日惹出许多议论,皆我之好难,非起于吾之避难也。

《答徐存斋相公》:《大易》发无咎无誉一爻,所以教戒山林之士,意至深远。

《与王体仁》:学问虽人人本分事,然非豪杰不能志,非刻苦不能成。当世学者悠悠,只是说好看语,做好看事,过却一生,到底终无结果。

《答吕沃洲》:此学只论有欲无欲,不论宁静扰动。闭关以养疾,则可闭关;以养心,则不可也。故曰:饮食男女,圣贤自这里做工夫。

节性惟日其迈,人之所当谨独畏慎者,即在衽席之上,刀匕之间,而不知为之戒。丧德于近,何能远谋?节度其性,则清明在躬,志气如神,始能力行义事,迈往有功。进德修业,即在现前日用上做起,渐推至于处事接物,尽力而止。勿骛高远,积微久之又久之,自然积善在身,如长日加益而不自知。

《与张本静》:谢上蔡云,今之学者,何足道。能言只如鹦鹉耳。勘透得名利关,此是小歇脚。此古人自体验过,不诳语也。

《记谭友夏论诗》云:一篇之朴以养一句之灵,一句之灵能回一篇之朴。此言却可取朴处,如三十辐运一毂也,灵处如当其无有车之用也。有无相错,虚实相斡,奇正相激射,开合相摩荡,笔妙乃出,奇趣自生。

【眉批】录唐集止此。

复本堂绅经派员,督同雇夫在本境掩埋枯櫘。自三月至本月,共二千六百七棺,始蒇役。前凑捐经费,尚有馀剩。

伊藤博文之谋国,智于东野稷,稷之马力竭矣,而犹虚骄恃气,故败。苻坚、李承煜,孥破仑皆以此败也。日本辽东之役,虽战胜,其国力竭矣,而亟议和,所偿割地以舒其力,非伊藤之忠于谋国,智于谋国哉!南皮力诤之不能得,而两孱帅托词海啸,以危言怵上,上郁悒愤惋,为庙社屈隐忍,而出于城下之盟。是时国中可谓无人焉,岂不大可哀哉!

【眉批】"承煜"疑当作"存勖"。

许伯若大令来,壁上黄子久《阳明洞天图》霉损,起白花,君云:须用棉花团轻轻擦去,方不伤绢剥落,良然。

萧山汤文端有一横幅,钤以小印文云:此子亦参政邪。当是七十后作也。仆在端浙寺友人处见漳浦黄公行草长卷,前钤一长方印,云:愧不若黄帝。盖用《庄子》语,“隰朋自愧不若黄帝,而哀不己若者”。阎文介入枢府语予云:今日捉将官里去,这回断送老头皮。前辈善打皮棄,谑不为虐如此。

颜黄门曰:学问有利钝,文章有巧拙。钝学累功,不妨精熟;拙文研思,终归蚩鄙。但成学士,自足为人,必乏天才,勿强操笔。古之闻人或文而不学,枚、马、严、徐。或学而不文,焦、京、苌、固。春华秋实,兼而有之。不佞以孔融过二之年,所业讫无所就。镂冰空劳文笔,尤短记性日坏,学不加进,窃惟晏元献、王深宁、唐荆川、顾亭林为学工夫,皆由分类钞书入手,久之则自然有条理,有会通,有鉴别,有判决,炳烛之勤,孰与昧行;用志不分,开卷有得。或可既竭吾才,稍免撮囊视肉之诮乎。

黄山谷尝举庾信诗“涧底百重花,山根一片雨。有庆兆民同,论年天子万”,以为句律之法。昨览王元长诗:“雪崖似留月,萝径若披云。潺湲石溜写,绵蛮山雨闻。”写景萧寥,亦可拈出为创意造句之法。

谢朓《侍宴华光殿诗》:“春禊浮醴,秋祓濯流。”按:春禊三月三日,人尽知之。秋禊七月十四日,取重七之义。韩鄂《岁华记丽》所不载。出刘桢《鲁都赋》:“素秋二七,天汉指隅,人胥祓禳,国子水嬉。”云云。

闻北路亳州一带,因遣散营勇过多,遂致所在土匪狙发,至有抢劫饷鞘之事。李凤台申耆先生之言不虚也。闻宿迁县一日出劫案四十七起。郭善臣军门亦言,北路颍、亳、寿等处游勇所在多有三四十,成群为行旅之害。若年荒,即防揭竿为乱。此非用姚石父治台湾,联庄收养,编为保甲土勇之法,频加部勒约束不可。

平定陕、甘、新疆、云南回匪,方略告成,在事均得优奖。此役亡友王苐卿纂修独多心力交瘁,以溘先朝露。介之推禄亦弗及,非命实为之哉?

与棣儿言处世全生,祸福之几,当持之以慎密,苦县柱下为工。

查勘沿江池、太各处圩堤水灾,委员庄、李二君回,近处风林圩、笵春圩、四合山仍未勘,不能不加以申饬。

《与汪山长书》，拟以黟县举人胡冰笙殿元为经义斋斋长，无为州贡生程又伊广文佐衡为治事斋斋长。

《与陈兰洲书》：方今有一境象最可忧，人人欲自居为季汉之三君，而八厨日见其少。此非可忧之甚者耶？此段已入《于湖文》。

《戏答云门书》：弟病懒，久不能作诗，见示诗邮筒先后络绎，雄词百车，一似芬陀利花雨遍四天下，令人口呿舌挢，目眩意怯，不敢和亦不能和。今早忽和得一首，其诗云："云门大手笔，浙西小作家。两个胡言语，把笔伊优亚。终看鲇上竹，亦似蟹爬沙。不免尻齐首，手版日趋牙。"君阅之，包管喷饭。

【眉批】亦已另抄入文，备删。

至我曹，自忖人、地、欲为三君，则分际年辈，断断彀不上，若勒令为八厨，则亦不甘心。

承示独游湖上，访精舍第一楼。第旧巢痕，此花果山水帘洞石猴现原形的所在，前尘如梦，吾犹昔人非昔人耶。

丁酉八月

生平守涑水、元城戒，不敢作妄语。昨偶检得同治甲戌年冬至月在京门簿，一叶主人大书，即是妄语谐语，录以为戒。

甲戌年长至日。注明住址，以便答拜。

胡中堂广亲拜。住冠盖里。

陆领事贾，住好畤。

班少爷嗣，住元亭北。

孔老爷褒大人融，住北海寺街。

蔡大人雍，住鸿都门外。

司马山人徽，住鱼梁洲。

常大人林,住许下。

高大人允,住史局内路西小门。

刁大人雍,住刁家楼。

王老爷通续,住铜川。

韩大人愈,住靖安里。

杨大人凝,住石壁寺西。

穆老爷修,住大相国寺北。

孙老爷倖,住竹西。

黄老爷大临庭坚、知命叔献,率子朴、相、槐等,住双井,新移醽池寺。

本家大人楠,住国史馆内。

徐老爷舫,住瑶林。

本家都老爷凯,住谷阳门外。

陈布衣老莲,住水窖街。

憨山和上,住海印寺。

以上均到门拜会。

职方司顾老爷绛。

副都御史黄大人宗羲。

王老爷源。

刘老爷体仁。

颜布衣元。

以上五位,均差人谢步。

拜富领事,议洋商卞敦等开设机器砻坊事,窒碍华商生计,难以开行。若果执意开张,如有意外之虞,只管保护,不任赔偿。

禀中丞,乞调简以避烦嚣。

校《钝椎集》至二十卷,村叟浪作闲言语,画墁刻楮,镂冰绘脂,虚费日力,甚悔之,甚悔之。无怪秀水大司马陶公面予药言,以为漫衍害道也。

汤兄蛰仙到于湖,询知果于七月初九出门,一路病支离,劝其在此，稍资静养，勿投蝙蝠赴鄂聘，已电禀香帅矣。

【眉批】蝙蝠，夔帅事。

拯溺由于道情，戢暴资乎神理。惟其人素具神理道情，始可以任宰世之术，否则颠矣。世称王茂宏、谢文靖，稠人敷坐中精神渊著，常可荫映数十人。才之大小有分，非偶然也。

客有问：治道宜何宗？答曰：曾湘乡可。又问：要领何在？答曰：以宋学招牌，积累之仁，行管商手段，纡徐而辣。

湘乡公语人，谓沈幼丹有督抚之才。人问：何如？答曰：其人心地谦而手段辣。

若以瘖厓子、弢庐子胸中所积之名理，使柏岘、啸山、通父以笔仗为之，次第写出，何让乐旨得潘笔哉！

以《于湖文录》四卷乞蛰仙勘削，乃写定本。

拟书聘夏淀庵水部明年主中江治事山长，而以仲伊专主经义，分教诸生。

朱子年五十八，始入为兵部郎官；黄鲁直年五十八，知太平州；陆放翁年六十，外知严州；王阮亭年五十六，始由户部郎对品擢侍读；李蕙客年五十三，裁登第。

与沈君携荣儿登北山桧轩，命山僧去旧榜，拟改题曰：山谷道人宴坐处。

阅《魏武集》，与孔融皆有雄直之气，然融昧于事机，疏于世故，暗于知人，此其所以为曹公俎上肉也。融"岩岩钟山"诗："吕望老匹夫，苟为因世故。"寓荀彧也。末云："吕望且不希。""管仲小囚臣，独能建功祚。"寓刘备。"夷齐安足慕"，言己亦不为管幼安、胡孔明，而欲以微躯抗猛虎之步。真盖宽饶一流，为王生所慭也。

复上禀学使，以汪山长宗沂学行修饬，研经不懈，乞奏加五品卿衔。

虞山翁文端公，三世鼎贵高门家，只老屋一椽，祭田二顷，生事萧然,不营财产,有颜含、高允之风。瓶居士师庚寅保送御史,故事以举主之礼。甲戌休沐,南还拂水,每出门徒步,或棹小舟,遍访闾里知识,款曲道旧,鸡豚社宴,招之辄往,邻曲不知其为帝者师也。在朝时,一日访寂照寺法云上人,练布芒鞋,云曰:公定非常人。公漫言:仆老明经,晚就一山水县校官耳。法云,吾乡昌化县人,年已七十许,略具禅门机锋。公自尔颇与往还,如谢文靖之于支遁也。公尝独游西山退谷,野店沙饭,樵牧杂坐,相与尔汝。公随缘行住,了无忤客。

【眉批】"甲戌"乃"己丑"之误。

范公希文不安政府,自请行边,时吕公夷简致仕,退居郑州,问何事遽出。公对以暂往经抚西事,事毕即还。吕公曰:经制西事,莫如在朝廷之为便。君此行正蹈危机,岂复再入?范公愕然。吕文穆自文靖少时,即识其有宰相之才,洵不虚也。

中秋夕,偕同人携三子拿舟出江口,置酒关亭,酒半,泛舟中流,溯洄上下,以远镜测月,月宫内大地山河影毕现,皎洁异常。

阅《范文正公集》。予有公像,石刻,拓轴。与六一居士石像,俱张之南小沤巢,以二公皆孤儿故也。焚香敬对,气象肃然。

昨奉大府批奖,留现所守官,不允,奏乞量移简缺。

壶公师初度,上赐御书匾,无量佛如意章服;慈圣赐御匾七言联。礼赍骈蕃,中使相望于道。公生日,屏谢僚友,不称祝,不宴客。

见除目协办大学士缺,瓶居士遂膺放枚卜,龛济时艰,进贤退不肖,朝野安危之望,舍公莫属也。某胥疏:江湖之上,坐观邸报,亦得谈迁叟十方龙象,众具瞻第一义云何耳。

阎文介以甲申三月中入赞机务,旋拜参知,语予曰:今日捉将官里去,这回断送老头皮。时事如此,子其谓我何?对以首务大开东阁,招徕贤俊,保全谏官如黄体芳、屠仁守之流,务以进贤退不肖。自任后,邓承修谏园工,罪在不测,微公营救不止,仅予申饬也。昔方望溪先生值李安溪入相，有规戒之言，安溪为之悚然。予无其分际，故不敢出微言，正告而已。

犒劳李副将洋百元，令密拿太湖盐枭施老窝子。并准支两月薪水勇粮。

英领事富美基来，与之言各教源流，地球大势，并议机器砻坊事。富领事言：挪威国有天文生，裹粮往北冰海之北，探北极度数穷处，此君可谓畴人子弟之雄，单千金之家以学屠龙者已。

牛韵斋游戎，谯人也。过谈曹公故宅，今为曹家巷。老子濑乡曲仁里，则不可考矣。亳州，建安中为五都之一，泥水自蔽，犹想见当时顿丘令北部尉光景。

依种树书，以蚕沙培壅桂树根，随汲清水浇之，则花时转盛。姑如法泡制以验之，可惜稍晚了。

榜廨舍之南，有郎官湖，曰放生池。刻石有诗牌。

哀集中江诸生课艺，解论、考说、序、记、诗、赋、骚、七，算学、洋务。欲汰存刻之，以导士气。

检《大清一统志》浙皖两统部。吾邑安乐山、祠山、清泠山、纸坊山、戴山皆载《一统志》，人物内少倪千乘、江公著，应补入。江，字晦叔。司马温公疏荐之，历陈州通判、京西运副、太常博士，出知吉州、虔州。东坡赠诗云："三吴行尽千山水，犹道桐庐更清美。岂惟浊世隐狂奴，时平亦出佳公子。"诗中"初冠惠文读城旦"云云，当是曾入南床。坡公与刘元城建中靖国初自岭外归，过虔州，与晦叔唱和，其人可知矣。江氏与予家有连。倪，胡安定文昭之高足弟子，受《易》义，著有《易解》二卷，不知志中人物，何以遗之。

唐武德四年，置睦州于雉山县，今淳安县。而于桐庐县治，今旧县镇。别置严州。今孝泉乡秀峰村有故址。杜牧诗"州在钓台边"，范文正称"潇洒桐庐郡"，谓此也。七年废严州，以睦州为东睦州，八年复曰睦州。万岁通天二年，始移治建德县。此郡治沿革大略也。桐庐县治，孙吴时在孝泉乡漏港，隋初废。唐开元中移治钟山，后又移桐江口,则今治也。任昉出为新安太守,桐庐令郭峙出溪口见候,时治在旧县可知。昉既未至,郭仍进村维舟久之。郭生方至今治,乃梁日溪口之村,情事宛然。

校《敬业编》,改徐叙,文理始粲然。

李筱轩回舒君言:竟陵、荀勖、冯纯,仍以货贿帕敬为事,豪杰为之失气,奸雄从而生心,遂成季汉之世矣,奈之何哉!

周文濉,字莱仙,吴兴人。凌子与称其不应科目,隐于沪市,乃当世有心人也。予见其刻道场山《费隐君熙遗著》,能追紬阳明之学。此异人,何可交臂失,心识之。友人陈云泉真能为陆王之学,当属云泉察看,便可定其品格。

《后汉·方术传》:华佗告樊阿之青黏散。注及《尔雅》,说皆不明了。按:《药录》:黄精,一名黄独,一名黄芝,俗名高良姜。一干对分,叶如大竹,长或径尺。《本草》亦云:如竹叶而大也。初苗名笔管菜,其偏精曰委蕤。一名地节,李濒湖称其功并人参,此即青黏也。予少时最喜生饵之。略本陈藏器《本草》。

明怀宗当流贼犯圻辅,筮南迁,得《益》之四爻动。李公邦华、冯公元飚亦力赞之,果航海南渡,画江淮而守之,号召义旅,维系人心,不失为晋元、宋高也。乃诸臣泄泄,各怀异图,徒诤持死社稷之正,坐视丧亡,君臣俱烬,岂不哀哉!顾宁人、黄梨洲谓国君死社稷,第为诸侯之事,若少康有缗襄王居郑,天子之义随在。曰:都不得以一隅限之,此正论也。咸丰庚申秋,英法犯顺,淀园被焚之役,朝臣自大学士以下,咸伏阙上疏,谏止北狩,定陵知人之慜,逆料围城中诸臣工无一人可以为李纲、于谦者,即求一鞠允、索綝、姚平仲之才,亦不可得。决策木兰,以待事定,使危国有中兴之资,乘舆无匕鬯之警,岂非圣乎?彼竖儒拘方之言,恶可用乎?甲午辽东之役,李公文田密上西巡之议,以二万三千万之偿款,募天下勤王之师,持久困敌,必可乘其敝。惜乎大臣见不及此,不为庙社久远之计,苟免目前,甘盟城下,失此大机会。

元城刘公器之，作书札常起草稿，然后誊正，不作草字以戒苟且。汪中蓉甫亦然。宋人草内制，旧不起稿。东坡常言，词头必属草稿，则意内言外、曲折处方能尽之。

伊川先生教人，以敬以直内为本，惟尹彦明焞独能例行之。

陈公莹中瓘居台州，《和吕居仁诗》有"老矣顿忘庵外事，闭门坚作胜登楼"之句。

善财、偏见、善知识，凡五十三参。

崇宁初，吕舜从知巩县，见伊川先生，问：今新法初行，如何下手做？先生云：只有义命两字。当行不当行者，义也；得失祸福，命也。君子所处，只说义如何耳。

陈文莹中晚年过扬州，见荥阳公吕希哲，请公坐受六拜，与他人语，必称吕公，或曰吕侍读。其尊敬前辈，可为后生法。

田元邈当辞必辞，当去必去，去就之际，未尝疑滞。谢上蔡云：透得名利关，便是小歇脚。然须有穷理日新工夫，方可进德。能觑得破一切物累，已是佳。

又云：良佐缘早从有道，为克己之学，遂于世味，若存若亡。

《与胡公安国书》云：年来老态浸见，不堪为吏，无复有仕宦意。朝夕检点修身，以毕此生而已。闻左右学甚笃，更以大者移于小物，作日用工夫尤佳。

登高自卑，图难于易，不谨细行，终累大德。故居子慎微，即在衣袖饮食之间，戒惧于不睹不闻，八风吹得行，处处是作日用观。

晁以道之学患杂。

文中子云：吾不仕，故成学。不杂学故明。

元丰间,神庙尝称温公于辅臣,云:司马光只是待做严子陵,他那里肯做事。

伊川《寄荥阳公书》,时吕公守曹南。大略言,一别十五年,不得款集,每深怀想。后云:愿更自爱,为一郡之福颐。启上知郡学士。

范公祖禹元祐中《与李尚书公择手简》,云:横渠先生盛年早逝,而禄不及其子,愿中丞早为一言,某顿首再拜,侍读中丞文。

伊川先生甚爱《表记》《中说》,"君子庄敬日强,安肆日偷",盖常人之情,放肆则日就旷荡,自检束则日就规矩。

尹彦明在经筵,尝从容说黄鲁直如此做诗,不知要何用。

王深宁亦以庐般之资为诗,为不善读书。

右摘录吕紫微《师友杂志》。

阅《刘武慎公集》。多宽厚长者之言。

朱、饶、袁、陈、刘,五君来,宣泾士商咸悉心帖然,不复偷漏。按时以稽查考私,盖上次无徇情之故。

出门拜客,顺叩中江书院扉,入其庭,蓬藋塞径,虚无人焉。蕉竹阴森之气逼人,盖缘山长归黄山,生徒以应试星散也。然将来亦有如许荒凉之一日。世间事,平等观大率乃尔。登尊经阁,望大江群山,蜿蜒峭插天际,形胜之区,无怪权、瑜、敦、温,生前营度割据之,宜百世后毅魄鬼雄,尽日英风犹满旗也。呵呵。

得汤蛰仙书,已回沪矣。壶公师属其料理《时务报》馆。又,寄语《钝椎诗集》且勿付刊,时既未至,又须大加芟削。良工不示人璞,评本亟索寄鄂州,以资印证云。

丁酉九月

督札到部,文洋债事难以改拨,又将乞去以自洁矣。

蜀鹿督召还,以李鉴帅为蜀督,藏、印逼于英,蜀事亦殊难料理也。

南洋宪电，谕倭筑紫舰将官自鄂下驶，道由芜境，将来，修敌国相见礼。

上协揆虞山公书。为乞学政奏加汪山长卿衔事。

湘粮驳本日七钟碰坏英商顿船，领事来函，请究日本筑紫舰。来芜领事龟山松次郎，海军少佐，石井诸太郎来拜，率译官姚仲华上海西门内人，子梁之弟。往筑紫答拜，与之言俄国将经营东三省铁路，由呼伦贝尔、卜魁、伯都讷、拉林、阿勒楚喀，直达宁古塔、珲春。又在朝鲜咸镜道庆源府之西，水洛城鹿屯岛伐木造船。又，踞元山津拉式力夫海湾屯船，志不在小，非东亚之利也。我国与若国同文之邦，唇齿相依，能弃仇修好，并力扞俄，度可支持东方大局。龟山等连首肯，以为实然。

宣城令陈云溪大令兆庆来，同治丁丑甲。彼中崇政书院语以速聘名师主讲。

闻张樵宪贺英后在位六旬，颇失仪。与外部议加税亦未妥，公将回京恭复恩命。

无为州在籍教谕程又伊佐衡书来，议中江两斋课程，多中肯语，甚切事理，即手答复与商榷。

恭阅《御刊三希堂法帖》。"三希"之名，谓内府所藏。右军《行穰》《快雪》《大令送梨》，此三帖真迹，皆希世之珍，故以名堂。在北海子艮岳前，橐缘执戟为郎，兼主客曹，有殷事承先殿，各西使觐见。得遂瞻仰。堂面海子，地殊幽胜。

答拜方分巡，程广文论二程、朱子、金溪、阳明之学，论国初洛学兴于夏峰征君，夏峰之学源于高阳孙文正、容城鹿忠节，至汤荆岘、耿逸庵、彭南畇而不绝。

与吴令议设立自新所。

作诗难于创意造句，作书难于随物造形。国手虽漫应，一著存一机，惟杜公、坡、谷始阅利病，熟妙能造句也。世人尽学兰亭面，欲换凡骨无金丹。非颜平原、杨少帅神明古人规萬，不能工于造形也。

写扇数枚、榜二方。仆书素拙劣，临《张公礼》《伊阙佛龛》二十年,下笔尚奇斜,不能横平竖直,不办于无佛处称尊也。

请印兄榜书“丽泽堂”,悬之中江书院。前曾延亡友朱鼎父侍御主讲于此,修复吕成公明招讲习之学脉,鼎父允诺,而旋殇于岭南。故仍榜以“丽泽”,使诸生勿忘侍御为学宗旨,譬如随处凿地,可以得泉,泉不以地限也。道无间与显微,岂亦以地有所阻阂哉。

处顺境,则当戒慎恐惧,无刻不存心于敬义夹持;时虞颠覆,检点身心,常鞭辟近里,著己以自檠持,此安弓为之危矢也。处逆境,则当大处著眼,小处下手,阔步长趋,凌高厉空,谈笑却敌,从容应变,示之好整以暇,则万物之气自静,此危弓为之安矢也。

默观时局,中外詍諮,政以贿成,在位者既不思十年生聚,十年教训,且多用憸邪,群枉塞路,奈何奈何!曲突徙薪,谁实听之。

闻于公次棠因公事多牾,悒悒思引退,近招梁节庵来舒州,一决出处于蓍龟耶。

阅《时务报》主笔,南海梁卓如孝廉启超,真方今旷代逸才也。

得汪弢庐《论易消息书》。观惠氏《周易述》,缺自《革》以下十四卦,《易微言》兼采宋儒,储作论之材,而未联缀成章;《易大谊》并有目无书,知定宇先生说《易》,尚多草创,未定手稿也。张皋文年四十五而卒,虽倍辅嗣之龄,王弼年廿七。仅获康成之半。郑君七十四。揆之孔子衰晚学《易》,始知天命,阅事变,多潭研消息,知皋文未及其年,专申虞功曹,殊多未尽。虞氏长于解《太玄》,而于《易》粗觕,虽世传孟喜《易》,于孟氏消息往来升降之谊,固未能有所发明也。

阅史游《急就篇》,密丽宕逸,可喜。

史游云:积学所致无鬼神。司马子长言:诚一之所致。此两言乃墨子《非命篇》、荀卿《非相篇》之精义。

读湛然居士《逃虚子》、憨山《梦游集》、盐谷世宏《宕阴存稿》,方知九州之外,六经之表,大有人在。

董晋卿《齐物论斋文》,近有刊本,内《郑垕阳传》甚佳。董氏,张皋闻太史之甥,于九流之学甚淹贯。

拟经义、治事两斋课题,明日考试。

经学题:《易与太元卦气相准说》《“在治忽”史语作“来始滑”解》《理学》《敬义夹持说》《曾点、漆雕开已见大意论》。

词章:《拟扬子云扬州箴》《黄山云海诗》不拘体格。

右经义斋。

史学掌故题:《明市舶开禁封禁得失若何》《恰克图、尼布楚市场考》。

时务学:《姚石甫以联庄法办保甲说》《厘金与关税弊孔孰多议》。

算学:由摄斋长刘谦甫出题。

西学:《跋列国岁计政要》《公法为平战条规说》。

右治事斋。

夜分温习《归元镜》,直心心土净,分阴分阴,俺勤加鞭策,六百里加紧,管教他入我门来,大医王急救那众生病。

闭户焚香,手定五府州守令秋季密考,审慎记注。

复三兄书,寄回《齐民要术》《农桑辑要》《经籍举要》数十部,以劝本务,敦士习。

王阮亭大师缚律不如屈翁山散僧入圣,小长庐钓师文繁意密,藻绘满眼,不若亭林先生清景当中天地秋色。有真气与无真气之别也。潘四农言:有明三百年诗教,冠以刘文成梨眉公集,殿以顾亭林。予欲谓当殿以石斋黄公及黄公弟子陈大樽。以时代限断也,论国朝初盛之诗,当冠以亭林,次吴梅村、吴汉槎;次梨洲黄文孝;次毛河右、屈大均、徐波、徐夜、陆圻;次钱蒙叟、阮亭、竹垞;次李天生、潘稼堂、吴雯、施愚山、查初白。此但取气格为主,不复论其篇什之俭富也。要以顾黄为真气惊户牖,二吴亦渺绵哀艳,有骚人之遗味。顾先生诗外大有事在,馀子则精力悴于镂冰画脂,无复馀味。

王元美才力健赡,一时文雄,晚而悔摹秦范汉,剽剥渔猎之非。究系虎贲中郎,木寓泥佛,不耐详勘斫,乃作《祭归熙甫》文曰:“千载有公,继韩欧阳。予岂自异,久而自伤。”盖自伤闻道之晚,而中年以往之文字,气格成就不可追改也。姚惜抱谓,熙甫颇得太史公神理,圣处妙在以不要紧之题说不要紧之话,此语解颐。诗家模山范水之病,在有意觅佳题,苦索句律,洗刷字句,裁剪典故,揣研声调,步步瞻顾牵缀,故至于傀儡涂泽,无真气,无风霆激射、金石洞穿之势。韩、欧阳、杜、坡、谷、荆公、放翁、刘文成、黄忠端,皆直写胸臆,奇词丽句,喷薄而出,落笔语妙一世,何尝有意觅佳题要紧语,作魏其浅人沾沾自喜态度乎?

与饶守备议署前筑圩,便戽水以便行人。

仆蹇劣无似性行,如王子雍有三反。好治道术而不喜今之儒生名士;栖心白业,而不喜佞佛斋僧,周旋世故,委蛇同波;取杜元凯周身之防,然律己俭刻,喜用刚方见忤之吏,而痛绝佞谀。自揣生平性行,有此三反也。

两湖督部壶公师来电云:勿遽刻《广雅碎金》,如必刻,尚多应删应增处。即电复云:著述须手定次第刻之。阮文达《研经室四集》,即而《曾文正集》,经后人编刻,致多芜杂应汰。《归熙甫集》几遭其子涂抹失传,可为前鉴。第不宜效左文襄生前刻奏议耳。《广雅碎金》已写样上版,如有应删应增,乞钧示遵办,谨惶恐覆陈。

临《伊关佛龛碑》,此真楷分正格,非《雁塔圣教》参用二王行稿书法,泛逐当时世主耆好者比。故知登善本领手眼,彀乳北碑,不仅与《晋祠铭》一鼻孔出气,只办颂圣伎俩也。

以奸商冒充洋商,开设机器砻坊事,往与英领事富美基订立章程三条办法,论许久乃归。

饬饶营官督率勇丁,筑月堤扞水。

阅税司裴式楷论铁路事。

温习《归元镜》,湔洗诸缘心土净,芳郭钝椎垂晚景。万事不撄心木。又,只是省求本性离诸病,扫空世上弓蛇影。

《六一居士笔记》:苏子美言,明窗净几,笔研精良,自是人生一乐。然能得此乐者,甚希,至不为外物移其好者,又特稀也。予晚知此趣，恨字体不工，不能到古人佳趣。

自少所喜者多矣，入中年来渐以颓废。或废而不为；或好之未厌，力有不能而止者；其愈久益深而尤不厌者，书也。至于学碑版分隶草行，于精力不倦时为之，往往可以消日。乃知昔贤留意于此，不为无意。书勿浪作，记事必提其要，纂言必钩其玄，有可录者录之，他日便为故事；作字要熟，熟则神完气实，而体势俑峻，兼得宽然有馀，静坐中自是一适。

袁随园语：欧阳公内弟薛良孺，坐举人不实被劾，已遇赦矣。公奏："国家不可以臣故，使良儒侥倖，乞特不原。"以致良儒切齿。甥女之诬，公有以激成之，所谓治事接物，去其泰甚，不为已甚，此中道也。韩魏公言，吾与希文如兄弟，而纯仁乃劾我豺狼当道，为濮议也。

汪山长枉顾，谈《易》与《太玄》卦气消息，相准为西汉《易》师孟喜、丁宽相传之谊。

桂开第二番花，清香满院，有"花似原蚕眠再起"之句。

闻四川鹿芝轩制军以瞻对土司案，诱杀察木多番目，卫藏人心皆不服，失番众心。经成都将军恭寿、驻藏大臣文海，先后密劾罢免。召来京，南海张少农以编修贻谷奏劾，坐是不得升台长。总兵余虎恩以赤金三百两饷，六邸拒却之。

阅《天台教观科旨》，全修实相，条贯精严，亦可救狂禅宗枯净土之流病。

丁酉十月

直而不挺，曲而不诎，既明且哲，以保其身。

当忍诎伸，去细碎，广咨问，除嫌吝。

苦县自言：假至言以修心。《净名经》云：无离文字说解脱相。凭经而悟，方为把本参禅，永无错路。禅宗虽云不立文字，然达摩初祖恐人堕入顽空，乃曰：吾有《楞伽经》四卷，亦用付汝，即是如来心地要门，令诸众生开示悟人。慧可、璨信皆宗之，至黄梅、曹溪，均持《金刚般若》,从此勘入发明心地,使人解粘去缚,行实性空,非假至言以修心,何由得实悟实证哉。

止观、寂照,盖同出而异名。

行不到桴亭陆先生《考德业之日记》手书残稿,十馀页。在亡友王璞臣许久之。中要戒一句,故是魔障,染波旬说。

王船山诗笔净秀严丽,亚于石斋黄公,故当出张苍水、金道隐之右,黄公行气浑灏无涯,如渤澥之岛,间见琪花瑶草,不可名状,备天地四时之气,非同时他高手可及。

惺惺为正,实也;寂寂为助,权也。敬以直内,实也;义以方外,权也。克己复礼,从事"四勿",实也;出门如宾,承事如祭,权也。吾善养吾浩然之气,集义所生,实也;又能洞知诐淫邪遁之词,情伪当前,应机立断,权也。寂然不动,一切善恶都无妄相,实也;感而遂通天下之故,用古之道以御今之变,权也。正卫名,讽康盗,实也;受狁阳货,微服宋郊,权也。折梁惠谊利之辨,实也;因齐宣好乐好货,好色好勇,导之于正,权也。实者坚苦淡逸,独行其是,不因权而始立。权者观其会通,因时为业,常依实而后行。汪苕文云:立身不可无本末,宋人言林木似名节,非素修不能致。权以济实,实以济权,如水火相胜还相生,如兵阵法,用正必资用奇,不可偏废。

与陈参军、江明经议萧尺木茔移建碑石,禁止樵采。

阅《王船山先生集》,末《龙舟会传奇》讥宏光耽女乐邪,臣尽作谯周一流,毫无殉君父之意也。吟讽一过,涕泪交下。

赏犒筑堤之保卫勇泉布九十千;哨官刘用和马褂料一件,钢刀两口。

衡倩为高宰平先生之从孙,宰老石门校官,有学行,风节凝然,年垂八十馀。豁庐近奉北洋委育才馆总办,故一时不得脱身南归。学生五十名,教习夏瑞卿大令。

员梧冈谨愿有馀,方勉甫署直臬,年七十,颇疲茶。直臬与刑部秋审处消息,相关每年情实案,可函牍往来妥商,较他省刑名灵活。

此范梅生说。

丁卯己巳间，杭书局同事旧交或物故或否，其作牧令，坐拥厚资而归者，其子弟多冶浪败家，愚而多财，率益其过。资以为恶，其毒更厚。凡作吏，多积金泉刀布以贻子孙，可为殷鉴。悖入悖出，天道昭彰，甚可畏也。

读黄忠端公《辞十八翁诗》，十八名山也。始知所以不及武夷大涤者，武夷庐墓所邻，桑梓之地，大涤洞天讲坛在焉，乃丽泽讲肄之所。此二处千载后，毅魄灵爽，犹栖此不可辞也。公自跋，亦较然明白矣。

皖省此二年中，多任用正途科甲牧令。廉隅恪守者多，能搏击豪强者少，致近日凤阳出一巨劫案，殆所谓矫狂过直，任偏同弊也。正途牧令，往往文墨自矜，喜与武人抗，不知变数，与英西林中丞治皖，极意牢笼武弁之作用大相反。北镇郭君言之，新宁帅以为皖省专用文弱书生，皆深坐牙斋，不出巡徼。其言实亦中肯。新宁帅《致邓帅书》，力言用人不当，当另选严明强干之吏，乃可以治颍、亳、寿、凤剽悍之俗，此知治体者也。天水公陈臬推敲案牍，巨细必亲询，为慈惠之师。有求其生而不得则死者，与我两无所憾之意。然于治淮涡顽犷多盗之区不相宜，是宜取胡文忠治黎平之政以为治。胡公每言，勿效吴人呴呴为善。此赵、张尹京，葛侯治蜀，王猛治秦之意，良中事理。

读《漳浦集》，经师骚客，用兵将略，权数御众，非其所长。将才去史道邻尚远，去卢九台更远，殆瞿稼轩伯仲。宜其为洪亨九禽也。

君子静以修身，俭以养德，一味丹药，惟在敬静交持，常鞭辟近里。著己毋苟且，徇外为人。

阅明遗老《王薑斋先生年谱》竟。刘毓崧撰，梁节庵太史云：王之春别撰一谱，虽雅驯不逮刘，然所搜辑逸事，亦有刘谱所无者。

漳浦《答闪士觉诗》云："惟有典午时，五岳如樗蒲。导、安亦吾辈，巉岏追夷吾。此论与蒙合，导、安功不细。"宋贤高谈王道性命语，其实际李梁溪宗岳三公之度量勋业，去导、安且远，何况兵败符离，心粗意汰之张浚,曾前不逮鞠允、索綝,后愧于忠肃,何况龙超召埭乎?知人论世,勿为大言夸词。如公言"始持廷尉平"也。《别稽山》奉宏光命祭告禹陵毕。云:"温、陶不可呼。"《宗岳久》云:"谢伤其时,马阮邪臣,构煽于内。"时无温峤、陶侃、忠简、武穆之才,即史道邻蜷缩扬州,坐失形便,何能控御四镇,亦非将帅之才。瞿稼轩骚雅名士,一无方略,断难如典午之有导、安治内,温、陶治外,犹足支拄偏安半壁之危局也。

《示友》云:"《易》理在易简,不从言语入。姬孔系爻象,亦非古所急。龟龙初负图,举一遂包十。裁一著文字,顿使鬼神泣。一画十八变,天地为嘘吸。如以九尺杖,横竖自起立。日月生其端,鬼神步原隰。徒就言语观,如作木偶揖。煮石不可餐,况复啜其汁。"此教人学《易》之方,盖终日言不离卦画,终日行不离损益,隐括《三易》洞玑言语文字之表,作此赞语,真善《易》者不言《易》也。

《示倪子新》云:"所以古至人,大率皆深藏。恨不斫竹杪,扫此纷秕糠。纳身规矩中,得其要眇方。"眇与妙同传云。遁世无闷,敛德辟难,不可营以录记云。遁世不见知而不悔,寸心孤往,绵眇磅礴,克治揫敛,俯仰自得,以自隐无名为务,课屋漏独知之地,神鬼森立,内观湛然,乃可以成德。阳明、石斋每戒学者以勿近名。盖以稍萌近名之意,则必至丧吾德,到老飘摇枯落,毁拆壁垒,无一可居之业,是以贵用晦而明也。

宋子建过访大涤山。子建据梧,观朱康流所著《易说》,诗云:"静者喜专居,颐神游六籍。当其意所都,坚于面向壁。当其废寝餐,神理安汝宅。多识犹糠秕,多畜乃道德。"进德居业,以静专勘入,用志不分,乃神凝而天通,绝利一源,用师十倍。故武乡云:才须学,学须静。

《答郭彦深》云:"吾道本行简,亦藉世知阻。一挂神武冠,即与市门伍。"言士学道后,亦不可不磨砻世事,藉晓所以致阻滞之由,道诎身退,去为齐民,即以山林皋壤之野服樵牧为伍,不敢复以衣冠僭窃名器也。

《东山偶书》云："当其并命时，要亦无所系。"去来三际断，那有一物系著这些子。

《寤言》云："塞兑闭口也。寡所营，绸缪王国多难，不得已而献言也。始辰告。岂不识服气，可以资远到。医皇立方书，拯世病苦恼。日遇七十毒，垂愍民生悼。"医方与摄生服气之术，皆所以济世，登之仁寿之域。刘向、班固次方伎于六艺，重其术也。孔子慎疾，有恒可以习医，未达，不敢尝药，非古义乎。讲心性者，斥方伎家不足论，抑眯谬矣，然则神农不应作《本草》乎？

又云："真宰多忧民，所以重耕稼。"本富为上。任氏窖粟以佐国；葛公治蜀，闭关息民，务农殖谷，非知本务乎？

《责躬》云："姬孔亦劳人，心纬何其微。驰驱道路间，研虑精且希。虽非耳目功，触绪知所归。大者吸星辰，细亦呴风雷。"古人颠沛造次之中，何时何地不可清修力学。虞翻，戆士经生耳，且能读《易》于戎马流离之际，况至诚无息之至人乎？

又云："天地何高深，日月相循环。大命一以至，不复能研钻。伤哉草木颓，不得留朱颜。"此言务及时汲汲修学，勿使过时难成，悔不可追。所谓兀若枯木，涸若绝流，录录拘于俗，脉脉束于情，悲守穷庐，复将何及。壑舟朝移，精华电灭，斯时虽欲晚悔，自力于学，以补前愆，又恶可得。此为聋者椎巨铿发儆省。黄蘗作驴鞦，方知苦在后。生死勿到头，半字不相救。

又云："君子慎寒凋，不为物所造。"立于群物之表，不为寒暑移易。

又云："言行失造次，或以纤忽故。"勿以恶小而为之，勿以善小而不为。君子居室，一言一动之善恶，鬼神鉴之千里，违之应之，在积微，在慎微。

又云："《大易》重存身，研物理入微。"又云："古人不可攀，往往称善卷。蘧子避国难，季札辞家乱。仲尼不之非，数与相往反。以此知师聃,龙称不为咭。哀哉鄙书生,穷陟不到岸。百里未九十,遂以委道半。”

邵康节言:老得《易》之体,孟得《易》之用。此知言者也。后儒穷理,堕分别见,断断务自辨其非。昭昭灵灵底禅,非清虚无为底老,于上面道理,只穷得一半,欲扫一重障,反生十重障。风浴沂雩,善点独知,时点独非善卷怀之自隐无名为务之学乎?

闻京津铁路修至永定门已成,每日载货搭客,除开支日用外,每日可有馀利二千元。十年前,予亦力主京津铁路之议,以京津当得利,芦汉无利。近日税司裴式楷亦云然。今此言验矣。现京津一段路,均归胡京尹燏芬经理。

【眉批】芦汉无利之说,似难言。

直臬袁提刑世凯练兵所选勇丁,一律膘壮整齐,足壮军容,惟大小操颇形懈弛。袁于三韩事最熟,倭衅初开,南皮师即电奏,请召黎庶昌、黄遵宪、二人熟东事。袁世凯三人速入京,备朝廷顾问,各用所长。惜黎老病不能应征,黄今为长宝道。

【眉批】懈操之说,不知何以传误,当无是理。

西医论摄生之理,一曰多得日光。富人曲廊宎夏,往往少见日光,不若田父野者,南陌东阡,扶杖课耕,得空中之清气以摄养之,故贵多颊白而气虚,贫子反面红而体壮;一曰预防染病。时疫传染,或如赤白痢、烂喉痧、霍乱、吐泻之类,必须加意防维。一曰节饮食。《颐》卦之戒祸从口出,病从口入。饮馔必察其适胃与否,宣圣食脍,不厌精细,沽酒市脯,内败皆不食;一曰运动血气。华元化《五禽术》云:人常摇动肢体,则津液灌输,谷气消化,百病不生。西人每讲体操,使筋络出力,呼吸间多出炭气而收养气,则藏府无积滞,而气血自生，由是胃能生液，肝能生胆汁，膀胱二便通利，自可少病；一曰求清洁。宅内外必通沟渠，不使有恶水淤垫，地必净扫，几必勤拭，衣履必频更换。勿令汗秽熏蒸，以来室中清气；一曰勤沐浴。《礼》言，燂汤沐浴，以去头垢身疡。中人之身，约得二千五百方寸，每方寸有汗毛管二千馀，勤澡洗则热水熏蒸，体中垢败之气皆从汗毛孔发出，自然宁体便人，轻身却瘴；一曰勤动作。流水不腐，户枢不蠹，民生在勤，古有明戒。人苟贪就懒惰，久坐久卧，伤筋软膝，即为受病之源。故西人每日必有二刻时出外，观省野物，藉以展舒其手足筋力。此皆摄生之至理，有志登斯民于仁寿之域者，不可不时以语人。

陶方之先生为陕藩日语予曰：某公治军书吏牍，下笔飒飒千言，善于用手。我治牍性钝，不善写，只善用跑。某处水旱遍灾，某处盗贼废弛，立刻驰至，履勘搿捕，能不辞劳苦而已。陶公自起家文县令、牧秦州迪化，守兰州，除直臬，以至开府作牧，从不携家，一生吃独睡丸，旁无姬侍。此其所以年老而济胜之具不衰，志气清明也。可举为法。

前明金正希先生忠裔，休宁县耆民金衍沼，已为农。沼第四子鸿楙附学生，寒苦式微。去冬资以读书，膏火费洋银三十元，令其卒业。又牒徽州守送入紫阳书院肄业，昨又禀徐学政表章忠裔，饬下守令，令书院讲师训导，使之成材。

心空诸缘，断去来际，却又不可入断见四威仪相，八风吹得行，处处是日用，却又不可滞著常见，融去断常二妄见，方为散僧入圣。面壁也得，心如铁石。不面壁也得。腾腾兀兀，任运过时，著衣吃饭，随方常养圣胎。呵呵呵，只这是竹中一滴曹溪水，涨起西渐四百滩。

禀两院，筹添书院修脯经费五千金，为久远之计。捐廉凑集，存典生息。

诗者持也，道性情，实以语言文字，持其性情，君子通不充诎，穷不贬损，性分湛然常定。惟应事接物之情，不能不因时消息耳。然则性常专一，思无邪。而情则随时地而通变也。迩之事父，远之事君，可兴，可观,可群,可怨。

详观弢庐子《日卦表》《月卦表》《来卦表》,《月卦》《来卦》,乃孟喜、京房、扬子云、荀爽、虞翻,蜀才、干宝相传《辟卦》消息,古谊《日卦表》创立而理甚确。扬子《太玄》乃卦气之专学,特用七用八,与《周易》用九用六区别,自其不变者言之耳。

明季副榜贡生萧尺木先生讳云从之墓,禁止樵采。光绪廿又三年冬初,宣、歙、池备兵使者袁监同陈府经振鸿、江贡生绍明,立此墓门,并篆石表。

《与仲修书》:凡此类皆节略存之,以示后子孙,勿忘吾大父之成规。吴隐遣嫁,奁具萧然,寒门只守素风,执事必能俯炤其隐,即豁庐姻家,谅不至以晏婴、墨翟之末行为非也。

【眉批】按此段已印入《于湖文》。

立德如渊、骞,敏德以为行本,孝德以知逆恶。立功如管仲、公孙成子,立言如史佚、周任。有德者清修内敛,和顺积中,英华发外,故必能立言。有言者,或斧藻其词,未必能斧藻其性,故不必有德也。立功须伊尹、太公望、管仲、商君,道、墨、兵家,强力坚忍之徒;而儒家当之则智诎,故孔子未尝言立德者必能立功。此可于文字语气外理会得之也。道咸间有湘人冯廷魁者,年三十,汲汲顾景自惋,三立不朽之业,未一毫梦见。曾公涤生作《羲和驱日》之诗以譬晓之,且正告之曰:朱子以为学,必由铢积寸累而成。邵子言学在不止。故王仲淹云,没身而已。其循序渐进工夫,在猛火煮,慢火温,缓著期效,紧著课程,不计功效之多寡,但课每日之勤惰。那有揠苗助长,汲汲求成之理。且古今年少夙成,如黄叔度立德,周郎立功,贾生立言者,能几何人?不求朱子之成规是守,而茫茫然走入宋人揠苗之覆辙,古今无此学问,亦无此事业也。又学问上事,七分人事,三分天命;为之功名上事,人事居其四,天命居其六,舍我力所能勉,勉为之,自主张者而不为,反代天作主张,驰骛外求,徼倖于必不可人力求之数,滋所谓大惑，饮冰终身不解者矣。

账房友余律和之亲串汪士邦，黟县人，年六十八，精医方摄生，冬不裘，夏不箑，童颜矍铄，草隶雅洁。亦为人朴俭耐劳苦，一介不取，而隐于贩糖为业，将访见之。

言由人心生，顾性有毗刚毗柔，其发为语言文字，乃有清浊阴阳之不同。犹之天地间，入秋少阴严肃之气，噫而为风；至春少阳郁勃之气，嘘而为雷。大地深谷丘山之籁，太庙格神人和上下之乐，皆有阴阳之分，清浊之别。故吐泻胸臆，意内言外之词，亦有偏柔偏刚之殊异也。义法纯熟，词理兼举，乃能成文。其体格品目之别有四：凡能为情韵之文者，少阳少刚之属；气势，太阳太刚之属；工律，少阴少柔之属；识度，太阴太柔之属，以象四时消息之气不同。

乱中日记残稿

乱中日记残稿

庚子年(光绪二十六年,1900)

五月十八日晨,诣篔老,同函致身云主人(樊云兄),速请荣相举办,先清城匪,再图外匪,急救之法,不识能俯采刍末否?

又过鼗斋,前三门街市尽闭(惟有土匪成群结队,游行自如)。洋兵踞守要路,土匪焚掠顺治门内教堂。路少官军,禁令不行,景象萧条,皇都化为边戍,愁惨极矣。臣居迫近比利时馆,夜土匪喊攻,比人放枪不绝于耳。宋儒言治怒治惧,佛典云不怖不惊,乃丁此不辰,易其常度,坐卧如在针毡,予愧至人多矣。至人者,疾雷破山风振海,而不能惊者也。

二十日巳初,入署与蕙师商略各事。午正,有旨,命王、贝勒、大臣、六部九卿,传牌子(不用膳牌),预备叫起,冒暑(偕篔兄)往西苑。申初,随班召见,慈圣再三谕尔等各抒所见。臣昶力言,莫急于先自治乱民,示各夷使以形势,俾折服其心,然后可以商阻夷使,添调外兵。办法须有次第。佛谕:"现在民心已变(指拳会),总以顺民心为最要,汝所奏不合。"臣复奏:"变者但左道惑人心之拳匪耳,以辟止辟,捕杀为首要匪数十人,乱党乌合之众,必可望风解散。我自办乱民,免致夷人调兵代办,交哄辇毂之下,则大局糜烂不可收拾。"佛不纳。退复言于两邸、荣相,若招抚拳会与董军合势(旋闻庄邸云,枢廷已办交片,密令端邸、董福祥招抚拳匪),即使洗剿东交民巷,战胜外兵(闻洋兵千数百人,自杨村修铁路,趋东安县),然开衅十一国,众怒难犯,恐坏全局。庆神色沮丧,无所言。荣踖之云:"非我所能做主。"端甚怒,或怪我言太激。仆升沉祸福,久置度外,亦不过为甲申年三月十八日之张篔斋耳。是日派许景澄、那桐前往马家堡以南，阻止洋兵入城（并照会俄格使），如不听命，则立调董军拦阻，再不服阻，则决战（此真十万横磨剑之景延广矣）。还过身云主人略商，又至署。

竹筼致身云函云："今日叫大起儿，王、贝勒等谓须派员迎挡洋兵，商令勿入城，挡不住，则令董军挡之。当奉旨令景澄及那琴轩桐去，即晚带翻译出城。略园相私谓，明料挡不住，然令董军出手，则结了（用北音读。董骄蹇已极，不受节制，素持联拳灭洋为说，近端邸极袒右之）。弟言我等自必竭力商挡，至董军一层，还请中堂通筹，揣略相亦有说不出的苦。弟惶惑无计，阁下务必代筹。感佛阻端助庆之法，庶可将董军硬办一节消化，冀存苞桑之一线，如进言，但据弟述商挡硬挡办法，以下则由阁下发议为宜。至祷，匆促不尽欲言。"

未至戌，拳匪焚烧大栅栏、珠宝市一带千馀家，延灾及正阳门，城楼塌毁。炉房二十四家尽熸，银根顿绝，市面大坏。东西荷包巷洗净。

二十一日召对时，诸王、贝勒及崇绮等二十馀人，痛哭合词面奏，云非战不可，皆主张端邸之说。兵枋不在小臣之手，疏不能间亲，卑不能诎尊，你道生姜树上生，都都平丈，我亦止得由你。

特派徐用仪、立山、联元，前赴各外国使馆阻挡洋兵。

江、鄂督刘、张二公，合词电奏，请剿邪匪，勿误用抚。廷臣多然之，端邸等甚怫然。

旨命荣禄，速派武卫中军得力队伍，即日前往东交民巷一带保护各使馆（闻端郡王等力主战局，有密寄饬高密攻打各林牙馆之说。各公使并未下旗失和，何忽衅自我开？堂堂中夏，以诡道行之，何以服人，真梦呓也。且区区各驻使，胜之不武，即戮此数人，彼族即不敢报复耶）。

二十二日，竹筼、琴轩奉命二十日戌出斋化门。二十一日往丰台，在花儿厂茶坐。俄拳匪四五十人，露刃蜂拥而来（张保清灭洋大旗），诘何往，答以奉旨阻拦洋兵。团长怒，言尔等必是吃教，勾引洋兵来打我们。随拥二君至拳坛，强令在红山老祖前烧香磕头。匪不论大小事决之神，焚一符纸，灰飞起则两公理直，可生还，若纸灰不起，则理曲，当受刭。幸而获免。不见洋兵一人而归。今晨复命，未叫起，以情乞荣相代奏。

昨拟《急救目前危局折》，即约竹筼于今晨同上之。

仁和公入对，颇诤之，以为不可浪开衅，以一孱国当八强国，为孤注之一掷，此宗社存亡之几所系，不仅胜负之数，乃危道也。

西圣难于持战议者太多，乃命仁和与立山继往各使馆劝阻，以日且暮，改致英俄使，函订明日两钟去（次日以立意决战遂止）。

上面谕荣相，言我兵全不可恃，事宜审慎，好在兵权全在你手。似圣心审知彼己分数，不宜浪开衅，故微示荣相以隐语，稍有转机（洋人诚然非我族类，然乱民如此猖獗，内不自治，而欲将各行人聚而歼旃，古今从无此办法）。

二十三日到署，始知朝议今晨决战，命署照会各国公使，因彼水师提督塞我大沽口门，占我炮台，饬各使限二十四点钟内，下旗出京回国。已成决裂之局，无可挽回矣。上对廷臣言，可惜十八省数万之生灵，将遭涂炭。临朝太息久之，则知此举，乃壮于頩者持之，而非上本意也。忧灼头痛，未知漂流所届，奈何？

二十四日，昨下午三钟始发照会，夜半九国公使照会请缓期，并偕来署面议。庆邸命复以稍缓日期，尚可通融，现团匪塞满街市，止各使勿来署。上午始照复，德使未及知，贸贸然肩舆来，被神机营、虎神营兵火枪击毙。酉至亥，彼此互攻，枪声不绝。是日叫大起，上询许景澄，手挈其右袂，言天下数万万生灵，立见涂炭，汝不可不切言之。御容戚然。许对以似宜保全公使，令其下旗生还，上首肯。举朝皆怒许之失言。

决战之机，由罗粮道嘉杰上略园相书，称夷人要挟有四条（相出示同列，其一条，称请归政。不知确否，各公使无此语，岂出于各水师提督照会北洋耶，北洋不以上闻，而罗轻启当国者，此人乃祸首也）。致触宫闱之怒，端邸、徐相、刚相、启秀等，又力主惩治外人，推抨之几遂决。

推原祸本，苏粮道罗嘉杰，密禀大学士荣禄，所称夷人要挟四条，多悖逆语云云。乃五月二十一至二十三等日，圣慈所由激忿，王贝勒等众情所由愤怒，兵衅所由骤开。然罗嘉杰所称，既非各国提督照会裕禄，亦非天津各领事扬言。又李鸿章、刘坤一等前后电奏，各国外部语绝无此说，各外部佥言，此次调兵，系为保护使臣，助剿乱民，断不干预中国国家政治家法。当时战未交绥，何所施其要挟？可知罗语妄诞不根，荒唐无据，轻率密禀，实为祸魁，非请旨革职拿问，讯明严惩不可。按此注系续记者。

路遇义和团五六千人，张旗出东华门，由夹道往攻东交民巷、玉河桥。鸠形鹄面(皆执刀矛，别无火器)，尾有轿车、敞车数十辆押队，在车上做合掌状者，想系团首。此真王凝之所请之道箓鬼兵也。

以下六节当均系五月末：

江督刘公、鄂督张师，致荣相个电，二十七到，已不及事。

东抚袁慰亭，电奏山东土匪不靖，奉召未敢来京，只能派孙提督金彪，率三千人入卫。粤督李中堂电奏，奉召只好单身来京，以赴急难。惟海程阻塞，且须后命。乞敕董军万勿妄动，力认保护使馆。若使馆糜烂，鸿虽只身赴难，毫无补益云云。岂知廷臣方一意主借拳剿洋，并专仗董军助团仇洋，不顾巨患在后乎。

语英侍郎年，以先清内城以安民心。现禁城有拳团三万馀人，来者穰穰不止，日久必生变，既不能部勒使受约束，不如导使随(甘军马玉昆)往津御洋兵，少两得之。英云，当与庄邸、刚相、澜公商之。

宋祝三、马景山亦言虽失和开仗，亦不可诛及使馆，此皆老成谋国之言。

六月初八日，晤竹筼，筼闻之稚夔云，昨发俄、日本、英三国之电，措词尚恳到，仁和笔也。又趣略园奏请，召合肥速来陛见。

初九日，筼兄直日，晤略相、夔相，电粤李相及上海道，照会粤沪领事，嘱电本国，勿阻我与日本商事之电。上意主速行成，以息事宁人；慈圣劫于诸王贝勒之议，未有所决。

寄谕李秉衡、鹿传霖速来京，大约为弹压义和团也。

直督裕禄，屡被谴责，以军报稀疏，毫无布置，然仍一筹莫展也。

保定转来粤督江电，连奉五月二十九、三十日旨两道，仰见朝廷不得已之苦衷，惟津沽已失，战衅已开，揆时度势，仍不能不设法挽救，以维大局。顷据港电，驻京各使已出都（绝无此事），距津不远，想在京各国洋人，必随俱出。此后恐由各国水师提督主持，伏恳皇太后、皇上，总以镇静，勿遽明宣战，致大决裂。臣北望觚棱，无路可达，忧灼万状。适据杨使转电俄国户部相臣维德，复称"中国官民附从乱民，扰害贵国皇太后朝局，实为可惜。本大臣深知俄国不与中国开战，且念数百年交谊，必竭力帮助，保全中国自主之权，惟现在际此艰难，务望贵大臣于一切事件，预闻办理，深信贵大臣必顾全中俄两国旧交，妥为设法，护卫本国使臣人民。贵大臣亦可深信本国政府并本国之军，无不全力帮助云云"。查此次俄调兵最多，各国当推为领袖，果如所言，似宜引为援助。且俄无传教，必应传谕兵民勿肆扰害，或尚有转圜之日。臣李鸿章代奏，江未。

寿山冬电：呼兰、爱晖，俄来护路兵五千，海兰泡并另备有重兵登船。

善联电，请速召李鸿章、张之洞入都陛见。

刘坤一、张之洞同电（似六月朔发）：各公使闻尚未出京，及早与议停战，一面催李鸿章进京，面授方略，保社稷，卫两宫，万世瞻仰，在此一举。

张翼禀荣中堂，前月二十八、九、三十，拳洋交战，拳民死万馀人。拳人众，日惟勒索，长芦鹾商供应运使杨宗濂牙参回，拳拉出轿，刀加于颈，令其在街心磕头。日肆焚掠，官民逃徙一空。洋兵抢掠东局（贾家沽机器局）、南局（海光寺制造局）、西沽军械所，捆载而去，天津军火一空，荡然无存，何所依赖，此一危也。存招商局漕粮四十万石，全为敌资，此二危也。

十二日直，入内见荣相、刚相、庆邸，言合肥托辞不赴召，为畏难自便计，非请旨调北洋直督，决不肯来。如再偃蹇不赴诏，可坐以违旨之罪，相、王均以为然。盖以合肥不来，则无以为转圜之线索也。

长顺电，称增祺电，欲招拳拒俄，拆毁俄人铁路，顺以为非计。俄财力物产，尽于东方铁路，彼必以全力争之，是为中国生一敌也（可见长鹤亭料事明白）。

萨荫图函云：马景山会同直隶练军四营，与洋人开仗，意在攻破紫竹林、老龙头，然后规复大沽口炮台也。我之机器局、武备学堂，均有洋人占踞。西沽武库，则已被焚，洋人修补火车路，迄未息工，载兵进口，系用浅水小火轮运送。据探报称，紫竹林以下，随处有洋兵埋伏，然犹持重坚守，不向西北进京，殆俟续调大队陆军至，乃发也。

距杨村四五十里，有村名大口屯，教民聚为匪万馀人，剽杀良民，甚惨。

闻神团老师，一张姓一曹姓，裕帅视若神明，借所乘绿呢大轿以尊宠之。二人出入督辕，路人无不焚香顶祝。日大言，称包焚紫竹林。人问以何久未验，曰时未至耳。初八日午，团大攻紫竹林，则受枪子伤者百馀名矣。聂士成军、梅东益军，皆积与团龃龉，讹诈梅提督报效万金，又勒索长芦盐商供亿数万。

又入前长顺电，合肥电吉林述俄外部意，通国财力，尽在铁路，亟求切实保护铁路公司。述俄皇谕，亦不欲与中国开衅。李又谓业与各国开衅，若再与俄决裂，全局皆危（观此则知肥相与俄交情亲切）。

罗使电，顷接沙侯说帖，如各国使馆或他洋人被害，应将政府诸公抵偿等语。

二十一日，李鸿章、张之洞、刘坤一、奎俊、袁世凯、王之春、善联、端方致庆邸谏电（文冗不备录）。罗使电云云（述上沙侯说帖）。裕使蒸电云云。英总领事奉外部电，如各国公使及各色西人受伤害，必将其罪归于北京主谋之人。德主及德领事来电，如能救出各国西人，每人赏银一千，费由德主给等语。

此下历叙五月二十二、三保护使馆谕旨，大哉皇言，曷胜钦服！

为今计，宜将各使保护安全，加以抚慰，于津沽称兵犯顺之洋人，严御以张国势，于驻京束手待毙之公使，曲赦以示特恩，恩威并用，示以庙谟神妙不测。一面补致（已照办）美德法国电（谓前已发三国国电），一面令各使（已照办）将国书之意分电本国（昨手办照会），方可释然，于事有济云云。

闻慈圣意，以王大臣谏止西狩，不西，则必趣议和，以纾目前。

西圣昨拟西巡，派怀塔布护送，先幸颐和园，乃西发，幸仗荣相三次召见，谏止挽回。刚相近亦逡巡无计，惟启宗伯秀，尚拟延五台山僧人，运甚深法力，与洋人接仗。

马玉昆退至离津二十里之北仓。

闻各省督抚，与各国领事均立约章，惟毓贤杀毙洋人二十七名。

端、庄以为议和，原属可行，惟嫌太早耳。

现闻天津义团逃出者，皆有洋枪，沿路不靖，道途梗阻。

略园相遣官相闻，嘱明早入内，有话面谈。

二十二日六钟，入景运门，晤荣相，命往东交民巷慰问各公使（除克使枪毙外，馀各使均幸生存）。予辞以战乍停，初次宣慰，问答关系甚重。此如州县初供为后来张本，非奉旨不敢独任，且恐主战诸公，目为受洋人赂，出与议和，私贷各使一死。弹射丛至，人言可畏，恐致害事。相亦谓然。商榷久之，乃派文章京瑞往（吉公桂亭之子，某力赞可用）。

见端邸，问计将安出。予力赞现公使无权，且无邮电可通，不若从各疆吏之议，以合肥为全权大臣（驻沪亦可），电商各外部，或面商各水师提督较灵活。一面厚集兵力，防守由津（已陷落）通犯京之路，张春发、陈泽霖初成军，未必得力，俟李鉴老旦夕至，议之。津榆节节防务吃紧，勿稍松懈。津军锋挫，宜持重坚守，所谓守为主，战为奇，和为辅也（本高阳孙文正策）。邸颇谓然。又与荣相、夔老言之。

夔相嘱起草致伍使电，致袁慰亭中丞处（六百里加紧），电发，又照会俄、日本、英、美、法、德六国公使，分告国书电（前发），亦只嘱六使电达外部。

义和团者，至今不知其祸首所在底处，其祖师称曰老团，馀者分散各处，技术稍深者谓之大师兄，到处教人入伙。初起自山东曹州某县，乡间曰义士党，专以仇杀洋人及教民为事。此则平日教士挟制官长、欺压平民之所致也。其兵器有刀枪而无火炮，初起名曰大刀会。自前年平白要办积谷团练，乃以为兵食，等事责之民间，自然充足，于是办团令下，便树旗曰义合团，或又曰义和团。有奉旨团练之旗，有替天行道之旗，有助清灭洋之旗。其人或红巾扎头，内藏符咒，则红兜肚，红腿带，红巾裹两手，腕内俱有白纸符咒。或黄巾者亦然。间有红披挂而黑巾者，名曰黑团，则红黄均恭维之，逢人辄曰此最利害。每人自四十岁以下，至十岁以上，各手抱大刀，露刃系以红布，嬉游街市。其诈人之术，以发火为最长，用刀用枪，向房屋门上指画，又向地上土上指画，群呼之曰照(盖北方呼火燃之音，即“着”字)，立时火燃，盖先时暗中预为布置者，然且不效者比比也。更自称应烧者烧，其馀不连延，亦大都不验。

又炫人以其术曰，能避枪炮，从来火器不能伤身，然固不能也。又炫人以其术曰，以刀兵斫皮肉而不伤，如运气者之技。其道行深者，或偶能之，亦终未尝见也。其法择一净地，立一坛，名曰团。有大师兄一人主之，召集乡间村落街市子弟入焉。立意先吃素，最怕妇人冲，不准抢掠爱财。凡子弟到坛，焚香叩头设誓，则大师兄与以符箓。自备巾带札起，大师兄为说咒上身，名曰上法。其人先倒地如卧状，少时便起，向东南叩头，次目瞪口吹，气力俱提于上身，执刀兵乱舞。气力最大，一日练三次，法尽力完，则曰卸法，便委顿不堪，怯弱甚于常时。其功行甚深者，亦不遇能上法竟日。然尚彼党夸诞之词，实不曾有其人，大率能数时而已。其曰能闭炮、能避枪火，则其师兄之取以愚人，并所以愚其子弟，使之仗胆而不畏葸耳。

见洋房即以物烧毁，见洋人呼曰大毛子，见教民呼曰二毛子，见则立时法上矣。神气抖擞，势将吞噬，若必杀而后快者。纵有枪炮，亦不知退惧，然一中枪炮辄死，死必抢回，抬至坛，交大师兄一看，辄曰劳累已极，睡着矣。设法取出枪子，以大声呼其小名，其受伤浅而未甚死者，或偶活一二，则曰醒矣，断无死理。其受伤深重，而不能复活者，大师兄遍搜其身，或偶携有他物，则曰是爱财，曾抢藏人物，故致死，万不能活矣。故多不敢辄抢，以此每日三白饭，夜间席地而卧，最苦。

其愚弄人能避枪炮者，名曰金钟罩。又取十八岁以下至十二岁以上之闺女，身穿红布衣履，手执红巾一，持一小红灯笼者，名曰红灯罩。言能上法后，用扇一煽，便能起空驾云至半空，若大红星者。或一煽而大炮自闭不响，或一煽而轮船在海中自烧，或一煽而城楼坚困，石室俱焚。只见有此种人，从未见其一上法，是皆彼党诞妄无稽，而智笑愚骇，莫可究诘者也。

去年初，起自山东肥城，烧一教堂，为袁世凯部兵击败，拿获头目，名曰朱红灯。从此山东敛迹，便流转直隶，乡人无不乐从。自吴桥一带，直至河间一府，津郡近属，遍地皆是。今春涞水便戕带兵之武官，遂无所忌惮，直至涿州，其总旗或画乾卦，或画坎卦，而八卦未全，惟坎卦最多，即以前嘉庆间之八卦教也。忽而变换向洋教用力，此则用邪于正，斯亦奇矣。至顺府属后，先烧铁路火车，于是顺属州县中穷民，失车船店脚之利，而受铁路之害者，遂蜂起应之，约四万馀人，无不红巾黄裹。先是内监之籍津河二郡者，乡人多习此术，颇相传誉，谓为天遣神兵神将八百万下界附体于此，乡民要保清灭洋，杀尽洋人，以吐中朝之气。

自去年秋间始，京师无赖子弟，传染不少，即早晚在城内外僻静处街衢练之，动辄数十人，到处遍是，而无巾带形迹。端王府所统虎神营兵，有设坛于端府空地练者，庄府、澜府等皆有练者，亦无巾带形迹。自铁路烧而洋兵至，顺属遂无不巾带者。上命刚相、赵尚书、何府尹往解散之，赵何一看不了，先回京。刚相则取有乡民所具甘结，回稍迟。而五月十六日，城内东西牌楼，先见巾带形状不过五六十人,焚烧教堂,市民多随之喊呐叫好。遇教民辄屠其一门,而教民口呼“天主耶稣,神父带我上天”,俯首就戮,市人亦大呼曰好,声震一世。渐烧教民之房,又烧教民出租之房,及搜杀教民,上至七八十翁媪,下至二三岁小儿,杀辄付之以火,白昼横行,莫敢谁何。

东城已尽,渐至西城,而城外已早有之,其知某为教民,某为教民之产,皆本地方子弟入伙者先告之。突遇教民,则指谓额头上有十字,或以水拍而显十字即现,便当众杀之,大众又复叫好。妙在地方官若步军统领衙门官厅,五城御史司坊,无一敢问者,法度纪纲,扫地尽矣。其京官无论满汉之愚者,皆曰忠义之士,一朝泄愤,愚民皆烧香礼拜曰“神兵神将”,洋人亦甚畏之,盖其形状甚恶,而人亦极多也。

城内外教堂俱焚,殆后搜烧教民之产,遂烧大栅栏德记洋货铺,与屈臣氏大药房,不许人救,曰断不连烧民屋,孰知竟无把握,延烧大栅栏、观音寺、珠宝寺、廊房头二三巷,门框胡同、纸巷子、煤市街、西河沿、西月墙,以至西荷包巷,上扑正阳门中间之城楼正面。自是而后,城内自棋盘街、东交民巷、近城南御河桥一带,直至台基厂肃王府,以东直至单牌楼、三条胡同,其中民房、各国使馆、洋行店户,仅有存者。西城,则西单牌楼路东之一带商户俱烬,而京师市面菁华已竭,市物因之空虚,银钱因之滞塞,人心因之益加动摇。商民起首暗奉银米,称为神团。自银市钱市炉房既烧,此则与洋教无干涉者,大失商民之心。又至沿街乞化香资,杀者不尽教民,讹诈良民,遭残害焚劫者不可胜计,人心亦形怨咨,敢怒而不敢言。驯至南城外之戏子杂流诸人,遂各立一团,亦事效扎巾带,群充义民,遂益相率抢掠,团与团亦相仇杀矣。

以前日天津失守,在津张、曹老师所带之义团间多撤去巾带,而后归农矣(刘博泉有无兵、无饷、无权之疏,上陈苦况,有旨斥之)。上曾有谕捉拿拳匪,命董福祥以甘军平之,董复以不能杀此老百姓苦娃娃为辞,内外交讧,而后有失和攻打使馆事。董福祥军其西,武卫中军军其东,自五月十九起,至今将议和,枪声络绎不绝。所坏使馆颇有放义和团所烧，而四面扎住，不许义团帮打，是其军打一处，便发掘一处，搜掠一处。其各洋行曾掘进白镪三万两，且一面攻打，一面兵出在海岱门一带，白昼抢劫。遇义和团亦用枪打，而义和团东城遂少。又以归庄王、刚相统带，于是西城弥满，无论大小官员车轿，遇其大队，甬路行从者便须下马，有冲路而行者，虽孩童必杀之。

西什库则虎神营与义和团合打，亦一月未攻开，则诡云镇物太多，有光腚女人无数在城楼上云云。而洋人用枪击杀义团不少，则云为秽物所冲，渐至杀劣员，如阿克达春（本是教民），为虎神营翼长，是打西什库用炮反击义和团者，竟听团民藐法纵杀，亦异也。杀庆恒副都统一家，又以神教仇诬，先后下黄思永、立山于狱。庆立奥援甚深，竟以神教一诬，遂致如此。设使将来和局成，而拳众亦苦难安置得法。现闻有和局之说，则出辞已大不逊，多不堪出口之语。总之，暂时京师义团及甘军各营，不出大城，便是大害，不知伊于胡底，不止津沽大队洋船之来，为可虑也。

文章京云：前往各馆，跨越堑堵，积胔熏腐臭浊。及达英馆，各使俱在，并出玉河桥西岸相见，不免鹄形菜色。有怿霁者，默默者，努目盛气致诘者，中朝为此，究竟出何意见，告以奉命慰问，并申明极力保护，请转各外部始颔罢去。

袁京卿日记

袁京卿日记

庚子年(光绪二十六年,1900)

辛巳三月初一日,后学叶景葵校读。

庚子五月廿八日戊辰,大母忌日,设祭。早,严风作冷;午,甚热。校《汉书》。未正,入署,闻东抚袁慰高世凯电奏,山东土匪不靖,奉召未敢来京,只能派孙提督金彪率三千人入卫。粤督李中堂电奏,"奉召只好单身来京,以赴急难,惟海程阻塞,且须待后命。岂知端邸、徐相、崇公、溥良专兴一意,主借拳剿洋,迎合慈意,并专仗董军助团仇洋,不顾巨患在后乎?乞敕董福祥军万弗妄动,力任保护使馆,若使馆糜烂,鸿章虽只身赴难,毫无补益"云云。裕禄函云:廿一至廿五日,鏖战五天,两获胜仗。大沽口外各国兵船四十馀号猛攻炮台,被陷。瀫廷侍郎亦云然。宋祝三宫保庆四营驻扎齐化门外,闻有旨犒赏诸军。又有严禁抢掠之谕。神机营、虎神营、义和团各十万两,董军先给过四万两,再赏六万两。

【眉批】叶景葵按:徐相,徐桐也;崇公,崇绮也。

廿九日己巳,晴。昨□夜,收军,今晨攻打至酉,仍未获胜。与竹兄诣大司马徐公用仪,转往北池,仍归,检点箧书,校《卮衍集》以遣日。竹兄,许景澄也,以后有称篔兄,盖景澄,字竹篔也。

五月庚午晦,晴;晡,阴。于晦若式枚兄患难中见顾,心感,不可言。君言,马景山军门玉昆,亳州人,住锡蜡胡同,故户部侍郎续昌之宅。马军本廿四营,欲再募三十六营,凑成六十营;董军亦欲募足六十营。世乱,诸将挟寇自重,因以为利,全不顾饷项之难筹也。可叹!马景山昨先由通州遣剿杨村一带洋兵。遇贲兄,兄言,昨拳团二十馀人,欲焚同文馆,勒交学生有喫教者,毙之。王章安在庄邸,刚相谕令,毋乱焚教民房屋,留以入官充饷,团长敖睨不听命,庄邸、刚相、英年澜公仍不能约束。合肥相电云:罗稷臣丰禄电英外部,多调陆兵。李木斋盛铎电日本外部。闻合肥内召,甚喜。皆未知有攻打使馆一节也。遇吴菊侪少农,商先清理内城,以安民心为要。现团有三万人来城,当不止此数,如日久生变,恐不能部勒,使受约束,不若劝导,使往析津御洋人,乃两得之。菊翁云,当与庄、刚、澜三公商之,天下何思何虑,老僧不见不闻。

【眉批】叶按:庄邸,庄亲王载勋也;刚相,刚毅也;澜公,即镇国公载澜。

长夏六月辛未,朔,晴。诸军仍猛攻,据高弁称,昨晚六下钟,庄邸、刚相派团长四老爷礼部主事带义和团三百人保护典属署,暂住西厅,已设两坛,庖人供应素面,今早俱行。长四云:叫本团来换班。另调来百名,性稍驯,乃西四牌楼新练者。又云:同文馆洋物太多,须毁弃去云。函致总办,请两邸示办理,拳匪欲杀一喫教学生,呼曰二毛子。缘长四认系宗室,能免。陈小石夔龙言,洋人尚占紫竹林,惟官军打仗连日,尚得手。有曹老师能作法,岂陆法和之流亚邪?武卫军又在左近抢掠。邀贲兄公启,荣相禄派弁严行惩禁。贲来札云:署顷接李秉衡及江、鄂、湘、皖、江右督抚公电奏,专主剿团,与各国弗先和,已驰送枢府。然今日枪声大厉,闻英馆将破,断无及矣,至今未全破。

【眉批】叶按:陆法和,北齐时人,有道术。

初二日壬申，晴。早诣贫老，得略园相后已饬办。门前遍扎护军营，乃澜公爷所带，事平许以犒赏。往北池子，定用载福看门，怀宁人，赵次山旧仆，后归，云门荐。同郡三等侍卫王舜津来居东后院，遂安甲午武进士。闻英俄馆均垂破，实未破。群夷窜入堂子。甘军仍猛攻。观棣儿奕，差有蛛丝碧落，蜩甲枯枝，物外之趣。上壶公师书。夹板四万里递。壶帅、壶公，即张之洞也；鉴帅，李秉衡也；略园，荣禄之别号也；次山，赵尔巽也；云门，樊增祥也；棣儿，乃次子允棣，字仲默。

【眉批】□电鄂□抚于□□荫霖、李鉴帅衔先农电，后知于、李视界，又彼此以理学相推服。此电壶师与于反复陈利害，乃以为然。鉴帅知之，大怒。北上，沿途逢人大诋壶帅，谓捏名劾奏。鲜庵。

初三日癸酉，上弦，晴。申初，偕贫兄同入署。粤督电称，李木斋盛铎电前月廿六，日本派第五师团中两大队约二千人，五月廿八日，由广岛启行赴津。少将福岛安正管带。又云：大沽口之战，英损一舰，日毙一将，俄死伤较多。彼怪我先开炮，不能作为未开衅。日廷闻李中堂入觐，方喜，此事可了。李秉衡等九督抚公电，义和团以陕西人李来中为首，粤督转电杨子通儒电，初三到。俄调陆兵四万，限三礼拜到华，各国推俄为东方领袖。摸外部甫定计后暴病故，兹托鹿传霖。惟李秉衡率张春农一军入援。晋抚毓贤、吉将军长顺、湘抚俞廉三，派布政使锡良率二千五百人入援。甘督魏光焘均电奏，请率师入卫，以牙牌数签来日行藏，所宣其繇曰："听罢笙歌樵唱好，看完花草稻芒香。"神示以归田之兆矣。王府尹培佚恭请铁牌到京。夜亥初雷雨，可得二锄许。天心祐顺，民气或可稍甦乎。

初四日甲戌，阴。昨晨有密电，今午始抄交。谕各驻洋星使，历叙民教互仇，拳洋交哄，各使纷纷续调洋兵，大沽炮台被踞，以致衅自彼开，并非中国有意与外国开衅。切告外部，现朝廷唯有自剿乱民，力任保护各国使馆，该大臣仍安居勿动，照常办理交涉事宜云云。闻系仁和协揆手笔也。归诣筱公徐用仪，又往北池。申入署，得亚蘧、班侯、梁春巘廷书。今早有武卫后军穆哨官，甘肃人，率十馀兵，露刃索借予马厩，如劫掠。势颇汹汹。下午令一兵赍片，亦甘肃人。向王统领明福请其申禁保卫。叶按：仁和协揆，王文韶也；亚蘧，顾瑗字；班侯，徐定超字。

初五日乙亥，未时复雨。往北池入署，上荣中堂略园书，再密陈者，犬羊异族，罪恶滔天。自道光庚子粤东烧烟土案，直接此次烧夷馆，始知惩创，首尾适一甲子。天道好还，网恢恢不失，此殆自然之理数，非人力所能为也。惟目前巨衅，起于民教互仇，拳洋交哄。此次决战，宜提开俄、日本两国，而专与行教之各国为仇敌，乃于事理为协也。日本经圣慈柔远闳谟，前派刘学询、庆宽聘问，订有密约，煞费周旋。久钦宫廷妙用，俄自圣祖仁皇帝命内大臣索额图订《尼布楚互市约》后，乾隆中特开恰克图市场，二百六十年全盛之世，且未尝失和。丙申年，大学士李鸿章又密承庙谟，与俄君主订立密约。一决裂则新盟顿寒，前功尽弃。此应分别办理，一也；日本与俄，从无一教士教民在我内地煽惑生事，不宜无故开衅，师出无名，二也；然此特以情理论之也，若以地势论之，尤不宜轻开边衅。俄重兵屯扎在阿穆尔、东海滨两省，旅、大两口不少。日本自广岛趋对马岛，由之罘薄津沽，不出三日即达，地近而逼，调陆军，视各国为易，此可与联络合势，以共拒欧洲各强敌。即不助我，亦可使守局外。而未可不分皂白，概屏之为鲸鲵魑魅，而我自措足于孤立无援之地，此兵家形势所忌，宗社存亡之机，尤当审慎，不宜付诸孤注一掷，自召土崩瓦解之局，三也；准拳仇教，恐大江南北哥老会枭匪皆借仇洋为名，闻风而起，必有甚于十七年之教案，非疆吏所能弹压。江路一有阻隔，漕粮京饷必难北运，饥军哗溃勘虞，尤不能不预计者也。为今之计，必急图补救之方，似仍宜从先清城内入手，以安民心、保物产为主。除拔出俄日二国使臣外，俟东交民巷犁庭扫穴后，移宋、董诸军，会同庄邸、刚相，押送义和团开往津沽，俾当前敌，而以诸军鞭笞严督，其后胜则勒部编伍，汰弱留强，如曹公收黄巾精锐，编为寿州兵之法，败则付诸虫沙浩劫，以绝后患，可两得之。幸天祐宗社，雨泽时降，大半可散而归农，免致盘踞辇毂之下，不久且生变。此患渐去，则中外离合和战之局，可以审机因应，一面电促合肥使相，入都谋之。天若祚圣清，俾社稷危而复安，金瓯缺而仍补，则中堂与执政诸公，斡旋危局之功，则永永与庙堂丹青，河山带砺，剖符无极矣。某自前月召对，不称旨；又上书两邸，并草一折，坐与朝议相枘凿，钳口触网，不敢复言事，顾臣子当急君父之难，义不敢默也。敬为门下密陈之，俟采择，大局幸甚。略园深以为然。遂发三国电添入英。

荣相、庆邸、崇礼、许景澄，皆义和团声言欲杀此通洋之四人者也。故荣不得不急攻夷馆以自解免，溥良等骂立山、联元二人，议和请先正法。又谓主和者，皆受洋人重贿。

初六日丙子，早晚雨，午阴。申，入署。庄邸、刚相派拳团三百护署，事题封太上老君《道德经》一部，劳其头目。过竹篔。校《儒林传》。

初七日丁丑，大雨，三四犁，似已渗透。眩晕疾作，往北池入署。上谕一道。晤篔兄，危城中赖与公日相见排闷，如杜甫“时赴郑老同襟期”也。晡，归，沐浴斋戒，与棣儿商量处境安心法，不能志伊尹之所志，只能乐颜子之所乐，饮瓢枕肱乐也，素患难，行乎患难，亦乐也。晴雨穷通，历诸苦难，净居火宅乎？等视之皆不改其乐也。黄文节谪宜州，栖城角危楼，与（范）廖信中共一榻，足垂檐外，春雨洗之适然，曰：“吾生平无此乐也。”杨少师景度处五季之乱，与物委蛇而同其波，老且寿，优游至九十馀。白香山云：吾富相黔娄，寿相颜回，达相荣启期，健相卫叔宝。达哉乐天也。《大易》不云乎，乐天知命，故不忧。

初八日戊寅，上弦，雾，微晴。入署。又，往北池晤琴轩、叶按：琴轩，那桐之字。竹篔，闻之稚夔叶按：王国祯之字，仁和王文勤公之子。云，昨发俄、日本、英三国之电，措词亦尚恳至，仁和笔也。又，趣召合肥，速来陛见。略园奏请。闻设督办军务处端、庆二邸、刚相、崇公于禁垣内方略馆。崇公绮力主借拳剿洋，并谋拆津铁路，以限戎马之来，可谓谬极愚极。闻南洋等省大吏照会各国领事，保通商局、沪铁等，租界均尚安静。聂士成一军万人，闻已溃散。只剩练军千人，未知确否。夜为瀫兄草奏，言不得不开口遵旨。目前有五不可恃，官军、义团、津防、叶祖珪水师、军饷。宜急救之法亦有五：一速殄洋馆以灭口，或仍网开一面，赦各公使，仍保护公使出京归国，以示特恩；一拔出俄、日本两使，仍令李鸿章联两国之交，以减敌势；一饬诸军督押义和团往津沽当前敌，以除后患；一肃清城内馀匪，振兴市面，以安民业；一厚集各省援军，屯扎芦台至山海关一带，以固形势。久扎危城中，神疲气茶，起草笔甚吃力，疾书梗概，乞瀫兄润色之入告。

初九日己卯，晴。晨拜前鄂抚已革曾怀清中丞，鉌年六十一，紫岩、寿田两同年之兄。又，亲拜石统领、高台官，与霞俱出后门。城西拐角起楼橹，高与墙齐，架炮攻西什库。出顺治门绕前门，久闭。询贯市李镳车价，拟遣两子南也。又，觅交子，务由东便门入齐化门，红巾处处有之，真亡国之象。汉季以黄巾亡，元季以红巾亡，秕政感召一也。篔兄值日，晤略、夔相电。粤李相、上海道。照会粤沪领事，属电本国，勿阻我与外部商事之电，上意主速行成，以息事宁人。而慈圣劫于诸王贝勒之议，未有所决处，谕李秉衡、鹿传霖速来京，大约为弹压义团也。苏抚聂仲芳署直督，裕禄屡被谴责，闻初五廷寄新疆张荫桓，即行正法。以军报稀疏，毫无布置，然仍一筹莫展也。

初十日庚辰，强晴。谒略相，入直未归，访廉生，叶按：廉生，王懿荣字。云闻镇江、扬州一带，揭竿纷起作乱，借焚教堂为名。不出吾之所料。未正，入署，待篔兄商事，往北池，闻慎之黄君。叶按：慎之，黄思永字。以沐日私往通州，奉旨革职，交刑部永远监禁。系通州义和团有宿怨，在端王府告了一状，黄曾在通州办赈也。《咏史》："方略新奇古未闻，黄巾编入羽林军。汉中米贼全烧堞，帐下萧娘梁临川王宏。尚册勋。

碣石夜乱犍户牝，玉河朝罨入烽云。檀萝蚁斗南柯内，肉薄三旬未解纷。”

六月初十日。收保定，转来粤督江电，连奉廿九日、三十日旨两道，仰见朝廷不得已之苦衷。惟津沽已失，战衅已开，揆时度势，仍不能不设法挽救以往大局。顷据港电，驻京公使出都，绝无此事。六月初五日以前，董军与宋军攻打，闻亦胜英俄使两馆而已。距津不远犯。在京各国洋人，必随俱出，此后恐由各国水师提督主持要挟。伏恳皇太后皇上总以镇静，勿递明谕宣战，已明发。致大决裂。合肥大谲老谋，饰词不允。鄙意速降旨，调合肥为北洋直督，则无可饰词。臣北望觚棱，无路可达，忧灼万状。适据杨使儒转电俄国户部相臣维德，复称中国官兵附从乱民，扰害贵国皇太后朝局，实为可怜。李大臣深知俄国不与中国开战，且念数百年交谊，必竭力帮助，保全中国自主之权，必是合肥先有电与往德公，父子均暱于俄，故为之尽力。观后长顺电可知。惟现在际此艰难，务望贵大臣于一切事件预闻办理，深信贵大臣必顾全中俄两国旧交，妥为设法，护卫本国使臣人民。贵大臣亦可深信本国政府并本国之军，无不帮助云云。此电中贵大臣必合肥，特不审与维德密码，去电作何语也。查此次俄调兵最多，各国当推为领袖，果如所言，似宜引为援助，且俄无传教，必应传谕兵民，勿肆扰害，或当转圜之日，臣李鸿章跂请代奏。江东廉生祭酒作谐语云：都下商民纷纷请义和团保护，其实不必，但觅得金花娘娘，准可以媚洪钧老祖，更有何事？竟夕枪声如骤雨打新荷，那得安枕。

十一日辛巳夜，子初二刻，小暑。六月节气，《解》卦消息，在《遁》之贞晴。酉至署，寿山署齐齐哈尔将军。冬电，呼兰、瑷珲俄来护路兵五千，海兰泡成并另备有重兵登船。李秉衡支电，由清江取道北上。善联电请速召李鸿章、张之洞陛见，刘坤一、张之洞回电。似六月初一发。各公使尚未出京，及早与议停战，一面催李鸿章进京，面授方略，保社稷卫两宫，万世瞻仰，在此一举。乙未，张翼禀荣中堂，前月廿八九日拳洋交战，拳民死万馀人，拳人众日惟勒索，长芦鹾商供应运使杨宗濂衔参回，拳民拉出轿，刀加于颈，令其在街心磕头。端邸以溥卓云有梦拜为谋佐。笃信义和团。近日团长擅杀虎神统领。阿克达春始内不能平，然悔之晚矣。

【眉批】叶按：宗濂，字艺芳，无锡人。溥卓云，名兴，时为吏部侍郎。

日肆焚掠，官民逃徙一空，洋兵抢掠东局贾家沽机器局、西沽军械所，捆载而去。天津军火一空，荡然无存，何所倚赖，此一危也。存招商局漕粮四十馀万石，全为敌资，此二危也。夷西并有分兵犯陵之兆。东西译署分拨存银二十万，拟奏明充饷，庆邸、端邸分犒神机营、虎神营各十万，以解夙嫌。闻略园拟三日内剿洗东交民巷，今日用大炮攻打甚急。

十二日壬午，晴。直，入内见荣、刚二相。庆邸言，合肥辞不赴召，为畏难自便，非请旨调任北洋直督，决不肯来，如再偃蹇不奉诏，可坐以违旨之罪。相、王均以为然。盖以合肥不来，则无以为转圜之线索也。刚相言：跸园时，内监导拳民于佛前操演，奉天语，激赏以为神兵也。得此河电，外夷作祟，由此遂深信不疑。今兄弟亦被天下恶名，此差办不了。某答，如有函复，各省大吏当为中堂解谤。往北池。未正，入署，与甓斋商事。盛电，柏林人知克使枪毙，刻有传单，群起汹汹，与吕使海寰为难。李盛铎电，劝急行成以纾祸。吉林将军长顺电，请奉天将军。增祺欲依旨招拳拒俄，拆毁俄人铁路，顺以为非。此俄财力物产，尽于东方铁路，彼必以全力争之，是为中国生一敌也。可见长鹤亭料事明白。叶按：长鹤亭，吉林将军长顺字。萨荫阁函云：玉昆为景山会同直隶练军回营，日与洋人开仗，意在攻破紫竹林、老龙头，然后收复大沽口炮台也。我之机器局、武备学堂均有洋人占据，西沽武库则已被焚，洋人修补火车路，迄未息工，载兵进口，系用浅水小火轮运送。据探报称，紫竹林以下随处有洋兵埋伏，然犹持重坚守，不向西北进京，殆俟续调大队陆军至乃发也。距杨村四五十里，有村名大口屯，教民聚为匪万馀人，剿杀良民，甚惨。神团老师一姓张、一姓曹，裕帅禄视若神明，借所乘绿尼轿以尊宠之。二人出入督辕，路人无不焚香顶祝。日日大言，称包焚紫竹林。人问以何久未验，曰时未至耳。初八日午，围攻紫竹林，则受枪子伤者五六十名矣，聂士成军、梅东益军，皆积与团龃龉，团讹诈梅提督报效万金，又勒索长芦盐商供给数万。今日趋衙，念一谬托正人而误国是者，不禁失口大骂，实在忍耐不得。然予学道多年，又犯黑风罗刹之病。戒之忍之忍之乃有济。又，《接上咏史》："浸长将成八月凶，既非横策又非纵。国书祈请三牛耳，发国电云[①]：与俄英日本，请执牛耳[②]，与各国排难解纷之语。尘拂驱除几马蜂。时相云：群夷大马蜂耳，一蝇拂子驱之足矣。妖术并无五里雾，岩关已失一丸封。徒然遵养时之贼，陶侃骂王导语。桂观兰池满夕烽。"

十三日癸未，晴热。申，入署。酉归。筼兄奏请撤大学堂，奉旨依议。入前长顺电。合肥电吉林，述俄外部意，通国财力尽在铁路，亟求切实保护铁路公司，述俄皇谕，亦不敢与中国开衅。李又谓，业与各国开衅，若再与俄皇决裂，全局皆危。观此语则知李与俄交情亲切，大有石郎刘豫之意。寿山叶按：寿山，直隶总督，裕禄字。转李家鏊电，与库伦毗连之雅尔库司克，尼布楚下游之士特列司克已到俄兵三十二营，或由库伦、呼贝尔分道入境，计由海参崴舟运趋天津，亦未可料。奉天俄铁路公司已被拳民烧毁。晋省亦有拳民焚教堂之事。盛大理称，保定以南电线恐不保。叶按：盛大理，芦汉铁路大臣，盛宣怀也。鄂督张抚于电派方友升统带武功五营二千五百人入援，合之湘派五营为十营，奏请以湘藩司锡良叶按：锡良，字清弼，蒙古人，官至东三省总督，谥文诚。为总兵，统率以北行。罗使电，顷接沙侯说帖，若各国使馆或他人被害，应将执政

---

① "云"，《袁忠节公遗诗》（后文称《遗诗》）作"三"。

② "与"，《遗诗》同题诗作"丐"，又，《遗诗》"日本"后有"帮助"二字，"请"前有"均有"二字。

诸公抵偿等语。刘坤一、张之洞、奎俊、鹿传霖、王之春，松寿、于荫霖电，请将江南、江西、湘北、湘南、四川乡试日期展缓数月，以江淮各省人心浮动，讹言四起，川省日甚，故也。

十四日甲申。文佚。

十五日乙酉，晴热。篬林主人执意回宅，次日均陆续移归。上张翁师办。六百里排递。复甓斋。校《汉·儒林传》竟，接校《循吏传》。得伯葵叶按：伯葵，陆宝忠字同年书，云娄山村不可居。病作，斋戒沐浴。为一老兵治暍疾。酉，入署，诏旨所称义勇者，因食物败恶，欲杀庖丁，嘱速禀庄邸、刚相调处。现守署七坛，拳四五百人。

十六日丙辰，夜。先眠，以枪炮宣聒，故晓来头晕。看门兵丁四名，家人辈守夜劳苦，以外任所得万民旗伞充赏，将为亡国之臣，此物要他何用。晡，晤贺兄、瀫廷，得佩葱叶按：佩葱，吴品珩字，时为总理衙门章京。保定书来，昨夕我军在外玉河桥水门盘，获喫教旗弁一名，为窦纳乐送信与英水师提督，云，日内必绝命，望援甚急，云云。窦函系展如传翻译，马廷亮写出。函内称洋人仅死三十七人，伤者倍之。希水师提督速派兵三四队来，方可得力。现坚守俄英美法德五馆以待云云。十九日，据营勇言，只剩外河桥西四馆，未审确否。叶按：展如，赵舒翘字。提督聂士成在天津打仗阵亡，奉旨该提督练兵多年，不堪一试，即已溃败，殊可痛恨。业已降旨革留，惟念该提督为国捐躯，仍加恩，照提督例赐恤。昨召见枢廷，上言宜谋西巡关陇，慈意不然其说。然毓巡抚贤带兵入卫，命驻怀鹿。宋庆、马玉昆赴津门防剿，而董军留攻东交民巷。宗旨不知。谕旨停止本年八月乡试，展改明年春乡秋会，廷杰留京当差，以廷雍为直隶布政使。连旬忧能伤人，夙疾又作。

十七日丁亥，晴噎。向夕小雨。晡，入署，与露停同觅陈敬丞。戌初，前敌攻烧一夷馆，枪炮猛厉，聊作除夕爆竹声听之可也。用大舍法，外物一切舍；用大啬力，内私勿焚；用安般法，心息相依；用慈忍力，物我两忘，形神俱适。校《循吏传》。沐浴心斋，复达聪叔札，因询次山行止。叶按：达聪叔，名文冲，时为军机章京，外放江西赣州知府，以附拳匪革职；次山，童祥熊字。

十八日戊子，早，雨；午，晴。临根法师碑、书扇，六枚。酉初，入署，李公秉衡真电，遵旨暂节制张春发、陈泽霖两军，并先行单车星夜前进，已抵泰安云。康民云：通州团现归仓场长季超侍郎萃统领。昨晦兄叶按：晦兄，即于式枚，号晦若也。再枉过，相左语棣儿，言马景山军门许派勇十二名护送舍下家口，为避地之谋，心感。叶按：康民，姓顾，名肇新，江苏吴县人，为总署章京，后为商部侍郎，卒于位。

十九日己丑，晴。答瀫廷书，奴子马儁误刀伤一仆，欲笞逐之。

昨夕，信笔作诗：

幽愤四章

餐霞人已疾，晓吸荷上露[①]。暂得安营魂，难治睡蛇怖。垂老逢丧乱，烽烟翳皇路。忠言不见录，天听希终悟。隐几危城中，炮矢雨如注。孔文举在北海围城中，流矢如雨，隐几读书，谈笑自若。虽摊北海书，聊曳东园屦。晚榴花更妍，微绽红襟吐。山莸籐茸茸，缘篱上高树。物生当得时，傅沫且相呴。我亦何所忧，随缘景光度。

朝与蝮蛇游，暮与豹虎居。劫掠长安中，官军不留馀。黄巾势合离，朝市成丘墟[②]。燔烧及城阙，阊阖霞绮疏。九陌夜无人，出则防击狙。念我平生友，换酒脱金鱼。途穷各窜逸，蒺藜塞中衢。阿谁裹饭问，跰躃困子舆。独有于侍御，晦若吾兄。再顾荜门庐。壮我猛将援，饴我行胥疏。患难情倍亲，促坐愿须臾。皇天贶甘雨，洒我园中蔬。忧虫日以甦[③]，槁苗日以苏。摘蔬更沽酒，留公解饥劬。

月晕知将风，础润知雨至。及彼未雨时，绸缪桑土悴。倾桡易新栋，败甓圬早治。何以危堂下，鱼龙陈百戏。在位姑谋乐，栖苕无远

① “疾”，《遗诗》作“病”。

② “丘墟”，《遗诗》作“荒墟”。

③ “忧虫”，《遗诗》作“忧蛊”。

志。不知火将燃，不预庀戎器。一朝青犊群，盗弄禁壖地。鬼兵请助我，藉歼翎侯使。岂有垂天翼，资彼群蝗翅。岂有神武朝，借力五斗米。名言失正顺，敌衅挑携贰。瓜剖而豆分，危亡运自致。

泰伯为让王，采药适蛮乡。开国称至德，周德日以昌[①]。烈礼贝勒长[②]，让位有耿光。奉曼珠应身，神武大聪扬[③]。故鞭笞四裔，探筴卜世长。不敢先天下，老子三宝章。何忧扫氛祲，枉矢贯天狼。天眷有让德，艮维降之祥。此章为兴献有意倾轧，悬官亟图。尚冠里早得神鹿，而作尚罚里，见《汉书·宣帝纪》。官家主早和，免生灵涂炭。而兴献力主仗团剿夷，其意可知[④]。三陵望葱郁[⑤]，佳气方未央。柎附誓翊戴，巩卫于苞桑。齐心奉圣主，长御万年觞。兵气繇政秕，乱萌繇志荒。叛氓治昌披，顿兵惩陆梁[⑥]。立国自有本，济时岂无方。尼父曰正名，圣者道其常。立石与僵柳，先诛眭议郎。

西入署，张良臣总戎士元来，借予纛一，壮勇两名，连荣相助马勇、执金吾两兵，共六名，凡支六七十金。以为防御之用，甚为心感。

盛宣怀六月十五日来电，李相函言：两粤盗匪甚炽，此时内召，一时恐难回任，陶方帅，叶按：陶方帅，字方之，名模。庚子八月继李文忠为两广总督者。似可胜任，乞备酌云。宣怀翰：李中堂六月初九日来电，顷吕海寰使电德外部，复云：文三件，悉中国待德人有违公法。德人被困甚危，现派兵舰保护使馆，并要向来分内任便之益，所有中国违各事须照偿。故会同各国并力合办，必欲得一切实把握，免再闹事。德所注意在此。现中国政府办事业自置身公法外，各国即不能以公法相待，既各督抚力任保护西人为己任，办法与北京自异。本部已立

① “周德”，《遗诗》作“周道”。

② “烈礼”，《遗诗》作“礼烈”。

③ “大聪扬”，《遗诗》作“天称扬”。

④ 小注，《遗诗》无。

⑤ “葱郁”，《遗诗》作“郁葱”。

⑥ “顿兵”，《遗诗》作“胡兵”。

案，务望践言，并请奏明中朝，速离危机。惟官军内结匪党，合攻西人。德国在华应办事宜归统将主裁，本部不敢分其权，掣其肘，故江鄂两督拟订各章，拟难径允。两督美意，倘能实涉，我国亦不过情，当即转达统将提军，事无碍者，或可照行，并请转复酌办云云。北事究竟如何，不胜忧愤，请转总督。海歌云：查此电，当未知克使遇害，德人性极暴躁，接克使确信后，必大发兵问罪，请代奏鸿章。传李中堂六月十二日来电，驻法裕使庚电，顷法外部面言：希速电中国政府王大臣，如各国驻京大臣及各使馆人员，并商民洋人被害，我国定要中国政府抵命。庚蒸云：鸿章并嘱发兹电，不许短少一字。刘坤一六月初八日来吕星使电，克使死，德君甚怒，又派兵轮四、快艇一赴华，约兵八千名，矢取北京为城下盟。柏林民情汹汹，势甚危迫，坤、庚又初九日来电，吕使庚电外部云：克使被戕，各国激怒。在京洋人，嗣后须尽力保护，免敕公愤，务请转达政府云，坤传盛荇孙电云：山东、西省南路电线，又为拳民砍断，以后谕旨密信，请暂递济南袁抚发。松寿蒸电，请带兵入卫。

二十日庚寅，细雨，晚晴。直日，早入内，访班侯，拟借瓯馆暂居，家口又多，笏卿叶按：笏卿，左绍佐字、渭春杨士燮字为两儿告措资假不值，晤达聪叔。又与翁幼中议看守缾园房屋，典主出两人，房主出两人，予拟移居法华寺。晡，入城，至署，戌归。得壶公师卦电。晤廉生，示津报，洋兵据踞军粮城、塘沽、紫竹林、海光寺等处。马玉昆约义和团张德成尽鈇攻之，十三日小胜。十六日，洋兵炮矢如雨，城民大惊，洋兵愈来愈众，开花子击毙军人拳勇极多，我军败绩。总兵罗荣光病故，立山革职，交刑部牢固监禁，团以勾通洋人诘之，庄邸奏参。以崇绮为户部尚书。盛宣怀谏电，十六发，十九到。英领事霍必澜云：外部来电，疑各使已不存，欲探确信，最好得各使亲笔一信，否则赫德明电亦可。愿出专差电费万金云。李鸿章、张之洞、刘坤一、奎俊、袁世凯、王之春、善联、端方致庆邸谏电、罗使电云云。述上沙侯□帖。裕使蒸电云云。英总领事奉外部电，如各公使及各色西人受伤害，必将其罪归于北京主谋之人。德主及德领事来电，如能救出各国西人，每人赏银一千，费由德主给等语。以下历叙廿二、三保护使馆谕旨云云。大哉皇言，曷盼钦服。为今计，宜将各使保护安全，加以抚慰，于津沽称兵犯顺之洋人，痛剿以张国威；于驻京束手待毙之公使，曲赦以示特恩之威，兼用示以庙谟神妙不测。一面补致美法德电，臣前已发三国之电。一面令各使将国书之意分电本国，方可释然，于事有济云云。伍廷芳咸电，美乐助华，情念京使，有致京电之妥交取信。李家鏊微电中，六月初五晚，俄发步兵四营，马兵二队，炮兵一队，共五千名，大小炮位二十尊，分载各船，赴渤海。电列船名。统领到华全军系二等提督连年微赤。又闻续派欧俄特崴尔省全军，计四万，遵陆东来海滨。各省调集备兵民马，晓谕备战，凡武备各衙局已归军律，此即欧洲例备战而未宣战。

廿一日辛卯，晴。家口全行出顺治门，往校场五条胡同瓯馆暂住。闻姜桂题率兵三千与紫埠洋兵交绥，小胜，津城已失旋复。印翁回馆，郑黻老、方子壮叶按：方子壮，名克猷，浙江于潜人，庚辰进士，刑部主事。来谈。瑞安孙锵鸣年逾八十，重赋琼林恩裳，侍郎衔。闻桂月亭与长石农石麟在西城督带义和团。复壶公师拜电，复个交赁兄拜寄。内阁奉上谕：此次中外肇衅，起于民教之相哄，嗣因大沽炮台被占，以致激成兵端。朝廷义重邦交，仍不肯轻于决绝，迭经明降谕旨，保护使馆，并谕各直省保护使馆教士。现在兵事未弭，各国商民在中国甚多，均应一律保护，著该将军督抚查明，各国洋商教士在通商各埠及各府州县者，仍照条约一体认真保护，不得稍有疏虞。上月日本书记杉山彬被戕，正深骇异，乃未几复有德公使被害之事。该公使驻京办理交涉，遽遭伤害，惋惜尤深，应仍严饬勒拿凶手，务护究办。所有此次天津开战后，除因战事外，其因乱无故被害洋人教士等，及损失物产，著顺天府直隶总督饬属分别查明，听候汇案核办。至近日各处土匪乱民焚杀劫掠，扰害良民，尤属不成事体，着该督抚及各统兵大员查明实在情形，相机剿办，以靖乱源，特此通谕知之，钦此。此谕系鄂会各督抚电奏，奉旨允行。鲜。慈意以大臣谏止西狩，不西则必从议和，以纾目前。廿三早，竹隐探荫相口气云，圣慈注意，仍在护送各公使出京下旗。瞰兄来函，本日奉上谕，似有转圜之机，闻已补发三国之电，日前大清国大皇帝问某国大伯里玺天德多云云。两圣昨拟西巡，派怀塔布护送，先幸颐和园，乃西发，幸仗荣相三次召见，谏止挽回。刚相直肠，深悟空言解散之非计。惟启宗伯秀尚拟延五台山僧人运甚深法力，与洋人接仗。马玉昆退至离津廿里之北仓。闻各省督抚与洋人均立约章，惟毓贤投毙洋人二十七名，庄、端二王以为议和属可行，惟嫌太早耳。现闻天津义团逃出者，皆有洋枪，沿途不靖，道路梗阻，行旅颇有戒心。廿一日，命世续充前站，怀塔布送往太原省，端邸、荣相三次召见，力谏阻。董福祥言之尤力云云。然闻是日，本拟派庄邸、端邸、刚相为留守北京王大臣，然则当路以万众一心之神团为可恃邪。宗旨可知也。晚诣贺兄商事，得藏山书，略园相遣官相问，嘱明早入内有话面谈。

【眉批】按：并未克复。鲜盦。

廿二日壬辰。六钟，入景运门，晤荣相，命往东交民巷慰问各公使，除克使枪毙外均活。予辞以战乍停，初次宣慰，问答关系甚重，为后来张本，不敢独任，且恐主战诸公，诟受洋人贿，出与议和，贷各使一死，弹射丛至，人言可畏。相亦谓然。商榷久之，乃派文章京往。文端吉公桂亭之子。某力赞可往。夔相嘱起草致五使电，致袁慰亭中丞处。六百里加紧。电发，又照会俄日本英美法德人，使分告国书电。前发。亦只嘱六使电达外部。见端邸问计将安出，予力赞现公使无权，且无电邮可通，不若从各疆吏议，以合肥为全权大臣，驻沪亦可。电商各外部，或面商各水师提督较灵活，一面厚集兵力，防守由津、已先陷。通犯京之路，张春发、陈泽霖初成军，未必得力，俟李鉴老旦夕至议之。津榆节之防务吃紧，勿稍松懈，津军锋挫，宜持重坚守，所谓守为主，战为奇，和为辅也。本高阳孙文正策。邸以为然。又为荣相、夔老言之。入署，未初出城，宿瓯馆。叶按：夔老即仁和王文勤公也。

右《袁京卿日记》一册，于光绪末年借黄鲜庵先生仲弢所藏传抄本过录，以今未刊行，寄赠翰怡先生，刻入丛书，冀广流传。辛酉八月下瀚，杨绍廉。

《中国近现代稀见史料丛刊》已出书目

第一辑

莫友芝日记
汪荣宝日记
翁曾翰日记
邓华熙日记
贺葆真日记
徐兆玮杂著七种
白雨斋诗话
俞樾函札辑证
清民两代金石书画史
扶桑十旬记(外三种)

第二辑

翁斌孙日记
张佩纶日记
吴兔床日记
赵元成日记(外一种)
1934—1935中缅边界调查日记
十八国游历日记
潘德舆家书与日记
翁同爵家书系年考
张祥河奏折
爱日精庐文稿
沈信卿先生文集
联语粹编
近代珍稀集句诗文集

第三辑

孟宪彝日记
潘道根日记
蟫庐日记(外五种)
壬癸避难日志　辛卯年日记
嘉业堂藏书日记抄
吴大澂书信四种
赵尊岳集
贺培新集
珠泉草庐师友录　珠泉草庐文录
校辑民权素诗话廿一种

第四辑

江瀚日记
英轺日记两种
胡嗣瑗日记
王振声日记
黄秉义日记
粟奉之日记
王承传日记
唐烜日记
王锺霖日记(外一种)
翁同龢家书
甲午战争汉诗选
达亭老人遗稿